D1700974

ERFENIS

Christopher Paolini bij Boekerij:

Eragon
Oudste
Brisingr
Erfenis

www.boekerij.nl

Christopher Paolini

ERFENIS

Boek 4 – Het erfgoed

ISBN 978-90-225-5441-8
NUR 334/284

Oorspronkelijke titel: *Inheritance*
Oorspronkelijke uitgever: Alfred A. Knopf
Vertaling: Jacques Meerman, Fanneke Cnossen, Erica van Rijsewijk, Gerdien Beelen
Omslagontwerp: DPS design & prepress services, Amsterdam
Omslagbeeld: John Jude Palencar
Redactie en zetwerk: Asterisk*, Amsterdam

© 2011 by Christopher Paolini
This translation published by arrangement with Random House Children's Books, a division of Random House Inc.
© 2011 voor de Nederlandse taal: De Boekerij bv, Amsterdam

Niets uit deze uitgave mag openbaar worden gemaakt door middel van druk, fotokopie, internet of op welke andere wijze ook, zonder voorafgaande schriftelijke toestemming van de uitgever.

*Zoals altijd is dit boek voor mijn familie.
En ook voor hen die dromen dromen:
de vele kunstenaars, musici en verhalenvertellers
die deze reis mogelijk hebben gemaakt.*

ALAGAËSIA

- Vroengard
- Het Schild
- Therinsford
- Carvahall
- Ceunon
- Osilon
- Narda
- Utgard
- Yazuac
- Nimor rivier
- Daret
- Fläm
- Isenstar
- Marna
- Teirm
- Toark
- Woadark meer
- Rivier
- Ossenrim
- Ramr Rivier
- Haaientand
- Kuasta
- Leona meer
- Dras-Leona
- Helgrind
- Urû'baen
- Belatona
- Jier
- Furnost
- Melian
- Tüdosten
- Feinster
- Rivier
- Cithrí
- Petrøvya
- Beirland
- Nía
- Eoam
- Dauth
- Lithgow
- Illium
- Uden
- Aroughs
- Surda
- Aberon
- Parlim
- Reavstone

Ellesméra
Du Weldenvarden
Nädindel
Röna
Ardwen
Kirtan
Sílthrim
Gaena Rivier
Eldor
Ceris
Ília Fëon
Hadarac Woestijn
Edda rivier
Hedarth
Az Ragni
Buragh
Tarnag
Farthen Dûr
Orthíad
Berentand rivier
Beor Bergen
Dalgon
Galfni

In den beginne

Synopsis van Eragon, Oudste en Brisingr

In den beginne waren er draken: trots, fel en onafhankelijk. Hun schubben leken op edelstenen, en iedereen die ernaar keek, werd door wanhoop gegrepen, want hun schoonheid was groot en angstaanjagend.

En ongetelde eeuwen lang bewoonden ze als enigen het land Alagaësia.

Toen schiep de god Helzvog de stoere en geharde dwergen uit het steen van de Hadaracwoestijn.

En deze twee volkeren vochten menige oorlog. Daarna zeilden de elfen over de zilveren zee naar Alagaësia. Ook zij streden tegen de draken. Maar de elfen waren sterker dan de dwergen en zouden de draken hebben uitgeroeid, zoals ook de draken de elfen hadden kunnen uitroeien.

Daarom kwam tussen de draken en de elfen een wapenstilstand en verdrag tot stand. In het kader van dit bondgenootschap schiepen ze de Drakenrijders, die in Alagaësia duizenden jaren lang de vrede handhaafden.

Ook de mensen voeren naar Alagaësia. Evenals de gehoornde Urgals. En de Ra'zac, die de jagers van het donker en de eters van mensenvlees zijn.

En de mensen sloten zich bij het pact met de draken aan.

Toen stond de jonge Drakenrijder Galbatorix tegen zijn eigen soort op. Hij maakte de zwarte draak Shruikan tot slaaf en haalde dertien andere Rijders over om hem te volgen. Die dertien heetten de Meinedigen.

Galbatorix en de Meinedigen roeiden de Rijders uit, legden hun stad op het eiland Vroengard in de as en doodden elke draak die niet de hunne was. Er waren toen nog drie eieren over: het ene rood, het andere blauw en het derde groen. En uit elke draak bij wie dat kon, haalden ze het hart van harten – het eldunarí – dat de macht en de geest van een draak bevat, los van hun lichaam.

Tweeëntachtig jaar lang heerste Galbatorix onbetwist over de mensen. De Meinedigen stierven, maar hij niet, want zijn kracht was die van alle draken, en niemand mocht hopen hem te kunnen verslaan.

In het drieëntachtigste jaar van Galbatorix' heerschappij stal een man het blauwe ei uit zijn kasteel. En het ei kwam onder de hoede van hen die nog tegen Galbatorix streden. Zij staan bekend als de Varden.

De elf Arya bracht het heen en weer tussen de Varden en de elfen om te zien voor welk mens of welke elf het zou uitkomen. Op die manier gingen vijfentwintig jaar voorbij.

Toen Arya een keer naar de elfenstad Osilon reisde, werden zij en haar lijfwachten aangevallen door een groep Urgals. Bij de Urgals was de Schim Durza, een tovenaar in de macht van de geesten die hij had opgeroepen om te doen wat hij beval. Na de dood van de Meinedigen was hij Galbatorix' meest gevreesde dienaar geworden. De Urgals doodden Arya's lijfwachten, maar voordat zij en de Schim haar gevangen konden nemen, stuurde Arya het ei met magie weg naar iemand die het hopelijk kon beschermen.

Haar spreuk mislukte echter.

En zo kwam het dat Eragon, een weeskind van nog maar vijftien, in de bergen van het Schild het ei vond. Hij nam het mee naar de boerderij waar hij bij zijn oom Garrow en zijn enige neef Roran woonde. Het ei kwam voor Eragon uit, en de draak die eruit kwam, bracht hij groot. Haar naam was Saphira.

Toen stuurde Galbatorix twee Ra'zac uit om het ei op te sporen. Ze vermoordden Garrow en brandden Eragons huis plat. Want Galbatorix had de Ra'zac tot slaaf gemaakt, en er waren er nog maar een paar over.

Eragon en Saphira gingen op weg om zich op de Ra'zac te wreken en kregen gezelschap van de verteller Brom die ooit, voor de val van de Rijders, zelf een Drakenrijder was geweest. En het was naar deze Brom dat de elf Arya het blauwe ei had willen sturen.

Brom leerde Eragon veel over zwaardvechten, magie en eer. En hij gaf hem Zar'roc, het vroegere zwaard van Morzan, die de hoogste en machtigste van de Meinedigen was geweest. Maar de Ra'zac doodden Brom bij hun volgende treffen, en Eragon en Saphira konden alleen ontsnappen dankzij de hulp van Murtagh, een jongeman die de zoon van Morzan was.

Tijdens hun omzwervingen werd Eragon in de stad Gil'ead gevangen genomen door de Schim Durza. Hij wist zich te bevrijden en haalde ook Arya uit haar cel. De elf was vergiftigd en zwaargewond. Daarom brachten Eragon, Saphira en Murtagh haar naar de Varden, die bij de dwergen in de Beorbergen woonden.

Daar werd Arya genezen en zegende Eragon een krijsend kind om haar tegen rampspoed te beschermen. Maar Eragon zei de spreuk verkeerd. Zonder het te beseffen vervloekte hij haar, en die vervloeking dwong haar om een schild tegen andermans rampspoed te zijn.

Snel daarna stuurde Galbatorix een groot Urgalleger om de dwergen en de Varden aan te vallen. In de veldslag die volgde, wist Eragon de Schim Durza te doden, maar Durza bracht hem een ernstige rugwond toe, en die bezorgde hem vreselijke pijnen, ondanks de spreuken van de Vardenhelers.

In zijn pijn hoorde hij een stem. En de stem zei: *Kom naar mij, Eragon. Kom naar mij, want ik heb antwoorden op al je vragen.*

Drie dagen later liep Ajihad, de leider van de Varden, in een hinderlaag en werd gedood door een paar magiërs, een tweeling, die de Varden aan Galbatorix verrieden. Zij tweeën ontvoerden ook Murtagh en toverden hem weg naar Galbatorix. Maar Eragon en alle Varden dachten dat Murtagh gedood was, en Eragon had daar veel verdriet van.

En Ajihads dochter Nasuada werd de leider van de Varden.

Vanuit Tronjheim, de zetel van de dwergenmacht, reisden Eragon, Saphira en Arya naar het noordelijke woud Du Weldenvarden, waar de elfen wonen. De dwerg Orik, neef van dwergenkoning Hrothgar, ging met hen mee.

In Du Weldenvarden hadden Eragon en Saphira een ontmoeting met Oromis en Glaedr, de laatste vrije Rijder en draak, die zich een eeuw lang verborgen hadden gehouden om de volgende generatie Drakenrijders te kunnen onderrichten. En Eragon en Saphira maakten ook kennis met koningin Islanzadí, heerseres van de elfen en moeder van Arya.

Terwijl Oromis en zijn draak Eragon en Saphira onderwezen, stuurde Galbatorix de Ra'zac en een troep soldaten naar Eragons geboortedorp Carvahall, ditmaal om zijn neef Roran gevangen te nemen. Maar Roran verborg zich en zou zonder de haat van slager Sloan niet gevonden zijn. Sloan vermoordde echter een wachtpost om de Ra'zac toegang tot het dorp te geven.

Roran vocht zich vrij, maar de Ra'zac stalen Katrina van hem. Zij was Rorans geliefde en Sloans dochter. Daarna haalde Roran de dorpelingen over om samen met hem te vertrekken. Ze reisden door de bergen van het Schild, langs de kust van Alagaësia en naar het zuidelijke land Surda, dat nog onafhankelijk van Galbatorix was.

Eragons rugwond bleef hem kwellen. Maar tijdens de Viering van de Bloedeed, waarbij de elfen het bondgenootschap van draken en Rijders herdenken, werd zijn wond genezen door de spectrale draak die de elfen aan het slot van het festival opriepen. De geestverschijning gaf Eragon bovendien een kracht en snelheid gelijk aan die van de elfen zelf.

Daarna vlogen Eragon en Saphira naar Surda. Nasuada had de Varden daarheen geleid om de aanval op Galbatorix' Rijk in te zetten. Daar sloten de Urgals een bondgenootschap met de Varden, want ze zeiden dat Galbatorix hun geest had vertroebeld, en wilden wraak op hem nemen. Bij de Varden trof Eragon het meisje Elva weer, die vanwege zijn spreuk wonderbaarlijk snel gegroeid was. De krijsende baby was een meisje van drie of vier geworden, en haar blik was gruwelijk om te zien, want ze kende de pijn van iedereen om haar heen.

En niet ver van de grens van Surda, in de donkerte van de Brandende Vlakten, voerden Eragon, Saphira en de Varden een groot en bloedig gevecht tegen Galbatorix' leger.

Midden in die veldslag sloten Roran en de dorpelingen zich bij de Varden aan, evenals de dwergen, die vanuit de Beorbergen achter hen aan waren getrokken.

Maar in het oosten steeg een gestalte in een glanzende wapenrusting op. Hij bereed een glinsterende rode draak. En met een spreuk doodde hij koning Hrothgar.

Toen vochten Eragon en Saphira tegen de Rijder en zijn rode draak. En ze ontdekten wie de Rijder was: Murtagh, die nu met onverbrekelijke eden aan Galbatorix gebonden was. En de draak was Thoorn, het tweede van de drie eieren die moesten uitkomen.

Murtagh versloeg Eragon en Saphira met de kracht van het eldunarí dat Galbatorix hem gegeven had. Maar Murtagh liet Eragon en Saphira ontsnappen, want hij was Eragon nog steeds vriendschappelijk gezind. En omdat ze, zoals hij Eragon vertelde, broers waren, allebei kinderen van Morzans favoriete vrouw Selena.

Murtagh nam Zar'roc, het zwaard van hun vader, van Eragon af, en hij en Thoorn trokken zich van de Brandende Vlakten terug, evenals de rest van Galbatorix' troepen.

Na afloop van de slag vlogen Eragon, Saphira en Roran naar de donkere stenen toren Helgrind, waar de Ra'zac zich verborgen. Ze doodden een van hen – samen met hun verachtelijke ouders, de Lethrblaka – en redden Katrina uit Helgrind. En in een van de cellen ontdekte Eragon Katrina's blinde en halfdode vader.

Eragon overwoog hem vanwege zijn verraad te doden, maar bracht Sloan in een diepe slaap en zei tegen Roran en Katrina dat haar vader dood was. Toen vroeg hij Saphira om Roran en Katrina weer naar de Varden te brengen terwijl hijzelf de laatste Ra'zac opspoorde.

Na hun vertrek doodde Eragon de laatste Ra'zac. Toen haalde hij Sloan uit Helgrind weg. Na veel gepeins ontdekte hij Sloans echte naam in de oude taal, de taal van macht en magie. En Eragon bond hem met die naam en dwong de slager tot de eed dat hij zijn dochter nooit meer zou zien. Toen stuurde hij hem naar de elfen. Maar wat Eragon niet tegen de slager zei, was dat de elfen zijn ogen zouden genezen als hij berouw had over zijn verraad en moord.

Arya trof Eragon halverwege zijn reis naar de Varden, en samen keerden ze te voet door vijandelijk gebied terug.

Bij de Varden hoorde Eragon dat koningin Islanzadí twaalf elfenmagiërs onder leiding van de elf Blödhgarm had gestuurd om hem en Saphira te beschermen. Eragon verwijderde vervolgens zo veel als hij kon van Elva's vloek. Ze hield haar vermogen om de pijn van anderen te voelen maar voelde zich niet meer gedwongen om hun rampspoed op zich te nemen.

Roran trouwde met Katrina, die zwanger was, en Eragon was voor het eerst sinds lange tijd gelukkig.

Daarna vielen Murtagh, Thoorn en een groep manschappen van Galbatorix de Varden aan. Met de hulp van de elfen wisten Eragon en Saphira hen af te slaan, maar Eragon en Murtagh konden elkaar niet verslaan. Het was een moeilijk gevecht, want Galbatorix had zijn soldaten zodanig betoverd dat ze geen pijn voelden, en de Varden leden grote verliezen.

Naderhand stuurde Nasuada Eragon als vertegenwoordiger van de Varden naar de dwergen, die hun nieuwe koning kozen. Eragon wilde niet weggaan want Saphira moest achterblijven om het Vardenkamp te beschermen. Maar hij ging toch.

Roran diende bij de Varden en maakte promotie, want hij bleek een bekwame strijder en goede aanvoerder.

Tijdens Eragons verblijf bij de dwergen probeerden zeven van hen hem te vermoorden. Bij een onderzoek bleek dat de clan Az Sweldn rak Anhûin achter de aanval zat. De bijeenkomst van de clans ging desondanks door en Orik werd gekozen als opvolger van zijn oom. Saphira voegde zich voor de kroning bij Eragon, en tijdens de plechtigheid hield ze haar belofte om de gekoesterde stersaffier van de dwergen te herstellen die ze tijdens het gevecht van Eragon met de Schim Durza gebroken had.

Eragon en Saphira gingen weer naar Du Weldenvarden terug. Daar onthulde Oromis de waarheid over Eragons afkomst: hij was in werkelijkheid geen zoon van Morzan maar van Brom, hoewel hij en Murtagh wel dezelfde moeder hadden: Selena. Oromis en Glaedr legden ook uit wat een eldunarí is, het 'hart van harten'. Een draak kan er tijdens zijn leven toe besluiten om er zich van te ontdoen, maar dat moet heel omzichtig gebeuren, want wie het eldunarí heeft, kan het gebruiken om er de draak mee te beheersen die er de eigenaar van was.

Bij zijn verblijf in het bos besloot Eragon dat hij een zwaard nodig had om Zar'roc te vervangen. Hij herinnerde zich het advies van de weerkat Solembum tijdens zijn reizen met Brom en ging naar de traag bewuste Menoaboom in Du Weldenvarden. Hij sprak met de boom, en de boom was bereid om hem het glimstaal onder zijn wortels te geven in ruil voor een niet genoemde prijs.

Daarna ging de elfensmid Rhunön – die alle zwaarden van de Rijders had gesmeed – met Eragon aan het werk om een nieuw zwaard voor hem te maken. Het zwaard werd blauw, en Eragon noemde het Brisingr, 'vuur'. En steeds als hij die naam uitsprak, sloegen vlammen uit de kling.

Vervolgens vertrouwde Glaedr zijn hart van harten aan Eragon en Saphira toe, en toen vlogen zij naar de Varden terug, terwijl Glaedr en Oromis zich bij de rest van hun volk aansloten om het noorden van het Rijk aan te vallen.

Bij het beleg van Feinster troffen Eragon en Arya drie vijandelijke magiërs, van wie er één getransformeerd werd tot de Schim Varaug. En met Eragons hulp wist Arya Varaug te doden.

Terwijl dat gebeurde, vochten Oromis en Glaedr tegen Murtagh en Thoorn. Galbatorix greep in en nam de beheersing over Murtaghs geest over. Met Murtaghs arm doodde hij Oromis, en Thoorn stelde Glaedr buiten gevecht.

De Varden behaalden bij Feinster de overwinning, maar Eragon en Saphira rouwden om het verlies van hun leraar Oromis. De Varden trokken verder en marcheren intussen steeds dieper het Rijk in, op weg naar de hoofdstad Urû'baen waar Galbatorix zetelt – trots, zelfbewust en minachtend, want zijn kracht is die van de draken.

De bres

De draak Saphira brulde en de soldaten verderop krompen angstig ineen. 'Volg me!' riep Eragon. Hij stak Brisingr de lucht in zodat iedereen het zwaard kon zien. Het blauwe staal flitste helder, iriserend en fel tegen de muur van regenwolken die in het westen opdoemde. 'Voor de Varden!'

Er zoefde een pijl langs zijn hoofd. Hij lette er niet op.

De strijders die zich verzameld hadden aan de voet van de puinberg waarop Eragon en Saphira stonden, antwoordden met één enkele kreet uit volle borst: 'De Varden!' Ze hieven hun eigen zwaard en stormden klauterend over de steenblokken naar voren.

Eragon keerde zijn manschappen de rug toe. Aan de andere kant van het heuveltje lag een grote binnenplaats. Daar stonden ongeveer tweehonderd soldaten van het Rijk dicht op elkaar. Achter hen verrees een hoge, donkere donjon met langwerpige, smalle ramen en diverse vierkante torens. In de bovenvertrekken van de hoogste brandde een lantaarn. Ergens in de donjon, wist Eragon, was heer Bradburn, de gouverneur van Belatona – de stad die de Varden al verscheidene uren lang probeerden in te nemen.

Eragon sprong met een kreet van het puin, naar de soldaten. De mannen schuifelden naar achteren maar hielden hun speren en pieken gericht op het kartelgat dat Saphira in de buitenmuur van het kasteel geslagen had.

Eragon verzwikte bij zijn landing zijn enkel. Hij liet zich op zijn knie zakken en brak met zijn zwaardhand zijn val.

Een van de soldaten zag kans om de formatie te verbreken en met zijn speer Eragons onbeschermde hals aan te vallen.

Eragon pareerde dat met een polsbeweging en zwaaide Brisingr sneller dan een mens of elf kon volgen. Het gezicht van de soldaat werd slap van angst toen hij zijn fout besefte. Hij probeerde te vluchten, maar voordat hij zich een handbreed had kunnen bewegen, deed Eragon een uitval naar zijn buik.

Met een wimpel van blauw en geel uit haar muil sprong Saphira achter Eragon aan de binnenplaats op. Hij hurkte neer en spande zijn benen toen ze de geplaveide grond raakte. De hele binnenplaats trilde van de klap. Veel glasscherfjes uit een groot, kleurrijk mozaïek aan de voorkant van de donjon schoten los en vlogen wentelend de lucht in, als munten die van een trommel stuiterden. In een raam boven in het gebouw gingen twee luiken met een klap open en dicht.

De elf Arya ging met Saphira mee. Haar lange, zwarte haar golfde wild rond haar hoekige gezicht terwijl ze van het puin sprong. Strepen met bloedspatten liepen over haar armen en hals; ook de kling van haar zwaard was rood. Met het zachte schuren van leer op steen kwam ze neer.

Haar aanwezigheid gaf Eragon nieuwe moed. In een gevecht had hij niemand liever naast zichzelf en Saphira dan haar. Voor hem was zij een volmaakte strijdmakker.

Hij gunde haar een snelle glimlach en zij glimlachte met een felle en vreugdevolle blik terug. Haar afstandelijkheid week op het slagveld altijd voor een openheid die ze elders maar zelden vertoonde.

Eragon dook weg achter zijn schild toen een rimpelende laag blauw vuur tussen hen door vloog. Van achter de rand van zijn helm zag hij Saphira de angstige soldaten in een stroom vlammen hullen die hen overal omgaven maar toch geen kwaad deden.

Een rij boogschutters op de tinnen van het kasteel vuurde een salvo pijlen op haar af. De hitte boven haar was zo groot dat een handvol pijlen midden in de lucht vlam vatten en tot as verbrandden, terwijl de afweerbezweringen die Eragon rond Saphira had geplaatst, de rest lieten afbuigen. Een van de verdwaalde pijlen stuitte met een holle *plof* op zijn schild en maakte er een deuk in.

Drie soldaten stonden ineens in een vlammenpluim en waren zo snel dood dat ze zelfs geen tijd hadden om te schreeuwen. De anderen verdrongen zich midden in het inferno. Felblauw licht weerkaatste op het staal van hun speren en pieken.

Saphira deed haar uiterste best maar kon de overlevenden niet eens schroeien. Uiteindelijk staakte ze haar pogingen en sloot haar kaken met een ferme klap. Zonder vuur was het ineens opmerkelijk stil op de binnenplaats.

Eragon had al eerder beseft dat een onbekende maar bekwame en machtige magiër de soldaten kennelijk met afweerbezweringen beschermd had. *Was het Murtagh?* vroeg hij zich af. *En zo ja, waarom zijn hij en Thoorn dan niet hier om Belatona te verdedigen? Heeft Galbatorix geen belangstelling meer voor de macht over zijn steden?*

Hij rende naar voren en sloeg met één klap van Brisingr de koppen van een tiental schachtwapens – net zo gemakkelijk als toen hij als jongen de aren van gersthalmen gesikkeld had. Hij stak de dichtstbijzijnde soldaat in zijn borst en doorboorde diens maliënkolder alsof het een vliesdunne lap stof was. Het bloed spoot eruit. Toen doorstak Eragon de soldaat naast de man en raakte hij met zijn schild de soldaat links van hem. De man viel tegen drie makkers aan en kegelde hen omver.

Eragon vond de soldaten traag en sloom reageren. Hij danste door hun rijen en maakte hen af zonder dat ze zich verzetten. Saphira waadde naar het strijdgewoel links van hem – ze zwiepte de soldaten met haar enorme poten hoog de lucht in, ramde hen met haar stekelstaart en beet en doodde hen met één enkele kopbeweging – terwijl Arya rechts van hem door haar snelheid nauwelijks zichtbaar was. Elke zwaai van haar zwaard betekende de dood van alweer een dienaar van het Rijk. Toen Eragon zich omdraaide om uit de buurt van een paar speren te blijven, zag hij de in bont gehulde elf Blödhgarm dicht achter zich, net als het tiental andere elfen die de taak hadden om hem en Saphira te beschermen.

Verder achter hem stroomden de Varden door het gat in de buitenmuur van het kasteel de binnenplaats op, maar de mannen lieten een aanval achterwege. Het was te gevaarlijk om zich te dicht bij Saphira te wagen. Noch zij en Eragon, noch de elfen hadden hulp nodig om af te rekenen met de soldaten.

In het gewoel raakten Eragon en Saphira algauw gescheiden. Ze vochten nu ver van elkaar, maar Eragon maakte zich geen zorgen. Ook zonder haar afweerbezweringen wist Saphira met gemak een grote groep van twintig of dertig mensen te verslaan.

Een speer raakte Eragons schild met een bons en kneusde zijn schouder. Hij draaide zich bliksemsnel om naar de gooier – een grote, gelittekende man die zijn voorste ondertanden miste. Eragon rende op hem af. De man deed zijn best om een dolk van zijn gordel te pakken. Eragon draaide zich op het laatste moment een kwartslag om, spande zijn armen en borstkas en dreef zijn pijnlijke schouder tegen het borstbeen van de ander.

De klap joeg de soldaat verscheidene stappen naar achteren, waar hij in elkaar zakte en naar zijn hart greep.

Een hagel van pijlen met zwarte veren daalde neer en doodde of verwondde tal van soldaten. Eragon ontweek de projectielen achter zijn schild, hoewel hij ervan uitging dat zijn magie hem beschermde. Het was verstandig om waakzaam te blijven; elk moment kon een magiër van de vijand een betoverde pijl afschieten die door zijn bezweringen heen brak.

Een bittere glimlach gleed rond zijn lippen. Tot de boogschutters boven was doorgedrongen dat de dood van Eragon en de elfen hun enige hoop op de overwinning was, ongeacht het aantal offers dat ze daarvoor moesten brengen.

Jullie komen te laat, dacht Eragon grimmig maar voldaan. *Julie hadden het Rijk moeten verlaten toen dat nog kon.*

De wolk kletterende pijlen gaf hem de kans om even te rusten, en dat was prettig. De aanval op de stad was bij zonsopgang begonnen, en hij en Saphira hadden al die tijd in de voorhoede gestaan.

Toen het pijlensalvo afnam, nam hij Brisingr in zijn linkerhand. Met zijn andere pakte hij de speer van een van de soldaten en wierp die naar de boogschutters, veertig voet boven hem. Zonder veel oefening is het moeilijk om een speer met enige accuratesse te gooien, zoals hij ontdekt had. Het verbaasde hem dan ook niet dat hij de man miste op wie hij het voorzien had, maar verbazend was wél dat hij zelfs de hele rij boogschutters op de tinnen niet wist te raken. De speer zeilde over hen heen en kletterde tegen de kasteelmuur boven hun hoofd. De boogschutters lachten spottend en maakten grove gebaren.

Een snelle beweging aan de rand van zijn blikveld trok zijn aandacht. Hij was net op tijd om te zien dat Arya haar eigen speer naar de boogschutters wierp; daarmee spietste ze twee naast elkaar staande mannen tegelijk. Toen wees ze met haar zwaard naar de mannen en zei ze: 'Brisingr!' De speer ging in smaragdgroene vlammen op.

De boogschutters deinsden bij de brandende lijken terug. Ze vluchtten als één man bij de tinnen vandaan en werkten zich door de deuren naar de bovenste verdiepingen van het kasteel.

'Je speelt vals,' zei Eragon. 'Ik kan die spreuk niet gebruiken, niet zonder dat mijn zwaard opvlamt als een bosbrand.'

Arya staarde hem enigszins geamuseerd aan.

Het gevecht ging nog een paar minuten door, waarna de overgebleven soldaten zich overgaven of probeerden te vluchten.

Eragon liet de vijf mannen tegenover hem lopen; hij wist dat ze niet ver zouden komen. Een snelle inspectie van de languit liggende lijken om hem heen bevestigde dat ze inderdaad dood waren. Hij keek achterom over de binnenplaats. Een paar Varden hadden de poorten in de buitenmuur opengezet en droegen een stormram over het pad naar het kasteel. Anderen verzamelden zich in losse rijen naast de deuren van de donjon, klaar om het kasteel in te gaan en de strijd aan te binden met de soldaten binnen. Een van hen was Eragons neef Roran, die met zijn onafscheidelijke hamer gebaren maakte en bevelen gaf aan de compagnie hij leidde. Aan de andere kant van de binnenplaats hurkte Saphira bij de bergen lijken die ze gemaakt had. Het was een chaos om haar heen. Bloeddruppels hingen aan haar edelsteenschubben en de rode vlekken waren een opvallend contrast met het blauw van haar lichaam. Ze trok haar gestekelde kop naar achteren en brulde triomfantelijk, waarbij ze met haar felle kreet het lawaai van de stad overstemde.

Toen hoorde Eragon binnen in het kasteel tandwielen en kettingen rammelen, gevolgd door het geschraap van dikke houten balken die werden weggetrokken. Die geluiden vestigden ieders aandacht op de ingang van de donjon.

De deuren weken met een holle bons uiteen en zwaaiden open. Een dikke rookwolk van de toortsen binnen kolkte naar buiten. De dichtstbijzijnde Varden moesten hoesten en bedekten hun gezicht. Ergens in de diepten van het halfduister klonk het geroffel van met ijzer beslagen hoeven op het plaveisel; toen kwam uit het midden van de rook een ruiter op een paard tevoorschijn. De man had iets in zijn linkerhand wat Eragon eerst voor een gewone lans aanzag, maar hij zag algauw dat het uit een vreemd, groen materiaal bestond en een lemmet met weerhaken in een onbekend patroon had. De zwakke gloed verspreidde een onnatuurlijk licht rond de kop van de lans en verried de aanwezigheid van magie.

De ruiter trok aan de teugels en draaide zijn paard in de richting van Saphira, die zich op haar achterpoten verhief en zich klaarmaakte om met haar rechtervoorpoot een vreselijke doodklap uit te delen.

Eragon werd bezorgd. De ruiter was te zeker van zichzelf en de lans was te onbekend, te griezelig. De afweerbezweringen rondom Saphira zouden haar moeten beschermen, maar Eragon wist zeker dat ze in levensgevaar verkeerde.

Ik kan haar niet op tijd bereiken, besefte hij. Hij richtte zijn geest op de ruiter, maar de man concentreerde zich zo op zijn taak dat hij Eragons aanwezigheid niet eens merkte, en juist daardoor had Eragon alleen oppervlakkig toegang tot zijn bewustzijn. Toen hij zich weer in zichzelf terugtrok, liet Eragon een aantal woorden uit de oude taal de revue passeren en stelde hij een simpele spreuk samen om het galopperende krijgsros tegen te houden. Dat was een wanhopige poging, want hij wist niet of de ruiter zelf een magiër was of welke voorzorgen hij genomen kon hebben tegen een aanval met magie. Maar Eragon was niet van plan om dadeloos toe te kijken als Saphira's leven in gevaar was.

Eragon vulde zijn longen en dacht aan de correcte uitspraak van de vele moeilijke klanken in de oude taal. Toen opende hij zijn mond om de spreuk te zeggen.

Hij was snel, maar de elfen waren hem te vlug af. Voordat hij ook maar één woord kon uiten, klonk achter hem een laag, verwoed gezoem van overlappende stemmen die samen een dissonante, onthutsende melodie vormden.

'Mae...' wist hij te zeggen. Toen was de elfenmagie al actief.

Het mozaïek tegenover het paard bewoog en verschoof, en de glasscherfjes stroomden als water. Een lange scheur ging open in de grond, een gapende afgrond met een onpeilbare diepte. Het paard viel hard hinnikend in het gat en brak zijn twee voorste benen.

Terwijl het paard en de ruiter op de grond vielen, haalde de man in het zadel zijn arm naar achteren en wierp de gloeiende lans naar Saphira.

Saphira kon niet wegrennen. Ze kon ook niet wegduiken. Dus zwaaide ze met haar poot naar het projectiel om het weg te slaan. Ze miste echter – op een paar duimbreedtes – en vol afschuw zag Eragon dat de lans vlak onder het sleutelbeen zo'n el of twee naar binnen drong.

Een sluier van bevende woede daalde over zijn blikveld neer. Puttend uit elke energievoorraad die hij tot zijn beschikking had – zijn lichaam; de saffier in zijn zwaardknop; de twaalf diamanten in de gordel van Beloth de Wijze rond zijn middel; en de enorme voorraad in Aren, de elfenring die hij aan zijn rechterhand droeg – maakte hij zich klaar om de ruiter te vernietigen zonder acht te slaan op het gevaar.

Eragon hield zich echter in toen Blödhgarm verscheen en over Saphira's linkervoorpoot sprong. De elf landde op de ruiter zoals een panter op een hert en sloeg de man op zijn zij. Met een woeste hoofdbeweging scheurde Blödhgarm met zijn lange witte tanden de keel van de man open.

Een gil van verterende wanhoop klonk uit een raam hoog boven de open deuren van de donjon, gevolgd door een harde ontploffing waarbij steenblokken vanuit het binnenste van het gebouw naar buiten werden geslingerd. Ze landden tussen de verzamelde Varden en verpletterden ledematen en rompen als droge takjes.

Eragon negeerde de stenenregen op de binnenplaats en rende naar Saphira, nauwelijks lettend op Arya en de lijfwachten die hem omringden. Andere elfen, die dichter in de buurt waren geweest, verzamelden zich al om haar heen en bekeken de lans die uit haar borstkas stak.

'Hoe erg… Is ze…' Eragon was te ontzet om zijn zinnen af te maken. Hij wilde niets liever dan via zijn geest met Saphira praten, maar zolang er tovenaars van de vijand in de buurt konden zijn, durfde hij zijn bewustzijn niet voor haar te openen uit angst dat tegenstanders zijn gedachten lazen of de beheersing over zijn lichaam overnamen.

Na wat wel een eeuwigheid leek zei Wyrden, een van de mannelijke elfen: 'Je mag je goede gesternte danken, Schimmendoder. De lans miste de grote aderen en slagaderen in haar hals. Er zijn alleen spieren geraakt, en die kunnen we helen.'

'Kun je die lans weghalen? Zijn er spreuken die verhinderen…'

'Wij gaan aan het werk, Schimmendoder.'

Ernstig als priesters voor een altaar legden alle elfen – behalve Blödhgarm – hun handpalmen op Saphira's borst en zongen zachtjes als een fluisterende wind in een wilgenbosje. Over warmte en groei zongen ze, over spieren en pezen en kloppend bloed zongen ze en ook over andere, geheimere zaken. Met wat een enorme wilskracht moet zijn geweest bleef Saphira tijdens het gezang rustig liggen, hoewel bevingen om de paar tellen haar lichaam teisterden. Een straaltje bloed gleed over haar borstkas vanaf de plaats waar de schacht was binnengedrongen.

Toen Blödhgarm naast hem kwam staan, wierp Eragon even een blik op hem. Er lag een korst opgedroogd bloed op de vacht van zijn kin en hals. De kleur ervan varieerde tussen donkerblauw en diepzwart.

'Wat was dat?' vroeg Eragon, wijzend naar de vlammen die hoog boven de binnenplaats nog steeds in het raam dansten.

Blödhgarm likte zijn lippen af en ontblootte zijn katachtige klauwen. Toen zei hij: 'Vlak voordat hij stierf, wist ik de geest van de soldaat binnen te dringen en zo kwam ik in de geest van de magiër terecht die hem hielp.'

'Heb je hem gedood?'

'In zekere zin. Ik dwong hem zichzelf te doden. Normaal zou ik niet mijn toevlucht nemen tot zulke extravagante poppenkast, maar ik was... boos.'

Eragon wilde naar voren lopen maar bedacht zich toen Saphira lang en traag kreunde. De lans begon uit haar borstkas te glijden zonder dat iemand hem aanraakte. Ze knipperde met haar ogen en haalde een paar keer snel, oppervlakkig adem terwijl het laatste stuk van het wapen uit haar lichaam gleed. Het geweerhaakte lemmet met zijn vage gloed van smaragdgroen licht viel op de grond en stuiterde op de keien. Het klonk eerder naar keramiek dan naar metaal.

Toen de elfen ophielden met zingen en Saphira loslieten, rende Eragon naar haar toe en raakte haar hals aan. Hij wilde haar troosten, zeggen hoe bang hij was geweest en zijn bewustzijn laten opgaan in het hare. In plaats daarvan keek hij gewoon naar haar felblauwe ogen en vroeg: 'Alles goed met je?' Het leken nietige woorden vergeleken met de diepte van zijn emotie.

Saphira antwoordde met één knipoog. Ze liet haar kop zakken en streelde zijn gezicht met een zachte stroom warme lucht uit haar neusgaten.

Eragon glimlachte. Toen wendde hij zich tot de elfen en zei: 'Eka elrun oyo, älfya, wiol förn thornessa.' Zo bedankte hij hen in de oude taal voor hun hulp. De elfen die aan de genezing hadden deelgenomen, en ook Arya, bogen en draaiden hun rechterhand rond boven het middelpunt van hun borstkas – een respectvol gebaar dat eigen is aan hun volk. Eragon zag dat meer dan de helft van de elfen die hem en Saphira hadden moeten helpen, bleek en verzwakt waren en onvast op hun benen stonden.

'Ga naar de achterhoede en rust uit,' zei hij tegen hen. 'Als jullie hier blijven, worden jullie alleen maar gedood. Schiet op! Dit is een bevel!'

Eragon wist zeker dat ze het vreselijk vonden, maar de zeven elfen reageerden met: 'Zoals je wilt, Schimmendoder.' Over de lijken en het puin heen stappend liepen ze de binnenplaats af. Zelfs nu ze tot het uiterste beproefd waren, zagen ze er nobel en waardig uit.

Toen voegde Eragon zich bij Arya en Blödhgarm, die met een vreemde blik in hun ogen de lans onderzochten alsof ze niet goed wisten hoe ze moesten reageren. Eragon hurkte naast hen en zorgde dat geen enkel lichaamsdeel het wapen raakte. Hij staarde naar de dunne lijntjes rond de basis van het lemmet. Ze kwamen hem bekend voor, maar hij wist niet waarom. Ze stonden ook op het groenige handvat van een materiaal dat geen hout of metaal was. Toen keek hij weer naar de gladde gloed die hem deed denken aan de vlamloze lantaarns waarmee de elfen en dwergen hun zalen verlichtten.

'Denken jullie dat Galbatorix dit gemaakt heeft?' vroeg Eragon. 'Hij heeft misschien bedacht dat hij Saphira en mij liever doodt dan gevangen neemt. Hij kan best denken dat we een bedreiging voor hem zijn geworden.'

Blödhgarm glimlachte onaangenaam. 'Maak je met zulke fantasieën maar niks wijs, Schimmendoder. Voor Galbatorix zijn we niet meer dan een kleine ergernis. Als hij jou of iemand anders van ons dood wil hebben, dan hoeft hij alleen maar uit Urû'baen te komen aanvliegen, en dan vallen we voor hem als droge bladeren tijdens een winterstorm. Hij heeft de kracht van de draken, en niemand weerstaat zijn macht. Bovendien laat Galbatorix zich niet zo makkelijk afleiden van zijn koers. Hij kan best gek zijn maar is ook listig en vooral vastbesloten. Als hij jou als slaaf wil, dan werkt hij daaraan met de kracht van een obsessie en laat hij zich door niets afleiden, behalve door zijn instinct tot zelfbehoud.'

'Hoe dan ook, dit is niet Galbatorix' werk maar het onze,' zei Arya.

Eragon fronste zijn voorhoofd. 'Het onze? De Varden hebben het niet gemaakt.'

'Nee, niet de Varden. Wel een elf.'

'Maar...' Hij zweeg en probeerde een rationele verklaring te vinden. 'Maar geen elf zou bereid zijn om voor Galbatorix te werken. Ze gaan liever dood dan...'

'Galbatorix heeft er niets mee te maken, en zelfs als dat wel zo was, dan zou hij zo'n zeldzaam en machtig wapen niet geven aan een man die het niet beter zou kunnen bewaken dan hijzelf. Van alle strijdmiddelen die over Alagaësia verspreid zijn, is dit het wapen dat Galbatorix het minst graag in onze handen ziet.'

'Waarom?'

Blödhgarm zei met iets snorrends in zijn lage, volle stem: 'Omdat dit een Dauthdaert is, Eragon Schimmendoder.'

'En hij heet Niernen, de Orchidee,' zei Arya. Ze wees naar de lijntjes die in het lemmet gegraveerd waren, en Eragon herkende ze ineens als gestileerde gliefen uit het unieke schrift van de elfen – gebogen, verstrengelde vormen die in lange, doornachtige punten eindigden.

'Een Dauthdaert?' Toen Arya en Blödhgarm hem ongelovig aankeken, haalde hij zijn schouders op. Hij schaamde zich over zijn gebrek aan kennis en vond het frustrerend dat de elfen vele tientallen jaren achtereen gestudeerd hadden bij de beste geleerden van hun volk, terwijl zijn eigen oom Garrow hem niet eens letters had geleerd omdat hij ze onbelangrijk vond. 'Ik heb in Ellesméra niet veel kunnen lezen. Wat is het? Is het gesmeed bij de val van de Rijders om het tegen Galbatorix en de Meinedigen te gebruiken?'

Blödhgarm schudde zijn hoofd. 'Niernen is veel ouder dan dat.'

'De Dauthdaertya zijn geboren uit de angst en de haat die de laatste jaren van onze oorlog tegen de draken kenmerkten,' zei Arya. 'Onze beste smeden en magiërs hebben ze gemaakt uit materialen die we niet meer begrijpen, en doordrenkt met bezweringen waarvan we de bewoordingen niet meer kennen. Ze hebben alle twaalf een naam gekregen, steeds die van de mooiste bloemen – een slechtere combinatie is nooit bedacht –, want we hebben ze gemaakt met maar één doel voor ogen. Ze zijn gemaakt om draken te doden.'

Terwijl Eragon naar de gloeiende lans keek, werd hij door walging overmand. 'Is dat gelukt?'

'Degenen die aanwezig waren, zeggen dat het uit de hemel drakenbloed regende als een wolkbreuk in de zomer.'

Saphira siste luid en scherp.

Eragon keek even achterom en zag uit zijn ooghoek dat de Varden hun positie voor de donjon handhaafden. Ze wachtten totdat hij en Saphira weer de leiding van het offensief namen.

Blödhgarm zei: 'We dachten dat alle Dauthdaertya vernietigd of onherroepelijk verloren waren. Dat blijkt nu een vergissing. Niernen moet in handen van de familie Waldgrave zijn geraakt, die moeten hem hier in Belatona verborgen hebben gehouden. Ik vermoed dat heer Bradburns moed hem in de schoenen zakte toen wij een bres in zijn stadsmuur sloegen, en dat hij bevolen heeft om Niernen uit zijn wapenkamer te halen als poging om jou en Saphira tegen te houden. Galbatorix zou ongetwijfeld uitzinnig van woede zijn als hij wist dat Bradburn je heeft willen doden.'

Eragon begreep de noodzaak tot haast heel goed, maar zijn nieuwsgierigheid won het nog even. 'Dauthdaert of niet, jullie hebben nog steeds niet uitgelegd waarom Galbatorix niet wil dat wij hem hebben.' Hij gebaarde naar de lans. 'Waarom is Niernen gevaarlijker dan die speer daar of zelfs Bris...' Hij kon nog net verhinderen dat hij het hele woord uitsprak. 'Of mijn eigen zwaard?'

Het was Arya die antwoordde. 'Hij kan met normale middelen niet gebroken worden, kan niet door vuur beschadigd raken en is bijna volledig immuun voor magie, zoals je gezien hebt. De Dauthdaertya zijn ontworpen om niet beïnvloed te worden door welke spreuk van de draken ook en om de hanteerder ervan tegen diezelfde spreuken te beschermen. Dat is een ontzagwekkend vooruitzicht gezien de kracht, complexiteit en onverwachte aard van de drakenmagie. Galbatorix kan Shruikan en zichzelf gewikkeld hebben in meer barrières dan wie ook in Alagaësia, maar het is mogelijk dat Niernen door zijn verdediging heen glijdt alsof die niet bestaat.'

Eragon begreep het en was in vervoering. 'We moeten...'

Hij werd door een gil onderbroken.

Het was een schril, snijdend, huiverend geluid alsof metaal over steen schraapte. Eragons tanden trilden mee en hij legde zijn handen op zijn oren terwijl hij zich met een geërgerd gezicht omdraaide en probeerde na te gaan waar het geluid vandaan kwam. Saphira schudde haar kop, en ondanks de herrie hoorde hij haar van ellende jammeren.

Eragon liet zijn blik twee keer achter elkaar over de binnenplaats glijden voordat hij zag dat een stofwolkje opsteeg uit een handbrede scheur in de muur van de donjon. Die was ontstaan onder het geblakerde, deels vernielde raam waar Blödhgarm de magiër had gedood. Het geluid werd steeds harder, en Eragon riskeerde het om een van zijn handen van zijn oor te halen en naar de scheur te wijzen.

'Kijk!' riep hij naar Arya, die instemmend knikte. Hij legde zijn hand terug.

Zonder enige waarschuwing hield het geluid op.

Eragon wachtte even en liet toen langzaam zijn handen zakken. Voor één keer verwenste hij zijn scherpe gehoor.

Net toen hij dat deed, spleet de scheur tot een breedte van verscheidene voeten en liep razendsnel omlaag. De scheur verbrijzelde als een bliksemschicht de sluitsteen boven de deuren van de ingang, waarbij de vloer bezaaid werd met steentjes. Het hele kasteel kreunde, en de voorkant begon tussen het beschadigde raam en de kapotte sluitsteen naar buiten te wijken.

'Rennen!' riep Eragon tegen de Varden, maar de mannen verspreidden zich al uit alle macht naar de twee kanten van de binnenplaats, uit de buurt van de wankelende muur. Eragon zette één stap naar voren en zocht – met alle spieren in zijn lichaam gespannen – naar een glimp van Roran ergens in de menigte strijders.

Hij zag hem uiteindelijk achter de laatste groep mannen bij de deuren. Roran schreeuwde uitzinnig naar hen, maar zijn woorden gingen in de chaos verloren. De muur verschoof en zakte verscheidene duimbreedtes in – leunde nog verder naar buiten, weg van het gebouw –, bekogelde Roran met stenen, haalde hem uit balans en dwong hem om zich wankelend terug te trekken onder het vooruitspringende deel van het deurkozijn.

Toen Roran zich uit zijn hurkzit oprichtte, kruiste zijn blik die van Eragon, en in die blik zag Eragon een flits van angst en machteloosheid, meteen gevolgd door gelatenheid, alsof Roran wist dat hij zich nooit in veiligheid kon brengen, hoe hard hij ook rende.

Een wrange glimlach speelde rond Rorans lippen.

Toen viel de muur.

Hammerfall

'Nee!' riep Eragon toen de muur van het kasteel met een donderend lawaai omlaag kwam en Roran en vijf andere mannen begroef onder een berg stenen van twintig voet hoog. Een donkere stofwolk hing zwaar boven de binnenplaats.

Eragon riep het zo hard dat zijn stem brak. Een glad laagje naar koper smakend bloed bedekte de achterkant van zijn keel. Hij haalde diep adem en vouwde dubbel van het hoesten.

'Vaetna,' zei hij hijgend, en hij gebaarde met zijn hand. Met het geluid van ritselende zijde week het dikke, grijze stof, zodat het midden van de binnenplaats zichtbaar werd. Uit ongerustheid om Roran merkte hij nauwelijks hoeveel kracht de spreuk hem kostte.

'Nee, nee, nee, nee,' mompelde Eragon. *Hij kan niet dood zijn. Kan niet, kan niet, kan niet...* Alsof zijn wens door de herhaling werkelijkheid werd, bleef hij die zin in gedachten herhalen. Maar bij elke herhaling werd het minder een uiting van zekerheid of hoop en meer een gebed tot de wereld als geheel.

Arya en de andere strijders van de Varden stonden hoestend voor hem en wreven met hun handpalmen in hun ogen. Velen stonden voorovergebogen alsof ze een klap verwachtten; anderen staarden met open mond naar de beschadigde donjon. Het puin was tot het midden van de binnenplaats op de grond gevallen en onttrok het mozaïek aan het gezicht. Tweeënhalve kamer op de eerste verdieping van de donjon en één op de tweede – de kamer waar de magiër zo gewelddadig aan zijn eind was gekomen – waren blootgesteld aan weer en wind. In het volle licht van de zon maakten de ruimtes en hun meubilair een smoezelige indruk. Binnen rende een aantal soldaten met kruisbogen uit de buurt van de afgrond waarmee ze ineens geconfronteerd waren. Duwend en dringend haastten ze zich door de deuren aan de uiteinden van de kamers, waarna ze in het hart van de donjon verdwenen.

Eragon probeerde het gewicht van een steenblok in de stapel puin te schatten: het moest honderden ponden zijn geweest. Als hij, Saphira en de elfen allemaal samenwerkten, wist hij zeker dat ze de stenen met magie konden verplaatsen, maar na die inspanning zouden ze verzwakt en kwetsbaar zijn. Bovendien zou het onpraktisch lang duren. Eragon dacht even aan Glaedr – de gouden draak had ruimschoots kracht genoeg om de hele berg in één keer op te tillen – maar haast was broodnodig, en het zou te lang duren om Glaedrs eldunarí te laten komen. Hoe dan ook, Eragon wist dat hij Glaedr misschien niet eens kon overhalen tot een gesprek, laat staan tot hulp aan Roran en de andere mannen.

Eragon stelde zich Roran voor zoals hij verschenen was vlak voordat de regen van stenen en stof hem aan het gezicht onttrokken had – staande onder de overhangende rand van het deurkozijn naar de donjon. Ineens wist hij wat hij doen moest.

'Saphira, help ze!' riep Eragon terwijl hij zijn schild weggooide en naar voren rende.

Achter hem hoorde hij Arya iets zeggen in de oude taal, een kort zinnetje dat misschien 'Verberg dit!' betekende. Daarna had ze hem ingehaald en rende ze met het zwaard in haar hand mee, klaar voor de strijd.

Toen Eragon de voet van de puinberg bereikte, sprong hij zo hoog als hij kon. Hij landde met één voet op de schuine zijkant van een steenblok en sprong toen opnieuw. Zo sprong hij van punt naar punt als een berggeit die de zijwand van een rotskloof beklimt. Hij riskeerde dat hij daarbij de stenen verstoorde, en dat vond hij vreselijk, maar een beklimming van de berg was de snelste manier om zijn bestemming te bereiken.

Met een laatste ruk was hij over de rand van de eerste verdieping en rende hij de kamer door. Hij ramde de deur verderop met zo veel kracht dat de klink en de scharnieren braken en de deur zelf tegen de muur erachter werd gesmeten, waarbij de dikke, eikenhouten planken barstten.

Eragon stoof de gang door. Zijn voetstappen en ademhaling klonken hem vreemd gedempt in de oren, alsof ze vol water zaten.

In de buurt van een open deur ging hij langzamer lopen. Daarachter zag hij een studeervertrek waar vijf gewapende mannen al discussiërend naar een kaart wezen. Niemand lette op Eragon.

Hij rende door.

Hij holde een hoek om en botste tegen een soldaat die hem tegemoetkwam. Eragon zag gele en rode flitsen toen zijn voorhoofd tegen de rand van zijn schild sloeg. Hij klemde zich aan de soldaat vast, en het tweetal wankelde als een paar dronken dansers door de gang heen en weer.

De soldaat uitte een vloek en probeerde zijn evenwicht te hervinden. 'Wat is er, driemaal vervloekte...' zei hij. Toen zag hij Eragons gezicht en hij sperde zijn ogen open. 'Jij!'

Eragon balde zijn rechterhand en stompte de man vlak onder de ribbenkast in zijn buik. De klap tilde de man van de vloer en joeg hem tegen het plafond. 'Ik,' zei Eragon instemmend terwijl de man levenloos op de grond viel.

Eragon liep door. Zijn toch al snelle hartslag leek verdubbeld te zijn sinds hij de donjon in was gekomen; hij had het gevoel dat zijn hart uit zijn borst wilde breken.

Waar is hij? dacht hij met een verwoede blik door de zoveelste deur, waarachter een lege kamer lag.

Aan het eind van een lange, groezelige zijgang zag hij eindelijk een wenteltrap. Met vijf treden tegelijk en zonder aan zijn veiligheid te denken rende hij naar de eerste verdieping en bleef alleen staan om een geschrokken boogschutter uit de weg te duwen.

Aan het eind van de trap stond hij in een hoge ruimte die hem aan de kathedraal van Dras-Leona deed denken. Hij keek snel rond om een goede indruk te krijgen: schilden, wapens en rode wimpels aan de muren; smalle ramen vlak onder het plafond; toortsen in smeedijzeren houders; lege haarden; lange, donkere schragentafels aan beide kanten van de zaal; en een podium voor in de ruimte, waar een gebaarde man in een gewaad voor een stoel met hoge rugleuning stond. Rechts van hem – tussen hem en de ingang van de donjon – stond een contingent van minstens vijftig soldaten. Bij hun verraste reactie glinsterde het gouddraad in hun tuniek.

'Dood hem!' beval de man in het gewaad. Hij klonk eerder bang dan hooghartig. 'De man die hem doodt, krijgt een derde van mijn rijkdom! Dat beloof ik!'

Eragon voelde een verschrikkelijke frustratie opkomen omdat hij opnieuw werd gehinderd. Hij trok zijn zwaard uit de schede, hief het en riep: 'Brisingr!'

Met een zoevende luchtstroom ontstond een cocon van schimmige vlammetjes rond het lemmet, tot aan de punt toe. De hitte van het vuur verwarmde zijn hand, zijn arm en de zijkant van zijn gezicht.

Toen keek hij de soldaten aan. 'Wegwezen,' gromde hij.

De soldaten aarzelden nog heel even en sloegen toen op de vlucht.

Eragon stormde naar voren maar negeerde de doodsbange treuzelaars die binnen het bereik van zijn brandende zwaard waren. Iemand struikelde en viel voor Eragons voeten op de grond. Eragon nam een grote sprong over hem heen en raakte niet eens het kwastje op zijn helm.

De windvlaag die hij veroorzaakte, trok aan de vlammen op het lemmet. Ze wapperden achter het zwaard aan als de manen van een galopperend paard.

Eragon zette zijn schouders krom en stormde langs de dubbele deur die toegang bood tot de grote zaal. Hij rende door een lang, breed vertrek waarop kamers vol soldaten uitkwamen – daar lagen ook de wielen, katrollen en andere mechanieken die dienden om de poorten van de donjon op te trekken en te laten zakken. Daarna ging hij in volle vaart naar het valhek dat de doorgang blokkeerde, en naar de plaats waar Roran had gestaan toen de muur van de donjon instortte.

Het ijzeren hek verboog toen Eragon erop beukte, maar niet genoeg om het metaal te scheuren.

Hij wankelde een stap naar achteren.

Opnieuw bundelde hij de energie die in de diamanten aan zijn gordel was opgeslagen – de gordel van Beloth de Wijze – naar Brisingr toe. Daarbij ontdeed hij de edelstenen van hun kostbare lading om het vuur van zijn zwaard bijna ondraaglijk heet op te stoken. Een woordenloze kreet ontglipte hem toen hij zijn arm terugtrok en het valhek onder handen nam. Gele en oranje vonken vlogen om hem heen, maakten gaatjes in zijn handschoenen en tuniek en brandden in zijn onbeschermde vlees. Een druppel vloeibaar ijzer viel sissend op de punt van zijn laars. Met een snelle draai van zijn enkel haalde hij hem weg.

Drie sneden maakte hij. Toen viel een mansgroot deel van het valhek naar binnen. De doorgesneden delen van het hek gloeiden witheet op en verlichtten de omgeving met een zachte gloed.

Eragon liet Brisingrs vlammen uitdoven terwijl hij door de ontstane opening liep. Hij rende eerst naar links, toen naar rechts en toen opnieuw naar links want de gang veranderde voortdurend van richting om de opmars te vertragen van troepen die zich toegang tot de donjon hadden verschaft.

Toen hij de laatste hoek om was gelopen, zag hij wat hij zocht: het onder puin verstopte voorportaal. Ondanks zijn elfenblik kon hij in het donker alleen de grootste vormen onderscheiden, want de vallende stenen hadden de toortsen aan de muren gedoofd. Hij hoorde een vreemd gesnuif en geschuifel alsof een log dier in het puin aan het wroeten was.

'Naina,' zei Eragon.

Blauw licht bescheen van alle kanten de ruimte. En daar verderop, overdekt met vuil, bloed, as en zweet en met angstaanjagend ontblote tanden, verscheen Roran, vechtend met een soldaat bij de lijken van twee anderen.

De soldaat kromp ineen bij de plotselinge gloed en was afgeleid. Roran maakte daar gebruik van door hem draaiend op zijn knieën te dwingen, waarna hij de dolk uit de soldatengordel trok en onder de hoek van zijn kaak naar binnen dreef.

De soldaat schopte tweemaal en bleef stil liggen.

Snakkend naar adem kwam Roran overeind. Bloed droop van zijn vingers, en hij keek Eragon met vreemd glazige ogen aan.

'Dat werd hoog tijd...' zei hij voordat hij met wegdraaiende ogen flauwviel.

Schaduwen aan de horizon

Om Roran op te vangen voordat hij op de grond viel, moest Eragon Brisingr loslaten, en dat deed hij niet graag. Toch opende hij zijn hand. Het staal viel rinkelend op de stenen terwijl hij Rorans gewicht in zijn armen opving.

'Is hij zwaar gewond?' vroeg Arya.

Eragon kromp verrast ineen toen hij Arya en Blödhgarm naast zich zag staan. 'Volgens mij niet.' Hij tikte een paar keer op Rorans wangen en smeerde daarbij het stof op zijn huid uit. In de vlakke, ijsblauwe gloed van Eragons magische vuur zag Roran er uitgemergeld uit. Zijn ogen waren door schaduwachtige kneuzingen omringd en zijn lippen waren purperrood alsof het vlekken van bessensap waren. 'Kom op, word wakker.'

Een paar tellen later begonnen Rorans oogleden te trillen. Hij deed ze open en keek Eragon zichtbaar verbaasd aan. Eragon werd door zo veel opluchting overspoeld dat hij die kon proeven. 'Je was even van de wereld,' vertelde hij.

'Juist.'

Hij leeft nog! zei Eragon tegen Saphira, een kort contact riskerend.

Haar blijdschap was overduidelijk. *Goed. Ik blijf hier en help de elfen om de stenen van het gebouw weg te ruimen. Roep maar als je me nodig hebt. Dan vind ik wel een manier om je te bereiken.*

Rorans maliën rinkelden toen Eragon hem overeind hielp. 'En de anderen?' vroeg Eragon met een gebaar naar het puin.

Roran schudde zijn hoofd.

'Zeker weten?'

'Dat kan niemand overleefd hebben. Ik ben er alleen heelhuids uitgekomen... omdat ik deels in het kozijn stond.'

'En jij? Alles goed?' vroeg Eragon.

'Eh... wat?' Roran fronste en leek afgeleid alsof de gedachte nog niet bij hem was opgekomen. 'Best, hoor... Misschien een gebroken pols. Verder niks.'

Eragon wierp een veelbetekenende blik op Blödhgarm. Het gezicht van de elf verstrakte en toonde enig ongenoegen, maar hij liep naar Roran en vroeg op een soepele toon: 'Mag ik even?' Toen stak hij zijn hand uit naar Rorans gewonde arm.

Terwijl Blödhgarm met Roran bezig was, raapte Eragorn Brisingr op en ging met Arya in de deur op wacht staan voor het geval dat de soldaten dom genoeg waren om hen aan te vallen.

'Goed. Klaar,' zei Blödhgarm. Hij liep weg bij Roran, die zijn pols draaide en het gewricht beproefde.

Roran bedankte de elf tevreden, liet zijn hand zakken en zocht koortsachtig in het puin op de grond tot hij zijn hamer vond. Hij trok zijn wapenrusting recht en keek door de deur naar buiten. 'Ik begin genoeg te krijgen van deze heer Bradburn,' zei hij bedrieglijk kalm. 'Hij heeft hier lang genoeg gezeten, vind ik. Het wordt tijd dat hij van zijn verantwoordelijkheden ontheven wordt. Vind je niet, Arya?'

'Dat vind ik zeker,' zei ze.

'Nou, laten we die ouwe gek met zijn zachte buik maar eens gaan zoeken. Ik geef hem graag een paar zachte tikjes met mijn hamer ter nagedachtenis aan iedereen die we vandaag verloren hebben.'

Eragon zei: 'Een paar minuten geleden was hij nog in de grote zaal, maar het zal me verbazen als hij onze terugkeer afwacht.'

Roran knikte. 'Dan gaan we hem achterna.' Met die woorden liep hij weg.

Eragon doofde zijn magische licht en haastte zich met Brisingr in de aanslag achter zijn neef aan. Arya en Blödhgarm bleven zo dicht in de buurt als de kronkelende gang toeliet.

De kamer waarop de gang uitkwam, was verlaten en dat gold ook voor de grote zaal van het kasteel. Het enige bewijs van de tientallen soldaten en hovelingen die daar verbleven hadden, was een weggegooide helm op de vloer, die in steeds kleinere bogen heen en weer wiebelde.

Eragon en Roran renden langs het marmeren podium, maar Eragon hield zijn pas in om Roran niet kwijt te raken. Meteen links van het podium trapten ze een deur in en stormden toen over een trap naar boven.

Op elke verdieping bleven ze even staan om Blödhgarm met zijn geest naar een spoor van heer Bradburn en zijn gevolg te laten tasten, maar hij vond niets.

Toen ze het derde niveau bereikten, hoorden ze een stormloop van voetstappen en zagen ze een dichte bos speren die de hele boogvormige deuropening tegenover Roran vulden. De punten raakten Rorans wang en rechterdij, en zijn knie raakte onder het bloed. Hij brulde als een gewonde beer en ramde zijn schild tegen de speren in een poging om zich over de laatste paar treden te werken en het trappenhuis uit te komen. Mannen schreeuwden verwoed.

Eragon nam Brisingr achter Roran in zijn linkerhand. Zijn rechter stak hij om zijn neef heen om het handvat van een van de speren te pakken en uit de hand van de eigenaar te trekken. Hij draaide de speer om en smeet hem midden tussen de mannen die de deuropening versperden. Iemand schreeuwde, en in de muur van lichamen viel een gat. Eragon herhaalde zijn actie een paar keer, en dankzij die worpen werd het aantal soldaten zodanig uitgedund dat Roran de soldatenmassa naar achteren kon duwen.

Zodra de trap voor Roran vrij was, verspreidden de twaalf nog resterende soldaten zich over de brede overloop tussen de balustrades. Iedereen probeerde genoeg ruimte te vinden om ongehinderd zijn wapen te kunnen hanteren. Roran bulderde weer en ging de dichtstbijzijnde soldaat achterna. Hij pareerde de uitval van de man, brak door zijn dekking heen en sloeg hem op zijn helm, die rinkelde als een ijzeren pan.

Eragon rende over de overloop en viel twee soldaten aan die vlak bij elkaar stonden. Hij sloeg hen tegen de grond en maakte ze allebei met één enkele zwaardstoot af. Een bijl kwam draaiend en wentelend op hem af. Hij dook weg en duwde iemand over de balustrade alvorens zijn aandacht te verleggen naar twee anderen, die hem met scherpe pieken probeerden te ontweien.

Toen gleden ook Arya en Blödhgarm geluidloos en dodelijk tussen de mannen door. Hun geweld had de aangeboren gratie van elfen en leek daardoor meer op een kunstzinnige voorstelling dan op het kwalijke hakwerk dat de meeste gevechten kenmerkte.

In een stroom van metalig gerinkel, brekende botten en afgehakte ledematen doodde het viertal de rest van de soldaten. Eragon genoot van het gevecht zoals altijd. Hij had het gevoel dat hij een emmer koud water over zich heen kreeg, en bij geen enkele andere bezigheid voelde hij zich zo helder.

Roran boog zich diep voorover, zette zijn handen op zijn knieën en hijgde alsof hij net een wedstrijd had hardgelopen.

'Zal ik?' vroeg Eragon met een gebaar naar Rorans gezicht en dij.

Roran liet een paar keer zijn gewicht op zijn gewonde been rusten. 'Ik kan wachten. Laten we eerst Bradburn zoeken.'

Eragon ging voorop toen ze weer naar de trap liepen en hun klim hervatten. Na nog eens vijf minuten speuren vonden ze Bradburn eindelijk achter een barricade in de hoogste kamer van de westelijke toren. Met een reeks spreuken verwijderden Eragon, Arya en Blödhgarm de deuren en de toren van meubilair erachter. Toen zij en Roran de zaal in liepen, verbleekten de hoge volgelingen en kasteelwachters die zich voor heer Bradburn verzameld hadden, en velen van hen begonnen te beven. Tot Eragons opluchting hoefden ze maar drie van de wachters te doden voordat de anderen zich overgaven en hun wapens en schilden neerlegden.

Arya liep op heer Bradburn af, die al die tijd gezwegen had, en vroeg: 'Zul je je soldaten bevelen om zich terug te trekken? Er zijn er nog maar een paar, maar hun levens kun je redden.'

'Dat zou ik niet eens doen als ik het kon,' zei Bradburn met zo veel haat en honende spot in zijn stem dat Eragon hem bijna geslagen had. 'Ik doe niet aan concessies, elf. Ik lever mijn manschappen niet uit aan smerige, onnatuurlijke schepsels zoals jij. Dan ga ik liever dood. En denk maar niet dat je me met zoete woordjes kunt bedriegen. Ik weet van je bondgenootschap met de Urgals, en ik vertrouw nog eerder een slang dan iemand die het brood breekt met zulke monsters.'

Arya knikte en legde haar hand op Bradburns gezicht. Ze sloot haar ogen, en zij en Bradburn bleven een tijdje roerloos staan. Eragon tastte met zijn geest en voelde het gevecht van twee wilskrachten dat tussen hen plaatsvond. Arya baande zich een weg langs Bradburns defensie naar zijn bewustzijn. Het duurde een minuutje, maar uiteindelijk kreeg ze de beheersing over zijn geest. Daarna begon ze aan het oproepen en inspecteren van zijn herinneringen totdat ze die gevonden had waaruit zijn barrières bestonden.

Toen zei ze iets in de oude taal en weefde ze een complexe spreuk, bedoeld om die barrières te omzeilen en Bradburn te laten inslapen. Na afloop gingen zijn ogen dicht en zakte hij met een zucht in haar armen.

'Ze heeft hem vermoord!' riep een van de wachters. Geschreeuw van angst en woede klonk tussen de mannen op.

Terwijl Eragon hen gerust probeerde te stellen, hoorde hij heel in de verte een trompet van de Varden schetteren. Even later klonk ook een andere trompet, maar nu veel dichterbij. Toen klonk er nog een en ving hij flarden op van wat naar zijn stellige mening een zwak en verspreid gejuich was op de binnenplaats beneden.

Hij wisselde een verbaasde blik met Arya uit, waarna ze door het hele vertrek liepen en uit elk raam keken dat in de muren was aangebracht.

In het westen en zuiden lag Belatona. Dat was een grote, welvarende stad, een van de grootste van het Rijk. Dicht bij het kasteel stonden indrukwekkende gebouwen van natuursteen met schuine daken en erkerramen. De huizen verder weg waren gemaakt van hout en pleisterwerk. Verscheidene halfhouten gebouwen waren tijdens de gevechten in brand gevlogen. De rook hing in de lucht als een bruine deken die pijn deed aan ogen en keel.

Een mijl voorbij de stad in het zuidwesten lag het kamp van de Varden: lange rijen tenten van grijze wol, omringd door met staken afgezette loopgraven. Aan een paar kleurige paviljoens wapperden vlaggen en wimpels, maar op de kale grond lagen honderden gewonden. De tenten van de genezers waren stampvol.

In het noorden, voorbij de haven en de pakhuizen, lag het Leonameer, een enorme waterplas die hier en daar met schuimkoppen bespikkeld was.

De muur van zwarte wolken die vanuit het westen kwam opzetten, hing hoog aan de hemel boven de stad en dreigde die te hullen in de plooien van regen die als een rok uit de onderkant viel. In de diepte van de wolkenbank flakkerde af en toe blauw licht, en de donder gromde als een wakker wordend beest.

Maar Eragon zag nergens een verklaring voor de opschudding die zijn aandacht had getrokken.

Hij en Arya liepen haastig naar het raam recht boven de binnenplaats. Saphira en de mannen en elfen die haar hielpen, hadden net alle stenen voor de donjon weggeruimd. Eragon floot, en toen Saphira opkeek, zwaaide hij. Haar lange kaken spleten in een grijns die al haar tanden ontblootte, en ze blies een rookpluim naar hem toe.

'Hé! Is er nieuws?' riep Eragon.

Een van de Varden op de kasteelmuren hief een arm en wees naar het oosten. 'Schimmendoder! Kijk! De weerkatten komen eraan! De weerkatten komen eraan!'

Een kille rilling gleed langs Eragons ruggengraat. Hij volgde de richting van de arm van de man naar het oosten en zag ditmaal een troep kleine, donkere silhouetten tevoorschijn komen uit een plooi in de grond, verscheidene mijlen verderop aan de andere kant van de rivier de Jiet. Sommige gestalten liepen op vier poten, andere op twee, maar ze waren nog te ver weg om te kunnen zeggen of het weerkatten waren.

'Is dat mogelijk?' vroeg Arya verbaasd.

'Ik weet het niet... Maar wat het ook zijn, we weten het gauw genoeg.'

Kattenkoning

Eragon stond op het podium in de grote zaal van de donjon, rechts naast heer Bradburns troon. Zijn linkerhand rustte op de zwaardknop van Brisingr in de schede. Aan de andere kant van de troon stond Jörmundur – een hoge commandant van de Varden – met zijn helm op zijn gebogen arm. Het haar op zijn slapen was doorschoten met grijs; de rest was bruin, en alles was in een lange vlecht naar achteren getrokken. Zijn magere gezicht had de opzettelijk lege blik van iemand die veel te vaak op anderen moet wachten. Eragon zag een dun, rood lijntje langs de onderkant van Jörmundurs rechterarmbeschermer, maar uit niets bleek dat hij pijn had.

Tussen hen in zat hun leider Nasuada in een schitterende jurk van groen en geel, die ze even tevoren had aangetrokken toen ze haar krijgskleding verwisselde voor een uitdossing die beter bij de uitoefening van de staatsvrouwkunst paste. Ook op haar had de strijd zijn sporen achtergelaten, zoals bleek uit het linnen verband rond haar linkerhand.

Met een zachte stem die alleen Eragon en Jörmundur konden horen, zei Nasuada: 'We hoeven alleen maar hun steun te krijgen...'

'Maar wat willen ze ervoor terug?' vroeg Jörmundur. 'Onze schatkist is bijna leeg en onze toekomst is onzeker.'

Met nauwelijks bewegende lippen zei ze: 'Misschien wllen ze er niets anders voor terug dan de kans om het Galbatorix betaald te zetten.' Ze zweeg even. 'Maar zo niet, dan zullen we andere middelen dan goud moeten vinden om te zorgen dat ze onze rijen versterken.'

'Bied ze vaten room aan,' zei Eragon. Jörmundur begon te grinniken en Nasuada lachte zacht.

Aan hun gemompelde gesprek kwam een eind toen buiten de grote zaal drie trompetten klonken. Een vlasblonde page in een tuniek met het embleem van de Varden – een witte draak die een roos vasthoudt boven een zwaard dat op een purperen veld omlaag wijst – marcheerde door de deuropening aan het uiteinde van de zaal. Hij sloeg met zijn ceremoniële staf op de grond en meldde met een dunne, kwelende stem: 'Zijne Hoogstverheven Koninklijke Hoogheid Grimrr Halfpoot, Koning der Weerkatten, Heer van Eenzame Oorden, Heerser over de Nachtdomeinen en Hij Die Alleen Gaat.'

Wat een rare titel. Hij die alleen gaat, merkte Eragon tegen Saphira op.

Maar ongetwijfeld verdiend, naar ik aanneem, antwoordde ze. Hij voelde haar pret, hoewel hij niet kon zien waar ze zich in de donjon had opgerold.

De page deed een stap opzij, en door de deuropening kwam Grimrr Halfpoot in mensengedaante binnen, gevolgd door vier andere weerkatten, die op lange, harige poten vlak achter hem dribbelden. De vier leken op Solembum, de enige andere weerkat die Eragon in de vorm van een dier gezien had: ze hadden zware schouders, lange poten, korte en donkere plukken haar op hun hals en schoften, oren met kwastjes eraan en een zwarte punt aan hun staart, die gracieus heen en weer zwaaiden.

Grimrr Halfpoot was echter heel anders dan de mensen en dieren die Eragon kende. Hij was twee ellen hoog en daarmee zo groot als een dwerg, maar niemand kon hem voor een dwerg aanzien, zelfs niet voor een menselijke. Hij had een kleine, puntige kin, brede jukbeenderen en (onder opgekamde wenkbrauwen) twee schuine, groene ogen tussen vleugelvormige wimpers. Zijn ruige haar hing diep over zijn voorhoofd maar viel aan de zijkanten op zijn schouders, waar het glad en glanzend bleef liggen, ongeveer zoals de manen van zijn volgelingen. Eragon kon onmogelijk schatten hoe oud hij was.

De enige kleren die Grimrr droeg, waren een primitief leren vest en een lendendoek van konijnenbont. Aan de voorkant van het vest hingen de schedels van ongeveer een tiental dieren – vogels, muizen en andere wilde fauna – en onder het lopen kletterden die tegen elkaar. Onder de riem van zijn lendendoek stak een dolk in een schede schuin naar achteren. Zijn nootbruine huid was bezaaid met talloze dunne, witte littekens als krassen op een veel gebruikte tafel. En zoals zijn naam al duidelijk maakte, ontbraken aan zijn linkerpoot twee vingers; ze waren kennelijk afgebeten.

Ondanks zijn verfijnde gelaatstrekken leed het geen twijfel dat Grimrr mannelijk was, gezien de harde, pezige spieren op zijn armen en borst, zijn smalle heupen en de gespannen kracht van zijn pas toen hij in de richting van Nasuada de hele zaal door liep.

Geen van de weerkatten leek op de mensen te letten die links en rechts van het pad stonden te kijken, totdat Grimrr op gelijke hoogte kwam met kruidenvrouw Angela, die naast Roran stond en met zes naalden een gestreepte sok aan het breien was.

Grimrr kneep zijn ogen tot spleetjes toen hij haar zag. Zijn haren rimpelden en piekten zoals dat van zijn vier lijfwachten. Hij trok zijn lippen naar achteren, waarbij twee witte, kromme slagtanden bloot kwamen. Tot Eragons verbazing uitte hij een korte, harde sis.

Angela keek met een lome maar onbeschaamde blik op van haar sok. 'Piep, piep,' zei ze.

Heel even dacht Eragon dat de weerkat haar ging aanvallen. Een donkere blos vlekte Grimrrs hals en gezicht. Zijn neusgaten gingen open en hij grauwde zwijgend naar haar. De andere weerkatten zakten diep door hun poten en legden hun oren vlak tegen hun kop, klaar om toe te slaan.

Overal in de zaal hoorde Eragon het geluid van zwaarden die half uit hun schede werden getrokken.

Grimrr siste opnieuw maar draaide de kruidenvrouw toen de rug toe en liep door. Toen de laatste weerkat haar passeerde, hief hij een poot en gaf een heimelijke zwiep aan de wol die aan Angela's naalden hing, net zoals een speelse huiskat zou doen.

Saphira was al even verbijsterd als Eragon. *Piep, piep?* vroeg ze.

Vergetend dat ze hem niet kon zien haalde hij zijn schouders op. *Niemand weet waarom Angela iets zegt of doet.*

Eindelijk stond Grimrr voor Nasuada. Hij maakte een nauwelijks zichtbare buiging en verried met zijn houding het opperste, arrogante zelfvertrouwen, dat in feite het exclusieve terrein van katten, draken en bepaalde hooggeboren vrouwen was.

'Vrouwe Nasuada,' zei hij. Zijn stem was verrassend diep en leek meer op de lage, hoestende brul van een boskat dan op de hoge stem van de jongen die hij leek.

Ook Nasuada knikte hem toe. 'Koning Halfpoot. U en uw ras zijn bij de Varden bijzonder welkom. Ik moet mijn verontschuldigingen aanbieden voor de afwezigheid van onze bondgenoot, koning Orrin van Surda. Hij zou u graag begroet hebben maar is verhinderd, want hij en zijn ruiters hebben het druk met de verdediging van onze westflank tegen een contingent van Galbatorix' troepen.'

'Natuurlijk, vrouwe Nasuada.' Al pratend flitsten zijn scherpe tanden. 'U mag uw vijanden nooit de rug toekeren.'

'Niettemin… Maar waaraan danken wij het onverwachte genoegen van uw bezoek, hoogheid? Weerkatten zijn altijd bekend geweest om hun heimelijke eenzaamheid en om hun afzijdigheid van de conflicten van dit tijdsgewricht, zeker sinds de val van de Rijders. Men mag zelfs stellen dat uw volk de laatste eeuw eerder een mythe dan werkelijkheid heeft geleken.'

Grimrr hief zijn rechterarm en wees met een kromme vinger en een klauwnagel naar Eragon.

'Vanwege hem,' gromde de weerkat. 'Niemand valt een andere jager aan die zijn zwakte nog niet getoond heeft, en die van Galbatorix is nu bekend: hij wil Eragon Schimmendoder en Saphira Bjartskular niet doden. We hebben lang op deze kans gewacht, en die zullen we aangrijpen. Galbatorix zal ons leren vrezen en haten. Uiteindelijk zal hij de enormiteit van zijn vergissing begrijpen en weten dat wij zijn val bewerkstelligd hebben. En die wraak zal zoet zijn, zoet als het merg van een mals jong zwijn.

Mens, de tijd is gekomen dat alle volkeren, zelfs de weerkatten, schouder aan schouder staan en Galbatorix bewijzen dat hij onze vechtlust niet gebroken heeft. Vrouwe Nasuada, wij willen ons als vrije bondgenoten bij uw leger aansluiten en u helpen om dit te bereiken.'

Eragon wist niet wat Nasuada dacht, maar hij en Saphira waren onder de indruk van Grimrrs rede.

Na een korte stilte zei Nasuada: 'Uw woorden klinken me bijzonder hoogst in de oren, majesteit. Maar voordat ik uw aanbod kan aanvaarden, wil ik graag dat u een paar vragen beantwoordt, als u daartoe bereid bent.'

Met een blik van onwrikbare onverschilligheid maakte Grimrr een gebaar. 'Dat ben ik.'

'Uw volk is heel heimelijk en ongrijpbaar geweest. Ik moet zelfs bekennen dat ik tot de dag van vandaag nog nooit van u gehoord had, majesteit. Om precies te zijn: ik wist niet eens dat uw volk een leider hééft.'

'Ik ben geen koning zoals de koningen bij u,' zei Grimrr. 'Weerkatten gaan het liefst alleen, maar als het slagveld wenkt, moeten zelfs wij een leider kiezen.'

'Ik begrijp het. Maar spreekt u namens uw hele volk of alleen namens degenen die met u mee reizen?'

Grimrrs borstkas zwol en zijn blik werd zo mogelijk nog zelfvoldaner. 'Ik spreek voor heel mijn soort, vrouwe Nasuada,' zei hij spinnend. 'Elke gezonde weerkat van Alagaësia, behalve zij die borstvoeding geven, zijn hier om te vechten. Wij zijn maar met weinigen, maar op het slagveld is niemand zo woest als wij. En ik voer ook het bevel over de eenvormigen, hoewel ik niet namens hen kan spreken, want ze kunnen even weinig zeggen als andere dieren. Toch zullen ze doen wat wij van hen vragen.'

'Eenvormigen?' wilde Nasuada weten.

'Degenen die u als katten kent. Zij die hun huid niet kunnen veranderen zoals wij.'

'Zijn ze u trouw?'

'Ja. Ze bewonderen ons... zoals vanzelf spreekt.'

Eragon merkte tegen Saphira op: *Als waar is wat hij zegt, kunnen de weerkatten ongelooflijk waardevol zijn.*

Toen vroeg Nasuada: 'En wat verlangt u van ons in ruil voor uw hulp, koning Halfpoot?' Ze wierp glimlachend een blik op Eragon en vervolgde: 'Wij kunnen u zo veel room geven als u wilt, maar afgezien daarvan zijn onze middelen beperkt. Als uw strijders verwachten dat ze voor hun inspanningen betaald zullen worden, zijn grote teleurstellingen onvermijdelijk.'

'Room is voor poesjes en we hebben geen belangstelling voor goud,' zei Grimrr. Al pratend hief hij zijn rechterhand en inspecteerde met geloken ogen zijn nagels. 'Onze voorwaarden zijn als volgt. Ieder van ons krijgt een dolk om mee te vechten, voor zover hij die nog niet heeft. Ieder van ons krijgt twee op maat gemaakte wapenrustingen, de ene voor wanneer we op vier poten lopen en de andere voor op twee. Andere uitrusting hebben we niet nodig – geen tenten, geen dekens, geen borden, geen lepels. Ieder van ons krijgt de belofte van één eend, sneeuwhoen, kip of soortgelijke vogel per dag plus om de dag een kom verse fijngehakte lever. Ook als we besluiten het niet op te eten, zal het voor ons apart worden gehouden. En als u deze oorlog wint, zal uw volgende koning of koningin – en iedereen die vervolgens aanspraak op de titel maakt – een dik kussen naast de troon leggen als ereplaats voor wanneer iemand van ons daarop wenst te zitten.'

'U onderhandelt als een wetgever bij de dwergen,' zei Nasuada droog. Ze boog zich naar Jörmundur, en Eragon hoorde haar fluisteren: 'Hebben we genoeg lever voor iedereen?'

'Dat denk ik wel,' antwoordde Jörmundur even zachtjes. 'Maar dat hangt van de grootte van de kom af.'

Nasuada ging rechtop zitten. 'Twee wapenrustingen zijn te veel, koning Halfpoot. Uw strijders zullen moeten beslissen of ze als katten dan wel als mensen willen vechten, en moeten zich dan aan die beslissing houden. Wapenrustingen voor allebei kan ik me niet veroorloven.'

Als Grimrr een staart had gehad, zou hij daarmee zijn gaan zwiepen. Eragon wist het zeker. Maar nu veranderde de weerkat alleen van houding. 'Uitstekend, vrouwe Nasuada.'

'Er is nog iets anders. Galbatorix heeft overal spionnen en moordenaars verborgen. Als voorwaarde om u bij de Varden te mogen aansluiten, zult u moeten toestaan dat een van onze magiërs uw herinneringen controleert om ons ervan te vergewissen dat Galbatorix niemand van u kan opeisen.'

Grimrr snoof. 'Iets anders zou dwaas zijn. Als iemand dapper genoeg is om onze gedachten te lezen, dan mag hij zijn gang gaan. Alleen zij niet.' Hij draaide zich om en wees naar Angela. 'Zij nooit.'

Nasuada aarzelde. Eragon zag dat ze iets wilde vragen, maar ze bedacht zich. 'Zo zij het. Ik laat meteen magiërs komen, zodat we dit zonder uitstel kunnen regelen. Ze zullen ongetwijfeld niets vinden van ongewenste aard, en dan zal ik me vereerd voelen om een bondgenootschap tussen u, koning Halfpoot, en de Varden te sluiten.'

Bij die woorden barstten alle mensen in de zaal, ook Angela, in applaus en gejuich los. Zelfs de elfen leken blij.

De weerkatten reageerden echter niet, behalve door hun oren naar achteren te leggen uit ergernis over het lawaai.

De nasleep

Eragon kreunde en ging weer op Saphira liggen. Zijn handen op zijn knieën zettend gleed hij hotsend over haar schubben totdat hij op de grond zat. Toen legde hij zijn benen recht voor zich uit.

'Ik heb honger!' riep hij.

Hij en Saphira zaten op de binnenplaats van het kasteel, uit de buurt van de zwoegende mannen die alles opruimden – ze legden zowel stenen als lijken in karren – en van degenen die het beschadigde gebouw in en uit liepen. Velen van hen hadden Nasuada's gesprek met koning Halfpoot gehoord en wijdden zich nu weer aan hun andere plichten. Blödhgarm en vier elfen stonden dichtbij op de uitkijk.

'Oi!' riep iemand.

Toen Eragon opkeek, zag hij Roran vanuit de donjon op hem toe komen lopen. Een paar stappen achter hem liep Angela. De wol flapperde in de wind omdat ze half moest rennen om zijn langere passen bij te benen.

'Waar ga je heen?' vroeg Eragon toen Roran voor hem bleef stilstaan.

'Ik ga de stad helpen beveiligen en de gevangenen organiseren.'

'Juist...' Eragons blik gleed over de drukke binnenplaats en rustte toen weer op Rorans gekneusde gezicht. 'Je hebt goed gevochten.'

'Jij ook.'

Eragon wendde zich nu tot Angela, die weer aan het breien was. Haar vingers bewogen zo snel dat hij niet kon volgen wat ze deden. 'Piep, piep?' vroeg hij.

Ze kreeg een ondeugende blik in haar ogen, maar ze schudde haar hoofd. Haar weelderige krullen zwierden mee. 'Dat is een verhaal voor een andere keer.'

Eragon aanvaardde haar weigering zonder protest; hij had van haar geen uitleg verwacht. Dat deed ze zelden.

'En jij?' vroeg Roran. 'Waar ga jij naartoe?'

We gaan wat te eten halen, zei Saphira terwijl ze Eragon een duwtje gaf met haar snuit. Hij voelde haar warme adem.

Roran knikte. 'Dat klinkt prima. Ik zie je vanavond in het kamp.' Toen hij zich omdraaide om weg te gaan, vervolgde hij: 'Doe de groeten aan Katrina.'

Angela deed haar breiwerk in een gewatteerde tas aan haar middel. 'Laat ik ook maar eens gaan. Er staat een brouwsel in mijn tent te pruttelen, en ik moet er even naar kijken. Bovendien wil ik een bepaalde weerkat opsporen.'

'Grimrr zeker?'

'Nee, nee – een oude vriendin van mij: de moeder van Solembum. Als ze tenminste nog leeft. Ik hoop van wel.' Ze bracht haar hand naar haar voorhoofd, waar ze met haar duim en wijsvinger een cirkel beschreef, en zei toen overdreven vrolijk: 'Tot ziens maar weer!' Daarmee verdween ze.

Op mijn rug, zei Saphira, die overeind kwam zodat Eragon geen steuntje meer had.

Hij klom op het zadel bij het begin van haar nek, en Saphira vouwde haar enorme vleugels uit met het zachte, droge geluid van huid over huid. De beweging schiep een vlaag bijna-stille wind die zich verspreidde als rimpels op een vijver. Overal op de binnenplaats bleven mensen staan kijken.

Saphira hief haar vleugels boven haar kop en Eragon zag het web van purperen aderen erin. Elk bloedvat werd een hol spoor omdat de bloedstroom tussen twee slagen van haar machtige hart afnam.

Toen – met een schok en een sprong – hing de wereld ineens krankzinnig schuin terwijl de draak vanuit de binnenplaats naar de top van de kasteelmuur vloog, waar ze even op de kantelen bleef zitten. De stenen kraakten tussen de punten van haar klauwen. Eragon greep de stekel op haar nek beet om zich in evenwicht te houden.

De wereld kantelde opnieuw toen Saphira weer wegvloog. Eragon voelde zich belaagd door een bijtende smaak en geur en zijn ogen deden pijn toen Saphira door de dikke laag wolken manoeuvreerde die als een deken van pijn, woede en verdriet boven Belatona hing.

Saphira klapperde tweemaal hard met haar vleugels en vloog daarmee door de wolken naar het zonlicht. Nu verhief ze zich boven de straten van de stad, waar nog veel branden woedden. Ze zweefde op roerloze vleugels rond en liet zich op de warme lucht naar steeds grotere hoogtes voeren.

Ondanks zijn vermoeidheid genoot Eragon van het schitterende uitzicht. De grommende storm die heel Belatona dreigde op te slokken, hing fel wit bij de voorste rand van de stad, terwijl donderkoppen zich verderop in inktzwarte schaduwen wentelden die niets van hun inhoud verrieden, behalve als er bliksems doorheen flitsten. Elders trokken ook andere dingen zijn aandacht, zoals het glanzende meer en de honderden kleine, groene boerderijen waarmee het landschap bezaaid was, maar niets was zo indrukwekkend als de berg wolken.

Hij vond het zoals altijd een voorrecht om de wereld vanaf deze hoogte te bekijken, want hij wist natuurlijk hoe weinig mensen ooit de kans hadden gekregen om op een draak te vliegen.

Met een lichte verschuiving van haar vleugels begon Saphira omlaag te zweven naar de rijen grijze tenten waaruit het Vardenkamp bestond.

Een sterke westenwind stak op en kondigde de nadering van het noodweer aan. Eragon kromde zijn rug en greep de stekel op Saphira's nek nog steviger beet. Hij zag glanzende rimpels snel over de velden beneden glijden, waar de stengels zich onder de kracht van de opstekende wind bogen. Het schuivende gras deed hem aan de vacht van een groot groen dier denken.

Een paard hinnikte toen Saphira over de rijen tenten zweefde naar de open plek die voor haar gereserveerd was. Eragon kwam half overeind in het zadel terwijl Saphira haar vleugels strekte en bijna stilzette boven de omgewoelde grond. Bij de klap van haar landing schoot Eragon naar voren.

Het spijt me, zei ze. *Ik wilde zo voorzichtig mogelijk landen.*
Dat weet ik.

Al bij het afstappen zag hij Katrina op zich af komen rennen. Haar lange, kastanjebruine haar wolkte rond haar gezicht terwijl ze over de open plek liep, en de druk van de wind onthulde de bolling van haar zwellende buik door de lagen van haar kleding heen.

'Is er nog nieuws?' riep ze. De bezorgdheid was in elke lijn van haar gezicht te zien.

'Heb je dat van die weerkatten gehoord?'
Ze knikte.
'Behalve dat is er geen echt nieuws. Met Roran gaat het goed. Hij doet je de groeten.'

Haar blik werd zachter maar de bezorgdheid verdween niet helemaal. 'Alles is dus goed met hem?' Ze gebaarde naar de ring aan de middelvinger van haar rechterhand, een van de ringen die Eragon voor haar en Roran had betoverd, zodat ze van elkaar konden weten of de ander in gevaar was. 'Ik dacht dat ik een uurtje geleden iets voelde, en ik was bang dat...'

Eragon schudde zijn hoofd. 'Roran kan je er alles over vertellen. Hij heeft een paar wondjes en blauwe plekken opgelopen, maar voor de rest is alles prima. Wat niet wegneemt dat ik doodsbang ben geweest.'

Katrina's blik werd nog bezorgder, en dat ze glimlachte, kostte haar zichtbaar moeite. 'In elk geval zijn jullie allebei veilig.'

Ze namen afscheid, en Eragon en Saphira gingen op weg naar een van de kantinetenten, dicht bij de kookvuren van de Varden. Daar deden ze zich tegoed aan vlees en mede, terwijl de wind joelde en regenvlagen de zijkanten van de flapperende tent bestookten.

Terwijl Eragon in een stuk gebraden varkensbuik beet, vroeg Saphira: *Is het lekker? Is het heerlijk?*

'Mmm,' zei Eragon. Er dropen straaltjes vet over zijn kin.

Herinneringen aan de doden

'*Galbatorix is gek en daarom onvoorspelbaar, maar er zitten ook gaten in zijn redenering die bij een gewoon mens niet voorkomen. Als je die kunt vinden, kunnen jij en Saphira hem misschien verslaan, Eragon.*'
Brom liet met een ernstig gezicht zijn pijp zakken. '*Ik hoop van wel. Mijn grootste verlangen is dat jij en Saphira een lang en productief leven krijgen, vrij van Galbatorix en het Rijk. Ik wou dat ik je kon beschermen tegen alle gevaren die dreigen, Eragon, maar dat ligt helaas niet in mijn vermogen. Ik kan je alleen goede raad geven en je alles te leren wat ik kan zolang ik hier nog ben... Mijn zoon. Wat er ook met je gebeurt, vergeet nooit dat ik van je houd, en dat deed je moeder ook. Mogen de sterren over je waken, Eragon Bromszoon.*'

Eragon deed zijn ogen open. De herinnering vervaagde. Het plafond van de tent boven hem zakte diep door – als een lege waterzak – nadat het inmiddels overgewaaide noodweer er had huisgehouden. Een druppel water viel uit een van de plooien op zijn rechterdij en doorweekte zijn beenwindsels. Daaronder kreeg hij het koud. Hij wist dat hij de scheerlijnen strak moest trekken maar had even geen zin om uit zijn brits te komen.

En heeft Brom nooit iets tegen jou over Murtagh gezegd? Heeft hij nooit verteld dat Murtagh en ik halfbroers waren?

Saphira, die opgerold buiten de tent lag, zei: *Herhaling van de vraag levert geen ander antwoord op.*

Maar waarom niet? Waarom deed hij dat niet? Hij moet dat over Murtagh geweten hebben. Dat kan niet anders.

Saphira was traag met haar antwoord. *Brom had voor alles zijn eigen redenen. Maar als ik ernaar moet raden, zou ik zeggen dat hij het belangrijker vond om tegen je te zeggen dat hij van je hield, en hij wilde je zo veel mogelijk goede raad geven. Dat was belangrijker dan tijd verspillen aan praten over Murtagh.*

Maar hij had me kunnen waarschuwen. Een paar woorden zouden genoeg zijn geweest.

Ik weet niet precies wat zijn motieven waren, Eragon. Je moet aanvaarden dat er over Brom vragen zijn die je nooit zult kunnen beantwoorden. Vertrouw op zijn liefde voor jou en laat je niet door zulke zorgen van de wijs brengen.

Eragon staarde langs zijn borstkas naar zijn duimen. Hij zette ze naast elkaar om ze te kunnen vergelijken. Zijn linkerduim had op het tweede gewricht meer rimpels dan zijn rechter, maar zijn rechterduim vertoonde een klein, kartelig litteken waarvan hij niet wist hoe hij het had opgelopen, maar het moest gebeurd zijn na Agaetí Blödhren, de Viering van de Bloedeed.

Dank je, zei hij tegen Saphira. Via haar had hij Broms bericht sinds de val van Feinster driemaal gezien en gehoord, en elke keer had hij in Broms verhaal en gedrag details opgemerkt die hem aanvankelijk ontgaan waren. Die ervaring was troostrijk en bevredigend, want daarmee werd een verlangen vervuld dat hem al zijn hele leven plaagde: de naam van zijn vader weten en weten dat die vader van hem hield.

Saphira aanvaardde zijn dank met de warme gloed van haar genegenheid.

Eragon had na het eten een tijdje gerust, maar zijn vermoeidheid was nog niet helemaal weg. Dat had hij ook niet verwacht. Hij wist uit ervaring dat het weken zou duren voordat hij hersteld was van de ondermijnende gevolgen die een langdurige veldslag met zich meebracht. Naarmate Urû'baen dichterbij kwam, zouden hij en ieder ander in Nasuada's Vardenleger na elke confrontatie steeds minder tijd krijgen voor herstel. De oorlog zou hen uitputten totdat ze bebloed, gebeukt en nauwelijks vechtklaar zouden zijn. Maar in die fase moest het gevecht met Galbatorix nog komen, en die had dan in alle rust en comfort op hen kunnen wachten.

Hij probeerde er niet te veel aan te denken.

Een nieuwe waterdruppel raakte zijn been koud en hard. Hij zwaaide zijn benen geërgerd over de rand van de brits en ging rechtop zitten. Daarna liep hij naar de kale grond in een van de hoeken, waar hij neerknielde.

'Deloi sharjalví!' ze hij, gevolgd door diverse andere zinnen in de oude taal, die nodig waren om de valstrikken buiten werking te stellen die hij de avond ervoor had aangebracht.

De aarde begon te zieden alsof water aan de kook kwam, en uit die kolkende fontein van stenen, insecten en wormen kwam een met ijzeren banden omwikkelde kist van anderhalve voet lengte te voorschijn. Eragon pakte hem en maakte de toverspreuk ongedaan. De grond kwam weer tot rust.

Hij zette de kist op de nu weer stevige aarde. 'Ládrin,' fluisterde hij. Vervolgens haalde hij zijn hand langs het sleutelgatloze slot waarmee de grendel bevestigd was. Het slot ging met een klik open.

Een zwakke, gouden gloed vulde de tent toen hij het deksel openmaakte. Veilig opgeborgen in de fluwelen voering lag Glaedrs eldunarí, het 'hart van harten' van een draak. De grote, op een juweel lijkende steen glom duister als een dovend kooltje. Eragon nam hem tussen zijn handen. De onregelmatige facetten met hun scherpe randen lagen warm tegen zijn handpalmen, en hij staarde in de pulserende diepten. Een melkweg van sterretjes kolkte in het midden van de steen, maar hun bewegingen waren trager en minder massaal dan toen Eragon de steen voor het eerst had gezien. Dat was gebeurd in Ellesméra, toen Glaedr het ding uit zijn lichaam had gehaald en aan de zorg van Eragon en Saphira had toevertrouwd.

Eragon vond het zoals altijd een fascinerend gezicht en had dagenlang naar het steeds veranderende patroon kunnen kijken.

We moeten het nog maar eens proberen, zei Saphira, en hij was het met haar eens.

Samen tastten ze met hun geest naar het verre licht, naar de sterrenzee die Glaedrs bewustzijn vertegenwoordigde. Door kou en duisternis gleden ze, daarna door hitte en wanhoop en een zo grote onverschilligheid dat hun wil ondermijnd werd om iets anders te doen dan ophouden en huilen.

Glaedr... Elda, riepen ze steeds opnieuw, maar er kwam geen antwoord. De onverschilligheid week niet.

Uiteindelijk gaven ze het op omdat het verpletterende gewicht van Glaedrs verdriet ondraaglijk werd.

Toen Eragon weer tot zichzelf terugkeerde, besefte hij dat iemand aanklopte op de voorste paal van zijn tent. Toen hoorde hij Arya vragen: 'Mag ik binnenkomen, Eragon?'

Hij snoof en knipperde met zijn ogen om zijn blik te verhelderen. 'Natuurlijk.'

Het vaalgrijze licht van een bewolkte hemel viel naar binnen toen Arya de tentflap opzij trok. De aanblik van haar groene, schuine, onpeilbare ogen gaven hem een pijnscheut en een schrijnend verlangen.

'Is er al verandering?' vroeg ze voordat ze naast hem knielde. Ze droeg niet haar wapenrusting maar het hemd van zwart leer, de broek en de laarzen met dunne zolen die ze gedragen had toen hij haar in Gil'ead gered had. Ze had haar haren gewassen, en die hingen als lange, vochtige, zware strengen op haar rug. Zoals zo vaak hing er een geur van geplette dennennaalden om haar heen, en bij Eragon kwam de vraag op of ze die geur met een spreuk creëerde of dat ze van nature zo rook. Hij had het haar graag willen vragen maar durfde het niet.

Bij wijze van antwoord op haar vraag schudde hij zijn hoofd.

'Mag ik?' Ze wees naar Glaedrs hart van harten.

Hij maakte plaats voor haar. 'Ga je gang.'

Arya ging zitten, legde haar handen links en rechts van de eldunarí en sloot haar ogen. Hij greep de kans aan om haar te bestuderen met een openlijke belangstelling die in andere omstandigheden kwetsend zou zijn geweest. Ze leek hem in elk opzicht het toppunt van schoonheid, maar hij wist dat een ander haar neus misschien te lang, haar gezicht te hoekig, haar oren te puntig of haar armen te gespierd had gevonden.

Arya haalde haar handen met een hijgende ruk uit de buurt van het hart van harten alsof ze zich gebrand had. Ze boog haar hoofd, en Eragon zag haar kin heel licht beven. 'Hij is het ongelukkigste schepsel dat ik ooit heb meegemaakt... Ik wou dat we hem konden helpen. Volgens mij lukt het hem nooit om zelfstandig een weg uit de duisternis te vinden.'

'Denk je...' Eragon aarzelde omdat hij zijn vermoeden niet wilde uitspreken. Toch vroeg hij: 'Denk je dat hij gek gaat worden?'

'Dat is misschien al gebeurd. Zo niet, dan wankelt hij op de rand van de waanzin.'

Eragon voelde zich overmand door verdriet, terwijl ze samen naar de gouden steen staarden.

Toen hij eindelijk weer de kracht had om iets te zeggen, vroeg hij: 'Waar is de Dauthdaert?'

'Verborgen in mijn tent zoals jij Glaedrs eldunarí verborgen hebt. Ik kan hem hierheen brengen, als je wilt, maar ik kan hem ook blijven bewaren totdat je hem nodig hebt.'

'Hou hem maar. Ik kan er niet mee rondlopen, anders komt Galbatorix misschien zijn bestaan te weten. Bovendien zou het dom zijn om zo veel schatten op één plaats te bewaren.'

Ze knikte.

De pijn in Eragons binnenste werd feller. 'Arya, ik...' Hij zweeg, want Saphira zag een van de zoons van Horst, de smid, naar de tent rennen. Volgens haar was het Albriech, maar hij was vanwege de vervormingen in Saphira's gezichtsvermogen moeilijk van zijn broer Baldor te onderscheiden. Voor Eragon was het een opluchting dat ze gestoord werden, want hij had niet geweten wat hij zeggen moest.

'Er komt iemand aan,' zei hij, het deksel van de kist sluitend.

Buiten in de modder klonken harde, natte voetstappen. Toen riep Albriech (hij was het inderdaad): 'Eragon! Eragon!'

'Wat is er?'

'Moeders weeën zijn begonnen! Vader stuurt me om dat te zeggen. Hij laat vragen of je bij hem wilt blijven voor het geval dat er iets misgaat en je magie nodig is. Alsjeblieft...Kan dat?'

Het ontging Eragon wat hij nog meer zei, want hij sloot de kist ijlings af en begroef hem. Hij hing zijn mantel rond zijn schouders en was aan de sluiting aan het friemelen, toen Arya haar hand op zijn arm legde en vroeg: 'Mag ik met je mee? Ik heb hier enige ervaring mee. Als je mensen het toestaan, kan ik het kraambed gemakkelijker maken voor haar.'

Eragon hoefde geen moment over zijn beslissing na te denken en gebaarde naar de uitgang van de tent. 'Na jou.'

Wat is een man?

De modder bleef aan Rorans laarzen hangen bij elke keer dat hij zijn voeten optilde. Dat vertraagde zijn voortgang, en zijn toch al vermoeide benen brandden van de inspanning. Hij had het gevoel dat de grond zelf zijn laarzen wilde uittrekken. De modder was dik en glibberig en zakte altijd net op de slechtste momenten in, als zijn positie het lastigst was. De smurrie was bovendien diep. Door de constante stroom mensen, dieren en karren waren de bovenste zes duimen aarde een vrijwel onbegaanbaar moeras geworden. Langs de randen van het pad, dat recht door het kamp van de Varden liep, lagen nog een paar plekken vertrapt gras, maar Roran vermoedde dat die snel verdwenen zouden zijn omdat de mensen het midden van het pad probeerden te mijden.

Roran deed geen moeite om de modder te vermijden; het kon hem niet meer schelen of zijn kleren schoon bleven. Hij was bovendien zo uitgeput dat het gemakkelijker was om in dezelfde richting door te blijven sjokken dan zijn best te moeten doen om zich van de ene graspol naar de andere te werken.

Al strompelend dacht hij aan Belatona. Na Nasuada's overleg met de weerkatten had hij een commandopost ingericht in het noordwestelijke deel van de stad en probeerde hij de toestand daar in de hand te krijgen door manschappen op te dragen om branden te blussen, op straat barricades op te richten, huizen uit te kammen op soldaten en wapens in beslag te nemen. Dat was een zware taak. Hij betwijfelde of hij alles kon doen wat nodig was, en was bang dat in de stad nieuwe gevechten gingen uitbreken. *Die idioten halen hopelijk de dag van morgen zonder zich te laten afmaken.*

Zijn linkerzij deed zo veel pijn dat hij zijn tanden ontblootte en lucht naar binnen zoog.

Vervloekte lafaard.

Iemand had hem vanaf het dak van een gebouw met een kruisboog beschoten. Roran had het met puur geluk overleefd. Mortenson, een van zijn manschappen, was – precies op het moment dat de aanvaller schoot – voor hem komen staan. De pijl had Mortenson van rug naar buik doorboord en had toen nog genoeg kracht om Roran een lelijke blauwe plek te geven. Mortenson was ter plaatse gesneuveld, en de man die geschoten had, was ontsnapt.

Vijf minuten later waren bij een (vermoedelijk magische) soort ontploffing nog twee van zijn mannen omgekomen toen ze een stal in liepen om te kijken waar een geluid vandaan kwam.

Roran had gehoord dat zulke aanvallen in de stad veel voorkwamen. Een groot deel ervan was ongetwijfeld het werk van Galbatorix' agenten, maar ook de inwoners van Belatona waren verantwoordelijk – mannen en vrouwen die het niet verdroegen om machteloos toe te kijken hoe een vijandig leger de macht over hun stad overnam, hoe eerzaam de bedoelingen van de Varden ook waren. Roran had begrip voor mensen die hun gezin wilden verdedigen, maar tegelijkertijd vervloekte hij hun dikke kop: ze weigerden in te zien dat de Varden hen wilden helpen, niet schaden.

Wachtend tot een dwerg een zwaarbeladen pony uit de weg had getrokken, krabde hij in zijn baard voordat hij strompelend zijn weg vervolgde.

Toen hij in de buurt van hun tent kwam, zag hij Katrina bij een tobbe heet zeepwater staan. Ze boende een bebloed verband op een wasbord. Haar mouwen waren tot voorbij haar ellebogen opgerold, haar haren waren opgebonden tot een slordige knot en ze had rode wangen van het werken, maar hij vond haar mooier dan ooit. Ze was zijn steun en toeverlaat – zijn toevluchtsoord – en alleen al door haar aanblik verdween een deel van de verwarring die hem overvallen had.

Zodra ze hem zag, hield ze op met wassen en rende ze op hem af terwijl ze haar roze handen afveegde aan de voorkant van haar jurk. Roran zette zich schrap toen ze zich op hem stortte en haar armen om hem heen sloeg. Een pijnscheut joeg door zijn zij, en hij gromde even.

Katrina verslapte haar greep en boog fronsend naar achteren. 'O! Heb ik je pijn gedaan?'

'Nee... nee. Het is niet erg.'

Ze vroeg niet door maar omhelsde hem – ditmaal wat zachter – opnieuw. Met glinsterende ogen van de tranen keek ze naar hem op. Hij zette zijn handen op haar heupen en boog zijn hoofd om haar te kussen – onuitsprekelijk dankbaar voor haar aanwezigheid.

Katrina legde zijn linkerarm over haar schouders, en hij steunde een deel van zijn gewicht op haar terwijl ze naar hun tent terugliepen. Hij ging met een zucht op de boomstronk zitten die ze als stoel gebruikten. Katrina had hem naast het kleine vuur gezet dat ze had aangestoken om het water in de tobbe te verwarmen. Er hing een pan met een stoofgerecht boven te pruttelen.

Katrina vulde een kom met vlees en gaf hem die aan. Vervolgens haalde ze een kroes bier en een bord met een half brood en een punt kaas uit de tent. 'Wil je nog meer hebben?' Ze klonk ongewoon hees.

Roran zei niets maar legde een hand op haar wang en streelde haar tweemaal met zijn duim. Ze glimlachte onvast en legde een hand op de zijne. Toen liep ze weer naar de tobbe en ging met nieuwe kracht door met boenen.

Roran staarde een hele tijd naar het eten voordat hij een hap nam. Hij was nog zo gespannen dat hij zich afvroeg of hij wel iets binnen zou houden. Maar na een paar happen brood kwam zijn eetlust terug en begon hij gretig aan het vlees.

Toen hij klaar was, zette hij het vaatwerk op de grond en warmde zijn handen boven het vuur. Intussen genoot hij van de laatste slokjes bier.

'Toen de poorten bezweken, konden we de klap hier horen,' zei Katrina, die een verband droog wrong. 'Ze hebben niet lang standgehouden.'

'Nee... Een draak in je gelederen is erg handig.'

Hij staarde naar haar buik terwijl zij het verband aan de geïmproviseerde waslijn hing, die van de punt van hun tent naar die van de buren liep. Steeds als hij dacht aan het kind dat ze droeg, het kind dat zij tweeën hadden gemaakt, voelde hij een enorme trots in zijn binnenste, maar ook de nodige bezorgdheid omdat hij niet wist hoe hij het kind ooit een veilig thuis kon geven. En als de oorlog nog niet voorbij was wanneer het kind kwam, wilde Katrina naar Surda gaan, waar ze een betrekkelijk veilig kraambed kon hebben.

Ik wil haar niet verliezen, niet nóg een keer.

Katrina dompelde een volgend verband in de tobbe. 'En de gevechten in de stad?' vroeg ze, in het water roerend. 'Hoe zijn die verlopen?'

'We hebben voor elke stap moeten vechten. Zelfs Eragon had het zwaar.'

'De gewonden hadden het over blijden op wielen.'

'Klopt.' Roran bevochtigde zijn tong met bier en beschreef snel hoe de Varden door de stad waren getrokken en welke tegenslagen ze onderweg te verduren hadden gekregen. 'We hebben vandaag te grote verliezen geleden, maar het had erger kunnen zijn. Veel erger. Jörmundur en kapitein Martland hadden de aanval goed voorbereid.'

'Maar hun plan zou niet gewerkt hebben als jij en Eragon er niet geweest waren. Jullie hebben je geweldig geweerd.'

Roran moest eventjes hard lachen. 'Ja! En weet je waarom? Dat zal ik je vertellen. Nog niet één op de tien man is feitelijk bereid om de vijand aan te vallen. Eragon ziet dat niet, want hij staat altijd in de voorhoede en drijft de soldaten voor zich uit. Maar ik zie het wel. De meesten houden zich op afstand en vechten alleen als ze in het nauw worden gedreven. Of ze zwaaien met veel herrie en misbaar met hun armen maar doen niks.'

Katrina keek verbijsterd. 'Maar hoe kan dat nou? Zijn ze laf?'

'Weet ik niet. Ik denk... ik denk dat ze gewoon niet iemand kunnen aankijken om hem dan te doden. Toch vinden ze het makkelijk zat om soldaten te doden die met hun rug naar hen toe staan. Ze wachten dus tot anderen doen wat zij niet kunnen. Ze wachten op mensen zoals ik.'

'Denk je dat de manschappen van Galbatorix er net zo weinig zin in hebben?'

Roran haalde zijn schouders op. 'Misschien wel. Maar aan de andere kant kunnen ze niets anders doen dan Galbatorix gehoorzamen. Als hij zegt dat ze moeten vechten, dan vechten ze.'

'Nasuada zou hetzelfde kunnen doen. Ze kan haar magiërs spreuken laten zeggen om te zorgen dat niemand de kantjes eraf loopt.'

'Maar welk verschil is er dan nog tussen haar en Galbatorix? Hoe dan ook, de Varden zouden het niet accepteren.'

Katrina liet haar wasgoed in de steek en gaf hem een kus op zijn voorhoofd. 'Ik ben blij dat jij kunt wat je doet,' fluisterde ze. Ze liep weer naar de tobbe en begon een volgende reep vuil linnen te boenen. 'ik heb een tijdje geleden iets gevoeld. Met mijn ring... Ik dacht dat er misschien iets met je gebeurd was.'

'Ik stond midden in het strijdgewoel. Het zou me niet verbaasd hebben als je elke paar minuten een scheut had gevoeld.'

Ze hield haar armen in het water stil. 'Het is nooit eerder gebeurd.'

In een poging om het onvermijdelijke uit te stellen dronk hij zijn kroes bier leeg. Hij had gehoopt haar de details van zijn moeilijkheden in het kasteel te kunnen besparen, maar het was duidelijk dat ze niet zou rusten voordat ze de waarheid wist. Als hij haar iets probeerde wijs te maken, ging ze zich alleen maar nog veel grotere rampen verbeelden dan wat feitelijk gebeurd was. Bovendien had het geen zin om het te verzwijgen, want het nieuws zou heel snel bij alle Varden bekend zijn.

Daarom vertelde hij het. Hij hield het verslag kort en probeerde de instorting van de muur als een klein ongemak voor te stellen in plaats van iets wat hem bijna het leven had gekost. Toch vond hij het moeilijk om de ervaring te beschrijven, zodat hij aarzelend praatte en naar de juiste woorden moest zoeken. Toen hij klaar was, zweeg hij. Het was een kwellende herinnering.

Katrina zei: 'Gelukkig ben je niet gewond.'

Hij peuterde aan een barst in de lip van de kroes. 'Nee.'

Het geluid van klotsend water verdween, en hij voelde haar blik op hem rusten.

'Je hebt voor veel hetere vuren gestaan.'

'Ja... geloof ik.'

Haar stem werd zachter. 'Maar wat is er dan aan de hand?' Toen hij niet antwoordde, vervolgde ze: 'Niets is zo verschrikkelijk dat je het me niet kunt vertellen, Roran. Dat weet je.'

Zijn rechter duimnagel scheurde toen hij weer aan de kroes ging peuteren. Hij wreef diverse keren met de scherpe rand over zijn wijsvinger. 'Toen de muur instortte, dacht ik dat ik doodging.'

'Dat kan iedereen overkomen.'

'Ja, maar het punt is dat het me niets kon schelen.' Hij keek haar gekweld aan. 'Snap je dat? *Ik gaf het op!* Toen ik begreep dat ik niet kon ontsnappen, aanvaardde ik dat mak als een lam dat naar de slachtbank wordt geleid, en ik...' Hij kon niets meer zeggen, liet de kroes vallen en verborg zijn gezicht in zijn handen. Door de zwelling in zijn keel kreeg hij nauwelijks adem. Toen voelde hij Katrina's vingers licht op zijn schouders rusten. 'Ik gaf het op,' gromde hij woedend en vol walging over zichzelf. 'Ik hield gewoon op met vechten...Voor jou... Voor ons kind.' Hij stikte bijna in zijn woorden.

'Ssst, ssst,' fluisterde ze.

'Ik heb het nooit eerder opgegeven. Nog nooit... Niet eens toen de Ra'zac je te pakken hadden.'

'Dat weet ik.'

'Er moet een eind komen aan dit vechten. Zo kan het niet doorgaan... Ik kan niet... Ik...' Hij hief zijn hoofd en zag tot zijn afschuw dat ook zij bijna huilde. Hij stond op om zijn armen om haar heen te leggen en haar tegen zich aan te trekken. 'Het spijt me,' fluisterde hij. 'Het spijt me, het spijt me, het spijt me... Het zal niet meer gebeuren. Nooit meer. Dat beloof ik.'

'Alsof dat mij iets kan schelen,' zei ze gedempt met haar mond tegen zijn schouder.

Dat antwoord deed pijn. 'Ik weet dat ik zwak ben geweest, maar voor jou zou mijn woord nog steeds iets moeten betekenen.'

'Zo bedoelde ik het helemaal niet!' riep ze uit. Ze boog zich naar achteren om hem beschuldigend aan te kijken. 'Je bent soms heel dom, Roran.'

Hij glimlachte een beetje. 'Dat weet ik.'

Ze vouwde haar handen achter zijn nek. 'Voor mij ben je er niet minder om, wát je ook gevoeld mag hebben toen de muur instortte. Het enige belangrijke is dat je nog leeft....Toen de muur instortte, kon jij daar toch niets tegen doen?'

Hij schudde zijn hoofd.

'Dan hoef je je ook nergens voor te schamen. Als jij het had kunnen tegenhouden of als je had kunnen ontsnappen zonder dat je dat deed, dan zou je mijn respect kwijt zijn. Maar je hebt alles gedaan wat je kon, en toen je niets meer kón doen, sloot je vrede met je lot en ging je niet nutteloos tekeer. Dat is wijsheid, geen zwakte.'

Hij boog zijn hoofd en kuste haar voorhoofd. 'Dank je.'

'En wat mij betreft ben je de dapperste, sterkste en aardigste man van heel Alagaësia.'

Ditmaal kuste hij haar op haar mond. Daarna moest ze lachen – een korte, snelle bevrijding van opgekropte spanning – en stonden ze heen en weer te deinen alsof ze dansten op een melodie die alleen zij konden horen.

Katrina gaf hem een speelse duw en ging de was afmaken. Hij ging weer op de boomstronk zitten, voor het eerst sinds het gevecht tevreden, ondanks al zijn pijnlijke plekken.

Roran sloeg de mannen, paarden en soms Urgals of dwergen gade die sjokkend hun tent passeerden. Hij lette op hun verwondingen en op de staat van hun wapens en wapenrusting. Tegelijkertijd probeerde hij de algemene stemming te peilen, en de enige conclusie die hij trok, was dat iedereen (behalve de Urgals) toe was aan een nacht met veel slaap en een fatsoenlijke maaltijd en dat iedereen (ook de Urgals – vooral de Urgals) dringend behoefte had aan veel emmers zeepwater en een harde borstel om hen van top tot teen te reinigen.

Hij sloeg ook Katrina gade en zag dat haar aanvankelijke goede humeur langzaam verdween en al werkend plaatsmaakte voor irritatie. Ze bleef schrobben en boenen op allerlei vuile plekken, maar zonder veel succes. Ze ging steeds bozer kijken en ze uitte gefrustreerde geluidjes.

Toen ze uiteindelijk de lap stof op het wasbord smeet – waarbij het sop een paar ellen de lucht in vloog – en met samengeknepen lippen tegen de tobbe ging leunen, werkte Roran zich overeind en ging hij naast haar staan.

'Laat mij het maar doen,' zei hij.

'Dat hoort niet,' mopperde ze.

'Onzin. Ga zitten, dan maak ik het af... Kom op.'

Ze schudde haar hoofd. 'Jij hoort degene te zijn die uitrust, niet ik. Bovendien is het geen mannenwerk.'

Hij snoof spottend. 'Wie bepaalt dat? Mannenwerk of vrouwenwerk... het moet allebei gedaan worden. En ga nu zitten. Je mag niet zo lang op je benen staan.'

'Roran, ik voel me prima.'

'Doe niet zo stom.' Hij duwde haar zachtjes bij de tobbe weg, maar ze weigerde toe te geven.

'Het hoort niet,' protesteerde ze. 'Wat zullen de mensen er wel niet van denken?' Ze gebaarde naar de mannen die haastig over het modderpad naast hun tent liepen.

'Ze mogen ervan denken wat ze willen. Ik ben met jou getrouwd, niet met hen. Als ze het onmannelijk vinden dat ik je help, dan zijn het idioten.'

'Maar...'

'Niks maar. Schiet op. Ksst. Wegwezen.'

'Maar...'

'Ik ga er geen ruzie over maken. Als jij niet gaat zitten, draag ik je weg en bind ik je vast aan de boomstronk.'

Katrina's frons maakte plaats voor een peinzende blik. 'Werkelijk?'

'Ja. Schiet 'ns een beetje op.' Ze maakte tegenstribbelend plaats aan de tobbe en hij snoof van ergernis. 'Een beetje koppig, hè?'

'Moet je horen wie dat zegt. Een muilezel kan van jou nog wat leren.'

'Niet van mij. Ik ben niet koppig.' Toen hij zijn gordel had losgemaakt, trok hij zijn maliënkolder uit en hing die aan de voorste tentpaal. Vervolgens trok hij zijn handschoenen uit en rolde de mouwen van zijn tuniek op. De lucht voelde koel aan en de verbanden waren nog kouder – ze waren op het wasbord afgekoeld –, maar dat kon hem niet schelen, want het water was warm, en even later gold dat ook voor de doeken. Rond zijn polsen ontstonden schuimende bergjes van iriserende bellen terwijl hij de lappen over de volle lengte van de knobbelige plank duwde en trok.

Hij wierp een blik op Katrina en zag tot zijn vreugde dat ze ontspannen op de boomstronk zat – in elk geval zo ontspannen als maar mogelijk was op zo'n primitieve stoel.

'Wil je kamillethee?' vroeg ze. 'Gertrude heeft me vanochtend een handvol verse takjes gegeven. Ik kan een pot zetten voor ons allebei.'

'Ja, lekker.'

Een vriendschappelijke stilte viel terwijl Roran doorging met de was. Dat werkje bracht hem in een prettig humeur; het was heerlijk om eens iets anders met zijn handen te doen dan met een hamer zwaaien, en Katrina's nabijheid gaf hem een gevoel van diepe voldaanheid.

Net toen hij de laatste lap uitwrong en zijn pas ingeschonken thee naast Katrina op hem stond te wachten, riep iemand vanaf het drukke pad hun naam. Het duurde even voordat Roran begreep dat Baldor zigzaggend door de modder tussen mannen en paarden naar hem toe kwam rennen. Hij droeg een pokdalig leren voorschoot en dikke, ellebooglange handschoenen vol roet, zo versleten dat de vingers hard, glad en glanzend waren als gepolijste schildpad. Een reep afgescheurd leer hield zijn donkere, warrige haar bij elkaar en zijn voorhoofd was gefronst. Baldor was kleiner dan zijn vader Horst en zijn oudere broer Albriech, maar vergeleken met ieder ander was hij groot en gespierd omdat hij zijn hele jeugd lang zijn vader in de smidse geholpen had. Geen van hen drieën had die dag gevochten – een bekwame smid werd gewoonlijk te waardevol geacht om hem op het slagveld in gevaar te brengen – maar Roran wenste dat Nasuada het had toegestaan, want ze waren ervaren strijders en hij wist dat hij ook in de moeilijkste omstandigheden op hen kon rekenen.

Roran legde het wasgoed neer, droogde zijn handen af vroeg zich af wat er aan de hand kon zijn. Katrina, die van haar boomstronk opstond, kwam aan de tobbe bij hem staan.

Toen Baldor hen bereikt had, duurde het nog verscheidene tellen voordat hij weer op adem was gekomen. Hij zei haastig: 'Kom gauw. Moeder heeft net weeën gekregen, en...'

'Waar is ze?' vroeg Katrina scherp.

'In onze tent.'

Ze knikte. 'We komen zo snel mogelijk.'

Baldor draaide zich met een dankbare blik om en rende weg.

Terwijl Katrina de tent in dook, goot Roran de inhoud van de tobbe over het vuur om het te doven. Het gloeiende hout siste en knetterde onder de waterstraal, en in plaats van rook schoot een wolk stoom de lucht in, waardoor het onaangenaam ging ruiken.

Angst en opwinding versnelden Rorans bewegingen. *Hopelijk gaat ze niet dood*, dacht hij bij de herinnering aan de keren dat hij de vrouwen over haar leeftijd en veel te lange zwangerschap had horen praten. Elaine was altijd aardig voor hem en Eragon geweest, en hij was dol op haar.

'Ben je klaar?' vroeg Katrina, die de tent uit kwam en een blauwe doek rond haar hoofd en hals knoopte.

Hij pakte zijn gordel en hamer van de plek waar ze hingen. 'Klaar. We gaan.'

De prijs van macht

'Zo, vrouwe. Deze hebt u niet meer nodig. En dat is maar goed ook.'

Met een zacht geritsel viel de laatste reep linnen van Nasuada's onderarmen terwijl haar dienstmaagd Farica de windsels verwijderde. Nasuada had zulke verbanden gedragen sinds de dag dat krijgsheer Fadawar en zij hun moed tegen elkaar hadden bewezen in de Beproeving van de Lange Messen.

Nasuada staarde naar een lang, gerafeld tapijt vol gaten terwijl Farica haar verzorgde. Toen vermande ze zich en sloeg haar blik langzaam neer. Sinds ze de Beproeving van de Lange Messen gewonnen had, had ze niet naar haar wonden willen kijken. Toen die nog vers waren geweest, hadden ze er zo gruwelijk uitgezien dat ze ze pas weer zien wilde als ze bijna genezen waren.

De littekens waren asymmetrisch. Zes liepen er over het vlees van haar linkeronderarm, drie over haar rechter. Elk litteken was drie of vier duimbreedtes lang en zo recht als maar mogelijk was. Alleen bij het laagste rechts had haar zelfbeheersing het bijna begeven: het mes was uitgeschoten en had een zigzaggende lijn getrokken die bijna tweemaal zo lang was als de andere. De huid rond de littekens was roze en gerimpeld en de littekens zelf waren nauwelijks lichter dan de rest van haar lichaam. Daar was ze dankbaar voor. Ze had gevreesd dat ze wit en zilvergrijs zouden zijn, want dan zouden ze veel zichtbaarder zijn geweest. De littekens verrezen ongeveer een kwart duim boven de huid van haar arm en vormden harde richels vlees die eruitzagen alsof gladde stalen stangen onder haar huid waren geschoven.

Nasuada bekeek ze met gemengde gevoelens. In de loop van haar jeugd had haar vader haar de gebruiken van haar volk geleerd, maar ze had haar hele leven tussen de Varden en de dwergen verkeerd. De enige rituelen van zwervende stammen die ze ooit gezien had – en dan nog alleen heel onregelmatig – hadden met hun godsdienst te maken. Ze had nooit de aspiratie gehad om de Trommeldans te beheersen of deel te nemen aan het vermoeiende Namen Noemen, laat staan – en dat vooral niet – iemand te verslaan in een Beproeving van de Lange Messen. Toch was het daarvan gekomen. Ze was nog steeds jong en mooi maar had al negen lange littekens op haar onderarmen. Ze kon natuurlijk een van de magiërs van de Varden bevelen om ze te verwijderen, maar daarmee verspeelde ze haar overwinning bij de Lange Messen, en dan trokken de zwervende stammen hun trouw aan haar in.

Ze betreurde dat haar armen niet glad en rond meer waren en geen bewonderende mannenblikken meer trokken, maar ze was ook trots op de littekens. Ze waren het bewijs van haar moed en het zichtbare teken van haar toewijding aan de Varden. Iedereen die haar zag, wist wat voor een karakter ze had, en dat was voor haar belangrijker dan haar uiterlijke verschijning.

'Wat vind je ervan?' vroeg ze, haar armen uitstekend naar koning Orrin, die stond afgetekend tegen het open raam van het studeervertrek en neerkeek op de stad.

Orrin draaide zich fronsend om. Onder zijn gerimpelde voorhoofd stonden zijn ogen donker. Hij had zijn wapenrusting van daarnet verwisseld voor een dikke, rode tuniek en een gewaad dat met wit hermelijnbont was afgezet. 'Ik vind ze niet prettig om te zien,' zei hij, waarna hij zijn aandacht weer op de stad richtte. 'Bedek je armen; zo zijn ze ongeschikt voor beschaafd gezelschap.'

Nasuada bekeek haar armen nog iets langer. 'Nee, ik denk niet dat ik dat doe.' Ze trok de kanten omslagen recht en stuurde Farica weg. Ze liep over het tapijt in het midden van de ruimte en ging bij Orrin staan om de door de oorlog verscheurde stad te inspecteren. Tot haar genoegen zag ze dat op twee na alle branden bij de westelijke muur gedoofd waren. Toen keek ze de koning aan.

In de korte tijd sinds de Varden en Surdans hun aanval op het Rijk gelanceerd hadden, had Nasuada hem steeds ernstiger zien worden. Zijn aanvankelijke enthousiasme en excentriciteiten verdwenen achter een grimmig uiterlijk. In het begin had ze die verandering toegejuicht, want ze had het idee dat hij volwassener werd, maar nu de oorlog zich voortsleepte, begon ze zijn geestdriftige discussies over natuurfilosofie en andere grillen te missen. Achteraf besefte ze dat ze haar dagen vaak hadden opgefleurd, ook als ze die wel eens vervelend had gevonden. Bovendien had de verandering hem gevaarlijker gemaakt als rivaal: zoals zijn stemming nu was, kon ze zich heel goed voorstellen dat hij haar als leider van de Varden zou willen verdringen.

Zou ik gelukkig kunnen zijn als ik met hem trouwde? vroeg ze zich af. Orrin was niet onprettig om te zien. Zijn neus was hoog en dun maar zijn kaaklijn sterk en zijn mond was mooi gevormd en expressief. Zijn jarenlange beoefening van de krijgskunst had hem een aangename bouw gegeven. Zijn intelligentie stond buiten kijf en zijn persoonlijkheid was grotendeels plezierig. Maar ze wist: als hij geen koning van Surda was geweest en niet zo'n grote dreiging voor zowel haar positie als de onafhankelijkheid van de Varden had betekend, zou ze een verbintenis met hem nooit overwogen hebben. *Zou hij een goede vader zijn?*

Orrin legde zijn handen op de stenen vensterbank en leunde erop. Zonder haar aan te kijken zei hij: 'Je zult je bondgenootschap met de Urgals moeten verbreken.'

Ze wist niet wat ze hoorde. 'Mag ik weten waarom?'

'Omdat ze ons schaden. Mannen die zich anders bij ons aangesloten zouden hebben, vervloeken ons nu vanwege ons pact met monsters, en weigeren hun wapens neer te leggen als we aankomen bij hun huis. Zij vinden Galbatorix' verzet redelijk en gerechtvaardigd omdat we een akkoord met de Urgals hebben gesloten. De gewone mensen begrijpen niet waarom we met hen samenwerken. Ze weten niet dat Galbatorix hen zelf gebruikt heeft, noch dat Galbatorix hen misleidde tot een aanval op Tronjheim onder leiding van een Schim. Dat zijn subtiliteiten die je een bange boer niet kunt uitleggen. Die begrijpt alleen maar dat schepsels die hij zijn leven lang gevreesd en gehaat heeft, naar zijn huis marcheren onder leiding van een enorme, snauwende draak en een Rijder die eerder een elf dan een mens lijkt.'

'We kunnen de steun van de Urgals niet missen,' zei Nasuada. 'Anders hebben we te weinig strijders.'

'We hebben hen niet zo vreselijk hard nodig. Je weet dat het waar is wat ik zeg. Waarom heb je anders verhinderd dat de Urgals meededen met de aanval op Belatona? Waarom heb je anders verboden dat ze de stad in gaan? Het is niet genoeg om ze weg te houden van het slagveld, Nasuada. Het gerucht verspreidt zich door het hele land. Het enige wat je kunt doen om de toestand te verbeteren, is dit noodlottige pact verbreken voordat het nog meer schade aanricht.'

'Dat kan ik niet.'

Hij draaide zich snel naar haar om. Zijn gezicht was van woede vertrokken. 'Mannen *sneuvelen* omdat jij ervoor gekozen hebt om Garzhvogs hulp te aanvaarden. Mijn manschappen, jouw manschapen, die van het Rijk... dood en *begraven*. Deze alliantie is dat offer niet waard, en ik mag hangen als ik begrijp waarom je het blijft verdedigen.'

Ze verdroeg zijn blik niet, want die deed haar te sterk denken aan de schuldgevoelens die haar zo vaak plaagden als ze de slaap niet kon vatten. In plaats daarvan staarde ze naar een toren aan de rand van de stad, waar rook opsteeg. Langzaam zei ze: 'Ik verdedig het omdat ik hoop dat handhaving van ons verdrag met de Urgals meer levens redt dan het kost... Als we Galbatorix ooit verslaan...'

Orrin slaakte een ongelovige uitroep.

'Dat staat allerminst vast,' zei ze. 'Ik weet het. Maar de mogelijkheid bestaat, en we moeten er klaar voor zijn. Als we hem ooit verslaan, is het onze taak om ons volk te helpen bij het herstel van dit conflict. Op de as van het Rijk moet een sterk nieuw land verrijzen. Als onderdeel van dat proces moeten we zorgen dat er na honderd jaar strijd eindelijk vrede gaat heersen. Ik wil Galbatorix niet verslaan om dan te worden aangevallen door de Urgals als we grondig verzwakt zijn.'

'Dat doen ze misschien evengoed. In het verleden is dat altijd zo gegaan.'

'Maar wat kunnen we anders?' vroeg ze geërgerd. 'We moeten hen proberen te temmen. Hoe nauwer we hen bij onze zaak betrekken, hoe onwaarschijnlijker wordt het dat ze zich tegen ons keren.'

'Ik zal je zeggen wat je doen moet,' gromde hij. 'Stuur ze weg. Verbreek je pact met Nar Garzhvog en laat hem en zijn rammen ophoepelen. Als we deze oorlog winnen, kunnen we een nieuw verdrag met hen sluiten, en dan zijn we in een positie om onze voorwaarden zelf te dicteren. Of nog beter: stuur Eragon en Saphira met een bataljon manschappen op ze af om ze voorgoed uit te roeien, zoals de Rijders eeuwen geleden al hadden moeten doen.'

Nasuada keek hem ongelovig aan. 'Als ik ons pact met de Urgals opzeg, worden ze waarschijnlijk zo kwaad dat ze ons onmiddellijk aanvallen, en we kunnen niet tegelijkertijd tegen hen en tegen het Rijk vechten. Het zou het toppunt van dwaasheid zijn als we dat over ons afriepen. De elfen, draken en Rijders hebben in hun wijsheid allemaal besloten om het bestaan van de Urgals te aanvaarden, hoewel ze hen gemakkelijk genoeg hadden kunnen vernietigen. Wij moeten hun voorbeeld volgen. Zij wisten dat het verkeerd zou zijn om alle Urgals te doden, en dat hoor jij ook te weten.'

'Hun wijsheid... Bah! Alsof ze iets aan hun *wijsheid* hebben gehad! Prima, laat een paar Urgals in leven, maar dood er zo veel dat ze in minstens honderd jaar niet meer uit hun schuilholen durven te komen!'

Nasuada verbaasde zich over de hoorbare pijn in zijn stem en de gespannen blik in zijn gezicht. Ze keek hem wat aandachtiger aan en probeerde de reden van zijn felheid te bepalen. Na een paar tellen kwam een verklaring bij haar op, die na enig nadenken vanzelfsprekend leek.

'Wie heb je verloren?' vroeg ze.

Orrin balde zijn vuist en liet hem langzaam en aarzelend op de vensterbank neerkomen alsof hij uit alle macht wilde slaan maar het niet durfde. Hij herhaalde het twee keer en zei: 'Een vriend met wie ik op het kasteel van Borromeo ben opgegroeid. Ik denk niet dat je hem ooit ontmoet hebt. Hij was een van de luitenants van mijn cavalerie.'

'Hoe is hij gesneuveld?'

'Zoals je mag verwachten. We waren net aangekomen bij de stallen aan de westpoort en waren ze voor ons eigen gebruik aan het inrichten, toen een van de paardenknechts een stal uit kwam rennen en hem met een hooivork doorstak. Toen we die jongen in het nauw dreven, bleef hij maar schreeuwen. Onzin over de Urgals en dat hij nooit zou buigen... Hij zou er niets aan gehad hebben, ook al had hij dat wel gedaan. Ik heb hem eigenhandig neergeslagen.'

'Wat vreselijk,' zei Nasuada.

De edelstenen in Orrins kroon glinsterden toen hij erkentelijk knikte.

'Maar hoe pijnlijk het ook is, je mag niet toestaan dat je verdriet je beslissingen beïnvloedt... Dat is niet makkelijk – ik weet het, weet het maar al te goed! Maar ter wille van het volk moet je sterker zijn dan jezelf.'

'Sterker zijn dan ikzelf?' vroeg hij zuur en spottend.

'Ja. Van ons wordt meer geëist dan van de meeste anderen. Daarom moeten we ernaar streven om beter te zijn dan de rest, want dan bewijzen we dat we de verantwoordelijkheid aankunnen... De Urgals hebben mijn vader vermoord – vergeet dat niet –, maar dat verhinderde me niet om een bondgenootschap met hen te sluiten dat de Varden kan helpen. Ik laat me door niets tegenhouden om te doen wat voor hen en voor ons hele leger goed is, hoe pijnlijk het ook mag zijn.' Ze hief haar armen en liet hem weer de littekens zien.

'Dit is dus je antwoord? Je wilt niet met de Urgals breken?'

'Nee.'

Orrin aanvaardde het nieuws met een gelijkmoedigheid die ze niet snapte. Daarna pakte hij de vensterbank met beide handen beet en hervatte hij zijn studie van de stad. Zijn vingers vertoonden vier grote ringen. Een ervan bevatte het koninklijke zegel van Surda, uitgesneden in een amethist: een hertenbok met een gewei en bosjes maretak tussen de poten waarmee hij boven een harp stond. De achterkant was een afbeelding van een hoge, versterkte toren.

Nasuada zei: 'In elk geval hebben we geen soldaten gezien die blij waren dat ze geen pijn voelden.'

'De lachende doden, bedoel je,' mompelde Orrin. Hij gebruikte de term die bij de Varden wijdverbreid was, naar ze wist. 'Klopt, en Murtagh en Thoorn evenmin. Dat zit me niet lekker.'

Heel even zwegen ze allebei. Toen vroeg ze: 'Hoe is het gisteravond met je experiment gegaan? Was het een succes?'

'Ik was te moe om het te evalueren en ben naar bed gegaan.'

'Juist.'

Alsof het zo afgesproken was, liepen ze een paar tellen later samen naar de schrijftafel die tegen een van de muren was gezet. Het blad lag bezaaid met vellen papier, tabletten en boekrollen. Nasuada bekeek het ontmoedigende tafereel en zuchtte. Nog maar een half uur eerder was de tafel door haar adjudanten opgeruimd en leeg geweest.

Ze concentreerde zich op het maar al te bekende bovenste rapport met een schatting van het aantal mensen dat de Varden tijdens het beleg van Belatona gevangen hadden genomen. De namen van belangrijke personen waren in rode inkt genoteerd. Zij en Orrin hadden die aantallen besproken toen Farica was gekomen om haar verbanden te verwijderen.

'Ik zie gewoon geen uitweg,' gaf ze toe.

'We kunnen bij de mensen hier bewakers rekruteren. Dan hoeven we niet zo veel van onze eigen strijders achter te laten.'

Ze pakte het rapport. 'Misschien, maar de mensen die we nodig hebben, zijn misschien moeilijk te vinden en onze magiërs zijn al gevaarlijk overbelast...'

'Heeft Du Vrangr Gata een manier ontdekt om een eed te verbreken die in de oude taal is afgelegd?' Toen ze daar negatief op geantwoord had, vervolgde hij: 'Hebben ze ook maar enige vooruitgang geboekt?'

'Niet in praktische zin. Ik heb het zelfs aan de elfen gevraagd, maar in hun lange geschiedenis hebben ze niet meer geluk gehad dan wij in de laatste paar dagen.'

'Als we dit probleem niet snel oplossen, kan het ons de oorlog kosten,' zei Orrin. 'Precies dit probleem.'

Ze wreef over haar slapen. 'Ik weet het.' Voordat ze de bescherming van de dwergen in Farthen Dûr en Tronjheim achter zich liet, had ze zich alle uitdagingen geprobeerd voor te stellen waarop de Varden konden stuiten wanneer het offensief eenmaal begonnen was. Maar de uitdaging waar ze nu voor stonden, was een complete verrassing.

Het probleem had zich voor het eerst aangediend in de nasleep van de Slag op de Brandende Vlakten, toen duidelijk werd dat alle officieren in Galbatorix' leger en ook de meeste gewone soldaten gedwongen waren geweest om in de oude taal een eed van trouw aan Galbatorix en het Rijk te zweren. Zij en Orrin beseften algauw dat deze mannen nooit te vertrouwen waren, niet zolang Galbatorix en het Rijk bestonden, en misschien ook wel niet daarna. Als gevolg daarvan konden ze niet toestaan dat overlopers zich bij de Varden aansloten, uit angst voor de manier waarop de eed hun gedrag kon dicteren.

Nasuada had zich op dat moment nog niet al te veel zorgen gemaakt. Gevangenen waren in oorlogstijd een normaal gegeven, en ze had al met koning Orrin geregeld dat hun krijgsgevangenen naar Surda werden gevoerd, waar ze bij de wegenbouw, de verwijdering van rotsen, de aanleg van kanalen en ander zwaar werk ingezet zouden worden.

Pas toen de Varden de stad Feinster innamen, besefte ze de omvang van het probleem. Galbatorix' agenten hadden niet alleen eden van trouw geëist van de soldaten in Feinster maar ook van de edelen, van veel functionarissen in hun dienst en van een schijnbaar willekeurige verzameling gewone mensen overal in de stad. Ze vermoedde dat de Varden een flink deel van hen niet geïdentificeerd hadden, maar degenen bij wie dat wel het geval was, moesten achter slot en grendel blijven omdat ze anders de Varden ondermijnen. Het vinden van betrouwbare mensen die met de Varden wilden samenwerken, was dan ook veel moeilijker gebleken dan Nasuada ooit had kunnen denken.

Vanwege de vele mensen die in hechtenis moesten blijven, had ze tweemaal zo veel strijders in Feinster achter moeten laten dan ze van plan was geweest. En met zo veel gevangenen was de stad in feite verlamd en was ze gedwongen de bevolking voor de hongerdood te behoeden met voorraden die haar eigen leger broodnodig had. Die situatie was niet lang houdbaar, en nu ze ook Belatona in bezit hadden, werd alles alleen maar erger.

'Jammer dat de dwergen er nog niet zijn,' zei Orrin. 'We kunnen hun hulp goed gebruiken.'

Nasuada was het met hem eens. Op dat moment waren er maar een paar honderd dwergen bij de Varden. De rest was teruggegaan naar Farthen Dûr voor de begrafenis van de gesneuvelde koning Hrothgar. Ze moesten daar ook wachten tot hun clanhoofden Hrothgars opvolger gekozen hadden, een feit dat ze sindsdien talloze malen vervloekt had. Ze had de dwergen proberen over te halen om voor de duur van de oorlog een regent te benoemen, maar ze waren zo koppig als een rotsblok en hadden erop gestaan om hun oeroude ceremonies uit te voeren, hoewel dat betekende dat ze de Varden midden in hun veldtocht de rug toekeerden. Hoe dan ook, de dwergen hadden uiteindelijk hun nieuwe koning gekozen: Hrothgars neef Orik, en waren uit de verre Beorbergen vertrokken om zich weer bij de Varden aan te sluiten. Op datzelfde moment marcheerden ze over de grote vlakten even ten noorden van Surda, ergens tussen het Tüdostenmeer en de Jiet.

Nasuada vroeg zich af of ze bij hun aankomst wel sterk genoeg zouden zijn om te vechten. Dwergen waren als regel geharder dan mensen, maar ze hadden bijna twee maanden moeten lopen, en dat kon zelfs het uithoudingsvermogen van de allersterksten ondermijnen. *Ze moeten er genoeg van hebben om steeds opnieuw hetzelfde landschap te zien*, dacht ze.

'We hebben al zo veel gevangenen. En als we Dras-Leona innemen...' Ze schudde haar hoofd.

Orrin werd ineens weer levendig. 'Waarom laten we Dras-Leona niet gewoon links liggen?' Hij bladerde door de massa papieren op de tafel en vond een grote, door dwergen getekende kaart van Alagaësia, die hij over de stapels met administratieve bescheiden heen drapeerde. De wankele bergjes eronder gaven het land een ongewone topografie: bergtoppen in het westen van Du Weldenvarden; een komvormige depressie op de plaats van de Beorbergen; spleten en ravijnen in de hele Hadaracwoestijn, en rollende golven langs het noordelijke deel van het Schild vanwege de boekrollen eronder. 'Kijk.' Met zijn middelvinger trok hij een lijn tussen Belatona en Urû'baen, de hoofdstad van het Rijk. 'Als we er recht op afgaan, komen we niet eens in de buurt van Dras-Leona. Het zal niet makkelijk zijn om dat hele stuk in één keer over te steken, maar onmogelijk is het niet.'

Nasuada hoefde er niet eens over na te denken: ze had die mogelijkheid al overwogen. 'Het risico is te groot. Galbatorix kan ons nog steeds aanvallen met de troepen die hij in Dras-Leona gestationeerd heeft – en als we onze spionnen mogen geloven, zijn dat er niet weinig. Uiteindelijk moeten we dan van twee kanten tegelijk aanvallen afslaan. Ik ken geen snellere manier om een veldslag of een oorlog te verliezen. Nee, we moeten Dras-Leona innemen.'

Orrin gaf met een klein knikje toe. 'Dan moeten we onze manschappen uit Aroughs terughalen. Als we doorgaan, hebben we elke strijder nodig.'

'Dat weet ik. Ik wil zorgen dat het beleg vóór het eind van de week achter de rug is.'

'Niet door Eragon erheen te sturen, hoop ik.'

'Nee, ik heb een ander plan.'

'Goed. Maar intussen? Wat doen we met deze gevangenen?'

'Wat we de hele tijd hebben gedaan met bewakers: hekken en hangsloten. We kunnen de bewegingsvrijheid van de gevangenen misschien ook met spreuken inperken, dan hoeven we hen niet zo goed te bewaken. Voor de rest zie ik geen oplossing, behalve dat we iedereen afmaken, maar zulke' – ze probeerde zich voor te stellen wat ze *niet* zou doen om Galbatorix te verslaan – 'zulke *drastische* maatregelen neem ik liever niet.'

'Prima.' Orrin boog zich over de landkaart en kromde zijn schouders als een gier terwijl hij naar de verkleurde kronkels keek die de driehoek van Belatona, Dras-Leona en Urû'baen markeerden.

Zo bleef hij staan totdat Nasuada vroeg: 'Hebben we nog iets anders te bespreken? Jörmundur wacht op zijn bevelen en de Raad van Ouderlingen heeft om een audiëntie verzocht.'

'Ik maak me zorgen.'

'Waarover?'

Orrin liet zijn hand over de kaart glijden. 'Dat deze onderneming van begin af aan slecht overwogen is. Onze troepen en die van onze bondgenoten zijn gevaarlijk verspreid, en als Galbatorix op het idee komt om persoonlijk mee te vechten, kan hij ons even gemakkelijk vernietigen als Saphira een kudde geiten. Onze hele strategie hangt af van de vraag of het ons lukt om een ontmoeting te regelen tussen Galbatorix, Eragon, Saphira en alle magiërs die we kunnen optrommelen. Slechts een klein deel van de magiërs is op dit moment bij ons. De rest kunnen we pas op één plaats bijeenbrengen als we in Urû'baen aankomen en daar koningin Islanzadí en haar leger treffen. Het is heel riskant om ervan uit te blijven gaan dat Galbatorix' arrogantie hem in bedwang zal houden totdat hij in onze val is gelopen.'

Nasuada deelde zijn bezorgdheid. Toch was het belangrijker om Orrins vertrouwen te schragen dan dat ze medelijden met hem toonde, want als zijn vastberadenheid wankelde, was dat schadelijk voor zijn plichtsbesef en werd het moreel van zijn manschappen ondermijnd. 'We zijn niet compleet machteloos,' zei ze. 'Nu niet meer. We hebben inmiddels de Dauthdaert, en daarmee kunnen we volgens mij Galbatorix en Shruikan doden als ze zich buiten de muren van Urû'baen wagen.'

'Misschien.'

'Bovendien hebben we niets aan bezorgdheid. Daarmee hebben we de dwergen niet eerder hier en versnellen we niet onze opmars naar Urû'baen. We kunnen ook niet met de staart tussen onze benen vluchten. Als ik jou was, zou ik me niet te veel zorgen over onze toestand maken. We hebben geen andere keus dan berusten in ons lot, wat het ook is. Het alternatief is toestaan dat Galbatorix' mogelijke daden ons denken aan het wankelen brengen, en dat laat ik niet toe. Ik weiger hem zo veel macht over mij te geven.'

Ruw ter wereld komen...

Een schreeuw klonk: hoog, grillig en doordringend. De hoogte en de kracht ervan waren bijna onmenselijk.

Eragon verstrakte alsof iemand hem met een naald had gestoken. Hij had het grootste deel van de dag mannen zien vechten en sterven en had er ook heel wat zelf gedood – toch werd hij onwillekeurig ongerust toen hij Elains gekwelde kreten hoorde. Ze maakte zulke vreselijke geluiden dat hij zich begon af te vragen of ze het kraambed zou overleven.

Naast hem – naast het vat waarop hij zat – hurkten Albriech en Baldor op de grond en plukten aan gehavende grassprieten tussen hun schoenen. Hun dikke vingers verscheurden elk blaadje en elke stengel met een methodische grondigheid voordat ze de volgende spriet pakten. Zweet glinsterde op hun voorhoofd en ze keken met een harde blik vol wanhoop en woede. Af en toe wisselden ze een blik uit of keken ze naar de andere kant van het pad, naar de tent waarin hun moeder lag. Maar voor de rest staarden ze naar de grond en negeerden ze hun omgeving.

Een paar voet verderop zat Roran op zijn eigen vat, dat op zijn kant lag en bij elke beweging van hem wiebelde. Enkele tientallen mensen uit Carvahall stonden in groepjes langs de rand van het modderpad. Dat waren vooral vrienden van Horst en zijn zoons. Andere mannen lieten hun echtgenote de heelster Gertrude helpen bij haar verzorging van Elain. En achter hen doemde Saphira hoog op. Ze kromde haar nek als een gespannen boog en haar robijnrode tong schoot voortdurend haar bek in en uit om de lucht te proeven op geuren die inlichtingen konden geven over Elain en haar ongeboren kind.

Eragon wreef over een pijnlijke spier in zijn linkeronderarm. Ze zaten al uren te wachten, en de schemering was niet ver meer. Van elk voorwerp reikten lange, zwarte schaduwen ver naar het oosten alsof ze de horizon wilden raken. De lucht was afgekoeld. Muggen en kantvleugelige waterjuffers uit de Jiet schoten heen en weer om hun hoofd.

Een nieuwe schreeuw verscheurde de stilte.

De mannen bewogen zich onbehaaglijk, maakten gebaren om het ongeluk af te wenden en mompelden tegen elkaar met een stem die eigenlijk alleen voor mensen vlak in de buurt bedoeld was, maar die ook Eragon heel goed kon horen. Ze fluisterden over Elains moeilijke zwangerschap; sommigen verklaarden plechtig dat ze zo snel mogelijk moest baren, anders was het voor haar en haar kind te laat. Anderen zeiden dingen zoals: 'Het is hard voor een man om een vrouw te verliezen, zelfs in goede tijden, maar vooral hier, vooral nu,' of: 'Het is een schande, ja, dat is het.' Diverse mensen weten Elains problemen aan de Ra'zac of aan dingen die gebeurd waren tijdens de reis van de dorpelingen naar de Varden. En meer dan één aanwezige mompelde iets wantrouwigs over Arya, die verlof had gekregen om bij de geboorte te helpen. 'Ze is een elf, geen mens,' zei timmerman Fisk. 'Laat ze bij haar eigen volk blijven; dat is veel beter. En laat ze zich niet bemoeien met dingen waarbij ze niet gewenst is. Ze kan best heel wat anders van plan zijn.'

Eragon hoorde dat allemaal en nog veel meer maar beheerste zijn reacties en hield zijn mond, want hij wist dat de dorpelingen het niet prettig zouden vinden als ze wisten hoe scherp zijn gehoor was geworden.

Het vat onder Roran kraakte toen hij zich naar voren boog. 'Denk je dat we...'

'Nee,' zei Albriech.

Eragon trok zijn mantel strakker om zich heen. De kilte begon in zijn botten te dringen. Maar hij wilde niet weggaan, niet zolang Elains beproeving voortduurde.

'Kijk,' zei Roran ineens opgewonden.

Albriech en Baldor draaiden gelijktijdig hun hoofd.

Aan de andere kant van het pad kwam Katrina met een stel vuile doeken de tent uit. Voordat de flap weer dichtviel, ving Eragon een glimp op van Horst en een van de vrouwen uit Carvahall – hij wist niet precies wie. Ze stonden aan het voeteneind van de brits waarop Elain lag.

Zonder ook maar een zijdelingse blik op de aanwezigen ging Katrina half rennend, half lopend naar het vuur waar de vrouw van Fisk, Isold en Nolla doeken uitkookten voor hergebruik.

Het vat kraakte tweemaal toen Roran ging verzitten. Eragon dacht al dat hij achter Katrina aan zou gaan, maar hij bleef zitten waar hij zat, net als Albriech en Baldor. Zij en de dorpelingen volgden Katrina's bewegingen met geconcentreerde aandacht.

Eragon trok een lelijk gezicht toen Elains volgende schreeuw de lucht doorboorde. Het klonk niet minder gemarteld dan de keren ervoor.

De tentflap werd opnieuw opzij getrokken. Arya stormde met blote armen en slordig gekleed naar buiten. Haar haren wapperden rond haar gezicht terwijl ze naar drie van Eragons elfenwachters holde, die in een poel van schaduwen achter een paviljoen in de buurt stonden. Ze praatte eventjes dringend met Invidia – een elfenvrouw met een smal gezicht – en rende toen haastig terug zoals ze gekomen was.

Eragon hield haar staande voordat ze meer dan een paar passen had afgelegd. 'Hoe gaat het?' vroeg hij.

'Slecht.'

'Waarom duurt het zo lang? Kun je niet helpen om de geboorte te versnellen?'

Arya, die toch al gespannen keek, kreeg een nog hardere blik in haar ogen. 'Dat kan ik. Ik zou het kind in het eerste half uur uit de schoot hebben kunnen zingen, maar van Gertrude en de andere vrouwen mag ik alleen de simpelste spreuken zeggen.'

'Dat is absurd! Waarom?'

'Omdat ze bang zijn voor magie... en bang zijn voor mij.'

'Zeg dan dat je geen kwaad in de zin hebt. Zeg dat in de oude taal, dan kunnen ze niets anders dan je geloven.'

Ze schudde haar hoofd. 'Dat zou alles alleen maar erger maken. Ze zouden denken dat ik hen tegen hun wil aan het betoveren was, en dan zouden ze me wegsturen.'

'Maar Katrina is toch...'

'Dankzij haar heb ik een páár spreuken kunnen gebruiken.'

Elain schreeuwde opnieuw.

'Mag je niet eens haar pijn verlichten?'

'Niet meer dan ik al gedaan heb.'

Eragon richtte zijn blik op de tent van Horst. 'Werkelijk?' gromde hij tussen zijn opeengeklemde tanden.

Een hand werd rond zijn linkerarm geklemd en hield hem tegen. Hij keek Arya verbaasd aan en wilde een uitleg. Ze schudde haar hoofd. 'Niet doen,' zei ze. 'Sommige gebruiken zijn ouder dan de tijd zelf. Als je je ermee bemoeit, maak je Gertrude boos en beschaamd, en dan zullen veel vrouwen uit je dorp zich tegen je keren.'

'Dat kan me niet schelen!'

'Dat weet ik, maar je moet me vertrouwen. Wees wijs en wacht gewoon met de anderen.' Alsof ze haar uitspraak wilde onderstrepen liet ze zijn arm los.

'Ik kan haar toch niet laten lijden zonder dat ik iets doe?'

'Lúíster naar me. Je kunt echt beter hier blijven. Ik zal Elain helpen zo veel als ik kan, maar ga niet naar binnen. Anders krijgen we alleen ruzie en boosheid, en die kunnen we missen... Alsjeblieft.'

Eragon aarzelde, hoorde Elain weer schreeuwen, gromde walgend en stak zijn handen in de lucht. 'Prima,' zei hij, en hij boog zich dicht naar Arya toe. 'Maar laat haar of het kind niet doodgaan. Het kan me niet schelen hoe je het aanpakt, maar laat ze niet doodgaan.'

Arya keek hem ernstig en aandachtig aan. 'Ik zal nooit toestaan dat een kind sterft,' zei ze. Daarna liep ze door.

Toen ze in de tent van Horst verdwenen was, ging Eragon naar de plaats waar Albriech, Baldor en Roran zich verzameld hadden, en ging weer op zijn vat zitten.

'En?' vroeg Roran.

Eragon haalde zijn schouders op. 'Ze doen wat ze kunnen. We zullen geduld moeten hebben... Meer niet.'

'Volgens mij heeft ze heel wat meer gezegd dan dat,' wierp Baldor tegen.

'Maar het kwam op hetzelfde neer.'

De kleur van de zon werd donkeroranje en -rood toen hij de afsluitende lijn van de aarde naderde. De paar verfomfaaide wolken die nog aan de westelijke hemel hingen – restanten van het noodweer dat eerder die dag gewoed had – kreeg ongeveer dezelfde tinten. Troepen zwaluwen zwierden boven hun hoofd en sprokkelden een maaltijd bijeen van muggen, vliegen en andere insecten.

Elains geschreeuw nam mettertijd af. Haar eerdere kreten waren uit volle borst gekomen, maar die maakten plaats voor een laag, hakkelend gekreun waarvan Eragons nekharen overeind gingen staan. Meer dan wat ook wilde hij haar bevrijden van haar pijn, maar hij kon Arya's advies niet negeren en bleef dus waar hij was – friemelde, beet op zijn gekneusde nagels en had stijve gesprekjes met Saphira.

Toen de zon de aarde raakte, verspreidde hij zich langs de horizon als een reusachtige eierdooier die uit zijn vlies droop. De zwaluwen kregen gezelschap van vleermuizen, die zachtjes maar verwoed met hun leerachtige vleugels klapperden. Hun hoge gegil was voor Eragon bijna pijnlijk scherp.

Toen uitte Elain een kreet die elk ander geluid in de omgeving overstemde, en Eragon hoopte die nooit meer te hoeven horen.

Een korte maar diepe stilte volgde.

Die eindigde toen vanuit de tent het harde, hikkende gehuil van een pasgeboren kind klonk – de eeuwenoude fanfare die de komst van een nieuw persoon in de wereld aankondigde. Albriech en Baldor begonnen bij dat gehuil te grijnzen, en dat deden ook Eragon en Roran. Diverse wachtende mannen juichten.

De vreugde was van korte duur. Terwijl het laatste gejubel wegstierf, begonnen de vrouwen in de tent te jammeren, en bij die schrille, hartverscheurende klaagzang werd Eragon koud van angst. Hij wist wat hun klagen betekende en altijd betekend had: dat een tragedie van de ergste soort had toegeslagen.

'Nee,' zei hij ongelovig terwijl hij opstond van zijn vat. *Ze kan niet dood zijn. Ze kan niet... Arya heeft het beloofd.*

Alsof ze op zijn gedachten reageerde, sloeg Arya de tentflap terug en rende met onmogelijk lange sprongen over het pad naar hem toe.

'Wat is er gebeurd?' vroeg Baldor toen ze tot stilstand was gekomen.

Arya negeerde hem en zei: 'Kom, Eragon.'

'Wat is er gebeurd?' riep Baldor kwaad uit en hij wilde Arya's schouder pakken. Ze draaide zich met een nauwelijks zichtbare snelheid om, greep zijn pols, draaide zijn arm achter zijn rug en dwong hem als een invalide te blijven staan. Zijn gezicht was vertrokken van pijn.

'Als je wilt dat je kleine zusje blijft leven, hou je je kalm en bemoei je je nergens mee.' Ze liet hem los en duwde hem languit in Albriechs armen. Toen draaide ze zich om en liep naar de tent van Horst terug.

'En, wat is er gebeurd?' vroeg Eragon toen hij haar inhaalde.

Arya keek hem met vurige ogen aan. 'Het kind is gezond maar heeft een hazenlip.'

Eragon begreep nu waarom de vrouwen zo gejammerd hadden. Kinderen die vervloekt waren met een hazenlip, mochten zelden blijven leven. Ze waren moeilijk te voeden, en zelfs als de ouders erin slaagden, hadden zulke kinderen een ellendig lot: ze werden gemeden en bespot en vonden nooit een geschikt persoon om mee te trouwen. In de meeste gevallen zou het voor iedereen beter zijn geweest als het kind dood geboren was.

'Je moet haar genezen, Eragon,' zei Arya.

'Ik? Maar ik heb nog nooit... Waarom doe jij het niet? Jij weet er veel meer vanaf dan ik.'

'Als ik het uiterlijk van het kind verander, zullen de mensen zeggen dat ik haar gestolen en door een ander kind vervangen heb. Ik ken de verhalen die je volk over ons vertelt maar al te goed, Eragon. Als het niet anders kan, zal ik het doen, maar het kind zal er haar leven lang onder te lijden hebben. Jij bent de enige die haar voor zo'n lot kan behoeden.'

Hij raakte in de greep van de paniek. Hij wilde niet voor nóg iemand anders' leven verantwoordelijk zijn – hij had er al veel te veel onder zijn hoede.

'Je moet haar genezen,' zei Arya ferm. Eragon moest eraan denken hoezeer de elfen hun eigen kinderen en die van alle andere volkeren koesterden.

'Zul je me zo nodig helpen?'
'Natuurlijk.'
En ik ook, zei Saphira. *Moet je dat nog vragen?*
'Goed,' zei Eragon. Zijn besluit was genomen, en hij greep de zwaardknop van Brisingr. 'Ik doe het.'
Arya liep een paar stappen achter hem aan, en zo ging hij naar de tent, waar hij de dikke wollen flappen wegtrok. Rook van brandende kaarsen prikte in zijn ogen. Vijf vrouwen uit Carvahall stonden dicht bij elkaar tegen de zijwand. Hun weeklacht trof hem als een harde klap. Ze stonden als in een trance te deinen en trokken al jammerend aan hun kleren en haar. Horst stond bij het uiteinde van de brits met Gertrude te discussiëren. Zijn gezicht was rood, gezwollen en diep getekend van uitputting. De gezette heelster drukte zelf een stapel doeken tegen haar boezem, en Eragon nam aan dat het kind daarin gewikkeld was. Hij kon het gezichtje niet zien maar het kronkelde huilend en vergrootte op die manier het lawaai. Gertrudes bolle wangen glommen van het zweet en haar haren plakten aan haar huid. Over haar blote onderarmen liepen strepen van allerlei vloeistoffen. Aan het hoofdeind van de brits zat Katrina geknield op een rond kussen en veegde met een vochtige doek Elains voorhoofd af.

Eragon herkende Elain nauwelijks. Haar gezicht was uitgemergeld en ze had donkere wallen onder haar onrustige ogen, die ze kennelijk niet kon richten. Uit haar beide ooghoeken kwam een stroom tranen die over haar slapen biggelden en tussen haar verwarde haarlokken verdwenen. Haar mond ging open en dicht en ze kreunde onverstaanbaar. De rest van haar was met een bebloed laken bedekt.

Horst en Gertrude zagen Eragon pas toen hij in hun buurt kwam. Eragon was sinds zijn vertrek uit Carvahall gegroeid, maar Horst was nog altijd een kop groter. Toen ze beide een blik op hem wierpen, flakkerde weer wat hoop in de sombere ogen van de smid.

'Eragon!' Hij legde een zware hand op Eragons schouder en leunde tegen hem aan alsof hij door de gebeurtenissen nog maar nauwelijks kon staan. 'Je hebt het gehoord!' Het was eigenlijk geen vraag, maar Eragon knikte evengoed. Horst keek even naar Gertrude – een snelle flits van een blik – en toen ging zijn grote, schopvormige baard heen en weer op het ritme van zijn kaken. Zijn tong kwam naar buiten om zijn lippen te bevochtigen. 'Kun jij... Denk je dat je iets voor haar kunt doen?'

'Misschien,' zei Eragon. 'Ik zal het proberen.'

Hij stak zijn armen uit. Na een korte aarzeling overhandigde Gertrude hem de warme bundel. Haar gevoel van onbehagen was maar al te duidelijk.

In de plooien van de stof lag het gerimpelde gezichtje van een meisje.

Haar huid was donkerrood, haar ogen waren dicht en gezwollen en ze leek een grimas te trekken alsof ze boos was omdat iemand haar net gefolterd had – een reactie die Eragon heel begrijpelijk vond. Het opvallendst aan haar was echter de grote spleet die van haar linkerneusgat naar het midden van haar bovenlip liep. Daardoorheen was haar roze tongetje te zien. Het lag daar als een zachte, vochtige naaktslak en trilde af en toe.

Horst vroeg: 'Is er alsjeblieft een manier om...'

Eragon kromp ineen toen het geweeklaag van de vrouwen nog schriller klonk dan eerst. 'Hier kan ik niet werken,' zei hij.

Toen hij zich omdraaide om weg te gaan, zei Gertrude achter hem: 'Ik ga met je mee. Er moet iemand bij haar blijven die iets van kinderverzorging weet.'

Eragon wilde niet dat Gertrude hem op de vingers keek als hij het gezicht van het meisje probeerde te genezen, en hij wilde haar dat net zeggen toen hij zich herinnerde wat Arya over wisselkinderen had gezegd. Iemand uit Carvahall, iemand die de andere dorpelingen vertrouwden, moest getuige zijn van de gedaanteverwisseling die het kind onderging, zodat iedereen er later zeker van kon zijn dat het kind nog steeds hetzelfde meisje was als eerst.

'Zoals je wilt,' zei hij, zijn bezwaren onderdrukkend.

Het kind kronkelde in zijn armen en begon klaaglijk te huilen toen hij de tent uit liep. Aan de andere kant van het pad stonden de dorpelingen te wijzen, en Albriech en Baldor wilden naar hem toe lopen, maar Eragon schudde zijn hoofd. Ze bleven waar ze waren en staarden hem met een machteloze blik na.

Tussen Arya en Gertrude in liep Eragon door het kamp naar zijn tent. Onder hun voeten trilde de grond omdat Saphira hen volgde. De strijders die ze tegenkwamen, ging snel opzij om hen te laten passeren.

Eragon probeerde zo soepel mogelijk te lopen om het kind niet te veel te laten schudden. Het verspreidde een sterk, iets muffe geur als een bosgrond op een warme zomerdag.

Ze hadden bijna hun bestemming bereikt toen Eragon het heksenkind Elva zag. Het meisje stond tussen twee rijen tenten naast het pad en staarde hem met haar grote, violette ogen plechtig aan. De droeg een zwart-met-purperen jurk en een lange, kanten voile, die ze naar achteren had gevouwen, zodat het zilveren, stervormige merkteken op haar voorhoofd zichtbaar was. Het leek op zijn eigen gedwëy ignasia.

Ze zei geen woord en deed ook geen poging om hem te onderbeken of tegen te houden. Maar Eragon begreep haar waarschuwing, want haar aanwezigheid was een verwijt aan hem. Ooit eerder had hij geknoeid met het lot van een kind, en dat had afschuwelijke gevolgen gehad. Hij mocht zo'n fout niet opnieuw maken, niet alleen om de schade die hij dan aanrichtte, maar ook omdat Elva dan zijn gezworen vijand zou worden. Ondanks al zijn macht was Eragon bang voor Elva. Door haar vermogen om in ieders ziel te kijken en aan te voelen wat hen pijnigde en verontrustte – plus alles te voorzien wat hen binnenkort zou raken – was ze een van de gevaarlijkste schepsels in heel Alagaësia.

Terwijl hij zijn donkere tent in liep, dacht hij: *Wat er ook gebeurt, ik wil dit kind niets aandoen.* En dat versterkte zijn besluit om haar de kans te geven op een leven dat de omstandigheden haar anders ontzegd zouden hebben.

Wiegenlied

De stervende zon wierp een zwak licht in Eragons tent. Alles daarbinnen was grijs alsof het uit graniet was gehakt. Dankzij zijn elfenblik zag Eragon de vorm van alle dingen heel goed, maar hij wist dat Gertrude er problemen mee had. Ter wille van haar zei hij dan ook: 'Naina hvitr un böllr.' Daarmee liet hij bij de punt van de tent een klein elfenlichtje zweven. Het zachte, witte bolletje verspreidde geen merkbare hitte maar gaf evenveel licht als een heldere lantaarn. Hij vermeed het woord *brisingr* in zijn spreuk om zijn zwaard niet in brand te steken.

Hij hoorde dat Gertrude achter hem stilstond. Toen hij omkeek, zag hij haar naar het licht staren. De tas die ze bij zich had, hield ze stevig omklemd. Haar vertrouwde gezicht deed hem aan zijn huis in Carvahall denken, en onverwacht kwam er een scheut heimwee boven.

Ze liet langzaam haar blik zakken en keek hem aan. 'Je bent erg veranderd,' zei ze. 'De jongen die onder mijn ogen tegen zijn ziekte vocht, is allang weg, denk ik.'

'Toch ken je me nog,' antwoordde hij.

'Nee, dat geloof ik niet.'

Het was geen prettig antwoord, maar hij kon het zich niet permitteren om erbij stil te staan. Hij zette het daarom van zich af en ging naar zijn brits. Zachtjes, heel zachtjes legde hij de pasgeborene uit zijn armen op de dekens – zo voorzichtig alsof ze van glas was gemaakt. Het meisje zwaaide met een gebalde vuist naar hem. Glimlachend raakte hij haar met de top van zijn rechterwijsvinger aan, en toen maakte ze een borrelend geluidje.

'Hoe ga je het aanpakken?' vroeg ze terwijl ze op de enige kruk bij de tentwand ging zitten. 'Hoe wil je haar genezen?'

'Dat weet ik nog niet.'

Precies op dat moment viel hem op dat Arya niet mee de tent in was gekomen. Hij riep haar, en even later antwoordde ze van buiten. Haar stem werd gedempt door het dikke doek dat hen scheidde. 'Ik ben hier,' zei ze. 'En ik blijf hier wachten. Als je me nodig hebt, richt je gewoon je denken mijn kant op. Dan zal ik komen.'

Eragon fronste een beetje zijn wenkbrauwen. Hij had erop gerekend dat ze tijdens de procedure dicht bij de hand zou zijn om hem te helpen waar zijn kennis tekortschoot, en om hem te corrigeren als hij een fout maakte. *Nou ja, geeft niet. Alleen op deze manier heeft Gertrude geen reden om te denken dat Arya iets met het meisje te maken heeft.* Hij werd getroffen door de voorzorgen die Arya nam om de verdenking te vermijden dat het meisje een wisselkind was, en hij vroeg zich af of ze er wel eens van beschuldigd was dat ze iemands kind had gestolen.

Het geraamte van de brits kraakte toen hij langzaam ging zitten en het kind aankeek. Zijn frons werd dieper. Hij voelde dat Saphira via hem het kind observeerde. Het meisje lag nu op de dekens te doezelen en was de wereld blijkbaar vergeten. Haar tong glansde in het gat dat haar bovenlip spleet.

Wat denk je? vroeg hij.

Doe het langzaam. Dan bijt je ook niet per ongeluk in je staart.

Hij was het met haar eens maar vroeg als een kwajongen: *Heb jij dat wel eens gedaan? In je staart gebeten, bedoel ik.*

Ze zweeg afstandelijk, maar hij ving een korte flits van indrukken op. Het was een wirwar van beelden: bomen, gras, zonlicht, de bergen van het Schild, maar ook de weeë lucht van rode orchideeën en ineens een pijnlijk, knijpend gevoel alsof een deur dichtsloeg met haar staart ertussen.

Eragon grinnikte zachtjes en concentreerde zich toen op de spreuken die hij nodig dacht te hebben om het meisje te genezen. Dat duurde even – bijna een half uur. Het grootste deel van die tijd hadden hij en Saphira nodig om de onpeilbare zinnen steeds opnieuw te controleren. Ze onderzochten en bespraken elk woord en elke uitdrukking, en zelfs de uitspraak ervan, en probeerden zo te zorgen dat de spreuken zouden doen wat hij voor ogen had en niets anders.

Middenin hun zwijgende gesprek ging Gertrude verzitten. Ze zei: 'Ze ziet er nog precies zo uit. Het gaat slecht, hè? Je hoeft de waarheid niet voor me te verbergen, Eragon. Ik heb heel wat ergere dingen meegemaakt.'

Eragon trok zijn wenkbrauwen op en zei mild: 'Het werk is nog niet begonnen.'

Gertrude bleef gedwee zitten. Uit haar tas haalde ze een bol gele wol, een half afgemaakte trui en een paar breinaalden van gepolijst berkenhout. Met de snelle handigheid van geoefende vingers begon ze rechts en averechts te breien. Het gestage geklepper van haar naalden kalmeerde hem. Hij had dat geluid in zijn jeugd vaak gehoord en associeerde het met koele herfstavonden en in keuken bij het vuur zitten. Hij had dan geluisterd naar de verhalen die de volwassenen elkaar vertelden terwijl ze een pijp rookten of genoten van een slok donkerbruin bier na een lange maaltijd.

Eindelijk wisten hij en Saphira zeker dat de spreuken veilig waren en had Eragon er vertrouwen in dat zijn tong niet zou struikelen over de vreemde klanken van de oude taal. Eragon putte uit de gecombineerde kracht van hun twee lichamen en maakte zich klaar voor de eerste betovering.

Ineens aarzelde hij.

Als de elfen magie gebruikten om een boom of bloem te laten groeien zoals zij wilden, of om hun eigen of andermans lichaam te veranderen, goten ze de spreuk altijd in de vorm van een lied. Het leek hem niet meer dan passend dat hij hetzelfde deed. Maar hij kende maar heel weinig van de talloze elfenliederen, en geen ervan beheerste hij goed genoeg om zulke mooie en complexe melodieën accuraat of zelfs maar juist weer te geven.

In plaats van een elfenlied koos hij er een uit de diepste diepten van zijn geheugen, een lied dat zijn tante Marian voor hem gezongen had toen hij nog klein was, voordat de ziekte haar had opgeëist. Datzelfde lied zongen de vrouwen van Carvahall al sinds mensenheugenis als ze hun kinderen hadden ingestopt voor een lange nacht slaap: een slaapliedje, een wiegenlied. Het waren simpele, makkelijk te onthouden klanken en hadden iets kalmerends. Hij hoopte het kind ermee rustig te houden.

Hij begon zacht en diep, liet de woorden zachtjes verglijden en verspreidde het geluid van zijn stem door de tent als de warmte van een vuur. Voordat hij aan zijn magie begon, zei hij in de oude taal tegen het meisje dat hij haar vriend was, dat hij het goed bedoelde en dat ze hem moest vertrouwen.

Ze bewoog zich in haar slaap alsof ze erop reageerde, en haar gespannen blik werd milder.

Toen intoneerde hij de eerste van de spreuken: een simpele incantatie die uit twee korte zinnen bestond. Hij reciteerde ze steeds opnieuw alsof ze een gebed waren, en de kleine, roze holte waar de twee zijkanten van de gespleten lip elkaar troffen, glinsterde en bobbelde alsof onder het oppervlak een dier bewoog.

Wat hij probeerde, was verre van gemakkelijk. De beenderen waren, zoals bij elke pasgeborene, zacht en kraakbeenrijk – anders dan die van een volwassene en dus anders dan de botten die hij in zijn tijd bij de Varden genezen had. Hij moest oppassen dat hij het gat in haar mond niet vulde met het bot of het vlees en de huid van een volwassene; anders groeiden die delen niet goed mee met de rest van haar lichaam. Als hij het gat in haar verhemelte en tandvlees genas, moest hij ook de wortels van wat later haar twee voortanden werden, verplaatsen, rechtzetten en symmetrisch maken, en dat had hij nooit eerder gedaan. Een andere complicatie was dat hij het meisje nooit zonder haar misvorming gezien had. Hij wist dus niet precies hoe haar lip en mond eruit moesten zien. Ze leek op elke andere baby die hij kende: rond, mollig en zonder heldere lijnen. Hij was dan ook bang dat hij haar een gezicht ging geven dat in eerste instantie heel normaal leek maar mettertijd vreemd en onaantrekkelijk ging worden.

Daarom ging hij voorzichtig te werk. Hij bracht steeds kleine veranderingen tegelijk aan en hield dan even op om het resultaat te bekijken. Hij begon met de diepste lagen in het meisjesgezicht, met de botten en het kraakbeen, en zong al die tijd.

Op een gegeven moment begon Saphira buiten mee te neuriën. Haar diepe stem bracht de lucht aan het trillen. Het elfenlicht zwol aan en nam af op het ritme van haar geneurie, een verschijnsel dat Eragon steeds merkwaardiger vond. Hij besloot er Saphira later naar te vragen.

Zo ging de nacht voorbij: woord na woord, spreuk na spreuk, uur na uur – maar Eragon lette niet op de tijd. Toen het meisje begon te huilen van de honger, voedde hij haar met een straaltje energie. Hij en Saphira probeerden te vermijden dat hun geest de hare raakte, want ze wisten niet hoe het contact haar piepjonge bewustzijn kon beïnvloeden; maar af en toe scheerden ze er wel langs. Eragon kreeg er een vaag en onduidelijk gevoel bij – een woelige zee van ongeremde emoties waarbij al het andere ter wereld onbeduidend werd.

Gertrudes breinaalden naast hem klikten nog steeds. Het ritme veranderde alleen als de heelster bij haar steken de tel kwijtraakte of verscheidene steken moest teruggaan om een fout te herstellen.

De spleet in het tandvlees en verhemelte van het meisje werd langzaam, heel langzaam, een naadloos geheel. De twee kanten van haar hazenlip groeiden naar elkaar – haar huid verspreidde zich als een vloeistof – en haar bovenlip werd langzamerhand een roze boog zonder inkepingen.

Eragon knutselde en peuterde en was vooral heel lang aan de vorm van haar lip bezig, totdat Saphira eindelijk zei: *Het is klaar. Hou ermee op.* Hij moest toegeven dat hij het uiterlijk van het meisje niet meer kon veranderen zonder het te verslechteren.

Toen stierf ook zijn wiegenlied weg. Zijn tong was dik en droog, zijn keel schrijnde. Hij werkte zich van de brits omhoog en bleef half gebogen staan – te stijf om zijn rug helemaal te rechten.

Afgezien van het elfenlicht viel nu ook een andere, bleke gloed de tent in, dezelfde als die waarbij hij begonnen was. Eerst was hij in de war – de zon was toch allang onder? –, maar toen besefte hij dat de gloed uit het oosten kwam, niet uit het westen. *Geen wonder dat ik zo stijf ben. Ik heb hier de hele nacht gezeten!*

En ik dan? vroeg Saphira. *Mijn botten doen net zo'n pijn als de jouwe.* Die bekentenis verraste hem. Ze gaf haar ongemakken maar zelden toe, hoe erg ze ook waren. Het gevecht had kennelijk een zwaardere tol geëist dan hij eerst gedacht had. Toen hij die conclusie trok en Saphira het merkte, schiep ze iets meer afstand en zei ze: *Moe of niet, ik verpletter nog steeds alle soldaten die Galbatorix stuurt.*

Dat weet ik.

Gertrude deed haar breiwerk weer in haar tas, stond op en hobbelde naar de brits. 'Ik had nooit gedacht dat ik zoiets nog eens te zien zou krijgen,' zei ze. 'En al helemaal niet van jou, Eragon Bromszoon. Want Brom was je vader, hè?'

Eragon knikte en zei hees: 'Dat was hij zeker.'

'Dat lijkt me alleen maar gepast.'

Eragon had geen zin om er verder over te praten. Hij gromde alleen en doofde met een blik en een gedachte het elfenlicht. Meteen was alles donker, op het licht van de komende dageraad na. Zijn ogen wenden sneller aan die verandering dan de hare. Gertrude knipperde fronsend haar ogen en haalde haar hoofd heen en weer alsof ze niet goed wist waar ze stond.

Toen Eragon het meisje oppakte, kwam ze warm en zwaar in zijn armen te liggen. Hij wist niet of zijn vermoeidheid te wijten was aan de magie die hij verricht had, of aan de hoeveelheid tijd die alles hem gekost had.

Bij een aandachtige blik op het meisje kreeg hij ineens een beschermende bui. Hij mompelde: 'Sé ono waíse ilia.' *Moge je gelukkig zijn.* Een echte spreuk was het niet, maar hij hoopte er een deel van de ellende mee af te weren die veel andere mensen ten deel viel. En als dat niet lukte, hoopte hij in ieder geval op een glimlach bij haar.

Dat gebeurde. Over haar kleine gezichtje trok een brede lach, en ze zei met veel geestdrift: 'Gahh!'

Eragon lachte terug. Toen draaide hij zich om en liep naar buiten.

Toen de tentflappen opengingen, zag hij de kleine menigte die in een halve cirkel rond de tent stond. Sommigen stonden, anderen zaten, weer anderen hurkten. De meesten kende hij van Carvahall, maar ook Arya en de andere elfen stonden er – een eindje bij de rest vandaan –, evenals diverse strijders van de Varden van wie hij niet wist hoe ze heetten. Achter een tent in de buurt zag hij Elva staan. Ze had haar voile van zwarte kant omlaag getrokken en verborg haar gezicht.

Eragon besefte dat de groep daar al uren stond zonder dat hij iets van hun aanwezigheid gevoeld had. Saphira en de elfen hadden de wacht gehouden, en hij was natuurlijk veilig genoeg geweest, maar dat was geen excuus om zo nonchalant te worden.

Dat moet ik beter doen, nam hij zich voor.

In de voorste rij van de menigte stonden Horst en zijn zoons, die alle drie bezorgd keken. Horst begon te fronsen toen hij de bundel in Eragons armen in het oog kreeg, en deed zijn mond open alsof hij iets wilde zeggen zonder dat er een geluid kwam.

Zonder omhaal en gedoe liep Eragon naar de smid en draaide het meisje op zo'n manier dat hij haar gezicht kon zien. Horst bleef heel even roerloos staan. Toen begonnen zijn ogen te glanzen en kwam er een uitdrukking van zo veel opluchting en blijdschap op zijn gezicht dat iemand het voor verdriet had kunnen aanzien.

Eragon zei terwijl hij hem het meisje aangaf: 'Ik heb te veel bloed aan mijn handen voor dit soort werk, maar het is goed dat ik je heb kunnen helpen.'

Horst raakte met de top van zijn middelvinger de bovenlip van het meisje aan en schudde zijn hoofd. 'Het is niet te geloven... Ik kan het niet geloven.' Hij keek Eragon aan. 'Elain en ik staan voor altijd bij je in de schuld. Als...'

'Er is geen sprake van schuld,' zei Eragon vriendelijk. 'Ik heb alleen gedaan wat iedereen met dit vermogen gedaan zou hebben.'

'Maar jij ben degene die haar genezen heeft, en daarom ben ik je dankbaar.'

Eragon aarzelde maar boog zijn hoofd en aanvaardde zijn dankbaarheid. 'Hoe ga je haar noemen?'

De smid keek zijn dochter stralend aan. 'Als Elain het goed vindt, denk ik dat we haar Hoop zullen noemen.'

'Hoop... een mooi naam.' *We kunnen wat hoop maar al te goed gebruiken!* 'Hoe gaat het met Elain?'

'Ze voelt zich moe maar voor de rest goed.'

Toen kwamen Albriech en Baldor bij hun vader staan. Ze bekeken hun nieuwe zusje, evenals Gertrude, die kort na Eragon uit de tent was gekomen. Toen de andere dorpelingen over hun verlegenheid heen waren, voegden ook zij zich bij hen. Zelfs de groep nieuwsgierige strijders verdrong zich rond Horst. Ze rekten hun hals en probeerden een glimp van het meisje op te vangen.

Na een tijdje strekten ook de elfen hun lange ledematen en kwamen erbij staan. Toen de mensen hen zagen, gingen ze gauw uit de weg, zodat er een pad naar Horst ontstond. De smid verstijfde en stak zijn kaak als een buldog vooruit, maar de elfen bogen zich een voor een om het meisje te bekijken. Soms fluisterden ze een of twee woorden in de oude taal tegen haar. De wantrouwige blikken die de dorpelingen op hen wierpen, gingen aan hen voorbij of deerden hen niet.

Toen nog maar drie elfen stonden te wachten, kwam Elva snel achter de tent vandaan om achter in de rij te gaan staan. Ze hoefde niet lang te wachten voordat ze aan de beurt was en voor Horst stond. Ondanks zijn kennelijke tegenzin liet hij zijn armen zakken en boog hij zijn knieën. Alleen was hij zo veel groter dan Elva, dat ze op haar tenen moest staan om het kind te zien. Eragon hield zijn adem in terwijl ze naar het voorheen misvormde kind keek, en kon door haar voile haar reactie niet zien.

Na een paar tellen ging Elva weer gewoon op haar voeten staan. Met doelbewuste stappen liep ze weg over het pad dat langs Eragons tent leidde. Twintig stappen verderop bleef ze staan en draaide ze zich om.

Hij hield zijn hoofd schuin en trok een wenkbrauw op.

Ze knikte kort en abrupt. Toen liep ze door.

Terwijl Eragon haar nakeek, kwam Arya bij hem staan. 'Je mag trots zijn op je prestatie,' mompelde ze. 'Het kind is gezond en ziet er goed uit. Zelfs onze beste tovenaars hadden je magie niet kunnen verbeteren. Je hebt het meisje iets prachtigs gegeven – een gezicht en een toekomst – en dat zal ze niet vergeten. Dat weet ik zeker. Niemand van ons zal het vergeten.'

Eragon zag dat zij en de andere elfen hem met nieuw respect bekeken, maar het waren Arya's bewondering en goedkeuring die het meest voor hem betekenden. 'Ik heb de allerbeste leraren gehad,' mompelde hij terug. Arya betwistte die bewering niet. Samen bekeken ze de dorpelingen, die zich opgewonden pratend rond Horst en zijn dochter verdrongen. Zonder zijn blik van hen los te maken, boog hij zich naar Arya. Hij zei: 'Dank je voor je hulp aan Elain.'

'Graag gedaan. Het zou een schande zijn geweest om het niet te doen.'

Horst draaide zich om en droeg het kind de tent in om Elain haar pasgeboren dochter te laten zien, maar de mensenmenigte maakte geen aanstalten om weg te gaan. Toen Eragon er genoeg van had om handen te schudden en vragen te beantwoorden, nam hij afscheid van Arya en glipte naar zijn tent, waar hij de flappen achter hem dichtbond.

Tenzij we worden aangevallen, wil ik de komende tien uur niemand zien. Zelfs Nasuada niet, zei hij tegen Saphira terwijl hij zich op zijn brits liet vallen. *Wil je dat alsjeblieft tegen Blödhgarm zeggen?*

Natuurlijk. Rust maar, kleintje, net als ik.

Eragon legde met een zucht een arm op zijn gezicht om het ochtendlicht buiten te sluiten. Zijn ademhaling werd trager, zijn geest begon te dwalen en even later werd hij omgeven door de vreemde aanblikken van zijn wakende dromen – echt maar toch imaginair; levendig maar doorschijnend alsof de visioenen uit gekleurd glas bestonden. Een tijdlang kon hij zijn verantwoordelijkheden en de kwellende gebeurtenissen van de vorige dag vergeten. En door al zijn dromen kronkelde het wiegenlied als een fluistering van de wind, half gehoord, half vergeten. Het wiegde hem met herinneringen aan zijn thuis in de slaap van een kind.

Voor de vermoeiden geen rust

Twee dwergen, twee mannen en twee Urgals – leden van de Nachtraven, Nasuada's lijfwacht – stonden op hun post buiten de zaal in het kasteel waar Nasuada haar hoofdkwartier had ingericht. Ze staarden Roran met uitdrukkingsloze, lege ogen aan. Hij staarde met een even lege blik terug.

Dat spelletje had hij al eens eerder gespeeld.

De Nachtraven keken misschien onpeilbaar, maar hij wist wat ze aan het bedenken waren: de snelste en efficiëntste manier om hem te doden. Dat wist hij omdat hij wat hen betreft, hetzelfde aan het bedenken was, en dat ook altijd deed.

Ik zou me zo snel mogelijk moeten terugtrekken... om ze een beetje uit elkaar te halen. stelde hij vast. *De mannen krijg ik het eerst over me heen; zij zijn sneller dan de dwergen maar hinderen de Urgals achter hen. Ik moet die hellebaarden uit hun handen zien te krijgen. Dat is lastig, maar volgens mij lukt het wel – minstens één. Misschien moet ik mijn hamer werpen. Als ik eenmaal een hellebaard heb, hou ik de anderen wel op afstand. De dwergen hebben dan niet veel kans meer, maar met die Urgals krijg ik last. Wat een lelijke monsters: als ik die pilaar als dekking gebruikte, zou ik...*

De met ijzer beslagen deur tussen de twee rijen wachters zwaaide krakend open. Een kleurig geklede page van een jaar of tien of twaalf kwam naar buiten en verklaarde onnodig hard: 'Vrouwe Nasuada kan u nu ontvangen.'

Diverse wachters reageerden verrast en keken aarzelend. Roran passeerde hen met een glimlach en liep de zaal in, wetend dat hun verrassing, hoe kort ook, hem in staat zou hebben gesteld om minstens twee van hen te doden voordat zij hadden kunnen terugslaan. *Tot de volgende keer*, dacht hij.

De grote, rechthoekige zaal was spaarzaam ingericht. Op de vloer lag een te klein kleed; aan de muur links van hem hing een smal, door motten aangevreten wandtapijt; en in de muur aan zijn rechterhand zat één smal raam. De ruimte was voor de rest onversierd. In een van de hoeken stond een lange houten tafel vol boeken, boekrollen en losse vellen papier. Een paar zware stoelen – bekleed met leer dat met rijen doffe koperen nieten was bevestigd – stonden slordig rond de tafel, maar noch Nasuada, noch het tiental anderen dat zich om haar heen verdrong, nam de moeite om ze te gebruiken. Jörmundur was er niet, maar Roran kende verscheidene van de andere aanwezige strijders; onder sommigen had hij gevochten, anderen had hij op het slagveld in actie gezien; over weer anderen had hij de mannen in zijn compagnie horen praten.

'… en het kan me niet schelen of hij daar "pijn in zijn schildklier" van krijgt!' riep Nasuada uit, terwijl ze haar vlakke rechterhand met een klap op de tafel sloeg. 'Als ik die hoefijzers niet krijg, en ook niet nog een heel stel meer, kunnen we die paarden beter opeten, want voor de rest hebben we er niks aan. Is dat iedereen duidelijk?'

De toegesproken aanwezigen antwoordden in koor bevestigend. Ze klonken ietwat geïntimideerd, zelfs timide. Roran vond het zowel raar als indrukwekkend dat Nasuada als vrouw zo veel respect bij haar strijders wist af te dwingen – een respect dat hij overigens deelde. Ze was een van de doelgerichtste en intelligentste mensen die hij ooit gekend had, en hij wist zeker dat ze altijd zou slagen, ongeacht de plaats waar ze geboren was.

'Schiet maar een beetje op,' zei Nasuada, en terwijl acht mannen haar passeerden, gebaarde ze dat Roran naar de tafel moest komen. Hij wachtte geduldig terwijl ze een ganzenveer in een inktpot stak en een paar regels op een kleine boekrol schreef. Ze gaf hem aan een van de pages met de woorden: 'Voor Narheim de dwerg. En zorg er dit keer voor dat je antwoord van hem hebt voordat je terugkomt, anders stuur ik je naar de Urgals om hun boeltje schoon te maken.'

'Ja, vrouwe,' zei de jongen voordat hij doodsbenauwd wegrende.

Nasuada begon door een stapel papieren op tafel te bladeren. Zonder op te kijken vroeg ze: 'Ben je goed uitgerust, Roran?'

Hij vroeg zich af waarom haar dat interesseerde. 'Niet bijzonder.'

'Wat jammer. Ben je de hele nacht op geweest?'

'Deels. Elain, de vrouw van onze smid, heeft gisteren een kind gekregen, maar…'

'Ja, dat heb ik gehoord. Ik neem aan dat je niet de hele nacht bent opgebleven terwijl Eragon het kind genas.'

'Nee, daar was ik te moe voor.'

'Heel verstandig van je.' Ze stak haar hand boven de tafel uit, pakte een ander vel papier en bekeek het aandachtig voordat ze het op haar stapel legde. Op nog steeds dezelfde, nuchtere toon zei ze: 'Ik heb een opdracht voor je, Sterkhamer. In Aroughs zijn onze troepen op veel verzet gestuit – meer dan we verwachtten. Kapitein Brigman heeft de situatie niet kunnen oplossen, en we hebben die manschappen hier nodig. Daarom stuur ik je naar Aroughs om Brigman af te lossen. Bij de zuidpoort staat een paard op je te wachten. Je rijdt zo snel als je kunt naar Feinster en vandaar naar Aroughs. Tussen hier en Feinster staat elke tien mijl een paard voor je klaar. Daarna zul je zelf voor vervanging moeten zorgen. Ik verwacht dat je in vier dagen in Aroughs zult zijn. Als je eenmaal bent uitgerust, heb je dan nog ongeveer een dag of drie om het beleg te beëindigen.' Ze keek hem even aan. 'Tussen nu en over een week wil ik dat onze vlag boven Aroughs wappert. Het kan me niet schelen hoe je het doet, Sterkhamer. Doe het gewoon. Als je het niet kunt, heb ik geen andere keus dan Eragon en Saphira naar Aroughs sturen, en dan kunnen we nauwelijks onszelf verdedigen als Murtagh of Galbatorix aanvalt.'

En dan is Katrina in gevaar, dacht Roran. Hij kreeg een onaangenaam gevoel in zijn buik. In maar vier dagen naar Aroughs moeten rijden was al ellendig genoeg, vooral omdat hij al zo toegetakeld was. Maar dat hij de stad in zo weinig tijd moest innemen, was de waanzin ten top. Zijn opdracht was, alles bijeen, net zo aantrekkelijk als worstelen met een beer terwijl zijn handen op zijn rug waren gebonden.

Hij krabde door zijn baard heen over zijn kin. 'Ik heb geen ervaring met belegeringen,' zei hij. 'In elk geval niet met een beleg zoals dit. Bij de Varden is vast wel iemand anders die geschikter is voor deze taak. Martland Roodbaard bijvoorbeeld.'

Nasuada gebaarde afwerend. 'Met maar één hand kan hij niet galopperen. Je moet eens wat meer zelfvertrouwen krijgen, Sterkhamer. Je hebt gelijk als je zegt dat er bij de Varden mannen zijn die meer van de krijgskunst weten – mannen die langer te velde hebben gestaan en in de leer zijn geweest bij de beste strijders uit de generatie van hun vader – maar als de zwaarden getrokken zijn en de veldslag begint, gaat het niet op de eerste plaats om kennis en ervaring, maar om de vraag of je kunt *winnen*, en die truc heb je kennelijk onder de knie. Bovendien heb je vaak geluk.'

Ze legde de bovenste papieren neer en leunde op haar armen. 'Je hebt bewezen dat je kunt vechten. Je hebt bewezen dat je bevelen kunt uitvoeren... mits ze je bevallen.' Hij bedwong de neiging om zijn schouders te krommen bij de herinnering aan de bittere, withete beet van de zweep die zijn rug doorsneed als straf voor het feit dat hij kapitein Edrics bevelen niet had uitgevoerd. 'Je hebt bewezen dat je een overval kunt leiden. Laten we dus maar eens gaan kijken of je tot nog meer in staat bent. Vind je niet, Sterkhamer?'

Hij slikte. 'Ja, vrouwe.'

'Goed. Ik bevorder je voorlopig tot kapitein. Als je in Aroughs slaagt, mag je die rang als permanent beschouwen, in elk geval tot je bewijst dat je meer of minder eer waardig bent.' Ze wijdde haar aandacht weer aan de tafel en woelde in een moeras van boekrollen, kennelijk op zoek naar iets wat daaronder verborgen was.

'Dank je,' antwoordde Nasuada zacht en automatisch.

'Hoeveel manschappen heb ik in Aroughs onder mijn bevel?' vroeg hij.

'Ik heb Brigman duizend strijders meegegeven om de stad in te nemen. Van hen zijn er niet meer dan achthonderd nog gezond genoeg.'

Roran vloekte bijna hardop. *Zo weinig.*

Alsof ze hem gehoord had, zei Nasuada droog: 'We hadden reden om te denken dat de verdediging van Aroughs makkelijker te verslaan zou zijn dan het geval is gebleken.'

'Ik begrijp het. Mag ik twee of drie mannen uit Carvahall meenemen? U hebt een keer gezegd dat u ons samen zou laten dienen als we...'

'Ja, ja,' – een handgebaar en nadenkend getuite lippen – 'ik weet best wat ik gezegd heb. Heel goed, neem maar mee wie je wilt, mits je binnen een uur vertrekt. Laat me weten hoeveel mannen met je meegaan, dan zal ik zorgen dat onderweg het juiste aantal paarden klaarstaat.'

'Ik wil Carn meenemen,' zei hij. Carn was de magiër met we hij al verscheidene keren gevochten had.

Ze hield even op en staarde met een vage blik naar de muur. Toen knikte ze tot zijn opluchting voordat ze haar gegraaf in de berg boekrollen hervatte. 'Gelukkig, daar is-ie.' Ze haalde een opgerold stuk perkament tevoorschijn dat met een leren riempje was dichtgebonden. 'Een kaart van Aroughs en omgeving plus een grotere kaart van de provincie Fenmark. Ik stel voor dat je ze allebei aandachtig bestudeert.'

Ze gaf hem de rol, die hij in zijn tuniek stopte. Daarna overhandigde ze hem een rechthoek van opgevouwen perkament dat met een plak rode lak verzegeld was. 'Hier heb je je benoeming en hier' – een tweede rechthoek, dikker dan de eerste – 'je bevelen. Laat ze aan Brigman zien maar zorg dat hij ze niet houdt. As ik me goed herinner, heb je nooit leren lezen, hè?'

Hij haalde zijn schouders op. 'Waarom zou ik? Ik kan tellen en rekenen als iedereen. Volgens mijn vader was leren lezen net zo nuttig als een hond leren om op zijn achterpoten te lopen: heel amusant maar niet echt de moeite waard.'

'Dat zou ik met hem eens zijn geweest als je een boer was gebleven. Maar dat ben je niet.' Ze gebaarde naar de stuken perkament in zijn hand. 'Voor zover jij weet, kan een van die twee net zo goed je executiebevel bevatten. Op deze manier is jouw nut voor mij beperkt, Sterkhamer. Ik kan je geen berichten sturen zonder dat iemand anders je die moet voorlezen, en als je rapport bij me moet uitbrengen, kun je niets anders doen dan genoeg vertrouwen hebben in een van je ondergeschikten die precies moet opschrijven wat jij zegt. Daardoor ben je makkelijk te manipuleren en maak je een onbetrouwbare indruk. Als je hogere ambities hebt bij de Varden, stel ik voor dat je iemand zoekt die het je leert. Maar schiet nu op. Ik heb nog meer te doen.'

Ze knipte met haar vingers, en een van de pages kwam aangerend. Een hand op de schouder van de jongen leggend boog ze haar hoofd naar het zijne en zei ze: 'Ik wil dat je Jörmundur meteen hierheen haalt. Je vindt hem wel op de marktstraat, waar die drie huizen...' Midden in haar instructies merkte ze dat Roran nog niet van zijn plaats was gekomen. Ze zweeg en trok een wenkbrauw op. 'Is er nog iets, Sterkhamer?' vroeg ze.

'Ja. Voordat ik vertrek, wil ik Eragon graag zien.'

'Mag ik vragen waarom?'

'De meeste afweerbezweringen die hij voor het gevecht om me heen heeft geweven, zijn inmiddels weg.'

Nasuada fronste haar wenkbrauwen en zei tegen de page: 'Op de marktstraat, waar die drie huizen zijn afgebrand. Weet je welke plek ik bedoel? Goed, haast je.' Ze tikte de jongen op zijn rug en stond weer rechtop toen de jongen de zaal uit liep. 'Dat kun je beter niet doen.'

Roran vond het een verwarrende uitspraak maar zei niets en dacht dat ze het wel zou uitleggen. Dat deed ze ook, zij het indirect. 'Heb je gemerkt hoe moe hij was tijdens de audiëntie met de weerkatten?'

'Hij kon nauwelijks op zijn benen staan.'

'Precies. Er wordt te vaak een beroep op hem gedaan, Roran. Hij kan mij, jou, Saphira, Arya en de hemel mag weten wie nog meer beschermen en toch blijven doen wat hij doen moet. Hij moet zijn krachten sparen voor het moment dat hij het tegen Murtagh en Galbatorix moet opnemen. En hoe dichter we in de buurt van Urû'baen komen, hoe belangrijker het is dat hij klaarstaat om op elk moment, 's nachts of overdag, de confrontatie aan te gaan. Wij kunnen niet toestaan dat al die andere zorgen en afleidingen hem verzwakken. Het was nobel van hem dat hij de hazenlip van het kind genas, maar het had ons de oorlog kunnen kosten. Jij hebt zonder het voordeel van barrières tegen de Ra'zac gevochten toen ze je dorp in het Schild aanvielen. Als je neef je dierbaar is en als onze overwinning op Galbatorix iets voor je betekent, moet je opnieuw leren om het zonder die afweerbezweringen te stellen.'

Toen ze klaar was, boog Roran zijn hoofd. Ze had gelijk. 'Ik vertrek meteen.'

'Dat waardeer ik.'

'Met uw permissie…'

Roran draaide zich om en liep naar de deur. Net toe hij de drempel overstak, riep ze hem na: 'Nog iets, Sterkhamer!'

Hij keek nieuwsgierig achterom.

'Probeer Aroughs alsjeblieft niet in de as te leggen. Steden zijn nogal moeilijk te vervangen.'

Zwaarddans

Eragon roffelde met zijn hakken tegen de zijkant van het rotsblok waarop hij zat. Hij verveelde zich en was het liefst meteen vertrokken.

Hij, Saphira en Arya – plus Blödhgarm en de andere elfen – rustten op de wal naast de weg die vanuit Belatona naar het oosten liep: oostwaarts tussen akkers met rijpe, groene gewassen over een brede stenen brug die de Jiet kruiste, en vervolgens langs het zuidelijkste punt van het Leonameer. Daar was een splitsing. De ene weg ging rechtsaf naar de Brandende Vlakten en Surda, de andere liep naar het noorden, in de richting van Dras-Leona en uiteindelijk Urû'baen.

Duizenden mannen, dwergen en Urgals verdongen zich schreeuwend en ruzie makend voor de oostelijke poort van Belatona en ook in de stad zelf, terwijl de Varden zich in een samenhangende eenheid probeerden op te stellen. Behalve de slordige compagnieën voetvolk was ook de cavalerie van koning Orrin aanwezig – één massa snuivende, dansende paarden. En achter het vechtende deel van het leger kwam de lange verplegingstrein: een anderhalve mijl lange stoet karren, wagens en rijdende hokken, geflankeerd door enorme kudden hoornvee die de Varden uit Surda hadden meegenomen, plus wat ze van boeren onderweg verworven hadden. Uit de kudden en de verplegingstrein klonk het geloei van ossen, gebalk van ezels en muildieren, geblaat van geiten en gehinnik van trekpaarden.

Het lawaai was zo erg dat Eragon het liefst zijn oren had dichtgestopt.

Als je nagaat hoe vaak we dit al gedaan hebben, zou je denken dat we er beter in hadden moeten zijn, merkte hij tegen Saphira op toen hij van het rotsblok sprong.

Ze snoof. *Ze hadden mij de leiding moeten geven. Ik zou ze zo bang maken dat ze binnen een uur in formatie stonden. Dan verprutsten we minder tijd met wachten.*

Eragon vond het een amusant idee. *Ja, dat kun je best... Maar pas op met wat je zegt, want anders houdt Nasuada je misschien aan je woord.*

Toen richtte hij zijn geest op Roran, die hij niet meer had gezien sinds de nacht waarin hij het kind van Horst en Elain genezen had. Hij vroeg zich af hoe het zijn neef verging, en maakte zich zorgen omdat de afstand zo groot was.

'Wat een vervloekte stommiteit,' mopperde Eragon bij de gedachte dat Roran vertrokken was zonder hem zijn afweerbezweringen te laten vernieuwen.

Hij is een ervaren jager, verklaarde Saphira. *Hij is heus niet zo dom dat hij zich door zijn prooi laat bespringen.*

Dat weet ik, maar je kunt er soms niets aan doen... Ik bedoel gewoon dat hij voorzichtig moet zijn. Ik wil niet dat hij zwaargewond of in een lijkkleed terugkomt.

Eragon raakte in een grimmige bui maar vermande zich, sprong rusteloos op en neer en wilde graag iets lichamelijks doen voordat hij weer een paar uur op Saphira moest blijven zitten. Het was altijd heerlijk om met haar te vliegen, maar het was geen prettig vooruitzicht om als een gier boven het traag oprukkende leger te moeten rondcirkelen en steeds opnieuw diezelfde twaalf mijl te moeten afleggen. Zonder het leger zouden hij en Saphira diezelfde middag laat al in Dras-Leona zijn geweest.

Hij liet de weg achter zich en draafde naar een betrekkelijk vlak stuk grasland. De blikken van Arya en de andere elfen negerend trok hij Brisingr en nam de en-gardepositie in, die Brom hem lang geleden geleerd had. Hij ademde langzaam in, nam een lage houding aan en voelde de structuur van de grond door de zolen van zijn laarzen heen.

Met een korte, harde kreet zwiepte hij het zwaard rond zijn hoofd en bracht het toen schuin omlaag met een klap die elke man, elf of Urgal gespleten zou hebben, ongeacht zijn bepantsering. Hij stopte de baan op minder dan een duimbreedte van de grond en hield het staal daar vast – heel zacht trillend in zijn greep. Tegen de achtergrond van het gras leek het blauwe metaal te leven en bijna onecht.

Eragon haalde opnieuw adem, sprong naar voren en doorstak de lucht alsof die een doodsvijand was. Een voor een oefende hij de basisbewegingen van het zwaardgevecht, zich eerder op precisie concentrerend dan op snelheid of kracht.

Toen hij na al dat oefenen prettig warm was geworden, wierp hij een blik op zijn lijfwachten, die even verderop in een halve cirkel stonden. 'Wil iemand een paar minuten de zwaarden met me kruisen?' vroeg hij met stemverheffing.

De elfen keken elkaar met onpeilbare blikken aan. Toen kwam de elf Wyrden naar voren. 'Ik, Schimmendoder, als ik je daar een genoegen mee doe. Maar ik wil je vragen om onder het sparren je helm te dragen.'

'Akkoord.'

Eragon stak Brisingr weer in de schede. Toen rende hij naar Saphira. Hij beklom haar zijkant, waarbij een van haar schubben in het vlees van zijn linkerduim sneed. Hij droeg namelijk zijn maliënkolder en ook zijn been- en armbeschermers, maar zijn helm had hij in een van de zadeltassen gedaan zodat die niet op de grond kon vallen en kon zoekraken in het gras.

Terwijl hij de helm pakte, zag hij op de bodem van de zadeltas het kistje waarin Glaedrs hart van harten in een deken was verpakt. Hij stak zijn hand omlaag en raakte het dichtgebonden pakket aan als eerbewijs aan wat nog van de majesteitelijke, gouden draak restte. Toen deed hij de zadeltas dicht en liet zich van Saphira's rug glijden.

Eragon zette zijn bekkeneel en helm op terwijl hij naar het grasveld terugliep. Hij likte het bloed van zijn duim voordat hij zijn handschoen aantrok, hopend dat de wond niet te veel in de handschoen bloedde. Met kleine variaties op dezelfde spreuk plaatsten hij en Wyrden dunne barrières – onzichtbaar behalve de zwakke, rimpelende vervormingen die ze in de lucht veroorzaakten – boven de sneden van hun zwaard, zodat ze geen snijwonden konden veroorzaken. Toen lieten ze ook de barrières zakken die hen tegen fysiek gevaar beschermden.

Hij en Wyrden namen tegenover elkaar hun positie in, maakten een buiging en hieven hun kling. Eragon staarde in de zwarte, nooit knipperende elfenogen zoals Wyrden naar hem staarde. Met zijn blik strak op zijn tegenstander gericht, kwam Eragon tastend naar voren en probeerde langs Wyrdens rechterkant te glijden, waar het de rechtshandige elf meer moeite zou kosten om zich te verdedigen.

De elf draaide mee en verpletterde het gras onder zijn voeten terwijl hij zijn voorkant op Eragon gericht hield. Na nog een paar stappen bleef Eragon staan. Wyrden was te waakzaam en had te veel ervaring om Eragon een flankaanval toe te staan; hij zou de elf nooit uit balans kunnen krijgen. *Tenzij ik hem kan afleiden, natuurlijk.*

Maar voordat hij kon besluiten wat hij doen moest, deed Wyrden een schijnuitval naar Eragons rechterbeen alsof hij hem in zijn knie wilde steken, maar midden in zijn zwaai veranderde hij van richting en draaide hij zijn pols en arm, om Eragon op zijn borstkas en hals te slaan.

De elf was snel, maar niet zo snel als Eragon. Eragon zag de verandering van Wyrdens houding die zijn bedoelingen verried, en zette een halve stap naar achteren terwijl hij zijn elleboog kromde en zijn zwaard langs zijn gezicht haalde.

'Ha!' riep Eragon terwijl hij Wyrdens zwaard met Brisingr opving. De klingen botsten met een rinkelende *kleng*.

Eragon werkte Wyrden met veel moeite naar achteren, ging hem achterna en bestookte hem met een hele reeks verwoede slagen.

Minutenlang vochten ze op het grasveld. Eragon boekte de eerste treffer – een lichte tik op Wyrdens heup – en ook de tweede, maar daarna waren zij tweeën meer aan elkaar gewaagd. De elf begon hem te doorzien en voorzag zijn aanvals- en verdedigingspatronen. Eragon kreeg maar zelden de kans om zichzelf te testen tegen iemand die zo sterk of snel was als Wyrden en genoot dus van zijn duel met de elf.

Dat genot verdween echter toen Wyrden snel achtereen vier treffers boekte: een op Eragons rechterschouder, twee op zijn ribben en een valse snee over zijn buik. Die slagen deden pijn, maar zijn gekwetste trots was nog pijnlijker. Hij vond het verontrustend dat de elf zijn dekking zo gemakkelijk had kunnen omzeilen. Als ze in ernst hadden gevochten, zou Eragon de ander al bij hun eerste paar slagen hebben verslagen. Maar die gedachte was een schrale troost.

Je hebt je te vaak laten raken, merkte Saphira op.

Ja, dat mag je wel zeggen, gromde hij.

Zal ik hem tegen de grond slaan?

Nee... Vandaag niet.

Eragon liet slechtgehumeurd zijn zwaard zakken en dankte Wyrden voor het duel. De elf boog en zei: 'Graag gedaan, Schimmendoder,' voordat hij zijn plaats bij zijn kameraden weer opzocht.

Eragon zette Brisingr in de grond tussen zijn laarzen – iets wat hij met een zwaard van normaal staal nooit gedaan zou hebben – en legde zijn handen op de zwaardknop. Zo observeerde hij de mannen en dieren die zich met elkaar verdrongen op de weg die uit de enorme stenen stad leidde. De onrust binnen hun gelederen was aanzienlijk afgenomen, en hij vermoedde dat het niet lang zou duren voordat de hoorns het sein voor vertrek zouden geven.

Maar intussen was hij nog steeds rusteloos.

Hij wierp een blik op Arya, die naast Saphira stond, en beetje bij beetje verbreidde zich een glimlach over zijn gezicht. Brisingr over zijn schouder leggend slenterde hij naar haar toe. Hij maakte een gebaar naar haar zwaard. 'Arya, en jij? We hebben alleen maar die ene keer in Farthen Dûr geoefend.' Zijn grijns werd breder en hij zwaaide met Brisingr. 'Sindsdien ben ik iets beter geworden.'

'Dat is waar.'

'Wat vind je ervan?'

Ze wierp een kritische blik op de Varden en haalde haar schouders op. 'Waarom niet?'

Terwijl ze naar het grasveldje liepen, zei hij: 'Je kunt me niet meer zo makkelijk verslaan als eerst.'

'Je hebt beslist gelijk.'

Arya maakte haar zwaard klaar, en toen stonden ze op een meter of tien afstand tegenover elkaar. Bruisend van zelfvertrouwen rukte Eragon snel op, want hij wist al waar hij wilde toeslaan: op haar linkerschouder.

Arya hield stand en deed geen poging om hem uit de weg te gaan. Toen hij zich op een paar ellen afstand bevond, glimlachte ze naar hem – een warme, schitterende glimlach die haar schoonheid zo vergrootte dat hij aarzelde omdat zijn denken volledig vertroebelde.

Staal stormde op hem af.

Te laat hief hij Brisingr om de klap af te slaan. Er vloog een scheut door zijn arm omdat het zwaard iets hards raakte – een gevest, een kling of vlees –, hij wist niet wat, maar hoe dan ook, hij wist dat hij de afstand verkeerd had ingeschat en dat hij door zijn reactie blootstond aan een aanval.

Voordat hij iets anders kon doen dan zijn voorwaartse beweging beheersen, joeg een volgende klap zijn zwaardarm opzij. Daarna ontstond een knoop van pijn in zijn middel omdat Arya hem met een uitval tegen de grond werkte.

Eragon landde grommend op zijn rug en kreeg geen adem meer. Hij keek met open mond naar de hemel en probeerde lucht naar binnen te krijgen, maar zijn buik was verkrampt, hard als steen, en hij kreeg niets in zijn longen. Een heel stel rode vlekken verscheen voor zijn ogen, en een paar onaangename tellen lang was hij bang dat hij het bewustzijn zou verliezen. Maar zijn spieren ontspanden zich ten slotte en hij kon weer ademhalen.

Toen zijn hoofd weer helder was, kwam hij – steunend op Brisingr – overeind. Op zijn zwaard geleund en gebogen als een oude man wachtte hij tot de pijn in zijn buik ging liggen. 'Je hebt vals gespeeld,' zei hij tussen zijn opeengeklemde tanden door.

'Nee, ik heb een zwakte bij mijn tegenstander uitgebuit. Dat is iets anders.'

'Vind je... vind je dat een zwakte?'

'Als we vechten wel. Wil je doorgaan?'

Hij reageerde door Brisingr uit het gras te trekken, terug te gaan naar waar ze begonnen waren, en zijn zwaard te heffen.

'Goed,' zei Arya. Ze ging net zo staan als hij.

Ditmaal was Eragon veel waakzamer. Hij kwam op haar af. Zij bleef niet staan waar ze stond, maar rukte met voorzichtige stappen op en hield haar heldergroene ogen op hem gericht.

Ze trilde, en hij kromp ineen.

Hij besefte dat hij zijn adem inhield en dwong zich te ontspannen.

Nog een stap naar voren. Toen sloeg hij met al zijn kracht en snelheid toe.

Ze blokkeerde zijn uitval naar haar ribben en reageerde met een steek naar zijn ongedekte oksel. De stompe rand van haar zwaard gleed over de rug van zijn vrije hand en schraapte over de maliën die op zijn handschoen waren genaaid terwijl hij de kling wegsloeg. Op dat moment was Arya's borstkas ongedekt, maar ze stonden zo dicht bij elkaar dat Eragon niet goed kon steken of slaan.

In plaats daarvan deed hij een uitval naar voren en sloeg hij met zijn zwaardknop naar haar borstbeen in de hoop dat hij haar tegen de grond kon slaan zoals zij met hem had gedaan.

Ze draaide weg, en de knop gleed door de ruimte die zij had ingenomen terwijl Eragon wankelend naar voren kwam.

Zonder precies te weten hoe het gebeurde, merkte hij ineens dat hij zich niet meer kon bewegen. Arya had een van haar armen rond zijn nek gelegd, en het koude, glibberige oppervlak van haar betoverde klink drukte tegen de zijkant van zijn kaak.

Arya fluisterde achter hem tegen zijn rechteroor: 'Ik had je hoofd net zo makkelijk kunnen afsnijden als wanneer ik een appel had geplukt van een boom.'

Toen liet ze hem los en duwde hem weg. Hij draaide zich boos om en zag dat ze al op hem stond te wachten. Ze had haar zwaard in de aanslag en keek vastbesloten.

Eragon gaf toe aan zijn woede en rende op haar af.

Ze wisselden vier slagen uit, die steeds verschrikkelijker waren dan de vorige. Arya sloeg als eerste toe en had het op zijn benen voorzien. Hij pareerde en sloeg dwars naar haar middel, maar zij glipte buiten het bereik van Brisingrs glinsterende, door de zon verlichte snede. Zonder haar de kans te geven om terug te slaan, vervolgde hij met een onderhandse klap, die ze met bedrieglijk gemak pareerde. Toen kwam ze naar voren en haalde met de lichtheid van een kolibrivleugel haar zwaard over zijn buik.

Arya handhaafde tot het eind van haar slag haar positie. Haar gezicht hing op een paar duimbreedtes afstand van het zijne. Haar voorhoofd glom en haar wangen waren rood.

Ze maakten zich overdreven voorzichtig van elkaar los, Eragon trok zijn tuniek recht en hurkte naast Arya. Zijn vechtwoede was gedoofd en hij concentreerde zich, hoewel hij zich niet helemaal op zijn gemak voelde.

'Ik begrijp het niet,' zei hij zachtjes.

'Je bent te gewend geraakt aan het gevecht tegen Galbatorix' soldaten. Die kunnen niet tegen je op, daarom neem je risico's die je anders het leven hadden gekost. Je aanvallen zijn te duidelijk – je mag niet op je brute kracht vertrouwen – en op het gebied van je verdediging ben je slordig geworden.'

'Wil je me helpen?' vroeg hij. 'Wil je met me sparren als je kunt?'

Ze knikte. 'Natuurlijk. Maar als ik niet kan, neem dan les bij Blödhgarm, hij is even goed met het zwaard als ik. Oefenen is alles wat je nodig hebt – oefenen met de juiste partners.'

Eragon opende al zijn mond om haar te bedanken, toen hij de aanwezigheid van een bewustzijn tegen zijn geest voelde, een ander bewustzijn dan dat van Saphira. Die aanwezigheid was reusachtig, angstaanjagend en vervuld met een peilloze melancholie: een zo grote triestheid dat Eragons keel verstrakte en de kleuren van de wereld hun glans leken te verliezen. Met een trage, diepe stem alsof praten ondraaglijk veel moeite kostte, zei de gouden draak Glaedr: *Je moet leren zien... waarnaar je kijkt.*

Toen verdween hij met achterlating van een zwart gat.

Eragon keek Arya aan. Ze leek even geschokt als hij en ook zij had Glaedrs woorden gehoord. Achter haar stonden Blödhgarm en de andere elfen zenuwachtig te delibereren. Aan de rand van de weg rekte Saphira haar hals omdat ze naar de zadeltassen probeerde te kijken die op haar rug waren gebonden.

Eragon besefte dat iedereen het gehoord had.

Arya en hij stonden samen op en renden naar Saphira, die zei: *Mij geeft hij geen antwoord. Waar hij ook geweest is, hij is terug, maar hij luistert alleen naar zijn verdriet. Hier, kijk...*

Eragon koppelde zijn geest aan de hare en aan die van Arya, en zij drieën tastten met hun gedachten naar Glaedrs hart van harten, dat in de zadeltas verborgen lag, Wat van de draak restte, voelde robuuster aan dan eerst, maar zijn geest was nog steeds afgesloten voor contact met de buitenwereld en zijn bewustzijn was even lusteloos en onverschillig als het geweest was sinds Galbatorix zijn Rijder Oromis gedood had.

Eragon, Saphira en Arya probeerden hem uit zijn verlamming te wekken, maar Glaedr negeerde hen hardnekkig en nam even weinig notitie van hen als een slapende holenbeer van een paar vliegen die rond zijn kop zoemden.

Toch bleef Eragon ervan overtuigd dat Glaedrs onverschilligheid minder totaal was dan het leek, gezien zijn commentaar.

Het drietal gaf uiteindelijk hun nederlaag toe en trokken zich weer in hun eigen lichaam terug. Toen Eragon in het zijne terug was, vroeg Arya: 'Kunnen we zijn eldunarí niet aanraken?'

Eragon stak Brisingr in de schede, sprong op Saphira's rechtervoorpoot en trok zich in het zadel op de top van haar schouders. Hij draaide rond op zijn zitplaats en begon aan de gespen van de zadeltassen te trekken.

Hij had er een losgemaakt en was aan de andere begonnen, toen vanaf de voorhoede van de Varden de schetterende roep van een hoorn klonk. Het teken van de opmars. Bij dat signaal kwam de enorme stoet mannen en dieren in beweging. Hun bewegingen waren aanvankelijk aarzelend, maar met elke stap werden ze soepeler en zelfverzekerder.

Eragon wierp een gekwelde blik op Arya, die zijn dilemma oploste en zei: 'Vanavond. We praten vanavond. Ga! Vlieg met de wind!'

Hij maakte de zadeltas snel weer dicht. Toen liet hij zijn benen door de rijen lussen aan weerskanten van het zadel glijden en trok ze strak, zodat hij niet midden in de lucht van Saphira zou vallen.

Saphira hurkte en sprong met een vreugdekreet over de weg. De mannen beneden haar doken angstig weg en de paarden steigerden toen zij klapperend haar enorme vleugels ontplooide en wegvloog van de harde, onvriendelijke grond naar het gladde uitspansel van de hemel.

Eragon sloot zijn ogen en hield zijn gezicht schuin naar boven. Hij was blij dat hij Belatona eindelijk kon verlaten. Na een week in de stad te zijn geweest met niets anders te doen dan te rusten en te eten – daarop had Nasuada gestaan – hervatte hij de tocht naar Urû'baen maar al te graag.

Toen Saphira horizontaal ging vliegen, honderden voeten boven de pieken en de torens van de stad, vroeg hij: *Denk je dat Glaedr herstelt?*

Hij wordt nooit meer zoals hij was.

Nee, maar ik hoop dat hij een manier vindt om zijn verdriet te overwinnen. Ik heb zijn hulp nodig, Saphira. Er zijn nog heel veel dingen die ik niet weet. Zonder hem kan ik het aan niemand vragen.

Ze zweeg even. Alleen het geluid van haar vleugels was hoorbaar. *We kunnen hem niet tot haast manen,* zei ze. *Hij is gewond op de ergste manier die een draak of Rijder kan overkomen. Voordat hij jou, mij of wie dan ook kan helpen, moet hij besluiten of hij door wil leven. Zolang dat niet gebeurd is, kunnen woorden hem niet bereiken.*

Geen eer, geen glorie, alleen blaren op ongelukkige plekken

Achter hem zwol het geblaf van de honden aan – een troep honden die bloed had geroken.

Roran verstrakte zijn greep op de teugels en boog zich dieper over de nek van zijn galopperende paard. Het geroffel van de paardenhoeven dreunde als donder door hem heen.

Hij en zijn vijf metgezellen – Carn, Mandel, Baldor, Delwin en Hamund – hadden verse paarden gestolen uit de stallen van een herenhuis op minder dan een halve mijl afstand. De stalknechts hadden die diefstal niet echt toegejuicht. Enig zwaardvertoon was genoeg geweest om hun bezwaren te overwinnen, maar ze hadden kennelijk de wachtposten van het huis gewaarschuwd zodra Roran en zijn metgezellen vertrokken waren, want tien mannen zaten hen achterna, geleid door een troep jachthonden.

'Daar!' riep hij, wijzend naar een smalle reep berkenbomen tussen twee heuvels in de buurt. Daar liep ongetwijfeld een beek.

Bij dat bevel leidden de mannen hun paard van de druk bereden weg in de richting van de bomen. Het ruwe terrein dwong hen om hun topsnelheid te vertragen, maar niet al te veel, ondanks het gevaar dat de paarden in een gat stapten en een been braken of hun berijder afwierpen. Dat was gevaarlijk, maar het zou nog gevaarlijker zijn om zich door de honden te laten inhalen.

Roran zette zijn sporen in de flanken van het paard en riep 'Jah!' zo hard als hij kon ondanks het vele stof in zijn keel. De ruin stoof naar voren en begon Carn beetje bij beetje in te halen.

Roran wist dat zijn paard even later het punt zou bereiken waarop het niet meer tot zulke explosies van snelheid in staat was, hoe hard hij het ook met zijn sporen aandreef of met de uiteinden van de teugels sloeg. Het was vreselijk om wreed te zijn en hij wilde het paard ook volstrekt niet doodrijden, maar als het slagen van hun opdracht ervan afhing, kon hij het ook niet sparen.

Toen hij op gelijke hoogte kwam met Carn, riep hij: 'Kun je ons spoor niet met een spreuk verbergen?'

'Weet niet hoe!' antwoordde Carn nauwelijks hoorbaar boven de bulderende wind en het geluid van de galopperende hoeven. 'Dat is te ingewikkeld!'

Roran keek vloekend achterom. De honden kwamen om de laatste hoek van de weg. Ze leken over de grond te vliegen, en hun lange, slanke lijven strekten zich en trokken zich in een gewelddadig tempo samen. Zelfs op die afstand zag Roran het rood van hun tong. Daarbij stelde hij zich de glans van hun witte tanden voor.

Toen ze de bomen bereikten, keek Roran om en reed hij weer naar de heuvels. Hij bleef zo dicht mogelijk bij de berken zonder laaghangende takken te raken of over omgevallen bomen te struikelen. De anderen deden hetzelfde en schreeuwden naar hun paarden om te verhinderen dat ze hun tempo vertraagden terwijl ze de helling op stoven.

Rechts van hem zag hij Mandel diep gebogen over zijn gevlekte merrie. De jongere man had een woeste grijns op zijn gezicht. Roran was onder indruk van de kracht en het uithoudingsvermogen die hij de drie laatste dagen tentoon had gespreid. Sinds Katrina's vader Sloan de dorpelingen van Carvahall verraden had en Mandels vader Byrd had vermoord, had Mandel uit alle macht geprobeerd te bewijzen dat hij de gelijke was van elke man uit het dorp; en hij had zich in de twee laatste veldslagen tussen de Varden en het Rijk eervol van zijn taak gekweten.

En dikke tak vloog naar Rorans hoofd. Hij dook weg en hoorde en voelde de punt van dode twijgjes tegen de bovenkant van zijn helm slaan. Een afgescheurd blad fladderde tegen zijn gezicht en bedekte zijn rechteroog even, totdat de wind het meenam.

Naarmate ze door de kloof dieper de heuvels in reden, werd de ademhaling van de ruin steeds zwoegender. Roran gluurde onder zijn arm door en zag de troep honden op minder dan een kwart mijl afstand. Over een paar minuten zouden ze de paarden zeker inhalen.

Vervloekt! dacht hij. Hij liet zijn blik heen en weer langs het dichte bos en over de grazige heuvel rechts van hem glijden en zocht iets – wat dan ook – om hun achtervolgers kwijt te raken.

Zijn hoofd was zo warrig van de uitputting dat hij het bijna over het hoofd zag.

Twintig passen voor hem uit liep een kronkelend hertenspoor over de helling. Het kruiste zijn pad en verdween toen tussen de bomen.

'Hu... hu!' riep Roran, die naar achteren leunde in zijn stijgbeugels en aan de teugels trok. De ruin vertraagde tot een drafje, maar snoof uit protest, schudde zijn hoofd en probeerde het bit tussen zijn kiezen te krijgen. 'Nee, dat doe je niet,' gromde Roran, die nog harder aan de teugels trok.

'Schiet op!' riep hij tegen de rest van de groep toen hij zijn paard had gekeerd en het bos in reed. Het was koel onder de bomen, zelfs bijna kil, en dat was een prettige afwisseling na de hitte van de rit. Hij kon er maar even van genieten, want toen stoof de ruin alweer wankelend de helling af naar de beek beneden. Dode bladeren knerpten onder zijn hoefijzers. Om niet over de nek en het hoofd van het paard heen te vallen moest Roran bijna plat op diens rug gaan liggen, zijn benen recht voor zich uit houden en zijn knieën stevig tegen zijn rijdier drukken.

Eenmaal op de bodem van de kloof liep Rorans ruin spattend door de stenige beek en schopte tot Rorans knieën water op. Roran bleef even aan de andere kant staan om te zien of de anderen nog bij hem waren. Dat waren ze: ze kwamen kop aan kont het bos uit.

Boven hen, waar ze het bos in waren gereden, hoorden ze de honden keffen.

We zullen ons moeten omdraaien om te vechten, besefte hij.

Vloekend dreef hij het paard weer de beek uit. Over de zachte en met mos bedekte oever reed hij door over het slecht zichtbare spoor.

Niet ver van de beek stond een wand van varens. Daarachter lag een holte. Roran zag een omgevallen boom die misschien als barrière kon dienen als ze hem op zijn plaats konden slepen.

Ik hoop alleen dat ze geen bogen hebben, dacht hij.

Hij zwaaide naar zijn manschappen. 'Hierheen!'

Met een klap van de teugels dreef hij zijn paard door de varens heen de grot in. Toen gleed hij uit het zadel, maar het paard hield hij stevig vast. Zodra zijn voeten de grond raakten, begaven zijn benen het en zou hij gevallen zijn als hij het paard niet stevig omklemd had. Met een lelijk gezicht drukte hij zijn voorhoofd tegen de schouder van zijn rijdier en wachtte hijgend tot het getril in zijn benen minder werd.

De rest van de groep verdrong zich om hem heen en vulde de lucht met de geur van zweet en het gerinkel van wapenrustingen. De paarden huiverden. Hun borst zwoegde en geel schuim droop uit hun mondhoeken.

'Help me,' zei hij tegen Baldor en hij wees naar de omgevallen boom. Ze staken hun handen onder het dikke eind van de boom en tilden hem van de grond. Roran zette zijn tanden op elkaar, want zijn rug en dijen schreeuwden het uit van de pijn. Na drie dagen lang galopperen – gecombineerd met minder dan drie uur slaap voor elke twaalf die hij in het zadel zat – was hij angstaanjagend verzwakt.

Ik had net zo goed dronken, misselijk en zwaar gewond naar het slagveld kunnen gaan, besefte Roran toen hij de stam losliet en overeind kwam. Het was een onthutsende gedachte.

De zes mannen gingen tegenover de vertrapte muur van varens beschermend voor hun paarden staan en trokken hun wapens. Buiten de grot klonk het geblaf van de jachthonden harder dan ooit; hun gretige keffen echode schel en lawaaiig tegen de bomen.

Roran spande zijn spieren en hief zijn hamer. Toen hoorde hij – versmolten met het geblaf van de honden – een vreemde, kwelende melodie in de oude taal uit de mond van Carn komen. De macht die in die zinnen school, veroorzaakte een geschrokken prikkeling in Rorans nek. De magiër uitte kort en ademloos een paar zinnen maar praatte zo snel dat de woorden een vaag gebabbel werden. Zodra hij klaar was, gebaarde hij naar Roran en de anderen en fluisterde gespannen: 'Bukken!'

Roran liet zich zonder discussie op zijn hurken zakken. Niet voor het eerst vervloekte hij het feit dat hijzelf geen magie kon hanteren. Van alle vaardigheden die een strijder kon bezitten, was er niet één zo nuttig; en door het gebrek eraan was hij overgeleverd aan de genade van mensen die de wereld met alleen woorden en wilskracht konden veranderen.

De varens voor hem uit ritselden en weken; een hond stak zijn zwarte snuit tussen de bladeren door en staarde met een trillende neus naar de grot. Delwin hief sissend zijn zwaard alsof hij de kop van de hond wilde slaan, maar Carn maakte een dringend keelgeluid en zwaaide naar hem totdat hij zijn zwaard liet zakken.

De hond was kennelijk verbaasd en fronste. Het dier snuffelde weer. Het haalde vervolgens zijn gezwollen, purperrode tong over zijn wangen en liep weg.

Toen de varens weer over de hondensnuit gevallen waren, blies Roran langzaam de adem uit die hij had ingehouden. Hij keek Carn aan en trok een wenkbrauw op, maar Carn schudde alleen zijn hoofd en legde een vinger op zijn lippen.

Een paar tellen later baanden ook twee andere honden zich een weg door de begroeiing om de grot te inspecteren, maar even later verdwenen ze net als de eerste. Het hele stel begon piepend te jammeren en probeerde tussen de bomen te ontdekken waar hun prooi gebleven was.

Al wachtend merkte Roran dat zijn beenwindsels aan de binnenkant van zijn dij diverse donkere vlekken vertoonden. Toen hij een van die verkleurde vlekken aanraakte, kreeg hij een laagje bloed aan zijn vingers. Elke vlek markeerde de plaats van een blaar. En dat waren niet eens zijn enige blaren: hij voelde er een paar op zijn handen – waar de teugels het vel tussen zijn ringvingers en pinken hadden weggeschaafd –, op zijn hielen en op andere, nog onprettiger plaatsen.

Met een walgende blik veegde hij zijn vingers aan de grond af. Hij bekeek zijn hurkende en knielende manschappen en zag het ongemak op hun gezicht als ze zich bewogen en hun wapen in een iets andere greep namen. Zij waren er niet beter aan toe dan hij.

Roran besloot Carn te vragen om hun wonden te genezen zodra ze weer stilhielden voor de nacht. Maar als de magiër er te moe voor was, kon de genezing van Rorans eigen blaren wachten. Hij verdroeg liever de pijn dan dat hij Carn al zijn kracht liet uitputten voordat ze bij Aroughs aankwamen, want Roran vermoedde dat ze Carns kunde broodnodig zouden hebben bij de inname van de stad.

Bij de gedachte aan Aroughs, de stad die hij op de een of andere manier moest zien te veroveren, legde hij zijn vrije hand tegen zijn borst. Hij controleerde of het pakje met zijn bevelen (die hij niet kon lezen) en de promotie (die hij vast niet lang zou houden) nog veilig in zijn tuniek zaten. Dat zaten ze.

Na verscheidene lange, gespannen minuten begon een van de honden ergens tussen de bomen stroomopwaarts opgewonden te blaffen. De andere honden stoven meteen die kant op en hervatten het diepe geblaf waarmee ze aangaven dat ze hun prooi op de hielen zaten.

Toen het lawaai was weggestorven, richtte Roran zich tot zijn volle lengte op om zijn blik over de bomen en struiken te laten glijden. 'Alles veilig,' zei hij. Hij durfde nog niet te roepen.

Terwijl ook de anderen opstonden, wendde Hamund – een lange man met een verwarde haardos en diepe rimpels naast zijn mond, hoewel hij maar een paar jaar ouder was dan Roran – zich fronsend tot Carn en vroeg: 'Waarom heb je dat niet eerder gedaan, in plaats van ons halsoverkop door de wildernis te jagen? Op die helling hadden we wel onze nek kunnen breken.' Hij maakte een gebaar naar de beek.

Carn antwoordde met een even boze stem: 'Omdat ik er net pas aan dacht. Daarom. Gezien het feit dat ik jullie net behoed heb voor een stel vervelende gaatjes in je vel, had je best wat meer dankbaarheid kunnen tonen.'

'O ja? Ik vind anders dat je best wat harder aan je spreuken had mogen werken vóórdat je ons tot halverwege deze negorij liet jagen en...'

Hun ruzie kon gevaarlijk worden, dacht Roran, en hij ging tussen hen in staan. 'Genoeg,' zei hij. Toen vroeg hij aan Carn: 'Verbergt je spreuk ons ook voor de wachtposten?'

Carn schudde zijn hoofd. 'Mensen zijn moeilijker te bedotten dan honden.' Hij wierp een minachtende blik op Hamund. 'De meeste mensen tenminste. Ik kan onszelf wel verbergen maar niet ons spoor.' Daarbij wees hij naar de vertrapte en kapotte varens en de diepe hoefafdrukken in de vochtige grond. 'Ze zullen ontdekken dat we hier zijn. Als we vertrekken voordat ze ons in het oog krijgen, leiden de honden hen af, en dan...'

'Opstijgen!' beval Roran.

Met een reeks half gemompelde vloeken en veel slecht gemaskeerd gekreun klommen de mannen weer op hun rijdier. Roran wierp nog één laatste blik op de grot om te zien of ze niets vergeten waren, stuurde zijn paard toen naar de kop van de rij en gaf het de sporen.

Samen kwamen ze galopperend uit de schaduwen van de bomen tevoorschijn, weg uit de buurt van het ravijn. Zo hervatten ze hun schijnbaar eindeloze reis naar Aroughs. Van wat hij ging doen als ze de stad bereikten, had hij nog steeds niet het flauwste vermoeden.

Maaneter

Eragon draaide met zijn schouders terwijl hij door het kamp van de Varden liep. Hij probeerde de verkrampte nekspier los te krijgen die hij had opgelopen terwijl hij eerder die middag met Arya en Blödhgarm aan het sparren was geweest.

Op de top van het heuveltje dat als een eenzaam eiland midden in een zee van tenten stond, legde hij zijn handen op zijn heupen en bleef staan om het panorama in zich op te nemen. Verderop lag het donkere uitspansel van het Leonameer te glimmen in de schemering. De toppen van de kleine golfjes weerkaatsten het oranje toortslicht uit het kamp. De weg die de Varden genomen hadden, liep tussen de tenten en de oever: een brede reep van platte stenen die met mortel waren gevoegd. Jeod had hem verteld dat die weg al bestond, lang voordat Galbatorix de Rijders had verslagen. Een kwart mijl naar het oosten lag een klein, plomp vissersdorp vlak aan het water. Eragon wist dat de bewoners verre van gelukkig waren met een legerkamp op hun drempel.

Je moet leren zien... waarnaar je kijkt.

Sinds hun vertrek uit Belatona had Eragon urenlang over Glaedrs advies gepiekerd. Hij wist niet precies wat de draak ermee bedoeld had omdat Glaedr na deze raadselachtige uitspraak geweigerd had om verder iets te zeggen. Eragon had daarom besloten zijn opdracht letterlijk op te vatten. Hij probeerde nu alles echt goed te zien, hoe klein of onbeduidend het ook leek, en te begrijpen wat elke aanblik betekende.

Maar hoe hij ook zijn best deed, zijn gevoel zei dat hij ellendig aan het falen was. Overal waar hij keek, zag hij een overweldigende massa details. Toch bleef hij ervan overtuigd dat hem nog veel meer ontging omdat hij niet goed genoeg keek. Nog erger was dat hij maar zelden wijs kon uit wat wél tot hem doordrong, zoals de vraag waarom er geen rook kwam uit de schoorstenen van het vissersdorp.

Ondanks dat gevoel van nutteloosheid was zijn poging in minstens één opzicht nuttig gebleken: Arya versloeg hem niet meer altijd als ze de zwaarden kruisten. Hij had haar met verdubbelde aandacht gadegeslagen – haar bestudeerd alsof ze een hert was dat hij besloop – en dankzij die oefening had hij een paar wedstrijden gewonnen. Toch kon hij zich nog niet met haar meten, laat staan dat hij haar de baas was. En hij wist niet wat hij nog leren moest – noch wie hem dat kon leren – om even bedreven te worden met het zwaard als zij.

Arya heeft misschien gelijk, dacht Eragon. *Ervaring is misschien de enige mentor die me nog kan helpen. Maar ervaring is tijdrovend, en niets is zo schaars als tijd. Binnenkort bereiken we Dras-Leona en daarna Urû'baen. Over hoogstens een paar maanden staan we tegenover Galbatorix en Shruikan.*

Hij wreef zuchtend over zijn gezicht en probeerde aan andere, minder verontrustende dingen te denken. Altijd opnieuw stuitte hij op hetzelfde stel twijfels die hem besprongen als een hond een mergpijp. Alleen hield hij er niets anders aan over dan een constante en steeds groeiende angst.

Diep in gedachten verzonken liep hij de helling af. Hij slenterde langs de donkere tenten ongeveer in de richting van de zijne, maar besteedde weinig aandacht aan hoe hij precies liep. Zoals altijd had lopen een kalmerend effect op hem. De mannen die nog buiten waren, maakten plaats voor hem als ze elkaar troffen. Ze sloegen met een vuist op hun borst, wat vaak vergezeld ging met een zachte groet: 'Schimmendoder.' Eragon reageerde dan met een beleefde knik.

Hij was een kwartier onderweg, stilstaand en doorlopend op het ritme van zijn gedachten, toen zijn dagdroom ineens gestoord werd door de hoge stem van een vrouw die met een geweldig enthousiasme iets aan het vertellen was. Hij volgde het geluid nieuwsgierig en kwam bij een tent die op korte afstand van de andere stond. De tent stond aan de voet van een knoestige wilg, en dat was de enige boom bij het meer die het leger niet had omgehakt voor brandhout.

Daar, onder het plafond van takken, zag hij het vreemdste tafereel dat hij ooit gezien had.

Twaalf Urgals, onder wie hun militaire hoofdman Nar Garzhvog, zaten in een halve cirkel rond een laag, flakkerend kampvuur. Angstaanjagende schaduwen dansten op hun gezicht en benadrukten hun dikke wenkbrauwen, brede jukbeenderen en zware kaken, maar ook de richels op de hoorns die uit hun voorhoofd groeiden en achterwaarts langs de zijkanten van hun kop afbogen. Hun borst en armen waren naakt, behalve de leren banden rond hun polsen en de gevlochten riemen die tussen hun schouders en hun middel hingen. Behalve Garzhvog waren nog drie andere Kull aanwezig. Bij hun enorme omvang leken de andere Urgals, die nooit minder dan drie ellen lang waren, klein als kinderen.

Over de Urgals verspreid – tussen én op hen – bevonden zich vele tientallen weerkatten in hun dierlijke vorm. Veel katten zaten rechtop en doodstil voor het vuur. Ze bewogen niet eens hun staart en staken hun harige oren aandachtig vooruit. Andere lagen languit op de grond of zaten bij een Urgal op schoot of lagen zelfs in hun armen. Tot Eragons verwondering zag hij zelfs een weerkat – een slank, wit wijfje – die opgerold op de kop van een Kull lag; haar voorpoot hing over de rand van zijn schedel en drukte bezitterig op het midden van zijn voorhoofd. Vergeleken met de Urgals waren de weerkatten piepklein, maar ze zagen er even woest uit en Eragon wist heel goed wie hij op het slagveld het liefst tegenover zich had. Urgals begreep hij, maar weerkatten waren... onvoorspelbaar.

Aan de andere kant van het vuur zat de kruidenvrouw Angela voor haar tent. Ze zat in de kleermakerszit op een opgevouwen deken en spon een berg gekaarde wol tot een dunne draad met behulp van een spinklos die ze voor zich uit hield alsof ze de toeschouwers wilde hypnotiseren. De weerkatten en Urgals keken aandachtig naar haar en hun blikken lieten haar nooit los.

Angela vertelde: '...maar hij was te traag, en het woedende konijn met zijn rode ogen scheurde Hords keel eruit. Hij was op slag dood. Toen vluchtte de haas het bos in en de geschreven geschiedenis uit. Maar...' – Angela boog naar voren en dempte haar stem – 'als jullie die gebieden bereizen zoals ik heb gedaan, dan komen jullie soms nog steeds een net gedood hert of Feldûnost tegen dat eruitziet alsof eraan geknaagd is als aan een raap. En overal eromheen zien jullie dan de afdrukken van een ongewoon groot konijn. Tot de dag van vandaag wordt af en toe een strijder uit Kvôth vermist. Die wordt dan later dood gevonden, altijd met zijn keel eruit gebeten.'

Ze ging weer zitten zoals eerst. 'Terrin was natuurlijk vreselijk bedroefd over het verlies van zijn vriend en wilde de haas achternagaan, maar de dwergen hadden nog steeds zijn hulp nodig. Dus ging hij naar de vesting terug. Nog drie dagen en drie nachten hielden de verdedigers van de muren het vol, maar toen hadden ze bijna geen voorraden meer en was elke strijder met wonden overdekt. Eindelijk, op de ochtend van de vierde dag, toen alles hopeloos leek, weken de wolken en zag Terrin tot zijn verbazing hoe Mimring aan het hoofd van een hele donderwolk draken in de verte kwam aangevlogen. De aanvallers schrokken zo van de aanblik van de draken dat ze hun wapens lieten vallen en de wildernis in vluchtten.'

Angela vertrok haar mond. 'Daar waren de dwergen van Kvôth, zoals je je wel kunt voorstellen, natuurlijk heel blij mee en iedereen was erg verheugd. En toen Mimring landde, zag Terrin tot zijn grote verrassing dat zijn schubben doorschijnend als diamanten waren geworden. Naar men zei, kwam dat doordat Mimring heel dicht langs de zon had gevlogen. Om op tijd de andere draken te halen moest hij namelijk over de toppen van de Beorbergen vliegen, hoger dan enige draak voor of na hem ooit gevlogen heeft. Vanaf dat moment stond Terrin bekend als de held van het Beleg van Kvôth en zijn draak vanwege zijn schubben als Mimring de Schitterende. Ze leefden nog lang en gelukkig, maar ik moet zeggen dat Terrin altijd een beetje bang voor konijnen is gebleven, zelfs toe hij al heel oud was. En zo is het in Kvôth echt toegegaan.'

Toen ze zweeg, begonnen de weerkatten te snorren en gromden de Urgals diverse malen instemmend.

'Je vertelt een goed verhaal, Uluthrek,' zei Garzhvog met een stem als een aardverschuiving.

'Dank je.'

'Maar anders dan ik het gehoord heb,' merkte Eragon op terwijl hij het licht in stapte.

Angela's gezicht lichtte op. 'De dwergen zullen natuurlijk nooit toegeven dat ze aan de genade van een konijn waren overgeleverd. Heb je de hele tijd in het donker staan loeren?'

'Heel even maar,' gaf hij toe.

'Dan heb je het beste deel van het verhaal gemist, maar ik ga het vanavond niet herhalen. Ik krijg een droge keel van al dat gepraat.'

Eragon voelde de trillingen door de zolen van zijn laarzen glijden toen de Kull en de andere Urgals overeind kwamen – tot groot ongenoegen van de weerkatten die op hen rustten. Verscheidene van hen miauwden protesterend terwijl ze op de grond vielen.

Bij het zien van die verzameling grotesk gehoornde koppen rond het vuur moest Eragon de neiging bedwingen om zijn zwaard te trekken. Hij had samen met Urgals gereisd, gejaagd en gevochten, en zelfs nu hij de gedachten van diverse Urgals had kunnen doorzoeken, stemde hun aanwezigheid hem nog altijd tot nadenken. Hij wist verstandelijk dat ze bondgenoten waren, maar zijn botten en spieren konden niet vergeten hoe diep zijn doodsangst was geweest bij de talloze keren dat hij met leden van hun volk in oorlog was geweest.

Garzhvog haalde iets uit de leren zak die aan zijn gordel hing. Zijn dikke arm over het vuur stekend gaf hij het aan Angela, die haar werk onderbrak om het ding met gebogen handen aan te pakken. Het was een ruwe bol van zeegroen kristal, die twinkelde als een korst sneeuw. Ze liet het in de mouw van haar gewaad glijden en pakte de spinklos weer.

Garzhvog zei: 'Je moet een keer naar ons kamp komen, Uluthrek. Dan vertellen we je veel verhalen van onszelf. We hebben een zanger bij ons. Hij is goed. Als je hem het verhaal van Nar Tulkhqa's overwinning bij Stavarosk hoort vertellen, gaat je bloed koken en krijg je zin om naar de maan te blaffen en je hoorns te kruisen met zelfs de sterkste van je vijanden.'

'Dat kan natuurlijk alleen als je hoorns hébt,' zei Angela. 'Maar ik vind het een eer om jullie verhalen te horen. Wat vind je van morgenavond?'

De reusachtige Kull zei ja. Toen vroeg Eragon: 'Waar ligt Stavarosk? Daar heb ik nog nooit van gehoord.'

De Urgals bewogen onrustig. Garzhvog liet zijn kop hangen en snoof als een stier. 'Wat voer jij in je schild, Vuurzwaard?' vroeg hij. Probeer je ons soms uit te dagen door ons te beledigen?' Hij opende en sloot zijn handen met een onmiskenbaar dreigend gebaar.

Eragon zei voorzichtig: 'Ik bedoelde niets kwaads, Nar Garzhvog. Het was een oprechte vraag. Ik heb de naam Stavarosk nooit eerder gehoord.'

Bij de Urgals ging een verrast gemompel op. 'Dat kan toch niet?' zei Garzhvog. 'Alle mensen kennen Stavarosk! Dat was onze grootste triomf, en die wordt in elke zaal tussen de noordelijke woestijn en de Beorbergen bezongen. En natuurlijk hebben ook de Varden het erover.'

Angela zuchtte en zei zonder van haar werk op te kijken: 'Je kunt het ze maar beter vertellen.'

In de achterkant van zijn hoofd voelde Eragon dat Saphira hun gesprek gadesloeg. Hij wist dat ze zich klaarmaakte om aan te komen vliegen als een gevecht onvermijdelijk was.

Hij koos zijn woorden met zorg en zei: 'Niemand heeft mij er iets over verteld, maar ik ben ook nog niet zo lang bij de Varden en...'

'Drajl!' vloekte Garzhvog. 'Die hoornloze verrader heeft niet eens de moed om zijn eigen nederlaag toe te geven. Hij is een lafaard en een leugenaar!'

'Wie? Galbatorix?' vroeg Eragon voorzichtig.

Sommige weerkatten siste bij het horen van die naam.

Garzhvog knikte. 'Ja. Toen hij aan de macht kwam, probeerde hij ons volk voorgoed uit te roeien. Hij stuurde een enorm leger naar het Schild. Zijn soldaten verwoestten onze dorpen, verbrandden onze botten en lieten de aarde zwart en bitter achter. We vochten – eerst vol vreugde, later met wanhoop, maar we bleven vechten. Iets anders konden we niet doen. We konden nergens naartoe, konden ons nergens verbergen. Wie zou de Urgralgra beschermen als zelfs de Rijders op de knieën waren gedwongen? Maar we hadden geluk. We hadden een grote leider die ons voorging in de strijd. Nar Tulkhqa. Hij was ooit door mensen gevangengenomen en had vele jaren tegen hen gevochten. Hij wist dus hoe jullie denken. Om die reden kon hij veel stammen van ons onder zijn banier verenigen. Daarna lokte hij Galbatorix' leger in een smal ravijn diep in de bergen, en onze rammen vielen hem van beide kanten aan. Dat werd een slachting,

Vuurzwaard. De grond was nat van het bloed en de stapels lijken reikten tot boven mijn hoofd. Als je vandaag de dag naar Stavarosk gaat, zul je nog steeds de botten onder je voeten horen kraken en vind je munten, zwaarden en stukken wapenrusting onder elke pluk mos.'

'Dat zijn jullie dus geweest!' riep Eragon uit. 'Mijn hele leven heb ik horen zeggen dat Galbatorix ooit in het Schild de helft van zijn troepen is kwijtgeraakt, maar niemand kon me vertellen hoe en waarom.'

'Méér dan de helft van zijn manschappen, Vuurzwaard.' Garzhvog draaide met zijn schouders en maakte een grommend geluid achter in zijn keel. 'Ik begrijp inmiddels dat we het verhaal erover moeten gaan verspreiden, anders weet niemand er iets van. We sporen jullie zangers en barden op en leren hun liederen over Nar Tulkhqa. En we gaan ervoor zorgen dat die liederen vaak en hard gezongen worden.' Hij knikte één keer alsof hij een besluit had genomen – wat gezien het zwaarwichtige formaat van zijn kop een indrukwekkend gebaar was – en zei toen: 'Vaarwel, Vuurzwaard. Vaarwel, Uluthrek.' Daarmee sjokten hij en zijn strijders het donker in.

Angela grinnikte. Eragon schrok ervan.

'Wat is er?' vroeg hij aan haar.

Ze glimlachte. 'Ik stel me voor hoe zo'n arme luitist over een paar minuten kijkt als hij naar buiten komt en twaalf Urgals, van wie vier Kull, buiten ziet staan met de diepe wens om hem een lesje Urgalcultuur te geven. Het zou me verbazen als we hem niet hoorden schreeuwen.' Ze grinnikte opnieuw.

Ook Eragon amuseerde zich. Hij liet zich op de grond zakken en roerde met de punt van een tak door de kooltjes. Iets warms en zwaars kwam op zijn schoot zitten, en toen hij even keek, zag hij de witte weerkat opgerold op zijn benen liggen. Hij hief een hand om haar te strelen, maar bedacht zich toen en vroeg: 'Mag ik?'

De weerkat bewoog haar staart maar negeerde hem voor de rest.

Hopend dat hij niets verkeerds deed, begon hij aarzelend de nek van het dier te strelen. Even later was de nachtlucht vervuld van een luid en pulserend gesnor.

'Ze mag je wel,' merkte Angela op.

Eragon was daar om de een of andere reden geweldig blij om. 'Wie is ze? Ik bedoel: wie ben je? Hoe heet je?' Hij wierp een snelle blik op de weerkat uit angst dat hij haar beledigd had.

Angela lachte zachtjes. 'Ze heet Schaduwjager. Of liever: dat betekent haar naam in de weerkattentaal. Eigenlijk heet ze...' De kruidenvrouw uitte een vreemd hoestend, grommend geluid waarbij Eragons nek ging kriebelen. 'Schaduwjager is gekoppeld aan Grimrr Halfpoot. Je zou haar dus de weerkattenkoningin kunnen noemen.'

Het spinnen klonk luider.

'Ik begrijp het.' Eragon keek naar de andere weerkatten om zich heen. 'Waar is Solembum?'

'Die zit een wijfje met lange snorharen achterna dat maar half zo oud is als hij. Hij stelt zich aan als een poesje, maar goed... Iedereen mag zich af en toe een beetje aanstellen.' Ze pakte de spinklos met haar linkerhand vast, hield hem stil en wond de nieuwgevormde draad rond de voet van een houten schijf. Daarna bracht ze de spoel weer met haar hand op gang en haalde ze weer stukjes wol uit de dot in haar andere hand. 'Volgens mij barst je van de vragen, Schimmendoder.'

'Steeds als ik je tegenkom, eindig ik nog verwarder dan ik begonnen ben.'

'Altijd? Dat is weinig flexibel van je. Maar goed, ik zal informatief proberen te zijn. Vraag maar raak.'

Eragon was sceptisch over haar schijnbare openheid maar dacht wel na over wat hij wilde weten. Uiteindelijk zei hij: 'Een donderwolk draken? Wat wilde je...'

'Dat is de juiste term voor een troep draken. Als je er ooit een in volle vlucht had meegemaakt, zou je het begrijpen. Als tien, twaalf of nog meer draken boven je hoofd passeren, trilt alle lucht om je heen alsof je in een grote trommel zit. Trouwens, hoe kun je een heel stel draken anders noemen? Je hebt een roedel wolven, een vlucht meeuwen, een kudde paarden, een school vissen, een troep mussen enzovoort, maar draken? Een hónger draken? Dat klinkt niet echt goed. Je mag ze ook geen vlaag of terreur noemen, hoewel ik alles bijeengenomen nogal verzot ben op terreur: een terreur draken... Maar nee, een troep draken heet een donderwolk. En dat had je geweten als jouw onderwijs uit meer had bestaan dan met een zwaard leren zwaaien en een paar werkwoorden in de oude taal verbuigen.'

'Je hebt beslist gelijk,' zei hij om haar humeur niet te bederven. Door zijn permanente band met Saphira voelde hij haar goedkeuring van de uitdrukking 'donderwolk draken', en die mening deelde hij; het was een passende omschrijving. Hij dacht nog even na en vroeg toen: 'Waarom noemt Garzhvog je Uluthrek?'

'Die titel hebben de Urgals me al heel lang geleden gegeven, toen ik nog met hen meereisde.'

'Wat betekent die naam?'

'Maaneter.'

'Maaneter? Wat een rare naam. Hoe heb je die gekregen?'

'Natuurlijk omdat ik de maan opat. Hoe anders?'

Eragon fronste zijn wenkbrauwen en concentreerde zich op het strelen van de weerkat. Toen: 'Waarom heeft Garzhvog je die steen gegeven?'

'Omdat ik hem een verhaal had verteld. Dat leek me helder.'

'Maar wat is het?'

'Een stuk steen. Is je dat niet opgevallen?' Ze grinnikte afkeurend. 'Je moet werkelijk beter letten op wat zich om je heen afspeelt. Anders krijgt iemand de neiging om een mes in je rug te steken als je even niet kijkt. En met wie zou ik dan raadselachtige opmerkingen kunnen uitwisselen?' Ze gooide haar haren naar achteren. 'Ga door. Stel een andere vraag. Dit is een leuk spelletje.'

Hij trok een wenkbrauw naar haar op. Hij wist zeker dat het zinloos was maar vroeg evengoed: 'Piep, piep?'

De kruidenvrouw bulderde van het lachen, en sommige weerkatten openden hun bek tot wat op een glimlach met veel tanden leek. Alleen Schaduwjager keek mishaagd. Ze zette haar klauwen in Eragons benen, zodat hij ineenkromp.

'Nou ja...' zei Angela nog steeds lachend. 'Als je per se antwoorden wilt horen, is dit verhaal even goed als andere. Even kijken... Verscheidene jaren geleden, toen ik nog langs de rand van Du Weldenvarden trok – ver weg in het westen, vele mijlen van elke stad en elk dorp verwijderd –, kwam ik Grimrr tegen. In die tijd was hij nog maar de leider van een kleine stam weerkatten en had hij nog het volledige gebruik van zijn twee voorpoten. Hoe dan ook, ik trof hem spelend met een klein roodborstje dat uit een nest in de buurt was gevallen. Het zou me niet hebben kunnen schelen als hij de vogel gedood en opgegeten had, want dat horen katten te doen, maar hij martelde het arme diertje: trok aan zijn vleugels, knabbelde aan zijn staart, liet het weg hinken om het dan weer tegen de grond te slaan.' Angela haalde walgend haar neus op. 'Ik zei hem dat hij daarmee moest ophouden, maar hij gromde alleen en negeerde me.' Ze keek Eragon streng aan. 'Ik houd er niet van als iemand me negeert. Dus pakte ik de vogel van hem af. Ik haalde mijn vingers heen en weer en uitte een spreuk. De week daarna tjilpte hij als een zangvogel bij elke keer dat hij zijn mond opendeed.'

'*Tjilpte* hij?'

Angela knikte en straalde van onderdrukte pret. 'Ik heb nog nooit in mijn leven zo hard gelachen. Een hele week lang wilde geen van de andere weerkatten bij hem in de buurt komen.'

'Geen wonder dat hij een hekel aan je heeft.'

'Nou en? Wie niet af en toe een paar vijanden maakt, is een lafaard of nog erger. Bovendien was het de moeite waard om zijn reactie te zien. Wat was hij kwaad!' Schaduwjager uitte een zachte, waarschuwende grom en spande haar klauwen weer.

Eragon vroeg met een gekwelde blik: 'Zullen we het over iets anders hebben?'

'Best.'
Voordat hij een nieuw onderwerp kon voorstellen, klonk ergens midden in het kamp een harde schreeuw, die driemaal tegen de rijen tenten echode voordat de stilte weer intrad.

Eragon keek Angela aan, zij keek hem aan, en ze barstten allebei in lachen uit.

Geruchten en geschriften

Het is laat, zei Saphira toen Eragon naar de tent slenterde waar zij opgerold naast lag. Ze fonkelde als een berg blauwe kooltjes in het zwakke licht van de toortsen, en keek hem met één, half geloken oog aan.

Hij ging bij haar kop op zijn hurken zitten en legde zijn voorhoofd een paar tellen tegen het hare. Hij omhelsde haar stekelige kaak. *Dat klopt*, zei hij uiteindelijk. *En na de hele dag vliegen tegen de wind in heb je rust nodig. Slaap. Morgenochtend zie ik je weer.*

Ze knipperde één keer dankbaar.

Eragon stak in zijn tent een kaars aan om het zich gemakkelijk te maken. Hij trok zijn laarzen uit en ging met zijn benen onder zich op zijn brits zitten. Hij vertraagde zijn ademhaling, opende zijn geest en spreidde hem uit naar alle levende wezens om hem heen, van de wormen en insecten in de grond tot Saphira en de strijders van de Varden en zelfs tot de paar nog resterende planten. Hun energie was bleek en slecht te zien vergeleken met de brandende schittering van zelfs het kleinste dier.

Zo bleef hij een hele tijd zitten – zonder gedachten, zich bewust van duizend scherpe en subtiele sensaties en zich concentrerend op niets anders dan de gestage stroom lucht in en uit zijn longen.

Ergens in de verte hoorde hij wachtposten rond een kampvuur praten. De nachtlucht droeg hun stemgeluid verder dan hun bedoeling was, en dankzij zijn scherpe oren kon hij hun woorden onderscheiden. Hij voelde ook hun geest en zou hun gedachten hebben kunnen lezen als hij dat gewild had, maar hij respecteerde hun diepste privacy en luisterde alleen.

Een man met een diepe stem zei: '... en zoals ze dan op je neerkijken alsof je tuig van de richel bent. Meestal zeggen ze niet eens wat als je een vriendelijke vraag stelt. Ze draaien je gewoon de rug toe en lopen weg.'

'Klopt,' zei een andere man. 'En dan die vrouwen, zo mooi als standbeelden en maar half zo uitnodigend.'

'Dat komt doordat jij zo lelijk bent als de nacht, Svern. Daarom.'

'Daar kan ik niks aan doen. Mijn vader had de gewoonte om elk melkmeisje te verleiden dat hij tegenkwam. Bovendien verwijt de pot de ketel: van dat gezicht van jou krijgen kinderen nachtmerries.'

De strijder met de diepe stem gromde. Iemand hoestte en spuwde, en Eragon hoorde het gesis van iets vloeibaars dat verdampte toen het een stuk brandend hout raakte.

Een derde spreker bemoeide zich met het gesprek: 'Ik ben evenmin dol op elfen als iemand van jullie, maar we hebben ze nodig om deze oorlog te winnen.'

'Maar wat gebeurt er als ze zich daarna tegen ons keren?' vroeg de man met de diepe stem.

'Goeie vraag,' zei Svern. 'Kijk maar wat er gebeurd is in Ceunon en Gil'ead. Al die troepen, al die macht, en Galbatorix kon nog steeds niet verhinderen dat ze over de muren zwermden.'

'Misschien probeerde hij dat ook niet,' opperde de derde spreker.

Een lange stilte volgde.

Toen zei de man met de diepe stem: 'Dat is een verrekt onprettige gedachte... Maar goed, of-ie dat nou wilde of niet, ik snap niet wat we tegen de elfen kunnen beginnen als die hun oude gebieden weer opeisen. Ze zijn sneller en sterker dan wij, en anders dan bij ons heeft iedereen bij hen de magie onder de knie.'

'Ja, maar wij hebben Eragon, riposteerde Svern. 'Als-ie wil, drijft hij ze in z'n eentje het bos weer in.'

'Hij? Welnee. Hij lijkt meer op een elf dan op zijn eigen vlees en bloed. Zijn loyaliteit vertrouw ik net zomin als die van de Urgals.'

De derde man nam weer het woord. 'Hebben jullie opgemerkt dat hij zich altijd net geschoren heeft, hoe vroeg we ook ons kamp opbreken?'

'In plaats van een scheermes zal hij wel magie gebruiken.'

'Maar dat is tegen de natuurlijke orde van de dingen. Let op mijn woorden. Dat en al die andere spreuken die ze tegenwoordig om zich heen smijten. Daarvan krijg je zin om je ergens in een grot te verbergen zodat de magiërs elkaar kunnen afmaken zonder dat wij ons ermee bemoeien.'

'Ik heb je anders niet horen klagen toen de helers een spreuk in plaats van een tang gebruikten om een pijl uit je schouder te krijgen.'

'Kan zijn, maar die pijl zou nooit in mijn schouder zijn beland als Galbatorix er niet geweest was. Dit hele zootje hebben we aan hem en zijn magie te danken.'

Iemand snoof. 'Klopt als een bus, maar ik zou er mijn laatste kopergeld

onder verwedden dat er ook zonder Galbatorix uiteindelijk een pijl in je lijf had gestaan. Je deugt voor niks anders dan vechten.'
'Eragon heeft in Feinster mijn leven gered, weet je,' zei Svern.
'Ja, en als je ons nog één keer met dat verhaal verveelt, laat ik je een week lang pannen poetsen.'
'Nou, hij...'
Er viel een nieuwe stilte, die verbroken werd toen de strijder met de diepe stem begon te zuchten. 'We hebben een manier nodig om onszelf te beschermen. Dat is het probleem. We zijn overgeleverd aan elfen, aan magiërs – van ons en van hen – en aan alle vreemde wezens die hier rondzwerven. Voor mensen zoals Eragon is dat allemaal goed en wel, maar wij hebben minder geluk. Wat wij nodig hebben...'
'Wat wij nodig hebben, zijn Rijders,' zei Svern. 'Die zouden weer orde in de wereld scheppen.'
'O ja? Met welke draken dan? Rijders zonder draken bestaan niet. Bovendien zouden we ons dan nog steeds niet kunnen verdedigen, en dat zit me dwars. Ik ben geen kind meer dat zich achter zijn moeders rokken beschermt, maar als er uit het donker een Schim opduikt, dan hebben we verdomme niks om te voorkomen dat hij onze kop van ons lijf trekt.'
'Nu je het zegt... Heb je dat van heer Barst gehoord?' vroeg de derde man.
Svern mompelde instemmend. 'Ik heb gehoord dat hij achteraf zijn hart heeft opgegeten.'
'Waar hebben jullie het over?' vroeg de strijder met de diepe stem.
'Barst...'
'Je weet wel, die graaf met een landgoed bij Gil'ead...'
'Is dat niet de man die zijn paarden de Ramr in reed, alleen maar om...'
'Ja, precies. Hoe dan ook, hij gaat dus naar dat dorp en beveelt alle mannen om dienst te nemen in Galbatorix' leger. Zelfde liedje als altijd. Maar ditmaal weigeren de mannen. Ze vallen Barst en zijn soldaten aan.'
'Dapper,' zei de man met de diepe stem. 'Stom maar dapper.'
'Nou, Barst is ze te slim af. Voordat hij het dorp in gaat, heeft hij boogschutters opgesteld. De soldaten doden de helft van de mannen en slaan de rest bijna dood. Allemaal ouwe koek. Barst gaat vervolgens naar de leider, de man die het gevecht is begonnen, grijpt hem in zijn nek en trekt met blote handen zijn kop eraf.'
'Nee!'
'Als bij een kip. En nog erger is dat hij beveelt om het gezin van die man levend te verbranden.'
'Als Barst het hoofd van een man kan trekken, moet hij sterk als een Urgal zijn,' zei Svern.

'Er zit misschien een truc achter.'
'Kan het magie zijn geweest?' vroeg de man met de diepe stem.
'Volgens alle verslagen is hij altijd heel sterk geweest – sterk en slim. Als jongeman schijnt hij met één vuistslag een gewonde os te hebben gedood.'
'Dat doet me nog steeds aan magie denken.'
'Dat komt doordat jij in elke schaduw boosaardige magiërs ziet loeren.'
De strijder met de diepe stem gromde maar zei niets meer.

Daarna verspreidden de mannen zich om hun ronde te doen. Eragon hoorde niets meer van hen. Op elk ander moment zou hun gesprek hem verontrust hebben maar vanwege zijn meditatie liet hij zich geen moment storen. Hij probeerde alleen te onthouden wat ze gezegd hadden, zodat hij er later goed over kon nadenken.

Toen hij zijn gedachten eenmaal geordend had en hij zich kalm en ontspannen voelde, sloot hij zijn geest af, deed zijn ogen open en vouwde hij langzaam zijn benen uit om de stijfheid uit zijn spieren te krijgen.

De beweging van de kaarsvlam trok zijn aandacht. Betoverd door het gekronkel van het vuur staarde hij er even naar.

Toen liep hij naar de plaats waar hij Saphira's zadeltassen had gelegd, en haalde allerlei dingen tevoorschijn: de ganzenveer, het borsteltje, de fles inkt en de vellen perkament die hij een paar dagen daarvoor van Jeod had losgepeuterd, evenals het exemplaar van *Domia abr Wyrda*, die de oude geleerde hem gegeven had.

Toen hij weer op zijn brits zat, legde hij het zware boek ver uit zijn buurt om de kans te verkleinen dat hij er inkt op morste. Hij zette zijn schild als een schaal op zijn knieën en legde de vellen perkament op het gebogen oppervlak. Hij kreeg de scherpe geur van tannine in zijn neus toen hij de stop van de fles haalde en de ganzenveer in de eikengalinkt stak.

Hij zette de punt van de veer op de rand van de fles om overtollige vloeistof kwijt te raken en zette voorzichtig zijn eerste lijn. De veer maakte een zacht krassend geluid, en zo schreef Eragon de runen van zijn eigen taal. Toen hij klaar was, vergeleek hij ze met zijn pogingen van de avond ervoor om te zien of zijn handschrift verbeterd was – een klein beetje – en met de runen in *Domia abr Wyrda*, die hij als voorbeeld gebruikte.

Hij schreef nog drie keer het alfabet en besteedde extra aandacht aan de vormen waarmee hij de meeste moeite had. Toen begon hij zijn gedachten en opmerkingen over de gebeurtenissen van die dag te noteren. Dat was een nuttige oefening, niet alleen van zijn letters, maar ook omdat hij daarmee alles wat hij die dag gezien en gedaan had, beter leerde begrijpen.

Schrijven was zwaar werk. Toch genoot hij ervan, want het was op een stimulerende manier uitdagend. Ook deed het hem aan Brom denken:

de oude verteller had hem de betekenis van elke rune geleerd, en dat had Eragon een gevoel van intimiteit met zijn vader gegeven dat hem anders ontglipte.

Toen hij alles genoteerd had wat hij schrijven wilde, maakte hij de ganzenveer schoon, pakte het penseel en koos een vel perkament dat al voor de helft bedekt was met rijen gliefen in de oude taal.

Het elfenschrift – het Liduen Kvaedhí – was door de ingewikkelde, vloeiende vormen van die gliefen veel moeilijker te kopiëren dan de runen van zijn eigen volk. Toch hield hij vol, en wel om twee redenen: hij wilde vertrouwd blijven met het schrift, en als hij iets in de oude taal ging opschrijven, leek het hem verstandiger om dat te doen op een manier die de meeste mensen niet begrepen.

Eragon had een goed geheugen. Desondanks merkte hij dat hij veel van de spreuken die Brom en Oromis hem geleerd hadden, aan het vergeten was. Daarom besloot hij een lijst te maken van alle woorden die hij in de oude taal kende. Dat was niet bepaald een origineel idee, maar de waarde van zo'n woordenboek besefte hij nog maar heel kort.

Hij werkte nog een paar uur aan zijn woordenboek, waarna hij zijn schrijfgerei weer in de zadeltassen deed en het kistje met Glaedrs hart van harten eruit haalde. Hij probeerde, zoals zo vaak, de oude draak uit zijn verlamming te krijgen, maar dat was ook nu weer vergeefs. Toch weigerde hij het op te geven. Naast het open kistje zittend las hij Glaedr hardop voor uit *Domia abr Wyrda* over de vele dwergenriten en -rituelen – waarvan hij er een paar kende – totdat het koudste en donkerste deel van de nacht aanbrak.

Eragon legde het boek weg, doofde de kaars en ging op zijn brits liggen rusten. Hij zwierf maar kort door de fantastische visioenen van zijn wakende dromen; toen in het oosten het eerste licht te zien was, kwam hij rollend overeind om de hele cyclus te herhalen.

Aroughs

In de loop van de ochtend arriveerden Roran en zijn manschappen bij de groep tenten naast de weg. Rorans blik was zo vertroebeld door de uitputting dat het kamp hem grijs en vaag leek. Een mijl verderop in het zuiden lag Aroughs, maar daarvan onderscheidde hij alleen de best zichtbare dingen: gletsjerwitte muren, gapende doorgangen met traliehekken ervoor en veel zware, vierkante torens van natuursteen.

Hij hing over de voorkant van het zadel heen toen ze het kamp in sjokten. De paarden waren de instorting nabij. Een magere jongen kwam naar hem toe rennen, greep de teugel van zijn merrie en trok eraan totdat het dier wankelend tot stilstand was gekomen.

Roran staarde hem aan, onzeker van wat er gebeurd was. Een tijd later zei hij hees: 'Breng me Brigman.'

De jongen liep zwijgend tussen de tenten weg en schopte met zijn blote hielen stofwolken op.

Het leek Roran dat hij wel meer dan een uur moest wachten. De merrie hijgde onbeheerst, en dat klonk net als het ruisende bloed in zijn oren. Als hij naar de grond keek, leek hij nog steeds onderweg – alsof hij zich door een tunnel naar een oneindig ver punt terugtrok. Ergens rinkelden sporen. Ongeveer een tiental strijders verzamelde zich in de buurt. Ze leunden op speren en schilden en bekeken hem met openlijk nieuwsgierige blikken.

Vanuit de andere kant van het kamp hinkte een breedgeschouderde man in een blauwe tuniek, steunend op een kapotte speer als staf, naar Roran. Hij had een lange, volle baard maar zijn bovenlip was kaalgeschoren en glinsterde van het zweet – van pijn of van de hitte; dat kon Roran niet zien.

'Ben jij Sterkhamer?' vroeg hij.

Roran gromde bevestigend. Toen hij zijn krampachtige greep op het zadel had losgemaakt, stak hij zijn hand in zijn tuniek en overhandigde Brigman de gebutste rechthoek van perkament met zijn bevelen van Nasuada.

Brigman verbrak het zegel met zijn duimnagel. Hij bestudeerde het perkament, liet het zakken en keek Roran met een nietszeggende blik aan.

'We verwachtten je al,' zei hij. 'Een van Nasuada's huismagiërs nam vier dagen geleden contact met me op en zei dat je vertrokken was. Maar ik had niet gedacht dat je zo snel hier zou zijn.'

'Dat was niet makkelijk,' zei Roran.

Brigmans bovenlip krulde om. 'Nee, dat neem ik aan... commandant.' Hij gaf het perkament terug. 'De troepen staan nu onder je bevel, Sterkhamer. We wilden net een aanval op de westelijke poort ondernemen. Wil je de aanval leiden?' Die vraag was zo scherp als een dolk.

De hele wereld leek rond Roran te tollen en hij greep het zadel harder beet. Hij was overduidelijk te moe voor een woordenwisseling die hij ook nog moest winnen.

'De aanval gaat vandaag niet door,' zei hij.

'Ben je hartstikke gek geworden? Hoe kunnen we de stad anders innemen? Het heeft ons de hele ochtend gekost om de aanval voor te bereiden, en ik ga hier geen duimen zitten draaien terwijl jij je slaap inhaalt. Nasuada verwacht dat we over een paar dagen klaar zijn, en bij Angvard, daar zal ik voor zorgen!'

Met een zo zachte stem dat alleen Brigman hem hoorde, gromde Roran: 'Je blaast de aanval af, anders laat ik je ophangen aan je enkels en geselen wegens de weigering van een dienstbevel. Ik ga geen enkele aanval goedkeuren voordat ik de kans heb gehad om te rusten en de situatie te overzien.'

'Je bent zo gek als een deur. Dat zou…'

'Als je je mond niet kunt houden en je plicht doen, dan geef ik je die rammeling zelf – hier en nu.'

Brigman zette zijn neusgaten open. 'In jouw toestand? Je zou geen schijn van kans hebben.'

'Daar vergis je je in,' zei Roran. En hij meende het. Hij wist niet hoe hij Brigman op datzelfde moment kon verslaan, maar dát hij het kon, wist hij tot in de diepste vezels van zijn hart.

Brigman stond kennelijk in tweestrijd. 'Prima,' snauwde hij. 'Het zou sowieso verkeerd zijn als de mannen ons door het stof zagen rollen. We blijven hier, als je dat wilt, maar ik wil niet verantwoordelijk zijn voor deze tijdverspilling. Die krijg jij op je bord, niet ik.'

'Zoals altijd,' zei Roran. Met een keel die strak stond van de pijn stapte hij van zijn merrie. 'Net zoals jij verantwoordelijk bent voor de puinzooi die je van dit beleg hebt gemaakt.'

Brigmans blik verduisterde. Roran zag dat de antipathie die de man tegen hem koesterde in haat omsloeg. Hij wou dat hij een diplomatieker antwoord had gekozen.

'Je tent staat die kant op.'

Het was nog steeds ochtend toen Roran wakker werd.

Een zacht, diffuus licht in de tent beurde hem op. Heel even dacht hij dat hij maar een paar minuten geslapen had, maar toen begreep hij dat hij daarvoor te fris en te alert was.

Hij had een hele dag door zijn vingers laten glijden, en hij vervloekte zich zwijgend.

Hij lag onder een dunne deken maar dat was eigenlijk onnodig in het milde weer van het zuiden, vooral omdat hij zijn laarzen en kleren nog aanhad. Hij trok de deken weg en probeerde rechtop te gaan zitten.

Een verstikte kreun kwam uit zijn mond. Het leek of zijn hele lichaam uit elkaar werd gescheurd. Hij liet zich weer vallen en keek hijgend naar het tentdoek boven hem. De eerste schok was hij gauw te boven, maar een hele menigte kloppende pijnen bleef achter – waarvan sommige heviger waren dan andere.

Het kostte hem verscheidene minuten om weer op krachten te komen. Hij draaide zich met een enorme inspanning op zijn zij en zwaaide zijn benen over de rand van de brits, waar hij even bleef zitten voordat hij aan de schijnbaar onmogelijke taak van het opstaan begon.

Toen hij eenmaal stond, glimlachte hij zuur. Hij had een interessante dag voor de boeg.

De anderen waren al op en stonden op hem te wachten toen hij naar buiten kwam. Ze zagen er uitgeput en vermagerd uit en bewogen zich even stijf als hijzelf. Toen ze elkaar begroet hadden, wees Roran naar het verband op Delwins onderarm, waar een herbergier hem met een schilmesje had gestoken. 'Is de pijn een beetje gezakt?'

Delwin haalde zijn schouders op. 'Het valt wel mee. Ik kan zo nodig vechten.'

'Goed.'

'Wat wil je als eerste doen?' vroeg Carn.

Roran bekeek de opgaande zon en berekende hoeveel tijd er nog was tot het middaguur. 'Even wandelen,' zei hij.

Hij begon midden in het kamp en leidde zijn metgezellen heen en weer langs elke rij tenten. Daarbij inspecteerde hij de conditie van de troepen en de staat van hun uitrusting. Af en toe bleef hij even staan om een strijder iets te vragen voordat hij weer doorliep. De meeste mannen waren moe en somber, maar hij merkte dat hun stemming verbeterde als ze hem zagen.

Rorans ronde eindigde aan de zuidkant van het kamp, zoals ook zijn bedoeling was geweest. Daar bleven hij en de anderen staan kijken naar het indrukwekkende gebouwencomplex van Aroughs.

De stad bestond uit twee delen. Het eerste was laag en uitgestrekt, en daar stonden de meeste huizen. Het tweede, kleinere deel, besloeg de top van een lange, glooiende helling die vele mijlen in de omtrek het hoogste punt was. Beide niveaus waren met een muur omgeven. In de buitenste waren vijf poorten zichtbaar. Twee ervan boden ruimte aan wegen die vanuit het noorden en oosten de stad in kwamen. Door de drie andere liepen kanalen die vanuit het zuiden de stad bereikten. Aan de andere kant van Aroughs lag de rusteloze zee, en daar kwamen de kanalen vermoedelijk op uit.

Gelukkige hebben ze geen gracht, dacht hij.

De poort in het noorden was door een stormram beschadigd en de grond ervoor was omgewoeld – Roran herkende de sporen van een gevecht. Drie katapulten, vier blijden van het soort dat nog hij kende van zijn tijd op de Vliegende Draak, en twee wankele belegeringstorens stonden bij de buitenmuur. Een handjevol mannen zat ernaast te lummelen. Ze rookten een pijp en dobbelden op lappen leer. De belegeringswerktuigen maakten een volstrekt nietige indruk tegenover de monolithische massa van de stad.

Het lage, vlakke terrein rond Aroughs liep af naar de zee. Op de groene vlakte wemelde het van honderden boerderijen met steeds een houten hek en minstens één rietgedekte hut. Hier en daar lagen weelderige landgoederen: grote herenhuizen van natuursteen, beschermd door hoge muren en – nam Roran aan – door hun eigen wachtposten. De eigenaars waren ongetwijfeld aristocraten uit Aroughs en misschien bepaalde rijke kooplieden.

'Wat vind je?' vroeg hij aan Carn.

De magiër schudde zijn hoofd, en zijn half geloken ogen keken nog triester dan ooit. 'Het heeft evenveel zin om een berg te belegeren.'

'Inderdaad,' merkte Brigman op, die net aan kwam lopen.

Roran hield zijn opmerkingen voor zich: hij wilde de anderen niet duidelijk maken hoe moedeloos hij was. *Nasuada is gek als ze denkt dat ze Aroughs met maar achthonderd man kan innemen. Als ik er achtduizend had met Eragon en Saphira erbij, dan twijfelde ik geen moment. Maar op deze manier...*

Toch wist hij dat hij een manier moest vinden, al was het maar ter wille van Katrina.

Zonder de man aan te kijken zei hij tegen Brigman: 'Vertel eens iets over Aroughs.'

Brigman draaide zijn speer een paar maal rond en drukte het uiteinde de grond in voordat hij zei: 'Galbatorix heeft de stad goed bekeken. Hij heeft gezorgd dat de stad goed bevoorraad was voordat we de wegen tussen hier en de rest van het Rijk blokkeerden. Zoals je ziet, is er aan water geen gebrek. We kunnen de kanalen omleiden, maar in de stad zelf zijn er dan nog steeds een stel bronnen en fonteinen. Ik kan me voorstellen dat ze het tot minstens de winter volhouden, alleen zijn ze tegen die tijd wel kotsmisselijk van de rapen die ze elke dag eten. Galbatorix heeft hier ook een flink garnizoen geposteerd – meer dan tweemaal ons aantal –, nog afgezien van hun gebruikelijke contingent.'

'Hoe weet je dat allemaal?'

'Van een informant. Die had alleen geen ervaring met militaire strategie, want hij gaf ons een veel te optimistisch beeld van Aroughs' zwaktes.'

'Juist.'

'Hij had ook beloofd dat hij onder dekking van de nacht een kleine groep naar binnen kon smokkelen.'

'En?'

'We hebben gewacht maar hij is nooit op komen dagen, en de volgende ochtend zagen we zijn afgehakte hoofd op de stadsmuur staan. Het staat er nog steeds: bij de oostelijke poort.'
'Juist ja. Zijn er behalve deze vijf nog andere poorten?'
'Nog drie. De waterpoort bij de haven is breed genoeg voor de drie kanalen tegelijk, en daarnaast is er een droge poort voor mensen en paarden. En dan is er aan die kant' – hij wees naar de westkant van de stad – 'nog een andere droge poort net als de andere.'
'Is er een bres te slaan in zo'n poort?'
'Niet snel. Bij de kust hebben we geen ruimte om goed te manoeuvreren of ons terug te trekken buiten het bereik van de vijandelijke stenen en pijlen. Dan blijven deze poorten over plus die aan de westkant. Behalve aan de kust is het terrein overal rond de stad hetzelfde. Daarom heb ik onze aanval op de dichtstbijzijnde poort geconcentreerd.'
'Waaruit bestaan die poorten?'
'Uit ijzer en eikenhout. Als we ze niet vernielen, staan ze hier nog honderden jaren.'
'Zijn ze met spreuken beschermd?'
'Dat zou ik niet weten, want Nasuada vond het niet de moeite om een van haar magiërs met ons mee te sturen. Halstead heeft...'
'Halstead?'
'Heer Halstead, de heerser van Aroughs. Je hebt vast van hem gehoord.'
'Nee.'
Er volgde een korte stilte. Roran voelde Brigmans minachting voor hem groeien. Toen praatte de man door: 'Halstead heeft zijn eigen tovenaar: een vals en gelig schepsel dat we op de muren hebben gezien. Hij stond te mompelen in zijn baard en probeerde ons met zijn spreuken klein te krijgen. Volgens mij is hij een prutser want hij had niet veel geluk, behalve bij de twee man die ik op de stormram had gezet. Hij wist dat ding in brand te krijgen.'
Roran wisselde blikken uit met Carn – de magiër keek nog bezorgder dan eerst –, maar vond het beter om deze kwestie onder vier ogen te bespreken.
'Zijn de poorten boven de kanalen niet makkelijker klein te krijgen?' vroeg hij.
'Waar zou je dan willen staan? Kijk maar naar de inham in de muur: je hebt nergens houvast. Bovendien zitten er in het plafond van de ingang spleten en valluiken, waar ze kokende olie doorheen gieten, rotsblokken laten vallen of met kruisbogen schieten op iedereen die zich daar waagt.'
'De poorten kunnen niet helemaal massief zijn, anders blokkeren ze het water.'

'Ja, dat klopt. Onder het oppervlak zit een latwerk van hout en metaal met gaten die groot genoeg zijn om de stroom niet te erg te belemmeren.'
'Ik snap het. Zijn de poorten het grootste deel van de tijd dicht, ook als Aroughs niet belegerd wordt?'
''s Nachts zeker, maar volgens mij waren ze in de uren met daglicht open.'
'En hoe zit het met de muren?'
Brigman verschoof zijn gewicht. 'Gepolijst graniet. De blokken passen zo nauwkeurig dat je er niet eens een mes tussen kunt steken. Volgens mij is het dwergenwerk uit de tijd voor de val van de Rijders. Ik denk ook dat de muren gevuld zijn met aangestampt puin, maar dat weet ik niet zeker omdat we nog nergens door de buitenlaag heen zijn gekomen. Ze lopen tot minstens twaalf voet onder de grond door, maar waarschijnlijk is het meer. Dat betekent dat we niet kunnen tunnelen en ze ook niet met sappeurs kunnen ondermijnen.'

Brigman kwam een stap naar voren en wees naar de herenhuizen in het noorden en westen. 'De meeste edelen hebben zich in Aroughs teruggetrokken, maar met achterlating van wachtposten om hun bezit te beschermen. Die hebben ons een paar problemen bezorgd – aanvallen op verkenners, diefstal van onze paarden, dat soort dingen. We hebben al in het begin twee landgoederen veroverd,' – hij wees naar een paar uitgebrande ruïnes op een paar mijl afstand – 'maar de consolidering daarvan was te veel werk. Daarom hebben we ze geplunderd en in de as gelegd. Helaas hebben we niet genoeg mensen om de rest onder handen te nemen.'

Toen vroeg Baldor: 'Waarom lopen die kanalen naar Aroughs? Zo te zien worden ze niet gebruikt om te irrigeren.'

'Je hoeft hier niet te irrigeren, knul. Een noorderling hoeft in de winter ook geen sneeuw aan te voeren. Droog blijven is eerder een probleem dan nat worden.'

'Maar waar dient het water dan voor?' wilde Roran weten. 'En waar komt het vandaan? Je gaat me toch niet wijsmaken dat het helemaal uit de Jiet komt – want die stroomt ver weg.'

'Nee,' zei Brigman spottend. 'In de moerassen hier ten noorden van ons liggen meren. Het is brak, ongezond water, maar de mensen zijn eraan gewend. Eén kanaal brengt het naar een punt op een mijl of drie van hier. Dat splitst zich in de drie kanalen die je hier ziet, en die lopen over een reeks watervallen waar ze molens aandrijven die het graan voor de stad malen. De boeren brengen hun graan in de oogsttijd naar de molens. De zakken meel worden in aken geladen en naar Aroughs gevaren. Dat is ook een handige manier om andere goederen te transporteren, zoals timmerhout en wijn van de herenhuizen naar de stad.'

Roran wreef over zijn nek en bleef de stad bestuderen. Wat Brigman

hem vertelde, was intrigerend, maar hij wist nog niet wat hij eraan had.
'Is er op het omringende platteland nog iets anders interessants?' vroeg hij.
'Alleen een leisteenmijn in het zuiden, verderop aan de kust.'
Hij gromde nadenkend. 'Ik wil de molens zien,' zei hij. 'Maar eerst wil ik een volledig verslag van je periode hier, en ik wil ook weten wat je voorraden zijn, van pijlen tot koekjes.'
'Ga maar mee... Sterkhamer.'

Het uur daarna was Roran met Brigman en twee van zijn luitenants in gesprek. Hij luisterde en stelde vragen terwijl zij vertelden welke aanvallen ze op de stadsmuren hadden uitgevoerd, en de voorraden opsomden die de strijders onder zijn bevel nog hadden.
Er is gelukkig geen gebrek aan wapens, dacht Roran toen hij het aantal doden telde. Maar zelfs als Nasuada zijn opdracht niet van een tijdslimiet had voorzien, zouden de mannen en paarden niet genoeg voedsel hebben om nog eens een week voor Aroughs te kamperen.
Veel feiten en cijfers die Brigman en zijn lakeien noemden, hadden ze uit geschriften op rollen perkament. Roran probeerde te verbergen dat hij de rijen hoekige, zwarte tekens niet kon ontcijferen, en liet alles door de mannen voorlezen, maar het irriteerde hem dat hij aan de genade van anderen was overgeleverd. *Nasuada had gelijk*, besefte hij. *Ik moet leren lezen, anders weet ik niet of iemand tegen me liegt als hij zegt dat dit of dat op een vel perkament staat... Misschien kan Carn het me leren als we naar de Varden teruggaan.*
Hoe meer Roran over Aroughs te weten kwam, hoe meer begrip hij kreeg voor Brigman. De inname van de stad was een geduchte opdracht zonder duidelijke oplossing. Ondanks zijn afkeer van de man vond Roran dat de kapitein het in deze omstandigheden zo goed had gedaan als van hem verwacht mocht worden. Roran dacht niet dat de man gefaald had omdat hij een onbekwame commandant was maar omdat het hem aan de eigenschappen ontbrak die Roran steeds opnieuw de overwinning hadden bezorgd: durf en verbeeldingskracht.
Na het overzicht van de toestand reden Roran en zijn vijf metgezellen met Brigman mee voor een inspectie van Aroughs' muren en poorten vanaf een kleinere maar nog veilige afstand. In het zadel zitten was opnieuw ongelooflijk pijnlijk, maar Roran verdroeg het zonder klagen.
Toen hun rijdieren het met stenen geplaveide pad naast het kamp op liepen en aan de rit naar de stad begonnen, merkte Roran op dat de hoeven af en toe een eigenaardig geluid maakten als ze de grond raakten. Datzelfde geluid had hij op de laatste dag van zijn reis gehoord, en hij had het toen niet begrepen.

Met een blik op de grond zag hij dat de platte stenen van de weg gezet leken in dof zilver, en de aderen ervan vormden een onregelmatig, webachtig patroon.

Roran riep Brigman en vroeg ernaar. Brigman riep terug: 'Met het zand hier krijg je slechte specie. In plaats daarvan gebruiken ze lood om de stenen op hun plaats te houden!'

Roran reageerde in eerste instantie met ongeloof, maar Brigman maakte geen grap. Hij vond het verbijsterend dat een metaal zo overvloedig kon voorkomen dat de mensen het verspilden aan de aanleg van een weg.

Zo draafden ze over het stenen pad met lood naar de glanzende stad verderop.

Ze observeerden de verdediging van Aroughs heel aandachtig, maar hun grotere nabijheid verried niets nieuws en versterkte alleen Rorans indruk dat de stad bijna onneembaar was.

Hij leidde zijn paard naar dat van Carn. De magiër staarde met een glazige blik naar Aroughs en zijn lippen bewogen alsof hij in zichzelf praatte. Roran wachtte tot hij klaar was, en vroeg toen zachtjes: 'Zijn de poorten voorzien van spreuken?'

'Dat denk ik wel,' antwoordde Carn even zacht. 'Ik weet alleen niet hoeveel het er zijn en welk doel ze hebben. Het antwoord heb ik niet zo een-twee-drie.'

'Waarom is dat zo moeilijk?'

'Het is niet echt moeilijk. De meeste spreuken zijn makkelijk te ontdekken, tenzij iemand zijn best heeft gedaan om ze te verbergen, maar zelfs dan laat de magie meestal welsprekende sporen achter als je weet wat je zoekt. Ik ben alleen bang dat een of meer spreuken een valstrik zijn om te verhinderen dat mensen met de betovering van de poorten gaan knoeien. Als dat zo is en als ik ze rechtstreeks benader, breng ik ze zeker in actie zonder te weten wat er dan gebeurt. Misschien los ik onder je ogen wel op in een plas water en dat lot zou ik liever ontgaan, als ik er iets over te zeggen heb.'

'Wil je hier blijven terwijl wij doorgaan?'

Carn schudde zijn hoofd. 'Het lijkt me niet verstandig om je buiten het kamp onbewaakt te laten. Ik ga na zonsondergang terug om te zien wat ik kan doen. Het zou bovendien goed zijn om dichter bij de poorten te komen, maar in het zicht van de wachtposten durf ik dat niet.'

'Zoals je wilt.'

Toen Roran zeker wist dat hij alles wist wat er te weten viel door naar de stad te kijken, liet hij hen door Brigman naar de dichtstbijzijnde groep molens brengen.

Ze waren ongeveer zoals Brigman ze beschreven had. Het kanaalwater stroomde achtereenvolgens over drie watervallen van twintig voet hoog. Aan de voet van elke steilte stond een waterrad, dat was uitgerust met emmers. Het water stroomde de emmer in en draaide de molen almaar rond. De wielen waren met dikke assen verbonden aan drie identieke gebouwen die boven elkaar op terrassen stonden en de enorme molenstenen bevatten waarmee het meel voor de bevolking van Aroughs werd gemalen. De wielen draaiden wel, maar Roran stelde vast dat ze niet gekoppeld waren aan het ingewikkelde systeem van tandwielen in het gebouw, want het zware gebrom van ronddraaiende molenstenen was niet te horen.

Bij de onderste molen stapte hij van zijn paard en liep over het pad tussen de gebouwen naar boven. Hij bekeek de sluisdeuren die boven aan de watervallen stonden en de hoeveelheid water regelden die erin werd gespuid. De deuren waren open maar een diepe plas water stond nog onder elk van de traag draaiende raderen.

Hij bleef halverwege de helling staan en zette zijn voeten op de rand van de zachte, grazige oever. Met gekruiste armen en zijn kin tegen zijn borst overwoog hij hoe hij Aroughs zou kunnen innemen. Hij was ervan overtuigd dat er een truc of strategie bestond om de stad als een rijpe pompoen te kraken. Maar de oplossing van het raadsel onttrok zich aan zijn greep. Hij dacht na totdat hij moe was van het denken, en concentreerde zich toen op het gekraak van de draaiende raderen en het gespat van het vallende water.

Dat waren kalmerende geluiden maar hij voelde een knagend onbehagen omdat de plek hem deed denken aan Demptons molen in Therinsford, waar hij was gaan werken op de dag dat de Ra'zac zijn ouderlijk huis in brand staken en zijn vader martelden totdat hij dodelijk gewond was.

Roran probeerde die herinnering te negeren, maar die wilde niet wijken en draaide tussen zijn darmen.

Als ik een paar uur later vertrokken was, zou ik hem hebben kunnen redden. De praktische kant van Roran antwoordde: *Ja, en dan zouden de Ra'zac me vermoord hebben voordat ik ook maar een hand had kunnen heffen. Zonder Eragons bescherming zou ik zo machteloos als een pasgeborene zijn geweest.*

Baldor kwam aan de oever van het kanaal zachtjes bij hem staan. 'De anderen vragen zich af of je al een plan hebt gemaakt,' zei hij.

'Ik heb ideeën maar geen plan. En jij?'

Ook Baldor vouwde zijn armen. 'We kunnen wachten tot Nasuada Eragon en Saphira stuurt.'

'Bah.'

Ze keken een tijdje naar het eeuwig stromende water onder hen. Baldor zei: 'Kun je niet gewoon zeggen dat ze zich moeten overgeven? Als ze je naam horen, worden ze misschien zo bang dat ze de poort openmaken, aan je voeten vallen en om genade smeken.'

Roran grinnikte even. 'Het lijkt me stug dat het nieuws over mij Aroughs al bereikt heeft.' Hij haalde zijn vingers door zijn baard. 'Toch... kan een poging de moeite waard zijn, al was het maar om ze uit balans te krijgen.'

'Maar als we de stad eenmaal hebben, kunnen we die dan met zo weinig manschappen vasthouden?'

'Misschien wel, misschien niet.'

Er viel een stilte tussen hen. Baldor zei: 'We zijn ver gekomen.'

'Klopt.'

Opnieuw waren alleen het water en de draaiende raderen te horen. Baldor zei uiteindelijk: 'Er smelt hier kennelijk minder sneeuw dan thuis. Anders zouden de raderen in de lente half onder water staan.'

Roran schudde zijn hoofd. 'Het doet er niet toe hoeveel sneeuw of regen ze krijgen. Ze kunnen de sluisdeuren gebruiken om de hoeveelheid water te beperken die over de raderen loopt. Dan draaien ze niet te snel.'

'Maar stel dat het water de bovenkant van de deuren bereikt...'

'Hopelijk zijn ze dan al klaar met malen voor die dag, maar hoe dan ook, je ontkoppelt de stenen, haalt de deuren op en...' Roran deed er het zwijgen toe. Een reeks beelden flitste door zijn hoofd en zijn hele lichaam werd met warmte overspoeld alsof hij een hele kan mede in één keer had leeggedronken.

Kan ik dat? dacht hij opgewonden. *Zou het echt werken? Of... Doet er niet toe; we moeten het proberen. Het is het enige wat we kunnen doen.*

Hij beende naar het midden van de wal die de middelste vijver in bedwang hield, en greep de spaken die uitstaken uit het grote houten schroefwiel waarmee de sluis werd opgetrokken en neergelaten. Het wiel was stijf en moeilijk in beweging te krijgen, hoewel hij er zijn schouders tegenaan zette en met zijn hele gewicht duwde.

'Help me,' zei hij tegen Baldor, die op de oever was gebleven en met verbaasde belangstelling toekeek.

Baldor liep voorzichtig naar de plaats waar Roran stond. Samen wisten ze de sluis dicht te krijgen. Roran, die geen vragen wilde beantwoorden, stond erop dat ze met de onderste en de bovenste sluisdeur hetzelfde deden.

Toen ze allemaal goed dicht waren, liep Roran naar Carn, Brigman en de anderen terug. Hij gebaarde dat ze van hun paard moesten komen en bij hem moesten komen. Onder het wachten tikte hij op de kop van zijn hamer, want hij was ineens onredelijk ongeduldig.

'En?' vroeg Brigman toen iedereen zich verzameld had.

Roran keek ieder van hen aan om zich ervan te verzekeren dat hij hun onverdeelde aandacht had. Toen zei hij: 'Goed, we gaan het volgende doen...' Hij begon snel en intens te praten en dat duurde een half uur. In die tijd legde hij alles uit wat in één onthullend moment bij hem was opgekomen. Terwijl hij aan het praten was, begon Mandel te grijnzen. Baldor, Delwin en Hamund bleven serieuzer, maar ook zij reageerden opgewonden op het gedurfde plan dat hij uiteen had gezet.

Roran was blij met hun reactie. Hij had veel gedaan om hun vertrouwen te winnen, en het was goed te weten dat hij nog steeds op hun steun kon rekenen. Hij was alleen bang dat hij hen teleur zou stellen. Van alle rampen die hij bedenken kon, was alleen het verlies van Katrina erger.

Carn daarentegen leek te aarzelen. Dat had Roran ook verwacht, maar de twijfels van de magiër waren niets vergeleken met Brigmans ongeloof.

'Je bent gek!' riep hij uit zodra Roran klaar was. 'Het lukt je nooit.'

'Dat neem je terug,' zei Mandel, die met een gebalde vuist naar voren sprong. 'Roran heeft meer gevechten gewonnen dan jij ooit hebt meegemaakt, en dat deed hij zonder al die strijders over wie jij de baas mocht spelen!'

Brigman krulde zijn kale bovenlip als een slang en snauwde: 'Snotneus! Ik geef je een lesje in respect dat je nooit meer zult vergeten.'

Roran duwde Mandel naar achteren voordat de jongere man Brigman kon aanvallen. 'Oi!' gromde Roran. 'Hou je in.' Mandel staakte zijn verzet met een zure blik maar bleef woedend naar Brigman kijken, die spottend terugkeek.

'Het is absoluut een raar plan,' zei Delwin. 'Maar je rare plannen zijn ons in het verleden altijd goed van pas gekomen.' De andere mannen uit Carvahall maakten instemmende geluiden.

Carn knikte en zei: 'Misschien werkt het, misschien werkt het niet. Dat weet ik niet. Hoe dan ook, het zal onze vijanden verrassen, en ik moet toegeven dat ik erg nieuwsgierig ben naar wat er gaat gebeuren. Zoiets is nog nooit eerder geprobeerd.'

Roran glimlachte vaag. Tegen Brigman zei hij: 'Het zou gekkenwerk zijn geweest om door te gaan zoals jij begonnen bent. We hebben maar tweeënhalve dag om Aroughs in te nemen. Gewone methoden zijn niet genoeg. Dus moeten we *buiten*gewone hanteren.'

Brigman mopperde: 'Dat kan zijn, maar het is een belachelijk waagstuk dat heel wat prima kerels het leven gaat kosten, en dat alleen maar om jouw zogenaamde slimheid te demonstreren.'

Met een steeds bredere glimlach kwam Roran op Brigman af totdat ze zich op een paar duimbreedtes afstand van elkaar bevonden. 'Je hoeft het niet met me eens te zijn, Brigman; je hoeft alleen maar te doen wat je bevolen wordt. Zul je mijn bevelen uitvoeren of niet?'

De lucht tussen hen in werd warm van hun ademhaling en hun hete huid. Brigman knarste met zijn tanden en draaide nog harder aan zijn speer dan eerst, maar toen werd zijn blik onvast en deed hij een stap naar achteren. Hij zei: 'Vervloekt, ik zal een tijdje je hond zijn, Sterkhamer, maar straks wordt de rekening vereffend; let op mijn woorden. Dan zul je je beslissingen moeten verantwoorden.'

Zolang we Aroughs maar innemen, kan het me niet schelen, dacht Roran. 'Op jullie paarden!' riep hij. 'We hebben weinig tijd voor veel werk! Schiet op, schiet op, schiet op!'

Dras-Leona

Net als Saphira steeg ook de zon steeds hoger aan de hemel, toen Eragon vanaf zijn zitplaats op haar rug aan de noordelijke horizon Helgrind zag staan. Er kwam walging bij hem op toen hij die verre rotspunt zag die zich als één enkele tand uit het omringende terrein verhief. Heel veel van zijn ergste herinneringen hadden met Helgrind te maken, en hij wou dat hij die kon vernietigen zodat de kale stenen punt in één klap omviel. Saphira stond er onverschilliger tegenover, maar hij merkte dat ook zij er niet graag in de buurt was.

Toen het avond werd, lag Helgrind achter hen en zagen ze Dras-Leona voor zich uit, naast het Leonameer, waar tientallen schepen en boten deinend voor anker lagen. De lage, uitgebreide stad was even opgepropt gebouwd en ongastvrij als Eragon het zich herinnerde – een stad met smalle kronkelstraatjes en vuile krotten die dicht op elkaar stonden tegen de muur van gele leem rond het stadscentrum. Achter die muur doemde de hoge, zwarte en stekelige kathedraal van Dras-Leona op. Daar voerden de priesters van Helgrind hun gruwelijke rituelen uit.

Een stroom vluchtelingen trok over de weg naar het noorden. Dat waren mensen die de binnenkort belegerde stad verruilden voor Teirm of Urû'baen, waar ze minstens tijdelijk veilig waren voor de onstuitbaar oprukkende Varden.

Eragon vond Dras-Leona nog even verschrikkelijk en smerig als toen hij er voor het eerst geweest was. De stad wekte een vernietigingslust in hem op die hij in Feinster en Belatona niet gevoeld had. Hier wilde hij te vuur en te zwaard verwoesten; wilde hij toeslaan met alle vreselijke en onnatuurlijke energie die hij tot zijn beschikking had; en wilde hij toegeven aan al zijn razernij totdat hij niets anders achterliet dan een kuil vol rokende, bloedrode as. Hij voelde enig medeleven met de armen, mismaakten en slaven die binnen de muren van Dras-Leona woonden. Maar hij was er volledig van overtuigd dat de stad door en door verrot was. Het beste wat hij kon doen, was de stad met de grond gelijk maken en weer opbouwen zonder ook maar een spoor van de perversie waarmee de godsdienst van Helgrind de bewoners besmet had.

Al dagdromend over de mogelijkheid om de kathedraal met Saphira's hulp neer te halen, begon hij zich af te vragen of de godsdienst van de priesters die aan zelfverminking deden, een naam had. Door zijn studie van de oude taal was hij het belang van namen gaan begrijpen – namen waren macht, namen waren *begrip* – en zolang hij de naam van de godsdienst niet wist, kon hij zijn ware aard niet peilen.

In het afnemende licht hielden de Varden halt op een paar bebouwde akkers even ten zuidoosten van Dras-Leona. De grond steeg daar tot een laag plateau, die enige beschermng bood als de vijand hun positie zou aanvallen. De mannen waren moe van de mars, maar Nasuada zette hen aan het werk om het kamp te versterken en de machtige belegeringswerktuigen in elkaar te zetten die ze helemaal vanuit Surda hadden meegenomen.

Eragon ging met veel energie aan de slag. Eerst sloot hij zich aan bij een ploeg mannen die de tarwe- en gerstvelden pletten met planken waaraan lange lussen touw waren bevestigd. Het zou sneller zijn geweest om het graan te maaien – met een sikkel of magie –, maar de achterblijvende stoppels maakten het onprettig en gevaarlijk om erop te lopen, om van slapen nog maar te zwijgen. De in elkaar gedrukte stengels lagen daarentegen zo lekker als een matras en veel plezieriger dan de kale grond waaraan ze gewend waren.

Hij zwoegde bijna een uur met de anderen mee, en toen was er genoeg ruimte voor de tenten van de Varden.

Daarna hielp hij bij de assemblage van een belegeringstoren. Met zijn bovennatuurlijke kracht kon hij balken tillen waarvoor anders verscheidene strijders nodig geweest zouden zijn. Hij kon het proces dus versnellen. Een paar van de dwergen die nog bij de Varden waren, hielden toezicht op de bouw van de toren, want de werktuigen waren hun eigen ontwerp.

Ook Saphira hielp mee. Met haar tanden en klauwen groef ze diepe greppels en maakte ze van de verplaatste aarde een wal rond het kamp. Daarmee bereikte ze in een paar minuten meer dan honderd man in een dag gedaan konden hebben. En met het vuur uit haar bek en haar machtig zwaaiende staart verwijderde ze bomen, omheiningen, muren, huizen en al het andere rond het kamp waarachter de vijand dekking kon vinden.

Alles bijeen bood ze het beeld van een razende vernietigingskracht die zelfs de dappersten angst aanjoeg.

Het was al diep in de nacht toen de Varden hun voorbereidingen afrondden en Nasuada de mannen, dwergen en Urgals naar bed stuurde.

Teruggetrokken in zijn tent mediteerde Eragon zoals gewoonlijk tot zijn geest helder was geworden. De paar uur daarna besteedde hij niet aan de beoefening van de schrijfkunst maar overzag hij de spreuken die hij de volgende dag misschien nodig had, en verzon hij een paar nieuwe tegen de specifieke uitdagingen die Dras-Leona bood.

Toen hij zich klaar voelde voor het naderende gevecht, gaf hij zich over aan zijn wakende dromen die gevarieerder en energieker waren dan anders, want het vooruitzicht op actie bracht zijn bloed in beweging en verhinderde dat hij zich ontspande. Zoals altijd vond hij het wachten en de onzekerheid het moeilijkst te verdragen, en hij wou dat hij zich al in het krijgsgewoel bevond, waar geen tijd was voor zorgen over wat er allemaal gebeuren kon.

Saphira was al even rusteloos. Van haar ving hij flarden op van dromen over bijten en scheuren. Hij voelde dat ze uitkeek naar de felle vreugde van het gevecht. Haar stemming beïnvloedde hem in zekere mate maar niet genoeg om hem zijn spanning helemaal te laten vergeten.

De dageraad kwam veel te gauw, en de Varden verzamelden zich voor de kwetsbare buitenwijken van Dras-Leona. Het leger bood een indrukwekkende aanblik, maar Eragons bewondering werd getemperd door de ingekeepte zwaarden, gedeukte helmen en beschadigde schilden, evenals de slecht gerepareerde scheuren in hun gevoerde tunieken en maliënkolders. Als ze Dras-Leona wisten in te nemen, zouden ze een deel van hun uitrusting kunnen vervangen, zoals ze ook in Belatona en daarvoor in Feinster hadden gedaan, maar de mannen die ermee werden uitgerust, waren onvervangbaar.

Hij zei tegen Saphira: *Hoe langer dit proces duurt, hoe makkelijker Galbatorix ons kan verslaan als we bij Urû'baen aankomen.*

Dan hebben we geen tijd te verliezen, antwoordde ze.

Eragon zat schrijlings naast Nasuada, die in volledige wapenrusting haar felle strijdros Stormstrijder bereed. Om hen heen stonden zijn twaalf elfenlijfwachten en een even groot aantal Nachtraven, de lijfwachten van Nasuada. Hun normale sterkte van zes was voor de duur van het gevecht verdubbeld. De elfen waren te voet omdat ze weigerden paarden te berijden die ze niet zelf gefokt en afgericht hadden, maar alle Nachtraven waren bereden, ook de Urgals. Tien stappen rechts van hen stonden koning Orrin en zijn keurkorps van strijders, die allemaal een kleurige pluim op hun helmkam droegen. Narheim, de commandant van de dwergen, en Garzhvog hadden hun eigen troepen bij zich.

Toen Nasuada en Orrin elkaar knikkend begroet hadden, spoorden ze hun paarden aan en draafden bij de hoofdmacht van de Varden vandaan naar de stad, gevolgd door Saphira. Eragon klemde zich met zijn linkerhand aan haar nekstekel vast.

Nasuada en koning Orrin stopten even voordat ze zich tussen de vervallen gebouwen waagden. Op hun teken reden twee herauten – de ene met de standaard van de Varden, de andere met die van Surda – de smalle straat in die door het labyrint van krotten naar de zuidelijke poort van Dras-Leona liep.

Eragon keek de herauten fronsend na. De stad leek onnatuurlijk leeg en stil. In heel Dras-Leona was geen mens te zien, zelfs niet op de kantelen van de dikke gele muur, waar honderden soldaten van Galbatorix hadden moeten staan.

Het ruikt hier verkeerd, zei Saphira, die heel zacht gromde en daarmee Nasuada's aandacht trok.

Aan de voet van de muur nam de heraut van de Varden het woord met een stem die zelfs Eragon en Saphira konden horen. 'Heil! In de naam van vrouwe Nasuada van de Varden en koning Orrin van Surda, en van alle vrije volkeren van Alagaësia, verzoek ik u om opening van de poorten zodat wij een gewichtige boodschap kunnen overbrengen aan uw heer en meester Marcus Tábor. Daarin schuilt hoop op groot voordeel, voor hem en voor alle mannen, vrouwen en kinderen van Dras-Leona.'

Achter de muur antwoordde een onzichtbare man: 'Deze poorten zullen niet opengaan. Lever de boodschap af waar u staat.'

'Spreekt u namens heer Tábor?'

'Dat doe ik.'

'Dan dragen wij u op hem eraan te herinneren dat gesprekken over staatszaken beter gevoerd kunnen worden in de beslotenheid van iemands eigen vertrekken dan openlijk, waar iedereen ze kan horen.'

'Ik neem van jou geen bevelen aan, lakei! Zeg wat je zeggen wil, en snel, voordat ik mijn geduld verlies en je vol pijlen schiet.'

Eragon was onder de indruk: de heraut werd niet bang of zenuwachtig van het dreigement maar ging zonder aarzeling door. 'Zoals u wilt. Onze soevereinen bieden heer Tábor en de hele bevolking van Dras-Leona vrede en vriendschap aan. Wij hebben geen conflict met u, alleen met Galbatorix, en als wij de keus hadden, zouden we niet tegen u strijden. Zijn onze belangen dan niet identiek? Velen van ons hebben ooit in het Rijk gewoond, en daar zijn we alleen vertrokken omdat Galbatorix' wrede bewind ons van huis en haard verdreven heeft. Wij zijn uw bloed- en geestverwanten. Sluit u bij ons aan, dan kunnen we onszelf bevrijden van de indringer die tegenwoordig in Urû'baen zetelt. Als u ons aanbod aanvaardt, dan garanderen onze heersers de veiligheid van heer Tábor en zijn familie, evenals die van ieder ander die nog in dienst is van het Rijk, hoewel het niemand zal zijn toegestaan om in die functie te blijven wanneer zij onverbreekbare eden hebben gezworen. En als uw eden het niet toestaan, hinder ons dan in elk geval niet. Trek de poorten op en leg uw wapens neer. Dan beloven we dat we u niet zullen schaden. Maar als u ons probeert te stuiten, dan zullen wij u wegvegen als kaf, want niemand kan de macht van ons leger weerstaan, niet dat van Eragon Schimmendoder en de draak Saphira.'

Bij het horen van haar naam hief Saphira haar kop en uitte ze een vreselijke brul.

Boven de poort zag Eragon een lang persoon in een mantel op de stadsmuur klimmen en tussen twee tinnen gaan staan om over de herauten heen naar Saphira te staren. Eragon kneep zijn ogen tot spleetjes maar kon het gezicht van de man niet onderscheiden. Vier andere mensen in zwarte gewaden sloten zich bij de man aan, en Eragon zag aan hun misvormingen dat ze priesters van Helgrind waren: de ene miste een onderarm, bij twee ontbrak een been. De laatste van het groepje miste zelfs een arm én twee benen en werd door zijn of haar metgezellen op een kleine, beklede stoel gedragen.

De man in de mantel legde zijn hoofd in zijn nek en uitte een schallend gelach dat met een donderende kracht bulderde en dreunde. De herauten beneden hadden moeite om hun paarden in bedwang te houden, want de dieren steigerden en probeerden te vluchten.

Eragons maag leek weg te zakken en hij greep de zwaardknop van Brisingr, klaar om het zwaard meteen te kunnen trekken.

'Kan niemand jullie macht weerstaan?' vroeg de man. Zijn stem echode tegen de gebouwen. 'Jullie hebben een veel te hoge dunk van jezelf, lijkt me.' En met een gigantische blaf sprong de glinsterend rode massa van Thoorn vanuit de straat beneden naar het dak van een huis, waar hij zijn klauwen door de houten spanen heen dreef. De draak spreidde zijn reusachtige klauwvleugels, opende zijn vuurrode muil en teisterde de lucht met een golvende stroom vlammen.

Murtagh – want het wás Murtagh, besefte Eragon – vervolgde spottend: 'Loop je tegen de muren te pletter zo veel als je wilt; jullie zullen Dras-Leona nooit innemen, niet zolang Thoorn en ik het verdedigen. Stuur jullie beste krijgers en magiërs maar op ons af. Stuk voor stuk zullen ze sneuvelen. Dat beloof ik. Niet één man onder jullie kan ons verslaan. Zelfs jij niet... *broer*. Ren maar gauw naar je schuilplaats voordat het te laat is, en bid dat Galbatorix niet zelf hierheen komt om met jullie af te rekenen, want dan zullen alleen dood en leed jullie deel zijn.'

Bikkelen

'Commandant, commandant! De poort gaat open!'
Roran keek op van de kaart die hij bestudeerde, toen een van de wachtposten van het kamp hijgend en met een rood gezicht de tent in kwam rennen.

'Welke?' vroeg Roran. Hij straalde een dodelijke kalmte uit. 'Wees nauwkeurig.' De stok waarmee hij afstanden had gemeten, legde hij weg.

'Het dichtst bij ons, commandant... over de weg, niet over het kanaal.'

Roran trok de hamer uit zijn gordel en rende de tent uit naar de zuidelijke rand van het kamp. Daar richtte hij zijn blik op Aroughs. Tot zijn afschuw zag hij verscheidene honderden ruiters de stad uit stromen. Hun kleurige wimpels klapperden in de wind terwijl ze voor de zwarte muil van de open poort in formatie gingen staan.

Ze hakken ons aan stukken, dacht Roran wanhopig. Er waren nog maar ongeveer honderdvijftig man in het kamp, en velen van hen waren vanwege hun wonden niet in staat om te vechten. Alle anderen waren bij de molens die hij de vorige dag bezocht had, of bij de leisteenmijn verderop aan de kust, of bij de oevers van het meest westelijke kanaal op zoek naar de aken die ze nodig hadden als zijn plan moest slagen. Geen van hen kon hij op tijd terugroepen om de ruiters af te slaan.

Toen hij zijn manschappen wegstuurde, wist hij dat het kamp kwetsbaar werd voor een tegenaanval. Hij had echter gehoopt dat de recente aanvallen op de muren de stadsbewoners zo bang hadden gemaakt dat ze niets gewaagds zouden durven – en dat het aantal achtergebleven strijders groot genoeg was om waarnemers in de verte te laten denken dat de hoofdmacht van zijn leger zich nog steeds bij de tenten bevond.

Zijn eerste aanname was bepaald een vergissing. Hij wist niet goed of de verdedigers van Aroughs zijn list doorzagen, maar gezien het betrekkelijk kleine aantal ruiters dat zich bij de poort verzamelde, leek het hem waarschijnlijk. Als de commandanten hadden gedacht dat ze de volle sterkte van Rorans compagnie tegenover zich hadden, hadden ze wel tweemaal zo veel soldaten in het veld gebracht. Toch moest hij nog steeds een manier zien te vinden om hun aanval af te slaan en te voorkomen dat zijn manschappen werden afgeslacht.

Baldor, Carn en Brigman kwamen met hun zwaard in de hand aangesneld. Toen Carn haastig een maliënkolder had aangetrokken, vroeg Baldor: 'Wat gaan we doen?'

'We kunnen niks beginnen,' zei Brigman. 'Jij hebt met je dwaasheid deze hele expeditie om zeep geholpen, Sterkhamer. We moeten vluchten – nu – voordat we die vervloekte ruiters op ons dak krijgen.'

Roran spuwde op de grond. 'Terugtrekken? We trekken ons niet terug. De mannen kunnen te voet niet ontsnappen, en zelfs als ze dat wel konden, zou ik de gewonden niet achterlaten.'

'Begrijp je het dan niet? We zijn hier verloren. Als we blijven, worden we gedood – of erger nog: gevangengenomen.'

'Hou je mond, Brigman! Ik ben niet van plan om met de staart tussen de benen weg te lopen.'

'Waarom niet? Zodat je je falen niet hoeft toe te geven? Zodat je een klein deel van je eer kunt redden in een laatste, zinloze slachting? Is dat het? Snap je dan niet dat je de Varden alleen maar nog meer schade toebrengt?'

Aan de rand van de stad hieven de ruiters hun zwaarden en speren boven hun hoofd met een koor van gejoel en geschreeuw dat zelfs in de verte te horen was. Toen gaven ze hun paard de sporen en stormden met veel geraas over de hellende vlakte naar het kamp van de Varden.

Brigman hervatte zijn tirade. 'Ik zal niet toestaan dat je ons alleen maar uit trots laat afmaken. Blijf jij maar hier, als je wilt, maar...'

'Zwijg!' bulderde Roran. 'Hou je muil dicht, anders slá ik hem dicht! Baldor, bewaak hem. Als hij iets doet wat je niet aanstaat, laat je hem de punt van je zwaard voelen.'

Brigman zwol op van woede maar hield zijn tong in bedwang toen Baldor zijn zwaard hief en in de richting van Brigmans borst stak.

Roran vermoedde dat hij hooguit vijf minuten had om zijn handelwijze te bepalen. Van die vijf minuten hing veel af.

Hij probeerde zich voor te stellen hoe ze genoeg ruiters konden doden of verwonden om hen te verdrijven, maar die mogelijkheid verwierp hij direct. De aanstormende cavalerie kon niet worden afgeleid naar een plek waar zijn manschappen in het voordeel zouden zijn. Het terrein was voor zulke manoeuvres te vlak en te leeg.

We kunnen niet winnen door te vechten, dus... Kunnen we ze bang maken? Hoe? Met vuur? Vuur kon dodelijk zijn voor vriend én vijand. Bovendien wilde het vochtige gras alleen smeulen. *Rook? Nee, daar hebben we niets aan.*

Hij wierp een blik op Carn. 'Kun jij een beeltenis van Saphira tevoorschijn toveren en het laten brullen en vuur spuwen alsof ze hier echt is?'

Alle kleur verdween uit de magere wangen van de magiër. Hij schudde met een paniekerige blik zijn hoofd. 'Misschien. Weet ik niet. Ik heb het nog nooit geprobeerd. Ik zou haar beeltenis uit mijn geheugen moeten halen, en die ziet er dan misschien helemaal niet levend uit.' Hij knikte naar de rij galopperende ruiters. 'Ze zien meteen dat het nep is.'

Roran zette zijn nagels in zijn handpalm. Nog vier minuten. Hooguit.

'Het kan de moeite van het proberen waard zijn,' mompelde hij. 'We moeten ze afleiden, in de war brengen...' Hij wierp een blik op de hemel en hoopte een stortbui naar het kamp te zien drijven, maar helaas: de enige formatie die hij zag, waren een paar schapenwolkjes hoog in de lucht. *Verwarring, onzekerheid, twijfel... Waar zijn de mensen bang voor? Voor het onbekende, de dingen die ze niet begrijpen...*

In één tel bedacht Roran een aantal listen om het zelfvertrouwen van hun vijanden te ondermijnen. Het ene idee was nog fantastischer dan het andere, maar toen kwam er iets bij hem op... zo simpel en gedurfd dat het volmaakt was. Bovendien was de hulp van maar één iemand genoeg: Carn, en dat streelde, anders dan de andere plannetjes, zijn ego.

'Beveel iedereen om in hun tent te schuilen,' riep hij terwijl hij in actie kwam. 'En zeg dat ze zich koest houden. Ik wil geen piep van ze horen, tenzij we worden aangevallen!'

Zijn hamer weer in zijn gordel stekend liep Roran naar de dichtstbijzijnde lege tent en haalde een vuile wollen deken van een stapel beddengoed op de grond. Toen rende hij naar een kookvuur en pakte een dik stuk boomstam, dat de strijders als kruk hadden gebruikt.

Met het stuk hout onder zijn ene arm en de deken over zijn andere schouder holde hij het kamp uit naar een kleine verhoging, hooguit honderd voet voor de tenten. 'Laat iemand me een stel bikkels en een hoorn mede brengen!' riep hij. 'En breng me de tafel waarop mijn kaarten liggen. Nú, verdomme. Nú!'

Achter zich hoorde hij een tumult van voetstappen en rinkelende uitrustingsstukken omdat de mannen zich haastig in hun tent verstopten. Een paar tellen later was het griezelig stil in het kamp, afgezien van de geluiden waarmee de gevraagde spullen verzameld werden.

Roran verspilde geen tijd aan een blik achterom. Op de top van het heuveltje zette hij het houtblok op zijn dikste deel en haalde hij het een paar keer heen en weer om zich ervan te verzekeren dat het niet wiebelde. Toen dat naar tevredenheid geregeld was, ging hij zitten en keek over het hellende terrein naar de aanstormende ruiters.

Ze hadden nog hoogstens drie minuten nodig. Door het houtblok heen voelde hij het geroffel van de paardenhoeven – een getrommel dat elke tel sterker werd.

'Waar blijven de bikkels en de mede?' riep hij zonder zijn blik van de cavalerie los te maken.

Hij streek met een snelle haal van zijn hand zijn baard glad en trok aan de zoom van zijn tuniek. Van angst begon hij te wensen dat hij zijn maliënkolder aanhad, maar het koele, listige deel van zijn denken redeneerde dat zijn vijanden nog veel verbijsterder zouden zijn als ze hem daar onbeschermd zagen zitten alsof hij volstrekt op zijn gemak was. Datzelfde deel van zijn denken zei ook dat hij zijn hamer in zijn gordel moest laten, omdat hij dan de indruk wekte dat hij zich bij de soldaten veilig voelde.

'Het spijt me,' zei Carn hijgend terwijl hij naar Roran rende in gezelschap van de man die het klaptafeltje uit Rorans tent droeg. Ze zetten het voor hem neer en legden de deken erover, waarna Carn hem een hoorn halfvol mede gaf en een leren beker met de gebruikelijke vijf bikkels.

'Schiet op. Wegwezen,' zei hij. Carn draaide zich om en wilde weglopen, maar Roran pakte zijn arm. 'Kun je de lucht aan beide kanten van mij laten glimmeren, zoals wat er op een koude winterdag boven een vuur gebeurt?'

Carn kneep zijn ogen halfdicht. 'Denk van wel. Maar wat wil...'

'Doe het gewoon. En verstop je!'

Terwijl de slungelige magiër terugrende naar het kamp, schudde Roran de bikkels in de beker. Hij liet ze over de tafel rollen en begon ermee te spelen door ze in de lucht te gooien – eerst een, daarna twee, daarna drie enzovoort – en ze dan op de rug van zijn hand op te vangen. Zijn vader Garrow had zich vaak met dat spel vermaakt als hij tijdens de lange zomeravonden in het dal van de Palancar zijn pijp rookte en op de wankele, oude verandastoel zat. Roran had soms meegespeeld, en als dat gebeurde, verloor hij maar al te vaak, maar Garrow speelde meestal liever tegen zichzelf.

Roran probeerde kalm te lijken, hoewel zijn hart als een gek bonsde en zijn handpalmen nat waren van het zweet. Zijn bluf zou echter geen schijn van kans hebben gehad als hij niet ondanks zijn feitelijke emoties een onwrikbaar zelfvertrouwen had uitgestraald.

Hij hield zijn blik op de bikkels gericht en weigerde op te kijken terwijl de ruiters steeds dichterbij kwamen. Het geluid van de galopperende rijdieren zwol aan totdat hij zeker wist dat ze dwars over hem heen gingen rijden.

Wat een vreemde manier om dood te gaan, dacht hij met een grimmige glimlach. Toen moest hij aan Katrina en aan hun ongeboren kind denken. Hij putte troost uit de gedachte dat zijn geslachtslijn doorliep, ook als hij stierf. Dat was niet hetzelfde als de onsterfelijkheid die Eragon bezat, maar wel een sóórt onsterfelijkheid. Hij zou het ermee moeten doen.

Op het laatste moment, toen de cavalerie op nog maar een paar passen afstand van de tafel was, riep iemand: 'Hu! Hú! Hou je paarden in. Ik zeg: hou jullie paarden in!' En met rinkelende gespen en krakend leer kwamen de popelende paarden onwillig tot stilstand.

Toch hield Roran zijn blik neergeslagen.

Hij nam een slokje van zijn doordringend ruikende mede, gooide de bikkels weer op en ving twee ervan op de rug van zijn hand, waar ze op de richels van zijn pezen bleven wiebelen.

De geur van vers omgewoelde aarde woei warm en kalmerend over hem heen en versmolt met de prettige lucht van bezweet paardenvlees.

'Hé daar, kwieke knul!' zei dezelfde man die de soldaten had bevolen te stoppen. 'Hé daar, zeg ik! Hoezo zit jij daar op deze fraaie ochtend te drinken, je onledig houdend met een vrolijk kansspel alsof geen enkele zorg je kwelt? Verdienen wij niet de hoffelijkheid van een welkom met getrokken zwaarden? Wie ben je, verdikkeme?'

Langzaam – alsof hij de aanwezigheid van de soldaten nu pas opmerkte en van weinig belang vond – hief Roran zijn blik van de tafel en bekeek hij een kleine, gebaarde man met een flamboyant gepluimde helm, zittend op een enorm, zwart krijgsros dat hijgde als een blaasbalg.

'Ik ben niemands "kwieke knul", en zeker niet de uwe,' zei Roran zonder een poging te doen om zijn afkeer te verbergen over de informele manier waarop hij was aangesproken. 'Mag ik vragen waarom u mijn spel zo ongemanierd onderbreekt?'

De lange, gestreepte veren op de helm van de man deinden ritselend terwijl hij Roran van top tot teen bekeek alsof Roran een eigenaardig schepsel was dat hij tijdens de jacht had aangetroffen. 'Tharos de Snelle is mijn naam en gardekapitein mijn functie. En hoe ongemanierd je ook bent, het zou me geweldig spijten als ik een zo doldriest iemand als jij zou doden zonder zijn naam te weten.' Als om zijn woorden te onderstrepen liet Tharos zijn speer zakken totdat die op Roran was gericht.

Vlak achter Tharos stonden drie rijen ruiters. In hun gelederen zag Roran een slanke man met een haakneus en de uitgemergelde gelaatstrekken en de tot de schouders ontblote armen die Roran had leren associëren met de magiërs van de Varden. Ineens hoopte hij vurig dat het Carn gelukt was om de lucht te laten glimmeren. Maar hij durfde zijn hoofd niet te draaien voor een snelle blik.

'Sterkhamer is mijn naam,' zei hij. Met één handige beweging raapte hij de bikkels op, gooide ze de lucht in en ving er drie met zijn hand op. 'Roran Sterkhamer. Eragon Schimmendoder is mijn neef. Van mij hebt u denkelijk nooit gehoord, maar van hem vermoedelijk wel.'

Geritsel van onbehagen ging bij de rij ruiters op, en Roran dacht dat hij Tharos even zijn ogen had zien sperren. 'De bewering is zeker indrukwekkend, maar hoe weten we dat die op waarheid berust? Iedereen kan wel zeggen dat hij een ander is, als dat zo uitkomt.'

Roran trok zijn hamer en sloeg ermee met een doffe bons op tafel.

Toen hervatte hij, de soldaten negerend, zijn spel. Hij uitte een walgend geluid toen twee bikkels van de rug van zijn hand vielen, waardoor hij het potje verloor.

'Juist,' zei Tharos nadat hij hoestend zijn keel had geschraapt. 'Je hebt een schitterende reputatie, Sterkhamer, hoewel sommigen die belachelijk overdreven vinden. Is het bijvoorbeeld waar dat jij in het dorp Deldarad bij Surda in je eentje bijna driehonderd man hebt gedood?'

'Ik heb nooit geweten hoe het daar heette, maar als het Deldarad was, dan heb ik daar inderdaad menige soldaat doen sneuvelen. Het waren er echter maar honderddrieënnegentig en tijdens het gevecht ben ik door mijn eigen manschappen goed bewaakt.'

'Slechts honderddrieënnegentig?' zei Tharos verwonderd. 'Je bent te bescheiden, Sterkhamer. Met zo'n staaltje verdient een man een plaats in talloze liederen en verhalen.'

Roran haalde zijn schouders op, bracht de hoorn naar zijn mond en deed net of hij dronk, want hij mocht zijn geest niet laten vertroebelen door het sterke dwergenbrouwsel. 'Ik vecht om te winnen, niet om te verliezen... Laat me u iets te drinken aanbieden, als strijders onder elkaar,' zei hij. Toen bood hij Tharos de hoorn aan.

De kleine strijder aarzelde en zijn blik gleed even naar de magiër achter hem. Vervolgens likte hij zijn lippen af en zei: 'Misschien wil ik dat wel.' Tharos stapte van zijn paard, en toen hij zijn speer aan een andere soldaat had gegeven en zijn handschoenen had uitgedaan, liep hij naar de tafel en pakte de hoorn van Roran voorzichtig aan.

Hij snoof aan de mede en nam een flinke slok. Hij trok er zo'n vies gezicht bij dat zijn helmveren trilden.

'Is het niet naar uw smaak?' vroeg Roran geamuseerd.

'Ik moet toegeven dat deze bergdranken te ruw zijn voor mijn tong,' zei Tharos terwijl hij de hoorn aan Roran teruggaf. 'Ik drink veel liever de wijn van onze velden. Die is warm en mild en berooft een man veel minder snel van zijn zinnen.'

'Voor mij is dit moedermelk,' loog Roran. 'Ik drink het 's morgens, 's middags en 's avonds.'

Tharos, die zijn handschoenen weer aantrok, liep naar zijn paard, hees zich in het zadel en pakte zijn speer weer aan van de soldaat die hem voor hem had vastgehouden. Hij richtte nog een blik op de haakneuzige magiër achter hem, wiens huid – zoals Roran zag – een dodelijke tint had gekregen in de korte tijd sinds Tharos van zijn paard was gestapt. Ook Tharos zag de verandering in zijn magiër kennelijk, want hij begon gespannen te kijken.

'Mijn dank voor je gastvrijheid, Roran Sterkhamer,' zei hij, zijn stem zodanig verheffend dat de hele eenheid hem kon horen. 'Hopelijk heb ik snel de eer om je binnen de muren van Aroughs te mogen onthalen. In dat geval beloof ik je de beste wijnen van ons familielandgoed. Daarmee ontwen je hopelijk de barbaarse melk die je aan het drinken bent. Je zult naar ik hoop ontdekken dat onze wijn grote voordelen heeft. We laten hem maanden en soms zelfs jaren in eikenhouten vaten rijpen. Het zou zonde zijn om al dat werk te verspillen door de vaten kapot te slaan, de wijn door de straten te laten lopen en ze rood te kleuren met het bloed van onze druiven.'

'Dat zou inderdaad een schande zijn,' antwoordde Roran. 'Alleen is wat morsen van wijn soms onvermijdelijk bij het schoonmaken van je tafel.' Hij stak de hoorn uit, draaide hem om en goot het beetje nog resterende mede in het gras.

Tharos bleef even doodstil zitten. Zelfs de veren op zijn helm stonden roerloos. Toen draaide hij met een boos gebaar zijn paard om en schreeuwde tegen zijn manschappen: 'In het gelid! In het gelid, zeg ik... Ja!' En met die laatste schreeuw gaf hij zijn paard de sporen – in de richting van de stad. De rest van zijn eenheid volgde hem en sloeg galopperend de terugweg naar Aroughs in.

Roran handhaafde zijn arrogante en onverschillige pose totdat de soldaten uit de buurt waren. Toen ademde hij langzaam uit en zette zijn ellebogen op zijn knieën. Zijn handen trilden een beetje.

Het werkte, dacht hij verbaasd.

Hij hoorde mannen vanuit het kamp naar hem toe rennen, en toen hij achteromkeek, zag hij Baldor en Carn naderen, in gezelschap van minstens vijftig strijders die zich in de tenten verstopt hadden.

'Het is je gelukt!' riep Baldor uit toen ze bij hem in zijn buurt kwamen. 'Het is je gelukt! Ongelooflijk!' Hij lachte en mepte Roran zo hard op zijn schouder dat hij hem tegen de tafel sloeg.

De andere mannen verdrongen zich lachend om hem heen en prezen hem in extravagante bewoordingen. Ze pochten dat ze Aroughs onder zijn leiding zonder één slachtoffer gingen innemen, en praatten minachtend over de moed en het karakter van de bewoners. Iemand legde een warme, halfvolle zak wijn in zijn handen, die hij met een onverwachte afkeer bekeek en aan de man links van hem doorgaf.

'Heb je nog spreuken gebruikt?' vroeg hij aan Carn. Zijn woorden waren boven het feestelijke lawaai nauwelijks te horen.

'Wat?' Carn boog zich naar hem toe, en Roran herhaalde zijn vraag, waarna de magiër glimlachte en energiek knikte. 'Ja. Ik heb de lucht laten glimmeren zoals je wilde.'

'En heb je hun magiër aangevallen? Toen ze weggingen leek het wel of hij bijna flauwviel.'

Carns glimlach werd breder. 'Dat deed hij zelf. Hij dacht dat ik een illusie had geschapen, en wilde die doorbreken. Hij wilde door de sluier van glimmerende lucht breken om te kijken wat erachter lag, maar er viel niets te breken, niets te doorboren, en daarom putte hij al zijn kracht uit voor niets.'

Roran grinnikte, en die grinnik groeide uit tot een lange, bulderende lach die het opgewonden lawaai overstemde en over de velden in de richting van Aroughs rolde.

Verscheidene minuten lang koesterde hij zich in de bewondering van zijn manschappen, maar hoorde toen een waarschuwende kreet van een van de wachtposten aan de rand van het kamp.

'Ga opzij! Laat me kijken!' zei Roran, terwijl hij overeind sprong. De strijders deden dat, en toen zag hij in het westen één enkele man hard in de richting van het kamp over de velden rijden. Hij herkende hem als lid van de groep die hij de oevers van de kanalen had laten inspecteren. 'Laat hem hier komen,' beval Roran. Een slungelige, roodharige zwaardvechter rende weg om de ruiter te onderscheppen.

Terwijl ze wachtten tot de man er was, pakte Roran de bikkels en liet ze een voor een in de leren beker vallen. De botjes kwamen daar met een bevredigend gekletter neer.

Zodra de strijder binnen roepafstand was, riep Roran: 'Hé daar! Alles in orde? Zijn jullie aangevallen?'

Tot Rorans ergernis bleef de man zwijgen totdat hij op maar een paar passen afstand was. Toen sprong hij van zijn paard en meldde zich star en stijf als een den die te weinig zon had gezien. Hij riep uit: 'Kapitein!' Bij nader inzien begreep Roran dat hij eigenlijk een jongen was – dat hij in feite de verwaarloosde jongen was die zijn teugels had gepakt toen hij in het kamp was aangekomen. Maar dat besef deed niets af aan Rorans gefrustreerde nieuwsgierigheid.

'Nou, wat is er? Ik heb niet de hele dag de tijd.'

'Kapitein! Hamund stuurt me om te zeggen dat we alle aken gevonden hebben die we nodig hebben, en dat hij de sleden bouwt om ze naar het andere kanaal te brengen.'

Roran knikte. 'Goed. Heeft hij extra hulp nodig om ze daar op tijd te krijgen?'

'Kapitein! Nee, kapitein!'

'Is dat alles?'

'Kapitein! Ja, kapitein.'

'Je hoeft me niet de hele tijd "kapitein" te noemen. Eén keer is wel genoeg. Begrepen?'

'Ja, kapitein... eh ja, ka...ik bedoel, ja natuurlijk.'

Roran bedwong een glimlach. 'Je hebt het goed gedaan. Zie dat je wat te eten krijgt, rij dan naar de mijn en kom je weer melden. Ik wil weten wat ze tot dusver bereikt hebben.'

'Ja, ka... Het spijt me, kapi... ik bedoel, ik wou niet... Ik ga meteen, kapitein.' Twee rode vlekken verschenen op de wangen van de stotterende jongen. Hij maakte snel een kleine buiging voordat hij naar zijn paard rende en naar de tenten draafde.

Door het bezoek kwam Roran in een iets serieuzere stemming, want het herinnerde hem eraan dat ze met veel geluk een kort respijt van de soldatenzwaarden hadden gekregen. Er was echter nog veel te doen. Elke taak die hun nog wachtte, kon hun het beleg kosten als die verkeerd werd uitgevoerd.

Tegen de strijders in het algemeen zei hij: 'Iedereen gaat naar het kamp terug. Voordat het donker wordt, wil ik twee rijen loopgraven rond de tenten zien; die soldaten met hun gele buiken veranderen misschien van gedachten en besluiten alsnog tot de aanval over te gaan. Daarop wil ik voorbereid zijn.'

Een paar mannen kreunden bij het woord 'loopgraven', maar de rest aanvaardde het bevel welgemoed.

Carn zei zachtjes: 'Ze mogen zich voor morgenochtend niet te veel uitputten.'

'Ik weet het,' zei Roran even zacht. 'Maar we moeten het kamp versterken, en het voorkomt gepieker. Hoe dan ook, ondanks hun uitputting krijgen ze morgen op het slagveld nieuwe kracht. Zo gaat het altijd.'

Als Roran zich concentreerde op een dringend probleem of als hij zich lichamelijk hevig inspande, ging de dag altijd snel voorbij, maar als hij vrijuit over hun situatie kon nadenken, was dat anders. Zijn manschappen werkten dapper – door hen voor de aanval te behoeden had hij hun trouw en toewijding verworven op een manier die woorden nooit konden –, maar het leek hem duidelijker dan ooit dat ze ondanks hun inzet nooit in de paar resterende uren alle voorbereidingen konden verrichten.

Aan het eind van de ochtend, in de loop van de middag en aan het begin van de avond welde een misselijkmakend gevoel van hopeloosheid in hem op, en hij vervloekte zichzelf omdat hij tot zo'n ingewikkeld en ambitieus plan had besloten.

Ik had van begin af aan moeten weten dat er geen tijd voor is, dacht hij. Maar voor iets anders was het te laat. De enige optie was: hun uiterste best doen en hopen dat dat voldoende was om ondanks zijn fouten en incompetentie de overwinning te behalen.

Toen de avondschemering inviel, drong een zwakke vonk optimisme in zijn sombere stemming door, want de voorbereidingen bleken met verrassende snelheid te verlopen. En toen het een paar uur later helemaal donker was en de sterren aan de hemel blonken, stond hij met bijna zevenhonderd manschappen bij de molens en was alles klaar om Aroughs voor het einde van de volgende dag in te nemen.

Roran lachte even van opluchting en trots toen hij naar het voorwerp van hun inspanningen staarde.

Daarna wenste hij de strijders om hem heen geluk en vroeg hij hun naar hun tenten terug te gaan. 'Rust nog even zolang het kan. Bij zonsopgang vallen we aan!'

En de mannen juichten ondanks hun kennelijke uitputting.

Mijn vriend, mijn vijand

Roran sliep die nacht ondiep en onrustig. Het bleek onmogelijk om zich helemaal te ontspannen, want hij wist hoe belangrijk het komende gevecht was, waarbij hij ook nog eens heel goed gewond kon raken, zoals al vaak was gebeurd. Deze twee gedachten schiepen een lijn van vibrerende spanning tussen zijn hoofd en de onderkant van zijn ruggengraat, een lijn die hem op gezette tijden uit zijn donkere, bizarre dromen trok.

Daardoor was hij meteen wakker toen buiten zijn tent een zachte, doffe bons klonk.

Hij opende zijn ogen en staarde naar de lap tentdoek boven zijn hoofd. Het interieur van de tent was nauwelijks zichtbaar, en dan alleen nog maar vanwege de zwakke reep oranje toortslicht dat door het gat tussen de flappen van de ingang viel. De lucht tegen zijn huid voelde koud en dood aan alsof hij diep onder de grond in een grot was begraven. Hoe dan ook, het was laat, heel laat. Zelfs de nachtdieren moesten intussen zijn teruggegaan naar hun hol om te slapen. Niemand zou op mogen zijn, behalve de wachtposten, en die wachtposten stonden nergens in de buurt van zijn tent.

Roran ademde zo langzaam en zacht als hij kon, en luisterde intussen naar de andere geluiden. Het hardste wat hij hoorde, was het kloppen van zijn eigen hart, dat sterker en sneller werd naarmate ook de spanningslijn in hem strakker werd gedraaid alsof er een luitsnaar gespannen werd.

Een minuut ging voorbij.
En nog een.
Net toen hij begon te denken dat zijn schrik overdreven was, en toen het gehamer in zijn bloedvaten afnam, viel er een schaduw over de voorkant van de tent. Het licht van de toortsen aan de andere kant werd erdoor geblokkeerd.
Rorans hart klopte nu driemaal zo snel en zo hard alsof hij over een berghelling naar boven rende. Degene die eraan kwam, kon niet zijn gekomen om hem te wekken voor de aanval op Aroughs, en ook niet om nieuwe inlichtingen door te geven, want dan zouden ze niet geaarzeld hebben om zijn naam te roepen en naar binnen te stuiven.
Een zwarte handschoen – slechts een tint donkerder dan het omringende duister – gleed tussen de tentflappen door en tastte naar de riem die ze dichthield.
Roran maakte aanstalten om alarm te slaan maar bedacht zich. Het zou dom zijn om het voordeel van de verrassing kwijt te raken. Bovendien: als de indringer wist dat hij gezien was, raakte hij misschien in paniek en kon dan nog gevaarlijker zijn.
Roran haalde voorzichtig zijn dolk onder de opgerolde mantel vandaan die hij als kussen gebruikte, en verborg het wapen onder een plooi van de deken bij zijn knie. Op hetzelfde moment greep hij met zijn andere hand de rand van de dekens.
Een reep goudgeel licht onthulde de contouren van de indringer die de tent in glipte. Roran zag dat de man een gevoerde, leren wambuis droeg maar geen harnas of maliënkolder. Toen viel de tentflap dicht en heerste er weer duisternis.
De gezichtloze gestalte kroop naar de plaats waar Roran lag.
Roran had het gevoel dat hij ging flauwvallen bij gebrek aan lucht – hij ademde nog steeds zo weinig dat het leek of hij sliep.
Toen de indringer halverwege zijn brits was, trok Roran zijn dekens los, gooide ze over de man en sprong met een wilde schreeuw op hem af, terwijl hij zijn dolk naar achteren haalde om hem in zijn buik te steken.
'Wacht!' riep de man. Roran stopte verrast, en toen vielen zij tweeën met een klap op de grond. 'Vriend! Ik ben een vriend!'
Een halve tel later lag Roran te hijgen vanwege twee harde klappen die zijn linkernier te incasseren kreeg. De pijn stelde hem bijna buiten gevecht, maar hij dwong zich om bij de man weg te rollen en enige afstand tot hem te scheppen.
'Wacht, ik ben je vriend!' riep de man weer, maar Roran was niet van plan om hem een tweede keer te vertrouwen. En dat was maar goed ook, want toen hij naar de indringer uithaalde, zette de man Rorans rechter-

arm met de dolk in een chaos van dekens vast en haalde toen zelf uit met een mes dat hij uit zijn wambuis had gehaald. Roran kreeg een trekkend gevoel in zijn borst, maar zo licht dat hij er geen aandacht aan besteedde.

Roran brulde en rukte zo hard als hij kon aan de deken, waarbij hij de man van zijn voeten trok en hem tegen de zijkant van de tent smeet, die boven op hen instortte en hen onder zware wol begroef. Roran schudde de deken van zijn arm en kroop tastend door het donker naar de man.

De harde zool van een laars raakte Rorans linkerhand, en de toppen van zijn vingers werden gevoelloos.

Roran stormde naar voren en pakte de enkel van de man, die bezig was om zich om te draaien en hem frontaal aan te vallen. De man schopte als een konijn en verbrak Rorans greep, maar Roran kreeg zijn enkel weer te pakken en kneep door het dunne leer heen. Daarbij begroef hij zijn vingers in de pees aan de achterkant van zijn hiel tot de man het uitschreeuwde van de pijn.

Voordat de indringer zich kon herstellen, werkte Roran zich over zijn lichaam omhoog en zette diens meshand vast op de grond. Hij probeerde zijn mes in de zijkant van de ander te zetten maar was te langzaam: zijn tegenstander vond zijn pols en nam die in een ijzeren greep.

'Wie ben je?' gromde Roran.

'Je vriend,' zei de man. Zijn adem gleed warm over Rorans gezicht en rook naar wijn en kruidencider. Toen zette hij drie keer snel achtereen zijn knie in Rorans ribben.

Roran sloeg zijn voorhoofd tegen de neus van de moordenaar en brak hem met een harde tik. De man gromde en trapte met zijn benen onder hem, maar Roran weigerde hem los te laten.

'Je bent... geen vriend van me,' zei Roran hijgend, en hij deed zijn uiterste best om de dolk in zijn rechterhand langzaam naar de zij van de man te krijgen. Terwijl ze zo aan het vechten waren, besefte Roran vaag dat buiten de ingestorte tent andere mensen stonden te roepen.

De arm van de man gaf eindelijk mee, en de dolk gleed met plotseling gemak door zijn wambuis en door zacht, levend vlees. De man verkrampte. Roran stak hem nog een paar keer zo snel als hij kon, en begroef toen zijn dolk in zijn borst.

Door de knop van zijn dolk heen voelde Roran een soort vleugels fladderen, omdat het hart van de man zichzelf aan stukken sneed aan het vlijmscherpe mes. De man huiverde en verkrampte nog twee keer maar gaf toen zijn verzet op en bleef gewoon liggen hijgen.

Roran hield hem vast terwijl het leven uit hem weggleed. Hun omhelzing was zo intiem als die van minnaars. De man had hem willen vermoorden, en dat was het enige wat Roran van hem wist, maar onwillekeurig voelde hij zich verschrikkelijk dicht bij hem. De man was de zoveelste mens – het zoveelste levende, denkende wezen – wiens leven door zijn toedoen eindigde.

'Wie ben je?' vroeg hij fluisterend. 'Wie heeft je gestuurd?'

'Ik... ik heb je bijna vermoord,' zei de man met een perverse voldoening. Toen uitte hij een lange, holle zucht. Zijn lichaam werd slap, en zo kwam hij aan zijn eind.

Roran liet zijn hoofd op de borst van de man vallen. Hij beefde van kop tot teen, want de schok van de aanval teisterde al zijn ledematen.

De mensen begonnen aan het tentzeil te trekken dat op hem lag. 'Haal het weg!' schreeuwde Roran, die met zijn linkerarm sloeg. Hij verdroeg het drukkende gewicht van de wol, de duisternis, de benauwde ruimte en de verstikkende lucht niet meer.

Er verscheen een scheur in het doek boven hem. Iemand sneed door de wol. Warm, flakkerend toortslicht viel door de opening.

In zijn drang om uit die benauwdheid te ontsnappen kwam Roran overeind om de randen van de snee te pakken en zich uit de ingestorte tent te werken. Wankelend en met alleen zijn kniebroek aan werkte hij zich het licht in en keek verward rond.

Daar stond Baldor naast Carn, Delwin, Mandel en tien anderen, die allemaal hun zwaard en bijl in de aanslag hadden. Niemand van hen was volledig gekleed, behalve de twee strijders die Roran herkende als twee wachtposten met nachtdienst.

'Grote goden,' riep iemand uit. Roran draaide zich om en zag een van de strijders de zijkant van de tent opentrekken, zodat het lijk van de moordenaar zichtbaar werd.

De dode man was niet erg indrukwekkend gebouwd. Hij had lang, verward haar in een paardenstaart en droeg een leren lapje voor zijn linkeroog. Zijn kromme neus was platgedrukt – door Roran gebroken – en een masker van bloed bedekte de onderkant van zijn gladgeschoren gezicht. Het leek bijna te veel bloed om van één iemand afkomstig te zijn.

'Roran,' zei Baldor. Roran bleef naar de moordenaar staren en kon zijn blik niet van hem losmaken. 'Roran,' herhaalde Baldor, harder ditmaal. 'Roran, luister naar me. Ben je gewond? Wat is er gebeurd... Roran!'

De angst in Baldors stem drong eindelijk tot Roran door. 'Wat is er?' vroeg hij.

'Roran, ben je gewond?'

Waarom denkt hij dat? Roran liet een verbaasde blik over zijn lichaam glijden. Het haar op zijn romp was van boven tot onder met bloed bedekt. Het liep in strepen over zijn armen en bevlekten het bovenste deel van zijn kniebroek.

'Ik voel me best,' zei hij, hoewel hij moeite had om zijn woorden uit te spreken. 'Is er nog iemand anders aangevallen?'

Bij wijze van reactie gingen Delwin en Hamund opzij. Daar lag een slap lichaam. Het was de jonge strijder die eerder zijn ordonnans was geweest.

'Ah!' kreunde Roran vol verdriet. 'Waarom was hij buiten?'

Een van de strijders kwam naar voren. 'Ik deelde een tent met hem, kapitein. Hij moest 's nachts altijd naar buiten om een kleine boodschap te doen omdat hij voor het slapengaan veel thee dronk. Zijn moeder had gezegd dat hij dan niet ziek werd... Het was een goeie jongen, kapitein, en verdiende het niet om door een stiekeme lafbek van achteren te worden neergestoken.'

'Nee, dat klopt,' mompelde Roran. *Als hij er niet geweest was, zou ik nu dood zijn geweest.* Hij gebaarde naar zijn aanvaller. 'Lopen er nog meer van die moordenaars los?'

De mannen keken elkaar onrustig aan. Toen zei Baldor: 'Ik denk van niet.'

'Heb je dat gecontroleerd?'

'Nee.'

'Doe het dan! Maar maak niet iedereen wakker; ze hebben hun slaap nodig. En zorg dat de tenten van alle commandanten van nu af aan bewaakt worden...' *Daar had ik eerder aan moeten denken.*

Roran voelde zich slap en dom en bleef waar hij was, terwijl Baldor een stel snelle bevelen gaf en alle anderen – behalve Carn, Delwin en Hamund – zich verspreidden. Vier strijders namen het slappe lijk van de jongen mee om hem te begraven, terwijl de anderen het kamp gingen doorzoeken.

Hamund liep naar de moordenaar en raakte diens mes met de teen van zijn laars aan. 'Je hebt de soldaten kennelijk banger gemaakt dan we vanochtend dachten.'

'Kennelijk.'

Roran huiverde. Hij had het overal koud, vooral in zijn handen en voeten, die wel ijsklompen leken. Carn merkte dat en haalde een deken voor hem. 'Hier,' zei hij, terwijl hij het ding over Rorans schouders legde. 'Ga bij een van de wachtvuren zitten. Ik laat wat water verwarmen, zodat je je kunt wassen. Goed?'

Roran knikte alleen. Hij wist niet of zijn tong nog werkte.

Carn begon hem weg te leiden, maar voordat ze een paar stappen gelopen hadden, bleef de magiër abrupt staan en dwong ook Roran tot stilstaan. Hij zei: 'Delwin, Hamund, haal zo snel mogelijk een brits, iets om op te zitten, een kruik mede en veel verband. Nú, alsjeblieft.'

De twee mannen schrokken en kwamen meteen in actie.

'Waarom?' vroeg Roran verward. 'Is er iets?'

Carn wees met een grimmige blik naar Rorans borst. 'Als je niet gewond bent, wees dan zo vriendelijk om te zeggen wat dát is.'

Roran keek naar de plek die Carn aanwees. Verborgen tussen het haar en het bloed op zijn borst liep een lange, diepe snee, die midden op zijn rechterborstspier begon, over zijn borstbeen liep en vlak onder zijn linkertepel eindigde. De snee hing op het breedste deel een kwart duim open en leek daar een liploze mond die breed en spookachtig grijnsde. Het verontrustendst was echter de complete afwezigheid van bloed; uit de snee droop niet één druppel. Roran kon het laagje geel vet onder zijn huid goed zien en daaronder zijn donkerrode borstspier, die dezelfde kleur had als een plak rauw hertenvlees.

Hij was gewend aan de afschuwelijke schade die zwaarden, speren en andere wapens aan vlees en beenderen konden aanrichten, maar vond de aanblik nog steeds onthutsend. In de loop van zijn veldslagen tegen het Rijk had hij talloze verwondingen opgelopen – een heel ernstige was de keer dat een van de Ra'zac in zijn rechterschouder beet toen ze in Carvahall Katrina gevangennamen – maar nog nooit was zo'n wond zo groot of griezelig geweest.

'Doet het pijn?' vroeg Carn.

Roran schudde zijn hoofd maar keek niet op. 'Nee.' Zijn keel verstrakte en zijn hart – dat vanwege het gevecht nog steeds snel klopte – verdubbelde zijn tempo en bonsde zo snel dat de ene slag niet meer van de andere te onderscheiden was. *Was het mes giftig?* vroeg hij zich af.

'Je moet je ontspannen, Roran,' zei Carn. 'Ik denk dat ik je kan genezen, maar als je flauwvalt, maak je het alleen maar moeilijker.' Hij pakte Rorans schouder en leidde hem naar een brits die Hamund net uit een tent had gehaald. Roran ging gehoorzaam zitten.

'Hoe moet ik me ontspannen?' vroeg hij met een hees lachje.

'Adem diep in en verbeeld je dat je bij elke uitademing in de grond zakt. Dat werkt. Neem dat van me aan.'

Roran deed wat hem gezegd was, maar toen hij voor de derde keer uitademde, ontspanden zijn verkrampte spieren zich en spoot er bloed uit de snee – recht in Carns gezicht. De magiër deinsde vloekend terug. Vers bloed stroomde over Rorans buik, heet op zijn blote huid.

'Nou doet het wél pijn,' zei hij tandenknarsend.

'Oi!' riep Carn met een gebaar naar Delwin, die met armen vol verband en andere dingen naar hem toe kwam rennen. Delwin legde alle spullen in een berg aan de ene kant van de brits. Carn greep intussen een prop watten en drukte die tegen Rorans wond, waardoor de bloeding even ophield. 'Ga liggen,' zei hij.

Roran gehoorzaamde. Hamund kwam met een kruk voor Carn, die erop ging zitten en de hele tijd op de prop watten bleef drukken. De magiër knipte met de vingers van zijn vrije hand en zei: 'Maak de mede open en geef hem aan mij.'

Toen Delwin hem de kruik had aangereikt, keek de magiër Roran recht aan en zei: 'Ik moet de wond schoonmaken voordat ik hem met magie kan sluiten. Begrijp je dat?'

Roran knikte. 'Geef me iets om op te bijten.'

Hij hoorde het geluid van losgemaakte gespen en riemen, en toen legde Delwin of Hamund een dikke zwaardgordel tussen zijn tanden. Hij beet erop met al zijn kracht. 'Doen!' zei hij zo goed als hij kon ondanks de gordel in zijn mond.

Voordat Roran kon reageren, trok Carn in één beweging de watten van zijn borst en goot de mede over zijn borst. Daarmee waste hij de haren en verwijderde het bloed en alle vuiligheid uit de wond. Toen de mede begon te werken, uitte Roran een verstikte kreun. Hij boog zijn rug en krabbelde aan de zijkanten van de brits.

'Zo. Klaar,' zei Carn, die de kruik wegzette.

Roran staarde naar de sterren. Elke spier in zijn lichaam huiverde, maar hij probeerde de pijn te negeren terwijl Carn zijn handen op de wond legde en zinnen in de oude taal prevelde.

Na een paar tellen – Roran vond ze eerder op minuten lijken – voelde hij een bijna ondraaglijk jeuk diep in zijn borst omdat Carn de schade herstelde die het moordenaarsmes had toegebracht. De kriebels kropen naar boven, naar het oppervlak van zijn huid, en waar die passeerden, verdween de pijn. Toch bleef het zo'n onaangenaam gevoel dat hij zich wilde krabben tot hij zijn vlees scheurde.

Toen het voorbij was, slaakte Carn een zucht en legde hij zijn hoofd in zijn handen.

Roran dwong zijn opstandige ledematen te doen wat hij wilde. Hij zwaaide zijn benen over de rand van de brits en ging zitten. Toen liet hij een hand over zijn borst glijden. Afgezien van het haar was alles daar spiegelglad. Heel. Onbeschadigd. Precies zoals het geweest was voordat de eenogige man zijn tent in was geslopen.

Magie.

Delwin en Hamund staarden hem vanaf de zijkant aan en maakten een ietwat verbijsterde indruk, ofschoon hij betwijfelde of iemand dat zag.

'Jullie gaan naar bed,' zei hij met een handgebaar. 'Over een paar uur vertrekken we, en dan moeten jullie helder zijn.'

'Weet je zeker dat alles goed met je is?' vroeg Delwin.

'Ja, natuurlijk,' loog hij. 'Bedankt voor je hulp, maar smeer 'm maar.

Hoe kan ik rusten met jullie tweeën als een moederkloek in de buurt?'

Na hun vertrek wreef Roran over zijn gezicht en ging naar zijn bevende, bebloede handen zitten kijken. Hij voelde zich uitgeknepen. Leeg. Alsof hij in een paar minuten het werk van een hele week had gedaan.

'Kun je straks nog vechten?' vroeg hij aan Carn.

De magiër haalde zijn schouders op. 'Minder goed dan eerst... Maar dat moet ik ervoor overhebben. We kunnen niet naar het slagveld als jij ons niet leidt.'

Roran had geen zin om daartegenin te gaan. 'Neem ook maar wat rust. De dageraad is niet ver meer.'

'En jij?'

'Ik ga me wassen, zoek een tuniek en ga bij Baldor controleren of hij nog meer moordenaars van Galbatorix heeft opgespoord.'

'Ga je niet liggen?'

'Nee.' Zonder erbij na te denken krabde hij zijn borst maar hield ermee op toen hij besefte wat hij deed. 'Ik kon toch al niet slapen en nu...'

'Ik snap het.' Carn stond langzaam op van zijn kruk. 'Als je me nodig hebt, ben ik in mijn tent.'

Roran zag hem het donker in strompelen. Toen de magiër uit het zicht verdwenen was, sloot hij zijn ogen en probeerde hij te kalmeren door aan Katrina te denken. Met de weinige kracht die hem restte, liep hij naar de ingestorte tent en groef hij tot hij zijn kleren, wapens, maliënkolder en een waterzak had gevonden. Al die tijd wendde hij bewust zijn blik af van de dode moordenaar. Toch ving hij soms een glimp van hem op terwijl hij in de chaos van textiel wroette.

Uiteindelijk knielde hij neer en trok hij met een blik opzij zijn dolk uit het lijk. Die kwam los met het glibberige geluid van metaal tegen bot. Hij schudde er hard mee om het losse bloed kwijt te raken en hoorde diverse druppeltjes op de grond vallen.

In de koude stilte van de nacht bereidde hij zich langzaam op het gevecht voor. Toen ging hij Baldor zoeken – die hem verzekerde dat niemand anders langs de wachtposten was gekomen – en liep hij langs de omtrek van het kamp. Intussen liet hij elk aspect van de aanval op Aroughs de revue passeren. Daarna vond hij een halve koude kip, die over was van het avondeten, en hij begon er, kijkend naar de sterren, op te kauwen.

Maar wat hij ook deed, de aanblik van die jongeman die dood buiten zijn tent lag, kon hij niet van zich afzetten. *Wie is degene die bepaalt dat de ene blijft leven en de andere doodgaat? Mijn leven was niet waardevoller dan het zijne, toch is hij nu overleden, terwijl ik me nog minstens een paar uur onder de levenden mag vermaken. Is dat een wreed en willekeurig toeval of schuilt er een doel of patroon achter, ook al kunnen wij het niet zien?*

Brandend meel

'Hoe vind je het om een zusje te hebben?' vroeg Roran aan Baldor terwijl ze in het grijze halflicht van de naderende dageraad naast elkaar naar de dichtstbijzijnde molen reden.
'Er valt nog niet veel te vinden. Ik bedoel: ik heb nog niet erg veel zusje, als je begrijpt wat ik bedoel. Ze is nog maar zo klein als een poesje.' Baldor trok aan de teugels omdat zijn paard wilde afslaan naar een veldje met bijzonder welig gras naast het pad. 'Het is alleen wel raar om haar na zo veel tijd nog te krijgen.'

Roran knikte. Hij draaide zich in het zadel om en controleerde of de colonne van zeshonderdvijftig man die hem volgde, hen bijhield. Bij de molens stapte hij van zijn paard en bond hij het vast aan een paal voor het laagste gebouw. Eén strijder bleef achter om de dieren weer naar het kamp te brengen.

Roran liep naar het kanaal en daalde de houten trap af de over de modderige helling die naar het water leidde. Daar stapte hij in de achterste van de vier aken die achter elkaar in het water lagen.

De aken waren primitievere vaartuigen dan de platboomde schuiten waarmee de dorpelingen van Narda naar Teirm waren gevaren. Roran was daar blij om, want het betekende dat ze geen spitse boeg hadden. Het was daarom betrekkelijk gemakkelijk om ze kop aan kont aan elkaar te bevestigen met planken, spijkers en touwen en op die manier één rechte, stevige constructie te creëren van bijna vijfhonderd voet lang.

De platen leisteen die de mannen op Rorans bevel in karren vanuit de mijn hadden aangevoerd, lagen in stapels aan de voorkant van de voorste aak en ook langs de zijkanten van de eerste en tweede. Boven op het leisteen hadden ze zakken meel gelegd die uit de molens waren gehaald, en zo was een muur ontstaan die tot hun middel reikte. Waar het leisteen op de tweede aak eindigde, liep de muur door maar bestond daar helemaal uit zakken: twee diep en vijf hoog.

Door het immense gewicht van het leisteen en de dicht opeengepakte zakken bloem plus dat van de schuiten zelf werd de hele structuur één geweldige drijvende stormram. Roran hoopte dat die in staat was om door de poort aan de andere kant van het kanaal te breken alsof die uit rottende stokken bestond. Zelfs als de poort betoverd was – en Carn betwijfelde dat –, dan dacht Roran niet dat ook maar één magiër, behalve Galbatorix, sterk genoeg was om de schuiten tegen te houden als ze eenmaal stroomafwaarts gleden.

De muren van steen en meel boden ook een zekere mate van bescherming tegen speren, pijlen en andere projectielen.

Roran baande zich over de schuivende dekken voorzichtig een weg naar de voorkant. Hij zette zijn speer en schild tegen een muur van leisteen, draaide zich om en keek hoe de strijders de ruimte tussen de muren vulden.

Iedereen die aan boord kwam, duwde de zwaarbeladen schuiten steeds dieper in het water totdat ze nog maar een paar duimbreedtes boven het oppervlak uitstaken.

Carn, Baldor, Hamund, Delwin en Mandel kwamen bij Roran staan. Zij kozen bewust maar onuitgesproken de gevaarlijkste positie op de drijvende stormram. De Varden konden zich alleen met veel geluk en bekwaamheid een weg tot in Aroughs banen, en niemand was bereid om die poging aan een ander toe te vertrouwen.

Bij het achterste deel van de aken zag Roran Brigman tussen de mannen staan die hij ooit had aangevoerd. Roran had hem na zijn bijna-insubordinatie van de vorige dag van al zijn resterende gezag ontdaan en zijn bewegingsvrijheid tot zijn tent beperkt. Maar Brigman had gesmeekt om te mogen meedoen aan de laatste aanval op Aroughs, en Roran had daarin met tegenzin toegestemd. Brigman was goed met het zwaard, en dat kwam bij het komende gevecht van pas.

Roran vroeg zich nog steeds af of hij de juiste beslissing had genomen. Hij was er tamelijk zeker van dat zijn manschappen trouw waren aan hem, niet aan Brigman, maar Brigman was maandenlang hun kapitein geweest, en zulke banden werden niet gemakkelijk vergeten. De man had nog geen moeilijkheden bij de troepen gemaakt maar wel bewezen dat hij bereid en in staat was om orders te negeren, in elk geval als die van Roran kwamen.

Als hij me nog één reden tot wantrouwen geeft, sla ik hem ter plekke neer, dacht Roran. Maar dat was een zinloos besluit. Als Brigman zich tegen hem keerde, gebeurde dat waarschijnlijk te midden van zo veel wanorde dat hij het pas merkte als het te laat was.

Toen op zes na al zijn manschappen op de schuiten stonden, legde Roran zijn handen rond zijn mond en riep: 'Trek ze open!'

Twee mannen stonden aan de wal op de top van de helling – de wal die het water uit de moerassen in het noorden had tegengehouden. Twintig voet daaronder stond het eerste waterrad en lag de eerste poel. Aan de voorkant van die poel stond de tweede wal met nog eens twee strijders. Weer twintig voet daaronder bevonden zich het tweede waterrad en de tweede diepe, stille poel. Aan het uiteinde daarvan bevonden zich de laatste wal en het laatste tweetal strijders. Aan de voet van de laatste wal stond het derde en laatste waterrad. Daarna stroomde het water ongehinderd verder tot het de stad bereikte.

In die wallen stonden de drie sluisdeuren die Roran tijdens zijn eerste bezoek aan de molens met Baldors hulp had gesloten. De twee laatste dagen waren ploegen mannen met schoppen en houwelen het stijgende water in gedoken en hadden ze de achterkanten van de wallen weggehaald totdat de lagen samengepakte aarde het bijna begaven. Daarna hadden ze aan beide kanten van de sluisdeuren lange, dikke balken in de grond gedreven.

De mannen bij de middelste en hoogste wal grepen die balken nu – ze staken verscheidene voeten uit de dijk – en wrikten ze in een gestaag tempo heen en weer. Volgens plan wachtte het tweetal dat bij de laatste wal stond een paar tellen voordat zij hetzelfde gingen doen.

Roran greep al kijkend een meelzak beet. Als ze ook maar een paar tellen te laat waren, was een ramp onvermijdelijk.

Bijna een minuut lang gebeurde er niets.

Toen was de bovenste sluisdeur losgewrikt. De wal puilde naar buiten, de aarde kraakte en verkruimelde en een enorme tong modderwater stroomde over het waterrad eronder, dat sneller ging tollen dan ooit de bedoeling was geweest.

Toen de wal instortte, sprongen de twee mannen die erop stonden naar de oever, wat nog maar net goed ging.

Het water spatte minstens dertig voet op toen het in de gladde, zwarte poel onder het waterrad viel. Na die klap raasde een golf van verscheidene voeten hoog naar de volgende wal.

Toen de middelste twee strijders het water zagen komen, verlieten ze hun positie en sprongen ook zij naar de veilige oever.

Dat was maar goed ook. Toen de golf toesloeg, vlogen naalddunne straaltjes water rond de constructie van de volgende sluisdeur, die toen losschoot alsof een draak er een trap tegen gaf. De ziedende inhoud van de poel sleurde alles mee wat er nog van de wal over was.

De razende stroom joeg nog harder tegen het tweede waterrad dan tegen het eerste. Het hout kreunde en kraakte ervan, en Roran besefte voor het eerst dat een van de raderen kon breken. Als dat gebeurde, verkeerden zijn mannen en aken in groot gevaar en was de aanval op Aroughs misschien al voorbij voordat hij begonnen was.

'Loshakken!' riep hij.

Een van de mannen hakte de kabel door waarmee ze lagen aangemeerd, terwijl anderen tien voet lange palen pakten die ze in het water staken en waarmee ze zich met al hun kracht afzetten.

De zwaarbeladen aken kwamen langzaam op gang – veel langzamer dan Roran lief was.

Hoewel de jagende stroom water al vlakbij was, bleven de twee mannen op de laatste wal aan de balken wrikken die in de verzwakte dijk stonden.

Minder dan één tel voordat ze overspoeld werden, zakte de wal huiverend in elkaar en sprongen de mannen eraf.

Het water sloeg een gat in de aarden dam alsof die uit doorweekt brood bestond, en stortte zich op het laatste waterrad. Hout versplinterde met het harde en scherpe geluid van brekend ijs en het rad helde over, maar tot Rorans opluchting bezweek het niet. Toen stortte de waterzuil zich in een explosie van mist tegen de voet van de heuvel met terrassen.

Een vlaag koude wind sloeg in Rorans gezicht, meer dan tweehonderd voet stroomafwaarts.

'Sneller!' schreeuwde hij tegen de mannen die de aken aan het voortbomen waren terwijl een woelige watermassa uit de dichte mist opdook en door het kanaal joeg.

De vloed haalde hen met een ongelooflijke snelheid in. Toen het water tegen de achterkant van de vier verbonden aken sloeg, vloog het geheel met een ruk naar voren, waarbij Roran en de anderen naar achteren werden geslagen en sommigen omvielen. Een paar zakken meel vielen in het kanaal of rolden naar binnen tegen de mannen aan.

Terwijl het snel stijgende water de achterste aak diverse voeten boven de rest uittilde, begon het vijfhonderd voet lange vaartuig zijdelings af te wijken. Als dat zo doorging, kwam het geheel snel vast te zitten tussen de oevers van het kanaal, naar Roran wist, en even later zou de stroom de aken uit elkaar trekken.

'Hou ons recht!' brulde hij, terwijl hij overeind kwam van de zakken meel waarop hij gevallen was. 'We mogen niet draaien!'

Bij het horen van zijn stem boomden de strijders het logge gevaarte haastig bij de steile oevers vandaan, naar het midden van het kanaal. Roran was op de stapels leisteen in het voorschip gesprongen en riep aanwijzingen, en samen stuurden ze de aken met succes door het bochtige kanaal.

'Het is gelukt!' riep Baldor met een domme grijns op zijn gezicht.

'Juich niet te vroeg,' waarschuwde Roran. 'We zijn er nog lang niet.'

De oostelijke hemel was strogeel geworden tegen de tijd dat ze ter hoogte van hun kamp waren – op een mijl afstand van Aroughs. Met het tempo waarin ze zich bewogen, zouden ze de stad bereiken voordat de zon over de horizon gluurde, en mede dankzij de grijze schaduwen die het terrein bedekten, zouden ze aan het oog zijn onttrokken van de uitkijkposten op muren en torens.

De voorkant van de watervloed had hen al ingehaald maar de snelheid van de aken nam nog steeds toe, want de stad lag lager dan de molens en er waren geen heuvels die hun vaart konden vertragen.

'Luister!' riep Roran die met zijn handen rond zijn mond zijn stem verhief zodat iedereen hem kon horen. 'Als we de buitenpoort raken, kunnen we in het water vallen. Wees dus voorbereid op een zwempartij. Totdat we het water uit zijn, vormen we een makkelijk doelwit. Eenmaal op de kant hebben we maar één doel: we moeten de binnenmuur bereiken voordat ze op het idee komen om de poorten daar te sluiten, want als dat gebeurt, zullen we Aroughs nooit innemen. Als we die tweede muur passeren, is het simpel om heer Halstead te vinden en hem tot overgave te dwingen. Als dat niet lukt, bezetten we de versterkingen in het centrum van de stad en werken we ons straat voor straat verder totdat we heel Aroughs in onze macht hebben. Vergeet niet dat we met één tegen twee in de minderheid zijn. Blijf dus dicht bij je schildkameraad en wees altijd op je hoede. Ga niet op eigen houtje de stad in en laat je niet van de rest scheiden. De soldaten kennen de straten beter dan wij en lokken je in een hinderlaag wanneer je dat het minst verwacht. Raak je toch geïsoleerd, ga dan naar het centrum, want daar zijn wij. Vandaag behalen we voor de Varden een belangrijke overwinning. Vandaag vallen een eer en een glorie ons ten deel waarvan de meeste mannen alleen kunnen dromen. Vandaag... vandaag plaatsen we onze afdruk op het gezicht van de geschiedenis. Over wat wij in de komende paar uur bereiken, zullen de barden nog honderd jaar zingen. Denk aan jullie vrienden. Denk aan jullie gezinnen, aan jullie ouders, jullie vrouwen, jullie kinderen. Vecht hard, want we vechten voor hen. We vechten voor de vrijheid!'

De mannen brulden geestdriftig.

Roran liet hen even uitzinnig stoom afblazen. Toen hief hij een hand en zei: 'Schilden!' Als één man ging iedereen op zijn hurken zitten en hief zijn schild, zichzelf en zijn kameraden beschermend, zodat het leek alsof het midden van de geïmproviseerde stormram bedekt was met stalen schubben als een pantser rond de arm van een reus.

Roran sprong tevreden van de stapel leisteen en keek Carn, Baldor en de vier anderen aan die met hem uit Belatona vertrokken waren. Mandel, de jongste, maakte een angstige indruk, maar Roran wist dat hij zijn zenuwen de baas zou kunnen blijven.

'Klaar?' vroeg hij. Iedereen antwoordde bevestigend.

Vervolgens lachte Roran, en toen Baldor graag wilde weten waarom, zei hij: 'Ik wou dat mijn vader me zo kon zien!'

Ook Baldor lachte.

Roran hield het hoge water scherp in het oog. Zodra het de stad bereikte, merkten de soldaten misschien dat er iets mis was en sloegen ze alarm. Hij wilde inderdaad dat ze alarm sloegen, maar niet om die reden, en toen het erop leek dat het hoge water op nog vijf minuten afstand van Aroughs was, gebaarde hij naar Carn. 'Geef het teken.'

De magiër knikte en boog zijn hoofd. Na een paar tellen kwam hij weer overeind en zei: 'Gebeurd.'

Roran keek naar het westen. Daar, op het veld voor Aroughs, stonden de katapulten, blijden en belegeringstorens van de Varden. De torens stonden roerloos, maar de andere belegeringswerktuigen kwamen in actie en slingerden hun pijlen en stenen in hoge bogen naar de smetteloos witte stadsmuren. En hij wist dat vijftig van zijn manschappen aan de andere kant van de stad op datzelfde moment op trompetten bliezen, krijgsleuzen schreeuwden, brandende pijlen afvuurden en alles deden wat ze konden om de aandacht van de verdedigers te trekken en de indruk te wekken dat een veel grotere strijdmacht de stad belaagde.
Een diepe kalmte daalde over hem neer.
Het gevecht naderde.
Mannen gingen sneuvelen.
Misschien was hijzelf een van hen.
Die wetenschap verhelderde zijn denken. Elk spoor van uitputting verdween, samen met de vage angst die hem geplaagd had sinds iemand een paar uur eerder een aanslag op zijn leven had gedaan. Niets gaf zo veel kracht als vechten – geen voedsel, geen gelach, niet met zijn handen werken, niet eens de liefde – en hoewel hij het vreselijk vond, kon hij niet ontkennen hoe aantrekkelijk het was. Hij had nooit een strijder willen zijn maar was er toch een geworden, en hij was vastbesloten om iedereen te verslaan die hem voor de voeten liep.
Roran tuurde gehurkt tussen twee scherpe platen leisteen naar de snel naderende poort die hun pad kruiste. Tot aan het wateroppervlak – en ook iets eronder, want het water was gestegen – bestond de poort uit dikke, eikenhouten planken met de donkere vlekken van ouderdom en vocht. Onder het oppervlak stond een rooster van ijzer en hout, naar hij wist. Het was een soort valhek dat het water ongehinderd liet passeren. Het bovenste deel zou het moeilijkst te doorbreken zijn, maar hij vermoedde dat het rooster beneden verzwakt was vanwege de lange periode onder water, en als dat deel kon worden weggescheurd, werd de vernieling van het eikenhout erboven veel gemakkelijker. Daarom had hij aan de onderkant van de voorste aak twee dikke balken laten aanbrengen. Omdat ze onder water hingen, zouden ze de onderste helft van de poort rammeien terwijl de rest van de aak tegen de bovenste helft sloeg.
Het was een slim plan. Alleen wist hij niet of het ging werken.
'Rustig,' fluisterde hij meer tegen zichzelf dan tegen iemand anders. De poort naderde.
Een paar strijders bij de achterkant van het vaartuig bleven het geheel met hun palen sturen, maar de rest was onder het overlappende pantser van hun schilden verborgen.
De monding van de tunnel die naar de poort leidde, doemde hoog

voor hen op als de ingang van een grot. Toen de punt van het vaartuig de donkere tunnel in gleed, zag Roran boven de rand van de muur, dertig voet hoger, het gezicht van een soldaat verschijnen. De man had het ronde en witte gezicht van een volle maan en keek met een blik van ontzette verbijstering naar de aken.

Ze voeren inmiddels zo snel dat Roran nog maar één keer doordringend kon vloeken voordat de stroom hen al het koele duister van de tunnel in sleurde, waar de soldaat achter het gewelfde plafond verdween.

De aken raakten de poort.

De kracht van de klap slingerde Roran tegen de muur van leisteen waarachter hij hurkte. Zijn hoofd sloeg tegen het leisteen, en hoewel hij een helm en een bekkeneel droeg, tuitten zijn oren. Het dek huiverde bokkend, en boven het lawaai uit hoorde hij krakend en brekend hout en het gekrijs van geteisterd metaal.

Een platen leisteen gleed naar achteren en viel op hem, waardoor zijn armen en schouders gekneusd werden. Hij greep de rand van de plaat en smeet hem met een uitbarsting van verwoede kracht overboord, waar het steen tegen de zijkant van de tunnel verbrijzelde.

In het halfduister om hen heen was moeilijk te zien wat er precies gebeurde. Overal heersten schuivende chaos en echoënde herrie. Toen er water over zijn voeten stroomde, besefte hij dat de aak water maakte, maar hij wist niet of de boot zou zinken.

'Geef een bijl!' riep hij, zijn hand achter zich uitstrekkend. 'Een bijl, geef me een bijl!'

Hij wankelde en viel bijna toen de boot nog een halve voet doorgleed. De poort was een beetje geweken maar hield voor de rest stand. De voortgezette druk van het water kon het vaartuig misschien mettertijd door de poort duwen, maar hij kon niet wachten totdat de natuurwetten hun loop namen.

Terwijl iemand de gladde steel van een bijl in zijn uitgestrekte hand legde, verschenen zes gloeiende rechthoeken in het plafond: zes luiken werden weggehaald. In de rechthoekige gaten flikkerde licht, en kruisboogpijlen vlogen sissend naar de aken, waar ze met een hard gebons bijdroegen aan het lawaai zodra ze hout raakten.

Ergens schreeuwde een man.

'Carn! Doe iets!' riep Roran.

Hij liet de magiër zijn gang gaan en kroop over het hellende dek en de bergen leisteen naar de voorkant van het vaartuig, dat opnieuw een paar duimbreedtes doorgleed. Uit het midden van de poort klonk weer een oorverdovende kreun, en door scheuren in de eikenhouten planken viel licht.

Een kruisboogpijl schampte het leisteen naast Rorans rechterhand en liet een veeg ijzer op het steen achter.

Hij verdubbelde zijn snelheid.

Net toen hij helemaal op de boeg van het vaartuig was beland, moest hij vanwege het doordringende lawaai van geknars en gescheur zijn handen op zijn oren leggen en zich terugtrekken.

Een hoge golf spoelde over hem heen en verblindde hem even. Toen hij knipperend met zijn ogen weer iets kon zien, zag hij dat een deel van de poort in het kanaal was gevallen; er was nu voor de aken genoeg ruimte om de stad in te komen. Boven de boeg staken echter puntige stukken hout uit de restanten van de poort ter hoogte van een mannenborst, -hals of -hoofd.

Roran rolde zonder aarzeling naar achteren en liet zich achter de borstwering van leisteen vallen. 'Bukken!' bulderde hij terwijl hij zich met zijn schild dekte.

De aken gleden naar voren – uit de hagel van dodelijke kruisboogpijlen en naar een enorme stenen ruimte die met toortsen aan de muren verlicht was.

Aan de andere kant van de ruimte stroomde het kanaalwater door een tweede neergelaten poort, ditmaal van onder tot boven een valhek. Door het latwerk van hout en metaal zag Roran de gebouwen van de stad zelf.

Links en rechts van de ruimte lagen stenen kaden om vracht in en uit te laden. Aan het plafond hingen katrollen, touwen en lege netten en midden op elke kunstmatige oever stond een hijskraan op een hoog stenen platform. Aan de voor- en achterkant van de ruimte kwamen trappen en looppaden uit de beschimmelde muren, zodat je het water kon oversteken zonder nat te worden. Het achterste looppad bood ook toegang tot de wachtruimtes boven de tunnel die de aken net gepasseerd hadden, en ook – nam Roran aan – tot het bovenste deel van de verdedigingswerken, zoals de borstwering waar hij de soldaat had gezien.

Roran voelde frustratie bovenkomen toen hij de neergelaten poort zag. Hij had gehoopt rechtstreeks naar het midden van de stad te kunnen varen zonder dat wachtposten hem op het water konden omsingelen.

Nou ja, niks meer aan te doen, dacht hij.

Achter hem stroomden in het rood geklede soldaten vanuit de wachtruimtes naar het looppad, waar ze neerknielden, hun kruisboog spanden en zich klaarmaakten voor een volgend salvo.

'Eruit!' riep Roran, zwaaiend met zijn arm naar de kade aan de linkerkant. De strijders grepen hun palen weer en duwden de onderling verbonden aken naar de zijkant van het kanaal. Door de vele tientallen pijlen die uit hun schilden staken, leek de compagnie wel een egel.

Toen het vaartuig de kade naderde, trokken twintig verdedigende soldaten hun zwaard en renden de trap van het looppad af om de Varden te onderscheppen voordat ze aan wal konden gaan.

'Opschieten!' schreeuwde hij.
Een pijl begroef zich in zijn schild. De ruitvormige punt drong door het anderhalve duim dikke hout heen en stak er boven zijn onderarm uit. Hij wankelde maar hervond snel zijn evenwicht, want hij wist dat meer schutters hem al vlug onder vuur gingen nemen.
Toen sprong hij – met gespreide armen voor het evenwicht – de kade op. Hij landde zwaar, raakte met één knie de grond en had nog maar net de tijd om de hamer uit zijn gordel te trekken voordat de soldaten hem bestormden.
Met een gevoel van opluchting en wilde vreugde ging Roran hen tegemoet. Hij had schoon genoeg van alle plannenmakerij en gepieker over wat er kon gebeuren. Dit waren tenminste eerlijke vijanden – geen sluipmoordenaars – die hij vechtend kon doden.
Het treffen werd kort, hevig en bloedig. Roran doodde of verminkte al in de eerste paar tellen drie van de soldaten. Toen sloten Baldor, Delwin, Hamund, Mandel en anderen zich bij hem aan en dwongen ze de soldaten bij het water vandaan.
Roran was geen zwaardvechter en deed geen poging tot schermen. In plaats daarvan liet hij zich door hen naar hartenlust op zijn schild slaan en brak hij als dank hun beenderen met zijn hamer. Af en toe moest hij een slag of steek afweren, maar hij probeerde te vermijden om met iemand een slagenwisseling aan te gaan, want hij wist dat zijn gebrek aan ervaring heel snel fataal zou blijken. Hij had ontdekt wat in het gevecht de handigste truc was: geen speciale draai van het zwaard en ook geen ingewikkelde schijnbeweging die je pas na jaren onder de knie kreeg, maar gewoon het initiatief nemen en doen wat je tegenstander het minst verwachtte.
Hij maakte zich uit het strijdgewoel los en rende naar de trap die leidde naar het looppad, waar geknielde boogschutters het vuur openden op strijders die zich van de aken haastten. Hij klom met drie treden tegelijk omhoog, zwaaide met zijn hamer en raakte de eerste boogschutter frontaal in zijn gezicht. De volgende in de rij had net geschoten. Hij liet zijn boog dus vallen en reikte naar de greep van zijn korte zwaard. Intussen trok hij zich terug.
De soldaat kreeg het zwaard maar voor de helft uit de schede voordat Roran hem tegen zijn borstkas sloeg en zijn ribben brak.
Een van de dingen die hij heel prettig vond van een hamer, was dat hij niet erg hoefde te letten op het harnas van zijn tegenstanders. Net als elk ander stomp wapen richtte een hamer schade aan door de kracht van de klap, niet door snijden of steken in vlees. Hij vond de eenvoud van die benadering aantrekkelijk.
De derde soldaat op het looppad wist een pijl op hem af te schieten

voordat hij een volgende stap kon zetten. De schacht ervan doorboorde voor de helft zijn schild en prikte bijna in zijn borst. Roran hield de dodelijke punt ruim uit de buurt van zijn lichaam en zwaaide zijn hamer naar de schouders van de man. De soldaat weerde die aanval met zijn kruisboog af, maar Roran gaf meteen daarna een onderhandse klap van zijn schild, waarna de soldaat schreeuwend en maaiend over de balustrade van het looppad viel.

Door die manoeuvre was Roran zelf echter al zijn dekking kwijt, en toen hij zijn aandacht richtte op de vijf soldaten die nog op het looppad waren, zag hij dat drie van hen recht op zijn hart richtten.

Ze schoten.

Vlak voordat de pijlen dwars door hem heen vlogen, zwaaiden ze naar rechts af en gleden ze als boze reuzenwespen over de beroete muur.

Roran wist dat Carn hem gered had, en hij nam zich voor om de magiër te bedanken zodra ze buiten levensgevaar waren.

Hij stortte zich op de resterende soldaten en verjoeg hen met een woedend salvo slagen alsof hij even zo veel spijkers in hout sloeg. Toen brak hij de pijl die uit zijn schild stak, en keek hij hoe het gevecht beneden verliep.

De laatste soldaat op de kade viel op datzelfde moment op de bebloede grond. Zijn hoofd rolde bij het lichaam vandaan en viel in het water, waar het onder een pluim van luchtbelletjes verdween.

Ongeveer twee derde van de Varden was uitgestapt en verzamelde zich in een ordelijke formatie bij de rand van het water.

Roran wilde hun net bevelen om uit de buurt van het kanaal te gaan – want dan hadden de mannen op de aken meer ruimte om uit te stappen – toen de deuren in de linkermuur openvlogen en een horde soldaten naar binnen kwam rennen.

Vervloekt! Waar komen die vandaan? En hoeveel zijn het er?

Net toen hij naar de trap liep om zijn troepen de nieuwkomers te helpen afslaan, zag hij Carn – die nog steeds bij de boeg van de scheef hangende aken stond – zijn armen heffen en naar de aanstormende soldaten wijzen. Toen riep de magiër een serie norse, verwrongen woorden in de oude taal.

Bij dit mysterieuze bevel vlogen twee zakken meel en één plaat leisteen uit de aken, recht op de dicht opeengepakte rijen soldaten af. Twaalf mannen werden tegen de grond geslagen. De zakken barstten na de derde of vierde klap open, en wolken ivoorwit meel kolkten over de soldaten, die erdoor verblind en verstikt werden.

Eén tel later ontstond een lichtflits bij de muur achter de soldaten en raasde een enorme, vuiloranje vuurbal kolkend door de meelwolk. Het fijne poeder werd met een roofzuchtige gretigheid verzwolgen, en dat klonk alsof honderd vlaggen in een harde wind aan het klapperen waren.

Roran dook achter zijn schild en voelde een laaiende hitte tegen zijn benen en naakte wangen, terwijl de vuurbal op maar een paar passen van het looppad uitbrandde. Gloeiende deeltjes verbrandden tot as en zakten omlaag: een zwarte spookregen die alleen tijdens een begrafenis niet misstaan zou hebben.

Toen de doffe gloed eenmaal verdwenen was, hief hij voorzichtig zijn hoofd. Een vleug hete, stinkende lucht prikkelde zijn neusgaten en stak in zijn ogen. Geschrokken besefte hij dat zijn baard in brand stond. Hij liet vloekend zijn hamer vallen en sloeg op de vlammetjes tot ze gedoofd waren.

'Oi!' riep hij naar Carn. 'Je hebt mijn baard geschroeid! Wees voortaan wat voorzichtiger, anders laat ik je hoofd op een spies zetten!'

De meeste soldaten lagen opgerold op de grond en hadden hun handen op hun verbrande gezicht gelegd. Anderen maaiden met armen en benen omdat hun kleren in brand stonden of zwaaiden blind met hun wapens in het rond om eventuele aanvallen van de Varden af te slaan. Rorans eigen troepen hadden blijkbaar alleen kleine brandwondjes opgelopen – de meesten hadden buiten het bereik van de vuurbal gestaan – maar na de onverwachte ontploffing stonden ze verward en wankel op hun benen.

'Sta niet zo stom te staren en neem dat maaiende schorem te grazen voordat ze weer bij zinnen zijn!' beval hij nadat hij met zijn hamer op de balustrade had geslagen om ervoor te zorgen dat hij ieders aandacht had.

De Varden overtroffen de soldaten ruimschoots in aantal, en tegen de tijd dat Roran van de laatste traptree stapte, was driekwart van de verdedigingsmacht al dood.

Roran liet de paar laatste soldaten aan zijn maar al te bekwame strijders over en liep naar de hoge, dubbele deuren aan de linkerkant van het kanaal – zo breed dat er twee karren naast elkaar doorheen konden rijden. Onderweg kwam hij Carn tegen, die tegen het platform van de hijskraan zat en aan het eten was uit de leren zak die hij altijd bij zich had. Roran wist wat er in die zak zat: een mengsel van spekvet, honing, gemalen runderlever, lamshart en bessen. De enige keer dat Carn hem een stukje gegeven had, moest hij ervan kokhalzen, maar zelfs een paar happen ervan waren genoeg om iemand een hele dag lang hard aan het werk te houden.

Roran zag bezorgd dat de magiër een uitgeputte indruk maakte. 'Lukt het nog?' vroeg hij terwijl hij bij hem kwam staan.

Carn knikte. 'Ik moet alleen even zitten... Die pijlen in de tunnel en toen die zakken meel en die plaat leisteen...' Hij stak een nieuwe hap eten in zijn mond. 'Het was allemaal een beetje veel ineens.'

Roran wilde gerustgesteld weglopen, maar Carn pakte zijn arm. 'Ik heb dat niet gedaan, hoor,' zei hij met pretlichtjes in zijn ogen. 'Dat van je baard, bedoel ik. Het moet de schuld van de toortsen zijn geweest.'

Roran gromde en liep door naar de uitgang. 'Op jullie plaatsen!' riep hij en hij sloeg met de platte kant van zijn hamer op het schild. 'Baldor en Delwin, jullie gaan met mij voorop. De anderen komen in een rij achter ons aan. Schild gereed, zwaard getrokken, pijlen in de koker. Halstead weet waarschijnlijk nog niet dat we in de stad zijn. Laat dus niemand ontsnappen die hem kan waarschuwen... Klaar allemaal? Dan gaan we!'

Hij en Baldor – wiens wangen en neus nog rood waren van de ontploffing – haalden samen de balk van de deuren en gooiden ze open. Daarbij kregen ze Aroughs binnen de muren te zien.

Stof en as

Tientallen hoge, gepleisterde gebouwen stonden rondom de toegangspoort van de buitenste stadsmuur, waar het kanaal Aroughs binnenkwam. Alle gebouwen – kil en grimmig, met de starende, lege ogen van hun zwarte vensters – leken pakhuizen of opslagplaatsen, waardoor het, mede door het vroege ochtenduur, niet waarschijnlijk was dat iemand het gevecht tussen de Varden en de soldaten had gemerkt.

Roran was niet van plan om te blijven rondhangen om erachter te komen of dat inderdaad zo was.

Nevelige, ontwakende lichtstralen streken horizontaal over de stad en zetten de toppen van de torens, kantelen, koepels en schuine daken in een gulden gloed. De straten en stegen waren gehuld in schaduwen van dof zilver en het water tussen de stenen kademuren was donker, onheilspellend en doortrokken van bloed. Hoog boven hem glansde een eenzame, dolende ster, een steelse vonk aan het helder wordende, blauwe firmament, waar de opkomende zon alle andere nachtelijke juwelen had doen verbleken.

Voorwaarts marcheerden de Varden, hun leren laarzen schampten over de straatkeien.

In de verte kraaide een haan.

Roran leidde ze tussen de dicht opeengepakte gebouwen naar de binnenste stadsmuur, maar koos niet altijd de meest voor de hand liggende of rechtstreekse route, zodat ze minder kans liepen iemand in de straten tegen te komen. Ze kwamen door smalle, donkere straatjes en soms kon hij amper zien waar hij zijn voeten neerzette.

Het vuil lag opgehoopt in de straatgoten. Hij vond de stank weerzinwekkend en verlangde naar de hem zo vertrouwde open velden.

Hoe kan iemand in zulke omstandigheden leven? vroeg hij zich af. *Zelfs varkens rollen zich niet in hun eigen vuiligheid.*

Een eindje verder van de courtine vandaan gingen de gebouwen over in huizen en winkels: lange, witgepleisterde muren met kruisbalken en met smeedijzer beslagen deuren. Soms hoorde Roran vanachter de gesloten luiken van de ramen het geluid van stemmen, gekletter van borden, of het schrapen van een stoel over een houten vloer.

We hebben niet veel tijd meer, dacht hij. Nog een paar minuten en dan zou het op de straten wemelen van de burgers uit Aroughs.

Alsof ze zijn voorspelling wilden laten uitkomen, kwamen voor de colonne strijders twee mannen uit een steeg tevoorschijn. Beide stedelingen droegen op hun schouders een juk met aan de uiteinden een emmer verse melk.

De mannen bleven verbaasd staan toen ze de Varden zagen, de melk klotste uit de emmers. Ze zetten grote ogen op en hun mond viel open, klaar om iets te roepen.

Roran bleef staan, evenals de troep achter hem. 'Als jullie gaan schreeuwen, ben je er geweest,' zei hij met zachte, vriendelijke stem.

De mannen huiverden en deinsden terug.

Roran deed een stap naar voren. 'Als jullie de benen nemen, ben je er geweest.' Zonder zijn ogen van de twee angstige mannen af te houden, riep hij Carns naam en toen de magiër naast hem opdook, zei hij: 'Breng ze voor me in slaap, als je wilt.'

De magiër reciteerde snel een zin in de oude taal, die eindigde met een woord dat in Rorans oren klonk als zoiets als *slytha*. De twee mannen vielen slap op de grond, hun emmers kukelden om toen ze op de keien neerkwamen. De melk stroomde over straat, sijpelde in de spleten tussen de keien en vormde zo een delicaat web van witte aderen.

'Leg ze ergens waar niemand ze kan zien,' zei Roran.

Zodra zijn krijgers de twee bewusteloze mannen hadden weggesleept, beval hij de Varden verder te marcheren en ze gingen haastig weer op weg naar de stadsmuur.

Maar toen ze nog geen honderd voet verder een hoek omsloegen, stuitten ze op een groep van vier soldaten.

Deze keer toonde Roran geen genade. Hij rende naar ze toe en voordat de soldaten het beseften, begroef hij het platte vlak van zijn hamer in de nek van de hoofdman. Baldor schakelde een van de andere soldaten net zo uit, terwijl hij met de kracht van vier man tegelijk met zijn zwaard zwaaide, een kracht die hij had ontwikkeld in de jaren waarin hij in de smidse van zijn vader had gewerkt.

De laatste twee soldaten schreeuwden alarm, draaiden zich om en vluchtten weg.

Van ergens achter Roran schoot een pijl langs zijn schouder, die in de rug van een soldaat terechtkwam, waardoor die ter aarde stortte. Even later blafte Carn: 'Jierda!' De nek van de laatste soldaat brak met een hoorbare *krak*, hij tuimelde naar voren en bleef midden op straat roerloos liggen.

De soldaat die door de pijl was geraakt begon te schreeuwen: 'De Varden zijn er. De Varden zijn er. Sla alarm, de...'

Roran trok zijn dolk, rende naar de man toe en sneed hem de keel door. Hij veegde het lemmet aan de tuniek van de man schoon, stond op en zei: 'Doorlopen, nu!'

Als één man trokken de Varden op naar de binnenste stadsmuur van Aroughs.

Op slechts honderd voet afstand bleef Roran in een steeg achter een huis staan en stak een hand op ten teken dat zijn mannen moesten wachten. Toen sloop hij langs de zijkant van het huis en gluurde om de hoek naar het valhek in de hoge, granieten muur.

Het hek was dicht.

Maar links van het hek bevond zich een klein uitvalspoortje. Terwijl hij stond te kijken, rende een soldaat erdoorheen en sloeg af naar de westkant van de stad.

Roran vloekte inwendig toen hij naar het uitvalspoortje staarde. Hij was niet van plan het op te geven, niet nu ze tot zover waren gekomen, maar hun positie werd steeds benarder en hij twijfelde er niet aan dat het een kwestie van een paar minuten was voordat het valkhek zou worden opgetrokken en iedereen wist dat ze er waren.

Hij trok zich achter de zijkant van het huis terug en boog zijn hoofd terwijl hij koortsachtig nadacht.

'Mandel,' zei hij en hij knipte met zijn vingers. 'Delwin, Carn en jullie drieën.' Hij wees naar een drietal stoutmoedig ogende krijgers, oudere mannen van wie hij wist dat ze er alleen al door hun leeftijd slag van hadden om een gevecht te winnen. 'Kom mee. Baldor, jij neemt de leiding over de rest over. Als we niet terugkeren, zorg je ervoor dat je iedereen in veiligheid brengt. Dat is een bevel.'

Baldor knikte met een grimmige uitdrukking op zijn gezicht.

Met de zes door hem uitgekozen krijgers maakte Roran een omtrekkende beweging naar de hoofdweg die naar het hek leidde, totdat ze bij

de met rommel bezaaide voet van de schuin omhooglopende buitenmuur aankwamen, zo'n vijftig voet van het valhek en de open uitvalspoort.
Bij elk van de twee poorttorens stond een soldaat, maar op dit moment was geen van beiden in het zicht. Ze zouden Roran en zijn metgezellen niet kunnen zien aankomen, tenzij ze hun hoofd over de rand van de tinnen zouden steken.
Roran fluisterde: 'Als we eenmaal die deur door zijn, gaan jij, jij en jij' – hij gebaarde naar Carn, Delwin en een van de andere krijgers – 'zo snel als jullie kunnen naar het wachthuis aan de overkant. Wij nemen het dichtstbijzijnde wachthuis. Zie maar hoe je het doet, maar zorg ervoor dat dat hek opengaat. Misschien hoef je maar aan één wiel te draaien, misschien moeten we het samen omhoog zien te krijgen, dus denk maar niet dat het alleen van mij afhangt. Klaar? Nú!'
Roran rende pijlsnel en zo zachtjes als hij kon langs de muur en dook met een snelle draai de uitvalspoort in.
Vóór hem was een ruimte van twintig voet lang die uitkwam op een groot plein met een hoge fontein in het midden. Mannen in verfijnde kleding haastten zich over het plein heen en weer, veel van hen klemden perkamentrollen in de hand.
Roran sloeg geen acht op ze en liep naar een dichte deur, onderdrukte de neiging om die open te schoppen en ontgrendelde hem met de hand. Aan de andere kant van de deur was een groezelig wachtlokaal met een in een muur ingebouwde wenteltrap.
Hij rende naar de trap en na een enkele bocht kwam hij in een lage ruimte, waar vijf soldaten zaten te roken en dobbelen aan een tafel naast een reusachtige windas met kettingen zo dik als zijn arm.
'Gegroet!' zei Roran met een donkere, gezaghebbende stem. 'Ik heb een belangrijke boodschap voor jullie.'
De soldaten aarzelden, sprongen toen overeind waarbij ze de banken waarop ze zaten naar achteren schoven. De houten poten schraapten knarsend over de vloer.
Ze waren te laat. Hoe kortstondig ook, hun besluiteloosheid was het enige wat Roran nodig had om de afstand tussen hen te overbruggen voordat de soldaten hun wapens konden trekken.
Roran brulde toen hij tussen hen in tekeerging, links en rechts met zijn hamer uithaalde en de vijf mannen in een hoek dreef. Toen stonden Mandel en de twee andere krijgers met flitsend zwaard naast hem. Samen maakten ze korte metten met de wachters.
Roran ging naast het stuiptrekkende lichaam van de laatste soldaat staan, spuugde op de grond en zei: 'Vreemden moet je nooit vertrouwen.'
Door het gevecht was het verschrikkelijk gaan stinken in de ruimte,

een stank die op Roran drukte als een dikke, zware deken van het onaangenaamste materiaal dat hij zich maar kon voorstellen. Hij kon amper ademen zonder misselijk te worden, dus hij bedekte zijn neus en mond met de mouw van zijn tuniek om de lucht een beetje te filteren.

Terwijl ze oppasten dat ze niet over de bloedplassen uitgleden, liepen ze met z'n vieren naar de windas en bestudeerden die even om te kijken hoe hij werkte.

Toen Roran een metalig geklik hoorde, draaide hij zich met opgeheven hamer vliegensvlug om. De houten trapdeur werd onder luid gekraak geopend, gevolgd door de stommelende voetstappen van een soldaat die van boven uit de toren de wenteltrap afkwam.

'Taurin, wat is hier in hemelsnaam...' De stem van de soldaat verstierf in zijn keel en hij bleef halverwege de trap staan toen hij Roran en zijn metgezellen in het oog kreeg, evenals de verwrongen lijken in de hoek.

Een krijger rechts van Roran gooide een speer naar de soldaat, maar de soldaat dook weg en de speer kwam op de muur terecht. De soldaat vloekte, krabbelde op handen en voeten de trap weer op en verdween om een bocht in de muur.

Even later sloeg de trapdeur met een schallende *boem* dicht en hoorden ze de soldaat op een hoorn blazen en als een uitzinnige waarschuwingen schreeuwen naar de mensen op het plein.

Roran keek nijdig en richtte zich weer op de windas. 'Laat hem maar,' zei hij terwijl hij zijn hamer tussen zijn riem stak. Hij leunde tegen het van spaken voorziene wiel waarmee het valhek werd bediend en duwde er zo hard mogelijk tegen, waarbij hij elke spier in zijn lijf aanspande. De andere mannen bundelden hun krachten met die van hem en langzaam, heel langzaam, kwam het wiel in beweging, het tandrad aan de zijkant van de windas ratelde luidruchtig terwijl de reusachtige raderen in de tanden eronder glipten.

Een paar tellen later ging het aanzienlijk gemakkelijk om aan het wiel te draaien, wat Roran toeschreef aan het team dat hij naar het andere wachtlokaal had gestuurd om daar te infiltreren.

Ze namen niet de moeite het valhek helemaal op te halen; na een poosje kreunen en zweten hoorden ze de felle strijdkreten van de Varden toen de mannen die buiten hadden staan wachten door het hek het plein op stormden.

Roran liet het wiel los, haalde zijn hamer weer tevoorschijn en ging met de anderen in zijn kielzog naar de trap.

Buiten het wachtlokaal zag hij Carn en Delwin net uit het gebouw aan de andere kant van het hek opduiken. Geen van hen leek gewond, maar het viel Roran op dat de oudere strijder die bij hen was geweest, nu ontbrak.

Terwijl ze wachtten tot Rorans groep zich bij hen had gevoegd, stelden Baldor en de rest van de Varden zich op in een stevig kordon mannen aan de rand van het plein. Ze stonden vijf rijen dik, schouder aan schouder en hun schilden overlapten elkaar.

Toen hij naar ze toe liep, zag Roran uit de gebouwen aan de overkant van het plein een groot contingent soldaten naar buiten komen. Daar stelden ze zich in een verdedigende formatie op, hun speren en lansen schuin naar voren gericht, zodat ze een langwerpig, laag speldenkussen vol naalden leken. Hij schatte dat het om ongeveer honderdvijftig soldaten ging, een aantal dat zijn strijders met gemak aankonden, maar dat zou ten koste gaan van tijd en mannen.

Zijn stemming werd nog somberder toen hij zag dat dezelfde magiër met de haakneus die hij de vorige dag had gezien met hoog opgeheven armen voor de rijen soldaten ging staan terwijl er uit zijn beide handen een zwarte bliksemschicht knetterde. Roran had van Eragon genoeg over magie geleerd dat hij wist dat de bliksem waarschijnlijk eerder voor de show was dan voor iets anders, maar show of niet, hij twijfelde er niet aan dat de vijandelijke magiër levensgevaarlijk was.

Carn kwam kort na Roran bij de voorhoede van de strijders aan. Samen staarden zij en Baldor naar de magiër voor de rijen soldaten die tegenover hem stonden opgesteld.

'Kun je hem vermoorden?' vroeg Roran zachtjes, zodat de achter hem staande mannen hem niet konden horen.

'Ik zal het in elk geval moeten proberen, nietwaar?' antwoordde Carn. Met de rug van zijn hand veegde hij zijn mond af. Zweet parelde op zijn gezicht.

'Als je wilt, kunnen we hem bestormen. Hij kan ons niet allemaal vermoorden voordat we door zijn afweerbezwering heen zijn en een zwaard door zijn hart steken.'

'Dat weet je niet... Nee, dit is mijn verantwoordelijkheid en ik heb ermee af te rekenen.'

'Kunnen we je ergens mee helpen?'

Carn stiet een nerveus lachje uit. 'Je kunt wat pijlen op hem afschieten. Die moet hij afweren en dan raakt hij verzwakt en maakt hij een fout. Maar wat je ook doet, kom niet tussenbeide... Dat is riskant, zowel voor jou als voor mij.'

Roran verplaatste zijn hamer naar zijn linkerhand en legde zijn rechter op Carns schouder. 'Het komt best in orde. Vergeet niet dat hij niet een van de slimsten is. Je hebt hem eerder weten te misleiden, dat kun je nu weer.'

'Dat weet ik.'

'Veel succes,' zei Roran.

Carn knikte één keer en liep toen naar de fontein in het midden van het plein. Het zonlicht scheen nu op de dansende waterstraal, die fonkelde alsof er handenvol diamanten in de lucht werden gegooid.

De magiër met de haakneus liep ook naar de fontein, hield gelijke tred met Carn tot ze nog maar twintig voet van elkaar vandaan stonden, waar ze beiden bleven staan.

Vanaf de plek waar Roran stond leek het erop dat Carn en zijn tegenstander met elkaar praatten, maar ze stonden te ver weg om te kunnen verstaan wat ze zeiden. Daarna verstijfden beide magiërs, alsof iemand ze met ponjaards had gestoken.

Daar had Roran op gewacht: een teken dat ze elkaar met hun geest bestreden, waar ze zo in opgingen dat ze geen aandacht aan hun omgeving konden besteden.

'Boogschutters!' blafte hij. 'Daar- en daarheen,' en hij wees naar beide kanten van het plein. 'Schiet zo veel pijlen in die verraderlijke hond als je kunt, maar waag het niet Carn te raken, anders voer ik jullie levend aan Saphira.'

De soldaten schuifelden slecht op hun gemak toen de twee groepen boogschutters zich over het plein verdeelden, maar geen van Galbatorix' in donkerrood geklede troepen brak de formatie of verplaatste zich om een uitval naar de Varden te doen.

Ze moeten wel heel veel vertrouwen hebben in die troetelslang van ze, dacht Roran bezorgd.

Tientallen bruine, met ganzenveren uitgeruste pijlen zoefden draaiend in een boog naar de vijandige magiër, en even hoopte Roran dat ze hem zouden doden. Maar de pijlen vielen stuk voor stuk op vijf voet afstand van de man met de haakneus kletterend op de grond, alsof ze roekeloos tegen een stenen muur aan botsten.

Roran wipte op zijn hielen, te gespannen om stil te blijven staan. Hij had er een bloedhekel aan om te wachten, werkeloos toe te kijken terwijl zijn vriend in gevaar was. Bovendien kreeg heer Halstead met elk moment dat verstreek meer gelegenheid om uit te zoeken wat er gebeurde en daar een passend antwoord op te bedenken. Als Rorans mannen niet door de overmacht van de keizerlijke troepen verpletterd wilden worden, dan moesten ze ervoor zorgen dat hun vijanden in verwarring bleven, zodat ze niet wisten waar ze naartoe moesten of wat ze moesten doen.

'Let op!' zei hij, zich tot de krijgers wendend. 'Eens kijken of wij ons nuttig kunnen maken terwijl Carn vecht om ons vege lijf te redden. We gaan die soldaten aan de flanken aanvallen. De helft komt met mij mee; de rest volgt Delwin. Ze kunnen niet elke straat afsluiten, dus Delwin, jij baant je met je mannen een weg langs de soldaten, maak dan een omtrekkende beweging achterlangs en val ze van achteren aan. Wij houden ze aan de voorkant bezig, zodat ze niet veel tegenstand zullen bieden. Als er soldaten bij zijn die willen vluchten, dan laat je ze gaan. Het zou trouwens toch te lang duren om ze allemaal om te brengen. Begrepen? Schiet op dan!'

De mannen verdeelden zich snel in twee groepen. Roran leidde zijn mannen naar de rechterkant van het plein, terwijl Delwin hetzelfde aan de linkerkant deed.

Toen beide groepen bijna op gelijke hoogte waren met de fontein, zag Roran dat de vijandige magiër naar hem keek. Het was slechts een korte, flitsende blik, zijdelings en vluchtig, maar het leek onmiddellijk terug te slaan op zijn duel met Carn. Toen de man met de haakneus zijn blik weer op Carn richtte, was de grijns op zijn gezicht in een gepijnigde grimas vertrokken, en op zijn pokdalige voorhoofd en gespierde hals begonnen bloedvaten op te zwellen. Zijn hele hoofd verkleurde in een donker, woedend rood, alsof het zo opzwol dat het bloed eruit zou barsten.

'Nee!' huilde de man en toen riep hij iets in de oude taal wat Roran niet kon verstaan.

Een fractie van een tel later riep Carn ook iets en even overlapten hun beide stemmen met zo'n ijzingwekkende mengeling van afgrijzen, vernietiging, haat en woede dat Roran tot in zijn botten voelde dat er iets verschrikkelijk was misgegaan in het duel.

Carn verdween in een vlam van blauw licht. Toen flitste er vanaf de plek waar Carn had gestaan in een oogwenk, korter nog dan een knippering van Rorans ogen, een wit, koepelvormig schild over het plein.

De wereld werd zwart. Een ondraaglijke hitte drukte tegen Roran aan en alles draaide en kronkelde om hem heen terwijl hij door een vormeloze ruimte struikelde.

Zijn hamer werd uit zijn hand gewrongen en pijn schoot door de zijkant van zijn rechterknie. Daarna werd er een hard voorwerp tegen zijn mond gesmeten en hij voelde dat een tand losschoot, waardoor zijn mond vol bloed liep.

Toen hij ten slotte tot stilstand kwam, bleef hij waar hij was op zijn buik liggen, te verbijsterd om zich te bewegen. Zijn zintuigen kwamen langzaam weer terug en hij zag het gladde, grijsgroene oppervlak van een straatkei onder zich. Hij rook de loden specie om de kei heen en werd zich er door zijn hele lijf van bewust dat de pijn en de bont en blauwe plekken om zijn aandacht schreeuwden. Het enige geluid dat hij kon horen was dat van zijn bonzende hart.

Toen hij weer begon te ademen, sijpelde er wat bloed uit zijn mond en keel in zijn longen. Hij hoestte wanhopig om wat lucht te krijgen, ging rechtop zitten en spuugde fluimen zwart speeksel uit. Hij zag de tand, een snijtand, wegschieten en tegen de straatkei stuiteren, felwit tegen de klodders uitgespuugd bloed. Hij ving hem op en keek ernaar. Er was een stukje van de snijtand afgebroken, maar de wortel was nog intact, dus likte hij de tand schoon en stopte hem terug in het gat, ineenkrimpend van de pijn aan zijn tandvlees.

Hij krabbelde overeind. Hij was tegen de drempel van een van de huizen gegooid die aan het plein grensden. Zijn mannen lagen verspreid om hem heen, armen en benen in een rare hoek, helmen verloren, zwaarden weggerukt.

Opnieuw was Roran dankbaar dat hij een hamer droeg, want tijdens de explosie had een aantal Varden zichzelf of hun schildmaten neergestoken. *Hamer? Waar is mijn hamer?* dacht hij wat laat. Hij zocht op de grond tot hij de steel van zijn wapen onder de benen van een in de buurt liggende krijger zag uitsteken. Hij trok hem los en keek toen weer naar het plein.

Zowel soldaten als Varden lagen overal verspreid. Van de fontein was niets meer over, behalve een lage puinhoop waar het water met grillige tussenpozen uit spoot. Daarnaast, waar Carn had gestaan, lag een geblakerd, verschrompeld lijk, de rokende ledematen zaten dicht tegen elkaar aan geklemd, als die van een dode spin. Het hele ding was zo verschroeid, verbrand en toegetakeld dat het amper te herkennen was als iets wat ooit had geleefd of menselijk was geweest. Op onverklaarbare wijze stond de magiër met de haakneus nog op dezelfde plek, hoewel de explosie hem van zijn overkleding had beroofd, zodat hij alleen zijn broek nog aanhad.

Onbeheersbare angst kreeg Roran in zijn greep en zonder na te denken over zijn eigen veiligheid wankelde hij naar het midden van het plein, vastbesloten om de magiër voor eens en voor altijd te vermoorden.

De halfnaakte magiër bleef staan terwijl Roran dichterbij kwam. Roran hief zijn hamer op, zette het op een sukkeldrafje en schreeuwde een oorlogskreet die hem slechts vaag in de oren klonk.

En toch deed de magiër niets om zichzelf te verdedigen.

Sterker nog, Roran realiseerde zich dat de bezweerder nog geen vinger had verroerd sinds de ontploffing. Het was alsof hij een standbeeld was en niet de man zelf.

Doordat het de man ogenschijnlijk niets uitmaakte dat Roran naar hem toe liep, kwam Roran in de verleiding om het merkwaardige gedrag van de man te negeren – of liever gezegd, het gebrek aan gedrag – en hem simpelweg een dreun op zijn hoofd te verkopen voordat hij zou ontwaken uit welke vreemde verdoving ook waar hij door was getroffen. Maar doordat hij hem zo behoedzaam benaderde, bekoelde zijn wraaklust. Hij ging langzamer lopen en bleef op nog geen vijf voet afstand van de magiër staan. En daar was hij blij om.

Hoewel de magiër van een afstandje normaal had geleken, zag Roran van dichtbij dat zijn huid gerimpeld was en loshing als van een man die drie keer zo oud was, en dat hij een grove, leerachtige textuur had gekregen. Zijn huidskleur was ook donkerder geworden en werd met het moment nog steeds donkerder, alsof zijn hele lijf door de vorst werd aangevreten.

De borst van de man ging op en neer en zijn ogen rolden wit in hun kassen, maar verder leek hij zich niet te kunnen verroeren.

Terwijl Roran toekeek, verschrompelden de armen, nek en borst van de man, en zijn botten leken er in een scherp reliëf op te liggen, vanaf de ronde kromming van zijn sleutelbeenderen tot het holle zadel van zijn heupen, waar zijn buik als een lege waterzak omlaag hing. Zijn lippen trokken samen en trokken zich verder over zijn gele tanden terug dan normaal gesproken mogelijk was, waardoor ze in een weerzinwekkende grijns stonden. Zijn oogballen zakten in alsof ze opgezwollen teken waren waar het bloed uit werd geknepen, terwijl het omliggende vlees verschrompelde.

Toen stokte de ademhaling van de man – een paniekerig, gierend zagen –, maar hield niet helemaal op.

Vol afgrijzen deed Roran een stap achteruit. Hij voelde iets glibberigs onder zijn laarzen, keek omlaag en zag dat hij in een zich verspreidende plas water stond. Eerst dacht hij dat die van de kapotte fontein kwam, maar toen besefte hij dat het water uit de voeten van de verlamde magiër stroomde.

In een tijdsbestek van slechts een paar ogenblikken reduceerde de bezwering de man tot niet meer dan een knokig skelet in een schil van harde, zwarte huid. Hij werd gemummificeerd alsof hij in de Hadaracwoestijn was achtergelaten en was blootgesteld aan honderden jaren wind, zon en schuivend zand. Hoewel hij inmiddels bijna zeker dood moest zijn, viel hij niet, omdat Carns magie hem overeind hield: een spookachtig, grijnzend schrikbeeld dat te vergelijken was met de verschrikkelijkste dingen die Roran ooit in zijn nachtmerries of op het slagveld had gezien, wat beide ongeveer hetzelfde was.

Toen vervaagde het oppervlak van het ontwaterde lichaam van de man, en het loste in fijn, grijs stof op, dat in mistige wolkjes omlaag dwarrelde en op het water eronder als as na een bosbrand bleef drijven. Spieren en botten gingen al snel diezelfde weg, daarna de versteende organen, en ten slotte verkruimelde de laatste resten van de magiër met de haakneus, waarna slechts een klein, kegelvormig hoopje oprees uit de waterplas die hem ooit in leven had gehouden.

Roran keek naar Carns lijk, en wendde zijn blik even snel weer af, zo ondraaglijk was de aanblik ervan. *Je hebt het hem tenminste betaald gezet.*

Toen zette hij de gedachten aan zijn gevallen vriend opzij, want die waren te pijnlijk om bij stil te blijven staan, en hij concentreerde zich op het dringendste probleem waar hij nu mee te maken kreeg: de soldaten aan de zuidkant van het plein, die langzaam overeind krabbelden.

Roran zag dat de Varden hetzelfde deden. 'Oi!' riep hij. 'Kom mee! Zo'n kans krijgen we nooit meer.' Hij wees naar een paar van zijn mannen die duidelijk gewond waren. 'Help hen overeind en houd ze in het midden van de formatie. Niemand blijft achter. Niemand!' Zijn lippen en mond klopten tijdens het praten en zijn hoofd deed zo'n pijn dat het leek alsof hij een hele nacht slempend had doorgehaald.

De Varden herstelden zich snel toen ze zijn stem hoorden en haastten zich naar hem toe. Terwijl de mannen zich in een brede colonne achter hem opstelden, nam Roran zijn plaats in de voorste gelederen van de strijders in, tussen Balder en Delwin, die beiden bloederige schrammen aan de explosie hadden overgehouden.

'Is Carn dood?' vroeg Baldor.

Roran knikte en tilde zijn schild op, en de andere mannen volgden zijn voorbeeld, zodat ze een stevige, naar buiten gekeerde wal vormden.

'Nu maar hopen dat Halstead niet nog ergens een magiër verstopt heeft,' mompelde Delwin.

Toen de Varden allemaal op hun plek stonden, schreeuwde Roran: 'Voorwaarts, mars!' en de krijgers stampten over het plein, of wat er nog van over was.

Of het nu kwam doordat hun leiders minder daadkrachtig waren dan die van de Varden, of doordat de ze nog verdoofd waren door de dreun, maar de keizerlijke soldaten hadden zich minder snel hersteld en waren nog een warboel toen de Varden op ze afstormden.

Roran gromde en wankelde naar achteren toen een speer zich in zijn schild groef, waardoor zijn arm verdoofd raakte en door het gewicht omlaag werd getrokken. Hij greep naar zijn hamer en zwaaide daarmee langs het oppervlak van het schild. Die ketste af op het handvat van de speer, die geen duimbreed wilde wijken.

Een soldaat die voor hem stond, misschien dezelfde die de speer had geworpen, rook zijn kans; hij rende op hem af en haalde met zijn zwaard naar Rorans nek uit. Roran wilde zijn schild met speer en al optillen, maar dat was te zwaar en onhandig om zich ermee te kunnen verdedigen. In plaats daarvan sloeg hij met zijn hamer naar het neerkomende zwaard.

Maar hij kon het zwaardblad bijna niet zien en hij schatte zijn slag slecht in, waardoor hij het zwaard miste. Hij schaafde echter wel met zijn knokkels langs het platte vlak van het lemmet, waardoor dat een paar centimeter afboog, anders zou hij ter plekke zijn gestorven.

161

Een felle steek doorboorde Rorans rechterschouder. Bliksemflitsen schoten door zijn zij en het werd hem felgeel voor de ogen. Zijn rechterknie knikte en hij viel naar voren. Onder hem steen. Om hem heen voeten en benen, die hem inkapselden zodat hij zich niet in veiligheid kon brengen. Zijn hele lichaam voelde traag en willoos aan, alsof hij in honing vastzat.

Te traag, te traag, dacht hij terwijl hij worstelde om zijn arm van het schild te bevrijden en weer overeind te krabbelen. Als hij op de grond bleef liggen, zou hij neergestoken of vertrapt worden. *Te traag!*

Toen zag hij dat de soldaat vóór hem neerstortte en zijn buik vastgreep. Even later trok iemand Roran bij de kraag van zijn maliënkolder omhoog en hield hem overeind tot hij zijn evenwicht had hervonden. Het was Baldor.

Roran draaide zijn hoofd en keek naar de plek waar de soldaat hem had geraakt. Vijf schakels in zijn maliënkolder waren opengesprongen, maar verder had de wapenrusting het gehouden. Ondanks het bloed dat uit de scheur stroomde en ondanks de pijn die zijn nek en arm folterde, dacht hij niet dat de wond levensbedreigend was, en hij was ook niet van plan op te houden om dat uit te zoeken. Zijn rechterarm functioneerde nog – althans voldoende om de strijd voort te zetten – en daar draaide het op dit moment om.

Iemand gaf hem een ander schild. Hij hees het grimmig over zijn schouder en zette de opmars met zijn mannen voort, de soldaten dwingend zich terug te trekken naar de brede straat die op het plein uitkwam.

De soldaten verbraken al snel de formatie en vluchtten bij het zien van de overmacht van de Varden; ze renden weg door de wirwar van zijstraatjes en stegen die zich van de hoofdweg vertakten.

Roran bleef toen staan en stuurde vijftig van zijn mannen terug om het valkhek en de uitvalspoort te sluiten en die te bewaken tegen vijanden die wellicht de Varden naar het hart van Aroughs wilden achtervolgen. De meeste soldaten in de stad zouden dicht bij de buitenste stadsmuur zijn geposteerd om een belegering af te slaan en Roran had geen zin om een veldslag met ze te leveren. Halsteads strijdmacht was zo groot dat dat zelfmoord zou zijn.

Daarna ontmoetten de Varden weinig weerstand toen ze door de binnenstad optrokken naar het grote, weelderige paleis waar heer Halstead de scepter zwaaide.

Vóór het paleis, dat een aantal verdiepingen boven Aroughs uittorende, lag een ruim binnenhof met een kunstmatig aangelegde vijver, waarin ganzen en witte zwanen zwommen. Het was een prachtig paleis, een rijkversierd bouwwerk van open bogen, zuilengalerijen en brede terrassen waar bals en feesten gehouden konden worden. In tegenstelling tot het kasteel in het centrum van Belatona was dit duidelijk voor amusement gebouwd en niet ter verdediging.

Ze moeten vast hebben gedacht dat niemand hun muren kon trotseren, dacht Roran.

Toen de tientallen bewakers en soldaten op de binnenplaats de Varden in het oog kregen, stormden ze oorlogskreten slakend op goed geluk op de Varden af.

'In formatie blijven!' beval Roran toen de mannen op ze af stoven.

Even was op de binnenplaats alleen het geluid van kletterende wapens te horen. In alle verwarring gakten de ganzen en zwanen gealarmeerd en sloegen met hun vleugels op het water, maar niet één ervan waagde zich buiten de grenzen van hun vijver.

Het duurde niet lang of de Varden hadden de soldaten en bewakers verpletterd. Daarna stormden ze op de paleisingang af, waarvan de muren en plafonds zo overdadig waren behangen met schilderijen – evenals verguld pleisterwerk, houtbewerkte meubels en een in een patroon ingelegde vloer – dat Roran moeite had om het allemaal tegelijk in zich op te nemen. De rijkdom die ervoor nodig was om zo'n bouwwerk te bouwen en te onderhouden, kon hij niet bevatten. De hele boerderij waar hij was opgegroeid was zelfs niet zo veel waard als een enkele stoel in die schitterende hal.

Door een deuropening zag hij drie dienstmeiden door een andere, lange gang wegrennen, zo hard als hun rokken het toelieten.

'Laat ze niet ontsnappen!' riep hij uit.

Vijf zwaardvechters braken uit de hoofdmacht van de Varden, renden achter de vrouwen aan en kregen ze te pakken voordat ze het einde van de gang hadden bereikt. De vrouwen gilden indringend en vochten als leeuwinnen. Ze klauwden hun nagels in hun belagers toen de mannen ze naar de wachtende Roran brachten.

'Ophouden!' brulde Roran toen ze vóór hem stonden, en de vrouwen hielden op met vechten, hoewel ze bleven jammeren en janken. De oudste van de drie, een stevige matrone die haar zilverkleurige haar in een warrige knot had opgestoken, droeg een sleutelbos aan haar middel, dus vroeg Roran aan haar: 'Waar is heer Halstead?'

De vrouw verstijfde en stak haar kin in de lucht. 'Doe met me wat u wilt, heer, maar ik verraad mijn meester niet.'

Roran liep naar haar toe bleef op slechts een voet afstand voor haar staan. 'Luister, en luister goed,' gromde hij. 'Aroughs is gevallen en jij en ieder ander in deze stad zijn aan mijn genade overgeleverd. Daar kun je niets aan veranderen. Je vertelt me waar Halstead is en dan laten we jou en je vriendinnen vrij. Van deze doem kun je ze niet redden, maar jullie kunnen wel jezelf redden.' Zijn gescheurde lippen waren zo gezwollen dat hij zich nauwelijks verstaanbaar kon maken en met elk woord vlogen de bloedspatten uit zijn mond.

'Mijn lot doet er niet toe, heer,' zei de vrouw, en ze zette een even vastberaden gezicht op als welke krijger ook.

Roran vloekte en sloeg met zijn hamer tegen zijn schild, waardoor een harde knal door de spelonkachtige hal schalde. De vrouwen krompen even ineen. 'Heb je soms je verstand verloren? Is Halstead het waard om voor te sterven? Het Rijk? Galbatorix?'

'Ik weet niets van Galbatorix of het Rijk, heer, maar Halstead is altijd vriendelijk tegen zijn bedienden, en ik wil niet dat hij door jullie soort wordt opgeknoopt. Een smerig, ondankbaar zootje, dat zijn jullie.'

'O ja?' Hij staarde haar woest aan. 'Hoe lang denk je je mond te kunnen houden als ik besluit dat ik mijn mannen de waarheid uit je laat wringen?'

'Je krijgt geen woord uit me,' verklaarde ze, en hij geloofde haar.

'En zij?' Hij knikte naar de andere vrouwen, van wie de jongste niet ouder kon zijn dan zeventien. 'Ben jij ook bereid om je in stukken te laten hakken om je meester te redden?'

De vrouw snoof minachtend en zei toen: 'Heer Halstead is in de oostelijke vleugel van het paleis. Neem die gang daar, ga door de Gele Kamer en vrouwe Galiana's bloementuin en dan tref je hem daar wis en waarachtig aan.'

Roran luisterde wantrouwig. Ze capituleerde te snel en gezien haar eerdere verzet gaf ze het te snel op. Bovendien merkte hij dat de twee andere vrouwen verbaasd reageerden op wat ze zei, en er was nog een andere emotie die hij niet kon thuisbrengen. *Verwárring?* vroeg hij zich af. Hoe dan ook, ze reageerden niet zoals hij had verwacht als de zilverharige vrouw hun heer gewoon in de armen van hun vijanden had gedreven. Ze waren te stil, te timide, alsof ze iets verborgen.

Van de twee vrouwen slaagde het meisje er het minst in om haar gevoelens te verbergen, dus Roran wendde zich zo wreed als hij kon opbrengen tot haar. 'Hé, jij, ze liegt, hè? Waar is Halstead? Vertel op!'

Het meisje opende haar mond en schudde sprakeloos haar hoofd. Ze probeerde bij hem vandaan te komen, maar een van de krijgers hield haar vast.

Roran beende op haar af, sloeg met zijn platte schild tegen haar borst, waardoor de lucht uit haar werd geperst, en leunde met zijn gewicht tegen haar aan, waardoor ze tussen hem en de man achter haar werd ingeklemd. Roran hief zijn hamer en streek met de zijkant ervan over haar wang. 'Je bent best mooi, maar als ik je voortanden eruit sla, zul je nog moeite hebben om zelfs maar een ouwe kerel op de kop te tikken. Ik ben vandaag zelf een tand kwijtgeraakt, maar die heb ik er weer in weten te krijgen. Zie je wel?' En hij vertrok zijn lippen in iets waarvan hij zeker was dat het een gruwelijke benadering van een glimlach was. 'Maar jouw tanden hou ik, zodat jij dat niet ook kunt doen. Dat zou een mooie trofee zijn, hè?' Hij maakte een dreigend gebaar met de hamer.

Het meisje kromp ineen en gilde: 'Nee! Alstublieft, heer, ik weet het niet. Alstublieft! Hij was in zijn vertrekken, had een ontmoeting met zijn commandanten, maar daarna gingen hij en vrouwe Galiana door de tunnel naar de kaden, en...'

'Thera, idioot die je bent!' riep de matrone uit.

'Daar ligt een schip op ze te wachten, echt, en ik weet niet waar hij nu is, maar sla me alstublieft niet. Verder weet ik niks, heer, en...'

'Zijn vertrekken,' blafte Roran. 'Waar zijn die?'

Snikkend vertelde het meisje hem dat.

'Laat ze gaan,' zei hij toen hij klaar was, en de drie vrouwen schoten weg de gang uit, hun harde schoenhakken kletterden op de geboende vloer.

Roran leidde de Varden volgens de aanwijzingen van het meisje door het reusachtige gebouw. Groepjes half geklede mannen en vrouwen kruisten hun pad, maar niemand bond de strijd met ze aan. In het paleis galmde het zo van de gillen en kreten dat hij zijn vingers wel in de oren wilde steken.

Ergens onderweg naar hun bestemming stuitten ze op een atrium met in het midden een standbeeld van een reusachtige, zwarte draak. Roran vroeg zich af of dit Galbatorix' draak Shruikan moest voorstellen. Terwijl ze met z'n allen langs het beeld liepen, hoorde Roran een geluid van een snaar, en hij werd door iets in zijn rug geraakt.

Hij viel tegen een stenen bank naast de doorgang en klampte zich eraan vast.

Píjn.

Martelende, allesvernietigende pijn, zo erg had hij het nog nooit meegemaakt. Een zo intense pijn dat hij zijn eigen hand zou hebben afgehakt om het te laten ophouden. Het voelde alsof er een withete kachelpook in zijn rug drukte.

Hij kon niet bewegen...

Hij kon niet ademen...

Als hij ook maar een beetje van houding veranderde, veroorzaakte dat een ondraaglijke foltering.

Schaduwen vielen over hem heen en hij hoorde Baldor en Delwin roepen, toen zei uitgerekend Brigman ook iets, hoewel Roran er niets van begreep.

De pijn werd plotseling tien keer erger en hij brulde het uit, wat het alleen maar nog erger maakte. Met bovenmenselijke wilskracht dwong hij zich volkomen roerloos te blijven liggen. De tranen stroomden uit de hoeken van zijn dichtgeknepen ogen.

Toen zei Brigman iets tegen hem. 'Roran, er zit een pijl in je rug. We hebben geprobeerd de boogschutter te pakken te krijgen, maar hij is ontsnapt.'

'Doet pijn...' hijgde Roran.

'Dat komt doordat de pijl een van je ribben heeft geraakt. Anders was hij dwars door je heen gegaan. Je hebt geluk dat het niet een fractie hoger of lager was en dat hij je ruggengraat en schouderblad heeft gemist.'

'Trek 'm eruit,' zei hij tussen opeengeklemde tanden.

'Dat gaat niet, er zitten weerhaken aan. En we kunnen 'm ook niet naar de andere kant duwen. Hij moet eruit gesneden worden. Ik heb hier wat ervaring mee, Roran. Als je me met een mes vertrouwt, kan ik het hier ter plekke doen. Maar als je het liever hebt, kunnen we wachten tot we een heler voor je hebben gevonden. Er zijn er vast wel een paar in het paleis.'

Hoewel hij het verschrikkelijk vond dat hij zichzelf aan Brigmans genade moest overleveren, kon Roran de pijn niet langer verdragen, dus zei hij: 'Doe het nu maar... Baldor...'

'Ja, Roran?'

'Neem vijftig man mee en ga Halstead zoeken. Wat er ook gebeurt, hij mag niet ontsnappen. Delwin... jij blijft bij mij.'

Baldor, Delwin en Brigman overlegden even met elkaar waarvan Roran slechts een paar flarden opving. Toen vertrok een groot deel van de Varden uit het atrium, waar het daarna beduidend rustiger werd.

Brigman droeg een groep krijgers op om stoelen uit de naastgelegen kamer te halen, brak die in stukken en maakte een vuurtje op het met kiezelstenen omzoomde pad naast het beeld. Hij hield de punt van een dolk in het vuur. Roran wist dat Brigman dat deed om de wond in zijn rug dicht te schroeien nadat hij de pijl had verwijderd, omdat hij anders zou doodbloeden.

Terwijl hij stijf en trillend op de bank lag, concentreerde Roran zich op zijn ademhaling, hij ademde langzaam en oppervlakkig om de pijn tot een minimum te beperken. Hoe moeilijk het ook was, hij bande alle andere gedachten uit. Wat was geweest en wellicht nog kwam, deed er niet toe, alleen een gestaag in- en uitademen van de lucht door zijn neusgaten.

Hij verloor bijna het bewustzijn toen de vier mannen hem van de bank tilden en hem op zijn buik op de vloer legden. Iemand stopte een leren handschoen in zijn mond, waardoor de pijn in zijn gescheurde lippen verergerde, terwijl ze tegelijkertijd zijn armen en benen ruw beetpakten, die helemaal uitspreidden en ze op hun plaats hielden.

Roran keek naar achteren en zag dat Brigman over hem heen geknield zat en een krom jachtmes in de hand had. Het mes ging omlaag en Roran sloot opnieuw zijn ogen terwijl hij hard op de handschoen beet.

Hij ademde in.

Hij ademde uit.

En toen waren er geen tijd en herinnering meer.

Interregnum

Roran zat over de rand van de tafel gebogen en speelde met een met juwelen ingelegde drinkbeker waar hij zonder belangstelling naar staarde.

De nacht was ingevallen en het enige licht in de weelderige slaapkamer kwam van twee kaarsen op het bureau en het kleine haardvuur naast het lege hemelbed. Het was overal rustig, op zo nu en dan een knisperen van het brandende hout na.

Er woei een lichte, zoutige bries door de ramen, waardoor de dunne witte gordijnen openwaaiden. Hij draaide zijn gezicht om de tocht te vangen, verwelkomde de koele lucht op zijn koortsige huid.

Door de ramen kon hij Aroughs zien liggen. Wachtvuren bespikkelden hier en daar de straten op de kruispunten, maar verder was de stad ongebruikelijk donker en stil, omdat iedereen zich als het maar even kon in zijn huis schuilhield.

Toen de bries wegebde, nam hij nog een slokje uit de drinkbeker, gooide de wijn regelrecht in zijn keel om niet te hoeven slikken. Een druppel viel op zijn gescheurde onderlip, en hij verstijfde, zoog zijn adem naar binnen terwijl hij wachtte tot de prikkende pijn was verdwenen.

Hij zette de beker op het bureau, naast het bord met brood en lamsvlees en de halflege fles wijn, en keek toen naar de spiegel die tussen de twee kandelaars stond. Die reflecteerde nog altijd niets anders dan zijn gehavende gezicht, beurs en bebloed, en aan de rechterkant was een groot deel van zijn baard verdwenen.

Hij keek de andere kant op. Ze zou contact met hem opnemen als ze zover was. Intussen zou hij wachten. Meer kon hij niet doen; hij had te veel pijn om te kunnen slapen.

Hij pakte de beker weer op en draaide hem in zijn vingers rond. De tijd verstreek.

Later die avond glinsterde de spiegel als een rimpelende plas kwikzilver, waardoor Roran met zijn ogen knipperde en er met wazige, halfdichte ogen naar keek.

Het traanvormige silhouet van Nasuada's gezicht begon vorm te krijgen, ze keek even ernstig als altijd. 'Roran,' zei ze met een heldere en vaste stem bij wijze van groet.

'Vrouwe Nasuada.' Hij ging zo ver als hij durfde rechtop aan tafel zitten, wat maar een beetje was.

'Ben je gevangengenomen?'

'Nee.'

'Dan veronderstel ik dat Carn dood is of gewond.'

'Hij is gestorven tijdens een gevecht met een andere magiër.'

'Het spijt me dat te horen... Hij leek me een fatsoenlijk man, en we kunnen het ons eigenlijk niet veroorloven om een van onze magiërs te verliezen.' Ze zweeg even. 'En hoe staat het met Aroughs?'

'De stad is van ons.'

Nasuada trok haar wenkbrauwen op. 'Werkelijk? Ik ben zeer onder de indruk. Vertel me hoe de strijd is verlopen. Ging alles volgens plan?'

Roran opende zijn mond zo weinig mogelijk om zo min mogelijk last te hebben tijdens het praten, en deed mompelend verslag van de afgelopen paar dagen, vanaf zijn komst in Aroughs, over de eenogige man die hem in zijn tent had aangevallen, de doorbraak van de dammen bij de molens tot en met het moment waarop de Varden zich door Aroughs een weg naar het paleis van heer Halstead hadden gevochten, met inbegrip van Carns duel met de vijandelijke magiër.

Toen deed Roran verslag van dat hij in de rug was geschoten en dat Brigman de pijl uit hem had gesneden. 'Ik had geluk dat hij erbij was; hij heeft het goed gedaan. Als hij er niet was geweest, had ik niets meer kunnen uitrichten tot we een heler hadden gevonden.' Hij kromp inwendig even ineen, de herinnering aan het moment dat zijn wonden werden dichtgeschroeid schoot in zijn hoofd even op de voorgrond, en hij voelde opnieuw de aanraking van heet metaal tegen zijn vlees.

'Ik hoop inderdaad dat een heler naar je heeft gekeken.'

'Ja, later, maar hij was geen magiër.'

Nasuada leunde in haar stoel achterover en bestudeerde hem een poosje. 'Verbijsterend dat je nog de kracht hebt om met me te praten. De mensen van Carvahall zijn werkelijk uit stevig hout gesneden.'

'Daarna hebben we het paleis veiliggesteld, evenals de rest van Aroughs, hoewel er nog altijd plekken zijn waar we niet stevig greep op hebben. De soldaten waren betrekkelijk gemakkelijk te overtuigen dat ze zich moesten overgeven toen ze zich realiseerden dat we achter hun linies waren geglipt en het centrum van de stad hadden ingenomen.'

'En hoe zit 't met heer Halstead? Heb je hem ook gevangengenomen?'

'Hij probeerde uit het paleis te ontsnappen toen een paar van mijn mannen hem per ongeluk tegen het lijf liepen. Halstead had slechts een handvol lijfwachten bij zich, niet genoeg om onze krijgers van zich af te houden, dus hij en zijn volgelingen vluchtten de wijnkelder in en verschansten zich daarbinnen...' Roran wreef met zijn duim over een paar robijnen in de drinkbeker die voor hem stond. 'Ze wilden zich niet overgeven en ik wilde de kelder ook niet bestormen, dat zou te kostbaar zijn geweest. Dus heb ik de mannen opdracht gegeven vaten olie uit de keuken te halen, die in brand te steken en tegen de deur te gooien.'

'Heb je geprobeerd ze uit te roken?' vroeg Nasuada.

Hij knikte traag. 'Een paar soldaten renden de deur uit toen die eenmaal was afgebrand, maar Halstead wachtte te lang. We vonden hem op de vloer, gestikt.'

'Dat is betreurenswaardig.'

'En ook... zijn dochter, vrouwe Galiana.' Hij zag haar nog steeds voor zich: klein, verfijnd, gekleed in een prachtige lavendelkleurige jurk vol stroken en linten.

Nasuada fronste haar wenkbrauwen. 'Wie volgt Halstead als graaf van Fenmark op?'

'Tharos de Snelle.'

'Dezelfde die gisteren de aanval tegen jullie leidde?'

'Dezelfde.'

Zijn mannen hadden Tharos halverwege de middag naar hem toegebracht. De kleine, bebaarde man leek verdwaasd, maar ongedeerd, en hij was zijn helm met de flamboyante pluimen kwijtgeraakt. Roran – die op zijn buik op een gewatteerde bank lag om zijn rug te sparen – had tegen hem gezegd: 'Volgens mij ben je me een fles wijn schuldig.'

'Heb jij dit gedaan?' had Tharos op bevelende toon geantwoord, en er echode wanhoop in zijn stem door. 'De stad was onneembaar. Alleen een draak had onze muren kunnen neerhalen. En kijk wat je nu voor elkaar hebt gebracht. Jij bent niet meer menselijk, iets anders dan...' En toen had hij gezwegen, niet in staat nog iets uit te brengen.

'Hoe reageerde hij op de dood van zijn vader en zus?' vroeg Nasuada.

Roran steunde met zijn hoofd op zijn hand. Zijn voorhoofd was glad van het zweet, dus veegde hij het met zijn mouw droog. Hij rilde. Ondanks dat hij zweette, had hij het overal koud, vooral in zijn handen en voeten. 'Om zijn vader leek hij niet veel te geven. Maar zijn zus...' Roran huiverde toen hij terugdacht aan de stroom scheldwoorden die Tharos hem naar het hoofd had geslingerd nadat hij hoorde dat Galiana dood was.

'Als ik ooit de kans krijg, vermoord ik je hierom,' had Tharos gezegd. 'Dat zweer ik.'

'Dan moet je snel wezen,' had Roran teruggekaatst. 'Iemand anders heeft mijn leven al opgeëist en als iemand me gaat vermoorden, vermoed ik dat zij dat zal zijn.'

'... Roran? ... Roran!'

Met een vaag gevoel van verbazing besefte hij dat Nasuada hem riep. Hij keek weer naar haar, als een door de spiegel omlijst portret, en worstelde om zijn spraak terug te krijgen. Uiteindelijk zei hij: 'Tharos is niet echt de graaf van Fenmark. Hij is de jongste van Halsteads zeven zonen, maar al zijn broers zijn gevlucht of houden zich schuil. Dus voorlopig is Tharos de enig overgeblevene om de titel op te eisen. Hij is een goede tussenpersoon tussen ons en de stadoudsten. Maar zonder Carn kan ik niet onderscheiden wie Galbatorix trouw is en wie niet. De meeste heren en vrouwen wel, naar ik aanneem, en de soldaten natuurlijk, maar van de anderen is het onmogelijk er iets van te zeggen.'

Nasuada tuitte haar lippen. 'Ik begrijp het... Dauth is de dichtstbijzijnde stad in de buurt. Ik zal vrouwe Alarice – je hebt haar geloof ik wel ontmoet – vragen iemand naar Aroughs te sturen die de kunst verstaat van het gedachtelezen. De meeste edelen hebben zo iemand in hun gevolg, maar Alarice kan gemakkelijk aan ons verzoek voldoen. Toen we naar de Brandende Vlakten optrokken, heeft koning Orrin echter elke magiër van enig belang uit Surda met zich meegenomen, wat betekent dat degene die door Alarice wordt gestuurd, hoogstwaarschijnlijk geen andere magie machtig is dan gedachtelezen. En zonder de juiste bezweringen wordt het moeilijk om te voorkomen dat degenen die loyaal zijn aan Galbatorix ons voortdurend dwarszitten.'

Terwijl zij aan het woord was, dwaalde Rorans blik over het bureau tot die op de donkere fles wijn bleef rusten. *Ik vraag me af of Tharos die heeft vergiftigd.* De gedachte verontrustte hem echter niet.

Toen sprak Nasuada weer tegen hem: '... hoop dat je je mannen strak in de hand hebt en dat ze niet als een soort wildemannen plunderend en brandstichtend door Aroughs gaan en zich aan de burgers vergrijpen?'

Roran was zo moe dat hij moeite had om een samenhangend antwoord te geven, maar ten slotte wist hij uit te brengen: 'We zijn met te weinig om onrust te stoken. Ze weten net zo goed als ik dat de soldaten bij de minste of geringste gelegenheid de stad weer kunnen innemen.'

'Een geluk bij een ongeluk, zou ik zeggen... Hoeveel slachtoffers zijn er bij de aanval gevallen?'

'Tweeënveertig.'

Even viel er een stilte tussen hen. Toen zei Nasuada: 'Had Carn ook familie?'

Roran schokschouderde, een lichte, binnenwaartse beweging van zijn linker schouder. 'Dat weet ik niet. Hij kwam ergens uit het noorden, geloof ik, maar geen van ons praatte veel over ons leven voor... voor dit alles... Dat leek gewoon niet belangrijk.'

Roran kreeg plotseling een kriebel in zijn keel en moest steeds weer hoesten. Hij kromde zich over de tafel tot zijn voorhoofd het hout raakte. Zijn gezicht vertrok toen de pijn vanuit zijn rug, schouder en gehavende mond door hem heen golfde. Hij schokte zo heftig dat de wijn in de drinkbeker over de rand op zijn hand en pols klotste.

Terwijl hij zich langzaam herstelde, zei Nasuada: 'Roran, je moet een heler halen om je te laten onderzoeken. Je bent niet in orde en je hoort in bed te liggen.'

'Nee.' Hij veegde het spuug uit zijn mondhoek en keek haar toen weer aan. 'Ze hebben alles gedaan wat ze konden en ik ben geen kind dat betutteld moet worden.'

Nasuada aarzelde en boog toen even haar hoofd. 'Zoals je wilt.'

'Wat gebeurt er nu?' vroeg hij. 'Ben ik hier nu klaar?'

'Ik was van plan om je terug te halen zodra we Aroughs hadden ingenomen – hoe dat ook voor elkaar was gekomen –, maar je bent niet in staat om helemaal naar Dras-Leona te rijden. Je zult moeten wachten tot...'

'Ik wil niet wachten,' gromde hij. Hij greep de spiegel vast en trok hem naar zich toe tot die vlak bij zijn gezicht was. 'Loop me niet te pamperen, Nasuada. Ik kan rijden en snel ook. De enige reden dat ik hiernaartoe ben gegaan, is omdat Aroughs een dreiging voor de Varden vormde. Die dreiging is nu weggenomen – ik heb haar weggenomen – en ik ben niet van plan hier te blijven, al of niet gewond, terwijl mijn vrouw en ongeboren kind op nog geen mijl van Murtagh en zijn draak bivakkeren!'

Nasuada's stem klink even resoluut. 'Je bent naar Aroughs gegaan omdat ík je heb gestuurd.' Toen, op meer ontspannen toon, zei ze: 'Maar ik begrijp wat je bedoelt. Je mag onmiddellijk terugkeren als je daartoe in staat bent. Er is geen reden om dag en nacht door te rijden, zoals je dat op de heenweg hebt gedaan, maar je hoeft ook weer niet te treuzelen. Wees verstandig. Ik wil niet aan Katrina hoeven uitleggen dat je tijdens je reis

bent omgekomen... Wie moet ik volgens jou als je vervanger aanstellen als je uit Aroughs vertrekt?'
'Kapitein Brigman.'
'Brigman? Waarom? Je had toch problemen met hem?'
'Hij heeft meegeholpen de mannen in het gareel te houden nadat ik was neergeschoten. Mijn hoofd was op dat moment niet erg helder...'
'Nee, dat zal wel niet.'
'... en hij zag erop toe dat ze niet in paniek of over hun zenuwen raakten. Bovendien heeft hij uit naam van mij de leiding overgenomen terwijl ik in deze beroerde muziekdoos van een paleis vastzat. Hij was de enige die er de ervaring voor had. Zonder hem waren we niet in staat geweest om de controle over heel Aroughs uit te breiden. De mannen mogen hem en hij kan goed plannen en organiseren. Hij zal de stad prima besturen.'
'Dan wordt het Brigman.' Nasuada keek even van de spiegel weg en mompelde iets tegen iemand die hij niet kon zien. Ze wendde zich weer tot hem en zei: 'Ik moet toegeven dat ik nooit had gedacht dat je Aroughs werkelijk zou kunnen innemen. Het leek onmogelijk dat iemand in zo'n korte tijd en met zo weinig mannen een bres in de verdediging van de stad zou kunnen slaan zonder de hulp van een draak of Rijder.'
'Waarom ben ik dan evengoed gestuurd?'
'Omdat ik íéts moest doen voordat ik Eragon en Saphira zo ver weg liet vliegen, en omdat jij er een gewoonte van hebt gemaakt om iedereen versteld te doen staan en de overwinning behaalt waar anderen falen of opgeven. Als er al een mogelijkheid was, dan leek die onder jouw leiding het meest waarschijnlijk, en daar heb je aan voldaan.'
Roran snoof zachtjes. *En hoe lang kan ik het lot nog tarten voordat ik net als Carn de dood vind?*
'Sneer maar, als je wilt, maar je kunt je eigen succes niet ontkennen. Je hebt vandaag een grote overwinning voor ons behaald, Sterkhamer. Of liever gezegd, kapitein Sterkhamer. Je hebt die rang meer dan verdiend. Ik ben immens dankbaar voor wat je hebt gedaan. Door Aroughs in te nemen, heb je ons bevrijd van het vooruitzicht om op twee fronten oorlog te moeten voeren, wat bijna zeker onze vernietiging had betekend. Alle Varden staan bij je in het krijt en ik beloof je, de offers die jij en je mannen hebben gebracht zullen niet worden vergeten.'
Roran probeerde iets te zeggen, dat lukte niet, hij deed nogmaals een poging en het ging weer niet, tot hij ten slotte uit wist te brengen: 'Ik... zal aan de mannen overbrengen wat u ervan vindt. Dat zal veel voor ze betekenen.'
'Graag. En nu moet ik afscheid van je nemen. Het is laat, je bent ziek en ik heb je al te lang opgehouden.'

'Wacht...' Hij stak haar hand naar haar uit en sloeg met zijn vingertoppen tegen de spiegel. 'Wacht. U hebt me nog niet verteld hoe het met het beleg van Dras-Leona gaat.'

Ze staarde hem met een effen uitdrukking aan. 'Slecht. En het ziet er niet naar uit dat er verbetering in komt. We kunnen je hier wel gebruiken, Sterkhamer. Als we geen manier vinden om snel een eind aan deze situatie te maken, gaat alles waarvoor we hebben gevochten verloren.'

Thardsvergûndnzmal

'Je bent prima in orde,' zei Eragon geïrriteerd. 'Hou op met je zorgen te maken. Je kunt er trouwens toch niets aan doen.'

Saphira gromde en ging door met het bestuderen van haar spiegelbeeld in het meer. Ze draaide haar hoofd heen en weer en slaakte een zware zucht, waardoor een rookwolk als een kleine, verdwaalde donderwolk over het water dreef.

Weet je het zeker? vroeg ze, terwijl ze naar hem keek. *Stel dat het niet weer aangroeit?*

'Bij draken groeien er voortdurend nieuwe schubben aan, dat weet je wel.'

Ja, maar ik ben er nog nooit een kwijtgeraakt!

Hij nam niet de moeite zijn glimlach te verdoezelen; hij wist dat ze het voelde als hij zich vrolijk maakte. 'Je hoeft niet zo overstuur te zijn. Zo groot was hij nou ook weer niet.' Hij stak een hand uit en streek over het ruitvormige gat aan de linkerkant van haar snuit, waar het voorwerp van alle consternatie nog zo pasgeleden had gezeten. Het gat in haar glinsterende pantser was groter dan het topje van zijn duim en een paar centimeter diep. Binnenin was haar leerachtige, blauwe huid te zien.

Nieuwsgierig raakte hij met het topje van zijn wijsvinger haar huid aan. Die voelde warm en glad aan, als de buik van een kalf.

Saphira snoof en trok haar hoofd bij hem weg. *Hou op; dat kietelt.*

Hij grinnikte, schopte tegen het water aan de voet van de rots waarop hij zat en genoot van het gevoel ervan op zijn blote voet.

Hij mag misschien niet erg groot zijn, zei ze, *maar iedereen zal zien dat hij weg is. Dat kan toch niet anders? Dan kun je net zo goed ook een kale plek aarde op de top van een besneeuwde berg over het hoofd zien.* En ze rolde haar ogen naar voren in een poging langs haar lange snuit naar het kleine, donkere gat boven haar neusgat te gluren.

Eragon lachte en spatte een handvol water haar kant op. En toen, om haar gekrenkte trots te verzachten, zei hij: 'Niemand ziet het, Saphira. Geloof me nou maar. Bovendien, als ze het wel zien, nemen ze aan dat het een wond is die je in de strijd hebt opgelopen en dan zullen ze alleen maar banger voor je worden.'

Denk je? Ze onderwierp zich nogmaals aan een nauwkeurig onderzoek in het meer. Het water en haar schubben reflecteerden elkaar in een duizelingwekkende reeks regenboogkleuren. *Stel dat een soldaat me hier steekt? Het zwaard zou recht door me heen gaan. Misschien moet ik de dwergen vragen of ze een metalen plaat willen maken om de plek af te dekken totdat de schub weer is aangegroeid.*

'Dat zou er absoluut idioot uitzien.'

O ja?

'Mm-hm.' Hij knikte, en barstte bijna weer in lachen uit.

Ze snoof. *Je hoeft me heus niet uit te lachen. Hoe zou jij het vinden als de vacht op je hoofd zou uitvallen, of wanneer je een van die malle stompjes verliest die jullie tanden noemen? Dan zou ik ongetwijfeld jou moeten troosten.*

'Ongetwijfeld,' gaf hij ruiterlijk toe. 'Maar tanden groeien dan ook niet meer aan.' Hij duwde zichzelf van de rots en zocht zich een weg naar de oever waar hij zijn laarzen had laten staan, terwijl hij voorzichtig zijn voeten neerzette zodat hij zich niet zou bezeren aan de overal in het water liggende stenen en takken. Saphira kwam achter hem aan, de zachte aarde maakte een zuigend geluid tussen haar klauwen.

Je kunt een bezwering uitspreken om dat plekje te beschermen, zei ze toen hij zijn laarzen aantrok.

'Dat zou ik kunnen doen. Wil je dat?'

Ja.

Hij werkte in zijn hoofd de bezwering uit terwijl hij zijn laarzen dicht veterde, legde toen de palm van zijn rechterhand over het gat op haar snoet en murmelde de benodigde woorden in de oude taal. Een vage, azuurblauwe gloed straalde van onder zijn hand uit toen hij haar lichaam beschermde.

'Zo,' zei hij toen hij klaar was. 'Nu hoef je je nergens meer zorgen over te maken.'

Behalve dat ik nog steeds een schub kwijt ben.

Hij duwde tegen haar kaak. 'Kom mee, jij. We gaan naar het kamp terug.'

Samen verlieten ze het meer en beklommen de steile, afbrokkelende oever erachter, terwijl Eragon blootliggende boomwortels als houvast gebruikte.

Boven op de heuvel hadden ze vrij uitzicht over het kamp van de Varden, en iets ten noorden daarvan over de verspreid liggende warboel van Dras-Leona. De enige tekens van leven in de stad waren de kringeltjes rook die uit veel huizen omhoog dwarrelden. Als altijd lag Thoorn zich languit op de zuidelijke poort boven de stadstinnen te koesteren in het heldere middaglicht. De rode draak leek te slapen, maar Eragon wist uit ervaring dat hij de Varden nauwlettend in de gaten hield. Zodra iemand de stad zou naderen, zou hij opschrikken en Murtagh en de anderen binnen waarschuwen.

Eragon sprong op Saphira's rug en ze kuierde met hem naar het kamp. Toen ze daar aankwamen, liet hij zich op de grond glijden en ging vooroplopen terwijl ze zich tussen de tenten door bewogen. Het was rustig in het kamp en alles voelde er loom en slaperig aan, van de zachte, lijzige gesprekken van de krijgers tot de vaandels die roerloos in de zware lucht hingen. De enige schepsels die immuun leken voor de algehele lethargie waren de magere, halfwilde honden die door het kamp zwierven, voortdurend snuivend op zoek naar weggegooid voedsel. Een aantal honden had schrammen op zijn snuit en flanken, als gevolg van de dwaze, maar wel begrijpelijke fout te denken dat ze een groenogige weerkat konden opjagen en treiteren, zoals ze met elke andere kat zouden doen. Toen dat gebeurde, trokken ze met hun jankende kreten van de pijn de aandacht van het hele kamp, en de mannen hadden gelachen toen ze zagen dat de honden met hun staart tussen de benen voor de weerkat wegvluchtten.

Eragon was zich bewust van de blikken die hij en Saphira trokken en hij hield zijn kin in de lucht, zijn schouders recht en liep met stevige tred in een poging een kordate en kwieke indruk te maken. De mannen moesten zien dat hij nog altijd overliep van zelfvertrouwen en dat hij zich niet terneer liet slaan door hun huidige, aanhoudende, hachelijke toestand.

Als Murtagh en Thoorn nou maar weggingen, dacht Eragon. *Ze hoefden maar een dag weg te zijn, dan konden we de stad zo innemen.*

Tot dusverre was het beleg van Dras-Leona buitengewoon rustig verlopen. Nasuada weigerde de stad aan te vallen, ze had tegen Eragon gezegd: 'Je hebt tijdens je laatste aanvaring met Murtagh ternauwernood van hem kunnen winnen – ben je vergeten hoe hij je in je heup heeft gestoken? – en hij heeft beloofd dat hij nog sterker zal zijn als jullie paden elkaar weer kruisen. Murtagh mag van alles en nog wat zijn, maar ik geloof niet dat hij een leugenaar is.'

'Kracht is niet alles als het op een gevecht tussen magiërs aankomt,' had Eragon haar terechtgewezen.

'Nee, maar het is ook niet onbelangrijk. Bovendien heeft hij nu de steun van de priesters van Helgrind verworven, en onder hen zijn meer magiërs dan ik vermoed. Ik neem niet het risico dat je hen en Murtagh in een rechtstreeks gevecht tegenkomt, zelfs niet met Blödhgarms magiërs aan je zijde. Totdat we Murtagh en Thoorn hebben weten weg te krijgen of in de val hebben gelokt, of op een andere manier een voorsprong op ze hebben kunnen nemen, blijven we hier en verzetten we geen stap in de richting van Dras-Leona.'

Eragon had geprotesteerd, had aangevoerd dat het onpraktisch was om hun invasie uit te stellen; en als hij Murtagh niet kon verslaan, welke hoop had ze dan nog iets tegen Galbatorix te kunnen uitrichten? Maar hij had Nasuada niet kunnen overtuigen.

Ze hadden samen met Arya, Blödhgarm en alle magiërs van Du Vrangr Gata naar allerlei manieren gezocht om de voorsprong te krijgen waar Nasuada het over had gehad. Maar elke strategie die ze in overweging namen, leed schipbreuk omdat er meer tijd en hulpbronnen voor vereist waren dan de Varden tot hun beschikking hadden, of anders omdat ze uiteindelijk toch niet de kwestie oploste hoe ze Murtagh en Thoorn konden doden, gevangennemen of wegjagen.

Nasuada was zelfs naar Elva toe gegaan en had haar gevraagd of ze haar gave – waarmee ze de pijn van andere mensen kon voelen, evenals de pijn die ze in de nabije toekomst zouden gaan krijgen – wilde inzetten om Murtagh eronder te krijgen of heimelijk toegang te krijgen tot de stad. Het meisje met het stralende voorhoofd had Nasuada uitgelachen en haar met schimpscheuten en beledigingen weggestuurd: 'Ik ben jou of wie dan ook geen verbond of bondgenootschap verschuldigd, Nasuada. Zoek maar een ander kind om je strijd voor je te winnen, ik doe het niet.'

En dus wachtten de Varden af.

Terwijl de dagen onverbiddelijk verstreken, had Eragon gezien hoe de mannen nukkig en ontevreden werden, en Nasuada had zich steeds meer zorgen gemaakt. Een leger, zo had Eragon geleerd, was een vraatzuchtig, onverzadigbaar beest dat snel stierf en in losse segmenten uiteenviel als er niet op gezette tijden enorme hoeveelheden voedsel in de vele duizenden magen werden geschoven. Wanneer ze naar nieuw gebied optrokken, vulden ze hun legervoorraden aan door eenvoudigweg voedsel en andere essentiële zaken van de veroverde volkeren te confisqueren, en haalden ze hun hulpbronnen uit het omliggende landschap. Als een sprinkhanenplaag hadden de Varden een kaal stuk land in hun kielzog achtergelaten, waar bijna niets meer was waarmee je je in leven kon houden.

Toen ze niet meer verder trokken, waren ze al snel door de voedselvoorraden heen die in hun naaste omgeving te vinden waren en moesten ze zich geheel en al verlaten op de spullen die werden aangevoerd uit Surda en uit de verschillende steden die ze hadden veroverd. Hoe genereus de inwoners van Surda en hoe rijk de overwonnen steden ook waren, de geregelde goederenstroom was niet genoeg om de Varden nog veel langer van voedsel te voorzien.

Eragon wist wel dat de krijgers hun zaak zeer toegewijd waren, maar hij twijfelde er niet aan dat wanneer er een langzame, martelende hongerdood in het verschiet lag, ze daarmee niets zouden bereiken, behalve dan dat Galbatorix de genoegdoening zou smaken om zich over hun nederlaag te verkneukelen. Dan zouden de meeste mannen ervoor kiezen om naar een uithoek van Alagaësia te vluchten, waar ze de rest van hun leven op veilige afstand van het Rijk konden doorbrengen.

Zover was het nog niet, maar dat moment kwam wel met rasse schreden naderbij.

Eragon wist zeker dat Nasuada uit angst voor dat lot de hele nacht op was gebleven, zodat ze er elke ochtend afgetobder uitzag, met donkere kringen onder haar ogen als kleine, verdrietige glimlachjes.

Door de moeilijkheden waarop ze bij Dras-Leona waren gestuit, was Eragon dankbaar dat Roran had weten te vermijden bij Aroughs in net zo'n impasse te raken en daardoor bewonderde en waardeerde hij zijn neef des te meer om wat hij in de zuidelijke stad had bereikt. Nasuada zou het afkeuren, maar Eragon was vastbesloten dat hij zodra Roran terug was – wat, als alles goed ging, over een paar dagen het geval was – opnieuw een complete serie afweerbezweringen over Roran heen zou leggen. Eragon had al te veel familieleden aan het Rijk en Galbatorix verloren en hij was niet van plan om Roran tot hetzelfde te verdoemen.

Hij hield de pas in om een drietal ruziënde dwergen te laten passeren. De dwergen droegen geen helm of onderscheidingstekens, maar hij wist dat ze niet tot de Dûrgrimst Ingeitum hoorden, want in hun baarden waren kralen meegevlochten, een gewoonte die hij nooit bij de Ingeitum had gezien. Het was voor hem een raadsel waar de dwergen over delibereerden – hij kon niet meer dan een paar woorden van hun keelklanken verstaan –, maar het onderwerp was duidelijk van levensbelang, te oordelen naar hun luide stemmen, brede gebaren, overdreven gezichtsuitdrukkingen en het feit dat ze hem noch Saphira zagen staan.

Eragon glimlachte toen ze langs hem liepen; hij vond het wel komisch dat ze er zo in opgingen, ook al waren ze nog zo serieus. Tot grote opluchting van iedereen in de Varden was twee dagen geleden onder leiding van hun nieuwe koning Orik het dwergenleger in Dras-Leona aangekomen. Dat, en Rorans overwinning in Aroughs, was sindsdien het gesprek van de dag in het kamp. Met de komst van de dwergen werd de geallieerde krijgsmacht van de Varden bijna verdubbeld en dat zou de kansen aanzienlijk vergroten dat de Varden Urû'baen en Galbatorix konden bereiken als er een gunstige oplossing kon worden gevonden voor de impasse met Murtagh en Thoorn.

Terwijl hij en Saphira door het kamp liepen, kreeg Eragon Katrina in het oog, die voor haar tent kleertjes zat te breien voor haar nog ongeboren kind. Ze zwaaide begroetend naar hem en riep: 'Neef!'

Hij begroette haar net zo, dat was een gewoonte geworden sinds ze was getrouwd.

Nadat hij en Saphira van een uitgebreide lunch hadden genoten – waarbij Saphira behoorlijk had zitten scheuren en knauwen – gingen ze op het zachte, zonverlichte grasveld naast Eragons tent uitrusten. Op bevel van Nasuada werd dat veld altijd voor Saphira vrijgehouden, een gebod dat de Varden met religieus enthousiasme opvolgden.

Daar krulde Saphira zich op om in de middagwarmte te doezelen, terwijl Eragon *Domia abr Wyrda* uit zijn zadeltassen haalde, onder haar overhangende linkervleugel klom en zich in de gedeeltelijk overschaduwde holte tussen haar hals en gespierde onderpoot nestelde. Het licht dat door haar vleugelplooien scheen, evenals het licht dat in flitsende knipogen op haar schubben reflecteerde, beschilderde zijn huid in een vreemde, purperachtige tint en bedekte de bladzijden van zijn boek met een wirwar aan glanzende vormen, waardoor de dunne, hoekige runen moeilijk te lezen waren. Maar dat gaf niet; het was zo plezierig om bij Saphira te zitten dat dat ruimschoots opwoog tegen het ongemak.

Zo zaten ze een uur of twee bij elkaar, totdat Saphira haar maaltijd had verteerd en Eragon het ontcijferen van de ingewikkelde zinnen van Heslant de Monnik moe was. Daarna dwaalden ze verveeld door het kamp, inspecteerden de verdedigingswerken en wisselden zo nu en dan een woord met de wachtposten die rondom het kamp stonden.

Bij de oostgrens van het kamp, waar het grootste deel van de dwergen bivakkeerde, kwamen ze een dwerg tegen die op zijn hurken naast een emmer water zat. Hij had de mouwen tot boven zijn ellebogen opgestroopt en was met zijn handen een vuistdikke bal aarde aan het kneden. Naast zijn voeten was een modderpoel en een stok waarmee daarin was geroerd.

De aanblik was zo ongerijmd, dat het even duurde voordat Eragon besefte dat de dwerg Orik was.

'Derûndânn, Eragon... Saphira,' zei Orik zonder op te kijken.

'Derûndânn,' zei Eragon, de traditionele dwergengroet herhalend, en hij ging aan de andere kant van de poel zitten. Hij keek toe terwijl Orik doorging met het verfijnen van de contouren van de bal, die hij met de buitenkant van zijn rechterduim vormgaf en glad maakte. Zo nu en dan reikte Orik omlaag, greep een handvol droge aarde, strooide dat over de geelachtige aardbol en veegde voorzichtig het teveel weg.

'Ik had nooit gedacht een dwergenkoning gehurkt op de grond te zien zitten en als een kind in de modder te zien spelen,' zei Eragon.

Orik blies gepikeerd door zijn snor. 'En ik had nooit gedacht dat een draak en een Rijder naar me zouden staren terwijl ik een Erôthknurl maak.'

'En wat is een Erôthknurl?'

'Een thardsvergûndnzmal.'

'Een thardsver...?' Eragon gaf het halverwege het woord op omdat hij het niet kon onthouden, laat staan uitspreken. 'En dat is...?'

'Iets wat iets anders lijkt dan het feitelijk is.' Orik tilde de aardbal op. 'Zoals dit. Dit is een steen gemaakt van aarde. Tenminste, zo ziet hij eruit als ik klaar ben.'

'Een steen van aarde... Is het magie?'

Toen Orik geen verdere uitleg gaf, vroeg Eragon: 'Hoe maak je zoiets?'

'Als je geduld hebt, zie je het vanzelf.' Toen, na een tijdje, liet Orik zich vermurwen en zei: 'Eerst moet je aarde zien te vinden.'

'Een hele klus.'

Orik keek hem vanonder zijn borstelige wenkbrauwen nijdig aan. 'Sommige grondsoorten zijn beter dan andere. Zand werkt niet, bijvoorbeeld. De grond moet deeltjes van verschillende grootte bevatten, zodat ze goed aan elkaar plakken. Bovendien moet er wat klei in zitten, zoals bij deze aarde. Maar het belangrijkste is dat als je dit doet' – hij klopte met zijn hand op een kaal stuk grond tussen de vertrapte graspollen – 'er een hoop stof in de aarde moet zitten. Zie je?' Hij stak zijn hand op en liet Eragon de laag fijne poeder zien die aan zijn palm kleefde.

'Waarom is dat belangrijk?'

'Ah,' zei Orik, en hij tikte tegen de zijkant van zijn neus, waardoor een witachtige veeg achterbleef. Hij begon weer met zijn handen over de bol te wrijven, terwijl hij hem steeds een beetje draaide, zodat hij symmetrisch bleef. 'Als je eenmaal goede aarde hebt, dan meng je die met water en meel tot mooie, dikke modder.' Hij knikte naar de poel bij zijn voeten. 'Uit die modder vorm je een bal, zo! Daarna knijp je erin en pers je er zo veel mogelijk druppels uit. Dan maak je de bal volmaakt rond. Als hij plakkerig begint aan te voelen, doe je hetzelfde als wat ik nu doe: je strooit er aarde over om nog meer vocht uit het binnenste te trekken. Dit blijf je doen totdat de bal zo droog is dat hij zijn vorm behoudt, maar ook weer niet zo droog dat hij barst.

Mijn Erôthknurl is bijna op dat punt. Als hij zover is, neem ik hem mee naar mijn tent en laat hem een poos in de zon liggen. Het licht en de warmte zullen zelfs nog meer vocht uit de kern trekken. Dan strooi ik er opnieuw aarde over en maak 'm weer schoon. Na een uur of drie, vier is de buitenkant van mijn Erôthknurl zo hard als de huid van een Nagra.'

'En daar heb je alleen maar een bal droge modder voor nodig?' zei Eragon verbluft. Saphira dacht er net zo over.

Orik schepte nog een handvol aarde op. 'Nee, want dan ben je er nog niet. Daarna komt het stof eraan te pas. Daar smeer ik de buitenkant van de Erôthknurl mee in, zodat er een dunne, gladde schil wordt gevormd. Dan laat ik de bal rusten en wacht tot er nog meer vocht naar de oppervlakte sijpelt, weer stof erover, wachten, stof, wachten enzovoort.'

'Hoe lang duurt dat?'

'Tot het stof niet meer aan de Erôthknurl vastplakt. De zo gevormde schil geeft de schoonheid aan een Erôthknurl. Binnen een dag krijgt hij een schitterende glans, alsof hij van gepolijst marmer is gemaakt. Je hoeft hem niet te polijsten, er komt geen magie aan te pas; met alleen je hart, hoofd en handen heb je een steen van gewone aarde gemaakt... weliswaar een kwetsbare steen, maar niettemin een steen.'

Ook al was Orik nog zo stellig, Eragon kon moeilijk geloven dat de modder aan zijn voeten zonder magie kon worden omgevormd tot iets wat Orik had beschreven.

Maar waarom maakt u er eigenlijk één, Orik Dwergenkoning? vroeg Saphira. *U hebt vast veel verantwoordelijkheden nu u heerser bent over uw volk.*

Orik gromde. 'Op dit moment heb ik niets te doen. Mijn mannen zijn al voor de strijd in gereedheid gebracht, maar er valt voor ons geen slag te leveren en het is niet goed als ik ze als een moederhen loop te betuttelen. Evenmin wil ik in mijn eentje in mijn tent zitten kijken hoe mijn baard groeit... Vandaar de Erôthknurl.'

Hij verviel in stilte, maar het scheen Eragon toe dat Orik iets dwarszat, dus hield Eragon zijn mond en wachtte om te kijken of Orik nog iets zou zeggen. Na een poosje schraapte Orik zijn keel en zei: 'Vroeger kon ik met de anderen van mijn clan zitten drinken en maakte het niet uit dat ik Hrothgars geadopteerde erfgenaam was. We konden toch op ons gemak met elkaar praten en lachen. Ik vroeg niet om gunsten en gaf die ook niet. Maar nu is het anders. Mijn vrienden kunnen niet vergeten dat ik hun koning ben en ik kan er niet omheen dat ze zich nu anders tegen me gedragen.'

'Dat viel te verwachten,' zei Eragon. Hij voelde met Oriks lastige situatie mee, want hij had hetzelfde meegemaakt toen hij een Rijder werd.

'Misschien wel. Maar ook al weet je het, het maakt het er niet gemakkelijker op.' Orik slaakte een geërgerd geluid. 'Ach, het leven is soms een vreemde, wrede reis... Ik bewonderde Hrothgar als koning, maar ik vond vaak dat hij onnodig kortaf was tegen degenen met wie hij omging. Nu begrijp ik beter waarom hij zo was.' Orik pakte de aardbal met twee handen vast en staarde er met gefronst voorhoofd naar. 'Je hebt hem met Grimstborith Gannel in Tarnag ontmoet. Heeft hij je toen de betekenis van de Erôthknurln uitgelegd?'

'Hij heeft het er nooit over gehad.'

'Ik vermoed dat er wel andere zaken te bespreken waren... Toch, als een van de Ingeitum, en als een geadopteerde knurla, zou je het belang en de symboliek van de Erôthknurln moeten weten. Het is niet alleen maar een manier om je te concentreren, de tijd te doden en een belangwekkend hebbedingetje te creëren. Nee. Het maken van een steen uit de aarde is een heilige daad. Daarmee herbevestigen we ons geloof in Helzvogs macht en bewijzen we hem eer. Je moet die taak doelbewust en met eerbied benaderen. Het wrochten van een Erôthknurl is een vorm van verering, en de goden hebben het niet goed voor met degenen die de riten lichtzinnig beoefenen... Uit steen, vlees; uit vlees, aarde; en uit aarde opnieuw steen. Het wiel draait en we zien slechts een glimp van het geheel.'

Pas toen begreep Eragon hoe diep Orik zich zorgen maakte. 'Je zou Hvedra bij je moeten hebben,' zei hij. 'Zij zou je gezelschap houden en voorkomen dat je zo somber wordt. Toen je met haar in Bregan Hold was, heb ik je nooit meer zo gelukkig gezien.'

De rimpels om Oriks neergeslagen ogen werden dieper toen hij glimlachte. 'Oi... Maar zij is de grimstcarvlorss van de Ingeitum, en ze kan haar plichten niet verzaken om mij te troosten. Bovendien zou ik niet rustig slapen als ze zich binnen een straal van honderd leagues van Murtagh en Thoorn, of erger nog, van Galbatorix en zijn vervloekte zwarte draak zou bevinden.'

In een poging Orik wat op te vrolijken zei Eragon: 'Je doet me denken aan het antwoord op een oud raadsel: een dwergenkoning die op de grond een steen uit de aarde zit te maken. Ik weet niet hoe het raadsel precies zou moeten gaan, maar het zou ongeveer zo kunnen luiden:

Sterk en krachtig
Dertien sterren op zijn voorhoofd
Levende steen vormde dode aarde om tot dode steen

'Het rijmt niet, maar je kunt ook niet van me verwachten dat ik ter plekke een heus rijmpje verzin. Ik stel me zo voor dat zo'n raadseltje voor de meeste mensen een hersenbreker is.'

'Hmf,' zei Orik. 'Niet voor een dwerg. Zelfs onze kinderen kunnen het zo snel als je wilt oplossen.'

Een draak ook, zei Saphira.

'Je zult wel gelijk hebben,' zei Eragon.

Toen vroeg hij aan Orik wat er allemaal met de dwergen was gebeurd nadat hij en Saphira van Tronjheim waren vertrokken voor hun tweede reis naar het bos van de elfen. Sinds de dwergen in Dras-Leona waren aangekomen, had Eragon nog geen gelegenheid gehad om uitgebreid met Orik te praten, en hij wilde dolgraag horen hoe het zijn vriend was vergaan sinds hij de troon had bestegen.

Orik leek het helemaal niet erg te vinden om de fijne kneepjes van de dwergenpolitiek uit te leggen. Sterker nog, al pratende klaarde zijn gezicht op en sprak hij steeds geanimeerder. Hij weidde bijna een uur uit over het gekibbel en gemanoeuvreer tussen de dwergenclans voordat ze hun leger hadden verzameld en waren opgetrokken om zich bij de Varden te voegen. De clans waren diep verdeeld, zoals Eragon heel goed wist, en zelfs als koning kon Orik ze maar met de grootste moeite tot gehoorzaamheid dwingen.

'Het is net als het hoeden van een toom ganzen,' zei Orik. 'Ze proberen er altijd in hun eentje tussenuit te knijpen, maken een afschuwelijk geluid en proberen je hand af te bijten zodra ze de kans krijgen.'

Tijdens het verhaal van Orik dacht Eragon eraan om hem naar Vermûnd te vragen. Hij had zich vaak afgevraagd wat er was geworden van het dwergenhoofd, dat had samengezworen om hem te vermoorden. Hij wilde graag weten waar zijn vijanden zaten, vooral zo'n gevaarlijke vijand als Vermûnd.

'Hij is naar zijn thuisdorp Feldarast teruggekeerd,' zei Orik. 'Naar verluidt zit hij daar te drinken en te razen over wat is en geweest had kunnen zijn. Maar niemand luistert meer naar hem. De knurlan van Az Sweldn rak Anhûin zijn trots en koppig. In de meeste gevallen zullen ze loyaal blijven aan Vermûnd, wat de andere clans ook mogen doen of zeggen. Maar een poging om een gast te vermoorden is een onvergeeflijk misdrijf. En niet alle Az Sweldn rak Anhûin hebben zo'n grote hekel aan je als Vermûnd. Ik geloof niet dat ze ermee instemmen om door de rest van hun soort te worden verstoten alleen maar om een grimstborith te beschermen die geen sprankje eergevoel meer heeft. Het kan jaren duren, maar uiteindelijk zullen ze zich tegen hem keren. Ik heb gehoord dat velen uit de clan Vermûnd nu al mijden, zoals ze zelf ook worden gemeden.'

'Wat gaat er volgens jou met hem gebeuren?'

'Hij zal het onvermijdelijke aanvaarden en aftreden, of anders doet iemand een keer gif in zijn vlees of steekt wellicht een dolk tussen zijn ribben. Hoe dan ook, als leider van de Az Sweldn rak Anhûin vormt hij niet langer een bedreiging voor je.'

Ze praatten verder totdat Orik klaar was met de eerste paar vormingsfases van zijn Erôthknurl. Hij kon de aardbal meenemen om hem bij zijn tent op een doek te leggen en te laten drogen. Terwijl Orik opstond en zijn emmer en stok oppakte, zei hij: 'Ik vind het fijn dat je zo vriendelijk naar me geluisterd hebt, Eragon. En jij ook, Saphira. Het mag vreemd lijken, maar los van Hvedra zijn jullie de enige twee tegen wie ik vrijuit kan praten. Ieder ander...' Hij haalde zijn schouders op. 'Bah.'

Eragon kwam ook overeind. 'Je bent onze vriend, Orik, dwergenkoning of niet. We vinden het altijd fijn om met je te praten. En je weet wel dat je je er geen zorgen over hoeft te maken dat we iets van wat je hebt gezegd aan anderen doorvertellen.'

'Oi, dat weet ik, Eragon.' Orik keek hem met toegeknepen ogen aan. 'Je maakt deel uit van wat er in de wereld gebeurt, en toch zit je niet verstrikt in al dat bekrompen gekonkel om je heen.'

'Dat interesseert me niet. Bovendien heb ik op dit moment wel belangrijker zaken aan m'n hoofd.'

'Mooi zo. Een Rijder hoort zich van alle anderen afzijdig te houden. Hoe kun je anders zelf een eigen oordeel vormen? Vroeger waardeerde ik het niet erg dat Rijders zo onafhankelijk waren, maar nu wel, al was het maar uit eigenbelang.'

'Ik hou me niet helemaal afzijdig,' zei Eragon. 'Ik heb zowel aan jou als Nasuada een eed gezworen.'

Orik boog zijn hoofd. 'Dat klopt. Maar je maakt niet volledig deel uit van de Varden, en trouwens ook niet van de Ingeitum. Hoe dan ook, ik ben blij dat ik je kan vertrouwen.'

Er kroop een glimlach over Eragons gezicht. 'Ik ook.'

'Tenslotte zijn we pleegbroers, nietwaar? En broers horen op elkaar te passen.'

Dat zouden ze althans moeten doen, dacht Eragon, maar dat zei hij niet hardop. 'Pleegbroers,' zei hij instemmend, en hij sloeg Orik op de schouder.

Leren weten

Later die middag, toen het steeds minder waarschijnlijk werd dat het Rijk in de paar laatste uren voor de zon ondergang vanuit Dras-Leona zou aanvallen, liepen Eragon en Saphira naar het oefenveld achter in het Vardenkamp.

Daar ontmoette hij Arya, zoals hij dat elke dag had gedaan sinds zijn komst naar de stad. Hij vroeg hoe het met haar ging en ze gaf een beknopt antwoord: al sinds vóór zonsopgang had ze vermoeiend overleg gehad met Nasuada en koning Orrin. Daarna trok Eragon zijn zwaard en Arya dat van haar, en ze namen tegenover elkaar hun positie in. Voor de verandering hadden ze vooraf afgesproken dat ze schilden zouden gebruiken; daarmee leek het meer op een echt gevecht en het voegde een welkome variatie aan hun duels toe.

Ze draaiden om elkaar heen met korte, soepele stappen, bewogen zich als dansers over de ruwe grond, zochten zich een weg met hun voeten zonder ook maar één keer omlaag te kijken, terwijl ze hun blik niet van de ander afwendden.

Van dit gedeelte van hun duels hield Eragon het meest. Het had iets diep intiems om Arya in de ogen te kijken, zonder te knipperen, zonder te weifelen, terwijl zij met net zo'n concentratie en intensiteit naar hem terugstaarde. Het kon verwarrend zijn, maar hij genoot van het gevoel van verbondenheid dat daarmee tussen hen ontstond.

Arya viel als eerste aan en binnen een seconde stond Eragon in een onbeholpen hoek voorovergebogen, terwijl ze haar zwaard tegen de linkerkant van zijn hals drukte, dat pijnlijk in zijn huid stak. Eragon bleef stokstijf staan tot Arya het genoeg vond, de druk wegnam en hem toestond rechtop te gaan staan.

'Dat was slordig,' zei ze.

'Waarom win je steeds van me?' gromde hij, bepaald niet blij.

'Omdat,' antwoordde ze, en ze deed alsof ze naar zijn rechterschouder uithaalde, waardoor hij zijn schild ophief en geschrokken een sprong achteruit deed, 'ik meer dan honderd jaar heb geoefend. Het zou raar zijn als ik níét beter was dan jij, wel? Je zou trots moeten zijn dat je me sowieso hebt weten te raken. Dat kunnen er niet veel.'

Brisingr floot in de lucht toen Eragon naar haar zwaaibeen uithaalde. Er schalde een luide *klang* toen ze de slag met haar schild opving. Ze antwoordde met een slimme draaibeweging die op zijn zwaardpols neerkwam en ijskoude naalden in zijn arm en schouder stak die naar de onderkant van zijn schedel joegen.

Hij kromp ineen, trok zich terug, op zoek naar even respijt. Het was een uitdaging om tegen elfen te vechten omdat ze zo snel en sterk waren; ze konden veel verder springen dan mensen en van een veel grotere afstand de vijand bestrijden dan welk menselijke wezen ook. Dus als hij voor Arya veilig wilde zijn, moest hij bijna honderd voet van haar af staan.

Voordat hij een eind bij haar vandaan was, sprong Arya al achter hem aan, en ze nam twee vliegende stappen terwijl haar haren achter haar aan wapperden. Ze was nog in de lucht toen Eragon zwaaiend naar haar uithaalde, maar ze zwenkte opzij, zodat zijn zwaard haar lichaam op een haar na miste. Daarna liet ze de rand van haar schild onder dat van hem glijden en sloeg hem weg, waardoor zijn borst compleet onbeschermd was. Snel als de weerlicht hief ze haar zwaard op en perste dat opnieuw tegen zijn hals, deze keer onder zijn kin.

Ze hield hem in die positie, haar grote, wijd uit elkaar staande ogen slechts een paar centimeter van de zijne vandaan. Er was wreedheid en vastberadenheid in haar uitdrukking te lezen, die hij niet goed kon duiden, maar hij had wel even adempauze.

Een schaduw leek over Arya's gezicht te flitsen; ze liet haar zwaard zakken en deed een stap opzij.

Eragon wreef tegen zijn keel. 'Als je dan zo veel over schermkunst weet,' zei hij, 'waarom leer je me het dan niet beter te doen?'

Haar smaragdgroene ogen brandden nu nog feller. 'Ik doe m'n best,' zei ze, 'maar het probleem zit niet hier.' Ze tikte met haar zwaard tegen zijn rechterarm. 'Het probleem zit daar.' Ze tikte op zijn helm, metaal op metaal. 'En ik weet niet hoe ik het je anders moet bijbrengen, behalve door je steeds maar weer je fouten te laten zien totdat je ze niet meer maakt.' Ze roffelde nogmaals op zijn helm. 'Ook al moet ik je daarvoor bont en blauw slaan.'

Het feit dat ze hem steeds maar weer versloeg, krenkte zijn trots meer dan hij wilde toegeven, zelfs aan Saphira. Hij betwijfelde of hij het ooit kon winnen van Galbatorix, Murtagh of welke echt geduchte tegenstander dan ook, als hij zo onfortuinlijk was dat hij het zonder hulp van Saphira of zijn magie in een rechtstreeks gevecht tegen ze moest opnemen.

Eragon draaide van Arya weg en stampte naar een plek zo'n tien meter verderop.

'Nou?' zei hij met opeengeklemde tanden. 'Schiet op, dan.' Hij ging laag op zijn hurken zitten terwijl hij zich voorbereidde op een volgende scherpe aanval.

Arya kneep haar ogen tot spleetjes, waardoor haar hoekige gezicht een duivelse aanblik kreeg. 'Goed dan.'

Ze stormden onder het schreeuwen van strijdkreten op elkaar af, en het veld echode van de geluiden toen ze woedend op elkaar botsten. Ze vochten net zo lang totdat ze moe en bezweet waren en onder het stof zaten, terwijl Eragon onder de pijnlijke striemen zat. En nog altijd bleven ze op elkaar afstuiven, met een grimmig, geconcentreerd gezicht dat tot dusver aan hun duels had ontbroken. Geen van beiden vroeg om een einde te maken aan hun woeste, slopende strijd en geen van beiden bracht het ter sprake.

Saphira sloeg ze vanaf de zijkant van het veld gade, waar ze languit op het verende grasveld lag. Voor het merendeel hield ze haar gedachten voor zichzelf, om te voorkomen dat Eragon werd afgeleid, maar zo nu en dan maakte ze een korte opmerking over zijn techniek of die van Arya, opmerkingen waar Eragon telkens iets aan had. Hij vermoedde bovendien dat ze meer dan eens had ingegrepen om hem te redden van een wel heel gevaarlijke slag, want soms leken zijn armen en benen iets sneller dan normaal te bewegen, of zelfs iets eerder dan hij zelf van plan was. Als dat gebeurde, voelde hij in zijn achterhoofd iets tintelen, waardoor hij wist dat Saphira zich met zijn bewustzijn bemoeide.

Uiteindelijk vroeg hij haar ermee op te houden. *Ik moet dit zelf kunnen,* Saphira, zei hij. *Je kunt er niet altijd voor me zijn.*

Ik kan het toch proberen?

Dat weet ik. Zo denk ik ook over jou. Maar ik moet deze berg zelf beklimmen, dat kun jij niet voor me doen.

Ze vertrok even haar lip. *Waarom klimmen als je kunt vliegen? Op die korte beentjes van je kom je nergens.*

Dat is niet waar en dat weet je best. Trouwens, als ik vlieg, moet ik vleugels lenen, en ik win er niets anders mee dan de goedkope roes van een onverdiende overwinning.

Overwinning is overwinning en dood is dood, hoe die ook tot stand komt.

Saphira... waarschuwde hij haar.

Kleintje.

Maar daarna liet ze hem het tot zijn opluchting zelf doen, hoewel ze hem met niet-aflatende waakzaamheid bleef volgen.

Behalve Saphira hadden de elfen die opdracht hadden haar en Eragon te bewaken, zich langs de rand van het veld verzameld. Eragon voelde zich daar ongemakkelijk bij – hij had er een hekel aan als iemand anders dan Saphira of Arya zijn blunders zagen – maar hij wist dat hij de elfen nooit zover zou krijgen dat ze naar hun tent gingen. Hoe dan ook, behalve dat ze hem en Saphira beschermden, dienden ze ook nog een ander nuttig doel: ze hielden de andere krijgers op het veld op afstand, zodat ze niet naar hen toe kwamen en gingen staan gapen naar een Rijder en een elf die elkaar uit alle macht de hersens wilden inslaan. Niet dat Blödhgarms magiërs iets extra's deden om toeschouwers te ontmoedigen, maar alleen al door hun voorkomen waren ze zo intimiderend dat toevallige kijkers werden afgeschrikt.

Hoe langer hij met Arya vocht, hoe gefrustreerder Eragon werd. Hij won twee keer – op het nippertje, als een razende, met wanhopige manoeuvres die eerder door geluk dan door wijsheid lukten, en die hij in een echt duel alleen zou hebben geprobeerd als hij niet meer maalde om zijn eigen veiligheid. Maar los van die enkele overwinningen bleef Arya hem met deprimerend gemak verslaan.

Uiteindelijk borrelde Eragons woede en frustratie over en raakte hij alle gevoel voor proportie kwijt. Geïnspireerd door de methoden waarmee hij een paar keer succes had gehad, hief Eragon zijn rechterarm op en wilde Brisingr naar Arya góóien, alsof hij een strijdbijl was.

Maar zover kwam het niet, want een andere geest raakte die van Eragon aan, een geest waarvan Eragon onmiddellijk wist dat die niet van Arya, noch van Saphira was, of van welke andere elf ook, want hij was onmiskenbaar mannelijk en onmiskenbaar van een draak. Eragon schrok van het contact, ordende razendsnel zijn gedachten om zich te verdedigen tegen een, naar hij vreesde, aanval van Thoorn. Maar voordat hij zover was, weerklonk een reusachtige stem door de schimmige zijweggetjes van zijn bewustzijn, als het geluid van een berg die onder zijn eigen gewicht verschuift.

Genoeg, zei Glaedr.

Eragon verstijfde en struikelde een halve stap naar voren, ging op de ballen van zijn voeten staan terwijl hij zijn werppoging met Brisingr onderbrak. Hij zag of voelde dat Arya, Saphira en Blödhgarms magiërs net zo reageerden; ze schrokken verbaasd op en hij wist dat zij Glaedr ook hadden gehoord.

De geest van de draak voelde nog net als vroeger: oud, onpeilbaar en verscheurd door verdriet. Maar voor het eerst sinds Oromis bij Gil'ead de dood vond, leek Glaedr de drang te hebben om iets anders te doen dan steeds dieper weg te zinken in het allesverhullende moeras van zijn eigen kwellingen.

Glaedr-elda! zeiden Eragon en Saphira tegelijk.

Hoe gaat het...

Gaat het goed...

Heb je...

Anderen praatten ook – Arya, Blödhgarm, nog twee elfen die Eragon niet kon thuisbrengen – en hun brij van tegenstrijdig geratel werd een mengeling van een onverstaanbaar lawaai.

Genoeg, herhaalde Glaedr, en hij klonk zowel vermoeid als geërgerd. *Willen jullie soms onwelkome aandacht trekken?*

Iedereen zweeg onmiddellijk terwijl ze wachtten op wat de gouden draak verder zou gaan zeggen. Opgewonden wisselde Eragon een blik met Arya.

Glaedr begon niet meteen te praten, maar sloeg ze nog een poos gade; hij leunde zwaar tegen Eragons bewustzijn, zoals dat vast ook bij de anderen het geval was, dat wist Eragon zeker.

Toen zei Glaedr met zijn sonore, magistrale stem: *Dit heeft lang genoeg geduurd... Eragon, je zou niet zo veel tijd aan oefenen moeten besteden. Dat leidt je af van belangrijker zaken. Je hebt niet het meest te vrezen van het zwaard in Galbatorix' hand, noch van het zwaard in zijn mond, maar eerder van het zwaard in zijn geest. Zijn grootste talent ligt in zijn vermogen om zich een weg te banen tot in de kleinste deeltjes van jullie wezen en jullie aan zijn wil te onderwerpen. In plaats van deze vechtpartijen met Arya zou je je moeten toeleggen op het beheersen van je gedachten; die zijn nog altijd een erbarmelijk ratjetoe... Waarom blijven jullie dan zo hardnekkig al die vergeefse moeite doen?*

Er kwamen een hoop antwoorden in Eragon op: dat hij er ondanks alle ergernissen van genoot om met Arya de degens te kruisen, dat hij de beste zwaardvechter wilde worden, als het even kon de beste van de wereld, dat hij kalm werd door de lichaamsbeweging en zijn lichaam in conditie bleef, en nog een heleboel andere redenen. Hij probeerde een chaos aan gedachten te onderdrukken, wilde die enigszins voor zichzelf houden. Bovendien wilde hij Glaedr geen ongewenste informatie geven, wat alleen maar zou bevestigen dat de draak gelijk had in zijn mening dat hij geen discipline zou hebben. Dat lukte niet helemaal, en Glaedr straalde vaag teleurstelling uit.

Eragon koos zijn sterkste argumenten. *Als ik Galbatorix met mijn geest kan tegenhouden – ook al kan ik hem niet verslaan –, als ik hem gewoon op afstand kan houden, dan zou dit uiteindelijk toch misschien met het zwaard beslist moeten worden. Hoe dan ook, de koning is niet de enige vijand waar we ons zorgen over moeten maken: om te beginnen is Murtagh er ook nog, en wie weet wat voor andere mannen en schepsels Galbatorix nog achter de hand heeft? Ik was niet in staat om in m'n eentje Durza te verslaan, en Varaug evenmin, zelfs Murtagh niet. Ik had altijd hulp nodig. Maar ik kan niet elke keer als ik in moeilijkheden kom een beroep doen op Arya, Saphira of Blödhgarm om me te komen redden. Ik moet beter met een zwaard kunnen omgaan, maar hoe hard ik ook m'n best doe, ik lijk maar niet verder te komen.*

Varaug? vroeg Glaedr. *Die naam heb ik nog niet eerder gehoord.*

En zo was het Eragons taak om Glaedr te vertellen over de inbezitneming van Feinster en hoe hij en Arya de pasgeboren Schim hadden gedood, op het moment dat Oromis en Glaedr de dood hadden gevonden – een ander soort dood, maar evengoed fataal – terwijl ze in de lucht boven Gil'ead strijd voerden. Eragon gaf ook een beknopt verslag van wat de Varden daarna hadden gedaan, want hij besefte dat Glaedr zichzelf zo had afgezonderd dat hij niet veel van ze afwist. Het kostte Eragon een paar minuten om het verhaal te vertellen, terwijl in die tijd hij en de elfen als verstard op het veld stonden, met nietsziende ogen langs elkaar heen staarden, hun aandacht naar binnen gekeerd omdat ze zich concentreerden op de snelle uitwisseling van gedachten, beelden en gevoelens.

Opnieuw viel er een lange stilte terwijl Glaedr hetgeen hij had gehoord tot zich door liet dringen. Toen hij het zich verwaardigde weer te spreken, klonk er een vleugje plezier in door: *Je bent te ambitieus als het je doel is om straffeloos Schimmen te kunnen doden. Zelfs de oudste en wijste Rijders zouden geaarzeld hebben om in hun eentje een Schim aan te vallen. Je hebt al twee aanvaringen met hen overleefd, wat twee keer meer is dan de meesten. Wees dankbaar dat je zo veel geluk hebt gehad en laat het daarbij. Een Schim willen overtreffen is hetzelfde als hoger dan de zon willen vliegen.*

Ja, antwoordde Eragon, *maar onze vijanden zijn even sterk als Schimmen, sterker zelfs, en Galbatorix kan er meer van creëren om onze opmars te vertragen. Hij springt er achteloos mee om, zonder rekening te houden met de verwoestingen die ze door het hele land veroorzaken.*

Ebrithil, zei Arya, *hij heeft gelijk. Onze vijanden zijn extreem dodelijk... zoals je heel goed weet* – dit voegde ze er vriendelijk aan toe – *en Eragon zit niet op het niveau waarop hij hoort te zijn. Als hij voorbereid wil zijn op wat er voor ons in het verschiet ligt, moet hij dit leren beheersen. Ik heb mijn best gedaan om het hem te bij te brengen, maar meesterschap moet uiteindelijk van binnenuit komen, niet van buitenaf.*

Eragon was geroerd doordat ze hem verdedigde.

Net als eerder, was Glaedr traag met zijn antwoord. *Maar Eragon beheerst zijn gedachten evenmin, en dat moet hij ook kunnen. Apart van elkaar heb je niet veel aan deze vaardigheden, geestelijk of lichamelijk, maar het is belangrijker om geestelijk bedreven te zijn. Iemand kan een gevecht tegen zowel een magiër als een zwaardvechter met enkel de geest winnen. Je lichaam en geest moeten in balans zijn, maar als je moet kiezen in welke van de twee je moet oefenen, dan zou je de geest moeten kiezen. Arya... Blödhgarm... Yaela... jullie weten dat dat zo is. Waarom heeft geen van jullie het op je genomen om Eragon hierin verder te onderwijzen?*

Arya sloeg haar ogen neer, een beetje als een kind dat een standje krijgt, terwijl de vacht op Blödhgarms schouders rimpelde en rechtovereind ging staan, hij zijn lippen optrok en de punten van zijn scherpe, witte hoektanden ontblootte.

Uiteindelijk was het Blödhgarm die het waagde antwoord te geven. Hij sprak geheel en al in de oude taal, de eerste die dat deed, en zei: *Arya is de ambassadeur van ons volk. Ik probeer met mijn groep het leven van Saphira Lichtschub en Eragon de Schimmendoder te beschermen, en dat is een moeilijke en tijdrovende taak geweest. We hebben allemaal geprobeerd Eragon te helpen, maar het is niet aan ons om een Rijder te trainen, daar zouden we ons ook niet aan wagen als een van zijn rechtmatige meesters nog in leven en aanwezig was... zelfs als die meester zijn plichten heeft verzaakt.*

Donkere wolken van woede pakten zich in Glaedr samen, als reusachtige, zich aan de horizon samenpakkende donderwolken. Eragon trok zich van Glaedrs bewustzijn terug, beducht voor de toorn van de draak. Glaedr was niet langer in staat om hem lichamelijk kwaad te doen, maar hij was nog altijd ongelooflijk gevaarlijk, en als hij zijn beheersing verloor en met zijn geest toesloeg, zou geen van hen tegen zijn kracht opgewassen zijn.

Aanvankelijk schrok Eragon van Blödhgarms grove en ongevoelige optreden – hij had nog nooit een elf zo tegen een draak horen praten –, maar toen hij erover nadacht, besefte Eragon dat Blödhgarm het had gedaan om Glaedr uit zijn tent te lokken en te voorkomen dat hij zich weer in zijn ellendige schil zou terugtrekken. Eragon bewonderde de moed van de elf, maar hij vroeg zich af of het wel de juiste aanpak was om de draak te beledigen. Het was zeker niet de véíligste aanpak.

De aanzwellende donderkoppen werden steeds groter, lichtten op door bliksemschichtachtige flitsen, terwijl Glaedrs geest van de ene gedachte naar de andere sprong. *Je gaat over de schreef, elf*, gromde hij, eveneens in de oude taal. *Je hebt mijn daden niet in twijfel te trekken. Je kunt in de verste verte niet begrijpen wat ik heb verloren. Als het niet ging om Eragon en Saphira en mijn plicht jegens hen, zou ik al lang geleden krankzinnig zijn geworden. Dus beschuldig me niet van onachtzaamheid, Blödhgarm, zoon van Ildrid, tenzij je jezelf op de proef wilt stellen tegen de laatste van de hoge Ouden.*

Blödhgarm ontblootte zijn tanden verder en siste. Desondanks ontwaarde Eragon een vleugje voldoening in de gezichtsuitdrukking van de elf. Tot Eragons verbijstering ging Blödhgarm door en zei: *Geef ons dan niet de schuld dat we niet kunnen voldoen aan datgene wat úw verantwoordelijkheden zijn, en niet die van ons, Oude. Ons hele ras rouwt om uw verdriet, maar u kunt niet van ons verwachten dat we met uw zelfmedelijden rekening houden terwijl we in oorlog zijn met de dodelijkste vijand uit onze geschiedenis, dezelfde vijand die bijna iedereen van uw soort heeft uitgeroeid en bovendien uw Rijder heeft omgebracht.*

Glaedrs woede nam nu vulkanische vormen aan. Zwart en verschrikkelijk sloeg die met zo'n kracht tegen Eragon aan dat het leek alsof de stof van zijn wezen als een in de wind gevangen zeil aan stukken werd gescheurd. Aan de andere kant van het veld zag hij dat de mannen hun wapens lieten vallen en grimassend van de pijn naar hun hoofd grepen.

Mijn zelfmedelijden? zei Glaedr, en hij stootte elk woord met zo'n kracht uit dat het klonk alsof er een doem over hen zou neerdalen. Eragon voelde dat in de verborgen ruimten van de drakengeest iets onaangenaams begon vorm te krijgen dat, als het tot volle wasdom zou komen, wel eens een hoop verdriet en spijt kon veroorzaken.

Toen nam Saphira het woord, en haar geestesstem sneed door Glaedrs kolkende emoties als een mes in het water. *Meester, zei ze, ik heb me zorgen om u gemaakt. Fijn te weten dat u weer beter en sterk bent. Geen van ons is uw gelijke en we hebben uw hulp nodig. Zonder u is er geen hoop dat we het Rijk kunnen verslaan.*

Glaedr donderde dreigend, maar hij negeerde, onderbrak of beledigde haar niet. Sterker nog, haar eerbetoon leek hem te plezieren, ook al was het maar een beetje. Per slot van rekening, mijmerde Eragon, als er iets was waar draken ontvankelijk voor waren, dan was het wel vleierij, en dat wist Saphira maar al te goed.

Zonder onderbreking of Glaedr de kans te geven te reageren, zei Saphira: *Aangezien u uw vleugels niet meer kunt gebruiken, wil ik u in plaats daarvan graag die van mij aanbieden. De lucht is kalm, de hemel helder, en het zou een vreugde zijn om hoog boven de grond te vliegen, nog hoger dan adelaars zich wagen. Nadat u zo lang in uw hart van harten gevangen bent geweest, moet u er toch naar verlangen om dit alles achter u te laten en opnieuw de luchtstromen onder u te voelen oprijzen.*

De zwarte storm in Glaedr bedaarde wat, hoewel hij enorm en dreigend bleef, weifelde op de rand van opnieuw opvlammend geweld. *Dat... zou plezierig zijn.*

Dan gaan we binnenkort samen vliegen. Maar, meester?

Ja, jongeling?

Ik wil u graag eerst iets vragen.

Ga je gang.

Wilt u Eragon met zijn zwaardkunst helpen? Kunt u hem helpen? Hij is niet zo vaardig als hij zou moeten zijn en ik wil mijn Rijder niet verliezen. Saphira had zich steeds waardig gedragen, maar nu klonk er een smekende toon in haar stem door waardoor Eragon een brok in zijn keel kreeg.

De donderwolken implodeerden en lieten een kaal, grijs landschap achter dat Eragon onuitsprekelijk verdrietig toescheen. Glaedr zweeg. Vreemde, half zichtbare vormen bewogen zich langzaam langs de rand van het landschap, kolossale monolieten die Eragon niet graag van dichtbij wilde zien.

Goed dan, zei Glaedr ten slotte. *Ik zal voor je doen wat ik kan, Rijder, maar als we daarmee klaar zijn, wil ik hem onderwijzen zoals het mij goeddunkt.*

Afgesproken, zei Saphira. Eragon zag Arya dat de andere elfen zich ontspanden, alsof ze al die tijd hun adem hadden ingehouden.

Eragon trok zich even van de anderen terug toen Trianna en een aantal andere magiërs die de Varden dienden stuk voor stuk wilden weten wat ze net aan hun geest voelden trekken en wat de mannen en dieren in het kamp zo overstuur had gemaakt. Trianna voerde de boventoon boven de anderen en zei: *Worden we aangevallen, Schimmendoder? Is het Thoorn? Shruikan?!* Ze was zo in paniek dat Eragon wel zijn zwaard en schild wilde neergooien en zich in veiligheid wilde brengen.

Nee, alles is in orde, zei hij op zo'n effen mogelijke toon. De meeste Varden wisten niet nog altijd niet van het bestaan van Glaedr, en dat gold ook voor Trianna en de magiërs die onder haar leiding vielen. Eragon wilde dat zo houden, voor het geval het gerucht van de gouden draak de spionnen van het Rijk ter ore zou komen. Het was echter extreem lastig om te liegen wanneer je met een andere geest communiceerde – het was nagenoeg onmogelijk om níet te denken aan wat je juist niet prijs wilde geven –, dus Eragon hield het gesprek zo kort mogelijk. *De elfen en ik waren in magie aan het oefenen. Ik leg het later wel uit, maar er is geen reden tot zorg.*

Hij wist dat zijn geruststellingen ze niet helemaal overtuigden, maar ze durfden niet verder aan te dringen om meer details los te laten en hij nam afscheid van ze alvorens hij hun geest tegen zijn innerlijk oog afschermde.

Arya moest de verandering in zijn houding hebben opgemerkt, want ze liep naar hem toe en vroeg zacht mompelend: 'Alles goed?'

'Prima,' antwoordde Eragon, eveneens binnensmonds. Hij knikte naar de mannen die hun wapens oppakten. 'Ik moest een paar vragen beantwoorden.'

'Ah. Je hebt ze toch niet verteld wie...'

'Natuurlijk niet.'

Neem jullie positie van daarstraks in, donderde Glaedr, en Eragon en Arya liepen twintig voet bij elkaar vandaan.

Wel wetend dat hij misschien een fout maakte, maar niet in staat om zichzelf tegen te houden, zei Eragon: *Meester, kunt u me werkelijk bijbrengen wat ik moet leren voordat we bij Urû'baen zijn? Er is nog maar zo weinig tijd, ik...*

Ik kan het je nu leren, als je maar naar me wilt luisteren, zei Glaedr. *Maar je moet beter je best doen dan ooit.*

Ik luister, meester. Maar toch vroeg Eragon zich onwillekeurig af hoeveel de draak eigenlijk van zwaardvechten wist. Glaedr had vast een hoop van Oromis geleerd, net zoals Saphira van Eragon had afgekeken, maar ook al hadden ze die ervaringen samen meegemaakt, Glaedr had zelf nooit een zwaard vastgehouden, hoe kon dat ook? Wanneer Glaedr Eragon in schermen zou onderwijzen, dan was het alsof Eragon een draak leerde hoe hij door een thermiek langs een bergflank moest navigeren. Eragon kon dat wel doen, maar hij zou het niet zo goed kunnen uitleggen als Saphira. Zijn kennis kwam uit de tweede hand, en geen enkele abstracte overpeinzing kon dat nadeel goedmaken.

Eragon hield zijn twijfels vóór zich, maar iets ervan moest langs zijn blokkades naar Glaedr zijn doorgesijpeld, want de draak maakte een geamuseerd geluid – of liever gezegd, hij imiteerde er een met zijn geest, het was immers moeilijk de stoffelijke gewoonten te vergeten – en zei: *Alle grote veldslagen zijn hetzelfde, Eragon, zoals alle grote krijgers hetzelfde zijn. Voorbij een bepaald punt maakt het niet uit of je een zwaard, een klauw, een tand of een staart hanteert. Ja, je moet inderdaad goed met je wapen om kunnen gaan, maar iedereen die tijd en aanleg heeft, kan zich de technische vaardigheid eigen maken. Maar als je er groots in wilt worden, vereist dat kunstzinnigheid. Daar is verbeeldingskracht en bedachtzaamheid voor nodig, en dat zijn de kwaliteiten die de beste krijgers bezitten, zelfs als ze op het eerste gezicht compleet van elkaar lijken te verschillen.*

Glaedr zweeg even en zei toen: *Nou, wat is je eerder verteld?*

Eragon hoefde daar geen twee keer over na te denken. *Dat ik moest leren zien waar ik naar keek. En dat heb ik geprobeerd, meester. Echt.*

En toch zie je het niet. Kijk maar eens naar Arya. Waarom weet ze je steeds maar weer te verslaan? Omdat ze je begrijpt, Eragon. Ze weet wie je bent en hoe je denkt, en daarom kan ze je elke keer weer van je winnen. Waarom was Murtagh in staat je op de Brandende Vlakten een afstraffing te geven, ook al was hij in de verste verte niet zo snel of sterk als jij?

Omdat ik moe was en...

En hoe kwam het dat hij tijdens jullie laatste aanvaring je in de heup kon steken en dat jij hem niet meer dan een schram op de wang hebt kunnen toebrengen? Dat zal ik je vertellen, Eragon. Niet omdat jij moe was en hij niet. Nee, dat kwam doordat hij je begrijpt, Eragon, maar jij begrijpt hem niet. Murtagh weet meer dan jij, en heeft dus macht over je, net als Arya.

En Glaedr sprak verder: *Kijk naar haar, Eragon. Kijk goed naar haar. Ze ziet jou zoals je werkelijk bent, maar zie jij haar ook? Zie je haar zo duidelijk dat je haar in de strijd zou kunnen verslaan?*

Eragon keek Arya geconcentreerd in de ogen en zag een combinatie van vastberadenheid en zelfbescherming, alsof ze hem uitdaagde een poging te doen om haar haar geheimen te ontfutselen, maar hij was ook bang voor wat er zou gebeuren als hij dat deed. Twijfel welde in Eragon op. Kende hij haar werkelijk wel zo goed als hij dacht? Of had hij zichzelf misleid door het uiterlijk met het innerlijk te verwarren?

Je hebt jezelf toegestaan bozer te worden dan nodig, zei Glaedr zachtjes. *Woede heeft zijn nut, maar die helpt je nu niet. Het pad van de krijger ligt in het pad van het weten. Als die kennis vereist dat je woede moet gebruiken, gebruik die dan, maar je kunt kennis geen geweld aandoen door je zelfbeheersing te verliezen. Pijn en frustratie zijn dan slechts je deel.*

In plaats daarvan moet je proberen kalm te blijven, ook als honderd plunderende vijanden naar je hiel happen. Maak je geest leeg en laat die een poel van rust worden die alles om zich heen reflecteert en tegelijk voor diezelfde omgeving onaantastbaar is. In die leegte zal het begrip tot je komen, wanneer je vrij bent van onzinnige angsten over overwinning en nederlaag, leven en dood.

Je kunt niet elke mogelijke gebeurtenis voorspellen en niet elke keer succesvol zijn wanneer je een vijand tegemoet treedt, maar door alles te zien en niets buiten beschouwing te laten, kun je je zonder aarzelen aan elke kans aanpassen. De krijger die zich het best aan het onverwachte kan aanpassen, is de krijger die het 't langst overleeft.

Dus kijk naar Arya, kijk naar wat je ziet en handel daar naar beste kunnen naar. Denk zonder na te denken, zodat je vanuit je instinct en niet vanuit de rede handelt. Toe maar, probeer maar.

Eragon nam even de tijd om zich te vermannen en na te denken over alles wat hij van Arya wist: waar ze wel en niet van hield, haar gewoonten en eigenaardigheden, de belangrijke gebeurtenissen in haar leven, wat ze vreesde en hoopte, en het belangrijkste: haar onderliggende temperament, dat bepalend was voor hoe ze in het leven stond, en... het gevecht. Dat nam hij allemaal in zich op, en vandaaruit probeerde hij de kern van haar persoonlijkheid te voorspellen. Dat was een ontmoedigende taak, vooral omdat hij de grootste moeite had om anders naar haar te kijken dan hij normaal deed – als een mooie vrouw die hij bewonderde en naar wie hij verlangde – maar als degene die ze werkelijk was, heel, compleet en onafhankelijk van zijn eigen behoeften en wensen.

In heel korte tijd trok hij zo veel mogelijk conclusies, hoewel hij niet zeker was of zijn waarnemingen niet kinderachtig en overdreven simplistisch waren. Toen zette hij zijn onzekerheid opzij, deed een stap naar voren en hief zijn zwaard en schild.

Hij wist dat Arya zou verwachten dat hij iets anders zou proberen, dus hij opende hun duel zoals hij dat twee keer eerder had gedaan: hij haalde diagonaal uit naar haar rechterschouder, alsof hij haar schild wilde omzeilen en haar onbeschermde flank wilde aanvallen. Die truc zou haar niet om de tuin leiden, maar ze zou blijven raden naar wat hij feitelijk in zijn schild voerde en hoe langer hij die onzekerheid kon vasthouden, hoe beter.

Een kleine, ruwe steen draaide onder de bal van zijn rechtervoet. Hij verplaatste zijn gewicht zijwaarts om zijn evenwicht te bewaren.

Door die beweging stokte zijn verder soepele beweging even nagenoeg onmerkbaar, maar Arya zag de onregelmatigheid en sprong op hem af, een klaroenkreet schalde van haar lippen.

Hun zwaarden schampten langs elkaar heen, een keer, twee keer en toen draaide Eragon zich om en – er plotseling vast en diep van overtuigd dat Arya de volgende keer op zijn hoofd zou richten – hij haalde zo snel hij kon uit naar haar borst, gericht op een plek vlak bij haar borstbeen die ze ongedekt zou moeten laten als ze naar zijn helm zwaaide.

Zijn intuïtie klopte, maar hij misrekende zich.

Hij stak zo snel toe dat Arya haar arm niet meer kon wegzwaaien en met het gevest van haar zwaard weerde ze Brisingrs donkerblauwe punt af en boog hem zonder schade aan te richten langs haar wang af.

Een ogenblik later kantelde de wereld om Eragon heen en voor zijn ogen barstten rode en oranje vonken uit. Hij wankelde en viel op een knie, terwijl hij met beide handen op de grond leunde. Een dof gebrul vulde zijn oren.

Het geluid verdween geleidelijk, en Glaedr zei: *Je moet niet te snel willen toeslaan, Eragon. Probeer langzaam te bewegen. Beweeg alleen op het juiste moment, dan blijkt je slag snel, noch langzaam, maar moeiteloos. In de strijd is timing alles. Je moet de lichaamspatronen en -ritmes van je tegenstanders nauwlettend in de gaten houden: waar zit hun kracht en waar hun zwakheid, waar zijn ze stijf en waar soepel. Pas je aan die ritmes aan wanneer je dat uitkomt, en breng ze in de war als dat niet het geval is, dan zul je in staat zijn om het verloop van de strijd naar eigen inzicht te beïnvloeden. Dat moet je heel goed begrijpen. Prent het in je hoofd en denk er later verder over na... Nu nog een keer proberen!*

Eragon keek Arya nijdig aan, kwam overeind, schudde zijn hoofd om dat helder te krijgen en nam voor zijn gevoel voor de honderdste keer een gevechtshouding aan. De pijn van zijn striemen en blauwe plekken vlamde opnieuw op, en hij voelde zich als een oude, reumatische man.

Arya gooide haar haar naar achteren, glimlachte naar hem en liet haar sterke, witte tanden zien.

Dat gebaar had geen uitwerking op hem. Hij was geconcentreerd op wat hij nu moest doen en zou niet toestaan dat hij een tweede keer in de val zou trappen.

Nog voordat de glimlach van haar lippen wegtrok, sprintte hij naar voren, hield Brisingr laag en zijwaarts terwijl hij zijn schild vóór zich hield. Zoals hij hoopte, werd Arya door de positie van zijn zwaard verleid om op voorhand toe te slaan: een striemende klap die op zijn sleutelbeen terecht zou komen als die hem geraakt zou hebben.

Eragon dook onder de slag weg, liet hem op zijn schild afketsen en hief Brisingr zwaaiend op, alsof hij het op haar benen en heupen had gemunt. Ze weerde hem met haar schild af en duwde hem weg, waarbij de lucht uit zijn longen werd geperst.

Er volgde een kort respijt terwijl ze om elkaar heen cirkelden, beiden op zoek naar een opening. Terwijl hij haar en zij hem in de gaten hield, met snelle en hortende, bijna vogelachtige bewegingen, zinderde de lucht tussen hen in van de spanning vanwege de overvloed aan energie die door hun aderen stroomde.

De spanning brak als een glazen stok in tweeën.

Hij haalde naar haar uit en zij pareerde, ze bewogen hun zwaarden met zo'n snelheid dat die amper te zien waren. Terwijl ze elkaar bestookten, concentreerde Eragon zijn blik op die van haar, maar hij deed ook zijn best – zoals Glaedr hem had aangeraden – om haar lichaamsritmes en -patronen te observeren, terwijl hij zich tegelijk in herinnering bracht wie ze was en hoe ze waarschijnlijk zou handelen en reageren. Hij wilde zo graag winnen, dat hij het gevoel had dat hij uit elkaar zou barsten als dat niet zou lukken.

Maar ondanks al zijn inspanningen verraste Arya hem toen ze hem achterwaarts met haar gevest tegen zijn ribben sloeg.

Eragon bleef staan en vloekte.

Dat was beter, zei Glaedr. *Veel beter. Je timing was bijna perfect.*

Maar niet helemaal.

Nee, niet helemaal. Je bent nog te boos en je geest is nog altijd een warboel. Concentreer je op de zaken waar je aan moet denken, maar laat je niet afleiden van wat er gebeurt. Zoek naar een rustpunt in jezelf en laat de zorgen van de wereld over je heen komen zonder dat je er zelf door meegevoerd wordt. Je zou je moeten voelen zoals die keer dat Oromis je naar de gedachten van de boswezens liet luisteren. Toen was je je bewust van alles wat er om je heen gebeurde, en toch was je op geen enkel detail gefixeerd. Kijk niet alleen naar Arya's ogen. Je blik is te klein, te gedetailleerd.

Maar Brom zei tegen me...

Er zijn vele manieren om je ogen de kost te geven. Brom had zijn manier, maar dat was niet de flexibelste stijl, en evenmin het geschiktst voor grote gevechten. Hij heeft het grootste gedeelte van zijn leven man-tot-mangevechten gevoerd, of in kleine groepen, en dat was terug te zien in zijn gewoonten. Het is beter om een brede blik te hebben dan een te nauwe, en laat een kenmerkend element van de plek of situatie tot je onderbewuste toe. Begrijp je dat?

Ja, meester.

Nog een keer dan, en deze keer moet je je ontspannen en je perceptie vergroten.

Eragon dacht opnieuw na over wat hij van Arya wist. Toen hij zijn plan had getrokken, sloot hij zijn ogen, ging langzamer ademen en zonk diep in zichzelf weg. Zijn angst en woede sijpelden langzaam uit hem weg, waardoor een onpeilbare leegte achterbleef die de pijn van zijn verwondingen verzachtte en waardoor zijn hoofd ongebruikelijk helder werd. Hoewel hij nog altijd graag wilde winnen, had hij er geen last meer van dat hij wel eens verslagen zou kunnen worden. Hij zou het nemen zoals het kwam en hij zou niet onnodig strijden tegen de grillen van het lot.

'Klaar?' vroeg Arya toen hij zijn ogen weer opende.

'Klaar.'

Ze namen hun beginpositie in en bleven daar roerloos staan, ieder van hen wachtte tot de ander de eerste klap zou uitdelen. De zon was rechts van Eragon, wat betekende dat als hij Arya in tegengestelde richting zou weten te manoeuvreren, ze in het licht zou kijken. Dat had hij vergeefs eerder geprobeerd, maar nu bedacht hij een manier waarop het wel zou kunnen lukken.

Hij wist dat Arya ervan overtuigd was dat ze hem kon verslaan. Hij wist zeker dat ze zijn vaardigheden niet onderschatte, maar hoe bewust ze ook was van zijn vaardigheid en zijn wens om die te verbeteren, ze had de overgrote meerderheid van hun gevechten gewonnen. Door die ervaringen was ze gaan denken dat hij met gemak te verslaan was, zelfs als ze logisch gesproken wel beter wist. Daarom was haar zelfvertrouwen ook haar zwakheid.

Ze denkt dat ze beter met een zwaard om kan gaan dan ik, zei hij tegen zichzelf. *En dat is misschien ook wel zo, maar die verwachtingen van haar kan ik tegen haar gebruiken. Als iets haar eronder kan krijgen, dan is dat het wel.*

Hij bewoog zich een paar passen zijwaarts en glimlachte naar Arya zoals zij dat ook naar hem had gedaan. Haar gezicht bleef indrukwekkend uitdrukkingsloos. Een tel later viel ze aan, alsof ze hem wilde tackelen en op de grond wilde werken.

Hij sprong naar achteren, zwenkte naar rechts en begon haar in de beoogde richting te manoeuvreren.

Arya bleef plotseling een paar meter bij hem vandaan staan en stond daar zo roerloos als een dier dat op een open plek in de val zit. Toen maakte ze met haar zwaard een halve cirkel vóór zich uit terwijl ze hem tegelijk aanstaarde. Nu Glaedr naar hen keek, vermoedde hij dat ze des te vastbeslotener was om zich van haar beste kant te laten zien.

Ze bracht hem van zijn stuk met een zacht, katachtig gegrom. Net als haar eerdere glimlach was de grom een wapen om hem in verwarring te brengen. En het werkte, maar slechts gedeeltelijk, want hij verwachtte inmiddels dat ze zoiets zou gaan doen, ook al wist hij niet precies wat.

Arya overbrugde de afstand met een enkele sprong en begon met zware, lusachtige slagen naar hem te zwaaien, die hij met zijn schild blokkeerde. Hij liet haar zonder weerstand te bieden aanvallen, alsof haar slagen te sterk voor hem waren en dat hij zichzelf alleen nog maar kon verdedigen.

Bij elke luide, pijnlijke stoot tegen zijn arm en schouder trok hij zich verder naar rechts terug en struikelde zo nu en dan om nog eens te benadrukken dat hij werd teruggedreven.

En toch bleef hij kalm en beheerst... leeg.

Al voordat het zover was wist hij dat het beslissende moment daar was, en toen dat eenmaal kwam, reageerde hij zonder aarzelen of na te denken, zonder snel of langzaam te willen handelen; hij wilde alleen maar ten volle de mogelijkheid benutten van dat ene, perfecte moment.

Toen Arya's zwaard in een flitsende boog op hem neerkwam, zwenkte hij naar rechts, ontweek het lemmet terwijl hij tegelijk de zon recht op zijn rug liet schijnen.

De punt van haar zwaard begroef zichzelf met een luide *donk* in de grond.

Arya draaide haar hoofd, om hem in het oog te houden, en maakte de fout om recht in de zon te kijken. Ze kneep haar ogen toe en haar pupillen slonken tot smalle, donkere vlekjes.

Terwijl zij werd verblind, stak Eragon Brisingr onder haar linkerarm en duwde hem tegen haar ribben. Hij had haar in de hals kunnen raken – en in een echt gevecht had hij dat ook gedaan –, maar hij hield zich in, want zelfs met een stomp zwaard kon zo'n klap dodelijk zijn.

Arya slaakte een scherpe kreet toen ze door Brisingr werd geraakt en viel een paar stappen achteruit. Ze bleef met haar arm tegen haar zij gedrukt staan en ze vertrok haar voorhoofd van de pijn terwijl ze hem met een bevreemde uitdrukking op haar gezicht aanstaarde.

Prima! kraaide Glaedr. *Nog een keer!*

Eragon voelde even een gloed van voldoening; toen liet hij die emotie los en keerde terug naar de afstandelijke waakzaamheid die hij eerder had gehad.

Toen Arya's gezicht weer was opgeklaard en ze haar arm had laten zakken, schuifelden zij en Eragon voorzichtig om elkaar heen tot geen van beiden de zon in de ogen had, en ze begonnen opnieuw. Eragon merkte algauw dat Arya hem voorzichtiger benaderde dan eerder. Meestal zou hij daar blij mee zijn geweest en zou het hem hebben aangezet om agressiever aan te vallen, maar hij weerstond die neiging, want het leek hem nu zonneklaar dat ze dat met opzet deed. Als hij zou toehappen, zou hij binnen de kortste keren aan haar genade overgeleverd zijn, zoals al zo vaak was gebeurd.

Het duel duurde slechts een paar tellen, maar was lang genoeg om een hele serie slagen uit te kunnen wisselen. Schilden kraakten, klonten uitgerukte graszoden vlogen over de grond en zwaard galmde tegen zwaard. Ze veranderden voortdurend van positie en kronkelden hun lichamen als twee dunne rookkolommen door de lucht.

Uiteindelijk was de uitkomst hetzelfde als eerst. Eragon glipte met een handig stukje voetenwerk en een snelle polsbeweging langs Arya's verdediging, waardoor hij Arya een slag van schouder tot borstbeen kon toebrengen.

Door de klap wankelde Arya en ze viel op een knie, waar ze nijdig kijkend en zwaar ademend door haar kleine neusgaten bleef zitten. Haar gezicht trok ongebruikelijk bleek weg, op de vuurrode plekken na die op beide wangen verschenen.

Nog een keer! beval Glaedr.

Eragon en Arya gehoorzaamden zonder tegensputteren. Door zijn twee overwinningen was Eragons vermoeidheid weggetrokken, maar hij zag dat voor Arya het tegendeel gold.

Het volgende gevecht leverde geen duidelijke winnaar op; Arya herstelde zich en wist Eragons trucs en valstrikken van zich af te slaan, en andersom lukte dat ook. Ze vochten door totdat ze uiteindelijk zo moe waren dat geen van beiden meer in staat was verder te gaan. Ze leunden op hun zwaard dat te zwaar was geworden om op te tillen terwijl het zweet van hun gezicht droop.

En nog een keer, zei Glaedr met zachte stem.

Eragon grimaste toen hij Brisingr uit de grond trok. Hoe meer uitgeput hij raakte, hoe moeilijker het was om zijn geest bij de les te houden en de pijn in zijn lichaam te negeren. Bovendien was het voor hem steeds lastiger om zijn drift in te houden en te vermijden dat hij ten prooi viel aan die akelige stemming die hem normaal gesproken overviel als hij aan rust toe was. Hij vermoedde dat hij met die uitdaging moest leren omgaan en dat het deel uitmaakte van wat Glaedr hem probeerde bij te brengen.

Zijn schouders brandden zo hevig dat hij zijn zwaard en schild niet ver meer kon optillen. In plaats daarvan liet Eragon hem langs zijn middel hangen in de hoop dat hij hem snel genoeg kon opheffen als dat nodig mocht zijn. Arya volgde zijn voorbeeld.

Ze schuifelden in een jammerlijke imitatie van hun eerdere, gracieuze bewegingen naar elkaar toe.

Eragon was doodop en toch weigerde hij op te geven. Hoe het kwam, begreep hij niet precies, maar hun oefengevechten leken wat meer te zijn dan alleen maar een wapentest. Het was een test over wie hij was: over zijn karakter, zijn kracht en zijn veerkracht. En het was niet Glaedr die hem op de proef stelde, maar naar zijn gevoel eerder Arya. Het was alsof ze iets van hem wilde, alsof ze wilde dat hij bewees... hij wist niet wat, maar hij was vastbesloten daar zo goed mogelijk aan te voldoen. Hoe lang ze ook bereid was om met hem te oefenen, dat gold voor hem ook, hoeveel pijn het ook deed.

Er rolde een zweetdruppel in zijn linkeroog. Hij knipperde hem weg en Arya sprong schreeuwend op hem af.

Opnieuw gingen ze op in hun dodelijke dans en opnieuw vochten ze tot ze niet meer konden. Ze waren zo moe dat ze onbeholpen werden, maar toch bewogen ze zich in een ruwe harmonie die hen beiden van de overwinning afhield.

Uiteindelijk bleven ze met het gezicht naar elkaar toe staan, hun zwaarden met het gevest aan elkaar vastgeklonken terwijl ze met de weinige kracht die ze nog overhadden tegen elkaar aan duwden.

En toen, terwijl ze daar zo stonden, vruchteloos heen en weer worstelend, zei Eragon met zachte, dringende stem: 'Ik... zie... jou.'

Een heldere vonk verscheen in Arya's ogen, en verdween weer net zo snel.

Hart tot hart

Glaedr liet ze nog tweemaal vechten. Elk duel was korter dan het vorige en elk resulteerde in een gelijkspel, wat de gouden draak meer frustreerde dan Eragon of Arya.

Glaedr had ze net zo lang laten door oefenen tot zonneklaar werd wie de betere krijger was, maar aan het eind van het laatste duel waren ze beiden zo moe dat ze zich op de grond lieten vallen en naar lucht happend naast elkaar bleven liggen. Zelfs Glaedr moest toegeven dat het weinig opschoot, ja, zelfs regelrecht schadelijk kon zijn als ze door zouden gaan.

Toen ze zo ver waren hersteld dat ze konden staan en lopen, dirigeerde Glaedr ze naar Eragons tent.

Eerst heelden ze met Saphira's energie de pijnlijkste verwondingen. Daarna leverden ze hun vernielde schilden in bij de wapenmeester van de Varden, Fredric, die ze andere teruggaf, maar pas nadat hij ze de les had gelezen dat ze beter met hun uitrusting moesten omgaan.

Toen ze bij de tent aankwamen, zagen ze dat Nasuada op hen wachtte, samen met haar gebruikelijke lijfwachten. 'Dat werd tijd,' zei ze op strenge toon. 'Als jullie klaar zijn met elkaar in elkaar te slaan, moeten we praten.' En zonder nog een woord te zeggen, dook ze naar binnen.

Blödhgarm en zijn medemagiërs stelden zich in een grote cirkel om de tent op, waarbij, zo zag Eragon, Nasuada's lijfwachten slecht op hun gemak waren.

Eragon en Arya liepen achter Nasuada de tent in; daarna verbaasde Saphira hen door haar kop tussen de tentflappen door te steken, en prompt rook het in de benauwde ruimte naar rook en verschroeid vlees.

Nasuada was van haar stuk gebracht door de plotselinge verschijning van Saphira's schubbige snuit, maar ze herstelde zich snel. Ze wendde zich tot Eragon en zei: 'Dat was Glaedr, hè? Ik heb hem gevoeld.'

Hij keek naar de voorkant van de tent, in de hoop dat haar lijfwachten te ver weg stonden om het te kunnen horen en knikte toen. 'Inderdaad.'

'Ah, ik wist het!' riep ze uit en ze klonk vergenoegd. Toen trok ze een vertwijfeld gezicht. 'Mag ik met hem praten? Is dat... toegestaan, of communiceert hij alleen maar met een elf of een Rijder?'

Eragon aarzelde en keek naar Arya om hem te helpen. 'Dat weet ik niet,' zei hij. 'Hij is nog niet helemaal hersteld. Misschien wil hij niet...'

Ik zal met je praten, Nasuada, dochter van Ajihad, zei Glaedr, en zijn stem echode in hun hoofd. *Vraag me wat je wilt, en laat ons dan met ons werk verdergaan; er moet nog veel gebeuren om Eragon op de komende uitdagingen voor te bereiden.*

Eragon had nog nooit gezien dat Nasuada zo met ontzag vervuld was, maar nu was dat zo. *Waar?* mimede ze terwijl ze haar handen uitspreidde.

Hij wees naar een plek aarde naast zijn bed.

Nasuada trok haar wenkbrauwen op; knikte toen, ging rechtop staan en begroette Glaedr formeel. Daarna vond een uitwisseling van een reeks beleefdheden plaats, waarbij Nasuada naar Glaedrs gezondheid informeerde en hem vroeg of de Varden iets voor hem konden doen. In antwoord op de eerste vraag – waar Eragon zenuwachtig van was geworden – legde Glaedr beleefd uit dat zijn gezondheid uitstekend was, dank je wel; en wat betreft de tweede kwestie: hij had niets van de Varden nodig, hoewel hij haar zorg waardeerde. *Ik eet niet meer*, zei hij; *ik drink niet meer; en ik slaap niet meer in de zin van wat jullie daaronder verstaan. Nu is mijn enige genot, mijn vermaak, te bedenken hoe ik Galbatorix ten val kan brengen.*

'Dat kan ik begrijpen,' zei Nasuada, 'want zo denk ik er ook over.'

Toen vroeg ze aan Glaedr of hij de Varden van advies kon dienen over hoe ze Dras-Leona konden innemen zonder dat het hun onaanvaardbare verliezen aan mankracht en materieel zou kosten, en, zoals zij het uitdrukte: 'Zonder dat Eragon en Saphira in de handen van het Rijk vallen, zoals met zo veel geknevelde kippen is gebeurd.'

Ze legde omstandig de situatie aan Glaedr uit, waarop hij na enig peinzen zei: *Ik heb geen gemakkelijke oplossing voor je, Nasuada. Ik zal er verder over nadenken, maar momenteel zie ik geen duidelijk pad voor de Varden. Als Murtagh en Thoorn in hun eentje waren, zou ik in een handomdraai korte metten met ze maken. Maar Galbatorix heeft ze te veel eldunarí gegeven.*

Zelfs met de hulp van Eragon, Saphira en de elfen zouden we niet zeker zijn van de overwinning.

Zichtbaar teleurgesteld zweeg Nasuada korte tijd; daarna drukte ze haar handen plat tegen het lijfje van haar jurk en bedankte Glaedr voor zijn tijd. Ze nam afscheid en vertrok, waarbij ze voorzichtig om Saphira's kop heen stapte om haar niet aan te raken.

Eragon ontspande iets toen hij op zijn veldbed ging zitten terwijl Arya plaatsnam op een soort driepoot. Hij veegde zijn handpalmen af aan de knieën van zijn broek – want zijn handen voelden kleverig aan, evenals de rest – en bood daarna Arya een slok uit zijn waterzak aan, die ze dankbaar in ontvangst nam. Toen ze klaar was, nam hij zelf ook een paar flinke slokken. Na hun wedstrijd waren ze uitgehongerd. Het water onderdrukte het gerommel en gegrom in zijn buik, maar hij hoopte dat Glaedr ze niet veel langer zou bezighouden. De zon was bijna onder en hij wilde bij de koks van de Varden een warme maaltijd halen, voordat ze hun vuren zouden doven en zich voor de nacht zouden terugtrekken. Anders, zo wist hij, zou hij het moeten doen met wat oud brood, stukken gedroogd vlees, beschimmelde schapenkaas en als hij geluk had een paar rauwe uien. Bepaald geen smakelijk vooruitzicht.

Toen ze allebei eenmaal zaten, begon Glaedr te praten, hij las Eragon de les over de principes van het mentale gevecht. Daar wist Eragon wel al het een en ander van, maar hij luisterde aandachtig, en toen de gouden draak hem opdroeg iets te doen, volgde hij Glaedrs instructies zonder vragen of klachten.

Algauw overschreden ze de bovengrens van de praktijkoefeningen. Glaedr begon Eragons verdediging met steeds sterker wordende aanvallen uit te testen, waardoor ze terechtkwamen in een heftige strijd waarin ieder van hen worstelde om de macht te krijgen, ook al was het maar voor even, over de gedachten van de ander.

Tijdens het gevecht lag Eragon met gesloten ogen op zijn rug, terwijl hij al zijn energie naar binnen richtte op het tumult dat tussen hem en Glaedr raasde. Door zijn eerdere zware inspanningen was hij zwak geworden en voelde zich zwaar in het hoofd – terwijl de gouden draak fris en goed uitgerust was, en bovendien immens machtig –, waardoor Eragon niet veel meer kon doen dan Glaedrs aanvallen omzeilen. Niettemin wist hij zich redelijk goed staande te houden, terwijl hij wel wist dat wanneer dit een echt gevecht was geweest, Glaedr zonder twijfel als winnaar uit de bus zou komen.

Gelukkig hield Glaedr enigszins rekening met Eragons toestand, maar toch, zo zei hij: *Je moet klaarstaan om op elk willekeurig moment je binnenste kern te verdedigen, zelfs als je slaapt. Het kan heel goed zijn dat je uiteindelijk tegenover Galbatorix of Murtagh zal komen te staan wanneer je net zo uitgeput bent als nu.*

Na nog meer strijd trok Glaedr zich terug in de rol van een – uitermate luidruchtige – toeschouwer, terwijl hij Arya zijn plaats als Eragons tegenstander liet innemen. Ze was even moe als Eragon, maar hij merkte al snel dat ze hem de baas was als het aankwam op een duel tussen magiërs. Dat verbaasde hem niet. De enige keer dat ze eerder mentaal in de clinch hadden gelegen, had ze hem bijna gedood, en dat was toen ze nog verdoofd was door haar gevangenschap in Gil'ead. Glaedrs gedachten waren gedisciplineerd en gefocust, maar zelfs hij kon de ijzeren controle die Arya over haar bewustzijn uitoefende niet evenaren.

Die zelfcontrole was een eigenschap die, zoals Eragon had gemerkt, normaal was bij elfen. In dat opzicht sprong Oromis eruit, zo leek het Eragon, omdat die zichzelf volkomen in de hand had en nooit ook maar een greintje last had van twijfel of zorg. Eragon dacht na over het feit dat die zelfbeheersing van de elfen een aangeboren eigenschap was van hun ras, evenals een natuurlijk resultaat van hun strenge opvoeding, educatie en het gebruik van de oude taal. Door te spreken en te denken in een taal waarin je niet kon liegen – en waarvan je met elk woord een bezwering kon openbreken – dacht je wel twee keer na voordat je zorgeloos met gedachten of taal omging. En gevolg daarvan was dat het je tegenstond wanneer iemand zich liet meeslepen door zijn emoties. Over het algemeen hadden elfen om die reden veel meer zelfbeheersing dan leden van andere rassen.

Arya en hij worstelden enige tijd in hun geest met elkaar; hij probeerde te ontsnappen aan haar allesomvattende greep, zij probeerde hem vast te zetten en te houden, zodat ze haar wil aan zijn gedachten kon opleggen. Ze kreeg hem verschillende keren te pakken, maar hij wist zich steeds na een paar tellen weer los te wringen, hoewel hij wist dat als ze hem kwaad had willen doen, het voor hem te laat zou zijn geweest om het vege lijf te redden.

En gedurende die hele tijd waarin hun geesten elkaar aanraakten, was Eragon zich bewust van wilde flarden muziek die door de donkere ruimten van Arya's bewustzijn zweefden. Ze lokte hem van zijn lichaam weg en dreigde hem te verstrikken in een web van merkwaardige en griezelige melodieën, die in niets leken op aardse liederen. Hij zou zich met alle liefde aan de betoverende muziek hebben overgegeven, als hij niet werd afgeleid door Arya's aanvallen en de wetenschap dat het mensen meestal niet al te best verging als ze geboeid raakten door de geestelijke roerselen van een elf. Misschien kon hij heelhuids ontsnappen. Hij was tenslotte een Rijder. Hij was anders. Maar dat risico wilde hij niet nemen, niet zolang hij zijn gezonde verstand wilde behouden. Hij had gehoord dat er van Nasuada's lijfwacht Garven niets meer over was dan een gapende dromer nadat hij geprobeerd had in Blödhgarms geest te graven.

Dus weerstond hij de verleiding, hoe moeilijk dat ook was.

Toen liet Glaedr Saphira met de strijd meedoen, soms tegen Eragon en soms aan zijn zijde, want zoals de oudere draak zei: *Je moet hierin net zo goed worden als Eragon, Lichtschub.* Doordat Saphira meedeed, veranderde de uitkomst van hun mentale gevechten aanzienlijk. Samen waren Eragon en zij in staat om Arya regelmatig van zich af te houden, ook al ging dat niet vanzelf. Tijdens twee aparte gelegenheden konden ze Arya zelfs met hun gecombineerde kracht onderwerpen. Maar toen Saphira aan Arya's zijde streed, gaven ze Eragon zo'n pak slaag dat hij alle aanvalspogingen opgaf en zich in plaats daarvan diep in zichzelf terugtrok, zich als een gewond dier tot een strakke bal opkrulde terwijl hij flarden gedichten opzei en wachtte tot de golven mentale energie die ze op hem afvuurden afnam.

Ten slotte stelde Glaedr paren samen – hij met Arya en Eragon met Saphira – en zo vochten ze een duel uit, alsof ze twee paar Rijders en draken in de strijd waren. In de eerst paar gespannen momenten ging het redelijk gelijk op, maar uiteindelijk konden Eragon en Saphira niet op tegen Glaedrs kracht, ervaring en sluwheid, gecombineerd met Arya's ongenadige vakkunst, en hadden ze geen andere keus dan hun nederlaag toe te geven.

Na afloop straalde Glaedr naar Eragons gevoel ontevredenheid uit. Dat stak hem en hij zei: *We doen het morgen beter, meester.*

Glaedrs stemming werd nog somberder. Zelfs hij leek moe te zijn van hun oefening. *Je hebt het goed gedaan, jongeling. Ik had van jullie beiden niet meer kunnen vragen dan als jullie als leerlingen in Vroengard onder mijn hoede waren geplaatst. Maar je kunt onmogelijk in een tijdsbestek van dagen of weken alles leren wat je moet leren. De tijd stroomt als water tussen onze vingers door en weldra zal die verstreken zijn. Het duurt jaren om de mentale strijd te leren beheersen; jaren, decennia en eeuwen, en zelfs dan blijft er steeds meer te leren, meer te ontdekken; over jezelf, je vijanden en over de fundamenten van de wereld.* Hij deed er met een boze grom het zwijgen toe.

Dan zullen we leren wat we kunnen en we laten verder het lot beschikken, zei Eragon. *Bovendien heeft Galbatorix honderd jaar zijn geest kunnen trainen, maar het is ook ruim honderd jaar geleden sinds u hem voor het laatst hebt onderwezen. In de tussentijd is hij vast wel íéts vergeten. Met uw hulp weet ik dat we hem kunnen verslaan.*

Glaedr snoof. *Je tong wordt steeds gladder, Eragon Schimmendoder.* Maar hij klonk tevreden. Hij spoorde ze aan wat te gaan eten en uit te rusten, waarna hij zich uit hun geest terugtrok en niets meer zei.

Eragon wist zeker dat de gouden draak ze nog altijd gadesloeg, maar

Eragon kon zijn aanwezigheid niet langer voelen, en hij werd overvallen door een onverwacht, leeg gevoel.

Een kilte kroop door zijn ledematen en hij huiverde.

Saphira en Arya en hij zaten in de donker wordende tent en geen van hen wilde iets zeggen. Toen schrok Eragon op en zei: 'Hij lijkt hersteld te zijn.' Zijn stem kraakte onwennig en hij reikte naar de waterzak.

'Dit is goed voor hem,' zei Arya. 'Jíj bent goed voor hem. Als hij geen doel heeft, zou hij van verdriet sterven. Het is indrukwekkend dat hij het allemaal heeft overleefd. Daar bewonder ik hem om. Slechts weinig wezens – mens, elf of draak – kunnen na zo'n verlies nog rationeel functioneren.'

'Brom wel.'

'Hij was net zo opmerkelijk.'

Als we Galbatorix en Shruikan doden, hoe zal Glaedr dan reageren? vroeg Saphira. *Zal hij dan doorgaan of houdt hij er dan gewoon... mee op?*

In Arya's pupillen weerscheen een lichtglinstering toen ze langs Eragon naar Saphira keek. 'Dat zal de tijd leren. Ik hoop van niet, maar als we in Urû'baen de overwinning behalen, kan het heel goed zijn dat Glaedr ontdekt dat hij niet langer in zijn eentje, zonder Oromis, verder kan.'

'We kunnen het hem niet zomaar laten opgeven!'

Daar ben ik het mee eens.

'Het is niet aan ons om hem tegen te houden als hij besluit de leegte binnen te treden.'

'Nee, maar we kunnen hem tot rede brengen en hem helpen inzien dat het leven nog steeds de moeite waard is.'

Ze zweeg een poosje, haar gezicht stond ernstig en toen zei ze: 'Ik wil niet dat hij doodgaat. Geen enkele elf wil dat. Maar als elk wakend ogenblik een marteling voor hem is, is het dan niet beter voor hem de verlossing te zoeken?'

Daar had Eragon noch Saphira een antwoord op.

Met z'n drieën bespraken ze nog een tijdje de gebeurtenissen van de dag; toen trok Saphira haar kop uit de tent terug en ging op het naburige grasveld zitten. *Ik voel me als een vos die met haar kop in een konijnenhol klem zit,* klaagde ze. *Mijn schubben gaan ervan jeuken als ik niet kan zien of iemand me besluipt.*

Eragon verwachtte dat Arya ook zou vertrekken, maar tot zijn verbazing bleef ze, kennelijk tevreden om met hem over koetjes en kalfjes te praten. Daar deed hij maar al te graag aan mee. Zijn honger van daarstraks was verdwenen tijdens de mentale strijd met haar, Saphira en Glaedr, en hij wilde hoe dan ook niets liever dan een warme maaltijd overslaan in ruil voor haar plezierige gezelschap.

De nacht sloot hen in en het werd steeds stiller in het kamp terwijl hun gesprek van het ene onderwerp naar het andere zwierf. Eragon voelde zich draaierig van uitputting en opwinding – bijna alsof hij te veel mede had gedronken – en hij merkte dat Arya zich ook meer op haar gemak voelde dan anders. Ze hadden het over van alles en nog wat: over Glaedr en hun oefengevecht; over het beleg van Dras-Leona en wat eraan gedaan kon worden; en over andere, minder belangrijke zaken zoals de kraanvogel die Arya had zien jagen in de sterke stroming aan de rand van het meer, en de schub die van Saphira's neus af was, en dat het seizoen aan het veranderen was en dat de dagen alweer kouder werden. Maar steeds maar weer keerden ze terug naar dat ene onderwerp dat altijd in hun gedachten aanwezig was: Galbatorix en wat hun in Urû'baen te wachten stond.

Terwijl ze als zo vaak aan het speculeren waren over de magische valstrikken die Galbatorix voor ze zou hebben gespannen en hoe ze die het beste konden omzeilen, dacht Eragon aan Saphira's vraag over Glaedr en hij zei: 'Arya?'

'Ja?' Het woord kwam er slepend uit, terwijl haar stem een beetje zangerig omhoog en omlaag ging.

'Wat ga je doen als dit allemaal achter de rug is?' *Als we dan tenminste nog leven.*

'Wat ga jíj doen?'

Hij frummelde aan het gevest van Brisingr terwijl hij over de vraag nadacht. 'Dat weet ik niet. Ik denk niet verder dan Urû'baen... Het hangt af van wat zij wil, maar ik vermoed dat Saphira en ik wellicht terugkeren naar de Palancarvallei. Ik kan een zaal bouwen op de uitlopers van de bergen. We zullen daar niet vaak zijn, maar dan hebben we tenminste een huis waar we naar kunnen terugkeren als we niet door heel Alagaësia aan het vliegen zijn.' Hij glimlachte scheef. 'Ik weet zeker dat we genoeg te doen hebben, zelfs als Galbatorix dood is... Maar je hebt mijn vraag nog steeds niet beantwoord; wat ga je dóén als we winnen? Je hebt daar vast wel een idee over. Je hebt er langer over kunnen nadenken dan ik.'

Arya trok een been op de kruk, sloeg haar armen eromheen en liet haar kin op haar knie rusten. In het schemerige halflicht van de tent leek haar gezicht tegen een vlakke, zwarte achtergrond te zweven, als een betoverde verschijning in de nacht.

'Ik heb meer tijd doorgebracht te midden van mensen en dwergen dan tussen de älfakyn,' zei ze, de elfennaam in de oude taal uitsprekend. 'Daar ben ik aan gewend geraakt en ik wil niet naar Ellesméra terugkeren. Daar gebeurt te weinig, daar kunnen ongemerkt eeuwen verstrijken terwijl je naar de sterren zit te staren. Nee, ik denk dat ik mijn moeder wil blijven dienen, als haar vertegenwoordiger. De reden dat ik om te beginnen uit Du Weldenvarden ben vertrokken, was omdat ik het evenwicht in de wereld wilde helpen herstellen. Zoals je al zei, er blijft nog genoeg te doen als we Galbatorix omverwerpen, dan moet veel rechtgezet worden en daar wil ik deel van uitmaken.'

'Ah.' Dat was niet precies wat hij had gehoopt, maar de mogelijkheid bestond tenminste nog dat ze na Urû'baen het contact niet helemaal zouden hoeven verliezen, en dat hij haar zo nu en dan nog kon zien.

Als Arya zijn misnoegen al bespeurde, dan liet ze dat niet merken.

Ze praatten nog een poosje en daarna verontschuldigde Arya zich en stond op om te vertrekken.

Toen ze langs hem heen liep, stak Eragon een hand naar haar uit alsof hij haar wilde tegenhouden, maar trok zijn hand snel weer terug. 'Wacht,' zei hij zachtjes, niet precies wetend waar hij op hoopte, maar hij hoopte toch. Zijn hart ging sneller slaan, bonsde in zijn oren en zijn wangen werden warm.

Arya bleef bij de ingang van de tent met haar rug naar hem toegekeerd staan. 'Goedenacht, Eragon,' zei ze. Toen glipte ze tussen de tentflappen door en verdween in de nacht, terwijl hij alleen in het donker achterbleef.

Ontdekking

De drie daaropvolgende dagen gingen voor Eragon snel voorbij, wat niet voor de andere Varden gold, die zich wentelden in lusteloosheid. De impasse met Dras-Leona duurde onverminderd voort, hoewel er enige opwinding ontstond toen Thoorn zijn gebruikelijke locatie boven de poorten aan de voorkant inruilde voor een plek een paar honderd voet verderop, aan de rechterkant van de borstwering. Na een hoop heen en weer gepraat – en na uitputtend met Saphira te hebben overlegd – concludeerden Nasuada en haar adviseurs dat Thoorn zich alleen maar had verplaatst omdat het daar comfortabeler was. Het andere gedeelte van het bolwerk was wat vlakker en langer. Maar verder sleepte het beleg zich onveranderlijk voort.

Intussen studeerde Eragon de ochtenden en avonden met Glaedr en oefende hij 's middags met Arya en een aantal andere elfen. Zijn wedstrijden met de elfen waren niet zo lang en inspannend als die met Arya – het zou dwaas zijn om elke dag zo veel van zichzelf te vergen –, maar zijn sessies met Glaedr waren even intensief als altijd. De oude draak volhardde in het verbeteren van Eragons vaardigheden en kennis en hij wilde niet weten van fouten of uitputting.

Eragon was blij te ontdekken dat hij eindelijk tijdens zijn duel met de elfen stand wist te houden. Maar mentaal was het zwaar, want als hij zijn concentratie ook maar even liet varen, eindigde hij met een zwaard in zijn ribben of tegen zijn keel.

Wat de lessen van Glaedr aanging, kon je zeggen dat hij onder normale omstandigheden goede vorderingen maakte, maar in de huidige situatie vonden Glaedr en hij dat het allemaal frustrerend langzaam ging.

Op de tweede dag zei Eragon tijdens zijn ochtendles tegen Glaedr: *Meester, toen ik voor het eerst bij de Varden in Farthen Dûr aankwam, heeft de Tweeling me getest, mijn kennis van de oude taal en die van magie in het algemeen.*

Dat heb je al aan Oromis verteld. Waarom vertel je mij dat nu weer?

Omdat ik eraan moest denken... De Tweeling vroeg me de ware vorm van een zilveren ring op te roepen. Destijds wist ik niet hoe dat moest. Arya heeft het me later uitgelegd: hoe je met behulp van de oude taal het wezen van elk ding of schepsel tevoorschijn kunt toveren. Maar Oromis heeft het daar nooit met me over gehad en ik vroeg me af... waarom eigenlijk niet?

Glaedr leek een zucht te slaken. *De magie waarmee je de ware vorm van een voorwerp moet oproepen is moeilijk. Wil dat lukken, dan moet je alle belangrijke eigenschappen van het voorwerp in kwestie begrijpen, zelfs als je gevraagd wordt de ware naam van een persoon of dier te raden. Bovendien heb je er in de praktijk niet veel aan. En het is gevaarlijk. Heel gevaarlijk. De bezwering kan niet gestructureerd worden als een voortgaand proces waar je elk moment een einde aan kunt maken. Ofwel je slaagt erin om de ware vorm van een voorwerp op te roepen... of het mislukt en je sterft. Oromis had geen reden om jou zoiets riskants te laten doen, en evenmin was je al zover in je studie om het onderwerp zelfs maar aan de orde te brengen.*

Eragon huiverde inwendig toen hij zich realiseerde hoe boos Arya op de Tweeling moest zijn geweest om de ware vorm van de ring die ze vasthielden tevoorschijn te toveren. Toen zei hij: *Ik zou het graag nu proberen.*

Eragon voelde dat Glaedr zijn volle aandacht op hem richtte. *Waarom?*

Ik moet weten op welk begripsniveau ik zit, zelfs als het maar om iets kleins gaat.

Nogmaals: waarom?

Eragon kon het niet in woorden uitleggen, dus strooide hij een wirwar aan gedachten en gevoelens in Glaedrs bewustzijn. Toen hij klaar was, zweeg Glaedr een poosje terwijl hij de toevloed van informatie op zich in liet werken. *Klopt het als ik zeg,* begon de draak, *dat je dit gelijkstelt met het verslaan van Galbatorix? Geloof je dat als je dit kunt en het overleeft, je dan wellicht in staat bent over de koning te triomferen?*

Ja, zei Eragon opgelucht. Hij had zijn redenen niet zo duidelijk kunnen verwoorden als de draak, maar dit klopte precies.

Wil je dit per se proberen?

Ja, meester.

Je kunt eraan sterven, bracht Glaedr hem in herinnering.

Eragon! riep Saphira uit, haar gedachten klonken vaag in zijn geest. Ze vloog hoog boven het kamp, op de uitkijk voor mogelijk gevaar terwijl hij les kreeg van Glaedr. *Dat is veel te gevaarlijk. Ik sta het niet toe.*

Ik moet dit doen, antwoordde hij zachtjes.

Glaedr zei tegen Saphira, maar ook tegen Eragon: *Als hij erop staat, kan hij zijn poging het beste doen op een plek waar ik kan toekijken. Als zijn kennis hem in de steek laat, kan ik hem misschien inseinen en hem redden.*

Saphira gromde – een boos, scheurend geluid dat Eragons geest vulde – en toen hoorde Eragon buiten de tent een angstaanjagende luchtstroom en verschrikte kreten van mannen en elfen toen ze naar de grond dook. Ze landde met zo'n geweld dat de tent met alles erin schudde.

Even later stak ze haar kop in de tent en keek Eragon nijdig aan. Ze hijgde en de wind uit haar neusgaten woelde door zijn haar, zijn ogen gingen tranen door de stank van verschroeid vlees. *Je bent zo koppig als een Kull,* zei ze.

Niet koppiger dan jij.

Ze krulde haar lip in iets van een sneer. *Waar wachten we nog op? Als je dit dan zo nodig moet doen, laten we dan maar doen ook!*

Wat wil je oproepen? vroeg Glaedr. *Het moet iets zijn wat je door en door kent.*

Eragon liet zijn blik door de tent dwalen, keek daarna naar de saffieren ring aan zijn rechterhand. *Aren...* Hij had de ring amper afgedaan sinds Ajihad hem van Brom aan hem had gegeven. Hij was net zo deel van zijn lichaam geworden als zijn armen of benen. Gedurende de uren waarin hij ernaar had zitten kijken had hij elke ronding en elk facet vanbuiten geleerd, en als hij zijn ogen sloot, kon hij een beeld oproepen dat een volmaakte replica was van het feitelijke voorwerp. Maar desondanks wist hij ook veel *níet* van de ring: zijn geschiedenis, hoe de elfen hem hadden gemaakt en, uiteindelijk, welke bezweringen er al of niet in zijn materiaal waren verweven.

Nee... Aren niet.

Toen viel zijn blik op de ring van de degenknop van Brisingr, op de plek waar het zwaard tegen de hoek van zijn veldbed stond. 'Brisingr,' mompelde hij.

Een gedempt *wump* weerklonk van het lemmet. Het zwaard kwam een centimeter uit zijn schede, alsof het van onderaf omhoog werd geduwd, kleine vlammentongen sprongen uit de schedeopening en likten aan de onderkant van het gevest. De vlammen verdwenen en het zwaard gleed weer in de schede terug toen Eragon snel de onbedoelde bezwering afbrak.

Brisingr, dacht hij, volkomen zeker van zijn keus. Rhunön had met haar vakkennis het zwaard gesmeed, maar hij was degene geweest die het gereedschap had gehanteerd en gedurende het hele proces was hij verenigd geweest met de geest van de elfensmid. Als er één voorwerp in de wereld was dat hij door en door begreep, dan was het zijn zwaard wel.

Weet je het zeker? vroeg Glaedr.

Eragon knikte, maar bedacht toen dat de gouden draak hem niet kon zien. *Ja, meester... Maar ik heb een vraag: is* Brisingr *de echte naam van het zwaard, en zo niet, heb ik dan zijn ware naam nodig zodat de bezwering haar werk doet?*

Brisingr is de naam van vuur, en dat weet je best. De ware naam van je zwaard is ongetwijfeld veel ingewikkelder, hoewel het heel goed zou kunnen dat Brisingr deel uitmaakt van zijn beschrijving. Als je wilt, kun je het zwaard bij zijn ware naam noemen, maar je kunt het net zo goed Zwaard noemen om hetzelfde resultaat te krijgen, zolang je de juiste kennis maar vóór in je geest handhaaft. Met die naam benoem je je kennis alleen maar en die heb je niet nodig om van de kennis gebruik te maken. Het is een subtiel verschil, maar wel belangrijk. Begrijp je dat?

Ja.

Ga dan verder, als je dat wilt.

Eragon nam even de tijd om zich te vermannen. Toen vond hij achter in zijn geest het kernpunt en reikte ernaar om energie aan zijn lichaam te onttrekken. Hij stuurde die energie door het woord dat hij uitsprak, terwijl hij dacht aan alles wat hij van het zwaard wist en zei helder en gearticuleerd: 'Brisingr!'

Eragon voelde zijn kracht bliksemsnel wegtrekken. Gealarmeerd probeerde hij te praten, te bewegen, maar de bezwering hield hem op z'n plaats. Hij kon zelfs niet met zijn ogen knipperen of ademhalen.

In tegenstelling tot daarnet barstte het zwaard in zijn schede niet in vlammen uit; het flakkerde, als een reflectie in water. Toen ontstond in de lucht naast het wapen een doorzichtige verschijning: een volmaakte, glanzende replica van een uit zijn schede bevrijde Brisingr. Hoe mooi het zwaard zelf ook was gemaakt – en Eragon had er nog nooit een smetje op kunnen ontdekken –, het duplicaat dat voor hem zweefde leek nog verfijnder. Het was alsof hij de idéé van het zwaard zag, een idee waarvan zelfs Rhunön, met al haar ervaring met metaalbewerking, niet had gehoopt die zo te kunnen vangen.

Zodra het tafereel zichtbaar werd, kon Eragon weer ademen en zich bewegen. Hij hield de betovering nog een paar tellen vast zodat hij zich kon vergapen aan de schoonheid van de verschijning, en liet toen de bezwering uit zijn greep los, waarna het spookachtige zwaard langzaam in de vergetelheid vervaagde.

Nu het weg was, leek de tent vanbinnen onverwacht donker.

Pas toen werd Eragon zich weer bewust van het feit dat Saphira en Glaedr tegen zijn bewustzijn aanduwden, terwijl ze standvastig elke gedachte die door zijn geest dwaalde nauwlettend in de gaten hielden. Eragon had beide draken nog nooit zo gespannen meegemaakt. Als hij Saphira een duw zou geven, zou ze waarschijnlijk zo erg schrikken dat ze rondjes ging draaien.

En als ik jou een duw zou geven, zou er niets meer dan een veeg van je overblijven, merkte ze op.

Eragon glimlachte en liet zich vermoeid op het bed zakken.

In zijn hoofd hoorde Eragon een geluid alsof er een wind over een verlaten vlakte joeg toen Glaedr zich ontspande. *Goed gedaan, Schimmendoder.* Eragon was verbaasd dat Glaedr hem een pluim gaf. De oude draak had slechts weinig complimenten uitgedeeld sinds hij Eragon aan het onderwijzen was. *Maar laten we het toch maar liever niet nog een keer proberen.*

Eragon rilde en wreef over zijn armen, probeerde de kou die in zijn ledematen was gekropen uit te bannen. *Afgesproken, meester.* Zo'n ervaring hoefde hij niet zo nodig nogmaals mee te maken. Toch had hij een intens gevoel van voldoening. Hij had boven alle twijfel bewezen dat hij ten minste één ding in Alagaësia even goed kon doen als iemand dat maar mogelijkerwijs kon.

En dat gaf hem hoop.

Op de ochtend van de derde dag kwam Roran weer terug bij de Varden, samen met zijn metgezellen: moe, gewond en uitgeput van de reis. Rorans terugkeer haalde de Varden een paar uur uit hun apathie – hij en de anderen werden als helden verwelkomd –, maar algauw viel de meerderheid van de Varden weer in hun verveling terug.

Eragon was opgelucht om Roran te zien. Hij wist wel dat zijn neef in veiligheid was, aangezien hij hem tijdens zijn afwezigheid verschillende keren via de spiegel had geschouwd. Maar toen hij hem in levenden lijve zag, werd er toch een angst van hem weggenomen die hij zich op dat moment niet gerealiseerd had. Roran was de enige familie die hij nog had – Murtagh telde wat Eragon betrof niet mee – en Eragon kon de gedachte niet verdragen hem te moeten verliezen.

Nu hij Roran van dichtbij zag, schrok Eragon ervan hoe hij eruitzag. Hij had wel verwacht dat Roran en de anderen uitgeput zouden zijn, maar Roran leek veel afgetobder dan zijn kameraden; het leek wel alsof hij gedurende de reis vijf jaar ouder was geworden. Zijn ogen waren rood en er zaten donkere kringen omheen, er zaten rimpels in zijn voorhoofd en hij bewoog zich stram, alsof elke centimeter van zijn lichaam bont en blauw was. En dan zijn half verschroeide baard, die wel schurftig leek.

De vijf mannen – één minder dan het oorspronkelijke aantal – bezochten eerst de helers van Du Vrangr Gata, waar de magiërs hun wonden verzorgden. Daarna presenteerden ze zich aan Nasuada in haar paviljoen. Nadat ze hen had geprezen voor hun moed, stuurde Nasuada alle mannen weg, behalve Roran, aan wie ze vroeg gedetailleerd verslag te doen van zijn heen- en terugreis naar Aroughs, evenals van de inname van de stad zelf. Dit verslag duurde enige tijd, maar zowel Nasuada als Eragon – die rechts van haar stond – luisterde opgetogen en soms met afgrijzen, terwijl Roran aan het woord was. Toen hij klaar was, verbaasde Nasuada zowel Eragon als hem door aan te kondigen dat ze Roran de leiding wilde geven over de bataljons van de Varden.

Eragon verwachtte dat Roran blij zou zijn met het nieuws. Maar in plaats daarvan zag hij de rimpels in het gezicht van zijn neef dieper worden en dat hij zijn voorhoofd in een frons trok. Roran maakte echter geen bezwaar en klaagde ook niet, maar boog en zei met zijn ruwe stem: 'Zoals u wilt, vrouwe Nasuada.'

Later liep Eragon met Roran mee naar diens tent, waar Katrina op hen stond te wachten. Ze begroette Roran zo geëmotioneerd dat Eragon gegeneerd zijn ogen afwendde.

Ze gebruikten met z'n drieën en Saphira de maaltijd, maar zodra ze konden, verontschuldigden Saphira en Eragon zich, want het was duidelijk dat Roran te moe was voor gezelschap en dat Katrina hem voor zichzelf wilde hebben.

Toen Saphira en hij in de donker wordende schemering door het kamp liepen, hoorde Eragon achter zich iemand schreeuwen: 'Eragon! Eragon! Wacht even!'

Hij draaide zich om en zag dat de tengere, slungelige gedaante van de geleerde Jeod naar hem toe rende; slierten haar wapperden om zijn magere gezicht. Jeod hield in zijn linkerhand een gerafeld stuk perkament geklemd.

'Wat is er?' vroeg Eragon bezorgd.

'Dit!' riep Jeod met glanzende ogen. Hij stak het perkament omhoog en schudde ermee heen en weer. 'Het is me weer gelukt, Eragon! Ik heb een manier gevonden!' In het wegstervende licht stak het litteken op zijn schedel en slaap schokkend bleek af tegen zijn getinte huid.

'Wát is je weer gelukt? Wélke manier heb je dan gevonden? Rustig, je raaskalt!'

Jeod keek steels om zich heen, boog zich dicht naar Eragon toe en fluisterde: 'Al dat lezen en zoeken dat ik heb gedaan heeft vruchten afgeworpen. Ik heb een geheime tunnel ontdekt die regelrecht naar Dras-Leona leidt!'

Besluiten

'Leg het me nog een keer uit,' zei Nasuada. Eragon verplaatste ongeduldig zijn gewicht, maar hield zijn mond.

Jeod pakte van de stapels perkamentrollen en boeken vóór hem een dun, in rood leer gebonden boekwerk en begon zijn verhaal voor de derde keer: 'Ongeveer vijfhonderd jaar geleden, voor zover ik weet...'

Jörmundur onderbrak hem met een handbeweging. 'Laat die poespas maar weg. We weten wel dat je dat veronderstelt.'

Jeod begon nogmaals: 'Ongeveer vijfhonderd jaar geleden stuurde koningin Forna Erst Grijsbaard naar Dras-Leona, of liever gezegd, wat Dras-Leona zou wórden.'

'En waarom stuurde ze hem daarnaartoe?' vroeg Nasuada terwijl ze met de zoom van haar mouw speelde.

'De dwergen zaten midden in een clanoorlog en Forna hoopte dat ze de steun van ons ras kon veiligstellen door koning Radgar te helpen bij de plannen en bouw van de stadsbolwerken, terwijl de dwergen de verdediging voor Aroughs optrokken.'

Nasuada rolde een stukje stof tussen haar vingers. 'En toen werd Forna door Dolgrath Halfstaf vermoord...'

'Ja. En Erst Grijsbaard had geen andere keus dan als een haas terug te keren naar de Beorbergen om zijn clan te verdedigen tegen Halfstafs plunderingen. Maar' – Jeod stak een vinger op en opende het rode boek – 'voor hij vertrok, was Erst kennelijk wel al met zijn werk begonnen. De hoofdadviseur van koning Radgar, heer Yardley, schreef in zijn memoires dat Erst aan plannen werkte voor een rioolsysteem onder het stadscentrum, want dat had invloed op de bouw van de versterkingen.'

Vanaf zijn plek aan het hoofd van de tafel die midden in Nasuada's paviljoen stond, knikte Orik en zei: 'Dat klopt inderdaad. Je moet uitrekenen waar en hoe het gewicht wordt verdeeld en bepalen met welke grondsoort je te maken hebt. Anders loop je het risico dat de boel instort.'

Jeod vervolgde: 'Natuurlijk heeft Dras-Leona helemaal geen ondergronds riool, dus ik nam aan dat Ersts plannen niet waren uitgevoerd. Een paar bladzijden later zegt Yardley echter...' Hij gluurde langs zijn neus in het boek en las: '... en in een betreurenswaardige wending van de gebeurtenissen brandden de rovers vele huizen af en verdwenen met vele familieschatten. De soldaten reageerden traag, want ze waren onder de grond aan het werk gezet en zwoegden er als boeren.'

Jeod liet het boek zakken. 'Nou, wat waren ze aan het graven? Ik heb verder geen opmerkingen over onderaardse activiteiten in of rondom Dras-Leona gevonden, totdat...' Hij legde het rode boekje neer en koos een ander boek, een volumineus boekwerk, met houten kaft en bijna een voet dik. 'Toevallig bestudeerde ik *De daden van Taradas en andere mysterieuze occulte fenomenen zoals die door de eeuwen heen zijn opgetekend door mensen, dwergen en de oudste elfen*, toen ik...'

'Dat werk staat vol fouten,' zei Arya. Ze stond aan de linkerkant van de tafel en boog zich op beide handen over de stadsplattegrond heen. 'De auteur wist weinig van mijn volk en wat hij niet wist, heeft hij verzonnen.'

'Dat kan wel zijn,' zei Jeod, 'maar hij wist heel veel van mensen en daar gaat het in dit geval om.' Jeod opende het boek vlak bij het midden en liet de bovenste helft voorzichtig op tafel zakken, zodat het boekwerk plat lag. 'Othman heeft tijdens zijn onderzoek een poosje in deze streek gebivakkeerd. Hij heeft vooral Helgrind bestudeerd, evenals de vreemde gebeurtenissen die daarmee verbonden zijn, maar hij had ook het volgende over Dras-Leona te melden: De mensen van de stad klagen ook vaak over vreemde geluiden en geuren die van onder hun straten en vloeren omhoogdrijven, vooral 's nachts, wat ze toeschrijven aan spoken en geesten en andere griezelige schepsels, maar als het geesten zijn, dan verschillen ze van wat ik er ooit over heb gehoord, omdat elders geesten afgesloten ruimten juist mijden.'

Jeod sloot het boek. 'Gelukkig was Othman grondig en heeft de geluiden op een kaart van Dras-Leona gemarkeerd, waar ze, zoals je kunt zien, een bijna rechte lijn door het oude stadscentrum vormen.'

'En jij denkt dat dit erop wijst dat er een tunnel is,' zei Nasuada. Het was een verklaring, geen vraag.

'Inderdaad,' zei Jeod knikkend.

Koning Orrin, die naast Nasuada zat en weinig had gezegd, nam het woord. 'Wat je ons tot nu toe hebt laten zien, waarde Jeod, bewijst nog niet dat er werkelijk een tunnel is. Als er al een ruimte onder de stad is, kan het heel goed een kelder, catacombe of een andere kamer zijn die alleen naar het gebouw erboven leidt. En zelfs áls het een tunnel is, dan weten we niet of die ergens buiten Dras-Leona uitkomt, noch, aangenomen dat hij bestaat, waar hij heen leidt. Misschien naar het hart van het paleis? Sterker nog, volgens je eigen verslag was om te beginnen de bouw van deze hypothetische tunnel nooit voltooid.'

'Het lijkt mij onwaarschijnlijk dat het iets ánders dan een tunnel kan zijn, als je naar de vorm kijkt, majesteit,' zei Jeod. 'Geen kelder of catacombe is zo smal of lang. En als het gaat om de voltooiing... we weten dat hij nooit is gebruikt voor het beoogde doel, maar we weten ook dat hij in elk geval tot aan Othmans tijd heeft bestaan, wat betekent dat de tunnel of doorgang of wat dan ook tot op zekere hoogte moet zijn voltooid, anders zou hij door het weglekkende water al lang moeten zijn verwoest.'

'Hoe zit het met de uitgang, of ingang, zo je wilt?' vroeg de koning.

Jeod rommelde even door een stapel perkamentrollen en trok er nog een kaart van Dras-Leona uit, waarop een gedeelte van het omliggende landschap stond. 'Daar ben ik niet zeker van, maar als hij de stad uit leidt, zou de uitgang ergens hier moeten zijn...' Hij zette zijn wijsvinger op een plek dicht bij de oostkant van de stad. 'De meeste gebouwen buiten de muren, die het centrum van Dras-Leona beschermden, bevonden zich aan de westkant van de stad, naast het meer. Dat betekende dat de plek die Jeod aanwees weliswaar kaal landschap was, maar dichter bij het centrum van Dras-Leona lag dan ze vanuit elke andere richting konden bereiken zonder op gebouwen te stuiten. 'Maar er is onmogelijk iets van te zeggen zonder daar zelf een kijkje te gaan nemen.'

Eragon fronste zijn wenkbrauwen. Hij had gedacht dat Jeods ontdekking concreter zou zijn.

'Gefeliciteerd met je onderzoek, waarde Jeod,' zei Nasuada. 'Je hebt de Varden weer eens een enorme dienst bewezen.' Ze stond op van haar statige stoel en liep naar de plattegrond om die te bekijken. De zoom van haar jurk sleepte ruisend over de grond. 'Als we een verkenner op onderzoek uit sturen, lopen we het gevaar dat het Rijk erachter komt dat we in dat gebied geïnteresseerd zijn. Ook al zou de tunnel bestaan, hij is voor ons niet veel waard. Murtagh en Thoorn zouden ons aan de andere kant staan op te wachten.' Ze keek naar Jeod. 'Hoe breed zou die tunnel zijn? Hoeveel man passen erin?'

'Dat zou ik niet weten. Misschien...'

Orik schraapte zijn keel en zei: 'De aarde is hier zacht en kleiig, en er zit aardig wat slib doorheen, een ramp voor tunnels. Als Erst ook maar een greintje verstand had, zou hij niet één grote tunnel hebben gepland om het afval van de stad af te voeren, maar verschillende kleinere doorgangen hebben aangebracht om het instortingsgevaar te beperken. Ik vermoed dat geen ervan breder is dan drie voet of zo.'

'Te smal om er met meer dan één man tegelijk doorheen te gaan,' zei Jeod.

'Te smal voor meer dan een enkele knurla,' voegde Orik eraan toe.

Nasuada keerde weer naar haar plaats terug en staarde met een vage blik op de kaart alsof ze naar iets in de verte keek.

Na een paar ogenblikken stilte zei Eragon: 'Ik zou naar de tunnel kunnen zoeken. Ik weet hoe ik mezelf met magie kan verbergen; de wachtposten zullen me niet opmerken.'

'Misschien niet,' mompelde Nasuada. 'Maar het idee dat jij of iemand ergens daarbuiten rondloopt staat me niet aan. Het gevaar is te groot dat het Rijk het merkt. Stel dat Murtagh op de uitkijk staat? Kun je hem om de tuin leiden? Weet je eigenlijk wel waar hij nu toe in staat is?' Ze schudde haar hoofd. 'Nee, we moeten doen alsof de tunnel bestaat en onze besluiten daarop afstemmen. Als de gebeurtenissen iets anders uitwijzen, hoeft ons dat niets te kosten, maar als de tunnel er wél is... dan zouden we Dras-Leona voor eens en voor altijd kunnen innemen.'

'Wat had je in gedachten?' vroeg koning Orrin op behoedzame toon.

'Iets brutaals; iets... onverwáchts.'

Eragon snoof zachtjes. 'Misschien moet je dan Roran om raad vragen.'

'Ik heb Roran niet nodig om plannen te maken, Eragon.'

Nasuada zweeg opnieuw en iedereen in het paviljoen, met inbegrip van Eragon, wachtte om te kijken waar ze mee kwam. Ten slotte maakte ze een beweging en zei: 'We sturen een klein team krijgers om de poorten van binnenuit te openen.'

'En hoe moet iemand dat voor elkaar krijgen?' vroeg Orik op dwingende toon. 'Het is al lastig genoeg als ze alleen maar te maken hebben met de honderden soldaten die in het gebied zijn gelegerd, maar voor het geval je het bent vergeten, hangt er ook een reusachtige, vuurspuwende hagedis in de buurt rond en híj zal zeker belangstelling hebben voor iedereen die zo dwaas is de poorten te openen. En dan heb ik het nog niet eens over Murtagh.'

Voordat de discussie zou verzanden, zei Eragon: 'Ik kan het doen.'

Door die woorden werd het gesprek prompt in de kiem gesmoord.

Eragon verwachtte dat Nasuada zijn voorstel van de hand zou wijzen, maar tot zijn verbazing nam ze het in overweging. Toen verbaasde ze hem nog meer door te zeggen: 'Uitstekend.'

Alle argumenten die Eragon had bedacht, vielen weg terwijl hij Nasuada stomverbaasd aankeek. Ze had duidelijk dezelfde redenering gevolgd als hij.

De tent barstte los in een kakofonie van door elkaar pratende stemmen. Arya wist er bovenuit te komen: 'Nasuada, je mag niet toestaan dat Eragon zo'n gevaar loopt. Dat is gewetenloos. Stuur in plaats daarvan een van Blödhgarms magiërs. Ik weet dat zij wel willen helpen, en zij zijn de machtigste krijgers die er maar te vinden zijn, Eragon incluis.'

Nasuada schudde haar hoofd. 'Geen van Galbatorix' mannen zou het wagen Eragon te doden, Murtagh niet, de huismagiërs van de koning niet, zelfs niet de laagste soldaat. Daar moeten we ons voordeel mee doen. Bovendien is Eragon onze sterkste magiër, en er zou wel eens heel wat kracht voor nodig kunnen zijn om de poorten te openen. Van ons allemaal, is bij hem de slagingskans het grootst.'

'Maar stel dat hij gevangengenomen wordt? Tegen Murtagh kan hij niet op. Dat weet je best!'

'We leiden Murtagh en Thoorn af en daarmee krijgt Eragon de gelegenheid die hij nodig heeft.'

Arya stak haar kin in de lucht. 'Hoe dan? Hoe gaan jullie ze afleiden?'

'We doen alsof we Dras-Leona vanuit het zuiden aanvallen. Saphira vliegt om de stad heen, steekt gebouwen in brand en doodt de soldaten op de muren. Thoorn en Murtagh hebben geen andere keus dan de achtervolging in te zetten, zeker niet wanneer het lijkt alsof Eragon al die tijd op Saphira rijdt. Blödhgarm en zijn medemagiërs kunnen een getrouwe kopie van Eragon toveren, zoals ze al eerder hebben gedaan. Zolang Murtagh niet te dichtbij komt, ontdekt hij onze truc niet.'

'Ben je vastbesloten?'

'Ja.'

Arya's gezicht werd harder. 'Dan ga ik met Eragon mee.'

Opluchting sijpelde door Eragon heen. Hij had gehoopt dat ze met hem mee zou gaan, maar hij wist niet zeker of hij het wel wilde vragen, uit angst dat ze zou weigeren.

Nasuada zuchtte. 'Je bent een dochter van Islanzadí, ik wil niet dat je zo'n gevaar loopt. Als jij sneuvelt... Weet je nog hoe je moeder reageerde toen ze dacht dat Durza je vermoord had? We kunnen het ons niet veroorloven de steun van jouw volk kwijt te raken.'

'Mijn moeder...' Arya perste haar lippen op elkaar, onderbrak zichzelf en begon toen opnieuw: 'Ik kan u verzekeren, vrouwe Nasuada, dat koningin Islanzadí de Varden niet in de steek zal laten, wat er ook met mij gebeurt. Daar hoeft u zich geen zorgen over te maken. Ik zál met Eragon meegaan, evenals twee magiërs van Blödhgarm.'

Nasuada schudde haar hoofd. 'Nee, je mag er maar één meenemen. Murtagh weet hoeveel elfen Eragon beschermen. Als hij merkt dat er nog twee weg zijn, vermoedt hij misschien een of andere val. Hoe dan ook, Saphira heeft zo veel mogelijk hulp nodig om uit Murtaghs greep te blijven.'

'Drie mensen zijn niet genoeg voor zo'n missie,' drong Arya aan. 'Dan kunnen we Eragons veiligheid niet garanderen, laat staan dat we de poorten kunnen openen.'

'Dan kan er ook iemand van Du Vrangr Gata met je meegaan.'

Een vleugje spot kleurde Arya's gezicht. 'Geen van uw magiërs is sterk of vaardig genoeg. Zij zijn honderd keer sterker dan wij, of erger nog. Ze zullen zowel gewone zwaardvechters als getrainde magiërs tegen ons inzetten. Alleen elfen of Rijders...'

'Of Schimmen,' bulderde Orik.

'Of Schimmen,' zei Arya instemmend, hoewel Eragon zag dat ze geërgerd was. 'Alleen diegenen kunnen erop hopen het tegen zo'n overmacht vol te houden. En zelfs dan is dat helemaal niet zo zeker. We nemen twee van Blödhgarms magiërs. Niemand anders kan deze taak aan, niet iemand van de Varden.'

'O, en wat ben ik dan, gehakte lever?'

Iedereen draaide zich verbaasd om toen Angela uit een hoek achter in de tent tevoorschijn stapte. Eragon wist niet eens dat ze er was.

'Wat een merkwaardige uitdrukking,' zei de kruidenvrouw. 'Wie vergelijkt zichzelf nu om te beginnen met gehakte lever? Als je dan een orgaan wilt kiezen, neem dan een galblaas of zwezerik. Veel interessanter dan een lever. Of wat dacht je van gehakte t...' Ze glimlachte. 'Nou ja, zo belangrijk is dat niet, verondersteld ik.' Ze bleef voor Arya staan en keek naar haar op. 'Heb je er bezwaar tegen als ík met je meega, Älfa? Strikt genomen hoor ik niet bij de Varden, maar ik ben wel bereid om dit kwartet van je compleet te maken.'

Tot Eragons verbazing boog Arya haar hoofd en zei: 'Natuurlijk, o wijze. Ik wilde u niet beledigen. Het is een eer om u bij ons te hebben.'

'Mooi zo!' riep Angela uit. 'Althans, jíj vindt het niet erg,' en ze richtte zich tot Nasuada.

Nasuada schudde enigszins geamuseerd haar hoofd. 'Als je wilt, en Eragon noch Arya er bezwaar tegen heeft, zie ik geen reden waarom je niet zou gaan. Hoewel ik me niet kan voorstellen waarom je dat wilt.'

Angela schudde met haar krullen. 'Verwacht je van me dat ik elke beslissing die ik neem uitleg? ... O, oké, als dat je nieuwsgierigheid bevredigt, laten we dan zeggen dat ik een wrok koester tegen de priesters van Helgrind, en ik grijp graag de kans om ze kwaad toe te brengen. Daarbij, als Murtagh acte de présence geeft, heb ik wel wat trucs achter de hand om hem een slechte dienst te bewijzen.'

'We kunnen Elva vragen ook met ons mee te gaan,' zei Eragon. 'Als iemand ons kan helpen het gevaar te omzeilen...'

Nasuada fronste haar wenkbrauwen. 'De laatste keer dat we elkaar hebben gesproken, heeft ze heel duidelijk gemaakt waar ze stond. Ik ga niet op m'n knieën liggen om haar van het tegendeel te overtuigen.'

'Ik praat wel met haar,' zei Eragon. 'Ze is boos op mij, en ik ben degene die het haar moet vragen.'

Nasuada plukte aan de franje van haar goudkleurige japon. Ze rolde wat draden tussen haar vingers en zei abrupt: 'Doe wat je wilt, ik hou er niet van om een kind de strijd in te sturen, al is ze nog zo begaafd als Elva. Maar ik vermoed dat ze meer dan in staat is om zichzelf te beschermen.'

'Zolang ze maar niet overweldigd wordt door de pijn van degenen om haar heen,' zei Angela. 'Na de laatste paar gevechten bleef ze opgerold als een balletje liggen, nauwelijks in staat zich te verroeren of te ademen.'

Nasuada hield op met frummelen en tuurde met een ernstige uitdrukking op haar gezicht naar Eragon. 'Ze is onvoorspelbaar. Als ze kiest om mee te gaan, wees dan op je hoede voor haar, Eragon.'

'Dat zal ik doen,' beloofde hij.

Toen Nasuada de logistieke problemen met Orrin en Orik ging bespreken, trok Eragon zich wat uit het gesprek terug, want daar had hij niet veel aan toe te voegen.

In de beslotenheid van zijn geest wendde hij zich tot Saphira, die via hem had meegeluisterd naar wat er was gebeurd. *En?* vroeg hij. *Wat denk jij? Je hebt je ongelooflijk stilgehouden. Ik dacht dat je zeker iets zou zeggen toen Nasuada voorstelde om Dras-Leona binnen te glippen.*

Ik zei niets omdat ik niets te zeggen had. Het is een goed plan.

Ben je het met haar eens?!

We zijn geen stuntelige jongelingen meer, Eragon. Onze vijanden mogen dan geducht zijn, wij zijn dat ook. Het wordt tijd dat we ze daaraan herinneren.

Vind je het erg dat we apart gaan?

Natuurlijk wel, gromde ze. *Waar jij ook gaat, zwermen de vijanden om je heen als vliegen om een stuk vlees. Maar je bent niet meer zo hulpeloos als vroeger.* En ze leek bijna te spinnen.

Ik, hulpeloos? zei hij met geveinsde woede.

Een beetje maar. Maar je bijt nu gevaarlijker van je af dan vroeger.

Hetzelfde geldt voor jou.

Mmm... Ik ga op jacht. Er is een halsbrekende storm op til, en ik krijg tot na de aanval geen kans meer om wat te eten.

Vlieg veilig, zei hij.

Terwijl hij voelde dat ze van hem wegvloog, richtte Eragon zijn aandacht weer op het gesprek in de tent, want hij wist dat zijn leven, en dat van Saphira, zou afhangen van de besluiten die Nasuada, Orik en Orrin zouden nemen.

Onder heuvel en steen

Eragon rolde met zijn schouders, trok aan zijn maliënkolder zodat dat lekkerder zat onder de tuniek dat de wapenrusting moest verbergen. Alles om hem heen lag in een zware, drukkende duisternis gehuld. De maan en sterren gingen achter een dik pak wolken schuil. Zonder het rode weerlicht dat Angela in haar hand hield, zouden zelfs Eragon en de elfen geen hand voor ogen zien.

De lucht was vochtig en een paar keer voelde Eragon een paar koude regendruppels op zijn wangen.

Elva had gelachen en hulp geweigerd toen hij daarom had gevraagd. Hij had lang en stevig op haar ingepraat, maar tevergeefs. Saphira had zich er zelfs mee bemoeid, was naar de tent gevlogen waar het heksenkind verbleef en had haar enorme kop op slechts een paar voet van het meisje gebracht, waardoor ze werd gedwongen om in een van Saphira's schitterende, onbeweeglijke ogen te kijken.

Elva had toen niet de moed gehad om te lachen, maar ze liet zich niet vermurwen. Haar koppigheid frustreerde Eragon. Maar hij bewonderde onwillekeurig haar onverzettelijkheid; het was geen kleinigheid om tegen een Rijder én een draak nee te zeggen. Aan de andere kant had ze in haar korte leven ongelooflijk veel pijn geleden en die ervaring had haar zo verhard zoals je dat maar zelden zag, zelfs niet bij de meest uitgeputte krijgers.

Naast hem bond Arya een lange cape om haar hals. Eragon droeg er ook een, evenals Angela en de zwartharige elf Wyrden, die door Blödhgarm was uitgekozen om hen te vergezellen. De capes moesten hen beschermen tegen de nachtelijke kou, maar ook hun wapens verbergen voor iedereen die ze in de stad zouden kunnen tegenkomen, als ze tenminste zo ver kwamen.

Nasuada, Jörmundur en Saphira waren tot de rand van het kamp met hen meegegaan, en daar stonden ze nu. Tussen de tenten waren de mannen van de Varden, dwergen en Urgals druk bezig zich op de voorwaartse mars voor te bereiden.

'Goed onthouden,' zei Nasuada, en haar adem maakte wolkjes in de lucht, 'als jullie bij dageraad de poorten niet hebben kunnen bereiken, zoek dan een plek waar je tot morgenochtend kunt wachten, dan proberen we het weer.'

'Misschien hebben we de luxe niet om te wachten,' zei Arya.

Nasuada wreef over haar armen en knikte. Ze leek ongewoon bezorgd. 'Dat weet ik. Hoe dan ook, zodra jullie contact met ons opnemen, staan we klaar om aan te vallen, op welk tijdstip van de dag ook. Jullie veiligheid is belangrijker dan de inname van Dras-Leona. Onthoud dat.' Onder het praten dwaalde haar blik naar Eragon.

'We moeten gaan,' zei Wyrden. 'Het wordt een koude nacht.'

Eragon drukte even zijn voorhoofd tegen Saphira aan. *Goede jacht,* zei ze zachtjes.

Jij ook.

Ze namen met tegenzin afscheid van elkaar en Eragon voegde zich bij Arya en Wyrden terwijl die achter Angela uit het kamp wegliepen, in de richting van de oostelijke stadsgrens. Nasuada en Jörmundur mompelden in het voorbijgaan veel succes en tot ziens, en toen was alles stil, op het geluid van hun ademhaling en hun laarzen op de grond na.

Angela dempte het licht in haar handpalm zover dat Eragon amper zijn voeten meer kon zien. Hij moest turen om op de weg liggende stenen en takken te kunnen onderscheiden.

Ze liepen bijna een uur in stilte, waarop de kruidenvrouw bleef staan en fluisterde: 'Voor zover ik weet, zijn we er. Ik kan vrij goed afstanden schatten, maar misschien zijn we er ruim duizend voet vandaan. Moeilijk om in deze duisternis ook maar ergens zeker van te zijn.'

Links van hen zweefden een stuk of zes speldenprikken boven de horizon, het enige bewijs dat ze in de buurt van Dras-Leona waren. De lichten leken zo dichtbij dat je ze uit de lucht zou kunnen plukken.

Hij en de twee vrouwen gingen om Wyrden heen staan terwijl de elf neerknielde en de handschoen van zijn rechterhand trok. Wyrden legde zijn handpalm op de kale aarde en mompelde zacht de bezwering die hij van de dwergenmagiër had geleerd die Orik – voordat ze voor hun missie vertrokken – had gestuurd om ze te instrueren hoe je ondergrondse ruimten kon opsporen.

Terwijl de elf neuriede, staarde Eragon naar de hen omringende duisternis en luisterde en keek of hij vijanden kon zien. De regen op zijn gezicht viel nu harder. Hij hoopte dat het weer zou opknappen voordat de strijd zou losbranden, als dat tenminste zou gebeuren.

Ergens kraste een uil en hij reikte naar Brisingr, maar weerhield zich daarvan en balde zijn vuist. *Barzûl,* zei hij binnensmonds, Oriks lievelingsvloek slakend. Hij was zenuwachtiger dan hem lief was. Door de wetenschap dat hij het misschien weer tegen Murtagh of Thoorn zou moeten opnemen – tegelijk of tegen een van hen – zat hij op de toppen van zijn zenuwen.

Als ik zo doorga, weet ik zeker dat ik dat ga verliezen, dacht hij. Dus hij ging langzamer ademhalen en paste de eerste mentale oefening toe die Glaedr hem had geleerd om zijn emoties onder controle te krijgen.

De oude draak was niet enthousiast geweest over de missie toen Eragon hem erover vertelde, maar hij was er ook niet op tegen geweest. Nadat ze verschillende scenario's hadden besproken, had Glaedr gezegd: *Hoed je voor de schaduwen, Eragon. Op donkere plekken liggen vreemde dingen op de loer,* wat, zo dacht Eragon, bepaald geen bemoedigende opmerking was.

Hij veegde het toenemende vocht van zijn gezicht en hield zijn andere hand dicht in de buurt van zijn zwaardgevest. Het leer van zijn handschoen lag warm en glad tegen zijn huid.

Hij liet zijn hand zakken, haakte zijn duim onder zijn zwaardriem, de riem van Beloth de Wijze, en was zich bewust van de twaalf smetteloze diamanten die daarin verborgen waren. Die ochtend was hij naar de veekotten gegaan en toen de koks de vogels en schapen slachtten voor het ontbijt van het leger, had hij de wegstervende energie van de dieren in de edelstenen overgebracht. Dat vond hij verschrikkelijk om te doen; wanneer hij zijn geest naar een dier uitstrekte – terwijl de kop er nog steeds op zat –, maakte hij zich de angst en pijn van het dier eigen en als het dan de leegte in glipte, leek het alsof hij zelf doodging. Het was een afschuwelijke, paniek veroorzakende ervaring. Wanneer hij maar kon had hij woorden in de oude taal tot de dieren gesproken, in een poging ze te troosten. Soms werkte dat, soms niet. Hoewel de schepsels hoe dan ook zouden sterven en hij de energie nodig had, had hij er een enorme hekel aan, want daardoor kreeg hij het gevoel dat *híj* verantwoordelijk was voor hun dood. Hij kreeg er een smerig gevoel door.

Nu meende hij dat de riem iets zwaarder was dan eerst, geladen als die was met de energie van zo veel dieren. Zelfs als de diamanten zelf waardeloos waren geweest, zou Eragon de riem waardevoller dan goud hebben gevonden, vanwege de tientallen levens die ermee waren gevuld.

Toen Wyrden niet meer zong, vroeg Arya: 'Heb je het gevonden?'

'Deze kant op,' zei Wyrden terwijl hij opstond.

Opluchting golfde als een siddering door Eragon heen. *Jeod had gelijk!*

Wyrden leidde ze over een weg en een reeks kleine heuvels, daarna naar een ondiepe aardwal die in de plooien van het landschap was verborgen. 'De ingang van de tunnel moet hier ergens zijn,' zei de elf, en hij gebaarde naar de westkant van de ondiepte.

De kruidenvrouw liet haar weerlicht zo helder schijnen dat ze erbij konden zoeken; toen begonnen Eragon, Arya en Wyrden het struikgewas langs de kant uit te kammen, terwijl ze met stokken in de grond prikten. Twee keer stootte Eragon zijn schenen tegen de stronk van omgevallen berkenbomen, waardoor zijn adem stokte van de pijn. Hij wilde dat hij beenbeschermers aanhad, maar die had hij niet meegenomen, en evenmin zijn schild, want ze wilden in de stad niet te veel aandacht trekken.

Ze zochten zo'n twintig minuten, liepen heen en weer langs de rand terwijl ze zich een weg terug naar hun beginpunt baanden. Ten slotte hoorde Eragon het gerinkel van metaal en Arya riep zachtjes: 'Hier.'

Hij en de anderen haastten zich naar haar toe; ze stond bij een kleine, overwoekerde holte in de zijkant van de aardwal. Arya trok de begroeiing weg en er kwam een steen tevoorschijn, waarin de contouren van een tunnel van vijf voet hoog en drie voet breed te zien waren. Voor het gapende gat zat een roestig, ijzeren rooster.

'Kijk,' zei Arya en ze wees naar de grond.

Eragon keek ernaar en zag dat er een pad uit de tunnel naar buiten leidde. Zelfs bij het merkwaardige, rode schijnsel van het weerlicht van de kruidenvrouw kon Eragon zien dat het spoor was ontstaan doordat het door stampende voeten was platgetrapt. Een of meer mensen moesten heimelijk via de tunnel Dras-Leona in of uit zijn gegaan.

'Als we verdergaan, moeten we voorzichtig zijn,' fluisterde Wyrden.

Angela slaakte een licht keelgeluidje. 'Hoe wilde je anders verdergaan? Met schallende trompetten en schreeuwende herauten? Echt, zeg.'

De elf gaf daar geen antwoord op, maar hij zag er duidelijk slecht op z'n gemak uit.

Arya en Wyrden haalden het rooster weg en betraden behoedzaam de tunnel. Ze ontstaken beiden hun weerlicht. De vlamloze toortsen zweefden als rode zonnetjes boven hun hoofden, hoewel ze niet meer licht gaven dan een handvol kooltjes.

Eragon hield zijn pas in en zei tegen Angela: 'Waarom hebben de elfen zo veel respect voor je? Ze lijken bijna bang voor je te zijn.'

'Verdien ik dan geen respect?'

Hij aarzelde. 'Weet je, er komt een moment dat je me over jezelf moet vertellen.'

'Waarom denk je dat?' En ze drong zich langs hem heen om de tunnel binnen te gaan terwijl haar cape flapperde als de vleugels van een Lethrblaka.

Eragon liep hoofdschuddend achter haar aan.

De kleine kruidenvrouw hoefde zich niet diep te bukken om ervoor te zorgen dat ze haar hoofd niet stootte, maar Eragon moest zich krommen als een oude man met reumatiek, evenals de twee elfen. De tunnel was grotendeels leeg. Een fijne laag aangekoekte aarde bedekte de vloer. Vlak bij de ingang van de tunnel lagen her en der een paar stokken en stenen, en zelfs een afgedankte slangenhuid. In de doorgang rook het naar vochtig stro en mottenvleugels.

Eragon en de anderen liepen zo zachtjes mogelijk, maar de tunnel versterkte alle geluiden. Elke stoot en elk geschuifel weergalmden, waardoor de lucht zich met een veelheid aan overlappende fluisteringen vulde die leken te murmelen en zuchten alsof ze zelf leefden. Door de fluisteringen kreeg Eragon het gevoel alsof ze omgeven waren door een horde lichaamsloze geesten die op elke beweging die ze maakten commentaar leverden.

Over iemand besluipen gesproken, dacht hij terwijl hij met zijn laars langs een rots schraapte, wat met een luide *klak* tegen de zijkant van de tunnel weerkaatste en zich honderdvoudig door de tunnel verspreidde.

'Sorry,' mimede hij toen iedereen naar hem keek.

Een meesmuilend glimlachje speelde om zijn lippen. *Nu weten we tenminste waar die vreemde geluiden onder Dras-Leona vandaan komen.* Als ze terug waren, moest hij dat aan Jeod vertellen.

Toen ze al een aardig eindje in de tunnel waren, bleef Eragon staan en keek naar de ingang achterom, die al in de duisternis was verdwenen. Het donker leek bijna tastbaar, alsof er een zware doek over de wereld gedrapeerd lag. Samen met de dicht opeen gebouwde muren en het lage plafond kreeg hij een verkrampt en beklemd gevoel. Normaal gesproken vond hij het niet erg om in een krappe ruimte te zijn, maar de tunnel deed hem denken aan de wirwar van ruw uitgehakte doorgangen in Helgrind, waar hij en Roran tegen de Ra'zac hadden gevochten; bepaald geen aangename herinnering.

Hij haalde diep adem, en ademde weer uit.

Net toen hij weer verder wilde gaan, ving hij een glimp op van twee grote, in de schaduwen glanzende ogen, als een paar koperkleurige maanstenen. Hij greep naar Brisingr en had het zwaard al een stukje uit zijn schede toen Solembum op zijn zachte poten uit de duisternis tevoorschijn kwam kuieren.

De weerkat bleef bij de rand van het licht staan. Hij wriggelde met zijn zwartpuntige oren en trok zijn kaken in iets wat op een geamuseerde uitdrukking leek.

Eragon ontspande zich en knikte de weerkat begroetend toe. *Ik had het kunnen weten.* Waar Angela ook naartoe ging, Solembum kwam onveranderlijk achter haar aan. Opnieuw verwonderde Eragon zich over het verleden van de kruidenvrouw: *Hoe heeft ze ooit zijn trouw verworven?*

Naarmate de rest van het gezelschap verderging, kropen de schaduwen opnieuw over Solembum heen, en verborgen hem voor Eragons gezichtsveld.

Gerustgesteld door de wetenschap dat de weerkat hem rugdekking gaf, haastte Eragon om weer aan te schuiven.

Voordat de groep uit het kamp wegging, had Nasuada hen ingelicht over het precieze aantal soldaten dat in de stad aanwezig was, evenals waar ze gelegerd waren en hun taken en gewoonten. Ze had hun ook bijzonderheden gegeven over de slaapverblijven van Murtagh, wat hij at en zelfs zijn humeur van de avond tevoren. Haar informatie was opmerkelijk accuraat geweest. Toen ze ernaar werd gevraagd, had ze geglimlacht en uitgelegd dat sinds de Varden waren gearriveerd, de weerkatten voor haar in Dras-Leona hadden gespioneerd. Wanneer Eragon en zijn metgezellen in de stad opdoken, en zouden de weerkatten hen naar de zuidelijke poorten escorteren, zouden als het even kon hun eigen aanwezigheid niet aan het Rijk onthullen, anders konden ze Nasuada niet meer zo effectief van informatie voorzien. Wie zou immers vermoeden dat de abnormaal grote kat die in de buurt rondhing eigenlijk een vijandige spion was?

Eragon ging Nasuada's instructies nog eens na en op dat moment bedacht hij dat een van Murtaghs grootste zwakheden het feit was dat hij nog altijd moest slapen. *Als we hem vandaag niet gevangennemen of doden, zou dat ons bij een volgende ontmoeting misschien helpen een manier te vinden om hem midden in de nacht wakker te maken, en, als we dat voor elkaar zouden kunnen krijgen, meerdere nachten. Als hij drie of vier dagen niet goed slaapt, is hij niet fit genoeg om te vechten.*

Ze liepen steeds verder de tunnel in, die zo recht liep als een pijl; er zat nergens een bocht, nergens een hoek. Volgens Eragon liep hij iets schuin omhoog – wat wel klopte, want de tunnel was ontworpen om afval uit de stad af te voeren –, maar helemaal zeker wist hij het niet.

Na een tijdje werd de aarde onder hun voeten zachter en bleef die als natte klei aan hun laarzen plakken. Water druppelde vanaf het plafond omlaag, soms landde er een druppel in Eragons nek en rolde als de aanraking van een koude vinger langs zijn rug omlaag. Hij gleed een keer uit over een stuk modder en toen hij een hand uitstak om zijn evenwicht te bewaren, merkte hij dat de muur met slijm bedekt was.

De tijd verstreek, maar het was niet te zeggen hoeveel. Misschien waren ze een uur in de tunnel. Misschien al tien. Of wellicht slechts een paar minuten. Hoe dan ook, Eragons nek en schouders deden pijn omdat hij zich steeds half moest bukken en hij werd moe van het staren naar iets wat leek op telkens dezelfde twintig voet van roze steen.

Eindelijk merkte hij dat de echo's minder werden en het duurde steeds langer voor de geluiden werden weerkaatst. Kort daarna kwam de tunnel uit in een grote, rechthoekige ruimte met een geribbeld, half gewelfd plafond dat op het hoogste punt ruim vijftien voet hoog was. De ruimte was leeg, op een rottend vat in een hoek na. Tegenover hen kwamen drie identieke poorten uit op drie identieke, kleine en donkere kamers. Eragon kon niet zien waar die heen leidden.

De groep bleef staan en Eragon rechtte langzaam zijn rug, terwijl hij ineenkromp toen hij zijn pijnlijke spieren strekte.

'Dit was vast geen onderdeel van Erst Grijsbaards plannen,' zei Arya.

'Welke kant zullen we nemen?' vroeg Wyrden.

'Dat is toch duidelijk?' vroeg de kruidenvrouw. 'De linker. Het is altijd de linker.' En tegelijk beende ze naar diezelfde poort.

Eragon kon er niets aan doen. 'Vanaf welke kant links? Als je met je rug ernaartoe staat, is links...'

'... rechts, en rechts zou links zijn, inderdaad,' zei de kruidenvrouw. Ze kneep haar ogen tot spleetjes. 'Soms ben je slimmer dan goed voor je is, Schimmendoder... Goed dan, we doen het op jouw manier. Maar zeg niet dat ik je niet gewaarschuwd heb als we hier uiteindelijk tot in lengte van dagen ronddolen.'

Eragon had eigenlijk het liefst de middelste poort genomen, omdat die hoogstwaarschijnlijk naar de straten zou leiden, maar hij wilde niet tegen de kruidenvrouw ingaan. *Hoe dan ook, we vinden gauw genoeg een trap*, dacht hij. *Zo veel kamers zullen er onder Dras-Leona niet zijn.*

Angela hield haar weerlicht in de lucht en ging voorop. Wyrden en Arya liepen achter hen aan en Eragon vormde de achterhoede.

De kamer achter de rechterpoort was groter dan die eerst had geleken, want hij liep twintig voet zijwaarts door, maakte een bocht en ging daar nog een stuk verder, om uiteindelijk in een gang vol lege muurfakkelhouders te eindigen. In de gang was nog een kamertje met opnieuw drie poorten, die allemaal naar ruimten leidden met nog meer ingangen, en dat ging maar door.

Door wie zijn deze gebouwd en waarom? vroeg Eragon zich verbijsterd af. Alle ruimten zagen er verlaten uit en er stond niets in. De enige spullen die ze er aantroffen waren een kruk op twee poten, die uit elkaar viel toen hij er met de punt van zijn laars tegenaan duwde, en een stapel kapot aardewerk die in een hoek onder een sluier van spinnenwebben lag.

Angela aarzelde geen moment en was ook niet in verwarring over welke kant ze op moest. Standvastig koos ze telkens het rechterpad. Eragon had daar tegenin willen gaan, maar hij wist geen betere methode dan die van haar.

De kruidenvrouw bleef staan toen ze in een ronde ruimte kwamen, waar zich op gelijke afstand in de muur zeven poorten bevonden. Zeven gangen, met inbegrip van de gang waar ze net doorheen waren gekomen, strekten zich vanaf de poorten uit.

'Markeer waar we vandaan zijn gekomen, anders draaien we in complete cirkels rond,' zei Arya.

Eragon ging naar de gang en kraste met de punt van Brisingrs pareerstang een lijn in de stenen muur. Tegelijk gluurde hij in het donker, op zoek naar een glimp van Solembum, maar hij zag nog geen snorhaar. Eragon hoopte dat de weerkat niet ergens verdwaald was in de doolhof van kamers. Hij wilde hem bijna met zijn geest opzoeken, maar weerstond die aandrang; als iemand anders voelde dat hij rondsloop, kon het Rijk hen misschien lokaliseren.

'Ah!' riep Angela uit, en de schaduwen rondom Eragon trokken op toen de kruidenvrouw op haar tenen ging staan en haar weerlicht zo hoog in de lucht stak als ze kon.

Eragon haastte zich naar het midden van de kamer, waar ze met Arya en Wyrden stond. 'Wat is er?' fluisterde hij.

'Het plafond, Eragon,' mompelde Arya. 'Kijk naar het plafond.'

Dat deed hij, maar hij zag alleen maar blokken oude, met schimmel bedekte stenen met zo veel barsten dat het een wonder leek dat het plafond niet al lang geleden was ingestort.

Toen verschoof zijn blik en zijn adem stokte.

De lijnen waren geen barsten, maar eerder diep ingegrifte runenrijen. Ze waren kunstig en klein, met scherpe hoeken en rechte stelen. Schimmel en een tijdsbestek van eeuwen hadden delen van de tekst doen vervagen, maar het meeste was nog altijd leesbaar.

Eragon worstelde even met de runen, maar hij herkende slechts een paar woorden, en die waren anders gespeld dan hij gewend was. 'Wat staat er?' vroeg hij. 'Is het dwergentaal?'

'Nee,' zei Wyrden. 'Het is de taal van jouw volk, maar zoals het lang geleden werd gesproken en geschreven, en dan ook nog een heel specifiek dialect ervan: van de dweper Tosk.'

Die naam raakte een snaar bij Eragon. 'Toen Roran en ik Katrina redden, hoorden we de priesters van Helgrind over een boek uit Tosk praten.'

Wyrden knikte. 'Dat is de basis van hun geloof. Tosk was niet de eerste die tot Helgrind bad, maar hij was de eerste die zijn geloof en praktijken vastlegde, en sindsdien zijn velen hem nagevolgd. Degenen die Helgrind vereren, beschouwen hem als een goddelijke profeet. En dit' – de elf maakte een weids gebaar met zijn armen – 'is een geschiedenis van Tosk, vanaf zijn geboorte tot aan zijn dood: een waarachtige geschiedenis, die zijn discipelen nooit hebben onthuld aan degenen buiten hun sekte.'

'Hier zouden we van kunnen leren,' zei Angela, terwijl ze haar blik geen moment van het plafond afhield. 'Als we de tijd hadden…' Eragon was verbaasd toen hij zag dat ze er zo van in de ban was.

Arya keek naar de zeven gangen. 'Even dan, maar lees het snel.'

Terwijl Angela en Wyrden de runen gretig geconcentreerd in zich opnamen, liep Arya naar een van de poorten en begon op gedempte toon een opsporingsbezwering te neuriën. Toen ze klaar was, wachtte ze even met haar hoofd schuin, en ging toen naar de volgende poort.

Eragon staarde nog wat langer naar de runen. Daarna liep hij terug naar de toegang van de gang waardoor ze de ruimte waren binnengekomen en leunde wachtend tegen de muur. De kou van de stenen sijpelde in zijn schouder.

Arya bleef bij de vierde poort staan. De nu vertrouwde cadans van haar recitatie ging als een zacht zuchten van de wind op en neer.

Opnieuw niets.

Eragon keek omlaag omdat hij een zachte tinteling op zijn rechterhand voelde. Een reusachtige krekel zonder vleugels klemde zich aan zijn handschoen vast. Het was een afgrijselijk insect: zwart en bolvormig, met harige poten en een enorme, schedelachtige kop. Zijn schild glansde als olie.

Eragon rilde, zijn huid trok samen, en hij schudde met zijn arm zodat de krekel in de duisternis wegschoot.

Hij kwam met een hoorbare plof neer.

De vijfde gang bleek voor Arya niet meer op te leveren dan de voorgaande vier. Ze liep langs de opening waar Eragon stond en posteerde zich voor de zevende doorgang.

Voordat ze met haar bezwering kon beginnen, echode een keelachtig gemiauw door de gangen, schijnbaar van alle kanten tegelijk; toen werd er gesist en geblazen, en er klonk een kreet waarvan elke haar op Eragons lijf rechtovereind ging staan.

Angela draaide zich met een ruk om. 'Solembum!'

Als één man trokken ze alle vier hun zwaard.

Eragon trok zich terug naar het midden van de ruimte, zijn blik schoot van de ene doorgang naar de volgende. Zijn gedwëy ignasia jeukte en tintelde als een vlooienbeet; een waarschuwing waar hij niets aan had, want hij wist daarmee nog niet waar of wat het gevaar was.

'Deze kant op,' zei Arya, en ze liep naar de zevende poort.

De kruidenvrouw weigerde zich te verroeren. 'Nee!' fluisterde ze fel. 'We moeten hem helpen.' Eragon zag dat ze een kort zwaard vasthield met een vreemde, kleurloze kling die als een juweel in het licht flitste.

Arya keek boos. 'Als Murtagh merkt dat we hier zijn, zullen we...'

Het gebeurde zo snel en stil dat Eragon het nooit zou hebben opgemerkt als hij niet de juiste kant op had gekeken: zes in de muren verborgen deuren van drie verschillende gangen vlogen open en een stuk of dertig in zwart geklede mannen renden met een zwaard in de hand naar ze toe.

'Letta!' schreeuwde Wyrden, en de mannen van de ene groep botsten op de anderen alsof degenen vóór hen regelrecht tegen een muur waren gerend.

Tijdens de aanval van de rest van de aanvallers, was er geen tijd voor magie. Eragon pareerde met gemak een stoot met een achterwaartse slag en sneed het hoofd van de aanvaller af. Net als de anderen droeg de man een doek over zijn gezicht, dus waren alleen zijn ogen te zien, en de doek wapperde toen het hoofd draaiend op de grond viel.

Eragon was opgelucht toen hij voelde dat Brisingr in vlees en bloed stak. Even was hij bang geweest dat hun tegenstanders werden beschermd door bezweringen of een pantser; of, erger nog, dat ze niet menselijk waren.

Hij doorstak nog een man tussen de ribben en had zich net omgedraaid om met nog twee aanvallers af te rekenen toen een zwaard dat daar niet had horen te zijn door de lucht werd gezwaaid in de richting van zijn keel. Zijn afweerbezweringen voorkwamen een zekere dood, maar nu de kling zo vlak bij zijn nek was, kon Eragon niet anders dan achteruit wankelen.

Tot zijn verbijstering stond de man die hij had neergestoken nog altijd overeind, bloed stroomde langs zijn zij, zich er schijnbaar niet van bewust dat Eragon hem had gestoken.

Angst nam bezit van Eragon. 'Ze voelen geen pijn,' riep hij, terwijl hij tegelijk als een uitzinnige zwaarden vanuit drie verschillende kanten blokkeerde. Als iemand hem al hoorde, dan kwam er geen antwoord.

Hij verspilde geen tijd meer aan praten, maar concentreerde zich op het gevecht met de mannen vóór hem, erop vertrouwend dat zijn metgezellen hem in de rug dekten.

Eragon haalde uit, pareerde en zwenkte, sloeg met Brisingr door de lucht alsof die niet zwaarder was dan een twijg. Normaal gesproken zou hij de mannen in een ogenblik hebben gedood, maar door het feit dat ze ongevoelig waren voor pijn, moest hij ze onthoofden, door het hart steken of ze neersteken en in bedwang houden totdat ze bewusteloos werden door bloedverlies. Anders bleven de aanvallers doorgaan met hun pogingen hem om te brengen, ongeacht hun verwondingen. Er waren zo veel mannen dat hij moeite had om al hun stoten te omzeilen en weer terug te slaan. Hij kon zijn verdediging staken en zich alleen door zijn afweerbezweringen laten beschermen, maar dat zou hem evenzeer vermoeien als rondzwaaien met Brisingr. En aangezien hij niet precies kon voorspellen wanneer zijn afweerbezweringen het zouden begeven – wat op een bepaald moment zonder meer zou gebeuren, anders zou hij erdoor sterven – en omdat hij wist dat hij die later weer nodig zou hebben, vocht hij net zo zorgvuldig en voorzichtig alsof hij mannen tegemoet trad wier zwaarden hem met een enkele slag konden doden of verminken.

Nog meer in zwart geklede krijgers stroomden uit de verborgen poorten in de gangen. Ze dromden om Eragon heen, drongen hem alleen al door hun aantallen terug. Handen klampten zich aan zijn benen en armen vast, dreigden hem te verlammen.

'Kverst,' gromde hij binnensmonds, een van de twaalf doodswoorden die Oromis hem had geleerd. Zoals hij had verwacht, werkte zijn bezwering niet: de mannen waren beschermd tegen rechtstreekse magische aanvallen. Hij had snel een bezwering klaar die Murtagh ooit tegen hem had gebruikt: 'Thrysta vindr!' Hij haalde hiermee via een omweg naar de mannen uit, omdat hij ze niet echt raakte, maar eerder de lucht tegen ze aanduwde. Hoe dan ook, het werkte.

Een windvlaag joeg door de kamer, klauwde aan Eragons haar en cape, en veegde de mannen die het dichtst bij hem waren naar hun kompanen terug, waardoor er vóór hem een ruimte van tien voet vrijkwam. Dat kostte hem navenant kracht, maar niet zo veel dat hij erdoor uitgeschakeld werd.

Hij draaide zich om om te kijken hoe het de anderen verging. Hij was niet de eerste geweest die een manier had gevonden om de afweerbezweringen van de mannen te omzeilen: lichtflitsen schoten uit Wyrdens rechterarm en wikkelden zich om iedere krijger die zo onfortuinlijk was hem op zijn pad te vinden. De glanzende energiekoorden leken bijna vloeibaar zoals ze om hun slachtoffers kronkelden.

Nog meer mannen baanden zich echter een weg naar de ruimte.

'Deze kant op!' riep Arya en ze sprong naar de zevende gang, die ze vóór de hinderlaag niet had onderzocht.

Wyrden volgde, evenals Eragon. Angela vormde hinkend de achterhoede terwijl ze een bloederige snee op haar schouder vastklemde. Achter hen aarzelden de in zwart geklede mannen, ze liepen even door de ruimte door elkaar. Toen zetten ze met een geweldig gebrul de achtervolging in.

Terwijl hij door de gang sprintte, deed Eragon zijn best om een variatie van zijn vorige bezwering te bedenken waarmee hij de mannen kon doden in plaats van ze alleen maar weg te slaan. Hij verzon er snel een en hield die klaar voor gebruik zodra hij een goed aantal van de aanvallers kon zien.

Wie zijn ze? vroeg hij zich af. *En met hoeveel zijn ze?*

Verderop zag hij een glimp van een opening waardoorheen een vaag, purperachtig licht scheen. Hij had nog net tijd om zich zorgen te maken over de bron ervan, toen de kruidenvrouw een luide kreet slaakte. Er klonk een doffe, oranje flits en een tandenknarsende bons, en een zwavelstank vulde de lucht.

Eragon draaide zich om en zag dat vijf mannen de kruidenvrouw door een deuropening in de zijkant van de gang sleepten. 'Nee!' gilde Eragon, maar voordat hij er iets tegen kon doen, zwaaide de deur even stilletjes dicht als hij open was gegaan, en de muur leek opnieuw volmaakt glad.

'Brisingr!' schreeuwde hij en zijn zwaard barstte in vlammen uit. Hij zette de punt tegen de muur en probeerde door de rots te duwen met de bedoeling de deur open te snijden. Maar het was dik steen en smolt slechts langzaam, en algauw besefte hij dat het veel meer energie zou gaan kosten dan hij eraan wilde opofferen.

Toen dook Arya naast hem op, ze legde een hand op de plek waar de deur was en mompelde: 'Ládrin.' Open. De deur bleef hardnekkig dicht, maar Eragon schaamde zich dat hij dat niet eerst had geprobeerd.

Hun achtervolgers waren nu zo dichtbij dat hij en Arya geen andere keus hadden dan zich om te draaien en ze tegemoet te treden. Eragon wilde de bezwering die hij had bedacht uitspreken, maar de gang was slechts breed genoeg voor twee mannen tegelijk; daarmee kon hij de rest niet doden, omdat ze uit het zicht bleven. Beter om de bezwering achter te houden, besloot hij, en haar te bewaren voor het moment waarop hij de meeste krijgers in één keer uit kon schakelen.

Hij en Arya onthoofden de twee voorste mannen, stapten over de lijken heen en vielen het volgende stel krijgers aan. Ze doodden snel achter elkaar nog eens zes mannen, maar er leek geen eind aan te komen.

'Hierheen!' schreeuwde Wyrden.

'Stenr slauta!' riep Arya uit en in de hele gang, tot op een paar voet om hen heen, explodeerden de stenen van de gangmuren. Door de hagelscherpe splinters deinsden de in het zwart gestoken mannen terug en wankelden, en meer dan een viel kreupel op de grond.

Eragon en Arya draaiden zich beiden om om achter Wyrden aan te gaan, die naar de opening aan het einde van de gang rende. De elfen waren er nog maar dertig voet vandaan.

Dan tien...

Daarna vijf...

En toen schoot een woud van roodachtig blauwe spiesen uit gaten in de grond omhoog en uit het plafond omhoog met Wyrden ertussenin. De elf leek in het midden van de gang te drijven, de pieken waren centimeters van zijn huid vandaan terwijl zijn afweerbezweringen de kristallen doorns afstootten. Toen gaf elke spies over zijn hele lengte een knisperende energiestoot af, de vlijmscherpe punten vlamden pijnlijk fel op en met een akelige *krunch* staken ze toe.

Wyrden gilde en kronkelde, en toen ging zijn weerlicht uit en bewoog hij niet meer.

Eragon staarde er vol ongeloof naar, terwijl hij struikelend vóór de spiesen tot stilstand kwam. In al zijn ervaringen met de strijd had hij nog nooit de dood van een elf meegemaakt. Wyrden, Blödhgarm en de rest van hun kameraden waren zo deskundig dat Eragon had geloofd dat ze alleen maar konden sterven wanneer ze met Galbatorix of Murtagh de strijd aanbonden.

Arya leek net zo verbijsterd. Maar ze kwam echter snel weer tot haar positieven. 'Eragon,' zei ze haastig, 'snij je er met Brisingr een pad doorheen.'

Hij begreep het. Zijn zwaard was in tegenstelling tot dat van haar ongevoelig voor welke zwarte magie er ook in de spiesen mocht zitten.

Hij haalde met beide armen uit en zwaaide zo hard hij kon. Een stuk of zes spiesen verpulverden onder Brisingrs onbuigzame lemmet. Het amethist maakte een klingelend geluid toen het brak en de scherven vielen tinkelend als ijs op de grond.

Eragon bleef aan de rechterkant van de gang, ervoor zorgend dat hij niet de met bloed besmeurde spiesen raakte waarin Wyrdens lichaam verstrikt zat. Steeds maar weer haalde hij zwaaiend uit, hakte zich een weg door het fonkelende woud. Met elke slag vlogen er stukken amethist door de lucht. Eén sneed door zijn linkerwang, en hij kromp ineen, verbaasd en ongerust omdat zijn afweerbezweringen hadden gefaald.

Door de punten van de kapotte spiesen moest hij voorzichtig te werk gaan. De uitsteeksels onder hem konden zich gemakkelijk door zijn laarzen heen boren, terwijl de stukken boven hem in zijn hoofd en nek dreigden te prikken. Toch wist hij zich naar het einde van het woud te werken met slechts een kleine snee op zijn rechterkuit, die elke keer stak wanneer hij op dat been steunde.

De zwarte krijgers hadden hen bijna ingehaald toen hij Arya langs de laatste paar rijen spiesen had geloodst. Toen zij er eenmaal doorheen was, snelden ze door de opening het purperachtige licht in, terwijl Eragon zich heilig voornam terug te keren en hun aanvallers in een rechtstreeks treffen stuk voor stuk te vermoorden als wraak voor Wyrdens dood.

De opening kwam uit op een donkere, stevig gebouwde ruimte die Eragon deed denken aan de grotten onder Tronjheim. In het midden van de vloer was een reusachtig, cirkelvormig patroon van ingelegde stenen: marmer, chalcedon en gepolijste bloedsteen. Langs de rand van de cirkel stonden ruwe, vuistgrote brokken amethist die in een zilveren vatting waren gezet. Elk purperen steen glansde zachtjes, ze waren de lichtbron die ze vanuit de gang hadden gezien. Aan de overkant van de schijf stond tegen de verste muur een groot, zwart altaar waaroverheen een goudkleurig en met karmozijnrood kleed was gedrapeerd. Het altaar werd geflankeerd door pilaren en grote armkandelaars, met aan weerskanten een gesloten deur.

Dit zag Eragon allemaal toen hij de ruimte in rende, in het korte moment voordat hij zich realiseerde dat hij door zijn vaart door de cirkel met amethisten heen zou breken en op de schijf terecht zou komen. Hij probeerde zichzelf tot staan te brengen, zich naar de zijkant te gooien, maar hij ging te snel.

In zijn wanhoop deed hij het enige wat hij kon: hij sprong naar het altaar in de hoop dat hij in een enkele duik de schijf kon ontwijken.

Terwijl hij langs de dichtstbijzijnde amethisten steen zeilde, voelde hij als laatste spijt, en zijn laatste gedachte was bij Saphira.

Voer voor een god

Het eerste wat Eragon merkte was het kleurverschil. De stenen blokken in het plafond leken dieper van kleur dan eerst. Details die waren verdoezeld leken nu scherp en levendig, terwijl andere, die eerder heel duidelijk waren geweest, op de achtergrond waren geraakt. Onder hem was het weelderig patroon op de schijf nog scherper te zien.

Het duurde even voor hij de verandering begreep: Arya's rode weerlicht verlichtte niet langer de ruimte. In plaats daarvan kwam het licht van de doffe gloed van de kristallen en de aangestoken kaarsen in de kandelaren.

Pas toen besefte hij dat er iets in zijn mond was gepropt, waardoor zijn kaken pijnlijk werden opengesperd, en dat hij aan zijn polsen aan een ketting aan het plafond hing. Hij probeerde zich te bewegen en merkte dat er boeien om zijn enkels zaten die aan een metalen beugel in de vloer waren verankerd.

Terwijl hij hing te kronkelen, zag hij dat Arya op dezelfde manier vastgebonden naast hem hing. Net als hij zat er een prop stof in haar mond en een lap om haar hoofd om hem op z'n plaats te houden.

Ze was al bijgekomen en keek naar hem, en hij zag dat ze opgelucht was dat hij weer bij bewustzijn was.

Waarom was ze niet al ontsnapt? vroeg hij zich af. En toen: *Wat is er gebeurd?* Zijn gedachten werkten traag en stroperig, alsof hij dronken van uitputting was.

Hij keek omlaag en zag dat al zijn wapens en wapenrusting weg waren, hij was slechts in zijn legging gekleed. De riem van Beloth de Wijze was weg, evenals de ketting die hij van de dwergen had gekregen om te voorkomen dat iemand hem kon schouwen.

Toen hij omhoogkeek, zag hij dat de elfenring Aren aan zijn hand ontbrak.

Even greep de paniek hem bij de keel. Maar toen stelde hij zichzelf gerust met de wetenschap dat hij niet hulpeloos was, niet zolang hij nog magie kon bedrijven. Nu hij een prop in zijn mond had, moest hij een bezwering uiten zonder die hardop uit te spreken, wat iets gevaarlijker was dan de normale methode – want als zijn gedachten tijdens het proces afdwaalden, kon hij per ongeluk de verkeerde woorden kiezen –, maar niet zo gevaarlijk als een bezwering zonder dat de oude taal erbij te pas kwam, wat werkelijk riskant was. Hoe dan ook, het zou hem niet veel energie kosten om zichzelf te bevrijden, en hij was ervan overtuigd dat hij dat zonder veel problemen voor elkaar kreeg.

Ter voorbereiding sloot hij zijn ogen en verzamelde zijn krachten. Terwijl hij dat deed, hoorde hij Arya met haar ketting ratelen en gedempte geluiden maken.

Hij keek naar haar en zag dat ze haar hoofd naar hem schudde. Hij trok vragend een wenkbrauw op: *Wat is er?* Maar ze kon niets anders doen dan grommen en met haar hoofd blijven schudden.

Gefrustreerd duwde Eragon voorzichtig met zijn geest in haar richting – alert op het minste teken dat iemand anders zou binnendringen – maar tot zijn schrik voelde hij slechts een zachte, ondefinieerbare druk om zich heen, alsof er balen wol om zijn geest waren gestapeld.

Opnieuw welde paniek in hem op, ondanks zijn pogingen om die te beheersen.

Hij was niet verdoofd, dat wist hij zeker. Maar als het geen verdovend middel was, wist hij niet wat dan voorkwam dat hij bij Arya's geest kon komen. Als het magie was, dan was het magie die hij niet kende.

Hij en Arya staarden elkaar even aan; toen trok een lichte beweging Eragons blik omhoog en hij zag strepen bloed langs haar onderarmen stromen van waar de boeien om haar polsen de huid hadden weggeschuurd.

Woede golfde door hem heen. Hij greep de ketting boven hem vast en rukte er zo hard aan als hij kon. De ketens hielden het, maar hij weigerde op te geven. In een uitzinnige woede trok hij steeds maar weer, zonder te letten op de verwondingen die hij zichzelf toebracht.

Ten slotte hield hij ermee op en bleef krachteloos hangen, terwijl warm bloed van zijn vuisten langs zijn nek en schouders druppelde.

Vastbesloten om te ontsnappen groef hij in de energiestroom in zijn lichaam en terwijl hij de bezwering op zijn boeien richtte, schreeuwde hij in zijn hoofd uit: *Kverst malmr du huildrs edtha, mar frëma né thön eka threyja!*

Hij gilde het in zijn mondprop uit toen elke zenuw in zijn lijf verschroeide van de pijn. Omdat hij niet langer zijn concentratie kon vasthouden, verloor hij de macht over de bezwering en kwam er een einde aan.

De pijn verdween meteen, maar hij was buiten adem, terwijl zijn hart zo zwaar bonsde alsof hij zojuist van een klif was gesprongen. Dit had hij ook meegemaakt tijdens de aanvallen die hem hadden geteisterd voordat de draken tijdens de Agaetí Blödhren het litteken op zijn rug hadden geheeld. Terwijl hij langzaam herstelde, zag hij dat Arya met een bezorgd gezicht naar hem keek. *Ze heeft vast zelf een bezwering geprobeerd.* Daarna: *Hoe heeft dit kunnen gebeuren?* Allebei vastgebonden en machteloos, Wyrden dood, de kruidenvrouw in de ondergrondse doolhof, als de in het zwart geklede krijgers de weerkat al niet hadden vermoord. Eragon begreep er niets van. Hij, Arya, Wyrden en Angela waren net zo'n kundige en gevaarlijke groep geweest als welke in Alagaësia ook. En toch hadden ze gefaald, en hij en Arya waren overgeleverd aan de genade van hun vijanden.

Als we niet kunnen ontsnappen... Hij schoof de gedachte opzij; die kon hij niet verdragen. Meer dan ooit wilde hij dat hij Saphira kon spreken, al was het maar om te weten dat ze nog steeds veilig was, en om getroost te worden door haar kameraadschap. Hoewel Arya bij hem was, voelde hij zich ongelooflijk alleen, en daar was hij nog het meest ontsteld over.

Ondanks de pijn in zijn polsen bleef hij aan de kettingen trekken, ervan overtuigd dat als hij dat maar lang genoeg volhield, hij ze van het plafond los kon werken. Hij probeerde ermee te draaien, met het idee dat hij ze op die manier gemakkelijker kon breken, maar door de enkelboeien had hij maar weinig manoeuvreerruimte.

Uiteindelijk moest hij er vanwege de wonden op zijn polsen mee ophouden. Ze stonden in vuur en vlam, en hij was bang dat als hij doorging hij uiteindelijk een spier zou scheuren. Bovendien was hij bang dat hij te veel bloed zou verliezen, aangezien de wonden al hevig bloedden, en hij wist niet hoe lang Arya en hij daar nog moesten hangen, moesten wachten.

Onmogelijk te zeggen hoe laat het was, maar hij schatte dat ze op z'n hoogst een paar uur eerder gevangengenomen waren, omdat hij nog geen behoefte had aan eten, drinken of plassen. Maar daar zou verandering in komen en dan zou hun benarde toestand alleen maar erger worden.

Doordat Eragons polsen zo'n pijn deden, leek elke minuut ondraaglijk lang. Zo nu en dan staarden Arya en hij elkaar aan en probeerden te communiceren, maar dat mislukte steeds. Twee keer waren zijn wonden zo ver dicht dat hij opnieuw een ruk aan de ketenen riskeerde, maar tevergeefs. Voor het merendeel moesten hij en Arya het lijdzaam ondergaan.

En dan, net toen Eragon zich was gaan afvragen of er nog iemand zou komen, hoorde hij de *klang* van ijzeren bellen ergens in de tunnels en passages, en de deuren aan weerskanten van het zwarte altaar zwaaiden in hun geruisloze scharnieren open. Eragon spande zijn spieren. Hij richtte zijn ogen op de openingen, evenals Arya.

Een schijnbaar eindeloos ogenblik verstreek.

Toen hoorden ze de bellen opnieuw grof en vals luiden, die de ruimte met een reeks woedende echo's vulden. Er beenden drie novices door de deuropeningen: jonge mannen gekleed in goudkleurige gewaden, die ieder een metalen standaard met bellen droeg. Achter hen volgden vierentwintig mannen en vrouwen, en geen van hen had nog alle ledematen. In tegenstelling tot de eerste drie droegen de kreupelen donkerleren gewaden, aangepast aan hun individuele tekortkomingen. En als laatste van allemaal droegen zes geoliede slaven een baar naar binnen, waarop een klaarblijkelijk geslachtloze figuur zonder armen, benen en tanden rechtop werd gehouden: de hogepriester van Helgrind. Op zijn hoofd rees een drie voet hoge pluim op, waardoor het schepsel er alleen maar nog meer mismaakt uitzag.

De priesters en novices gingen rondom de rand van de versierde schijf op de vloer staan, terwijl de slaven de baar voorzichtig op het altaar voor in de kamer neerzetten. Daarna luidden de volmaakte, knappe jongemannen de bellen nog eenmaal, wat een dissonerend kabaal maakte, en de in leer geklede priesters zongen toen zo snel een korte zin dat Eragon niet verstond wat ze zeiden, hoewel het klonk als een geluid van een ritueel. Tussen de waterval van woorden ving hij de namen op van de drie pieken van Helgrind: Gorm, Ilda en Fell Angvara.

De hogepriester staarde naar hem en Arya met ogen als splinters van obsidiaan. 'Welkom in de zalen van Tosk,' zei hij en door zijn verschrompelde mond kwamen de woorden er verwrongen uit. 'Dit is nu de tweede keer dat je ons binnenste heiligdom bent binnengedrongen, Drakenrijder. Die kans zul je niet meer krijgen... Galbatorix zou willen dat we je leven sparen en je naar Urû'baen sturen. Hij gelooft dat hij je kan dwingen hem te dienen. Hij droomt ervan om de Rijders te laten herrijzen en het drakenras te herstellen. In mijn ogen zijn dat dwaze dromen. Je bent te gevaarlijk en wij willen niet dat de draken weer tot leven komen. Algemeen wordt aangenomen dat wij Helgrind vereren. Die leugen vertellen we aan anderen om de werkelijke aard van onze religie te verhullen. We vereren niet Helgrind – het zijn de Ouden geweest die hier hun leger hebben gecreëerd en aan wie we ons vlees en bloed offeren. De Ra'zac zijn onze goden, Drakenrijder, de Ra'zac en de Lethrblaka.'

Doodsangst kroop als een misselijkmakend gevoel door Eragon heen.

De hogepriester spuugde naar hem en wat speeksel droop van zijn slaphangende onderlip. 'Geen marteling is zo afschuwelijk dat die je misdaad kan goedmaken, Rijder. Je hebt onze goden gedood, jij en die vervloekte draak van je. Daarom moet je sterven.'

Eragon worstelde opnieuw met zijn boeien en probeerde door zijn mondprop heen te schreeuwen. Als hij kon praten, kon hij misschien wat tijd rekken door ze te vertellen wat de laatste woorden van de Ra'zac waren geweest, of ze dreigen met Saphira's wraak. Maar hun cipiers vertoonden geen neiging om zijn mondprop te verwijderen.

De hogepriester schonk hem een afzichtelijk glimlachje, waardoor zijn grijze tandvlees te zien was. 'Je zult nooit ontsnappen, Rijder. De kristallen hier waren betoverd om eenieder die onze tempel zou ontheiligen of onze schatten zou stelen in de val te lokken, eenieder zoals jij. En evenmin zal iemand je hier komen redden. Twee van je metgezellen zijn dood – ja, zelfs die bemoeizieke heks – en Murtagh weet niets van je aanwezigheid hier. Deze dag is je doemsdag, Eragon Schimmendoder.' Toen hield de hogepriester zijn hoofd schuin naar achteren en stiet een ijzingwekkend, gorgelend gefluit uit.

Uit de donkere deuropening aan de linkerkant van het altaar verschenen vier slaven met ontbloot bovenlijf. Op hun schouders droegen ze een platform met daarop in het midden twee grote, platte, ronde houders. In de houders lagen een paar ovale voorwerpen, elk van ongeveer anderhalve voet lang en een halve voet breed. De voorwerpen waren blauwzwart en zo grof als zandsteen.

De tijd leek voor Eragon langzamer te gaan. *Dat zijn toch zeker geen...* dacht hij. Saphira's ei was echter glad geweest, en dooraderd als marmer. Wat deze voorwerpen ook waren, het waren geen drakeneieren. Wat ze dan wel waren, joeg hem des te meer schrik aan.

'Aangezien je de Ouden hebt vermoord,' zei de hogepriester, 'is het alleen maar passend als jij het voedsel levert voor hun wedergeboorte. Zo'n grote eer verdien je niet, maar het zal de Ouden voldoening schenken, en we streven er in alles naar om hun verlangens te bevredigen. Wij zijn hun trouwe dienaren, en zij zijn onze wrede en onverbiddelijke meesters: de god met drie gezichten: de mensenjagers, vleeseters en bloeddrinkers. Aan hen offeren we ons lichaam op in de hoop op wederopstanding in de mysteriën van dit leven en in de hoop op vergeving van onze zonden. Het zal zijn zoals Tosk het heeft geschreven.'

Gezamenlijk herhaalden de in leer geklede priesters: 'Het zal zijn zoals Tosk het heeft geschreven.'

De hogepriester knikte. 'De Ouden hebben altijd al op Helgrind genesteld, maar ten tijde van mijn grootvaders vader stal Galbatorix hun eieren en doodde hun jongen, en hij dwong ze trouw aan hem te zweren, anders zou hij hun geslacht compleet uitroeien. Hij heeft de grotten en tunnels gegraven die ze sindsdien gebruiken en bracht het toezicht op hun eieren onder onze hoede, als hun toegewijde volgelingen, om ze in de gaten te houden, te bewaren en te verzorgen totdat ze nodig waren.

Dat hebben we gedaan en wat dat betreft valt er op niemand iets aan te merken.

Maar we bidden dat Galbatorix op een dag van de troon wordt gestoten, want niemand zou de Ouden hun wil op mogen leggen. Dat is ons een gruwel.' Het misvormde schepsel likte langs zijn lippen en tot zijn afschuw zag Eragon dat een deel van de tong ontbrak: met een mes weggesneden. 'We willen jou ook uit de weg ruimen, Rijder. De draken waren de grootste vijanden van de Ouden. Zonder hen en zonder Galbatorix kan niemand de Ouden meer tegenhouden om zich te goed te doen waar en hoe ze maar willen.'

Terwijl de hogepriester aan het woord was, liepen de vier slaven met het platform naar voren en lieten het voorzichtig van hun schouders op de versierde schijf zakken, een paar passen vóór Eragon en Arya. Toen dat klaar was, bogen ze hun hoofd en trokken zich door de deuropening terug waaruit ze gekomen waren.

'Wie kan nu meer wensen dan een god te voeden met het merg uit zijn eigen botten?' vroeg de hogepriester. 'Wees blij, jullie beiden, want vandaag ontvangen jullie de zegening van de Ouden, en door jullie offer zullen jullie zonden worden schoongewassen en zullen jullie het hiernamaals zo puur als een pasgeboren kind betreden.'

Toen hieven de hogepriester en zijn volgelingen hun gezicht naar het plafond en begonnen in een merkwaardig accent een vreemd lied te zingen dat Eragon maar met moeite verstond. Hij vroeg zich af of dit het dialect van Tosk was. Soms hoorde hij woorden waarvan hij dacht dat ze in de oude taal waren, weliswaar verminkt en misbruikt, maar evengoed in de oude taal.

Toen er aan de groteske bijeenkomst een einde kwam, en werd besloten met nog eens in koor: 'Het zal zijn zoals Tosk het heeft geschreven', luidden de drie novices extatisch en met religieuze hartstocht de bel en het gebeier leek zo luid dat het plafond naar beneden kon komen.

Nog altijd schuddend met de bellen liepen de novices achter elkaar de ruimte uit. De vierentwintig lagere priesters vertrokken daarna en ten slotte werd hun meester zonder ledematen door de zes geoliede slaven op zijn baar gezet en weggedragen.

De deur sloot met een onheilspellende *boem* achter hen en Eragon hoorde dat er aan de andere kant een zware grendel op z'n plaats viel.

Hij draaide zich naar Arya toe. In haar ogen was wanhoop te lezen en hij wist dat zij net zomin een idee had over hoe ze konden ontsnappen als hij.

Hij staarde opnieuw omhoog en trok zo hard als hij durfde aan de ketting waaraan hij hing. De wonden op zijn polsen scheurden weer open en hij werd door bloeddruppels bespat.

Vóór hem begon het linkerei heel zachtjes heen en weer te wiegen, en er klonk een vaag getik uit, als het roffelen van een kleine hamer.

Een gevoel van diep afgrijzen ging door Eragon heen. Hij kon zich allerlei manieren voorstellen om dood te gaan, maar levend door een Ra'zac te worden opgegeten was verreweg de ergste. Hij rukte met nieuwe volharding aan zijn ketenen, beet op zijn mondprop om de pijn in zijn armen te verdragen. Het deed zo zeer dat het voor zijn ogen begon te flakkeren.

Naast hem kronkelde en draaide Arya ook, beiden vochten in een dodelijke stilte om zichzelf te bevrijden.

En nog steeds ging het *tik-tik-tik* op de zwarte dop door.

Het heeft geen zin, besefte Eragon. De ketting zou het niet begeven. Zodra hij dat als een feit aanvaardde, werd duidelijk dat hij onmogelijk kon voorkomen dat hij nog veel erger gewond zou raken dan nu al het geval was. De enige vraag was of zijn verwondingen hém zouden worden toegebracht of dat hij ze zichzelf zou toebrengen. *Hoe dan ook, ik moet Arya zien te redden.*

Hij bestudeerde de ijzeren boeien om zijn polsen. *Als ik mijn duimen kan breken, kan ik mijn handen eruit trekken. Dan kan ik tenminste vechten. Misschien kan ik een stuk van de Ra'zacs eierdop grijpen en dat als mes gebruiken.* Als hij een snijwerktuig had, kon hij zijn benen ook bevrijden, hoewel die gedachte zo afschrikwekkend was, dat hij die maar even liet voor wat ze was. *Het enige wat ik hoef te doen is uit de stenen cirkel kruipen.* Dan zou hij magie kunnen gebruiken en de pijn en het bloeden kunnen stoppen. Wat hij nu bedacht zou een kwestie van enkele ogenblikken zijn, maar hij wist dat ze de langste ogenblikken van zijn leven zouden zijn.

Hij ademde van tevoren diep in. Linkerhand eerst.

Voor hij iets kon doen, schreeuwde Arya het uit.

Hij draaide zich met een ruk naar haar toe en slaakte een woordloze uitroep toen hij de verminkte vingers van haar rechterhand zag. Haar huid was als een handschoen naar haar nagels omhooggeduwd en het witte bot was tussen de bloedrode spieren te zien. Arya zakte in en leek even het bewustzijn te verliezen; toen ze weer bijkwam, trok ze nogmaals met haar arm. Eragon schreeuwde het met haar uit toen haar hand door de metalen handboei gleed terwijl huid en vlees werden afgerukt. Haar arm viel langs haar zij, waardoor haar hand uit het zicht was, hoewel hij het bloed op de grond aan haar voeten zag spatten.

Tranen welden in haar ogen op en in zijn mondprop riep hij haar naam, maar ze leek hem niet te horen.

Terwijl ze zich schrap zette om deze handeling te herhalen, ging de deur rechts van het altaar open, en een van de in goudkleurig gewaad geklede novices glipte de ruimte in. Toen Arya hem zag, aarzelde ze, hoewel

Eragon wist dat ze bij het minste geringste teken van gevaar haar andere hand uit de boei zou trekken.

De jongeman keek tersluiks naar Arya, zocht zich vervolgens een weg naar het midden van de versierde schijf, terwijl hij ongeruste blikken wierp op het heen en weer wiegende ei. De jongeling was tenger, had grote ogen en verfijnde gelaatstrekken; voor Eragon lag het voor de hand dat hij vanwege zijn uiterlijk was verkozen.

'Hier,' fluisterde de jongeling. 'Ik heb dit meegenomen.' Hij haalde een vijl, een beitel en een houten hamer uit zijn gewaden tevoorschijn. 'Als ik jullie help, moeten jullie me met je meenemen. Ik hou het niet meer uit. Ik haat het. Het is verschrikkelijk! Beloof me dat jullie me meenemen!'

Nog voordat hij uitgepraat was, knikte Eragon instemmend. Maar toen de jongeman naar hem toe wilde lopen, gromde Eragon en maakte een hoofdbeweging in de richting van Arya. Het duurde even voordat de novice het begreep.

'O ja,' mompelde de jongeman en in plaats daarvan liep hij naar Arya. Eragon knarste met zijn tanden in de mondprop van woede omdat de jongeling zo traag was.

De knarsend schrapende vijl overstemde het getik van het wiebelende ei.

Eragon keek zo goed mogelijk toe terwijl hun zogenaamde redder aan een gedeelte van de ketting boven Arya's linkerhand begon te zagen. *Hou die vijl op dezelfde plek, stommeling!* Eragon was razend. Het was duidelijk dat de novice nog nooit een vijl in handen had gehad en Eragon betwijfelde of de jongeling de kracht of het uithoudingsvermogen had om zelfs maar een flintertje metaal door te snijden.

Arya hing er slap bij terwijl de novice aan het werk was; haar lange haar viel over haar gezicht. Met regelmatige tussenpozen ging er een rilling door haar heen en het bloed bleef onverminderd uit haar vernielde hand stromen.

Tot Eragons wanhoop leek de vijl niet eens een krasje op de ketting achter te laten. Met welke magie het metaal ook was beschermd, die was te sterk voor zoiets simpels als een vijl.

De novice pufte, leek prikkelbaar te worden omdat hij maar niet opschoot. Hij hield even op en veegde over zijn voorhoofd, fronste zijn wenkbrauwen en viel opnieuw op de ketting aan; hij zwaaide wild met zijn ellebogen, ademde zwaar terwijl de mouwen van zijn gewaad wild flapperden.

Besef je dan niet dat dit niet gaat werken? dacht Eragon. *Probeer liever de beitel op haar enkelboeien.*

De jongeman ging door met wat hij deed.

Een scherpe *krak* echode door de ruimte en Eragon zag boven op het donkere, pokdalige ei een klein scheurtje verschijnen. De scheur werd langer en een web van haarfijne breukjes waaierden erop uit.

Toen begon het tweede ei ook te wiegen, en daaruit klonk ook *tik-tik-tik*, dat samen met het eerste ei een gekmakend ritme vormde.

De novice trok bleek weg, liet de vijl vallen en deinsde hoofdschuddend van Arya terug. 'Sorry... het spijt me. Het is te laat.' Hij vertrok zijn gezicht en tranen rolden uit zijn ogen. 'Sorry.'

Eragon werd nog banger toen de jongeman een dolk uit zijn gewaden haalde. 'Ik kan niets anders doen,' zei hij, bijna alsof hij het tegen zichzelf had. 'Niets anders...' Hij snoof en liep naar Eragon. 'Dit is het beste.'

Toen de jongeman een stap naar voren deed, kronkelde Eragon aan zijn ketenen, probeerde een hand uit de boei te wriggelen, maar de ijzeren handboeien zaten te strak en het enige resultaat was dat er nog meer huid van zijn polsen werd afgestroopt.

'Sorry,' fluisterde de jongeman toen hij voor Eragon bleef staan en de dolk ophief.

Nee! schreeuwde Eragon in zijn hoofd.

Een brok glinsterend amethist wervelde uit de tunnel waardoor Eragon en Arya de ruimte in waren gekomen. Het raakte de novice achter op het hoofd en hij viel tegen Eragon aan. Eragon kromp ineen toen hij de rand van de dolk over zijn ribben voelde glijden. Toen tuimelde de jongeman op de vloer en bleef daar bewusteloos liggen.

Van ver uit de tunnel dook een kleine, mank lopende gedaante op. Eragon staarde ernaar en toen de gedaante zich naar het licht toe bewoog, zag hij dat het niemand minder was dan Solembum.

Een golf van opluchting ging door Eragon heen.

De weerkat was in zijn menselijke vorm, en naakt, op een gerafelde lendendoek na, die eruitzag alsof het een afgescheurd kledingstuk van een van zijn aanvallers was. Zijn zwarte stekeltjeshaar stond bijna rechtovereind en zijn lippen werden misvormd door een woeste sneer. Op zijn onderarmen zaten verschillende snijwonden, zijn linkeroor hing slap langs de zijkant van zijn hoofd en op zijn schedel ontbrak een stuk huid. Hij had een met bloed besmeurd mes bij zich.

En een paar passen achter de weerkat was de kruidenvrouw, Angela.

Ontsnapte ongelovigen

'Wat een sukkel,' verkondigde Angela toen ze zich naar de rand van de versierde schijf op de grond haastte. Ze bloedde uit een aantal snijwonden en schrammen, en op haar kleren zaten nog meer bloedvlekken, maar Eragon vermoedde dat die niet van haar waren. Verder leek ze ongedeerd. 'Het enige wat hij hoefde te doen was dít!'

En ze zwaaide haar zwaard met de doorzichtige kling boven haar hoofd en liet het gevest op een van de amethisten neerkomen die de schijf omringden. Het kristal ging met een vreemde *snap* aan gruzelementen, als een statische schok, en het licht dat het uitstraalde ging flakkerend uit. De andere kristallen gaven nog altijd licht.

Zonder aarzelen liep Angela naar het volgende stuk amethist en brak dat ook, en de rest ook.

Nog nooit van zijn leven was Eragon zo dankbaar geweest om iemand te zien.

Hij keek beurtelings naar de kruidenvrouw en de breder wordende scheuren boven op het eerste ei. De Ra'zac had zich er bijna een weg uit gepikt, een feit dat hij kennelijk in de gaten had, want hij piepte en tikte met hernieuwde geestdrift. Tussen de stukken eierdop door zag Eragon een dikke, witte membraan en de snavelige kop van de Ra'zac die er blindelings tegenaan duwde, afgrijselijk en monsterlijk.

Snel, snel, dacht Eragon toen een stuk zo groot als zijn hand van het ei viel en als een stuk brandende klei op de vloer kletterde.

De membraan scheurde en de jonge Ra'zac stak zijn kop uit het ei, liet zijn harige, purperen tong zien toen hij een triomfantelijke gil slaakte. Slijm droop van zijn schaal en een schimmelige stank verspreidde zich in de ruimte.

Eragon trok nogmaals aan zijn boeien, ook al haalde dat niets uit.

De Ra'zac gilde opnieuw en worstelde toen om zich uit de rest van het ei te werken. Hij trok een geklauwde poot vrij, maar daardoor raakte het ei uit evenwicht, viel op z'n kant en er droop een dikke, geelachtige vloeistof over de versierde schijf. Even lag het pas uitgekomen jong verbaasd op zijn zij. Daarna bewoog hij zich, ging op zijn poten staan, zwaaide onzeker heen en weer en klakte tegen zichzelf als een geërgerd insect.

Eragon staarde er ontsteld en doodsbang naar, maar ook gefascineerd.

De Ra'zac had een ingevallen, geribbelde borst, waardoor het leek alsof zijn ribben aan de buitenkant van zijn lichaam zaten, niet vanbinnen.

De ledematen van het schepsel waren dun en knobbelig, net stokjes, en zijn middel was smaller dan van welk mens dan ook. Elke poot vertoonde een extra, achterwaarts buigend gewricht, wat Eragon nooit eerder had gezien, maar die de verontrustende tred van de Ra'zac veroorzaakte. Zijn schild leek zacht en buigzaam, anders dan die Eragon bij de meer volwassen Ra'zac was tegengekomen. Ongetwijfeld zou dat in de loop der tijd wel harder worden.

De Ra'zac hield zijn kop schuin – zijn reusachtige, uitpuilende, pupilloze ogen vingen het licht op – en hij tjilpte alsof hij net iets opwindends had ontdekt. Daarop deed hij een aarzelende stap in de richting van Arya... en nog een... en weer een, hij opende zijn snavel terwijl hij naar de bloedplas aan haar voeten zwoegde.

Eragon schreeuwde in zijn mondprop, in de hoop het schepsel af te leiden, maar op een snelle blik na negeerde het hem.

'Nu!' riep Angela uit en ze brak het laatste kristal.

Terwijl de amethistscherven op de vloer spatten, sprong Solembum naar de Ra'zac. De gedaante van de weerkat vervaagde midden in de lucht – zijn hoofd kromp, zijn benen werden korter, vacht kwam tevoorschijn – en hij landde op alle vier zijn poten, zijn lijf opnieuw weer dat van een dier.

De Ra'zac siste en klauwde naar Solembum, maar de weerkat ontweek de klap sneller dan het oog kon volgen, en sloeg met een grote, zware poot tegen de kop van de Ra'zac.

De nek van de Ra'zac brak met een *krak*, het schepsel vloog door de ruimte en landde in een verwrongen hoop, waar het nog even lag te stuiptrekken.

Solembum blies, hij drukte zijn niet-gewonde oor tegen zijn schedel; toen wriggelde hij zich uit de lendendoek die nog altijd om zijn heupen vastzat, en ging daarna bij het andere ei zitten wachten.

'Wat heb je met jezelf gedáán?' zei Angela toen ze naar Arya snelde. Arya tilde vermoeid haar hoofd op, maar deed geen poging antwoord te geven.

Met drie snelle slagen van haar kleurloze zwaard sneed de kruidenvrouw de andere boeien van Arya door, alsof het weerbarstige metaal niet harder was dan boter.

Arya viel op haar knieën voorover, terwijl ze haar gewonde hand tegen haar maag drukte. Met de andere hand trok ze haar mondprop weg.

De brand in Eragons schouder nam af toen Angela hem lossneed en hij eindelijk zijn armen omlaag kon doen. Hij trok de prop uit zijn mond en zei met hese stem: 'We dachten dat je dood was.'

'Als ze mij willen vermoorden, zullen ze beter hun best moeten doen. Stelletje prutsers.'

Nog altijd voorovergebogen begon Arya bindende en helende bezweringen te neuriën. Haar woorden klonken zacht en gespannen, maar ze versprak zich geen moment.

Terwijl ze bezig was haar gewonde hand te genezen, heelde Eragon de snee in zijn ribben, evenals zijn polswonden. Toen gebaarde hij naar Solembum en zei: 'Uit de weg.'

De weerkat sloeg met zijn staart maar deed wat Eragon vroeg.

Eragon stak zijn rechterhand op en zei: 'Brisingr!'

Een pilaar van blauwe vlammen barstte om het tweede ei uit. Binnenin schreeuwde het schepsel het uit: een verschrikkelijk, onaards geluid, eerder het gekrijs van scheurend metaal dan de kreet van mens of dier.

Eragon kneep zijn ogen toe tegen de hitte en keek met voldoening toe hoe het ei verbrandde. *En dat dat dan maar de laatste mag zijn,* dacht hij. Toen het gekrijs ophield, doofde hij de vlam die van onder naar boven uitging. Daarna heerste er een onverwachte, volslagen stilte, want Arya was klaar met haar magische ritueel en zweeg.

Angela beeoog als eerste. Ze liep naar Solembum en ging over hem heen staan, terwijl ze mompelend in de oude taal zijn oor en andere wonden genas.

Eragon knielde naast Arya en legde een hand op haar schouder. Ze keek naar hem omhoog en richtte zich zover op dat ze hem haar hand kon laten zien. De huid op het onderste derde deel van haar duim, evenals die op de buitenrand van haar handpalm en op de rug van haar hand, glansde en was felrood. Maar de spieren eronder leken in orde.

'Waarom heb je de genezing niet afgemaakt?' vroeg hij. 'Als je te moe bent, kan ik...'

Ze schudde haar hoofd. 'Ik heb een paar zenuwen beschadigd... en ik lijk ze niet te kunnen herstellen. Ik heb Blödhgarms hulp nodig; hij is beter in het helen van vlees dan ik.'

'Kun je vechten?'

'Als ik voorzichtig ben.'

Hij kneep even in haar schouder. 'Wat jij deed...'

'Ik heb alleen maar gedaan wat logisch was.'

'De meeste mensen zouden daar de kracht niet voor hebben... Ik heb het geprobeerd, maar mijn hand was te groot. Zie je wel?' En hij legde zijn hand naast die van haar.

Ze knikte, greep hem toen bij de arm en kwam langzaam overeind. Eragon stond samen met haar op, terwijl hij haar stevig ondersteunde.

'We moeten onze wapens zien te vinden,' zei hij, 'evenals mijn ring, riem en de ketting die de dwergen me hebben gegeven.'

Angela fronste haar wenkbrauwen. 'Waarom je riem? Is die betoverd?'

Toen Eragon aarzelde, niet zeker of hij haar de waarheid zou vertellen, zei Arya: 'Je weet zeker niet hoe de maker ervan heet, o wijze, want tijdens je reizen heb je vast wel het verhaal van de riem met de twaalf sterren gehoord.'

De kruidenvrouw zette grote ogen op. 'Díé riem? Maar ik dacht dat die vier eeuwen geleden verloren was gegaan, vernietigd tijdens de...'

'We hebben hem teruggevonden,' zei Arya op effen toon.

Eragon zag dat de kruidenvrouw dolgraag meer vragen wilde stellen, maar ze zei alleen maar: 'Ik begrijp 't... Maar we kunnen onze tijd niet verspillen met het doorzoeken van elke ruimte in dit konijnenhok. Als de priesters eenmaal in de gaten hebben dat we zijn ontsnapt, krijgen we de hele roedel op onze hielen.'

Eragon wees naar de novice die op de vloer lag en zei: 'Misschien kan hij ons vertellen waar ze onze spullen hebben opgeborgen.'

De kruidenvrouw ging op haar hurken zitten, legde twee vingers tegen de halsslagader van de jongeling en voelde zijn hartslag. Toen sloeg ze op zijn wangen en trok zijn oogleden omhoog.

De novice bleef slap en bewegingloos liggen.

De kruidenvrouw leek geërgerd omdat hij niet reageerde. 'Wacht even,' zei ze en ze sloot haar ogen. Een lichte frons doorgroefde haar voorhoofd. Even was ze stil, toen sprong ze plotseling op. 'Wat een zelfingenomen zielenpoot! Geen wonder dat zijn ouders hem naar de priesters hebben gestuurd. Het verbaasd me dat ze hem nog zo lang hebben geduld.'

'Kan hij ons niets nuttigs vertellen?' vroeg Eragon.

'Alleen de weg naar boven.' Ze wees naar de deur links van het altaar. Dezelfde deur waardoor de priesters waren binnengekomen en weer waren vertrokken. 'Het is een wonder dat hij geprobeerd heeft jullie te bevrijden; ik vermoed dat hij daarmee voor het eerst in zijn leven iets op eigen houtje heeft gedaan.'

'We moeten hem met ons meenemen.' Eragon vond het vreselijk om te zeggen, maar de plicht dwong hem ertoe. 'Ik heb beloofd dat we dat zouden doen als hij ons hielp.'

'Hij heeft geprobeerd je te vermoorden!'

'Ik heb hem mijn woord gegeven.'

Angela zuchtte en sloeg haar ogen ten hemel. Tegen Arya zei ze: 'Jij kunt hem er zeker ook niet van afbrengen?'

Arya schudde haar hoofd en hees de jongeman zonder zichtbare moeite op haar schouder. 'Ik draag 'm wel,' zei ze.

'In dat geval,' zei de kruidenvrouw tegen Eragon, 'moet je deze nemen, want het ziet ernaar uit dat jij en ik het grootste deel van de strijd voor onze rekening moeten nemen.' Ze gaf hem haar korte zwaard en trok toen een dolk met een met juwelen bezet gevest uit de plooien van haar jurk.

'Waar is hij van gemaakt?' vroeg Eragon terwijl hij door de transparante zwaardkling gluurde en opmerkte hoe die het licht opving en weerkaatste. Het materiaal deed hem aan diamant denken, maar hij kon zich niet voorstellen dat iemand van een edelsteen een wapen zou maken; elke normale magiër zou algauw uitgeput raken door de energie die het kostte om bij elke slag te voorkomen dat de steen zou barsten.

'Steen, noch metaal,' zei de kruidenvrouw. 'Maar wees gewaarschuwd. Je moet er heel voorzichtig mee omgaan. Raak nooit het snijvlak aan en zorg ervoor dat je ermee uit de buurt blijft van alles wat je dierbaar is, anders zul je er spijt van krijgen. En laat het zwaard nooit ergens tegen leunen wat je wellicht later nog nodig mocht hebben, je been, bijvoorbeeld.'

Behoedzaam hield Eragon het zwaard verder van zijn lichaam af. 'Hoezo?'

'Omdat,' zei de kruidenvrouw met overduidelijk genoegen, 'dit het scherpste zwaard is dat ooit heeft bestaan. Geen enkel zwaard, mes of bijl is zo vlijmscherp als deze, zelfs Brisingr niet. Het is de ultieme belichaming van een snijinstrument. Dít' – ze wachtte even om er nadruk op te leggen – 'is het archetype van een hellend vlak... Je zult zijn gelijke nergens vinden. Het snijdt door alles heen wat niet door magie wordt beschermd, en dat is met veel dingen het geval. Probeer het maar als je me niet gelooft.'

Eragon keek om zich heen naar iets waarop hij het zwaard kon uittesten. Uiteindelijk liep hij naar het altaar en wilde zwaaiend met de kling naar een rechthoekig stuk steen uithalen.

'Niet zo vlug!' riep Angela uit.

Het doorzichtige zwaard ging door tien centimeter steen alsof het graniet niet harder was dan custardpudding, en ging toen verder omlaag naar zijn voeten. Eragon slaakte een gil en sprong naar achteren, wist amper zijn arm tegen te houden voordat hij zichzelf zou snijden.

De hoek van het altaar stuiterde op de traptrede eronder en tuimelde toen kletterend naar het midden van de ruimte.

De zwaardkling, besefte Eragon, was misschien toch wel van diamant gemaakt. Die had minder bescherming nodig dan hij had verondersteld, aangezien hij zelden tegenstand van formaat ontmoette.

'Hier,' zei Angela. 'Neem deze ook maar.' Ze maakte de zwaardschede van haar middel los en gaf die aan hem. 'Dat is een van de dingen die je met die kling níét kunt doorboren.'

Nadat Eragon bijna zijn tenen had afgehakt, duurde het even voordat hij zijn stem terugvond. 'Heeft het zwaard ook een naam?'

Angela lachte. 'Natuurlijk. In de oude taal heet hij Albitr, wat precies betekent wat je denkt. Maar ik noem hem liever Tinkeldood.'

'Tinkeldood!'

'Ja. Vanwege het geluid dat de kling maakt wanneer je ertegen tikt.' Ze deed het voor met de top van een vingernagel en glimlachte bij de hoge toon die als een zonnestraal door de schemerige kamer priemde. 'Nou, zullen we gaan?'

Eragon keek om zich heen om er zeker van te zijn dat ze niets vergaten; toen knikte hij, beende naar de linkerdeur en opende die zo zachtjes als hij kon.

De deuropening kwam uit op een lange, brede gang die door toortsen werd verlicht. Aan weerskanten van de gang stonden wachtposten in het gelid, twintig van de in het zwart geklede krijgers die hen eerder in de val hadden gelokt.

Ze keken naar Eragon en grepen naar hun wapens.

Er schoot een vloek door Eragons hoofd en hij sprong naar voren, wilde aanvallen voordat de krijgers hun zwaarden konden trekken en zich in een effectieve groep konden organiseren. Hij had echter nog geen paar voet afgelegd of naast elke man verscheen een flakkerende beweging: een zachte, schimmige vlek, als een door de wind in beweging gebrachte vaandel aan de rand van zijn gezichtsveld.

Zonder ook maar een kreet te slaken, verstijfden de twintig mannen en vielen op de vloer, stuk voor stuk dood.

Gealarmeerd bleef Eragon staan voordat hij tegen de lijken aan zou lopen. Hij draaide zich naar Arya en Angela om te vragen of zij wisten wat er was gebeurd, maar de woorden bestierven in zijn keel toen hij naar de kruidenvrouw keek. Ze stond tegen een muur en leunde zwaar hijgend op haar knieën. Haar huid was lijkbleek geworden en haar handen trilden. Bloed droop van haar dolk.

Eragon werd vervuld van ontzag en angst. Wat de kruidenvrouw ook had gedaan, het ging zijn begrip te boven.

'Wijze,' zei Arya, en ze klonk ook onzeker, 'hoe heb je dat voor elkaar gekregen?'

De kruidenvrouw grinnikte tussen haar ademhaling door en zei toen: 'Het was een truc... die ik van mijn meester heb geleerd... Tenga... eeuwen geleden. Dat duizend spinnen zijn oren en knobbels mogen afbijten.'

'Ja, maar hóé heb je het gedaan?' drong Eragon aan. Zo'n truc kon in Urû'baen heel goed van pas komen.

De kruidenvrouw grinnikte nogmaals. 'Is tijd iets anders dan beweging? En is beweging iets anders dan hitte? En zijn hitte en energie niet verschillende benamingen voor hetzelfde?' Ze duwde zich van de muur af, liep naar Eragon en tikte hem tegen de wang. 'Wanneer je begrijpt wat dat betekent, zul je begrijpen hoe en wat ik deed... Vandaag kan ik die bezwering niet nogmaals uitvoeren zonder mezelf te bezeren, dus verwacht niet van me dat ik de volgende keer iedereen dood als we op een horde kerels stuiten.'

Met enige moeite slikte Eragon zijn nieuwsgierigheid in en knikte.

Hij trok van een van de gedode mannen een tuniek en gevoerde wambuis uit en nadat hij die kleren had aangetrokken, liep hij voorop door de gang en door de toegangspoort aan het einde daarvan.

Daarna kwamen ze niemand meer tegen in het kamer- en gangenstelsel, en evenmin zagen ze een spoor van hun gestolen bezittingen. Hoewel Eragon blij was dat ze niet werden opgemerkt, baarde het hem toch zorgen dat er geen bedienden waren. Hij hoopte maar dat hij en zijn metgezellen geen alarmbellen hadden doen rinkelen waardoor de priesters waren gewaarschuwd dat ze ontsnapt waren.

In tegenstelling tot de verlaten ruimten die ze vóór de valstrik hadden gezien, waren die waar ze nu doorheen kwamen vol wandkleden, meubels en vreemde koperen en kristallen voorwerpen, waarvan Eragon slechts kon gissen waarvoor ze dienden. Meer dan eens kwam hij in de verleiding om bij een bureau of boekenkast te blijven staan om de inhoud ervan te bekijken, maar die weerstond hij elke keer. Ze hadden geen tijd om stoffige, oude papieren te lezen, hoe intrigerend ook.

Wanneer ze verschillende kanten op konden, koos Angela altijd welke richting ze op gingen, maar Eragon bleef vooroplopen, terwijl hij het met draad omwikkelde gevest van Tinkeldood zo stevig beetgreep dat hij er kramp van kreeg.

Algauw kwamen ze bij een doorgang die uitkwam op een stenen trap, die bij het hoger klimmen steeds smaller werd. Aan weerskanten ervan stonden twee novices die ieder een standaard met bellen vasthielden, zoals Eragon al eerder had gezien.

Hij rende naar de twee jonge mannen toe en wist van één novice de hals te doorboren voordat hij kon schreeuwen of zijn bellen kon laten rinkelen. Maar de ander had de tijd om beide te doen voordat Solembum boven op hem sprong, hem op de grond gooide en zijn gezicht aan stukken scheurde, terwijl de hele gang schalde van het kabaal.

'Snel!' riep Eragon en hij rende de trap op.

Boven aan de trap bevond zich een vrijstaande muur van tien voet breed, overdekt met sierlijk krulwerk en inscripties die Eragon vaag bekend voorkwamen. Hij dook om de muur heen en stuitte op een zo intense, rozeachtige lichtstraal dat hij bijna verbijsterd wankelde. Met de schede van Tinkeldood schermde hij zijn ogen af.

Nog geen vijf voet vóór hem zat de hogepriester op zijn baar, het bloed droop uit een snee in zijn schouder. Een andere priester – een vrouw wier beide handen ontbraken – zat geknield naast de baar en ving de bloedstroom op in een gouden bokaal die ze tussen haar onderarmen klemde. Zowel zij als de hogepriester staarde Eragon verbijsterd aan.

Toen keek Eragon langs hen heen en zag, als in een serie bliksemflitsen, reusachtige geribbelde pilaren die zich verhieven naar een gewelfd plafond dat in de schaduw verdween. Gebrandschilderde vensters in hoog torenende muren waarvan de linkerramen brandden door het licht van de opgaande zon; aan de rechterkant waren ze dof en vlak, levenloos. Bleke beelden stonden tussen de ramen in. Rijen granieten kerkbanken, bespikkeld met verschillende kleuren, strekten zich van de ingang in de verte helemaal uit tot het schip. En de eerste vier rijen werden gevuld door een kudde in leer geklede priesters, hun gezicht omhoog gericht en hun mond zingend open, als evenveel jongen die om voedsel smeekten.

Te laat realiseerde Eragon zich dat hij in de grote kathedraal van Dras-Leona stond, aan de andere kant van het altaar waar hij ooit eerbiedig voor had geknield, lang geleden.

De vrouw zonder handen liet de bokaal vallen en ging staan, gooide haar armen wijd open om de hogepriester met haar lichaam te beschermen. Achter haar ving Eragon een glimp op van Brisingrs schede die naast de voorkant van de baar lag en hij dacht Aren ernaast te zien liggen.

Voordat hij achter zijn zwaard aan kon gaan, stormden van weerskanten van het altaar twee bewakers naar hem toe die met ingegraveerde pieken met rode kwasten naar hem uithaalden. Hij wist de eerste bewaker te ontwijken en sloeg de schacht van de piek van de man doormidden, waardoor de kling ervan door de lucht vloog. Toen hakte Eragon de man zelf in tweeën; Tinkeldood ging met schokkend gemak door zijn vlees en botten heen.

Eragon wist zich net zo snel van de tweede bewaker te ontdoen en draaide zich om om af te rekenen met een paar die achter hem naderden. De kruidenvrouw voegde zich bij hem, zwaaide met haar dolk en ergens aan zijn linkerkant gromde Solembum. Arya hield zich afzijdig van het gevecht, zij droeg nog altijd de jongeman.

Het opgevangen bloed uit de bokaal lag op de vloer rondom het altaar. De bewakers gleden in de plas uit en de laatste man viel en gooide zijn metgezel omver. Eragon schuifelde naar ze toe – hij tilde zijn voeten geen moment van de vloer op zodat hij zijn evenwicht niet zou verliezen – en voordat de bewakers konden reageren, hakte hij op beiden in, terwijl hij ervoor zorgde het betoverde zwaard van de kruidenvrouw onder controle te houden en de twee mannen moeiteloos doormidden sneed.

Intussen was Eragon zich ervan bewust dat de hogepriester als van grote afstand schreeuwde. 'Dood de ongelovigen! Dood ze! Laat de godslasteraars niet ontsnappen! Ze moeten boeten voor hun misdaden tegen de Ouden!'

De verzameling priesters begon te joelen en met hun voeten te stampen, en Eragon voelde hoe ze met hun geest aan die van hem klauwden, als een roedel wolven die aan een verzwakt hert trokken. Hij trok zich diep in zichzelf terug en weerde de aanvallen af met de technieken die hij onder Glaedrs leiding had geoefend. Maar het was moeilijk om zich tegen zo veel vijanden te moeten verdedigen en hij was bang dat hij zijn barrières niet lang kon vasthouden. Zijn enige voordeel was dat de paniekerige, ongeorganiseerde priesters hem stuk voor stuk aanvielen en niet als een eenheid; als ze hun macht hadden gebundeld, zou hij overvleugeld zijn.

Toen duwde Arya's bewustzijn tegen dat van hem; een vertrouwde, troostende aanwezigheid te midden van de kluwen vijanden die naar zijn innerlijke zelf graaiden. Opgelucht opende hij zich voor haar en ze voegden hun geest samen, zoals hij en Saphira zouden doen, en een poosje versmolt hun identiteit zich met elkaar en kon hij niet bepalen waar veel van hun gedeelde gedachten en gevoelens vandaan kwamen.

Samen grepen ze met hun geest een van de priesters beet. De man worstelde om eraan te ontkomen, als een vis die tussen hun vingers wriggelde, maar ze verstevigden hun greep en weigerden hem te laten ontsnappen. Met vreemde woorden reciteerde hij een zin in een poging ze uit zijn bewustzijn te weren; Eragon vermoedde dat het een citaat was uit het Boek van Tosk.

Het ontbrak de priester echter aan discipline en zijn concentratie wankelde al snel toen hij dacht: *De ongelovigen zijn te dicht bij de meester. We moeten ze doden voordat... Wacht! Nee! Nee...!*

Eragon en Arya sprongen boven op de zwakke plek van de priester en onderwierpen de gedachten van de man aan hun wil. Toen ze er zeker van waren dat hij met geest noch lichaam kon terugslaan, sprak Arya een bezwering uit waarvan ze, nadat ze de herinneringen van de priester had onderzocht, wist dat die langs zijn afweerbezweringen heen kon glippen.

In de derde rij banken schreeuwde een man het uit en hij barstte in vlammen uit, groen vuur lekte uit zijn oren, mond en ogen. De vlammen deden de kleren van verscheidene priesters in zijn buurt ontbranden en de brandende mannen en vrouwen begonnen wild om zich heen te slaan en rond te rennen, waardoor ze de aanvallen op Eragon nog meer verstoorden. De likkende vlammen klonken als knakkende takken in een storm.

De kruidenvrouw rende van het altaar weg en bewoog zich tussen de priesters, terwijl ze hen hier en daar neerstak. Solembum volgde haar op de voet en maakte degenen af die zij had geveld.

Daarna konden Eragon en Arya gemakkelijk de geest van hun vijanden binnendringen en de controle overnemen. Nog altijd samenwerkend doodden ze nog eens vier priesters, waarop de rest van de priesters instortte en zich verspreidde. Een paar vluchtten door de vestibule, waarvan Eragon zich herinnerde dat die naar het klooster naast de kathedraal leidde, terwijl anderen achter de banken kropen en hun armen om hun hoofd wikkelden.

Zes priesters vluchtten noch verstopten zich echter, maar vielen Eragon aan, met de handen die ze nog hadden, en zwaaiden met krommessen. Eragon doorsneed de eerste priester voordat die kon uithalen. Tot zijn ergernis was de vrouw door een afweerbezwering beschermd waardoor Tinkeldood een halve voet van haar hals werd tegengehouden, het zwaard in zijn handen draaide en er een schok door zijn arm ging. Eragon haalde met zijn linkerhand naar de vrouw uit. Om de een of andere reden hield de bezwering zijn vuist niet tegen en hij voelde dat de botten in haar borst het begaven toen hij haar languit tegen de mensen achter haar sloeg.

De overgebleven priesters maakten zich los en gingen weer in de aanval. Eragon stapte naar voren en blokkeerde een klungelige slag van de voorste priester; toen – terwijl hij 'há!' schreeuwde – dreef hij zijn vuist in de buik van de man en sloeg hem over een kerkbank, waar de priester met een akelig gekraak tegenaan sloeg.

Eragon doodde de volgende man net zo. Een groen-met-gele pijl boorde zich in de keel van de priester rechts van hem, en hij zag een bruingele vlek toen Solembum langs hem heen sprong en nog een uit de groep tackelde.

Daarmee stond nog slechts één volgeling van Tosk voor hem. Met haar vrije hand greep Arya de vrouw bij haar leren gewaden en gooide haar gillend dertig voet over de banken.

Vier novices hadden de baar van de hogepriester opgetild en droegen die snel langs de oostelijke zijde van de kathedraal, op weg naar de voorste ingang van het gebouw.

Toen Eragon zag dat ze ontkwamen, slaakte hij een brul en sprong op het altaar, terwijl hij een plaat en bokaal op de vloer stootte. Van daaraf sprong hij over de lijken van de neergestorte priesters. Hij landde lichtjes in het gangpad en sprintte naar het einde van de kathedraal in de richting van de novices.

De vier jongemannen bleven staan toen ze Eragon bij de deuren zagen aankomen. 'Omdraaien!' gilde de hogepriester. 'Omdraaien!' Zijn dienaren gehoorzaamden, om slechts op Arya te stuiten die achter hen stond, met een van hun eigen soort over haar rechterschouder.

De novices jankten en draaiden zich zijwaarts, schoten tussen twee kerkbanken door. Ze waren slechts een paar voet op weg toen Solembum aan het uiteinde van de kerkbanken opdook en naar ze toe liep. De oren van de weerkat lagen plat tegen zijn kop en door de voortdurende, zachte dreun van zijn gegrom gingen Eragons nekharen overeind staan. Angela kwam vlak achter hem, ze beende vanaf het altaar de kathedraal door, in de ene hand haar dolk en in de andere een groen-met-gele pijl.

Eragon vroeg zich af hoeveel wapens ze bij zich droeg.

Het was verbazingwekkend dat de novices niet de moed verloren en ook hun meester niet in de steek lieten. In plaats daarvan schreeuwden de vier mannen en renden nog sneller op Solembum af, waarschijnlijk omdat de weerkat de kleinste tegenstander en het dichtstbij was, en omdat ze geloofden dat hij het gemakkelijkst uit de weg te ruimen was.

Daarin vergisten ze zich.

In een enkele beweging zette Solembum zich op z'n hurken af en sprong van de vloer boven op de kerkbank. Daarna sprong hij zonder vaart te minderen naar een van de twee voorste novices.

Toen de weerkat door de lucht zeilde, riep de hogepriester iets in de oude taal; Eragon herkende het woord niet, maar het klonk onmiskenbaar als iets uit de moedertaal van de elfen. Wat de bezwering ook was, ze leek geen uitwerking op Solembum te hebben, hoewel Eragon Angela zag struikelen alsof ze was geslagen.

Solembum kwam in botsing met de novice naar wie hij zichzelf had geslingerd, en de jongeman tuimelde schreeuwend op de vloer toen Solembum hem aan flarden scheurde. De rest van de novices struikelde over het lijk van hun metgezel en ze vielen allemaal in een warrige hoop, waardoor de hogepriester van zijn baar op een van de kerkbanken viel, waar het schepsel als een wurm bleef liggen kronkelen.

Eragon was even later bij hem en met drie snelle uithalen stak hij alle novices neer, op een na wiens nek tussen de kaken van Solembum geklemd zat.

Toen Eragon er zeker van was dat de mannen dood waren, draaide hij zich om om voor eens en voor altijd korte metten te maken met de hogepriester. Toen hij naar de gedaante zonder ledematen toe liep, drong een andere geest die van hem binnen in een poging de controle over zijn gedachten over te nemen. Door de smerige aanval werd Eragon gedwongen te blijven staan en zich te concentreren om zich tegen de indringer te verdedigen.

Uit zijn ooghoek zag hij dat Arya en Solembum ook stokstijf bleven staan. De kruidenvrouw was de enige uitzondering. Ze wachtte even toen de aanval begon, maar toen liep ze met langzame, schuifelende passen naar Eragon.

De hogepriester staarde Eragon aan; zijn diepliggende, donker omrande ogen brandden van haat en woede. Eragon was ervan overtuigd dat als het schepsel armen en benen had gehad, hij met zijn blote handen zijn hart had willen uitrukken. Maar nu was zijn blik zo kwaadaardig, dat Eragon half-en-half verwachtte dat de priester zich van de kerkbank zou wriggelen en in zijn enkels zou bijten.

De aanval op zijn geest werd heviger naarmate Angela dichterbij kwam. De hogepriester – want het móést de hogepriester wel zijn – was veel kundiger dan een van zijn volgelingen. Het was een opmerkelijke prestatie om een mentale strijd aan te gaan met vier verschillende mensen tegelijk en voor ieder van hen een ongelooflijke dreiging te vormen, vooral wanneer de vijand bestond uit een elf, een Drakenrijder, een heks en een weerkat. De hogepriester had een van de formidabelste geesten die Eragon ooit was tegengekomen; als hij geen hulp van zijn metgezellen had gehad, vermoedde Eragon dat hij zich aan de woeste aanval van het schepsel had moeten overgeven.

De priester deed dingen die Eragon nooit eerder had meegemaakt, hij verbond Eragons afdwalende gedachten aan die van Arya en Solembum, wikkelde ze in zo'n verwarrende kluwen dat Eragon zo nu en dan het spoor van zijn eigen identiteit bijster was.

Eindelijk dook Angela in de ruimte tussen de kerkbanken op. Ze baande zich een weg om Solembum heen – die naast de novice gehurkt zat die hij net had gedood en bij wie elke haar van zijn lijf rechtovereind stond – en liep toen behoedzaam over de lijken van de drie novices die Eragon had afgeslacht.

Terwijl ze dichterbij kwam, begon de hogepriester als een vis aan een haak te kronkelen in een poging zichzelf verder de kerkbank op te duwen. Tegelijkertijd werd de druk op Eragons geest minder, hoewel niet zo veel dat hij het waagde zich te bewegen.

De kruidenvrouw bleef staan toen ze bij de hogepriester was en de hogepriester verbaasde Eragon door zijn strijd op te geven en hijgend op de bank te blijven liggen. Even staarden het hologige schepsel en de kleine, streng kijkende vrouw elkaar boos aan; er vond een onzichtbare krachtmeting tussen hen plaats.

Toen kromp de hogepriester ineen en er verscheen een glimlach om Angela's lippen. Ze liet haar ponjaard vallen en haalde uit haar jurk een kleine dolk tevoorschijn, waarvan de kling de kleur had van een roodachtige zonsondergang. Ze boog zich over de hogepriester heen en fluisterde heel zachtjes: 'Je zou moeten weten hoe ik heet, tongloze. Als je dat had geweten, zou je nooit gewaagd hebben het tegen ons op te nemen. Ik zal het je vertellen…'

Ze ging zelfs nog zachter praten, te zacht voor Eragon om het te kunnen horen, maar terwijl ze sprak, trok de hogepriester wit weg en deed zijn verschrompelde mond open, die zo een zwart ovaal vormde. Er kwam een onaardse brul uit zijn keel, en de hele kathedraal schalde door de blaffende kreet van het schepsel.

'O, hou toch je mond!' riep de kruidenvrouw uit en ze begroef haar zonsondergangkleurige dolk midden in de borst van de hogepriester.

De kling flitste witheet op en verdween met een geluid als een verre donderklap. De plek om de wond gloeide als brandend hout; daarna vielen huid en vlees in fijne, donkere roetvlokjes uiteen die in de borst van de hogepriester dwarrelden. Met een verstikt gegorgel hield het gejank van het schepsel even abrupt op als het was begonnen.

De bezwering verteerde al snel de rest van de hogepriester en bracht zijn lichaam terug tot een hoopje zwart poeder, waarvan de vorm overeenkwam met de contouren van hoofd en torso van de priester.

'Opgeruimd staat netjes,' zei Angela, en ze knikte resoluut.

Het luiden van de klok

Eragon schudde zichzelf wakker alsof hij net een boze droom had gehad.

Nu hij niet langer de hogepriester van zich af hoefde te houden, werd hij zich er langzaam van bewust dat de kloosterklok luidde, een hard, indringend geluid dat hem deed denken aan die keer dat de Ra'zac uit de kathedraal achter hem aan had gejaagd toen hij Dras-Leona voor het eerst met Brom had bezocht.

Murtagh en Thoorn zullen hier snel zijn, dacht hij. Voor die tijd moeten we weg zijn.

Hij stopte Tinkeldood weer in de schede en gaf hem aan Angela. 'Hier,' zei hij, 'volgens mij wil je die wel weer terug.' Daarna schoof hij de lijken van de novices opzij tot Brisingr voor het grijpen lag. Toen hij zijn hand om het gevest klemde, ging er een gevoel van opluchting door hem heen. Hoewel het zwaard van de kruidenvrouw een goede en gevaarlijke kling had, was het niet zíjn wapen. Zonder Brisingr voelde hij zich naakt, kwetsbaar, net zoals wanneer hij en Saphira niet bij elkaar waren.

Daarna moest hij nog enkele ogenblikken zoeken voordat hij zijn ring terugvond, die onder een van de kerkbanken was gerold, evenals zijn halsketting die om een van de handvaten van de baar gewikkeld zat. Tussen de stapel lijken ontdekte hij ook Arya's zwaard, en ze was blij dat dat weer terug was. Maar van zijn riem, de riem van Beloth de Wijze, was geen spoor te bekennen.

Eragon keek onder alle kerkbanken in de buurt en rende zelfs naar het altaar terug om de omgeving ervan te doorzoeken.

'Hij is er niet,' zei hij ten slotte wanhopig. Hij draaide zich naar de vrijstaande muur die de ingang naar de ondergrondse ruimten verborg. 'Ze hebben hem vast in de tunnels achtergelaten.' Hij wierp een blik naar het klooster. 'Of misschien...' Hij aarzelde, verscheurd tussen twee mogelijkheden.

Hij mompelde binnensmonds een bezwering om hem naar de riem te leiden, maar het enige wat hem dat opleverde was een glad, grijs, leeg beeld. Zoals hij al had gevreesd, was er een afweerbezwering over de riem heen gelegd zodat die beschermd was tegen magische blikken of bemoeienis, net zoals Brisingr door een vergelijkbare afweerbezwering was beschermd.

Eragon fronste zijn voorhoofd en deed een halve stap naar de vrijstaande muur.

De klok luidde harder dan ooit.

'Eragon,' riep Arya vanaf de andere kant van de kathedraal, terwijl ze de bewusteloze novice van de ene naar de andere schouder overbracht. 'We moeten gaan.'

'Maar...'

'Oromis begrijpt het wel. Het is niet jouw schuld.'

'Maar...'

'Laat zitten! De riem is eerder verloren gegaan. We vinden hem wel weer. Maar nu moeten we vluchten. Schiet op!'

Eragon vloekte, draaide zich om en rende naar Arya, Angela en Solembum naar de voorkant van de kathedraal. *Om uitgerekend dat kwijt te raken...* Het leek bijna heiligschennis om de riem achter te laten terwijl zo veel stervende schepsels hem met energie hadden gevuld. Bovendien had hij het afschuwelijke gevoel dat hij voordat de dag om was die energie goed kon gebruiken.

Zodra de kruidenvrouw de zware buitendeuren van de kathedraal opende, ging Eragon in gedachten op zoek naar Saphira, want hij wist dat ze ergens hoog boven de stad cirkelde en wachtte tot hij contact met haar zou maken. De tijd van geheimhouding was allang voorbij en het kon Eragon niet meer schelen of Murtagh of een andere magiër zijn aanwezigheid voelde.

Algauw was daar de aanraking van Saphira's bewustzijn. Toen hun gedachten weer samensmolten, verdween er een soort strak gevoel uit Eragons borst.

Waar bleef je nou? riep Saphira uit. Hij proefde haar bezorgdheid en wist dat ze erover had gedacht om op Dras-Leona te landen en het uiteen te scheuren om hem te vinden.

Hij strooide zijn herinneringen over haar uit, vertelde alles wat hem was overkomen sinds ze afscheid van elkaar hadden genomen. Dat duurde een paar seconden, en tegen die tijd hadden Arya, Angela en de weerkat de kathedraal verlaten en renden ze de trappen af.

Zonder Saphira de kans te geven om wijs te worden uit zijn over elkaar tuimelende herinneringen, zei Eragon: *We hebben een afleidingsmanoeuvre nodig... nu!*

Ze begreep wat hij bedoelde en hij voelde dat ze een steile duikvlucht nam.

Zeg tegen Nasuada dat zij ook met haar aanval moet beginnen. We zijn over een paar minuten bij de zuidelijke poort. Als de Varden er niet zijn wanneer we die openmaken, weet ik niet hoe we moeten ontsnappen.

Zwarte-klauwdoorngrot

De koele, vochtige ochtendlucht-zonder-water floot langs Saphira's kop terwijl ze naar de rattenneststad dook die half verlicht werd door de opkomende zon. Door de lage lichtstralen leken de stinkende, houten eierschaalgebouwen in een scherp reliëf te staan, de westkant lag in zwarte schaduwen.

De wolfelf-in-Eragongedaante die op haar rug zat, riep iets naar haar, maar de hongerige wind trok zijn woorden weg en ze kon hem niet verstaan. Hij begon haar met zijn melodieuze geest vragen te stellen, maar ze liet hem niet uitpraten. In plaats daarvan vertelde ze hem over hun benarde toestand en vroeg hem Nasuada te waarschuwen dat ze nu in actie moest komen.

Hoe de schim-van-Eragon die Blödhgarm droeg wie dan ook om de tuin kon leiden, begreep Saphira niet. Hij rook niet hetzelfde als haar harts- en zielspartner, en zijn gedachten voelden ook niet als die van Eragon. Toch leken de tweebenigen onder de indruk van de verschijning en die probeerden ze nou net een rad voor ogen te draaien.

Links van de rattenneststad lag de glinsterende gedaante van Thoorn uitgestrekt boven de kantelen van de zuidelijke poort. Hij tilde zijn donkerrode kop op en ze wist dat hij had gezien dat ze halsbrekend naar de grond suisde, zoals ze wel had verwacht. Haar gevoelens voor Thoorn waren te ingewikkeld om in een paar korte impressies uit te drukken. Elke keer dat ze aan hem dacht, raakte ze in de war en werd ze onzeker, iets waar ze niet aan gewend was.

Hoe dan ook, ze was niet van plan het onderspit te delven in de strijd met de omhooggevallen welp.

Toen de donkere schoorstenen van de scherpgerande daken groter werden, spreidde ze haar vleugels iets meer, ze voelde de toegenomen spanning in haar borst, schouders en vleugelspieren toen ze tijdens haar afdaling vaart minderde. Ze was nog slechts een paar honderd voet boven de dicht opeen gebouwde gebouwen toen ze weer omhoogschoot en haar vleugels tot de volle breedte uitspreidde. De inspanning die ervoor nodig was om haar val te stuiten, was enorm; even had ze het gevoel dat de wind haar vleugels uit hun gewrichtsholte rukte.

Ze verschoof haar staart om in balans te blijven, scheerde vervolgens over de stad tot ze de zwarte-klauwdoorngrot in het oog kreeg waar de bloedgekke-priesters hun vereringen deden. Ze vouwde haar vleugels in, liet zich de laatste paar voet vallen en met een overdonderend kabaal landde ze midden op het dak van de kathedraal.

Ze groef haar klauwen in de dakpannen om te voorkomen dat ze op de straat eronder zou wegglijden. Toen trok ze haar kop naar achteren en brulde zo hard als ze kon, daarmee de wereld en alles daarin uitdagend.

In de toren van het gebouw naast de zwarte-klauwdoorngrot luidde een klok. Ze vond het een irritant geluid, dus ze draaide haar nek en lanceerde er een straal blauwe en gele vlammen op af. De toren vloog niet in brand, want hij was van steen, maar het touw en de steunbalken van de klok vatten vlam, en even later zakte de klok met daverend geraas de toren in.

Dat vond ze mooi, evenals de twee-benen-met-ronde-oren die schreeuwend van het terrein wegvluchtten. Ze was tenslotte een draak. Het klopte als een bus dat ze bang voor haar waren.

Een van de twee-benen bleef staan aan de rand van het plein voor de zwarte-klauwdoorngrot, en ze hoorde dat hij een bezwering op haar afvuurde, zijn stem piepte als een angstige muis. Wat de bezwering ook was, Eragons afweerbezweringen hielden haar tegen, dat nam ze althans aan, want ze merkte geen verschil in wat ze voelde of in de wereld om haar heen.

De wolfelf-in-Eragongedaante doodde de magiër voor haar. Ze voelde dat Blödhgarm de geest van de magiër in z'n greep nam en dwong de twee-benen-met-ronde-oren tot overgave, waarop Blödhgarm een enkel woord in de oude, magische elfentaal uitsprak, waarna de twee-benen-met-ronde-oren op de grond viel en het bloed uit zijn open mond sijpelde.

Daarna tikte de wolfelf op haar schouder en zei: 'Bereid je voor, Lichtschub. Daar komen ze.'

Ze zag Thoorn boven de rand van de daken opstijgen, Eragons halfbroer Murtagh was een kleine, donkere figuur op zijn rug. In het licht van de ochtendzon glansde en schitterde Thoorn bijna net zo fel als zij. Maar haar schubben waren schoner dan die van hem, omdat ze ze eerder zorgvuldig had verzorgd. Ze kon zich niet voorstellen dat ze de strijd zou aangaan als ze er niet op haar best uitzag. Haar vijanden moesten haar niet vrezen, maar bewonderen.

Ze wist wel dat ze ijdel was, maar dat kon haar niet schelen. Geen ander ras kon tegen de grandeur van de draken op. Bovendien was zij het laatste wijfje van haar soort en ze wilde dat degenen die haar zagen zich over haar verwonderden en zich haar goed herinnerden. Dus als draken voor altijd zouden verdwijnen, moesten de twee-benen met gepast respect, ontzag en verwondering over haar praten.

Terwijl Thoorn duizend of meer voet boven de rattenneststad uit klom, keek Saphira snel om zich heen om zich ervan te verzekeren dat haar harts- en zielspartner Eragon nergens in de buurt was van de zwarteklauwdoorngrot. Ze wilde hem niet per ongeluk verwonden in de strijd die op het punt van uitbarsten stond. Hij was een groot jager, maar klein van stuk en kon gemakkelijk verpletterd worden.

Ze was nog steeds bezig de donker echoënde, pijnlijke herinneringen te ontrafelen die Eragon haar had verteld, maar ze begreep er wel zo veel van dat ze wist dat de gebeurtenissen opnieuw hadden bewezen wat ze al lang vermoedde: dat wanneer zij en haar harts- en zielspartner van elkaar gescheiden waren, hij in de problemen kwam, welke dat ook waren. Ze wist dat Eragon het daarmee oneens zou zijn, maar zijn laatste rampspoed had haar niet van het tegendeel overtuigd, en ze voelde een perverse genoegdoening dat ze gelijk had.

Toen Thoorn eenmaal op de juiste hoogte was, draaide hij zich om en dook haar richting uit terwijl de vlammen uit zijn open muil spuwden.

Ze was niet bang voor het vuur – Eragons afweerbezweringen zouden haar daartegen afschermen –, maar Thoorns enorme gewicht en kracht zouden algauw elke barrière die haar tegen fysiek gevaar beschermde uitputten. Ze dook en drukte haar lichaam plat tegen de kathedraal, die ze als rugdekking gebruikte, terwijl ze haar nek draaide en naar Thoorns bleke onderbuik hapte.

Een wervelende vlammenmuur golfde over haar heen, die als een enorme waterval rommelde en brulde. De vlammen waren zo fel dat ze in een reflex haar binnenste oogleden sloot, zoals ze dat onder water ook zou doen, dan was het licht niet zo verblindend.

De vlammen trokken snel op en toen Thoorn over haar heen stoof, en de punt van zijn dikke, met ribben bezaaide staart trok een spoor over het membraan van haar rechtervleugel. De schram bloedde, maar niet heel erg, en ze dacht niet dat het haar bij het vliegen zou hinderen, hoe pijnlijk hij ook was.

Thoorn dook opnieuw en weer probeerde hij haar de lucht in te lokken. Maar ze weigerde toe te happen en nadat hij nog een aantal keren langs haar heen was gescheerd, had hij er genoeg van om haar te bestoken en landde aan de andere kant van de zwarte-klauwdoorngrot, terwijl hij zijn reusachtige vleugels uitspreidde om in balans te blijven.

Het hele gebouw schudde op z'n grondvesten toen Thoorn op alle vier zijn poten landde en veel van de juwelenglas-afbeeldingramen in de muren versplinterden en tinkelend op de grond vielen. Thoorn was nu groter dan zij, het resultaat van het geknoei van eibreker Galbatorix, maar ze liet zich er niet door intimideren. Ze had meer ervaring dan Thoorn en bovendien had ze met Glaedr geoefend, die groter was dan zij en Thoorn samen. Bovendien waagde Thoorn het niet haar te doden... en ze dacht ook niet dat hij dat wilde.

De rode draak grauwde en deed een stap naar voren, de punten van zijn klauwen schraapten over de dakpannen. Ze gromde terug en trok zich een paar voet terug, tot ze voelde dat haar staart tegen de voet van de spitsen drukte die als een muur aan de voorkant van de zwarte-klauwdoorngrot oprezen.

Thoorns staartpunt stuiptrekte en ze wist dat hij elk moment kon uithalen.

Ze hield haar adem in en baadde hem in een stortvloed van flakkerende vlammen. Het was haar taak om Thoorn en Murtagh in de waan te laten dat het niet Eragon was die op haar rug zat. Daartoe moest ze of zo ver mogelijk bij Thoorn uit de buurt blijven dat Murtagh niet de gedachten van de wolfelf-in-Eragongedaante kon lezen, of ze kon zo vaak en zo heftig aanvallen dat Murtagh die kans niet kreeg. En dat was moeilijk, want Murtagh was eraan gewend om vanaf Thoorns rug te vechten, ook al draaide en kronkelde Thoorn door de lucht. Maar ze waren dicht bij de grond, en dat was in haar voordeel, want ze viel liever aan. Viel altijd liever aan.

'Is dat alles wat je in huis hebt?' schreeuwde Murtagh met een magisch versterkte stem vanuit de voortdurend wisselende vuurcocon.

Zodra de laatste vlammen in haar muil uitdoofden, schoot Saphira op Thoorn af. Ze sloeg hem vol op de borst en hun halzen raakten verstrikt, hun koppen sloegen tegen elkaar terwijl beide probeerden hun tanden om de keel van de ander te klemmen. Door de kracht van de botsing werd Thoorn achterwaarts van de zwarte-klauwdoorngrot weggeduwd.

Hij flapperde met zijn vleugels en mepte naar Saphira terwijl hij en zij samen naar de grond vielen.

Ze kwamen zo hard neer dat het plaveisel openbrak en de in de buurt staande huizen schudden op hun fundamenten. Iets kraakte in de linkervleugelschouder van Thoorn en zijn rug boog onnatuurlijk terwijl Murtaghs afweerbezweringen ervoor zorgden dat de draak hem niet verpletterde.

Saphira hoorde Murtagh van onder Thoorn vloeken en ze besloot dat het maar het beste was te verdwijnen voordat de twee-benen-met-ronde-oren met bezweringen ging rondstrooien.

Ze sprong op, schopte tegelijk Thoorn in de buik en stak het dak van het huis achter de rode draak in de fik. Het gebouw was te zwak om haar te dragen, dus ze koos voor de zekerheid opnieuw het luchtruim en zette de rij gebouwen in brand.

Daar zijn ze wel even zoet mee, dacht ze tevreden, toen de vlammen hongerig aan de houten bouwwerken knaagden.

Ze keerde terug naar de zwarte-klauwdoorngrot, stak haar klauwen onder de dakpannen en begon het dak open te scheuren, net zoals ze het dak van het kasteel in Durza-Gil'ead had losgerukt.

Maar nu was ze groter. Nu was ze sterker. En de brokken steen leken niet meer te wegen dan kiezelsteentjes voor Eragon. De bloedgekke-priesters die daarbinnen hun erediensten hadden gehouden hadden haar harts- en zielspartner pijn gedaan, en drakenbloed-elf Arya pijn gedaan, de jong-gezicht-oude-geest Angela en de weerkat Solembum – hij met de vele manen – en ze hadden Wyrden vermoord. Daarom was Saphira vastbesloten om uit wraak de zwarte-klauwdoorngrot te vernietigen.

Binnen een paar seconden zat er een gapend gat in het plafond van het gebouw. Ze vulde de binnenkant met een vlammenstoot, haakte haar klauwen aan de uiteinden van de koperen pijpen van het orgel en trok ze los van de achterwand van de kathedraal. Ze vielen kletterend en met veel geraas op de kerkbanken eronder.

Thoorn brulde en sprong van de straat in de lucht boven de zwarte-klauwdoorngrot en bleef zwaar fladderend hangen om in die positie te blijven. Hij leek een kleurloos zwart silhouet tegen de vlammenzee die uit de huizen achter hem oprees, op zijn doorzichtige vleugels na, die oranje en bloedrood gloeiden.

Hij sprong met zijn zaagvormige klauwen gestrekt op haar af.

Saphira wachtte tot het allerlaatste moment, sprong toen zijwaarts weg van de zwarte-klauwdoorngrot, waarna Thoorn met zijn kop tegen de onderkant van de hoofdtoren van de kathedraal sloeg. De lange-lamgeslagen-stenen-piek trilde onder de klap, en het uiterste topje – een versierde, gouden roede – tuimelde om en stortte ruim vierhonderd voet lager op het plein neer.

Brullend van frustratie vocht Thoorn om zich weer op te richten. Zijn achterlijf glipte in de opening waar Saphira het dak had stukgescheurd, en graaiend over de dakpannen probeerde hij zich een weg naar buiten te klauwen.

Intussen vloog Saphira naar de voorkant van de zwarte-klauwdoorngrot en posteerde zich tegenover de piek van de spits waar Thoorn tegenaan was gebotst.

Ze verzamelde haar krachten en sloeg toen met haar rechtervoorpoot tegen de spits.

Beelden en beeldhouwwerken werden onder haar poot vermorzeld; stofwolken koekten in haar neusgaten en het regende stukken steen en mortel op het plein. Maar de spits bleef overeind, dus gaf ze er nog een mep tegen.

Thoorns gebrul kreeg nu een paniekerige klank toen hij besefte wat ze aan het doen was, en hij probeerde zich nog uitzinniger los te trekken.

Bij Saphira's derde klap barstte de hoge stenen spits aan de voet en martelend traag viel hij achterwaarts naar het dak. Thoorn kon slechts nog een woedende sneer slaken, en toen landde de toren boven op hem, sloeg hem in het karkas van het verwoeste gebouw en begroef hem onder bergen puin.

Het geluid van de aan stukken slaande toren echode als een rollende donderslag over de hele rattenneststad.

Saphira sneerde terug, deze keer met een primitief overwinningsgevoel. Thoorn zou zichzelf gauw genoeg hebben uitgegraven, maar tot die tijd was hij aan haar genade overgeleverd.

Ze zwenkte met haar vleugels en cirkelde boven de zwarte-klauwdoorngrot. Toen ze langs de zijkanten van het gebouw vloog, haalde ze uit naar de gecanneleerde steunberen onder de muren en verwoestte die een voor een. De steenblokken tuimelden met een onaangenaam kabaal over de grond.

Toen ze alle steunberen had weggemaaid, begonnen de nu losstaande muren te zwaaien en naar buiten te hellen. Door Thoorns inspanningen om zichzelf los te werken, werd de situatie alleen nog maar erger en na een paar seconden begaven de muren het. Het hele bouwwerk stortte met een lawineachtig geraas in en een hoge stofwolk pluimde de lucht in.

Saphira kraaide van triomf; toen landde ze op haar achterpoten naast de stapel puin en beschilderde de steenbrokken met de heetste vlammenzee die ze kon produceren. Met magie waren vlammen gemakkelijk te ontwijken, maar om echte hitte te omzeilen, had je meer inspanning en energie nodig. Door Murtagh te dwingen nog meer van zijn krachten te vergen om te voorkomen dat hij en Thoorn levend gebraden werden, evenals welke energie hij ook gebruikte om te voorkomen dat hij te pletter viel, hoopte ze dat ze zijn reserves zo ver kon uitputten dat Eragon en de twee-benen-met-puntige-oren misschien de kans kregen hem te verslaan.

Terwijl zij vuur spuwde, neuriede de wolfelf op haar rug bezweringen, hoewel ze niet wist waar die voor dienden en dat kon haar eigenlijk ook niet schelen. Ze vertrouwde de twee-benen. Wat hij ook deed, ze wist zeker dat het hielp.

Saphira schoot naar achteren toen de blokken in het midden van de schacht naar buiten barstten en Thoorn zich met een brul uit het puin slingerde. Zijn vleugels waren verkreukeld als die van een vertrapte vlinder en hij bloedde uit verschillende wonden in zijn poten en op zijn rug.

Hij staarde haar nijdig aan en gromde, zijn robijnrode ogen stonden donker van oorlogswoede. Voor het eerst had ze hem werkelijk kwaad gemaakt en ze zag dat hij maar wat graag haar vlees aan stukken wilde scheuren en haar bloed wilde proeven.

Mooi zo, dacht ze. Misschien was hij toch niet zo'n geslagen, angstig hondsvod als ze had aangenomen.

Murtagh haalde een klein rond voorwerp uit een zakje aan zijn riem. Uit ervaring wist Saphira dat die betoverd was en dat hij daarmee Thoorns verwondingen zou genezen.

Zonder dat af te wachten, vloog ze de lucht in en probeerde zo veel mogelijk hoogte te winnen voordat Thoorn in staat was de achtervolging in te zetten. Na een paar vleugelslagen keek ze omlaag en ze zag dat hij met furieuze snelheid naar haar opsteeg, een grote-rode-scherpe-klauw-mushavik.

Ze draaide in de lucht en wilde op hem af duiken toen ze diep in haar geest Eragon hoorde roepen: *Saphira!*

Gealarmeerd bleef ze draaien tot ze in de richting van de zuidelijke toegangspoort van de stad vloog, waarvan ze had gevoeld dat Eragon daar was. Ze trok haar vleugels zo ver in als ze durfde en liet zich in een steile hoek naar de gebogen poort vallen.

Thoorn haalde naar haar uit toen ze langs hem stoof en ze wist zonder te kijken dat hij vlak achter haar zat.

En dus raceten de twee naar de smalle muur van de rattenneststad, en de koele ochtendlucht-zonder-water huilde als een gewonde wolf in Saphira's oren.

Hamer en helm

Eindelijk! dacht Roran toen de hoorns van de Varden schalden dat ze op mars gingen.

Hij keek naar Dras-Leona en ving een glimp op van Saphira die naar de donkere gebouwenmassa dook terwijl haar schubben opvlamden in het licht van de opkomende zon. Daaronder roerde Thoorn zich, als een grote kat die op een hek had liggen zonnen, en de achtervolging inzette.

Een stoot energie ging door Roran heen. De tijd om te strijden was eindelijk gekomen en hij popelde om te beginnen. Hij wijdde een korte, bezorgde gedachte aan Eragon, maar stond toen van de boomstam waarop hij zat op en beende naar de rest van de mannen die zich in een brede, rechthoekige formatie hadden opgesteld.

Roran keek langs de gelederen om te controleren of de troepen gereed waren. Ze hadden het grootste deel van de nacht zitten wachten en de mannen waren moe, maar hij wist dat angst en opwinding hun geest snel zou opklaren. Roran was ook moe, maar hij sloeg er geen acht op; hij kon slapen als de strijd achter de rug was. Tot die tijd was zijn grootste zorg dat zijn mannen en hijzelf het overleefden.

Maar hij wenste dat hij nog tijd had voor een kop thee, om zijn maag tot rust te brengen. Hij had de avond tevoren iets verkeerds gegeten, werd sindsdien gekweld door krampen en was misselijk. Toch was hij niet zo beroerd dat hij niet kon vechten. Dat hoopte hij althans.

Tevreden met hoe zijn mannen eraan toe waren, zette Roran zijn helm op en duwde hem over zijn gevoerde hoofdkap. Daarna trok hij zijn hamer en hij stak zijn linkerarm door de riemen van zijn schild.

'Tot uw orders,' zei Horst die naar hem toe liep.

Roran knikte. Hij had de smid als onderbevelhebber uitgekozen, een besluit dat Nasuada zonder mankeren had overgenomen. Op Eragon na had Roran niemand liever aan zijn zijde. Dat was egoïstisch, dat wist hij wel – Horst had een pasgeboren baby en de Varden hadden zijn metaal-bewerkingskennis nodig –, maar Roran kon niemand anders bedenken die deze klus zo goed aankon. Horst was niet erg blij geweest met de promotie, maar leek er ook niet door van zijn stuk gebracht. In plaats daarvan was hij Rorans bataljon in orde gaan brengen met de kalmte en kunde die Roran van hem kende.

De hoorns schalden nogmaals en Roran hief zijn hamer boven zijn hoofd. 'Voorwaarts!' schreeuwde hij.

Hij nam de leiding toen de vele honderden mannen optrokken, aan weerskanten begeleid door de vier andere bataljons van de Varden.

Terwijl de krijgers opmarcheerden over de open velden die hen scheidden van Dras-Leona, klonken er alarmkreten in de stad. Even later schetterden klokken en hoorns en algauw wemelde het in de hele stad van woedend getier terwijl de verdedigers zich roerden. Boven alle commotie uit was het verschrikkelijkste gebrul en geraas vanuit het centrum van de stad te horen, waar de twee draken met elkaar in gevecht waren. Zo nu en dan zag Roran de ene of de andere boven de toppen van de gebouwen uitkomen, de huid van de draken schitterend en fel, maar meestal waren de twee giganten niet te zien.

De doolhof van vervallen gebouwen die de stadswallen omringden kwam al snel dichterbij. De smalle, schemerige straten schenen Roran onheilspellend en akelig toe. De soldaten van het Rijk – zelfs de burgers van Dras-Leona – zouden ze in die kronkelige straatjes gemakkelijk in een hinderlaag kunnen lokken. Om in zo'n krappe omgeving te moeten vechten was zelfs nog beestachtiger, verwarrender en smeriger dan anders. Als het zover zou komen, wist Roran dat slechts een paar van zijn mannen er zonder kleerscheuren vanaf zouden komen.

Terwijl hij zich in de schaduwen bewoog van de dakranden van de eerste krottenrij, kreeg Roran een onbehaaglijke knoop in zijn maag, waardoor hij zich nog beroerder ging voelen. Hij likte langs zijn lippen, was misselijk.

Het is Eragon geraden om die poort te openen, dacht hij. *Zo niet... dan zitten we hier vast als ratten in de val.*

En de muren vielen...

Door het geluid van neerstortende mortel bleef Eragon staan en keek achterom.

In de verte zag hij tussen de toppen van twee huizen een lege ruimte waar de stekelige torenspits van de kathedraal was geweest. In plaats daarvan wolkte een stofkolom naar de wolken erboven, als een pilaar van witte rook.

Eragon glimlachte bij zichzelf en was trots op Saphira. Als er chaos en vernietiging gezaaid moest worden, kenden draken hun gelijke niet. *Doe maar,* dacht hij. *Vermorzel het! Begraaf hun heilige plekken onder duizend voet steen!*

Toen liep hij verder in het donker door de kronkelige, geplaveide straatjes, samen met Arya, Angela en Solembum. Een aantal mensen was de straat al op gegaan: kooplui openden hun winkels, nachtwakers waren op weg naar hun bed, dronken edellieden kwamen van hun braspartijen terug, zwervers hadden in portieken geslapen en soldaten renden in wanorde naar de stadswallen.

Al die mensen, zelfs degenen die het op een lopen zetten, bleven in de richting van de kathedraal kijken toen het kabaal van de twee vechtende draken door de stad buldere.

Iedereen – van de ellendige bedelaars tot de geharde soldaten tot de weelderig geklede edelen aan toe – leek doodsangsten uit te staan en geen van hen vond Eragon en zijn metgezellen een tweede blik waard.

Eragon vermoedde dat het hielp dat hij en Arya konden doorgaan voor gewone mensen die op een korte inspectie uit waren.

Op Eragons aandringen had Arya de bewusteloze novice achtergelaten in een steeg, op grote afstand van de kathedraal. 'Ik heb beloofd dat we hem met ons mee zouden nemen,' had Eragon uitgelegd, 'maar ik heb niet gezegd hoe ver. Van hieraf kan hij zijn eigen weg wel vinden.' Arya had zwijgend ingestemd en leek opgelucht te zijn dat ze van het gewicht van de novice bevrijd was.

Terwijl ze zich met z'n vieren door de straat haastten, kwam er een vreemd, vertrouwd gevoel over Eragon heen. Zijn laatste bezoek aan Dras-Leona was ongeveer net zo geëindigd: dat hij tussen de smerige, dicht opeengepakte gebouwen rende, in de hoop dat hij de stadspoorten zou bereiken voordat het Rijk hem zou vinden. Alleen had hij nu meer te vrezen dan alleen de Ra'zac.

Hij keek nogmaals naar de kathedraal. Het enige wat Saphira moest doen was Murtagh en Thoorn nog een poosje bezighouden en dan zou het voor hen beiden te laat zijn om de Varden nog tegen te houden. Maar in de strijd kon een poosje uren lijken en Eragon was zich er acuut van bewust hoe snel het machtsevenwicht kon verschuiven.

Hou vol! dacht hij, hoewel hij zijn woorden niet tot Saphira richtte, voor het geval hij haar afleidde of zijn positie zou verraden. *Nog heel even!*

Naarmate ze dichter bij de stadsmuur kwamen, werden de straten nog smaller, en de overhangende gebouwen – voornamelijk huizen – blokkeerden alles, op een smal streepje azuurblauwe lucht na. Langs de rand van de gebouwen lag het stilstaande rioolwater in de goten; Eragon en Arya bedekten met hun mouwen hun neus en mond. De stank leek de kruidenvrouw niet te deren, hoewel Solembum gromde en geërgerd met zijn staart zwiepte.

Een opflakkerende beweging op het dak van het dichtstbijzijnde gebouw trok Eragons aandacht, maar wat het ook was, toen hij keek was ze weer weg. Hij bleef omhoogkijken en na een paar tellen begon hij vreemde dingen te zien: een witte vlek tegen de met roet bedekte bakstenen van een schoorsteen; vreemde, spitse gedaanten die zich tegen de ochtendlucht aftekenden; een kleine ovale plek, zo groot als een munt, die vurig glansde in de schaduwen.

Met een schok realiseerde hij zich dat het op de daken wemelde van tientallen weerkatten, allemaal in hun dierengedaante. De weerkatten renden van gebouw tot gebouw, keken stilletjes van boven naar beneden terwijl Eragon en zijn metgezellen moeizaam hun weg vonden door het sombere labyrint van de stad.

Eragon wist dat de ongrijpbare gedaantewisselaars slechts geneigd waren in de wanhopigste omstandigheden te hulp te schieten – ze wilden hun betrokkenheid met de Varden zo lang mogelijk voor Galbatorix geheimhouden –, maar het gaf hem moed dat ze zo dicht in de buurt waren.

De straat eindigde bij een kruispunt met vijf andere stegen. Eragon vroeg Arya en de kruidenvrouw om raad; toen besloten ze het pad tegenover dat van hen te nemen en in dezelfde richting verder te gaan.

Zo'n honderd voet verderop maakte de straat die hij had gekozen een scherpe bocht en kwam uit op het plein dat voor de zuidelijke poort van Dras-Leona lag.

Eragon bleef staan.

Honderden soldaten hadden zich voor de poort verzameld. De mannen liepen verward door elkaar terwijl ze hun wapens en wapenrusting omgordden en hun bevelhebbers bevelen naar hen schreeuwden. Het gouddraad dat op de bloedrode tunieken van de soldaten was gestikt glinsterde terwijl ze heen en weer renden.

Eragon was verbijsterd toen hij de soldaten zag, maar het was nog ontmoedigender te zien dat de stadsverdedigers een reusachtige berg puin tegen de binnenkant van de poorten had opgestapeld om te voorkomen dat de Varden naar binnen konden stormen.

Eragon vloekte. Het was zo'n grote berg dat ze een ploeg van vijftig man en enkele dagen nodig zouden hebben om die op te ruimen. Saphira kon de poorten in een paar minuten vrijmaken, maar Murtagh en Thoorn zouden haar die kans nooit geven.

We hebben nog een afleidingsmanoeuvre nodig, dacht hij. Maar hoe die er dan uit moest zien, ontging hem. *Saphira!* riep hij uit, terwijl hij zijn gedachten haar kant op stuurde. Ze hoorde hem, dat wist hij zeker, maar hij had geen tijd om de situatie aan haar uit te leggen, want op datzelfde moment bleef een van de soldaten staan en wees naar Eragon en zijn metgezellen.

'Rebellen!'

Eragon trok Brisingr uit zijn schede en sprong naar voren voordat de rest van de soldaten de waarschuwing van de man hoorde. Hij had geen keus. Als hij zich zou terugtrekken, zou hij de Varden aan de genade van het Rijk overleveren. Bovendien kon hij het Saphira niet aandoen om in haar eentje af te rekenen met de muur én de soldaten.

Hij sprong er schreeuwend op af, evenals Arya, die meedeed met zijn krankzinnige aanval. Samen sloegen ze zich een weg naar het midden van de verbaasde soldaten. Een paar korte ogenblikken waren de mannen zo de kluts kwijt dat een aantal zich niet scheen te realiseren dat Eragon hun vijand was totdat hij ze had neergestoken.

Op de borstwering schoten boogschutters pijlen op het plein af. Een handvol ervan stuitte af op Eragons afweerbezweringen. De rest velde of verwondde de eigen mannen van het Rijk.

Hoe snel Eragon ook was, hij kon niet alle zwaarden, speren en dolken die hem bestookten blokkeren. Hij voelde zijn kracht met alarmerende snelheid afnemen terwijl hij met zijn magie de aanvallen van zich afsloeg. Als hij niet onder die druk uit kon komen, zouden de soldaten hem uiteindelijk zover uitputten dat hij niet langer kon vechten.

Met een uitzinnige strijdkreet maakte hij een draaiende beweging, hield Brisingr dicht bij zijn middel en maaide alle soldaten neer die zich binnen zijn bereik bevonden.

De iriserende blauwe kling sneed door bot en vlees alsof ze het allebei niet waren. Bloed droop in lange, draaiende linten van de punt en viel langzaam in glinsterende druppels uiteen, als bolletjes van gepolijst koraal, terwijl de mannen die hij neermaaide dubbelklapten en hun buik vastgrepen in een poging hun wonden te dichten.

Elke detail leek fel en met een scherpe rand, alsof het uit glas gesneden was. Eragon kon van de zwaardvechters vóór hem de haren in hun baard stuk voor stuk onderscheiden. Hij kon de zweetdruppels tellen die op de huid onder de ogen van de mannen parelden, en hij kon elke vlek, schram en scheur aanwijzen in het uniform van de zwaardvechter.

Het strijdgewoel klonk pijnlijk luid in zijn gevoelige oren, maar Eragon voelde een diepe kalmte. Hij was niet immuun voor de angsten waar hij eerder last van had gehad, maar ze staken niet meer zo gemakkelijk de kop op en om die reden vocht hij beter.

Hij voltooide zijn draai en bewoog zich naar de zwaardvechter op het moment dat Saphira langs scheerde. Ze hield haar vleugels strak langs haar lichaam, die fladderden als bladeren in een storm. Terwijl ze langsvloog, raakte Eragons haar door de wind in de war en werd hij tegen de grond gedrukt.

Even later kwam Thoorn achter Saphira aan, met ontblote tanden en kolkende vlammen in zijn open muil. De twee draken suisden een halve mijl over Dras-Leona's gele modderwal, waarna ze een lus maakten en aan hun race terug begonnen.

Van buiten de wallen hoorde Eragon een luid gejuich. De Varden moesten bijna bij de poorten zijn.

Een stuk huid op zijn linkeronderarm brandde alsof iemand er heet vet over had uitgestort. Hij siste en schudde met zijn arm, maar het gevoel bleef. Toen zag hij dat er een bloedspetter door zijn tuniek heen sijpelde. Hij keek weer naar Saphira. Het moest drakenbloed zijn, maar hij wist niet van welke draak.

Toen de draken dichterbij kwamen, profiteerde Eragon van het feit dat de soldaten korte tijd als verdoofd waren en hij doodde er nog eens drie. Toen kwamen de andere mannen weer bij hun positieven en de strijd brandde in alle hevigheid los.

Een soldaat met een strijdbijl dook voor Eragon op en begon naar hem uit te halen. Halverwege de zwaai schakelde Arya de man met een klap van achteren uit, waarbij ze hem bijna in tweeën hakte.

Eragon bedankte haar met een snel knikje voor haar hulp. In stilzwijgende overeenstemming gingen ze met hun rug tegen elkaar aan staan en traden de soldaten gezamenlijk tegemoet.

Hij voelde dat Arya even hard hijgde als hij. Hoewel ze sterker en sneller waren dan de meeste mensen, was er een grens aan hun uithoudingsvermogen en een grens aan hun hulpbronnen. Ze hadden er al tientallen gedood, maar er bleven nog honderden over en Eragon wist dat er algauw versterkingen uit andere delen van Dras-Leona zouden aankomen.

'Wat nu?' riep hij terwijl hij een speer ontweek die naar zijn dij uithaalde.

'Magie!' antwoordde Arya.

Terwijl Eragon de aanvallen van de soldaten afsloeg, begon hij elke bezwering die hij kon bedenken te neuriën waarmee hij hun vijanden kon ombrengen.

Opnieuw waaide zijn haar door een windvlaag op, en een koele schaduw veegde over hem heen terwijl Saphira boven hem cirkelde en in een uitzinnige vaart losbrak. Ze sperde haar vleugels open en begon zich naar de kantelen van de wal te laten vallen.

Voor ze kon landen, haalde Thoorn haar in. De rode draak dook en spuwde een honderd voet lange vuurstraal. Saphira brulde gefrustreerd, zwenkte van de wal vandaan en sloeg snel met haar vleugels om hoogte te winnen. De twee draken klommen de lucht in en spiraalden om elkaar heen, terwijl ze woedend naar elkaar beten en klauwden.

Toen Eragon zag dat Saphira in gevaar was, werd zijn vastbeslotenheid alleen maar groter. Hij sprak de bezweringen sneller uit en neuriede de woorden uit de oude taal zo snel hij kon zonder zich te verspreken. Maar wat hij ook probeerde, noch zijn, noch Arya's bezweringen hadden enige uitwerking op de soldaten.

Toen bulderde Murtaghs stem uit de lucht, als de stem van een wolkenkrabbende reus. 'Die mannen staan onder míjn bescherming, broer!'

Eragon keek omhoog en zag dat Thoorn zich pijlsnel naar het plein liet vallen. De plotselinge richtingverandering van de rode draak had Saphira verrast. Zij hing nog hoog boven de stad, een donkere, blauwe gedaante tegen het lichtere blauw van de stad.

Ze weten het, dacht Eragon, en angst doorboorde zijn eerdere kalmte.

Hij keek lager en liet zijn blik over de menigte gaan. Steeds meer soldaten stroomden uit de straten aan weerskanten van Dras-Leona's wal. De kruidenvrouw stond met haar rug tegen een van de grenshuizen en gooide met de ene hand glazen flesjes en met de andere zwaaide ze met Tinkeldood. Wanneer de flesjes braken, kwamen er wolken groene damp vrij en elke soldaat die in de uitwaseming terechtkwam, viel op de grond terwijl hij zijn keel vastgreep en wild om zich heen sloeg en er op elk plekje blote huid bruine paddenstoelen omhoogschoten. Achter Angela kroop Solembum op een afgeplat stuk tuinmuur. De weerkat klauwde vanaf zijn uitkijkpost naar het gezicht van de soldaten en rukte hun helm af, waardoor hij ze afleidde wanneer ze te dicht bij de kruidenvrouw probeerden te komen. Het zag eruit alsof hij en Angela het zwaar te verduren hadden en Eragon betwijfelde of ze het nog veel langer volhielden.

Waar Eragon ook keek, niets gaf hem hoop. Hij wendde zijn blik weer naar de reusachtige gedaante van Thoorn, juist op het moment dat de rode draak zijn vleugels uitspreidde en zijn afdaling afremde.

'We moeten hier weg!' schreeuwde Arya.

Eragon aarzelde. Hij kon eenvoudigweg Arya, Angela, Solembum en zichzelf over de wal tillen, naar waar de Varden stonden te wachten. Maar als ze vluchtten, zouden de Varden niet beter af zijn dan daarvoor. Hun leger kon het zich niet veroorloven langer te wachten: over een paar dagen zouden hun voorraden uitgeput zijn en de mannen gaan deserteren. Als dat eenmaal gebeurde, wist Eragon dat ze er nooit meer in zouden slagen om alle rassen gezamenlijk tegen Galbatorix op te zetten. Thoorn schermde met zijn lijf en vleugels de lucht af, waardoor het gebied in een rossige duisternis werd gehuld en Saphira uit het zicht werd gehouden. Druppels bloed, elk zo groot als Eragons vuist, dropen van Thoorns nek en poten, en nog meer soldaten schreeuwden het uit van de pijn zodra de vloeistof hen verschroeide.

'Eragon! Nu!' riep Arya. Ze greep hem bij de arm en trok, maar hij bleef staan, wilde zijn nederlaag niet toegeven.

Arya trok harder, dwong Eragon omlaag te kijken om overeind te blijven. Tegelijk viel zijn oog op de derde vinger van zijn rechterhand, waaraan hij Aren droeg.

Hij had gehoopt dat hij de energie die de ring bevatte de rest van de dag kon bewaren, tot het moment waarop hij ten slotte geconfronteerd zou kunnen worden met Galbatorix. Het was niet veel in vergelijking met wat de koning ongetwijfeld gedurende zijn lange jaren op de troon had opgebouwd, maar het was de grootste machtsbron die Eragon bezat en hij wist dat hij geen kans kreeg weer zo veel energie erin op te slaan voordat de Varden bij Urû'baen zouden zijn, als dat al zou lukken. Bovendien was de ring een van de weinige spullen die Brom hem had nagelaten. Om beide redenen aarzelde hij om de energie ervan te gebruiken.

Maar hij kon niets anders bedenken.

De voorraad energie in Aren had Eragon altijd als reusachtig toegeschenen. Nu vroeg hij zich af of ze wel genoeg was voor wat hij van plan was.

Aan de rand van zijn gezichtsveld zag hij dat Thoorn zijn klauwen zo groot als een man naar hem uitstrekte en een klein deel in hem schreeuwde het uit om te vluchten voordat het monster hem te pakken zou krijgen en levend zou verorberen.

Eragon haalde diep adem, verbrak Arens gekoesterde schat en riep: 'Jierda!'

De stortvloed aan energie die door hem heen stroomde was groter dan hij ooit had meegemaakt; het was als een ijskoude rivier die haast ondraaglijk intens brandde en tintelde. Het was zowel een martelende als verrukkelijke ervaring.

Op zijn bevel barstte de reusachtige puinhoop die de poorten blokkeerden in een enkele kolom van aarde en steen de lucht in. Het puin trof Thoorn in de zij, scheurde zijn vleugel en sloeg de krijsende draak naar de buitengebieden van Dras-Leona. Daarna spreidde de kolom zich uit en vormde een los baldakijn over de zuidelijke helft van de stad.

Door de lancering van het puin schudde het plein en iedereen sloeg tegen de grond. Eragon kwam op zijn handen en knieën terecht en bleef daar, terwijl hij omhoogkeek en de bezwering vasthield.

Toen de energie in de ring bijna was opgebruikt, fluisterde hij: 'Gánga raehta.' Als een in een storm gevangen, donkere donderkop dreef de pluim naar rechts, in de richting van de dokken en het Leonameer. Eragon duwde het puin zo lang hij kon steeds verder van het stadscentrum weg, en daarna, toen de laatste energieresten door hem heen gierden, eindigde hij de bezwering.

Met een bedrieglijk zacht geluid klapte de puinwolk in. De zwaardere stukken – stenen, afgebroken stukken hout en aardkluiten – vielen recht naar beneden, roffelden op het meeroppervlak, terwijl de kleinere deeltjes in de lucht bleven hangen en een grote, bruine veeg vormden die langzaam verder naar het westen dreef.

Waar eerst puin had gelegen, was nu een lege krater. Kapotte straatstenen omlijnden het gat als een cirkel kapotte tanden. De stadspoorten hingen open, kromgetrokken en versplinterd, zo beschadigd dat ze niet meer te repareren waren.

Door de gehavende poorten zag Eragon de massa Varden in de straten erachter. Hij ademde uit en liet zijn hoofd uitgeput hangen. *Gelukt*, dacht hij verdoofd. Toen duwde hij zichzelf langzaam overeind, zich er vagelijk van bewust dat het gevaar nog niet geweken was.

Terwijl de soldaten weer overeind krabbelden, stroomden de Varden Dras-Leona in, schreeuwden oorlogskreten en sloegen met hun zwaarden tegen hun schilden. Een paar tellen later landde Saphira tussen hen in en wat een verpletterende strijd zou gaan worden, veranderde nu in een tumult toen de soldaten worstelden om het vege lijf te redden.

Eragon ving in de zee mannen en dwergen een glimp op van Roran, maar verloor hem uit het oog voordat hij de aandacht van zijn neef kon trekken.

Arya…? Eragon draaide zich om schrok toen hij zag dat ze niet naast hem stond. Hij keek verder om zich heen en kreeg haar algauw halverwege het plein in de gaten, omgeven door een stuk of twintig soldaten. De mannen hielden haar hardnekkig bij armen en benen vast terwijl ze haar probeerden weg te sleuren. Arya bevrijdde een hand en sloeg een man tegen de kin, brak zijn nek, maar een andere soldaat nam zijn plaats in voordat ze opnieuw kon uithalen.

Eragon sprintte naar haar toe. Hij was zo uitgeput dat hij te laag zwaaide met zijn zwaardarm en de punt van Brisingr bleef haken in de maliënkolder van een gevallen soldaat, waardoor het gevest uit zijn greep werd gerukt. Het zwaard kletterde op de grond en Eragon aarzelde, wist niet zeker of hij zou teruggaan, maar toen zag hij dat twee soldaten Arya met dolken bewerkten, en hij verdubbelde zijn snelheid.

Net toen hij bij haar was, wist Arya haar aanvallers even van zich af te schudden. De mannen deden met uitgestrekte handen een uitval naar haar, maar voordat ze haar weer te pakken konden krijgen, sloeg Eragon een man in de zij en stompte hem met zijn vuist in de ribbenkast. Een soldaat met een pommadeknevel stak naar Eragons borst. Eragon greep de kling met zijn blote handen vast, rukte hem uit de greep van de soldaat, brak het zwaard doormidden en stootte de soldaat met het uiteinde van zijn eigen wapen in de ingewanden. Binnen een paar tellen waren alle soldaten die Arya hadden bedreigd dood of stervende.

Degenen die Eragon niet had gedood, maakte Arya af.

Na afloop zei Arya: 'Ik had ze ook best in m'n eentje kunnen verslaan.'

Eragon boog zich voorover, leunde met zijn handen op zijn knieën om op adem te komen. 'Dat weet ik wel...' Hij knikte naar haar rechterhand – de gewonde hand die ze uit de ijzeren boei had getrokken –, die ze gekromd tegen haar benen hield. 'Zie het maar als een bedankje.'

'Een macaber cadeautje.' Maar ze zei het met een vaag glimlachje om de lippen.

De meeste soldaten waren van het plein weggevlucht; degenen die er nog waren, stonden met hun rug tegen de huizen, omsingeld door de Varden. Toen Eragon om zich heen keek, zag hij hele groepen van Galbatorix' mannen hun wapens neergooien en zich overgeven.

Hij haalde samen met Arya zijn zwaard op en daarna liepen ze naar de gele lemen wal, waar op het terrein zelf relatief weinig puin lag. Ze gingen tegen de wal zitten en keken toe hoe de Varden de stad in marcheerden.

Saphira voegde zich al snel bij hen. Ze snuffelde aan Eragon die glimlachte en over haar snuit krabde. Ze spon bij wijze van antwoord. *Je hebt het gefikst,* zei ze.

Wij hebben 't gefikst, antwoordde hij.

Op haar rug maakte Blödhgarm de riemen los waarmee zijn benen aan Saphira's zadel vastgesjord zaten en glipte toen langs haar zijkant omlaag. Even had Eragon het uitermate verwarrende idee dat hij zichzelf tegenkwam. Hij vond onmiddellijk dat de krullen bij zijn slapen niet mooi waren.

Blödhgarm slaakte een onduidelijk woord in de oude taal, daarna glinsterde zijn gedaante als een warme reflectie en was hij zichzelf weer: lang en met een vacht, gele ogen, lange oren en scherpe tanden. Hij leek elf noch mens, maar in zijn gespannen, onbuigzame gelaatsuitdrukking bespeurde Eragon een combinatie van verdriet en woede.

'Schimmendoder,' zei hij en hij boog naar zowel Arya als Eragon. 'Saphira heeft me verteld door welk lot Wyrden is getroffen. Ik...'

Voordat hij zijn zin kon afmaken, doken de tien overgebleven elfen die onder Blödhgarms bevel stonden uit de Vardenmassa op en haastten zich met het zwaard in de hand naar hen toe.

'Schimmendoder!' riepen ze uit. 'Argetlam! Straalschub!'

Eragon begroette hen vermoeid en deed zijn best hun vragen te beantwoorden, ook al had hij daar helemaal geen zin in.

Toen werd hun gesprek door rumoer onderbroken en een schaduw viel over hen. Eragon keek op en zag Thoorn – weer gezond en wel – heel hoog op een luchtkolom balanceren.

Eragon vloekte, klauterde op Saphira en trok Brisingr, terwijl Arya, Blödhgarm en de andere elfen een beschermende cirkel om haar heen trokken. Samen vormden ze een formidabele macht, maar of dat genoeg zou zijn om Murtagh van zich af te houden, wist Eragon niet.

Als één man staarden de Varden omhoog. Hoe dapper ze ook waren, zelfs de dapperste kon voor een draak terugdeinzen.

'Broer!' riep Murtagh en zijn versterkte stem klonk zo luid dat Eragon zijn oren bedekte. 'Je zult met bloed boeten voor de verwondingen die je Thoorn hebt toegebracht! Neem Dras-Leona als je wilt. Dat betekent niets voor Galbatorix. Maar je bent nog niet van ons af, Eragon Schimmendoder, dat zweer ik je.'

En toen draaide Thoorn zich om, vloog noordwaarts over Dras-Leona, en verdween in de rooksluier die van de brandende huizen naast de verwoeste kathedraal oprees.

Aan de oevers van het Leonameer

Eragon beende door het donker wordende kamp, hij klemde zijn kaken op elkaar en balde zijn vuisten.

In de afgelopen paar uur had hij overleg gevoerd met Nasuada, Orik, Arya, Garzhvog, koning Orrin en hun verschillende adviseurs, waarin ze hadden gepraat over de gebeurtenissen van de dag en de huidige situatie van de Varden. Tegen het einde van de bijeenkomst hadden ze contact opgenomen met koningin Islanzadí om haar op de hoogte te stellen van het feit dat de Varden Dras-Leona hadden ingenomen en haar te vertellen dat Wyrden was gesneuveld.

Eragon had het bepaald niet leuk gevonden om aan de koningin uit te leggen hoe een van haar oudste en machtigste magiërs gestorven was, en de koningin was evenmin blij met het nieuws geweest. Het verbaasde hem dat ze in eerste instantie verdrietig was; hij had niet gedacht dat ze Wyrden zo goed kende.

Nadat Eragon met Islanzadí had gepraat was zijn stemming er niet beter op geworden, want het werd hem nog eens extra duidelijk hoe willekeurig en onnodig Wyrdens dood was geweest. *Als ik voorop had gelopen, was ik op die spiesen gespietst*, dacht hij terwijl hij zich verder een weg door het kamp zocht. *Of Arya.*

Saphira wist wat hij van plan was, maar had besloten terug te keren naar de ruimte naast zijn tent waar ze altijd sliep, want, zoals ze zei: *Als ik langs die rijen tenten heen en weer stamp, hou ik de Varden alleen maar wakker en ze hebben hun rust verdiend.* Maar hun geesten bleven met elkaar verbonden en hij wist dat als hij haar nodig had, ze binnen een paar tellen bij hem zou zijn.

Om in het donker te kunnen blijven zien, vermeed Eragon de vreugdevuren en toortsen die voor veel tenten brandden, maar elke lichtpoel doorzocht hij nauwkeurig op zijn prooi.

Tijdens zijn jacht kwam het bij hem op dat ze zomaar aan hem kon ontsnappen. Hij koesterde verre van vriendelijke gevoelens voor haar, en daardoor kon ze aanvoelen waar hij was en hem ontwijken als ze dat wilde. Toch dacht hij niet dat ze een lafaard was. Ook al was ze nog zo jong, ze was een van de hardste personen die hij ooit had ontmoet, mens, elf of dwerg.

Ten slotte kreeg hij Elva in het oog voor een kleine, onbestemde tent, terwijl ze aan het vingerweven was bij het uitdovende vuur. Naast haar zat de verzorgster van het meisje, Greta, een paar lange, houten breinaalden schoten in haar knoestige handen heen en weer.

Even bleef Eragon staan kijken. De oude vrouw leek tevredener dan hij haar ooit had gezien en hij merkte dat hij aarzelde om haar rust te verstoren.

Toen zei Elva: 'Verlies de moed nu niet, Eragon. Niet nu je zo ver bent gekomen.' Haar stem klonk merkwaardig timide, alsof ze had gehuild, maar toen ze opkeek, keek ze hem met een felle, uitdagende blik aan.

Greta keek verschrikt op toen Eragon naar het licht toe liep; ze pakte haar naalden en garen op, boog en zei: 'Gegroet, Schimmendoder. Kan ik u iets te eten of drinken aanbieden?'

'Nee, dank u.' Eragon bleef voor Elva staan en staarde naar het tengere meisje omlaag. Ze staarde even terug en ging weer verder met het weven van de dradenlus tussen haar vingers. Haar violetkleurige ogen, zo merkte hij met een vreemde oprisping van zijn maag op, hadden dezelfde kleur als de amethisten kristallen waarmee de priesters van Helgrind Wyrden hadden gedood en Arya en hem gevangen hadden gezet.

Eragon knielde neer en greep de kluwen draad in het midden vast, waardoor Elva ophield met haar werkje.

'Ik weet wat je wilt zeggen,' verklaarde ze.

'Dat kan wel zijn,' gromde hij, 'maar ik zeg het toch. Jij hebt Wyrden vermoord, je had hem net zo goed zelf kunnen hebben neergestoken. Als je met ons mee was gegaan, had je hem voor die val kunnen waarschuwen. Je had ons allemaal kunnen waarschuwen. Ik heb Wyrden zien sterven en ik heb gezien hoe Arya haar halve hand heeft losgerukt vanwege jóú.

Vanwege jouw woede. Vanwege jouw koppigheid. Vanwege je trots... Haat me, als je dat wilt, maar waag het niet iemand anders ervoor op te laten draaien. Als je wilt dat de Varden verliezen, ga dan naar Galbatorix en wees er klaar mee. Dus, wat wil je eigenlijk?'

Elva schudde langzaam haar hoofd.

'Dan maak je me nooit meer wijs dat je geweigerd hebt Nasuada te helpen om geen andere reden dan wrok, anders zul je ervoor moeten boeten, Elva Farseer, dat staat vast.'

'Jij kunt me nooit verslaan,' mompelde ze, met een dikke stem van de emotie.

'Je zou nog versteld staan. Je hebt een waardevol talent, Elva. De Varden hebben je hulp nodig, nu meer dan ooit. Ik weet niet hoe je de koning in Urû'baen wilde verslaan, maar als je je bij ons aansluit – als je je gaven tegen hem inzet –, dan hebben we misschien een kans.'

Elva leek met zichzelf te worstelen. Toen knikte ze en Eragon zag dat ze huilde, de tranen stroomden over haar wangen. Hij haalde geen plezier uit haar verdriet, maar even voelde hij een zekere voldoening dat zijn woorden zo heftig bij haar waren aangekomen.

'Sorry,' fluisterde ze.

Hij liet de draad los en stond op. 'Met je verontschuldigingen krijgen we Wyrden niet terug. Doe het in de toekomst beter, dan kun je je fout misschien goedmaken.'

Hij knikte de oude vrouw Greta toe, die tijdens hun woordenwisseling had gezwegen, en toen liep hij uit het licht weg en weer naar de donkere tentenrijen.

Goed gedaan, zei Saphira. *Ik denk dat ze vanaf nu wel een toontje lager zal zingen.*

Dat hoop ik maar.

Het was een aparte ervaring voor Eragon geweest om Elva de mantel uit te vegen. Hij wist nog dat Brom en Garrow hem hadden bestraft omdat hij fouten had gemaakt, en het gaf hem een ander gevoel nu hij degene was die iemand anders bestrafte... volwassener.

En zo draait het wiel door, dacht hij.

Hij liep op z'n dooie akkertje door het kamp en genoot van de koele bries die van het in schaduwen gehulde meer waaide.

Na de inname van Dras-Leona had Nasuada iedereen verbaasd door erop te staan dat de Varden de nacht niet in de stad zouden doorbrengen. Ze had haar beslissing niet toegelicht, maar Eragon vermoedde dat ze door het lange oponthoud bij Dras-Leona stond te popelen om hun reis naar Urû'baen te hervatten en ook omdat ze geen zin had om in de stad rond te hangen, waar talloze handlangers van Galbatorix zich schuil konden houden.

Toen de Varden de straten eenmaal hadden veiliggesteld, wees Nasuada een aantal krijgers aan om in de stad te blijven, onder het bevel van Martland Roodbaard. Daarna hadden de Varden Dras-Leona verlaten en waren ze langs de oever van het aangrenzende meer naar het noorden gemarcheerd. Onderweg was er een voortdurende stroom boodschappers tussen de Varden en Dras-Leona heen en weer gereden, terwijl Martland en Nasuada overlegden over de talloze kwesties aangaande het bestuur van de stad.

Voordat de Varden waren vertrokken, waren Eragon, Saphira en Blödhgarms magiërs naar de verwoeste kathedraal teruggekeerd, hadden Wyrdens lichaam opgehaald en gezocht naar de riem van Beloth de Wijze. Het had Saphira slechts enkele ogenblikken gekost om de steenrommel weg te schuiven die de ingang naar de ondergrondse ruimten had geblokkeerd en voor Blödhgarm en de andere elfen om Wyrden op te halen. Maar hoe lang ze ook zochten en welke bezwering ze er ook op loslieten, de riem konden ze niet vinden.

De elfen hadden Wyrden op hun schilden de stad uit gedragen, naar een heuveltje naast een kleine kreek. Daar begroeven ze hem onder het zingen van een aantal hartverscheurende klaagzangen in de oude taal. De liederen waren zo verdrietig dat Eragon zijn tranen vrijelijk had laten stromen en alle vogels en dieren in de buurt zwegen en luisterden mee.

De zilverharige elfenvrouw Yaela was naast het graf neergeknield, had een eikel uit het zakje aan haar riem genomen en die vlak boven Wyrdens borst geplant. En daarna zongen de twaalf elfen, met inbegrip van Arya, de eikel toe, die wortelde, ontsproot en begon te groeien, zich als een paar handen naar de lucht uitstrekte en die vastgreep.

Toen de elfen klaar waren, was de eik twintig voet hoog, stond vol in blad en aan het uiteinde van elke tak hingen lange, groene bloemen.

Eragon had het de mooiste begrafenis gevonden die hij ooit had meegemaakt. Hij had dit veel liever dan wat de dwergen deden, die hun doden in harde, koude steen diep onder de grond begroeven, en hij vond het een mooi idee dat iemands lichaam tot voedsel diende voor een boom die misschien wel honderd jaar of langer leefde. Als hij zou sterven, wilde hij dat er een appelboom op hem werd geplant, zodat zijn vrienden en familie de vruchten die aan zijn lichaam waren ontsproten zouden kunnen eten.

Hij vond dat een uitermate plezierig idee, ook al was het een beetje morbide.

Eragon had niet alleen de kathedraal doorzocht en Wyrdens lichaam opgehaald, nadat Dras-Leona was ingenomen had hij nog iets gedaan. Met Nasuada's goedkeuring had hij elke slaaf in de stad tot vrij man verklaard en hij was persoonlijk naar de stads- en veilinghuizen gegaan om de vele mannen, vrouwen en kinderen van hun ketenen te bevrijden. Dat had hem veel genoegdoening gegeven en hij hoopte dat het leven van de mensen die hij had verlost er nu beter op zou worden.

Toen hij bij zijn tent aankwam, zag hij dat Arya bij de ingang op hem wachtte. Eragon versnelde zijn pas, maar voordat hij haar kon begroeten riep iemand: 'Schimmendoder!'

Eragon draaide zich om en zag dat een van Nasuada's pages op hem toe kwam lopen. 'Schimmendoder,' zei de jongen nogmaals, enigszins buiten adem, en hij maakte een buiging naar Arya. 'Vrouwe Nasuada wil graag dat u morgenochtend een uur voor dageraad naar haar tent komt om met haar te overleggen. Wat zal ik haar zeggen, vrouwe Arya?'

'Je mag haar zeggen dat ik er zal zijn wanneer ze dat wenst,' antwoordde Arya en ze knikte even.

De page boog nogmaals, draaide zich om en rende weg in de richting waar hij vandaan was gekomen.

'Het is een beetje verwarrend, nu we allebei een Schim hebben gedood,' zei Eragon en hij keek haar licht grijnzend aan.

Arya glimlachte ook, haar bewegende lippen waren in het donker bijna niet te zien. 'Had ik Varaug dan maar in leven moeten laten?'

'Nee... zeker niet.'

'Ik had hem als slaaf kunnen houden en laten doen wat ik wilde.'

'Nu plaag je me,' zei hij.

Ze maakte een zacht, prettig geluid.

'Misschien moet ik je maar prinses noemen, prinses Arya.' Hij zei het nogmaals en genoot van de woorden in zijn mond.

'Zo mag je me niet noemen,' zei ze, ernstiger nu. 'Ik ben geen prinses.'

'Waarom niet? Je moeder is een koningin. Hoe kun je dan geen prinses zijn? Haar titel is *dröttning*, die van jou *dröttningu*. Het ene betekent 'koningin' en het andere...'

'Betekent niet prinses,' zei ze. 'Niet precies. In deze taal bestaat er geen echt woord voor.'

'Maar als je moeder stierf of afstand zou doen van de troon, dan zou jij toch haar plaats innemen als heerser over je volk?'

'Zo simpel ligt het niet.'

Arya leek niet er verder op in te willen gaan, dus Eragon zei: 'Wil je naar binnen?'

'Ja,' zei ze.

Eragon trok de ingang van zijn tent open en Arya dook naar binnen.

Na een snelle blik op Saphira – die vlakbij opgekruld lag en zwaar ademend in slaap doezelde – ging Eragon achter haar aan.

Hij liep naar de lantaarn die aan de stok in het midden van de tent hing en murmelde: 'Istalrí,' waarbij hij het woord brisingr omzeilde om te voorkomen dat zijn zwaard vlam zou vatten. De opspringende vlam vulde de ruimte met een warm, gestaag licht waardoor het bijna gezellig leek in de spaarzaam gemeubileerde legertent.

Ze gingen zitten en Arya zei: 'Ik vond dit tussen Wyrdens bezittingen en ik dacht dat we er samen wel van konden genieten.' Uit de zijzak van haar broek haalde ze een bewerkte, houten flacon tevoorschijn van ongeveer zo groot als Eragons hand. Ze gaf hem aan hem.

Eragon haalde de stop van de flacon en rook aan de opening. Toen hij de krachtige, zoete likeurgeur rook, trok hij zijn wenkbrauwen op.

'Is het faelnirv?' vroeg hij, waarmee hij de elfendrank bedoelde die gebrouwen was van vlierbessen en, volgens Narí, maanstralen.

Arya lachte en haar stem schalde als goedgeluimd staal. 'Inderdaad, maar Wyrden heeft er nog iets aan toegevoegd.'

'O?'

'De bladeren van een plant die in het oostelijk deel van Du Weldenvarden groeit, langs de oevers van het Rönameer.'

Hij fronste zijn wenkbrauwen. 'Weet ik hoe die plant heet?'

'Waarschijnlijk wel, maar dat doet er niet toe. Toe dan, drink op. Ik weet zeker dat je het lekker vindt.'

En ze lachte nogmaals, waardoor hij even wachtte. Hij had haar nog nooit zo meegemaakt. Ze leek grillig en roekeloos, en met een steek van verbazing realiseerde hij zich dat ze al behoorlijk aangeschoten was.

Eragon aarzelde en vroeg zich af of Glaedr hen gadesloeg. Toen bracht hij de flacon naar zijn lippen en slikte een mondvol faelnirv door. De likeur smaakte anders dan hij gewend was, er zat een krachtige, muskusachtige smaak aan die vergelijkbaar was met de geur van een marter of hermelijn.

Eragon grimaste en drong de neiging om te kokhalzen terug terwijl de faelnirv zich een weg door zijn keel brandde. Hij nam nog een slok, een kleinere, en gaf de flacon weer aan Arya terug, die er ook van dronk.

De afgelopen dag was vol bloed en afgrijzen geweest. Het grootste deel ervan had hij gevochten, gedood, was zelf bijna vermoord en hij moest zich ontspannen... Hij moest vergeten. De spanning die hij voelde was te diepgeworteld om met enkel geestelijke trucs weg te nemen. Er was nog iets nodig. Iets van buitenaf, ook al was het geweld waarmee hij te maken had gehad voor het grootste deel van buitenaf gekomen en niet van binnenuit.

Toen Arya hem de flacon weer teruggaf, nam hij een grote slok en hij giechelde onwillekeurig.

Arya trok een wenkbrauw op en keek hem bedachtzaam aan, vrolijk zelfs. 'Waar lach je om?'

'Dit... Ons... Het feit dat we nog leven, en zíj' – hij gebaarde met een hand in de richting van Dras-Leona – 'niet. Ik moet lachen om het leven, leven en dood.' Nu al vormde zich een gloed in zijn buik en de puntjes van zijn oren tintelden.

'Het is fijn om te leven,' zei Arya.

Ze gaven elkaar de flacon door tot die leeg was, waarop Eragon de stop er weer op deed; hij moest daar een paar keer over doen omdat zijn vingers dik en onhandig aanvoelden terwijl het veldbed als het dek van een schip op zee onder hem leek te kantelen.

Hij gaf de lege flacon aan Arya en toen ze die aanpakte, greep hij haar hand vast, haar rechterhand, en draaide die in het licht. De huid was weer glad en smetteloos. Er was geen spoor meer van haar verwonding. 'Heeft Blödhgarm je genezen?' vroeg Eragon.

Arya knikte en hij liet haar los. 'Bijna. Ik kan mijn hand weer volledig gebruiken.' Ze liet het zien door hem een paar keer open en dicht te doen. 'Maar onder aan mijn duim zit nog altijd een gevoelloos plekje.' Ze wees er met haar linkerwijsvinger naar.

Eragon stak een hand uit en raakte de plek zachtjes aan. 'Hier?'

'Daar,' zei ze en ze verschoof zijn hand iets naar rechts.

'En Blödhgarm kon er niets aan doen?'

Ze schudde haar hoofd. 'Hij heeft er een stuk of zes bezweringen op losgelaten, maar de zenuwen willen maar niet weer vastgroeien.' Ze maakte een afwerend gebaar. 'Het maakt niet uit. Ik kan nog steeds een zwaard hanteren en een boog spannen. Daar gaat het allemaal om.'

Eragon aarzelde en zei toen: 'Weet je... ik ben zo dankbaar voor wat je hebt gedaan, wat je probeerde te doen. Ik vind het alleen erg dat je nu een blijvend litteken hebt. Als ik op de een of andere manier had kunnen voorkomen...'

'Je hoeft je er niet vervelend onder te voelen. Je komt het leven niet zonder kleerscheuren door. En dat moet je ook niet willen. Door de opeenstapeling van pijn kunnen we zowel onze dwaasheden als onze prestaties meten.'

'Angela zei iets dergelijks over vijanden, dat als je ze niet had, je een lafaard of nog erger was.'

Arya knikte. 'Daar zit wel wat in.'

Ze praatten en lachten verder terwijl de nacht vorderde. Door het effect van de alternatieve faelnirv werden ze niet vermoeider, maar ze kikkerden er juist van op. Een duizeligmakende nevel daalde over Eragon neer, en hij merkte dat de schaduwplekken in de tent leken te draaien, en vreemde flitslichten – die hij normaal gesproken alleen zag als hij 's avonds zijn ogen sloot – zweefden voor zijn gezichtsveld. De puntjes van zijn oren brandden koortsachtig en de huid op zijn rug jeukte en hij had kippenvel, alsof er mieren overheen marcheerden. Bovendien klonken bepaalde geluiden merkwaardig intens, het ritmisch getsjilp van de insecten bij het meer, bijvoorbeeld, en het knapperen van de toorts buiten zijn tent. Hij hoorde ze boven al het andere uit en het was zo erg dat hij moeite had om andere geluiden te onderscheiden.

Ben ik vergiftigd? vroeg hij zich af.

'Wat is er?' vroeg Arya, die zijn schrik zag.

Hij bevochtigde zijn mond, die ongelooflijk pijnlijk droog was geworden en vertelde wat hij ervoer.

Arya lachte en leunde achterover, haar ogen waren zwaar en halfgeloken. 'Dat hoort zo. Bij dageraad zijn die sensaties weer weg. Tot die tijd moet je je ontspannen en ervan genieten.'

Eragon worstelde nog even met zichzelf terwijl hij overwoog om met een bezwering zijn hoofd helder te maken – als hem dat al zou lukken –, maar besloot toen Arya te vertrouwen en haar raad op te volgen.

Terwijl de wereld om hem heen draaide, schoot het door Eragon heen hoe afhankelijk hij van zijn zintuigen was om te kunnen bepalen wat wel en niet echt was. Hij zou hebben gezworen dat er flitslichten waren, hoewel het rationele deel van zijn geest wist dat ze slechts door de faelnirv veroorzaakte visioenen waren.

Hij en Arya praatten verder, maar hun gesprek werd steeds onsamenhangender en fragmentarischer. Niettemin was Eragon ervan overtuigd dat alles wat ze zeiden van wereldbelang was, hoewel hij niet wist waarom, en evenmin kon hij zich herinneren waar ze het even daarvoor over hadden gehad.

Een poosje later hoorde Eragon de zachte keelklanken van een rietpijp die ergens in het kamp werd bespeeld. Eerst dacht hij dat hij zich de zangerige tonen inbeeldde, maar toen zag hij dat Arya haar hoofd schuin hield en het in de richting van de muziek draaide, alsof zij die ook had gehoord.

Wie er aan het spelen was en waarom wist Eragon niet. En het kon hem ook niet schelen. Het was alsof de melodie uit de duisternis van de nacht zelf was ontsproten, als een eenzame en verlaten wind.

Hij helde zijn hoofd naar achteren en luisterde, hield zijn ogen bijna gesloten terwijl fantastische beelden door zijn geest rolden, beelden die door de faelnirv waren opgeroepen maar door de muziek werden vormgegeven.

Naarmate de melodie vorderde, werd ze wilder en wilder en waar ze eerst treurig was, werd ze nu dringend en de tonen trilden zo snel op en neer, zo nadrukkelijk, zo gecompliceerd, zo alarmérend, dat Eragon voor de veiligheid van de muzikant begon te vrezen. Het leek onnatuurlijk om zo snel en vakkundig te spelen, zelfs voor een elf.

Arya lachte toen de muziek een heel koortsachtige, hoge toon bereikte. Ze sprong overeind en nam een houding aan met haar armen boven haar hoofd. Ze stampte met haar voet op de grond en klapte met haar handen – een keer, twee keer, drie keer – en toen begon ze tot Eragons opperste verbazing te dansen. Eerst waren haar bewegingen traag, bijna zwoel, maar algauw versnelde ze haar pas tot die gelijk opging met het uitzinnige slagritme van de muziek.

De muziek kwam tot een hoogtepunt en stierf toen langzaam weg terwijl de fluitist terugkeerde naar het thema van de melodie. Maar voordat de muziek zweeg, kreeg Eragon plotseling jeuk aan zijn rechterhand en hij krabde eraan. Op datzelfde moment voelde hij een steek in zijn achterhoofd omdat een afweerbezwering in een flits werd geactiveerd, en hem waarschuwde voor gevaar.

Even later brulde er boven hen een draak.

Kille angst schoot door Eragon heen.

De brul was niet van Saphira.

Het woord van een Rijder

Eragon greep Brisingr vast en daarna stoven Arya en hij de tent uit. Buiten wankelde Eragon en viel op een knie terwijl de grond onder hem leek te kantelen. Hij greep zich vast aan een pluk gras en wachtte tot de duizeligheid wegtrok.

Hij waagde het omhoog te kijken en kneep zijn ogen dicht. Het licht van de nabije toortsen was pijnlijk fel; de vlammen zwommen als vissen voor zijn ogen, alsof ze waren losgekomen van de in olie gedrenkte lappen waarop ze brandden.

Ik ben mijn evenwicht kwijt, dacht Eragon. *Kan mijn ogen niet vertrouwen. Moet mijn geest helder zien te krijgen. Moet...*

Zijn oog viel op een beweging en hij dook. Saphira's staart zwiepte over hem heen, miste rakelings zijn hoofd, sloeg toen tegen zijn tent aan en maakte die met de grond gelijk. De houten palen braken als droge twijgjes.

Saphira gromde, hapte naar de lege lucht terwijl ze overeind krabbelde. Toen bleef ze verward staan.

Kleintje, wat...

Ze werd onderbroken door het geluid als van een machtige wind en uit de duistere lucht kwam Thoorn tevoorschijn, rood als bloed en glinsterend als een miljoen vallende sterren. Hij kwam vlak bij Nasuada's paviljoen neer en de aarde schudde onder zijn zware gewicht.

Eragon hoorde Nasuada's wachters schreeuwen, toen maaide Thoorn met zijn rechtervoorpoot over de grond en de helft van de kreten viel stil.

Vanaf de tuigage, die aan weerskanten van de rode draak was vastgesjord, sprongen tientallen soldaten omlaag, ze verspreidden zich, doorstaken tenten en slachtten de bewakers af die naar ze toe renden.

Hoorns bliezen rondom de buitengrens van het kamp. Tegelijkertijd barstten vlak bij hun buitenste verdediging strijdgeluiden los. Een tweede aanval vanuit het noorden, dacht Eragon.

Hoeveel soldaten zijn er wel niet? vroeg hij zich af. *Zijn we omsingeld?* Er welde zo'n hevige paniek in hem op dat die hem bijna het verstand benam en hij blindelings de nacht in wilde rennen. Maar hij wist dat deze reactie werd veroorzaakt door de faelnirv en hij bleef staan.

Hij fluisterde snel een helende spreuk, in de hoop dat daarmee de uitwerking van de likeur weg zou gaan, maar tevergeefs. Teleurgesteld bleef hij voorzichtig staan, trok Brisingr en ging met Arya schouder aan schouder staan toen vijf soldaten op hen af renden. Eragon wist niet zeker of Arya en hij ze van zich af konden slaan. Niet in hun toestand.

De mannen waren nog geen twintig voet bij hen vandaan toen Saphira gromde, met haar staart op de grond sloeg en de soldaten omverwierp. Eragon – die had gevoeld wat Saphira ging doen – greep Arya vast en zij hem, en door op elkaar te leunen, wisten ze rechtop te blijven staan.

Toen kwam Blödhgarm en een andere elf, Laufin, uit de doolhof van tenten aanrennen en die maakten de vijf soldaten af voordat ze overeind konden komen. De andere elfen volgden hen op de voet.

Een volgende groep soldaten, deze van ruim twintig man sterk, rende naar Eragon en Arya toe, bijna alsof de mannen wisten waar ze hen konden vinden.

De elfen stelden zich in een lijn vóór Eragon en Arya op. Maar voordat de soldaten binnen de reikwijdte van de elfenzwaarden kwamen, barstte een van de tenten open en viel Angela joelend te midden van de soldaten aan, die daardoor werden overrompeld.

De kruidenvrouw droeg een rood nachtgewaad, haar krullende haar zat in de war en met elke hand zwaaide ze met een wolkam. De kammen waren drie voet lang en aan het uiteinde zaten in een hoek twee rijen scherpe stalen tanden. De tanden waren langer dan Eragons onderarm en waren tot naaldachtige punten geslepen; hij wist dat als je daarmee werd geprikt, je bloedvergiftiging opliep door de ongewassen wol waarvoor ze werden gebruikt.

Twee soldaten stortten neer toen Angela de wolkammen in hun zijde begroef, waarbij ze de tanden recht door hun maliënkolder dreef. De kruidenvrouw was ruim een voet korter dan sommige mannen, maar ze toonde geen spoor van angst terwijl ze tegen hen tekeerging. Integendeel, ze was het toonbeeld van wreedheid, met haar wilde haren, haar geschreeuw en de donkere uitdrukking in haar ogen.

De soldaten omsingelden Angela en sloten haar in, waardoor ze uit het zicht raakte, en even was Eragon bang dat ze het van haar zouden winnen.

Toen zag hij dat Solembum vanaf een andere plek in het kamp naar de kluwen soldaten rende; de weerkat hield zijn oren plat tegen zijn kop gedrukt. Meer weerkatten volgden in zijn kielzog: twintig, dertig, veertig, een hele roedel en allemaal in dierengedaante.

Een kakofonie van gesis, gejank en kreten vulde de lucht toen de weerkatten zich op de soldaten wierpen, ze op de grond trokken en ze met klauwen en tanden verscheurden. De soldaten vochten zo goed mogelijk terug, maar ze waren geen partij voor de grote, wilde katten.

Het gebeurde allemaal zo snel, van het opduiken van Angela tot aan de komst van de weerkatten, dat Eragon amper tijd had om te reageren. Terwijl de weerkatten om de soldaten krioelden, knipperde hij met zijn ogen en bevochtigde zijn uitgedroogde mond, en hij had een onwerkelijk gevoel over alles om hem heen.

Toen zei Saphira: *Vlug, klim op m'n rug*, en ze ging op haar hurken zitten zodat hij erop kon klauteren.

'Wacht,' zei Arya en ze legde een hand op zijn arm. Ze mompelde een paar zinnen in de oude taal. Even later waren Eragons benevelde zintuigen weer normaal en had hij weer de volle controle over zijn lichaam.

Hij schonk Arya een dankbare blik, gooide toen Brisingrs schede op de resten van de tent, klauterde op Saphira's rechtervoorpoot en ging op zijn normale plek in haar nek zitten. Zonder zadel groeven haar scherpe schubben zich in zijn dijen, dat gevoel kon hij zich nog goed herinneren van hun eerste vlucht samen.

'We hebben de Dauthdaert nodig,' riep hij naar Arya.

Ze knikte en rende naar haar eigen tent, die een paar honderd voet verderop stond, aan de oostkant van het kamp.

Een ander bewustzijn, niet dat van Saphira, drukte tegen Eragons geest, en hij trok ter bescherming zijn gedachten terug. Toen besefte hij dat het Glaedr was en hij liet de gouden draak in zijn hoofd toe.

Ik wil helpen, zei Glaedr. Eragon bespeurde achter zijn woorden een verschrikkelijke, verschroeiende woede jegens Thoorn en Murtagh, zo'n enorme woede dat het leek of ze de wereld tot sintels kon verbranden. *Voeg jullie geest bij die van mij, Eragon, Saphira. En jij ook, Blödhgarm, en jij, Laufin, en de rest van je soort. Laat me door jullie ogen kijken, laat me met jullie oren horen, zodat ik jullie kan vertellen wat je moet doen en ik jullie zo nodig mijn kracht kan doorgeven.*

Saphira stoof naar voren, sprong half vliegend, half glijdend over de rijen tenten naar de reusachtige robijnrode gedaante van Thoorn. Onder haar volgden de elfen en doodden elke soldaat die ze tegenkwamen.

Saphira had het voordeel dat ze in de lucht was, terwijl Thoorn zich nog altijd op de grond bevond. Ze schoot in een hoek op hem af – met de bedoeling, zo wist Eragon, op Thoorns rug te landen en haar kaken in zijn nek te zetten –, maar toen hij haar aan zag komen, gromde de rode draak en draaide zijn kop naar haar toe, terwijl hij plat op de grond kroop als een kleine hond die een grotere tegenkomt.

Eragon had nog net tijd om te zien dat Thoorns zadel leeg was en toen verhief de draak zich op zijn achterpoten en haalde met een van zijn dikke, gespierde voorpoten naar Saphira uit. Zijn zware poot zwaaide met een luid zoevend geluid door de lucht. In het donker leken zijn klauwen schokkend wit.

Saphira zwenkte opzij en trok haar lichaam samen om de klap te ontwijken. De grond en de lucht kantelden om Eragon heen en hij merkte dat hij naar het kamp omhoogkeek toen Saphira met de punt van haar rechtervleugel iemands tent aan stukken scheurde.

Door de kracht van de draai werd Eragon omgetrokken en van Saphira weggetrokken. Haar schubben begonnen tussen zijn benen weg te glippen. Hij klemde zijn dijen om haar heen en verstevigde zijn greep op de stekel vóór hem, maar het was zo'n krachtige beweging dat hij er geen weerwoord op had, en even later moest hij loslaten en tuimelde hij door de lucht, terwijl hij geen idee had wat nou boven of onder hem was.

Tijdens zijn val zorgde hij ervoor dat hij Brisingr stevig bleef vasthouden en de kling een eind van zijn lichaam weghield; afweerbezwering of geen afweerbezwering, het zwaard kon hem nog altijd verwonden, met dank aan Rhunöns bezweringen.

Kleintje!

'Letta!' schreeuwde Eragon en met een schok kwam hij in de lucht tot stilstand, niet meer dan tien voet boven de grond. Terwijl de wereld nog een paar tellen leek te kantelen, ving hij een glimp op van Saphira's sprankelende contouren terwijl ze een draai maakte om hem op te halen.

Thoorn brulde en besproeide de tentenrijen tussen hem en Eragon met een straal witheet vuur dat in de lucht opsprong. Daarna volgden al snel smartelijke kreten van de mannen die daarbinnen verbrandden.

Eragon stak een hand op om zijn gezicht af te schermen. Zijn magie beschermde hem tegen ernstige verwondingen, maar de hitte was vervelend. *Ik ben in orde. Niet terugkomen*, zei hij, niet alleen tegen Saphira maar ook tegen Glaedr en de elfen. *Jullie moeten hem tegenhouden. Ik zie jullie weer bij Nasuada's paviljoen.*

Hij voelde overduidelijk dat Saphira het daar niet mee eens was, maar ze wijzigde haar koers en hervatte haar aanval op Thoorn.

Eragon eindigde zijn bezwering en viel op de grond. Hij landde lichtjes op de ballen van zijn voeten en zigzagde toen rennend tussen de brandende tenten door, waarvan veel al aan het instorten waren en waarvan kolommen oranje vonken de lucht in sproeiden.

Door de rook en de stank van verbrande wol kon Eragon amper ademen. Hij hoestte en zijn ogen begonnen te tranen, waardoor het onderste deel van zijn gezichtsveld werd vertroebeld.

Een paar honderd meter verderop waren Saphira en Thoorn met elkaar in gevecht, twee reuzen in de nacht. Eragon voelde een oerangst. Waarom rende hij naar ze tóé, naar een paar bijtende, grommende schepsels, elk ervan groter dan een huis – in Thoorns geval groter dan twee huizen – en elk met klauwen, snijtanden en stekels die nog groter waren dan zijn eigen lijf? Zelfs nadat de eerste angst wegebde, bleef er een huivering achter terwijl hij naar voren rende.

Hij hoopte dat Roran en Katrina in veiligheid waren. Hun tent stond aan de andere kant van het kamp, maar Thoorn en de soldaten konden elk moment die kant op gaan.

'Eragon!'

Arya sprong tussen het brandende puin door en had de Dauthdaert in haar linkerhand. De gekartelde kling van de lans werd omgeven door een vaag, groen aureool, hoewel de gloed tegen de vlammende achtergrond moeilijk te zien was. Orik liep naast haar, die tussen de vuurtongen door rende alsof ze niet gevaarlijker waren dan dampsliertjes. De dwerg had geen shirt aan en geen helm op. In een hand hield hij de oude oorlogshamer Volund vast en in de andere een klein rond schild. De hamer was aan weerskanten besmeurd met bloed.

Eragon begroette hem met een opgeheven hand en een kreet, blij dat zijn vrienden bij hem waren. Toen ze hem had ingehaald, wilde Arya hem de lans geven, maar Eragon schudde zijn hoofd. 'Hou hem bij je!' zei hij. 'We hebben meer kans om Thoorn tegen te houden als jij Niernen gebruikt en ik Brisingr.'

Arya knikte en verstevigde haar greep om de lans. Voor het eerst vroeg Eragon zich af of ze als elf wel in staat was een draak te doden. Toen zette hij die gedachte opzij. Als er één ding was dat hij van Arya wist, was wel dat ze altijd deed wat nodig was, hoe moeilijk ook.

Thoorn klauwde naar Saphira's ribben en Eragon hapte naar adem toen hij haar pijn voelde omdat hij met haar verbonden was. Uit Blödhgarms geest maakte hij op dat de elfen dicht bij de draken waren en druk in gevecht waren met soldaten. Zelfs zij waagden zich niet dichter bij Saphira en Thoorn, uit angst om onder de voet te worden gelopen.

'Daar,' zei Orik, en hij wees met zijn hamer naar een groep soldaten die zich tussen de rijen verwoeste tenten bewoog.

'Laat ze,' zei Arya. 'We moeten Saphira helpen.'

Orik gromde. 'Oké, we gaan.'

Met z'n drieën stoven ze naar voren, maar Eragon en Arya lieten Orik al vlug ver achter zich. Geen dwerg kon hen bijhouden, zelfs niet eentje die zo sterk en fit was als Orik.

'Schiet op!' schreeuwde Orik achter hen. 'Ik kom zo snel als ik kan!'

Terwijl Eragon stukken brandende stof ontweek die door de lucht vlogen, kreeg hij te midden van tien soldaten Nar Garzhvog in het oog. De Kull met de horens leek grotesk in het roodachtige licht van de vlammen; hij had zijn lippen van zijn hoektanden opgetrokken en de schaduwen op zijn zware voorhoofdsrichel gaven zijn gezicht een wrede, woeste aanblik, alsof zijn schedel met een stompe beitel uit een rotsblok was gehouwen. Hij vocht met blote handen, greep een soldaat en scheurde de ledematen er stuk voor stuk net zo gemakkelijk vanaf als Eragon een geroosterde kip stukscheurde.

Een paar passen later kwam er een eind aan de brandende tenten. Aan de andere kant van de vlammen heerste alleen maar verwarring.

Blödhgarm en twee van zijn magiërs stonden tegenover vier mannen in zwarte gewaden, die, naar Eragon aannam, magiërs van het Rijk waren. Geen van de mannen of elfen verroerde zich, maar hun gezichten verraadden een immense spanning. Tientallen soldaten lagen dood op de grond, maar andere renden nog altijd vrij rond. Sommigen hadden zulke afschuwelijke wonden dat Eragon meteen wist dat de mannen geen pijn voelden.

De rest van de elfen zag hij niet, maar hij voelde dat ze aan de andere kant van Nasuada's rode paviljoen waren, dat midden in het tumult stond.

Op de open plek rondom het paviljoen joegen groepen weerkatten soldaten alle kanten op. Koning Halfpoot en zijn partner Schaduwjager leidden twee groepen; Solembum stond aan het hoofd van een derde.

Dicht bij het paviljoen stond de kruidenvrouw, ze was in duel met een grote, potige man; zij vocht met haar wolkammen, hij met een strijdknots in de ene en een dorsvlegel in de andere hand. De twee leken behoorlijk tegen elkaar opgewassen, ook al verschilden ze in geslacht, lengte, bereik en uitrusting.

Tot Eragons verbazing was Elva er ook, ze zat boven op een ton. Het heksenkind had haar armen om haar buik geslagen en leek doodstil te zitten, maar ook zij nam deel aan de strijd, hoewel op haar eigen, unieke manier. Vóór haar bevonden zich een stuk of zes soldaten en Eragon zag dat ze razendsnel tegen hen sprak, haar kleine mond bewoog zich in een vlek. Terwijl ze praatte, reageerde iedere man anders: één bleef stokstijf staan, kon zich kennelijk niet bewegen; een andere kromp ineen en bedekte zijn gezicht met zijn handen; weer een ander knielde neer en stak zichzelf met een lange dolk in de borst; een ander gooide zijn wapens neer en rende het kamp uit; en weer een ander stond als een idioot te ratelen. Geen van hen hief het zwaard tegen haar op en geen van hen viel iemand anders aan.

En boven de chaos doemden Saphira en Thoorn als twee levende bergen op. Ze waren nu links van het paviljoen en cirkelden om elkaar heen, vertrapten rij na rij tenten. Vlammentongen flakkerden uit hun neusgaten met daartussenin hun sabelachtige tanden.

Eragon aarzelde. Hij kon geen wijs uit de warboel aan geluiden en hij wist niet zeker waar hij het meest nodig was.

Murtagh? vroeg hij Glaedr.

We hebben hem nog niet gevonden, als hij hier al is. Ik bespeur zijn geest niet, maar zeker ben ik er niet van met al die mensen en bezweringen in de buurt. Via hun verbinding kon Eragon merken dat de gouden draak veel meer deed dan enkel met hem praten; Glaedr luisterde tegelijk naar de gedachten van Saphira en de elfen, bovendien hielp hij Blödhgarm en zijn twee metgezellen tijdens hun mentale gevecht met de magiërs van het Rijk.

Eragon had er alle vertrouwen in dat ze de magiërs zouden verslaan, net zoals hij er vertrouwen in had dat Angela en Elva zich prima konden verdedigen tegen de rest van de soldaten. Maar Saphira had al verschillende verwondingen opgelopen, en het kostte haar veel moeite om te voorkomen dat Thoorn de rest van het kamp aanviel.

Eragon keek naar de Dauthdaert in Arya's hand, daarna weer naar de reusachtige gedaanten van de draken. *We moeten hem doden,* dacht Eragon, en de moed zonk hem in de schoenen. Toen viel zijn blik op Elva en een nieuw idee vatte in zijn hoofd post. De woorden van het meisje waren machtiger dan welk wapen ook; niemand, zelfs Galbatorix niet, kon daar weerstand aan bieden. Als ze maar tot Thoorn kon spreken, dan kon ze hem wegjagen.

Nee! gromde Glaedr. *Je verspilt tijd, jongeling. Ga naar je draak... Nu! Ze heeft je hulp nodig. Je moet Thoorn doden, hem niet afschrikken zodat hij kan vluchten! Hij is gebroken en je kunt niets doen om hem te redden.*

Eragon keek naar Arya en zij keek naar hem.

'Elva is sneller,' zei hij.
'Wij hebben de Dauthdaert...'
'Te gevaarlijk. Te moeilijk.'
Arya aarzelde en knikte toen. Samen liepen ze in de richting van Elva.

Voordat ze bij haar waren, hoorde Eragon een gedempte kreet. Hij draaide zich om en tot zijn afgrijzen zag hij Murtagh uit het paviljoen tevoorschijn komen en hij sleurde Nasuada aan haar polsen mee.

Nasuada's haar zat in de war. Een akelige schram ontsierde een wang en haar gele hemd was op verschillende plaatsen gescheurd. Ze schopte tegen Murtaghs knie, maar haar hiel ketste op een afweerbezwering af, zodat Murtagh ongedeerd bleef. Met een woeste ruk trok hij haar dichterbij en sloeg haar vervolgens met de degenknop van Zar'roc op haar slaap bewusteloos.

Eragon slaakte een kreet en stormde op ze af.

Murtagh keek hem even aan. Toen stopte hij zijn zwaard in zijn schede, hees Nasuada op een schouder en ging met gebogen hoofd op een knie zitten, alsof hij ging bidden.

Met een pijnscheut trok Saphira Eragons aandacht en ze riep uit: *Pas op! Hij is me ontsnapt!*

Terwijl Eragon over een berg lijken sprong, waagde hij een snelle blik omhoog en zag dat Thoorns glinsterende buik en fluwelen vleugels de helft van de sterren in de lucht blokkeerde. De rode draak draaide zich iets om, alsof hij als een groot, zwaar boomblad omlaag zweefde.

Eragon dook opzij, rolde achter het paviljoen en probeerde afstand te creëren tussen hemzelf en de draak. Bij het landen groef een rots zich in zijn schouder.

Zonder vaart te minderen stak Thoorn zijn rechtervoorpoot uit, die zo dik en knoestig was als een boomstronk, en sloot zijn enorme klauw om Murtagh en Nasuada. Zijn klauwen zonken in de aarde, waarbij hij een kluit aarde van een paar voet diep uitgroef, en hij pakte de twee mensen op.

Daarna schoot Thoorn met een triomfantelijke brul en de bloedstollende slagen van flappende vleugels de lucht in en begon van het kamp weg te klimmen.

Vanaf de plek waar zij en Thoorn hadden geworsteld, zette Saphira de achtervolging in, het bloed uit beten en klauwwonden stroomde over haar ledematen. Ze was sneller dan Thoorn, maar zelfs toen ze hem te pakken had, kon Eragon zich niet voorstellen hoe ze Nasuada kon redden zonder haar te verwonden.

Een windvlaag trok aan zijn haar toen Arya langs hem stoof. Ze rende naar een stapel vaten en sprong, en ze schoot hoog de lucht in, hoger dan welke elf ook zonder hulp kon springen. Ze stak haar arm uit, kreeg

Thoorns staart te pakken en bleef daar als een versiering aan bungelen.

Eragon deed een halve stap naar voren, alsof hij haar wilde tegenhouden, vloekte toen en gromde: 'Audr!'

Door de bezwering werd hij als een pijl uit een boog de lucht in gelanceerd. Hij reikte naar Glaedr en de oude draak voorzag hem van energie zodat hij hoog in de lucht kon blijven. Eragon verbrandde energie zonder dat het hem iets kon schelen wat hem dat zou kosten; hij wilde alleen maar bij Thoorn zijn voordat er iets verschrikkelijks met Nasuada of Arya zou gebeuren.

Terwijl hij langs Saphira raasde, keek Eragon toe hoe Arya langs Thoorns staart omhoogklom. Ze klampte zich met haar rechterhand aan de stekels langs zijn ruggengraat vast terwijl ze die als traptreden gebruikte. Met haar linkerhand stootte ze de Dauthdaert in Thoorn, terwijl ze zichzelf met de kling van de speer verankerde en zich steeds hoger op zijn manoeuvrerende lijf optrok. Thoorn kronkelde en draaide, beet naar haar, als een paard dat door een vlieg wordt geplaagd, maar hij kon niet bij haar komen.

Toen trok de bloedrode draak zijn vleugels en poten in en met zijn kostbare vracht dicht tegen zijn borst gedrukt dook hij naar de grond, waarbij hij draaide en draaide als in een dodelijke spiraal. De Dauthdaert scheurde uit Thoorns vlees los en Arya werd schuin weggetrokken terwijl ze zich enkel met haar rechterhand – haar zwakke hand, de hand die in de catacomben onder Dras-Leona gewond was geraakt – vasthield.

Het duurde niet lang of ze moest loslaten en viel van Thoorn af, haar armen en benen vlogen naar opzij als de spaken in een karrenwiel. Ze had ongetwijfeld een bezwering uitgesproken, want de spiraalbeweging waarin ze zat werd trager en hield toen helemaal op, evenals haar neerwaartse val, tot ze ten slotte rechtop in de nachtelijke lucht zweefde. In het schijnsel van de Dauthdaert, die ze nog altijd vasthad, vond Eragon dat ze net op een groene, in de duisternis zwevende vuurvlieg leek.

Thoorn sloeg zijn vleugels uit en kwam in een boog naar haar terug. Arya wendde haar hoofd om naar Saphira te kijken; toen draaide ze zich om haar as om Thoorn tegemoet te treden.

Een kwaadaardig licht sprong op tussen Thoorns kaken vlak voordat hij een uitgestrekte muur van vlammen uit zijn muil spuwde, die over Arya heen rolde en haar gedaante verduisterde.

Tegen die tijd was Eragon op minder dan vijftig voet bij haar vandaan, zo dichtbij dat de hitte op zijn wangen schroeide.

De vlammen weken en Thoorn zwenkte van Arya weg en keerde zo snel als zijn massa het toestond weer terug. Tegelijkertijd zwaaide hij met zijn staart, zwiepte er zo snel mee door de lucht dat ze hem onmogelijk kon ontwijken.

'Nee!' schreeuwde Eragon.

Met een *krak* kwam de staart tegen Arya aan. Hij sloeg haar als een steen uit een slinger de duisternis in, en ze moest de Dauthdaert loslaten, die omlaag duikelde en waarvan het schijnsel kleiner en kleiner werd totdat het helemaal verdween.

IJzeren banden leken zich om Eragons borst te klemmen, persten de lucht uit hem weg. Thoorn vloog weg, maar Eragon was misschien nog steeds in staat om de draak in te halen als hij nog meer energie aan Glaedr onttrok. Maar zijn verbinding met Glaedr werd ragdun en Eragon had niet de hoop dat hij Thoorn en Murtagh in zijn eentje hoog boven de grond aankon, niet als Murtagh tientallen of nog meer eldunarí tot zijn beschikking had.

Eragon vloekte, verbrak de bezwering die hem als een propeller door de lucht aandreef, en dook met zijn hoofd naar beneden achter Arya aan. De wind jankte in zijn oren, trok aan zijn haren en kleren en de huid op zijn wangen werd platgeslagen, waardoor hij zijn ogen tot spleetjes moest knijpen. Een insect sloeg tegen zijn hals; het was zo'n harde klap dat het leek of hij door een steentje was geraakt.

Tijdens zijn val zocht Eragon met zijn geest naar Arya's bewustzijn. Hij had nog net een glimpje bewustzijn ergens in de schemering onder hem bespeurd, toen Saphira onder hem wegschoot en haar schubben doffer werden in het licht van de sterren. Ze draaide zich ondersteboven en Eragon zag dat ze haar voorpoten uitstak en een klein, donker voorwerp opving.

Een steek van pijn ging door het bewustzijn dat Eragon had aangeraakt; toen verdwenen daar alle gedachten uit en voelde hij ze niet meer.

Ik heb haar, kleintje, zei Saphira.

'Letta,' zei Eragon en hij kwam langzaam tot stilstand.

Hij keek weer of hij Thoorn zag, maar hij zag slechts sterren en zwarte lucht. Uit het oosten hoorde hij twee keer het onmiskenbare geluid van klappende vleugels, toen viel alles stil.

Eragon keek naar het kamp van de Varden. Vuurplekken glansden oranje en dof tussen de rookflarden. Honderden tenten lagen ingestort op de aarde, samen met hij wist niet hoeveel mannen die niet hadden kunnen ontsnappen voordat Saphira en Thoorn ze vertrapten. Maar die mannen waren niet de enige slachtoffers van de aanval. Vanuit zijn hoge positie kon Eragon de lijken niet precies onderscheiden, maar hij wist dat de soldaten er heel wat hadden omgebracht.

Eragon proefde as. Hij trilde, tranen van woede, angst en frustratie vertroebelden zijn ogen. Arya was gewond, misschien dood. Nasuada was weg, gevangengenomen, en zou al snel aan de genade zijn overgeleverd van Galbatorix' uiterst kundige folteraars.

Eragon werd door hopeloosheid overvallen.

Hoe moesten ze nu verder? Hoe konden ze op de overwinning hopen nu Nasuada ze niet meer kon aanvoeren?

Koninklijk overleg

Nadat hij met Saphira in het kamp van de Varden was geland, glipte Eragon langs haar zijkant omlaag en rende naar het stuk gras waar ze Arya voorzichtig had neergelegd.

De elf lag slap en roerloos met haar gezicht naar de grond. Toen Eragon haar omrolde, flakkerden haar ogen open. 'Thoorn... Hoe is het met Thoorn?' fluisterde ze.

Hij is ontsnapt, zei Saphira.

'En... Nasuada? Heb je haar gered?'

Eragon sloeg zijn ogen neer en schudde zijn hoofd.

Verdriet trok over Arya's gezicht. Ze hoestte en schokte, en ging toen rechtop zitten. Een straaltje bloed druppelde uit haar mondhoek.

'Wacht,' zei Eragon. 'Niet bewegen. Ik haal Blödhgarm.'

'Niet nodig.' Arya greep zijn schouder vast, trok zichzelf overeind en rekte zich voorzichtig tot haar volle lengte uit. Haar adem stokte toen haar spieren zich uitrekten en Eragon zag de pijn die ze probeerde te verbergen. 'Ik ben alleen gekneusd, er is niets gebroken. Mijn afweerbezweringen hebben me tegen Thoorns ergste klappen beschermd.'

Eragon betwijfelde dat, maar hij nam het van haar aan.

Wat nu? vroeg Saphira, die dichter naar hen toe was gelopen. De scherpe, muskusachtige geur van haar bloed voelde zwaar in Eragons neusgaten.

Eragon keek om zich heen naar de vlammen en de vernielingen in het kamp. Opnieuw dacht hij aan Roran en Katrina, en vroeg zich af of zij de aanval hadden overleefd. *Inderdaad, wat nu?*

De omstandigheden gaven het antwoord. Eerst renden een paar gewonde soldaten een rookwolk uit en vielen hem en Arya aan. Tegen de tijd dat Eragon met ze had afgerekend, hadden zich acht elfen bij hen verzameld.

Nadat Eragon ze ervan had overtuigd dat hij ongedeerd was, richtten de elfen hun aandacht op Saphira en ze wilden per se de beten en schrammen die Thoorn haar had toegebracht genezen, ook al had Eragon dat liever zelf gedaan.

Hij wist dat de genezing enkele minuten zou duren, dus Eragon liet Saphira bij de elfen achter en haastte zich tussen de rijen tenten door naar het gebied vlak naast Nasuada's paviljoen, waar Blödhgarm en de twee andere elfenmagiërs nog altijd in een mentale strijd verwikkeld waren met de laatste van de vier vijandige magiërs.

De overgebleven magiër lag geknield op de grond, zijn voorhoofd tegen zijn knieën gedrukt en zijn armen om zijn nek gewikkeld. In plaats van zijn gedachten aan de onzichtbare worsteling toe te voegen, beende Eragon op de magiër toe, tikte hem op de schouder en riep: 'Há!'

De magiër sidderde, schrok en door de afleiding konden de elfen langs zijn verdediging glippen. Dat wist Eragon, want de man stuiptrekte en rolde naar voren, waarbij zijn pupillen wegrolden en een gelig schuim uit zijn mond borrelde. Kort daarna ademde hij niet meer.

In korte zinnen vertelde Eragon aan Blödhgarm en de twee andere elfen wat er met Arya en Nasuada was gebeurd. Blödhgarms vacht ging rechtovereind staan en zijn gele ogen brandden van woede. Maar zijn enige commentaar was, in de oude taal: 'Dit zijn donkere tijden voor ons, Schimmendoder.' Toen stuurde hij Yaela erop uit om de Dauthdaert te zoeken en op te halen, waar die ook was neergekomen.

Daarna marcheerden Eragon, Blödhgarm en Uthinarë, de elf die bij hen was gebleven, dwars door het kamp, dreven de paar soldaten bijeen die aan de tanden van de weerkatten en het zwaard van mens, dwerg, elf en Urgal waren ontsnapt, en doodden ze. Met hun magie doofden ze ook een paar grotere vuren, blusten die net zo makkelijk als een kaarsenvlam.

Al die tijd werd Eragon geplaagd door een overweldigend gevoel van doodsangst, die hem als een stapel natte dekens terneerdrukte en zijn geest in de ban hield, waardoor hij amper aan iets anders kon denken dan aan dood, nederlaag en falen. Hij had het gevoel dat de wereld om hem heen instortte, alsof alles wat hij en de Varden hadden willen bereiken, uit elkaar viel, en hij kon niets doen om die controle weer terug te krijgen. Door dat machteloze gevoel werd hij leeggezogen, wilde hij alleen maar in een hoekje zitten en verzwelgen in zijn ellende. Maar hij weigerde aan die neiging toe te geven, want als hij dat deed, was hij zo goed als dood. Dus hij ging door, werkte ondanks zijn wanhoop zij aan zij met de elfen mee.

Zijn stemming werd er niet beter op toen Glaedr hem benaderde en zei: *Als je naar me had geluisterd, hadden we Thoorn misschien kunnen tegenhouden en Nasuada kunnen redden.*

En misschien ook niet, zei Eragon. Hij wilde het er verder niet over hebben, maar voelde zich geroepen eraan toe te voegen: *Je laat je vertroebelen*

door angst. De dood van Thoorn was niet de enige oplossing, en je zou niet zo snel een van je weinige overgebleven soortgenoten moeten willen vernietigen.
Je hebt me niet de les te lezen, jongeling! snauwde Glaedr. *Je weet in de verste verte niet wat ik ben kwijtgeraakt.*
Ik begrijp dat beter dan de meesten, antwoordde Eragon, maar Glaedr had zich al uit zijn geest teruggetrokken en Eragon dacht niet dat de draak hem had gehoord.

Eragon had net nog een vuur gedoofd en was op weg naar het volgende toen Roran op hem toe snelde en hem bij de arm greep. 'Ben je gewond?'

Eragon was immens opgelucht toen hij zijn neef levend en wel zag. 'Nee,' zei hij.

'En Saphira?'

'De elfen hebben haar wonden al geheeld. En Katrina? Is zij in veiligheid?'

Roran knikte en er trok iets van de spanning uit zijn houding weg, maar zijn gezichtsuitdrukking stond nog bezorgd. 'Eragon,' zei hij, terwijl hij dichter bij hem ging staan, 'wat is er gebeurd? Wat gebeurt er nú? Ik zag Jörmundur als een kip zonder kop rondrennen en Nasuada's wachters keken zo grimmig als de dood, maar niemand wil me iets vertellen. Zijn we nog steeds in gevaar? Gaat Galbatorix aanvallen?'

Eragon keek om zich heen en nam Roran toen apart, waar niemand hen kon horen. 'Je mag het niemand vertellen. Nog niet,' waarschuwde hij.

'Mijn woord erop.'

In een paar snelle zinnen vatte Eragon de situatie voor Roran samen. Toen hij klaar was, was Roran lijkbleek geworden. 'We kunnen de Varden niet uiteen laten vallen,' zei hij.

'Natuurlijk niet. Dat gebeurt ook niet, maar misschien neemt koning Orrin het bevel over, of...' Eragon zweeg toen een groep krijgers hen passeerde. Toen: 'Blijf bij me, wil je? Misschien heb ik je hulp nodig.'

'Mijn hulp? Waarom heb je míjn hulp nodig?'

'Het hele leger heeft je hoog zitten, Roran, zelfs de Urgals. Jij bent Sterkhamer, de held van Aroughs, en jouw mening telt. Dat zou wel eens van belang kunnen zijn.'

Roran zei even niets en knikte toen. 'Ik zal doen wat ik kan.'

'Kijk voorlopig maar uit voor soldaten,' zei Eragon, en hij liep naar het vuur dat hij wilde blussen.

Een half uur later, toen de rust en orde weer in het kamp was weergekeerd, bracht een renner aan Eragon het bericht dat Arya hem onmiddellijk in koning Oriks paviljoen nodig had.

Eragon en Roran wisselden een blik en gingen toen op weg naar het noordwestelijke kwartier van het kamp, waar de meeste dwergen hun tenten hadden opzet.

'We hebben geen keus,' zei Jörmundur. 'Nasuada heeft haar wensen duidelijk kenbaar gemaakt. Jij, Eragon, moet haar plaats innemen en het bevel over de Varden voor haar overnemen.'

De gezichten in de tent stonden streng en onbuigzaam. Donkere schaduwen kleefden aan de inkepingen van de slapen en de diepe, gefronste lijnen van de twee-benen, zoals Eragon wist dat Saphira ze zou noemen. De enige die niet fronste, was Saphira – ze had haar kop door de ingang van het paviljoen gestoken zodat ze aan het overleg kon deelnemen –, maar ze had haar lippen iets teruggetrokken, alsof ze op het punt stond een sneer te geven.

Koning Orrin was ook aanwezig, hij had een paarse mantel over zijn nachtgewaad geslagen; Arya zag er geschokt, maar vastbesloten uit; koning Orik, die een maliënkolder had gevonden waarmee hij zich kon bedekken; de weerkatkoning, Grimrr Halfpoot, met een witlinnen verband om een zwaardwond in zijn rechterschouder; Nar Garzhvog, de Kull, die zijn hoofd gebukt hield om te voorkomen dat zijn hoorns langs het tentdak zouden schrapen; en Roran, die bij de tentwand naar de voortgang stond te luisteren, tot dusverre zonder commentaar.

Niemand anders had het paviljoen binnen gemogen. Geen bewakers, geen raadgevers, geen bedienden, zelfs Blödhgarm of de andere elfen niet. Buiten stond een kordon mannen, dwergen en Urgals in twaalf rijen voor de ingang. Het was hun taak om ervoor te zorgen dat niemand, hoe machtig of gevaarlijk ook, de bijeenkomst zou verstoren. En om de tent heen was een aantal haastig uitgesproken bezweringen aangebracht zodat niemand ze kon afluisteren, op een gewone noch magische manier.

'Dit heb ik nooit gewild,' zei Eragon, terwijl hij naar de kaart van Alagaësia keek die op de tafel midden in het paviljoen lag uitgespreid.

'Geen van ons heeft dit gewild,' zei koning Orrin bijtend.

Eragon vond het verstandig van Arya om de bijeenkomst in Oriks paviljoen te houden. De dwergenkoning stond erom bekend dat hij een loyaal aanhanger was van Nasuada en de Varden – terwijl hij ook het hoofd van Eragons clan en diens pleegbroer was –, maar niemand kon hem ervan beschuldigen dat hij Nasuada's positie ambieerde, en evenmin was het vanzelfsprekend dat de mensen hem als haar vervanger zouden accepteren.

Maar door de bijeenkomst in Oriks paviljoen te laten plaatsvinden, had Arya Eragons zaak versterkt en zijn critici het gras voor de voeten weggemaaid, zonder de schijn te wekken dat ze het ermee eens was of juist niet. Eragon moest toegeven dat zij veel bedrevener was in het manipuleren van anderen dan hij. Het enige risico dat ze had genomen was dat de anderen nu zouden denken dat Orik zijn meester was, maar dat risico wilde Eragon maar wat graag nemen als hij daarvoor in ruil de steun van zijn vriend kreeg.

'Ik heb dit nooit gewild,' herhaalde hij en hij sloeg zijn ogen op om de waakzame blik van degenen om hem heen te ontmoeten. 'Maar het is gebeurd en ik zweer op het graf van eenieder die ons is ontvallen dat ik mijn best zal doen naar Nasuada's voorbeeld te handelen en de Varden tegen Galbatorix en het Rijk naar de overwinning te leiden.' Hij wilde zelfvertrouwen uitstralen, maar in werkelijkheid schrok hij terug voor zo'n reusachtige taak en hij had geen idee of hij er wel tegen opgewassen zou zijn. Nasuada was indrukwekkend kundig geweest en de gedachte om zelfs maar de helft te doen wat zij deed, was angstaanjagend.

'Heel loffelijk, zonder meer,' zei koning Orrin. 'Maar de Varden hebben altijd met hun bondgenoten samengewerkt, met de mannen van Surda; met onze vorstelijke vriend koning Orik en de dwergen van de Beorbergen; met de elfen; en nu, meer recent, met de Urgals onder leiding van Nar Garzhvog, en met de weerkatten.' Hij knikte naar Grimrr, die even terugknikte. 'Het is onwenselijk dat de manschappen zien dat we het publiekelijk niet met elkaar eens zijn. Vind je ook niet?'

'Natuurlijk.'

'Natuurlijk,' zei koning Orrin. 'Dan neem ik aan dat je over belangrijke zaken met ons zult overleggen, zoals Nasuada dat ook deed?' Eragon aarzelde, maar voordat hij kon antwoorden, nam Orrin weer het woord: 'Wij allen' – hij gebaarde naar de anderen in de tent – 'riskeren ongelooflijk veel met deze onderneming, en geen van ons stelt het op prijs bevelen op te volgen. En er ook niet aan onderworpen te worden. Botweg gezegd, ben je ondanks je vele prestaties, Eragon Schímmendoder, nog jong en onervaren en die onervarenheid zou wel eens heel goed fataal kunnen blijken. De rest van ons heeft geprofiteerd van jarenlang commando voeren over onze verschillende strijdmachten, of gezien hoe anderen dat deden. We kunnen je op het juiste pad begeleiden, en misschien kunnen we samen nog steeds een weg vinden om deze puinhoop recht te zetten en Galbatorix omver te stoten.'

Orrin had groot gelijk, dacht Eragon – hij wás nog jong en onervaren, en hij hád de raad nodig van anderen –, maar hij kon dat niet ronduit toegeven zonder zwak te lijken.

Dus antwoordde hij in plaats daarvan: 'Ik verzeker jullie dat ik jullie om raad zal vragen als dat nodig is, maar het blijven altijd míjn beslissingen.'

'Vergeef me, Schimmendoder, maar dat vind ik lastig te geloven. Het is algemeen bekend dat je goed bevriend bent met de elfen,' en Orrin keek naar Arya. 'Sterker nog, je bent geadopteerd in de Ingeitumclan en staat onder het gezag van hun clanhoofd, en dat is toevallig koning Orik. Misschien vergis ik me, maar ik waag het te betwijfelen of het je eigen beslissingen zullen zijn.'

'Eerst raadt u me aan naar onze bondgenoten te luisteren. En nu weer niet. Hebt u misschien liever dat ik naar u luister, en alleen naar u?' Eragon werd steeds bozer.

'Ik heb liever dat jouw keuzes in het belang zijn van ons volk en niet in dat van een ander ras!'

'Dat is altijd zo geweest,' gromde Eragon. 'En dat zal zo blijven. Ik ben trouw verschuldigd aan zowel de Varden als de Ingeitumclan, ja, maar ook aan Saphira, Nasuada en mijn familie. Velen kunnen aanspraak op me maken, zoals velen een aanspraak op u kunnen maken, májesteit. Maar mijn grootste zorg is dat we Galbatorix en het Rijk verslaan. Dat is altijd zo geweest en als er bij mij tegenstrijdige loyaliteiten zijn, dan heeft dat wat mij betreft voorrang. U kunt mijn oordeel in twijfel trekken, als het niet anders kan, maar twijfel niet aan mijn motieven. En dank u wel dat u me geen verrader van mijn eigen soort noemt!'

Orrin keek nijdig, zijn wangen kleurden en hij had net een antwoord klaar toen een luide *bang* hem onderbrak omdat Orik met zijn oorlogshamer Volund tegen zijn schild sloeg.

'Nou is 't uit met die onzin!' riep Orik woedend uit. 'Jij maakt je druk om een scheur in de vloer terwijl we door een hele berg weggevaagd dreigen te worden!'

Orrin keek nog nijdiger, maar ging niet verder op de zaak door. In plaats daarvan pakte hij zijn bokaal wijn van de tafel en liet zich in zijn diepe stoel zakken, waar hij Eragon met een donkere, smeulende blik aankeek.

Volgens mij heeft hij een hekel aan je, zei Saphira.

Dat, of hij heeft een hekel aan wat ik vertegenwoordig. Hoe dan ook, voor hem ben ik een sta-in-de-weg. Hij moet in de gaten gehouden worden.

'De vraag die nu rijst, is simpel,' zei Orik. 'Wat gaan we doen nu Nasuada weg is?' Hij legde Volund plat op tafel en wreef met zijn knokige hand over zijn hoofd. 'Naar mijn mening is onze situatie niet anders dan ze vanochtend was. Tenzij we toegeven dat we verslagen zijn en om vrede gaan smeken, hebben we slechts één keus: zo snel als onze voeten ons kunnen dragen opmarcheren naar Urû'baen. Nasuada zelf was nooit van plan geweest met Galbatorix te vechten. Dat is jullie taak' – hij gebaarde naar Eragon en Saphira – 'en die van de elfen. Nasuada heeft ons zo ver gebracht en terwijl ze node gemist zal worden, hebben we haar niet nodig om verder te gaan. We hebben maar weinig manoeuvreerruimte op dat pad. Zelfs als ze hier aanwezig was, zie ik niet in dat ze iets anders zou

doen. We moeten naar Urû'baen optrekken, en daarmee basta.'
Grimrr speelde met een kleine dolk met zwarte kling, ogenschijnlijk had hij geen interesse in het gesprek.
'Mee eens,' zei Arya. 'We hebben geen keus.'
Boven hen boog Garzhvog zijn reusachtige hoofd, waardoor er misvormde schaduwen over de paviljoenmuren gleden. 'De dwerg heeft goed gesproken. De Urgralga blijven bij de Varden zolang Vuurzwaard oorlogsbaas is. Als hij en Vlammentong onze aanvallen leidt, zullen we de bloedschuld vereffenen die de hoornloze verrader Galbatorix ons nog altijd schuldig is.'
Eragon schuifelde ongemakkelijk.
'Dat is allemaal goed en wel,' zei koning Orrin, 'maar vertel mij dan maar eens hoe we Murtagh en Galbatorix moeten verslaan als we eenmaal in Urû'baen zijn.'
'We hebben Dauthdaert,' zei Eragon, want Yaela had de speer weer opgehaald, 'en daarmee kunnen we...'
Koning Orrin wuifde met z'n handen. 'Ja, ja, Dauthdaert. Daarmee heb je Thoorn anders niet tegen kunnen houden, en ik kan me niet voorstellen dat Galbatorix je in de buurt van hem of Shruikan laat komen. Hoe dan ook, het verandert niets aan het feit dat je nog steeds geen partij bent voor die vileine verrader. Verdomme, Schimmendoder, je bent zelfs geen partij voor je eigen broer, en hij is nog korter een Rijder dan jij!'
Halfbroer, dacht Eragon, maar hij zei niets. Hij had niets tegen Orrins punten in te brengen; ze klopten stuk voor stuk en hij schaamde zich ervoor.
De koning vervolgde: 'We zijn deze oorlog in gegaan met het idee dat je een manier zou vinden om een antwoord te vinden op Galbatorix' onnatuurlijke krachten. Dat heeft Nasuada ons beloofd en ons verzekerd. En nu zitten we hier, terwijl we op het punt staan om de machtigste magiër in de opgetekende geschiedenis het hoofd te bieden en we geen stap dichter bij zijn nederlaag zijn dan toen we begonnen!'
'We zijn deze oorlog begonnen,' zei Eragon zachtjes, 'omdat we voor het eerst sinds de val van de Rijders een schijn van kans hadden om Galbatorix omver te werpen. Dat weet je best.'
'Welke kans?' sneerde de koning. 'We zijn allemaal marionetten die naar Galbatorix' pijpen dansen. De enige reden dat we zo ver zijn gekomen is omdat hij dat heeft tóégelaten. Galbatorix wíl dat we naar Urû'baen gaan. Hij wíl dat we jou naar hem toebrengen. Als hij ons had willen tegenhouden, was hij ons op de Brandende Vlakten wel tegemoetgekomen en had hij ons daar ter plekke platgewalst. En als hij jou in zijn greep heeft, dan zal hij dat ook gaan doen: ons platwalsen.'

De spanning in de tent was om te snijden.

Voorzichtig, zei Saphira tegen Eragon. *Hij stapt uit de roedel als je hem niet kunt overtuigen.*

Arya leek zich net zo veel zorgen te maken.

Eragon legde zijn gespreide handen plat op tafel en nam even de tijd om zijn gedachten te ordenen. Hij wilde niet liegen, maar hij moest tegelijk een manier zien te vinden om Orrin hoop te geven. Geen eenvoudige taak, omdat Eragon daar zelf ook maar weinig van had. *Was het zo ook voor Nasuada, al die keren dat ze ons weer bij de zaak haalde, ons overtuigde om door te gaan, ook al zagen we het pad niet helder meer?*

'Onze positie is niet zo... hachelijk als je het voorstelt,' zei Eragon.

Orrin snoof en dronk uit zijn beker.

'De Dauthdaert vormt wel degelijk een bedreiging voor Galbatorix,' vervolgde Eragon, 'en dat is in ons voordeel. Daar is hij voor op zijn hoede. En om die reden kunnen we hem dwingen te doen wat wij willen, ook al was het maar een beetje. Zelfs als we hem er niet mee kunnen doden, dan kunnen we Shruikan wellicht wel ombrengen. Zij zijn niet werkelijk aan elkaar gekoppeld zoals draak en Rijder dat zijn, maar Shruikans dood zal hem tot op het bot verwonden.'

'Dat zal nooit gebeuren,' zei Orrin. 'Hij weet nu dat we de Dauthdaert hebben en hij zal de benodigde voorzorgsmaatregelen treffen.'

'Misschien niet. Ik betwijfel of Murtagh en Thoorn hem hebben herkend.'

'Nee, maar Galbatorix wel wanneer hij hun geheugen onderzoekt.'

En hij zal ook van Glaedrs bestaan weten, als ze het hem niet al hebben verteld, zei Saphira tegen Eragon.

Eragons moed zonk hem nog verder in de schoenen. Daar had hij niet aan gedacht, maar ze had gelijk. *Daar gaat onze hoop om hem bij verrassing te overvallen. We hebben geen geheimen meer.*

Het leven zit vol geheimen. Galbatorix kan niet precies voorspellen hoe we hem zullen bestrijden. Daarmee kunnen we tenminste verwarring zaaien.

'Welke dode speer heb je gevonden, o Schimmendoder?' vroeg Grimrr op schijnbaar verveelde toon.

'Du Niernen – de Orchidee.'

De weerkat knipperde met zijn ogen en Eragon had het idee dat hij verbaasd was, hoewel Grimrrs gezichtsuitdrukking als altijd onbewogen was. 'De Orchidee. Nou, nou. Wat vreemd om zo'n wapen in dit tijdperk te vinden, vooral dat... bijzondere wapen.'

'Hoezo?' vroeg Jörmundur.

Grimrrs streek met zijn kleine, roze tong over zijn snijtanden. 'Niernen is notóóóír.' Hij sprak het woord langgerekt uit.

Voordat Eragon meer informatie uit de weerkat kon krijgen, nam Garzhvog het woord, zijn stem knarste als rotsen: 'Wat is die dode speer waar jullie het over hebben, Vuurzwaard? Is dat de lans die Saphira in Belatona verwondde? We hebben er verhalen over gehoord, maar die waren werkelijk merkwaardig.'

Eragon herinnerde zich te laat dat Nasuada aan noch de Urgals, noch de weerkatten had verteld wat Niernen werkelijk was. *O, nou ja,* dacht hij. *Niets aan te doen.*

Hij legde aan Garzhvog uit hoe het zat met de Dauthdaert, en liet daarna iedereen in het paviljoen een eed in de oude taal zweren dat ze er zonder toestemming met niemand over zouden praten. Er werd hier en daar wat gegromd, maar uiteindelijk stemden ze allemaal in, zelfs de weerkat. Het mocht dan wellicht zinloos zijn om te proberen de speer voor Galbatorix verborgen te houden, maar Eragon vond het ook weer niet nodig dat de Dauthdaert algemeen bekend zou worden.

Toen de laatste van hen zijn eed had gezworen, nam Eragon weer het woord. 'Dus. Om te beginnen hebben we de Dauthdaert, en dat is meer dan we daarvoor hadden. Ten tweede ben ik niet van plan om Murtagh en Galbatorix tegelijk tegemoet te treden; dat ben ik nooit van plan geweest. Wanneer we in Urû'baen aankomen, lokken we Murtagh de stad uit, daarna omsingelen we hem, desnoods met het hele leger – inclusief de elfen – en dan doden we hem of nemen hem voor eens en voor altijd gevangen.' Hij keek naar de gezichten en probeerde indruk op ze te maken doordat hij zijn overtuiging zo nadrukkelijk bracht. 'Ten derde – en dit moeten jullie diep in je hart geloven – is Galbatorix niet onkwetsbaar, hoe machtig hij ook is. Hij mag zich dan tot de tanden toe met afweerbezweringen hebben bewapend om zichzelf te beschermen, en ook al bezit hij nog zo veel kennis en is hij nog zo doortrapt, er bestaan nog steeds bezweringen die hem noodlottig kunnen worden, als we alleen maar slim genoeg zijn om ze te bedenken. Misschien ben ik degene die die bezwering vindt, maar voor hetzelfde geld is het een elf of een lid van Du Vrangr Gata. Galbatorix lijkt onaantastbaar, dat weet ik, maar er is altijd een zwakke plek, er is altijd een barstje waar je een kling doorheen kan jagen en zo je vijand kunt neersteken.'

'Als de Rijders uit vroeger tijden zijn zwakheid al niet konden vinden, hoe kunnen wij dat dan?' vroeg koning Orrin op dwingende toon.

Eragon spreidde zijn handen met de palmen omhoog. 'Misschien kunnen we het niet. Niets is zeker in het leven, en in oorlogstijd al helemaal niet. Maar als de magiërs van onze vijf rassen hem niet gezamenlijk kunnen doden, dan kunnen we net zo goed accepteren dat Galbatorix zo lang als hij wil aan de macht blijft, en dat we daar niets aan kunnen veranderen.'

Er viel een korte, diepe stilte in de tent.

Toen stapte Roran naar voren. 'Ik wil graag iets zeggen,' zei hij.

Eragon zag dat de anderen aan tafel een blik wisselden.

'Zeg wat je te zeggen hebt, Sterkhamer,' zei Orik, tot koning Orrins duidelijke ergernis.

'Dat is het volgende: er is al te veel bloed en er zijn te veel tranen gevloeid om ons nu terug te trekken. Dat zou respectloos zijn, zowel jegens de doden als degenen die de doden herdenken. Dit mag dan misschien een strijd tussen goden zijn,' – op Eragon kwam hij volslagen ernstig over toen hij dit zei – 'maar ik zal in elk geval doorvechten tot de goden me vellen, of tot ik hen vel. Een draak kan misschien tienduizend wolven tegelijk doden, maar tienduizend wolven kunnen samen een draak doden.'

Ik dacht het niet, snoof Saphira in de beslotenheid van haar met Eragons gedeelde geest.

Roran glimlachte humorloos. 'En we hebben zelf een draak. Besluit wat u wilt. Maar ik ga zonder meer naar Urû'baen en zal Galbatorix confronteren, ook al moet ik dat in m'n eentje doen.'

'Niet in je eentje,' zei Arya. 'Ik weet dat ik namens koningin Islanzadí spreek als ik zeg dat ons volk je zal bijstaan.'

'En het onze ook,' zei Garzhvog.

'En het onze,' bevestigde Orik.

'En het onze,' zei Eragon op een toon waarvan hij hoopte dat hij onenigheid zou voorkomen.

Toen ze zich even later met z'n vieren naar Grimrr draaiden, snoof de weerkat en zei: 'Nou, ik vermoed dat wij er ook wel bij zijn.' Hij inspecteerde zijn scherpe nagels. 'Iemand moet langs de vijandelijke linies glippen, en dat zullen zeker de dwergen niet zijn die op hun ijzeren laarzen rondstampen.'

Orik trok zijn wenkbrauwen op, maar als hij al beledigd was, dan verborg hij dat goed.

Orrin nam nog twee grote slokken; toen veegde hij zijn mond met de rug van zijn hand af en zei: 'Goed dan, zoals jullie willen; we trekken verder op naar Urû'baen.' Nu zijn beker leeg was, reikte hij naar de fles die voor hem stond.

Een doolhof zonder einde

Eragon en de anderen praatten tijdens de rest van het overleg over praktische zaken: communicatielijnen, wie moest aan wie verantwoording afleggen; dienstopdrachten, reorganiseren van de kampbewaking en wachtposten om te voorkomen dat Thoorn of Shruikan ze opnieuw zou kunnen besluipen; en hoe ze aan nieuwe wapenrustingen konden komen voor de mannen wier bezittingen tijdens de aanval waren verbrand of verpletterd. Ze spraken eensgezind af dat ze pas de volgende dag zouden aankondigen wat er met Nasuada was gebeurd; het was belangrijker dat de strijders wat konden slapen voordat de dageraad weer boven de horizon zou aanbreken.

Maar het enige waar ze niet over praatten, was of ze moesten proberen Nasuada te redden. Het was duidelijk dat ze haar alleen maar konden bevrijden als ze Urû'baen innamen, en tegen die tijd zou ze waarschijnlijk dood, gewond of in de oude taal aan Galbatorix gebonden zijn. Dus ze vermeden dat onderwerp compleet, alsof het verboden was het aan te stippen.

Niettemin was ze voortdurend in Eragons gedachten. Elke keer dat hij zijn ogen dichtdeed, zag hij dat Murtagh haar sloeg; daarna de geschubde klauwen van Thoorns poot, die zich om haar heen sloten en daarna hoe de rode draak de nacht in vloog. Alleen al door de herinnering daaraan voelde Eragon nog ellendiger, maar hij kon zichzelf er niet van weerhouden haar steeds opnieuw te beleven.

Toen de bijeenkomst opbrak, gebaarde Eragon naar Roran, Jörmundur en Arya. Ze volgden hem zonder iets te vragen naar zijn tent, waar Eragon hun advies vroeg en overlegde wat hun plannen voor de volgende dag waren.

'De Raad van Ouden zal problemen gaan maken, dat weet ik zeker,' zei Jörmundur. 'Ze vinden je minder bedreven in politiek dan Nasuada, en daar zullen ze van willen profiteren.' De langharige krijger was sinds de aanval buitengewoon kalm gebleven, zozeer dat Eragon vermoedde dat hij op het punt stond in woede of in tranen uit te barsten, of misschien een combinatie van beide.

'Ik niet,' zei Eragon.

Jörmundur boog zijn hoofd. 'Niettemin moet je voet bij stuk houden. Ik kan je een beetje helpen, maar veel hangt van je eigen houding af. Als je toestaat dat ze te veel invloed op je beslissingen willen uitoefenen, dan denken ze dat het leiderschap van de Varden aan hén toevalt, niet aan jou.'

Eragon keek bezorgd naar Arya en Saphira.
Niet bang zijn, zei Saphira tegen hen allemaal. *Als ik de wacht houd, steekt niemand hem de loef af.*

Na afloop van hun kleinere, tweede bijeenkomst wachtte Eragon tot Arya en Jörmundur de tent uit waren; toen greep hij Roran bij de schouder. 'Meende je wat je zei over dat dit een strijd tussen goden is?'

Roran staarde hem aan. 'Ja... Jij, Murtagh en Galbatorix... Een normale sterveling kan jullie niet verslaan, daar zijn jullie te machtig voor. Het is niet rechtvaardig. Het is niet eerlijk. Maar zo is het wel. Wij zijn slechts mieren onder jullie laarzen. Heb je enig idee hoeveel man je in je eentje hebt gedood?'

'Te veel.'

'Precies. Ik ben blij dat je aan onze kant vecht en ik ben blij dat ik je niet alleen in naam mijn broer mag noemen, maar ik wilde dat we niet afhankelijk waren van een Rijder, een elf of welke magiër dan ook om deze oorlog voor ons te winnen. Niemand zou aan de genade van iemand anders overgeleverd moeten zijn. Niet zo. De wereld raakt erdoor uit balans.'

Toen beende Roran de tent uit.

Eragon zonk op zijn veldbed neer met het gevoel dat hij in de borst was gestoken. Hij bleef daar een tijdje zwetend zitten nadenken, tot de spanning van zijn racende gedachten hem te veel werd, hij opsprong en zich naar buiten haastte.

Toen hij de tent uit liep, sprongen de Nachtraven in de houding en hielden hun wapens in de aanslag om hem overal waar hij ging te vergezellen.

Eragon gebaarde dat ze moesten blijven waar ze waren. Tegen zijn zin had Jörmundur erop gestaan om, naast Blödhgarm en de andere elfen, Nasuada's bewakers in te zetten voor zijn protectie. 'We kunnen niet voorzichtig genoeg zijn,' had hij gezegd. Eragon vond het maar niets dat er nog meer mensen in zijn buurt waren, maar had niet anders kunnen doen dan toegeven.

Eragon liep langs de bewakers heen en haastte zich naar de plek waar Saphira opgekruld op de grond lag.

Ze opende haar ogen toen hij dichterbij kwam en tilde toen een vleugel op zodat hij eronder kon kruipen en zich tegen haar warme buik kon nestelen. *Kleintje,* zei ze en ze begon zachtjes te neuriën.

Eragon zat tegen haar aan, luisterde naar haar geneurie en het zachte suizen van de lucht die in en uit haar machtige longen stroomde. Achter hem ging haar buik in een zacht, vertroostend ritme op en neer.

Op elk ander moment zou haar aanwezigheid al genoeg zijn om hem te kalmeren, maar nu niet. Zijn geest weigerde rustiger aan te doen, zijn hart bleef bonzen en zijn handen en voeten waren onaangenaam warm.

Hij hield zijn gevoelens voor zichzelf, wilde Saphira niet ongerust maken. Ze was moe na de twee gevechten met Thoorn en algauw viel ze in een diepe slaap; het neuriën stierf weg in het alom aanwezige geluid van haar ademhaling.

En nog steeds gunden Eragons gedachten hem geen rust. Steeds maar weer keerde hij terug naar datzelfde onmogelijke, onweerlegbare feit: híj was de leider van de Varden. Hij, die slechts het jongste lid was geweest van een arme boerenfamilie, voerde nu het bevel over het op één na grootste leger in Alagaësia. Het was ontstellend dat het hem alleen al was overkomen, alsof het lot een spelletje met hem speelde, hem in een val lokte die hem zou vernietigen. Dit had hij nooit gewild, hier had hij nooit naar gestreefd, en toch was hem dit door de gebeurtenissen opgedrongen.

Wat dacht Nasuada wel niet toen ze mij als opvolger koos? vroeg hij zich af. Hij herinnerde zich de redenen die ze hem had opgegeven, maar daardoor werden zijn twijfels niet minder. *Geloofde ze werkelijk dat ik haar plaats kon innemen? Waarom Jörmundur niet? Hij is al tientallen jaren bij de Varden en weet zo veel meer over bevel voeren en strategie.*

Eragon dacht terug aan het moment dat Nasuada had besloten om het aangeboden bondgenootschap van de Urgals te aanvaarden, ondanks alle haat en verdriet die tussen de twee rassen heersten, en ondanks het feit dat de Urgals haar vader hadden gedood. *Had ik dat gekund?* Hij dacht van niet, in elk geval toen niet. *Kan ik dat soort beslissingen nu nemen, als dat ervoor nodig is om Galbatorix te verslaan?*

Hij wist het niet.

Hij probeerde zijn geest stil te zetten. Hij sloot zijn ogen en begon geconcentreerd zijn ademhaling te tellen, in plukjes van tien. Het was moeilijk om zijn aandacht daarop gericht te houden; elke paar tellen dreigde een andere gedachte of sensatie hem af te leiden, en vaak vergat hij te tellen.

Maar gaandeweg begon zijn lichaam zich te ontspannen, en bijna zonder het te beseffen werd hij beslopen door regenboogkleurige visioenen van zijn wakende dromen.

Hij zag vele dingen, sommige wreed en schokkend, omdat zijn dromen de gebeurtenissen van de voorbije dag weerspiegelden. Andere waren bitterzoet: herinneringen aan wat was geweest of aan wat hij wilde dat kon zijn geweest.

En toen, alsof de wind plotseling van richting veranderde, rimpelden zijn dromen, raakten vaster omlijnd en werden substantiëler, alsof ze een tastbare werkelijkheid werden die hij kon aanraken. Alles om hem heen vervaagde, en hij bevond zich in een andere tijd en op een andere plek, die hem zowel vreemd als bekend voorkwam, alsof hij er lang geleden was geweest en hij uit zijn herinnering was verdwenen.

Eragon opende zijn ogen, maar de beelden bleven, duwden zijn omgeving naar de achtergrond en hij wist dat hij geen normale droom had:

Een donkere en eenzame vlakte lag voor hem, doorsneden door een enkele strook water dat langzaam naar het oosten stroomde: een lint van helder, geslagen zilver onder de gloed van een volle maan... Op de naamloze rivier dreef een groot en trots schip, met gehesen, zuiverwitte zeilen, gereed... Rijen krijgers met lansen, en twee gedaanten met een kap die als in een statige stoet tussen hen door liepen. De geur van wilgen en populieren, en een vleug van voorbijgaand verdriet... Dan een smartelijke kreet van een man, een flits van schubben, en een wirwar aan beweging die meer verborg dan onthulde.

En daarna niets dan stilte en duisternis.

Eragons zicht werd weer helder en hij zag dat hij naar de onderkant van Saphira's vleugel keek. Hij liet zijn ingehouden adem gaan – hij had niet beseft dat hij zijn adem had ingehouden – en met een bibberige hand veegde hij de tranen uit zijn ogen. Hij begreep niet waarom het visioen hem zo had aangegrepen.

Was het een voorgevoel? vroeg hij zich af. *Of gebeurde dit op ditzelfde moment? En waarom is het voor mij van belang?*

Daarna kon hij niet meer stilzitten. Zijn zorgen kwamen op volle sterkte terug en bestormden hem onverminderd, knaagden aan zijn geest als een horde ratten, elke beet leek hem met een sluipend gif te infecteren.

Ten slotte kroop hij onder Saphira's vleugel vandaan – ervoor zorgend dat ze niet wakker werd – en liep naar zijn tent terug.

Net als eerder stonden de Nachtraven op toen ze hem zagen. Hun commandant, een gedrongen man met een scheve neus, liep naar Eragon toe. 'Hebt u iets nodig, Schimmendoder?' vroeg hij.

Eragon herinnerde zich vaag dat de man Garven heette en iets wat Nasuada hem had verteld over dat de man zijn verstand had verloren nadat hij de geest van de elfen had onderzocht. De man leek nu gezond en wel, hoewel zijn blik iets dromerigs had. Maar Eragon nam aan dat Garven zijn taken wel kon uitvoeren; anders had Jörmundur hem nooit naar zijn post laten terugkeren.

'Op dit moment niet, kapitein,' zei Eragon zachtjes. Hij deed nog een stap naar voren en bleef toen staan. 'Hoeveel Nachtraven zijn er vanavond gesneuveld?'

'Zes, sir. Een hele wacht. We komen een paar dagen handen tekort, tot we passende vervanging hebben gevonden. Bovendien hebben we meer rekruten nodig. We willen de strijdmacht om u heen verdubbelen.' Garven keek gekweld, wat zijn normale, afstandelijke blik verstoorde. 'We hebben haar in de steek gelaten, Schimmendoder. Als we met meer waren geweest, hadden we misschien…'

'We hebben haar allemaal in de steek gelaten,' zei Eragon. 'En als jullie met meer waren geweest, zouden er meer gedood zijn.'

De man aarzelde en knikte toen met een ellendige uitdrukking op zijn gezicht.

Ik heb haar in de steek gelaten, dacht Eragon terwijl hij zijn tent in dook. Nasuada was zijn leenvrouwe; het was nog veel meer zijn taak om haar te beschermen dan die van de Nachtraven. En toen ze die ene keer zijn hulp nodig had, had hij haar niet kunnen redden.

Hij vloekte hartgrondig in zichzelf.

Hij was haar vazal, en hij had een manier moeten vinden om haar te redden, daar moest alles voor wijken. Maar hij wist ook dat ze niet wilde dat hij de Varden omwille van haar in de steek zou laten. Ze wilde liever lijden en sterven dan dat de zaak, waaraan ze haar leven had gewijd, schade zou lijden.

Eragon vloekte nogmaals en begon in de beslotenheid van zijn tent te ijsberen.

Ik ben de leider van de Varden.

Pas nu ze weg was, besefte Eragon dat Nasuada meer was geworden dan alleen zijn leenvrouwe en opperbevelhebber; ze was zijn vriendin geworden en hij voelde bij haar dezelfde beschermingsdrang als hij zo vaak bij Arya voelde. Maar als hij dat probeerde, zou dat wellicht uiteindelijk de Varden de oorlog kosten.

Ik ben leider van de Varden.

Hij dacht aan al die mensen die nu onder zijn verantwoordelijkheid vielen: Roran en Katrina en de dorpelingen van Carvahall; de honderden krijgers met wie hij zij aan zij had gevochten en nog veel meer; de dwergen; de weerkatten; zelfs de Urgals. Zij stonden nu onder zijn bevel en waren ervan afhankelijk of hij de juiste beslissingen zou nemen om Galbatorix en het Rijk te verslaan.

Eragons hart ging als een razende tekeer en het flakkerde voor zijn ogen. Hij hield op met ijsberen en klemde zich aan de stok in het midden van de tent vast, daarna depte hij het zweet van zijn voorhoofd en bovenlip.

Hij wilde dat hij met iemand kon praten. Hij dacht erover om Saphira wakker te maken, maar verwierp dat idee weer. Evenmin wilde hij Arya of Glaedr opzadelen met problemen die ze toch niet konden oplossen. Hoe dan ook, hij betwijfelde of hij in Glaedr een meevoelende luisteraar zou vinden, na hun stekelige treffen.

Eragon hervatte zijn monotone tred: drie stappen naar voren, omdraaien, drie stappen terug, omdraaien en opnieuw.

Hij was de riem van Beloth de Wijze kwijtgeraakt. Hij had Nasuada door Murtagh en Thoorn gevangen laten nemen. En nu had hij de leiding over de Varden.

Steeds maar weer schoten dezelfde woorden door zijn hoofd, en bij elke herhaling nam zijn angstige gevoel toe. Hij had het gevoel alsof hij in een oneindig doolhof verstrikt zat en dat er om elke ongeziene hoek monsters op de loer lagen te wachten om hem te grazen te nemen. Ondanks wat hij tijdens de bijeenkomst met Orik, Orrin en de anderen had gezegd, wist hij niet hoe hij, de Varden of hun bondgenoten Galbatorix konden verslaan.

Ik zou zelfs Nasuada niet kunnen redden, aangenomen dat ik de vrijheid had om achter haar aan te gaan en een poging te wagen. Bitterheid welde in hem op. De taak die voor hem lag leek hopeloos. *Waarom is ons dit overkomen?* Hij vloekte en beet aan de binnenkant van zijn mond tot hij de pijn niet meer kon verdragen.

Hij hield weer op met ijsberen en ging ineengedoken op de grond zitten, sloeg zijn handen om zijn nek. 'Het kan niet. Het kan niet,' fluisterde hij, terwijl hij op zijn knieën heen en weer wiegde. 'Het gaat niet.'

In zijn wanhoop overwoog Eragon om tot de dwergengod Gûntera te bidden en hulp te vragen, zoals hij eerder had gedaan. Om zijn zorgen voor te leggen aan iemand die boven hem uitsteeg en het zou een opluchting zijn om zijn lot in de handen van dat lot te leggen. Wanneer hij dat deed, kon hij in zijn lot berusten – evenals in het lot van zijn dierbaren – en zou hij niet langer rechtstreeks verantwoordelijk zijn voor wat er ging gebeuren.

Maar Eragon kon zich er niet toe brengen een gebed te prevelen. Hij was wél verantwoordelijk voor hun lot, of hij het nou leuk vond of niet, en hij had het gevoel dat het verkeerd was om zijn verantwoordelijkheid naar iemand anders door te schuiven, ook al was het een god... of het idee van een god.

Het probleem was dat hij vond dat hij niet in staat was om te doen wat nodig was. Hij kon het bevel voeren over de Varden; daar was hij redelijk zeker van. Maar hij raakte de weg kwijt als het ging om het innemen van Urû'baen en het doden van Galbatorix. Hij was niet sterk genoeg om het op te nemen tegen Murtagh, laat staan tegen de koning, en het leek hoogst onwaarschijnlijk dat hij een manier kon bedenken om langs de afweerbezweringen van hen beiden te komen. Het viel niet aan te nemen dat hij hun geest, of ten minste die van Galbatorix, gevangen kon nemen.

Eragon groef zijn vingers in zijn nek, rekte en krabde zijn huid terwijl hij de zaak als een uitzinnige van alle kanten bekeek, hoe onwaarschijnlijk de mogelijkheden ook waren.

Toen dacht hij aan de raad die Solembum hem lang geleden in Teirm had gegeven. De weerkat had gezegd: *Luister goed. Er zijn twee dingen die ik je ga vertellen. Mocht er ooit een moment aanbreken waarop je verlegen zit om een wapen, kijk dan onder de wortels van de Menoaboom. En ten slotte, wanneer alles verloren lijkt en je macht ontoereikend is, ga dan naar de Rots van Kuthian en noem je naam om de Kluis der Zielen te openen.*

Zijn woorden over de Menoaboom bleken te kloppen; daaronder had Eragon het glimstaal gevonden dat hij voor zijn zwaard nodig had. Nu vlamde er een vertwijfelde hoop in Eragon op terwijl hij de tweede voorspelling van de weerkat overpeinsde.

Als mijn macht al ooit ontoereikend was en al het andere verloren leek, dan is het nu wel, dacht Eragon. Maar hij had nog steeds geen idee waar of wat de Rots van Kuthian of de Kluis der Zielen was. Hij had het Oromis en Arya verschillende keren gevraagd, maar ze hadden er nooit antwoord op gegeven.

Eragon reikte met zijn gedachten door het kamp tot hij onmiskenbaar de geest van de weerkat voelde. *Solembum*, zei hij, *ik heb je hulp nodig! Kom alsjeblieft naar mijn tent.*

Kort daarna voelde hij dat de weerkat grommend instemde en hij verbrak het contact.

Daarna ging Eragon alleen in het donker zitten... en wachtte.

Fragmenten, half gezien en schimmig

Er verstreek ruim een kwartier voordat de flap van Eragons tent bewoog en Solembum binnenkwam, de kussentjes van zijn poten maakten amper geluid op de grond.

De geelbruine weerkat liep zonder Eragon aan te kijken langs hem heen, sprong op zijn veldbed en nestelde zich op de dekens waar hij het weefsel tussen de klauwen van zijn rechterpoot begon te likken. Hij keek Eragon nog steeds niet aan toen hij zei: *Ik ben geen hond die je naar goeddunken bij je kunt roepen, Eragon.*

'Dat heb ik ook nooit gedacht,' antwoordde Eragon. 'Maar ik heb je nodig en het is dringend.'

Mmh. Het raspende geluid van Solembums tong nam toe terwijl hij zich op de leerachtige palm van zijn poot concentreerde. *Spreek, Schimmendoder. Wat wil je?*

'Wacht even.' Eragon stond op en liep naar de stok waar zijn lantaarn hing. 'Ik steek deze even aan,' zei hij tegen Solembum. Toen sprak Eragon een woord in de oude taal en op de lont van de lantaarn ontbrandde een vlammetje, waardoor de tent met een warm, flakkerend schijnsel werd verlicht.

Zowel Eragon als Solembum kneep zijn ogen toe terwijl ze wachtten tot hun ogen aan het fellere licht gewend waren. Daarna ging Eragon op zijn kruk zitten, niet ver van het veldbed.

Tot zijn verwarring sloeg de weerkat hem met ijsblauwe ogen gade.

'Je ogen hadden toch een andere kleur?' vroeg hij.

Solembum knipperde een keer en zijn ogen veranderden van blauw in goudkleurig.

Toen ging hij verder met het likken van zijn poot. *Wat wil je, Schimmendoder? 's Nachts moet je dingen dóén, niet zitten praten.* Hij zwaaide met het puntje van zijn kwastachtige staart heen en weer.

Eragon bevochtigde zijn lippen, hij werd zenuwachtig omdat hij hoop had. 'Solembum, je hebt me verteld dat wanneer alles verloren lijkt en mijn macht ontoereikend zou zijn, ik naar de Rots van Kuthian moest gaan om de Kluis der Zielen te openen.'

De weerkat hield even op met likken. *Ah, dat.*

'Ja, dat. En ik moet weten wat je ermee bedoelde. Als er ook maar iets is wat me kan helpen het tegen Galbatorix op te nemen, dan moet ik het nu weten, niet later, niet als ik een of ander raadsel weet op te lossen, maar nú. Dus waar kan ik de Rots van Kuthian vinden en hoe open ik de Kluis der Zielen, en wat zal ik daar aantreffen?'

Solembums trok zijn zwarte spitse oren iets naar achteren en de klauwen van de poot die hij aan het schoonmaken was bleven halverwege hun schede steken. *Dat weet ik niet.*

'Dat wéét je niet?!' riep Eragon ongelovig uit.

Moet ik alles wat ik zeg herhalen?

'Hoe kun je het nou niet weten?'

Dat weet ik niet.

Eragon boog zich naar voren en greep de grote, zware poot van Solembum vast. De weerkat legde zijn oren plat, kromde sissend zijn poot naar binnen en groef zijn klauwen in Eragons hand. Eragon glimlachte strak en negeerde de pijn. De weerkat was sterker dan hij had verwacht, bijna zo sterk dat hij hem van de kruk kon trekken.

'Geen raadsels meer,' zei Eragon. 'Ik moet de waarheid weten, Solembum. Hoe kom je aan die informatie en wat betekent die?'

Solembum zette zijn stekels op. *Soms zijn raadsels de waarheid, koppig mens die je bent. Nou, laat me los of ik scheur je gezicht eraf en voer je ingewanden aan de kraaien.*

Eragon hield zijn greep nog even vast, liet Solembums poot toen los en ging achteroverzitten. Hij balde zijn hand tot een vuist om de pijn te verdoven en het bloeden te stoppen.

Solembum beloerde hem door zijn oogspleten, alle schijn van onverschilligheid was verdwenen. *Ik zei dat ik het niet wist omdat, ondanks wat je misschien denkt, ik het niet weet. Ik weet niet waar de Rots van Kuthian zich bevindt, noch hoe je de Kluis der Zielen kunt openen, en evenmin wat je in de kluis zult aantreffen.*

'Zeg dat in de oude taal.'

Solembum kneep zijn ogen nog verder toe, maar hij herhaalde zijn woorden in de elfentaal, en toen wist Eragon dat hij de waarheid sprak.

Er kwamen zo veel vragen in Eragon op dat hij amper wist welke hij het eerst moest stellen. 'Hoe heb je dan van de Rots van Kuthian gehoord?'

Opnieuw zwaaide Solembum met zijn staart, waardoor de kreukels in de deken werden gladgestreken. *Voor de laatste keer, ik wéét het niet. Niemand van mijn soort weet het.*

'Maar hoe...?' Eragons woorden stierven weg, hij was compleet in verwarring.

Kort na de val van de Rijders kregen de leden van mijn ras een zekere overtuiging dat, mochten we ooit een nieuwe Rijder tegenkomen die geen trouw gezworen had aan Galbatorix, we hem of haar moesten vertellen wat ik jou heb verteld: over de Menoaboom en de Rots van Kuthian.

'Maar... waar kwam die informatie dan vandaan?'

Solembums rimpelde zijn snuit terwijl hij zijn tanden in een onaangename glimlach ontblootte. *Dat kunnen we niet zeggen, alleen dat wie of wat er ook verantwoordelijk voor was het goed bedoelde.*

'Hoe kunnen we dat nou weten?' riep Eragon uit. 'Stel dat het Galbatorix was? Misschien wilde hij jullie om de tuin leiden. Hij zou Saphira en mij om de tuin willen leiden zodat hij ons gevangen kan nemen.'

Nee, zei Solembum, en hij begroef zijn klauwen in de deken onder hem. *Weerkatten zijn niet zo gemakkelijk te bedotten als anderen. Galbatorix zit hier niet achter. Daar ben ik zeker van. Degene die wilde dat je dit te horen kreeg, is dezelfde persoon of hetzelfde schepsel dat ervoor zorgde dat je het glimstaal voor je zwaard vond. Zou Galbatorix dat gedaan hebben?*

Eragon fronste zijn voorhoofd. 'Hebben jullie niet geprobeerd uit te zoeken wie hierachter zit?'

Jawel.

'En?'
Dat is niet gelukt. De weerkat rimpelde zijn vacht. *Er zijn twee mogelijkheden. Ten eerste dat onze herinneringen tegen onze wil in zijn veranderd en we de pionnen van een of ander snood wezen zijn. Of ten tweede, dat we om welke reden dan ook met de verandering hebben ingestemd. Misschien hebben we onszelf de herinneringen wel opgelegd. Ik vind het moeilijk en onsmakelijk te geloven dat iemand met onze geest heeft gerommeld. Als dat met een paar van ons is gebeurd, dan begrijp ik dat nog. Maar ons hele ras? Nee. Onmogelijk.*

'Waarom zou jullie, de weerkatten, deze informatie zijn toevertrouwd?'

Omdat, en ik sla er maar een slag naar, we altijd vrienden van de Rijders en vrienden van de draken zijn geweest... We zijn de wakers. De luisteraars. De dwalers. We lopen in ons eentje over de duistere plekken van de wereld en we onthouden wat is en wat is geweest.

Solembums blik zwierf weg. *Begrijp dit goed, Eragon. Geen van ons is gelukkig met de situatie. We hebben er lang over gepraat of het eerder kwaad dan goed zou veroorzaken om deze informatie door te geven als het moment daar is. Uiteindelijk was de beslissing aan mij en ik heb besloten om het je te vertellen, want het leek dat je alle hulp nodig had die je kon krijgen. Maak ervan wat je wilt.*

'Maar wat moet ik dan doen?' zei Eragon. 'Hoe moet ik de Rots van Kuthian vinden?'

Dat kan ik je niet vertellen.

'Wat heb ik dan aan die informatie? Die had ik dan net zo goed niet te horen hoeven krijgen.'

Solembum knipperde een keer met zijn ogen. *Ik kan je nog iets vertellen. Misschien betekent het niets, maar wellicht wijst het je de weg.*

'Wat dan?'

Als je even geduld hebt, vertel ik het je. Toen ik je in Teirm ontmoette, had ik het merkwaardige gevoel dat je het boek Domia abr Wyrda *moest hebben. Het duurde even om het te regelen, maar ik was er verantwoordelijk voor dat Jeod jou het boek gaf.* Toen stak de weerkat zijn andere poot omhoog en na een vluchtige inspectie begon hij die te likken.

'Heb je nog ándere vreemde gevoelens gehad in de afgelopen paar maanden?' vroeg Eragon.

Alleen de drang om rode kleine paddenstoelen te eten, maar dat was snel weer over.

Eragon gromde en bukte om het boek van onder zijn veldbed op te diepen, waar hij het met zijn andere schrijfspullen bewaarde. Hij staarde naar het grote, in leer gebonden boekwerk alvorens het op een willekeurige bladzijde open te slaan. Zoals gewoonlijk kon hij op het eerste gezicht weinig wijs worden uit de wirwar aan runen. Slechts met de grootste moeite was hij in staat maar enkele ervan te ontcijferen:

> ... wat, als je Taladorous mag geloven, zou betekenen dat de bergen zelf het gevolg zijn van een bezwering. Dat is natuurlijk absurd, want...

Eragon gromde gefrustreerd en sloot het boek. 'Ik heb hier geen tijd voor. Het is te dik en ik lees te langzaam. Ik heb al heel wat hoofdstukken gelezen, maar ben niets tegengekomen wat iets te maken heeft met de Rots van Kuthian of de Kluis der Zielen.'

Solembum keek hem even aan. *Je kunt iemand anders vragen om het voor je te lezen, maar als er in* Domia abr Wyrda *een geheim verborgen zit, ben jij misschien de enige die het kan zien.*

Eragon wilde vloeken maar hield zich in. Hij sprong van de kruk en begon weer te ijsberen. 'Waarom heb je me dit alles niet eerder verteld?'

Het leek er niet toe te doen. Mijn advies over de kluis en de rots leek wel of niet te helpen, en als je wist waar die informatie vandaan kwam – of het gebrek daaraan – dan... zou... dat... niets... veranderd hebben!

'Maar als ik had geweten dat het iets met de Kluis der Zielen te maken had, had ik er misschien vaker in gelezen.'

Maar dat weten we niet, zei Solembum. Hij stak zijn tong uit zijn bek en streek de snorharen aan weerskanten van zijn snuit glad. *Het boek heeft misschien niets te maken met de Rots van Kuthian of de Kluis der Zielen. Wie zal het zeggen? Bovendien was je er al in aan het lezen. Had je daar werkelijk meer tijd aan besteed als ik had gezegd dat ik een gevoel had – let wel, meer niet – dat het boek van belang was voor je? Hmm?*

'Misschien niet... maar je had het me toch moeten vertellen.'

De weerkat stopte zijn voorpoten onder zijn borst en gaf geen antwoord.

Eragon keek nijdig, greep het boek vast en had het gevoel dat hij het aan stukken wilde scheuren. 'Dit is vast niet alles. Er moet ergens nog meer informatie zijn die je bent vergeten.'

Heel veel, maar ik geloof niet dat die hiermee te maken heeft.

'Ben je tijdens al je rondreizen door Alagaësia, met en zonder Angela, nooit iets tegengekomen wat dit mysterie kan verklaren? Of zelfs maar iets wat we tegen Galbatorix kunnen gebruiken?'

Ik ben jou toch tegengekomen?

'Dat is niet grappig,' gromde Eragon. 'Verdomme, je moet gewoon meer weten.'

Nee.

'Denk dan na! Als ik geen hulp tegen Galbatorix weet te vinden, verliezen we, Solembum. Dan verliezen wij, en zal het grootste deel van de Varden, met inbegrip van de weerkatten, sterven.'

Solembum siste nogmaals. *Wat verwacht je van me, Eragon? Ik kan geen hulp verzinnen als die er niet is. Lees het boek.*

'Voordat ik dat uit heb, zijn we al in Urû'baen. Dat boek had net zo goed niet bestaan kunnen hebben.'

Solembum legde zijn oren opnieuw plat. *Dat is niet mijn schuld.*

'Dat kan me niet schelen. Ik wil gewoon niet dat we dood of als slaven eindigen! Denk na! Je moet nog iets weten!'

Solembum slaakte een diepe, vibrerende grom. *Meer weet ik niet. En...*

'Het moet, anders zijn we verdoemd!'

Nog terwijl Eragon de woorden uitsprak, zag hij een verandering over de weerkat komen. Solembum spitste zijn oren, zijn snorharen ontspanden en zijn blik werd zachter, verloor de strenge schittering. Tegelijkertijd werd de geest van de weerkat ongebruikelijk leeg, alsof zijn bewustzijn was stilgezet of verwijderd.

Eragon verstarde, onzeker.

Toen voelde hij Solembum zeggen, met gedachten die even vlak en kleurloos waren als een waterpoel onder een winterse, bewolkte lucht: *Hoofdstuk zevenenveertig. Bladzijde drie. Begin met de tweede alinea en lees vandaar door.*

Solembums blik werd weer scherper, zijn oren keerden weer naar hun vorige stand terug. *Wat?* zei hij, duidelijk geïrriteerd. *Waarom staar je me zo aan?*

'Wat heb je zonet gezegd?'

Ik zei dat ik verder niets wist. En dat...

'Nee, nee, dat andere, over een hoofdstuk en bladzijde.'

Speel geen spelletje met me. Dat heb ik niet gezegd.

'Wel.'

Solembum keek hem een paar tellen nauwlettend aan. Toen zei hij, met overdreven rustige gedachten: *Vertel me precies wat je hebt gehoord, Drakenrijder.*

Dus herhaalde Eragon de woorden zo nauwkeurig mogelijk. Toen hij klaar was, zweeg de weerkat een poosje. *Dat kan ik me niet herinneren,* zei hij.

'Wat betekent het volgens jou?'

Het betekent dat we moeten kijken op bladzijde drie van hoofdstuk zevenenveertig.

Eragon aarzelde, knikte toen en bladerde door de bladzijden. Intussen bracht hij zich het hoofdstuk in kwestie in herinnering; het was gewijd aan de periode nadat de Rijders van de elfen gescheiden werden, na afloop van de korte oorlog van de elfen tegen de mensen. Eragon was aan dat gedeelte begonnen, maar het leek niets anders dan een droge bespreking van verdragen en onderhandelingen, dus had hij toen besloten dat later wel te gaan lezen.

Algauw was hij bij de bewuste bladzijde aangekomen. Eragon ging met zijn vingertop langs de runen en las hardop voor:

Het eiland heeft een opmerkelijk gematigd klimaat in vergelijking met gebieden op het vasteland die op dezelfde hoogte liggen. De zomers zijn koel en regenachtig, maar de winters zijn mild en het wordt er niet zo bitterkoud als in de noordelijke delen van het Schild, wat betekent dat je een groot deel van het jaar voedsel kon verbouwen. Bovendien is de aarde rijk en vruchtbaar – het enige voordeel van de vuurbergen, waarvan bekend is dat ze zo nu en dan uitbarsten en het eiland met een dikke laag as bedekken – en de bossen waren vol groot wild, waar de draken zo graag op joegen, met inbegrip van veel soorten die je elders in Alagaësia niet tegenkwam.

Eragon wachtte even. 'Dit lijkt me allemaal niet relevant.'
Lees door.
Met gefronst voorhoofd ging Eragon met de volgende alinea verder:

En daar, in het grote bekken midden in Vroengard, bouwden de Rijders hun wijd vermaarde stad, Doru Araeba.
Doru Araeba! De enige stad in de geschiedenis die was gebouwd om er draken én elfen te huisvesten. Doru Araeba! Een plek van magie, wetenschap en oude mysteriën. Nooit was er eerder zo'n stad geweest, en die zal er ook nooit meer zijn, want nu is hij verloren gegaan, verwoest, met de grond gelijk gemaakt door de geweldenaar Galbatorix.
De gebouwen waren volgens elfenstijl geconstrueerd – met enige invloed van menselijke Rijders in latere jaren –, maar van steen, niet van hout; houten gebouwen, zoals de lezer wel duidelijk zal zijn, zijn slecht bestand tegen vuurspuwende schepsels met vlijmscherpe klauwen. Maar het opvallendst aan Doru Araeba was wel zijn ruime opzet. Elke straat was zo breed dat minstens twee draken er naast elkaar konden lopen en, een paar uitzonderingen daargelaten, de kamers en doorgangen waren zo groot dat er draken in alle soorten en maten in ondergebracht konden worden.
Gevolg was dat Doru Araeba een immens, uitgebreid complex was, bezaaid met zulke reusachtige gebouwen dat zelfs een dwerg ervan onder de indruk zou zijn. Tuinen en fonteinen waren door de hele stad

te vinden, een bewijs van de onweerstaanbare liefde die de elfen voor de natuur koesteren, en tussen de zalen en bolwerken van de Rijders waren vele hoge torens.
Op de bergpieken die de stad omringden plaatsten de Rijders wachttorens en arendsnesten – als bewaking tegen een aanval – en meer dan één draak en Rijder had een zorgvuldig uitgekozen grot hoog in de bergen, waar ze afgezonderd van hun orde woonden. Vooral de oudere, grotere draken maakten daar gebruik van, omdat ze vaak liever eenzaamheid verkozen. En wanneer ze boven de bodem van het bekken woonden, konden ze gemakkelijker het luchtruim kiezen.

Gefrustreerd hield Eragon op. De beschrijving van Doru Araeba was best interessant, maar hij had tijdens zijn verblijf in Ellesméra gedetailleerdere verslagen van de stad van de Rijders gelezen. Bovendien genoot hij bepaald niet van het ontcijferen van de dicht opeengeschreven runen, zelfs in de beste omstandigheden een zorgvuldig karweitje.

'Dit heeft geen zin,' zei hij en hij liet het boek zakken.

Solembum keek hem even geërgerd aan als Eragon zich voelde. *Nog niet opgeven. Lees nog twee bladzijden. Als je dan nog niets bent tegengekomen, mag je ermee ophouden.*

Eragon haalde adem en gaf toe. Hij ging met zijn vinger over de bladzijde omlaag tot hij vond waar hij was gebleven en begon opnieuw de woorden op te lezen:

De stad bevatte vele wonderen, van de Zingende Fontein van Eldimírim tot het kristallen fort van Svellhjall tot aan de kolonies van de draken zelf. Maar ondanks al zijn pracht en praal geloof ik dat Doru Araeba's grootste schat zijn bibliotheek was. Niet, zoals iemand wellicht veronderstelt, vanwege het imposante gebouw – hoewel dat inderdaad indrukwekkend was –, maar omdat de Rijders door de eeuwen heen een van de meest omvattende hoeveelheid kennis in het hele land hadden verzameld. Op het moment van de val van de Rijders waren er slechts drie bibliotheken die daarmee konden wedijveren – die in Ilirea, Ellesméra en die in Tronjheim – en geen van die drie bevatte zo veel informatie over de werking der magie als die in Doru Araeba. De bibliotheek bevond zich aan de noordwestelijke grens van de stad, naast de tuinen die de Moraetatoren omringden, ook bekend als de Rots van Kuthian...

Eragons stem stierf in zijn keel weg toen hij naar de naam staarde. Even later ging hij nog langzamer verder:

... ook bekend als de Rots van Kuthian (zie hoofdstuk twaalf), en niet ver van de hoge zetel, waar de leiders van de Rijders hof hielden wanneer verschillende koningen en koninginnen hun verzoeken kwamen doen.

Eragon werd overvallen door een gevoel van ontzag en angst. Iemand of iets had ervoor gezorgd dat hij met name dit stukje informatie te horen zou krijgen, dezelfde die ervoor had gezorgd dat hij het glimstaal voor zijn zwaard zou vinden. Dat was een ontzagwekkende gedachte en nu Eragon wist waar hij naartoe moest, was hij er niet meer zo zeker van of hij dat wel wilde.

Wat, vroeg hij zich af, stond hun op Vroengard te wachten? Hij was bang daarover te speculeren, laat staan hoop te koesteren die met geen mogelijkheid bewaarheid zou worden.

Onbeantwoorde vragen

Eragon zocht verder in *Domia abr Wyrda* tot hij in hoofdstuk twaalf de verwijzing naar Kuthian vond. Tot zijn teleurstelling stond er alleen maar dat Kuthian een van de eerste Rijders was geweest die het eiland Vroengard had verkend.

Daarna sloot hij het boek en staarde ernaar, terwijl hij met zijn duim over een richel op de rug van het boekwerk streek. Solembum deed er op het veldbed eveneens het zwijgen toe.

'Denk jij dat er in de Kluis der Zielen geesten huizen?' vroeg Eragon.

Geesten zijn niet de zielen der doden.

'Nee, maar wat kan het anders zijn?'

Solembum stond op van zijn zitplaats en rekte zich uit, een golvende beweging ging van kop tot staart door zijn lichaam heen. *Als je daarachter komt, ben ik benieuwd te horen wat je hebt ontdekt.*

'Denk je dat Saphira en ik er dan heen moeten gaan?'

Ik kan je niet vertellen wat je moet doen. Als dit een val is, dan is het grootste deel van mijn ras zonder het te weten verslagen en tot slaaf gemaakt, en kunnen de Varden zich net zo goed nu overgeven, want dan zullen ze Galbatorix nooit te slim af zijn. Zo niet, dan is dit misschien een gelegenheid om hulp te vinden waar wij dachten dat die er niet was. Ik weet het niet. Je moet zelf beslissen of je deze kans wilt wagen. Wat mij betreft, ik heb genoeg van dit raadsel.

Hij sprong van het veldbed en liep naar de tentopening, waar hij bleef staan en naar Eragon achteromkeek. *Er zijn veel vreemde krachten aan het werk in Alagaësia, Schimmendoder. Ik heb dingen gezien die het geloof tarten: wervelwinden van licht die in grotten diep onder de grond rondtollen, mannen die jonger worden, sprekende stenen en kruipende schaduwen. Kamers die vanbinnen groter waren dan vanbuiten... Galbatorix is niet de enige macht in de wereld waar je rekening mee moet houden, en hij is misschien zelfs niet eens de sterkste. Kies zorgvuldig, Schimmendoder, en als je gaat, loop dan zacht.*

En daarmee glipte de weerkat de tent uit en verdween in de duisternis.

Eragon ademde uit en leunde achterover. Hij wist wat hem te doen stond; hij moest naar Vroengard. Maar hij kon die beslissing niet nemen zonder Saphira om raad te vragen.

Met een vriendelijk duwtje van zijn geest maakte hij haar wakker en nadat hij haar had gerustgesteld dat er niets aan de hand was, vertelde hij haar zijn herinneringen aan Solembums bezoek. Zij was net zo verbijsterd als hij.

Toen hij klaar was, zei ze: *De gedachte dat we een marionet zijn voor degene die de weerkatten heeft betoverd, wie dat ook mag zijn, staat me niet aan.*

Mij ook niet, maar welke keus hebben we? Als Galbatorix hierachter zit, leveren we onszelf aan hem uit. Maar als we blijven, doen we precies hetzelfde, alleen dan pas als we in Urû'baen aankomen.

Het verschil is dat we dan de Varden en elfen bij ons hebben.

Dat is zo.

Een poosje zwegen ze allebei. Toen zei Saphira: *Ik ben het met je eens. Inderdaad, we moeten gaan. We hebben langere klauwen en scherpere tanden nodig als we zowel Galbatorix en Shruikan als Murtagh en Thoorn willen verslaan. Bovendien verwacht Galbatorix dat we regelrecht naar Urû'baen rennen in de hoop Nasuada te kunnen redden. En als er een ding is waar mijn schubben van gaan jeuken, dan is het wel doen wat onze vijand verwacht.*

Eragon knikte. *Stel dat het een valstrik is?*

Buiten de tent klonk een zacht gegrom. *Dan leren we degene die hem heeft gezet onze naam te vrezen, zelfs als het Galbatorix is.*

Hij glimlachte. Voor het eerst sinds Nasuada's ontvoering had hij het gevoel een kant op te gaan die zin had. Ze konden nu teminste iets dóén, een middel waardoor ze de zich ontvouwende gebeurtenissen konden beinvloeden, in plaats van als lijdzame toeschouwers aan de kant te staan.

'Goed dan,' mompelde hij.

Arya kwam een paar tellen nadat hij haar had geroepen bij de tent. Hij was verbaasd dat ze er zo snel was, tot ze uitlegde dat ze met Blödhgarm en de andere elfen op wacht had gestaan voor het geval Murtagh en Thoorn terug zouden komen.

Nu zij er was, raakte Eragon in gedachten Glaedr aan en haalde hem over om met hen mee te praten, hoewel de knorrige draak daar niet voor in de stemming was.

Toen ze met hun vieren, inclusief Saphira, hun gedachten samenvoegden, barstte Eragon ten slotte uit: *Ik weet waar de Rots van Kuthian is!*

Wat is dat voor rots? rommelde Glaedr op bittere toon.

De naam komt me bekend voor, zei Arya, *maar ik kan hem niet plaatsen.*

Eragon fronste licht zijn wenkbrauwen. Hij had het eerder met hen over Solembums raad gehad. Het was niets voor hen om die te vergeten.

Niettemin herhaalde Eragon het verhaal van zijn ontmoeting met Solembum in Teirm, vertelde ze toen de laatste onthullingen van de weerkat en las ze het bewuste gedeelte uit het boek *Domia abr Wyrda* voor.

Arya stak een lok haar achter een van haar puntige oren. Zowel in gedachten als hardop zei ze: 'En hoe heet die plek ook alweer?'

'... Moraetatoren, of de Rots van Kuthian,' antwoordde Eragon net zo. Hij aarzelde even, kort van zijn stuk gebracht door haar vraag. 'Het is een lange vlucht, maar...'

... als Eragon en ik meteen vertrekken... zei Saphira.

'... kunnen we terug zijn...'

... voor de Varden bij Urû'baen zijn. Dit...

'... is onze enige kans.'

We hebben geen tijd...

'... om de reis later te maken.'

Waar vliegen jullie dan heen? vroeg Glaedr.

'Wat... wat bedoel je?'

Precies wat ik zei, gromde de draak, en zijn geestesveld verduisterde. *Ondanks al je gekakel heb je ons nog steeds niet verteld waar dit mysterieuze... ding zich bevindt.*

'Wel!' zei Eragon verbijsterd. 'Op het eiland Vroengard!'

Eindelijk een rechtstreeks antwoord...

Er verscheen een rimpel in Arya's voorhoofd. 'Maar wat ga je op Vroengard dóén?'

'Dat weet ik niet!' zei Eragon, steeds kwader wordend. Hij betwijfelde of het wel de moeite waard was om Glaedr deelgenoot te maken van zijn opmerkingen; de draak leek Eragon met opzet te stangen. 'Dat hangt af van wat we er aantreffen. Als we er eenmaal zijn, proberen we de Rots van

Kuthian te openen en de geheimen te ontdekken die daar zijn. Als het een val is...' Hij haalde zijn schouders op. 'Dan vechten we.'

Arya keek steeds bezorgder. 'De Rots van Kuthian... De naam is volgens mij heel betekenisvol, maar ik weet niet waarom; het echoot in mijn hoofd, als een liedje dat ik ooit kende maar ben vergeten.' Ze schudde haar hoofd en legde haar handen op haar slapen. 'Ah, nu is het weg...' Ze keek op. 'Sorry, waar hadden we het over?'

'Dat we naar Vroengard gaan,' zei Eragon langzaam.

'Ah, ja... maar waarom? Je bent hier nodig, Eragon. Hoe dan ook, er is niets meer van waarde op Vroengard.'

Oi, zei Glaedr. *Het is een dode en verlaten plek. Na de verwoesting van Doru Araeba zijn de weinigen van ons die ontsnapt zijn teruggegaan om te zoeken of er nog iets bruikbaars te vinden was, maar de Meinedigen hadden de ruïnes al leeggeroofd.*

Arya knikte. 'Hoe kom je om te beginnen aan dat idee? Ik begrijp niet dat je het in je hoofd haalt te denken dat het verstandig is om de Varden nu in de steek te laten, nu ze op hun allerkwetsbaarst zijn. En waarvoor? Om zonder enige reden naar de uithoeken van Alagaësia te vliegen? Ik had je hoger ingeschat... Je kunt niet zomaar vertrekken omdat je je in je nieuwe situatie niet op je gemak voelt, Eragon.'

Eragon koppelde zijn geest los van die van Arya en Glaedr en gaf Saphira een teken dat ze dat ook moest doen. *Ze weten het niet meer!... Ze kunnen het zich niet herinneren!*

Het is magie. Opperste magie, net als de bezwering die de namen verbergt van de draken die de Rijders hebben verraden.

Maar jij bent de Rots van Kuthian toch niet vergeten?

Natuurlijk niet, zei ze, en haar geest flitste groen op van wrevel. *Hoe kan dat nou als we zo nauw met elkaar verbonden zijn?*

Eragon werd een beetje duizelig toen hij overdacht wat dit betekende. *Wil de bezwering effectief zijn, dan moet ze het geheugen wissen van iedereen die om te beginnen iets van de rots af wist en ook het geheugen van iemand die daar later over gehoord of gelezen heeft. Wat betekent... dat heel Alagaësia in de ban is van die magie. Niemand kan eraan ontsnappen.*

Behalve wij.

Behalve wij, zei hij instemmend. *En de weerkatten.*

En, misschien Galbatorix.

Eragon huiverde; hij kreeg het gevoel alsof ijskristallen spinnen over zijn ruggengraat op en neer kropen. Het bedrog was zo enorm dat hij verbijsterd was en zich klein en kwetsbaar voelde. Om tegelijkertijd de geesten van elfen, dwergen, mensen en draken te vertroebelen, en zonder ook maar het geringste spoortje achterdocht te wekken, was zo'n moeilijk wapenfeit dat hij betwijfelde of dat een kundigheid was die met opzet was toegepast; sterker nog, hij geloofde dat dit alleen maar instinctief gedaan had kunnen worden, want zo'n bezwering was veel te ingewikkeld om in woorden te vangen.

Hij móést weten wie elke geest in Alagaësia manipuleerde. Als het Galbatorix was, dan vreesde Eragon dat Solembum gelijk had en de Varden onvermijdelijk verslagen zouden worden.

Denk je dat dit het werk van de draken was, net als het Uitbannen van de Namen? vroeg hij.

Saphira antwoordde niet meteen. *Misschien wel. Maar, zoals Solembum al tegen je zei, bestaan er vele machten in Alagaësia. Tenzij we naar Vroengard gaan, weten we het niet zeker.*

Als we dat ooit doen.

Oi.

Eragon woelde met zijn vingers door zijn haar. Hij was plotseling uitzonderlijk moe. *Waarom moet alles zo verrekte moeilijk zijn?* vroeg hij zich af.

Omdat, zei Saphira, *iedereen wil eten, maar niemand gegeten wil worden.*

Hij snoof om haar galgenhumor.

Ook al konden hij en Saphira nog zo snel van gedachten wisselen, hun gesprek had wel zo lang geduurd dat Arya en Glaedr het merkten.

'Waarom hebben jullie je geest voor ons afgesloten?' vroeg Arya. Haar blik schoot naar een wand van de tent, de wand die zich het dichtst bij de plek bevond waar Saphira in het donker erachter opgekruld lag. 'Is er iets mis?'

Je lijkt van streek, voegde Glaedr eraan toe.

Eragon slikte een humorloos lachje in. 'Misschien ben ik dat inderdaad wel.' Arya keek bezorgd naar hem toen hij naar het veldbed liep en op de rand ging zitten. Hij liet zijn armen slap en zwaar tussen zijn benen in hangen. Even zweeg hij terwijl hij van zijn moedertaal overschakelde op die van de elfen en magie. Daarop zei hij: 'Vertrouwen jullie Saphira en mij?'

De stilte die daarop volgde was geruststellend kort.

'Zeker,' antwoordde Arya, ook in de oude taal.

En ik ook, zei Glaedr net zo.

Zal ik, of zal jij? vroeg Eragon snel aan Saphira.

Jij wilt het ze vertellen, dus jij moet het doen.

Eragon sloeg zijn ogen naar Arya op. Toen, nog altijd in de oude taal, zei hij zowel tegen haar als tegen Glaedr: 'Solembum heeft me de naam verteld van een plek op Vroengard waar Saphira en ik wellicht íémand of íéts aantreffen die ons kan helpen Galbatorix te verslaan. De naam is echter betoverd. Elke keer dat ik de naam uitspreek, zijn jullie die meteen weer vergeten.' Er verscheen een enigszins verschrikte uitdrukking op Arya's gezicht. 'Geloof je me?'

'Ik geloof je,' zei Arya langzaam.

Ik geloof dat jij gelooft wat je zegt, gromde Glaedr. *'Maar dan hoeft het nog niet per se zo te zijn.*

'Hoe moet ik het anders bewijzen? Jullie zullen het je niet herinneren als ik jullie de naam vertel of mijn herinneringen aan jullie meedeel. Je kunt aan Solembum twijfelen, maar nogmaals, wat heb je daaraan?'

Inderdaad. Om te beginnen kunnen we bewijzen dat je om de tuin geleid of bedrogen bent door iets wat alleen maar op Solembum lijkt. En als het om de bezwering gaat, misschien is er een manier om het bestaan ervan te bewijzen. Roep de weerkat, dan zullen we zien wat er gedaan kan worden.

Wil jij dat doen? vroeg Eragon aan Saphira. Hij dacht dat de weerkat eerder zou komen als Saphira het hem vroeg.

Even later voelde hij dat ze met haar geest door het kamp zocht en daarna de aanraking van Solembums bewustzijn tegen die van Saphira. Nadat zij en de weerkat even zonder woorden met elkaar hadden gecommuniceerd, kondigde Saphira aan: *Hij is onderweg.*

Ze wachtten in stilzwijgen, terwijl Eragon naar zijn handen omlaag staarde en een lijst spullen bedacht die ze voor de reis naar Vroengard nodig zouden hebben.

Toen Solembum de tentflappen opzijschoof en binnenkwam, was Eragon verbaasd dat hij nu in mensengedaante kwam: van een jonge, onbeschaamde jongen met donkere ogen. In zijn linkerhand hield de weerkat een geroosterde ganzenpoot vast waar hij op kauwde. Op zijn lippen en kin zat een ring van olie en er zaten spetters gesmolten vet op zijn blote borst.

Terwijl hij op het stuk vlees kauwde, gebaarde Solembum met zijn scherpe, puntige kin naar de plek aarde waar Glaedrs hart van harten begraven lag. *Wat wil je, vuurspuwer?* vroeg hij.

Ik wil weten of je bent die je lijkt te zijn! zei Glaedr, en het bewustzijn van de draak leek dat van Solembum te omringen, drukte als kolommen zwarte wolken om een helder brandende, maar door de wind belaagde vlam. De kracht van de draak was enorm, en uit persoonlijke ervaring wist Eragon dat slechts weinigen tegen hem bestand waren.

Met een gorgelende kreet spuugde Solembum zijn mondvol vlees uit en sprong naar achteren, alsof hij op een serpent had getrapt. Hij bleef staan waar hij stond, trilde van inspanning, zijn scherpe tanden ontbloot en met zo'n woedende blik in zijn geelbruine ogen dat Eragon uit voorzorg zijn hand op Brisingrs gevest legde. De vlammen verflauwden, maar hielden stand: een witheet lichtpunt te midden van een zee kolkende donderkoppen.

Na een poosje nam de storm af en trokken de wolken zich terug, hoewel ze niet helemaal verdwenen.

Neem me niet kwalijk, weerkat, zei Glaedr, *maar ik moest het zeker weten.*

Solembum blies, zijn hoofdhaar pluisde en werden stekeltjes zodat het op een distelbloesem leek. *Als je je lichaam nog had, Oude, zou ik je staart eraf hebben gesneden.*

Jij, kleine kat? Je had me niet meer dan een schram kunnen toebrengen.

Solembum blies opnieuw, draaide zich toen om en liep met stijf opgetrokken schouders naar de ingang.

Wacht, zei Glaedr. *Heb jij Eragon verteld over die plek op Vroengard, die plek vol geheimen die niemand zich kan herinneren?*

De weerkat bleef staan, zonder zich om te draaien gromde hij en zwaaide in een ongeduldig, afwerend gebaar met de ganzenpoot boven zijn hoofd. *Ja.*

En heb je hem over die bladzijde in Domia abr Wyrda *verteld, waar hij heeft gevonden waar die plek zich bevindt?*

Kennelijk, maar dat kan ik me niet herinneren en ik hoop dat wat er ook op Vroengard is, het je snorharen verschroeit en je poten verbrandt.

De tentingang maakte een luid flappend geluid toen Solembum hem opzijschoof; toen versmolt zijn kleine gestalte met de schaduwen alsof hij nooit had bestaan.

Eragon stond op en duwde met de punt van zijn laars het half opgegeten stuk vlees de tent uit.

'Je had niet zo ruw met hem mogen omspringen,' zei Arya.

Ik had geen keus, zei Glaedr.

'O nee? Je had hem eerst om toestemming kunnen vragen.'

En hem de kans geven erop voorbereid te zijn? Nee. Het is gebeurd; laat zitten, Arya.

'Dat kan niet. Zijn trots is gekrenkt. Je had hem moeten kalmeren. Het is gevaarlijk om een weerkat als vijand te hebben.'

Het is nog gevaarlijker om een draak als vijand te hebben. Laat het gaan, elfling.

Bezorgd wisselde Eragon een blik met Arya. De toon van Glaedr stond hem niet aan – en haar ook niet, dat zag hij zo –, maar Eragon wist niet wat hij eraan moest doen.

Welnu, Eragon, zei de gouden draak, *wil je dat ik je herinnering aan je gesprek met Solembum onderzoek?*

'Als je wilt, maar... waarom? Je vergeet het toch weer.'

Misschien. En misschien ook niet. We zullen zien. En tegen Arya zei Glaedr: *Maak je geest van de onze los, en laat Eragons herinneringen je bewustzijn niet bezoedelen.*

'Zoals u wilt, Glaedr-elda.' Terwijl Arya praatte, raakte de muziek van haar gedachten steeds verder op de achtergrond. Even later stierf het griezelige gezang weg en was het stil.

Toen richtte Glaedr zijn aandacht opnieuw op Eragon. *Laat zien,* beval hij.

Eragon negeerde zijn schroom en liet zijn geest teruggaan naar het moment dat Solembum de eerste keer in de tent op het veldbed was aangekomen, en hij bracht zich zorgvuldig alles wat er daarna tussen hen beiden was gebeurd in herinnering. Glaedrs bewustzijn smolt samen met dat van Eragon zodat de draak samen met hem zijn ervaringen kon beleven. Het was een angstaanjagende sensatie; het leek alsof hij en de draak twee beelden op dezelfde kant van een munt probeerden te stampen.

Toen hij klaar was, trok Glaedr zich enigszins uit Eragons geest terug en zei toen tegen Arya: *Voor het geval ik het ga vergeten, herhaal de woorden voor me: 'Andumë en Fíronmas op de heuvel der smarten, en hun vlees als glas'. Deze plek op Vroengard... die ken ik. Of heb ik gekend. Het was iets belangrijks, iets...* De gedachten van de draak versluierden even, alsof er een laag mist over de heuvels en dalen van zijn wezen werd geblazen en ze verborg. *Nou?* vroeg hij bevelend, terwijl hij zijn eerdere norse houding weer aannam. *Komt er nog wat van? Eragon, laat me je herinneringen zien.*

'Dat heb ik al gedaan.'

Terwijl Glaedr nog vol ongeloof was, zei Arya: 'Glaedr, niet vergeten: "Andumë en Fíronmas op de heuvel der smarten, en hun vlees als glas."'

Hoe... begon Glaedr en toen gromde hij zo hartgrondig dat Eragon bijna verwachtte dat het geluid hardop te horen was. *Argh. Ik haat bezweringen die met iemands geheugen rommelen. Dat is de ergste vorm van magie, daar krijg je altijd chaos en verwarring van. De helft van de tijd lijken ze erop uit te draaien dat familieleden elkaar uitmoorden zonder dat ze het weten.*

Wat betekent die zin die je net zei? vroeg Saphira.

Niets, alleen voor mij en Oromis. Maar dat was het hele punt, niemand kon ervan weten, tenzij ik het ze vertelde.

Arya zuchtte. 'Dus de bezwering bestaat echt. Dan zul je wel naar Vroengard moeten. Het zou dwaas zou om zoiets belangrijks te negeren. En bovendien moeten we weten wie de spin is die midden in het web zit.'

Ik ga ook mee, zei Glaedr. *Als iemand je kwaad wil doen, verwachten ze niet dat ze tegen twee draken moeten vechten in plaats van een. Hoe dan ook, je hebt een gids nodig. Vroengard is sinds de vernietiging van de Rijders een gevaarlijke plek geworden, en ik wil niet dat je ten prooi valt aan een of ander vergeten kwaad.*

Eragon aarzelde toen hij een merkwaardig verlangen in Arya's blik zag en hij besefte dat zij ook graag mee wilde. 'Saphira vliegt sneller als ze maar één persoon hoeft te dragen,' zei hij met zachte stem.

'Dat weet ik... Ik wilde alleen graag een bezoek brengen aan het thuis van de Rijders.'

'Dat gebeurt vast wel een keer. Ooit.'

Ze knikte. 'Ooit.'

Eragon nam even de tijd om zijn energie onder controle te krijgen en na te denken over alles wat nodig was voordat Saphira, Glaedr en hij konden vertrekken. Toen haalde hij diep adem en stond van zijn veldbed op.

'Kapitein Garven!' riep hij. 'Kom alsjeblieft even.'

Vertrek

Eerst liet Eragon Garven in volstrekte geheimhouding een van de Nachtraven wegsturen om voorraden voor de reis naar Vroengard in te slaan. Saphira had na de inname van Dras-Leona wel gegeten, maar ze had zich niet volgepropt, omdat ze anders te traag en te zwaar was om te vechten als dat nodig mocht zijn, en wat inderdaad het geval was geweest. Ze had genoeg gegeten om zonder onderbreking naar Vroengard te vliegen, maar eenmaal daar aangekomen wist Eragon dat ze op of om het eiland voedsel moest zien te vinden, en daar maakte hij zich zorgen om.

Ik kan altijd met een lege maag terugvliegen, stelde ze hem gerust, maar daar was hij nog niet zo zeker van.

Daarna stuurde Eragon een renner om Jörmundur en Blödhgarm naar zijn tent te brengen. Toen die er waren, deden Eragon, Arya en Saphira er nog een uur over om de situatie aan hen uit te leggen en – wat moeilijker was – ze te overtuigen dat de reis noodzakelijk was. Blödhgarm was nog het gemakkelijkst naar hun kant over te halen, terwijl Jörmundur heftig verzet bood. Niet omdat hij twijfelde aan de waarheid van Solembums informatie, zelfs niet aan het belang ervan – hij nam op beide punten Eragons woorden zonder meer voor waar aan –, maar, beweerde hij, en hij werd steeds vuriger, het zou de Varden de genadeklap geven als ze wakker werden en niet alleen ontdekten dat Nasuada ontvoerd was, maar ook dat Eragon en Saphira naar onbekende oorden waren vertrokken.

'Bovendien mogen we niet riskeren dat Galbatorix denkt dat je ons in de steek hebt gelaten,' zei Jörmundur. 'Niet nu we zo dicht bij Urû'baen zijn. Misschien stuurt hij Murtagh en Thoorn om je de pas af te snijden. Of hij grijpt de kans aan om de Varden voor eens en voor altijd te vermorzelen. Dat risico kunnen we niet nemen.'

Eragon kon niet anders dan toegeven dat zijn zorgen terecht waren.

Na een hoop heen en weer gepraat kwamen ze uiteindelijk tot een oplossing: Blödhgarm en de andere elfen zouden verschijningen van zowel Eragon als Saphira creëren, zoals ze dat ook van Eragon hadden gedaan toen hij naar de Beorbergen was gegaan om deel te nemen aan de verkiezing en kroning van Hrothgars opvolger.

De beelden zouden volmaakt levende, ademende en denkende replica's van Eragon en Saphira zijn, maar hun geest zou leeg zijn, en als iemand naar binnen zou gluren zou het bedrog uitkomen. Daarom zou het evenbeeld van Saphira niet kunnen praten, en hoewel de elfen konden doen alsof Eragon dat wel kon, wilden ze dat ook liever vermijden, omdat een vreemde uitspraak de luisteraar erop attent zou kunnen maken dat alles niet was wat het leek. De beperkingen van de illusies lagen in het feit dat ze op afstand het effectiefst waren en dat mensen die Eragon en Saphira persoonlijk wilden benaderen – zoals de koningen Orrin en Orik – al snel zouden beseffen dat er iets mis was.

Dus Eragon beval Garven om alle Nachtraven te wekken en ze zo discreet mogelijk naar hem toe te brengen. Toen het hele gezelschap voor zijn tent verzameld was, legde Eragon aan de bonte groep mannen, dwergen en Urgals uit waarom hij en Saphira vertrokken, hoewel hij met opzet vaag bleef over de details en ze hun bestemming niet vertelde. Toen legde hij uit hoe de elfen hun afwezigheid zouden verbergen, en liet hij de mannen in de oude taal een geheimhoudingseed zweren. Hij vertrouwde ze wel, maar je kon nooit voorzichtig genoeg zijn wanneer het om Galbatorix en zijn spionnen ging.

Na afloop brachten Eragon en Arya een bezoek aan Orrin, Orik, Roran en de tovenares Trianna. Net als met de Nachtraven legden ze de situatie uit en lieten ze hen stuk voor stuk een geheimhoudingseed zweren.

Zoals Eragon al had verwacht, bleek koning Orrin het onverzettelijkst. Hij was woedend over het vooruitzicht dat Eragon of Saphira naar Vroengard reisden en bleef lang tegen het idee tekeergaan. Hij twijfelde aan Eragons moed, twijfelde of Solembums informatie wel klopte en dreigde zijn strijdmacht terug te trekken van de Varden als Eragon zou volharden in deze dwaze, ondoordachte koers. Het kostte een uur vol dreigementen, gevlei en overtuiging om hem over te halen, en zelfs toen was Eragon nog bang dat Orrin op zijn woord zou terugkomen.

Hun bezoek aan Orik, Roran en Trianna verliep sneller, maar Eragon en Arya hadden in Eragons beleving nog altijd onredelijk veel tijd nodig om ze om te praten. Hij was ongeduldig en daardoor werd hij kortaf en rusteloos; hij wilde weg en met het moment dat dat langer duurde, werd zijn dringende gevoel alleen maar sterker.

Terwijl hij en Arya iedereen persoonlijk afgingen, was Eragon zich, via zijn verbinding met Saphira, ook bewust van de vage, zangerige stemmen van de elfen, die onder alles wat hij hoorde te horen was, als een strook listig geweven, verborgen stof onder de oppervlakte van de wereld.

Saphira was bij zijn tent gebleven en de elfen stonden om haar heen, met uitgestrekte armen terwijl ze haar tijdens het zingen met hun vingertoppen aanraakten. Doel van hun lange, ingewikkelde bezwering was om de visuele informatie te verzamelen die ze nodig hadden om een lijkende afbeelding van Saphira te maken. Het was al moeilijk genoeg om de gedaante van een elf of mens na te bootsen; een draak was nog moeilijker, vooral vanwege haar gefragmenteerde schubben. Maar het gecompliceerdste gedeelte van de illusie, zo had Blödhgarm aan Eragon verteld, was het nabootsen van het effect van Saphira's gewicht op haar omgeving wanneer haar verschijning opsteeg of landde.

Toen Eragon en Arya eindelijk klaar waren met hun rondes, was de nacht al in de dag overgegaan en de ochtendzon hing een handbreedte boven de horizon. Bij dit licht leek de schade die tijdens de aanval aan het kamp was toegebracht zelfs nog groter.

Eragon was het liefst toen al met Saphira en Glaedr vertrokken, maar Jörmundur stond erop dat hij minstens één keer de Varden fatsoenlijk als hun nieuwe leider toesprak.

Daarom werd kort daarna het leger bijeengebracht en stond Eragon achter op een lege wagen uit te kijken over een veld met opgeheven gezichten – sommige van mensen en andere niet – en wilde dat hij ergens anders was.

Eragon had Roran van tevoren om advies gevraagd, en Roran had tegen hem gezegd: 'Onthoud dat zij niet je vijanden zijn. Je hebt niets van ze te vrezen. Ze willen je aardig vinden. Spreek duidelijk, spreek eerlijk en wat je ook doet, toon geen enkele twijfel. Op die manier kun je ze voor je winnen. Als je ze over Nasuada vertelt zullen ze bang en verdrietig zijn. Geef ze de geruststelling die ze nodig hebben en dan volgen ze je tot door de poorten van Urû'baen aan toe.'

Ondanks Rorans bemoedigende woorden was Eragon nog steeds niet gerust op zijn toespraak. Hij had zelden eerder voor grote groepen gesproken en nooit meer dan een paar zinnen. Terwijl hij naar de vóór hem staande, door de zon gebruinde, door de strijd gehavende krijgers keek, besloot hij dat hij het liever in z'n eentje opnam tegen honderd vijanden dan in het openbaar op de voorgrond te treden en het gevaar te lopen dat anderen hem afkeurden.

Tot op het moment dat hij zijn mond opendeed, wist Eragon niet precies wat hij zou gaan zeggen. Toen hij eenmaal was begonnen, leken de woorden er als vanzelf uit te komen, maar hij was zo gespannen dat hij zich amper kon herinneren wat hij zei. De toespraak ging in een waas voorbij; hij wist vooral nog flarden van de hitte en het zweet, het gegrom van de krijgers toen ze het lot van Nasuada vernamen, het ruige gejuich toen hij ze tot de overwinning aanspoorde en het algemene gejoel van de menigte toen hij klaar was. Opgelucht sprong hij van de achterbak van de wagen af, waar Arya en Orik naast Saphira stonden te wachten.

Tegelijk vormden zijn bewakers een cirkel om hen vieren, ze scheidden hen af van de menigte en hielden degenen tegen die met hem wilden praten.

'Goed gedaan, Eragon!' zei Orik en hij klopte hem op de arm.

'O ja?' vroeg Eragon een beetje verdwaasd.

'Je toespraak klonk als een klok,' zei Arya.

Eragon haalde verlegen zijn schouders op. Het ontmoedigde hem als hij eraan dacht dat Arya de meeste leiders van de Varden had gekend en onwillekeurig bedacht hij dat Ajihad of zijn voorganger, Deynor, heel wat beter had gesproken.

Orik trok aan zijn mouw. Eragon boog zich naar de dwerg toe. Met een stem die amper boven de menigte uit te horen was, zei Orik: 'Ik hoop dat wat je ook vindt de moeite van de reis waard is, mijn vriend. Zorg dat je onderweg niet wordt vermoord, hè?'

'Ik doe m'n best.'

Tot Eragons verbazing greep Orik hem bij de onderarm en trok hem in een ruwe omhelzing. 'Dat Gûntera over je mag waken.' Toen ze afscheid namen, sloeg Orik met een handpalm tegen Saphira's zij. 'En jij ook, Saphira. Een veilige reis, voor jullie beide.'

Saphira antwoordde met een lage brom.

Eragon keek naar Arya. Hij voelde zich plotseling onbeholpen, wist niets anders te zeggen dan het meest voor de hand liggende. Hij werd nog altijd geboeid door haar prachtige ogen; de uitwerking die ze op hem had leek nooit minder te worden.

Toen nam ze zijn hoofd in haar handen en kuste hem één keer vormelijk op het voorhoofd.

Eragon staarde haar stomverbaasd aan.

'Guliä waíse medh ono, Argetlam. Dat het geluk met je is, Zilverhand.'

Toen ze hem losliet, pakte hij haar handen vast. 'Er overkomt ons geen kwaad. Dat sta ik niet toe. Zelfs niet als Galbatorix ons staat op te wachten. Als het moet, rijt ik met blote handen de bergen uiteen, maar ik beloof dat we veilig terugkeren.'

Voor ze kon antwoorden, liet hij haar handen los en klom op Saphira's rug. De menigte begon weer te juichen toen ze zagen dat hij in het zadel klom. Hij zwaaide naar hen en ze joelden twee keer zo hard, stampten met hun voeten en trommelden met hun zwaardknop op hun schild.

Eragon zag Blödhgarm en de andere elfen in een dichte groep bijeen staan, half verscholen achter het in de buurt staande paviljoen. Hij knikte ze toe en zij knikten terug. Het plan was eenvoudig: hij en Saphira zouden vertrekken alsof ze van plan waren de lucht en het omliggende land te verkennen – zoals ze altijd deden als het leger op mars was –, maar nadat ze een paar keer boven het kamp hadden rondgecirkeld, zou Saphira een wolk in vliegen, en Eragon zou een bezwering uitspreken waardoor ze voor de toeschouwers beneden onzichtbaar werden. Dan zouden de elfen de holle verschijningen creëren die Eragon en Saphira's plaats innamen terwijl zij hun reis vervolgden, en de toeschouwers zouden de verschijningen uit de wolk tevoorschijn zien komen. Hopelijk zou niemand het verschil merken.

Met geoefend gemak maakte Eragon de riemen om zijn benen vast en controleerde of de zadeltassen achter hem goed vastzaten. Hij besteedde speciale zorg aan de linkertas, want daarin zat – stevig gewikkeld in kleren en dekens – de met fluweel afgezette kist waarin Glaedrs kostbare hart van harten zat, zijn eldunarí.

Laten we gaan, zei de oude draak.

Naar Vroengard! riep Saphira uit, en de wereld stuiterde en hobbelde om Eragon heen toen ze van de grond opsprong en de ruisende lucht die tegen hem aansloeg toen ze met haar reusachtige, vleermuisachtige vleugels sloeg en hen steeds hoger de lucht in voerde.

Eragon verstevigde zijn greep op de nekstekel voor zich, boog zijn hoofd tegen de wind die door de vaart werd veroorzaakt en staarde naar het glanzende leer van zijn zadel. Hij haalde diep adem en probeerde zich geen zorgen te maken over wat achter, noch wat voor hen lag. Hij kon nu niets anders doen dan wachten, wachten en hopen dat Saphira naar Vroengard heen en weer kon vliegen voordat het Rijk de Varden opnieuw zou aanvallen; hopen dat Roran en Arya in veiligheid zouden blijven; hopen dat hij op de een of andere manier toch Nasuada zou weten te redden; en hopen dat hij door naar Vroengard te gaan de juiste beslissing had genomen, want het moment dat hij het ten slotte tegen Galbatorix zou moeten opnemen, kwam met rasse schreden naderbij.

Martelende onzekerheid

Nasuada opende haar ogen.
Het gewelfde plafond was met tegels ingelegd en op de tegels waren hoekige rode, blauwe en goudkleurige patronen geschilderd: een complexe matrix van lijnen die haar blik een gedachteloze poos gevangenhield.
Ten slotte bracht ze de wil op om een andere kant op te kijken.
Uit een lichtbron ergens achter haar scheen een gestage, oranje gloed. De gloed was net sterk genoeg om de achthoekige ruimte te onthullen, maar weer niet zo fel om de schaduwen, die zich als een waas in de boven- en onderhoeken vastklampten, te verdrijven.
Ze slikte en merkte dat ze een droge keel had.
Het oppervlak waarop ze lag was koud, glad en oncomfortabel hard; het voelde als steen tegen haar hielen en vingertoppen. Er was een kou in haar botten gekropen en daardoor besefte ze dat ze alleen maar haar dunne, witte hemdjurk aanhad.

Waar ben ik?

De herinneringen kwamen allemaal in één keer terug, zonder logica of rangorde: als een onwelkome cavalcade die haar geest met zo'n kracht binnendenderde dat ze het bijna fysiek voelde.
Ze hapte naar adem en probeerde rechtop te zitten – om een uitval te doen, te vluchten, te vechten als ze moest –, maar ze merkte dat ze zich niet meer dan een fractie naar alle kanten kon bewegen. Om haar polsen en enkels zaten met stof beklede boeien en een brede, leren riem hield haar hoofd stevig tegen het stuk steen gedrukt, zodat ze het niet kon optillen of draaien.
Ze trok aan haar boeien, maar ze waren te sterk voor haar.
Ze ademde uit, maakte zich slap en staarde opnieuw naar het plafond. Haar hart bonsde als een krankzinnige trommelslag in haar oren. Haar hele lichaam was heet, haar wangen brandden en haar handen en voeten voelden aan alsof ze vol zaten met gesmolten talk.

Dus dit is mijn einde.

Even werd ze gekweld door wanhoop en zelfmedelijden. Haar leven was amper begonnen, en nu zou er een einde aan komen, en op de verachtelijkste, akeligst mogelijke manier. Wat erger was, was dat ze niets had bereikt waarop ze had gehoopt. Geen oorlog, geen liefde, geen geboorte, geen leven. Ze liet alleen maar veldslagen, lijken en voortrollende verplegingstreinen na; te veel krijgslisten om te herinneren; eden van vriendschap en trouw die nu nog minder waard waren dan een belofte van een mimespeler; en een haperend, verdeeld, maar al te kwetsbaar leger waarover een Rijder die jonger was dan zij het bevel voerde. Het leek een armzalige nalatenschap in de herinnering aan haar naam. En ze zou slechts een herinnering blijven. Ze was de laatste van haar lijn. Wanneer zij stierf, zou niemand haar familie voortzetten.

Die gedachte deed haar pijn en ze was woest op zichzelf dat ze geen kinderen had gebaard toen het kon.

'Sorry,' fluisterde ze, terwijl ze haar vaders gezicht voor zich zag.

Toen riep ze zichzelf tot de orde en zette haar wanhoop opzij. De enige controle die ze over de situatie had was zelfbeheersing en ze was niet van plan die op te geven voor het dubieuze plezier om haar hart op te halen aan twijfels, angsten en spijt. Zolang ze meester was over haar gedachten en gevoelens, was ze niet volslagen hopeloos. Het was slechts een minieme vrijheid – vrijheid van geest –, maar ze was er dankbaar voor en nu ze wist dat die binnenkort zou worden weggerukt, was ze des te meer vastbesloten om er gebruik van te maken.

Hoe dan ook, ze moest nog een laatste taak vervullen: weerstand bieden aan haar ondervraging. Om die reden moest ze zichzelf volledig onder controle hebben. Anders zou ze snel breken.

Ze ging rustiger ademhalen en concentreerde zich op de regelmatige luchtstroom door haar keel en neusgaten, liet die sensatie alle andere overstemmen. Toen ze kalm genoeg was geworden, besloot ze waar ze veilig aan kon denken. Zo veel onderwerpen waren gevaarlijk, gevaarlijk voor haar, gevaarlijk voor de Varden, gevaarlijk voor hun bondgenoten of gevaarlijk voor Eragon en Saphira. Ze dacht niet aan dingen die ze moest vermijden, waardoor ze haar cipiers wellicht de informatie gaf die ze ter plekke wilden hebben. In plaats daarvan koos ze een handvol gedachten en herinneringen die goedaardig leken en erop gericht waren om de rest te negeren – erop gericht zichzelf ervan te overtuigen dat alles wat zij was en ooit was geweest slechts uit die paar elementen bestond.

In wezen probeerde ze een nieuwe en eenvoudiger identiteit te creëren, zodat ze wanneer haar over het een en ander vragen zouden worden gesteld, ze volkomen oprecht onwetendheid zou kunnen voorwenden. Het was een gevaarlijke techniek; wilde die werken, dan moest ze in haar eigen bedrog geloven en als ze ooit weer bevrijd werd, kon het wel eens moeilijk zijn haar ware ik weer terug te krijgen.

Maar aan de andere kant was er geen hoop op redding of bevrijding. Het enige waar ze op durfde hopen was dat ze de opzet van haar cipiers zou frustreren.

Gokukara, geef me de kracht om de komende beproevingen te doorstaan. Waak over uw kleine uil en als ik kom te sterven, voer me dan veilig van deze plek weg... voer me veilig naar de velden van mijn vader.

Haar blik dwaalde over de met tegels beklede kamer waarvan ze de details nu beter ging bekijken. Ze vermoedde dat ze in Urû'baen was. Het was niet meer dan logisch dat Murtagh en Thoorn haar daarnaartoe zouden brengen, en dat zou de elfachtige aanblik van de ruimte verklaren; de elfen hadden een groot deel van Urû'baen gebouwd, de stad die ze Ilirea noemden, ofwel voor hun oorlog tegen de draken – heel, heel lang geleden –, ofwel nadat de plaats de hoofdstad was geworden van het koninkrijk Broddring en de Rijders daar een formele vertegenwoordiging hadden gevestigd.

Dat had haar vader haar tenminste verteld. Ze kon zich niets van de stad zelf herinneren.

Maar voor hetzelfde geld was ze heel ergens anders: op een van Galbatorix' privélandgoederen, misschien. En bestond de ruimte wellicht niet eens zoals zij die ervoer. Een kundig magiër kon alles wat hij zag, hoorde en rook manipuleren, hij kon de wereld om haar heen zodanig vervormen dat ze daar niets van merkte.

Wat er ook met haar gebeurde – wat er ook met haar léék te gebeuren –, ze zou zichzelf niet toestaan zich in de luren te laten leggen. Zelfs als Eragon de deur zou intrappen en haar zou losmaken, zou ze nog altijd denken dat het een list van haar overweldigers was. Ze durfde niet op haar zintuigen te vertrouwen.

Vanaf het moment dat Murtagh haar uit het kamp had meegenomen, was de wereld een leugen geworden en ze had geen idee wanneer er een einde aan die leugen zou komen, als dat al zou gebeuren. Het enige waar ze zeker van kon zijn was dat ze bestond. Al het andere was verdacht, zelfs haar eigen gedachten.

Nadat de eerste schok was weggeëbd, begon het saaie wachten op haar te drukken. Ze had geen benul van tijd, behalve dan dat ze honger en dorst had, en haar honger kwam en ging met schijnbaar onregelmatige tussenpozen. Ze probeerde de uren te tellen door cijfers op te zeggen, maar dat verveelde haar en als ze eenmaal ergens in de tienduizenden was, raakte ze de tel kwijt.

Ondanks de verschrikkingen die haar te wachten stonden, daar was ze zeker van, wilde ze dat haar cipiers zouden opschieten en naar haar toe kwamen. Ze schreeuwde minuten lang achtereen, maar kreeg slechts klagende echo's als antwoord.

Het gedempte licht achter haar flakkerde nooit, vervaagde nooit. Ze nam aan dat het een vlamloze lantaarn was, dezelfde die de dwergen maakten. Door de gloed had ze moeite om in slaap te komen, maar uiteindelijk werd ze door uitputting overmand en doezelde ze weg.

Ze was doodsbang bij het vooruitzicht dat ze zou gaan dromen. Tijdens haar slaap was ze het meest kwetsbaar, en ze was bang dat haar bewusteloze geest precies die informatie zou oproepen die ze juist probeerde te verbergen. Maar ze had er niets over te zeggen. Vroeg of laat moest ze slapen en als ze met alle geweld wakker bleef, zou het alleen nog maar erger worden.

Dus viel ze in slaap. Maar ze sliep rusteloos en rustte er niet van uit, en toen ze wakker werd, was ze nog steeds moe.

Ze schrok van een klap.

Ergens boven en achter haar hoorde ze dat er een grendel werd weggeschoven, en daarna het kraken van een openzwaaiende deur.

Haar hart ging sneller slaan. Ze dacht dat er ruim een dag was verstreken sinds ze voor het eerst bij kennis was gekomen. Ze had zo'n dorst dat het pijn deed, haar tong voelde dik en kleverig aan, en haar hele lichaam deed zeer omdat het zo lang in dezelfde houding had gelegen.

Voetstappen kwamen de trap af. Laarzen met zachte zolen schuifelden over steen... Stilte. Tingelend metaal. Sleutels? Messen? Erger nog?

Toen liepen de voetstappen weer door. Ze kwamen nu naar haar toe. Kwamen dichterbij... steeds dichterbij.

Een potige man in een grijze, wollen tuniek kwam in haar gezichtsveld, hij droeg een zilveren dienblad met voedsel: kaas, brood, vlees, wijn en water. Hij bukte en zette het dienblad tegen de muur op de vloer, draaide zich om en liep met korte, snelle, afgemeten stappen naar haar toe. Bevallig bijna.

Hij hijgde een beetje toen hij tegen de zijkant van de stenen plaat leunde en naar haar omlaag staarde. Zijn hoofd was net een kalebas: boven- en onderaan bolvormig en in het midden smal. Hij was gladgeschoren en bijna helemaal kaal, op een randje donker, kortgeknipt haar na dat om zijn schedel groeide. Het bovenste gedeelte van zijn voorhoofd glom, hij had vlezige, rossige wangen en zijn lippen waren even grijs als zijn tuniek. Hij had buitengewone ogen: bruin en ze stonden dicht bij elkaar.

Hij klakte met zijn tong en ze zag dat de uiteinden van zijn tanden elkaar raakten, als de kaken van een klem, en dat ze verder uit zijn gezicht staken dan normaal, waardoor het een lichte, maar duidelijke snuit leek.

Zijn warme, vochtige adem rook naar lever en uien. Ze was zo uitgehongerd dat ze misselijk werd van de lucht.

Toen de man zijn ogen over haar lichaam liet gaan, werd ze zich er acuut van bewust hoe ze erbij lag. Ze voelde zich kwetsbaar, alsof ze een stuk speelgoed of een troeteldier was dat voor zijn plezier daar was neergelegd. Ze kreeg een hete blos op haar wangen van woede en vernedering.

Vastbesloten niet te wachten tot hij zijn bedoelingen duidelijk maakte, probeerde ze iets te zeggen, hem om water te vragen, maar haar keel was te uitgedroogd; ze kon alleen maar wat krassen.

De man in het grijs maakte tuttende geluiden en tot haar verbijstering begon hij haar boeien los te maken.

Zodra ze los was, ging ze rechtop op de steen zitten, vormde een kling met haar rechterhand en zwaaide ermee naar de hals van de man.

Schijnbaar moeiteloos ving hij haar pols midden in de lucht op. Ze gromde en priemde met de vingers van haar andere hand naar zijn ogen.

Opnieuw ving hij haar pols op. Ze wrong zich in bochten, maar zijn greep was te sterk om eraan te kunnen ontkomen; haar polsen hadden net zo goed in steen gevat kunnen zijn geweest.

Gefrustreerd gooide ze zich naar voren en beet de man in de rechteronderarm. Tussen haar tanden en tegen haar tong voelde ze de spieren van de onderarm van de man buigen als net zo veel slangen die probeerden te ontsnappen.

Verder reageerde hij totaal niet.

Uiteindelijk liet ze zijn arm los, trok haar hoofd terug en spuugde zijn bloed in zijn gezicht.

Zelfs toen bleef de man haar met dezelfde effen gezichtsuitdrukking aankijken, hij knipperde niet met zijn ogen en toonde geen spoortje pijn of woede.

Ze kronkelde opnieuw in zijn handen, zwaaide daarna haar heupen en benen over de stenen plaat om hem in de buik te schoppen.

Voordat ze kon trappen, liet hij haar linkerpols los en sloeg haar hard in het gezicht.

Wit licht flitste achter haar ogen en om haar heen leek geluidloos iets te ontploffen. Haar hoofd sloeg naar een kant, haar tanden klapten op elkaar en pijn schoot vanaf de onderkant van haar schedel langs haar ruggengraat omlaag.

Toen ze weer helder kon kijken, bleef ze woedend naar de man kijken, maar ze maakte geen aanstalten hem weer aan te vallen. Ze begreep dat ze aan zijn genade was overgeleverd... Ze begreep dat ze iets moest zien te vinden waarmee ze hem de keel kon doorsnijden of door het oog kon steken, als ze hem wilde overmeesteren.

Hij liet haar andere pols los en haalde uit zijn tuniek een groezelig witte zakdoek tevoorschijn. Hij depte zijn gezicht ermee, veegde elke druppel bloed en spuug weg. Daarna bond hij de zakdoek om zijn gewonde onderarm, terwijl hij een punt van de doek tussen zijn tanden hield.

Ze kromp ineen toen hij haar bij de bovenarm greep en zijn grote, dikke vingers eromheen sloot. Hij trok haar van de askleurige steenplaat en haar benen begaven het toen ze de vloer raakte. Ze hing als een pop in de greep van de man, terwijl hij haar arm in een vreemde hoek boven haar hoofd draaide.

Hij hees haar op haar voeten. Deze keer bleef ze op haar benen staan. Haar half ondersteunend begeleidde hij haar naar een kleine zijdeur die ze niet had kunnen zien toen ze nog op haar rug lag. Daarnaast was een korte trap die naar een tweede, grotere deur leidde, dezelfde deur als waardoor haar cipier binnen was gekomen. Die was dicht, maar in het midden zat een klein metalen rooster, en daardoorheen ving ze een glimp op van een goed verlicht wandkleed dat aan een gladde, stenen muur hing.

De man duwde de zijdeur open en leidde haar naar een smalle ruimte met een latrine. Tot haar opluchting liet hij haar daar alleen. Ze zocht de kale ruimte af naar iets wat ze als wapen kon gebruiken of waarmee ze kon ontsnappen, maar tot haar teleurstelling vond ze alleen stof, houtschilfers en, onheilspellender, drie bloedvlekken.

Dus deed ze wat er van haar verwacht werd, en toen ze uit de geheime kamer tevoorschijn kwam, pakte de zwetende man in het grijs haar opnieuw bij de arm en liep met haar naar het de steenplaat terug.

Toen ze daar in de buurt kwamen, begon ze te schoppen en worstelen; ze kreeg liever nog een klap dan dat ze zich weer liet vastbinden. Maar hoe ze zich ook verweerde, ze kon de man niet doen stoppen of langzamer laten lopen. Haar klappen leken wel op ijzeren ledematen neer te komen en zelfs zijn schijnbaar zachte buik gaf weinig mee toen ze erin stompte.

Hij pakte haar met gemak beet, alsof ze een kind was, tilde haar op de steen, drukte haar schouders er plat tegenaan en maakte toen de boeien om haar polsen en enkels vast. Ten slotte trok hij de leren riem over haar voorhoofd en sjorde die vast, zo stevig dat haar hoofd op zijn plek bleef liggen, maar ook weer niet zo stevig dat het haar pijn deed.

Ze verwachtte dat hij weg zou gaan om te gaan lunchen – of avondeten, of voor welke maaltijd het ook tijd was –, maar in plaats daarvan pakte hij het dienblad, bracht die naar haar toe en bood haar een slok waterige wijn aan.

Het was lastig slikken, zo liggend op haar rug, dus ze moest snel van de vloeistof uit de zilveren bokaal nippen die hij tegen haar mond drukte. De verdunde wijn die door haar droge keel gleed, bezorgde haar een koele, verzachtende opluchting.

Toen de bokaal leeg was, zette de man hem weg, sneed stukken brood en kaas af en stak die naar haar uit.

'Hoe...' zei ze, en haar stem deed eindelijk wat ze wilde. 'Hoe heet je?'

333

De man keek haar emotieloos aan. In het licht van de vlamloze lantaarn glansde zijn bolvormige voorhoofd als gepolijst ivoor.

'Wie ben je?... Zijn we in Urû'baen? Ben je net als ik een gevangene? Jij en ik zouden elkaar kunnen helpen. Galbatorix is niet alwetend. Samen kunnen we een manier vinden om te ontsnappen. Het lijkt misschien onmogelijk, maar dat is niet zo, dat verzeker ik je.' Ze bleef met zachte, kalme stem doorpraten, in de hoop dat ze iets zei waarmee ze het meegevoel van de man kon wekken of op zijn eigenbelang kon werken.

Ze wist dat ze overtuigend kon zijn – lange uren onderhandelen voor de Varden hadden dat tot haar voldoening bewezen –, maar haar woorden leken geen uitwerking op de man te hebben. Het was dat hij ademde, maar anders had hij net zo goed dood kunnen zijn, zoals hij daar met het uitgestoken brood en de kaas stond. Het kwam even bij haar op dat hij doof was, maar hij had het gemerkt toen ze om water wilde vragen, dus die mogelijkheid verwierp ze weer.

Ze bleef doorpraten tot ze geen argumenten meer vond en er niets meer in haar opkwam, en toen ze ophield – wachtte om een andere benadering te vinden –, legde de man de kaas en het brood tegen haar lippen en liet dat zo. Woedend wilde ze dat hij ze weghaalde, maar hij gaf geen krimp en bleef haar met dezelfde, nietszeggende, ongeïnteresseerde blik aankijken.

De huid op haar nek tintelde toen ze zich realiseerde dat hij dit niet uit mededogen deed; ze betekende werkelijk niets voor hem. Ze had het nog gesnapt als hij haar haatte, of er een pervers genoegen in schepte om haar te martelen, of als hij een slaaf was, die schoorvoetend Galbatorix' bevelen opvolgde, maar dat leek allemaal niet het geval. Hij was eerder onverschillig, gespeend van welk sprankje meegevoel ook. Ze twijfelde er niet aan dat hij haar net zo gemakkelijk zou doden als voor haar zorgen, met net zo veel gevoel als wanneer hij een mier zou vermorzelen.

Ze vervloekte inwendig dat ze niet anders kon doen dan haar mond opendoen zodat hij de stukjes brood en kaas op haar tong kon leggen, ook al wilde ze nog zo graag in zijn vingers bijten.

Hij voerde haar. Als een kind. Hij stopte elk brokje zo voorzichtig in haar mond alsof het een holle glazen bol was die elk moment aan scherven kon gaan.

Een diep gevoel van afkeer bekroop haar. Om van de leider van de grootste alliantie in de geschiedenis van Alagaësia af te glijden naar... Nee, nee, dat bestond niet. Ze was haar vaders dochter. Ze had in het stof en de hitte van Surda gewoond, tussen de schallende kreten van de handelaars op de drukke marktstraten. Meer niet. Ze had geen reden om hoogmoedig te zijn, geen reden om wrok te koesteren over haar val.

Niettemin haatte ze de man die voor haar opdoemde. Ze vond het afgrijselijk dat hij haar hardnekkig bleef voeren terwijl ze dat zelf had gekund. Ze vond het afgrijselijk dat Galbatorix, of wie haar gevangenschap ook orkestreerde, haar haar trots en waardigheid probeerde af te nemen. En ze vond het afgrijselijk dat ze daar tot op zekere hoogte in slaagden.

Ze besloot dat ze de man zou vermoorden. Als ze nog maar één ding in haar leven kon bereiken, dan wilde ze de dood van haar cipier. Afgezien van ontsnappen, zou niets anders haar zo veel voldoening geven. *Wat het ook kost, ik zal een manier weten te vinden.*

Ze was blij met die gedachte en at de rest van de maaltijd met smaak, terwijl ze intussen bedacht hoe ze het verscheiden van de man voor elkaar kon krijgen.

Toen ze klaar was, pakte de man het dienblad op en vertrok.

Ze hoorde hoe zijn voetstappen wegstierven, dat de deur achter haar open- en dichtging, de *klik* toen de grendel dichtschoof en het zware, onheilspellende geluid van een balk die aan de buitenkant van de deur op zijn plaats viel.

Toen was ze opnieuw alleen, en kon ze niets anders doen dan wachten en peinzen over hoe ze de moord moest aanpakken.

Een tijdje vermaakte ze zich met het volgen van een van de lijnen die op het plafond geschilderd waren en probeerde ze te bepalen of die een begin en een eind hadden. Ze had de blauwe lijn gekozen; ze vond de kleur mooi omdat die haar deed denken aan de enige persoon aan wie ze uitgerekend niet durfde te denken.

Gaandeweg gingen de lijnen en haar wraakfantasieën haar vervelen, en ze sloot haar ogen en gleed weg in een onrustige sluimering, waarin de uren met de paradoxale logica van nachtmerries zowel sneller als langzamer dan normaal verstreken.

Toen de man in de grijze tuniek terugkeerde, was ze bijna blij hem te zien; maar ze verachtte zichzelf erom, beschouwde het als een zwakte.

Ze wist niet precies hoe lang ze had gewacht – was er niet zeker van, tenzij iemand het haar zou vertellen –, maar ze wist dat het nu korter was dan eerder. Toch had het wachten eindeloos geleken en ze was bang geweest dat ze weer net zo'n lange tijd vastgebonden en volslagen alleen gelaten zou worden – hoewel niet vergeten, dat zeker niet. Tot haar afschuw merkte ze dat ze dankbaar was dat de man haar vaker bezocht dan ze aanvankelijk had gedacht. Het was al pijnlijk genoeg om zo vele uren bewegingloos op een plat stuk steen te moeten liggen, maar dat ze geen enkel contact met een ander levend wezen mocht hebben – ook al was die nog zo lomp en weerzinwekkend als haar cipier – was op zichzelf al een marteling en een veel zwaarder te verdragen beproeving.

Toen de man haar boeien afdeed, merkte ze dat de wond op zijn onderarm genezen was; de huid was zo glad en roze als die van een speenvarken.

Ze begon niet te vechten, maar op weg naar de latrine deed ze of ze struikelde en viel, in de hoop dat ze zo dicht bij het dienblad kwam, dat ze het kleine mes kon weggrissen waarmee de man het eten sneed. Maar dat bleek te ver weg te staan en de man was te zwaar om met zich mee te sleuren zonder dat hij in de gaten kreeg wat ze van plan was. Nu haar plannetje mislukt was, dwong ze zich dan maar over te geven aan wat de man deed; ze moest hem overtuigen dat ze het had opgegeven, zodat hij wat inschikkelijker werd en, als ze geluk had, onoplettend.

Terwijl hij haar voerde, bestudeerde ze zijn vingernagels. Eerder was ze te boos geweest om er aandacht aan te schenken, maar nu ze rustiger was, werd ze erdoor geboeid omdat ze zo vreemd waren.

Hij had dikke, hoog gebogen nagels. Ze lagen diep in het vlees en de witte maantjes bij de nagelriem waren groot en breed. Eigenlijk niet anders dan de nagels van veel mannen en dwergen met wie ze te maken had gehad.

Wanneer was dat eigenlijk geweest? Ze kon het zich niet herinneren.

Deze nagels waren anders, omdat ze zo zorgvuldig gecultiveerd waren. En gecultivéérd leek haar hier precies het juiste woord, alsof de nagels zeldzame bloemen waren waar een tuinman zich lange tijd had beziggehouden met de verzorging ervan. De nagelriemen waren glad en teruggeduwd, geen scheurtje te bekennen, terwijl de nagels zelf netjes geknipt waren – niet te lang en niet te kort – en de randen schuin waren afgevijld. De bovenkant van de nagels waren geboend tot ze als geglazuurd aardewerk glansden en de huid eromheen zag eruit alsof die met olie of boter was ingesmeerd.

Ze had nooit een man met zulke perfecte nagels gezien, op de elfen na dan.

Elfen? Ze schudde de gedachte van haar af, ergerde zich aan zichzelf. Ze kende geen elfen.

De nagels waren een raadsel, een eigenaardigheid in een verder begrijpelijke omgeving; een mysterie dat ze wilde oplossen, ook al was het waarschijnlijk vergeefse moeite.

Ze vroeg zich af wie de nagels in zo'n voorbeeldige conditie hield. Deed de man het zelf? Hij leek overdreven kieskeurig en ze kon zich niet voorstellen dat hij een vrouw, dochter of bediende had, of wie dan ook, die zo dicht bij hem stond dat die zo veel aandacht aan zijn vingernagels zou besteden. Natuurlijk besefte ze wel dat ze het misschien bij het verkeerde eind had. Veel door de strijd getekende mannen – grimmige, zwijgzame mannen die alleen liefde voor wijn, vrouwen en oorlog aan de dag legden – hadden haar verbaasd omdat ze een karaktertrek hadden die in tegenspraak was met wat ze uitstraalden: een talent voor houthakken, een voorliefde om romantische gedichten uit het hoofd te leren, van honden hielden of zich hartstochtelijk wijdden aan een gezin dat ze voor de wereld verborgen hielden. Het had jaren geduurd voordat ze te weten kwam dat Jör...

Ze onderbrak die gedachte.

Hoe dan ook, de vraag die steeds maar in haar hoofd bleef terugkeren was eenvoudig: waarom? Redenen zeiden veel, zelfs als het om zoiets futiels ging als vingernagels.

Als de nagels door iemand anders waren gedaan, dan was daar met grote liefde of angst aan gewerkt. Maar ze twijfelde of dat wel zo was; op de een of andere manier voelde dat niet goed.

Als de man ze echter zelf deed, dan waren er verschillende verklaringen mogelijk. Misschien waren zijn nagels voor hem een manier om een zekere controle te hebben over een leven dat niet langer van hem was. Of misschien had hij het gevoel dat ze het enige deel van hem waren dat aantrekkelijk was of kon zijn. Of hij zorgde er zo goed voor omdat hij een zenuwtic had, slechts een gewoonte om de tijd door te komen.

Hoe dan ook, feit bleef dat íemand zijn vingernagels had schoongemaakt, geknipt, gevijld en geolied, en dat was geen achteloos of onoplettend karweitje geweest.

Onder het eten bleef ze erover door piekeren en ze proefde haar eten amper. Zo nu en dan keek ze naar het grove gezicht van de man, op zoek naar een aanwijzing, maar altijd tevergeefs.

Nadat hij haar het laatste stukje brood had gevoerd, duwde de man zich van de steen af, pakte het dienblad en draaide zich om.

Ze kauwde het brood weg en slikte het zonder te stikken zo snel mogelijk door en zei toen met een stem die hees en krassend klonk omdat ze hem amper gebruikte: 'Je hebt mooie vingernagels. Ze... glanzen heel erg.'

De man bleef midden in een stap staan en draaide zijn grote, logge hoofd met een ruk naar haar toe. Even dacht ze dat hij haar misschien weer zou slaan, maar toen spleten zijn grijze lippen uiteen en glimlachte hij naar haar, waarbij zowel de rij boven- als ondertanden te zien waren.

Ze onderdrukte een rilling; hij zag eruit alsof hij de kop van een kip zou afbijten.

Met dezelfde verontrustende gezichtsuitdrukking liep de man uit haar gezichtsveld weg en even later hoorde ze de deur van haar cel open- en dichtgaan.

Er speelde een glimlachje om haar lippen. Trots en ijdelheid waren zwakheden die ze kon uitbuiten. Als er iets was waar ze goed in was, dan was het wel in het anderen opleggen van haar wil. De man had haar een piepkleine handreiking gegeven – niet meer dan een vinger, of eigenlijk, een vingernagel –, maar meer had ze niet nodig. Nu kon ze weer gaan klimmen.

De Zaal van de Waarheidzegger

Toen de man Nasuada de derde keer kwam bezoeken, sliep ze. Ze werd met een schok wakker door het geluid van de openslaande deur en haar hart ging als een razende tekeer.

Het duurde even voordat ze weer wist waar ze was. Toen fronste ze haar wenkbrauwen en knipperde met haar ogen, probeerde haar ogen helder te krijgen. Ze wilde dat ze erin kon wrijven.

Haar frons werd dieper toen ze langs haar lijf omlaag keek en zag dat er nog altijd een kleine, vochtige plek op haar hemd zat, waar een druppel waterige wijn tijdens het eten was gespat.

Waarom was hij nu alweer terug?

De moed zonk haar in de schoenen toen de man langs haar liep met een grote koperen stoof vol steenkolen, die hij een paar voet naast de steen op zijn poten neerzette. In de steenkool lagen drie lange ijzers.

Het moment waar ze zo bang voor was geweest, was aangebroken.

Ze probeerde zijn blik te vangen, maar de man weigerde haar aan te kijken toen hij uit een zakje aan zijn riem een vuurslag haalde en midden in de stoof een hoopje houtsnippers aanstak. Terwijl de smeulende vonken zich verspreidden, gloeiden de snippers als een bal gloeiende rode draden. De man bukte zich, tuitte zijn lippen en blies op het ontluikende vuurtje, zo zachtjes als een moeder die haar kind kust, en de vonken werden likkende vlammetjes.

Een poosje was hij met het vuur bezig, rangschikte een koolbedje van een paar centimeter dik terwijl de rook naar een rooster ver erboven opsteeg. Ze keek er morbide gefascineerd naar, niet in staat haar blik af te wenden, ook al wist ze wat haar te wachten stond. Geen van hen zei een woord; het was alsof ze zich beiden te zeer schaamden voor wat er zou gaan gebeuren om dat toe te geven.

Hij blies nogmaals op de kolen en draaide zich toen om alsof hij naar haar toe wilde lopen.
Niet toegeven, zei ze, als verstard, tegen zichzelf.
Ze balde haar vuisten en hield haar adem in terwijl de man dichter en dichter naar haar toe liep.
Een vederlichte aanraking van tocht veegde over haar gezicht toen hij langs haar heen liep en zij luisterde terwijl hij de trap opklom, de kamer verliet en zijn voetstappen in de stilte wegstierven.
Er ontsnapte haar een lichte zucht toen ze zich iets ontspande. Als een magneet werd haar blik weer naar de fel brandende kooltjes teruggetrokken. Een doffe, roestkleurige gloed kroop langs de uit de stoof stekende ijzeren staven omhoog.
Ze bevochtigde haar mond en bedacht dat een slok water wel lekker zou zijn.
Een van de kooltjes sprong op en spleet in tweeën, maar verder was het stil in de kamer.
Terwijl ze daar zo lag, geen kant op kon en niet kon vechten, deed ze haar best nergens aan te denken. Denken zou haar vastberadenheid alleen maar afzwakken. Wat gebeuren moest, zou gebeuren en daar zou angst noch vrees iets aan kunnen veranderen.
Nieuwe voetstappen kondigden zich in de gang buiten de kamer aan: deze keer een groepje; sommige marcheerden ritmisch, andere niet. Ze veroorzaakten met z'n allen zo'n rauwe echo dat ze onmogelijk kon bepalen hoeveel mensen het waren. De stoet hield bij de deuropening halt en ze hoorde stemmen mompelen, daarna kwamen twee paar klakkende voetstappen – van rijlaarzen met harde zool, vermoedde ze – de kamer in.
De deur sloeg met een holle klap dicht.
De voetstappen liepen gestaag en doelbewust de trap af. Ze zag de arm van iemand die aan het uiterste randje van haar gezichtsveld een houtbewerkte stoel neerzette.
Er ging een man op zitten.
Hij was groot: niet dik, maar breedgeschouderd. Een lange, zwarte cape was om hem heen gedrapeerd. Die zag er zwaar uit, alsof hij met maliën gevoerd was. Het licht van de kolen en dat van de vlamloze lantaarn zetten de contouren van zijn gedaante in een vergulde gloed, maar zijn gelaatstrekken bleven te donker om te kunnen onderscheiden. Toch verhulden de schaduwen niet de omtrek van de scherpe, puntige kroon die op zijn voorhoofd rustte.
Haar hart sloeg een slag over. Met veel moeite hervatte het zijn eerdere, snelle ritme.
Een tweede man, deze gekleed in een kastanjebruine wambuis en leg-

ging – beide met gouddraad afgewerkt – liep naar de stoof en bleef met zijn rug naar haar toe staan terwijl hij met een ijzeren staaf in de kolen pookte.

De man in de stoel trok een voor een aan de vingers van zijn handschoenen. Daarna trok hij ze uit. Er kwamen dof bronskleurige handen uit tevoorschijn.

Hij nam met diepe, welluidende stem bevelend het woord. Elke bard die zo'n honingzoet instrument bezat, zou door het hele land als meester van meesters geprezen worden. Door het geluid ging haar huid tintelen; zijn woorden leken als warme watergolven over haar heen te spoelen, haar te strelen, haar te verleiden, haar te binden. Ze besefte dat naar hem luisteren even gevaarlijk was als luisteren naar Elva.

'Welkom in Urû'baen, Nasuada, dochter van Ajihad,' zei de man in de stoel. 'Welkom hier, in mijn huis, onder deze oude rotspilaren. Het is lang geleden dat zo'n eminente gast als u ons met haar aanwezigheid vereert. Ik werd elders beziggehouden, maar ik verzeker u dat ik van nu af aan mijn plichten als gastheer niet zal veronachtzamen.' Eindelijk sloop er een dreigend randje in zijn stem, als een klauw die wordt uitgeslagen.

Ze had Galbatorix nooit gezien, alleen beschrijvingen gehoord en afbeeldingen bestudeerd, maar het stemgeluid van de man had zo'n diepe, machtige uitwerking op haar dat ze er niet aan twijfelde dat hij inderdaad de koning was.

In zowel zijn accent als zijn uitspraak zat nog iets ánders, alsof de taal die hij sprak niet zijn moedertaal was. Het was een subtiel verschil, maar onmogelijk te negeren toen het haar eenmaal was opgevallen. Misschien, bedacht ze, kwam het omdat de taal sinds zijn geboorte door de jaren heen was veranderd. Dat leek de meest voor de hand liggende verklaring, want zijn manier van praten deed haar denken aan… Nee, dat deed haar nergens aan denken.

Hij boog zich naar voren en ze voelde hoe zijn blik door haar heen priemde.

'U bent jonger dan ik had verwacht. Ik wist dat u pas onlangs volwassen bent geworden, maar u bent nog een kind. Zoals de meeste kinderen tegenwoordig op me overkomen: huppelende, zelfvoldane, overmoedige kinderen die niet weten wat goed voor hen is, kinderen die leiding nodig hebben van degenen die ouder en wijzer zijn.'

'Zoals jijzelf?' zei ze op minachtende toon.

Ze hoorde hem grinniken. 'Heb je liever dat de elfen over ons regeren? Ik ben de enige van ons ras die ze op afstand kan houden. Wat hun betreft zijn zelfs onze oudste grijsbaarden nog onbeproefde jongelingen, niet geschikt voor de verantwoordelijkheden van de volwassenheid.'

'Dat zou jij wat hen betreft ook zijn.' Ze wist niet waar haar moed vandaan kwam, maar ze voelde zich sterk en uitdagend. Of de koning haar er nu wel of niet voor zou straffen, ze was vastbesloten te zeggen wat ze op haar hart had.

'Ah, maar ik heb mijn aandeel jaren al geleefd. Ik bezit de herinneringen van honderden ervan. Leven stapelde zich op leven: liefde, haat, veldslagen, overwinningen, nederlagen, lessen geleerd, fouten gemaakt... dat zit allemaal in mijn hoofd, ze fluisteren me hun wijsheid in de oren. In mijn geheugen zitten eeuwigheden. In de hele opgetekende geschiedenis is er nooit iemand geweest zoals ik, zelfs niet onder de elfen.'

'Hoe kan dat?' fluisterde ze.

Hij verschoof in zijn stoel. 'Speel niet de vermoorde onschuld, Nasuada. Ik weet dat Glaedr zijn hart van harten aan Eragon en Saphira heeft gegeven, en dat hij op dit moment daar is, bij de Varden. Je begrijpt heus wel waar ik het over heb.'

Ze onderdrukte een siddering van angst. Het feit dat Galbatorix bereid was om het met haar over zulke zaken te hebben – dat hij bereid was om, ook al was het indirect, de bron van zijn macht aan te stippen –, vaagde zelfs het geringste sprankje hoop weg dat hij ooit van plan was haar vrij te laten.

Toen gebaarde hij met zijn handschoenen door de kamer. 'Voordat we verdergaan, moet je iets over de geschiedenis van deze plek weten. Toen de elfen zich voor het eerst in dit deel van de wereld waagden, ontdekten ze een kloof die diep lag begraven in de steile wand die boven de vlakten hieromheen opdoemt. Die steile wand roemden ze omdat die een verdediging tegen drakenaanvallen vormde, maar de kloof roemden ze om een heel andere reden. Ze ontdekten bij toeval dat door de dampen die uit de spleet in de rotsen opstegen, de kans groter was dat degenen die in de buurt ervan sliepen wellicht een glimp konden opvangen, hoe vaag ook, van toekomstige gebeurtenissen. Dus ruim tweeënhalf duizend jaar geleden bouwden de elfen deze kamer boven op de spleet en vele honderden jaren heeft hier een orakel gewoond, zelfs nadat de elfen de rest van Ilirea hadden verlaten. Zij zat daar waar jij nu ligt, en ze droomde de eeuwen weg over alles wat was geweest en zou kunnen zijn.

Gaandeweg verloor de lucht zijn kracht en gingen het orakel en haar volgelingen weg. Wie ze was en waar ze naartoe is gegaan, weet niemand zeker. Ze had geen naam, maar werd Waarheidzegger genoemd en uit bepaalde verhalen maak ik op dat ze elf noch dwerg was, maar iets heel anders. Hoe dan ook, tijdens haar verblijf hier werd deze kamer, zoals je mocht verwachten, de Zaal van de Waarheidzegger genoemd, en dat is tot op de dag van vandaag nog zo, alleen ben jíj nu de waarheidzegger, Nasuada, dochter van Ajihad.'

Galbatorix spreidde zijn armen. 'Dit is een plek waar de waarheid moet worden verteld... en aangehoord. Binnen deze muren tolereer ik geen leugens, nog niet de simpelste onwaarheid. Wie er ook op dat harde stuk steen ligt, die wordt de laatste waarheidzegger, en hoewel velen de rol met tegenzin hebben aanvaard, heeft uiteindelijk niemand hem geweigerd. Jij bent geen uitzondering.'

De poten van de stoel schraapten over de vloer en toen voelde ze Galbatorix' warme adem tegen haar oor. 'Ik weet dat dit pijnlijk voor je zal zijn, Nasuada, ongelooflijk pijnlijk. Je zult jezelf moeten vernietigen voordat je trots je zal toestaan je over te geven. In de wereld is niets zo moeilijk dan jezelf veranderen. Dat begrijp ik wel, want ik heb mezelf meer dan eens opnieuw gevormd. Maar ik zal hier zijn om je hand vast te houden en je door de overgang heen helpen.

Je hoeft de reis niet in je eentje te maken. En het troost je wellicht te weten dat ik nooit tegen je zal liegen. Dat doet niemand van ons. Niet in deze ruimte. Je mag aan me twijfelen, maar gaandeweg zul je me gaan geloven. Ik beschouw dit als een heilige plek en ik hak nog liever mijn eigen hand af dan de idee die erachter zit te ontheiligen. Je mag alles vragen wat je wilt, en ik beloof je, Nasuada, dochter van Ajihad, dat we naar waarheid zullen antwoorden. Als koning van deze landen doe ik daar een eed op.'

Ze bewoog haar kaken heen en weer, probeerde te bedenken wat ze moest antwoorden. En toen zei ze tussen opeengeklemde tanden door: 'Ik zal je nooit vertellen wat je wilt weten!'

Langzaam vulde de kamer zich met een donker gegrinnik. 'Je begrijpt het niet; ik heb je niet hier gebracht omdat ik op informatie uit ben. Je kunt me niets vertellen wat ik niet al weet. Het aantal en de positie van je troepen, je plannen om deze citadel te belegeren, Eragon en Saphira's taken, gewoonten en vaardigheden, de Dauthdaert die je in Belatona hebt verworven, zelfs de macht van het heksenkind Elva, dat je tot voor kort aan je zijde had. Dat weet ik allemaal, en nog meer. Zal ik je de cijfers geven?... Nee? Goed dan. Mijn spionnen zijn talrijker en hogergeplaatst dan je je kunt voorstellen en ik heb bovendien andere middelen om inlichtingen in te winnen. Jij hebt geen geheimen voor me, Nasuada, maar dan ook geen enkele; daarom is het zinloos om je mond stijfdicht te houden.'

Zijn woorden sloegen er als hamerslagen in, maar ze deed haar best zich er niet door te laten ontmoedigen. 'Waarom dan wel?'

'Waarom ik je hier heb gebracht? Omdat je, liefje, een bevel kunt voeren, dat is een gave van je, en dat is veel dodelijker dan welke bezwering ook. Eragon vormt geen bedreiging voor me, en de elfen evenmin, maar jij... jij bent gevaarlijk op een manier zoals zij dat niet zijn. Zonder jou zijn de Varden als een blinde stier; ze zullen snuiven en tieren, en ze zullen rechtstreeks aanvallen, wat hun ook in de weg ligt. Dan neem ik ze te grazen en zal ze in hun dwaasheid vernietigen.

Maar de vernietiging van de Varden is niet de reden dat ik je heb ontvoerd. Nee, je bent hier omdat je bewezen hebt dat je mijn aandacht waard bent. Je bent fel, standvastig, ambitieus en intelligent, precies de kwaliteiten die ik in mijn meeste dienaren bewonder. Ik wil je aan mijn zijde, Nasuada, als mijn voornaamste adviseur en als generaal van mijn leger, wanneer ik de laatste fasen implementeer van mijn grootse plan waar ik al bijna een eeuw aan heb gewerkt. Er zal een nieuwe orde in Alagaësia gaan heersen en ik wil dat jij daar deel van uitmaakt. Al sinds de laatste van de Dertien stierf, heb ik gezocht naar degenen die hun plaats konden innemen. Tot voor kort waren mijn inspanningen tevergeefs geweest. Durza was een nuttige dwaas, maar als Schim had hij zekere beperkingen: hij maalde niet om zijn eigen lijfsbehoud, om er maar een te noemen. Van alle kandidaten die ik onder de loep heb genomen, was Murtagh de eerste die in aanmerking kwam en de eerste die de proeven heeft doorstaan waaraan ik hem heb onderworpen. Jij bent de volgende, dat weet ik zeker. En Eragon de derde.'

Afgrijzen kroop door haar heen terwijl ze naar hem luisterde. Wat hij voorstelde was veel erger dan ze voor mogelijk had gehouden.

De in het kastanjebruin geklede man bij de stoof liet haar schrikken door met een van de ijzeren staven zo hard in de kolen te poken dat de punt ervan tegen de koperen ketel eronder stootte.

Galbatorix vervolgde: 'Als je het overleeft, zul je de kans krijgen meer te bereiken dan je dat ooit met de Varden zal lukken. Denk erover na! In mijn dienst kun je in heel Alagaësia vrede brengen en jij zou mijn belangrijkste architect zijn om die veranderingen te verwezenlijken.'

'Ik laat me nog liever door duizend slangen bijten dan jou te dienen.' En ze spuugde in de lucht.

Zijn gekakel echode opnieuw door de kamer: het geluid van iemand die nergens bang voor was, zelfs niet voor de dood. 'We zullen zien.'

Ze kromp ineen toen ze voelde dat een vinger haar aan de binnenkant van haar elleboog aanraakte. Die maakte langzaam een cirkel, gleed toen naar het eerste litteken op haar onderarm en bleef rusten op het vleesricheltje, warm op haar huid. Hij tikte drie keer met zijn vinger voor hij naar de volgende paar littekens ging, toen weer terug, en hij streek eroverheen als was het een wasbord.

'Je hebt een tegenstander verslagen tijdens de Beproeving van de Lange Messen,' zei Galbatorix, 'en met meer snijwonden dan wie ook in de recente herinnering heeft opgelopen. Dat betekent dat je zowel een uitzonderlijk sterke wil hebt als dat je in staat bent om je verbeeldingskracht uit te schakelen. Want de meesten denken dat mannen door een overijverige verbeeldingskracht in lafaards veranderen. Van geen van deze eigenschappen zul je nu echter kunnen profiteren. Integendeel, ze zijn een obstakel. Iedereen heeft een grens, of dat nu fysiek of mentaal is. De enige vraag is hoe lang het duurt voordat je dat punt hebt bereikt. En ik verzeker je dat je dat punt zult bereiken. Je kunt het misschien via je kracht uitstellen, maar eraan ontkomen kun je niet. En evenmin zullen je afweerbezweringen iets uithalen zolang je in mijn macht bent. Dus waarom zou je nodeloos lijden? Niemand twijfelt aan je moed; dat heb je al aan de hele wereld laten zien. Geef toe. Het is geen schande om het onvermijdelijke te aanvaarden. Als je doorgaat, zul je alleen maar het slachtoffer worden van een hele reeks martelingen, en alleen maar om aan je plichtsgevoel tegemoet te komen. Kom je plichtsgevoel dan nu tegemoet en zweer me je eed van trouw in de oude taal, en voor het uur om is, zul je een tiental bedienden hebben, zijden en damasten gewaden dragen, een aantal kamers tot je beschikking hebben en aan mijn tafel de maaltijd gebruiken.'

Toen zweeg hij even, wachtte op een antwoord, maar ze staarde naar de geschilderde lijnen op het plafond en weigerde iets te zeggen.

Hij ging door met de verkenning van haar arm, bewoog zijn vinger van haar littekens naar de binnenkant van haar pols, waar hij hem zwaar op een ader liet rusten.

'Uitstekend. Zoals je wilt.' De druk op haar pols verdween. 'Murtagh, kom, toon jezelf. Je bent onbeleefd tegen onze gast.'

O, hij niet ook, dacht ze en plotseling voelde ze een enorm verdriet.

De man in het kastanjebruin bij de stoof draaide zich langzaam om, en ze zag dat het inderdaad Murtagh was. Zijn ogen waren bijna in schaduwen verdwenen en zijn mond en kaken waren in een grimmige uitdrukking gefixeerd.

'Murtagh aarzelde een beetje toen hij bij mij in dienst trad, maar sindsdien heeft hij bewezen een schrandere leerling te zijn. Hij heeft zijn vaders talenten. Waar of niet?'

'Ja, heer,' zei Murtagh met ruwe stem.

'Hij heeft me verbaasd toen hij de oude koning Hrothgar doodde op de Brandende Vlakten. Ik had niet verwacht dat hij zich zo geestdriftig tegen zijn vroegere vrienden zou keren, maar aan de andere kant, onze Murtagh zit vol woede en bloeddorst. Als ik hem de kans gaf, zou hij met zijn blote handen de keel van een Kull doorscheuren, en dat heb ik gedaan. Je vindt niets zo heerlijk als doden, hè?'

Murtagh spande zijn nekspieren strak aan. 'Nee, heer.'

Galbatorix lachte zachtjes. 'Murtagh Koningdoder... Een mooie naam, een passende naam voor een legende, maar niet een die je nogmaals zou willen verdienen, tenzij op mijn bevel.' Toen tegen haar: 'Tot nu toe heb ik zijn kennis van de subtiele kunst der overredingskracht buiten beschouwing gelaten, de reden waarom ik hem vandaag heb meegenomen. Hij heeft enige ervaring als lijdend voorwerp van zulke kunsten, maar heeft die zelf nooit beoefend, en het wordt hoog tijd dat hij ze zich eigen gaat maken. En waar kan hij ze beter leren dan hier, bij jou? Tenslotte was het Murtagh die me ervan overtuigde dat jij de moeite waard was om je te scharen onder mijn nieuwe generatie volgelingen.'

Ze kreeg een merkwaardig gevoel van verraad over zich. Ondanks wat hij had aangericht, had ze toch meer van Murtagh gedacht. Ze zocht in zijn gezicht naar een verklaring, maar hij stond zo stijf als een op zijn post staande wachtpost en hield zijn gezicht afgewend; ze kon niets van zijn gezichtsuitdrukking aflezen.

Toen gebaarde de koning naar de stoof en zei op zakelijke toon; 'Pak een ijzer.'

Murtagh balde zijn handen tot vuisten. Verder bleef hij roerloos staan.

Er weerklonk een woord in Nasuada's oren, als het slaan van een grote klok. Het weefsel van de wereld leek bij het geluid te vibreren, alsof een reus aan de snaren van de werkelijkheid had getrokken en ze liet trillen. Even had ze het gevoel dat ze viel en de lucht voor haar glinsterde als water. Ondanks zijn macht kon ze zich niet de letters herinneren waaruit het woord gevormd werd, zelfs niet tot welke taal het behoorde, want het woord ging dwars door haar geest en liet alleen de herinnering aan de uitwerking ervan achter.

Murtagh schokte; toen draaide hij zich om, greep een van de ijzeren staven vast en trok hem met een hortende beweging uit de stoof. Vonken sproeiden in de lucht toen het ijzer van de kolen loskwam en verscheidene fonkelende sintels spiraalden naar de vloer als pijnboompitten uit hun kegels.

De punt van de staaf gloeide fel lichtgeel dat tot een rossig oranje kleurde terwijl ze ernaar keek. Het licht van het hete metaal weerscheen op Murtaghs glanzende halfmasker, waardoor hij er grotesk en onmenselijk uitzag. Ze zag haar eigen weerspiegeling ook in het masker, haar gedaante was verwrongen tot een obscure torso met spillebenen, die in dunne, zwarte lijnen langs de glooiing van Murtaghs wangen wegliepen.

Hoe vruchteloos ook, ze trok onwillekeurig aan haar boeien toen hij dichter bij haar kwam.

'Ik begrijp het niet,' zei ze tegen Galbatorix met geveinsde kalmte. 'Ga je je geest niet tegen me gebruiken?' Niet dat ze dat zo graag wilde, maar ze verdedigde zichzelf liever tegen een aanval op haar bewustzijn dan zich teweer te moeten stellen tegen de pijn van een ijzer.

'Daar kan later altijd nog, als dat nodig mocht zijn,' zei Galbatorix. 'Nu ben ik nieuwsgierig naar hoe dapper je werkelijk bent, Nasuada, dochter van Ajihad. Bovendien neem ik liever niet de macht over je geest over om je te dwingen me trouw te zweren. Ik wil dat je die beslissing uit eigen vrije wil neemt en in het bezit van al je verstandelijke vermogens.'

'Waarom?' kraste ze.

'Omdat ik dat prettig vind. Nou, voor de laatste keer, geef je je over?'

'Nooit.'

'Het zij zo. Murtagh?'

De staaf daalde op haar neer, de punt leek op een reusachtige, fonkelende robijn.

Ze hadden haar niets gegeven waarop ze kon bijten, dus ze had geen andere keus dan het uit te schreeuwen, en de achtkantige kamer weergalmde van haar folterende pijn, tot haar stem het opgaf en een allesomvattende duisternis haar plooien om haar heen wikkelde.

Op de vleugels van een draak

Eragon tilde zijn hoofd op, haalde diep adem en merkte dat een deel van zijn zorgen afnam.

Op een draak rijden was verre van geruststellend, maar het gaf hem en Saphira rust dat ze zo dicht bij elkaar waren. Het simpele genot van het fysieke contact bracht hen op hun gemak op een manier die maar weinig dingen konden evenaren. Bovendien werd hij door het constante geluid en de beweging van de vlucht afgeleid van de akelige gedachten die hem hadden achtervolgd.

Ook al was hun reis nog zo dringend en waren de omstandigheden in het algemeen hachelijk, Eragon was blij dat hij bij de Varden weg was. Het bloedvergieten in de afgelopen tijd had bij hem het gevoel achtergelaten dat hij zelf geen rust meer had.

Sinds hij zich in Feinster weer bij de Varden had voegd, had hij het grootste deel van de tijd gevochten of gewacht op de volgende strijd, en de spanning begon zijn tol te eisen, vooral na het geweld en afgrijzen in Dras-Leona. Uit naam van de Varden had hij honderden soldaten gedood – van wie weinigen zelfs maar de kleinste kans hadden gehad om hem kwaad te doen – en ook al waren zijn daden nog zo gerechtvaardigd, hij dacht er niet graag aan terug. Voor hem hoefde niet elke strijd wanhopig te zijn en evenmin hoefde iedere tegenstander niet zijn gelijke te zijn, of zelfs beter dan hij – verre van dat –, maar doordat hij zo velen zo gemakkelijk had afgeslacht, kreeg hij het gevoel dat hij eerder een slager was dan een krijger. De dood, zo was hij gaan geloven, was iets eroderends, hoe meer hij ermee te maken had, hoe meer die aan hem vrat.

Maar nu hij alleen was met Saphira – en met Glaedr, hoewel de gouden draak sinds hun vertrek niet van zich had laten horen – hielp dat Eragon om zich weer een beetje normaal te voelen. In zijn eentje of in kleine groepen voelde hij zich goed op z'n gemak, en hij hoefde niet zo nodig zijn tijd in een plaats of stad door te brengen, of zelfs in een kamp als dat van de Varden. In tegenstelling tot de meeste mensen had hij geen hekel aan de wildernis en was hij er ook niet bang voor; hoe hardvochtig het lege landschap ook was, het bezat een gratie en schoonheid waar iets kunstmatigs niet tegenop kon en dat vond hij helend.

Dus liet hij zich afleiden door Saphira's vlucht en het grootste deel van de dag deed hij niets belangrijkers dan kijken naar het langs glijdende landschap.

Saphira vloog vanaf het kamp van de Varden aan de oevers van het Leonameer de brede watervlakte over, boog af naar het noordwesten en klom zo hoog dat Eragon zich met een bezwering tegen de kou moest beschermen.

Het leek wel of het meer vol vlekken zat: op sommige plekken glansde en sprankelde het water waar de golven het zonlicht naar Saphira terugkaatsten, en waar het dof en grijs was gebeurde dat niet. Eragon kon eindeloos naar die voortdurend wisselende lichtpatronen kijken; dat kende in de hele wereld zijn weerga niet.

Onder hen vlogen vishaviken, kraanvogels, ganzen, eenden, spreeuwen en andere vogels. De meeste negeerden Saphira, maar een paar haviken spiraalden omhoog en vergezelden haar een poosje, eerder nieuwsgierig dan bang. Twee waren zelfs zo brutaal dat ze voor haar uit zwenkten, slechts een paar voet bij haar lange, scherpe tanden vandaan.

Met hun hoekige klauwen en gele snavels deden de felle roofdieren Eragon in veel opzichten aan Saphira denken, wat haar plezier deed, want zij bewonderde de haviken ook, hoewel niet zozeer om hun uiterlijk als wel omdat ze zulke goede jagers waren.

De kust onder hen vervaagde gaandeweg in een nevelige, paarse streep, die uiteindelijk helemaal verdween. Ruim een half uur lang zagen ze alleen vogels en wolken in de lucht, en de enorme uitgestrektheid van door wind geteisterd water dat het aardoppervlak bedekte.

Toen doemden aan de horizon links vóór hen de gekartelde, grijze contouren van het Schild op, voor Eragon een welkom uitzicht.

Hoewel dit niet de bergen uit zijn jeugd waren, behoorden ze wel tot dezelfde bergketen en als hij ze zag, had hij het gevoel dat hij niet zo ver verwijderd was van zijn oude huis.

De bergen werden groter en groter, tot de rotsachtige, met sneeuw bedekte toppen als de afgebrokkelde kantelen van een kasteelmuur voor hen opdoemden. Tientallen witten stroompjes tuimelden van de donkere, groene heuvelruggen omlaag en zochten zich kronkelend een weg door de scheuren in het land, tot ze in het grote meer uitkwamen dat aan de voet van de bergketen lag. Een stuk of vijf dorpen lagen aan de kust of er vlakbij, maar door Eragons magie merkten de mensen daar beneden er niets van dat Saphira boven hen overvloog.

Terwijl hij naar de dorpen keek, viel het Eragon op hoe klein en geïsoleerd ze waren en, achteraf gezien, hoe klein en geïsoleerd Carvahall was geweest. Vergeleken met de grote steden waar hij was geweest, stelden de dorpen weinig meer voor dan een groepje hutten, voor zelfs de verachtelijkste paupers maar amper geschikt. Veel van de mannen en vrouwen onder hen, zo wist hij, waren nooit verder geweest dan een paar mijl van hun geboorteplek en zouden hun hele leven in een wereld niet groter dan hun gezichtsveld leven.

Wat een bekrompen bestaan, dacht hij.

En toch vroeg hij zich af of het misschien beter was om op één plek te blijven en daar alles over te leren wat je kon, in plaats van voortdurend door het land te zwerven. Was een brede, maar oppervlakkige opleiding beter dan een smalle, die diep ging?

Hij wist het niet. Hij herinnerde zich dat Oromis hem een keer had verteld dat de hele wereld kon worden afgeleid van het kleinste korreltje zand, als je dat maar goed genoeg bestudeerde.

Het Schild was in de verste verte niet zo hoog als de Beorbergen, maar toch torenden de platte toppen duizend voet of meer boven Saphira uit toen ze ertussendoor manoeuvreerde, waarbij ze de beschaduwde kloven en valleien volgde die de bergrug doorsneden. Zo nu en dan moest ze omhoog zwenken om een kale, besneeuwde pas te nemen en wanneer ze dat deed en Eragon een weidser uitzicht had, bedacht hij dat de bergen eruitzagen als een heleboel kiezen die uit het bruine, aardse tandvlees omhoogstaken.

Toen Saphira over een wel heel diepe vallei scheerde, zag hij op de bodem ervan een open plek met een lintachtige waterstroom die door grasland liep. En langs de randen van de open plek ving hij een glimp op van wat hij dacht dat huizen waren – of misschien tenten; dat was moeilijk te zeggen – verstopt onder de zwaar overhangende takken van sparren die op de hellingen van de naburige bergen groeiden. Door een gat tussen de

takken was een enkel vuur te zien, als een klein klompje goud gevat in een deken van zwarte naalden, en hij dacht dat hij een eenzame figuur van de stroom weg zag kuieren. De figuur zag er vreemd lijvig uit en zijn hoofd leek te groot voor zijn lichaam.
Volgens mij was dat een Urgal.
Waar? vroeg Saphira en hij voelde haar nieuwsgierigheid.
Op de open plek achter ons. Hij deelde zijn herinnering met haar. *Ik wilde dat we de tijd hadden om terug te gaan en het uit te zoeken. Ik wil wel eens zien hoe ze leven.*
Ze snoof. Hete rook stroomde uit haar neusgaten en daarna rolde ze haar nek naar hem toe. *Ze vatten het wellicht niet vriendelijk op als een draak en een Rijder pardoes tussen hen in landen.*
Hij hoestte en knipperde met zijn waterige ogen. *Zeg, hoeft 't niet?*
Ze gaf geen antwoord, maar de rookpluim uit haar neusgaten hield op en de lucht om hem heen klaarde op.

Niet lang daarna kwamen de contouren van de bergen Eragon steeds bekender voor. Toen opende zich een grote spleet voor Saphira en hij realiseerde zich dat ze over de pas vlogen die naar Teirm leidde, dezelfde pas die Brom en hij twee keer te paard hadden genomen. Hij zag er nog net zo uit als hij het zich herinnerde: de westelijke arm van de rivier de Toark stroomde nog steeds snel en krachtig naar de zee in de verte, het wateroppervlak werd onderbroken met witte vederwolken waar zwerfkeien zijn doorgang belemmerden. De onherbergzame weg die Brom en hij langs de rivier hadden gevolgd was nog altijd een lichte, stoffige streep, amper breder dan een hertenpad. Hij dacht zelfs het groepje bomen te herkennen waar ze waren gestopt om te eten.

Saphira sloeg naar het westen af en volgde de rivier tot de bergen overgingen in weelderige, van regen doorweekte velden, waarna ze meer naar het noorden afboog. Eragon ging niet tegen haar beslissing in; ze verdwaalde nooit, zelfs niet in een sterreloze nacht diep onder de grond in Farthen Dûr.

De zon was dicht bij de horizon toen ze van het Schild wegvlogen. De schemering viel over het land en Eragon hield zichzelf bezig door te proberen iets te bedenken waarmee hij Galbatorix in de val kon lokken, kon doden of om de tuin kon leiden. Na een tijdje kwam Glaedr uit zijn zelf opgelegde afzondering tevoorschijn en deed met hem mee. Een uur lang bespraken ze verschillende strategieën, en daarna oefenden ze in het aanvallen en verdedigen van elkaars geest. Saphira oefende ook mee, maar daar slaagde ze maar ten dele in, want tijdens het vliegen kon ze zich niet goed op iets anders concentreren.

Later staarde Eragon een poos naar de koude, witte sterren. Daarna vroeg hij aan Glaedr: *Kunnen er in de Kluis der Zielen eldunarí zitten die de Rijders voor Galbatorix hebben verstopt?*

Nee, zei Glaedr zonder aarzelen. *Dat is onmogelijk. Oromis en ik hadden het geweten als Vrael zo'n plan had goedgekeurd. En als er al eldunarí op Vroengard zijn achtergelaten, dan hadden we ze gevonden toen we teruggingen om het eiland te doorzoeken. Een levend wezen verbergen is nog niet zo gemakkelijk als je denkt.*

Waarom niet?

Als een egel zich als een bal oprolt, wordt hij daarmee nog niet onzichtbaar, wel? Met een geest is het niet anders. Je kunt je gedachten voor anderen afschermen, maar voor wie het gebied afzoekt, kun je je bestaan niet verhullen.

Maar je kunt met een bezwering toch wel...

Als een bezwering met onze zintuigen had geknoeid, hadden we dat geweten, want we hadden afweerbezweringen om dat te voorkomen.

Geen eldunarí dus, concludeerde Eragon mistroostig.

Helaas niet.

Ze vlogen in stilte verder terwijl de wassende driekwartmaan opkwam boven de gekartelde pieken van het Schild. In dat licht zag het land eruit alsof het van tin was gemaakt, en Eragon vermaakte zich door zich in te beelden dat het een immense, door dwergen uitgehouwen sculptuur was die ze in een grot zo groot als Alagaësia hadden opgeborgen.

Eragon merkte dat Glaedr van hun vlucht genoot. Net als Eragon en Saphira leek de oude draak de gelegenheid aan te grijpen om hun aardse zorgen achter zich te laten, ook al was het maar voor even, en zich vrijelijk door de lucht te bewegen.

Daarna nam Saphira het woord. Tussen de trage, zware slagen van haar vleugels door zei ze tegen Glaedr: *Vertel ons een verhaal, Ebrithil.*

Wat voor verhaal wil je horen?

Over hoe jij en Oromis bij de Meinedigen gevangengenomen werden en hoe jullie toen zijn ontsnapt.

Hierdoor nam Eragons belangstelling toe. Hij was daar zelf altijd nieuwsgierig naar geweest, maar had nooit de moed kunnen opbrengen om het aan Oromis te vragen.

Glaedr zweeg even en zei toen: *Toen Galbatorix en Morzan uit de wildernis terugkeerden en hun campagne tegen onze orde begon, zagen we eerst de ernst van de dreiging niet in. We maakten ons natuurlijk zorgen, maar niet meer dan als we hadden ontdekt dat een Schim het land was binnengedrongen. Galbatorix was niet de eerste Rijder die krankzinnig is geworden, hoewel hij wel de eerste was die een volgeling als Morzan wist te verwerven. Dat alleen al had ons moeten waarschuwen voor het gevaar waar we mee te maken kregen, maar de waarheid werd pas achteraf duidelijk.*

Destijds hebben we verzuimd te bedenken dat Galbatorix misschien nog andere volgelingen had verzameld of zelfs maar dat hij daar een poging toe waagde. Het leek absurd dat iemand van onze broederschap zijn oren zou laten hangen naar Galbatorix' giftige fluisteringen. Morzan was nog een novice; het was begrijpelijk dat hij zwak was. Maar degenen die een volleerd Rijder waren? We hebben nooit aan hun trouw getwijfeld. Pas toen ze in de verleiding kwamen, werd duidelijk in hoeverre hun kwaadaardigheid en zwakheden hen hadden gecorrumpeerd. Sommigen wilden wraak wegens oude veten; anderen geloofden dat alleen al vanwege hun macht draken en Rijders over heel Alagaësia moesten regeren; en weer anderen, ben ik bang te moeten zeggen, genoten eenvoudigweg van de kans om de gevestigde orde omver te werpen en zich te buiten te gaan aan alles wat ze maar wilden.

De oude draak zweeg en Eragon voelde dat oude haat en smart zijn geest verduisterden. Toen vervolgde Glaedr: *Op dat moment waren de gebeurtenissen... verwarrend. Er was weinig bekend en de berichten die we ontvingen waren zo doorspekt van geruchten en speculatie dat we er weinig aan hadden. Oromis en ik begonnen te vermoeden dat er iets veel ergers aan de hand was dan de meesten van ons zich hadden gerealiseerd. We probeerden een paar oudere draken en Rijders daarvan te overtuigen, maar ze waren het niet met ons eens en wuifden onze zorgen weg. Ze waren geen dwazen, maar eeuwenlange vrede had hun visie vertroebeld en ze waren niet in staat te zien dat de wereld om ons heen aan het veranderen was.*

Gefrustreerd door het gebrek aan informatie vertrokken Oromis en ik uit Ilirea om uit te zoeken wat we zelf konden uitrichten. We namen twee jongere Rijders mee, beiden elfen en volleerde krijgers, die pasgeleden waren teruggekeerd van een verkenningstocht in de noordelijke gebieden van het Schild. Het was deels op hun aandringen dat we onze expeditie doorzetten. Je herkent hun namen misschien wel, want het waren Kialandí en Formora.

'Ah,' zei Eragon, die het plotseling begreep.

Ja. Na anderhalve dag reizen stopten we bij Edur Naroch, een wachttoren uit de oude tijd die de wacht hield over het Zilverwoud. Zonder dat wij het wisten waren Kialandí en Formora al eerder bij de toren geweest en hadden de drie elfenopzichters die daar gestationeerd waren afgeslacht. Daarna hadden ze een val gezet op de rotsen om de toren heen, een val die dichtklapte zodra mijn klauwen het gras op de terp raakten. We konden ons er niet tegen verdedigen, want we raakten niet gewond; hij hield ons alleen tegen en maakte ons trager, alsof er honing over ons lichaam en onze geest was geschonken. Terwijl we zo in de val zaten, gingen de ogenblikken razendsnel voorbij. Kialandí, Formora en hun draken flitsten sneller dan kolibries om ons heen; ze leken niet meer dan donkere vlekken aan de rand van ons gezichtsveld.

Toen ze klaar waren, bevrijdden ze ons. Ze hadden tientallen bezweringen uitgesproken: bezweringen om ons op die plek te houden, om ons blind te maken, om te voorkomen dat Oromis kon spreken, zodat het moeilijker voor hem werd om zelf bezweringen toe te passen. Nogmaals, hun magie deed ons geen pijn, en dus hadden we er geen weerwoord op... Zodra we ertoe in staat waren, vielen we Kialandí, Formora en hun draken met onze geest aan, en zij ons, en urenlang hebben we met ze geworsteld. Het was geen... aangename ervaring. Ze waren zwakker en minder begaafd dan Oromis en ik, maar ieder van ons moest het tegen twee van hen opnemen. Ze hadden het hart van harten van een draak bij zich, die Agaravel heette en wier Rijder ze hadden vermoord, en ze voegden haar kracht bij die van hen. Als gevolg stonden we tijdens onze verdediging zwaar onder druk. We ontdekten dat ze ons wilden dwingen om Galbatorix en de Meinedigen ongemerkt Ilirea te helpen binnenkomen, zodat ze de Rijders bij verrassing konden overmeesteren en de eldunarí gevangen konden nemen die toen in de stad woonden.

'Hoe zijn jullie ontsnapt?' vroeg Eragon.

Gaandeweg werd het duidelijk dat we ze niet konden verslaan. Dus Oromis waagde magie in een poging ons te bevrijden, ook al wist hij dat dit Kialandí en Formora zou aanzetten om ons ook met magie aan te vallen. Het was een wanhopige zet, maar we hadden geen keus.

Op een bepaald moment sloeg ik zonder dat ik van Oromis' plannen wist onze aanvallers terug, wilde ze verwonden. Oromis had precies op zo'n moment gewacht. Hij had de Rijder die Kialandí en Formora in de magie had opgeleid goed gekend en kende Galbatorix' verwrongen logica maar al te goed. Vanuit die wetenschap kon hij raden hoe Kialandí en Formora hun bezweringen hadden geformuleerd en was het gemakkelijk om er onvolkomenheden in aan te brengen.

Oromis had slechts een paar tellen om te handelen; zodra hij magie ging gebruiken, beseften Kialandí en Formora wat hij van plan was, en ze raakten in paniek en begonnen hun eigen bezweringen in te zetten. Oromis had drie pogingen nodig om onze boeien los te maken. Hoe hij het precies heeft gedaan, weet ik niet. Ik betwijfel of hij het zelf wel helemaal begreep. Eenvoudig gezegd, hij verschoof ons een vingerbreedte vanaf de plek waar we hadden gestaan.

Zoals Arya mijn ei van Du Weldenvarden naar het Schild stuurde? vroeg Saphira.

Ja en nee, antwoordde Glaedr. *Ja, hij verplaatste ons van de ene plek naar de andere zonder ons door de tussenliggende ruimte te bewegen. Maar hij veranderde niet alleen onze positie, maar ook het substantiële vlees zelf:*

hij herschikte dat, zodat we niet langer waren wat we daarvoor waren. Veel van onze kleinere lichaamsdelen kunnen straffeloos voor een ander worden ingewisseld, en dat deed hij met elke spier, elk bot en elk orgaan.

Eragon fronste zijn wenkbrauwen. Zo'n bezwering was een staaltje werk van de hoogste orde, een wonder van magische vakkunst die slechts weinigen in de geschiedenis mochten hopen te volbrengen. Maar ook al was Eragon nog zo onder de indruk, hij kon zich er niet van weerhouden te vragen: 'Hoe kon dat nou lukken? Jullie zouden toch dezelfde zijn als daarvoor.'

Dat is zo, maar ook weer niet. Het verschil tussen wie we ervoor waren en daarna was klein, maar genoeg om de bezweringen die Kialandí en Formora om ons heen hadden geweven teniet te doen.

Hoe zat het met de bezweringen die ze uitspraken toen ze eenmaal merkten wat Oromis aan het doen was? vroeg Saphira.

Eragon zag voor zijn geestesoog dat Glaedr met zijn vleugels sloeg, alsof hij het moe was om zo lang in dezelfde houding te zitten. *De eerste bezwering, die van Formora, was bedoeld om ons te doden, maar die werd door onze afweerbezweringen tegengehouden. De tweede, die van Kialandí kwam... was een andere zaak. Die bezwering had Kialandí van Galbatorix geleerd en hij weer van de geesten waardoor Durza bezeten was. Dat wist ik omdat ik in contact was met Kialandí's gedachten, zelfs op het moment dat hij de betovering wrochtte. Het was een slimme, duivelse bezwering, die als doel had om te voorkomen dat Oromis de energiestroom om hem kon aanraken en ermee kon manipuleren, en om zodoende te voorkomen dat hij magie gebruikte.*

'Deed Kialandí hetzelfde met jou?'

Dat had hij wel gewild, maar hij was bang dat hij me of zou doden of mijn verbinding met mijn hart van harten zou verbreken en daarmee twee onafhankelijke versies van mij zou creëren die ze zouden moeten verslaan. Draken zijn voor hun bestaan nog meer dan dwergen afhankelijk van magie; zonder gaan ze algauw dood.

Eragon voelde dat Saphira's nieuwsgierigheid was gewekt. *Is dat ooit gebeurd? Is de verbinding tussen een draak en een drakeneldunarí ooit verbroken terwijl het drakenlichaam nog leefde?*

Ja, maar dat verhaal vertel ik een andere keer.

Saphira hield zich in, maar Eragon wist dat ze bij de eerstvolgende gelegenheid de vraag nogmaals zou stellen.

'Maar Kialandí's bezwering hield Oromis niet tegen om magie te gebruiken, toch?'

Niet helemaal. Dat was wel de bedoeling, maar Kialandí sprak de bezwering uit op het moment dat Oromis ons van plek naar plek verschoof, waardoor de uitwerking ervan werd afgezwakt. Maar evengoed kon hij alleen maar heel kleine magie beoefenen, en zoals je weet is de bezwering de rest van zijn leven intact gebleven, ondanks de inspanningen van onze wijste genezers.

'Waarom hebben zijn afweerbezweringen hem niet beschermd?'

Glaedr leek te zuchten. *Dat is een raadsel. Niemand had ooit zoiets gedaan, Eragon, en van degenen die nog in leven zijn, kent alleen Galbatorix het geheim. De bezwering was aan Oromis' geest gebonden, maar heeft hem wellicht niet rechtstreeks schade berokkend. In plaats daarvan heeft ze misschien ingewerkt op de energie om hem heen of op zijn verbinding daarmee. De elfen bestuderen de magie al lang, maar zelfs zij begrijpen de wisselwerking tussen de materiële en immateriële wereld niet helemaal. Dat is een puzzel die waarschijnlijk nooit opgelost zal worden. Maar we kunnen wel redelijk aannemen dat de geesten meer weten dan wij over zowel het materiële als het immateriële, aangezien zij de belichaming zijn van het laatste en omdat ze in het eerste wonen in de vorm van een Schim.*

Wat de waarheid ook is, het resultaat was het volgende: Oromis spreekt zijn bezwering uit en bevrijdt ons, maar de inspanning was hem te veel geworden en hij krijgt een pijnaanval, de eerste van vele. Nooit was hij meer in staat om zo'n machtige bezwering uit te spreken en daarna leed hij aan een zwakke gezondheid die zijn dood zou zijn geworden als hij zijn magie niet had gehad. Die zwakheid was al in hem aanwezig toen Kialandí en Formora ons gevangennamen, maar toen hij ons verschoof en onze lichaamsdelen opnieuw rangschikte, werd ze manifest. Anders had de kwaal nog vele jaren langer gesluimerd.

Oromis viel op de grond, zo hulpeloos als een pas uitgekomen kuiken, terwijl Formora en haar draak, een lelijk bruin geval, op ons toe rende met de anderen vlak op haar hielen. Ik sprong over Oromis heen en viel aan. Als ze hadden beseft dat hij verlamd was, zouden ze daarvan geprofiteerd hebben, zijn geest zijn binnengeglipt en er bezit van hebben genomen. Ik moest ze afleiden totdat Oromis zich had hersteld... Ik heb nooit harder gestreden dan die dag. Ze kwamen met z'n vieren in het gelid op me af, vijf als je Agaravel meerekent. Beide bloedverwanten van me, de bruine en Kialandí's paarse, waren kleiner dan ik, maar ze hadden scherpe tanden en waren snel met hun klauwen. Toch gaf mijn woede me grotere kracht dan normaal en ik bracht beiden zware verwondingen toe. Kialandí was zo stom om binnen mijn bereik te komen; ik greep hem met mijn klauwen en gooide hem naar zijn eigen draak. Glaedr stiet een geamuseerd lachje uit. *Daar kon zijn magie hem niet tegen beschermen. Hij werd op een van de stekels van de paarse draak gespietst en ik had hem vermoord als de bruine me niet had teruggedrongen.*

We moeten bijna vijf minuten gevochten hebben toen ik Oromis hoorde roepen dat we moesten vluchten. Ik schopte wat aarde in het gezicht van mijn vijanden, keerde naar Oromis terug, greep hem met mijn rechtervoorpoot vast en vloog naar Edur Naroch. Kialandí en zijn draak konden me niet volgen, maar Formora en de bruine wel en dat deden ze dan ook.

Ze haalden ons op minder dan een mijl van de wachttoren in. We zaten een paar keer vlak tegen elkaar aan, toen ging de bruine onder me vliegen en ik zag dat Formora op het punt stond met haar zwaard naar mijn rechterpoot uit te halen. Ze probeerde me zover te krijgen dat ik Oromis liet vallen, denk ik, of misschien wilde ze hem doden. Ik zwenkte om de slag te ontwijken en in plaats van mijn rechterpoot, sloeg haar zwaard in mijn linker en hakte die af.

De herinnering die door Glaedrs hoofd heen ging was als een harde, koude, kwellende sensatie, alsof Formora's kling van ijs was gesmeed en niet van staal. Eragon werd er misselijk van. Hij slikte en verstevigde zijn greep op de voorkant van het zadel, dankbaar dat Saphira veilig was.

Het deed minder pijn dan je je kunt voorstellen, maar ik wist dat ik niet langer kon vechten, dus ik draaide me om en vloog zo snel als mijn vleugels me wilden dragen naar Ilirea. In zekere zin werkte Formora's overwinning tegen haar, want zonder mijn poot was ik lichter, kon ik de bruine de loef afsteken en dus ontsnappen.

Oromis kon het bloeden stoppen, maar meer niet. En hij was te zwak om contact op te nemen met Vrael of de andere oude Rijders en ze voor Galbatorix' plannen te waarschuwen. Als Kialandí en Formora eenmaal aan hem verslag hadden uitgebracht, wisten we dat Galbatorix kort daarna Ilirea zou aanvallen. Als hij wachtte, zou hij ons alleen maar de tijd geven om versterkingen bijeen te brengen, en ook al was hij nog zo sterk, in die tijd was Galbatorix' belangrijkste wapen nog altijd de verrassingsaanval.

Toen we in Ilirea aankwamen, zonk de moed ons in de schoenen toen we ontdekten dat er nog maar een paar van onze orde over waren. Tijdens onze afwezigheid waren nog meer op zoek gegaan naar Galbatorix of waren op Vroengard persoonlijk aan Vrael raad gaan vragen. We overtuigden degenen die er nog wel waren in welk gevaar we verkeerden en lieten hen Vrael en de andere oude draken en Rijders waarschuwen. Ze geloofden niet dat Galbatorix voldoende strijdkrachten had om Ilirea aan te vallen – of dat hij zoiets zou wagen te doen –, maar uiteindelijk waren we in staat om ze van de waarheid te overtuigen. Als gevolg daarvan besloten ze dat voor de veiligheid alle eldunarí uit Alagaësia naar Vroengard gebracht moesten worden.

Het leek een verstandige keus, maar we hadden ze in plaats daarvan naar Ellesméra moeten sturen. Sterker nog, we hadden de eldunarí die al in Du Weldenvarden waren, daar moeten laten. Dan zou tenminste nog een deel ervan aan Galbatorix ontsnapt zijn. Helaas dacht niemand van ons dat ze veiliger waren bij de elfen dan op Vroengard, in het hart van onze orde.

Vrael beval dat elke draak en Rijder die op een paar dagen reizen van

Ilirea was de stad te hulp moest schieten, maar Oromis en ik vreesden dat ze te laat zouden zijn. Evenmin waren wij in een toestand dat we Ilirea konden helpen verdedigen. Dus verzamelden we de spullen die we nodig hadden en samen met onze overgebleven leerlingen – Brom en de draak waarnaar jij vernoemd bent, Saphira – zijn we diezelfde avond nog uit de stad weggegaan. Volgens mij heb je de beeltenis nog gezien die Oromis bij ons vertrek maakte.

Eragon knikte afwezig toen hij terugdacht aan het beeld van de prachtige stad vol torens aan de voet van een helling en die verlicht werd door een opkomende oogstmaan.

En dat is de reden dat we niet in Ilirea waren toen Galbatorix en de Meinedigen een paar uur later aanvielen. En dat is ook de reden dat we niet op Vroengard waren toen de eedbrekers de verzamelde macht van al onze strijdkrachten versloegen en Doru Araeba plunderden. We gingen naar Du Weldenvarden, in de hoop dat de elfenhelers Oromis' kwaal misschien konden genezen en zijn magie weer konden herstellen. Toen ze dat niet konden, besloten we daar te blijven, want het leek veiliger dan helemaal naar Vroengard terug te vliegen nu wij beiden door onze verwondingen gehinderd werden en we ergens onderweg misschien in een hinderlaag zouden lopen.

Maar Brom en Saphira bleven niet bij ons. Ondanks onze raad het niet te doen, hebben ze meegevochten, en in die strijd is je naamgenoot gesneuveld, Saphira... En nu weet je hoe de Meinedigen ons gevangen hebben genomen en hoe we zijn ontsnapt.

Na een ogenblik zei Saphira: *Bedankt voor dit verhaal, Ebrithil.*

Graag gedaan, Bjartskular, maar vraag het me nooit meer.

Toen de maan haar hoogste punt naderde, zag Eragon een groepje doffe, oranje lichten in het duister zweven. Het duurde even voor hij besefte dat het de toortsen en lantaarns van Teirm waren, vele mijlen verderop. En hoog boven de andere lichten verscheen even een felgele schijnwerper, alsof een groot oog naar ze staarde; toen verdween het weer en dook het weer op, het flitste in een onveranderlijke cyclus aan en uit, alsof het oog knipoogde.

De vuurtoren van Teirm brandt, zei hij zowel tegen Saphira als tegen Glaedr.

Dan is er storm op til, zei Glaedr.

Saphira sloeg niet langer met haar vleugels en Eragon voelde hoe ze voorover helde en aan een lange, trage vlucht naar de grond begon.

Het duurde een half uur voor ze landde. Tegen die tijd was Teirm een vage gloed in het zuiden en het vuurtorenlicht niet feller dan een ster.

Saphira streek neer op een leeg strand dat bezaaid lag met wrakhout. In het maanlicht leek het harde, vlakke strand bijna wit, terwijl de golven die erop braken grijs, zwart en woedend leken, alsof de oceaan met elke brandingsgolf het land probeerde te verslinden.

Eragon maakte de riemen om zijn benen los en gleed van Saphira af, dankbaar dat hij zijn spieren kon strekken. Hij rende naar een groot stuk wrakhout, zijn cape wapperde achter hem aan en tegelijk rook hij het zilte water. Bij het stuk hout draaide hij zich om en sprintte weer naar Saphira terug.

Ze zat op de plek waar hij haar had achtergelaten nog steeds naar de zee te staren. Hij bleef staan, vroeg zich af of ze iets zou gaan zeggen – want hij voelde een enorme spanning bij haar –, maar ze zei niets, waarna hij zich omdraaide en weer naar het wrakhout rende. Ze zou wel praten als ze zover was.

Eragon rende heen en weer, tot hij helemaal warm was en stond te zwaaien op zijn benen.

En al die tijd hield Saphira haar blik op een punt in de verte gericht.

Toen Eragon zichzelf op een zeggebed naast haar liet vallen, zei Glaedr: *Het is dwaas om dat te proberen.*

Eragon hield zijn hoofd schuin, niet zeker tegen wie de draak het had.

Ik weet dat ik het kan, zei Saphira.

Je bent nooit eerder op Vroengard geweest, zei Glaedr. *En als er storm op komst is, drijft die je misschien naar zee, of erger. Je bent niet de enige draak die door tomeloos zelfvertrouwen het leven laat. De wind is niet je vriend, Saphira. Hij kan je helpen, maar ook vernietigen.*

Ik ben geen uilskuiken die een lesje over de wind moet krijgen!

Nee, maar je bent nog wel jong en ik geloof niet dat je hier klaar voor bent. De andere weg duurt te lang!

Misschien, maar het is beter dat je veilig aankomt dan helemaal niet.

'Waar hebben jullie het over?' vroeg Eragon.

Het zand onder Saphira's voorpoten maakte een korrelig, ruisend geluid toen ze haar klauwen boog en ze diep in de grond begroef.

We moeten een keus maken, zei Glaedr. *Vanaf hier kan Saphira óf regelrecht naar Vroengard vliegen óf de noordelijke kustlijn volgen tot ze op het punt komt waar het vasteland het dichtst bij het eiland ligt, om dan – en dan pas – naar het westen af te buigen en de zee over te steken.*

Welke weg is het snelst? vroeg Eragon, hoewel hij het antwoord wel vermoedde.

Er rechtstreeks heen vliegen, zei Saphira.

Maar als ze dat doet, vliegt ze al die tijd boven water.

Saphira zette haar stekels op. *Het is niet verder dan vanaf de Varden naar hier. Of vergis ik me?*

Je bent nu moe, en als er storm komt...

Dan vlieg ik eromheen! zei ze blazend, waardoor er een blauwgele vlam uit haar neusgaten schoot.

De vlam verschroeide Eragons gezichtsveld en liet een flitsend nabeeld achter. 'Ah! Nu zie ik niks meer.' Hij wreef in zijn ogen terwijl hij het nabeeld probeerde weg te jagen. *Is de rechtstreekse vlucht dan zo gevaarlijk?*

Zou kunnen, bromde Glaedr.

Hoeveel langer doe je erover als je de kustlijn neemt?

Een halve dag, misschien iets langer.

Eragon krabde over zijn stoppelbaard terwijl hij naar de onheilspellende watermassa keek. Toen keek hij naar Saphira en zei zachtjes: 'Weet je zeker dat je dat kunt?'

Ze draaide haar nek en beantwoordde met een reusachtig oog zijn blik. Haar pupil werd groter tot die bijna cirkelvormig was; hij was zo groot en zwart dat Eragon het gevoel kreeg dat hij erin kon kruipen en compleet kon verdwijnen.

Zo zeker als wat, zei ze.

Hij knikte en woelde met zijn handen door zijn haar terwijl hij zichzelf aan het idee liet wennen. *Dan moeten we het risico nemen... Glaedr, kun jij haar zo nodig begeleiden? Haar helpen?*

De oude draak zweeg een poosje; toen verbaasde hij Eragon door in zijn geest te neuriën, zoals Saphira neuriede als ze tevreden was of geamuseerd. *Goed. Als we het lot dan moeten tarten, mogen we geen lafaards zijn. We gaan de zee over.*

Nu de zaak beklonken was, klom Eragon weer op Saphira en met een enkele sprong liet ze het veilige vasteland achter zich en koos het luchtruim boven de ongebaande golven.

Het geluid van zijn stem, de aanraking van zijn hand

'Aggghhh!'

'Zul je in de oude taal trouw aan me zweren?'

'Nooit!'

Zijn vraag en haar antwoord waren een ritueel tussen hen geworden, een vraag-en-antwoordspelletje zoals kinderen wel doen, alleen in dit spel verloor ze steeds, ook als ze had gewonnen.

Rituelen waren het enige waardoor Nasuada haar verstand niet verloor. Daarmee ordende ze haar wereld, daarmee was ze in staat van het ene moment naar het volgende te komen, want ze gaven haar een houvast terwijl al het andere van haar was weggerukt. Rituelen over gedachten, handelingen, pijn en opluchting: dat was het raamwerk waar haar leven van afhankelijk was geworden. Als ze die niet had, zou ze verloren zijn geweest, een schaap zonder herder, een gelovige zonder geloof... een Rijder die van haar draak gescheiden was.

Helaas eindigde dit specifieke ritueel altijd op dezelfde manier: met de zoveelste aanraking van ijzer.

Ze schreeuwde en beet op haar tong, en haar mond vulde zich met bloed. Ze hoestte, probeerde haar keel vrij te krijgen, maar er was te veel bloed en ze begon te stikken. Haar longen brandden door gebrek aan lucht, de lijnen op het plafond golfden en werden vaag, toen viel haar geheugen weg en was er niets meer, zelfs geen duisternis.

Na afloop praatte Galbatorix tegen haar terwijl de ijzers heet werden.

Dit was ook een ritueel tussen hen geworden.

Hij had haar tong genezen – althans, ze dacht dat hij het had gedaan en niet Murtagh – want hij zei: 'Het heeft weinig zin als je niet kun praten, wel? Hoe weet ik anders wanneer je zover bent om me te dienen?'

Net als eerder zat de koning rechts van haar, aan het uiterste randje van haar gezichtsveld, zodat ze alleen een goudgerande schaduw kon zien, terwijl zijn gedaante deels schuilging onder de lange, zware cape die hij droeg.

'Ik heb je vader ontmoet, weet je, toen hij rentmeester was op het hoofdverblijf van Enduriel,' zei Galbatorix. 'Heeft hij je daarover verteld?'

Ze rilde, sloot haar ogen en voelde tranen in haar ooghoeken sijpelen. Ze vond het afgrijselijk om naar hem te luisteren. Zijn stem was te machtig, te verleidelijk; daardoor wilde ze alles doen wat hij van haar verlangde zodat ze hem ook maar een heel klein woordje van lof kon horen uitspreken.

'Ja,' mompelde ze.

'Destijds viel hij me amper op. Waarom ook? Hij was een bediende, deed er niet toe. Enduriel gaf hem behoorlijk wat vrijheid, zodat hij de zaken op zijn landgoed beter kon regelen... te veel vrijheid zoals later bleek.' De koning maakte een afwerend gebaar en het licht ving zijn slanke, klauwachtige hand. 'Enduriel was altijd veel te toegeeflijk. Zijn draak, díé was pas uitgekookt; Enduriel deed in wezen wat die hem opdroeg... Wat heeft het noodlot een merkwaardige, amusante reeks gebeurtenissen beschikt. Te bedenken dat de man die erop toezag dat mijn laarzen glimmend werden gepoetst, na Brom mijn grootste vijand werd; en nu ben jij hier, zijn dochter, teruggekeerd naar Urû'baen en op het punt om in mijn dienst te treden, net zoals je vader heeft gedaan. Ironisch, vind je ook niet?'

'Mijn vader is ontsnapt en heeft daarbij bijna Durza vermoord,' zei ze. 'Al je bezweringen en eden ten spijt, je hebt hem net zomin kunnen vasthouden als je dat met mij kunt doen.'

Ze dacht dat Galbatorix wellicht de wenkbrauwen fronste. 'Ja, dat was onfortuinlijk. Durza heeft daar destijds behoorlijk mee gezeten. Kennelijk kunnen mensen met een familie gemakkelijker veranderen wie ze zijn en daarmee ook hun ware naam, de reden waarom ik mijn bedienden in de huishouding louter kies uit degenen die onvruchtbaar en ongetrouwd zijn. Maar je vergist je deerlijk als je denkt aan je boeien te kunnen ontsnappen. De enige manier waarop je de Zaal van de Waarheidzegger verlaat is door trouw te zweren of te sterven.'

'Dan zal ik sterven.'

'Wat verschrikkelijk kortzichtig.' De vergulde schaduw van de koning boog zich naar haar toe. 'Heb je er ooit aan gedacht, Nasuada, dat de wereld veel slechter af was geweest als ik de Rijders niet omver gestoten had?'

'De Rijders bewaarden de vrede,' zei ze. 'Ze beschermden heel Alagaesia tegen oorlog, tegen ziekten... tegen de dreiging van de Schimmen. In tijden van hongersnood brachten ze voedsel naar degenen die honger hadden. Hoe kan het land zonder hen een betere plek zijn?'

'Omdat er een prijskaartje aan hun diensten hing. Uitgerekend jij zou moeten weten dat je in deze wereld overal voor moet betalen, of dat nu in goud, tijd of bloed is. Alles heeft zijn prijs, zelfs de Rijders. Voorál de Rijders.

Oi, ze bewaarden de vrede, maar ze onderdrukten ook de rassen van dit land, elfen en dwergen net zo goed als mensen. Wat wordt altijd jubelend over de Rijders gezegd wanneer de barden hun verscheiden bejammeren? Dat ze duizenden jaren hebben geregeerd en dat er tijdens deze veelgeroemde "gouden eeuw" weinig is veranderd, behalve de namen van de koningen en koninginnen die zelfvoldaan en stevig op hun troon zaten. O, er waren wel kleine waarschuwingen: een Schim hier, een inval van de Urgals daar, een schermutseling tussen twee dwergenclans wegens een mijn waar alleen zij zich druk om maakten. Maar over het geheel genomen bleef de bestaande orde precies zoals die was toen de Rijders zich voor het eerst op de voorgrond drongen.'

Ze hoorde de *klang* van metaal tegen metaal toen Murtagh in de kolen in de stoof pookte. Ze wilde dat ze zijn gezicht kon zien, zodat ze zijn reactie op Galbatorix' woorden kon peilen, maar zoals gewoonlijk stond hij met zijn rug naar haar toe naar de kolen te staren. De enige keer dat hij haar aankeek was wanneer hij het withete ijzer tegen haar huid hield. Dat was zijn speciale ritueel en ze vermoedde dat hij die net zo hard nodig had als zij het hare.

En Galbatorix praatte maar door: 'Vind jij dat ook niet heel verkeerd, Nasuada? Leven is verandering, en toch hebben de Rijders die tegengehouden zodat het land in een ongemakkelijke sluimering lag, niet in staat de ketenen die het boeide van zich af te schudden, niet in staat voor- of achteruit te gaan, zoals de natuur het heeft bedoeld... Niet in staat om iets nieuws te worden. Ik heb met mijn eigen ogen perkamentrollen gezien in de gewelven van Vroengard en hier, in de gewelven van Ilirea, waarin tot in details ontdekkingen zijn beschreven – magisch, mechanisch en op alle terreinen binnen de natuurfilosofie –, ontdekkingen die de Rijders verborgen hielden omdat ze bang waren voor wat er kon gebeuren als die dingen algemeen bekend werden. De Rijders waren lafaards, die vasthielden aan een oude levenswijze en een ouderwetse denktrant, vastbesloten om die vast te houden tot ze hun laatste adem uitbliezen. Het was een vriendelijke dictatuur, maar niettemin een dictatuur.'

'Maar waren moord en verraad dan zo'n goede oplossing?' vroeg ze; het kon haar niet schelen als ze ervoor werd gestraft.

Hij lachte, leek oprecht geamuseerd. 'Wat een schijnheiligheid! Je veroordeelt mij voor precies hetgeen waar je zelf naar streeft. Als je kon, zou je me zonder aarzeling ter plekke als een hondsdolle hond doden.'

'Jij bent een verrader, ik niet.'

'Ik ben de overwinnaar. Uiteindelijk doet niets anders ertoe. We verschillen niet zo veel van elkaar als je denkt, Nasuada. Je wilt me vermoorden omdat je gelooft dat het voor Alagaësia beter is als ik dood ben, en omdat jij – terwijl je nog steeds bijna een kind bent – gelooft dat je het Rijk beter kunt regeren dan ik. Door jouw hoogmoed zullen anderen je verachten. Maar mij niet, want ik begrijp het. Ik heb om precies diezelfde redenen de wapens tegen de Rijders opgenomen, en dat was ook goed.'

'Heeft wraak er dan niets mee te maken?'

Ze dacht dat hij glimlachte. 'Dat is in het begin misschien mijn inspiratiebron geweest, maar mijn hoofdmotief was haat noch wraak. Ik was bezorgd over wat er van de Rijders was geworden en ervan overtuigd, en dat ben ik nog steeds, dat we als ras pas konden opbloeien als zij weg waren.'

Even kon ze onmogelijk praten door de pijn aan haar wonden. Toen wist ze fluisterend uit te brengen: 'Als wat je zegt waar is – en ik heb geen reden om je te geloven – dan ben je geen haar beter dan de Rijders. Je hebt hun bibliotheken geplunderd en hun kennisvoorraden verzameld, en tot nu toe heb je daar niets van met anderen gedeeld.'

Hij bewoog zich dichter naar haar toe en ze voelde zijn adem op haar

oor. 'Dat komt doordat ik dwars door hun schat aan geheimen aanwijzingen heb gevonden van een hogere waarheid, een waarheid die het antwoord zou kunnen zijn op een van de meest onthutsende vragen in de geschiedenis.'
Een rilling liep over haar rug. 'Welke... vraag?'
Hij ging weer in zijn stoel achterover zitten en plukte aan de zoom van zijn cape. 'De vraag hoe een koning of koningin door hen uitgevaardigde wetten kan opleggen wanneer er onderdanen rondlopen die magie kunnen gebruiken. Toen ik besefte waar die aanwijzingen op zinspeelden, heb ik al het andere opzijgezet en me helemaal gewijd aan het najagen van die waarheid, het antwoord erop, want ik wist dat dat het allerbelangrijkst was. Daarom heb ik het geheim van de Rijders voor mezelf gehouden, ik ben nog druk bezig met mijn onderzoek. Het antwoord op dat probleem moet in werking zijn getreden voordat ik iets van de andere ontdekkingen bekendmaak. De wereld is toch al zo'n beroerde plek, en het is beter om de storm tot bedaren te brengen voordat die opnieuw aanwakkert... Ik heb er bijna honderd jaar over gedaan om de informatie te vinden die ik nodig had, en nu ik die heb, zal ik heel Alagaësia opnieuw vormgeven.
Magie is de grote onrechtvaardigheid in de wereld. Het zou nog niet zo oneerlijk zijn als die vaardigheid alleen bij de zwakkeren voor zou komen – want dan zou het een compensatie zijn voor hetgeen waarvan het toeval of de omstandigheden ze hebben beroofd –, maar dat is niet zo. De sterkeren kunnen net zo gemakkelijk magie gebruiken, en er bovendien meer bij winnen. Je hoeft maar naar de elfen te kijken om te zien dat dit zo is. Het probleem beperkt zich niet tot het individu; het vertroebelt ook de relatie tussen de rassen. Het gaat de elfen beter af om de orde in hun maatschappij te bewaren dan ons, want bijna elke elf kan magie gebruiken en om die reden zijn slechts weinigen van hen aan de genade van een ander overgeleverd. In dat opzicht hebben ze geluk, maar wij, de dwergen of zelfs de vervloekte Urgals, hebben minder geluk. Wij konden alleen in Alagaësia wonen omdat de elfen dat toestonden. Als ze wilden, hadden ze ons net zo gemakkelijk van de aardbodem kunnen wegvagen als een vloedgolf een mierenhoop wegveegt. Maar dat is nu afgelopen, niet nu ik een antwoord heb op hun macht.'
'De Rijders zouden nooit hebben toegestaan dat ze ons doodden of wegjoegen.'
'Nee, maar doordat de Rijders bestonden, waren we afhankelijk van hun goede wil, en het klopt niet dat we voor onze veiligheid afhankelijk zijn van anderen. De Rijders zijn ontstaan om de vrede tussen elfen en draken te bewaren, maar uiteindelijk werd het hun doel om de wetten in het hele land te handhaven. Dat deden ze alleen niet goed genoeg, en mijn eigen magiërs, de Zwarte Hand, evenmin. Het probleem is te verstrekkend

om door één groep bestreden te kunnen worden. Daar is mijn eigen leven wel het bewijs voor. Zelfs als er een betrouwbare groep magiërs zou zijn om alle andere magiërs in Alagaësia in de gaten te houden – klaar om bij het minste misdrijf in te grijpen –, zijn we nog altijd afhankelijk van precies degenen wier macht we willen inperken. Uiteindelijk zou het land niet veiliger zijn dan nu. Nee, om dit probleem op te lossen, moeten we naar een dieper, fundamenteler niveau gaan. De Ouden wisten hoe ze dat moesten doen en ik weet het nu ook.'

Galbatorix verschoof in zijn stoel en ze ving een scherpe glimp op van zijn oog, als van een lantaarn die ver weg in een grot stond. 'Ik zal het zo inrichten dat geen enkele magiër nog in staat zal zijn iemand anders kwaad te berokkenen, of het nu een mens, dwerg of elf is. Niemand zal meer zonder toestemming een bezwering kunnen uitspreken, en alleen goedaardige en voordelige magie zal zijn toegestaan. Zelfs de elfen zullen aan dit gebod onderworpen zijn en zullen leren hun woorden zorgvuldig te kiezen of helemaal niet te spreken.'

'En wie geeft die toestemming dan?' vroeg ze. 'Wie beslist wat wel en niet is toegestaan? Jij?'

'Iemand moet het doen. Ik was degene die in de gaten had wat nodig was, ik heb de middelen daartoe ontdekt en ik zal degene zijn die ze implementeert. Je bespot die gedachte? Goed dan, vraag jezelf het volgende af, Nasuada: ben ik een slechte koning geweest? Nu eerlijk zijn. Volgens de normen van mijn voorgangers ben ik niet buiten mijn boekje gegaan.'

'Je bent wreed geweest.'

'Dat is niet hetzelfde... Je hebt de Varden geleid; jij begrijpt hoe zwaar het is om het bevel te voeren. Je was je toch zeker wel bewust van de bedreiging die magie vormt voor de stabiliteit van elk koninkrijk? Om je een voorbeeld te geven, ik ben meer tijd kwijt geweest aan het wrochten van bezweringen die de munt van het koninkrijk tegen vervalsing beschermen dan de tijd die ik besteed aan welk ander aspect van mijn taken ook. En toch heeft ongetwijfeld ergens een slimme magiër een manier gevonden om mijn afweerbezweringen te omzeilen en is nu druk bezig zakken vol loden munten te slaan, waarmee hij zowel edelen als de gewone burger kan bedotten. Waarom denk je anders dat ik zo zorgvuldig het gebruik van magie in het hele Rijk wil inperken?'

'Omdat die voor jou een bedreiging vormt.'

'Nee! Daarin vergis je je deerlijk. Die vormt geen bedreiging voor mij. Niemand en niets vormt dat. Maar magiërs vormen wél een bedreiging voor een goed functioneren van dit koninkrijk en daarom zal ik dat niet tolereren. Als ik eenmaal elke magiër ter wereld aan de wetten van het land heb onderworpen, stel je dan eens de vrede en voorspoed voor die er zal heersen. Mens noch dwerg hoeft dan ooit nog de elfen te vrezen. Rijders zullen niet meer in staat zijn hun wil aan anderen op te leggen. Nooit meer zal degene die geen magie kan gebruiken een prooi zijn voor degene die dat wel kan... Alagaësia zal getransformeerd worden en met onze nieuw verworven veiligheid zullen we een wonderbaarlijker toekomst bouwen, waar jij deelgenoot van kunt zijn.

Treed in mijn dienst, Nasuada, en je zult de kans krijgen om toe te zien op de schepping van een wereld zoals die nooit eerder heeft bestaan, een wereld waar een man staat of valt door de kracht van zijn ledematen en zijn schrandere brein, en niet door het feit dat hij toevallig de gave van de magie toebedeeld heeft gekregen. De mens kan zijn ledematen versterken en de mens kan zijn geest verbeteren, maar hij kan nooit leren magie te gebruiken als hij er niet mee geboren is. Zoals ik al zei, magie is het grootste onrecht, en voor ieders bestwil zal ik elke bestaande magiër aan banden leggen.'

Ze staarde naar de lijnen op het plafond en probeerde hem te negeren. Zo veel van wat hij zei léék heel erg op wat ze zelf had gedacht. Hij had gelijk: magie was de meest vernietigende kracht in de wereld, en als die gereguleerd kon worden, zou Alagaësia een betere plek worden. Ze vond het verschrikkelijk dat niets Eragon had kunnen weerhouden van...

Blauw. Rood. Patronen van ineengeweven kleuren. Haar kloppende brandwonden. Ze deed wanhopig haar best om zich te concentreren op iets anders dan... dan niets. Waar ze ook aan wilde gaan denken, het was niets, het bestond niet.

'Je vindt me slecht. Je vervloekt mijn naam en wil me van de troon stoten. Maar onthoud dit, Nasuada: ik ben deze oorlog niet begonnen en ik ben niet verantwoordelijk voor degenen die daarin zijn gesneuveld. Ik heb dit niet opgezocht. Dat heb jíj gedaan. Ik was er tevreden mee geweest als ik me aan mijn studies kon wijden, maar de Varden wilden per se Saphira's ei uit mijn schatkamer stelen, en jij en jouw soort zijn verantwoordelijk voor al het bloedvergieten en verdriet dat daarop is gevolgd. Júllie zijn degenen, ten slotte, die als een dolle stier op het land tekeer zijn gegaan, alles hebben geplunderd en platgebrand, niet ik. En nog waag je het te beweren dat ík fout zit! Waar je ook gaat, als je het aan de boeren vraagt, zullen ze je vertellen dat ze de Varden het meest vrezen. Ze hebben het erover dat ze zich tot mijn soldaten wenden om ze te beschermen en dat ze hopen dat het Rijk de Varden zal verslaan en alles weer wordt zoals het was.'

Nasuada bevochtigde haar lippen. Ook al wist ze dat ze zou moeten boeten voor haar brutaliteit, zei ze: 'Mij schijnt het toe dat je te veel protesteert... Als het welzijn van je onderdanen je grootste zorg was geweest, zou je weken geleden al tegen de Varden zijn opgetrokken, in plaats daarvan heb je een leger binnen je grenzen zijn gang laten gaan. Tenminste, tenzij je toch niet zo zeker bent van je macht als je me wilt doen geloven. Of ben je bang dat als je weg bent de elfen Urû'baen zullen innemen?' Ze had de gewoonte aangenomen om over de Varden te praten alsof ze niets meer van hen wist dan elke willekeurige persoon in het Rijk.

Galbatorix verschoof en ze merkte dat hij antwoord wilde geven, maar ze was nog niet uitgepraat.

'En hoe zit het met de Urgals? Je maakt mij niet wijs dat je een nobel doel nastreeft door een heel ras uit te roeien, alleen maar om de pijn te verzachten van de dood van je eerste draak. Heb je daar geen antwoord op, Eedbreker?... Leg het me dan eens uit van de draken. Verklaar waarom je er zo veel hebt afgeslacht zodat hun soort is verdoemd om langzaam en onafwendbaar uit te sterven. En ten slotte, leg eens uit waarom je de eldunarí die je gevangengenomen hebt zo slecht hebt behandeld.' In haar woede stond ze zichzelf die ene verspreking toe. 'Je hebt ze geknakt en gebroken en ze aan jouw wil geketend. Wat jij doet is niet rechtvaardig, slechts zelfzuchtig en een nooit eindigende honger naar macht.'

Galbatorix sloeg haar een hele, ongemakkelijke poos zwijgend gade. 'Volgens mij zijn de ijzers nu wel goed heet, Murtagh, als je zo vriendelijk wilt zijn...'

Ze balde haar vuisten, groef haar nagels in haar huid en haar spieren begonnen te trillen, ondanks al haar moeite om ze stil te houden. Een van de ijzeren staven schraapte tegen de rand van de stoof toen Murtagh hem lostrok. Hij draaide zich naar haar om en ze kon niet anders dan naar de punt van het gloeiende metaal kijken. Toen keek ze in Murtaghs ogen en zag de schuld en zelfverachting die daarin besloten lagen, en een intens verdriet kwam over haar heen.

Wat zijn we toch een stel dwazen, dacht ze. *Wat een armetierige, ellendige dwazen.*

Daarna had ze de energie niet meer om te denken en ze viel terug in haar tot op de draad versleten rituelen, klampte zich aan ze vast om te overleven zoals een drenkeling die zich aan een stuk hout vastklemt.

Toen Murtagh en Galbatorix vertrokken, had ze zo veel pijn dat ze alleen maar gedachteloos naar de patronen op het plafond kon kijken terwijl ze vocht tegen de tranen. Ze zweette en rilde tegelijk, alsof ze koorts had, en kon zich onmogelijk langer dan een paar tellen op iets concentreren. De pijn van haar brandwonden week niet, zoals het geval was geweest als ze gesneden was of bont en blauw was geslagen, haar wonden leek steeds erger te bonzen.

Ze deed haar ogen dicht en concentreerde zich om haar ademhaling te vertragen, om haar lichaam tot rust te brengen.

De eerste keer dat Galbatorix en Murtagh haar hadden bezocht, was ze veel moediger geweest. Ze had gevloekt en ze beschimpt, en alles gedaan om hen met woorden te kwetsen. Maar Galbatorix had haar door middel van Murtagh voor haar schaamteloosheid laten boeten en algauw had ze geen zin meer om openlijk te rebelleren. Door het ijzer bond ze in; zelfs als ze eraan dacht, wilde ze zich in een strak balletje oprollen. Tijdens hun tweede, recentste bezoek had ze zo weinig mogelijk gezegd, tot haar laatste, onvoorzichtige uitbarsting.

Ze had Galbatorix' bewering dat hij noch Murtagh tegen haar zou liegen op de proef gesteld. Dat deed ze door ze vragen te stellen over hoe het er in het Rijk aan toeging, feiten waarover haar spionnen haar hadden geïnformeerd en waarvan Galbatorix niet kon weten dat ze die wist. Voor zover ze wist, hadden Galbatorix en Murtagh haar de waarheid verteld, maar ze was niet van plan ook maar iets voor waar van de koning aan te nemen wanneer ze zijn beweringen niet kon controleren.

Van Murtagh was ze minder zeker. Wanneer hij bij de koning was, hechtte ze geen geloof aan zijn woorden, maar wanneer hij alleen was...

Een paar uur na haar eerste, martelende audiëntie met koning Galbatorix – toen ze eindelijk in een lichte, onrustige slaap was gevallen – was Murtagh alleen naar de Zaal van de Waarheidzegger gekomen, hij had een wazige blik in zijn ogen en rook naar drank. Hij had bij de monoliet waarop ze lag naar haar staan kijken met zo'n vreemde, gemartelde uitdrukking dat ze niet precies wist wat hij van plan was.

Ten slotte had hij zich afgewend, was naar de dichtstbijzijnde muur gelopen en op de grond gaan zitten. Daar bleef hij met tot zijn borst opgetrokken knieën zitten, zijn lange, slordige haar verborg het grootste deel van zijn gezicht en bloed sijpelde uit de geschaafde huid op de knokkels van zijn rechterhand. Na wat voor haar gevoel een paar ogenblikken waren, had hij uit zijn kastanjebruine tuniek – want hij droeg nog steeds dezelfde kleren als eerder, hoewel hij het masker had afgedaan – een stenen flesje tevoorschijn gehaald. Hij dronk een paar slokken en begon toen te praten.

Hij praatte en zij luisterde. Ze had geen keus, maar ze stond zichzelf niet toe te geloven wat hij zei. Niet in het begin. Voor zover zij wist was alles wat hij zei een schijnvertoning, bedoeld om haar vertrouwen te winnen.

Murtagh was begonnen met een nogal verward verhaal over een man die Tornac heette, dat over tegenslag ging en raad die Tornac hem had gegeven over hoe een eerzaam man hoorde te leven. Ze had niet kunnen uitmaken of Tornac een vriend, een dienaar, een ver familielid of een combinatie daarvan was, maar het was duidelijk dat hij heel veel voor Murtagh had betekend.

Toen hij klaar was met zijn verhaal, had Murtagh gezegd: 'Galbatorix wilde je laten vermoorden... Hij wist dat Elva je niet zo goed bewaakte als vroeger, dus besloot hij dat het een volmaakt moment was om je te laten doden. Ik ontdekte zijn plan slechts bij toeval; ik was toevallig bij hem toen hij de Zwarte Hand het bevel gaf.' Murtagh schudde zijn hoofd. 'Het is mijn schuld. Ik heb hem overgehaald om je hierheen te halen. Dat vond hij wel wat; hij wist dat hij daarmee Eragon veel sneller hiernaartoe kon lokken... Het was de enige manier om te voorkomen dat hij je zou vermoorden... Het spijt me... Ik vind het zo erg.' En hij begroef zijn hoofd in zijn armen.

'Ik was liever gestorven.'

'Dat weet ik,' zei hij met hese stem. 'Wil je 't me vergeven?'

Daar had ze geen antwoord op gegeven. Door zijn bekentenis had ze zich alleen nog maar onbehaaglijker gevoeld. Waarom zou hij de moeite nemen haar leven te redden en wat verwachtte hij ervoor terug?

Murtagh had een poosje niets gezegd. Toen vertelde hij haar, soms huilend en dan weer razend, over zijn opvoeding aan Galbatorix' hof, over de edelen die hadden geprobeerd via hem in de gunst van de koning te komen, en dat hij zo naar zijn moeder verlangde die hij zich amper kon herinneren. Twee keer had hij het over Eragon en vervloekte hem als een dwaas bij wie het fortuin goedgezind was. 'Hij had het niet zo goed gedaan als de rollen waren omgedraaid. Maar onze moeder koos ervoor om hém mee naar Carvahall te nemen, en mij niet.' Hij spuugde op de vloer.

Ze vond de hele toestand maar overdreven sentimenteel en druipend van zelfmedelijden. Hij was zo zwak dat ze niets anders kon opbrengen dan minachting, tot hij vertelde hoe de Tweeling hem uit Farthen Dûr had ontvoerd, hoe ze hem op weg naar Urû'baen hadden gemarteld en hoe Galbatorix hem had gebroken toen ze daar eenmaal waren aangekomen. Sommige martelingen die hij beschreef waren erger dan die van haar en daardoor voelde ze, als hij tenminste de waarheid sprak, een beetje meegevoel met zijn eigen ongelukkige toestand.

'Thoorn is mijn ondergang geworden,' bekende Murtagh ten slotte. 'Toen hij voor mij werd uitgebroed en we met elkaar werden verbonden...' Hij schudde zijn hoofd. 'Ik hou van hem. Hoe kan ik anders? Ik hou net zo van hem als Eragon van Saphira houdt. Zodra ik hem aanraakte was ik verloren. Galbatorix heeft hem tegen me gebruikt. Thoorn was sterker dan ik. Hij gaf niet op. Maar ik kon het niet verdragen hem te zien lijden, dus zwoer ik trouw aan de koning en daarna...' Murtagh krulde vol walging zijn lippen. 'Daarna ging Galbatorix mijn geest binnen. Hij kwam alles over me te weten en toen vertelde hij me mijn ware naam. En nu ben ik dit... Voor altijd.'

Daarna leunde hij met zijn hoofd tegen de muur en deed zijn ogen dicht, en ze zag dat de tranen hem over de wangen liepen.

Uiteindelijk stond hij op en toen hij naar de deur liep, bleef hij naast haar staan en raakte haar schouder aan. Ze zag dat zijn nagels schoon en geknipt waren, maar in de verste verte niet zo goed verzorgd als die van de cipier. Hij mompelde een paar woorden in de oude taal en even later ebde de pijn weg, hoewel haar wonden er nog hetzelfde uitzagen.

Toen hij zijn hand weghaalde, zei ze: 'Ik kan je niet vergeven... maar begrijpen doe ik het wel.'

Daarop knikte hij en strompelde weg, terwijl zij daar achterbleef en zich afvroeg of ze een nieuwe bondgenoot had gevonden.

Klein verzet

Nasuada lag zwetend en rillend op de steen, haar hele lichaam schreeuwde het uit van de pijn, en ze merkte dat ze wilde dat Murtagh zou terugkomen, al was het maar om haar van haar kwelling te bevrijden.

Toen ten slotte de deur naar de achtkantige kamer openzwaaide, kon ze haar opluchting niet onderdrukken, maar haar opluchting sloeg in bittere teleurstelling om toen ze de schuifelende voetstappen van haar cipier de trap naar haar kamer af hoorde komen.

Zoals hij al een keer eerder had gedaan, waste de gedrongen, smalgeschouderde man haar wonden met een natte doek en verbond ze daarna met stroken linnen. Toen hij haar bevrijdde van haar boeien zodat ze naar de latrine kon, merkte ze dat ze te zwak was om een poging te wagen het mes van het dienblad weg te grissen. In plaats daarvan stelde ze zich tevreden met de man voor zijn hulp te bedanken en hem een tweede keer te complimenteren voor zijn nagels, die nog meer glansden dan eerder en die hij heel duidelijk aan haar wilde tonen, want hij hield zijn handen voortdurend op een plek waar ze er steeds naar moest kijken.

Nadat hij haar had gevoerd en was vertrokken, probeerde ze te slapen, maar door de voortdurende wondpijn kon ze alleen maar een beetje doezelen.

Ze deed haar ogen met een ruk open toen ze hoorde dat de grendel van de deur werd opengegooid.

Niet weer! dacht ze, terwijl er paniek in haar opwelde. *Niet zo snel! Ik kan het niet meer verdragen... Ik ben niet sterk genoeg.* Toen bond ze haar angst in en zei tegen zichzelf: *Niet doen. Zulke dingen mag je niet zeggen, anders ga je er nog in geloven.* Maar toch, ook al kon ze haar bewuste reacties beheersen, ze kon niet voorkomen dat haar hart dubbel zo snel sloeg.

Een enkel paar voetstappen weergalmden in de kamer en toen dook Murtagh in haar ooghoek op. Hij droeg geen masker en hij keek somber.

Deze keer wachtte hij niet en heelde haar eerst. De opluchting die ze voelde toen haar pijn wegtrok was zo intens, dat die aan extase grensde. Ze had nog nooit in haar leven zo'n heerlijke sensatie ervaren als het wegtrekken van de folterende pijn.

Haar adem stokte even. 'Dank je wel.'

Murtagh knikte; toen liep hij naar de muur en ging weer op dezelfde plek zitten.

Ze sloeg hem even gade. De huid op zijn knokkels was weer glad en heel, en hij leek nuchter, ook al was hij grimmig en zwijgzaam. Zijn kleren waren ooit netjes geweest, maar nu waren ze gescheurd, gerafeld en vol vlekken, en aan de onderkant van zijn mouwen zag ze iets van wat leek op een aantal sneden. Ze vroeg zich af of hij gevochten had.

'Weet Galbatorix waar je bent?' vroeg ze ten slotte.

'Zou kunnen, maar ik betwijfel het. Hij is met zijn favoriete concubines aan het spelen. Of hij slaapt. Het is nu midden in de nacht. Bovendien heb ik een bezwering uitgesproken om te voorkomen dat iemand ons kan afluisteren. Die kan hij breken, maar dan zou ik het weten.'

'Stel dat hij erachter komt?'

Murtagh haalde slechts zijn schouders op.

'Hij komt erachter, dat weet je, als hij mijn verdediging neerhaalt.'

'Zorg dan dat dat niet gebeurt. Jij bent sterker dan ik; hij kan jou nergens mee dreigen. In tegenstelling tot mij kun jij je verzetten... De Varden naderen snel, evenals de elfen uit het noorden. Als je het nog een paar dagen volhoudt, is er een kans... Is er een kans dat ze je bevrijden.'

'Dat geloof je toch zeker niet, hè?'

Hij haalde nogmaals zijn schouders op.

'... Help me dan ontsnappen.'

Een blaffende lach ontsnapte aan zijn keel. 'Hoe dan? Zonder Galbatorix' toestemming kan ik niet veel meer dan mijn laarzen aantrekken.'

'Je zou mijn boeien kunnen losmaken en als je weggaat, zou je misschien kunnen vergeten de deur op slot te doen.'

Hij krulde zijn bovenlip in een sneer. 'Er staan buiten twee man op wacht, er zijn bewakingsbezweringen in deze kamer aangebracht om Galbatorix te waarschuwen als een gevangene een voet buiten de deur zet, en tussen hier en de dichtstbijzijnde poort wemelt het van honderden bewakers. Je mag van geluk spreken als je het einde van de gang haalt, als het daarom gaat.'

'Kan zijn, maar ik wil het toch graag proberen.'

'Je zult alleen maar vermoord worden.'

'Help me dan. Als je wilt, kun je een manier vinden om die bewakingsbezweringen om de tuin te leiden.'

'Dat kan ik niet. Door mijn eed kan ik geen magie tegen hem gebruiken.'

'En de bewakers? Als jij ze lang genoeg van m'n lijf houdt zodat ik bij de poort kan komen, kan ik me in de stad verschuilen, en het maakt niet uit als Galbatorix wist...'

'De stad is van hem. Bovendien, waar je ook gaat, hij zal je met een bezwering toch weten te vinden. De enige manier waarop je veilig voor hem bent is heel ver hiervandaan zien te komen voordat het alarm hem waarschuwt, en dat lukt je zelfs niet op een drakenrug.'

'Er moet een manier zijn!'

'Als die er was...' Hij glimlachte bitter en sloeg zijn ogen neer. 'Het is zinloos om erover na te denken.'

Gefrustreerd verplaatste ze haar blik even naar het plafond. Toen: 'Je kunt tenminste die boeien afdoen.'

Hij ademde met een geërgerd geluid uit.

'Zodat ik kan opstaan,' zei ze. 'Ik vind het verschrikkelijk om op die steen te liggen en het doet pijn aan m'n ogen om omlaag te kijken naar waar jij zit.'

Hij aarzelde, stond in een enkele, elegante beweging op, liep naar de steen en begon de gevoerde boeien om haar polsen en enkels los te maken. 'Haal het maar niet in je hoofd om me te willen doden,' zei hij zachtjes. 'Want dat kun je niet.'

Zodra ze bevrijd was, trok hij zich weer naar de muur terug, liet zich op de vloer zakken en ging daar in de verte zitten staren. Ze dacht dat dat zijn manier was om haar een beetje privacy te geven terwijl ze ging zitten en haar benen over de rand van de steen zwaaide. Haar hemd was gerafeld – op tientallen plekken doorgebrand – en het bedekte nog amper haar lichaam, niet dat het om te beginnen veel had bedekt.

De marmeren vloer onder haar voetzolen voelde koel aan terwijl ze naar Murtagh toe liep en naast hem ging zitten. Ze sloeg haar armen om zichzelf heen in een poging nog enig fatsoen te bewaren.

'Was Tornac echt je enige vriend toen je opgroeide?' vroeg ze.
Murtagh keek haar nog altijd aan. 'Nee, maar hij was als een vader voor me. Hij heeft me onderwezen, me getroost... gaf me een uitbrander als ik te arrogant was en heeft me vaker dan ik me kan herinneren gered als ik me als een dwaas dreigde aan te stellen. Als hij nog leefde, zou hij me een pak rammel hebben gegeven als ik dronken was, zoals van de week.'
'Je zei dat hij tijdens je ontsnapping uit Urû'baen is gestorven?'
Hij snoof. 'Ik dacht slim te zijn. Ik heb een van de bewakers omgekocht om een zijpoort voor ons open te laten. We zouden in de duisternis de stad uit glippen en Galbatorix zou pas ontdekken wat er was gebeurd als het al te laat was om ons te pakken te krijgen. Maar hij wist het vanaf het begin. Hoe weet ik niet, maar ik vermoed dat hij me de hele tijd heeft geschouwd. Toen Tornac en ik de poort door gingen, stonden er aan de andere kant soldaten ons op te wachten... Ze hadden het bevel gekregen ons ongedeerd terug te brengen, maar we vochten en een van hen doodde Tornac. De beste zwaardvechter in het hele Rijk kwam ten val door een mes in zijn rug.'
'Maar Galbatorix liet je ontsnappen.'
'Ik geloof niet dat hij had verwacht dat we zouden vechten. Bovendien was hij die avond met zijn gedachten ergens anders.'
Ze fronste haar wenkbrauwen toen ze zag dat er een merkwaardig half glimlachje op Murtaghs gezicht verscheen.
'Ik telde de dagen,' zei hij. 'Dat was toen de Ra'zac in de Palancarvallei naar Saphira's ei op zoek waren. Weet je, Eragon verloor zijn pleegvader ongeveer tegelijk als ik die van mij. Het lot heeft een wreed gevoel voor humor, vind je ook niet?'
'Ja, inderdaad... Maar als Galbatorix je kon schouwen, waarom heeft hij je dan niet opgespoord en je later naar Urû'baen teruggehaald?'
'Hij speelde met me, denk ik. Ik ging op het landgoed wonen van een man die ik dacht te kunnen vertrouwen. Zoals gewoonlijk had ik het mis, hoewel ik daar pas later achter kwam, toen de Tweeling me hier terugbracht. Galbatorix wist waar ik was, en hij wist dat ik nog steeds boos was wegens Tornacs dood, dus hij liet me op het landgoed terwijl hij op Eragon en Brom joeg... Maar ik verraste hem. Ik ging weg en tegen de tijd dat hij van mijn verdwijning hoorde, was ik al op weg naar Dras-Leona. Daarom is Galbatorix naar Dras-Leona gegaan, weet je. Dat was niet om heer Tábor te straffen voor zijn gedrag – hoewel hij dat zeer zeker wel heeft gedaan –, maar om mij te vinden. Hij was echter te laat. Toen hij in de stad aankwam, had ik Eragon en Saphira al ontmoet en waren we op weg naar Gil'ead.'
'Waarom ben je weggegaan?' vroeg ze.

'Heeft Eragon je dat niet verteld? Omdat...'
'Nee, niet uit Dras-Leona. Waarom ben je van het landgoed weggegaan?'
Murtagh zweeg even. 'Ik wilde terugslaan naar Galbatorix en ik wilde onafhankelijk van mijn vader naam maken. Mijn hele leven hebben mensen anders tegen me aangekeken omdat ik de zoon van Morzan ben. Ik wilde dat ze me respecteerden om míjn daden, niet om die van hem.' Eindelijk keek hij haar aan, een vluchtige blik vanuit zijn ooghoek. 'Ik vermoed dat ik heb gekregen wat ik wilde, maar nogmaals, het lot heeft een wreed gevoel voor humor.'

Ze vroeg zich af of er nog iemand aan Galbatorix' hof was om wie hij had gegeven, maar ze besloot dat dat een te gevaarlijk onderwerp was om aan te snijden. Dus vroeg ze in plaats daarvan: 'Hoeveel weet Galbatorix echt over de Varden?'

'Alles, voor zover ik weet. Hij heeft meer spionnen dan je denkt.'

Ze drukte haar armen tegen haar buik toen haar ingewanden zich roerden. 'Weet je een manier om hem te vermoorden?'

'Een mes. Een zwaard. Een pijl. Vergif. Magie. De normale manieren. Probleem is dat hij te veel bezweringen om zich heen heeft gewikkeld, zodat niets of niemand hem kwaad kan doen. Eragon heeft meer geluk dan de meesten; Galbatorix wil hem niet vermoorden, dus hij krijgt misschien de kans om de koning meer dan eens aan te vallen. Maar zelfs al kon Eragon hem honderd keer aanvallen, hij zal niet om de afweerbezweringen van Galbatorix heen komen.'

'Elke puzzel heeft een oplossing en iedere man heeft een zwakheid,' hield Nasuada vol. 'Houdt hij van een van zijn concubines?'

De blik op Murtaghs gezicht sprak boekdelen. Toen zei hij: 'Zou het echt zo slecht zijn als Galbatorix koning blijft? De wereld die hem voor ogen staat is een goede wereld. Als hij de Varden verslaat, zal er eindelijk vrede heersen in Alagaësia. Hij zal een einde maken aan het misbruik van magie; elfen, dwergen en mensen hebben dan geen reden meer om elkaar naar het leven te staan. Sterker nog, als de Varden verliezen, kunnen Eragon en ik weer broers zijn, zoals het hoort. Maar als zij winnen, betekent dat mijn en Thoorns dood. Dat kan niet anders.'

'O? En wat gebeurt er met mij?' vroeg ze. 'Als Galbatorix wint, word ik dan zijn slaaf die hij naar believen kan commanderen?' Murtagh weigerde te antwoorden, maar ze zag dat hij zijn pezen op de rug van zijn handen aanspande. 'Je mag het niet opgeven, Murtagh.'

'Welke keus heb ik dan!' riep hij uit, en het weergalmde in de kamer.

Ze stond op en staarde naar hem omlaag. 'Je kunt vechten! Kijk me aan... Kijk me aan!'

Met tegenzin sloeg hij zijn ogen op.

'Je kunt manieren vinden om hem tegen te werken. Dat kun je doen! Zelfs als je eed maar het kleinste verzet toestaat, zou dat kleinste verzet evengoed zijn ondergang kunnen betekenen.' Ze herhaalde zijn vraag om dit te benadrukken. 'Welke keus heb je? Je kunt ook de rest van je leven met een hulpeloos en ellendig gevoel rondlopen. Je kunt toestaan dat Galbatorix je in een monster verandert. Of je kunt vechten!' Ze spreidde haar armen zodat hij al haar brandwonden kon zien. 'Geniet je ervan om me pijn te doen?'

'Nee!' riep hij uit.

'Vecht dan, verdomme! Je moet vechten, anders zul je zéker alles wat je bent verliezen. En Thoorn ook.'

Ze zette zich schrap toen hij lenig als een kat overeind sprong en zich tot op een paar centimeter afstand naar haar toe bewoog. De spieren in zijn kaak bolden op terwijl hij haar nijdig aankeek en zwaar door zijn neusgaten ademde. Ze herkende zijn gezichtsuitdrukking, want die had ze vele malen eerder gezien. Dit was de blik van een man wiens trots was gekrenkt en die wilde uithalen naar degene die hem had beledigd. Het was gevaarlijk om hem verder te tarten, maar ze wist dat het moest, anders kreeg ze misschien nooit meer de kans.

'Als ik kan blijven vechten,' zei ze, 'dan kun jij dat ook.'

'Naar de steen!' zei hij met ruwe stem.

'Ik weet dat je geen lafaard bent, Murtagh. Je kunt beter sterven dan leven als een slaaf voor iemand als Galbatorix. Dan bereik je misschien nog iets goeds, en als je er dan niet meer bent, zal je naam met enige genegenheid herinnerd worden.'

'Naar de steen!' gromde hij, hij greep haar bij de arm en sleurde haar ernaartoe.

Ze liet toe dat hij haar naar het askleurige blok steen duwde, de boeien om haar polsen en enkels vastmaakte en de band om haar hoofd aantrok. Toen hij klaar was, keek hij haar met donkere en wilde ogen aan, de lijnen van zijn lichaam stonden als koorden gespannen.

'Je moet beslissen of je bereid bent je leven te riskeren om jezelf te redden,' zei ze. 'Jij en Thoorn allebei. En dat moet je nu beslissen, nu er nog tijd is. Vraag jezelf eens af; wat zou Tornac hebben gewild?'

Zonder te antwoorden, stak Murtagh zijn rechterarm uit en legde zijn hand op het bovenste gedeelte van haar borst, zijn palm voelde heet op haar huid. Haar adem stokte door de schok van het contact.

Toen begon hij luider dan een fluistering in de oude taal te praten. Terwijl de vreemde woorden van zijn lippen tuimelden, nam haar angst steeds meer toe.

Hij praatte een aantal ogenblikken door. Ze voelde zich niet anders toen hij klaar was, maar als het om magie ging, was dat noch een gunstig, noch een ongunstig teken.

Toen Murtagh zijn hand optilde, stroomde er koele lucht over de plek op haar borst, en ze verkilde. Hij deed een stap naar achteren en wilde langs haar heen naar de uitgang van de kamer lopen. Ze stond op het punt hem te roepen – hem te vragen wat hij met haar had gedaan –, toen hij bleef staan en zei: 'Dat zou je moeten behoeden voor de pijn van de meeste wonden, maar je moet doen alsof het wel pijn doet, anders ontdekt Galbatorix wat ik heb gedaan.'

Toen ging hij weg.

'Dank je wel,' fluisterde ze tegen de lege kamer.

Ze lag nog heel lang over hun gesprek na te denken. Het leek onwaarschijnlijk dat Galbatorix Murtagh had gestuurd om met haar te praten, maar onwaarschijnlijk of niet, het bleef een mogelijkheid. Bovendien merkte ze dat ze werd verscheurd door de vraag of Murtagh in wezen een goed of slecht mens was. Ze dacht terug aan koning Hrothgar – die in haar jeugd als een oom voor haar was geweest – en hoe Murtagh hem op de Brandende Vlakten had vermoord. Daarna dacht ze aan Murtaghs jeugd en de vele beproevingen die hij had doorstaan, dat hij Eragon en Saphira vrij had laten vertrekken terwijl hij ze net zo gemakkelijk naar Urû'baen had kunnen brengen.

Maar zelfs Murtagh was ooit eervol en betrouwbaar geweest; ze wist dat zijn gedwongen onderworpenheid hem wellicht had gecorrumpeerd.

Uiteindelijk besloot ze dat ze Murtaghs verleden zou negeren en hem louter en alleen zou beoordelen op wat hij nu deed. Goed, slecht of een combinatie daarvan, hij was een mogelijke bondgenoot en ze had zijn hulp nodig als ze die kon krijgen. Als hij kwaad in de zin had, dan zou ze niet slechter af zijn dan nu. Maar als hij het goed met haar voorhad, kon ze misschien uit Urû'baen ontsnappen en dat was het risico meer dan waard.

Nu ze geen pijn meer had, sliep ze voor het eerst sinds ze in de hoofdstad was aangekomen weer lang en diep. Ze werd met een hoopvoller gevoel wakker dan daarvoor en volgde opnieuw de op het plafond geschilderde lijnen. Doordat ze de dunne, blauwe lijn volgde, viel haar een klein, wit plekje in de hoek van een tegel op die ze eerder over het hoofd had gezien. Het duurde even voordat ze besefte dat de verkleuring kwam doordat er een schilfertje af was.

De aanblik deed haar plezier, want ze vond het hilarisch – en enigszins vertroostend – te weten dat Galbatorix' kamer toch niet zo volmaakt was, en dat hij, ook al deed hij het anders voorkomen, toch niet alwetend of onfeilbaar was.

Toen de deur van de kamer weer werd geopend, was het haar cipier die haar haar middagmaal bracht. Ze vroeg hem of ze eerst mocht eten, voordat hij haar liet opstaan, want ze zei dat ze meer honger had dan wat dan ook, wat niet helemaal onwaar was.

Tot haar genoegen deed hij wat ze vroeg, hoewel hij geen woord zei; hij trok zijn gezicht alleen in een afzichtelijk, verkrampt glimlachje en ging op de rand van de steen zitten. Terwijl hij haar warme haverpap voerde, dacht ze koortsachtig na om voor elk mogelijk scenario een plan te bedenken, want ze wist dat ze slechts één kans kreeg.

Vanwege haar hoop had ze er moeite mee om het smakeloze voedsel door te slikken. Maar ze kreeg het voor elkaar en toen de kom leeg was en ze genoeg had gedronken, bereidde ze zich voor.

De man had zoals altijd het dienblad onder aan de verste muur neergezet, dicht bij de plek waar Murtagh had gezeten en misschien tien voet vanaf de deur naar de latrine.

Nadat ze van haar boeien was bevrijd, gleed ze van de steen. De man met het kalebashoofd wilde haar bij haar linkerarm vastpakken, maar ze stak een hand op en zei met haar liefste stem: 'Ik kan nu wel zelf staan, dank je wel.'

Haar cipier aarzelde, glimlachte nogmaals en klakte twee keer met zijn tanden, alsof hij wilde zeggen: *Nou, dan ben ik blij voor je!*

Ze begonnen naar de latrine te lopen, zij voorop en hij een stukje achter haar. Bij de derde stap zwikte ze opzettelijk haar rechterenkel en struikelde diagonaal door de kamer. De man schreeuwde en probeerde haar op te vangen – ze voelde zijn dikke vingers vlak boven haar nek in de lucht –, maar hij was te traag en ze ontweek zijn greep.

Ze viel languit op het dienblad, waardoor de kan – waarin nog altijd aardig wat met water aangelengde wijn zat – brak en de houten kom over de vloer kletterde. Zoals ze had gepland, landde ze met haar rechterhand onder zich en zodra ze het dienblad voelde, zocht ze met haar vingers naar de metalen lepel.

'Ah!' riep ze uit, alsof ze zich bezeerde. Daarna draaide ze zich om en keek naar de man, terwijl ze haar best deed geërgerd over te komen. 'Misschien was ik toch nog niet zover,' zei ze en ze schonk hem een verontschuldigend glimlachje. Met haar duim raakte ze de steel van de lepel aan, en ze greep die vast toen de man haar bij haar andere arm overeind trok.

Hij keek naar haar, trok zijn neus op en leek te walgen van haar van wijn doorweekte hemd. Tegelijk reikte ze achter zich en stak de steel van de lepel door een gat vlak bij de zoom van haar hemd. Toen hief ze haar hand op alsof ze wilde laten zien dat ze niets had gepakt.

De man bromde, greep haar andere arm en marcheerde met haar naar de latrine. Toen ze daar naar binnen ging, schuifelde hij binnensmonds mompelend naar het dienblad terug.

Zodra ze de deur achter zich dicht had gedaan, haalde ze de lepel uit haar hemd en stopte die tussen haar lippen, hield hem daar terwijl ze een paar haren uit haar achterhoofd trok, waar ze het langst waren. Zo snel als ze kon pakte ze met haar linkerhand het uiteinde van de haren vast en rolde met haar rechterhandpalm de streng over haar dij, zodat er een koordje ontstond. Haar huid verkilde toen ze zich realiseerde dat het koordje te kort was. Ze prutste er als een uitzinnige aan, legde een knoopje in de uiteinden en legde het koordje toen op de grond.

Ze plukte nog een paar haren en rolde die in een tweede koordje, waar ze net als bij de eerste een knoopje in legde.

Terwijl ze wist dat ze nog maar een paar tellen had, liet ze zich op een knie vallen en knoopte de twee koordjes aan elkaar. Daarna haalde ze de lepel uit haar mond en bond de lepel met de koordjes aan de buitenkant van haar linkerbeen, zodat de zoom van haar hemd eroverheen zou vallen.

Het moest wel aan de linkerkant, want Galbatorix zat altijd rechts van haar.

Ze stond op en controleerde of de lepel verstopt bleef en deed toen een paar stappen om er zeker van te zijn dat hij niet zou vallen.

Dat gebeurde niet.

Opgelucht liet ze haar adem ontsnappen. Nu was het de uitdaging om naar de steen terug te keren zonder dat haar cipier merkte wat ze had gedaan.

De man wachtte op haar toen ze de latrinedeur opende. Hij keek haar boos aan en zijn schamele wenkbrauwen raakten elkaar en vormden een enkele, rechte streep.

'Lepel,' zei hij, en hij maalde het woord met zijn tong fijn alsof het een stuk overgare pastinaak was.

Ze stak haar kin op en wees ermee naar de achterkant van de latrine.

Zijn boze blik werd nog bozer. Hij liep de ruimte in en onderzocht de muren, vloeren, het plafond en overal zorgvuldig alvorens naar buiten te stampen. Hij klakte opnieuw met zijn tanden en krabde op zijn knolvormige hoofd, leek ongelukkig en, dacht ze, een beetje gekwetst dat ze de lepel had weggegooid. Ze was aardig tegen hem geweest, en ze wist dat deze kinderachtige ongehoorzaamheid hem zou verwarren en dat hij er boos van werd.

Ze weerstond de aandrang om terug te deinzen toen hij een stap naar voren deed, zijn zware handen op haar hoofd legde en met zijn vingers door haar haar kamde. Toen hij de lepel niet vond, liet hij zijn hoofd hangen. Daarna greep hij haar weer bij de arm, leidde haar naar de steen en maakte de boeien weer vast.

Toen pakte hij met een gemelijke uitdrukking op zijn gezicht het dienblad op en schuifelde de kamer uit.

Ze wachtte tot ze er heel zeker van was dat hij weg was alvorens met de vingers van haar linkerhand stukje bij beetje de zoom van haar hemd omhoog te trekken.

Een brede glimlach trok over haar gezicht toen ze met de top van haar wijsvinger de bolling van de lepel voelde.

Nu had ze een wapen.

Een kroon van ijs en sneeuw

Toen de eerste bleke lichtstralen over het zeeoppervlak streken en over de schuimkoppen van de doorzichtige golven – die glinsterden als waren ze uit kristal gesneden –, werd Eragon wakker uit zijn wakende dromen en keek naar het noordwesten, nieuwsgierig om te zien wat het licht onthulde van de wolken die zich in de verte samenpakten.

Wat hij daar zag was verontrustend: de wolken besloegen bijna de halve horizon en de grootste van de compacte, witte pluimen zagen eruit als de pieken van de Beorbergen, en voor Saphira te hoog om erbovenuit te stijgen. De enige open lucht lag achter haar en zelfs die zou worden afgesloten als de armen van de storm dichterbij kwamen.

We zullen erdoorheen moeten vliegen, zei Glaedr en Eragon voelde Saphira's ongerustheid.

Waarom kunnen we geen poging wagen om eromheen te gaan? vroeg ze.

Via Saphira was Eragon zich ervan bewust dat Glaedr de wolkenformaties bestudeerde. Ten slotte zei de gouden draak: *Ik wil niet dat je te ver uit koers raakt. We hebben nog vele mijlen te gaan en als je kracht opraakt...*

Dan kun je me wat van die van jou geven om ons in de lucht te houden.

Hmf. Maar toch, we kunnen maar beter voorzichtig zijn in onze roekeloosheid. Ik heb eerder zulke stormen meegemaakt. Deze is groter dan je denkt. Als je eromheen wilt, moet je zo ver naar het westen vliegen dat je uiteindelijk langs Vroengard vliegt, en dan duurt het waarschijnlijk nog een dag voor je land bereikt.

Zo ver weg is Vroengard niet, zei ze.

Nee, maar de wind zal ons tegenwerken. Bovendien vertellen mijn instincten me dat de storm zich helemaal tot het eiland uitstrekt. Hoe dan ook, we zullen erdoorheen moeten. Maar het is niet nodig om door het oog te gaan. Zie je die insnijding tussen die twee kleine pilaren aan de westkant?

Ja.

Ga die kant op en misschien vinden we dan een veilig pad door de wolken.

Eragon greep de voorkant van het zadel vast toen Saphira met haar linkerschouder naar het westen zwenkte en in de richting vloog van de inkeping die Glaedr haar had gewezen. Hij geeuwde, wreef in zijn ogen en Saphira vloog weer horizontaal. Toen draaide hij zich om en viste een appel en een paar repen gedroogd vlees uit de tassen achter zich. Het was een schamel ontbijt, maar hij had niet veel honger en werd vaak misselijk als hij op de rug van Saphira een zware maaltijd nam.

Onder het eten hield hij beurtelings de wolken in de gaten en staarde hij naar de fonkelende zee. Hij vond het verontrustend dat er onder hem alleen maar water was en dat de dichtstbijzijnde vaste grond – het vasteland – naar zijn inschatting ruim vijftig mijl verderop was. Hij huiverde toen hij zich voorstelde dat hij steeds dieper in de koude, hem vastgrijpende diepten van de zee zonk. Hij vroeg zich af wat er op de bodem lag en hij bedacht dat hij daar met zijn magie waarschijnlijk wel heen kon om daarachter te komen, maar hij vond het geen aantrekkelijke gedachte. De peilloze diepte van het water was te donker en te gevaarlijk naar zijn smaak. Dat was, zo vond hij, geen plek waar zijn soort leven zich hoorde af te spelen. In plaats daarvan was het beter het over te laten aan de vreemde schepsels die daar al woonden.

Terwijl de ochtend voortschreed, werd het duidelijk dat de wolken verder weg waren dan eerst had geleken en dat de storm, zoals Glaedr had gezegd, groter was dan Eragon of Saphira had gedacht.

Er stak een lichte tegenwind op en Saphira moest wat meer kracht bijzetten, maar ze schoot nog steeds goed op.

Toen ze nog maar een paar mijl van de kop van de storm verwijderd waren, verbaasde Saphira Eragon en Glaedr door licht te duiken en vlak boven het wateroppervlak te gaan vliegen.

Ik ben nieuwsgierig, antwoordde ze. *En ik wil mijn vleugels wat laten rusten voordat we de wolken in gaan.*

Ze scheerde over de golven, haar reflectie onder en haar schaduw vóór haar weerspiegelden elke beweging als twee spookachtige metgezellen, een donkere en een lichte. Toen draaide ze haar vleugels en met drie snelle slagen minderde ze vaart en landde op het water. Een waaier water sproeide aan weerskanten van haar nek op toen haar borst door de golven ploegde, waardoor Eragon door honderden druppeltjes werd bespat.

Het water was koud, maar na zo'n lange vlucht voelde de lucht aangenaam warm, zelfs zo warm dat Eragon zijn cape afwikkelde en zijn handschoenen uitdeed.

Saphira vouwde haar vleugels in en bleef vredig drijven, dobberde op en neer op de beweging van de golven. Eragon kreeg rechts van hem een paar kluiten bruin zeewier in het oog. De planten vertakten zich als een schrobber en op de geledingen langs de steel zaten blazen zo groot als bessenbladeren.

Ver boven hen, bijna zo hoog als waar Saphira was geweest, bespeurde Eragon een paar albatrossen waarvan de vleugels een zwart puntje hadden en die van de compacte muur van wolken weg vlogen. Door die aanblik voelde hij zich des te onbehaaglijker; de zeevogels herinnerden hem aan de keer dat hij een roedel wolven naast een kudde herten had zien rennen, toen de dieren in het Schild wegvluchtten voor een bosbrand.

Als we een beetje verstandig waren, zei hij tegen Saphira, *zouden we nu omkeren.*

Als we een beetje verstandig waren, zouden we uit Alagaësia weggaan en nooit meer terugkeren, kaatste ze terug.

Ze boog haar nek, stak haar snuit in het zeewater, schudde met haar kop en stak haar donkerrode tong een paar keer in en uit haar bek alsof ze iets onaangenaams had geproefd.

Toen voelde Eragon paniek bij Glaedr opkomen en de oude draak brulde in zijn hoofd: *Opstijgen! Nu, nu, nu! Opstijgen!*

Saphira verspilde geen tijd aan vragen. Met donderend lawaai opende ze haar vleugels en begon ermee te slaan om het luchtruim te kiezen.

Eragon boog zich naar voren en greep de rand van het zadel om te voorkomen dat hij naar achteren werd gegooid. De klappende vleugels van Saphira wierpen een scherm van mist op waardoor hij half verblind werd, dus ging hij met zijn geest op zoek naar hetgeen waar Glaedr zo van was geschrokken.

Heel diep onder hem voelde hij iets wat sneller naar Saphira's onderkant opsteeg dan Eragon voor mogelijk had gehouden, iets kouds en reusachtigs... en vervuld van een razende, onverzadigbare honger. Hij probeerde het af te schrikken, weg te jagen, maar het was een uitheems, genadeloos wezen, dat zijn inspanningen niet leek te merken. In de merkwaardige, donkere krochten van zijn bewustzijn ving hij een glimp op van herinneringen van talloze jaren die hij alleen in de ijskoude zee had doorgebracht, waar hij joeg en waar op hem werd gejaagd.

Eragons paniek nam steeds meer toe en hij greep naar het gevest van

Brisingr op het moment dat Saphira zich losmaakte uit de greep van het water en de lucht in klom. *Saphira! Schiet op!* riep hij in stilte.

Ze won langzaam aan snelheid en toen barstte er een fontein van wit water achter haar uit en Eragon zag uit de pluim glanzende grijze kaken oprijzen. De kaken waren groot genoeg om een paard met ruiter in zijn geheel te verzwelgen en er zaten honderden glinsterende witte tanden in.

Saphira merkte wat hij zag en ze zwenkte in een heftige beweging opzij in een poging de gapende muil te ontwijken, terwijl ze met de punt van haar vleugel op het water sloeg. Even later hoorde en voelde Eragon dat de kaken van het schepsel dichtklapten.

De naaldachtige tanden misten Saphira's staart op een haar na.

Toen het monster weer in het water terugviel, was er meer van zijn lijf te zien: hij had een lange, hoekige kop. Een knokige voorhoofdskam stak over de ogen heen en aan de buitenkant van elke kam zat een draderige tentakel die naar Eragon inschatte ruim zes voet lang was. De hals van het schepsel deed hem denken aan een reusachtige, golvende slang. Wat hij van de torso van het schepsel zag was glad en krachtig gebouwd, en hij leek ongelooflijk compact. Een paar roeispaanvormige zwemvliezen staken uit de zijkanten van zijn borst die hulpeloos in de lucht flapperden.

Het schepsel kwam op zijn zij terecht en een tweede, nog grotere fontein schoot de lucht in.

Vlak voordat de golven zich boven de gedaante van het monster sloten, keek Eragon in zijn omhooggerichte oog, dat zo zwart was als een druppel teer. De kwaadaardigheid die hij daarin zag – de pure haat, woede en frustratie die hij in het starende oog van het schepsel bespeurde –, was genoeg om Eragon te doen huiveren en hij wilde dat hij midden in de Hadaracwoestijn was. Want hij had het gevoel dat hij alleen daar veilig was voor de eeroude honger van het schepsel.

Met bonzend hart ontspande hij zijn greep op Brisingr en hij zakte voor op het zadel ineen. 'Wat was dat?

Een Nïdhwal, zei Glaedr.

Eragon fronste zijn wenkbrauwen. Hij herinnerde zich niet dat hij in Ellesméra over zoiets had gelezen. *En wat is een Nïdhwal?!*

Ze zijn zeldzaam en er wordt nooit over gesproken. Zij zijn voor de zee wat de Fanghur voor de lucht zijn. Ze zijn allebei neefjes van de draken. Hoewel ze uiterlijk meer van ons verschillen, staan de Nïdhwal dichter bij ons dan de krijsende Fanghur. Ze zijn intelligent en hebben in hun borst zelfs een structuur die vergelijkbaar is met die van de eldunarí, waardoor we geloven dat ze zich gedurende heel lange perioden op grote diepten kunnen ophouden.

Kunnen ze vuur spuwen?

Nee, maar net als de Fanghur gebruiken ze vaak hun geestkracht om hun

prooi te verlammen, wat meerdere draken tot hun ontzetting hebben ontdekt.
 Eten ze dan hun eigen soort? vroeg Saphira.
 Zij vinden niet dat we op elkaar lijken, antwoordde Glaedr. *Maar ze eten wel hun eigen soort, wat de reden is dat er zo weinig Nïdhwalar zijn. Ze zijn niet geïnteresseerd in wat er buiten hun eigen rijk gebeurt en elke poging om ze tot rede te brengen is mislukt. Vreemd dat we er een zo dicht bij de kust tegenkomen. Ooit werden ze alleen aangetroffen op een paar dagen vliegen vanaf het land, waar de zee op z'n diepst is. Sinds de val van de Rijders zijn ze klaarblijkelijk brutaal en wanhopig geworden.*

Eragon huiverde opnieuw toen hij terugdacht aan het gevoel van de geest van de Nïdhwal. *Waarom heb jij of heeft Oromis ons er niets over verteld?*

We hebben je zo veel niet verteld, Eragon. We hadden maar weinig tijd en het was het beste als we je tegen Galbatorix wapenden, niet tegen elk duister schepsel dat de niet-verkende gebieden van Alagaësia onveilig maakt.

Zijn er dan nog andere dingen zoals de Nïdhwal waar we niets van weten?
 Een paar.
 Wil je ons daarover vertellen, Ebrithil? vroeg Saphira.
 Ik sluit een pact met je, Saphira, en ook met jou, Eragon. Laten we een week wachten en als we dan nog leven en vrij zijn, zal ik jullie gedurende de volgende tien jaar met alle liefde over elk ras vertellen dat ik ken, met inbegrip van elke keversoort, waar er talloze van zijn. Maar tot die tijd concentreren we ons op wat ons te doen staat. Akkoord?

Eragon en Saphira gingen met tegenzin akkoord en ze hadden het er niet meer over.

De tegenwind trok aan tot stormachtig toen ze de kop van de storm naderden, waardoor Saphira werd vertraagd tot ze nog maar op halve snelheid vloog. Zo nu en dan beukten krachtige windvlagen op haar in en soms kwam ze even helemaal tot stilstand. Ze wisten altijd van tevoren wanneer zo'n vlaag zou toeslaan, want dan zagen ze een zilverachtig, schubachtig patroon over het wateroppervlak op hen toesnellen.

Sinds de dageraad waren de wolken alleen nog maar groter geworden en van zo dichtbij waren ze nog indrukwekkender. Onderaan waren ze donker en purperachtig, met in gordijnen stromende regen die de storm met de zee verbond als een nevelige navelstreng. Verder omhoog waren de wolken zilverkleurig, terwijl de toppen van een puur, verblindend wit waren en zo solide leken als de flanken van Tronjheim. In het noorden, voorbij het middelpunt van de storm, hadden de wolken een reusachtig, afgeplat aambeeld gevormd die boven alles uittorende, alsof de goden zelf een of ander vreemd en verschrikkelijk werktuig wilden smeden.

Toen Saphira tussen twee opbollende witte kolommen door scheerde – waarnaast zij niet meer dan een stipje was – en de zee onder een deken kussenachtige wolken onder hen verdween, nam de tegenwind af en werd de kolkende lucht ruw; hij wervelde alle kanten op. Eragon klemde zijn tanden op elkaar zodat ze niet gingen klapperen en zijn maag speelde op toen Saphira een stuk of vijf voet viel en daarna net zo snel weer twintig voet steeg.

Glaedr zei: *Heb je ervaring met het vliegen in een storm, los van die keer dat je in de val zat in een onweersstorm tussen de Palancarvallei en Yazuac?*

Nee, zei Saphira kortaf en grimmig.

Glaedr leek dat antwoord te hebben verwacht, want zonder aarzelen begon hij haar de fijne kneepjes bij te brengen van hoe je door de fantastische wolkenmassa moest navigeren. *Kijk naar bewegingspatronen en let op de formaties om je heen*, zei hij. *Daaraan kun je inschatten waar de wind het sterkst is en welke kant hij op blaast.*

Veel van wat hij zei wist Saphira al, maar doordat Glaedr bleef doorpraten, werden zowel zij als Eragon door zijn kalme optreden rustig. Als ze een waarschuwing of angst in de geest van de oude draak hadden gevoeld, dan zouden ze zelf ook gaan twijfelen en misschien was Glaedr zich daarvan bewust.

Een verdwaalde, door wind verscheurde wolkenflard kruiste Saphira's pad. In plaats van eromheen te vliegen, ging ze er dwars doorheen, doorboorde de wolk als een glinsterende, blauwe speer. Zodra ze in de grijze mist gewikkeld waren, werd het geluid van de wind gedempt en Eragon kneep zijn ogen toe en hield een hand voor zijn gezicht om zijn ogen af te schermen.

Toen ze uit de wolk schoten, klampten zich miljoenen piepkleine druppeltjes aan Saphira's lijf vast, en ze fonkelde alsof er diamanten op haar toch al stralende schubben bevestigd waren.

Haar vlucht bleef onrustig; het ene moment vloog ze recht, maar in het volgende kon de weerspannige lucht haar opzijschuiven, of een onverwachte opwaartse luchtstroom tilde een vleugel op en stuurde haar zwenkend in tegengestelde richting. Het was frustrerend om alleen maar op haar rug te kunnen zitten terwijl zij tegen de turbulentie vocht, en het voor Saphira zelf een ellendig, vermoeiend gevecht was dat des te moeilijker was omdat ze wist dat het nog lang niet voorbij was en dat ze geen andere keus had dan door te vliegen.

Na een uur of twee was het einde van de storm nog steeds niet in zicht. Glaedr zei: *We moeten keren. Het is niet verstandig om nog verder naar het westen te gaan, en als we de toorn van de storm willen trotseren, moeten we dat nu doen, voor je nog meer uitgeput raakt.*

Zonder een woord te zeggen zwenkte Saphira noordwaarts naar het uitgestrekte, hoog oprijzende klif van door de zon verlichte wolken in het hart van de reusachtige storm. Toen ze de richels aan de voorkant van het klif naderden – zoiets groots had Eragon nog nooit gezien, het was zelfs groter dan Farthen Dûr –, lichtten de plooien door blauwe flitsen op waar de bliksem naar de top van het aambeeld omhoog kroop.

Even later schudde de lucht door een donderslag en Eragon legde zijn handen over zijn oren. Hij wist dat zijn afweerbezweringen hem tegen de bliksem zouden beschermen, maar hij was toch bezorgd nu hij zo dicht bij de krakende energie-uitbarstingen in de buurt kwam.

Als Saphira al bang was, dan merkte hij daar niets van. Het enige wat hij voelde was haar vastberadenheid. Ze sloeg sneller met haar vleugels en even later bereikten ze de voorkant van het klif, doken ze erdoorheen en waren in het centrum van de storm.

Een grijze en vlakke schemering omringde hen.

Het was alsof de wereld had opgehouden te bestaan. Door de wolken kon Eragon onmogelijk de afstand voorbij het puntje van Saphira's neus, staart en vleugels inschatten. Ze waren letterlijk blind en alleen door de constante druk van hun gewicht konden ze boven van onder onderscheiden.

Eragon opende zijn geest en breidde zijn bewustzijn zo ver hij kon uit, maar behalve Saphira en Glaedr voelde hij geen ander levend wezen, zelfs niet een enkele verdwaalde vogel. Gelukkig bewaarde Saphira haar richtingsgevoel; ze zouden niet verdwalen. En door voortdurend met zijn geest naar andere wezens te zoeken, of dat nu plant of dier was, wist Eragon zeker dat ze niet regelrecht tegen een bergflank zouden vliegen.

Hij sprak ook een bezwering uit die Oromis hem had geleerd, een bezwering waardoor hij en Saphira steeds precies wisten hoe dicht ze bij het water – of de grond – waren.

Vanaf het moment dat ze in de wolk waren gevlogen, stapelde de alomtegenwoordige vochtigheid zich op Eragons huid op en drong zijn wollen kleren binnen, waardoor ze omlaag gedrukt werden. Die ergernis zou hij nog kunnen negeren, ware het niet dat de combinatie van water en wind zo verkillend was dat die algauw alle warmte uit zijn ledematen zou trekken en hij daaraan zou sterven. Daarom sprak hij nog een bezwering uit, waardoor de zichtbare druppels uit de lucht werden gefilterd, evenals – op haar verzoek – uit de lucht om Saphira's ogen, want het vocht verzamelde zich daar voortdurend zodat ze te vaak met haar ogen moest knipperen.

De wind in het aambeeld was verrassend zacht. Eragon zei daar iets over tegen Glaedr, maar de oude draak bleef grimmig als altijd. *Het ergste moet nog komen.*

Het werd algauw duidelijk dat hij gelijk had toen een heftige opwaartse luchtstroom tegen Saphira's onderkant aan sloeg en haar duizenden voet de hoogte in slingerde, waar de lucht zo dun was dat Eragon er niet goed kon ademen en de mist bevroor tot talloze kleine kristallen die in zijn neus en wangen staken, en het weefsel op Saphira's vleugels veranderde in net zo veel vlijmscherpe messen.

Saphira drukte haar vleugels tegen haar zijden en dook naar voren in een poging aan de luchtstroom te ontsnappen. Na een paar tellen verdween de druk onder haar, om slechts plaats te maken voor een net zo krachtige neerwaartse druk, waardoor ze met angstaanjagende snelheid in de richting van de golven werd geduwd.

Tijdens hun val smolten de ijskristallen en vormden grote, kogelvormige regendruppels die gewichtloos langs Saphira stroomden. Vlakbij sloeg een bliksemflits in – een griezelige, blauwe gloed door de wolkensluier – en Eragon schreeuwde het uit van de pijn toen de donder om hen heen brulde. Met nog altijd suizende oren scheurde hij twee stukjes stof van de zoom van zijn cape, rolde ze op en schroefde ze zo ver mogelijk in zijn oren.

Pas onder aan de wolken wist Saphira zich van de snel wervelende luchtstroom te bevrijden. Zodra ze dat deed, kreeg een volgende opwaartse stroom haar in zijn greep, die haar als een reusachtige hand de lucht in duwde.

Een hele tijd later verloor Eragon alle besef van tijd. De razende wind was te sterk voor Saphira om ertegenop te kunnen en ze bleef maar stijgen en vallen in de rondtollende lucht, als een stuk wrakhout dat gevangenzat in een draaikolk. Ze kwam een beetje vooruit – en paar schamele mijlen, met veel moeite veroverd en met grote inspanning vastgehouden –, maar elke keer dat ze zich uit een van de draaiende luchtstromen had losgetrokken, zat ze alweer in een volgende gevangen.

Het was vernederend voor Eragon om te beseffen dat hij, Saphira en Glaedr machteloos waren tegen de storm en dat ze, ook al spanden ze zich nog zo in, niet op konden tegen de macht van de elementen.

Twee keer dreef de wind Saphira bijna in de kolkende golven. Beide keren sloeg de neerwaartse druk haar uit de onderbuik van de storm in de regenvlagen die op de zee onder hen roffelden. De tweede keer dat dit gebeurde, keek Eragon over Saphira's schouder en heel even dacht hij de lange, donkere vorm van de op het deinende water rustende lichaam van de Nïdhwal te zien. Maar bij de volgende bliksemuitbarsting was de gedaante weg en hij vroeg zich af of de schaduwen een spelletje met hem hadden gespeeld.

Terwijl Saphira's kracht begon te tanen, vocht ze steeds minder tegen de wind en liet ze zich er in plaats daarvan op meevoeren. Alleen wanneer ze te dicht bij het water kwam, bood ze de storm het hoofd. Verder hield ze haar vleugels stil en spande ze zich zo weinig mogelijk in. Eragon voelde het toen Glaedr haar wat energie gaf om haar te helpen volhouden, maar zelfs daarmee kon ze niet meer doen dan op haar plek blijven.

Uiteindelijk stierf het licht dat er nog was weg en Eragon begon wanhopig te worden. Ze waren het grootste deel van de dag door de storm alle kanten op gegooid en er was nog geen enkel teken dat die zou afnemen. En evenmin leek het alsof Saphira dichter bij de rand ervan kwam.

Toen de zon eenmaal onder was, kon Eragon zelfs het puntje van zijn neus niet meer zien en maakte het niet meer uit of hij zijn ogen nu open of dicht had. Het was alsof een reusachtige kluwen zwarte wol zich om hem en Saphira heen had samengepakt en het leek werkelijk alsof de duisternis hen terneerdrukte, alsof ze een tastbare substantie was die aan alle kanten tegen hen aan duwde.

Elke paar tellen doorboorde een bliksemflits het donker, soms verborgen in de wolken, dan weer sloeg die in hun gezichtsveld in, die hen als een tiental zonnen verblindde en waardoor de lucht naar ijzer proefde. Na de verschroeiende felheid van de nabije uitbarstingen leek de nacht twee keer zo donker en Eragon en Saphira werden beurtelings verblind door het licht als ook verblind door de volslagen duisternis die daarop volgde. Hoe dichtbij de bliksemslagen ook kwamen, ze raakten Saphira nooit, maar Eragon en Saphira werden misselijk van het geluid van de voortdurende donderslagen.

Eragon had geen idee hoe lang het zo doorging.

En toen, op een bepaald moment in de nacht, ging Saphira een kolkende, opwaartse luchtstroom binnen die veel groter en veel sterker was dan ze eerder hadden meegemaakt. Zodra die toesloeg, begon Saphira ertegen te vechten in een poging eraan te ontsnappen, maar de wind was zo sterk dat ze amper haar vleugels recht kon houden.

Ten slotte brulde ze gefrustreerd en liet een vuurstraal uit haar muil los, waardoor een klein stukje van de omringende ijskristallen oplichtte, die als edelstenen glinsterden.

Help me, zei ze tegen Eragon en Glaedr. *Ik kan dit niet alleen.*

Dus smolten ze beiden hun geest met die van haar samen, en terwijl Glaedr de benodigde energie leverde, schreeuwde Eragon: 'Gánga fram!'

De bezwering dreef Saphira naar voren, maar heel langzaam, want recht tegen de wind in gaan was hetzelfde als de Anorarivier overzwemmen wanneer in de lente alle sneeuw aan het smelten was. Terwijl Saphira horizontaal vorderde, bleef de stroom haar in duizelingwekkende vaart omhoog zwiepen. Algauw merkte Eragon dat hij zuurstoftekort kreeg en toch bleven ze gevangen in de uitbarsting van lucht.

Dit duurt te lang en het kost ons te veel energie, zei Glaedr. *Beëindig de bezwering.*
Maar...
Stop met de bezwering. We kunnen ons niet losmaken voordat jullie tweeën bezwijken. We moeten ons op de wind laten meevoeren tot die zo ver afneemt dat Saphira kan ontsnappen.
Hoe dan? vroeg ze terwijl Eragon deed wat Glaedr zei. Door de uitputting en het gevoel dat ze verslagen was kreeg Eragon een steek van bezorgdheid om haar.
Eragon, je moet de bezwering gebruiken om jezelf warm te krijgen, evenals Saphira en mij. Het wordt koud, kouder dan zelfs in de bitterste winter in het Schild, en zonder magie vriezen we allemaal dood.
Zelfs jij?
Ik zal breken als een stuk heet glas dat in de sneeuw valt. Daarna moet je een bezwering toepassen om lucht om jou en Saphira heen te verzamelen en het op zijn plaats houden, zodat jullie kunnen ademen. Maar je moet er ook voor zorgen dat de verschaalde lucht kan ontsnappen, anders stik je. De formulering van de bezwering is ingewikkeld en je mag geen fouten maken, dus luister goed. Ze gaat zo...
Nadat Glaedr de benodigde zinnen in de oude taal had opgezegd, herhaalde Eragon ze en toen de draak tevreden was over zijn uitspraak, sprak Eragon de bezwering uit. Daarna paste hij een volgend stukje magie toe zoals Glaedr hem had opgedragen, zodat ze alle drie tegen de kou beschermd waren.

Toen wachtten ze, terwijl de wind ze steeds hoger voerde. Lange ogenblikken verstreken en Eragon begon zich af te vragen of er ooit een eind aan kwam, of dat ze steeds verder omhoog werden getrokken tot ze bij de maan en sterren waren.

Het kwam bij hem op dat vallende sterren misschien zo werden gemaakt: een vogel, draak of een ander aards wezen dat door de onverbiddelijke wind met zo'n snelheid de lucht in werd gegooid dat ze als belegeringspijlen opvlamden. Als dat zo was, dan vermoedde hij dat Saphira, Glaedr en hij de felste en spectaculairste vallende ster zouden vormen die ooit was verschenen, als iemand tenminste zo dichtbij was om hun verscheiden zo ver op zee te kunnen zien.

De huilende wind nam gaandeweg af. Zelfs de door merg en been dringende donderslagen leken stiller te worden, en toen Eragon de stukjes stof uit zijn oren opdiepte, was hij verbijsterd door de gedempte stilte die hen omringde. Op de achtergrond hoorde hij nog altijd een vaag gemurmel, als het geluid van een klein bosbeekje, maar verder was het stil, gezegend stil.

Terwijl het tumult van de woedende storm wegstierf, merkte hij ook dat de spanning van zijn bezweringen toenam, niet zozeer door de betovering die voorkwam dat hun lichaam te snel zou afkoelen, maar door de betovering die de atmosfeer voor hem verzamelde en ineendrukte, zodat Saphira en hij normaal konden ademen. Om welke reden dan ook nam de energie die nodig was om de tweede bezwering in stand te houden buitenproportioneel toe ten opzichte van de eerste en algauw voelde hij de symptomen die erop wezen dat de magie op het punt stond om het weinige dat nog van zijn levenskracht over was weg te stelen: koude handen, onregelmatig kloppen van zijn hart en een overweldigend lethargisch gevoel, dat misschien nog wel het zorgwekkendst van alles was.

Toen schoot Glaedr hem te hulp. Opgelucht voelde Eragon zijn last afnemen toen de kracht van de draak door hem heen stroomde, een toevloed van koortsachtige hitte die zijn futloosheid wegspoelde en de kracht in zijn ledematen herstelde.

En zo gingen ze verder.

Eindelijk voelde Saphira dat de wind minder hard waaide – een beetje slechts, maar wel merkbaar – en ze bereidde zich voor om de luchtstroom uit te vliegen.

Voordat ze dat kon doen, werden de wolken boven hen dunner en Eragon ontwaarde een glimp van een paar schitterende puntjes: sterren, zo wit, zilverachtig en feller dan hij ze ooit had gezien.

Kijk, zei hij. Toen braken de wolken om hen heen open en steeg Saphira boven de storm uit en bleef erboven hangen, terwijl ze hachelijk boven op de kolom van de voortsnellende wind balanceerde.

Eragon zag onder hen de storm in zijn geheel, die zich wel honderden mijlen naar alle kanten uitstrekte. De kern leek op een gewelfde, paddenstoelachtige koepel, glad gemaakt door de akelige zijwinden die van west naar oost zwiepten en dreigden Saphira van haar onbestendige plek te gooien. Zowel de wolken in de buurt als die in de verte waren melkachtig en leken bijna lichtgevend, alsof ze van binnenuit werden verlicht. Ze zagen er prachtig en vriendelijk uit, vreedzame, onveranderlijke formaties die niets van het geweld binnenin verraadden.

Toen merkte Eragon de lucht op en zijn adem stokte, want er waren meer sterren dan hij ooit voor mogelijk had gehouden. Rood, blauw, wit, goudkleurig, ze lagen verspreid over het firmament als handenvol sprankelend stof. De sterrenconstellaties die hij kende waren er nog, maar nu te midden van duizenden vagere sterren, die hij nu voor het eerst zag. En de sterren leken niet alleen helderder, de leegte ertussenin leek donkerder. Als hij vroeger naar de lucht had gekeken, was het alsof er een mist over zijn ogen hing waardoor hij de ware glorie van de sterren niet had kunnen zien.

Hij staarde een paar ogenblikken naar het spectaculaire tafereel, vol ontzag door de luisterrijke, willekeurige, onbekende aard van de twinkelende lichten. Pas toen hij zijn blik naar omlaag verplaatste, viel het hem op dat er iets vreemds was aan de paarsgetinte horizon. In plaats van dat de hemel en zee elkaar in een rechte streep aanraakten – zoals het hoorde en het altijd geweest was –, zat er een kromming in hun raakpunt, als de rand van een onvoorstelbaar grote cirkel.

Het was zo'n vreemd gezicht dat het Eragon een stuk of zes tellen kostte om te begrijpen wat hij zag, en toen hij zover was, tintelde zijn schedel en voelde het alsof zijn adem uit hem was geslagen.

'De wereld is rond,' fluisterde hij. 'De lucht is hol en de wereld is rond.'

Daar lijkt het wel op, zei Glaedr, maar hij leek net zo onder de indruk. *Een wilde draak heeft me hier wel eens over verteld, maar ik heb het zelf nooit gezien.*

In het oosten kleurde een vage, gele gloed een gedeelte van de horizon, die de terugkeer van de zon aankondigde. Eragon schatte in dat als Saphira nog even volhield, ze zijn opkomst konden zien, ook al zou het nog uren duren voordat de warme, levenskrachtige stralen het water zouden bereiken.

Saphira bleef nog even balanceren, zodat ze met z'n drieën tussen de sterren en aarde hingen en als verjaagde geesten in het stille schemerlicht zweefden. Ze waren in het niets; noch deel van de hemel, noch deel van de wereld onder hen, een stofdeeltje dat door de marge passeerde die twee onmetelijkheden van elkaar scheidde.

Toen boog Saphira zich naar voren en vloog en viel half noordwaarts, want de lucht was zo ijl dat haar vleugels haar gewicht niet helemaal konden dragen toen ze uit de opwaartse wind weg was.

Terwijl ze omlaag suisde, zei Eragon: *Als we nou genoeg juwelen hadden en als we er maar genoeg energie in zouden stoppen, denk je dan dat we helemaal naar de maan zouden kunnen vliegen?*

Wie weet wat er allemaal mogelijk is? zei Glaedr.

Als kind had Eragon alleen maar Carvahall en de Palancarvallei gekend. Hij had natuurlijk wel van het Rijk gehoord, maar dat was nooit helemaal echt geweest, totdat hij erdoorheen ging reizen. Nog later was zijn beeld van de wereld vergroot tot de rest van Alagaësia en, vagelijk, tot de andere landen waarover hij had gelezen. En nu realiseerde hij zich dat wat hij zo groot had gevonden, slechts een klein gedeelte was van een veel groter geheel. Het was alsof die zienswijze binnen een paar tellen van die van een mier in die van een arend was veranderd.

Want de lucht was hol en de wereld was rond.

Daardoor zag hij alles in een ander licht en herschikte hij... alles. De oorlog tussen de Varden en het Rijk leek ongerijmd als je die vergeleek met hoe groot de wereld werkelijk was en nu hij er van grote hoogte naar keek, vond hij de meeste pijntjes en zorgen die mensen kwelden maar futiel.

Hij zei tegen Saphira: *Als iedereen maar kon zien wat wij hebben gezien, dan zou er misschien minder strijd in de wereld zijn.*
Je kunt niet verwachten dat wolven schapen worden.
Nee, maar wolven hoeven schapen ook weer niet wreed te behandelen.

Saphira liet zich weldra in de donkere wolken terugvallen, maar wist een nieuwe cyclus stijgende en dalende luchtstromen te omzeilen. In plaats daarvan bleef ze vele mijlen zweven, sprong van de ene top naar de andere, lagere opwaartse luchtstromen die in de storm waren samengepakt, en maakte er gebruik van om haar krachten te sparen.

Een uur of twee later week de mist uiteen en vlogen ze uit de reusachtige wolkenmassa die het centrum van de storm vormde. Ze daalden af en scheerden over de ijle uitlopers aan de voet ervan die gaandeweg afplatten tot een gewatteerde deken die alles wat in het zicht was bedekte, met als enige uitzondering het aambeeld zelf.

Tegen de tijd dat de zon eindelijk boven de horizon uitkwam, had Eragon noch Saphira de energie om veel aandacht aan hun omgeving te schenken. Noch was er iets in de monotone vlakte onder hen wat hun aandacht trok.

Het was Glaedr die zei: *Saphira, daar, rechts van je. Zie je dat?*

Eragon tilde zijn hoofd van zijn over elkaar geslagen armen op en kneep zijn ogen toe om die aan het felle licht te laten wennen.

Een paar mijlen noordwaarts rees een kring van bergen boven de wolken uit. De pieken waren met sneeuw en ijs bedekt, en samen zagen ze eruit als een oude, gekartelde kroon die op de mistlagen rustte. De naar het oosten gekeerde, steile rotswanden glansden schitterend in het licht van de ochtendzon, terwijl de westkant in lange, blauwe schaduwen werd gehuld en zich uitstrekte naar de verte als obscure dolken op de golvende, sneeuwwitte vlakte.

Eragon ging rechtop zitten, durfde nauwelijks te geloven dat er wellicht een einde aan hun reis zou komen.

Zie, zei Glaedr, *Aras Thelduin, de vuurbergen die het hart van Vroengard bewaken. Vlieg snel, Saphira, want we hebben nog maar een klein stukje te gaan.*

Legerlarven

Ze kregen haar te pakken op de kruising van twee identieke gangen, allebei omzoomd met pilaren en toortsen, en scharlakenrode vaandels met daarop de gekronkelde goudkleurige vlam die het teken van Galbatorix was.

Nasuada had niet verwacht te kunnen ontsnappen, niet echt, maar desondanks was ze teleurgesteld dat het haar niet was gelukt. Ze had in elk geval wel gehoopt dat ze verder zou zijn gekomen voordat ze haar weer te pakken kregen.

Ze verzette zich het hele eind dat de soldaten haar terugsleurden naar de kamer die haar gevangenis was geweest. De mannen droegen borstplaten en armstukken, maar toch wist ze hun schrammen op hun gezicht toe te brengen en in hun handen te bijten, waarmee ze een paar van de mannen vrij ernstig verwondde.

De soldaten slaakten kreten van afgrijzen toen ze de Zaal van de Waarheidzegger binnenkwamen en zagen wat ze haar cipier had aangedaan. Terwijl ze oppaste om niet in de plas bloed te stappen, droegen ze haar naar de stenen tafel, bonden haar daar met riemen op vast en haastten zich weg, zodat ze alleen met het dode lichaam achterbleef.

Ze schreeuwde naar het plafond en rukte aan haar ketenen, kwaad op zichzelf omdat ze het er niet beter af had gebracht. Nog steeds nijdig keek ze naar het lichaam op de grond, waarna ze haar blik snel afwendde. Ook nu de man dood was leek het of hij nog steeds beschuldigend naar haar keek, en ze kon de aanblik niet verdragen.

Nadat ze de lepel had gestolen had ze urenlang met de steel daarvan langs de stenen tafel gewreven. De lepel was van zacht metaal gemaakt, dus was het makkelijk om hem in vorm te brengen.

Ze had gedacht dat Galbatorix en Murtagh nu wel bij haar zouden komen kijken, maar in plaats daarvan was het haar cipier, die haar een soort laat avondmaal kwam brengen. Hij was begonnen de banden rond haar polsen los te maken om haar naar de latrine te kunnen begeleiden. Zodra hij haar linkerhand had bevrijd, had ze hem onder zijn kin gestoken met het scherpe uiteinde van de lepel, waarbij ze het werktuig in de plooien van zijn hals begroef. De man slaakte een ijselijke hoge kreet die haar had doen denken aan die van een varken dat gekeeld werd; met maaiende armen was hij drie keer in de rondte gedraaid, waarna hij op de grond was gestort, waar hij krankzinnig lang bleef liggen kronkelen en schuimbekken, met zijn hielen roffelend op de grond.

Het was haar zwaar gevallen hem te doden. Ze dacht niet dat de man slecht was geweest – ze wist niet precies wat hij dan wel was –, maar hij had iets simpels uitgestraald waardoor ze het gevoel kreeg dat ze hem erin had geluisd. Toch had ze gedaan wat ze had moeten doen, en hoewel ze er nu niet graag over nadacht, bleef ze ervan overtuigd dat haar daden gerechtvaardigd waren geweest.

Terwijl de man stuiptrekkend lag dood te gaan, had ze de andere banden losgemaakt en was ze van de stenen tafel gesprongen. Nadat ze zich had vermand trok ze de lepel uit zijn hals, zodat er – net als wanneer de spon uit een vat wordt getrokken – een fontein van bloed uit spoot, dat op haar benen spetterde en waardoor ze, een vloek onderdrukkend, achteruitdeinsde.

Met de twee bewakers voor de Zaal van de Waarheidzegger was ze sneller klaar geweest. Ze had hen bij verrassing overvallen en de rechterbewaker zo'n beetje op dezelfde manier omgebracht als haar cipier. Vervolgens had ze de dolk uit de riem van de bewaker getrokken en de andere man aangevallen, ook al probeerde hij haar met zijn speer te doorboren. Op korte afstand kon een speer niet veel uitrichten tegen een dolk, en ze had hem onschadelijk gemaakt voordat hij had kunnen ontkomen of alarm had kunnen slaan.

Daarna was ze niet veel verder gekomen. Of dat nou kwam door Galbatorix' betoveringen of door louter pech, ze rende regelrecht een groep van vijf soldaten tegemoet, en die hadden haar snel overmeesterd, al had dat dan enige moeite gekost.

Het kon niet meer dan anderhalf uur later zijn geweest toen ze een grote groep mannen op met ijzer beslagen laarzen naar de deur van de kamer toe hoorde komen, en toen stormde Galbatorix naar binnen, met een stel bewakers achter zich aan.

Zoals altijd hield hij halt aan de rand van haar blikveld, en daar bleef hij staan met zijn grote, donkere gestalte en zijn hoekige gezicht, waarvan alleen de contouren zichtbaar waren. Ze zag dat hij zijn hoofd draaide om het tafereel in zich op te nemen. Vervolgens vroeg hij op kille toon: 'Hoe heeft dit kunnen gebeuren?'

Een soldaat met een pluim op zijn helm posteerde zich snel voor Galbatorix, knielde neer en hield hem haar scherp gevijlde lepel voor. 'Sire, dit hebben we in een van de mannen buiten aangetroffen.'

De koning pakte de lepel aan en draaide hem om in zijn handen. 'Aha.' Zijn hoofd draaide zich naar haar toe. Hij pakte de uiteinden van de lepel beet, en zonder zichtbare inspanning verboog hij hem tot hij in tweeën brak. 'Je wist dat je niet kon ontsnappen, en toch kon je het niet laten een poging te wagen. Ik laat het niet gebeuren dat je mijn mannen doodt alleen maar om mij te treiteren. Je hebt het recht niet hun het leven te benemen. Je hebt helemaal nergens het recht toe, tenzij ik het je toesta.' Hij smeet de stukken metaal op de grond. Toen draaide hij zich om en beende de Zaal van de Waarheidzegger uit, zijn zware cape wapperend achter hem aan.

Twee van de soldaten haalden het lichaam van haar cipier weg en reinigden het vertrek van zijn bloed, waarbij ze haar al schrobbend vervloekten.

Zodra ze weg waren en ze weer alleen was, stond ze zichzelf een diepe zucht toe, en een deel van de spanning in haar armen en benen vloeide weg.

Ze wilde dat ze de kans had gekregen om te eten, want nu alle opwinding was bedaard, merkte ze dat ze honger had. Erger nog, ze vermoedde dat ze uren zou moeten wachten voordat ze op een volgend maal kon hopen; er tenminste van uitgaande dat Galbatorix niet zou besluiten haar te straffen door haar voedsel te onthouden.

Haar gedachten aan brood en gebraden vlees en hoge glazen wijn was een kort leven beschoren, want alweer hoorde ze het geluid van vele laarzen in de gang buiten haar cel. Verschrikt probeerde ze zich mentaal schrap te zetten voor wat er ook maar aan onaangenaams zou komen, want ze twijfelde er niet aan dát het onaangenaam zou zijn.

De deur naar de kamer vloog open en twee paar voetstappen echoden door het achthoekige vertrek toen Murtagh en Galbatorix naar haar toe kwamen. Murtagh nam de positie in die hij anders ook altijd koos, maar nu hij geen stoof had om zich mee bezig te houden sloeg hij zijn armen over elkaar, leunde tegen de muur en richtte zijn blik op de vloer. Voor zover ze onder zijn zilveren halve masker zijn gezicht kon zien leek dat nog barser te staan dan anders, en de trek die om zijn mond lag had iets wat haar verkilde tot op het bot.

In plaats van te gaan zitten, zoals zijn gewoonte was, bleef Galbatorix achter haar hoofd staan, een stukje naar opzij, zodat ze zijn aanwezigheid eerder kon voelen dan kon zien.

Hij reikte met zijn lange, klauwachtige handen over haar heen. Daarin hield hij een kistje dat was versierd met lijnen van uitgesneden hoorn die mogelijk lettertekens van de oude taal vormden. Het meest verontrustende was nog wel dat er een zwak *krs-krs*-geluid vanuit het kistje kwam, als het gekrabbel van muizenpootjes, maar het was niettemin duidelijk hoorbaar.

Met zijn duim schoof Galbatorix het deksel van het kistje open. Toen stak hij zijn hand erin en haalde er iets uit wat eruitzag als een grote ivoorkleurige made. Het beest was zo'n zevenenhalve centimeter lang en had aan de ene kant een mondje, waar hij het *krs-krs* dat ze eerder had gehoord mee had laten horen om zijn ongenoegen over de wereld kenbaar te maken. De made was plomp en gerimpeld, als een rups, maar als hij al poten had, waren die zo klein dat ze niet te zien waren.

Terwijl het wezen wriggelde in een vergeefse poging om zich uit Galbatorix' vingers te bevrijden, zei de koning: 'Dit is een legerlarve. Hij is niet wat hij lijkt te zijn. Dat geldt voor maar weinig dingen, maar in het geval van legerlarven gaat dat des te meer op. Ze worden op maar één plek in Alagaësia gevonden en zijn veel moeilijker te vangen dan je zou denken. Beschouw het maar als een teken van mijn respect voor jou, Nasuada, dochter van Ajihad, dat ik me verwaardig er op jou een te gebruiken.' Zijn stem daalde en werd nog gemeenzamer. 'Maar ik moet er wel bij zeggen dat ik niet graag in jouw schoenen zou staan.'

Het *krs-krs* van de legerlarve klonk harder toen Galbatorix hem op de blote huid van haar rechterarm zette, vlak onder de elleboog. Ze kromp in elkaar toen het walgelijke beest op haar werd neergelaten; de larve was zwaarder dan hij eruitzag, en leek zich met honderden piepkleine weerhaakjes – zo voelde het – aan haar vast te grijpen.

De legerlarve maakte nog wat geluiden; toen trok hij zijn lijf tot een strak bundeltje samen en *sprong* een paar centimeter over haar arm.

Ze rukte aan haar ketenen in de hoop zo de larve van zich af te schudden, maar die bleef aan haar vastgeplakt zitten.

Weer sprong hij.

En nog eens; en nu zat hij op haar schouder en knepen en boorden de weerhaakjes zich in haar huid als een strook piepkleine klitten. Vanuit haar ooghoek zag ze de legerlarve zijn oogloze kop opheffen en die naar haar gezicht richten, alsof hij de luchtkwaliteit testte. Zijn kleine bek ging open en ze zag dat er scherpe snijtanden achter zijn boven- en onderlip zaten.

Krs-krs? zei de legerlarve. *Krs-skra?*

'Niet daar,' zei Galbatorix, en hij sprak een woord in de oude taal.

Toen hij het hoorde zwaaide de legerlarve tot haar grote opluchting weg van haar hoofd. Vervolgens kronkelde hij zich weer over haar arm omlaag.

Ze was voor maar weinig dingen bang. De aanraking van heet ijzer joeg haar angst aan. De gedachte dat Galbatorix voor altijd over Urû'baen zou heersen bezemde haar vrees in. Voor de dood was ze natuurlijk bang, al ging het er daarbij niet zozeer om dat ze dan zou ophouden te bestaan, maar eerder om de angst dat ze alles wat ze had willen doen misschien niet voor elkaar had gekregen.

Maar om wat voor reden dan ook kreeg ze het bij de aanblik en het gevoel van de legerlarve zo benauwd als ze het nog nooit eerder had gehad. Elke spier in haar lichaam leek te branden en te tintelen, en ze voelde een sterke neiging om weg te rennen, om te vluchten, om zo veel mogelijk afstand te scheppen tussen haarzelf en het wezen, want er leek met de legerlarve iets goed mis. Hij bewoog niet zoals hij zich zou moeten bewegen, en dat vunzige bekje van hem deed haar denken aan het mondje van een kind, en het afschuwelijke, afschuwelijke geluid dat hij maakte riep een oergevoel van diepe afkeer bij haar op.

De legerlarve hield bij haar elleboog even halt.

Krs-krs!

Toen trok zijn dikke, pootloze lijfje samen en sprong hij tien, twaalf centimeter de lucht in, waarna hij voorover dook, regelrecht op de binnenkant van haar elleboog af.

Toen hij neerkwam splitste de legerlarve zich op in een stuk of tien felgroene duizendpoten, die uitzwermden over haar arm en vervolgens elk een plekje zochten om hun tanden in haar vlees te zetten en zich een weg door haar huid te boren.

De pijn werd haar te machtig; ze rukte aan haar ketenen en slingerde een kreet naar het plafond, maar ze kon niet aan de marteling ontkomen, toen niet en ook een eindeloos lijkende tijd daarna niet. Het ijzer had meer pijn gedaan, maar dat had ze toch liever gehad, want gloeiend metaal was tenminste onpersoonlijk, onbezield en voorspelbaar – wat de legerlarve allemaal niet was. De wetenschap dat de oorzaak van haar pijn een wezen was dat op haar vel kauwde, en erger nog: dat het in haar was, was afgrijselijk.

Uiteindelijk liet ze haar trots en zelfbeheersing varen en smeekte ze de godin Gokukara schreeuwend om genade, waarna ze begon te brabbelen als een kind, niet in staat de stroom van willekeurige woorden die haar over de lippen kwamen te stuiten.

Achter haar hoorde ze Galbatorix lachen, en doordat hij kennelijk plezier had in haar lijden haatte ze hem des te meer.

Ze knipperde met haar ogen en kwam langzaam weer tot zichzelf.

Even later realiseerde ze zich dat Murtagh en Galbatorix weg waren. Ze kon zich niet herinneren dat ze de kamer uit waren gegaan; ze moest buiten bewustzijn zijn geweest.

De pijn was iets minder geworden, maar het deed nog steeds vreselijk zeer. Ze liet haar ogen over haar lichaam gaan en wendde haar blik toen af, terwijl ze haar polsslag voelde versnellen. Op de plek waar de duizendpoten hadden gezeten – ze wist niet precies of die in hun afgesplitste vorm ook nog als legerlarven werden gezien – was haar huid gezwollen en lijnen paars bloed vulde de sporen die ze onder het oppervlak hadden achtergelaten, en elk van die sporen brandde. Het voelde alsof de voorkant van haar lichaam met een metalen zweep gegeseld was.

Ze vroeg zich af of de legerlarven misschien nog binnen in haar zaten, of ze daar lagen te slapen terwijl ze hun maaltje verteerden. Of misschien namen ze straks wel een andere gedaante aan, zoals maden in vliegen veranderen, en zouden ze tot iets nog veel ergers uitgroeien. Of wie weet – en dat leek de meest waarschijnlijke mogelijkheid – legden ze wel eitjes binnen in haar en kwamen er straks *nog meer* van hen uit om zich aan haar te goed te doen.

Ze huiverde en slaakte een kreet van angst en frustratie.

Haar verwondingen maakten het lastig om haar hoofd bij elkaar te houden. Ze zag nu eens scherp en dan weer wazig, en ze constateerde dat ze huilde, waardoor ze van zichzelf walgde, maar ze kon er niet mee stoppen, hoe ze ook haar best deed. Bij wijze van afleiding begon ze tegen zichzelf te praten, grotendeels onzinnige dingen – alles om haar vastberadenheid te vergroten of om haar gedachten op andere onderwerpen te focussen. Het hielp, al was het maar een beetje.

Ze wist dat Galbatorix haar niet wilde doden, maar ze was bang dat hij in zijn woede verder was gegaan dan zijn bedoeling was geweest. Ze trilde en haar hele lichaam leek geïnfecteerd te zijn, alsof ze door honderden bijen was gestoken. Haar wilskracht kon haar maar beperkte tijd van nut zijn; hoe vastberaden ze ook was, er was een grens aan wat haar lichaam kon verdragen, en ze voelde dat ze dat punt allang voorbij was. Diep in haar binnenste leek iets gebroken te zijn, en ze durfde er niet langer op te vertrouwen dat ze van haar verwondingen zou genezen.

De deur van het vertrek ging schrapend open.

Ze dwong zichzelf haar blik scherp te stellen om te zien wie er naderbij kwam.

Het was Murtagh.

Hij keek naar haar omlaag, met zijn lippen tot een streep geknepen, zijn neusgaten opengesperd en zijn voorhoofd in een frons. Eerst dacht ze dat hij kwaad was, maar toen realiseerde ze zich dat hij zich in werkelijkheid zorgen maakte en doodsbang was. Het verraste haar dat hij zo bezorgd was; ze wist dat hij haar eigenlijk wel mocht – waarom zou hij anders Galbatorix hebben overgehaald om haar in leven te houden? –, maar ze had niet verwacht dat hij zo veel om haar zou geven.

Met een glimlach probeerde ze hem gerust te stellen. Die lukte zeker niet helemaal goed, want Murtagh klemde zijn kaken op elkaar alsof hij moeite moest doen om zich in te houden.

'Probeer je niet te verroeren,' zei hij, en hij hield zijn handen boven haar en begon te mompelen in de oude taal.

Alsof ik dat zou kunnen, dacht ze.

Zijn toverspreuk had al snel effect, en in de ene wond na de andere nam de pijn af, zonder helemaal te verdwijnen.

Fronsend en niet-begrijpend keek ze hem aan, en hij zei: 'Het spijt me. Meer kan ik niet doen. Galbatorix zou wel weten hoe het moest, maar mijn krachten gaat het te boven.'

'En... en de eldunarí dan?' vroeg ze. 'Die kunnen toch wel helpen?'

Hij schudde zijn hoofd. 'Dat zijn allemaal jonge draken, of dat waren ze althans toen hun lichamen stierven. Ze wisten toen nog maar weinig van magie, en Galbatorix heeft hun sindsdien bijna niets bijgebracht... Het spijt me.'

'Zitten die *dingen* nog steeds in me?'

'Nee! Nee, dat zitten ze niet. Galbatorix heeft ze weggehaald toen je buiten bewustzijn raakte.'

Ze was ontzettend opgelucht. 'Je toverspreuk heeft de pijn niet helemaal weggenomen.' Ze probeerde het niet beschuldigend te laten klinken, maar ze kon toch niet voorkomen dat er woede in haar stem doorklonk.

Hij grimaste. 'Ik weet ook niet goed waarom. Hij zou weg moeten zijn. Wat het ook voor wezen is, het past niet in het normale patroon van de wereld.'

'Weet je waar het vandaan komt?'

'Nee. Daar kwam ik vandaag pas achter, toen Galbatorix het uit zijn diepste vertrekken haalde.'

Even sloot ze haar ogen.

'Help me eens overeind.'

'Ben je be...'

'Help me overeind.'

Zonder een woord te zeggen maakte hij de banden los. Ze stond op en bleef zwaaiend op haar benen naast de stenen tafel staan, terwijl ze wachtte tot de duizeligheid die haar beving over zou zijn.

'Hier,' zei Murtagh, en hij gaf haar zijn cape. Die wikkelde ze om haar lichaam, zowel om niet naakt te hoeven zijn als vanwege de warmte, en ook hoefde ze zo niet naar de brandwonden te kijken, naar de korsten, blaren en met bloed gevulde lijnen die haar lichaam ontsierden.

Hinkend – want de legerlarve had, behalve op andere plaatsen, ook haar voetzolen aangetast – liep ze de kamer door. Ze leunde tegen een muur en liet zich langzaam op de grond zakken.

Murtagh kwam bij haar, en zo bleven ze met z'n tweeën naar de tegenoverliggende muur zitten kijken.

Ondanks zichzelf begon ze te huilen.

Na een poosje voelde ze dat hij haar schouder aanraakte, en met een ruk ging ze achteruit. Ze kon er niets aan doen. Hij had haar de afgelopen dagen meer pijn gedaan dan wie ook, en hoewel ze wist dat hij het niet had gewild, kon ze niet vergeten dat hij degene was die het gloeiende ijzer had gehanteerd.

Maar toen ze zag hoeveel pijn haar reactie hem deed, ontspande ze zich en pakte zijn hand. Hij gaf een kneepje in haar vingers, waarna hij zijn arm om haar schouders sloeg en haar tegen zich aan trok. Ze bood even weerstand, maar voegde zich toen in zijn armen en vlijde haar hoofd tegen zijn borst; ze huilde nog steeds en haar kalme snikken weerklonken door de kale stenen kamer.

Na een poosje voelde ze hem onder zich bewegen toen hij zei: 'Ik zoek wel een manier om je vrij te krijgen, dat zweer ik. Voor Thoorn en mij is het te laat, maar voor jou niet. Zolang je geen trouw zweert aan Galbatorix is er nog steeds een kans dat ik je Urû'baen uit krijg.'

Ze keek naar hem op en besloot dat hij meende wat hij zei. 'Hoe dan?' fluisterde ze.

'Ik heb geen flauw idee,' gaf hij met een kwajongensachtige grijns toe. 'Maar het gaat me lukken. Wat er ook voor nodig is. Je moet me alleen wel beloven dat je het niet zult opgeven – niet tot ik een poging heb gewaagd. Afgesproken?'

'Ik geloof niet dat ik dat... *ding* nog eens kan verdragen. Als hij het weer op me zet, geef ik hem alles wat hij wil.'

'Dat hoeft niet; hij is niet van plan de legerlarven weer te gebruiken.'

'Wat is hij dan wél van plan?'

Murtagh gaf een poosje geen antwoord. 'Hij heeft besloten om alles wat je ziet, hoort, voelt en proeft te gaan manipuleren. Als dat niet werkt, doet hij een directe aanslag op je geest. In dat geval kun je je niet tegen hem verzetten. Dat is niemand ooit gelukt. Maar voordat het zover is, kan ik je vast wel redden. Het enige wat je hoeft te doen is nog een paar dagen blijven vechten. Dat is alles: een paar dagen nog maar.'

'Hoe moet ik dat doen als ik niet op mijn zintuigen kan vertrouwen?'

'Met één zintuig kan hij niets beginnen.' Murtagh draaide zich naar haar toe om haar beter te kunnen aankijken. 'Vind je het goed als ik je geest beroer? Ik zal niet proberen je gedachten te lezen. Ik wil alleen dat je weet hoe mijn geest aanvoelt, zodat je het gevoel straks herkent – zodat je weet dat ik het ben.'

Ze aarzelde. Ze wist dat dit een belangrijk moment was. Ofwel ze zou hem moeten vertrouwen, ofwel ze deed dat niet en verspeelde dan haar enige kans om niet Galbatorix' slavin te hoeven worden. Toch was ze er niet happig op om wie dan ook toegang te geven tot haar geest. Murtagh kon wel proberen haar over te halen om haar verdediging te laten zakken, zodat hij makkelijker in haar bewustzijn kon komen. Of misschien hoopte hij wel informatie uit haar los te krijgen door zijn oor te luisteren te leggen bij haar gedachten.

Toen dacht ze: waarom zou Galbatorix zijn toevlucht nemen tot zulke trucs? Hij zou allebei die dingen ook zelf kunnen doen. Murtagh heeft gelijk: ik zou me tegen hem niet kunnen verzetten... Als ik Murtaghs aanbod aanneem, kan dat mijn ondergang worden; maar als ik het weiger, ga ik zéker ten onder. Op de een of andere manier zal Galbatorix me breken; dat is alleen maar een kwestie van tijd.

'Doe maar wat je wilt,' zei ze.

Murtagh knikte en deed zijn ogen half dicht.

In de stilte van haar geest begon ze het liedflard op te zeggen dat ze altijd gebruikte als ze haar gedachten wilde verbergen of haar bewustzijn tegen een indringer wilde verdedigen. Ze concentreerde zich er uit alle macht op, met het vaste voornemen Murtagh terug te duwen als het moest, en eveneens met het vaste voornemen om niet aan een van de geheimen te denken die ze niet mocht prijsgeven:

In El-harím, daar woonde een man,
Een man met gele ogen.
'Luister niet naar fluister,' zei hij,
'Het zijn leugens, allemaal gelogen.
Vecht niet met de donkerdemonen,
Voor je het weet hebben ze je geest in bezit genomen.
Geef diepe schaduwen geen gehoor,
Anders slaap je nooit meer de hele nacht door.

Toen Murtaghs bewustzijn tegen het hare aan duwde, verstijfde ze en begon de regels van het lied nog sneller voor zichzelf op te zeggen. Tot haar verrassing voelde zijn geest vertrouwd aan. De overeenkomsten tussen zijn bewustzijn en – nee, ze kon niet zeggen van wie, maar de overeenkomsten waren opvallend, net als de al even duidelijke verschillen. Daarvan viel allereerst zijn woede op, die als een koud zwart hart in het midden van zijn wezen lag, samengebald en zonder te bewegen, terwijl aderen van haat eruit naar buiten kronkelden om zich om de rest van zijn geest heen te wikkelen. Maar zijn zorg voor haar was sterker dan zijn woede. Toen ze die zag raakte ze ervan overtuigd dat zijn bekommernis oprecht was, want het was ongelooflijk moeilijk om je innerlijke zelf te verhullen, en ze geloofde niet dat Murtagh haar zo overtuigend zou kunnen bedriegen.

Zoals hij had beloofd deed hij geen poging om zich dieper haar geest binnen te dringen, en na een paar tellen trok hij zich terug en was ze weer alleen met haar gedachten.

Murtaghs ogen gingen open en hij zei: 'Zo. Denk je dat je me nu herkent als ik weer je geest binnenkom?'

Ze knikte.

'Mooi zo. Galbatorix kan een heleboel, maar zelfs hij kan niet nabootsen hoe andermans geest voelt. Ik zal proberen je te waarschuwen voordat hij je zintuigen probeert te manipuleren, en als hij daarmee ophoudt zoek ik contact met je. Op die manier kan hij je niet in de war maken over wat echt is en wat niet.'

'Dank je,' zei ze, hoewel die twee woorden ontoereikend waren om uit te drukken hoe ontzettend dankbaar ze was.

'Gelukkig hebben we de tijd. De Varden zijn op maar drie dagen afstand en vanuit het noorden komen de elfen snel dichterbij. Galbatorix is vertrokken om de laatste opstelling van Urû'baens verdediging te inspecteren en de strategie te bespreken met heer Barst, die het bevel over het leger voert nu het hier in de stad is ingekwartierd.'

Ze fronste. Dat voorspelde niet veel goeds. Van heer Barst had ze gehoord; hij had een geduchte reputatie onder de edelen van Galbatorix' hof. Hij zou zowel listig als gewelddadig zijn, en iedereen die zo dwaas was om zich tegen hem te verzetten hakte hij zonder pardon in de pan.

'Waarom jij niet?' vroeg ze.

'Met mij heeft Galbatorix andere plannen, hoewel hij daar nog niets over heeft gezegd.'

'Hoe lang is hij bezig met zijn voorbereidingen?'

'De rest van de dag en morgen ook nog.'

'Denk je dat je me vrij kunt krijgen voor hij terugkomt?'

'Ik weet het niet. Misschien niet.' Het was even stil tussen hen. Toen zei hij: 'Ik heb een vraag aan je: waarom heb je die mannen omgebracht? Je wist dat je toch de citadel niet uit zou kunnen komen. Heb je het alleen maar gedaan om Galbatorix dwars te zitten, zoals hij zei?'

Ze slaakte een zucht en werkte zich vanaf Murtaghs borstkas tot zithouding overeind. Met enige tegenzin liet hij haar los. Ze snufte en keek hem toen recht in de ogen. 'Ik kon daar niet zomaar blijven liggen en hem zijn gang met me laten gaan. Ik moest terugvechten; ik moest hem laten zien dat hij me niet gebroken had, en ik wilde hem pijn doen op welke manier ik maar kon.'

'Dus je wilde hem wél treiteren?'

'Voor een deel. Maar wat zou dat?' Ze verwachtte dat hij zijn afkeer zou laten blijken of haar zou veroordelen om wat ze had gedaan, maar in plaats daarvan schonk hij haar een waarderende blik en plooiden zijn lippen zich tot een veelbetekenend glimlachje.

'Ik zou zeggen dat je het er goed af hebt gebracht,' antwoordde hij.

Na een poosje beantwoordde ze zijn glimlach.

'Daarbij,' zei ze, 'was er altijd nog een klein kansje dat ik wél wist weg te komen.'

Hij snoof. 'En misschien gaan draken ook wel ooit gras eten.'

'Ik kon het niet laten om een poging te wagen.'

'Dat snap ik. Als ik had gekund, had ik hetzelfde gedaan toen de Tweeling me voor het eerst hier bracht.'

'En nu?'

'Ik kan het nog steeds niet, en zelfs als ik het wel zou kunnen, wat zou ik daar dan mee opschieten?'

Daar had ze geen antwoord op. Het was even stil, en toen zei ze: 'Murtagh, als het niet lukt me hieruit te krijgen, moet je me beloven dat je me... op een andere manier helpt te ontsnappen. Ik zou het je niet vragen... Ik zou deze last niet op je schouders leggen, maar jouw hulp zou de taak makkelijker maken, en misschien krijg ik niet de kans om het zelf te doen.' Terwijl ze dat zei kneep hij zijn lippen tot een dunne, harde streep, maar hij viel haar niet in de rede. 'Wat er ook gebeurt, ik wil geen speelbal worden voor Galbatorix waar hij mee kan doen wat hij wil. Ik heb er alles, alles voor over om te voorkomen dat het daarop uitdraait. Snap je dat?'

Zijn kin ging omlaag in een kort knikje.

'Kan ik dus op je rekenen?'

Hij sloeg zijn blik neer en balde zijn vuisten, terwijl zijn ademhaling even stokte. 'Jazeker.'

Murtagh was zwijgzaam, maar uiteindelijk wist ze hem weer uit zijn tent te lokken en ze brachten de tijd door met praten over koetjes en kalfjes. Murtagh vertelde haar over de veranderingen die hij had aangebracht aan het zadel dat Galbatorix hem had gegeven voor Thoorn – veranderingen waar Murtagh terecht trots op was, want daardoor kon hij sneller op- en afstijgen, en ook gemakkelijker zijn zwaard trekken. Zij vertelde hem over de marktstraten in Aberon, de hoofdstad van Surda, en dat ze als kind vaak van haar verzorgster was weggerend om die te verkennen. Van de marktkooplui vond ze een man die tot de rondtrekkende stammen behoorde het leukst. Hij heette Hadamanara-no Dachu Taganna, maar hij had erop aangedrongen dat ze hem bij zijn roepnaam noemde, Taganna. Hij verkocht messen en dolken, en hij leek het altijd leuk te vinden haar zijn waren te laten zien, ook al kocht ze nooit iets.

Naarmate Murtagh en zij langer zaten te praten, werd hun gesprek steeds informeler en ontspannener. Ze merkte dat ze het ondanks hun onaangename omstandigheden fijn vond om met hem te kletsen. Hij was slim en ontwikkeld, en beschikte over een scherp gevoel voor humor dat ze erg waardeerde, zeker gezien de hachelijke situatie waarin ze verkeerde.

Murtagh leek net zo van hun gesprek te genieten als zij. Toch brak het moment aan waarop ze allebei inzagen dat het dwaas zou zijn om nog verder praten, want ze zouden kunnen worden ontdekt. Dus keerde ze terug naar de stenen tafel; ze ging erop liggen en liet zich door hem weer vastbinden aan het meedogenloze blok steen.

Toen hij op het punt stond te vertrekken zei ze: 'Murtagh?'

Hij bleef staan en draaide zich naar haar om.

Ze aarzelde even, raapte toen haar moed bij elkaar en zei: 'Waarom?' Ze dacht dat hij wel zou begrijpen dat ze daarmee bedoelde: waarom zij? Waarom haar redden, en waarom nu proberen haar te bevrijden? Ze dacht dat ze wel wist wat hij daarop zou antwoorden, maar ze wilde het hem hardop horen zeggen.

Een hele poos staarde hij haar aan, en toen zei hij met een lage, harde stem: 'Dat weet je wel.'

Tussen de ruïnes

De dikke grijze wolken weken uiteen en vanaf zijn plekje op de rug van Saphira overzag Eragon het binnenland van het eiland Vroengard. Voor hen lag een groot komvormig dal, omringd door de steile bergen die ze met hun toppen door de wolken heen hadden zien steken. Een dicht bos van sparren en dennen bekleedde de bergflanken en de voetheuvels eronder, alsof er een leger stekelige soldaten vanaf de toppen naar beneden gemarcheerd kwam. De bomen waren hoog en somber, en zelfs van een afstandje kon Eragon de baarden van mos en korstmos zien die neerhingen van hun zware takken. Flarden witte mist hechtten zich vast aan de flanken van de bergen en op diverse plaatsen in het dal kwamen wazige gordijnen van regen uit de wolkenlucht omlaag.

Hoog boven de bodem van het dal kon Eragon een aantal stenen bouwsels tussen de bomen zien staan: vervallen, overwoekerde ingangen van grotten, de buitenkanten van uitgebrande torens, grote zalen met ingestorte daken, en een paar kleinere gebouwen die eruitzagen alsof ze misschien nog steeds bewoonbaar waren.

Er stroomden tien, twaalf rivieren vanaf de bergen naar beneden en ze zochten zich kronkelend een weg over de groene grond tot ze uitstroomden in een groot, stil meer in de buurt van de toegang tot de vallei. Rondom het meer lagen de overblijfselen van Doru Araeba, stad van de Rijders. De gebouwen waren immens: grote lege zalen van zulke gigantische afmetingen dat in veel gevallen heel Carvahall erin zou hebben gepast. Elke deur was als de mond van een uitgestrekte, niet-verkende spelonk. Elk raam was zo hoog en breed als een kasteelpoort, en elke muur was als een steil klif.

Dikke tapijten van klimop hadden zich om de rotsblokken gewikkeld, en waar geen klimop welig tierde groeide wel mos, wat betekende dat de gebouwen één waren geworden met het landschap en eruitzagen alsof ze uit de aarde zelf waren voortgekomen. De kleine beetjes steen die niet bedekt waren hadden een lichtgele tint, hoewel er ook plekjes rood, bruin en stoffig blauw zichtbaar waren.

Zoals alle door elfen gemaakte bouwsels waren ook deze elegant, met vloeiende lijnen, en oogden ze verfijnder dan die van dwergen of mensen. Maar ze bezaten ook een stevigheid en een gezag die de boomhuizen van Ellesméra ontbeerden; in sommige ervan zag Eragon een gelijkenis met de huizen in het Palancarvallei, en hij herinnerde zich dat de eerste Rijders uit dat deel van Alagaësia waren gekomen. Het resultaat was een unieke bouwstijl, die noch helemaal elfachtig, noch geheel en al menselijk was.

Bijna alle gebouwen waren beschadigd, sommige erger dan andere. De schade leek zich naar buiten toe te verbreiden vanuit een punt bij de zuidrand van de stad, waar een brede krater meer dan dertig meter de grond in ging. In de kom had een groepje berken wortel geschoten, en hun zilverkleurige blaadjes schudden heen en weer in de wind, die uit alle richtingen tegelijk kwam.

De open plekken binnen in de stad waren overwoekerd met onkruid en struiken, en de stenen van het plaveisel waren stuk voor stuk omringd door een randje gras. Terwijl de gebouwen de tuinen van de Rijders hadden beschermd tegen de enorme klap die in de stad een ravage had aangericht, groeiden er nog steeds dof gekleurde, kunstige bloemen, met vormen die ongetwijfeld gehoorzaamden aan de wetten van lang vergeten betoveringen.

Al met al bood de ronde vallei een betreurenswaardige aanblik.

Ziet de restanten van onze trots en glorie, zei Glaedr. En toen: *Eragon, je moet nog een betovering uitspreken. De tekst luidt als volgt...* En hij sprak een paar zinnen in de oude taal. Het was een vreemde betovering; de woorden waren duister en omslachtig, en Eragon begreep niet onmiddellijk wat het doel ervan was.

Toen hij Glaedr ernaar vroeg, zei de oude draak: *Er is hier een onzichtbaar gif, in de lucht die je inademt, in de grond waarop je loopt, en in het voedsel dat je misschien gaat eten en het water dat je gaat drinken. De betovering zal ons daartegen beschermen.*

Wat voor... gif? vroeg Saphira, wier gedachten even traag gingen als haar vleugelslag.

Eragon zag via Glaedr een beeld van de krater bij de stad en de draak zei: *Tijdens het gevecht met de Meinedigen heeft een van de onzen, de elf Thuviel, zichzelf met magie gedood. Of dat de bedoeling was of dat het per ongeluk gebeurde is nooit opgehelderd, maar het resultaat ervan is wat je ziet en wat je niet kunt zien, want de explosie die erop volgde maakte het gebied ongeschikt om in te wonen. Degenen die hier bleven kregen algauw last van huidaandoeningen en haaruitval, en velen stierven alsnog.*

Verontrust sprak Eragon de betovering uit – wat weinig energie vergde –, waarna hij zei: *Hoe kan iemand, elf of niet, zo veel schade veroorzaken? Ook als de draak van Thuviel hem had geholpen kan dat volgens mij helemaal niet, tenzij zijn draak zo groot was als een berg.*

Zijn draak heeft hem niet geholpen, zei Glaedr. *Zijn draak was dood. Nee, Thuviel heeft op eigen kracht deze vernietiging aangericht.*

Maar hoe dan?

Op de enige manier waarop hij het had kunnen doen: hij zette zijn vlees om in energie.

Veranderde hij zichzelf in een geest?

Nee. Achter de energie zat geen gedachte of structuur, en toen hij eenmaal werd losgelaten schoot hij naar buiten, tot hij verspreid raakte.

Ik had me niet gerealiseerd dat één enkel lichaam zo veel kracht in zich kon hebben.

Dat is ook niet zo bekend, maar zelfs het kleinste flintertje materie staat gelijk aan een heleboel energie. Materie is niets anders dan gestolde energie, lijkt het wel. Smelt hem om en je ontketent een vloed waar maar weinigen tegen bestand zijn... Ze zeggen dat de explosie hier helemaal tot in Teirm te horen was en dat de rookwolk die daarop ontstond zo hoog oprees als de Beorbergen.

Vond Glaerun door die klap de dood? vroeg Eragon, doelend op het enige lid van de Meinedigen van wie hij wist dat hij op Vroengard gestorven was.

Inderdaad. Galbatorix en de rest van de Meinedigen kregen vooraf een waarschuwing, en daarom wisten ze zich in veiligheid te brengen, maar velen van de onzen waren niet zo fortuinlijk en gingen dus ten onder.

Terwijl Saphira vanaf de onderkant van de laaghangende wolken naar beneden gleed, instrueerde Glaedr haar hoe ze moest vliegen, dus veranderde ze van richting en zette koers naar het noordwestelijke deel van de vallei. Glaedr noemde de naam van alle bergen waar ze langs vloog op: Ilthiaros, Fellsverd en Nammenmast, Huildrim en Tírnadrim. Hij benoemde ook de forten en ingestorte torens eronder, en hij vertelde Eragon en Saphira iets van hun geschiedenis, al was Eragon de enige die aandacht aan het relaas van de oude draak besteedde.

Eragon voelde dat in Glaedrs bewustzijn een oud verdriet werd opgerakeld. Dat gold niet zozeer de vernietiging van Doru Araeba als wel de dood van de Rijders, het feit dat de draken bijna waren uitgeroeid, en de teloorgang van de kennis en wijsheid van duizenden jaren. De herinnering aan wat was geweest – aan de kameraadschap die hij ooit had gedeeld met zijn soortgenoten – zorgde ervoor dat Glaedr zich des te eenzamer voelde. In combinatie met zijn verdriet maakte dat zijn stemming zo diep bedroefd dat Eragon er ook treurig van dreigde te worden.

Hij trok zich iets van Glaedr terug, maar nog steeds leek het dal somber en melancholiek, alsof het land zelf rouwde om de val van de Rijders.

Hoe lager Saphira vloog, hoe groter de gebouwen leken. Toen hij hun werkelijke afmetingen zag, besefte Eragon dat het niet overdreven was wat hij in *Domia abr Wyrda* had gelezen: de grootste waren zo enorm dat Saphira erin zou kunnen rondvliegen.

Aan de rand van de verlaten stad vielen hem nu stapels enorme witte botten op de grond op: de skeletten van draken. De aanblik vervulde hem met weerzin, maar toch kon hij zijn ogen er niet van afwenden. De afmetingen van de botten waren het opvallendst. Een paar draken waren kleiner geweest dan Saphira, maar de meeste waren een stuk groter. Het grootste skelet dat hij zag had ribben die volgens hem minstens vijfentwintig meter lang waren en misschien op het dikste gedeelte wel vierenhalve meter breed. De schedel alleen al – een gigantisch, geducht geval dat overdekt was met stukken korstmos, als een ruw rotsblok – was breder en hoger dan Saphira's romp. Zelfs Glaedr zou, met het vlees nog op zijn botten, vergeleken bij de verslagen draak klein hebben geleken.

Daar ligt Belgabad, de grootste van ons allemaal, zei Glaedr toen hij zag waar Eragon naar keek.

Eragon herinnerde zich vagelijk de naam uit een van de geschiedverhalen die hij in Ellesméra had gelezen; de schrijver had alleen vermeld dat Belgabad had deelgenomen aan het gevecht en dat hij daarbij ten onder was gegaan, zoals zo veel draken.

Wie was zijn Rijder? vroeg hij.

Hij had geen Rijder. Hij was een wilde draak. Eeuwenlang woonde hij alleen in het ijzige noorden, maar toen Galbatorix en zijn Meinedigen onze soort begonnen af te slachten, kwam hij ons te hulp.

Was hij de grootste draak die ooit heeft bestaan?

Ooit? Nee. Maar wel de grootste van zijn tijd.

Hoe kon hij genoeg te eten vinden?

Op die leeftijd en als ze zo groot zijn, brengen draken het grootste deel van hun tijd door in een soort halfslaap en liggen ze maar wat voor zich uit te dromen, of het nu is van de wenteling van de sterren of van het rijzen en dalen van de bergen in de loop der eonen, of van zoiets kleins als de vleugelslag van een vlinder. Ik begin daar zelf al zin in te krijgen, maar in wakkere staat ben ik nodig, en wakker zal ik blijven.

Heb... jij... Belgabad... gekend? vroeg Saphira, en door haar vermoeidheid kwamen de woorden er met moeite uit.

Ik heb hem wel eens ontmoet, maar kende hem niet echt. Wilde draken gingen in principe niet om met degenen van ons die met Rijders verbonden waren. Ze keken op ons neer omdat we naar hun zin te tam en te voegzaam waren, terwijl wij op hen neerkeken omdat ze zich te zeer lieten sturen door hun instincten, hoewel we hen daar soms juist ook om bewonderden. Je moet ook niet vergeten dat ze geen eigen taal hadden, en dat zorgde voor een diepere kloof tussen ons dan je misschien zou denken. Een taal verandert je manier van denken op een manier die moeilijk uit te leggen is. Wilde draken konden natuurlijk even goed communiceren als willekeurig welke dwerg of elf, maar dat deden ze door herinneringen, beelden en sensaties te delen, geen woorden. Alleen de slimsten onder hen kozen ervoor zich een of andere taal eigen te maken.

Glaedr zweeg even en voegde er toen aan toe: *Als ik me goed herinner was Belgabad een verre voorvader van Raugmar de Zwarte, en Raugmar – dat weet jij vast nog wel, Saphira – was de bet-bet-betovergrootvader van je moeder, Vervada.*

Omdat ze zo moe was reageerde Saphira niet meteen, maar uiteindelijk draaide ze haar hals om nog een blik op het enorme skelet te werpen.

Hij moet wel een goede jager geweest zijn, dat hij zo groot heeft kunnen worden.

Hij was de allerbeste, zei Glaedr.

Dan... ben ik blij dat ik van hem afstam.

Eragon was ontzet door de hoeveelheid botten die over de grond verspreid lagen. Tot dan toe had hij nooit een goed beeld gehad van de omvang van de strijd, en ook niet van hoeveel draken er ooit waren geweest. De aanblik hernieuwde zijn haat jegens Galbatorix, en opnieuw nam hij zich heilig voor de koning te doden.

Saphira daalde neer door een band van mist; de witte nevel kringelde van haar vleugeltoppen als kleine draaikolkjes in de lucht. Toen kwam haar een veld met warrig gras tegemoet en landde ze met een zware schok. Haar rechtervoorpoot sloeg onder haar weg en ze zakte opzij en viel op haar borst en schouder, waarbij ze met zo'n kracht in de grond klauwde dat Eragon als hij niet goed had opgelet op de nekstekel vlak voor hem zou zijn gespietst.

Toen ze niet langer naar voren gleed, bleef Saphira roerloos liggen, verdwaasd door de klap. Vervolgens kwam ze, zich omrollend, langzaam overeind, vouwde haar vleugels en hurkte diep neer. De banden van het zadel kraakten terwijl ze zich bewoog en het geluid klonk onnatuurlijk hard in de verstilde atmosfeer die over het binnenland van het eiland was neergedaald.

Eragon trok de banden om zijn benen los, waarna hij van grote hoogte op de grond sprong. Die voelde nat en zacht aan, en hij viel op één knie toen zijn laarzen in de vochtige aarde wegzakten.

'We hebben het gered,' zei hij verbaasd. Hij liep naar Saphira's kop, en toen ze haar nek omlaag bracht om hem in de ogen te kijken, legde hij zijn handen aan weerskanten van haar langgerekte snuit en drukte zijn voorhoofd ertegenaan.

Dank je wel, zei hij.

Hij hoorde het *snik*-geluid waarmee haar oogleden zich sloten, en toen begon haar kop te trillen terwijl ze diep vanuit haar borstkas neuriede.

Eragon liet haar los en keek om zich heen om hun omgeving in zich op te nemen. Het veld waarop Saphira was neergestreken lag aan de noordrand van de stad. Brokken puin, sommige even groot als Saphira zelf, lagen her en der over het gras verspreid; Eragon was blij dat ze niet tegen een van die stukken steen op was geknald.

Het veld liep hellend omhoog, weg van de stad, naar de voet van de dichtstbijzijnde heuvel, die begroeid was met bomen. Waar het veld en de heuvel bij elkaar kwamen was een groot geplaveid vierkant in de grond uitgespaard, en aan de overkant daarvan bevond zich een grote stapel afgedekte bouwstenen, die zich naar het noorden toe een kleine kilometer uitstrekte. Als het nog ongeschonden was geweest zou het gebouw een van de grootste van het eiland zijn geweest en in elk geval het bouwsel met de meeste versieringen, want tussen de vierkante blokken waaruit ooit de muren hadden bestaan zag Eragon tientallen gecanneleerde zuilen, en ook uitgesneden panelen met wijnranken en bloemen, plus een hele rits beelden, waarvan bij de meeste een aantal lichaamsdelen ontbraken, alsof ook zij hadden deelgenomen aan de strijd.

Daar ligt de Grote Bibliotheek, zei Glaedr. *Of althans wat ervan over is nadat Galbatorix haar heeft geplunderd.*

Eragon draaide zich langzaam om terwijl hij de omgeving in zich opnam. Ten zuiden van de bibliotheek zag hij de flauwe lijnen van verlaten voetpaden onder het ruige tapijt van gras. De paden liepen vanaf de bibliotheek naar een groepje appelbomen dat de grond aan het zicht onttrok, maar achter de bomen rees een kartelige rots op van ruim zestig meter hoog, waarop een paar kromgegroeide jeneverbesstruiken groeiden.

In zijn borst voelde Eragon een vonk van opwinding. Hij wist het zeker, maar vroeg toch nog: *Is dat hem? Is dat de Rots van Kuthian?*

Hij voelde dat Glaedr een blik op de formatie wierp, en de draak zei: *Hij komt me merkwaardig bekend voor, maar ik kan me niet herinneren wanneer ik hem eerder zou hebben gezien...*

Meer bevestiging had Eragon niet nodig. 'Kom op!' zei hij. Hij waadde door het gras, dat tot aan zijn middel reikte, naar het dichtstbijzijnde pad.

Daar was het gras minder dicht, en hij kon de harde keitjes onder zijn voeten voelen, in plaats van de met regen doorweekte aarde. Met Saphira vlak achter zich aan haastte hij zich het pad over en samen liepen ze door het schaduwrijke bosje met appelbomen. Allebei liepen ze voorzichtig, want de bomen leken alert en waakzaam, en de vorm van hun takken had iets onheilspellends, alsof de bomen erop wachtten om hen met vezelige klauwen te pakken te nemen.

Onwillekeurig slaakte Eragon een zucht van verlichting toen ze het groepje bomen weer uit kwamen.

De Rots van Kuthian stond aan de rand van een grote open plek, waar een wirwar van rozen, distels, frambozen en dollekervel groeide. Achter het stenen uitsteeksel stonden rijen en rijen naaldbomen met neerhangende takken, die doorliepen tot op de berg die er boven uittorende. Het nijdige gekwebbel van eekhoorns weergalmde tussen de stammen van het bos, maar van de diertjes zelf was nog geen snorhaar te zien.

Drie stenen banken – die half schuilgingen onder dikke lagen plantenwortels, slingerplanten en ranken – stonden op gelijke afstanden om de open plek heen. Aan de zijkant groeide een wilg, die met het rasterwerk van zijn stam ooit had gediend als prieel waarvandaan de Rijders het uitzicht konden bewonderen; maar in de afgelopen honderd jaar was de stam zo dik geworden dat geen mens, elf of dwerg er nog naar binnen kon glippen.

Eragon bleef aan de rand van de open plek staan en keek naar de Rots van Kuthian. Naast hem liet Saphira zich puffend op haar buik zakken, zodat de grond trilde en hij zijn knieën moest buigen om niet om te vallen. Hij wreef haar over haar schouder, waarna hij zijn blik weer op de rots richtte. Een gevoel van zenuwachtige verwachting welde op in zijn binnenste.

Met een open geest speurde Eragon de open plek en de bomen eromheen af voor het geval zich daar iemand zou ophouden die hen in een hinderlaag wilde lokken. De enige levende wezens die hij voelde waren echter planten, insecten, en de mollen, muizen en kousenbandslangen die tussen het kreupelhout rondom de open plek leefden.

Vervolgens begon hij de toverspreuken te formuleren die hem naar hij

hoopte in staat zouden stellen magische vallen in het gebied op te sporen. Maar hij was nog niet verder gekomen dan de eerste paar woorden toen Glaedr zei: *Ho. Saphira en jij zijn hier nu te moe voor. Rust eerst uit. Morgen kunnen we terugkomen en dan kijken wat we misschien ontdekken.*
Maar...
Jullie tweeën zijn niet fit genoeg om je te verdedigen als we moeten vechten. Wat we hier ook worden geacht te vinden, morgen is het er ook nog wel.

Eragon aarzelde en liet toen met tegenzin de toverspreuk voor wat hij was. Hij besefte dat Glaedr gelijk had, maar hij vond het moeilijk om te wachten nu de voltooiing van hun queeste zo dichtbij was.

Goed dan, zei hij, en hij klom weer op Saphira.

Met een vermoeide zucht kwam ze overeind, draaide zich langzaam om en begon zich weer een weg door het groepje appelbomen te banen. Door het gedreun van haar stappen werden verdroogde blaadjes uit het bladerdak losgeschud, waarvan er eentje op Eragons schoot neerdwarrelde. Hij pakte het op en wilde het al weggooien, toen hem opviel dat het een andere vorm had dan zou moeten: de kartels aan de rand waren langer en breder dan die van alle andere appelboombladeren die hij ooit had gezien, en de nerven vormden ogenschijnlijk willekeurige patronen, in plaats van het regelmatige netwerk van lijnen dat hij had verwacht.

Hij pakte nog een blad, eentje dat nog groen was. Net als zijn verdroogde neefje bezat het verse blad grotere inkepingen en een wirwar van nerven.

Sinds de strijd is niets meer zoals het ooit was, zei Glaedr.

Eragon fronste zijn wenkbrauwen en gooide de bladeren weg. Weer hoorde hij het gekwetter van de eekhoorns, en weer zag hij ze niet tussen de bomen, en hij kon ze ook niet voelen met zijn geest, wat hem verontrustte.

Als ik schubben had, zouden ze op deze plek gaan jeuken, zei hij tegen Saphira.

Er kwam een pluimpje rook uit haar neusgaten toen ze snoof van plezier.

Vanaf het bosje liep ze naar het zuiden, totdat ze bij een van de vele stroompjes kwam die vanuit de bergen omlaag stroomden: een smalle witte beek die zacht klaterde terwijl hij over zijn bedding van rotsen stroomde. Daar draaide Saphira zich om en volgde het water stroomopwaarts, naar een beschut weiland dat zich uitstrekte voor het altijdgroene bos.

Hier, zei Saphira, en ze liet zich op de grond zakken.

Het leek een goede plek om hun kamp op te slaan, en Saphira was niet fit genoeg om nog verder te zoeken, dus stemde Eragon toe en steeg af. Hij bleef even staan om het uitzicht over het dal in zich op te nemen; toen haalde hij het zadel en de zadeltassen van Saphira's rug, waarna ze haar kop schudde, met haar schouders rolde en toen haar nek verdraaide om even een plekje op haar borst te beknabbelen waar de riemen in haar vel hadden geschuurd.

Zonder verdere plichtplegingen rolde ze zich op in het gras, stak haar kop onder haar vleugel en wikkelde haar staart om zich heen. *Maak me alleen wakker als er iets is wat ons probeert op te eten*, zei ze.

Eragon glimlachte en klopte haar op de staart. Toen draaide hij zich om en keek weer naar het dal. Zo bleef hij een hele poos staan, bijna zonder na te denken, er genoegen mee nemend om alleen te kijken en op de wereld te zijn, zonder te proberen zijn omgeving een betekenis te ontlokken.

Uiteindelijk pakte hij zijn beddengoed, dat hij naast Saphira uitspreidde.

Hou jij voor ons de wacht? vroeg hij Glaedr.

Dat doe ik. Ga maar rusten en maak je geen zorgen.

Eragon knikte, ook al kon Glaedr hem niet zien, waarna hij zich neer liet zakken op de dekens en zich liet wegdrijven in de omhelzing van zijn wakende dromen.

Snalglí voor twee

Het was laat in de middag toen Eragon zijn ogen opsloeg. Het wolkendek was op diverse plaatsen opengebroken en stralen goudkleurig licht schenen neer op de bodem van het dal en verlichtten de toppen van de verwoeste gebouwen. Hoewel de omgeving er koud, nat en weinig gastvrij uitzag, schonk het licht de vallei een nieuw soort pracht. Voor het eerst begreep Eragon waarom de Rijders ervoor hadden gekozen zich op het eiland te vestigen.

Hij geeuwde, wierp toen een blik op Saphira en beroerde licht haar geest. Ze sliep nog, verzonken in een droomloze sluimering. Haar bewustzijn was als een vlam die zachter was gaan branden, tot hij nog nauwelijks een smeulend kooltje was, een kooltje dat net zo goed weer kon opvlammen als kon doven.

Het gevoel bracht hem van zijn stuk – het deed hem te veel aan de dood denken –, dus keerde hij terug naar zijn eigen geest en beperkte hun contact tot een dun gedachtedraadje: net genoeg om er zeker van te zijn dat alles goed met haar was.

In het bos achter hem begon een stel eekhoorns tegen elkaar tekeer te gaan met een reeks hoge, schrille kreten. Al luisterend fronste hij zijn voorhoofd; hun stemmetjes klonken een beetje te scherp, te snel, een tikje te veel als zingen. Het was net alsof een of ander wezen het gekwetter van de eekhoorns nabootste.

Bij die gedachte begon zijn schedel te jeuken.

Ruim een uur bleef hij liggen waar hij lag, luisterend naar de kreten en het gekwetter dat uit de bossen opklonk en kijkend naar de patronen van licht die over de heuvels, velden en bergen van het komvormige dal vielen. Toen sloten de openingen in het wolkendek zich, betrok de lucht en begon er sneeuw te vallen op de bovenste bergflanken, die ze hulde in het wit.

Eragon stond op en zei tegen Glaedr: *Ik ga wat brandhout zoeken. Ik ben zo terug.*

De draak maakte duidelijk dat hij hem had gehoord, en voorzichtig zocht Eragon zich een weg over het weiland naar het bos, waarbij hij zijn best deed om zo zachtjes mogelijk te doen om Saphira niet te storen. Eenmaal tussen de bomen versnelde hij zijn pas. Hoewel er aan de bosrand genoeg dode takken lagen, had hij zin om even zijn benen te strekken, en om als het lukte de bron van het gekwetter op te sporen.

Schaduwen lagen zwaar onder de bomen. De lucht was koel en stil, als in een grot diep onder de grond, en het rook naar schimmel, rottend hout en sijpelend sap. De mossen en korstmossen die van de boomtakken neerhingen leken wel stukken warrig kant, vuil en bevlekt, maar niet van een zekere verfijnde schoonheid ontbloot. Ze verdeelden het binnenste van het bos in kamertjes van verschillende afmetingen, zodat het moeilijk was om rondom verder te kijken dan zo'n twintig meter.

Eragon gebruikte het geborrel van de beek als oriëntatie terwijl hij zich dieper het bos in waagde. Nu hij zo dicht bij de altijd groene bomen was, zag hij dat ze er anders uitzagen dan die in het Schild of zelfs die in Du Weldenvarden: de naalden zaten met groepjes van zeven aan de takken in plaats van met drie, en hoewel het natuurlijk kon zijn dat het vervagende licht zijn zintuigen begoochelde, kwam het hem voor alsof zich een duisternis aan de bomen had vastgehecht, als een mantel die om hun stammen en takken was gewikkeld. Bovendien had alles aan de bomen – van de kloven in de bast en hun boven de grond uit komende wortels tot hun geschroeide kegels – een soort hoekigheid en krachtige belijning waardoor het leek of ze op het punt stonden zich los te scheuren uit de aarde en naar de stad beneden te marcheren.

Eragon huiverde en haalde Brisingr uit zijn schede. Nog nooit was hij in een bos geweest dat zo dreigend aanvoelde. Het was net of de bomen kwáád waren en, net als eerder met het groepje appelbomen, alsof ze naar hem wilden uitreiken en het vlees van zijn botten wilden scheuren.

Terwijl hij behoedzaam voortging, streek hij met de rug van zijn hand een pluk geel korstmos opzij.

Tot dusver had hij geen teken gezien van wild, en evenmin pootafdrukken van wolven of beren, wat hij niet goed begreep. Zo dicht bij de stroom hadden er sporen moeten zijn die naar het water leiden.

Misschien dat de dieren dit deel van de bossen vermijden, dacht hij. *Maar waarom dan?*

Er lag een omgevallen boomstronk op zijn pad. Hij stapte eroverheen en zijn laars zonk tot de enkel weg in een tapijt van mos. Even later begon de gedwëy ignasia op zijn handpalm te jeuken en hoorde hij een klein koor van *krs-krs!* En *krs-skra!*, toen een stuk of wat witte, wormachtige maden – elk zo groot als zijn duim – uit het mos tevoorschijn barstten en van hem wegsprongen.

Oude instincten staken de kop op en hij bleef staan zoals hij was blijven staan als hij toevallig op een slang zou zijn gestuit. Hij verroerde geen vin. Hij ademde zelfs niet terwijl hij toekeek hoe de dikke, wanstaltige maden wegvluchtten. Ondertussen probeerde hij zich te herinneren of hij tijdens zijn opleiding in Ellesméra ooit iets over deze maden had horen zeggen, maar hij kon zich daar niets van heugen.

Glaedr! Wat zijn dit? En hij liet de draak de maden zien. *Hoe heten ze in de oude taal?*

Tot Eragons afgrijzen zei Glaedr: *Ik ken ze niet. Ik heb nog nooit zoiets gezien, en er ook nooit over gehoord. Ze zijn nieuw op Vroengard, en nieuw voor Alagaësia. Pas op dat je ze niet aanraken; ze konden wel eens gevaarlijker zijn dan ze eruitzien.*

Toen er een paar meter afstand zat tussen Eragon en de naamloze maden, maakten die hogere sprongen dan eerst en doken met een *krs-skra!* weer in het mos. Toen ze daarop neerkwamen splitsten ze zich op in een zwerm groene duizendpoten, die snel tussen de verwarde strengen mos verdwenen.

Pas toen stond Eragon het zichzelf toe adem te halen.

Ze zouden er niet moeten zijn, zei Glaedr. Hij klonk bezorgd.

Langzaam trok Eragon zijn laars uit het mos en kroop achter het houtblok. Toen hij het mos aandachtiger onderzocht, zag hij dat wat hij eerst had aangezien voor de uiteinden van oude takken die door de deken van groen heen staken in werkelijkheid stukken van gebroken ribben en geweien waren – de overblijfselen, bedacht hij, van een of meer herten.

Nadat hij even had nagedacht, draaide Eragon zich om en keerde op zijn schreden terug, waarbij hij ditmaal plekken met mos die hij onderweg tegenkwam welbewust ontweek, wat nog helemaal niet meeviel.

Wat het ook was dat zo kwetterde in het woud, het was het niet waard om er zijn leven voor te wagen om het te vinden, zeker niet omdat hij vermoedde dat er nog iets veel ergers dan de maden tussen de bomen op de loer lag. Zijn handpalm bleef jeuken, en uit ervaring wist hij dat dat betekende dat er nog steeds iets in de buurt was wat gevaar inhield.

Zodra hij het weiland en het blauw van Saphira's schubben tussen de stammen van de altijdgroene bomen door ontwaarde, draaide hij zich af en liep naar de beek. Mos bedekte de oever van het stroompje, dus stapte hij van houtblok op steen, totdat hij op een afgevlakte rots midden in het water stond.

Daar hurkte hij neer, trok zijn handschoenen uit en waste zijn handen, gezicht en hals. De aanraking van het ijzige water was verfrissend en het duurde niet lang of zijn oren gloeiden en zijn hele lichaam begon warm aan te voelen.

Er klonk een luid gekwetter over de stroom toen hij de laatste druppels uit zijn nek veegde.

Terwijl hij zich zo weinig mogelijk verroerde richtte hij zijn blik op de boomtoppen aan de tegenoverliggende oever.

Tien meter hoger zaten vier schaduwen op een tak. Ze hadden grote gekartelde pluimen die vanaf het zwarte ovaal van hun koppen naar alle kanten uitstaken. Een paar witte ogen, schuin en spleetachtig, gloeiden midden in elk ovaal op, en vanwege hun uitdrukkingsloze blik was het onmogelijk te bepalen waar ze naar keken. Maar het meest verontrustend was dat de schaduwen, zoals alle schaduwen, geen diepte hadden. Van opzij gezien waren ze niet meer zichtbaar.

Zonder zijn ogen van hen af te houden reikte Eragon langs zijn lichaam naar Brisingrs schede.

De meest linkse schaduw schudde zijn veren en slaakte vervolgens eenzelfde schrille kreet als die hij abusievelijk had aangezien voor die van een eekhoorn. Twee andere verschijningen deden hetzelfde, en hun snijdende kreten echoden door het woud.

Eragon overwoog even hun geest te beroeren, maar toen hem de Fanghur op weg naar Ellesméra te binnen schoot, zag hij daarvan af, omdat het dom zou zijn.

Met zachte stem zei hij: 'Eka aí fricai un Shur'tugal.' *Ik ben een Rijder en een vriend.*

De schaduwen leken hun gloeiende ogen op hem te fixeren, en heel even was alles doodstil, op het zachte gemurmel van het beekje na. Toen begonnen ze weer te kwetteren, en hun ogen werden steeds feller, totdat ze wel witheet ijzer leken.

Toen de schaduwen na een poosje nog geen aanstalten hadden gemaakt om hem aan te vallen, en ook niet van plan leken om weg te gaan, kwam Eragon overeind en tastte voorzichtig met één voet naar de steen achter hem.

Die beweging leek de verschijningen te alarmeren; ze begonnen allemaal tegelijk te piepen. Toen schudden ze wat heen en weer, en in hun plaats verschenen vier grote uilen, met dezelfde gekartelde veren rondom hun gespikkelde gezichten. Ze openden hun gele snavels en kwetterden naar hem; ze leken hem zelfs uit te foeteren zoals eekhoorns konden doen, waarna ze hun vleugels uitsloegen en stil wegvlogen naar de bomen. Algauw waren ze verdwenen achter een scherm van zware takken.

'Barzûl,' zei Eragon. Hij hopte weer terug zoals hij was gekomen en haastte zich naar het weiland. Hij hield alleen halt om een armvol gevallen takken op te rapen.

Zodra hij bij Saphira kwam, legde hij het hout op de grond, knielde en begon beschermende spreuken uit te spreken, zo veel als hij maar kon bedenken. Glaedr raadde hem een spreuk aan die hij over het hoofd had gezien en zei vervolgens: *Toen Oromis en ik na de strijd terugkeerden waren die wezens hier niet. Ze zijn niet zoals ze zouden moeten zijn. De magie die hier is losgelaten heeft het land en zijn bewoners veranderd. Dit is nu een kwalijke plek.*

Wat voor wezens? vroeg Saphira. Ze sloeg haar ogen op en geeuwde – een ontzagwekkende aanblik. Eragon deelde zijn herinneringen met haar en ze zei: *Je had me mee moeten nemen. Ik had die larven en schaduwvogels wel opgeten, en dan had je niets van ze te vrezen gehad.*

Saphira!

Ze rolde met haar ogen naar hem. *Ik heb honger. Magie of niet, is er een reden waarom ik die rare dingen niet zou opeten?*

Omdat ze in plaats daarvan jóú wel eens op zouden kunnen eten, Saphira Bjartskular, zei Glaedr. *Jij kent de eerste wet van de jacht net zo goed als ik: besluip je prooi niet voordat je zeker weet dat het inderdaad een prooi is. Anders kon je wel eens eindigen als maaltje voor iets anders.*

'Naar herten hoef je ook niet te zoeken,' zei Eragon. 'Ik betwijfel of er nog veel over zijn. Trouwens, het is bijna donker, en ook al zou dat niet zo zijn, dan nog weet ik niet of je hier wel veilig kunt jagen.'

Ze gromde zachtjes. *Heel goed. Dat blijf ik wel slapen. Maar in de ochtend ga ik jagen, gevaar of geen gevaar. Mijn maag is leeg en ik moet eten voordat ik de zee weer oversteek.*

De daad bij het woord voegend sloot Saphira haar ogen en viel prompt weer in slaap.

Eragon legde een klein vuur aan, waarna hij een sober avondmaal gebruikte en uitkeek over de steeds donkerder wordende vallei. Glaedr en hij bespraken hun plannen voor de volgende dag, en Glaedr vertelde hem meer over de geschiedenis van het eiland, waarbij hij helemaal terugging tot de tijd voordat de elfen in Alagaësia waren gearriveerd, toen Vroengard alleen nog een provincie van de draken was geweest.

Voordat het laatste licht uit de hemel verdwenen was zei de oude draak: *Zou je Vroengard niet eens willen zien zoals het was in de tijd van de Rijders?*

Jawel, zei Eragon.

Kijk dan goed, zei Glaedr, en Eragon voelde dat de draak zijn geest beroerde en daar een stroom beelden en sensaties in uitstortte. Eragons blikveld verschoof, en boven het landschap zag hij een schimmig dubbelbeeld van het dal. De herinnering was er een aan het dal in de schemering, net zo dicht als die op het moment zelf was, maar aan de lucht waren geen wolken te zien en er gloeiden een heleboel twinkelende sterren op die hun glans wierpen over de grote kring van vuurbergen, Aras Thelduin. De bomen van lang geleden leken hoger, rechter en minder dreigend, en door de hele vallei heen stonden de ongeschonden bouwsels van de Rijders, als bleke bakens opgloeiend in de schemering met het zachte licht van de vlamloze elfenlantaarns. Het okerkleurige steen was met minder klimop en mos bedekt, en de zalen en torens hadden iets nobels wat de ruïnes ontbeerden. En op de met keitjes geplaveide paden en hoog boven zijn hoofd ontdekte Eragon de glinsterende vormen van talloze draken: sierlijke reuzen met de schat van duizend koningen op hun huid.

De verschijning bleef nog even hangen; toen liet Glaedr Eragons geest los en kwam de vallei weer tevoorschijn zoals hij was.

Dat was mooi, zei Eragon.

Dat was het zeker, maar nu niet meer.

Eragon bleef naar het dal kijken en het vergelijken met wat Glaedr hem had laten zien, en hij fronste toen hij in de verlaten stad een rij dansende lichtjes zag – lantaarns, dacht hij. Hij fluisterde een betovering om zijn zicht te verscherpen en onderscheidde een stoet van gekapte gestalten in donkere gewaden die langzaam tussen de ruïnes door liepen. Ze kwamen hem plechtig en onaards voor, en het afgemeten stampen van hun passen en de gechoreografeerde bewegingen waarmee ze hun lantaarns rondzwaaiden leken iets ritueels te hebben.

Wie zijn dat? vroeg hij Glaedr. Hij had het gevoel dat hij naar iets keek wat niet voor andere ogen bestemd was.

Ik zou het niet weten. Misschien zijn ze de afstammelingen van degenen die zich tijdens de strijd hebben schuilgehouden. Of het zijn mannen van jouw ras die hier na de val van de Rijders wilden komen wonen. Of mogelijk zijn het figuren die draken en Rijders als goden aanbidden.

Bestaan die mensen dan?
Jazeker. We hebben die praktijk ontmoedigd, maar toch kwam het geregeld voor in veel van de meer afgelegen delen van Alagaësia... Het is goed dat je die beschermingen hebt uitgesproken.

Eragon keek toe terwijl de gekapte gestalten zich een weg zochten door de stad, wat bijna een uur duurde. Toen ze aan de andere kant kwamen, gingen hun lantaarns een voor een knipperend uit, en Eragon kon niet zien waar degenen die ze hadden gedragen heen waren gegaan, ook niet met behulp van magie.

Vervolgens bankte Eragon het vuur op met handenvol aarde en kroop onder zijn deken om te rusten.

Eragon! Saphira! Wakker worden!

Eragons ogen vlogen open. Hij ging rechtop zitten en pakte Brisingr.

Alles was donker, op de doffe rode gloed van het kolenbed rechts van hem na en een rafelig stukje van de met sterren bezaaide lucht in het oosten. Hoewel het licht nog zwak was, kon Eragon al wel de omtrekken van het bos en het weiland onderscheiden... en de monsterlijk grote slak die door het gras naar hem toe gleed.

Eragon slaakte een kreet en krabbelde achteruit. De slak – met een huis van zeker anderhalve meter hoog – aarzelde, en glibberde toen zo snel als een man kon rennen naar hem toe. Vanuit de zwarte spleet van zijn bek klonk een slangachtig gesis en zijn heen en weer schietende oogbollen waren zo groot als Eragons vuisten.

Eragon besefte dat hij geen tijd zou krijgen om overeind te komen en dat hij achter zich niet de ruimte had die hij nodig had om Brisingr te trekken. Hij bereidde zich erop voor een betovering los te laten, maar voor hij dat kon doen schoot Saphira's kop langs hem heen en had ze de slak halverwege zijn lijf tussen haar kaken gevangen. Het slakkenhuis kraakte tussen haar tanden met een geluid als van brekend leisteen en het dier slaakte een zwakke, trillerige kreet.

Met een ruk van haar nek gooide Saphira de slak in de lucht, opende haar bek zo ver als ze kon en verslond het beest met huid en haar, waarbij ze haar kop twee keer op en neer liet gaan, als een roodborstje dat een worm doorslikt.

Toen Eragon omlaag keek, zag hij verderop op de helling nog vier reuzenslakken. Een van de wezens had zich teruggetrokken in zijn huis; de andere haastten zich weg op hun golvende berokte buiken.

'Daar!' riep Eragon.

Saphira boog zich vooover. Haar hele lijf kwam even van de grond en vervolgens kwam ze weer op haar vier poten neer en pikte eerst de eerste, toen de tweede en toen de derde slak op. De laatste, degene die in zijn huis zat, at ze niet op, maar ze bewoog haar kop achterover en liet een stroom blauw-met-gele vlammen over hem los, zodat het land tientallen meters naar alle kanten baadde in een gloed.

De vlammen liet ze niet langer dan een paar tellen duren, waarna ze de rokende, dampende slak tussen haar kaken nam – zo voorzichtig als een moederpoes een klein katje oppakt. Ze bracht hem naar Eragon en liet hem voor zijn voeten neervallen. Hij keek er wantrouwig naar, maar de slak leek duidelijk morsdood te zijn.

Hier, een lekker ontbijtje, zei Saphira.

Hij staarde haar aan en begon toen te lachen, en hij bleef lachen tot hij er dubbel van sloeg en met zijn handen op zijn knieën naar adem moest happen.

Wat valt er nou te lachen? vroeg ze, en ze snoof aan het geblakerde slakkenhuis.

Ja, waarom lach je, Eragon? vroeg Glaedr.

Hij schudde zijn hoofd en bleef proesten. Uiteindelijk wist hij uit te brengen: 'Omdat…' Maar toen schakelde hij over op spreken met zijn geest, zodat Glaedr het ook zou horen. *Omdat… slak en eieren!* En hij begon weer te giechelen en voelde zich heel dom. *Omdat, slakkenbiefstuk…! Honger? Neem een voelspriet! Ben je moe? Eet een oogbal! Wie zit er op mede te wachten als je ook slijm kunt eten?! Ik zou die voelsprieten in een vaas kunnen zetten, als een bos bloemen, en dan zouden ze…* Hij proestte zo dat hij onmogelijk verder kon gaan, en happend naar adem liet hij zich op één knie vallen, terwijl de tranen van pret hem over de wangen rolden.

Saphira plooide haar kaken in een soort tandige glimlach en maakte een zacht, verstikt klinkend keelgeluidje. *Je bent soms maar een rare, Eragon.* Hij voelde dat ze aangestoken raakte door zijn vrolijkheid. Ze snuffelde nog eens aan het slakkenhuis. *Een beetje mede zou fijn zijn.*

'Jij hebt tenminste wat gegeten,' zei hij zowel met zijn geest als met zijn stem.

Niet voldoende, maar genoeg om naar Varden terug te keren.

Terwijl zijn lachbui bedaarde, porde Eragon met de neus van zijn laars tegen de slak. *Het is zo lang geleden dat er draken op Vroengard waren dat hij zich vast niet realiseerde wat je was en dacht dat hij aan mij een makkelijk maaltje zou hebben… Het zou wel een droeve dood zijn geweest om als voer voor een slak te eindigen.*

Maar wel gedenkwaardig, zei Saphira.

Inderdaad gedenkwaardig, beaamde hij, en hij voelde zijn vrolijkheid terugkeren.

En wat had ik nou gezegd over de eerste wet van de jacht, jongelui? vroeg Glaedr.

Allebei tegelijk antwoordden Eragon en Saphira: *Besluip je prooi niet totdat je zeker weet dat het inderdaad een prooi is!*

Heel goed, zei Glaedr.

Toen zei Eragon: *Springende larven, schimmenvogels en nu reuzenslakken... Hoe konden de betoveringen die tijdens de strijd zijn uitgesproken die tevoorschijn roepen?*

De Rijders, de draken en de Meinedigen hebben tijdens het conflict enorm veel energie verloren. Een groot deel daarvan was vervat in de betoveringen, maar ook veel niet. Degenen die het nog konden navertellen zeiden dat de wereld een tijdje dolgedraaid was en dat ze van niets wat ze zagen of hoorden op aankonden. Een deel van die energie moet naar de voorvaderen van de larven en de vogels zijn gegaan die je vandaag hebt gezien en ze hebben veranderd. Maar je vergist je als je denkt dat dat voor de slakken ook opgaat. De snalglí, zoals ze heten, hebben altijd hier op Vroengard geleefd. Ze zijn het lievelingskostje van ons draken, om redenen die jij, Saphira, vast wel begrijpt.

Ze neuriede en likte langs haar lippen.

En hun vlees is niet alleen zacht en smakelijk, maar hun huizen zijn ook nog eens goed voor de spijsvertering.

Als het maar gewone dieren zijn, waarom konden mijn beschermspreuken ze dan niet tegenhouden? vroeg Eragon. *Ik had toch op z'n minst gewaarschuwd moeten worden voor naderend gevaar?*

Dat, antwoordde Glaedr, *zou door de strijd kunnen komen. De magie heeft de snalglí niet in het leven geroepen, maar dat betekent nog niet dat ze niet beïnvloed zouden zijn door de krachten die hier voor vernietiging hebben gezorgd. We zouden hier niet langer moeten blijven dan nodig is. We kunnen beter opstappen, voordat wat er verder nog maar op het eiland op de loer kan liggen besluit onze moed op de proef te stellen.*

Met hulp van Saphira kraakte Eragon het huis van de verbrande slak open en bij de gloed van een rood weerlicht maakten ze het ruggengraatloze karkas dat erin zat schoon. Dat was een rommelig, slijmerig karwei, waarna hij tot aan zijn ellebogen onder het bloed zat. Vervolgens liet Eragon Saphira het vlees dicht bij het kolenbed begraven.

Toen de klus geklaard was keerde Saphira terug naar het plekje op het gras waar ze eerder had gelegen, rolde zich weer op en ging slapen. Dit keer deed Eragon met haar mee. Met zijn dekens en de zadeltassen, met in eentje daarvan Glaedrs hart van harten, kroop hij onder haar vleugel en nestelde zich op het warme, donkere plekje tussen haar hals en haar romp. En daar bracht hij, denkend en dromend, de rest van de nacht door.

De volgende dag was even grauw en somber als de vorige. Een licht laagje sneeuw bedekte de flanken van de bergen en de toppen van de voetheuvels, en er hing een kilte in de lucht die volgens Eragon nog meer sneeuw beloofde.

Moe als ze was verroerde Saphira zich niet voordat de zon al een handbreedte boven de bergen stond. Eragon was ongeduldig, maar hij liet haar slapen. Het was belangrijker dat zij bijkwam van de vlucht naar Vroengard dan dat ze nou zo vroeg vertrokken.

Zodra ze wakker was groef Saphira het slakkenkarkas voor hem op en hij maakte een royaal slakkenontbijt klaar; hij wist niet goed hoe hij het moest noemen – slakkenspek? Hoe het ook heette, de repen vlees waren verrukkelijk en hij at meer dan anders. Saphira verorberde wat er nog over was en daarna wachtten ze een uur, want het zou niet verstandig zijn om zich met een volle maag in een gevecht te begeven.

Uiteindelijk rolde Eragon zijn dekens op en gespte Saphira weer het zadel om, en samen met Glaedr zetten ze koers naar de Rots van Kuthian.

De Rots van Kuthian

De wandeling naar het groepje appelbomen leek korter dan de vorige dag. De verwrongen bomen zagen er erg dreigend uit en Eragon hield de hele tijd dat ze tussen de stammen waren zijn hand op Brisingr.

Net als tevoren hielden Saphira en hij halt aan de rand van de overwoekerde open plek voor de Rots van Kuthian. Een troep kraaien zat op de ruwe rotspilaar en toen ze Saphira zagen stegen ze krassend op de lucht in – Eragon kon zich geen slechter voorteken voorstellen.

Een half uur lang bleef Eragon zonder zich te verroeren op één plek staan, terwijl hij de ene betovering na de andere loslict en speurde naar eventuele magie die Saphira, Glaedr en hem kwaad zou kunnen doen. Hij trof er een verbijsterende hoeveelheid van aan, verweven met de open plek, de Rots van Kuthian en – zover hij kon nagaan – de rest van het eiland. Sommige van de bezweringen die diep in de aarde waren ingebed hadden zo veel kracht dat het voelde alsof er een brede rivier van energie onder zijn voeten stroomde. Andere waren gering en vrij onschadelijk; soms golden ze maar een enkele bloem of boomtak. Meer dan de helft van de betoveringen was slapend aanwezig – omdat ze energie ontbeerden, zich niet langer op iets konden richten, of wachtten op omstandigheden die zich nog voor moesten doen – en een aantal van de bezweringen leek met elkaar in tegenspraak, alsof de Rijders, of wie ze dan ook had uitgesproken, eerdere staaltjes magie hadden willen wijzigen of ongedaan hadden willen maken.

Eragon kon niet bepalen wat het doel van de meeste bezweringen was. Er was geen verslag nagelaten van de woorden die ervoor waren gebruikt, maar er waren alleen de bouwsels van energie die de lang geleden overleden magiërs zo zorgvuldig hadden geconstrueerd, en die bouwsels waren moeilijk, zo niet onmogelijk te doorgronden. Glaedr kon wel enige hulp bieden, want hij was met veel van de oudere, grotere stukken magie die op Vroengard waren losgelaten bekend, maar voor de rest kon Eragon er alleen maar naar gissen. Maar ook al kon hij er niet altijd achter komen waar een bezwering voor bedoeld was, toch kon hij wel vaak nagaan of Saphira, Glaedr of hijzelf erdoor getroffen zou worden. Het was een ingewikkeld proces, dat ingewikkelde incantaties vergde, en het kostte hem nog een uur om ze allemaal te onderzoeken.

Wat hem nog de meeste zorgen baarde – en Glaedr ook – waren de betoveringen die ze mogelijk niet op het spoor zouden komen. Het werd een heel stuk moeilijker om bezweringen van andere magiërs te achterhalen als die moeite hadden gedaan om hun werk verborgen te houden.

Toen Eragon uiteindelijk vrijwel zeker wist dat er geen vallen op of rondom de Rots van Kuthian waren uitgezet, liepen Saphira en hij de open plek over naar de getande, met korstmos begroeide rotspiek.

Eragon bracht zijn hoofd achterover en keek naar de top van de formatie. Die leek ontzettend ver weg. Hij zag niets ongebruikelijks aan de steen, en Saphira ook niet.

Laten we onze namen zeggen en zorgen dat het zo snel mogelijk achter de rug is, zei ze.

Eragon zond een vragende gedachte naar Glaedr en de draak antwoordde: *Ze heeft gelijk. Er is geen reden om nog te wachten. Noem je naam, en dan doen Saphira en ik dat ook.*

Zenuwachtig balde Eragon tweemaal zijn vuisten, waarna hij zijn schild van zijn rug haalde, Brisingr trok en zich op zijn knieën liet vallen.

'Mijn naam,' zei hij met luide, heldere stem, 'is Eragon Schimmendoder, zoon van Brom.'

Mijn naam is Saphira Bjartskular, dochter van Vervada.
En ik ben Glaedr Eldunarí, zoon van Nithring, zij met de lange staart.
Ze wachtten.

In de verte krasten de kraaien, alsof ze hen bespotten. Eragon begon zich ongemakkelijk te voelen, maar hij negeerde het. Hij had niet echt verwacht dat het zo makkelijk zou zijn om het gewelf te openen.

Probeer het nog eens, maar dan in de oude taal, raadde Glaedr hem aan.

Dus zei Eragon: 'Nam iet er Eragon Sundavar-Vergandí, sönr abr Brom.'

En vervolgens herhaalde Saphira haar naam en afstamming in de oude taal, en Glaedr ook.

Weer gebeurde er niets.

Eragons onbehagen werd sterker. Als ze hier voor niets naartoe waren gekomen... Nee, daar moest hij niet aan denken. Nog niet. *Misschien moeten we onze namen allemaal wel hardop uitspreken,* zei hij.

Hoe dan? vroeg Saphira. *Word ik geacht tegen een steen te gaan staan brullen? En Glaedr dan?*

Ik kan jullie namen voor jullie zeggen, zei Eragon.

Het lijkt mij onwaarschijnlijk dat dat de bedoeling is, maar we kunnen het proberen, zei Glaedr.

In deze of in de oude taal?

De oude taal, zou ik zeggen. Maar probeer ze voor de zekerheid maar allebei.

Dus noemde Eragon hun namen, maar de steen bleef even solide als altijd en er veranderde niets. Ten slotte zei hij, gefrustreerd: *Misschien staan we op de verkeerde plek; misschien is de ingang van de Kluis der Zielen wel aan de andere kant van de rots. Of helemaal bovenop.*

Als dat zo is, zou dat dan niet bij de aanwijzingen in Domia abr Wyrda *vermeld zijn?* vroeg Glaedr.

Eragon liet zijn schild zakken. *Wanneer zijn raadselen ooit makkelijk te begrijpen?*

En als jij nou alleen je naam moet geven? zei Saphira tegen Eragon. *Heeft Solembum niet gezegd: 'Wanneer alles verloren lijkt en je kracht tekortschiet, ga dan naar de Rots van Kuthian en spreek je naam uit om de Kluis der Zielen te openen'? Jóúw naam, Eragon, niet de mijne of die van Glaedr.*

Eragon fronste zijn wenkbrauwen. *Dat zou misschien kunnen. Maar als alleen mijn naam nodig is, dan moet ik mogelijk ook alleen zijn als ik hem uitspreek.*

Met een grom sprong Saphira de lucht in, zodat Eragons haar in de war raakte en de planten op de open plek doorbogen in de luchtstroom van haar vleugels. *Probeer het dan, en snel een beetje!* zei ze terwijl ze van de rots wegvloog in oostelijke richting.

Toen ze zich een paar honderd meter had verwijderd richtte Eragon zijn blik weer op het ongelijkmatige oppervlak van de rots, bracht zijn schild weer omhoog en noemde nog een keer zijn naam, eerst in zijn eigen taal en toen in die van de elfen.

Er werd geen deur of doorgang onthuld. Er verschenen geen barsten of kloven in de rots. Op het oppervlak tekenden zich geen symbolen af. In elk opzicht leek de optorenende rotspunt niets anders te zijn dan een massief stuk graniet dat geen enkel geheim bevatte.

Saphira! riep Eragon in zijn geest. Toen vloekte hij en begon over de open plek te ijsberen, trappend naar losse steentjes en takken.

Toen Saphira weer neerdaalde op de open plek, keerde hij terug naar de onderkant van de rots. De klauwen aan haar achterpoten sneden diepe voren in de zachte aarde toen ze neerkwam, terwijl ze met haar vleugels naar achteren fladderde om tot stilstand te komen. Bladeren en grassprieten warrelden om haar heen alsof er een wervelwind was opgestoken.

Zodra ze alle vier haar poten op de grond had en haar vleugels had opgevouwen zei Glaedr: *Ik begrijp dat het niet is gelukt?*

Nee, beet Eragon hem toe, en hij wierp een nijdige blik op de rotsnaald.

De oude draak leek een zucht te slaken. *Daar was ik al bang voor. Er is maar één verklaring voor...*

Dat Solembum tegen ons heeft gelogen? Dat hij ons op een wilde jacht heeft gestuurd, zodat Galbatorix de Varden in de pan kon hakken terwijl wij weg waren?

Nee. Dat we om deze... deze...

Kluis der Zielen, zei Saphira.

Ja, dat gewelf waar hij je over vertelde – dat we om dat open te krijgen onze ware namen moeten noemen.

De woorden vielen als zware stenen tussen hen neer. Een hele poos zeiden ze geen van allen iets. De gedachte boezemde Eragon angst in, en hij wilde zich daar liever niet mee bezighouden, alsof dat de situatie er nog erger op zou maken.

Maar als het een val is... zei Saphira.

Dan is het wel een heel duivelse val, zei Glaedr. *De vraag waar het om gaat is: vertrouw je Solembum? Want als we verdergaan, stellen we meer in de waagschaal dan onze levens; we lopen ook het risico onze vrijheid te verliezen. Als je hem vertrouwt, kunnen jullie dan eerlijk genoeg tegen jezelf zijn om jullie ware namen te ontdekken, en ook nog snel? En zijn jullie bereid met die kennis te leven, hoe onaangenaam die ook moge zijn? Want zo niet, dan moeten we hier nu weggaan. Ik ben veranderd sinds Oromis' dood, maar ik weet wie ik ben. Maar weet jij dat ook, Saphira? En jij, Eragon? Kunnen jullie me precies vertellen wat jullie tot de draak en de Rijder maakt die jullie zijn?*

Terwijl Eragon zijn blik op de Rots van Kuthian liet rusten, maakte ongenoegen zich van hem meester.

Wie ben ik? vroeg hij zich af.

En de hele wereld een droom

Nasuada lachte toen de besterde lucht om haar heen wervelde en ze in de richting van een kloof vol stralende witte lichtjes onder haar tuimelde. De wind rukte aan haar haar en haar hemd flapperde wild heen en weer; de rafelige zomen van de mouwen knalden als zwepen. Grote vleermuizen, zwart en druipend, troepten om haar heen en knabbelden aan haar verwondingen met tandjes die sneden en staken en brandden als ijs.

Toch bleef ze lachen.

De kloof werd breder en het licht verzwolg haar; even was ze verblind. Toen ze weer helder kon zien, ontdekte ze dat ze in de Zaal van de Waarheidzegger stond, terwijl ze neerkeek op zichzelf zoals ze op de askleurige stenen tafel lag vastgebonden. Naast haar slappe lichaam stond Galbatorix: lang, breedgeschouderd, met een schaduw op de plek waar zijn gezicht zou moeten zijn en een kroon van karmozijnrood vuur op zijn hoofd.

Hij keerde zich naar de plek waar ze stond en stak een gehandschoende hand uit. 'Kom, Nasuada, dochter van Ajihad. Overwin je trots en zweer me trouw; dan zal ik je alles geven wat je ooit maar hebt gewild.'

Terwijl ze haar handen naar hem uitgestoken hield, liet ze een soort lachje horen. Maar voordat ze hem naar de strot kon vliegen verdween de koning in een wolk zwarte mist.

'Het enige wat ik wil, is jou doden!' riep ze naar het plafond.

Galbatorix' stem galmde door het vertrek en leek van alle kanten tegelijk te komen: 'Dan blijf je hier totdat je je vergissing inziet.'

Nasuada opende haar ogen. Ze lag nog steeds op de tafel, haar polsen en enkels vastgebonden, en de wonden van de legerlarve klopten alsof ze daar nooit mee opgehouden waren.

Ze fronste. Was ze buiten bewustzijn geweest, of had ze echt net met de koning gesproken? Dat viel heel moeilijk te zeggen als je...

In een hoek van de kamer zag ze het topje van een dikke groene klimplant zich een weg banen tussen de beschilderde tegels door, waarbij hij ze onderweg openscheurde. Naast de eerste verschenen nog meer ranken; ze piepten van buitenaf door de muur en spreidden zich uit over de vloer, die ze met een zee van kronkelende, slangachtige aanhangsels overdekten.

Terwijl ze toekeek hoe ze naar haar toe kropen, begon Nasuada te grinniken. *Is dit het enige wat hij kan bedenken? Ik droom elke nacht wel veel gekkere dingen.*

Als in antwoord op haar minachting smolt de stenen tafel onder haar weg de vloer in en de zwiepende ranken sloten zich over haar heen, omwikkelden haar armen en benen, en hielden die stijver vast dan wat voor ketenen ook zouden kunnen. Haar blikveld werd steeds verder verduisterd naarmate de ranken boven haar zich vermenigvuldigden, en het enige wat ze kon horen was het geluid waarmee ze over elkaar heen gleden: een droog geschuif, als van vallend zand.

De lucht om haar heen werd dik en heet, en ademhalen begon haar moeite te kosten. Als ze niet had geweten dat de ranken alleen maar een illusie waren, zou ze in paniek zijn geraakt. In plaats daarvan spuwde ze in het donker en vervloekte ze Galbatorix' naam. Niet voor het eerst. En vast ook niet voor het laatst. Maar ze weigerde hem het genoegen te doen haar uit haar evenwicht te hebben gebracht.

Licht... Goudkleurige zonnestralen die over een reeks golvende heuvels vielen, met hier en daar weilanden en wijngaarden. Ze stond aan de rand van een klein hof, onder een latwerk beladen met bloeiende haagwinden, waarvan de ranken haar vertroostend bekend voorkwamen. Ze droeg een prachtige gele jurk. In haar rechterhand had ze een kristallen roemer met wijn en ze proefde de muskusachtige, kersachtige drank op haar tong. Vanuit het westen waaide een briesje. Het rook naar warmte en comfort en pas bewerkt land.

'Ah, daar ben je,' zei een stem achter haar, en toen ze zich omdraaide zag ze Murtagh vanuit een statig landhuis naar haar toe komen. Net als zij had hij een roemer met wijn in de hand. Hij was gekleed in een zwarte broek en een wambuis van kastanjebruin satijn afgezet met gouden biezen. Een met edelstenen bezette dolk hing aan zijn met nagels beslagen riem. Zijn haar was langer dan ze zich herinnerde, en hij kwam ontspannener en zelfverzekerder op haar over dan ze hem ooit had gezien. Dat, en het licht op zijn gezicht, maakte hem opvallend knap – zelfs nobel.

Hij kwam bij haar onder het latwerk staan en legde een hand op haar blote arm. Het gebaar leek terloops en intiem. 'Kleine kattenkop, om mij zomaar te laten zitten met heer Ferros en die eindeloze verhalen van hem. Pas na een half uur heb ik weten te ontsnappen.' Toen deed hij er het zwijgen toe, nam haar beter in zich op en zijn gezicht kreeg een zorgelijke uitdrukking. 'Voel je je niet goed? Je wangen zien zo grauw.'

Ze deed haar mond open, maar er kwamen geen woorden. Ze kon niet bedenken wat ze in reactie hierop moest zeggen.

Murtagh fronste zijn voorhoofd. 'Je hebt weer een aanval gehad, hè?'

'Ik... Ik weet het niet... Ik kan me niet herinneren hoe ik hier gekomen ben, of...' Ze maakte haar zin niet af toen ze de pijn in Murtaghs ogen zag verschijnen, die hij snel camoufleerde.

Hij legde zijn hand op haar onderrug toen hij om haar heen stapte om naar het heuvelachtige landschap uit te kijken. Met een snelle beweging dronk hij zijn wijnglas leeg. Toen zei hij met diepe stem: 'Ik weet hoe verwarrend dit voor je is... Het is niet de eerste keer dat het is gebeurd, maar toch...' Hij haalde diep adem en schudde even zijn hoofd. 'Wat is het laatste wat je je nog wel herinnert? Teirm? Aberon? Het beleg van Cithrí? Het cadeau dat ik je gaf die avond in Eoam?'

Een verschrikkelijke onzekerheid kreeg haar in zijn greep. 'Urû'baen,' fluisterde ze. 'De Zaal van de Waarheidzegger. Dat is mijn laatste herinnering.'

Heel even voelde ze zijn hand trillen op haar rug, maar zijn gezicht verried niets.

'Urû'baen,' herhaalde hij schor. Hij keek haar aan. 'Nasuada... Urû'baen is acht jaar geleden.'

Nee, dacht ze. *Dat kan niet.* En toch leek alles wat ze zag en voelde heel echt. De beweging van Murtaghs haar toen de wind het in de war maakte, de geur van de velden, het gevoel van haar jurk tegen haar huid – het leek allemaal precies zoals het moest zijn. Maar als ze echt hier was, waarom had Murtagh haar dan niet gerustgesteld door contact te zoeken met haar geest, zoals hij eerder had gedaan? Was hij het vergeten? Als er acht jaren waren verstreken, herinnerde hij zich misschien wel niet meer wat hij haar zo lang geleden in de Zaal van de Waarheidzegger had beloofd.

'Ik...' begon ze te zeggen, maar toen hoorde ze een vrouw roepen: 'Vrouwe!'

Ze keek over haar schouder en zag een gezette dienstbode haastig vanuit het landhuis omlaag komen; haar witte schort flapperde. 'Vrouwe,' zei de meid, en ze maakte een buiginkje. 'Neem me niet kwalijk dat ik u stoor, maar de kinderen hadden gehoopt dat u zou komen kijken naar hun toneelstukje voor de gasten.'

'Kinderen,' fluisterde ze. Toen ze weer naar Murtagh keek, zag ze tranen schitteren in zijn ogen.

'Jawel,' zei hij. 'Kinderen. Vier kinderen, allemaal sterk en gezond, en bruisend van enthousiasme.'

Overmand door emotie huiverde ze. Ze kon er niets aan doen. Toen hief ze haar kin op. 'Laat me maar zien wat ik vergeten ben. Laat me zien waaróm ik het ben vergeten.'

Murtagh glimlachte naar haar – trots, zo leek het. 'Volgaarne,' zei hij, en hij kuste haar op haar voorhoofd. Hij pakte haar roemer aan en gaf beide glazen aan de meid. Toen nam hij haar handen in de zijne, sloot zijn ogen en boog zijn hoofd.

Even later voelde ze een *aanwezigheid* tegen haar geest drukken, en toen wist ze dat hij het niet was. Hij kon het nooit zijn geweest.

Kwaad door de teleurstelling en door het verlies van wat nooit zou kunnen zijn trok ze haar hand los uit die van Murtagh, pakte zijn dolk en stak het lemmet in zijn zij. En ze riep:

In El-harím, daar woonde een man,
Een man met gele ogen.
'Luister niet naar gefluister,' zei hij,
Het zijn leugens, allemaal gelogen!

Murtagh keek haar met merkwaardig lege ogen aan, waarna hij vlak voor haar neus vervaagde. Alles om haar heen – het latwerk, de hof, het landgoed, de heuvels en de wijngaarden – verdween, en ze merkte dat ze door een leegte zonder licht of geluid zweefde. Ze probeerde de rest van haar lied te zingen, maar er kwam geen geluid uit haar keel. Ze kon niet eens meer het geklop van haar hartslag in haar aderen horen.

Toen voelde ze de duisternis kantelen, en…

Ze struikelde en viel op haar handen en knieën. Scherpe rotsen schramden haar handpalmen. Met haar ogen knipperend tegen het licht kwam ze overeind en keek om zich heen.

Mist. Linten van rook die door een kale lucht kronkelden die leek op de Brandende Vlakten.

Ze was weer gehuld in haar gehavende hemd en haar voeten waren bloot.

Achter haar brulde iets, en toen ze zich omdraaide zag ze een drieënhalve meter lange Kull op zich af komen, die met een knots met ijzerbeslag rondzwaaide die even lang was als zij. Links van haar klonk nog een brul, en ze zag een tweede Kull, plus vier kleinere Urgals. Toen haastte zich een stel in mantels gehulde gebochelde gestalten vanuit de wittige nevel naar voren, en ze schoten kwetterend en zwaaiend met hun bladvormige zwaarden op haar af. Hoewel ze hen nooit eerder had gezien, wist ze dat het de Ra'zac waren.

Ze moest weer lachen. Nu probeerde Galbatorix haar alleen maar te straffen.

Zonder aandacht te besteden aan de op haar af stormende vijanden, van wie ze wist dat ze hen nooit zou kunnen doden of aan hen zou kunnen ontsnappen, ging ze met gekruiste benen op de grond zitten en begon een oud dwergenliedje te neuriën.

Galbatorix' pogingen om haar zinnen te begoochelen waren aanvankelijk subtiel geweest en hadden haar heel goed kunnen misleiden als Murtagh haar niet van tevoren had gewaarschuwd. Om Murtaghs hulp geheim te houden had ze gedaan alsof ze er niet van op de hoogte was dat Galbatorix haar beeld van de werkelijkheid ontregelde, maar wat ze ook zag of voelde, ze stond niet toe dat de koning haar dingen liet denken die ze niet moest denken, of erger nog: dat hij haar trouw liet zweren. Het was niet altijd makkelijk geweest zich tegen hem teweer te stellen, maar ze hield zich vast aan haar denk- en woordrituelen, en daarmee had ze de koning weten te weerstaan.

De eerste illusie was er een geweest van een andere vrouw, Rialla, die als medegevangene bij haar in de Zaal van de Waarheidzegger was gekomen. De vrouw beweerde dat ze in het geheim getrouwd was met een van de spionnen van de Varden in Urû'baen, en dat ze gevangen was genomen toen ze een boodschap voor hem overbracht. In de loop van wat een week had geleken probeerde Rialla zich bij Nasuada geliefd te maken en haar, op een indirecte manier, ervan te overtuigen dat het niet meer dan juist en gepast was om zich aan Galbatorix' gezag te onderwerpen.

In het begin had Nasuada niet beseft dat Rialla zelf een illusie was. Ze was ervan uitgegaan dat Galbatorix de woorden en het uiterlijk van de vrouw anders voorstelde, of dat hij misschien haar eigen gevoelens bewerkte om haar meer ontvankelijk te maken voor Rialla's argumenten.

Maar toen de dagen verstreken en Murtagh noch bij haar op bezoek kwam, noch contact met haar zocht, was ze bang geworden dat hij haar in Galbatorix' klauwen had achtergelaten. Die gedachte maakte haar banger dan ze bereid was toe te geven, en ze was zich voortdurend grote zorgen gaan maken.

Vervolgens was ze zich gaan afvragen waarom Galbatorix niet in de loop van die week naar haar toe was gekomen om haar te kwellen, en bedacht ze ineens dat als er echt een week voorbij was gegaan, de Varden en de elfen Urû'baen aangevallen zouden moeten hebben. En als dát was gebeurd, zou Galbatorix er zeker iets over hebben gezegd, al was het maar om zich te verkneukelen. Door de combinatie van Rialla's ietwat merkwaardige gedrag, de vele lege plekken in haar geheugen, Galbatorix' nalatigheid en Murtaghs aanhoudende afwezigheid – want ze kon niet geloven dat hij zijn belofte aan haar niet zou nakomen – raakte ze er bovendien van overtuigd dat, hoe vergezocht het ook leek, Rialla een verschijning was en dat de tijd niet langer was wat hij leek te zijn.

Ze was ontzet geweest toen het tot haar doordrong dat Galbatorix het aantal dagen dat er volgens haar verstreken was, kon manipuleren. Ze moest er niet aan denken. Haar gevoel voor tijd was tijdens haar gevangenschap vervaagd, maar ze was zich nog wel bewust geweest van het verstrijken ervan. Nu ze dat ook nog eens kwijt was, en losgeslagen was geraakt in de tijd, betekende dat dat ze nog meer aan Galbatorix was overgeleverd, want hij kon naar believen haar ervaringen laten uitdijen of inkrimpen.

Desalniettemin bleef ze vast van plan zich tegen Galbatorix' dwingelandij te verzetten, hoeveel tijd er ook leek te verstrijken. Als ze honderd jaar in haar cel moest blijven, dan zou ze het honderd jaar volhouden.

Toen ze immuun was gebleken voor Rialla's suggestieve gefluister – en ze de vrouw uiteindelijk als lafaard en verraadster was gaan zien – werd het verzinsel uit haar kamer weggehaald en stapte Galbatorix over op een andere list.

Daarna waren zijn misleidingen steeds ingewikkelder en onwaarschijnlijker geworden, maar nooit overtraden ze de wetten van de rede en geen enkele botste ooit met wat hij haar al eerder had laten zien, want de koning deed nog steeds zijn best om haar onwetend te houden van zijn inmenging.

Het toppunt was nog wel toen hij haar uit haar kamer leek over te brengen naar een kerker elders in de citadel, waar ze de gestalten van Eragon en Saphira, zo leek het, geketend aantrof. Galbatorix had gedreigd Eragon te doden als zij hem, de koning, geen trouw wilde zweren. Toen ze tot Galbatorix' grote ongenoegen weigerde – en volgens haar ook tot zijn verrassing –, riep Eragon een betovering die hen alle drie op de een of andere manier bevrijdde. Na een kort duel vluchtte Galbatorix weg – wat hij in werkelijkheid ongetwijfeld ook zou hebben gedaan – en toen hadden Eragon, Saphira en zij zich een weg de citadel uit weten te banen.

Het was best spannend en opwindend geweest, en ze was bijna in de verleiding gekomen om de gebeurtenissen hun loop te laten nemen om te kijken hoe het zou aflopen, maar inmiddels vond ze dat ze lang genoeg Galbatorix' spelletjes had meegespeeld. Dus nam ze de eerste de beste discrepantie die ze zag te baat – de vorm van de schubben rond Saphira's ogen – en gebruikte die als excuus om zogenaamd te beseffen dat de wereld om haar heen maar schijn was.

'Je had beloofd dat je niet tegen me zou liegen terwijl ik in de Zaal van de Waarheidzegger was!' had ze uitgeschreeuwd naar de lucht. 'Maar dit kun je niet anders dan een leugen noemen, Eedbreker!'

Galbatorix was woest geworden over haar ontdekking; ze had een grom gehoord als die van een draak zo groot als een berg, en daarna had hij alle subtiliteit overboord gezet. Tijdens de rest van de sessie had hij haar aan een reeks fantastische kwellingen onderworpen.

Uiteindelijk was er een eind aan de verschijningen gekomen, en had Murtagh contact met haar gezocht om haar te laten weten dat ze haar zintuigen nu weer kon vertrouwen. Ze was nog nooit zo blij geweest om de aanraking van zijn geest te voelen.

Die nacht was hij naar haar toe gekomen en ze hadden uren samen zitten praten. Hij vertelde haar over de vorderingen van de Varden – ze waren bijna bij de hoofdstad – en over de voorbereidingen van het Rijk, en hij legde uit dat hij een manier dacht te hebben gevonden om haar vrij te krijgen. Toen ze aandrong op details, weigerde hij er meer over te zeggen en merkte hij op: 'Ik heb nog een dag of twee nodig om na te gaan of het werkt. Maar er is een manier, Nasuada. Put daar maar moed uit.'

Ze had moed geput uit zijn ernst en zijn bezorgdheid om haar. Ook als ze nooit zou kunnen ontsnappen, was ze toch blij om te weten dat ze niet alleen was in haar gevangenschap.

Nadat ze het een en ander had verteld over wat Galbatorix met haar had uitgehaald en over de manieren waarop ze hem te slim af was geweest, had Murtagh gegrinnikt. 'Je blijkt er lastiger onder te krijgen dan hij had verwacht. Het is lang geleden dat hij zo voor iemand heeft moeten vechten. Voor mij heeft hij dat in elk geval niet hoeven doen... Ik begrijp er maar weinig van, maar ik weet dat het ontzettend moeilijk is om geloofwaardige illusies te creëren. Elke magiër met verstand van zaken kan het laten lijken of je door de lucht zweeft of het koud of warm hebt, of dat er een bloem voor je voeten groeit. Meer dan kleine ingewikkelde dingen of grote eenvoudige dingen kun je niet hopen voor elkaar te krijgen, en het vergt veel concentratie om de illusie in stand te houden. Details zijn het moeilijkst na te bootsen. In de natuur wemelt het van de details, maar onze geest kan daar maar een beperkt gedeelte van bevatten. Als je ooit twijfelt of wat je ziet wel echt is, kijk dan naar de details. Kijk naar de naden in de wereld, waar degene die de betovering hanteert ofwel niet van weet, ofwel heeft vergeten wat daar hoort te zijn; of hij heeft zich er om energie te besparen vanaf gemaakt.'

'Maar als het zo moeilijk is, hoe krijgt Galbatorix het dan voor elkaar?'

'Hij gebruikt de eldunarí.'

'Allemaal?'

Murtagh knikte. 'Zij leveren de energie en de details die hij nodig heeft, en hij stuurt ze zoals hij wil.'

'Dus de dingen die ik zie zijn gebaseerd op herinneringen van draken?' vroeg ze met enig ontzag.

Hij knikte nogmaals. 'Die en de herinneringen van hun Rijders, voor zover ze Rijders hadden.'

De volgende ochtend had Murtagh haar wakker gemaakt en haar met een snelle gedachteflits laten weten dat Galbatorix op het punt stond weer te gaan beginnen. Daarna was ze belaagd door fantomen en illusies in allerlei soorten en maten, maar in de loop van de dag merkte ze op dat de visioenen – op een paar uitzonderingen na, zoals die van haarzelf en Murtagh bij het landhuis – steeds waziger en eenvoudiger werden, alsof ofwel Galbatorix, ofwel de eldunarí moe begonnen te worden.

En nu zat ze op de kale vlakte een dwergenliedje te neuriën terwijl de Kull, Urgals en Ra'zac zich op haar stortten. Ze kregen haar te pakken en het voelde alsof ze haar sloegen en sneden, en van tijd tot tijd schreeuwde ze het uit en wenste ze dat er een einde zou komen aan haar pijn, maar het kwam geen moment in haar op om aan Galbatorix' wensen toe te geven.

Toen verdween de vlakte, net als – grotendeels – haar lijden, en ze bracht zichzelf in herinnering: *Het speelt allemaal alleen maar af in mijn geest. Ik geef niet toe. Ik ben geen dier. Ik ben sterker dan de zwakte van mijn vlees.*

Er verscheen een donkere grot om haar heen die werd verlicht door groene paddenstoelen. Een poosje hoorde ze een groot wezen rondsnuffelen en in de schaduwen tussen de stalagmieten scharrelen, en toen voelde ze een warme adem achter in haar nek en rook ze de geur van rottend vlees.

Ze begon weer te lachen, en ze bleef lachen zelfs toen Galbatorix haar de ene gruwel na de andere voorschotelde in een poging die ene combinatie van pijn en angst te vinden die haar zou breken. Ze lachte, omdat ze wist dat haar wil sterker was dan zijn verbeelding, en ze lachte omdat ze wist dat ze op Murtaghs hulp kon rekenen, en met hem als haar bondgenoot was ze niet bang voor de spookverschijningen die Galbatorix naar haar toe zond, hoe verschrikkelijk ze op het moment zelf ook leken.

Een kwestie van karakter

Eragons voet gleed onder hem weg toen hij op een gedeelte met gladde modder stapte, en hij viel pardoes op het natte gras. Met een grom kromp hij in elkaar toen zijn heup begon te kloppen. Hier hield hij vast en zeker een blauwe plek aan over.

'Barzûl,' zei hij terwijl hij overeind kwam en voorzichtig weer ging staan. Ik ben tenminste niet op Brisingr neergekomen, dacht hij, terwijl hij de korsten koude modder van zijn beenkappen plukte.

Mistroostig vervolgde hij ploeterend zijn weg naar het ingestorte gebouw waar ze hadden besloten hun kamp op te slaan, in de overtuiging dat dat veiliger zou zijn dan bij het bos.

Terwijl hij door het gras beende, schrikte hij een stel brulkikkers op, die uit hun schuilplaatsen sprongen en hoppend naar alle kanten wegvluchtten. De kikkers waren de enige andere vreemde wezens die ze op het eiland waren tegengekomen; ze hadden allemaal een hoornachtig uitsteeksel boven hun rode ogen, dat vanuit het midden van hun voorhoofd als een gebogen staak naar voren stak – als een soort hengel – en aan het uiteinde hing een klein, vlezig orgaan dat 's nachts wit of geel opgloeide. Met dat licht wisten de brulkikkers honderden rondvliegende insecten binnen het bereik van hun tong te lokken, en doordat ze zo makkelijk aan voedsel konden komen, waren ze enorm groot geworden. Hij had wel exemplaren gezien die zo groot waren als een berenkop: grote, vlezige bulten met starende ogen en bekken die zo breed waren als zijn beide uitgestrekte handen naast elkaar.

De kikkers deden hem denken aan Angela de kruidenvrouw, en opeens wilde hij dat ze hier op het Vroengardeiland bij hen was. *Als iemand ons onze ware namen zou kunnen vertellen, zou zij het wel zijn.* Om de een of andere reden had hij altijd het idee dat de kruidenvrouw dwars door hem heen kon kijken, alsof ze hem geheel en al doorgrondde. Dat was een verontrustende sensatie, maar op dit moment zou hij er geen nee tegen zeggen.

Saphira en hij hadden besloten Solembum te vertrouwen en nog hooguit drie dagen op Vroengard te blijven, terwijl ze probeerden hun ware namen te achterhalen. Glaedr had de beslissing aan hen overgelaten; hij had gezegd: *Jullie kennen Solembum beter dan ik. Blijf of blijf niet. In beide gevallen lopen we gevaar. Er zijn geen veilige wegen meer.*

Saphira was uiteindelijk degene die de knoop had doorgehakt. *De weerkatten zouden Galbatorix nooit dienen*, zei ze. *Daarvoor zijn ze te zeer op hun vrijheid gesteld. Ik zou eerder geloof hechten aan wat zij zeggen dan aan wat een ander wezen zegt, zelfs een elf.*

Dus waren ze gebleven.

De rest van de dag, en een groot deel van de volgende, zaten ze maar wat bij elkaar; na te denken, te praten, herinneringen op te halen en elkaars geest te onderzoeken, en ze probeerden diverse combinaties van woorden in de oude taal, allemaal in de hoop dat het hun zou lukken om op een welbewuste manier hun ware namen te achterhalen, of – als ze geluk hadden – daar bij toeval op te stuiten.

Glaedr had zijn hulp aangeboden als ze erom vroegen, maar het grootste gedeelte van de tijd bleef hij op zichzelf en liet hij Eragon en Saphira samen praten; Eragon zou zich ongemakkelijk voelen als iemand anders

daar veel van opving. *Je ware naam hoor je zelf te vinden,* zei Glaedr. *Als ik iets bedenk, zeg ik het jullie wel – want we mogen geen tijd verloren laten gaan –, maar het zou beter zijn als jullie er uit jezelf achter kwamen.*
Tot nu toe waren ze daar geen van beiden in geslaagd.

Al vanaf het moment dat Brom had uitgelegd hoe het zat met ware namen had Eragon de zijne willen weten. Kennis, met name zelfkennis, was altijd nuttig, en hij hoopte dat zijn ware naam hem in staat zou stellen zijn gedachten en gevoelens beter in de hand te houden. Toch was hij onwillekeurig een beetje bang voor wat hij zou kunnen ontdekken.

Gesteld tenminste dát het hem in de komende dagen zou lukken zijn ware naam te vinden, want daar was hij nog niet zo zeker van. Hij hoopte van wel, zowel vanwege het welslagen van hun missie als omdat hij niet wilde dat Glaedr of Saphira hem voor zou zijn. Als hij moest horen hoe zijn hele wezen in één woord of zinnetje werd vervat, wilde hij zich die kennis op eigen kracht eigen maken, in plaats van dat die van buitenaf tot hem kwam.

Eragon slaakte een zucht toen hij de vijf gebarsten treden op klom die naar het gebouw voerden. Het bouwsel was een nesthuis geweest, of dat had Glaedr in elk geval gezegd, en naar de maatstaven van Vroengard was het zo klein dat het helemaal niet opviel. Toch waren de muren hoger dan drie verdiepingen en was het vanbinnen zo groot dat Saphira zich er makkelijk in kon bewegen. De zuidoosthoek was naar binnen toe ingestort en had een deel van het plafond meegenomen, maar verder stond het gebouw nog redelijk overeind.

Eragons voetstappen weergalmden toen hij door de gewelfde ingang stapte en zich een weg zocht over de glasachtige vloer van het hoofdvertrek. In het doorzichtige materiaal zaten warrelende staafjes kleur die een abstract, duizelingwekkend ingewikkeld patroon vormden. Elke keer dat hij ernaar keek kreeg hij het gevoel alsof de lijnen op het punt stonden over te gaan in een vorm die hij zou herkennen, maar dat gebeurde niet.

Het vloeroppervlak was bedekt met een fijn netwerk van barsten die vanaf het puin onder het gapende gat waar de muren waren ingestort naar buiten toe uitstraalden. Lange klimopranken hingen neer vanuit de gaten in het plafond, als einden touw met knopen erin. Water druppelde van de ranken en vormde ondiepe, grillige poeltjes, en het geluid van vallende druppels galmde door het gebouw in een niet-aflatend, onregelmatig ritme waar Eragon gek van zou worden als hij er langer dan een paar dagen naar zou moeten luisteren.

Tegen de noordmuur bevond zich een halve cirkel van stenen die Saphira had aangesleept en op hun plek had geduwd om hun kamp te beschermen. Toen hij bij de versperring kwam sprong Eragon op het dichtstbijzijnde rotsblok, dat bijna twee meter hoog was. Vervolgens kwam hij zwaar neer aan de andere kant.

Saphira stopte even met het likken van haar voorpoot, en hij voelde dat ze een vraag naar hem uitzond. Hij schudde zijn hoofd en ze ging weer verder met haar lichaamsverzorging.

Nadat hij zijn mantel had afgedaan liep Eragon naar het vuur dat hij dicht bij de muur had aangelegd. Hij spreidde zijn doorweekte kledingstuk uit op de grond, trok zijn bemodderde laarzen uit en zette ze neer om die ook te laten drogen.

Ziet het ernaar uit dat er weer regen komt? vroeg Saphira.

Waarschijnlijk wel.

Hij bleef even bij het vuur gehurkt zitten en nam toen plaats op zijn rol beddengoed en leunde tegen de muur. Hij keek toe hoe Saphira haar rode tong langs de soepele nagelriem liet gaan waaruit haar klauwen ontsproten. Hij kreeg een idee en hij mompelde een zinnetje in de oude taal, maar tot zijn teleurstelling voelde hij geen energielading in de woorden, en Saphira reageerde ook niet toen hij ze uitsprak, zoals Sloan wel had gedaan toen Eragon diens ware naam had uitgesproken.

Eragon sloot zijn ogen en liet zijn hoofd achterover zakken.

Het frustreerde hem dat hij er maar niet achter kon komen wat Saphira's ware naam was. Dat hij zichzelf niet ten volle doorgrondde kon hij wel accepteren, maar Saphira kende hij al vanaf dat ze net uit het ei was gekomen en bijna alle herinneringen die ze had, had ze met hem gedeeld. Hoe kon het dan dat er nog steeds delen van haar een raadsel voor hem waren? Hoe kon het dat hij een moordenaar als Sloan beter had kunnen peilen dan zijn eigen door een toverspreuk aan hem gebonden partner? Kwam dat doordat zij een draak was en hij een mens? Of was het omdat Sloans identiteit simpeler in elkaar zat dan die van Saphira?

Eragon wist het niet.

Een van de oefeningen die Saphira en hij hadden gedaan – op aanraden van Glaedr – was elkaar alle zwakheden vertellen die hun waren opgevallen: hij noemde haar zwakheden en zij de zijne. Het was een nederig stemmende oefening geworden. Glaedr had ook verteld wat hem was opgevallen, en hoewel de draak mild was geweest, werd Eragons trots toch onwillekeurig gekrenkt toen hij Glaedr hoorde opnoemen wat er allemaal niet aan hem zou deugen. En Eragon besefte dat hij ook dát in aanmerking moest nemen bij zijn pogingen om zijn ware naam te achterhalen.

Voor Saphira was het het moeilijkst geweest om te horen te krijgen dat ze ijdel was, waar ze het grootste deel van de tijd niets van had willen weten. Voor Eragon was het de hoogmoed die hij volgens Glaedr soms tentoonspreidde, zijn gevoelens over het aantal mannen dat hij had gedood en alle humeurigheid, zelfzuchtigheid, woede en andere tekortkomingen waaraan hij, als zo veel anderen, blootstond.

Maar ook al hadden ze zichzelf zo eerlijk onderzocht als ze maar konden, hun introspectie had geen resultaten opgeleverd.

Vandaag en morgen, langer hebben we niet. Het idee om met lege handen naar de Varden terug te keren stemde hem somber. *Hoe worden we geacht Galbatorix te verslaan?* vroeg hij zich af, zoals hij zich al zo vaak had afgevraagd. *Nog een paar dagen en onze levens zijn misschien niet langer meer van ons. Dan zijn we slaven, net als Murtagh en Thoorn.*

Hij vloekte binnensmonds en sloeg, zonder dat de anderen het konden zien, met zijn vuist tegen de vloer.

Kalm blijven, Eragon, zei Glaedr, en het viel Eragon op dat de draak zijn gedachten afschermde, zodat Saphira het niet zou horen.

Hoe dan? grauwde hij.

Het is makkelijk om kalm te zijn als er niks is om je zorgen over te maken, Eragon. De werkelijke test van je zelfbeheersing is echter of je ook kalm kunt blijven in een situatie die je uitdaagt. Je mag woede of frustratie je gedachten niet laten vertroebelen, niet op dit moment. Je geest moet nu helder zijn.

Heb jij dan altijd kalm kunnen blijven op zulke momenten?

De oude draak leek te grinniken. *Nee. Ik liep vroeger altijd te grommen en te bijten, en sloeg bomen omver en woelde de grond overhoop. Ooit heb ik het topje van een berg afgebroken in het Schild; de andere draken waren toen niet erg blij met me. Maar ik heb jaren de tijd gehad om te leren dat het zelden helpt als ik mijn zelfbeheersing verlies. Ik weet dat jij die niet verloren hebt, maar laat mijn ervaring in dezen een voorbeeld voor je zijn. Laat je zorgen los en richt je alleen op de taak die voor je ligt. De toekomst is de toekomst, en als je je daar zorgen over maakt zullen je angsten des te eerder bewaarheid worden.*

Ik weet het, zei Eragon met een zucht. *Maar het valt niet mee.*

Natuurlijk niet. Dat geldt voor maar weinig dingen die de moeite waard zijn. Vervolgens trok Glaedr zich terug en liet hem alleen in de stilte van zijn eigen geest.

Eragon ging zijn nap uit de zadeltassen halen, sprong over de halve cirkel van stenen en liep op blote voeten naar een van de poeltjes onder het gat in het plafond. Het was zachtjes gaan regenen, zodat dat deel van de vloer met een glibberig laagje water was bedekt. Hij hurkte neer aan de rand van het poeltje en begon met zijn blote handen water in de nap te scheppen.

Toen die vol was, ging Eragon een stukje naar achteren en zette hem op een steen die zo hoog was als een tafel. Vervolgens haalde hij zich Roran voor de geest en mompelde: 'Draumr kópa.'

Het water in de nap flikkerde even, en er verscheen een beeld van Roran tegen een helderwitte achtergrond. Hij liep naast Horst en Albriech en voerde zijn paard Sneeuwvuur aan de hand mee. De drie mannen zagen er moe uit, en alsof ze pijnlijke voeten hadden, maar ze droegen nog steeds hun wapens, zodat Eragon wist dat het Rijk hen niet gevangen had genomen.

Toen riep hij Jörmundur op, en daarna Solembum – die een pas gedood roodborstje zat te verschalken – en vervolgens Arya, maar Arya's beschermspreuken verborgen haar voor zijn blik en hij zag alleen maar duisternis.

Uiteindelijk verbrak Eragon de betovering en goot het water weer bij het poeltje. Toen hij over de beschermwal rond hun kamp klom, rekte Saphira zich geeuwend uit, kromde haar rug als een kat en zei: *Hoe is het met ze?*

'Alles in orde, zover ik kan nagaan.'

Hij zette de nap op zijn zadeltassen en ging op zijn beddengoed liggen, sloot zijn ogen en speurde weer verder in zijn geest naar ideeën voor wat zijn ware naam zou kunnen zijn. Om de paar minuten bedacht hij een nieuwe mogelijkheid, maar geen van alle raakte een snaar bij hem, dus zette hij ze uit zijn hoofd en begon opnieuw. In alle namen kwamen een paar dingen telkens terug: het feit dat hij een Rijder was; zijn genegenheid voor Saphira en Arya; zijn verlangen om Galbatorix te verslaan; zijn betrekkingen met Roran, Garrow en Brom; en het bloed dat hij deelde met Murtagh. Maar hoe hij die elementen ook telkens anders combineerde, er kwam geen naam in hem op. Het was wel duidelijk dat hij een belangrijke kant van zichzelf over het hoofd zag, dus maakte hij de namen steeds langer, in de hoop op iets te stuiten wat hij eerder over het hoofd had gezien.

Toen het langer dan een minuut duurde om de namen op te zeggen, begreep hij dat hij zijn tijd verdeed. Hij moest zijn uitgangspunten nog eens goed onder de loep nemen. Hij was ervan overtuigd dat de fout die hij maakte eruit bestond dat hij een negatieve eigenschap over het hoofd zag, of althans niet genoeg aandacht besteedde aan een negatieve eigenschap waar hij zich al wel van bewust was. Mensen, was hem opgevallen, waren zelden bereid hun eigen onvolkomenheden onder ogen te zien, en hij besefte dat dat voor hem ook gold. Op de een of andere manier moest hij van die blinde vlek af zien te komen nu hij nog tijd had. Het was een blindheid die voortkwam uit trots en zelfbehoud, want daardoor kon hij gedurende zijn leven steeds het beste van zichzelf blijven geloven. Maar een dergelijk zelfbedrog kon hij zich nu niet langer veroorloven.

Dus dacht hij na, en naarmate de dag vorderde bleef hij nadenken, ook al liep alle moeite die hij deed op niets uit.

Het begon harder te regenen. Eragon hield niet van het getik in de waterpoelen, en ook niet van het vaag ruisende geluid dat de regen maakte, waardoor niet goed te horen was of iemand hen probeerde te naderen. Na hun eerste nacht op Vroengard had hij geen spoor meer gezien van de vreemde gekapte gestalten die hij zich een weg door de stad had zien banen, en ook had hij niets meer gevoeld van hun geesten. Desondanks bleef Eragon zich van hun aanwezigheid bewust, en hij bleef steeds maar het gevoel houden dat Saphira en hij elk moment aangevallen konden worden.

Het grijze licht van de dag ging langzaam over in de schemering, en een diepe, sterrenloze nacht daalde neer over het dal. Eragon stapelde meer hout op het vuur; dat vormde de enige verlichting in het nesthuis, en het groepje gele vlammen was net een kleine kaars binnen in een enorme galmende ruimte. Dicht bij het vuur weerspiegelde de glazen vloer de gloed van de brandende takken. Hij blonk als een stuk gepolijst ijs, en de kleurstaafjes die erin besloten zaten leidden Eragon telkens van zijn gepieker af.

Eragon gebruikte geen avondmaal. Hij had weliswaar honger, maar hij was te gespannen om voedsel in zijn maag te kunnen verdragen, en hoe dan ook zou een maaltijd volgens hem zijn gedachten vertragen. Zijn geest was nooit zo scherp als wanneer zijn maag leeg was.

Hij zou niet eten, besloot hij, voordat hij zijn ware naam had achterhaald, of totdat ze van het eiland weg moesten – wat maar het eerst zou gebeuren.

Er verstreken enkele uren. Ze spraken weinig met elkaar, hoewel Eragon zich bewust bleef van Spahira's wisselende stemmingen en gedachten, zoals zij zich ook bewust bleef van de zijne.

Toen, op het moment dat Eragon net zijn wakende dromen wilde binnengaan – zowel om te rusten als met de hoop dat die dromen enig inzicht zouden bieden – slaakte Saphira een kreet, stak haar rechterpoot naar voren en sloeg ermee op de vloer. Een paar takken die op het vuur lagen braken en vielen uit elkaar, zodat er een warreling van vonken opsteeg naar het plafond.

Geschrokken sprong Eragon overeind en trok Brisingr, terwijl hij de duisternis buiten de halve cirkel van stenen afspeurde op vijanden. Even later begreep hij dat Saphira niet bezorgd of kwaad was, maar dat ze zich triomfantelijk voelde.

Ik heb het! riep Saphira uit. Ze kromde haar hals en spuwde een blauw-met-gele vlam tot helemaal boven in het gebouw. *Ik weet wat mijn ware naam is!* Ze sprak een zinnetje in de oude taal, en het leek wel of er aan de binnenkant van Eragons geest een klok werd geluid. Heel even gloeiden de uiteinden van Saphira's schubben op door een innerlijk licht en zagen ze eruit alsof ze van sterren waren gemaakt.

De naam was groots en majestueus, maar hij had ook iets droevigs, want er bleek uit dat zij het laatste vrouwtje was van haar soort. Eragon kon in de woorden de liefde en toewijding horen die ze voor hem voelde, evenals alle andere trekken die samen haar persoonlijkheid vormden. De meeste herkende hij, maar een paar niet. Haar feilen waren even duidelijk als haar deugden. Toch werd al met al de indruk gewekt van vuur, schoonheid en grootsheid.

Saphira huiverde van het puntje van haar neus tot het puntje van haar staart, en ze klapperde met haar vleugels.

Ik weet wie ik ben, zei ze.

Goed gedaan, Bjartskular, zei Glaedr, en Eragon voelde dat hij erg onder de indruk was. *Je hebt een naam om trots op te zijn. Maar ik zou hem liever niet nogmaals noemen, ook tegenover jezelf niet, voordat we bij de... rotspiek zijn waarvoor we hier gekomen zijn. Let goed op dat je je naam verborgen houdt nu je weet hoe hij luidt.*

Saphira knipperde met haar ogen en klapperde weer met haar vleugels.
Jawel, meester. De opwinding die door haar heen ging was voelbaar.

Eragon stak Brisingr in de schede en kwam naar haar toe. Ze bracht haar kop naar beneden om hem aan te kijken. Hij streelde de lijn van haar kaak, drukte toen zijn voorhoofd tegen haar snuit en hield haar zo stijf als hij kon vast, haar schubben scherp tegen zijn vingers. Hete tranen begonnen over zijn wangen omlaag te biggelen.

Waarom huil je? vroeg ze.
Omdat... ik het geluk heb met jou verbonden te zijn.
Kleintje.

Ze bleven nog een poosje praten, want Saphira wilde graag vertellen wat ze over zichzelf had ontdekt. Eragon luisterde maar al te graag, maar toch was hij een beetje bitter gestemd dat hij zijn ware naam nog niet had kunnen vinden.

Toen rolde Saphira zich naast de halve cirkel op haar zij om te gaan slapen en liet Eragon peinzend alleen bij het licht van het dovende kampvuur achter. Glaedr bleef wakker en alert, en af en toe vroeg Eragon hem om raad, maar het grootste deel van de tijd bleef hij alleen met zijn gedachten.

De uren kropen voorbij, en Eragon raakte steeds gefrustreerder. Hij had bijna geen tijd meer – in het ideale geval zouden Saphira en hij de vorige dag al naar de Varden zijn vertrokken –, maar wat hij ook probeerde, hij leek niet in staat zichzelf te beschrijven zoals hij was.

Volgens zijn inschatting was het al bijna middernacht toen de regen ophield.

Eragon zat te draaien en probeerde een besluit te nemen; toen sprong hij overeind, te opgewonden om nog langer te blijven zitten. *Ik ga een stukje lopen*, zei hij tegen Glaedr.

Hij had verwacht dat de draak bezwaar zou maken, maar in plaats daarvan zei Glaedr: *Laat je wapens en wapenrusting maar hier.*

Hoezo?

Wat je ook vindt, je moet het zelf onder ogen zien. Je kunt er niet achter komen hoe het met je gesteld is als je erop vertrouwt dat iets of iemand anders je helpt.

Glaedrs woorden kwamen bij Eragon aan, maar toch aarzelde hij nog voordat hij zijn zwaard en dolk losgespte en zijn maliënkolder afdeed. Hij trok zijn laarzen en vochtige mantel aan, waarna hij de zadeltassen met Glaedrs hart van harten erin dichter naar Saphira toe trok.

Toen Eragon aanstalten maakte om de halve cirkel van stenen te verlaten, zei Glaedr: *Doe wat je moet doen, maar pas goed op.*

Eenmaal buiten het nesthuis was Eragon blij dat hij hier en daar sterren zag, en genoeg maanlicht dat door de openingen in de wolken scheen om de omgeving te kunnen zien.

Hij wipte een paar keer heen en weer op de ballen van zijn voeten, terwijl hij zich afvroeg waar hij naartoe zou gaan; toen liep hij met kordate stappen naar het hart van de geruïneerde stad. Na een paar tellen kreeg zijn frustratie de overhand en verhoogde hij zijn snelheid tot een drafje.

Luisterend naar het geluid van zijn ademhaling en zijn voetstappen die op het plaveisel bonkten vroeg hij zich af: *Wie ben ik?* Maar er kwam geen antwoord.

Hij rende tot zijn longen brandden, en daarna rende hij nog wat verder door, en toen noch zijn longen, noch zijn benen hem langer gaande konden houden, hield hij halt bij een met onkruid overwoekerde fontein en steunde er met zijn armen op terwijl hij weer op adem probeerde te komen.

Om hem heen torenden de vormen op van verscheidene enorme gebouwen: schimmige kolossen die eruitzagen als een reeks oeroude afbrokkelende bergen. De fontein stond in het midden van een groot vierkant plein, dat voor een groot deel bezaaid lag met brokken puin.

Hij duwde zich af van de fontein en draaide langzaam om zijn as. In de verte kon hij het diepe, galmende gekwaak van de brulkikkers horen, een merkwaardig gedreun dat vooral hard klonk wanneer een van de grotere kikkers eraan meedeed.

Een gebarsten stenen plaat een paar meter verderop trok zijn aandacht. Hij liep ernaartoe, pakte hem bij de randen vast en tilde hem met een zwaai van de grond. De spieren in zijn armen protesteerden, maar hij liep wankelend naar de rand van het plein en gooide de plaat op het gras daarnaast.

Hij kwam neer met een zachte, maar bevredigende plof.

Hij beende terug naar de fontein, maakte zijn mantel los en drapeerde die over de rand van het beeldhouwwerk. Vervolgens stapte hij af op het volgende brok puin – een gekartelde wig die van een groter stuk was afgebroken – en hij vouwde zijn vingers eronder en tilde hem op zijn schouder.

Hij was ruim een uur bezig om het plein vrij te maken. Sommige neergestorte brokken metselwerk waren zo groot dat hij magie moest gebruiken om ze te verplaatsen, maar in de meeste gevallen lukte het met zijn handen. Hij pakte het systematisch aan; hij werkte heen en weer het plein over, en elk stuk puin dat hij tegenkwam, hoe groot of hoe klein ook, haalde hij weg.

Algauw was hij helemaal bezweet door zijn gezwoeg. Hij had zijn tuniek wel willen uittrekken, maar de randen van de stenen waren vaak scherp en zouden dan in zijn vel hebben gesneden. En zo gebeurde het dat hij een heleboel blauwe plekken op zijn borst en schouders kreeg, en hij haalde zijn handen op vele plaatsen open.

De inspanning hielp hem zijn geest tot rust te brengen, want er was weinig denkwerk voor nodig, zodat niets hem in de weg stond om te denken aan wat was geweest en aan wat had kunnen zijn.

Halverwege zijn zelfopgelegde taak, toen hij even uitrustte nadat hij een wel heel zwaar stuk lijstwerk had versleept, hoorde hij een dreigend gesis, en toen hij opkeek zag hij een snalglí, ditmaal een met een huis van bijna twee meter hoog, die met schrikwekkende snelheid het duister uit kwam glijden. De botloze hals van het wezen was helemaal uitgestrekt, zijn liploze bek was als een donkere streep in zijn zachte vlees, en zijn bolle ogen waren recht op hem gericht. In het licht van de maan glom het naakte vlees van de snalglí als zilver, evenals het slijmspoor achter hem.

'Letta,' zei Eragon, en hij rechtte zijn rug en schudde de druppels bloed van zijn gehavende handen. 'Ono ach *néiat* threyja eom verrunsmal edtha, o snalglí.'

Terwijl hij die waarschuwing uitsprak, vertraagde de slak en trok zijn ogen een paar centimeter naar binnen. Op een paar meter afstand hield hij halt, siste weer en maakte een omtrekkende beweging naar zijn linkerkant.

'O nee, geen sprake van,' mompelde hij, meedraaiend. Hij keek over zijn schouder om te controleren of er geen andere snalglí achter hem naderden.

De reuzenslak leek te beseffen dat hij hem niet onverhoeds kon overvallen, want hij stopte en bleef sissend en met in Eragons richting zwiepende oogballen staan.

'Je klinkt net als een fluitketel,' zei hij.

De oogballen van de snalglí gingen nog sneller heen en weer, en toen haalde hij naar hem uit, waarbij de randen van zijn platte buik golfden.

Eragon wachtte tot het laatste moment, sprong toen opzij en liet de snalglí voorbijglijden. Hij lachte en sloeg op de achterkant van zijn huis. 'Je bent niet al te slim, hè?' Wegdansend van de slak begon hij het wezen in de oude taal te beschimpen; hij voegde hem allerlei beledigende scheldwoorden toe, die allemaal de spijker op de kop sloegen.

De slak leek op te zwellen van woede: zijn nek werd dikker en bolde op, en hij deed zijn bek nog verder op en begon, naast het gesis, ook nog eens te sputteren.

Keer op keer haalde hij naar Eragon uit, en elke keer sprong die opzij. Op het laatst werd de snalglí het spelletje moe. Hij trok zich een paar meter terug en ging hem met zijn vuistgrote oogballen aan zitten staren.

'Hoe krijg je ooit iets gevangen als je zo langzaam bent?' vroeg Eragon op schampere toon, en hij stak zijn tong naar de slak uit.

De snalglí siste nog maar eens, draaide zich toen om en gleed weg het donker in.

Eragon wachtte een paar minuten om er zeker van te zijn dat hij weg was voordat hij zijn opruimwerkzaamheden hervatte. 'Misschien moet ik mezelf wel Slakkenoverwinnaar noemen,' mompelde hij terwijl hij een deel van een zuil over het plein rolde. 'Eragon Slakkendoder, Overwinnaar der Slakken... Overal waar ik kwam zou ik dan mensen angst inboezemen.'

In het holst van de nacht liet hij eindelijk dan toch het laatste stuk steen op het gras vallen dat het plein omzoomde. Hijgend bleef hij staan. Hij had het koud en was hongerig en moe, en de schrammen op zijn handen en polsen schrijnden.

Hij was het plein vanuit de noordoosthoek op gekomen. Aan de noordkant was een immense zaal die tijdens de strijd grotendeels verwoest was; het enige wat nog overeind stond was een deel van de achtermuren en een enkele met klimop begroeide zuil bij de voormalige ingang.

Een hele poos bleef hij naar de zuil staan staren. Erboven scheen een groepje sterren – rood, blauw en wit – door een opening in het wolkendek heen, schitterend als diamanten. Hij voelde zich er op een merkwaardige manier toe aangetrokken, alsof hun verschijning iets te beduiden had waar hij zich bewust van zou moeten zijn.

Zonder erbij na te denken liep hij naar de onderkant van de zuil toe – klauterend over stapels puin – en reikte toen zo hoog als hij kon om het dikste deel van de klimop vast te pakken: een stengel met de omtrek van zijn onderarm, die overdekt was met duizenden kleine haartjes.

Hij trok aan de rank. Die hield het, dus sprong hij op van de grond en begon te klimmen. Hand over hand klom hij in de pilaar, die wel negentig meter hoog moest zijn, maar veel hoger leek naarmate de afstand tot de grond groter werd.

Hij wist dat het een roekeloze daad was – maar ja, hij was nu eenmaal in een roekeloze bui.

Toen hij halverwege was, lieten de kleinere ranken van de klimplant los van het steen als hij er zijn volle gewicht op liet rusten. Dus lette hij erop dat hij alleen de hoofdstengel vastpakte, en een paar van de dikkere zijtakken.

Tegen de tijd dat hij op de top kwam hielden zijn handen hem bijna niet meer. De kroon van de zuil was nog steeds intact; die vormde een vierkant vlak oppervlak dat groot genoeg was om op te gaan zitten, waarbij aan weerskanten nog zo'n dertig centimeter overbleef.

Ietwat trillerig van de inspanning sloeg Eragon zijn benen over elkaar en liet zijn handen met de palmen omhoog op zijn knieën rusten, zodat de lucht zijn gehavende huid kon verkoelen.

Onder hem lag de verwoeste stad: een doolhof van half ingestorte kolossen, waardoorheen vaak vreemde, verloren kreten weergalmden. Op een paar plekken waar vijvers waren, zag hij de zwak opgloeiende lichtjes van de schuilplaatsen van de brulkikkers, als lantaarns in de verte.

Hengelkikkers, dacht hij opeens in de oude taal. *Zo heten ze: hengelkikkers.* En hij wist dat hij het goed had, want het woord leek te passen als een sleutel in een slot.

Vervolgens richtte hij zijn blik op het groepje sterren dat hem ertoe had aangezet omhoog te klimmen. Hij vertraagde zijn ademhaling en concentreerde zich erop de lucht gestaag en ononderbroken zijn longen in en uit te laten gaan. De kou, zijn honger en zijn intense vermoeidheid maakten hem vreemd helder – het leek wel of hij buiten zijn lichaam zweefde, alsof de band tussen zijn bewustzijn en zijn vlees was verslapt – en hij kreeg een verhoogd bewustzijn van de stad en het eiland om hem heen. Hij was zich scherp bewust van elke beweging van de wind en van elk geluid en elke geur die langs de top van de zuil voorbij kwam drijven.

Terwijl hij daar zo zat, dacht hij aan nog meer namen, en hocwel geen enkele daarvan hem volledig beschreef, liet hij zich niet van de wijs brengen door zijn falende pogingen, want de helderheid die hij voelde zat zo diep dat tegenslag hem niet uit evenwicht kon brengen.

Hoe kan ik alles wat ik ben in een paar woorden vervatten, vroeg hij zich af, en over die vraag bleef hij nadenken terwijl de sterren langs de hemel trokken.

Drie verwrongen schaduwen vlogen over de stad – als kleine, bewegende smalle openingen in de werkelijkheid – en streken neer op het dak van het gebouw aan zijn linkerkant. Vervolgens spreidden de donkere, uilachtige silhouetten hun gekartelde veren uit en staarden hem met oplichtende boosaardige ogen aan. De schaduwen kwetterden zachtjes met elkaar, en twee van hen krabden aan hun lege vleugels met klauwen die geen enkele diepte hadden. De derde hield de restanten van een brulkikker tussen zijn ebbenhoutkleurige klauwen.

Hij sloeg de dreigende vogels een poosje gade, en zij sloegen op hun beurt hem gade, waarna ze weer opvlogen en als geesten weg wiekten naar het westen, waarbij ze niet meer geluid produceerden dan een vallende veer.

Tegen het ochtendgloren kon Eragon de morgenster tussen twee bergpieken in het oosten zien staan, en hij vroeg zich af: *Wat wil ik?*

Tot dan toe had hij niet bij die vraag stilgestaan. Hij wilde Galbatorix omverwerpen – dat, natuurlijk. Maar stel dat dat hun zou lukken? Sinds hij de Palancarvallei had verlaten had hij gedacht dat Saphira en hij daar op een dag zouden terugkeren, om vlak bij de bergen te gaan wonen waar hij zo van hield. Maar toen hij over dat vooruitzicht nadacht, begon het langzaam tot hem door te dringen dat hem dat inmiddels helemaal niet meer aantrok.

Hij was in de Palancarvallei opgegroeid en zou die altijd als zijn thuis beschouwen. Maar wat was daar nog voor Saphira en hem van over? Carvahall was vernietigd, en zelfs als de dorpelingen het ooit weer zouden opbouwen, zou de stad nooit meer hetzelfde worden. Daarbij woonden de meeste vrienden die Saphira en hij hadden gemaakt elders, en zij tweeën hadden verplichtingen aan de diverse soorten wezens van Alagaësia – verplichtingen die ze niet naast zich neer konden leggen. En hij kon zich niet voorstellen dat ze, na alles wat ze hadden gedaan en gezien, er tevreden mee zouden zijn om op zo'n saaie, afgelegen plek te wonen.

Want de lucht is hol en de wereld is rond...

Zelfs als ze zouden terugkeren, wat moesten ze dan doen? Koeien houden en tarwe verbouwen? Hij voelde er weinig voor om te leven van het land, zoals zijn familie in zijn jonge jaren had gedaan. Saphira en hij waren Rijder en draak; het was hun lot en bestemming om in de voorhoede van de geschiedenis te vliegen, niet om voor een vuur dik en lui te gaan zitten zijn.

En verder was er Arya. Als Saphira en hij in de Palancarvallei woonden, zou hij haar maar weinig zien, áls hij haar al zou zien.

'Nee,' zei Eragon, en het woord klonk als een mokerslag in de stilte. 'Ik wil niet terug.'

Een koude tinteling trok langs zijn ruggengraat. Hij had beseft dat hij was veranderd sinds Brom, Saphira en hij achter de Ra'zac aan waren gegaan, maar hij had zich vastgehouden aan de overtuiging dat hij diep vanbinnen nog altijd dezelfde was. Nu begreep hij dat dat niet langer opging. De jongen die hij was geweest toen hij voor het eerst voet buiten de Palancarvallei had gezet bestond niet langer; Eragon leek niet op hem, gedroeg zich niet zoals hij, en hij wilde niet langer dezelfde dingen van het leven.

Hij haalde diep adem en liet de lucht in een lange, huiverende zucht ontsnappen toen die waarheid tot hem doordrong.

'Ik ben niet meer degene die ik was.' Door het hardop uit te spreken leek die gedachte een zeker gewicht te krijgen.

Toen, op het moment dat de eerste stralen daglicht de oostelijke hemel boven het aloude eiland Vroengard kleurden, waar de Rijders en de draken ooit hadden gewoond, dacht hij aan een naam – een naam van het soort waar hij niet eerder aan had gedacht – en daarbij daalde er een diep gevoel van zekerheid over hem neer.

Hij sprak de naam uit, fluisterde hem bij zichzelf in de diepste krochten van zijn geest, en zijn hele lichaam leek meteen te vibreren, alsof Saphira een klap had gegeven tegen de pilaar onder hem.

En toen hapte hij naar adem en moest hij tegelijk lachen en huilen – lachen omdat het hem gelukt was en uit pure vreugde omdat hij het nu eindelijk begreep; en huilen omdat hij nu inzag waarom al zijn pogingen tot nu toe vergeefs waren geweest, welke fouten hij had gemaakt, en omdat hij zichzelf niet langer kon troosten met ideeën die hun geldigheid hadden verloren.

'Ik ben niet meer degene die ik ooit was,' fluisterde hij, terwijl hij de randen van de zuil vastpakte. 'Maar ik weet nu wie ik wél ben.'

De naam, zijn ware naam, klonk zwakker en minder mooi dan hij graag had gewild, en dat nam hij zichzelf kwalijk, maar hij had ook veel bewonderenswaardigs, en hoe langer hij erover nadacht, hoe beter hij in staat was zijn ware aard te aanvaarden. Hij was niet de beste die er op de wereld rondliep, maar zeker ook niet de slechtste.

'En ik ga níét opgeven,' bromde hij.

Hij putte er troost uit dat zijn identiteit niet onveranderlijk was; als hij wilde, kon hij zichzelf verbeteren. En ter plekke nam hij zich heilig voor dat hij het voortaan beter zou gaan aanpakken, hoe moeilijk het ook zou worden.

Nog steeds lachend en huilend tegelijk wendde hij zijn gezicht naar de lucht en spreidde zijn armen naar weerskanten uit. Na een poosje stopten zijn gelach en zijn tranen, en maakten plaats voor een diepe kalmte, die ook iets had van geluk en berusting. Ondanks Glaedrs waarschuwing fluisterde hij nogmaals zijn ware naam, en weer trilde zijn hele wezen bij de kracht van de woorden.

Met zijn armen nog steeds gespreid bleef hij boven op de pilaar staan, waarna hij zich liet vallen en zich voorover naar de grond stortte. Vlak voordat hij neerkwam zei hij: 'Vëoht', en hij vertraagde, draaide zich om en kwam zo zachtjes op het gebarsten steen neer alsof hij uit een rijtuig stapte.

Hij keerde terug naar de fontein op het midden van het plein om zijn mantel te halen. En vervolgens, terwijl het licht zich verspreidde door de geruïneerde stad, haastte hij zich terug naar het nesthuis, ernaar verlangend om Saphira wakker te maken en haar en Glaedr over zijn ontdekking te vertellen.

De Kluis der Zielen

Eragon hief zijn zwaard en schild, en wilde graag verdergaan, maar was ook een beetje bang. Net als tevoren stonden Saphira en hij onder aan de Rots van Kuthian, terwijl Glaedrs hart van harten veilig opgeborgen zat in het kistje in de zadeltassen op Saphira's rug.

Het was vroeg in de morgen en de zon scheen stralend door grote scheuren in het wolkendek. Eragon en Saphira hadden meteen naar de Rots van Kuthian gewild toen Eragon bij het nesthuis was teruggekeerd, maar Glaedr had erop aangedrongen dat Eragon eerst iets zou eten en dat ze zouden wachten tot zijn maag het voedsel had verteerd.

Maar nu stonden ze dan eindelijk bij de gekartelde stenen zuil en was Eragon al het wachten beu, net als Saphira.

Sinds ze hun ware namen hadden uitgewisseld leek de band tussen hen wel sterker geworden, misschien omdat ze allebei hadden gehoord hoeveel ze om elkaar gaven. Dat hadden ze altijd al wel geweten, maar toch waren ze elkaar nader gekomen door het ook in zulke onomwonden bewoordingen te horen te krijgen. Ergens in het noorden riep een raaf. *Ik ga wel eerst*, zei Glaedr. *Als het een valstrik is, kan ik hem misschien onschadelijk maken voordat jullie erin trappen.*

Eragon had zijn geest van Glaedr losgemaakt, net als Saphira, om de draak in staat te stellen zijn ware naam te noemen zonder dat zij het hoorden. Maar Glaedr zei: *Nee, jullie hebben mij jullie namen verteld. Het is niet meer dan rechtvaardig dat jullie nu ook de mijne horen.*

Eragon keek naar Saphira, en vervolgens zeiden ze allebei: *Dank je, Ebrithil.*

Glaedr had zijn naam genoemd, en die dreunde nog in Eragons geest na als een fanfare van trompetten, koninklijk en toch niet in harmonie, gekleurd door Glaedrs verdriet en woede om de dood van Oromis. Zijn naam was langer dan die van Eragon of Saphira; hij besloeg een paar zinnen – een verslag van een leven dat zich over eeuwen uitspreidde en dat zo veel vreugde, verdriet en prestaties omvatte dat ze niet te tellen waren. Uit zijn naam sprak duidelijk zijn wijsheid, maar hij bevatte ook tegenstrijdigheden: ingewikkeldheden waardoor het moeilijk was om zijn identiteit ten volle te doorgronden.

Saphira voelde bij het horen van Glaedrs naam eenzelfde ontzag als Eragon; door de klank ervan beseften ze allebei hoe jong zijzelf nog waren en hoeveel ze nog zouden moeten meemaken voordat ze ook maar mochten hopen zich met Glaedrs kennis en ervaring te meten.

Ik vraag me af wat Arya's ware naam is, dacht Eragon bij zichzelf.

Ze tuurden gespannen naar de Rots van Kuthian, maar zagen geen enkele verandering.

Saphira was daarna aan de beurt. Reikhalzend en in de grond klauwend als een overenthousiast strijdros, noemde ze trots haar ware naam. Zelfs bij daglicht glansden en sprankelden haar schubben weer toen ze hem uitsprak.

Nu hij Glaedr en haar hun ware namen had horen noemen, voelde Eragon zich minder ongemakkelijk over de zijne. Ze waren geen van alle perfect, en toch veroordeelden ze elkaar niet vanwege hun tekortkomingen, maar erkenden en vergaven die eerder.

Nadat Saphira haar naam had uitgesproken gebeurde er weer niets.

Als laatste stapte Eragon naar voren. Het koude zweet brak hem uit. In de wetenschap dat dit wel eens zijn laatste daad als vrij man kon zijn, sprak hij in zijn geest zijn naam uit, zoals ook Glaedr en Saphira hadden gedaan. Ze hadden van tevoren afgesproken dat het veiliger voor hem zou zijn om zijn naam niet hardop te noemen, om de kans dat iemand hem zou horen te verkleinen.

Toen Eragon in zijn gedachten de laatste woorden vormde, verscheen er een smalle, donkere lijn op de onderkant van de rots.

Die trok vijftien meter naar boven, waar hij zich splitste en naar weerskanten omlaag boog, zodat de omtrek van twee brede deuren ontstond. Op de deuren verschenen rij na rij lettertekens die waren geschilderd in goud: beschermspreuken tegen zowel fysieke als magische ontdekking.

Zodra de omtrek was voltooid, zwaaiden de deuren op verborgen scharnieren naar buiten toe open, waarbij ze de rommel en de planten opzij duwden die zich voor de rots hadden opgehoopt sinds de deuren voor het laatst open waren gegaan, wanneer dat ook geweest mocht zijn. Door de deuropening was een enorme gewelfde tunnel te zien die in een scherpe hoek afdaalde naar de ingewanden van de aarde.

Knarsend kwamen de deuren tot stilstand en er daalde weer een stilte over de open plek neer.

Eragon staarde naar de donkere tunnel en de angst sloeg hem om het hart. Ze hadden gevonden wat ze hadden gezocht, maar hij wist nog steeds niet zeker of dit nu een val was of niet.

Solembum heeft niet gelogen, zei Saphira. Haar tong schoot naar buiten toen ze de lucht proefde.

Nee, maar wat wacht ons binnen? wilde Eragon weten.

Deze plek zou niet moeten bestaan, zei Glaedr. *De Rijders en wij hebben vele geheimen op Vroengard verborgen, maar het eiland is te klein om er zo'n grote tunnel aan te leggen zonder dat anderen dat merken. En toch heb ik er nooit eerder van gehoord.*

Eragon fronste en keek om zich heen. Ze waren nog steeds alleen; niemand probeerde hen te belagen. *Kan deze tunnel zijn gebouwd voordat de Rijders Vroengard tot hun thuisbasis maakten?*

Glaedr dacht even na. *Ik weet het niet… Misschien wel. Dat is de enige verklaring die hout snijdt, maar als dat zo is, moet hij wel oeroud zijn.*

Met z'n drieën zochten ze in hun geest de doorgang af, maar ze voelden er niets levends in.

Goed, zei Eragon. De zure smaak van angst vulde zijn mond en zijn handpalmen glibberden in zijn handschoenen. Wat ze ook aan het andere uiteinde van de tunnel zouden aantreffen, hij moest en zou het weten. Saphira was ook zenuwachtig, maar niet zo erg als hij.

Laten we de rat die zich in dit nest verbergt uitgraven, zei ze.

Met z'n allen stapten ze de opening binnen, de tunnel in.

Toen de laatste centimeters van Saphira's staart over de drempel waren gegleden, gingen de deuren achter hen dicht en sloten zich met een luid gekraak van steen op steen, zodat ze zich ineens in het donker bevonden.

'Ah, nee, nee, nee!' gromde Eragon, die zich naar de deuren terughaastte. 'Naina hvitr,' zei hij, en een richtingloos wit licht verlichtte de ingang van de tunnel.

De deuren waren aan de binnenkant helemaal glad, en hoe hij er ook tegen duwde en op bonsde, ze waren niet in beweging te krijgen. 'Verdorie. We hadden ze met een grote kei open moeten houden,' klaagde hij, en hij nam het zichzelf kwalijk dat hij daar niet eerder aan had gedacht.

Als het moet kunnen we ze nog altijd laten instorten, zei Saphira.
Dat waag ik te betwijfelen, zei Glaedr.
Eragon greep Brisingr vast. *Dan lijkt me dat we geen andere keus hebben dan voorwaarts te gaan.*
Hebben we ooit een andere keus gehad dan voorwaarts te gaan? vroeg Saphira.

Eragon veranderde zijn betovering zo dat het weerlicht van een enkel punt bij het plafond uitstraalde – anders was het door het gebrek aan schaduwen voor Saphira en hem moeilijk om de diepte te bepalen – en met z'n allen liepen ze de hellende tunnel in.

De bodem was nogal hobbelig, waardoor ze, hoewel treden ontbraken, toch genoeg houvast voor hun voeten hadden. Op de plek waar de vloer en de wanden bij elkaar kwamen, vloeiden beide ineen alsof het steen was gesmolten, zodat Eragon begreep dat de elfen hoogstwaarschijnlijk degenen waren die de tunnel gegraven hadden.

Ze gingen steeds verder omlaag, dieper en dieper de aarde in, totdat Eragon dacht dat ze nu wel onder de voetheuvels achter de Rots van Kuthian door waren en zich tussen de wortels van de berg erachter bevonden. De tunnel maakte geen bocht en splitste zich niet, en de muren bleven volkomen kaal.

Uiteindelijk voelde Eragon vagelijk warme lucht naar hen opstijgen van een stukje verderop uit de tunnel, en hij ontwaarde een flauwe oranje gloed in de verte. 'Letta,' mompelde hij, en hij doofde het weerlicht.

De lucht werd steeds warmer toen ze verder afdaalden en de gloed voor hen werd helderder. Algauw konden ze het einde van de tunnel zien: een gigantische zwarte boog die helemaal was overdekt met gebeeldhouwde lettertekens, zodat hij eruitzag alsof hij met doornen was omwikkeld. Er hing een geur van zwavel in de lucht, en Eragon merkte dat zijn ogen begonnen te tranen.

Voor de boog hielden ze halt; het enige wat ze aan de andere kant konden zien was een vlakke grijze vloer.

Eragon keek achterom naar de weg waarlangs ze waren gekomen, waarna hij zijn blik op de boog liet rusten. Het stekelige bouwsel maakte hem zenuwachtig, en Saphira ook. Hij probeerde de lettertekens te lezen, maar die liepen te veel in elkaar over en stonden te dicht op elkaar om er wijs uit te worden, en hij kon ook niet voelen dat er energie in het zwarte bouwsel zat opgeslagen. Toch kon hij maar moeilijk geloven dat het niet betoverd zou zijn. Wie de tunnel ook had aangelegd, diegene moest erin geslaagd zijn de toverspreuk om de deuren te openen aan de buitenkant te verbergen, wat betekende dat hetzelfde kon zijn gebeurd met eventuele betoveringen die op de boog waren losgelaten.

Hij wisselde een snelle blik met Saphira en bevochtigde zijn lippen toen hem weer te binnen schoot wat Glaedr had gezegd: *Er zijn geen veilige wegen meer.*

Saphira snoof en stootte uit elk neusgat een stroompje vlammen uit, en toen liepen Eragon en zij alsof ze samen één waren onder de boog door.

Lacuna, deel één

Er vielen Eragon verschillende dingen tegelijk op. Ten eerste dat ze aan een kant stonden van een ronde kamer met een doorsnee van meer dan zestig meter, met in het midden een grote kuil waaruit een doffe oranje gloed scheen. Ten tweede dat de lucht verstikkend warm was. Ten derde dat er rondom de buitenkant van de kamer twee concentrische cirkels van een soort tribunes waren, die naar boven toe opliepen en waarop een heleboel donkere voorwerpen rustten. Ten vierde dat de muur achter die tribune op talloze plaatsen fonkelde, alsof hij was versierd met gekleurd kristal. Maar hij zag geen kans om ofwel de muur, ofwel de donkere voorwerpen te onderzoeken, want in het open gedeelte naast de gloeiende kuil stond een man met een drakenkop.

De man was gemaakt van metaal en blonk als gepolijst staal. Hij droeg geen kleren, op een uit losse onderdelen bestaande lendendoek na die van hetzelfde glanzende materiaal was gemaakt als zijn lijf, en op zijn borstkas en armen en benen tekende zich spieren af als die van een Kull. In zijn linkerhand hield hij een metalen schild en in zijn rechter een iriserend zwaard dat Eragon herkende als de kling van een Rijder.

Achter de man, aan de overkant binnen in de kamer, zag Eragon vagelijk een troon waarop de contouren van het lichaam van de man waren achtergebleven op de rugleuning en zitting.

De man met de drakenkop stapte naar voren. Zijn huid en gewrichten bewogen zich even soepel als vlees, maar elke stap klonk alsof er een groot gewicht op de vloer neerkwam. Tien meter voor Eragon en Saphira bleef hij staan, en hij keek hen aan met ogen die flakkerden als een paar rode vlammen. Toen, terwijl hij zijn geschubde kop optilde, liet hij een eigenaardig metaalachtig gebrul horen, dat weergalmde totdat het leek of ze door wel tien wezens werden aangeblaft.

Eragon vroeg zich af of ze geacht werden de strijd tegen het wezen aan te binden; hij voelde een vreemde, onmetelijke geest de zijne beroeren. Het bewustzijn was anders dan hij ooit eerder was tegengekomen en leek een heleboel roepende stemmen te bevatten: een gigantisch onsamenhangend koor dat hem deed denken aan de wind tijdens een storm.

Voordat hij kon reageren stak de geest door zijn verdediging heen en maakte zich meester van zijn gedachten. Hoewel hij ruimschoots had geoefend met Glaedr, Arya en Saphira, kon hij toch de aanval niet afweren; hij kon hem niet eens vertragen. Hij had net zo goed met zijn blote handen kunnen proberen de vloed tegen te houden.

Een lichtvlek en een geraas van onsamenhangend geluid omgaven hem toen het jammerende koor zijn wezen tot geheel en al vulde. Vervolgens voelde het alsof de indringer zijn geest in een stuk of zes stukken scheurde – die zich allemaal van elkaar bewust bleven, maar niet de vrijheid hadden om te doen wat ze wilden – en zijn blikveld raakte opgesplitst, alsof hij de kamer zag door de facetten van een edelsteen heen.

Zes verschillende herinneringen begonnen door zijn gefragmenteerde bewustzijn te razen. Hij had er niet voor gekozen ze op te roepen; ze verschenen gewoon, en vlogen sneller voorbij dan hij ze kon volgen. Tegelijkertijd boog en kromde zijn lichaam zich in verschillende houdingen, en toen tilde zijn arm Brisingr omhoog, zodat zijn ogen hem konden zien, en zag hij zes identieke versies van het zwaard. De indringer liet hem zelfs een betovering loslaten, waarvan hij het doel niet begreep en kon begrijpen, want de enige gedachten die hij had waren gedachten die de ander hem toestond. Hij voelde ook geen enkele andere emotie dan een vervagende verschriktheid.

Na enkele uren, zo leek het, onderzocht de vreemde geest stuk voor stuk zijn herinneringen, vanaf het moment dat hij van de boerderij van zijn familie was vertrokken om op herten te gaan jagen in het Schild – drie dagen voordat hij Saphira's ei had gevonden – tot aan het hier en nu toe. Ergens ver weg kon Eragon voelen dat met Saphira hetzelfde gebeurde, maar die wetenschap zei hem niets.

Uiteindelijk, lang nadat hij de hoop om vrij te komen al zou hebben opgegeven als hij nog iets over zijn gedachten te zeggen zou hebben gehad, zette het rondtollende koor de onderdelen van zijn geest weer zorgvuldig in elkaar en trok zich terug.

Eragon wankelde naar voren en liet zich op één knie vallen voordat hij zijn evenwicht terugvond. Naast hem haalde Saphira uit en hapte naar de lucht.

Hoe kan dit? dacht hij. *Wie was dit?* Zelfs Galbatorix was volgens hem niet in staat hen allebei tegelijk gevangen te nemen, met Glaedr er ook nog eens bij.

Weer drukte het bewustzijn tegen Eragons geest, maar ditmaal viel het niet aan. Dit keer zei het: *Onze excuses, Saphira. Onze excuses, Eragon. Maar we moesten zeker zijn van jullie bedoelingen. Welkom in de Kluis der Zielen. We hebben lang op jullie gewacht. En jij ook welkom, neef. We zijn blij dat jullie nog leven. Pak je herinneringen bij elkaar en weet dat jullie taak uiteindelijk voltooid is!*

Een flits van energie schoot tussen Glaedr en het bewustzijn heen en weer. Even later liet Glaedr een mentale brul horen waardoor Eragons slapen begonnen te bonzen van de pijn. De gouden draak zond een stortvloed van allerlei verschillende emoties uit: verdriet, triomf, ongeloof, spijt en – sterker dan alle andere – een vreugdevolle opluchting die zo intens was dat Eragon ervan begon te glimlachen zonder dat hij zelf wist waarom. En terwijl hij langs Glaedrs geest heen streek, voelde hij niet één vreemde geest, maar een heleboel, die allemaal fluisterden en mompelden.

'Wie?' fluisterde Eragon. Voor hen had de man met de drakenkop geen vin verroerd.

Eragon, zei Saphira. *Kijk eens naar de muur. Kijk...*

Hij keek. En hij zag dat de ronde muur niet versierd was met kristal, zoals hij eerst had gedacht. In plaats daarvan zaten er tientallen en tientallen nissen in de muur, en binnen in elke nis rustte een glinsterende bol. Sommige waren groot, andere klein, maar ze pulseerden allemaal met een zachte innerlijke gloed, als kooltjes die smeulen in een dovend kampvuur.

Eragons hart sloeg een slag over toen tot hem doordrong wat dit betekende.

Zijn blik daalde naar de donkere voorwerpen op de eronder gelegen tribunes; die waren glad en eivormig, en leken te zijn gehouwen uit steen van verschillende kleuren. Net als bij de bollen waren ook hier sommige groot en andere klein, maar los van hun afmetingen hadden ze een vorm die hij uit duizenden zou herkennen.

Hij kreeg het ineens warm en zijn knieën knikten. *Dat kan niet waar zijn.* Hij wilde graag geloven wat hij zag, maar hij was bang dat het een illusie zou zijn die hem gaf waar hij op hoopte. Desondanks werd hem de adem benomen door de mogelijkheid dat wat hij zag er echt was, en hij voelde zich zo wankel en overweldigd dat hij niet wist wat hij moest doen of zeggen. Saphira reageerde op dezelfde manier, zo niet nog sterker.

Toen sprak de geest weer: *Jullie vergissen je niet, jonkies, en jullie ogen bedriegen je ook niet. Wij zijn de geheime hoop van onze soort. Hier rust ons diepste geheim – de laatste vrije eldunarí van het land – en hier liggen de eieren die we al ruim een eeuw bewaken.*

Lacuna, deel twee

Eragon was even niet in staat zich te verroeren of adem te halen. Toen fluisterde hij: 'Eieren, Saphira... Eieren!' Ze huiverde alsof ze het koud had, en de uiteinden van de schubben langs haar ruggengraat kwamen een stukje omhoog van haar huid.

Wie ben je? vroeg hij de geest. *Hoe weten we of we je kunnen vertrouwen?*

Ze spreken de waarheid, Eragon, zei Glaedr in de oude taal. *Dat weet ik, omdat Oromis tot degenen behoorde die het plan voor deze plek ontwierpen.*

Oromis...?

Voordat Glaedr daar verder op in kon gaan, zei de andere geest: *Ik heet Umaroth. Mijn Rijder was de elf Vrael, leider van onze orde voordat het noodlot ons trof. Ik spreek namens de anderen, maar ik voer niet het bevel over hen, want hoewel velen van ons verbonden waren met Rijders, waren nog meer van ons dat niet, en onze wilde broeders erkennen geen ander gezag dan hun eigen gezag.* Dit zei hij met enige wanhoop. *Het zou te verwarrend zijn als we allemaal tegelijk zouden spreken, dus staat mijn stem voor de rest.*

Bent u...? En Eragon wees naar de zilverkleurige man met de drakenkop die voor Saphira en hem stond.

Nee, antwoordde Umaroth. *Hij is Cuaroc, Jager van de Nidhwal en Vloek van de Urgals. Silvarí de Tovenares heeft voor hem het lichaam ontworpen dat hij nu draagt, zodat we een voorvechter zouden hebben om ons te verdedigen, mocht Galbatorix of een andere vijand de Kluis der Zielen proberen binnen te dringen.*

Terwijl Umaroth dat zei, reikte de man met de drakenkop met zijn rechterhand naar zijn romp, maakte een grendel los en trok de voorkant van zijn borst open alsof hij een kast opentrok. Binnen in Cuarocs borstkas zat, diep verborgen, een paars hart, omgeven door duizenden zilverkleurige draadjes, stuk voor stuk niet dikker dan een haar.

Toen zwaaide Cuaroc zijn borstplaat weer dicht en zei Umaroth: *Nee, ik ben hier,* en hij leidde Eragons blik naar een nis met een grote witte eldunarí.

Langzaam stak Eragon Brisingr in de schede.

Eieren en eldunarí. Eragon leek de volle omvang van de onthulling niet in één keer te kunnen bevatten. Zijn gedachten voelden traag als stroop, alsof hij een klap op zijn hoofd had gekregen – wat in zekere zin ook zo was.

Hij begon naar de tribunes aan de rechterkant van de zwarte met lettertekens overdekte boog te lopen, bleef toen voor Cuaroc staan en zei zowel hardop als met zijn geest: 'Mag ik?'

De man met de drakenkop liet zijn kaken op elkaar klappen en trok zich met krakende stappen terug om naast de gloeiende kuil in het midden van het vertrek te gaan staan. Maar hij hield zijn zwaard in de hand, iets waarvan Eragon zich voortdurend bewust bleef.

Toen Eragon de eieren naderde, werd hij bevangen door verwondering en eerbied. Hij leunde tegen de onderste tribune en haalde huiverend adem terwijl hij naar een goudkleurig-met-rood ei keek dat bijna anderhalve meter hoog was. In een opwelling trok hij een handschoen uit en legde de palm van zijn blote hand tegen het ei. Het voelde warm aan, en toen hij tegelijk met zijn hand ook met zijn geest uitreikte, voelde hij het sluimerende bewustzijn van de kleine ongeboren draak die erin zat.

Saphira's hete adem streek langs zijn nek toen ze zich bij hem voegde. *Jouw ei was kleiner dan dit*, zei hij.

Dat kwam doordat mijn moeder niet zo oud en niet zo groot was als de draak die dit ei heeft gelegd.

Ah. Daar had ik niet aan gedacht.

Hij liet zijn blik over de rest van de eieren gaan en zijn keel werd dichtgeknepen. 'Wat zijn het er veel,' fluisterde hij. Hij drukte zijn schouder tegen Saphira's zware kaak en voelde de rillingen door haar heen gaan. Ze wilde, merkte hij, niets liever dan de geesten van haar soortgenoten vreugdevol omhelzen, maar net als hij kon ze amper geloven dat wat ze zag echt was.

Ze snoof en draaide haar kop naar de rest van de kamer, en toen slaakte ze een brul waardoor het stof van het plafond naar beneden dwarrelde. *Hoe?!* gromde ze met haar geest. *Hoe kun je aan Galbatorix zijn ontsnapt? Wij draken verstoppen ons niet als we vechten. We zijn niet zo laf om van gevaar weg te rennen. Verklaar je nader!*

Niet zo hard, Bjartskular; anders maak je de kleintjes in hun eieren nog van streek, berispte Umaroth haar.

Saphira's snuit trok zich in rimpels toen ze snauwde: *Spreek op dan, oude, en vertel ons hoe dit kan.*

Heel even leek Umaroth geamuseerd, maar toen de draak haar antwoordde, klonken zijn woorden somber. *Je hebt gelijk: we zijn geen lafaards, en we verstoppen ons niet als we vechten, maar zelfs draken moeten soms op de loer gaan liggen om hun prooi te kunnen overvallen. Of ben je het daar niet mee eens, Saphira?*

Ze snoof weer en liet haar staart heen en weer zwiepen.

En we zijn niet zoals de Fanghur of de mindere reptielen die hun jongen achterlaten om al dan niet te sterven, net hoe het lot beslist. Als we hadden meegevochten in de strijd voor Doru Araeba, zouden we alleen maar zijn vernietigd. Galbatorix' zege zou absoluut zijn geweest – zoals hij ook gelooft – en onze soort zou voorgoed van de aardbodem zijn verdwenen.

Toen eenmaal duidelijk was geworden hoeveel Galbatorix' macht en ambitie vermochten, zei Glaedr, *en toen we ons eenmaal realiseerden dat hij en zijn verraders van plan waren Vroengard aan te vallen, en daarna Vrael, besloten Umaroth, Oromis, ik en een paar anderen dat het het best zou zijn om de eieren van onze soort te verstoppen, evenals een aantal van de eldunarí. Het was makkelijk om de wilde draken daartoe over te halen; Galbatorix had op hen gejaagd en ze hadden geen verweer tegen zijn magie. Ze kwamen hiernaartoe, en ze vertrouwden het toezicht op hun onuitgebroede nageslacht toe aan Vrael, en degenen die het konden legden eieren, terwijl ze daar anders mee zouden hebben gewacht, want we wisten dat de overleving van onze soort werd bedreigd. Onze voorzorgsmaatregelen waren kennelijk niet voor niets.*

Eragon wreef over zijn slapen. 'Waarom wist je dit niet eerder? Waarom wist Oromis het niet? En hoe kan hun geest verborgen worden gehouden? Jij zei dat dat niet kon.'

Dat kan ook niet, antwoordde Glaedr. *Of tenminste niet met magie alleen. Maar in dit geval kan afstand slagen waar magie faalt. Daarom zitten we ook zo diep onder de grond, anderhalve kilometer onder de berg Erolas. Zelfs als Galbatorix of de Meinedigen op het idee zouden zijn gekomen om met hun geest op zo'n onwaarschijnlijke plek te gaan zoeken, dan nog zou de rots die ertussenin staat het moeilijk voor hen hebben gemaakt om veel meer te voelen dan een verwarde stroom energie, die ze zouden toeschrijven aan wervelingen in het bloed van de aarde, vlak onder ons. Bovendien waren voor de strijd om Doru Araeba, ruim honderd jaar geleden, alle eldunarí in een trance gebracht zo diep dat het bijna de dood was, waardoor ze nog moeilijker te vinden waren. Ons plan was hen weer wakker te maken als de strijd voorbij was, maar degenen die deze plek hier gebouwd hebben riepen ook een bezwering af die hen uit hun verdoving zou doen ontwaken wanneer er diverse manen waren verstreken.*

En zo ging het ook, zei Umaroth. *De Kluis der Zielen is hier ook nog om een andere reden geplaatst. De kuil die je voor je ziet komt uit in een meer van gesmolten steen dat hier al sinds de geboorte van de wereld onder deze bergen lag. Het zorgt voor de warmte die de eieren nodig hebben, en het geeft ook het licht waar wij eldunarí door op krachten blijven.*

Zich tot Glaedr wendend zei Eragon: Ik heb nog steeds geen antwoord op mijn vraag gekregen: waarom herinnerde jij of Oromis je deze plek niet?

Umaroth was degene die antwoord gaf: *Omdat iedereen die van de Kluis der Zielen op de hoogte is erin heeft toegestemd die kennis uit zijn geheugen te wissen en te laten vervangen door een valse herinnering – ook Glaedr. Het* was geen makkelijke beslissing, zeker niet voor de moeders van de eieren, maar we konden niet toestaan dat iemand van buiten deze ruimte de waarheid nog zou weten, voor het geval Galbatorix dan achter ons bestaan zou komen. Dus namen we afscheid van onze vrienden en kameraden, terwijl we heel goed wisten dat we hen misschien nooit meer terug zouden zien, en dat ze, in het ergste geval, zouden sterven met het idee dat we de leegte waren binnengegaan... Zoals ik al zei was het geen makkelijke beslissing. We wisten ook de namen van de rots die de ingang van dit heiligdom markeert uit ieders geheugen, zoals we eerder ook de namen van de dertien draken die ervoor kozen ons te verraden hadden uitgewist.

Ik heb de afgelopen honderd jaar gedacht dat onze soort gedoemd was om ten onder te gaan, zei Glaedr. *En dan te bedenken dat al die zorgen voor niets waren... Maar ik ben blij dat ik door mijn onwetendheid onze soort heb weten te behoeden.*

Toen zei Saphira tegen Umaroth: *Hoe kan Galbatorix niet hebben gemerkt dat jullie en de eieren verdwenen waren?*

Hij dacht dat we waren gesneuveld in de strijd. Wij waren maar een klein deel van de eldunarí op Vroengard, met te weinig voor hem om zich zorgen te gaan maken over onze afwezigheid. Wat de eieren betreft, hij was ongetwijfeld ontstemd over hun verlies, maar hij had geen reden om te denken dat er een list in het spel was.

Ah, ja, zei Glaedr. *Daarom stemde Thuviel erin toe zich op te offeren: om onze misleiding voor Galbatorix verborgen te houden.*

'Maar heeft Thuviel dan niet veel van de zijnen gedood?' zei Eragon.

Jazeker, en dat was een grote tragedie, zei Umaroth. *Maar we waren overeengekomen dat hij geen actie zou ondernemen totdat duidelijk was geworden dat een nederlaag onvermijdelijk was. Door zich op te offeren vernietigde hij de gebouwen waar we de eieren normaal gesproken bewaarden, en hij vergiftigde ook het eiland om ervoor te zorgen dat Galbatorix het niet in zijn hoofd zou halen om zich hier te settelen.*

'Wist hij waarom hij zichzelf doodde?'

Op dat moment niet. Alleen dat het nodig was. Een van de Meinedigen had een maand eerder Thuviels draak gedood. Hoewel hij ervan had afgezien om de leegte binnen te gaan, omdat we elke krijger nodig hadden om tegen Galbatorix te vechten, wilde Thuviel niet langer leven. Hij was blij met de taak; die schonk hem de bevrijding waar hij zo naar hunkerde, terwijl hij tegelijk onze zaak kon dienen. Door zijn leven te geven stelde hij een toekomst zeker, zowel voor onze soort als voor de Rijders. Hij was een grote en moedige held, en ooit zal zijn naam in elke uithoek van Alagaësia worden bezongen.

En na de strijd wachtten jullie, zei Saphira.

En toen wachtten we, beaamde Umaroth. Eragon moest er niet aan denken om meer dan honderd jaar in een kamer diep onder de grond te moeten zitten. *Maar we hebben niet stilgezeten. Toen we uit onze verdoving ontwaakten, begonnen we met onze geest om ons heen te tasten, eerst langzaam, maar allengs met steeds meer zelfvertrouwen toen we beseften dat Galbatorix en de Meinedigen van het eiland waren vertrokken. Alles bij elkaar hebben we grote kracht, en we hebben veel kunnen zien van wat in de daaropvolgende jaren door het hele land aan het licht is gekomen. We kunnen niet waarzeggen met een kristallen bol, althans normaal gesproken niet, maar we kunnen wel de verwarde strengen energie die over Alagaësia liggen zien, en we kunnen vaak luisteren naar de gedachten van degenen die de moeite niet nemen om hun geest af te schermen. Op die manier zijn we aan onze informatie gekomen.*

Terwijl de decennia voorbij kropen, begonnen we eraan te wanhopen dat iemand Galbatorix ooit zou kunnen doden. We waren ertoe bereid om als het moest eeuwen te wachten, maar we voelden wel dat de kracht van de Eierbreker groeide, en we waren bang dat we duizenden in plaats van honderden jaren zouden moeten wachten. Dat – daar waren we het over eens – zou onacceptabel zijn, zowel vanwege onze geestelijke gezondheid als vanwege de kleintjes in de eieren. Ze zijn zodanig betoverd dat hun lichamen vertragen, en ze kunnen nog jaren blijven zoals ze zijn, maar het is niet goed voor ze om te lang in hun eierschalen te blijven; daar kunnen ze geestelijk een tik van krijgen.

Dus omdat we ons zorgen begonnen te maken, gingen we ons bemoeien met wat we zagen gebeuren. Eerst op bescheiden schaal: een duwtje hier, een gefluisterde suggestie daar, iemand waarschuwen die in een hinderlaag dreigde te lopen. We hadden niet altijd succes, maar we waren wel in staat om degenen die nog steeds tegen Galbatorix streden te helpen, en in de loop der tijd werden we handiger en zelfverzekerder in onze bemoeienissen. Een enkele keer werd onze aanwezigheid opgemerkt, maar niemand kon ooit goed bepalen wie of wat we waren. Drie keer wisten we het voor elkaar te krijgen dat een van de Meinedigen stierf; als hij niet beheerst werd door zijn passies, was Brom een nuttig wapen voor ons.

'Jullie hebben Brom geholpen!' riep Eragon uit.

Dat hebben we inderdaad gedaan, en we hielpen ook vele anderen. Toen de mens die bekendstaat als Hefring Saphira's ei uit Galbatorix' schatkamer stal – zo'n twintig jaar geleden – hielpen we hem te ontsnappen, maar we gingen te ver, want hij merkte ons op en werd bang. Hij vluchtte weg en kreeg de Varden niet te zien, zoals wel had gemoeten. Later, nadat Brom je ei had gered, en toen de Varden en de elfen er jonge mannen en vrouwen voor zetten in een poging degene te vinden voor wie je zou gaan broeden, besloten we dat we voor dat geval bepaalde voorbereidingen moesten treffen. Dus zochten we contact met de weerkatten, die lange tijd bevriend met de draken zijn geweest, en spraken we met hen. Ze stemden erin toe ons te helpen, en aan hen gaven we de kennis van de Rots van Kuthian en het glimstaal onder de wortels van de Menoaboom, en toen wisten we alle herinneringen aan ons gesprek uit hun geest.

'Hebben jullie dat allemaal van hieraf gedaan?' vroeg Eragon verwonderd.

En nog wel meer. Heb je je nooit afgevraagd waarom Saphira's ei vlak voor je verscheen terwijl je midden in het Schild was?

Deden jullie dat? zei Saphira, die net zo schrok als Eragon.

'Ik dacht dat dat kwam doordat Brom mijn vader is, en Arya mij voor hem aanzag.'

Nee, zei Umaroth. *Met de betoveringen van de elfen gaat het niet zo makkelijk mis. We hebben de stroom van magie gewijzigd, zodat Saphira en jij elkaar tegen zouden komen. We dachten dat er een kans was – een kleine kans, maar niettemin een kans – dat je goed bij haar zou passen. En dat hadden we goed gezien.*

'Maar waarom hebben jullie ons hier niet sneller heen gebracht?' vroeg Eragon.

Omdat jullie tijd nodig hadden voor je training, en verder liepen we het risico Galbatorix op onze aanwezigheid te attenderen voordat jullie of de Varden er klaar voor waren de confrontatie met hem aan te gaan. Als we contact hadden gezocht na de Slag van de Brandende Vlakten, bijvoorbeeld, wat zou dat dan voor zin hebben gehad, als de Varden nog steeds zo ver van Urû'baen waren?

Er viel een stilte.

Langzaam zei Eragon: 'Wat hebben jullie verder nog voor ons gedaan?

Een paar lichte vingerwijzingen, voornamelijk waarschuwingen. Beelden van Arya in Gil'ead, toen ze hulp nodig had. Je rug weer beter gemaakt tijdens de Agetí Blödhren.

Glaedr straalde afkeuring uit. *Je hebt ze naar Gil'ead gestuurd, ongetraind en zonder beschermspreuken, terwijl je wist dat ze tegenover een Schim zouden komen te staan?*

We dachten dat Brom wel bij hen zou zijn, maar zelfs toen hij doodging konden we ze niet tegenhouden, want ze moesten nog steeds naar Gil'ead om de Varden te zoeken.

'Wacht eens even,' zei Eragon. 'Waren jullie verantwoordelijk voor mijn... transformatie?'

Deels. We raakten de weerspiegeling van onze soort aan die de elfen tijdens de viering oproepen. Wij zorgden voor de inspiratie en zij-hij-het leverde de kracht voor de betovering.

Eragon keek omlaag en balde even zijn vuist, niet omdat hij kwaad was, maar omdat er zo veel emoties door hem heen gingen dat hij niet stil kon blijven staan. Saphira, Arya, zijn zwaard, zelfs de vorm van zijn lichaam – die had hij allemaal te danken aan de draken die in het vertrek aanwezig waren. 'Elrun ono,' zei hij. *Bedankt.*

Graag gedaan, Schimmendoder.

'Hebben jullie Roran ook geholpen?'

Je neef heeft onze hulp niet nodig gehad. Umaroth zweeg even. *Eragon en Saphira, we hebben jullie goed in de gaten gehouden, jarenlang. We hebben jullie zien opgroeien van jonkies tot geduchte krijgers, en we zijn trots op alles wat jullie hebben bereikt. Jij, Eragon, bent alles wat we van een nieuwe Rijder hadden gehoopt. En jij, Saphira, hebt bewezen dat je het waard bent om tot de grootste leden van onze soort te worden gerekend.*

Saphira's vreugde en trots vermengden zich met die van Eragon. Hij liet zich op één knie zakken, terwijl zij in de grond klauwde en haar kop liet zakken. Eragon kreeg veel zin om op te springen en vreugdekreten te slaken en op andere manieren zijn blijdschap te uiten, maar hij deed niets van dat alles. In plaats daarvan zei hij: 'Mijn zwaard is jullie zwaard...'

... En mijn tanden en klauwen, zei Saphira.

Tot het einde van onze dagen, besloten ze allebei tegelijk. *Wat wil je van ons, Ebrithilar?*

Umaroth leek tevreden en hij antwoordde: *Nu jullie ons hebben gevonden, hoeven we ons niet langer te verstoppen; we kunnen met jullie meegaan naar Urû'baen en aan jullie zijde strijden om Galbatorix te doden. Het moment is aangebroken om uit onze schuilplaats te komen en eens en voor altijd af te rekenen met die verraderlijke eierbreker. Zonder ons zou hij net zo makkelijk jullie geesten weten open te breken als wij hebben gedaan, want hij voert het bevel over vele eldunarí.*

Ik kan jullie niet allemaal dragen, zei Saphira.

Dat hoeft ook niet, zei Umaroth. *Vijf van ons blijven hier om op de eieren te letten, samen met Cuaroc. Voor het geval we Galbatorix niet weten te verslaan, zullen ze niet langer rommelen met de strengen energie, maar er genoegen mee nemen te wachten tot het voor de draken opnieuw veilig is om zich weer in Alagaësia te vertonen. Maar maak je geen zorgen; we zullen jullie niet tot last zijn; we zorgen zelf wel voor de kracht om ons gewicht te verplaatsen.*

'Met hoeveel zijn jullie?' vroeg Eragon terwijl hij het vertrek door keek.

Honderdzesendertig. Maar denk maar niet dat we sterker zijn dan de eldunarí die Galbatorix tot slaaf heeft gemaakt. We zijn met te weinig, en degenen die zijn uitgekozen om in dit gewelf te verblijven waren ofwel te oud en te waardevol om in een gevecht op het spel te zetten, ofwel te jong en te onervaren om aan de strijd deel te nemen. Daarom heb ik ervoor gekozen me bij hen te voegen; ik zorg voor een brug tussen de groepen, voor een onderling begrip dat er anders niet zou zijn. De oudere zijn inderdaad wijs en machtig, maar hun geest bewandelt vreemde paden, en het valt vaak niet mee om hen ertoe over te halen zich op iets te concentreren wat zich buiten hun dromen bevindt. De jongeren zijn onfortuinlijker; zij zijn voortijdig van hun lichamen gescheiden geraakt, dus blijft hun geest beperkt door het formaat van hun eldunarí, die nooit kan groeien of zich uitbreiden als hij het vlees eenmaal verlaat. Laat dat een les voor je zijn, Saphira, om je eldunarí niet uit te braken voordat je respectabele afmetingen hebt gekregen, of alleen in geval van uiterste nood.

'Dus we staan nog steeds tegenover een overmacht,' zei Eragon bars.

Ja, Schimmendoder. Maar nu kan Galbatorix je niet op de knieën dwingen zodra hij je ziet. We zijn dan misschien niet tegen hen opgewassen, maar we kunnen wel zijn eldunarí lang genoeg op afstand houden om Saphira en jou te laten doen wat jullie moeten doen. En blijf hopen; wij weten veel dingen, veel geheimen, over oorlog en magie en hoe de wereld in elkaar zit. We zullen jullie leren wat we kunnen, en het kan zijn dat een stukje van onze kennis jou in staat stelt de koning te verslaan.

Na dit gesprek informeerde Saphira naar de eieren en kreeg te horen dat er tweehonderddrieënveertig waren gered. Zesentwintig daarvan waren bedoeld om aan Rijders gekoppeld te worden; de rest was ongebonden. Vervolgens begonnen ze over de vlucht naar Urû'baen te praten. Terwijl Umaroth en Glaedr Saphira advies gaven over de snelste route naar de stad, stak de man met de drakenkop zijn zwaard in de schede, legde zijn schild neer en begon een voor een de eldunarí uit hun nissen in de muur te halen. Hij borg elke edelsteenachtige bol op in de zijden hoes waarop hij had gelegen, waarna hij ze voorzichtig opstapelde op de grond naast de gloeiende kuil. De grootste eldunarí was zo omvangrijk dat de draak met het metalen lichaam zijn armen er niet eens helemaal omheen kreeg.

Terwijl Cuaroc bezig was en ze verder praatten, duizelde het Eragon nog steeds, zo moeilijk kon hij dit allemaal geloven. Hij had niet durven dromen dat zich in Alagaësia nog andere draken schuilhielden. Maar die waren er wel degelijk, als relicten uit een voorbije tijd. Het was net of de verhalen over vroeger tot leven waren gekomen, en of Saphira en hij ermiddenin beland waren.

Saphira's emoties zaten ingewikkelder in elkaar. Nu ze wist dat haar soort niet langer tot uitsterven was gedoemd, was er een schaduw van haar geest af genomen – een schaduw die daar al zo lang Eragon zich kon heugen had gelegen – en haar gedachten waren doortrokken van zo'n diepe vreugde dat haar ogen en schubben wel helderder leken te glanzen dan anders. Toch werd die blijdschap getemperd door een vreemd soort defensiviteit, alsof ze zich ten overstaan van de eldunarí niet helemaal wilde laten gaan.

Ondanks zijn verwarring was Eragon zich toch bewust van Glaedrs veranderde stemming; hij leek zijn verdriet niet geheel en al te hebben vergeten, maar hij was wel monterder dan Eragon hem sinds de dood van Oromis ooit had meegemaakt. En hoewel Glaedr niet eerbiedig tegen Umaroth deed, behandelde hij de andere draak toch met een respect dat Eragon hem eerder nog niet had zien tonen, zelfs niet toen Glaedr met koningin Islanzadí had gesproken.

Toen Cuaroc bijna klaar was met zijn werk, liep Eragon naar de rand van de kuil en tuurde erin. Hij zag een ronde schacht die ruim dertig meter door het steen naar beneden liep, en toen uitkwam in een grot die voor de helft was gevuld met een massa gloeiende stenen. De dikke gele vloeistof borrelde en spetterde als een pan kokende lijm, en kronkelende dampslierten stegen van het zwoegende oppervlak op. Hij dacht even een licht, als dat van een geest, over het oppervlak van de brandende zee te zien flitsen, maar het was zo snel weer verdwenen dat hij het niet zeker wist.

Kom, Eragon, zei Umaroth op het moment dat de man met de drakenkop de laatste eldunarí die met hen mee zou gaan op de stapel legde. *Je moet nu een betovering uitspreken. De tekst luidt als volgt...*

Eragon fronste terwijl hij luisterde. 'Wat is die... *draai* in de tweede regel? Wat moet ik verdraaien? De lucht?'

Umaroths verklaring bracht Eragon alleen maar meer in de war. Umaroth deed nog een poging, maar Eragon kon de gedachte erachter nog steeds niet begrijpen. Andere, oudere eldunarí mengden zich in het gesprek, maar uit hun uitleg was nog minder goed wijs te worden, want die had hoofdzakelijk de vorm van een stortvloed van elkaar overlappende beelden, sensaties en merkwaardige esoterische vergelijkingen waar Eragon geen touw aan kon vastknopen.

Enigszins tot zijn opluchting leken Saphira en Glaedr er al even weinig van te snappen, ook al zei Glaedr: *Ik geloof dat ik het begrijp, maar het is net of je een bange vis probeert vast te houden: telkens als ik denk dat ik hem heb, glipt hij tussen mijn tanden vandaan.*

Uiteindelijk zei Umaroth: *Dat is een les voor een andere keer. Jullie weten wat de toverspreuk geacht wordt te doen, alleen niet hoe. Dat moet maar genoeg zijn. Neem van ons de kracht die je nodig hebt, zeg de spreuk en laten we dan gaan.*

Zenuwachtig prentte Eragon de woorden van de betovering in zijn geheugen, zodat hij geen fouten zou maken, waarna hij het woord nam.

Bij het uitspreken van de tekst deed hij een beroep op de reserves van de eldunarí, en zijn huid tintelde toen er een enorme scheut energie door hem heen stroomde, als een rivier met water dat zowel warm als koud was.

De lucht rondom de ongelijkmatige stapel eldunarí rimpelde en danste; vervolgens leek de stapel zich naar binnen te vouwen en verdween knipperend uit het zicht. Een windvlaag bracht Eragons haar in de war, en een zachte, doffe plof galmde door de kamer.

Verbaasd keek Eragon toe terwijl Saphira haar kop naar voren stak en ermee zwaaide boven de plek waar net nog de eldunarí hadden gelegen. Ze waren spoorloos verdwenen, alsof ze nooit hadden bestaan, en toch konden hij en zij nog steeds voelen dat de drakengeesten vlakbij waren.

Wanneer jullie dit gewelf eenmaal uit zijn, zei Umaroth, *zal de ingang tot deze ruimte de hele tijd op een vaste afstand boven en achter jullie zijn, behalve wanneer je in een krappe ruimte bent of wanneer iemands lichaam toevallig door die ruimte heen gaat. De ingang is niet groter dan een speldenprik, maar hij is dodelijker dan welk zwaard ook; hij kan dwars door je vlees heen snijden als je hem zou aanraken.*

Saphira snoof. *Zelfs je geur is weg.*

'Wie heeft ontdekt hoe dit gedaan moet worden?' vroeg Eragon verbaasd.

Een kluizenaar die twaalfhonderd jaar geleden aan de noordkust van Alagaësia woonde, antwoordde Umaroth. *Het is een waardevolle truc als je iets wat zich in het volle zicht bevindt wilt verbergen, maar het is gevaarlijk en moeilijk om het goed te doen.* De draak zweeg even toen hij dat had gezegd, en Eragon voelde dat hij zijn gedachten op een rijtje probeerde te krijgen. Vervolgens zei Umaroth: *Saphira en jij moeten nog één ding weten. Zodra jullie door de grote boog achter jullie heen zijn – de Poort van Vergathos –, zullen jullie je steeds minder herinneren van Cuaroc en de eieren die hier verborgen zijn, en tegen de tijd dat jullie bij de stenen deuren aan het eind van de tunnel komen, zijn alle herinneringen eraan uit jullie geest verdwenen. Zelfs wij eldunarí zullen de eieren vergeten. Als het ons lukt Galbatorix te doden, zal de poort onze herinneringen herstellen, maar tot die tijd moeten we er onwetend van blijven.* Umaroth leek na te denken. *Het is... onaangenaam, ik weet het, maar we kunnen niet toestaan dat Galbatorix van de eieren op de hoogte raakt.*

Die gedachte stond Eragon helemaal niet aan, maar hij kon geen betere oplossing bedenken.

Bedankt dat je het ons hebt verteld, zei Saphira, en Eragon sprak ook zijn dank uit.

Toen pakte de grote metalen krijger Cuaroc zijn schild van de grond op, trok zijn zwaard, liep naar zijn oude troon en nam erop plaats. Nadat hij zijn ontblote kling over zijn knieën had gelegd en zijn schild tegen de zijkant van de troon had gezet, legde hij zijn handen plat op zijn dijen en werd zo stil als een standbeeld, op de dansende vonkjes in zijn rode ogen na, die uitkeken over de eieren.

Eragon huiverde toen hij zijn rug naar de troon toe keerde. De aanblik van de eenzame gestalte aan de overkant van de kamer had iets wat je niet snel vergat. De wetenschap dat Cuaroc en de oudere eldunarí die achterbleven daar misschien nog wel honderd jaar of langer alleen zouden zitten maakte het voor Eragon moeilijk om afscheid te nemen.

Vaarwel, zei hij met zijn geest.

Vaarwel, Schimmendoder, antwoordden vijf fluisteringen. *Vaarwel, Stralend Geschubde. Moge het geluk met jullie zijn.*

Toen rechtte Eragon zijn schouders, en stapten Saphira en hij door de Poort van Vergathos en vertrokken uit de Kluis der Zielen.

Terugkeer

Eragon fronste toen hij vanuit de tunnel het zonlicht van de vroege middag in stapte dat de open plek voor de Rots van Kuthian overgoot.

Hij had het gevoel dat hij iets belangrijks vergeten was. Hij probeerde zich te binnen te brengen wat het was, maar kon niets bedenken; hij voelde alleen een verontrustende leegte. Had het iets te maken met...? Nee, hij kon het zich niet herinneren. *Saphira, heb jij...* begon hij te zeggen, maar hij maakte zijn zin niet af.

Wat?

Niets. Ik dacht alleen... Laat maar, het doet er niet toe.

Achter hen sloegen de deuren met een hol klinkende dreun dicht, en de lijnen van de lettertekens die erop stonden vervaagden, tot de ruige, met mos bedekte rots weer gewoon een massief brok steen leek.

Kom, zei Umaroth, *laten we gaan. Het is al laat, en Urû'baen ligt een eind weg.*

Eragon keek op de open plek om zich heen, nog steeds met het gevoel dat hij iets miste; toen knikte hij en klom op Saphira's zadel.

Terwijl hij de riemen om zijn benen aantrok, klonk tussen de naaldbomen met hun zware takken aan de rechterkant de griezelige roep van een schaduwvogel. Hij speurde rond, maar zag het dier nergens. Hij trok een gezicht. Hij was blij dat hij Vroengard had bezocht, maar hij ging er net zo lief weer weg. Het eiland was een ongastvrij oord.

Zullen we? vroeg Saphira.

Goed, zei hij, opgelucht.

Met een slag van haar vleugels sprong Saphira de lucht in en vloog over het groepje appelbomen aan de andere kant van de open plek. Ze steeg snel op boven de bodem van de komvormige vallei en cirkelde verder omhoog boven de ruïnes van Doru Araeba. Toen ze eenmaal hoog genoeg was gestegen om over de bergen heen te scheren, draaide ze naar het oosten en vloog in de richting van het vasteland en Urû'baen, waarbij ze de overblijfselen van de ooit zo glorieuze vesting van de Rijders achter zich liet.

De Stad der Smarten

De zon stond al bijna op zijn hoogste punt toen de Varden bij Urû'baen aankwamen.

Roran hoorde de kreten van de mannen aan het hoofd van zijn colonne toen ze een rotsrichel over gingen. Nieuwsgierig keek hij op van de hielen van de dwerg voor hem, en toen hij op de top van de richel kwam, bleef hij staan om het uitzicht in zich op te nemen, zoals de krijgers voor hem ook hadden gedaan.

Het land liep een paar kilometer glooiend naar beneden, naar een brede vlakte bezaaid met boerderijen, molens en grote stenen landhuizen die hem deden denken aan die bij Aroughs. Een kilometer of zeven, acht verderop kwam de vlakte uit bij de buitenmuren van Urû'baen.

Anders dan die van Dras-Leona waren deze stadsmuren lang genoeg om de hele stad te omvatten. Ze waren ook hoger; zelfs vanuit de verte kon Roran zien dat zowel die van Dras-Leona als die van Aroughs hiermee vergeleken maar klein waren. Hij dacht dat ze zeker wel negentig meter hoog waren. Hij zag dat er op de brede kantelen op regelmatige afstanden blijden en katapulten waren neergezet.

Die aanblik baarde hem zorgen. Het schiettuig zou moeilijk omlaag te halen zijn – het was ongetwijfeld beschermd tegen magische aanvallen – en uit ervaring wist hij hoe dodelijk dergelijke wapens konden zijn.

Achter de muren was een merkwaardige mengeling te zien van door mensen gebouwde bouwsels en constructies waarvan hij vermoedde dat ze door de elfen waren vervaardigd. De meest opvallende van de elfen waren een kleine twee meter hoog: sierlijke torens van een smaragdgroene steensoort, die in een gebogen lijn verspreid stonden over wat volgens hem het oudste deel van de stad was. Bij twee van die torens ontbrak het dak, en hij meende de stompjes te zien van twee andere die deels begraven waren in de wirwar van huizen eronder.

Maar wat hem het meest interesseerde waren niet de muur of de gebouwen, maar het feit dat een groot deel van de stad in de schaduw lag van een enorme vooruitstekende rotsrand, die wel iets van zeven- of achthonderd meter breed moest zijn en op het smalste gedeelte honderdvijftig meter dik. De overhangende rots vormde één kant van een grote glooiende heuvel die diverse kilometers naar het noordoosten doorliep. Boven op de steile rotsrand stond nog een muur, net zo een als de muur die om de stad liep, met verscheidene plompe wachttorens erop.

Achter in de spelonkachtige holte onder de overhangende rots lag een enorme citadel, versierd met een heleboel torens en borstweringen. De citadel rees hoog boven de rest van de stad uit, zo hoog dat hij bijna de onderkant van de overhangende richel raakte. Het ontzagwekkendst was nog wel de poort die zich in de voorkant van het fort bevond: een grote, gapende grot van dusdanige afmetingen dat Saphira en Thoorn er naast elkaar onderdoor zouden kunnen lopen.

Roran voelde een knoop in zijn maag. Aan die poort te zien was Shruikan groot genoeg om hun hele leger eigenhandig in de pan te hakken. *Eragon en Saphira mogen wel opschieten*, dacht hij bij zichzelf. *En de elfen ook.* Op grond van wat hij had gezien zou het de elfen misschien lukken zich op eigen kracht te verweren tegen de zwarte draak van de koning, maar zelfs zij zouden er grote moeite mee hebben hem te doden.

Dat alles en nog meer ging er door Roran heen toen hij halt hield op de richel. Toen gaf hij een rukje aan Sneeuwvuurs teugels. Achter hem snoof de witte hengst en hij liep achter Roran aan toen hij zijn vermoeiende mars hervatte en afdaalde over de weg die kronkelend naar het laagland liep.

Hij had zich kunnen laten rijden – hij werd als aanvoerder van zijn bataljon zelfs geacht op zijn paard te zitten –, maar na zijn tocht heen en weer naar Aroughs had hij er een hekel aan gekregen in het zadel te zitten.

Terwijl hij voortliep, probeerde hij te bedenken hoe hij de stad het best kon aanvallen. De stenen kom waarin Urû'baen neergevlijd lag maakten aanvallen vanaf de zijkanten en achterkant onmogelijk en de stad zou van bovenaf lastig te belegeren zijn, wat vast en zeker de reden was dat de elfen deze plek hadden uitgekozen om zich er te vestigen.

Als we op de een of andere manier de overhangende rots konden afbreken, zouden we de citadel en het grootste deel van de stad kunnen verpletteren, bedacht hij, maar het leek hem niet erg waarschijnlijk dat dat ooit zou lukken, want het steen was veel te dik. *Toch kunnen we ons misschien meester maken van de muur boven op de heuvel. Dan kunnen we stenen gooien en kokende olie naar beneden gieten. Makkelijk zal dat echter niet worden. Vechten op de heuvel, en die muren... Mogelijk zou het de elfen lukken. Of de Kull. Die halen hun hart er vast aan op.*

De rivier de Ramr lag een paar kilometer ten noorden van Urû'baen, te ver weg om van nut te zijn. Saphira zou een geul kunnen graven die groot genoeg was om de loop om te leggen, maar zelfs zij zou voor zo'n project weken nodig hebben, en de Varden hadden niet genoeg proviand bij zich om het zo lang te kunnen uitzingen. Ze hadden nog maar voor een paar dagen genoeg eten. Als het op was, zouden ze verhongeren of uiteengaan.

Hun enige optie was om aan te vallen voordat het Rijk dat deed. Niet dat Roran geloofde dat Galbatorix echt zou aanvallen. Tot dusver had de koning zich er weinig aan gelegen laten liggen dat de Varden op hem af kwamen. *Waarom zou hij zijn leven in de waagschaal stellen? Hoe langer hij wacht, hoe zwakker we worden.*

Dat betekende dus een frontale aanval – een doldrieste charge over open terrein naar muren die te dik waren om er een bres in te slaan en die te hoog waren om te beklimmen, terwijl boogschutters en schiettuig hen voortdurend zouden belagen. Bij het idee alleen al brak het zweet hem uit. Ze zouden massaal sterven. Hij vloekte. *We lopen ons straks te pletter, en al die tijd zit Galbatorix lachend in zijn troonzaal... Als we de muren dicht weten te naderen, kunnen de soldaten ons niet raken met die vermaledijde machines, maar lopen we wel het risico dat we pek en olie over onze hoofden uitgestort krijgen.*

Zelfs als ze een bres in de muren wisten te slaan, zouden ze nog steeds Galbatorix' voltallige leger moeten zien te overwinnen. Dan zouden het karakter en de vaardigheid van de mannen die de Varden tegenover zich zouden vinden meer gewicht in de schaal leggen dan de verdedigingswerken van de stad. Zouden ze doorvechten tot hun laatste snik? Zouden ze te intimideren zijn? Zouden ze breken en wegvluchten als de druk te groot werd? Aan wat voor soort eden en betoveringen waren ze gebonden?

De spionnen van de Varden hadden gerapporteerd dat Galbatorix een graaf, heer Barst, het bevel over de troepen binnen Urû'baen had gegeven. Roran had nog nooit van Barst gehoord, maar de informatie leek Jörmundur niet te bevallen, en de mannen in Rorans bataljon hadden hem genoeg verhalen verteld om hem van Barsts kwaadaardigheid te overtuigen. Barst zou de heer zijn geweest van een vrij groot landgoed bij Gil'ead, dat hij door de invasie van de elfen had moeten verlaten. Zijn vazallen waren doodsbang voor hem geweest, want Barst was geneigd discussies wreed te beslechten en misdadigers op de hardst mogelijke manier te straffen; vaak koos hij ervoor om degenen die volgens hem ongelijk hadden simpelweg om te brengen. Op zich was dat zo bijzonder niet; menige heer in het Rijk stond bekend om zijn wreedheid. Barst was echter niet alleen meedogenloos, maar ook sterk – indrukwekkend sterk – en ook nog eens slim. Uit alles wat Roran over Barst had gehoord bleek dat hij een intelligent man was. Hij mocht dan een bruut zijn, maar hij was een uitgekookte bruut, en Roran besefte dat hij hem maar beter niet kon onderschatten. Galbatorix had vast geen slappeling of sufferd uitgekozen om het bevel over zijn mannen te voeren.

En dan waren Thoorn en Murtagh er ook nog. Galbatorix kwam zelf dan misschien niet in beweging, maar de rode draak en zijn Rijder zouden de stad vast en zeker verdedigen. *Eragon en Saphira zullen ze moeten weglokken. Anders komen we nooit de muren over.* Roran fronste. Dat kon nog een probleem worden. Murtagh was sterker dan Eragon nu was. Eragon zou de hulp van de elfen nodig hebben om hem te doden.

Weer voelde Roran bittere angst en wrok in zich opwellen. Hij vond het afschuwelijk dat hij aan de genade was overgeleverd van degenen die magie konden gebruiken. Als het op kracht en slimheid aankwam, kon je tenminste wat je op het ene punt tekortkwam met een overmaat aan het andere compenseren, maar voor de afwezigheid van magie bestond geen compensatie.

Gefrustreerd raapte hij een steentje van de grond op, en zoals Eragon hem had geleerd zei hij: 'Stenr rïsa.' Met het steentje gebeurde helemaal niets.

Met zijn steentjes gebeurde nóóit iets.

Hij snoof en gooide het weer in de berm.

Zijn vrouw en ongeboren kind waren bij de Varden, en toch kon hij niets doen om ofwel Murtagh, ofwel Galbatorix te doden. Hij balde zijn vuisten en stelde zich voor dat hij er iets mee brak. Botten, voornamelijk.

Misschien moeten we vluchten. Voor het eerst kwam die gedachte in hem op. Hij wist dat er in het oosten landen waren die buiten Galbatorix' invloedssfeer lagen: vruchtbare vlaktes waar alleen nomaden leefden. Als de andere dorpelingen met Katrina en hem mee zouden gaan, zouden ze een nieuw leven kunnen beginnen, zonder het Rijk en Galbatorix. Maar bij dat idee bekroop hem een akelig gevoel. Dan zou hij Eragon, zijn mannen en het land dat hij zijn thuis noemde in de steek laten. *Nee. Ik sta niet toe dat ons kind geboren wordt in een wereld waarin Galbatorix nog steeds de scepter zwaait. Het is beter om te sterven dan om in angst te leven.*

Maar uiteraard was het probleem hoe hij Urû'baen moest innemen daarmee nog steeds niet opgelost. Voorheen was er altijd een zwak punt geweest waar hij gebruik van had kunnen maken. In Carvahall was dat het onvermogen van de Ra'zac geweest om te begrijpen dat de dorpelingen zouden strijden. In Aroughs waren het de waterwegen geweest. Maar hier in Urû'baen zag hij geen zwakte, geen punt waarop hij de kracht van zijn tegenstanders tegen hen kon gebruiken.

Als we leeftocht hadden, zou ik wachten en ze uithongeren. Dat zou de beste manier zijn. Al het andere is dwaasheid. Maar zoals hij heel goed wist, wás oorlog ook een aaneenschakeling van dwaasheden.

Magie is de enige manier, besloot hij uiteindelijk. *Magie en Saphira. Als we Murtagh weten te doden, dan zullen of zij, of de elfen ons over de muren heen helpen.*

Met een zure smaak in zijn mond fronste hij zijn voorhoofd, en hij versnelde zijn pas. Hoe sneller ze hun kamp opsloegen, hoe beter. Zijn voeten deden pijn van het lopen, en als hij dan toch in een zinloze aanval het leven moest laten, dan wilde hij eerst minstens warm eten en een nacht goed slapen.

Op anderhalve kilometer afstand van Urû'baen zetten de Varden hun tenten op, naast een smal stroompje dat uitkwam in de rivier de Ramr. Vervolgens begonnen de mannen, dwergen en Urgals een verdediging op te bouwen, waar ze tot de avond mee bezig waren, om het werk de volgende ochtend te hervatten. Zolang ze op één plek bleven zouden ze hun kampement blijven versterken. De krijgers hadden een hekel aan het werk, maar het hield hen bezig en zou hun zelfs het leven kunnen redden.

Iedereen dacht dat de bevelen door de schaduw-Eragon werden gegeven. Roran wist dat ze in werkelijkheid van Jörmundur kwamen. Hij was de oudere krijger gaan respecteren sinds Nasuada was ontvoerd en Eragon was vertrokken. Jörmundur had al zijn hele leven tegen het Rijk gestreden en had een goed inzicht in tactiek en logistiek. Roran en hij konden goed met elkaar overweg; ze waren allebei mannen van staal, niet van magie.

En verder was er koning Orrin, met wie Roran nadat de eerste verdedigingswerken waren opgeworpen in discussie raakte. Orrin werkte hem altijd op de zenuwen; als ze door iemands toedoen zouden omkomen, dan was het wel door hem. Roran wist dat het niet erg verstandig was om een koning te beledigen, maar die dwaas wilde een boodschapper naar de poorten van Urû'baen sturen en de stad officieel uitdagen, zoals ze bij Dras-Leona en Belatona hadden gedaan.

'Is het wel zo verstandig om Galbatorix te provoceren?' grauwde Roran. 'Als we dat doen, kon hij daar wel eens op ingaan!'

'Nou, natuurlijk,' zei koning Orrin, terwijl hij rechtop ging zitten.

'Het is niet meer dan fatsoenlijk om onze bedoelingen kenbaar te maken en hem de kans te geven over vrede te onderhandelen.'

Roran staarde hem aan; toen wendde hij zich vol afkeer af en zei tegen Jörmundur: 'Kun jij hem niet tot rede brengen?'

Ze zaten met z'n drieën in het paviljoen van Orrin, waar de koning hen had ontboden.

'Majesteit,' zei Jörmundur, 'Roran heeft gelijk. We kunnen er beter mee wachten om contact te zoeken met het Rijk.'

'Maar ze kunnen ons zien!' protesteerde Orrin. 'We kamperen hier vlak voor hun muren. Het zou... onbeleefd zijn om geen gezanten te sturen die kenbaar maken hoe we erover denken. Jullie zijn allebei gewone burgers; ik verwacht niet van jullie dat jullie dat begrijpen. Voor vorsten gelden bepaalde beleefdheidsregels, zelfs in oorlogstijd.'

Roran kreeg erg veel zin om de koning een mep te verkopen. 'Verbeeldt u zich soms dat Galbatorix u als een gelijke beschouwt? Denk dat maar niet! In zijn ogen zijn we nietige insecten. Uw beleefdheid kan hem niets schelen. Vergeet niet dat Galbatorix net als wij ook maar een gewone burger was voordat hij de Rijders omverwierp. Hij zit anders in elkaar dan u. Er is op de hele wereld geen tweede zoals hij, en u denkt dat u zijn gedrag kunt voorspellen? U denkt hem gunstig te kunnen stemmen? Niet te geloven!'

Orrin kreeg een kleur en gooide zijn roemer met wijn van zich af op het kleed dat op de grond lag. 'Nu ga je te ver, Sterkhamer. Niemand heeft het recht mij zo te beledigen!'

'Ik heb het recht om te doen wat ik wil,' bromde Roran. 'Ik ben niet een van uw onderdanen. Ik ben u geen verantwoording schuldig. Ik ben een vrij man, en ik beledig wie ik wil, wanneer ik dat wil en hoe ik dat wil – ook u. Het zou verkeerd zijn om zo'n boodschapper te sturen, en ik...'

Er klonk een *zwoesj* van glijdend staal toen koning Orrin zijn zwaard uit zijn schede trok. Roran werd hier niet helemaal door verrast; hij had zijn hand al op zijn hamer, en toen hij het geluid hoorde, rukte hij het wapen van zijn riem.

De kling van de koning was een zilveren waas in het zwakke licht in de tent. Roran zag dat Orrin wilde toeslaan en stapte opzij. Vervolgens pakte hij de vlakke kant van het zwaard van de koning vast, zodat het boog en zong, en uit Orrins hand schoot.

Het met edelstenen bezette wapen viel op het tapijt; de kling trilde nog na.

'Sire!' riep een van de wachters buiten. 'Is alles goed met u?'

'Ik heb alleen mijn schild laten vallen,' antwoordde Jörmundur. 'Maak je geen zorgen.'

'Jawel, heer, jawel.'
Roran staarde naar de koning; er lag een wilde, opgejaagde blik op Orrins gezicht. Zonder zijn ogen van hem af te houden stak Roran zijn hamer weer in zijn riem. 'Contact opnemen met Galbatorix is dom en gevaarlijk. Als u het toch probeert, dood ik degene die u stuurt voordat hij de stad weet te bereiken.'

'Waag het niet!' zei Orrin.

'Ik waag het wel, en ik zal het zeker doen. Ik sta niet toe dat u de rest van onze manschappen in gevaar brengt alleen maar om uw koninklijke... *trots* te bevredigen. Als Galbatorix wil praten, weet hij waar hij ons kan vinden. Zo niet, laat hem dan met rust.'

Roran stormde het paviljoen uit. Buiten bleef hij met zijn handen in zijn zij naar de dikke wolken staan kijken, terwijl hij wachtte tot zijn hartslag bedaarde. Orrin was net een jonge ezel: koppig, veel te overtuigd van zichzelf, en maar al te bereid om je in je buik te trappen als je hem er de kans toe gaf.

En hij drinkt ook nog eens te veel, dacht Roran.

Hij beende voor het paviljoen heen en weer tot Jörmundur tevoorschijn kwam. Voordat die iets kon zeggen, zei Roran: 'Het spijt me.'

'Dat is maar goed ook.' Jörmundur haalde een hand over zijn gezicht, waarna hij een kleine pijp uit de beurs aan zijn riem haalde en die met carduskruid begon te vullen, dat hij aandrukte met zijn duim. 'Ik ben de hele tijd bezig geweest om hem te bepraten dat hij geen gezant moet sturen alleen maar om jou op stang te jagen.' Hij zweeg even. 'Zou je echt een van Orrins mannen ombrengen?'

'Ik uit geen loze dreigementen,' zei Roran.

'Nee, dat dacht ik al niet... Nou ja, laten we hopen dat het zover niet komt.' Jörmundur sloeg het pad tussen de tenten in en Roran liep achter hem aan. Toen ze voortliepen gingen de mannen voor hen opzij en bogen eerbiedig hun hoofd. Gebarend met zijn nog niet aangestoken pijp zei Jörmundur: 'Ik moet toegeven dat ik meer dan eens in de verleiding ben gekomen om Orrin eens goed de waarheid te zeggen.' Zijn lippen verbreedden zich tot een dunne glimlach. 'Helaas heb ik me altijd weten in te houden.'

'Is hij altijd al zo... eigenzinnig geweest?'

'Hmm? Nee, nee. In Surda viel er veel beter met hem te praten.'

'Wat is er dan gebeurd?'

'Hij is bang geworden, denk ik. Angst doet vreemde dingen met je.'

'Absoluut.'

'Misschien vind je het niet leuk om te horen, maar je gedroeg je zelf ook nogal dom.'

'Weet ik. Mijn woede ging met me op de loop.'
'En je verdient het om een koning tegenover je te hebben.'
'Je bedoelt een ándere koning.'
Jörmundur lachte even. 'Ja, nou, als Galbatorix je persoonlijke vijand is, zullen alle anderen wel onschuldig lijken. Maar toch...' Hij hield halt bij een kampvuur en haalde een dun brandend takje tussen de vlammen vandaan. Terwijl hij het uiteinde van het takje in de kop van zijn pijp stak, trok hij daar een paar keer aan, tot het kruid brandde, waarna hij het takje weer in het vuur gooide. 'Toch zou ik Orrins woede niet naast me neerleggen. Hij stond daarnet op het punt je te doden. Als hij een wrok koestert – en ik denk dat dat zo is –, zint hij misschien op wraak. Ik zet de komende paar dagen wel een bewaker bij je tent neer. Maar daarna...' Jörmundur haalde zijn schouders op.
'Daarna zijn we misschien wel allemaal dood of tot slaaf gemaakt.'
Zwijgend liepen ze nog een poosje door, terwijl Jörmundur telkens aan zijn pijp lurkte. Toen hun wegen zich scheidden, zei Roran: 'Als je Orrin de volgende keer weer ziet...'
'Ja, wat dan?'
'Misschien kun je dan tegen hem zeggen dat als hij of zijn mannen Katrina iets aandoen, ik ten overstaan van het hele kamp zijn ingewanden uit zijn lijf trek.'
Jörmundur trok zijn kin tegen zijn borst en bleef even peinzend staan, waarna hij opkeek en knikte. 'Ik vind vast wel een manier om dat over te brengen, Sterkhamer.'
'Mijn dank.'
'Graag gedaan. Zoals altijd was dit een uniek genoegen.'
'Jawel, heer.'

Roran zocht Katrina op en liet haar hun eten naar de noordoever brengen, waar hij de wacht hield voor het geval Orrin boodschappers zou sturen. Ze zaten op een kleed dat Katrina over de vers omgeploegde aarde uitspreidde, waarna ze bij elkaar bleven zitten tot de schaduwen lengden en er sterren verschenen aan de purperen lucht boven de overhangende rots.
'Ik ben blij om hier te zijn,' zei ze, terwijl ze haar hoofd tegen zijn schouder vlijde.
'O ja? Echt waar?'
'Het is hier prachtig, en ik heb jou helemaal voor mezelf.' Ze kneep even in zijn arm.
Hij trok haar dichter tegen zich aan, maar de schaduw in zijn hart bleef. Hij kon het gevaar dat haar en hun kind bedreigde niet vergeten. De wetenschap dat hun grootste vijand maar een paar kilometer verderop zat

vrat aan hem; hij wilde niets liever dan opspringen, naar Urû'baen rennen en Galbatorix om zeep helpen.

Maar dat was onmogelijk, dus glimlachte hij, en lachte en verborg zijn angst, zoals hij ook wist dat zij de hare verborg.

Verdorie, Eragon, dacht hij, *schiet alsjeblieft een beetje op, of ik zweer dat ik als ik dood ben bij je kom spoken.*

Krijgsraad

Op de vlucht van Vroengard naar Urû'baen hoefde Saphira zich geen weg te banen door een storm en ze had gelukkig wind mee, zodat ze snel vooruitkwam, want de eldunarí vertelden haar waar ze de snel bewegende luchtstroom kon vinden die er volgens hen bijna elke dag van het jaar stond. Bovendien voorzagen ze haar van een constante voorraad energie, dus ze versaagde niet en werd niet moe.

Als gevolg daarvan kwam de stad al twee dagen nadat ze van het eiland waren vertrokken aan de horizon in zicht.

Tweemaal had Eragon tijdens hun reis, toen de zon op z'n felst was, gemeend de ingang te ontwaren tot de luchtzak waarin de eldunarí verborgen achter Saphira aan zweefden. Die had de vorm van een donker puntje, zo klein dat hij zijn blik er niet langer dan een tel op scherp kon stellen. Eerst had hij gedacht dat het niet meer was dan een stofje, maar toen had hij gezien dat het punt telkens op dezelfde afstand van Saphira bleef, en als hij het zag bevond het zich ook elke keer op dezelfde plek.

Onderweg hadden de draken, door toedoen van Umaroth, de ene na de andere herinnering in Eragon en Saphira uitgestort: een stortvloed van ervaringen, van gevechten die waren gewonnen en verloren, van liefde, haat, betoveringen, gebeurtenissen waarvan ze door het hele land heen getuige waren geweest, spijtgevoelens, inzichten en gedachten over hoe de wereld in elkaar stak. De draken bezaten een kennis van duizenden jaren en ze leken die van A tot Z te willen delen.

Het is te veel! had Eragon geprotesteerd. *We kunnen dat niet allemaal in ons geheugen kwijt, laat staan het begrijpen.*

Nee, zei Umaroth. *Maar je kunt er wel een deel van in je geheugen opslaan, en het kon wel eens zijn dat je precies dat beetje nodig hebt om Galbatorix te verslaan. Laten we nu verdergaan.*

De stroom van informatie was overweldigend; af en toe leek Eragon te vergeten wie hij was, want de herinneringen van de draken waren talrijker dan die van hemzelf. Als dat gebeurde, maakte hij zijn geest van de hunne los en herhaalde bij zichzelf zijn ware naam, totdat hij weer zekerheid had over zijn identiteit.

De dingen die Saphira en hij te weten kwamen, verbaasden en verontrustten hem, en vaak brachten ze hem ertoe vraagtekens te zetten bij zijn eigen overtuigingen. Maar hij kreeg nooit de tijd om lang bij dergelijke gedachten stil te staan, want er was telkens wel een andere herinnering die ervoor in de plaats kwam. Het zou jaren duren, besefte hij, voordat hij ook maar enigszins wijs zou kunnen worden uit wat de draken hun toonden.

Hoe meer hij over de draken leerde, hoe meer ontzag hij voor hen voelde. Degene die al honderden jaren leefden hielden er een merkwaardige manier van denken op na, en de oudste verschilden evenveel van Glaedr en Saphira als Glaedr en Saphira van de Fangur in de Beorbergen. De omgang met deze oudere dieren was verwarrend en onzeker makend; hun gedachtesprongen, associaties en vergelijkingen leken geen betekenis te hebben, maar Eragon wist dat ze op een diep niveau toch hout sneden. Het lukte hem maar zelden erachter te komen wat ze probeerden mede te delen, en de oude draken verwaardigden zich niet een verklaring te geven in bewoordingen die hij kon begrijpen.

Na een poosje drong tot hem door dat ze zich helemaal niet anders kónden uitdrukken. In de loop der eeuwen was hun geest veranderd; wat eenvoudig en zonneklaar voor hem was leek voor hen vaak ingewikkeld, en omgekeerd gold hetzelfde. Naar hun gedachten luisteren, dacht hij, moest net zoiets zijn als luisteren naar de gedachten van goden.

Op het moment dat hij die constatering deed, snoof Saphira en zei tegen hem: *Er is een verschil.*

Wat dan?

Anders dan goden nemen wij deel aan wat er in de wereld gebeurt.

Misschien hebben de goden ervoor gekozen hun daden te verrichten zonder zich te laten zien.

Wat heb je dan aan hen?

Geloof jij soms dat draken beter zijn dan goden? vroeg hij geamuseerd.

Als we helemaal volgroeid zijn wel, ja. Welk wezen is groter dan wij? Zelfs Galbatorix is voor zijn kracht van ons afhankelijk.

En de Nidwhal dan?

Ze snoof. *Wij kunnen zwemmen, maar zij kunnen niet vliegen.*

De alleroudste van de eldunarí, de draak Valdr – wat in de oude taal 'heerser' betekende – richtte maar één keer direct het woord tot hen. Van hem kregen ze een visioen van lichtstralen die veranderden in golven zand, evenals de onthutsende sensatie dat alles wat vaste materie leek voornamelijk uit lege ruimte bestond. Toen liet Valdr hun een nest slapende spreeuwen zien, en Eragon kon hun dromen in hun geest voelen flakkeren, zo snel als een knipoog. Eerst was Valdrs emotie verachting – de dromen van de spreeuwen leken kleintjes, onbeduidend en onlogisch –, maar toen sloeg zijn stemming om en werd hartelijk en meelevend, en zelfs de allerkleinste bekommernis van de spreeuwen kreeg steeds meer gewicht, totdat zij gelijk leek te staan aan de zorgen van een koning.

Valdr liet het visioen een poosje duren, alsof hij er zeker van wilde zijn dat Eragon en Saphira het beeld te midden van alle andere herinneringen niet zouden vergeten. Toch wisten ze geen van tweeën wat de draak precies wilde overbrengen, en Valdr weigerde zichzelf nader te verklaren.

Toen uiteindelijk Urû'baen in zicht kwam, hielden de eldunarí ermee op om hun herinneringen met Eragon en Saphira te delen, en Umaroth zei: *Nu zouden jullie het best het hol van onze vijand kunnen bestuderen.*

Dat deden ze terwijl Saphira een kilometerslange daling inzette. Wat ze zagen was voor geen van beiden erg hoopgevend, en hun humeur werd er niet beter op toen Glaedr zei: *Galbatorix heeft veel gebouwd sinds hij ons uit dit oord verdreven heeft. In onze tijd waren de muren niet zo hoog of zo dik.*

Waarop Umaroth reageerde met: *En Ilirea was in de oorlog tussen onze soort en de elfen ook niet zo zwaar versterkt. De verrader heeft zich diep verschanst en een berg stenen op zijn hol gestapeld. Ik denk niet dat hij uit vrije wil naar buiten komt. Hij is net een das die zich in zijn burcht heeft teruggetrokken en die iedereen die hem probeert uit te graven zijn klauw over de neus haalt.*

Anderhalve kilometer naar het zuidwesten van de overhangende rots en de stad eronder lag het kamp van de Varden. Dat was aanzienlijk groter dan Eragon zich herinnerde, wat hem verbaasde, totdat hij besefte dat koningin Islanzadí en haar leger zich uiteindelijk bij de Varden moesten hebben gevoegd. Hij zuchtte even van opluchting. Zelfs Galbatorix was op zijn hoede voor de macht van de elfen.

Toen Saphira en hij de tenten naderden, hielpen de eldunarí Eragon het bereik van zijn gedachten uit te breiden, tot hij in staat was de geesten van de mannen, de dwergen, de elfen en de Urgals die in het kamp verzameld waren af te tasten. Zijn aanraking was zo licht dat niemand het in de gaten had als hij er niet expliciet op lette, en zodra hij de onmiskenbare stroom wilde muziek had opgespoord die Blödhgarms gedachten vormden, beperkte hij zijn aandacht alleen tot de elf.

Blödhgarm, zei hij. *Hier voor je verschijn ik, Eragon.* Het formele zinnetje leek hem natuurlijk af te gaan nadat hij zo lang ervaringen uit voorbije tijden had herleefd.

Schimmendoder! Is alles goed met je? Wat voelt je geest vreemd aan. Is Saphira bij je? Is ze gewond? Is Glaedr iets overkomen?
Alles is goed met ze, en met mij ook.
Dan... Het was duidelijk dat Blödhgarm even in de war was.

Eragon onderbrak hem en zei: *We zijn niet ver weg, maar ik heb ons voorlopig onzichtbaar gemaakt. Is de illusie van Saphira en mij voor iedereen daar op de grond nog steeds zichtbaar?*

Jawel, Schimmendoder. Onze Saphira vliegt zo'n anderhalve kilometer rondjes boven de tenten. Af en toe laten we haar schuilgaan in een wolkenbank, of we doen het voorkomen alsof zij en jij op patrouille zijn gegaan, maar we durven Galbatorix niet te laten denken dat jullie voor langere tijd weg zijn. We zullen hen nu weg laten vliegen, zodat jullie je bij ons kunnen voegen zonder argwaan te wekken.

Nee. Je kunt beter wachten en de illusies van ons nog een poosje intact houden.

Schimmendoder?

We keren niet direct terug naar het kamp. Eragon keek naar de grond. *Er is een heuveltje een kilometer of drie naar het zuidoosten. Ken je het?*

Ja, ik kan het zien.

Saphira zal daarachter landen. Zorg dat Arya, Orik, Jörmundur, Roran, koningin Islanzadí en koning Orrin zich daar bij ons voegen, maar laat ze niet allemaal tegelijk het kamp verlaten. Het zou het best zijn als je hen kunt helpen zich te verstoppen. Jij moet ook meekomen.

Zoals je wilt... Schimmendoder, wat heb je aangetroffen op...

Nee! Vraag me dat niet. Het zou gevaarlijk zijn om daar hier aan te denken. Ik zal het je vertellen als je komt, maar ik ga je het antwoord niet toeroepen zolang anderen het kunnen horen.

Dat snap ik. We komen zo snel mogelijk naar je toe, maar het kan even duren voordat we de momenten waarop we vertrekken goed gespreid hebben.

Uiteraard. Ik vertrouw erop dat je doet wat het beste is.

Eragon verbrak hun contact en leunde achterover in het zadel. Hij moest even glimlachen toen hij zich Blödhgarms gezicht voorstelde wanneer hij van de eldunarí op de hoogte werd gesteld.

In een werveling kwam Saphira neer in de holte aan de voet van de heuvel, waar een schaapskudde werd opgeschrikt die daar graasde; de schapen maakten zich klaaglijk blatend uit de voeten.

Terwijl ze haar vleugels opvouwde keek Saphira de schapen na en zei: *Het zou makkelijk zijn om ze te vangen, want ze kunnen me niet zien.* Ze liet haar tong langs haar lippen gaan.

'Ja, maar hoe sportief is dat?' vroeg Eragon terwijl hij de riemen om zijn benen losmaakte.

Met sport kun je je maag niet vullen.
'Nee, maar je hebt ook helemaal geen honger, toch?' De energie van de eldunarí had, hoewel die geen vaste vorm had, haar eetlust onderdrukt.
Ze liet een heleboel lucht ontsnappen in iets wat leek op een zucht. *Nee, niet echt...*
Terwijl ze wachtten, strekte Eragon zijn pijnlijke ledematen, waarna hij een lichte lunch gebruikte van wat er nog over was van zijn proviand. Hij wist dat Saphira in haar volle, gekromde lengte op de grond naast hem lag, al kon hij haar niet zien. De schaduwachtige afdruk die haar lichaam maakte op de geplette grasstengels was het enige wat haar aanwezigheid verried, als een merkwaardig gevormde kuil. Hij wist niet precies waarom, maar de aanblik amuseerde hem.
Terwijl hij zat te eten, keek hij uit over de aangename velden rondom de heuvel en naar de wind die over de tarwe en gerst rimpelde. Lange, lage muurtjes van opgestapelde stenen scheidden de velden van elkaar; het moest de plaatselijke boeren wel honderden jaren hebben gekost om zo veel stenen uit de grond op te graven.
In het Palancarvallei hadden we dat probleem tenminste niet, ging het door hem heen.
Even later kwam een van de drakenherinneringen weer bij hem terug, en wist hij precies hoe oud de stenen muurtjes waren; die dateerden uit de tijd dat er mensen in de ruïnes van Ilirea kwamen wonen, nadat de elfen de krijgers van koning Palancar hadden verslagen. Alsof hij er zelf bij was geweest zag hij rijen mannen, vrouwen en kinderen de pas omgespitte velden over stropen en de stenen die ze vonden naar de plek brengen waar de muurtjes moesten komen.
Na een poosje liet Eragon de herinnering vervagen, waarna hij zijn geest openstelde voor het aanzwellen en afnemen van de energie om hen heen. Hij luisterde naar de gedachten van de muizen in het gras en de wormen in de aarde en de vogels die boven zijn hoofd voorbijvlogen. Dat was enigszins riskant, want het was mogelijk dat hij daarmee eventuele vijandige magiërs op hun aanwezigheid attent maakte, maar hij wilde liever weten wie en wat er allemaal in de buurt was, zodat niemand hen onverhoeds kon overvallen.
Op die manier voelde hij dat Arya, Blödhgarm en koningin Islanzadí naderden, en hij schrok niet toen de schaduwen van hun voetstappen vanaf de westkant van de heuvel naar hem toe kwamen.
De lucht rimpelde als water, en toen de drie elfen voor hem verschenen, had koningin Islanzadí, majesteitelijk als altijd, de leiding genomen. Ze ging gekleed in een gouden lijfje van geschubd pantser, had een met edelstenen bezette helm op haar hoofd en droeg haar rode, met wit afge-

zette cape om haar schouders. Een lang, slank zwaard hing neer vanaf haar smalle taille. Ze droeg een lange speer met een wit blad in haar ene hand en had een schild in de vorm van een berkenblad in de andere, waarvan de randen gelijkmatig waren gekarteld.

Ook Arya droeg een fraaie wapenrusting. Ze had haar gebruikelijke donkere kledij verwisseld voor een lijfje als dat van haar moeder, hoewel dat van Arya de grijze kleur had van blank staal en niet goudkleurig was, en ze droeg een helm die op het voorhoofd en het neusstuk was versierd met een reliëf van knoopwerk, plus een paar gestileerde adelaarsvleugels die vanaf haar slapen naar achteren wezen. Vergeleken met de pracht van Islanzadí's uitdossing zag die van Arya er sober uit, maar daarom des te dodelijker. Samen waren moeder en dochter net een stel bijpassende klingen, waarvan de ene was versierd om ermee te pronken en de andere was bedoeld om ermee te vechten.

Evenals de twee vrouwen droeg Blödhgarm een hemd van geschubd pantser, maar zijn hoofd was onbedekt en hij droeg geen wapen, op een klein mes aan zijn riem na.

'Maak jezelf zichtbaar, Eragon Schimmendoder,' zei Islanzadí, terwijl ze haar blik richtte op de plek waar hij stond.

Eragon liet de betovering die Saphira en hem verborg los, waarna hij een buiging maakte voor de elfenkoningin.

Ze liet haar donkere ogen over hem heen gaan en inspecteerde hem alsof hij een winnend renpaard was. Anders dan tevoren kostte het hem geen moeite om haar blik met de zijne vast te houden. Na een paar tellen zei de koningin: 'Je bent aardig opgeknapt, Schimmendoder.'

Hij maakte nog een buiging, ditmaal minder diep. 'Dank u, majesteit.' Zoals altijd zond het geluid van haar stem een huivering door hem heen. Die leek te gonzen van magie en muziek, alsof elk woord deel uitmaakte van een episch gedicht. 'Zo'n compliment betekent veel uit de mond van iemand die zo wijs en goedertieren is als u.'

Islanzadí lachte, waarbij ze haar lange tanden ontblootte, en de heuvel en de velden weergalmden door haar vrolijkheid. 'En je bent ook zo welsprekend geworden! Je had me niet verteld dat hij zo mooi kon spreken, Arya!'

Er trok een flauwe glimlach over Arya's gezicht. 'Hij moet nog veel leren.' Toen zei ze tegen Eragon: 'Fijn om te zien dat je veilig bent teruggekeerd.'

De elfen stelden Saphira, Glaedr en hem een heleboel vragen, maar alle drie weigerden ze daarop antwoord te geven voordat de anderen waren gearriveerd. Toch dacht Eragon dat de elfen wel iets voelden van de eldunarí, want het viel hem op dat ze af en toe in de richting van het hart van harten keken, al leken ze dat zelf niet in de gaten te hebben.

Orik was de volgende die zich bij hen voegde. Hij kwam vanuit het zuiden aanrijden op een ruwharige pony, wiens hijgende lijf schuimde van het zweet. 'Ho, Eragon! Ho, Saphira!' riep de dwergenkoning uit terwijl hij een vuist omhoogstak. Hij liet zich van zijn uitgeputte rijdier glijden, stampte naar hen toe, nam Eragon in een ruwe omhelzing en klopte hem op de rug.

Toen ze elkaar hadden begroet – en Orik Saphira over haar snuit had gewreven, waardoor ze even neuriede – vroeg Eragon: 'Waar zijn jullie bewakers?'

Orik gebaarde over zijn schouder. 'Die zitten vlechtjes in hun baard te maken bij een boerderij anderhalve kilometer naar het westen, en dat bevalt hun niks, als ik het zeggen mag. Ik vertrouw ze blind, stuk voor stuk – het zijn leden van mijn clan –, maar Blödhgarm zei dat ik het best alleen kon komen, dus heb ik dat gedaan. Maar vertel me eens: vanwaar al dat geheimzinnige gedoe? Wat hebben jullie op Vroengard ontdekt?'

'Je zult moeten wachten tot de anderen van onze raad zijn gearriveerd,' zei Eragon. 'Maar ik ben blij om je weer te zien.' En hij sloeg Orik op de schouder.

Even later kwam Roran. Hij was te voet en zag er bars en stoffig uit. Hij pakte Eragons arm vast en verwelkomde hem, waarna hij hem apart nam en zei: 'Kun je voorkomen dat ze ons horen?' Met zijn kin gebaarde hij naar Orik en de elfen.

Het kostte Eragon maar een paar tellen om een betovering uit te spreken die hen tegen luistervinken afschermde. 'Klaar.' Tegelijkertijd maakte hij zijn geest los van Glaedr en de andere eldunarí, maar niet van Saphira.

Roran knikte en liet zijn blik over de velden dwalen. 'Ik heb tijdens jouw afwezigheid woorden gehad met koning Orrin.'

'Woorden? Hoezo?'

'Hij haalde zich dwaze ideeën in het hoofd, en dat heb ik hem gezegd ook.'

'Dat vond hij niet leuk, zeker?'

'Dat kun je wel zeggen. Hij probeerde me te spietsen.'

'Wát?!'

'Ik wist zijn zwaard uit zijn hand te slaan voordat hij er een slag mee kon toebrengen, maar als het aan hem had gelegen had hij me vermoord.'

'Orrin?' Eragon kon zich moeilijk voorstellen dat de koning zoiets zou doen. 'Heb je hem erg beledigd?'

Voor het eerst glimlachte Roran – een vluchtige glimlach, die al snel onder zijn baard verdween. 'Ik heb hem bang gemaakt, en dat is misschien nog wel erger.'

Eragon bromde wat en omklemde het gevest van Brisingr. Hij besefte dat Roran en hij elkaars houding spiegelden; allebei hadden ze hun hand op hun wapen, en allebei lieten ze hun gewicht rusten op hun andere been. 'Wie is hier verder nog van op de hoogte?'

'Jörmundur – hij was erbij – en iedereen aan wie Orrin erover heeft verteld.'

Met een frons begon Eragon te ijsberen, terwijl hij probeerde te bepalen wat hem te doen stond. 'Je had geen slechter moment kunnen kiezen.'

'Weet ik. Ik zou ook niet zo bot tegen Orrin hebben gedaan als hij niet van plan was geweest om Galbatorix de "koninklijke groeten" te gaan doen en dat soort onzin. Daarmee zou hij ons allemaal in gevaar hebben gebracht. Dat kon ik niet laten gebeuren. Jij zou hetzelfde hebben gedaan.'

'Misschien wel, maar dit maakt het allemaal alleen maar moeilijker. Ik ben nu de leider van de Varden. Een aanval op jou of op een van de andere krijgers die onder mijn bevel staan staat gelijk aan een aanval op mij. Orrin weet dat, en hij weet dat we van hetzelfde bloed zijn. Hij had net zo goed mij persoonlijk kunnen uitdagen.'

'Hij was dronken,' zei Roran. 'Ik weet niet zeker of hij dat wel besefte toen hij zijn zwaard trok.'

Eragon zag Arya en Blödhgarm nieuwsgierig naar hem kijken. Hij staakte zijn geijsbeer en keerde hun zijn rug toe.

'Ik maak me zorgen om Katrina,' ging Roran verder. 'Als Orrin kwaad genoeg is, stuurt hij misschien wel zijn mannen achter mij of haar aan. In beide gevallen zou haar iets kunnen overkomen. Jörmundur heeft al een bewaker bij onze tent gezet, maar die biedt niet genoeg bescherming.'

Eragon schudde zijn hoofd. 'Orrin zou haar nooit iets durven aandoen.'

'O nee? Jou kan hij niets maken, en hij heeft het lef niet om mij direct uit te dagen, dus wat blijft er dan over? Een hinderlaag. Messen in het donker. Door Katrina te doden zou Orrin op een makkelijke manier wraak kunnen nemen.'

'Ik betwijfel of Orrin zijn toevlucht zou nemen tot messen in het donker – of Katrina kwaad zou doen.'

'Maar zeker weten doe je het niet.'

Eragon dacht even na. 'Ik zal wat bezweringen op Katrina loslaten om haar veiligheid te waarborgen, en ik zal Orrin laten weten dat ik die heb gebruikt. Dat zou een einde moeten maken aan zijn eventuele plannen.'

De spanning leek uit Roran weg te vloeien. 'Dat zou ik heel fijn vinden.'

'Ik geef jou ook wel wat nieuwe bezweringen.'

'Nee, spaar je krachten. Ik kan wel voor mezelf zorgen.'

Eragon drong aan, maar Roran bleef weigeren. Uiteindelijk zei Eragon:

'Verdorie! Luister toch eens naar me! We staan op het punt de strijd aan te gaan met Galbatorix' mannen. Je moet toch énige bescherming hebben, al was het maar tegen magie. Ik ga afweerbezweringen over je uitspreken, of je het nu leuk vindt of niet, dus zet nou maar een glimlach op en wees me dankbaar!'

Roran wierp hem een vuile blik toe, maar toen pruttelde hij wat en stak zijn handen omhoog. 'Oké, wat jij wilt. Jij hebt toch al nooit van ophouden geweten.'

'O, en jij wel dan?'

Vanuit diep in Rorans baard klonk gegrinnik. 'Dat zal wel niet, nee. Dat zit zeker in de familie.'

'Hmm. Als ik moest kiezen tussen Brom en Garrow, zou ik niet kunnen zeggen wie het koppigst was.'

'Vader,' zei Roran.

'Eh... Brom was zo... Nee, je hebt gelijk. Dat was Garrow.'

Terwijl ze terugdachten aan hun leven op de boerderij, keken ze elkaar grijnzend aan. Toen nam Roran een andere houding aan en keek Eragon van opzij bevreemd aan. 'Je lijkt anders dan je was.'

'O ja?'

'Ja, echt. Je lijkt zekerder van jezelf.'

'Misschien komt dat wel doordat ik mezelf beter begrijp dan vroeger.'

Daar had Roran geen antwoord op.

Een half uur later kwamen Jörmundur en koning Orrin samen aanrijden. Eragon begroette Orrin even beleefd als altijd, maar Orrin reageerde daarop met een korte tegengroet en keek hem niet in de ogen. Zelfs van een paar meter afstand kon Eragon aan zijn adem ruiken dat hij gedronken had.

Toen ze zich allemaal voor Saphira hadden verzameld, nam Eragon het woord. Ten eerste liet hij iedereen in de oude taal geheimhouding zweren. Vervolgens legde hij Orik, Roran, Jörmundur en Orrin uit wat een eldunarí was, en hij gaf een korte samenvatting van de geschiedenis van de edelsteenachtige harten van de draken in samenhang met de Rijders en Galbatorix.

De elfen leken zich er ongemakkelijk onder te voelen dat Eragon bereid was om met de anderen over de eldunarí te spreken, maar tot zijn opluchting protesteerde niemand ertegen. Eindelijk had hij dan toch voldoende vertrouwen weten te winnen. Orik, Roran en Jörmundur reageerden verrast en ongelovig, en hadden tientallen vragen. Vooral Roran kreeg een scherpe gloed in zijn ogen, alsof de informatie hem op een heleboel nieuwe ideeën had gebracht om Galbatorix te doden.

Tijdens Eragons hele verhaal zat Orrin nors voor zich uit te kijken en weigerde zich van de aanwezigheid van de eldunarí te laten overtuigen. Op het laatst werd hij alleen aan het twijfelen gebracht toen Eragon Glaedrs hart van harten uit de zadeltassen haalde en de draak aan hen vieren voorstelde.

Het ontzag dat ze bij de ontmoeting met Glaedr tentoonspreidden deed Eragon goed. Zelfs Orrin leek onder de indruk, hoewel hij zich na een paar woorden met Glaedr te hebben gewisseld naar Eragon toe wendde en zei: 'Wist Nasuada hiervan?'

'Ja. Ik heb het haar bij Feinster verteld.'

Zoals Eragon al had verwacht, beviel die informatie Orrin allerminst. 'Dus wéér hebben jullie tweeën ervoor gekozen mij te negeren. Zonder de steun van mijn mannen en het voedsel van mijn natie hadden de Varden geen enkele hoop gehad om de strijd met het Rijk aan te binden. Ik ben de soevereine heerser over een van de slechts vier landen in Alagaësia, mijn leger maakt een groot deel uit van onze strijdkrachten, en toch vond niemand van jullie het nodig om mij hiervan op de hoogte te brengen?!'

Voordat Eragon daarop kon reageren stapte Orik naar voren. 'Mij hebben ze er ook niets over gezegd, Orrin,' mompelde de dwergenkoning. 'En mijn mensen hebben de Varden langer geholpen dan de jouwe. Je zou er geen aanstoot aan moeten nemen. Eragon en Nasuada hebben gedaan wat volgens hen het beste voor ons was; het was niet hun bedoeling iemand te ontrieven.'

Orrin fronste en keek alsof hij verder wilde discussiëren, maar Glaedr sneed hem de pas af door te zeggen: *Ze hebben gedaan wat ik heb gevraagd, koning van de Surda. De eldunarí zijn het grootste geheim van onze soort, en dat delen we niet snel met anderen, zelfs niet met koningen.*

'Waarom nu dan wel?' wilde Orrin weten. 'Jullie hadden de strijd in kunnen gaan zonder je ooit bekend te maken.'

In antwoord daarop vertelde Eragon het verhaal van hun reis naar Vroengard, en ook dat ze op zee in een storm terecht waren gekomen en het uitzicht dat ze van boven in de wolken hadden gezien. Arya en Blödhgarm leken in dat gedeelte het meest geïnteresseerd, terwijl Orik zich er erg ongemakkelijk onder voelde.

'Barzûl, dat klinkt niet best,' zei hij. 'Ik krijg de rillingen bij het idee alleen al. Een dwerg hoort op de grond te zijn, niet in de lucht.'

Mee eens, zei Saphira, waardoor Orik argwanend fronste en aan de gevlochten uiteinden in zijn baard draaide.

Eragon hervatte zijn relaas en vertelde hoe Saphira, Glaedr en hij de Kluis der Zielen waren binnengegaan, maar hij vertelde er niet bij dat ze daarvoor eerst hun ware namen hadden moeten noemen. En toen hij aan het eind onthulde wat er in het gewelf verborgen had gelegen, viel er even een ontzette stilte.

Toen zei Eragon: 'Stel jullie geest open.'

Even later leek het geluid van fluisterende stemmen de lucht te vullen, en Eragon voelde de aanwezigheid van Umaroth en de andere verborgen draken om hen heen.

De elfen waren onthutst, en Arya liet zich op één knie vallen en drukte een hand tegen de zijkant van haar hoofd alsof iemand haar had geslagen. Orik slaakte een kreet en keek verwilderd om zich heen, terwijl Roran, Jörmundur en Orrin volkomen perplex stonden.

Koningin Islanzadí knielde, in eenzelfde houding als haar dochter. In gedachten hoorde Eragon haar tegen de draken praten; vele begroette ze bij naam en ze verwelkomde hen als oude vrienden. Blödhgarm deed hetzelfde, en een paar minuten lang schoten er een heleboel gedachten heen en weer tussen de draken en degenen die zich aan de voet van de heuvel hadden verzameld.

Het mentale lawaai was zo oorverdovend dat Eragon zich ervan afschermde en op een van Saphira's voorpoten ging zitten om te wachten tot de herrie bedaarde. De elfen leken het meest aangedaan door de onthulling: Blödhgarm staarde met een gezicht dat vreugde en verbazing uitdrukte naar de lucht, terwijl Arya geknield bleef zitten. Eragon meende een spoor van tranen op haar beide wangen te zien. Islanzadí straalde triomfantelijkheid uit, en voor het eerst sinds hij haar had leren kennen dacht Eragon dat ze werkelijk gelukkig was.

Toen herpakte Orik zich en ontwaakte uit zijn dromerijen. Met een blik op Eragon zei hij: 'Bij de hamer van Morgothal, dit stelt alles wel in een heel nieuw licht! Met hun hulp kon het ons wel eens lukken Galbatorix te doden!'

'Dacht je eerder dan dat we dat niet zouden kunnen?' vroeg Eragon poeslief.

'Natuurlijk wel. Maar nu ben ik daar des te meer van overtuigd.'

Roran kwam ook weer tot zichzelf, alsof hij wakker werd uit een droom. 'Ik had niet... Ik wist dat de elfen en jij alles in de strijd zouden werpen, maar ik geloofde niet dat jullie konden winnen.' Hij ving Eragons blik. 'Galbatorix heeft zo veel Rijders verslagen, en jij bent maar in je eentje en niet zo oud. Het leek gewoon onmogelijk.'

'Ik weet het.'

'Maar nu...' Er verscheen een wolfachtige blik in Rorans ogen. 'Nu maken we een kans.'

'Ja,' zei Jörmundur. 'En moet je nagaan: we hoeven ons niet langer zo veel zorgen te maken om Murtagh. Hij is geen partij voor jou samen met de draken.'

Eragon sloeg met zijn hakken tegen Saphira's poot en gaf geen antwoord. Op dat punt had hij andere ideeën. Bovendien dacht hij er liever niet over na dat hij Murtagh zou moeten doden.

Toen nam Orrin het woord. 'Umaroth zegt dat je een strijdplan hebt bedacht. Was je nog van plan ons daarvan op de hoogte te brengen, Schimmendoder?'

'Ik wil het ook wel horen,' zei Islanzadí op vriendelijker toon.

'En ik ook,' zei Orrik.

Eragon staarde hen even aan, waarna hij knikte. Tegen Islanzadí zei hij: 'Is uw leger paraat?'

'Jazeker. We hebben er lang op gewacht om wraak te kunnen nemen; langer wachten is niet nodig.'

'En het onze?' vroeg Eragon, en hij richtte zijn woorden direct tot Orrin, Jörmundur en Orik.

'Mijn knurlan willen graag ten strijde trekken,' verkondigde Orik.

Jörmundur wierp een blik op koning Orrin. 'Onze mannen zijn moe en hongerig, maar hun wil is ongebroken.'

'De Urgals ook?'

'Zij ook.'

'Dan vallen we aan.'

'Wanneer?' wilde Orrin weten.

'Bij het eerste daglicht.'

Een poosje zei niemand iets.

Toen verbrak Roran de stilte. 'Makkelijker gezegd dan gedaan. Hoe dan?'

Eragon legde het uit.

Toen hij was uitgesproken, viel er weer een stilte.

Roran hurkte neer en begon met zijn vingertop in de aarde te tekenen. 'Het is riskant.'

'Maar stoutmoedig,' zei Orik. 'Heel stoutmoedig.'

'Er zijn geen veilige wegen meer,' zei Eragon. 'Als we Galbatorix weten te overvallen zonder dat hij er ook maar enigszins op bedacht is, zou dat genoeg kunnen zijn om de balans in ons voordeel te laten omslaan.'

Jörmundur wreef over zijn kin. 'Waarom niet eerst Murtagh doden? Dat snap ik niet goed. Waarom niet eerst afrekenen met Thoorn en hem, zolang we daar nog de kans toe hebben?'

'Omdat,' antwoordde Eragon, 'Galbatorix dan te weten komt dat zíj er zijn.' En hij gebaarde naar de plek waar de verborgen eldunarí rondzweefden. 'Dan zouden we het voordeel van de verrassing kwijtraken.'

'En het kind?' vroeg Orrin scherp. 'Hoe kom je erbij dat ze je zal helpen? In het verleden heeft ze dat niet gedaan.'

'Dit keer doet ze dat wel,' beloofde Eragon, zelfverzekerder dan hij zich in werkelijkheid voelde.

De koning bromde wat, niet overtuigd.

Toen zei Islanzadí: 'Eragon, je stelt iets groots en verschrikkelijks voor. Ben je hiertoe bereid? Dat vraag ik niet omdat ik twijfel aan je inzet of je dapperheid, maar omdat we dit alleen kunnen doen nadat we er lang en breed over hebben nagedacht. Daarom vraag ik je: ben je hiertoe bereid, zelfs als je weet welke prijs erop kan staan?'

Eragon stond niet op, maar in zijn stem klonk iets van staal door. 'Jazeker. Het moet gedaan worden, en wij zijn degenen aan wie die taak is toebedeeld. Wat de prijs ook is, we kunnen ons er nu niet van afmaken.'

Bij wijze van instemmend gebaar deed Saphira haar kaken een paar centimeter van elkaar en liet ze vervolgens weer dichtklappen, als om een punt te zetten achter wat Eragon had gezegd.

Islanzadí keerde haar gezicht naar de lucht. 'En keuren jij en degenen voor wie je spreekt dit goed, Umaroth-elda?'

Dat doen we zeker, antwoordde de witte draak.

'Dan gaan we,' mompelde Roran.

Een kwestie van plicht

Met z'n tienen – met Umaroth meegerekend – bleven ze nog een uur praten. Orrin had nog meer overtuigingskracht nodig en er waren een heleboel details waarover beslissingen moesten worden genomen, zoals over de timing, de posities en de signalen die ze elkaar zouden geven.

Eragon was opgelucht toen Arya zei: 'Als jij of Saphira er geen bezwaar tegen heeft, wil ik graag morgen met jullie mee.'

'Je bent van harte welkom,' zei hij.

Islanzadí verstrakte. 'Waar zou dat goed voor zijn? Jouw talenten zijn elders nodig, Arya. Blödhgarm en de andere magiërs die ik aan Saphira en Eragon heb toebedeeld kunnen magie beter hanteren dan jij en hebben ook meer gevechtservaring. Vergeet niet dat ze tegen de Meinedigen hebben gestreden, en anders dan voor velen geldt konden zij het nog navertellen. Veel van de oudere leden van onze soort zouden maar wat graag vrijwillig je plaats innemen. Het zou zelfzuchtig zijn om per se mee te willen wanneer anderen die beter voor die taak geschikt zijn bereid en bschikbaar zijn.'

'Volgens mij is niemand zo geschikt als Arya,' zei Eragon kalm. 'En op Saphira na is er niemand die ik liever aan mijn zijde zou hebben.'

Islanzadí liet haar blik op Arya rusten en zei tegen Eragon: 'Je bent nog jong, Schimmendoder, en je laat je oordeel vertroebelen door je emoties.'

'Nee, moeder,' zei Arya. 'Jíj bent degene die je oordeel door emoties laat vertroebelen.' Met lange, elegante stappen kwam ze naar Islanzadí toe. 'Je hebt gelijk: er zijn anderen die sterker, wijzer en ervarener zijn dan ik. Maar ik was degene die Saphira's ei heel Alagaësia door zeulde. Ik heb Eragon gered van de Schim Durza. En ik heb, met hulp van Eragon, de Schim Varaug in Feinster omgebracht. Net als Eragon ben ik nu een Schimmendoder, en je weet heel goed dat ik lang geleden gezworen heb me in dienst te stellen van ons volk. Wie van ons kan verder nog zo veel aanspraken maken? Zelfs als ik zou willen kan ik hier niet onderuit. Ik ga nog liever dood. Ik ben net zo bereid om deze uitdaging aan te gaan als wie ook van onze ouderen, want hier heb ik mijn hele leven aan gewijd, net als Eragon.'

'Dat hele leven van je is nog maar zo kort geweest,' zei Islanzadí. Ze bracht een hand naar Arya's gezicht. 'Sinds je vader al die jaren geleden overleed heb je je voorgenomen de strijd met Galbatorix aan te binden, maar je weet nog maar weinig van de vreugden die het leven kan brengen. En in die jaren zijn we maar weinig samen geweest: een handjevol dagen, verspreid over een eeuw. Pas sinds je Saphira en Eragon naar Ellesméra hebt gebracht zijn we weer in gesprek gekomen, zoals een moeder en dochter samen horen te spreken. Ik wil je niet zo snel alweer kwijt, Arya.'

'Ik was niet degene die ervoor koos gescheiden te blijven,' zei Arya.

'Nee,' zei Islanzadí, en ze haalde haar hand weg. 'Maar jij was wel degene die ervoor koos Du Weldenvarden te verlaten.' Haar gezichtsuitdrukking verzachtte. 'Ik heb geen zin in een discussie, Arya. Ik begrijp dat je dit als je plicht beschouwt, maar wil je omwille van mij niet een ander jouw plaats laten innemen?'

Arya sloeg haar blik neer en bleef een poosje zwijgen. Toen zei ze: 'Ik kan Eragon en Saphira niet zonder mij laten gaan, zoals jij ook niet je leger ten strijde kunt laten trekken zonder dat je zelf aan het hoofd staat. Ik kan het niet... Wil je dan dat straks over me gezegd wordt dat ik een lafaard ben? Onze familie keert zich niet af van wat gedaan moet worden; vraag me niet mezelf te schande te maken.'

De glans in Islanzadí's ogen leek volgens Eragon verdacht veel op tra-

nen. 'Ja,' zei de koningin, 'maar om het nou tegen Galbatorix op te nemen...'
'Als je zo bang bent,' zei Arya, hoewel niet op onvriendelijke toon, 'ga dan met me mee.'
'Dat kan ik niet. Ik moet het bevel over mijn troepen voeren.'
'En ik moet met Eragon en Saphira mee. Maar ik beloof je dat ik niet zal omkomen.' Arya legde haar hand tegen Islanzadí's gezicht, zoals haar moeder net bij haar had gedaan. *Ik zal niet omkomen*, zei Arya nog een keer, maar ditmaal in de oude taal.

Arya's vastbeslotenheid maakte indruk op Eragon; dat ze dit zei in de oude taal betekende dat ze er rotsvast in geloofde. Islanzadí leek eveneens onder de indruk, en ook trots. Ze glimlachte en kuste Arya op beide wangen. 'Ga dan maar, mijn zegen heb je. En neem niet meer risico's dan strikt noodzakelijk is.'

'Jij ook niet.' En ze omhelsden elkaar.

Toen ze uiteengingen, keek Islanzadí Eragon en Saphira aan en zei: 'Let goed op haar, alsjeblieft, want ze heeft geen draak of eldunarí die haar kunnen beschermen.'

Dat zullen we zeker doen, antwoordden Eragon en Saphira in de oude taal.

Zodra ze eenmaal alle nodige maatregelen hadden getroffen, werd de krijgsraad opgebroken en gingen de verschillende leden elk huns weegs. Vanaf zijn plekje bij Saphira zag Eragon de anderen in het kamp heen en weer lopen. Hij noch zij maakte aanstalten om in beweging te komen. Saphira zou zich tot de aanval schuilhouden achter de heuvel, terwijl hij van plan was te wachten tot het donker was voordat hij zich naar het kamp begaf.

Orik was de tweede die vertrok, na Roran. Voordat hij wegging kwam de dwergenkoning naar Eragon toe en nam hem in een ruwe omhelzing. 'Ah, kon ik maar met jullie tweeën mee,' zei hij, en zijn ogen boven zijn baard stonden ernstig.

'Ik zou ook graag willen dat je meekwam,' zei Eragon.

'Nou, we zien elkaar naderhand weer. Dan kunnen we met vaten vol mede op onze overwinning proosten, niet dan?'

'Ik kijk ernaar uit.'

Ik ook, zei Saphira.

'Mooi zo,' zei Orrik, en hij knikte resoluut. 'Dat is dan geregeld. Zorg dus maar dat Galbatorix niet de overhand krijgt, want anders zie ik me nog genoodzaakt achter jullie op te marcheren.'

'We zullen voorzichtig zijn,' zei Eragon met een glimlach.

'Dat mag ik hopen, want ik betwijfel of ik meer zou kunnen uitrichten dan Galbatorix even in zijn neus te knijpen.'

Dat zou ik wel eens willen zien, zei Saphira.
Orik bromde wat. 'Moge de goden over je waken, Eragon, en over jou ook, Saphira.'
'En over jou, Orik, zoon van Thrifk.' Toen sloeg Orik Eragon op de schouder en beende naar de plek waar hij zijn pony aan een struik had vastgebonden.
Toen Islanzadí en Blödhgarm vertrokken, bleef Arya achter. Ze was diep in gesprek met Jörmundur, dus zocht Eragon er weinig achter. Maar toen Jörmundur wegreed en Arya nog steeds bleef dralen, drong tot hem door dat ze hen alleen wilde spreken.
Zodra alle anderen weg waren, keek ze Saphira en hem inderdaad aan en zei: 'Is jullie nog iets anders overkomen toen jullie weg waren, iets waar je het niet over wilde hebben ten overstaan van Orrin of Jörmundur... of mijn moeder?'
'Hoe dat zo?'
Ze aarzelde. 'Omdat... jullie allebei lijken te zijn veranderd. Komt het door de eldunarí, of heeft het iets te maken met wat er tijdens de storm met jullie is gebeurd?'
Eragon glimlachte om haar opmerkzaamheid. Hij raadpleegde Saphira, en toen zij haar goedkeuring gaf zei hij: 'We hebben ontdekt wat onze ware namen zijn.'
Arya zette grote ogen op. 'Echt waar...? En waren jullie er blij mee?'
Voor een deel, zei Saphira.
'We hebben onze ware namen ontdekt,' herhaalde Eragon. 'We hebben gezien dat de aarde rond is. En tijdens onze vlucht hiernaartoe hebben Umaroth en de andere eldunarí een heleboel van hun herinneringen met ons gedeeld.' Hij permitteerde zich een wrang glimlachje. 'Ik kan niet beweren dat we die allemaal begrijpen, maar daardoor lijken de dingen wel... anders.'
'Ik snap het,' mompelde Arya. 'En vind je het veranderingen ten goede?'
'Zeker wel. Verandering op zich is goed noch slecht, maar kennis is altijd nuttig.'
En zo vertelde hij haar hoe ze het voor elkaar hadden gekregen, en hij vertelde haar ook over de merkwaardige wezens die ze op het eiland Vroengard hadden gezien, wat haar erg interesseerde.
Terwijl Eragon aan het woord was kreeg hij een idee, dat hem zo aansprak dat hij het niet kon negeren. Hij legde het aan Saphira uit, en nogmaals gaf ze hem haar goedkeuring, ook al was het dan met wat meer tegenzin dan de eerste keer.
Moet dat echt? vroeg ze.
Ja.

Ga dan je gang maar. Maar alleen als ze erin toestemt.
Toen ze uitgepraat waren over Vroengard, keek hij Arya in de ogen en zei: 'Zou je mijn ware naam willen horen? Die zou ik je graag vertellen.'
Ze leek te schrikken van het aanbod. 'Nee! Je moet hem niet aan mij vertellen, of aan iemand anders. Zeker niet nu we zo dicht bij Galbatorix zijn. Misschien steelt hij hem wel uit mijn geest. Trouwens, je moet je ware naam alleen noemen tegenover... tegenover degenen die je boven alle anderen vertrouwt.'
'Jou vertrouw ik.'
'Eragon, zelfs wanneer wij elfen elkaar onze ware naam vertellen, doen we dat pas als we elkaar al jarenlang kennen. De kennis die erin besloten ligt is te persoonlijk, te intiem, om er al te scheutig mee te zijn, en er bestaat geen groter risico dan hem te delen. Wanneer je tegenover iemand je ware naam noemt, leg je alles wat je bent in diens handen.'
'Dat weet ik, maar misschien krijg ik de kans wel nooit meer. Dit is het enige wat ik te geven heb, en ik wil het graag aan jou geven.'
'Dat weet ik.'
Er trok een huivering door Arya heen, en vervolgens leek ze zich in zichzelf terug te trekken. Na een poosje zei ze: 'Niemand heeft me ooit zo'n cadeau aangeboden... Ik voel me vereerd door je vertrouwen, Eragon, en ik begrijp hoeveel dit voor je betekent, maar nee, ik moet het afwijzen. Het zou niet goed voor je zijn om het te doen, en verkeerd voor mij om er ja op te zeggen alleen maar omdat we morgen misschien gedood worden of tot slaaf worden gemaakt. Gevaar is geen reden om je dwaas te gaan gedragen, hoe groot de risico's ook zijn die we lopen.'
Eragon boog zijn hoofd. Haar argumenten sneden hout, en hij zou haar keus respecteren. 'Goed dan, zoals je wilt,' zei hij.
'Dank je wel, Eragon!'
Er verstreek enige tijd. Toen zei hij: 'Heb jij ooit iemand je ware naam verteld?'
'Nee.'
'Zelfs je moeder niet?'
Ze vertrok haar mond. 'Nee.'
'Weet je hoe hij luidt?'
'Natuurlijk. Hoezo, wat dacht je dan?'
Hij haalde halfhartig zijn schouders op. 'Ik dacht niets. Ik wist het alleen niet zeker.' Er viel een stilte tussen hen. Toen: 'Wanneer... Hoe ben jij achter je ware naam gekomen?'
Arya bleef zo lang zwijgen dat hij begon te denken dat ze geen antwoord wilde geven. Toen ademde ze diep in en zei: 'Dat gebeurde toen ik al een paar jaar weg was uit Du Weldenvarden, toen ik eindelijk gewend was

geraakt aan mijn rol te midden van de Varden en de dwergen. Faolin en mijn andere metgezellen waren weg en ik had veel tijd voor mezelf. Meestal besteedde ik die aan het verkennen van Tronjheim en het ronddwalen door de verlaten stadsberg, op plaatsen waar anderen zelden kwamen. Tronjheim is groter dan de meesten beseffen, en er zijn een heleboel vreemde dingen te vinden: kamers, mensen, wezens, vergeten kunstvoorwerpen... Al ronddwalend dacht ik na, en ik leerde mezelf beter kennen dan ooit tevoren. Op een dag ontdekte ik een kamer ergens op een hoge plek in Tronjheim – ik vraag me af of ik hem nog terug zou kunnen vinden, als ik dat zou willen. Een bundel zonlicht leek er naar binnen te vallen, hoewel het plafond ongeschonden was, en in het midden van de kamer stond een voetstuk, en daarop groeide een enkele bloem. Ik weet niet wat voor bloem het was; ik heb daarvoor of daarna nooit meer zoiets gezien. De bloemblaadjes waren paars, maar het hart van de bloem zag eruit als een druppel bloed. Aan de steel zaten doorns, en de bloem wasemde een heel aparte geur uit en leek te gonzen van een eigen soort muziek. Het was zo'n verbazingwekkende en onwaarschijnlijke ontdekking dat ik langer dan ik me kan herinneren in de kamer naar die bloem bleef zitten staren, en daar en op dat moment was ik eindelijk in staat in woorden te vatten wie ik was en wie ik ben.'

'Die bloem zou ik wel eens een keer willen zien.'

'Misschien gaat dat ook gebeuren.' Arya wierp een blik op het kamp van de Varden. 'Ik moet gaan. Er is nog veel te doen.'

Hij knikte. 'Dan zie ik je morgen.'

'Tot morgen.' Arya maakte aanstalten om weg te lopen. Na een paar stappen bleef ze staan en keek om. 'Ik ben blij dat Saphira jou als haar Rijder heeft uitgekozen, Eragon. En ik ben er ook trots op dat ik aan je zijde heb gevochten. Je bent tot iets groters uitgegroeid dan wie van ons ook had durven hopen. Wat er morgen ook gebeurt, ik wil dat je dat weet.'

Na die woorden liep ze door en weldra was ze achter de glooiing van de heuvel verdwenen, zodat hij alleen achterbleef met Saphira en de eldunarí.

Vuur in de nacht

Toen het donker werd, sprak Eragon een betovering uit om zichzelf te verbergen. Toen klopte hij Saphira op haar snuit en ging lopend op weg naar het kamp van de Varden.

Doe voorzichtig, zei ze.

Doordat hij onzichtbaar was, kwam hij met gemak langs de krijgers die rondom het kamp de wacht hielden. Zolang hij zich stil hield en zolang de mannen niets zagen van zijn voetafdrukken of de schaduwen die hij wierp, kon hij gaan en staan waar hij wilde.

Hij zocht zich een weg tussen de wollen tenten door, totdat hij die van Roran en Katrina had gevonden. Met zijn knokkels tikte hij tegen een tentstok, en Roran stak zijn hoofd naar buiten.

'Waar ben je?' fluisterde Roran. 'Kom gauw binnen!'

Eragon liet de stroom magie los en maakte zichzelf kenbaar. Roran deinsde even terug, waarna hij hem bij de arm pakte en hem de donkere tent in trok.

'Welkom, Eragon,' zei Katrina, die overeind kwam van haar kleine brits.

'Katrina.'

'Wat fijn om je weer te zien.' Ze omhelsde hem even.

'Gaat dit lang duren?' vroeg Roran.

Eragon schudde zijn hoofd. 'Als het goed is niet.' Hij hurkte neer, dacht even na, en begon toen in de oude taal zachtjes voor zich uit te zingen. Eerst omgaf hij Katrina met bezweringen, om haar te beschermen tegen wie haar ook maar kwaad wilde doen. Hij maakte de betoveringen uitgebreider dan hij oorspronkelijk van plan was geweest, om ervoor te zorgen dat zij en haar ongeboren kind aan de strijdkrachten van Galbatorix zouden ontkomen voor het geval Roran en hem iets overkwam. 'Deze beschermspreuken zullen je voor bepaalde aanvallen behoeden,' liet hij haar weten. 'Ik kan je niet zeggen hoeveel precies, want dat hangt af van de kracht van de slagen of betoveringen. Ik heb je ook nog een ander middel gegeven om je te verdedigen. Als je in gevaar bent, hoef je maar twee keer het woord frethya uit te spreken, en je bent niet meer te zien.'

'Frethya,' mompelde ze.

'Precies. Maar daarmee ben je niet helemaal verdwenen. De geluiden die je maakt zijn nog steeds te horen, en je voetsporen blijven zichtbaar. Wat er ook gebeurt, ga nooit het water in, want dan is meteen duidelijk waar je je bevindt. De betovering onttrekt energie aan je, wat inhoudt dat je sneller moe zult worden dan anders, en ik raad je aan niet te slapen zolang hij actief is. Misschien word je dan wel niet meer wakker. Om de betovering op te heffen hoef je alleen maar frethya letta te zeggen.'

'Frethya letta.'

'Goed zo.'

Vervolgens ging Eragon met Roran aan de slag. Hij was langer bezig om zijn neef met afweerbezweringen te omgeven – de kans was immers groot dat Roran met meer bedreigingen te maken zou krijgen – en hij legde meer energie in de betoveringen dan Roran volgens hem zou hebben goedgevonden, maar dat kon Eragon niet schelen. Hij moest er niet aan denken om Galbatorix te verslaan en te moeten constateren dat Roran in de strijd was gesneuveld.

Naderhand zei hij: 'Ik heb ditmaal iets anders gedaan, iets waar ik lang geleden al aan had moeten denken. Boven op de gebruikelijke afweerbezweringen heb ik je er een paar gegeven die in direct verband staan met je eigen kracht. Zolang je leeft beschermen ze je tegen gevaar, maar' – hij stak een vinger in de lucht – 'ze worden alleen actief zodra de andere afweerbezweringen uitgeput zijn, en als je er te veel van vergt stort je bewusteloos neer en ga je dood.'

'Dus ik kan er dood aan gaan, ook al zijn ze bedoeld om me te behoeden?' vroeg Roran.

Eragon knikte. 'Als je weet te voorkomen dat iemand weer een muur boven je hoofd laat instorten, is er niets aan de hand. Het is een risico, maar het is volgens mij de moeite waard als we ermee kunnen vermijden dat een paard je vertrapt of dat er een speer dwars door je heen gaat. Ik heb jou ook dezelfde bezweringen gegeven als Katrina. Het enige wat je hoeft te doen is twee keer frethya zeggen en frethya letta om jezelf naar believen onzichtbaar en zichtbaar te maken.' Hij haalde zijn schouders op. 'In de strijd heb je daar misschien iets aan.'

Roran grinnikte vals. 'Zeker weten.'

'Als je maar zorgt dat de elfen je niet voor een van Galbatorix' magiërs aanzien.'

Toen Eragon weer ging staan, kwam Katrina ook overeind. Ze verraste hem door een van zijn handen vast te pakken en die tegen haar borst te drukken. 'Dank je wel, Eragon,' zei ze zachtjes. 'Je bent een goed mens.'

Hij kreeg een kleur van verlegenheid. 'Het stelt niets voor.'

'Pas morgen goed op jezelf. Je betekent heel veel voor ons allebei, en ik reken erop dat je de peetoom van ons kind wilt zijn. Ik zou me geen raad weten als je zou sneuvelen.'

Hij lachte. 'Maak je maar geen zorgen. Saphira laat mij heus geen domme dingen doen.'

'Mooi zo.' Ze kuste hem op beide wangen, waarna ze hem losliet. 'Vaarwel, Eragon.'

'Vaarwel, Katrina.'

Roran liep met hem mee naar buiten. Met een gebaar naar de tent zei hij: 'Dank je wel.'

'Graag gedaan.'

Ze pakten elkaars onderarmen vast en omhelsden elkaar. Toen zei Roran: 'Moge het geluk met je zijn.'

Eragon nam een lange en haperende teug adem. 'Moge het geluk met jóú zijn.' Hij kneep nog wat harder in Rorans onderarm; hij wilde hem niet loslaten, want hij wist dat ze elkaar misschien nooit meer zouden zien. 'Als Sahpira en ik niet terugkomen,' zei hij, 'wil jij er dan voor zorgen dat we thuis begraven worden? Ik zou niet willen dat ons gebeente hier blijft rusten.'

Roran trok zijn wenkbrauwen op. 'Het zal nog niet meevallen om Saphira dat hele eind terug te sjouwen.'

'De elfen willen vast wel helpen.'

'Oké dan, ik beloof het. Heb je voorkeur voor een bepaalde plek?'

'Boven op de kale heuvel,' zei Eragon, doelend op een voetheuvel vlak bij hun boerderij. De heuvel met zijn kale top had altijd een prima plek voor een kasteel geleken, iets waar ze toen ze jonger waren veel over hadden gepraat.

Roran knikte. 'En als ik niet terug mocht komen...'

'Dan doen we hetzelfde voor jou.'

'Dat wilde ik helemaal niet vragen. Als ik niet terug mocht komen... wil je dan voor Katrina zorgen?'

'Natuurlijk. Dat weet je toch?'

'Jawel, maar ik wilde het zeker weten.' Ze keken elkaar nog een poosje in de ogen. Uiteindelijk zei Roran: 'We verwachten je morgenavond met het eten.'

'Ik zal er zijn.'

Toen glipte Roran de tent weer in, zodat Eragon alleen in het donker bleef staan.

Hij keek op naar de sterren en voelde zich even verdrietig, alsof hij al iemand die hem dierbaar was had verloren.

Even later liep hij weg de schaduwen in, erop vertrouwend dat het donker hem aan het zicht zou onttrekken.

In het kamp zocht hij om zich heen tot hij de tent had gevonden die Horst en Elain deelden met hun kleine meisje Hoop. Ze waren alle drie nog wakker, want de kleine huilde.

'Eragon!' riep Horst zachtjes uit toen Eragon zijn aanwezigheid kenbaar maakte. 'Kom binnen! Kom binnen! Sinds Dras-Leona hebben we je maar weinig gezien! Hoe staat het ermee?'

Eragon praatte bijna een uur met hen – hij vertelde hun niet over de eldunarí, maar wel over zijn reis naar Vroengard – en toen Hoop eindelijk in slaap gevallen was, nam hij afscheid en ging weer de nacht in.

Vervolgens zocht hij Jeod op, die rollen zat te lezen bij het licht van een kaars, terwijl zijn vrouw Helen lag te slapen. Toen Eragon aanklopte en zijn hoofd de tent in stak, schoof de man met het magere gezicht vol littekens zijn rollen terzijde en stapte de tent uit om zich bij Eragon te voegen.

Jeod had een heleboel vragen, en hoewel Eragon niet op alles reageerde, beantwoordde hij er toch zo veel dat Jeod volgens hem wel grotendeels moest kunnen raden wat er te gebeuren stond.

Toen hij was uitgesproken legde Jeod een hand op Eragons schouder. 'Ik benijd je niet om de taak die voor je ligt. Brom zou trots zijn op je moed.'

'Dat mag ik hopen.'

'Ik weet het wel zeker... Als ik je niet meer zie, weet dan dat ik een bescheiden verslag heb geschreven van je ervaringen en van de gebeurtenissen die daartoe hebben geleid – voornamelijk mijn avonturen met Brom om Saphira's ei veilig te stellen.' Verrast keek Eragon hem aan. 'Ik krijg misschien niet de kans om het af te maken, maar het leek me toch een nuttige aanvulling op Heslants werk in *Domia abr Wyrda.*'

Eragon lachte. 'Dat lijkt me heel gepast! Maar als jij en ik na morgen allebei nog leven en vrij zijn, zou ik je wel eens het een en ander willen vertellen om je verslag aan te vullen en interessanter te maken.'

'Daar hou ik je aan.'

Eragon dwaalde nog een uur of wat door het kamp en stopte af en toe even bij de vuren waar mannen, dwergen en Urgals die nog wakker waren omheen zaten. Hij sprak kort met ieder van de krijgers die hij ontmoette, vroeg of ze behoorlijk werden behandeld, leefde mee met de pijn in hun voeten en krappe rantsoenen, en maakte hier en daar een grapje. Hij hoopte maar dat hij door zichzelf aan hen te laten zien het moreel van de krijgers kon opkrikken en hun vastberadenheid kon sterken, om op die manier een sfeer van optimisme door het leger te verspreiden. Onder de Urgals, constateerde hij, was de stemming het best; ze leken zich op de aanstaande strijd te verheugen, en op de daarmee gepaard gaande kansen om roem te vergaren.

Hij had er ook nog een andere bedoeling mee: valse informatie verspreiden. Wanneer iemand hem een vraag stelde over de aanval op Urû'baen, liet hij doorschemeren dat Saphira en hij deel zouden uitmaken van het bataljon dat het noordwestelijke deel van de stadsmuur zou belegeren. Hij hoopte dat Galbatorix' spionnen die leugen door zouden brieven aan de koning zodra Galbatorix de volgende morgen door het strijdsignaal zou worden gewekt.

Terwijl hij naar de gezichten van zijn toehoorders keek, vroeg Eragon zich onwillekeurig af wie eventueel Galbatorix' dienaren waren. Die gedachte gaf hem een ongemakkelijk gevoel, en wanneer hij van het ene vuur naar het volgende liep hield hij zijn oren gespitst op voetstappen achter hem.

Uiteindelijk, toen hij dacht dat hij wel genoeg krijgers had gesproken om ervoor te zorgen dat de informatie Galbatorix zou bereiken, liet hij de vuren achter zich en ging op weg naar een tent die een stukje bij de andere vandaan aan de zuidkant van het kamp stond.

Hij klopte op de tentstok – een-, twee-, driemaal. Er kwam geen reactie, dus klopte hij nog eens, dit keer harder en langduriger.

Even later hoorde hij slaperig gekreun en het geruis van dekens die werden teruggeslagen. Geduldig bleef hij wachten tot een kleine hand de flap van de ingang openschoof en het heksenkind Elva tevoorschijn kwam. Ze droeg een donker gewaad dat haar veel te groot was, en in het zwakke licht van een toorts die een paar meter verderop stond ontwaarde hij een frons op haar scherpe gezichtje.

'Wat wil je, Eragon?' wilde ze weten.

'Kun je dat zelf niet bedenken?'

Haar frons werd dieper. 'Nee, dat kan ik niet bedenken. Alleen dat je het zo graag wilt dat je me er midden in de nacht voor wakker maakt, dat ziet de grootste gek nog. Waar gaat het om? Ik krijg al zo weinig rust, dus het kan maar beter belangrijk zijn.'

'Dat is het ook.'

Een paar minuten was hij onafgebroken aan het woord om zijn plan te beschrijven, waarna hij zei: 'Zonder jou gaat het niet werken. Jij bent degene met wie het staat of valt.'

Ze liet een akelig lachje horen. 'Niet te geloven! De machtige krijger die zich verlaat op een kind om degene om te brengen die hij niet weet te doden!'

'Wil je me helpen?'

Het meisje keek omlaag en schoof met haar blote voet over de grond.

'Want zo ja, dan komt aan dit alles' – hij gebaarde naar het kamp en de stad erachter – 'weldra een eind, en dan heb je het niet meer zo zwaar...'

'Ik help je wel.' Ze stampte met haar voet en keek hem duister aan. 'Je hoeft me heus niet om te kopen. Ik was toch al van plan om te helpen. Ik laat de Varden niet door Galbatorix in de pan hakken alleen maar omdat ik jou niet mag. Zó belangrijk ben je nou ook weer niet, Eragon. Trouwens, ik heb Nasuada iets beloofd, en ik ben van plan woord te houden.' Ze hield haar hoofd schuin. 'Je verzwijgt iets voor me. Iets waarvan je bang bent dat Galbatorix erachter komt voordat we aanvallen. Iets over...'

Ze werd onderbroken door het geluid van rammelende kettingen.

Heel even raakte Eragon van zijn à propos. Toen besefte hij dat het geluid uit de stad kwam.

Hij bracht zijn hand naar zijn zwaard. 'Hou je paraat,' zei hij tegen Elva. 'Misschien moeten we nu meteen vertrekken.'

Zonder in discussie te gaan draaide het meisje zich om en ging de tent in.

Eragon reikte uit met zijn geest en zocht contact met Saphira. *Hoor je dat?*

Ja.

Als het nodig is zien we je zo bij de weg.

Het gerammel ging nog even door, waarna er een holle klap klonk, gevolgd door stilte.

Eragon luisterde ingespannen, maar hoorde niets meer. Hij wilde net een bezwering loslaten om zijn oren gevoeliger te maken, toen er een doffe plof klonk, vergezeld van een reeks scherpe klikken.

En nog eens...

En nog eens...

Er trok een rilling van afgrijzen langs Eragons ruggengraat. Dit was onmiskenbaar het geluid van een draak die op steen liep. Maar wat voor draak was dat wel niet, als zijn voetstappen op ruim anderhalve kilometer afstand te horen waren?!

Shruikan, dacht hij, en hij kreeg een knoop in zijn maag van angst.

Door het hele kamp heen weergalmden waarschuwingshoorns, en mannen, dwergen en Urgals staken toortsen aan terwijl het leger geschrokken wakker werd.

Eragon wierp een zijdelingse blik op Elva, die haastig de tent uit kwam, gevolgd door Greta, de oude vrouw die haar verzorgster was. Het meisje had een korte rode tuniek aangetrokken, waaroverheen ze een maliënkolder droeg die haar precies paste.

De voetstappen in Urû'baen vielen stil. De schaduwachtige massa van de draak onttrok de meeste lantaarns en nachtlichten in de stad aan het zicht. *Hoe groot is hij wel niet?* vroeg Eragon zich verbijsterd af. Groter dan Glaedr, zo veel was zeker. Even groot als Belgabad? Eragon zou het niet kunnen zeggen. Nog niet.

Toen sprong de draak omhoog, de stad uit, en ontvouwde zijn gigantische vleugels; het was net of honderd zwarte zeilen zich vulden met wind. Toen hij zijn vleugels bewoog, trilde de lucht als bij een donderklap, en door het hele land begonnen honden te janken en hanen te kraaien.

Zonder erover na te denken hurkte Eragon neer; hij voelde zich net een muis die zich schuilhoudt voor een adelaar.

Elva trok aan de zoom van zijn tuniek. 'We moeten gaan,' drong ze aan.

'Wacht,' fluisterde hij. 'Nog niet.'

Hele delen van de sterrenhemel werden aan het zicht onttrokken toen Shruikan langs de hemel cirkelde en steeds hoger steeg. Eragon probeerde aan de hand van zijn contouren in te schatten hoe groot de draak was, maar het was te donker en de afstand was te groot om er iets zinnigs over te kunnen zeggen. Hoe omvangrijk Shruikan ook precies mocht zijn, hij had angstaanjagende afmetingen. Als draak van nog maar honderd jaar oud zou hij kleiner moeten zijn, maar Galbatorix leek zijn groei te hebben versneld, net als hij met Thoorn had gedaan.

Terwijl hij naar de schaduw boven zijn hoofd keek, hoopte Eragon met heel zijn hart dat Galbatorix niet bij de draak was, en als hij dat wel was, dat hij dan niet de moeite zou nemen om de geesten van degenen onder hem te peilen. Want als hij dat deed, zou hij ontdekken...

'Eldunarí,' bracht Elva ademloos uit. 'Dát is wat je verborgen houdt!' Achter haar fronste de verzorgster van het meisje niet-begrijpend haar wenkbrauwen, al met een vraag op de lippen.

'Stil!' grauwde Eragon. Elva deed haar mond open en hij sloeg zijn hand eroverheen om haar het zwijgen op te leggen. 'Niet hier, niet nu!' waarschuwde hij. Ze knikte en hij haalde zijn hand weer weg.

Op dat moment verscheen er een vuurbaan aan de hemel, even breed als de rivier de Anora. Shruikan schudde zijn kop heen en weer en spuwde een stortvloed van verblindende vlammen uit over het kamp en de omringende velden, en een geluid als van een neerdonderende waterval vulde de nacht. De hitte prikte op Eragons opgeheven gezicht. Toen verdwenen de vlammen weer, als mist in de zon, maar ze lieten een kloppend nabeeld en een rokerige zwavelgeur achter.

De gigantische draak draaide zich om en sloeg nog een keer met zijn vleugels – de lucht kolkte –, waarna zijn vormeloze zwarte gestalte weer omlaag gleed naar de stad en tussen de gebouwen verdween. Daarop werden er voetstappen hoorbaar, toen het gerammel van de kettingen, en ten slotte het weergalmende gekraak van een hek dat werd dichtgeslagen.

Eragon liet de adem ontsnappen die hij al die tijd had ingehouden en slikte, hoewel zijn keel droog was. Zijn hart bonkte zo dat het pijn deed. *Moeten we... daartegen vechten?* dacht hij, terwijl al zijn oude angsten terugkwamen.

'Waarom viel hij niet aan?' vroeg Elva met een klein, angstig stemmetje.

'Hij wilde ons bang maken.' Eragon fronste. 'Of ons afleiden.' Hij speurde de geesten van de Varden af tot hij Jörmundur vond, waarna hij de krijger instructies gaf om te controleren of alle schildwachten op hun post stonden en om de rest van de nacht de wacht te verdubbelen. Tegen Elva zei hij: 'Kon jij iets voelen van Shruikan?'

Het meisje huiverde. 'Pijn. Veel pijn. En ook woede. Als hij zou kunnen, zou hij elk wezen dat hij op zijn weg vond doden en elke plant verbranden, tot er niets en niemand meer over was. Hij is laaiend.'

'Is er geen manier om hem te bereiken?'

'Geen enkele. Het zou het barmhartigst zijn om hem uit zijn ellende te verlossen.'

Die wetenschap stemde Eragon verdrietig. Hij had altijd gehoopt dat ze Shruikan van Galbatorix zouden weten te redden. Zachtjes zei hij: 'We kunnen maar beter gaan. Ben je er klaar voor?'

Elva legde haar verzorgster uit dat ze wegging, wat de oude vrouw helemaal niet aanstond, maar Elva verlichtte met een paar snelle woorden haar zorgen. Het vermogen van het meisje om in het hart van anderen te kijken bleef Eragon verbazen, en verontrustte hem ook.

Toen Greta eenmaal haar toestemming had gegeven, verborg Eragon Elva en zichzelf met magie, waarna ze zich getweeën naar de heuvel begaven waar Saphira wachtte.

Over de muur en in de muil

'Moet dat per se?' vroeg Elva.

Eragon stopte met het nakijken van de beenriemen aan Saphira's zadel en keek naar de plek waar het meisje in kleermakerszit op het gras zat, spelend met de ringetjes van haar maliënkolder.

'Wat?' vroeg hij.

Ze tikte met een kleine, puntige nagel tegen haar lip. 'Je kauwt steeds op de binnenkant van je wang. Dat leidt af.' Na even nadenken zei ze: 'En het is walgelijk.'

Enigszins verbaasd stelde hij vast dat hij zo vaak op de binnenkant van zijn rechterwang had gebeten dat die nu bedekt was met bloederige wondjes. 'Sorry,' zei hij en hij genas zichzelf met een snelle bezwering.

Hij had het donkerste deel van de nacht met mediteren doorgebracht – niet denkend aan wat er komen zou of wat er geweest was, maar alleen aan wat er was: het gevoel van de koele lucht tegen zijn huid, de grond onder hem, zijn gelijkmatige ademhaling en het langzame kloppen van zijn hart dat de resterende momenten van zijn leven aftelde.

Maar nu was de morgenster Aiedail in het oosten opgegaan – de komst van het eerste ochtendlicht aankondigend – en het was tijd dat ze zich klaarmaakten voor de strijd. Hij had elk klein onderdeeltje van zijn uitrusting geïnspecteerd, de zadelriemen afgesteld zodat Saphira er geen last van had, de zadeltassen helemaal leeggehaald, op de kist met Glaedrs eldunarí en een deken voor de opvulling na, en zijn zwaardriem minstens vijf keer vastgegespt en weer losgegespt.

Toen hij klaar was met het nakijken van de riemen aan het zadel sprong hij van Saphira af. 'Sta op,' zei hij. Elva keek hem geïrriteerd aan, maar deed wat hij vroeg. Ze klopte het gras van haar tuniek. Met snelle bewegingen liet hij zijn handen over haar smalle schouders gaan en trok aan de rand van haar maliënkolder om zich ervan te verzekeren dat het ding goed zat. 'Wie heeft dit voor je gemaakt?'

'Een paar lieftallige dwergenbroers genaamd Ûmar en Ulmar.' Ze kreeg kuiltjes in haar wangen toen ze naar hem lachte. 'Ze dachten dat ik het niet nodig zou hebben, maar ik heb héél erg aangedrongen.'

Daar twijfel ik niet aan, zei Saphira tegen Eragon. Hij onderdrukte een glimlach. Het meisje had een groot deel van de nacht met de draken zitten praten, ze betoverend zoals alleen zij dat kon. Maar Eragon kon zien dat ze ook bang voor haar waren – zelfs de oudere draken, zoals Valdr –, want ze stonden weerloos tegenover Elva's macht. Dat gold voor iedereen.

'En hebben Ûmar en Ulmar je een zwaard gegeven om mee te vechten?' vroeg hij.

Elva trok haar wenkbrauwen op. 'Waarom zou ik dat willen?'

Hij staarde haar een ogenblik aan, pakte toen zijn oude jachtmes, dat hij bij het eten had gebruikt, en liet haar dat om haar middel binden met een leren koord. 'Voor het geval dat,' zei hij toen ze protesteerde. 'Nou, toe maar.'

Gehoorzaam klom ze op zijn rug en sloeg haar armen om zijn nek. Hij had haar ook op die manier naar de heuvel vervoerd, wat voor hen allebei niet zo comfortabel was geweest, maar ze kon hem lopend niet bijhouden.

Voorzichtig klom hij via Saphira's flank naar haar schoft. Hij greep zich vast aan een van de stekels op haar nek en draaide zijn lichaam zo dat Elva zichzelf in het zadel kon hijsen.

Toen hij het gewicht van het meisje van zich af voelde glijden, liet Eragon zich op de grond vallen. Hij gooide zijn schild naar haar toe, en schoot met uitgestrekte armen naar voren toen ze daardoor bijna van Saphira af viel.

'Heb je het?' vroeg hij.

'Ja,' zei ze, en ze trok het schild op haar schoot. Met één hand maakte ze een wegwuivend gebaar. 'Ga maar.'

Met zijn hand op Brisingrs zwaardknop zodat hij niet over het zwaard kon struikelen rende Eragon naar de top van de heuvel en knielde neer op één knie, waarbij hij zichzelf zo klein mogelijk maakte. Achter hem kroop Saphira een stukje de heuvel op, drukte zich toen plat tegen de grond en kronkelde met haar kop door het gras totdat die naast hem lag en zij kon zien wat hij zag.

Een brede colonne mensen, dwergen, elfen, Urgals en weerkatten stroomde uit het kamp van de Varden. In het fletse, grijze licht van de vroege ochtend waren de gestalten moeilijk te onderscheiden, vooral omdat ze geen licht bij zich droegen. De colonne marcheerde over de glooiende velden in de richting van Urû'baen. Toen de krijgers nog zo'n zevenhonderd meter van de stad af waren, verdeelden ze zich in drie linies. De eerste werd opgesteld voor de hoofdpoort, de tweede ging naar het zuidoostelijke deel van de stadsmuur en de derde naar het noordwestelijke deel.

Het was die laatste groep waar Eragon en Saphira zich bij zouden voegen.

De krijgers hadden lappen om hun voeten en wapens gewonden en ze spraken niet hardop. Toch hoorde Eragon af en toe een ezel balken of een paard hinniken, en ook een aantal honden blaften de stoet na. De soldaten op de muren zouden hun aanwezigheid al snel opmerken – waarschijnlijk als de krijgers de katapulten, blijden en belegeringstorens gingen verplaatsen die de Varden buiten de stad in elkaar hadden gezet en opgesteld.

Eragon was ervan onder de indruk dat de mannen, dwergen en Urgals nog steeds bereid waren de strijd aan te gaan nadat ze Shruikan hadden gezien. *Ze moeten wel heel veel vertrouwen in ons hebben*, zei hij tegen Saphira. De verantwoordelijkheid woog zwaar op hem en hij was zich er maar al te bewust van dat als het mislukte, weinig krijgers het zouden overleven.

Ja, maar als Shruikan weer aan komt vliegen, rennen ze weg als bange muizen.

Dan kunnen we dat maar beter niet laten gebeuren.

Er klonk een hoorn in Urû'baen, en toen nog een en nog een, en er gingen overal in de stad lichtjes aan terwijl lantaarns werden opgedraaid en fakkels aangestoken.

'Daar gaan we,' mompelde Eragon terwijl hij zijn hartslag voelde toenemen.

Nu er alarm geslagen was, lieten de Varden alle voorzichtigheid varen. In het oosten zette een groep elfen te paard een galop in naar de heuvel achter de stad, met als doel die op te rijden en de muur aan te vallen die over de top liep van de immense rotsrichel die over Urû'baen heen hing.

Midden in het vrijwel verlaten kamp van de Varden zag Eragon iets wat leek op Saphira's glanzende gestalte. Op die illusie zat een eenzaam figuurtje – waarvan hij wist dat het dezelfde gelaatstrekken had als hij – met een zwaard en een schild.

De kopie van Saphira hief haar kop op en sloeg haar vleugels uit; toen vloog ze weg onder het uitstoten van een bloedstollend gebrul.

Ze hebben het goed gedaan, of niet? zei hij tegen Saphira.

Elfen begrijpen hoe een draak eruit moet zien en zich moet gedragen... in tegenstelling tot sommige mensen.

De schaduw-Saphira landde naast de meest noordelijke groep krijgers, hoewel het Eragon opviel dat de elfen haar met opzet op een afstandje hielden van de mensen en de dwergen, zodat ze haar niet per ongeluk zouden aanraken en dan zouden ontdekken dat ze even vluchtig was als een regenboog.

De hemel werd al lichter toen de Varden en hun bondgenoten zich in ordelijke formaties verzamelden op de drie locaties buiten de muren. In de stad gingen Galbatorix' soldaten verder met hun voorbereidingen voor de aanval, maar wie ze op de kantelen door elkaar zag krioelen, kreeg algauw in de gaten dat ze in paniek waren en niet goed georganiseerd. Toch wist Eragon dat hun verwarring niet lang zou duren.

Nu, dacht hij. *Nu! Wacht niet langer.* Hij liet zijn blik over de gebouwen glijden, op zoek naar het kleinste stukje rood, maar hij zag niets. *Waar ben je, verdorie?! Laat jezelf zien!*

Er klonken nog drie hoorns, deze keer van de Varden. Een koor van geschreeuw en geroep steeg op van het leger, en toen lanceerden de oorlogsmachines van de Varden hun projectielen in de richting van de stad, boogschutters schoten hun pijlen af en de krijgers verbroken de gelederen en stormden op de schijnbaar ondoordringbare stadsmuur af.

De stenen, speren en pijlen leken langzaam te bewegen terwijl ze hun boog beschreven boven het stuk grond dat het leger van de stad scheidde. Geen van de projectielen raakte de buitenste muur; het zou zinloos zijn om te proberen die neer te halen, dus de genietroepen richtten erboven en erachter. Sommige stenen spatten uit elkaar toen ze in Urû'baen neerkwamen, met dolkscherpe scherven die alle kanten op vlogen, terwijl andere als reuzenknikkers door gebouwen heen sloegen en door de straten stuiterden.

Eragon dacht eraan hoe verschrikkelijk het zou zijn om wakker te worden te midden van al die verwarring, terwijl er grote brokken steen neerregenden. Toen werd zijn aandacht gegrepen door een beweging: de schaduw-Saphira steeg op boven de rennende krijgers. Met drie vleugelslagen was ze boven de muur en hulde de kantelen in een enorme vlam, die Eragon iets feller leek dan normaal. Het vuur, dat wist hij, was maar al te echt, tevoorschijn getoverd door de elfen bij het noordelijk deel van de muur, die deze illusie hadden gecreëerd en hem in stand hielden.

De verschijning van Saphira dook steeds naar hetzelfde stuk van de muur, om alle soldaten die daar stonden weg te vagen. Toen dat gebeurd was, vloog een groep van ruim twintig elfen van buiten de stad naar het puntje van een van de moortorens, om zo de verschijning in de gaten te houden als die verder Urû'baen in ging.

Als Murtagh en Thoorn zich niet snel laten zien, gaan ze zich afvragen waarom we de andere delen van de muur niet aanvallen, zei hij tegen Saphira.

Ze zullen denken dat wij de krijgers verdedigen die deze sectie proberen te doorbreken, antwoordde ze. *Geef het nog wat tijd.*

Op een andere plek in de muur schoten soldaten pijlen en speren naar het leger beneden, waarbij ze tientallen Varden doodden. Dat er doden vielen was onvermijdelijk, maar Eragon betreurde het wel, want de aanvallen van de krijgers waren niet meer dan een afleidingsmanoeuvre; er bestond weinig kans dat ze echt de verdediging van de stad zouden ondermijnen. Intussen werden de belegeringstorens dichterbij gerold, en een zwerm pijlen vloog tussen de bovenste verdiepingen en de mannen op de kantelen.

Van bovenaf viel er een lint van brandend pek over de rand van de overhangende rots. Het verdween tussen de gebouwen beneden. Eragon keek op en zag lichtflitsen op de muur bij de rand van de afgrond. Terwijl hij keek, zag hij vier lichamen over de rand vallen; ze leken op niet goed opgevulde poppen hoe ze daar naar beneden stortten. De aanblik deed Eragon deugd, want het betekende dat de elfen de bovenste muur hadden ingenomen.

De schaduw-Saphira cirkelde boven de stad, meerdere gebouwen in brand stekend. Terwijl ze dat deed, vloog er een zwerm pijlen vanaf een nabijgelegen dak waar zich boogschutters op verschanst hadden. De verschijning zwenkte om de pijlen te ontwijken en botste toen, schijnbaar per ongeluk, op een van de zes groene elfentorens die verspreid in Urû'baen stonden.

De botsing leek volkomen echt. Eragon kromp meevoelend ineen toen hij de linkervleugel van de draak zag breken tegen de toren, de botten afknappend als stengels droog gras. De imitatie-Saphira brulde en trappelde terwijl ze in een spiraal naar beneden kronkelde. Daarna verdween ze achter de gebouwen, maar haar gebrul was nog mijlenver hoorbaar, en de vlammen die ze uitademde verkleurden de huizen en staken de onderkant van de stenen richel die over de stad hing in brand.

Ik zou nooit zo onhandig zijn geweest, snoof Saphira.

Dat weet ik.

Er ging een minuut voorbij. De spanning in Eragons binnenste nam toe tot een bijna ondraaglijk niveau. 'Waar zijn ze?' gromde hij en hij balde zijn vuist. Met elke seconde die voorbijging werd het steeds waarschijnlijker dat de soldaten zouden ontdekken dat de draak die ze volgens hen hadden neergehaald, niet echt bestond.

Saphira zag ze het eerst. *Daar,* zei ze, en ze liet het hem zien met haar gedachten.

Als een robijnrood zwaard dat uit de lucht kwam vallen, schoot Thoorn uit een opening die was verborgen onder de overhangende rots. Hij viel een paar honderd voet recht naar beneden en vouwde toen zijn vleugels net genoeg uit om af te remmen tot een veilige snelheid voordat hij landde op een pleintje vlak bij de plek waar de schaduw-Saphira en de schaduw-Eragon waren neergestort.

Eragon dacht dat hij Murtagh op de rode draak zag zitten, maar de afstand was te groot om er zeker van te zijn. Ze moesten maar hopen dat het Murtagh was, want als het Galbatorix was, dan was hun plan bijna zeker gedoemd om te mislukken.

Er moeten tunnels in het steen zitten, zei hij tegen Saphira.

Meer drakenvuur schoot boven de gebouwen uit; toen sprong de verschijning van Saphira boven de daken uit en fladderde even, als een vogel met een gewonde vleugel, voordat ze weer op de grond neerzeeg. Thoorn volgde.

Eragon wachtte niet tot hij nog meer had gezien.

Hij draaide zich razendsnel om, rende mee langs Saphira's nek en slingerde zich achter Elva in het zadel. Hij had maar een paar seconden nodig om zijn benen in de riemen te laten glijden en er aan elke kant twee vast te maken. De rest liet hij loshangen; die zouden hem later alleen maar vertragen. In de bovenste riem zaten ook Elva's benen.

Met snelle, zangerige woorden sprak hij een bezwering uit om hen alle drie te verbergen. Toen de magie ging werken ervoer hij het gebruikelijke gevoel van desoriëntatie terwijl zijn lichaam in het niets oploste. Het leek alsof hij een paar voet boven een donker, draakvormig patroon hing dat in de plantengroei van de heuvel was gedrukt.

Op het moment dat hij de laatste woorden van de bezwering uitsprak, schoot Saphira naar voren. Ze sprong van de heuvelkam af en klapperde hevig met haar vleugels, worstelend om hoger te komen.

'Dit is niet zo comfortabel, hè?' zei Elva toen Eragon zijn schild van haar aannam.

'Nee, niet altijd!' antwoordde hij, boven de wind uit schreeuwend.

In zijn achterhoofd voelde hij Glaedr en Umaroth en de andere eldunarí toekijken hoe Saphira zich naar beneden boog en op het kamp van de Varden af dook.

Nu krijgen we onze wraak, zei Glaedr.

Eragon maakte zich klein achter Elva terwijl Saphira steeds sneller ging. In het midden van het kamp zag hij Blödhgarm en zijn tien elfenmagiërs staan, en ook Arya – die de Dauthdaert bij zich had. Ze hadden allemaal een dertig voet lang stuk touw om hun borst gebonden, onder hun armen. Aan het andere eind waren de touwen samengebonden tot een blok dat zo dik was als Eragons bovenbeen en even lang als een volgroeide Urgal.

Toen Saphira op het kamp af dook, gaf Eragon hun een teken met zijn geest, waarop twee van de elfen het blok in de lucht gooiden. Saphira ving het op in haar klauwen, de elfen sprongen en een ogenblik later voelde Eragon een schok en werd Saphira even naar beneden getrokken toen hun gewicht erbij kwam.

Door haar lichaam heen zag Eragon dat de elfen, de touwen en het blok plotseling uit het zicht verdwenen toen de elfen een onzichtbaarheidsbezwering uitspraken, dezelfde als hij had gebruikt.

Hevig met haar vleugels slaand steeg Saphira zo'n duizend voet boven de grond, hoog genoeg om zichzelf en de elfen over de muren en gebouwen van de stad heen te krijgen.

Links van hen zag Eragon eerst Thoorn en toen de schaduw-Saphira, die elkaar te voet achternazaten in het noordelijk deel van de stad. De elfen die de verschijning bestuurden probeerden Thoorn en Murtagh lichamelijk zo bezig te houden dat ze geen van beiden de gelegenheid hadden om hen met hun geest aan te vallen. Als ze dat deden, of als ze de verschijning te pakken kregen, zouden ze snel beseffen dat ze voor de gek gehouden waren.

Nog een paar minuten, dacht Eragon.

Saphira vloog over de velden. Over de katapulten met hun toegewijde schutters. Over rijen boogschutters met hun pijlen voor zich in de grond gestoken, als bosjes witgekuifd riet. Over een belegeringstoren, en over het voetvolk: mannen, dwergen en Urgals die zich verscholen onder hun schild terwijl ze met ladders de stadsmuur bestormden. Er waren ook elfen bij: lang en slank, met glanzende helmen, lange speren en smalle zwaarden.

Toen zeilde Saphira langs de muur. Eragon voelde een vreemde pijnscheut toen Saphira weer onder hem opdook en hijzelf ineens tegen de achterkant van Elva's hoofd aankeek. Hij veronderstelde dat Arya en de andere elfen die onder hen hingen ook zichtbaar waren geworden. Eragon slikte een verwensing in en beëindigde de bezwering die hen had verborgen. Galbatorix' afweerbezweringen, zo leek het, zouden niet toestaan dat ze ongezien de stad binnenkwamen.

Saphira vloog snel naar de massieve poort van de citadel. Onder hen hoorde Eragon kreten van angst en verbazing, maar hij besteedde er geen aandacht aan. Murtagh en Thoorn waren degenen om wie hij zich zorgen maakte, niet de soldaten.

Saphira trok haar vleugels in en dook op de poort af. Net toen het leek alsof ze ertegenaan zou knallen, maakte ze een wending en vloog iets omhoog, met haar vleugels slaand om zichzelf tot stilstand te brengen.

Toen ze bijna stil hing, liet ze zich naar beneden zweven totdat de elfen veilig op de grond stonden.

Toen ze zichzelf hadden losgesneden van de touwen en uit de weg waren gegaan, landde Saphira op de binnenplaats voor de poort. De kracht van de landing schudde Eragon en Elva door elkaar.

Eragon rukte de gespen van de riemen los die Elva en hem in het zadel hielden. Toen hielp hij het meisje naar beneden, Saphira's rug af, en ze haastten zich achter de elfen aan in de richting van de poort.

De ingang van de citadel had de vorm van twee reusachtige zwarte deuren, die hoog in de lucht in een punt bij elkaar kwamen. Het leek alsof ze van massief ijzer waren gemaakt, en ze waren bedekt met honderden, zo niet duizenden puntige klinknagels, elk zo groot als Eragons hoofd. Het was een intimiderende aanblik; Eragon kon zich geen minder uitnodigende entree voorstellen.

Met haar speer in de hand rende Arya naar het sluippoortje in de linkerdeur. Het poortje was alleen zichtbaar als een smalle, donkere naad die de omtrek vormde van een rechthoek, amper breed genoeg om een mens door te laten. Binnen de rechthoek was een horizontale strook metaal, zo'n drie vingers breed en drie keer zo lang, die iets lichter was dan de rest.

Toen Arya bij de deur kwam, zakte de strook een klein stukje naar binnen en gleed toen met een roestig geschraap opzij. Een paar uilachtige ogen tuurden haar door de gleuf aan vanuit het donkere binnenste.

'En wie ben jij dan?' vroeg een hooghartige stem. 'Zeg wat je komt doen of verdwijn!'

Zonder te aarzelen stootte Arya de Dauthdaert in de gleuf. Er klonk een gerochel aan de andere kant; toen hoorde Eragon het geluid van een lichaam dat op de grond viel.

Arya trok de speer terug en schudde het bloed en de stukjes vlees van de speerpunt met weerhaken. Toen pakte ze de schacht met beide handen beet, zette de punt op de rechternaad van het sluippoortje en zei: 'Verma!'

Eragon kneep zijn ogen tot spleetjes en wendde zijn gezicht af toen er een felle blauwe vlam verscheen tussen de speer en de poort. Zelfs van de afstand waar hij stond, kon hij de hitte voelen.

Met haar gezicht vertrokken van de inspanning drukte Arya de punt van de speer in de poort, langzaam door het ijzer heen snijdend. Vonken en druppels gesmolten metaal stroomden onder de punt uit en spatten op de geplaveide grond als vet in een hete pan, zodat Eragon en de anderen een stap achteruit moesten doen.

Terwijl zij bezig was, wierp Eragon een blik in de richting van Thoorn en de schaduw-Saphira. Hij zag ze niet, maar hij hoorde nog steeds gebrul en het geluid van instortend metselwerk.

Elva hing slap tegen hem aan, en toen hij naar haar keek zag hij dat ze trilde en zweette, alsof ze koorts had. Hij knielde naast haar neer. 'Moet ik je dragen?'

Ze schudde haar hoofd. 'Het gaat wel beter als we binnen zijn en weg van... dat.' Ze gebaarde in de richting van het slagveld.

Aan de rand van de binnenplaats zag Eragon een aantal mensen staan – ze zagen er niet uit als soldaten – op de open plekken tussen de grote huizen, toekijkend wat zij aan het doen waren. *Jaag ze weg, alsjeblieft*, smeekte hij Saphira. Ze zwaaide haar kop rond en uitte een laag gegrom, en de toeschouwers haastten zich weg.

Toen de fontein van vonken en witheet ijzer stilviel, schopte Arya tegen het sluippoortje totdat de deur – bij de derde schop – naar binnen viel en op het lichaam van de poortwachter terechtkwam. Een seconde later kwam de geur van brandende wol en huid op hen af zweven.

Nog steeds met de Dauthdaert in haar handen stapte Arya door de donkere poort. Wat voor afweerbezweringen Galbatorix ook op de citadel had gezet, de Dauthdaert zou ervoor moeten zorgen dat ze onbelemmerd doorgang kreeg, net zoals hij ervoor had gezorgd dat ze het sluippoortje kon opensnijden. Maar er was altijd nog de mogelijkheid dat de koning een bezwering had uitgesproken waar de Dauthdaert niet tegenop zou kunnen.

Tot zijn opluchting gebeurde er niets toen Arya de citadel binnenging.

Toen stormde er een groep van twintig soldaten op haar af, met uitgestoken speren. Eragon trok Brisingr en rende naar het sluippoortje, maar hij durfde de drempel van de citadel niet over te steken om zich bij haar te voegen, nog niet.

Arya, die de speer met dezelfde bekwaamheid hanteerde als haar zwaard, vocht zich een weg door de groep mannen heen, waarna ze in een indrukwekkend tempo korte metten met hen maakte.

'Waarom heb je haar niet gewaarschuwd?' riep Eragon uit, zonder zijn ogen van het gevecht af te nemen.

Elva kwam naast hem staan bij het gat in de poort. 'Omdat ze haar geen pijn zullen doen.'

Haar woorden bleken profetisch; geen van de soldaten slaagde erin haar een klap toe te brengen. De laatste twee mannen probeerden te vluchten, maar Arya sprong achter ze aan en doodde ze voordat ze meer dan tien meter de gigantische gang in waren gelopen, die nog groter was dan de vier grote gangen van Tronjheim.

Toen alle soldaten dood waren, sleepte Arya de lichamen aan de kant zodat er een pad ontstond naar het sluippoortje. Toen liep ze een tiental meter de gang in, legde de Dauthdaert op de vloer en schoof hem naar Eragon toe.

Toen haar hand de speer losliet, verstijfde ze alsof ze zich voorbereidde op een klap, maar wat voor magie er ook aanwezig was, die leek geen invloed op haar te hebben.

'Voel je iets?' riep Eragon. Zijn stem weergalmde door de hal.

Ze schudde haar hoofd. 'Zolang we uit de buurt van de poort blijven is er niets aan de hand.'

Eragon overhandigde de speer aan Blödhgarm, die hem aannam en door het sluippoortje naar binnen ging. Arya en de elf met zijn harige vacht gingen de kamers aan weerszijden van de poort binnen en bewerkten de verborgen mechanismen om die te openen, iets wat hetzelfde aantal mensen niet voor elkaar zou kunnen krijgen.

De lucht werd vervuld met het geratel van kettingen toen de reusachtige ijzeren deuren traag naar buiten openzwaaiden.

Toen de opening groot genoeg was voor Saphira schreeuwde Eragon: 'Stop!' en de deuren kwamen tot stilstand.

Blödhgarm dook op uit de kamer aan de rechterkant en schoof de Dauthdaert – op een veilige afstand van de drempel – naar een andere elf.

Op die manier gingen ze een voor een de citadel binnen.

Toen alleen Eragon, Elva en Saphira nog buiten stonden, klonk er een verschrikkelijk gebrul in het noordelijk deel van de stad, en even viel heel Urû'baen stil.

'Ze hebben ons bedrog ontdekt,' riep de elf Uthinarë. Hij gooide de speer naar Eragon. 'Snel, Argetlam!'

'Jij bent de volgende,' zei Eragon en hij gaf de Dauthdaert aan Elva.

Ze hield hem in de kromming van haar armen en haastte zich naar de elfen toe, en schoof de speer toen terug naar Eragon, die hem beetpakte en daarna over de drempel rende. Toen hij zich omdraaide, zag hij tot zijn schrik dat Thoorn uitsteeg boven de gebouwen aan de uiterste rand van de stad. Eragon liet zich op een knie vallen, legde de Dauthdaert op de vloer en rolde die naar Saphira. 'Snel!' riep hij.

Ze raakten een paar seconden kwijt toen Saphira rondtastte naar de speer en hem tussen haar lippen probeerde te nemen. Uiteindelijk klemde ze hem tussen haar tanden en sprong toen de enorme gang in, waarbij de lichamen van de soldaten in het rond vlogen.

In de verte schoot Thoorn woest brullend en met klapperende vleugels op de citadel af.

Arya en Blödhgarm spraken tegelijkertijd een bezwering uit. Binnen de stenen muren klonk een oorverdovend lawaai, en de ijzeren deuren sloegen dicht, veel sneller dan ze open waren gegaan. Ze sloten met een klap die Eragon door zijn voetzolen heen voelde, en toen gleed er uit elke muur een metalen staaf – drie voet dik en zes voet breed – in beugels die aan de binnenkant van de deuren waren bevestigd, zodat de staven stevig vast kwamen te zitten.

'Dat zou ze even moeten tegenhouden,' zei Arya.

'Maar niet zo lang,' zei Eragon en hij keek naar het open sluippoortje. Toen draaiden ze zich om om te zien wat er voor hen lag.

Eragon schatte dat de gang ongeveer een kwart mijl lang was, waardoor ze diep in de heuvel achter Urû'baen zouden terechtkomen. Aan het andere eind zag hij nog een paar deuren, even groot als de eerste maar bedekt met bewerkt goud, dat prachtig glansde in het licht van de vlamloze lantarns die op regelmatige afstanden aan de muren bevestigd waren. Aan weerskanten van de hoofdgang splitsten zich tientallen kleinere gangen af, maar geen ervan was groot genoeg voor Shruikan, hoewel Saphira in een heleboel ervan wel gepast zou hebben. Om de honderd voet hingen er aan de wanden rode vaandels met daarop het silhouet van de kronkelende vlam; het teken van Galbatorix. Verder was de gang leeg.

Alleen al de afmetingen van de gang waren afschrikwekkend, en de leegte ervan maakte Eragon nog veel zenuwachtiger. Hij nam aan dat de troonzaal aan de andere kant van de gouden deuren lag, maar hij dacht niet dat die zo makkelijk toegankelijk was als het leek. Als Galbatorix maar half zo sluw was als zijn reputatie deed vermoeden, zou hij tientallen, zo niet honderden valstrikken in de gang aangebracht hebben.

Eragon vond het onbegrijpelijk dat de koning hen nog niet aangevallen had. Hij voelde geen aanraking van een geest, behalve die van Saphira en zijn metgezellen, maar hij bleef zich er voortdurend scherp van bewust hoe dicht bij de koning ze waren. De hele citadel leek toe te kijken.

'Hij moet weten dat we hier zijn,' zei hij. 'Dat we er allemaal zijn.'

'Dan kunnen we maar beter opschieten,' zei Arya. Ze haalde de Dauthdaert uit Saphira's bek. Het wapen was bedekt met slijm. 'Thurra,' zei Arya en het slijm viel op de grond.

Achter hem, buiten de ijzeren poort, klonk een enorme klap toen Thoorn op de binnenplaats landde. Hij brulde gefrustreerd, waarna er iets zwaars tegen de poort sloeg, en de muren weergalmden van het geluid.

Arya draafde naar de voorste gelederen van de groep en Elva ging met haar mee. Het donkerharige meisje legde een hand om de schacht van de speer – zodat ook zij kon delen in de beschermende krachten – en samen liepen ze snel naar voren, de groep de lange gang in leidend, steeds dieper het domein van Galbatorix in.

De storm breekt los

'Heer, het is tijd.'
Roran deed zijn ogen open en knikte naar de jongen met de lantaarn die zijn hoofd in de tent had gestoken. De jongen haastte zich weg. Roran boog zich over naar Katrina en kuste haar op haar wang. Ze kuste hem terug. Ze hadden allebei niet geslapen.

Samen stonden ze op en kleedden zich aan. Zij was als eerste klaar, want hij had meer tijd nodig om zijn hele wapenrusting aan te trekken.

Terwijl hij zijn handschoenen aantrok, overhandigde ze hem een snee brood, een stuk kaas en een kop lauwe thee. Hij negeerde het brood, nam een hap van de kaas en sloeg de thee in één keer achterover.

Ze hielden elkaar even vast en hij zei: 'Als het een meisje is, geef haar dan een strijdlustige naam.'

'En als het een jongen is?'

'Ook. Of je nu een jongen of een meisje bent, je moet sterk zijn om in deze wereld te overleven.'

'Ik zal het doen. Beloofd.' Ze lieten elkaar los en zij keek hem in de ogen. 'Vecht goed, echtgenoot.'

Hij knikte, draaide zich toen om en vertrok voordat hij zijn zelfbeheersing verloor.

De mannen die onder zijn gezag stonden, waren zich aan het verzamelen bij de noordelijke ingang naar het kamp toen hij zich bij hen voegde. Het enige licht kwam van de vage gloed uit de hemel en de fakkels die in de buitenste borstwering waren geplant. In het vage, flakkerende licht leken de gestalten van de krijgers op een kudde voort schuifelende dieren, dreigend en vreemd.

Onder hen was een groot aantal Urgals, inclusief een aantal Kull. Er zaten meer van die wezens in zijn bataljon dan normaal, want Nasuada was van oordeel geweest dat ze eerder bevelen zouden opvolgen van hem dan van wie dan ook. De Urgals droegen de lange en zware belegeringsladders die gebruikt zouden worden om over de stadsmuren te klimmen.

Onder zijn mannen waren ook een stuk of twintig elfen. De meeste elfen zouden alleen vechten, maar koningin Islanzadí had sommigen toestemming gegeven om te dienen in het leger van de Varden, als bescherming tegen een aanval door Galbatorix' magiërs.

Roran verwelkomde de elfen en nam de tijd om al hun namen te vragen. Ze antwoordden beleefd, maar hij had het gevoel dat ze geen hoge dunk van hem hadden. Dat was prima. Hij gaf ook niets om hen. Er was iets aan hen wat hij niet vertrouwde; ze waren te afstandelijk, te getraind en bovenal te *anders*. De dwergen en de Urgals begreep hij tenminste. Maar de elfen niet. Hij wist niet wat ze dachten en dat zat hem dwars.

'Gegroet, Sterkhamer!' fluisterde Nar Garzhvog, maar hij was op dertig passen afstand nog te horen. 'Vandaag wordt een glorieuze dag voor onze stammen!'

'Ja, vandaag wordt een glorieuze dag voor onze stammen,' stemde Roran in en hij liep verder. De mannen waren zenuwachtig; sommige van de jongere mannen zagen eruit alsof ze misselijk waren – en sommige waren dat ook, wat wel te verwachten was –, maar zelfs de oudere mannen leken gespannen, lichtgeraakt en ofwel extreem spraakzaam, ofwel extreem teruggetrokken. De oorzaak was duidelijk genoeg: Shruikan. Er was weinig wat Roran kon doen om ze te helpen, behalve zijn eigen angsten verbergen en hopen dat de mannen de moed niet helemaal zouden verliezen.

Het gevoel van verwachting dat iedereen hier had, evenals hijzelf, was enorm. Ze hadden veel opgeofferd om dit punt te bereiken, en het waren niet alleen hun levens die op het spel stonden in de strijd die zou volgen. Het ging om de veiligheid en het welzijn van hun families en hun afstammelingen, evenals de toekomst van het land zelf. Alle voorafgaande gevechten waren net zo beladen geweest, maar dit was het laatste. Dit was het einde. Hoe het ook zou verlopen, na vandaag zou er geen strijd meer zijn met het Rijk.

Die gedachte leek bijna onwerkelijk. Nooit zouden ze de kans meer hebben om Galbatorix te doden. En terwijl de confrontatie met Galbatorix prima had geklonken in gesprekken op de late avond, nu het moment bijna was aangebroken was het vooruitzicht angstaanjagend.

Roran zocht Horst op en de andere dorpelingen uit Carvahall, die op een kluitje bij elkaar stonden in het bataljon. Birgit was ook bij de mannen en ze klemde een bijl vast die eruitzag alsof hij net was geslepen. Hij begroette haar door zijn schild op te heffen, zoals hij gedaan zou hebben met een kroes bier. Zij maakte hetzelfde gebaar en hij lachte grimmig.

De krijgers wonden lappen om hun voeten en stonden toen te wachten op het bevel om te vertrekken.

Dat kwam al snel, waarna ze het kamp uit marcheerden, waarbij ze probeerden om geen lawaai te maken met hun wapens en wapenrusting. Roran ging zijn krijgers voor door de velden naar de plek voor de hoofdpoort van Urû'baen, waar ze zich bij twee andere bataljons voegden, het ene geleid door zijn oude commandant Martland Roodbaard en het andere door Jörmundur.

Al snel werd er alarm geslagen in Urû'baen, dus trokken ze de lappen van hun wapens en voeten en maakten zich klaar voor de aanval. Een paar minuten later kondigden de hoorns van de Varden de opmars aan. Ze renden door het donker naar de enorme stadsmuur.

Roran koos een plek in de voorste gelederen. Het was de snelste manier om gedood te worden, maar de mannen moesten zien dat hij dezelfde gevaren trotseerde als zij. Het zou, zo hoopte hij, hun ruggengraat geven en hen ervan weerhouden de gelederen te verbreken bij de eerste aanblik van serieuze tegenstand. Want wat er ook gebeurde, Urû'baen zou níét gemakkelijk in te nemen zijn. Daar was hij zeker van.

Ze renden langs de belegeringstorens, waarvan de wielen meer dan twintig voet hoog waren en kraakten als een paar roestige scharnieren, en toen waren ze op open terrein. Pijlen en speren regenden op hen neer vanaf de stadsmuur.

De elfen schreeuwden in hun vreemde taal en in het vage ochtendlicht zag Roran dat de meeste pijlen en speren zich omdraaiden en ongevaarlijk in de modder belandden. Maar niet allemaal. Een man achter hem uitte een wanhopige schreeuw en Roran hoorde wapens kletteren terwijl mannen en Urgals opzij sprongen om niet op de gevallen krijger te stappen. Roran keek niet achterom en hij en zijn metgezellen vertraagden hun sprint naar de muur niet.

Een pijl raakte het schild dat hij boven zijn hoofd hield. Hij voelde het amper.

Toen ze bij de muur kwamen, ging hij opzij en schreeuwde: 'Ladders! Uit de weg voor de ladders!'

De mannen gingen uiteen zodat de Urgals met de ladders erdoor konden. Vanwege de enorme lengte van de ladders moesten de Kull, om ze overeind te krijgen, palen gebruiken die gemaakt waren van aan elkaar gebonden boomstammen. Toen de ladders eenmaal tegen de muur stonden, zakten ze onder hun eigen gewicht naar binnen, zodat twee derde van de ladders plat tegen de muur kwam te liggen en heen en weer gleed, dreigend om te vallen.

Roran baande zich een weg door de menigte en greep een van de elfen, Othíara, bij de arm. Ze keek hem aan met een bange blik, maar dat negeerde hij. 'Hou de ladders op hun plek!' riep hij. 'Laat de soldaten ze niet wegduwen!'

Ze knikte en begon iets te zingen in de oude taal, samen met de andere elfen.

Roran draaide zich om en haastte zich terug naar de muur. Een van de mannen was al begonnen de dichtstbijzijnde ladder op te klimmen. Roran greep hem bij zijn gordel en trok hem eraf. 'Ik ga eerst,' zei hij.

'Sterkhamer!'

Roran zwaaide zijn schild op zijn rug en begon toen omhoog te klimmen met de hamer in zijn hand. Hij had het nooit zo gehad op hoogtes, en terwijl de mannen en de Urgals onder hem steeds kleiner werden, voelde hij zich steeds onbehaaglijker. Het gevoel werd alleen maar sterker toen hij bij het stuk van de ladder kwam dat plat tegen de muur aan lag, want hij kon nu zijn handen niet meer helemaal om de sporten krijgen, en ook zijn voeten kregen geen houvast meer – alleen het voorste stukje van zijn laarzen paste op de met schors bedekte takken, en hij moest zich voorzichtig verplaatsen om ervoor te zorgen dat hij er niet af gleed.

Er vloog een speer langs hem heen, dichtbij genoeg om de luchtverplaatsing op zijn wang te voelen.

Hij vloekte en bleef klimmen.

Hij was nog minder dan een meter van de bovenkant van de muur verwijderd toen een soldaat met blauwe ogen over de rand leunde en hem recht aankeek.

'Boe!' riep Roran en de soldaat kromp ineen en stapte achteruit. Voordat de man tijd had om bij te komen klauterde Roran snel de resterende sporten op en sprong over de kantelen, waarna hij terechtkwam op het pad dat over de bovenkant van de muur liep.

De soldaat die hij had laten schrikken stond een paar meter voor hem, met een kort boogschutterszwaard in zijn handen. De man had zijn hoofd naar opzij gewend terwijl hij iets riep naar een groep soldaten onder hem.

Roran had zijn schild nog steeds op zijn rug hangen, dus haalde hij met de hamer uit naar de pols van de man. Zonder het schild, wist Roran, zou het moeilijk worden een geoefende zwaardvechter af te weren; de veiligste optie was zijn tegenstander zo snel mogelijk te ontwapenen.

De soldaat zag wat hij van plan was en weerde de klap af. Toen stak hij Roran in zijn buik.

Of althans, dat probeerde hij. De afweerbezweringen van Eragon stopten de punt van het zwaard op twee duim van Rorans buik. Roran gromde verrast, stompte het zwaard toen weg en sloeg de man met drie snelle slagen de hersens in.

Weer vloekte hij. Dit was een slecht begin.

Over de hele lengte van de muur probeerden meer Varden over de kantelen te klimmen. Slechts weinigen slaagden erin. Boven aan bijna elke ladder stonden groepjes soldaten te wachten, en versterkingen stroomden de muur op vanaf de trappen naar de stad.

Baldor kwam bij hem staan – hij had dezelfde ladder als Roran gebruikt – en samen renden ze naar een blijde die bemand werd door acht soldaten. De blijde was opgesteld aan de voet van een van de vele torens die op tweehonderd voet afstand van elkaar oprezen uit de muur. Achter de soldaten en de toren zag Roran de illusie van Saphira die door de elfen was gemaakt over de muur vliegen en vuur spuwen.

De soldaten waren slim; ze grepen hun speren en haalden uit naar hem en Baldor, hen zo op een afstand houdend. Roran probeerde een van de speren te grijpen, maar de man die hem vasthield was te snel, en bijna werd Roran weer gestoken. Nog even en de soldaten zouden hem en Baldor overweldigen.

Voordat dat kon gebeuren hees een Urgal zich over de rand van de muur achter de soldaten. Hij liet zijn hoofd zakken en viel aan, brullend en zwaaiend met de met ijzer beslagen knuppel die hij bij zich droeg.

De Urgal raakte een man op de borst, waarbij hij zijn ribben brak, en een ander op de heup, waardoor zijn bekken braken. Beide verwondingen zouden de soldaten moeten uitschakelen, maar toen de Urgal langs hen heen stormde, kwamen de mannen overeind alsof er niets gebeurd was en vielen de Urgal van achteren aan.

Er daalde een onheilspellend gevoel op Roran neer. 'We zullen hun schedels moeten inslaan of hun koppen eraf moeten hakken om ze tegen te houden,' gromde hij tegen Baldor. Met zijn ogen op de soldaten gericht riep hij tegen de Varden achter hen: 'Ze voelen geen pijn!'

Boven de stad knalde de schaduw-Saphira tegen een toren. Iedereen behalve Roran keek; hij wist waar de elfen mee bezig waren.

Hij sprong naar voren en sloeg een van de soldaten neer met een slag tegen zijn slaap. Hij gebruikte zijn schild om de volgende soldaat opzij te schuiven; toen was hij zo dichtbij dat hun speren van geen enkel nut meer waren, en kon hij korte metten met ze maken met zijn hamer.

Toen hij en Baldor de rest van de soldaten rond de blijde eenmaal hadden gedood, keek Baldor hem aan met een wanhopige blik. 'Heb je dat gezien? Saphira...'

'Ze is in orde.'

'Maar...'

'Maak je geen zorgen. Ze is in orde.'

Baldor aarzelde en nam toen Rorans woorden aan, waarna ze zich naar het volgende groepje soldaten haastten.

Niet lang daarna verscheen Saphira – de échte Saphira – boven het zuidelijk deel van de muur terwijl ze op de citadel af vloog, wat aan de Varden opgeluchte kreten ontlokte.

Roran fronste zijn voorhoofd. Ze zou onzichtbaar moeten zijn terwijl ze daar rondvloog. 'Frethya. Frethya,' mompelde hij snel binnensmonds. Hij bleef zichtbaar. *Verdorie*, dacht hij.

Zich omdraaiend zei hij: 'Terug naar de ladders!'

'Waarom?' vroeg Baldor, die een andere soldaat in de houdgreep nam. Met een woeste kreet duwde hij de man de muur af, de stad in.

'Stop met vragen stellen! Vooruit!'

Naast elkaar vochten ze zich een weg door de rij soldaten heen die hen scheidde van de ladders. Het was bloederig en het ging moeizaam, en Baldor liep een snee in zijn linkerkuit op, achter zijn beenplaat, en een zware kneuzing aan zijn schouder, waar een speer bijna zijn maliënkolder had doorboord.

Dat de soldaten immuun waren voor pijn betekende dat ze alleen konden worden tegengehouden door ze te doden, en dat was geen gemakkelijke opdracht. Ook betekende het dat Roran geen genade moest tonen. Meer dan eens had hij gedacht dat hij een soldaat had gedood, waarna de gewonde man ineens weer overeind kwam en hem aanviel terwijl hij met een andere tegenstander bezig was. En er waren zo veel soldaten op de muur dat hij bang werd dat hij en Baldor nooit weg zouden komen.

Toen ze bij de dichtstbijzijnde ladder waren aangekomen, zei hij: 'Hier! Blijf hier.'

Als Baldor al verbaasd was, liet hij dat niet blijken. Samen hielden ze de soldaten tegen totdat er nog twee mannen de ladder op kwamen en zich bij hen voegden, en toen een derde, en ten slotte kreeg Roran het gevoel dat ze een goede kans hadden om de soldaten terug te drijven en dat deel van de muur in te nemen.

Hoewel de aanval alleen als afleiding bedoeld was, zag Roran geen reden om hem niet als een aanval te beschouwen. Als ze hun leven in de waagschaal gingen stellen, konden ze er net zo goed enig voordeel uit halen. Ze moesten de muren toch schoonvegen.

Toen hoorden ze Thoorn woedend brullen, waarna de rode draak boven de daken van de gebouwen verscheen, vliegend in de richting van de citadel. Roran zag een gestalte waarvan hij dacht dat het Murtagh was op zijn rug zitten, het bloedrode zwaard in de hand.

'Wat betekent dat?' riep Baldor tussen twee slagen met zijn zwaard in.

'Het betekent dat het spel uit is!' antwoordde Roran. 'Zet je schrap; deze schoften staat een verrassing te wachten!'

Hij was amper uitgesproken toen de stemmen van de elfen boven het strijdlawaai uit klonken, spookachtig en prachtig, zingend in de oude taal.

Roran dook onder een speer door en prikte met de steel van zijn hamer in de buik van een soldaat, waarmee hij de man de adem benam. De soldaten voelden dan wel geen pijn, maar ademen moesten ze nog steeds. Toen de soldaat buiten adem neerknielde, schoot Roran langs hem heen en verbrijzelde zijn keel met de rand van zijn schild.

Hij stond op het punt de volgende man aan te vallen toen hij de stenen onder zijn voeten voelde trillen. Hij trok zich terug totdat hij met zijn rug tegen de borstwering stond, en zette zijn voeten uit elkaar om een beter evenwicht te krijgen.

Een van de soldaten was dwaas genoeg om op dat moment op hem af te stormen. Terwijl de man op hem af rende, nam het trillen toe en toen begon de bovenkant van de muur te golven, als een deken die werd uitgeschud, en de aanstormende soldaat viel, evenals de meeste van zijn metgezellen, en bleef voorover liggen, hulpeloos, terwijl de aarde bleef trillen.

Van de andere kant van de stadstoren die hen scheidde van Urû'baens hoofdpoort kwam een geluid dat klonk als een instortende berg. Waaiervormige waterstralen schoten de lucht in, en toen begon de muur boven de poort met een gigantisch lawaai te trillen en in te storten.

En nog steeds zongen de elfen.

Toen de beweging onder zijn voeten begon af te nemen, sprong Roran naar voren en doodde drie van de soldaten voordat ze de kans kregen om op te staan. De rest draaide zich om en vluchtte terug, de trappen af die de stad in leidden.

Roran hielp Baldor overeind en riep toen: 'Erachteraan!' Hij grijnsde en proefde bloed. Misschien was het helemaal niet zo'n slecht begin.

Waar je niet dood aan gaat...

'Stop,' zei Elva.

Eragon verstijfde met zijn voet in de lucht. Het meisje gebaarde dat hij terug moest komen, en dat deed hij.

'Spring die kant op,' zei Elva. Ze wees op een plek een meter voor hem. 'Bij de versieringen.'

Hij hurkte neer, aarzelde en wachtte tot zij zou zeggen dat het veilig was.

Ze stampte met haar voet op de grond en slaakte een geërgerde zucht. 'Het werkt niet als je het niet meent. Ik kan niet zeggen of je ergens gewond door zal raken, tenzij je echt van plan bent jezelf in gevaar te brengen.' Ze toonde hem een glimlach die hij niet echt geruststellend vond. 'Maak je geen zorgen; ik zal zorgen dat je niets overkomt.'

Nog steeds in twijfel spande hij zijn beenspieren weer en stond net op het punt om te springen toen...

'Stop!'
Hij vloekte en zwaaide met zijn armen terwijl hij probeerde te voorkomen dat hij op het stuk vloer viel dat de verborgen pinnen, zowel boven als onder, in werking zou zetten.

De pinnen waren de derde val die Eragon en zijn metgezellen waren tegengekomen in de lange gang die naar de gouden deuren leidde. De eerste val was een serie gecamoufleerde kuilen geweest. De tweede waren blokken steen in het plafond waardoor ze verpletterd hadden kunnen worden. En nu de pinnen; ze leken op die waardoor Wyrden was gedood in de tunnels onder Dras-Leona.

Ze hadden Murtagh de gang in zien gaan door het open schuilpoortje, maar hij had geen moeite gedaan om hen achterna te gaan zonder Thoorn. Na een paar seconden toegekeken te hebben was hij verdwenen in een van de zijkamers waar Arya en Blödhgarm het raderwerk hadden vernield dat werd gebruikt om de hoofdpoort van het fort te openen en te sluiten.

Het zou Murtagh een uur kunnen kosten om het mechaniek te repareren, of een paar minuten. In beide gevallen durfden ze niet te treuzelen.

'Probeer het iets verderop,' zei Elva.

Eragon trok een grimas, maar deed wat ze voorstelde.

'Stop!'

Deze keer zou hij gevallen zijn als Elva hem niet achter bij zijn tuniek had vastgegrepen.

'Nog verder,' zei ze. En toen: 'Stop! Verder.'

'Het lukt niet,' gromde hij, met toenemende frustratie. 'Niet zonder aanloop.' Maar met een aanloop zou hij onmogelijk op tijd stil kunnen staan als Elva besloot dat de sprong gevaarlijk was. 'Wat nu? Als de pinnen helemaal doorlopen tot aan de deuren, komen we daar nooit.' Ze hadden al bedacht om magie te gebruiken om over de val heen te zweven, maar zelfs de kleinste bezwering zou de val doen afgaan, of dat beweerde Elva tenminste, en ze hadden geen andere keus dan haar te vertrouwen.

'Misschien is de val bedoeld voor een lopende draak,' zei Arya. 'Als hij maar een paar meter lang is, zouden Saphira of Thoorn er gewoon overheen kunnen stappen zonder te weten dat hij er was. Maar als hij honderd voet lang is, zouden ze zeker in de val terechtkomen.'

Niet als ik spring, zei Saphira. *Honderd voet is niet zo ver.*

Eragon wisselde een bezorgde blik met Arya en Elva. 'Zorg er in elk geval voor dat je staart niet op de grond komt,' zei hij. 'En ga niet te ver, anders kom je in de volgende val terecht.'

Ja, kleintje.

Saphira hurkte neer en maakte zich klein. Ze liet haar kop zakken totdat die nog maar een voet boven de stenen vloer hing. Toen groef ze haar klauwen in de vloer en sprong de gang in, haar vleugels net genoeg uitslaand om iets van de grond af te komen.

Tot Eragons opluchting bleef Elva zwijgen.

Toen Saphira twee keer de lengte van haar lichaam had afgelegd vouwde ze haar vleugels op en viel met een galmende klap op de vloer.

Veilig, zei ze. Haar schubben schraapten over de grond toen ze zich omdraaide. Ze sprong achteruit en Eragon en de anderen gingen opzij om haar ruimte te geven weer te landen. *Nou?* zei ze. *Wie gaat er eerst?*

Ze moest vier keer heen en weer om iedereen over de scherpe punten heen te krijgen. Toen trokken ze haastig verder, Arya en Elva weer voorop. Ze kwamen geen vallen meer tegen tot ze driekwart van de afstand naar de glanzende deuren hadden afgelegd. Op dat punt rilde Elva en hief haar kleine hand op. Ze hielden onmiddellijk halt.

'Er is iets wat ons in tweeën zal snijden als we verdergaan,' zei ze. 'Ik weet niet zeker waar het vandaan zal komen... de muren, denk ik.'

Eragon fronste zijn voorhoofd. Dat betekende dat datgene dat hen zou snijden genoeg gewicht of kracht had om hun schilden omver te halen – niet echt een bemoedigend vooruitzicht.

'Stel dat we...' begon hij te zeggen, maar hij hield op toen er twintig mensen in zwarte gewaden, zowel mannen als vrouwen, uit een zijgang kwamen lopen en op een rij voor hen gingen staan, hun de weg versperrend.

Eragon voelde een gedachte als een steek door zijn hoofd schieten toen de vijandelijke magiërs in de oude taal begonnen te zingen. Saphira opende haar kaken en bestookte hen met een stroom knetterende vlammen, maar die ging zonder schade aan te richten langs hen heen. Een van de vaandels aan de muur vatte vlam en flarden smeulende stof vielen op de vloer.

Eragon verdedigde zich, maar hij viel niet aan; het zou te lang duren om de magiërs een voor een uit te schakelen. Bovendien verontrustte het zingen hem: als zij bereid waren bezweringen uit te spreken voordat ze de controle hadden over zijn geest – en die van zijn metgezellen –, dan kon het hun niet langer schelen of ze zouden leven of sterven; het enige wat telde, was dat ze de indringers tegenhielden.

Hij liet zich op een knie naast Elva neervallen. Ze sprak tegen een van de magiërs, zei iets over de dochter van de man.

'Staan ze op de val?' vroeg hij zacht.

Ze knikte terwijl ze bleef doorpraten.

Hij stak zijn hand uit en sloeg op de vloer.

Hij had wel verwacht dat er iets zou gebeuren, maar toch deinsde hij achteruit toen met een verschrikkelijk knarsend geluid uit beide muren een horizontale ijzeren plaat kwam schieten – dertig voet lang en een derde voet dik. De magiërs kwamen vast te zitten tussen de platen en werden in tweeën geknipt, als met een reusachtige schaar, waarna de platen snel weer terugschoten in hun verborgen spleten.

Eragon was geschokt hoe plotseling het gebeurde. Hij wendde zijn ogen af van het bloedbad voor hem. *Wat een verschrikkelijke manier om dood te gaan.*

Naast hem kokhalsde Elva en viel toen voorover in zwijm. Arya ving haar op voordat ze met haar hoofd op de vloer terechtkwam. Met een arm om Elva heen geslagen begon Arya tegen haar te mompelen in de oude taal.

Eragon overlegde met de andere elfen hoe ze het best om de val heen konden komen. Ze besloten dat het het veiligst was om eroverheen te springen, net zoals ze hadden gedaan met de pinnen.

Vier van hen bestegen Saphira en ze wilde net naar voren springen toen Elva met zwakke stem uitriep: 'Stop! Niet doen!'

Saphira sloeg met haar staart maar bleef staan waar ze stond.

Elva liet zich uit Arya's armen glijden, deed strompelend een paar stappen, boog zich voorover en gaf over. Ze veegde haar mond af met de rug van haar hand en staarde naar de verminkte lichamen die voor hen lagen, alsof ze ze in haar geheugen wilde vastleggen.

Nog steeds starend zei ze: 'Er zit nog een trigger, ergens halverwege, in de lucht. Als je springt' – ze klapte in haar handen, met een hard, scherp geluid, en trok een lelijk gezicht – 'komen er messen uit de muur, hoog en laag.'

Een gedachte kwam in Eragon op. 'Waarom zou Galbatorix proberen ons te doden...? Als jij hier niet was,' zei hij, Elva aankijkend, 'zou Saphira nu dood zijn. Galbatorix wil haar levend vangen, dus waarom doet hij dit?' Hij gebaarde naar de bebloede vloer. 'Waarom die pinnen en de blokken steen?'

'Misschien,' zei de elfenvrouw Invidia, 'verwachtte hij dat we in de kuilen zouden vallen voordat we bij de rest van de vallen zouden komen.'

'Of misschien,' zei Blödhgarm met grimmige stem, 'weet hij dat Elva bij ons is en waar ze toe in staat is.'

Het meisje haalde haar schouders op. 'En dan? Hij kan me niet tegenhouden.'

Een kil gevoel bekroop Eragon. 'Nee, maar als hij weet dat jij er bent, dan kan hij bang zijn geworden, en als hij bang is...'

Dan kan hij echt proberen om ons te doden, maakte Saphira de zin af.

Arya schudde haar hoofd. 'Het maakt niet uit. We moeten hem nog steeds zien te vinden.'

Ze bespraken hoe ze langs de messen konden komen, waarop Eragon zei: 'Stel dat ik magie gebruik om ons te verplaatsen, net zoals Arya Saphira's ei naar het Schild heeft gestuurd?' Hij gebaarde naar de ruimte achter de lichamen.

Dat kost te veel energie, zei Glaedr.

We kunnen beter onze krachten sparen voor de ontmoeting met Galbatorix, voegde Umaroth eraan toe.

Eragon beet op zijn lip. Hij keek over zijn schouder en schrok toen hij, ver achter hen, Murtagh van de ene kant van de gang naar de andere zag rennen. *We hebben niet veel tijd.*

'Misschien kunnen we iets in de muur stoppen, zodat de messen er niet meer uit kunnen.'

'De messen zijn zeker beschermd tegen magie,' merkte Arya op. 'Bovendien hebben we niks bij ons om ze mee tegen te houden. Een mes? Een stuk harnas? De ijzeren platen zijn te groot en te zwaar. Wat je er ook voor hangt, ze zouden erdoorheen gaan alsof het er niet was.'

Een stilte daalde over de groep neer.

Toen likte Blödhgarm langs zijn tanden en zei: 'Dat hoeft niet per se.' Hij draaide zich om en legde zijn zwaard op de vloer voor Eragon. Daarna gebaarde hij dat de elfen die onder zijn bevel stonden hetzelfde moesten doen.

Elf zwaarden werden er in totaal voor Eragon neergelegd. 'Dit kan ik jullie niet vragen,' zei hij. 'Jullie zwaarden...'

Blödhgarm onderbrak hem met een opgeheven hand, zijn vacht glanzend in het zachte licht van de lantaarns. 'Wij vechten met onze geest, Schimmendoder, niet met ons lichaam. Als we soldaten tegenkomen, kunnen we de wapens die we nodig hebben van hen afpakken. Als onze zwaarden hier en nu van beter nut zijn, zou het dom zijn om ze niet te gebruiken om sentimentele redenen.'

Eragon boog zijn hoofd. 'Zoals je wilt.'

Tegen Arya zei Blödhgarm: 'Het moet een even aantal zijn, om de grootste kans op succes te hebben.'

Ze aarzelde, trok toen haar eigen smalle zwaard en legde dat bij de andere. 'Bedenk goed wat je gaat doen, Eragon,' zei ze. 'Dit zijn allemaal legendarische wapens. Het zou zonde zijn ze te vernietigen als we er niks mee bereiken.'

Hij knikte en fronste toen, zich concentrerend op zijn herinneringen aan de lessen van Oromis. *Umaroth,* zei hij, *ik heb je kracht nodig.*

Wat van ons is, is van jou, antwoordde de draak.

De illusie die de gleuven waaruit de ijzeren platen naar buiten gleden aan het zicht onttrok, was zo goed geconstrueerd dat Eragon haar niet kon doorboren. Dat had hij ook wel verwacht – Galbatorix zou zo'n detail niet snel over het hoofd zien. Aan de andere kant waren de bezweringen die verantwoordelijk waren voor de illusie gemakkelijk genoeg op te sporen, en van daaruit kon hij de precieze locatie en afmeting van de openingen vaststellen.

Hij kon niet precies zeggen hoe ver de ijzeren platen in de gleuven zaten. Hij hoopte dat het ten minste twee duim vanaf de muur was. Als ze dichterbij zaten, zou zijn plan mislukken, want het sprak vanzelf dat de koning het ijzer had beschermd tegen invloeden van buitenaf.

De woorden oproepend die hij nodig had, sprak Eragon de eerste van de twaalf bezweringen uit die hij van plan was te gebruiken. Een van de elfenzwaarden – dat van Laufin, dacht hij – loste op in het niets met een pufje wind, als een tuniek die door de lucht werd geblazen. Een halve seconde later klonk er een stevige dreun vanaf de muur aan hun linkerkant.

Eragon glimlachte. Het had gewerkt. Als hij had geprobeerd om het zwaard door de ijzeren plaat te drijven, zou het resultaat veel dramatischer zijn geweest.

Sneller dan daarvoor sprak hij de rest van de bezweringen uit, waarbij hij in elke muur zes zwaarden stak, elk zwaard op een afstand van vijf voet. De elfen keken ingespannen toe terwijl hij sprak; als ze al van streek waren door het verlies van hun wapens, lieten ze dat niet blijken.

Toen hij klaar was, knielde Eragon bij Arya en Elva neer – die samen de Dauthdaert vasthielden – en zei: 'Maak je klaar om te rennen.'

Saphira en de elfen verstrakten. Arya liet Elva op haar rug klimmen, maar bleef de groene lans vasthouden. Toen zei Arya: 'Klaar.'

Eragon stak zijn arm uit en sloeg op de vloer.

Vanuit beide muren klonk een harde klap en er vielen stofslierten van het plafond, die uitgroeiden tot vage wolkjes.

Op het moment dat hij zag dat de zwaarden het hadden gehouden, sprong Eragon naar voren. Hij had amper twee stappen gezet toen Elva riep: 'Sneller!'

Brullend van inspanning dwong hij zijn voeten nog harder op de grond neer te komen. Aan zijn rechterkant rende Saphira voorbij, kop en staart laag, een donkere schaduw aan de rand van zijn gezichtsvermogen.

Toen hij bij het andere eind van de val aankwam, hoorde hij ijzer breken en toen het kippenvel opwekkende geluid van ijzer schrapend over ijzer.

Achter hem schreeuwde er iemand.

Hij draaide rond en stormde weg van het lawaai, en hij zag dat iedereen op tijd was overgestoken, behalve de zilverharige elfenvrouw Yaela, die vastzat tussen de laatste vijftien centimeter van de twee stukken ijzer.

De ruimte om haar heen vlamde blauw en geel op, alsof de lucht zelf in brand stond, en haar gezicht vertrok van de pijn.

'Flauga!' schreeuwde Blödhgarm, en Yaela vloog van tussen de ijzeren platen vandaan, die met een weergalmende klap op elkaar klapten. Toen schoten de platen terug in de muren, met hetzelfde knarsende geluid dat bij hun verschijning had geklonken.

Yaela was vlak bij Eragon terechtgekomen op handen en knieën. Hij hielp haar overeind; tot zijn verbazing leek ze ongedeerd. 'Ben je gewond?' vroeg hij.

Ze schudde haar hoofd. 'Nee, maar... mijn afweerbezweringen zijn ongedaan gemaakt.' Ze stak haar handen op en staarde ernaar met een gezichtsuitdrukking die dicht in de buurt van verbazing kwam. 'Ik heb niet zonder afweerbezweringen gezeten sinds... sinds ik jonger was dan jij nu bent. Op de een of andere manier hebben de messen me ervan ontdaan.'

'Je hebt geluk dat je nog leeft,' zei Eragon. Hij fronste zijn voorhoofd.

Elva haalde haar schouders op. 'We zouden allemaal doodgegaan zijn, behalve híj,' – ze wees naar Blödhgarm – 'als ik niet gezegd had dat je sneller moest gaan.'

Eragon gromde.

Ze gingen verder, met elke stap verwachtend een nieuwe val aan te treffen. Maar de rest van de gang bleek zonder obstakels te zijn, en zonder verdere incidenten bereikten ze de deuren aan het eind.

Eragon keek op naar het glanzende, goudkleurige oppervlak. In het goud was een uitsnede gemaakt van een levensgrote eik, waarvan de bladeren een baldakijn vormden die zich verbond met de wortels beneden en daardoor één grote cirkel om de stam beschreef. Aan weerskanten van de dikke stam staken twee dikke bossen takken uit, die de ruimte binnen de cirkel in kwarten verdeelden. In het kwart linksboven was de afbeelding van een leger uitgesneden, elfen met speren die door een dicht bos marcheerden. Het kwart rechtsboven toonde mensen die kastelen bouwden en zwaarden smeedden. Linksonder zag je Urgals – voornamelijk Kull – die een dorp platbrandden en de inwoners vermoordden. Rechtsonder waren dwergen aan het werk in mijnen vol edelstenen en goudaders. Tussen de wortels en takken van de eik zag Eragon weerkatten en de Ra'zac, en een paar kleine, vreemd uitziende wezentjes die hij niet herkende. En opgerold in de stam van de boom lag een draak met het uiteinde van zijn staart in zijn bek, alsof hij zichzelf beet. De deuren waren prachtig uitgesneden. Onder andere omstandigheden zou Eragon ze graag uitgebreid en op zijn gemak hebben bestudeerd.

Maar nu vervulde de aanblik van de glanzende deuren hem met ontzetting als hij bedacht wat erachter zou liggen. Als dat Galbatorix was, zouden hun levens voorgoed veranderen en zou niets meer hetzelfde zijn – voor hen niet en ook niet voor de rest van Alagaësia.

Ik ben er nog niet klaar voor, zei Eragon tegen Saphira.

Wanneer zijn we er wel klaar voor? antwoordde ze. Ze stak haar tong uit en proefde de lucht. Hij voelde hoe zenuwachtig en afwachtend ze was. *Galbatorix en Shruikan moeten gedood worden, en wij zijn de enigen die dat kunnen doen.*

Maar stel dat we dat niet kunnen?

Dan lukt het niet, het zij zo.

Hij knikte en haalde diep adem. *Ik hou van je, Saphira.*

Ik hou ook van jou, kleintje.

Eragon deed een stap naar voren. 'En nu?' vroeg hij, en hij probeerde zijn bezorgdheid te verbergen. 'Moeten we kloppen?'

'Laten we eerst maar kijken of ze open zijn,' zei Arya.

Ze stelden zich op in een formatie die geschikt was voor de strijd. Toen pakte Arya, met Elva naast haar, de deurkruk van de linkerdeur vast en zette zich schrap om te trekken.

Toen ze dat deed, verscheen er een zuil van flakkerende lucht rond Blödhgarm en zijn tien magiërs. Eragon slaakte een gealarmeerde kreet en Saphira siste kort, alsof ze op iets scherps was gestapt. De elfen leken niet in staat zich tussen de zuilen te bewegen: zelfs hun ogen bleven bewegingloos, gefixeerd op datgene waar ze naar gekeken hadden toen de bezwering van kracht werd.

Met een zwaar rinkelend geluid gleed er een deur open in de muur aan hun linkerhand, en de elfen begonnen ernaartoe te lopen, als een optocht van standbeelden die over ijs gleden.

Arya sprong op ze af, haar speer met de weerhaken voor zich uit gestoken, in een poging de bezweringen waardoor de elfen gebonden waren door te snijden, maar ze was te laat en ze kreeg ze niet te pakken.

'Letta!' riep Eragon. *Stop!* De simpelste bezwering die hij kon bedenken die misschien zou helpen. Maar de magie waarin de elfen gevangenzaten, bleek te sterk om te verbreken, en ze verdwenen door de donkere opening, waarna de deur achter hen dichtsloeg.

Eragon werd met wanhoop vervuld. Zonder de elfen...

Arya bonsde op de deur met de achterkant van de Dauthdaert, en ze probeerde zelfs met de punt van de speer de naad te vinden tussen de deur en de muur – zoals ze gedaan had met het schuilpoortje –, maar de muur leek solide, onbeweeglijk.

Toen ze zich omdraaide, was haar gezichtsuitdrukking er een van kille woede. *Umaroth,* zei ze. *Ik heb je hulp nodig om deze muur te openen.*

Nee, zei de witte draak. *Galbatorix is er zeker van dat hij je metgezellen* goed verborgen heeft. Ze proberen te vinden is alleen een verspilling van energie en zal ons in nog groter gevaar brengen.

Arya's schuin staande wenkbrauwen kwamen dichter bij elkaar toen ze haar voorhoofd fronste. *Dan spelen we hem in de kaart, Umaroth-elda. Hij wil verdeeldheid onder ons zaaien en ons verzwakken. Als we zonder hen verdergaan, zal het veel makkelijker zijn voor Galbatorix om ons te verslaan.*

Ja, kleintje. Maar denk je ook niet dat de Eierbreker wil dat we ze achternagaan? Hij wil misschien dat we hem in onze woede en onze bezorgdheid vergeten, en dat we dan blindelings in een van zijn vallen lopen.

Waarom zou hij zich zo veel moeite getroosten? Hij had Eragon, Saphira, jou en de rest van de eldunarí gevangen kunnen nemen, zoals hij Blödhgarm en de anderen gevangen heeft genomen, maar dat heeft hij niet gedaan.

Misschien omdat hij wil dat we ons uitputten voordat we hem het hoofd bieden of voordat hij probeert ons te breken.

Arya liet haar hoofd even zakken, en toen ze opkeek was haar woede verdwenen – in ieder geval aan de oppervlakte – en vervangen door haar normale beheerste waakzaamheid. *Wat moeten we dan doen, Ebrithil?*

We hopen dat Galbatorix Blödhgarm of de anderen niet zal doden, niet direct in ieder geval, en dat we kunnen doorgaan totdat we de koning vinden.

Arya legde zich erbij neer, maar Eragon merkte dat ze het afschuwelijk vond. Hij nam het haar niet kwalijk; hij had hetzelfde gevoel.

'Hoe kwam het dat je de val niet aanvoelde?' vroeg hij op gedempte toon aan Elva. Hij dacht dat hij het begreep, maar hij wilde het van haar horen.

'Omdat ze geen pijn hadden,' zei ze.

Hij knikte.

Arya beende terug naar de gouden deuren en pakte weer de linkerdeurkruk vast. Elva kwam bij haar staan en sloeg haar kleine hand om de schacht van de Dauthdaert.

Arya boog zich weg van de deur en trok, en de enorme constructie begon naar buiten te zwaaien. Geen enkel mens, daar was Eragon zeker van, had deze deur kunnen openen, en zelfs Arya's kracht was amper toereikend.

Toen de deur de muur raakte, liet Arya hem los, waarna zij en Elva bij Eragon kwamen staan, vóór Saphira.

Aan de andere kant van de spelonkachtige zuilengang lag een enorme, donkere ruimte. Eragon wist niet zeker hoe groot precies, want de muren lagen verborgen in fluwelen schaduwen. Er was een rij vlamloze lantaarns op ijzeren staven bevestigd, die in een kaarsrechte rij aan weerszijden van de gang liepen. Ze verlichtten de mozaïekvloer en weinig meer dan dat, terwijl er vanboven een vage gloed kwam van de kristallen die in het hoge plafond waren bevestigd. De twee rijen lantaarns eindigden vijfhonderd voet verderop, aan de voet van een brede verhoging, waar een troon op stond. Op de troon zat een eenzame zwarte gestalte, de enige in de hele ruimte, en op zijn schoot lag een ontbloot zwaard, een lange witte piek waar een vage lichtgloed vanuit leek te gaan.

Eragon slikte en pakte Brisingr steviger vast. Met de rand van zijn schild aaide hij Saphira snel over haar snuit, en zij stak als antwoord haar tong uit. Toen liepen ze alle vier zonder iets te zeggen naar voren.

Op het moment dat ze allemaal in de troonzaal waren, zwaaide de gouden deur achter hen dicht. Eragon had dat wel verwacht, maar toch schrok hij van het geluid van de dichtslaande deur. Toen de echo's wegstierven en een duistere stilte neerdaalde in de koninklijke zaal, bewoog de gestalte op de troon, alsof hij uit zijn slaap ontwaakte, en daarna klonk er een stem – een stem zoals Eragon nog nooit had gehoord: zwaar, vol en met een autoriteit groter dan die van Ajihad of Oromis of Hrothgar, een stem die zelfs de elfen schril en dissonant deed klinken – vanaf de andere kant van de troonzaal.

En de stem zei: 'Ah, ik verwachtte jullie al. Welkom in mijn verblijf. En een bijzonder welkom voor jou, Eragon Schimmendoder, en voor jou, Saphira de Stralend Geschubde. Ik heb er erg naar verlangd om jullie te ontmoeten. Maar ik ben ook blij om jou te zien, Arya – dochter van Islanzadí en zelf ook Schimmendoder – en jou, Elva met het Stralende Voorhoofd. En natuurlijk Glaedr, Umaroth, Valdr en de anderen die ongezien met jullie meereizen. Ik was er lang van overtuigd dat ze dood waren, en ik ben erg blij om te zien dat dat niet zo is. Welkom allemaal! We hebben veel te bespreken.'

Het hart van de strijd

Samen met zijn bataljon vocht Roran zich een weg van de buitenste muur van Urû'baen naar de straten beneden. Daar pauzeerden ze even om zich te hergroeperen; toen riep hij: 'Naar de poort!' en hij wees met zijn hamer.

Samen met diverse mannen uit Carvahall, onder wie Horst en Delwin, ging hij voorop, dravend langs de binnenmuur in de richting van de bres die de elfen met hun magie hadden geslagen. Terwijl ze voort renden vlogen er pijlen over hun hoofd, maar ze waren niet speciaal op hen gericht, en hij hoorde niemand gewond raken.

Ze kwamen tientallen soldaten tegen in de smalle ruimte tussen de muur en de stenen huizen. Een paar bleven er staan om te vechten, maar de rest rende weg, en zelfs degenen die waren blijven staan trokken zich al snel terug in de aangrenzende stegen.

Eerst was Roran min of meer verblind door de woeste intensiteit van de slachtpartijen en de overwinning. Maar toen de soldaten die ze tegenkwamen bleven vluchten begon er een ongemakkelijk gevoel te knagen in zijn binnenste, en hij keek oplettender om zich heen, op zoek naar dingen die anders leken dan ze zouden moeten zijn.

Er was iets mis. Daar was hij zeker van.

'Galbatorix zou niet toestaan dat ze het zo snel opgaven,' mompelde hij in zichzelf.

'Wat?' vroeg Albriech, die naast hem stond.

'Ik zei: Galbatorix zou niet toestaan dat ze het zo snel opgaven.' Zijn hoofd omdraaiend riep Roran tegen de rest van het bataljon: 'Spits je oren en kijk goed uit je ogen! Galbatorix heeft een paar verrassingen voor ons in petto, durf ik te wedden. Maar we zullen ons niet laten overrompelen, nietwaar?'

'Sterkhamer!' riepen ze als antwoord, en ze sloegen met hun wapens tegen hun schilden. Iedereen, behalve de elfen. Tevreden versnelde hij zijn pas, maar liet zijn blik nog steeds onderzoekend over de daken glijden.

Al snel kwamen ze in de met puin bedekte straat die leidde naar wat eens de hoofdpoort van de stad was geweest. Het enige wat er nu nog van over was, was een gapend gat van een paar honderd voet in doorsnee, en een stapel kapotte stenen. Uit het gat stroomden de Varden en hun bondgenoten: mannen, dwergen, Urgals, elfen en weerkatten, die voor het eerst in de geschiedenis zij aan zij vochten.

Pijlen regenden op het leger neer terwijl het de stad in stroomde, maar de magie van de elfen hield de dodelijke spiesen tegen voordat ze kwaad konden aanrichten. Datzelfde gold niet voor de soldaten van Galbatorix; Roran zag een aantal van hen sneuvelen door de pijlen van de Varden, hoewel sommigen schilden leken te hebben die hen beschermden tegen de pijlen. Galbatorix' favorieten, veronderstelde hij.

Toen zijn bataljon zich bij de rest van het leger voegde, zag Roran Jörmundur tussen de krijgers rijden. Roran riep een groet en Jörmundur zag hem en riep: 'Als we bij die fontein zijn,' – hij wees met zijn zwaard naar een groot, sierlijk bouwwerk op een binnenplaats een paar honderd meter voor hen – 'neem dan je mannen mee en sla rechts af. Veeg het zuidelijk deel van de stad schoon en ontmoet ons bij de citadel.'

521

Roran knikte, overdreven, zodat Jörmundur het kon zien. 'Heer!'

Hij voelde zich veiliger nu ze in het gezelschap van andere krijgers waren, maar nog steeds had hij een ongemakkelijk gevoel. *Waar zijn ze?* vroeg hij zich af, terwijl hij de lege straten in tuurde. Galbatorix zou zijn hele leger bij elkaar hebben gebracht in Urû'baen, maar Roran moest het bewijs van een grote legermacht nog zien. Er hadden verbazend weinig soldaten op de muren gestaan, en degenen die er wel waren geweest, waren veel sneller gevlucht dan had gemoeten.

Hij lokt ons, realiseerde Roran zich met plotselinge zekerheid. *Het is allemaal een spel om ons erin te luizen.* Hij probeerde Jörmundurs aandacht weer te trekken en riep: 'Er is iets aan de hand! Waar zijn de soldaten?'

Jörmundur fronste zijn voorhoofd en draaide zich om om met koning Orrin en koningin Islanzadí te spreken, die naar hem toe waren gereden. Vreemd genoeg had Islanzadí een witte raaf op haar linkerschouder zitten, zijn klauwen vastgehaakt in haar goudkleurige harnas.

En nog steeds trokken de Varden verder en verder Urû'baen in.

'Wat is er aan de hand, Sterkhamer?' gromde Nar Garzhvog terwijl hij zich een weg baande naar Roran toe.

Roran keek op naar de Kull met het grote hoofd. 'Ik weet het niet. Galbatorix...'

Hij vergat wat hij wilde zeggen toen er tussen de huizen voor hen een hoorn opklonk. Hij bleef maar schallen, een lage, onheilspellende toon die de Varden deed stilstaan en bezorgd rondkijken.

De moed zonk Roran in de schoenen. 'Dit is het,' zei hij tegen Albriech. Hij draaide zich om en zwaaide met zijn hamer, gebarend naar de kant van de weg. 'Aan de kant!' brulde hij. 'Ga tussen de huizen staan en zoek dekking!'

Zijn bataljon deed er langer over om zich terug te trekken uit de colonne strijders dan het had geduurd om zich erbij te voegen. Gefrustreerd bleef Roran schreeuwen, in een poging ze sneller te laten bewegen. 'Snel, sneue honden! Snel!'

Weer klonk de hoorn, en Jörmundur liet het leger eindelijk halthouden.

Tegen die tijd waren Rorans krijgers veilig in drie straten gepropt, waar ze zich in groepjes achter gebouwen verscholen, wachtend op zijn bevelen. Hijzelf stond samen met Garzhvog en Horst naast een huis, om de hoek kijkend in een poging te zien wat er gebeurde.

De hoorn klonk nogmaals, en toen echode het geluid van vele marcherende voeten door Urû'baen.

Roran werd bekropen door angst toen hij de soldaten rij na rij door de straten vanaf de citadel zag marcheren; de mannen energiek en ordelijk, hun gezicht zonder het kleinste spoortje angst. Vooraan reed een gedrongen, breedgeschouderde man op een grijs strijdros. Hij droeg een glanzend borstschild dat meer dan een voet naar buiten stak, alsof het een enorme buik huisvestte. In zijn linkerhand had hij een schild versierd met de afbeelding van een afbrokkelende toren op een kale, stenen bergpiek. In zijn rechterhand droeg hij een knots met ijzeren punten die de meeste mannen maar met moeite zouden kunnen optillen, maar die hij met het grootste gemak heen en weer slingerde.

Roran bevochtigde zijn lippen. Hij vermoedde dat de man niemand anders dan heer Barst was, en als ook maar de helft van wat hij over deze man had gehoord waar was, dan zou Barst nooit recht op een vijandelijke macht af rijden als hij er niet volkomen zeker van was dat hij die zou vernietigen.

Roran had genoeg gezien. Hij duwde zich af van de hoek van het gebouw en zei: 'We gaan niet staan wachten. Zeg de anderen dat ze ons moeten volgen.'

'Ben je van plan weg te lopen, Sterkhamer?' gromde Nar Garzhvog.

'Nee,' zei Roran. 'Ik wil ze in de flank aanvallen. Alleen een dwaas zou frontaal op zo'n leger af gaan. Kom op!' Hij gaf de Urgal een duw en haastte zich toen de zijstraat in om zijn positie vooraan bij zijn krijgers in te nemen. *En alleen een dwaas zou een rechtstreekse confrontatie aangaan met de man die Galbatorix heeft uitgekozen om zijn strijdkrachten aan te voeren.*

Terwijl ze zich een weg zochten tussen de dicht op elkaar staande gebouwen, hoorde Roran dat de soldaten begonnen te roepen: 'Heer Barst! Heer Barst! Heer Barst!' En ze stampten op de grond met hun spijkerschoenen en sloegen met hun zwaard tegen hun schild.

Het wordt steeds beter, dacht Roran, en hij wenste dat hij ergens anders was.

Toen begonnen de Varden terug te schreeuwen; de lucht werd vervuld met kreten als 'Eragon!' en 'De Rijders!' en de stad weergalmde met het geluid van kletterend ijzer en de kreten van gewonde mannen.

Toen zijn bataljon op dezelfde hoogte was als wat Roran vermoedde dat het middelpunt van het leger van het Rijk was, liet hij de mannen omdraaien en in de richting van hun vijanden lopen. 'Blijf bij elkaar,' beval hij. 'Vorm een muur met de schilden en wat jullie ook doen, zorg ervoor dat de magiërs beschermd blijven.'

Al snel zagen ze de soldaten in de straten, voornamelijk piekeniers, dicht tegen elkaar aan gedrukt terwijl ze naar de voorhoede van de strijd schuifelden.

Nar Garzhvog uitte een woeste brul, evenals Roran en de andere krijgers in het bataljon, waarna ze de gelederen aanvielen. De soldaten schreeuwden gealarmeerd en er ontstond paniek terwijl ze achteruit drongen, hun eigen mannen vertrappend in een poging ruimte te vinden om te vechten.

Joelend viel Roran de eerste rij mannen aan. Bloed spoot in het rond terwijl hij zijn hamer rondzwaaide en metaal en bot voelde wijken. De soldaten stonden zo dicht op elkaar dat ze bijna niets konden beginnen. Hij doodde er vier voordat er ook maar een naar hem kon uithalen met zijn zwaard, dat hij blokkeerde met zijn schild.

Aan de rand van de weg sloeg Nar Garzhvog zes mannen neer met één klap van zijn knuppel. De soldaten begonnen overeind te krabbelen, de verwondingen negerend die hen geveld zouden hebben als ze pijn hadden gevoeld, maar Garzhvog sloeg opnieuw toe, ze tot moes stampend.

Roran was zich nergens anders van bewust dan de mannen voor hem, het gewicht van de hamer in zijn hand en de glibberige, met bloed bedekte straatkeien onder zijn voeten. Hij beukte en hakte; hij duwde en trok; hij gromde en schreeuwde en hij doodde en doodde en doodde – totdat hij zijn hamer door de lucht zwaaide en tot zijn verrassing niets meer raakte. Zijn wapen bonsde tegen de grond, sloeg vonken uit de stenen en er trok een pijnscheut omhoog door zijn arm.

Roran schudde zijn hoofd; de oorlogsroes waarin hij verkeerde trok op; hij had zich een weg gevochten door de hele menigte soldaten.

Snel draaide hij zich om en zag dat de meeste van zijn krijgers links en rechts nog steeds met de soldaten in gevecht waren. Weer joelde hij en dook terug het strijdgewoel in.

Ineens werd hij omsingeld door drie soldaten: twee met speren en een met een zwaard. Roran haalde uit naar de man met het zwaard, maar zijn voet gleed onder hem weg toen hij op iets zachts en nats stapte. In zijn val zwaaide hij zijn hamer naar de enkels van de dichtstbijzijnde man. De soldaat danste achteruit en stond op het punt zijn zwaard neer te laten komen op Roran toen er een elf naar voren sprong, die met twee snelle slagen alle drie de soldaten onthoofdde.

Het was dezelfde elfenvrouw met wie hij had gesproken buiten de stadsmuur, alleen zat ze nu onder de bloedspatten. Voordat hij haar kon bedanken rende ze alweer langs hem heen, haar zwaard een wazige vlek terwijl ze nog meer soldaten neermaaide.

Nu hij ze in actie had gezien, stelde Roran vast dat elke elf ten minste vijf mannen waard was, en dan telde hij nog niet eens hun vaardigheden in het bezweren mee. Wat de Urgals betrof, hij deed alleen zijn best om uit hun buurt te blijven, vooral bij de Kull. Eenmaal in het vuur van de strijd leken ze weinig onderscheid te maken tussen vriend en vijand, en de Kull waren zo groot dat ze makkelijk iemand onbedoeld konden doden. Hij had gezien hoe een van hen een soldaat vermorzelde tussen zijn been en de muur van een gebouw, zonder dat hij het merkte. En een andere Kull zag hij een soldaat onthoofden met een achteloze zwaai van zijn schild toen hij zich omdraaide.

Het vechten ging nog een paar minuten door, waarna de enige soldaten die over waren dode soldaten waren.

Roran veegde het zweet van zijn voorhoofd en keek de straat naar beide kanten af. Verder de stad in zag hij de restanten van de legermacht die ze vernietigd hadden tussen de huizen verdwijnen, mannen die renden om zich bij een ander deel van Galbatorix' leger te voegen. Hij overwoog ze achterna te gaan, maar het middelpunt van de strijd lag dichter bij de rand van de stad, en hij wilde de achterhoede van de soldaten aanvallen en hun linies verstoren.

'Deze kant op!' riep hij terwijl hij zijn hamer in de lucht stak en de straat in liep.

Een pijl boorde zich in de rand van zijn schild en toen hij opkeek zag hij het silhouet van een man onder een dakrand wegglippen.

Toen Roran vanuit de dicht op elkaar staande gebouwen op het open terrein voor de restanten van Urû'baens stadspoort kwam, was het daar zo'n chaos dat hij even aarzelde, niet wetend wat te doen.

De twee legers hadden zich zo vermengd dat het onmogelijk was er linies of gelederen in te onderscheiden, of te zien waar de frontlinie was. De karmozijnrode tunieken van de soldaten lagen verspreid over het plein, soms afzonderlijk en soms een heleboel bij elkaar, en de vechtende menigte had zich verspreid in de straten, als een steeds groter wordende vlek. Tussen de strijders die Roran verwachtte te zien, viel hem ook een groot aantal katten op – normale katten, geen weerkatten – die de soldaten aanvielen, een woest en angstaanjagend gezicht, iets wat hij nog nooit had gezien. De katten, wist hij, volgden de aanwijzingen van de weerkatten op.

En midden op het plein, op zijn grijze strijdros, zat heer Barst, met zijn grote ronde borstschild glimmend in het licht van het vuur dat oplaaide in de nabijgelegen huizen. Hij bleef zijn knots maar rondzwaaien, sneller dan enig mens ooit zou kunnen, en met elke slag velde hij ten minste een van de Varden. Pijlen die op hem afgevuurd werden losten op in vage oranje rookwolkjes, zwaarden en speren kaatsten van hem af alsof hij van steen was gemaakt, en zelfs de kracht van een aanstormende Kull was niet genoeg om hem van zijn rijdier te slaan. Roran keek verbijsterd toe toen de geharnaste man met een terloopse veeg van zijn knots een aanstormende Kull de hersens insloeg, zijn hoorns en schedel brekend als een eierschaal.

Roran fronste zijn voorhoofd. *Hoe kan hij zo sterk en snel zijn?* Magie, was het voor de hand liggende antwoord, maar die magie moest een bron hebben. Barst had geen edelstenen op zijn strijdknots of harnas, en Roran kon ook niet geloven dat Galbatorix Barst van een afstand van energie voorzag. Roran dacht aan zijn gesprek met Eragon in de nacht voordat ze Katrina uit Helgrind redden. Eragon had hem verteld dat het vrijwel onmogelijk was om het lichaam van een mens zo te veranderen dat het de snelheid en de kracht van een elf kreeg, zelfs als die mens een Rijder was – waardoor datgene wat de draken bij Eragon hadden gedaan tijdens de Viering van de Bloedeed nog verbazingwekkender was. Het leek niet waarschijnlijk dat Galbatorix een dergelijke transformatie bij Barst voor elkaar had kunnen krijgen, wat Roran zich opnieuw deed afvragen: wat was de bron van Barsts onnatuurlijke kracht?

Barst trok aan de teugels van zijn paard om het te wenden. Rorans aandacht werd getrokken door het licht dat over het oppervlak van zijn bolle borstschild bewoog. Zijn mond werd droog en er daalde een gevoel van wanhoop over hem neer. Voor zover hij wist was Barst er niet de man naar om een buikje te hebben. Hij zou zijn lichaamsconditie niet verwaarlozen, en Galbatorix zou ook niet zo'n man hebben uitgekozen om Urû'baen te verdedigen. De enige verklaring die steekhoudend was, was dat Barst een eldunarí aan zijn lichaam had vastgesnoerd onder zijn vreemd gevormde borstschild.

Toen dreunde de grond en spleet uiteen, en er opende zich een duistere kloof onder Barst en zijn paard. Het gat had hen makkelijk allebei kunnen verzwelgen, en dan was er nog ruimte over, maar het paard bleef staan in de lucht, alsof zijn hoeven nog steeds stevig op de grond geplant waren. Er flakkerde een krans van verschillende kleuren om Barst heen, als een aura van flarden regenboog. De plek straalde beurtelings golven kou en hitte uit, en Roran zag slierten ijs vanuit de grond omhoogkomen, die probeerden zich om de benen van het paard te winden om hem zo op zijn plek te houden. Maar het ijs kreeg geen grip op het paard, en de magie leek geen enkel effect te hebben op zowel man als paard.

Barst trok weer aan de teugels en stuurde zijn paard toen in de richting van een groep elfen die naast een huis stonden, zingend in de oude taal. Roran veronderstelde dat zij verantwoordelijk waren voor de bezweringen tegen Barst.

Met zijn knots boven zijn hoofd geheven viel Barst de groep elfen aan. Ze stoven uiteen en probeerden zich te verdedigen, zonder resultaat, want Barst deed hun schilden splijten en hun zwaarden breken, en de knots verpletterde de elfen alsof hun botten even dun en hol waren als die van een vogel.

Waarom werden ze niet beschermd door hun afweerbezweringen? vroeg Roran zich af. *Waarom kunnen ze hem niet tegenhouden met hun geest? Het is maar één man en hij heeft maar één eldunarí bij zich.*

Een eindje verderop kwam er een grote ronde steen neer in de zee van worstelende lichamen, die een helderrode vlek achterliet en toen tegen de gevel van een gebouw knalde, waar hij de standbeelden boven het deurkozijn aan diggelen sloeg.

Roran dook weg en vloekte toen hij zag waar de steen vandaan was gekomen. Midden in de stad hadden de soldaten van Galbatorix de katapulten en de andere oorlogsmachines die op de stadsmuur stonden heroverd. *Ze schieten in hun eigen stad*, dacht hij. *Ze schieten op hun eigen mannen!*

Met een kreun van afschuw wendde hij zich af van het plein, zodat hij de stad in keek. 'We kunnen hier niet helpen!' riep hij naar het bataljon. 'Laat Barst aan de anderen over. Ga die straat in!' Hij wees naar links. 'We vechten ons een weg naar de muur en nemen daar stelling!'

Als zijn krijgers al antwoordden, hoorde hij het niet, want hij was al op weg. Achter hem kwam er nog een steen neer tussen de strijdende soldaten, die voor meer kreten van pijn zorgde.

De straat die Roran had gekozen stond vol met soldaten, en er stonden ook een paar elfen en weerkatten, dicht bij elkaar bij de voordeur van een hoedenwinkel en amper in staat het grote aantal vijanden om hen heen af te weren. De elfen riepen iets en een tiental soldaten viel op de grond, maar de rest bleef overeind.

Roran dook tussen de soldaten en verloor zich weer in de rood getinte roes van de strijd. Hij sprong over een van de gevelde soldaten heen en liet zijn hamer neerkomen op de helm van een man die met zijn rug naar hem toe stond. Ervan overtuigd dat de man dood was gebruikte Roran zijn schild om de volgende soldaat achteruit te duwen en stootte toen met het uiteinde van zijn hamer tegen de keel van de man, waarbij hij hem vermorzelde.

Naast hem kreeg Delwin een speer in zijn schouder en met een kreet van pijn viel hij op een knie. Zijn hamer nog sneller dan normaal rondzwaaiend dreef Roran de lansier terug terwijl Delwin het wapen uit zijn schouder trok en weer overeind kwam.

'Trek je terug,' zei Roran tegen hem.

Delwin schudde zijn hoofd, zijn tanden ontbloot. 'Nee!'

'Terugtrekken, verdomme! Dat is een bevel.'

Delwin vloekte, maar hij gehoorzaamde, en Horst nam zijn plaats in. De smid, zag Roran, bloedde uit verwondingen aan zijn armen en benen, maar dat leek hem niet in zijn bewegingen te beperken.

Roran ontweek een zwaard en deed een stap naar voren. Achter hem hoorde hij een vaag ruisend geluid en toen klonk er een donderslag in zijn oren. De aarde draaide om hem heen en alles werd zwart.

Hij werd wakker met een bonzend hoofd. Boven zich zag hij de hemel – helder nu, met het licht van de opkomende zon – en de donkere, gegroefde onderkant van de overhangende rots.

Kreunend van de pijn kwam hij overeind. Hij lag aan de voet van de buitenste stadsmuur, naast de bebloede scherven van een steen uit een katapult. Zijn schild was er niet, evenmin als zijn hamer, en daar was hij vaag bezorgd over.

Terwijl hij nog bij zijn positieven aan het komen was, kwam er een groep van vijf soldaten op hem af gerend. Een van de mannen stak hem in de borst met een speer. De punt van het wapen dreef hem achteruit tegen de muur, maar zijn huid werd niet doorboord.

'Grijp hem!' riepen de soldaten en Roran voelde handen die zijn armen en benen beetpakten. Hij schopte en probeerde zich los te worstelen, maar hij was nog te zwak en te gedesoriënteerd, en er waren te veel soldaten om ze te overweldigen.

De soldaten sloegen steeds opnieuw toe en hij voelde zijn krachten wijken, maar zijn schilden schermden hem nog wel af tegen de slagen. De wereld werd grijs en hij stond op het punt zijn bewustzijn weer te verliezen toen er plotseling een zwaard uit de mond van een van de soldaten kwam.

De soldaten lieten hem vallen en Roran zag een donkerharige vrouw tussen hen door wervelen, haar zwaard rondzwaaiend met het geoefende gemak van een ervaren krijger. Binnen een paar seconden had ze de vijf mannen gedood, hoewel een van hen erin slaagde haar een ondiepe snee in haar linkerbovenbeen toe te brengen.

Naderhand stak ze haar hand naar hem uit en zei: 'Sterkhamer.'

Toen hij haar onderarm beetpakte, zag hij dat haar pols – op de plek waar haar versleten armbeschermer die onbedekt hield – bedekt was met littekens, alsof ze verbrand was of tot bloedens toe met een zweep geslagen. Achter de vrouw stond een bleek tienermeisje, gekleed in een bij elkaar geraapte wapenrusting, en ook een jongen, die een jaar of twee jonger leek dan het meisje.

'Wie bent u?' vroeg hij terwijl hij opstond. Het gezicht van de vrouw was opvallend aantrekkelijk: breed en met uitgesproken trekken, en het gebronsde, verweerde uiterlijk van iemand die het grootste deel van haar leven buiten heeft doorgebracht.

'Een toevallige voorbijganger,' zei ze. Ze ging door haar knieën, pakte een van de speren van de soldaten op en gaf die aan hem.

'Ik dank u.'

Ze knikte en toen draaide ze met haar jonge metgezellen weg tussen de gebouwen, verder de stad in.

Roran staarde hen een halve seconde na, verbaasd, schudde het toen van zich af en haastte zich terug over de weg om zich weer bij zijn bataljon te voegen.

De krijgers begroetten hem met verbaasde kreten, en vielen, bemoedigd, de soldaten met hernieuwde energie aan. Maar toen Roran zijn plek innam tussen de andere mannen uit Carvahall ontdekte hij dat de steen die hem geraakt had, ook Delwin had gedood. Zijn verdriet sloeg al snel om in woede en hij vocht nog hartstochtelijker dan tevoren, vastbesloten zo snel mogelijk een eind aan de strijd te maken.

De naam van alle namen

Bang maar vastberaden beende Eragon met Arya, Elva en Saphira naar het podium waar Galbatorix ontspannen op zijn troon zat.

Het was een heel eind lopen, lang genoeg voor Eragon om een aantal strategieën te overdenken, waarvan hij de meeste verwierp als onpraktisch. Hij wist dat kracht alleen niet genoeg zou zijn om de koning te verslaan; er was ook sluwheid voor nodig, en dat was iets waar het hem het meest aan ontbrak. Maar ze hadden nu geen andere keus dan de confrontatie met Galbatorix aan te gaan.

De twee rijen lantaarns die naar het podium leidden, stonden zo ver uit elkaar dat ze alle vier naast elkaar konden lopen. Daar was Eragon blij om, want het betekende dat Saphira zij aan zij met hen zou kunnen vechten, als dat nodig was.

Ze kwamen steeds dichter bij de troon, maar Eragon bleef rondkijken in de zaal. Het was, vond hij, een vreemde ruimte voor een koning om gasten in te ontvangen. Behalve het felverlichte pad dat voor hen lag, was het grootste deel van de ruimte verborgen in een ondoordringbare duisternis – donkerder nog dan in de zalen van de dwergen onder Tronjheim en Farthen Dûr – en er hing een droge, muskusachtige geur in de lucht die hem bekend voorkwam, hoewel hij hem niet kon thuisbrengen.

'Waar is Shruikan?' vroeg hij op gedempte toon.

Saphira snoof. *Ik kan hem ruiken, maar ik hoor hem niet.*

Elva fronste. 'En ik voel hem ook niet.'

Toen ze nog maar zo'n dertig voet van de verhoging verwijderd waren bleven ze staan. Achter de troon hingen dikke, zwarte gordijnen gemaakt van een fluweelachtig materiaal, die helemaal tot aan het plafond liepen. Er lag een schaduw over Galbatorix, die zijn gelaatstrekken verborg. Toen leunde hij naar voren, in het licht, en Eragon zag zijn gezicht. Het was lang en mager, met een hoog voorhoofd en een messcherpe neus. Zijn ogen waren zo hard als steen en er was weinig wit te zien rondom de irissen. Zijn mond was dun en breed en hing bij de hoeken enigszins af; hij had een kortgeknipte baard en snor, die, evenals zijn kleren, pikzwart waren. Wat zijn leeftijd betreft leek hij in zijn vierde decennium te zitten: nog op het toppunt van zijn kracht, maar dicht bij het begin van de aftakeling. Er zaten rimpels in zijn voorhoofd en aan weerskanten van zijn neus, en zijn gebruinde huid leek dun, alsof hij de hele winter niets dan konijn en knollen had gegeten. Zijn schouders waren breed en goedgebouwd en hij had een slanke taille.

Op zijn hoofd droeg hij een kroon van roodachtig goud bezet met allerlei edelstenen. De kroon zag er oud uit – nog ouder dan de zaal, en Eragon vroeg zich af of hij misschien ooit had toebehoord aan koning Palancar, vele honderden jaren geleden.

Op Galbatorix' schoot lag zijn zwaard. Het was het zwaard van een Rijder, dat was wel duidelijk, maar Eragon had nog nooit zoiets gezien. Het gevest, de kling en de pareerstang waren spierwit, en de edelsteen op de degenknop was zo helder als een bergstroompje. Maar alles bij elkaar was er iets met het wapen wat Eragon verontrustte. De kleur – of beter het gebrek aan kleur – deed hem denken aan in de zon verbleekte beenderen. Het was de kleur van de dood, niet van het leven, en hij vond hem gevaarlijker dan elke tint zwart, hoe donker ook.

Galbatorix keek hen om beurten onderzoekend aan met zijn scherpe, starende blik. 'Dus, jullie zijn gekomen om mij te doden,' zei hij. 'Goed dan, zullen we beginnen?' Hij hief zijn zwaard op en stak zijn armen uit in een verwelkomend gebaar.

Eragon zette zijn voeten verder uit elkaar en hief zijn zwaard en schild. De uitnodiging van de koning verontrustte hem. *Hij speelt met ons.*

Nog steeds met de Dauthdaert in haar hand deed Elva een stap naar voren en begon te spreken. Maar er kwam geen geluid uit haar mond en ze keek geschrokken naar Eragon.

Eragon probeerde haar geest aan te raken met de zijne, maar hij voelde niets van haar gedachten; het was alsof ze niet langer bij hen in de zaal was.

Galbatorix lachte, legde toen zijn zwaard weer op zijn schoot en leunde achterover in zijn troon. 'Geloofde je echt dat ik niet op de hoogte was van jouw gave, kind? Dacht je echt dat je me kon uitschakelen met zo'n onbeduidende, doorzichtige truc? O, ik twijfel er niet aan dat je woorden me kwaad kunnen doen, maar alleen als ik ze kan horen.' Zijn bloedeloze lippen krulden zich in een wrede, vreugdeloze lach. 'Wat een dwaasheid. Bestaat jullie plan hieruit? Een meisje dat niet kan spreken tenzij ik haar toestemming geef, een speer die geschikter is om aan de muur te hangen dan hem mee te nemen in de strijd, en een verzameling half seniele eldunarí? Tut-tut. Ik had van jou beter verwacht, Arya. En van jou, Glaedr, maar ik veronderstel dat jouw verstand is vertroebeld door je emoties sinds ik Murtagh heb gebruikt om Oromis te verslaan.'

Tegen Eragon, Saphira en Arya zei Glaedr: *Dood hem.* De gouden draak voelde zich volmaakt kalm, maar zijn sereniteit verried een woede die alle andere emoties te boven ging.

Eragon wisselde een snelle blik met Arya en Saphira en toen begonnen ze in de richting van het podium te lopen, terwijl Glaedr, Umaroth en de andere eldunarí Galbatorix' geest aanvielen.

Voordat Eragon meer dan een paar stappen had kunnen zetten, kwam de koning overeind van zijn fluwelen zitplaats en riep een Woord. Het Woord weergalmde in Eragons geest, en het leek alsof elk deel van zijn wezen begon te gonzen als reactie erop, alsof hij een muziekinstrument was waarop een bard een akkoord had aangeslagen. Ondanks de intensiteit van zijn reactie was Eragon het Woord gelijk vergeten; het vloeide weg uit zijn geest, waarna hij alleen nog wist dat het bestond en wat voor invloed het op hem had gehad.

Na dat eerste woord sprak Galbatorix nog andere woorden uit, maar geen daarvan leek dezelfde kracht te hebben, en Eragon was te versuft om te begrijpen wat ze betekenden. Toen de laatste zin van de lippen van de koning was gerold werd Eragon gegrepen door een kracht, die hem stokstijf stil deed staan. De schok ontlokte hem een verraste gil. Hij probeerde zich te bewegen, maar zijn lichaam had net zo goed in steen gevangen kunnen zitten. Het enige wat hij kon doen was ademhalen, kijken en, zoals hij al ontdekt had, praten.

Hij begreep het niet; zijn afweerbezweringen hadden hem moeten beschermen tegen de magie van de koning. Dat zijn bescherming niet werkte, gaf hem het gevoel alsof hij stond te wankelen op de rand van een afgrond.

Naast hem leken Saphira, Arya en Elva op dezelfde manier lamgelegd.

Woedend omdat de koning hen zo makkelijk te pakken had gekregen voegde Eragon zijn geest bij de eldunarí terwijl die inbeukten op Galbatorix' geest. Hij voelde de tegenstand van een groot aantal geesten – allemaal draken, die neurieden en wauwelden en gilden in een waanzinnig, onsamenhangend koor dat zo veel pijn en verdriet uitstraalde dat Eragon zich ervan wilde losrukken om te voorkomen dat ze hem zouden meeslepen in hun waanzin. Ze waren ook sterk, alsof de meeste zo groot waren als Glaedr of groter.

De zich verzettende draken maakten het onmogelijk om Galbatorix rechtstreeks aan te vallen. Elke keer als Eragon dacht dat hij de gedachten van de koning kon aanraken, wierp een van de onderworpen draken zich op Eragons geest en dwong hem – aan één stuk door brabbelend – zich terug te trekken. Door hun wilde en onsamenhangende gedachten was het moeilijk de draken te bestrijden; ze onderwerpen was alsof je probeerde een woeste wolf in bedwang te houden. En er waren er zo veel, veel meer dan de Rijders verborgen hadden in de Kluis der Zielen.

Voordat een van beide kampen de overhand kon krijgen, zei Galbatorix, die absoluut onaangedaan leek door de onzichtbare worsteling: 'Kom maar tevoorschijn, lieve schatten, en ontmoet onze gasten.'

Er kwamen een jongen en een meisje van achter de troon vandaan, die bij de rechterhand van de koning gingen staan. Het meisje leek ongeveer zes, de jongen misschien acht of negen. Ze leken veel op elkaar en Eragon vermoedde dat het broer en zus waren. Ze waren allebei in nachtkleding. Het meisje klemde zich vast aan de arm van de jongen en verstopte zich half achter hem; de jongen leek bang maar vastberaden. Terwijl hij streed met de eldunarí van Galbatorix kon Eragon de geesten van de kinderen voelen – hun doodsangst en verwarring – en hij wist dat ze echt waren.

'Is ze niet schattig?' vroeg Galbatorix en hij prikte met een lange vinger in de kin van het meisje. 'Zulke grote ogen en zulk prachtig haar. En is hij geen knappe jongeman?' Hij legde zijn hand op de schouder van de jongen. 'Kinderen, zo wordt gezegd, zijn een zegen voor ons allemaal. Die overtuiging deel ik niet. Ik heb ervaren dat kinderen net zo wreed en wraakzuchtig zijn als volwassenen. Zij hebben alleen niet de kracht om anderen aan hun wil te onderwerpen.

Misschien zijn jullie het met me eens, misschien niet. Hoe dan ook, ik weet dat jullie van de Varden trots zijn op jullie rechtschapenheid. Jullie zien jezelf als handhavers van het recht, verdedigers van de onschuldigen – alsof er ook maar iemand echt onschuldig is – en als edele krijgers die strijden om een oeroud onrecht te herstellen. Nou, prima; laten we jullie overtuigingen eens testen en zien of jullie zijn wat jullie beweren te zijn. Als jullie de aanval niet stoppen zal ik deze twee doden,' – hij schudde de jongen bij zijn schouder heen en weer – 'en ik zal ze doden als jullie het wagen mij opnieuw aan te vallen... Om eerlijk te zijn, als jullie me buitensporig irriteren, dood ik ze sowieso, dus ik adviseer jullie om je netjes te gedragen.' De jongen en het meisje leken onpasselijk te worden van zijn woorden, maar ze deden geen poging om te vluchten.

Eragon keek naar Arya en zag zijn wanhoop weerspiegeld in haar ogen.

Umaroth! riepen ze.

Nee, gromde de witte draak, terwijl hij worstelde met de geest van de zoveelste eldunarí.
Je moet stoppen, zei Arya.
Nee!
Hij zal ze doden, zei Eragon.
Nee! We geven niet op. Niet nu!
Genoeg! brulde Glaedr. *Er zijn jongen in gevaar!*
En er zullen nog meer jongen in gevaar komen als we de eEerbreker niet doden.
Ja, maar dit is het verkeerde moment om dat te proberen, zei Arya. *Wacht nog even en misschien kunnen we dan een manier vinden om hem aan te vallen zonder het leven van die kinderen in gevaar te brengen.*
En als dat niet lukt? vroeg Umaroth.
Zowel Eragon als Arya kon het niet opbrengen daarop te antwoorden.
Dan zullen we doen wat we moeten doen, zei Saphira. Eragon vond het afschuwelijk, maar hij wist dat ze gelijk had. Ze konden die twee kinderen niet boven heel Alagaësia stellen. Als het mogelijk was, zouden ze de jongen en het meisje redden, maar zo niet, dan zouden ze toch aanvallen. Ze hadden geen andere keuze.

Toen Umaroth en de eldunarí waarvoor hij sprak langzaamaan bedaarden, glimlachte Galbatorix. 'Kijk, dat is beter. Nu kunnen we als beschaafde wezens met elkaar praten, zonder ons zorgen te maken om wie wie gaat afmaken.' Hij gaf de jongen een klopje op z'n hoofd en wees toen naar de treden die naar het podium leidden. 'Zit.' Zonder tegen te spreken gingen de kinderen op de laagste tree zitten, zo ver van de koning af als ze konden. Daarna maakte Galbatorix een gebaar en zei: 'Kausta,' en Eragon gleed naar voren totdat hij onder aan het podium stond. Hetzelfde gebeurde met Arya, Elva en Saphira.

Eragon was nog steeds verbijsterd over het feit dat hun afweerbezweringen niet werkten. Hij dacht aan het Woord – wat het ook geweest was – en er begon een verschrikkelijk vermoeden in hem naar boven te komen. Al snel volgde een wanhopig gevoel. Ze hadden zo veel plannen gehad, zo veel gepraat en gepiekerd en opgeofferd, en ondanks al hun offers had Galbatorix hen net zo gemakkelijk te pakken gekregen als een nest pasgeboren poesjes. En als Eragons vermoeden juist was, was de koning nog schrikbarender dan ze hadden gedacht.

Maar ze waren niet helemaal hulpeloos. Hun geest behoorde op dit moment nog toe aan henzelf. En voor zover hij wist, konden ze nog steeds magie gebruiken... op de een of andere manier.

Galbatorix liet zijn blik rusten op Eragon. 'Dus jij bent degene die me zo veel last heeft bezorgd, Eragon, zoon van Morzan... Jij en ik hadden elkaar al lang geleden moeten ontmoeten. Als je moeder niet zo dwaas was geweest om je in Carvahall te verstoppen, zou je hier zijn opgegroeid, in Urû'baen, als een kind uit de adelstand, met alle rijkdom en verantwoordelijkheden die daarbij horen, in plaats van je dagen te verdoen met in de modder rond te wroeten.

Maar het zij zo, je bent hier nu, en dit alles zal nu eindelijk van jou zijn. Het is je geboorterecht, je erfgoed, en ik zal erop toezien dat je het zult ontvangen.' Hij leek Eragon nog intenser te bestuderen, en zei toen: 'Je lijkt meer op je moeder dan op je vader. Met Murtagh is het net andersom. Maar het maakt niet zo veel uit. Op wie je ook lijkt, het is niet meer dan gepast dat jij en je broer mij dienen, zoals je ouders ook gedaan hebben.'

'Nooit,' zei Eragon met opeengeklemde kaken.

Er verscheen een zuinig lachje op het gezicht van de koning. 'Nooit? We zullen zien.' Hij verplaatste zijn blik. 'En jij, Saphira. Van al mijn gasten vandaag ben ik het gelukkigst om jou te zien. Je bent een mooie volwassen draak geworden. Herinner je je deze plek nog? Herinner je je het geluid van mijn stem? Ik heb heel wat nachten tegen je zitten praten, en tegen de andere eieren die ik onder mijn hoede had, in de jaren dat ik mijn heerschappij over het Rijk vaststelde.'

Ik... ik herinner het me een beetje, zei Saphira, en Eragon bracht haar woorden over aan de koning. Ze wilde niet rechtstreeks met de koning communiceren, en dat had de koning ook nooit toegestaan. Hun geesten gescheiden houden was voor hen de beste manier om zich te beschermen als ze niet in openlijk conflict waren.

Galbatorix knikte. 'Ik weet zeker dat je je meer gaat herinneren hoe langer je binnen deze muren verkeert. Misschien was je je er destijds niet helemaal van bewust, maar je hebt het grootste deel van je leven doorgebracht in een ruimte niet ver van hier. Dit is je thuis, Saphira. Hier hoor je. En hier zul je je nest bouwen en eieren leggen.'

Saphira kneep haar ogen tot spleetjes, en Eragon voelde een vreemd verlangen van haar uitgaan, vermengd met een verschroeiende haat.

De koning ging verder: 'Arya Dröttningu. Het lijkt erop dat het lot wel gevoel voor humor heeft, want daar ben je dan, terwijl ik al zo lang geleden heb bevolen je hiernaartoe te brengen. Jouw pad liep via een omweg, maar je bent toch gekomen, en nog wel uit eigen beweging. Dat vind ik nogal amusant. Jij niet?'

Arya drukte haar lippen stijf op elkaar en weigerde te antwoorden.

Galbatorix grinnikte. 'Ik geef toe dat je al een hele tijd een bron van ergernis voor me bent. Je hebt niet zo veel kwaad aangericht als die onhandige bemoeial van een Brom, maar je hebt ook niet stilgezeten. Je zou zelfs kunnen zeggen dat deze hele situatie jouw schuld is, omdat jij

degene was die Saphira's ei naar Eragon hebt gestuurd. Maar ik koester geen haat jegens jou. Als jij er niet was geweest, was Saphira niet uit het ei gekomen en was ik nooit in staat geweest de laatste van mijn vijanden uit zijn schuilplaats te verjagen. Daar ben ik je dankbaar voor.
En dan jij, Elva. Het meisje met het zegel van een Rijder op haar voorhoofd. Gemerkt door de draken en gezegend met de middelen om alles op te merken wat iemand pijn doet en wat hem pijn zal doen. Wat moet jij deze afgelopen maanden geleden hebben. Wat zul je degenen om je heen verachten om hun zwakheden, terwijl jij gedwongen bent om te delen in hun ellende. De Varden hebben heel slecht gebruik van je gemaakt. Vandaag zal ik een eind maken aan de gevechten die jou zo gekweld hebben, en je zult niet langer de vergissingen en de tegenspoed van anderen hoeven te verdragen. Dat beloof ik. Zo nu en dan heb ik jouw gave misschien nodig, maar over het algemeen mag je leven zoals je wilt, en vrede zal met je zijn.'

Elva fronste haar wenkbrauwen, maar het was duidelijk dat het aanbod van de koning verleidelijk was voor haar. Luisteren naar Galbatorix, besefte Eragon, kon net zo gevaarlijk zijn als luisteren naar Elva zelf.

Galbatorix zweeg en betastte het met ijzerdraad omwikkelde gevest van zijn zwaard, terwijl hij hen met samengeknepen ogen aankeek. Toen keek hij langs hen heen naar het punt in de lucht waar de eldunarí onzichtbaar rondzweefden en leek somberder te worden. 'Breng mijn woorden over aan Umaroth terwijl ik spreek,' zei hij. 'Umaroth! Helaas ontmoeten we elkaar weer. Ik dacht dat ik je gedood had op Vroengard.'

Umaroth antwoordde en Eragon begon zijn woorden over te brengen: 'Hij zegt...'

'... dat u alleen zijn lichaam gedood hebt,' maakte Arya zijn woorden af.

'Dat is wel duidelijk,' zei Galbatorix. 'Waar hebben de Rijders jou en je metgezellen verborgen? Op Vroengard? Of ergens anders? Mijn dienaren en ik hebben de ruïnes van Doru Araeba zeer grondig doorzocht.'

Eragon aarzelde met het doorgeven van het antwoord van de draak, omdat het de koning zeker niet zou bevallen, maar hij kon geen andere optie bedenken. 'Hij zegt... dat hij die informatie nooit uit vrije wil met u zal delen.'

Galbatorix' wenkbrauwen raakten elkaar boven zijn neus. 'Weet hij het? Nou, dan zal hij het me snel genoeg vertellen, of hij nu wil of niet.' De koning klopte op de zwaardknop van zijn verblindend witte zwaard. 'Ik heb dit zwaard afgepakt van zijn Rijder, moeten jullie weten, toen ik hem doodde – toen ik Vrael doodde – in de wachttoren die uitkijkt over de Palancarvallei. Vrael had een eigen naam voor dit zwaard. Hij noemde het Islingr, "Lichtbrenger". Ik vond Vrangr wat meer... toepasselijk.'

Vrangr betekende *verkeerd*, en Eragon moest toegeven dat dat beter paste bij het zwaard.

Achter hen klonk een doffe dreun en Galbatorix glimlachte weer. 'Ah, goed zo. Murtagh en Thoorn zullen zich snel bij ons voegen, en dan kunnen we echt beginnen.' Er klonk weer een geluid in de zaal, als van een enorme windvlaag die uit meerdere richtingen tegelijk leek te komen.

Galbatorix wierp een blik over zijn schouder en zei: 'Het was onnadenkend van jullie om zo vroeg in de ochtend aan te vallen. Ik was al wel wakker – ik sta ver voor zonsopgang op –, maar jullie hebben Shruikan wakker gemaakt. Hij raakt nogal geïrriteerd als hij moe is, en als hij geïrriteerd is, heeft hij de neiging mensen op te eten. Mijn wachten weten al lang dat ze hem niet moeten storen als hij slaapt. Jullie hadden beter hun voorbeeld kunnen volgen.'

Terwijl Galbatorix nog sprak, bewogen de gordijnen achter zijn troon en gingen omhoog tot aan het plafond.

Met een schok besefte Eragon dat het in werkelijkheid de vleugels van Shruikan waren.

De zwarte draak lag opgekruld op de vloer met zijn hoofd dicht bij de troon. Zijn massieve lichaam vormde een muur die te steil en te hoog was om zonder magie te beklimmen. Zijn schubben schitterden niet zoals die van Saphira of Thoorn, maar fonkelden met een donkere, zachte glans. De inktzwarte kleur maakte ze bijna ondoorzichtig, waardoor ze sterk en solide leken, iets wat Eragon nog nooit had gezien bij de schubben van een draak. Het was alsof Shruikan gepantserd was met steen of metaal, niet met edelstenen.

De draak was enorm groot. Eragon had eerst moeite om te bevatten dat de hele gestalte die voor hen lag één enkel levend wezen was. Hij zag een stuk van Shruikans geribbelde nek en dacht dat dat de romp van de draak was; hij zag de zijkant van een van Shruikans achterpoten en hield die ten onrechte voor een scheenbeen. Een stuk vleugel leek een complete vleugel. Pas toen hij opkeek en de stekels op de ruggengraat van de draak zag, drong het tot Eragon door hoe groot Shruikan was. Elke stekel was net zo breed als de stam van een oeroude eik; de schubben eromheen waren wel een voet dik, zo niet meer.

Toen deed Shruikan één oog open en keek op hen neer. Zijn iris was heel lichtblauw, de kleur van een gletsjer hoog in de bergen, en hij leek ontstellend fel tussen het zwart van zijn schubben.

De enorme oogbol van de draak schoot heen en weer terwijl hij hun gezichten bekeek. Zijn blik leek niets dan woede en waanzin te bevatten, en Eragon wist zeker dat Shruikan hen in een oogwenk zou doden als Galbatorix hem daar toestemming voor gaf.

De blik uit het gigantische oog – vooral omdat die zo duidelijk kwaadaardig was – zorgde ervoor dat Eragon weg wilde rennen en zich verstoppen in een hol heel diep onder de grond. Het leek, zo stelde hij zich voor, heel veel op hoe een konijn zich moest voelen als die geconfronteerd werd met een groot beest met veel tanden.

Naast hem gromde Saphira, en de schubben op haar rug rimpelden en kwamen als nekharen overeind.

Als reactie daarop verschenen er vlammen in de gapende afgrond van Shruikans neusgaten, en toen gromde hij ook, Saphira overstemmend en de zaal vullend met een gerommel als dat van een rotslawine.

De twee kinderen op het podium gilden en krulden zich op tot een bal, met hun hoofd tussen hun knieën.

'Rustig, Shruikan,' zei Galbatorix en de zwarte draak werd weer stil. Zijn ooglid daalde neer, maar het ging niet helemaal dicht; de draak bleef naar hen kijken door een spleet van een paar duim breed, alsof hij wachtte op het juiste moment om toe te slaan.

'Hij mag jullie niet,' zei Galbatorix. 'Maar hij mag eigenlijk niemand... toch, Shruikan?' De draak snoof en de lucht werd doortrokken met de geur van rook.

Eragon werd opnieuw door wanhoop overvallen. Shruikan kon Saphira doden met een slag van zijn poot. En hoe groot de zaal ook was, hij was nog steeds te klein voor Saphira om de grote, zwarte draak lang te ontwijken.

Zijn wanhoop sloeg om in frustratie en woede en hij rukte aan zijn onzichtbare ketenen. 'Hoe kunt u dit doen?' riep hij, elke spier in zijn lichaam gespannen.

'Dat zou ik ook graag willen weten,' zei Arya.

Galbatorix' ogen leken te glanzen onder de overhangende rand van zijn wenkbrauwen. 'Kun je dat niet raden, elfje?'

'Ik verkies een antwoord boven een gok,' antwoordde ze.

'Heel goed. Maar eerst moet je iets doen zodat je weet dat wat ik zeg inderdaad de waarheid is. Jullie moeten proberen een bezwering doen, allebei, en dan zal ik het vertellen.' Toen Eragon en Arya beiden geen aanstalten maakten om te spreken, gebaarde de koning met zijn hand. 'Toe maar; ik beloof dat ik jullie er niet voor zal straffen. Probeer het maar... ik sta erop.'

Arya ging eerst. 'Thrautha,' zei ze met harde, lage stem. Eragon vermoedde dat ze probeerde de Dauthdaert in de richting van Galbatorix te sturen. Maar het wapen bleef vast in haar hand liggen.

Toen zei Eragon: 'Brisingr!' Hij dacht dat hij door zijn speciale band met zijn zwaard misschien magie zou kunnen gebruiken ook al kon Arya het niet, maar tot zijn teleurstelling bleef het zwaard waar het was, dof glanzend in het vage licht van de lantaarns.

Galbatorix' blik werd intenser. 'Het antwoord moet duidelijk voor jou zijn, elfje. Het heeft me het grootste deel van de afgelopen eeuw gekost, maar uiteindelijk heb ik gevonden waar ik naar op zoek was: een manier om te heersen over de magiërs van Alagaësia. De zoektocht was niet gemakkelijk; de meeste mannen zouden het hebben opgegeven uit frustratie of, als ze wel het vereiste geduld hadden, uit angst. Maar ik niet. Ik heb doorgezet. En tijdens mijn onderzoek heb ik ontdekt waar ik zo lang naar had verlangd: een kleitablet, geschreven in een ander land en een andere tijd, door handen die noch van elfen, noch van dwergen, noch van mensen, noch van Urgals waren. En op dat tablet was een zeker Woord geschreven – een naam waarnaar magiërs door de eeuwen heen gezocht hebben met niets dan bittere teleurstelling als beloning.' Galbatorix stak een vinger op. 'De naam van alle namen. De naam van de oude taal.'

Eragon slikte een verwensing in. Hij had gelijk gehad. *Dat probeerde de Ra'zac me te vertellen,* dacht hij, zich herinnerend wat een van de insectachtige monsters in Helgrind tegen hem had gezegd: 'Hij heeft de náám bijna gevonden... De ware naam!'

Hoe ontmoedigend de onthulling van Galbatorix ook was, Eragon klampte zich vast aan de wetenschap dat de naam hem of Arya – of Saphira – er niet van kon weerhouden magie te gebruiken zónder de oude taal. Niet dat het veel zou uithalen. De afweerbezweringen van de koning zouden hem en Shruikan zeker beschermen tegen wat voor bezwering ze ook zouden uitspreken. Maar toch, als de koning niet wist dat het mogelijk was om magie te gebruiken zonder de oude taal, of als hij dat wel wist maar dacht dat zíj het niet wisten, dan zouden ze hem misschien kunnen verrassen en hem een moment kunnen afleiden, hoewel Eragon niet precies wist hoe dat hen verder zou kunnen helpen.

Galbatorix ging verder: 'Met dit Woord kan ik bezweringen net zo makkelijk een nieuwe vorm geven als een andere magiër de elementen kan beheersen. Alle bezweringen zullen aan mij onderworpen zijn, maar ik ben aan niemand onderworpen, behalve aan degenen die ik zelf uitkies.'

Misschien weet hij het niét, dacht Eragon, en een vonk van vastberadenheid ontbrandde in zijn hart.

'Ik zal de naam der namen gebruiken om elke magiër in Alagaësia klein te krijgen, en niemand zal meer een bezwering uitspreken zonder mijn goedkeuring, zelfs de elfen niet. Op dit moment komen de magiërs uit jullie leger hierachter. Als ze een eindje Urû'baen in zijn, voorbij de hoofdpoort, zullen hun bezweringen niet meer naar behoren werken. Sommige bezweringen werken helemaal niet meer en andere worden ver-

draaid en treffen dan jullie leger in plaats van het mijne.' Galbatorix hield zijn hoofd scheef en kreeg een starende blik in zijn ogen, alsof hij luisterde naar iemand die iets in zijn oor fluisterde. 'Er is al heel wat verwarring in de gelederen.'
Eragon onderdrukte de aandrang om naar de koning te spugen. 'Het maakt niet uit,' gromde hij. 'We vinden toch wel een manier om u tegen te houden.'
Galbatorix leek dat grappig te vinden. 'Zo, zo. En hoe dan? En waarom? Hoor wat je zegt. Jij zou de eerste kans op ware vrede voor Alagaësia dwarsbomen om jouw overdreven ontwikkelde gevoel voor wraak te bevredigen? Jij zou alle magiërs overal maar hun gang laten gaan, zonder acht te slaan op de schade die ze anderen toebrengen? Dat lijkt me veel erger dan alles wat ik heb gedaan. Maar dit is nutteloze speculatie. De beste krijgers van de Rijders konden me niet verslaan, en jullie komen in de verste verte niet bij hen in de buurt. Jullie hebben nooit enige kans gehad om mij ten val te brengen. Niemand van jullie.'
'Ik heb Durza gedood, en de Ra'zac,' zei Eragon. 'Waarom zou ik u niet doden?'
'Ik ben niet zo zwak als degenen die me dienen. Jij kon Murtagh niet eens afstraffen, en hij is maar een schaduw van een schaduw. Je vader, Morzan, was veel sterker dan jullie allemaal bij elkaar en zelfs hij was niet tegen mijn macht opgewassen. Bovendien,' zei Galbatorix, terwijl er een wrede uitdrukking op zijn gezicht verscheen, 'heb je het mis als je denkt dat je de Ra'zac hebt gedood. De eieren in Dras-Leona waren niet de enige die ik van de Lethrblaka heb afgepakt. Ik heb er nog meer, elders verstopt. Binnenkort komen ze allemaal uit en dan zullen de Ra'zac weer ronddwalen op aarde om mijn wil te doen. Wat Durza betreft, Schimmen zijn gemakkelijk te maken, en je hebt er vaak meer last van dan dat ze iets opleveren. Dus je ziet, jongen, je hebt níets bereikt – niets dan valse overwinningen.'
Boven alles had Eragon een afgrijselijke hekel aan Galbatorix' zelfingenomenheid en zijn houding van verpletterende superioriteit. Hij wilde tekeergaan tegen de koning en hem elke vloek toeschreeuwen die hij kende, maar voor de veiligheid van de kinderen hield hij zich in.
Hebben jullie nog ideeën? vroeg hij aan Saphira, Arya en Glaedr.
Nee, zei Saphira. De anderen zwegen.
Umaroth?
Alleen dat we moeten aanvallen nu het nog kan.
Er ging een minuut voorbij waarin niemand sprak. Galbatorix leunde op een elleboog en liet zijn kin op zijn vuist rusten terwijl hij hen bleef aankijken. Aan zijn voeten zaten de jongen en het meisje zachtjes te hui-

len. Hoog in de lucht bleef Shruikans oog gefixeerd op Eragon en zijn metgezellen, als een grote ijsblauwe lantaarn.

Toen hoorden ze de deuren van de zaal open- en dichtgaan, en het geluid van naderende voetstappen; de voetstappen van een man en een draak. Al snel verschenen Murtagh en Thoorn in hun blikveld. Ze bleven naast Saphira staan en Murtagh boog. 'Heer.'

De koning maakte een gebaar, en Murtagh en Thoorn liepen naar de rechterkant van de troon.

Toen Murtagh zijn positie innam, zond hij Eragon een blik vol walging toe; toen klemde hij zijn handen achter zijn rug in elkaar en ging naar de andere kant van de zaal staan staren, hem negerend.

'Dat duurde langer dan ik verwachtte,' zei Galbatorix op bedrieglijk vriendelijke toon.

Zonder hem aan te kijken zei Murtagh: 'De poort was erger beschadigd dan ik aanvankelijk dacht, en vanwege de bezweringen die u erop hebt geplaatst was hij moeilijk te repareren.'

'Bedoel je dat het mijn schuld is dat jij zo traag bent?'

Murtaghs kaken verstrakten. 'Nee, heer. Ik wilde het alleen maar uitleggen. Bovendien was een deel van de gang nogal een... rotzooi, en daardoor liepen we vertraging op.'

'Ik snap het. We zullen het hier later nog wel over hebben, maar nu zijn er andere zaken waarmee we ons bezig moeten houden. Het is nu wel tijd dat onze gasten het laatste lid van ons gezelschap ontmoeten. Daarnaast is het hoog tijd dat we hier wat beter licht krijgen.'

Galbatorix sloeg met de platte kant van zijn zwaard tegen de leuning van zijn troon en riep met zware stem: 'Naina!'

Op dat bevel sprongen er aan de muren plotseling honderden lantaarns aan, die de zaal lieten baden in een warme gloed. In de hoeken van de zaal was het nog steeds halfduister, maar Eragon kon voor het eerst de details zien van de plek waar ze beland waren. Langs de muren zag hij tientallen pilaren en doorgangen, en overal stonden en hingen beelden en schilderijen en verguld krulwerk. Goud en zilver waren in overvloed gebruikt en Eragon ving een glimp op van het gefonkel van vele edelstenen. Het was een overweldigende uitstalling van rijkdom, zelfs vergeleken met de kostbaarheden van Tronjheim of Ellesméra.

Na een ogenblik viel hem iets anders op: een grijs blok steen – graniet misschien – van acht voet hoog, dat rechts achter hen stond, op een plek die eerder niet verlicht was geweest. En aan dat blok geketend was Nasuada, met een eenvoudige witte tuniek aan. Ze keek hen aan met wijd open ogen, maar ze kon niet spreken, want er was een doek over haar mond gebonden. Ze leek uitgeput maar verder wel gezond.

Opluchting schoot door Eragon heen. Hij had niet durven hopen dat ze haar levend terug zouden vinden. 'Nasuada!' riep hij. 'Is alles goed met je?'
Ze knikte.
'Heeft hij je gedwongen hem trouw te zweren?'
Ze schudde haar hoofd.
'Denk je nou echt dat ik haar dat zou laten vertellen als het zo was?' vroeg Galbatorix. Toen Eragon over zijn schouder naar de koning keek, zag hij dat Murtagh Nasuada een snelle, bezorgde blik toewierp, en hij vroeg zich af wat dat te betekenen had.
'Nou, is het zo?' vroeg Eragon op uitdagende toon.
'Toevallig niet. Ik heb besloten te wachten totdat ik jullie allemaal bij elkaar had gebracht. Nu dat gebeurd is, zal geen van jullie vertrekken totdat jullie plechtig hebben beloofd mij te dienen, en jullie kunnen ook niet vertrekken voordat ik de ware naam van ieder van jullie weet. Dáárom zijn jullie hier. Niet om mij te doden, maar om je aan mij te onderwerpen en eindelijk een eind te maken aan deze verderfelijke opstand.'
Saphira gromde weer, en Eragon zei: 'Wij geven niet op.' Zelfs in zijn eigen oren klonken zijn woorden zwak en ongevaarlijk.
'Dan moeten zij sterven,' antwoordde Galbatorix en hij wees naar de twee kinderen. 'En uiteindelijk zal jullie verzet niets veranderen. Je lijkt het niet te begrijpen; jullie hebben al verloren. Buiten in de strijd gaat het niet goed met jullie vrienden. Het duurt niet lang meer of mijn mannen zullen ze dwingen zich over te geven en dan zal deze oorlog zijn voorbeschikte eind krijgen. Vecht zo veel jullie willen. Ontken wat je met eigen ogen ziet, als je er troost uit put. Maar niets wat jullie doen, kan iets veranderen aan jullie lot of dat van Alagaësia.'
Eragon weigerde te geloven dat Saphira en hij de rest van hun leven Galbatorix zouden moeten gehoorzamen. Saphira dacht er hetzelfde over, en haar woede voegde zich bij de zijne; dat brandde elk laatste beetje angst en voorzichtigheid weg en hij zei: 'Vae weohnata ono vergarí, eka thäet otherúm.' *We zullen u doden, ik zweer het.*
Even leek Galbatorix geïrriteerd; toen sprak hij het Woord weer uit – en nog meer woorden in de oude taal – en de eed die Eragon had geuit leek alle betekenis te verliezen; de woorden lagen in zijn geest als een handvol dode bladeren, ontdaan van elke macht om te inspireren of aan te moedigen.
De bovenlip van de koning krulde zich in een grijns. 'Zweer elke eed die je wilt. Je bent er niet aan gebonden, tenzij ik het toesta.'
'Toch zal ik u doden,' mompelde Eragon. Hij begreep dat als hij weerstand zou blijven bieden, het de twee kinderen het leven zou kosten, maar Galbatorix móést gedood worden, en als de prijs van zijn dood de dood

van de jongen en het meisje was, dan was dat een prijs die Eragon bereid was te accepteren. Hij wist dat hij zichzelf erom zou haten. Hij wist dat hij de gezichten van de kinderen de rest van zijn leven in zijn dromen zou zien. Maar als hij Galbatorix niet zou uitdagen, was alles verloren.

Aarzel niet, zei Umaroth. *Dit is het moment om toe te slaan.*

Eragon verhief zijn stem. 'Waarom wilt u niet met me vechten? Bent u een lafaard? Of bent u te zwak om uzelf met mij te meten? Verstopt u zich daarom achter deze kinderen als een bange oude vrouw?'

Eragon... zei Arya op waarschuwende toon.

'Ik ben niet de enige die vandaag een kind heeft meegebracht,' antwoordde de koning. De rimpels in zijn gezicht verdiepten zich.

'Er is een verschil: Elva heeft ermee ingestemd te komen. Maar u hebt mijn vraag niet beantwoord. Waarom wilt u niet met me vechten? Komt het doordat u al zo lang op uw troon zoetigheid zit te eten dat u bent vergeten hoe u een zwaard moet rondzwaaien?'

'Jij zou niet met mij willen vechten, jongeman,' gromde de koning.

'Bewijs het dan. Maak me los en ga eerlijk de strijd met me aan. Laat zien dat u nog steeds een krijger bent om rekening mee te houden. Of leef met de wetenschap dat u een huichelachtige lafaard bent die een tegenstander niet tegemoet durft te treden zonder de hulp van zijn eldunarí. U hebt Vrael gedood! Waarom zou u bang zijn voor mij? Waarom zou...'

'Genoeg!' zei Galbatorix. Er was een blos opgekropen naar zijn holle wangen. Toen sloeg zijn stemming om, als kwik, en hij ontblootte zijn tanden in een afschrikwekkende benadering van een glimlach. Met zijn knokkels klopte hij op de leuning van zijn zetel. 'Ik heb deze troon niet gekregen door elke uitdaging die mij werd gesteld aan te nemen. En ik heb hem niet behouden door mijn vijanden te ontmoeten in een "eerlijke strijd". Wat jij nog moet leren, jongeman, is dat het niet uitmaakt hoe je de overwinning behaalt, alleen dat je hem behaalt.'

'U hebt het mis. Het maakt wel uit,' zei Eragon.

'Daar zal ik je aan herinneren als je trouw aan mij hebt gezworen. Hoe dan ook...' Galbatorix klopte op zijn zwaardknop. 'Omdat je zo graag wilt vechten, zal ik je verzoek inwilligen.' De opflakkering van hoop die Eragon voelde, verdween toen Galbatorix eraan toevoegde: 'Maar niet met mij. Met Murtagh.'

Bij die woorden wierp Murtagh Eragon een boze blik toe.

De koning streek over zijn baard. 'Ik wil wel eens weten wie van jullie de betere krijger is. Jullie vechten puur zoals jullie zijn, zonder magie of eldunarí, totdat een van jullie niet meer verder kan. Jullie mogen elkaar niet doden – dat verbied ik –, maar behalve doodslag sta ik vrijwel alles toe. Het zal best amusant zijn, denk ik, om broer tegen broer te zien vechten.'

'Nee,' zei Eragon. 'Geen broers. Halfbroers. Brom was mijn vader, niet Morzan.'

Voor het eerst leek Galbatorix verrast. Toen krulde er één mondhoek omhoog. 'Natuurlijk. Ik had het moeten zien; de waarheid ligt in je gezicht voor wie weet waar hij naar moet kijken. Dan is dit duel nog veel passender. De zoon van Brom tegen de zoon van Morzan. Het lot heeft inderdaad gevoel voor humor.'

Murtagh reageerde ook verrast. Hij had zijn gezicht zo goed onder controle dat Eragon niet kon zien of de informatie hem beviel of niet, maar Eragon wist dat hij erdoor van zijn stuk was gebracht. Dat was zijn plan geweest. Als Murtagh afgeleid was, zou het veel gemakkelijker voor Eragon zijn om hem te verslaan. En hij was van plan om hem te verslaan, ongeacht het feit dat ze hetzelfde bloed hadden.

'Letta,' zei Galbatorix met een licht handgebaar.

Eragon stond te wankelen toen de bezwering die hem bond verdween.

Toen zei de koning: 'Gánga aptr,' en Arya, Elva en Saphira gleden naar achteren, zodat er een grote plek leeg kwam tussen hen en het podium. De koning mompelde nog een paar woorden, waarna de meeste van de lantaarns in de zaal zwakker gingen branden, zodat de ruimte voor de troon de felst verlichte plek in de zaal was.

'Kom,' zei Galbatorix tegen Murtagh. 'Ga naar Eragon en laat ons zien wie van jullie capabeler is.'

Fronsend liep Murtagh naar een plek op een paar meter van Eragon vandaan. Hij trok Zar'roc – de kling van het karmozijnrode zwaard zag eruit alsof hij al met bloed bedekt was. Toen hief hij zijn schild op en ging in elkaar gedoken zitten.

Na een blik op Saphira en Arya deed Eragon hetzelfde.

'Vecht!' riep Galbatorix en hij klapte in zijn handen.

Terwijl het zweet hem uitbrak begon Eragon in de richting van Murtagh te bewegen, en Murtagh kwam op hem af.

Spieren tegen metaal

Roran gaf een gil en sprong opzij toen een stenen schoorsteen voor zijn voeten kapot viel, gevolgd door het lichaam van een van de boogschutters van het Rijk.

Hij schudde het zweet uit zijn ogen en bewoog zich toen om het lichaam en de berg stenen heen, springend van het ene onbedekte stukje grond naar het andere, zoals hij altijd van steen tot steen sprong in de rivier de Anora.

Het stond er slecht voor in de strijd. Dat was wel duidelijk. Hij en zijn krijgers waren minstens een kwartier dicht bij de buitenste muur gebleven, de aanstormende golven soldaten afhoudend, maar toen hadden ze zich door de soldaten terug laten lokken tussen de gebouwen. Achteraf gezien was dat een vergissing geweest. Vechten in de straten was hopeloos en bloederig en verwarrend. Zijn bataljon was uit elkaar gevallen en slechts een klein aantal van zijn krijgers was nog in de buurt – voornamelijk mannen uit Carvahall, samen met vier elfen en een paar Urgals. De rest was verspreid over de aangrenzende straten, vechtend in hun eentje, zonder aanvoerder.

Maar erger was dat om de een of andere reden, die de elfen en de andere magiërs niet konden verklaren, hun magie niet langer naar behoren leek te werken. Dat hadden ze ontdekt toen een van de elfen probeerde een soldaat te doden met een bezwering. In plaats daarvan viel er een krijger van de Varden dood neer, verzwolgen door de zwerm kevers die de elf had opgeroepen. Roran was er misselijk van geworden; het was een afschuwelijke, zinloze manier om dood te gaan, en het had hun allemaal kunnen overkomen.

Rechts van hen, dichter bij de hoofdpoort, ging heer Barst nog steeds woest tekeer in het leger van de Varden. Roran had een paar keer een glimp van hem opgevangen: hij was nu te voet en liep tussen de mensen, elfen en dwergen door, ze als kegels opzij meppend met zijn grote zwarte knots. Niemand had de kolossale man kunnen tegenhouden, laat staan hem verwonden, en degenen om hem heen wisten niet hoe snel ze buiten het bereik van zijn geduchte wapen moesten komen.

Roran had ook gezien hoe koning Orik zich met een groep dwergen een weg hakte door een groep soldaten. Oriks met edelstenen afgezette helm flitste op in het licht terwijl hij zijn machtige oorlogshamer Volund rondzwaaide. Achter hem schreeuwden de krijgers: 'Vor Orikz korda!'

Vijftig voet voorbij Orik had Roran koningin Islanzadí rond zien wervelen in de strijd, terwijl haar rode cape om haar heen fladderde en haar glanzende wapenrusting opblinkte als een ster tussen de donkere massa lichamen. Rond haar hoofd vloog de witte raaf die haar altijd vergezelde. Het weinige wat Roran had gezien van Islanzadí had indruk op hem gemaakt door haar behendigheid, woestheid en dapperheid. Ze deed hem denken aan Arya, maar hij dacht dat de koningin misschien wel een betere krijger was.

Een groepje van vijf soldaten kwam aanstormen rond de hoek van een huis en botste bijna tegen Roran op. Schreeuwend staken ze hun speren vooruit en deden hun best om hem te spietsen als een gebraden kip. Hij dook weg en ontweek ze, en stak toen met zijn eigen speer een van de mannen in de keel. De soldaat bleef nog een minuut op de been, maar hij kon niet meer goed ademen en viel al snel op de grond, waar zijn metgezellen over hem struikelden.

Roran maakte van de gelegenheid gebruik en prikte en hakte uitbundig om zich heen. Het lukte een van de soldaten om Roran een slag tegen zijn rechterschouder toe te brengen, en hij kreeg het bekende gevoel van afnemende kracht toen zijn afweerbezweringen het zwaard afwendden.

Hij was verrast dat de afweerbezweringen hem beschermden. Nog maar vlak daarvoor waren ze er niet in geslaagd te voorkomen dat het vel op zijn linkerwang werd opengereten door de rand van een schild. Wat er ook aan de hand was met de magie, hij wilde dat het ophield. Op deze manier durfde hij niet het risico te nemen zich ook maar aan het kleinste tikje bloot te stellen.

Roran ging op de laatste twee soldaten af, maar voordat hij bij ze was, was er ineens een wirwar van staal en vielen hun hoofden op de keien, een verbaasde uitdrukking op de gezichten. De lichamen zakten in elkaar en daarachter zag Roran de kruidenvrouw Angela, gekleed in haar groen-met-zwarte wapenrusting, haar stafzwaard in haar hand. Naast haar stonden een paar weerkatten, een in de gedaante van een meisje met gevlekt haar, met bloed bevlekte tanden en een lange dolk, de andere in de gedaante van een dier. Hij dacht dat het misschien Solembum was, maar hij wist het niet zeker.

'Roran! Wat leuk om je te zien,' zei de kruidenvrouw met een glimlach die veel te vrolijk leek gezien de omstandigheden. 'Dat ik jou hier tegenkom!'

'Beter hier dan in het graf!' riep hij, terwijl hij een extra speer opraapte en die naar een man verderop in de straat wierp.

'Goed gezegd!'

'Ik dacht dat jij met Eragon mee was gegaan?'

Ze schudde haar hoofd. 'Hij heeft me niet gevraagd, en al had hij dat wel gedaan, dan zou ik niet zijn gegaan. Ik ben geen partij voor Galbatorix. Bovendien heeft Eragon de eldunarí om hem te helpen.'

'Weet je het?' vroeg hij, geschokt.

Ze knipoogde naar hem van onder de rand van haar helm. 'Ik weet een heleboel dingen.'

Hij gromde en zette zijn schouder achter zijn schild terwijl hij het ding in een andere groep soldaten ramde. De kruidenvrouw en de weerkatten voegden zich bij hem, evenals Horst, Mandel en verscheidene anderen.

'Waar is je hamer?' riep Angela terwijl ze haar stafzwaard liet rondwervelen, tegelijkertijd afwerend en hakkend.

'Verloren! Ik heb hem laten vallen.'

Achter hem brulde iemand van de pijn. Zodra hij durfde, keek Roran achterom en zag Baldor die de stomp van zijn rechterarm vastklemde. Op de grond lag zijn hand te stuiptrekken.

Roran rende naar hem toe, over meerdere lijken heen springend. Horst stond al naast zijn zoon en weerde de soldaat af die Baldors hand had afgesneden.

Roran trok zijn dolk en sneed een reep stof van de tuniek van een gesneuvelde soldaat. 'Hier!' zei hij en hij bond de stof om de stomp van Baldors arm om het bloeden te stelpen.

De kruidenvrouw knielde naast hem neer en Roran vroeg: 'Kun je hem helpen?'

Ze schudde haar hoofd. 'Niet hier. Als ik magie gebruik, kan dat zijn dood worden. Als jullie hem de stad uit kunnen krijgen, kunnen de elfen zijn hand waarschijnlijk wel redden.'

Roran aarzelde. Hij wist niet of hij wel iemand durfde af te staan om Baldor veilig uit Urû'baen te begeleiden. Maar zonder hand zou Baldor een zwaar leven krijgen en Roran wilde hem daar niet toe veroordelen.

'Als jij hem niet meeneemt, doe ik het,' brulde Horst.

Roran dook weg toen een kei zo groot als een varken over hen heen vloog en de gevel van een huis schampte, waarbij stukken steen door de lucht vlogen. In het gebouw klonk een schreeuw.

'Nee. We hebben je nodig.' Roran draaide zich om, floot en koos twee krijgers uit: de oude schoenmaker Loring en een Urgal. 'Breng hem zo snel jullie kunnen naar de helers van de elfen,' zei hij en hij duwde Baldor in hun richting. Onderweg pakte Baldor zijn hand op en stopte die onder zijn maliënkolder.

De Urgal gromde en zei met een zwaar accent dat Roran amper kon verstaan: 'Nee! Ik blijf. Ik vecht!' Hij sloeg met zijn zwaard op zijn schild.

Roran stapte naar hem toe, greep het wezen bij een van zijn hoorns en trok eraan totdat hij het hoofd van de Urgal half had rondgedraaid. 'Je doet wat ik zeg,' grauwde Roran. 'Bovendien is het geen gemakkelijke opdracht. Bescherm hem en je zult veel roem verwerven voor jou en je stam.'

De ogen van de Urgal leken op te lichten. 'Veel roem?' zei hij, de woorden kauwend tussen zijn zware tanden.

'Veel roem!' bevestigde Roran.

'Ik doe het, Sterkhamer!'

Met een gevoel van opluchting zag Roran de drie vertrekken, in de richting van de buitenste muur, zodat ze het gebied waar werd gevochten grotendeels omzeilden. Hij was ook blij om te zien dat de weerkat in menselijke gedaante hen volgde; het wilde meisje met het gevlekte haar dat haar hoofd van de ene naar de andere kant liet zwaaien terwijl ze de lucht opsnoof.

Toen viel er een andere groep soldaten aan, en Roran liet alle gedachten aan Baldor varen. Hij had er een hekel aan te vechten met een speer in plaats van een hamer, maar hij behielp zich, en na een tijdje werd het weer rustig in de straat. Hij wist dat het niet lang zou duren.

Hij maakte van de gelegenheid gebruik om even te gaan zitten op de stoep van een huis en hij probeerde op adem te komen. De soldaten leken nog net zo fris als aan het begin van de strijd, maar hij kon de uitputting door zijn ledematen voelen trekken. Hij dacht niet dat hij nog veel langer door kon gaan zonder een fatale vergissing te maken.

Terwijl hij zat uit te hijgen luisterde hij naar het geroep en geschreeuw dat uit de richting van Urû'baens verwoeste hoofdpoort kwam. Het was moeilijk uit het lawaai op te maken wat er gebeurde, maar hij vermoedde dat de Varden teruggedreven werden, want het geluid leek enigszins af te nemen. Midden in de commotie hoorde hij het regelmatige klappen van de knots van heer Barst die krijger na krijger neersloeg, en daarop de verhevigde kreten die er steevast op volgden.

Roran dwong zichzelf om op te staan. Als hij nog langer bleef zitten, zouden zijn spieren verstijven. Een tel nadat hij van de stoep was opgestaan spatte de inhoud van een po op de plek waar hij zojuist had gezeten.

'Moordenaars!' riep een vrouw boven hem, en toen werden er een paar luiken dichtgetrokken.

Roran snoof en zocht zijn weg om de lijken heen terwijl hij zijn overgebleven krijgers voorging naar de dichtstbijzijnde zijstraat.

Behoedzaam bleven ze even staan. Er rende een soldaat voorbij met paniek op zijn gezicht. Hij werd op de hielen gezeten door een troep jankende huiskatten, hun bekken druipend van het bloed.

Roran glimlachte en ging weer voorwaarts.

Een ogenblik later stopte hij weer toen er een groep dwergen met rode baarden op hen af kwam rennen vanuit de binnenstad. 'Zet je schrap!' riep er een. 'Er zit een hele horde soldaten op onze hielen, minstens een paar honderd.'

Roran keek achterom de lege zijstraat in. 'Misschien zijn jullie ze kwijt...' begon hij te zeggen en hij stopte toen er een hele rij rode tunieken verscheen om de hoek van een gebouw een paar honderd voet verderop. Er volgden steeds meer soldaten; ze stroomden de straat in als een zwerm rode mieren.

547

'Terugtrekken!' schreeuwde Roran. 'Terugtrekken!' *We moeten iets vinden wat beter verdedigbaar is.* De buitenste muur was te ver weg en geen van de huizen was groot genoeg om een binnenplaats te hebben.

Terwijl Roran met zijn krijgers de straat af rende kwam er een tiental pijlen om hen heen neer.

Roran struikelde en viel, en lag te kronkelen op straat terwijl er een pijnscheut door zijn ruggengraat trok. Het voelde alsof iemand hem met een grote ijzeren staaf had gestoken.

Een tel later knielde de kruidenvrouw bij hem neer. Ze gaf een ruk aan iets achter hem en Roran schreeuwde het uit. Toen werd de pijn minder en kon hij weer scherp zien.

De kruidenvrouw liet hem een pijl met een bebloede punt zien, die ze vervolgens weggooide. 'Je maliënkolder heeft het meeste tegengehouden,' zei ze terwijl ze hem overeind hielp.

Roran beet op zijn tanden en rende met haar naar hun groep. Iedere stap deed nu zeer en als hij zich te ver vooroverboog, raakte zijn rug in een kramp en kon hij zich amper meer bewegen.

Hij zag geen goede plekken om stelling te nemen, en de soldaten kwamen steeds dichterbij, dus uiteindelijk schreeuwde hij: 'Stop! Opstellen! Elfen aan de zijkant! Urgals vooraan en in het midden!'

Roran nam zijn plaats vooraan in, samen met Darmmen, Albriech, de Urgals en een van de roodharige dwergen.

'Dus u bent degene die ze Sterkhamer noemen,' zei de dwerg toen ze toekeken hoe de soldaten opmarcheerden. 'Ik heb zij aan zij gevochten met uw haardbroeder in Farthen Dûr. Het is me een eer om met u te vechten.'

Roran gromde. Hij hoopte alleen maar dat hij op de been kon blijven.

Toen stortten de soldaten zich op hen en ze werden alleen al door het gewicht ervan achteruit gedrongen. Roran zette zijn schouder tegen zijn schild en duwde uit alle macht. Zwaarden en speren staken door de gaten in de muur van overlappende schilden; hij voelde iets in zijn zij prikken, maar zijn maliënkolder beschermde hem.

De elfen en de Urgals bleken van onschatbare waarde te zijn. Ze verbraken de gelederen van de soldaten en zorgden ervoor dat Roran en de andere krijgers ruimte kregen om hun wapens rond te zwaaien. Aan de rand van zijn blikveld zag Roran hoe de dwerg de soldaten in hun benen, voeten en kruis stak, velen vellend op die manier. De aanvoer van soldaten leek eindeloos, en Roran merkte hoe hij stap voor stap steeds verder teruggedrongen werd. Zelfs de elfen konden de stroom mannen niet tegenhouden, hoe ze ook hun best deden. Othíara, de elfenvrouw die Roran buiten de stadsmuur had gesproken, sneuvelde door een pijl in haar nek, en de overgebleven elfen liepen vele verwondingen op.

Roran raakte zelf ook meermalen gewond: een snijwond aan de bovenkant van zijn rechterkuit, die hem kreupel had kunnen maken als hij iets hoger had gezeten; nog een snijwond in zijn rechterdij, waar een zwaard onder de rand van zijn maliënkolder was geglipt; een lelijke wond in zijn nek, waar hij zichzelf met zijn eigen schild had geraakt; een steekwond aan de binnenkant van zijn rechterbeen die gelukkig niet in de buurt van een hoofdader zat; en meer blauwe plekken dan hij kon tellen. Hij voelde zich alsof er stevig met een houten hamer op al zijn lichaamsdelen was getimmerd, en hij daarna door een paar onhandige mannen als doelwit bij het messenwerpen was gebruikt.

Hij liet zich een paar keer terugvallen uit de voorste gelederen om zijn armen te laten rusten en op adem te komen, maar steeds voegde hij zich snel weer in de strijd.

Toen kwamen ze op meer open terrein en Roran realiseerde zich dat de soldaten erin waren geslaagd hen naar het plein voor de kapotte stadspoort van Urû'baen te drijven, en dat er zich nu zowel voor als achter hen vijanden bevonden.

Hij waagde een blik over zijn schouder en zag dat de elfen en de Varden zich terugtrokken voor Barst en zijn soldaten.

'Naar rechts!' riep Roran. 'Naar rechts! Naar de gebouwen!' Hij wees met zijn bebloede speer.

Met enige moeite schuifelden de krijgers die achter hem samengepakt waren naar de kant van de weg en gingen de trap op van een groot stenen gebouw dat aan de voorkant een dubbele rij pilaren had die zo hoog waren als de bomen in het Schild. Tussen de pilaren door ving Roran een glimp op van het donkere, gapende gat van een open galerij die groot genoeg was voor Saphira, of misschien wel voor Shruikan.

'Naar boven! Naar boven!' schreeuwde Roran, en de mannen, dwergen, elfen en Urgals renden met hem de trap op. Daar stelden ze zich op tussen de pilaren en sloegen de golf soldaten af die achter hen aan kwam stormen. Vanuit hun gunstige positie, zo'n twintig voet boven straatniveau, zag Roran dat het Rijk de Varden en de elfen al bijna had teruggedreven door het gapende gat in de buitenste muur.

We gaan verliezen, dacht hij, plotseling wanhopig.

De soldaten vlogen de trap op. Roran ontweek een speer en schopte de eigenaar ervan in de buik, waarmee hij de soldaat en twee anderen de trap af werkte.

Vanaf een van de blijden op een nabijgelegen toren vloog er een werpspeer op heer Barst af. Toen hij nog een paar meter van hem af was, vatte hij vlam en verkruimelde daarna tot stof, en hetzelfde gebeurde met elke pijl die op de geharnaste man werd afgeschoten.

We moeten hem doden, dacht Roran. Als Barst sneuvelde, zouden de soldaten waarschijnlijk instorten en hun zelfvertrouwen verliezen. Maar gezien zowel de elfen als de Kull er niet in waren geslaagd hem te stoppen, was het maar de vraag of iemand anders dan Eragon dat kon.

Terwijl hij door bleef vechten, keek Roran steeds naar de grote, geharnaste gestalte, in de hoop iets aan hem te zien waaruit hij kon afleiden hoe ze hem moesten verslaan. Het viel hem op dat Barst licht hinkte, alsof hij ooit gewond was geraakt aan zijn linkerknie of -heup. En de man leek iets langzamer dan tevoren.

Dus hij heeft ook zijn beperkingen, dacht Roran. *Of in elk geval hebben de eldunarí die.*

Met een kreet weerde hij het zwaard af van de soldaat die hem in het nauw had gedreven. Hij rukte zijn schild omhoog en raakte de soldaat onder zijn kaak, waarna die op slag dood was.

Buiten adem en duizelig van al zijn verwondingen trok Roran zich terug achter een van de pilaren en leunde ertegenaan. Hij hoestte en spoog; er zat bloed in zijn speeksel, maar hij dacht dat het kwam doordat hij op de binnenkant van zijn wang had gebeten en niet door een doorboorde long. Dat hoopte hij in ieder geval. Zijn ribben deden zo'n pijn dat er best wel één gebroken zou kunnen zijn.

Bij de Varden steeg een enorm geschreeuw op. Roran keek om de pilaar heen en zag koningin Islanzadí en elf andere elfen door het krijgsgewoel in de richting van heer Barst rijden. Weer zat de witte raaf op Islanzadí's linkerschouder, krassend en met zijn vleugels klapperend, om zich beter in evenwicht te houden op zijn bewegende zitplaats. In haar hand had Islanzadí haar zwaard, terwijl de rest van de elfen speren droegen, waaraan dicht bij de bladvormige punten vaandels bevestigd waren.

Roran leunde tegen de pilaar en voelde hoop in zich opkomen. 'Dood hem,' gromde hij.

Barst maakte geen aanstalten om de elfen uit de weg te gaan, maar stond ze op te wachten met zijn voeten wijd uit elkaar en zijn knots en schild aan zijn zij, alsof hij het niet nodig vond om zichzelf te verdedigen.

In de straten kwam het vechten langzaam tot stilstand; iedereen draaide zich om om te zien wat er ging gebeuren.

De twee elfen die voorop liepen, lieten hun speren zakken, en hun paarden sprongen naar voren in een galop, de spieren onder het glanzende vel buigend en strekkend terwijl ze de korte afstand aflegden die hen van Barst scheidde. Even leek het erop dat Barst zeker zou sneuvelen; het leek onmogelijk dat iemand te voet zo'n aanval zou kunnen weerstaan.

Maar de speren bereikten Barst nooit. Zijn afweerbezweringen hielden ze tegen op een armlengte van zijn lichaam, en de schachten versplinterden waar de elfen bij stonden, zodat ze uiteindelijk alleen wat houtsplinters in hun handen hadden. Toen hief Barst zijn knots en zijn schild op en sloeg de paarden tegen de zijkant van het hoofd en brak hun nek.

De paarden vielen dood neer en de elfen die erop zaten sprongen eraf, zich omdraaiend in de lucht.

De volgende twee elfen hadden geen tijd om van koers te veranderen voordat ze bij Barst kwamen. Net als hun voorgangers sloegen ze hun speren kapot op zijn afweerbezweringen, en toen sprongen ook zij van hun paarden af terwijl Barst de dieren doodsloeg.

Tegen die tijd waren de acht andere elfen, inclusief Islanzadí, erin geslaagd hun paarden te keren. Ze reden in een cirkel om Barst heen en hielden hun wapens op hem gericht, terwijl de vier elfen op de grond hun zwaard trokken en Barst voorzichtig naderden.

De man lachte en hief zijn speer op terwijl hij zich klaarmaakte voor een aanval. Het licht viel op zijn gezicht onder zijn helm, en zelfs van een afstand kon Roran zien dat het breed was, met zware wenkbrauwen en uitstekende jukbeenderen. Op een bepaalde manier deed het hem denken aan het gezicht van een Urgal.

De vier elfen renden naar Barst toe, allemaal uit een andere richting, en ze hakten tegelijk op hem in. Barst ving een van de zwaarden op met zijn schild en wendde een ander af met zijn knots, en zijn afweerbezweringen stopten de zwaarden van de twee elfen achter hem. Hij lachte weer en zwaaide zijn wapen in het rond.

Een zilverharige elf ging razendsnel opzij en de knots vloog zonder iets te raken langs hem heen.

Nog twee keer zwaaide Barst hem rond, en nog twee keer ontweken de elfen hem. Barst toonde geen tekenen van frustratie, maar zat gehurkt achter zijn schild en wachtte zijn tijd af, als een beer in een grot die wacht op wie er ook maar dwaas genoeg is om zijn hol binnen te komen.

Buiten de kring van elfen had een groep soldaten met hellebaarden het op zich genomen schreeuwend in de richting van koningin Islanzadí en haar metgezellen te rennen. Zonder aarzelen hief de koningin haar zwaard boven haar hoofd op, en op haar teken schoot er een massa zoemende pijlen uit de gelederen van de Varden, die vele soldaten doodde.

Roran schreeuwde van opwinding, samen met veel van de Varden.

Barst was steeds dichter bij de kadavers van de vier paarden die hij gedood had komen te staan, en nu ging hij er middenin staan, zodat de kadavers een lage, slordige muur vormden aan weerszijden van hem. De elfen aan zijn linker- en rechterkant zouden over de paarden heen moeten springen als ze hem wilden aanvallen.

Slim, dacht Roran, fronsend.

De elf die voor Barst stond, sprong naar voren en schreeuwde iets in de oude taal. Barst leek te aarzelen, en zijn aarzeling moedigde de elf aan om dichterbij te komen. Toen dook Barst naar voren en liet zijn knots neerkomen. De elf stortte ineen, dood.

Een gekreun steeg op uit de gelederen van de elfen.

De drie overgebleven elfen te voet waren daarna voorzichtiger. Ze bleven Barst omsingelen, af en toe rennend om hem aan te vallen, maar meestal hielden ze afstand.

'Geef je over!' riep Islanzadí en haar stem galmde door alle straten. 'Wij zijn met meer dan jij. Hoe sterk je ook bent, op een gegeven moment word je moe en werken je afweerbezweringen niet meer. Je kunt niet winnen, mens.'

'O nee?' zei Barst. Hij rechtte zijn rug en liet met een luide klap zijn schild vallen.

Plotseling werd Roran vervuld van angst. *Rennen*, dacht hij. 'Rennen!' riep hij een halve seconde later.

Hij was te laat.

Barst boog door zijn knieën, greep een van de paarden met slechts zijn linkerarm bij de nek en gooide het naar koningin Islanzadí.

Als ze al iets zei in de oude taal, hoorde Roran het niet, maar ze stak haar hand op – waarna het paard in de lucht bleef hangen en toen met een onaangenaam geluid op de keien viel. De raaf op haar schouder krijste.

Maar Barst keek niet eens. Zodra hij het kadaver had losgelaten, raapte hij zijn schild op en rende naar de dichtstbijzijnde elfen te paard. Een van de drie overgebleven elfen te voet – een vrouw met een rode band om haar bovenarm – rende naar hem toe en stak in op zijn rug. Barst negeerde haar.

Op vlak terrein hadden de paarden van de elfen Barst misschien achter zich kunnen laten, maar in de beperkte ruimte tussen de gebouwen en de dicht opeengepakte krijgers was Barst zowel sneller als wendbaarder. Hij ramde zijn schouder in de ribbenkast van een van de paarden, zodat die omviel, en zwaaide toen zijn knots naar een elf op een ander paard, die uit het zadel viel. Een paard gilde.

De kring van elfenruiters viel uit elkaar en elk wendde zich in een andere richting terwijl ze probeerden hun rijdieren te kalmeren en iets te doen aan de dreiging vóór hen.

Zes elfen kwamen uit de dichte menigte krijgers rennen en omsingelden Barst, allemaal woest op hem inhakkend. Barst verdween even achter hen; toen kwam zijn knots omhoog en drie van de elfen vlogen door de lucht. Daarna nog twee, en Barst beende naar voren, terwijl bloed en ingewanden aan de randen van zijn zwarte wapen kleefden.

'Nu!' brulde Barst en overal op het plein renden honderden soldaten naar voren en vielen de elfen aan, ze dwingend zichzelf te verdedigen.
'Nee,' kreunde Roran in doodsangst. Hij wilde wel naar zijn krijgers toe om ze te helpen, maar er lagen te veel lichamen – zowel levend als dood – tussen hen en Barst en de elfen in. Hij wierp een blik op de kruidenvrouw, die er even bezorgd uitzag als hij zich voelde, en zei: 'Kun je niet iets doen?'
'Dat wel, maar het zou mijn leven kosten en dat van iedereen hier.'
'Ook dat van Galbatorix?'
'Hij is te goed beschermd, maar ons leger zou vernietigd worden samen met bijna iedereen in Urû'baen, en zelfs degenen in ons kamp zouden het misschien niet overleven. Is dat wat je wilt?'
Roran schudde zijn hoofd.
'Dat dacht ik al.'
Met griezelig snelle bewegingen sloeg Barst met gemak elf na elf neer. Op een gegeven moment raakte hij de schouder van de elfenvrouw met de rode armband en ze viel op haar rug, haar armen en benen uitgespreid. Ze wees naar Barst en schreeuwde iets in de oude taal, maar de bezwering mislukte, want een andere elf zakte ineens naar voren en viel uit zijn zadel, de voorkant van zijn lichaam in tweeën gespleten.

Barst sloeg de elfenvrouw neer met een klap van zijn knots en bleef toen van paard naar paard rennen totdat hij bij Islanzadí op haar witte merrie was gekomen.

De elfenkoningin wachtte niet tot Barst haar rijdier had gedood. Ze sprong uit het zadel, haar rode cape achter zich aan wapperend, en haar metgezel de witte raaf sloeg zijn vleugels uit en steeg op van haar schouder. Voordat ze afsteeg haalde Islanzadí uit naar Barst, haar zwaard een flits van glanzend staal. De kling rinkelde toen die op de afweerbezweringen van Barst stuitte.

Barst nam wraak met een tegenzet, die Islanzadí pareerde met een behendige draai van haar pols, waardoor de stekelige bol van de knots tegen de keien sloeg. Om hen heen ontstond steeds meer ruimte omdat vriend en vijand bleef staan om hen te zien duelleren. Boven hun hoofd cirkelde de raaf rond, krijsend en tierend met schorre stem zoals raven doen.

Nog nooit had Roran zo'n gevecht gezien. De slagen van zowel Islanzadí als Barst waren te snel om te volgen – hun aanvallen waren slechts zichtbaar als wazige vlekken – en het geluid van hun wapens die op elkaar klapten was luider dan al het andere lawaai in de stad.

Steeds opnieuw probeerde Barst Islanzadí met zijn knots te vermorzelen, zoals hij ook de andere elfen had vermorzeld. Maar ze was te snel voor hem, en ook al was ze niet zo sterk als hij, ze leek sterk genoeg om zijn slagen probleemloos af te weren. De andere elfen, dacht Roran, moesten haar wel helpen, want ze leek niet moe te worden, ondanks alle inspanning.

Een Kull en twee elfen voegden zich bij Islanzadí. Barst besteedde geen aandacht aan hen, behalve dat hij ze een voor een doodsloeg toen ze de vergissing begingen om te dicht in zijn buurt te komen.

Roran ontdekte dat hij de pilaar zo stijf vastklemde dat hij kramp in zijn handen begon te krijgen.

Minuten gingen voorbij terwijl het gevecht tussen Islanzadí en Barst heen en weer ging. Als ze bewogen was de elfenkoningin oppermachtig: snel, soepel en sterk. In tegenstelling tot Barst kon ze het zich niet veroorloven een enkele vergissing te maken – en dat deed ze ook niet –, want haar afweerbezweringen zouden haar niet beschermen. Rorans bewondering voor Islanzadí nam met ieder moment toe, en hij voelde dat hij getuige was van een gevecht waar nog eeuwenlang over gezongen zou worden.

De raaf dook steeds op Barst af, in een poging hem af te leiden van Islanzadí. Na de eerste paar pogingen van de raaf negeerde Barst de vogel, want het razende dier kon hem niet raken, en het zorgde er wel voor uit de buurt van zijn knots te blijven.

De raaf leek gefrustreerd te worden: hij begon steeds harder en langer te krijsen, en viel steeds fanatieker aan, en met elke uitval kwam hij iets dichter bij Barsts hoofd en nek.

Ten slotte, toen de vogel weer op Barst af dook, draaide de man zijn knots naar boven, waarbij hij die halverwege van richting veranderde, en raakte de raaf tegen zijn rechtervleugel. De vogel krijste het uit van de pijn en viel een voet naar beneden voordat hij met moeite weer omhoogkwam.

Barst haalde weer uit naar de raaf, maar Islanzadí hield zijn knots tegen met haar zwaard, en ze stonden elkaar aan te kijken met hun wapens met de punten tegen elkaar, de kling van haar zwaard tegen de rand van zijn knots.

De elf en het mens wankelden terwijl ze elkaar probeerden weg te duwen. Geen van beiden was in staat de overhand te krijgen. Toen riep koningin Islanzadí een woord in de oude taal, en op de plek waar hun wapens elkaar raakten, scheen plotseling een fel licht.

Roran schermde zijn ogen af met zijn hand en wendde zijn blik af.

Een minuut lang waren de enige geluiden die hij hoorde de kreten van de gewonden en een rinkelende toon als van een klok die steeds luider werd totdat hij bijna ondraaglijk was. Naast hem zag Roran de weerkat van Angela, die in elkaar kromp en zijn gepluimde oren met zijn poten bedekte.

Toen het geluid zijn hoogtepunt bereikte, barstte de kling van Islanzadí's zwaard, en het licht en klokachtige geluid verdwenen.

Daarna haalde de elfenkoningin uit naar Barsts gezicht met het gebroken eind van haar zwaard en zei: 'Aldus vervloek ik jou, Barst, zoon van Berengar!'
Barst liet haar zwaard op zijn afweerbezweringen neerkomen. Toen zwaaide hij zijn knots nog een keer en raakte koningin Islanzadí tussen haar nek en haar schouder, en ze stortte op de grond, terwijl bloed over haar goudkleurige, geschubde pantser stroomde.
Alles werd stil.
De witte raaf cirkelde nog een keer boven het lichaam van Islanzadí en uitte een treurige kreet. Toen vloog hij langzaam naar de bres in de buitenste muren, de veren van zijn gewonde vleugel rood en verfrommeld.
Er ging een enorm gejammer op bij de Varden. In de straten gooiden mannen hun wapens neer en vluchtten. De elfen schreeuwden van woede en verdriet – een allerverschrikkelijkst geluid – en elke elf met een boog begon pijlen op Barst af te vuren. De pijlen gingen in vlammen op voordat ze hem raakten. Een tiental elfen viel hem aan, maar hij veegde ze opzij alsof ze niet meer wogen dan een paar kinderen. Op dat moment kwamen er vijf andere elfen aanrennen. Ze tilden het lichaam van Islanzadí op en droegen haar weg op hun bladvormige schilden.
Roran werd overvallen door een gevoel van ongeloof. Van hen allemaal was Islanzadí degene die hij het minst verwacht had te sneuvelen. Hij keek woedend naar de vluchtende mannen en schold ze binnensmonds uit voor verraders en lafaards. Toen wendde hij zijn blik weer naar Barst, die zijn troepen bij elkaar riep om zich klaar te maken voor het uit Urû'baen verdrijven van de Varden en hun bondgenoten.
Rorans maag kromp nog meer samen. De elfen zouden misschien wel blijven vechten, maar de mannen, dwergen en Urgals hadden geen zin meer in de strijd. Hij zag het aan hun gezichten. Ze zouden de gelederen verbreken en zich terugtrekken, en Barst zou er honderden van achteren afslachten. En Roran wist zeker dat hij niet zou stoppen bij de stadsmuren. Nee, hij zou doorgaan op de velden daarachter en de Varden terugdrijven naar hun kamp, om zo veel mogelijk slachtoffers te maken.
Dat was wat Roran zou doen.
Erger nog, als Barst het kamp bereikte, zou Katrina in gevaar zijn, en Roran maakte zich geen illusies wat er met haar zou gebeuren als de soldaten haar te pakken kregen.
Roran staarde naar zijn bebloede handen. Barst moest tegengehouden worden. Maar hoe? Roran dacht en dacht, en liet alles wat hij wist over magie door zijn hoofd gaan, totdat hij zich uiteindelijk herinnerde hoe het had gevoeld toen de soldaten hem vasthielden en hem aanvielen.
Roran haalde diep, huiverend adem.

Er was een manier, maar het was gevaarlijk, ongelooflijk gevaarlijk. Als hij deed wat hij van plan was, wist hij dat hij Katrina waarschijnlijk nooit meer zou zien, en zijn ongeboren kind al helemaal niet. Maar die wetenschap gaf hem een zekere rust. Zijn leven voor dat van hun was een eerlijke ruil, en als hij tegelijkertijd kon helpen de Varden te redden, dan wilde hij graag zijn leven geven.

Katrina...

Het was een gemakkelijke beslissing

Hij hief zijn hoofd op en beende op de kruidenvrouw af. Ze zag er even geschokt en bedroefd uit als de andere elfen. Hij raakte haar schouder aan met de rand van zijn schild en zei: 'Ik heb je hulp nodig.'

Ze staarde hem met roodomrande ogen aan. 'Wat ben je van plan?'

'Barst vermoorden.' Alle krijgers die in de buurt stonden, hoorden zijn woorden.

'Roran, nee!' riep Horst uit.

De kruidenvrouw knikte. 'Ik zal helpen voor zover ik dat kan.'

'Goed. Ik wil dat je Jörmundur haalt, Garzhvog, Orik, Grimrr en een van de elfen die iets te zeggen heeft.'

De vrouw met het gekrulde haar haalde haar neus op en veegde haar ogen af. 'Waar moeten ze je ontmoeten?'

'Hier. En haast je, voordat er nog meer mensen vluchten!'

Angela knikte en draafde toen weg met de weerkat, waarbij ze voor haar eigen veiligheid dicht bij de gebouwen bleef.

'Roran,' zei Horst en hij greep zijn arm vast, 'wat ben je van plan?'

'Ik ga niet in mijn eentje naar hem toe, als je dat soms denkt,' zei Roran en hij knikte in de richting van Barst.

Horst leek enigszins opgelucht. 'Wat ga je dan doen?'

'Dat zul je wel zien.'

Verscheidene soldaten met pieken renden de trap naar het gebouw op, maar de roodharige dwergen die zich bij Rorans eenheid hadden gevoegd konden ze met gemak tegenhouden. Door de trap waren ze dit keer eens langer dan hun tegenstanders, wat in hun voordeel was.

Terwijl de dwergen de soldaten afweerden, liep Roran naar een elf die vlak bij hem – met een woest gezicht – zijn pijlkoker in een verbazingwekkend tempo aan het leegschieten was, pijl voor pijl met een boogje in de richting van Barst sturend. Maar natuurlijk trof geen van de pijlen doel.

'Genoeg,' zei Roran. Toen de donkerharige elf hem negeerde, pakte Roran zijn rechterhand, zijn booghand, en trok die weg. 'Dat is genoeg, zei ik. Spaar je pijlen.'

Er klonk een grauw en toen voelde Roran een hand om zijn keel.

'Raak me niet aan, mens.'

'Luister naar me! Ik kan je helpen Barst te doden. Maar... laat me dan los.'
Na een paar seconden verslapten de vingers om Rorans nek. 'Hoe dan, Sterkhamer?' De bloeddorstigheid in de stem van de elf vormde een contrast met de tranen op zijn wangen.
'Dat hoor je zo. Maar ik heb eerst een vraag voor je. Waarom kunnen jullie Barst niet doden met jullie geest? Hij is maar in zijn eentje, en jullie zijn met zo veel.'
Er kwam een gekwelde uitdrukking op het gezicht van de elf. 'Omdat zijn geest voor ons verborgen is!'
'Hoe dan?'
'Dat weet ik niet. We kunnen helemaal niets voelen van zijn gedachten. Het is alsof er een bol om zijn geest zit. Binnen in die bol kunnen we niets zien en we kunnen hem ook niet doorboren.'
Roran had zoiets al verwacht. 'Dank je,' zei hij en de elf nam zijn dank aan met een lichte hoofdbeweging.
Garzhvog was de eerste die bij het gebouw kwam; hij dook op uit een nabijgelegen straat en rende met twee grote stappen de trap op. Daarna draaide hij zich om en brulde woest naar de dertig soldaten die hem volgden. Toen ze zagen dat de Kull veilig onder vrienden was, waren de soldaten zo verstandig om zich terug te laten zakken.
'Sterkhamer!' riep Garzhvog uit. 'Je hebt me geroepen en ik ben gekomen.'
Na een paar minuten arriveerden de anderen die Roran door de kruidenvrouw had laten halen bij het grote stenen gebouw. Een zilverharige elf stelde zich voor; Roran had hem bij diverse gelegenheden samen met Islanzadí gezien. Zijn naam was heer Däthedr. De zes stonden bebloed en doodmoe dicht bij elkaar tussen de gegroefde pilaren.
'Ik heb een plan om Barst te doden,' zei Roran, 'maar ik heb jullie hulp nodig, en we hebben niet veel tijd. Kan ik op jullie rekenen?'
'Dat hangt van je plan af,' zei Orik. 'Vertel het eerst maar.'
Dus legde Roran het zo snel hij kon uit. Toen hij klaar was, vroeg hij aan Orik: 'Kunnen jouw genietroepen zo accuraat als nodig is richten met de katapulten en de blijden?'
De dwerg maakte een keelgeluid. 'Nee, niet met die door mensen gebouwde oorlogsmachines. We kunnen een steen binnen twintig voet van het doel brengen, maar dichterbij zal een kwestie van geluk zijn.'
Roran keek naar heer Däthedr. 'Zullen de andere elfen je volgen?'
'Ze zullen mijn bevelen opvolgen, Sterkhamer. Twijfel daar maar niet aan.'
'Wil je dan een aantal van jullie magiërs sturen om de dwergen te begeleiden en te helpen de stenen de goede kant op te sturen?'

'Er is geen garantie op succes. De bezweringen kunnen makkelijk mislukken.'

'Dat risico moeten we nemen.' Roran liet zijn blik over de groep glijden. 'Dus, ik vraag het opnieuw: kan ik op jullie rekenen?'

Bij de stadsmuur barstte een koor van nieuwe kreten los toen Barst zich een weg door een rij mannen ramde.

Garzhvog verraste Roran door als eerste te antwoorden. 'U bent oorlogsgek, Sterkhamer, maar ik zal u volgen,' zei hij. Hij maakte een geluid dat klonk als *rak-rak* en Roran vermoedde dat hij lachte. 'Er is veel roem in het doden van Barst.'

Toen zei Jörmundur: 'Ja, ik volg je ook, Roran. We hebben denk ik geen andere keus.'

'Akkoord,' zei Orik.

'Akkoorrrd,' zei Grimrr, koning van de weerkatten, en hij rekte het woord uit tot een kelig gegrom.

'Akkoord,' zei heer Däthedr.

'Ga!' zei Roran. 'Jullie weten wat jullie moeten doen! Ga!'

Terwijl de anderen vertrokken riep Roran zijn krijgers bij elkaar en vertelde ze zijn plan. Daarna hurkten ze neer tussen de pilaren en wachtten af. Het duurde drie of vier minuten – kostbare tijd waarin Barst en zijn soldaten de Varden nog dichter naar de bres in de buitenste muur drongen – maar toen zag Roran groepjes dwergen en elfen naar twaalf van de dichtstbijzijnde blijden en katapulten op de muren rennen en ze bevrijden uit de handen van de soldaten.

Er gingen nog verscheidene spannende minuten voorbij. Toen haastte Orik zich de trap op naar het gebouw, samen met dertig van zijn dwergen, en zei tegen Roran: 'Ze zijn klaar.'

Roran knikte. Tegen iedereen bij hem in de buurt zei hij: 'Neem je plek in!'

Het restant van Rorans bataljon stelde zich in een compacte wigformatie op, met hemzelf in de punt, en de elfen en Urgals direct achter hem. Orik en zijn dwergen namen de achterhoede voor hun rekening.

Toen alle krijgers op hun plek stonden, riep Roran: 'Voorwaarts!' en hij rende de trap af tot hij midden tussen de vijandelijke soldaten stond, in de wetenschap dat de rest van de groep vlak achter hem was.

De soldaten hadden de aanval niet verwacht; ze gingen voor Roran uiteen als water voor de voorsteven van een schip.

Een man probeerde Roran tegen te houden, maar Roran stak hem in het oog zonder zijn pas in te houden.

Toen ze nog vijftig voet van Barst verwijderd waren, die met zijn rug naar hen toe stond, bleef Roran staan, en de krijgers achter hem ook. Tegen een van de elfen zei hij: 'Zorg ervoor dat iedereen op het plein me kan horen.'

De elf mompelde iets in de oude taal en zei toen: 'Gebeurd.'

'Barst!' riep Roran, en tot zijn opluchting hoorde hij zijn stem over het hele slagveld galmen. De gevechten in de straten kwamen tot stilstand, afgezien van een paar individuele schermutselingen hier en daar.

Het zweet droop van Rorans voorhoofd en zijn hart bonsde, maar hij weigerde om bang te zijn. 'Barst!' riep hij weer en hij sloeg met zijn speer op de voorkant van zijn schild. 'Draai je om en vecht met me, door de maden aangevreten lafbek!'

Er rende een soldaat op hem af. Roran pareerde het zwaard van de man, haalde hem in één soepele beweging onderuit en gaf hem nog twee snelle steken na. Zijn speer lostrekkend herhaalde Roran zijn oproep: 'Barst!'

De brede, zware gestalte draaide zich langzaam om en keek hem aan. Nu hij dichterbij was, zag Roran de sluwe intelligentie in Barsts ogen en het kleine, spottende glimlachje waardoor de hoeken van zijn kinderlijke mond iets opkrulden. Zijn nek was even dik als Rorans bovenbeen, en je zag door zijn maliënkolder heen hoe gespierd zijn armen waren. Rorans blik werd steeds aangetrokken door de weerspiegeling op zijn uitpuilende borstschild, ondanks zijn pogingen het te negeren.

'Barst! Mijn naam is Roran Sterkhamer, neef van Eragon Schimmendoder! Strijd met me als je wilt, of word voor iedereen hier vandaag gebrandmerkt als een lafaard.'

'Ik vrees geen enkele man, Sterkhamer. Of moet ik zeggen Geenhamer, want ik zie nergens een hamer.'

Roran bleef staan. 'Ik heb geen hamer nodig om jou te doden, baardeloze laarzenlikker.'

'Is dat zo?' Barsts glimlachje werd breder. 'Geef ons ruimte!' riep hij en hij zwaaide met zijn knots naar de soldaten en de Varden.

Met het zachte gerommel van duizenden voeten die achteruit stapten trokken de legers zich terug, en er vormde zich een wijde kring rond Barst. Hij wees met zijn knots naar Roran. 'Galbatorix heeft me over je verteld, Geenhamer. Hij zei dat ik elk bot in je lichaam moest breken voordat ik je dood.'

'Stel dat we in plaats daarvan jóúw botten breken?' zei Roran. *Nu!* dacht hij zo hard hij kon, en hij probeerde zijn gedachten de duisternis die zijn geest omringde in te schieten. Hij hoopte dat de elfen en de andere magiërs luisterden, zoals beloofd.

Barst fronste zijn voorhoofd en deed zijn mond open. Maar voordat hij iets kon zeggen klonk er een laag, fluitend geluid boven de stad, en zes stenen projectielen – elk zo groot als een houten ton – kwamen over de daken van de huizen aanvliegen vanaf de katapulten op de muren. Zes werpsperen begeleidden de stenen.

Barst werd door vijf van de stenen geraakt. De zesde miste doel en stuiterde over het plein als een steentje dat over het water gekeild wordt, mensen en dwergen omvergooiend.

De stenen barstten open en explodeerden toen ze op de schilden van Barst stuitten, en scherven vlogen alle kanten op. Roran dook weg achter zijn schild en viel bijna om toen er een stuk steen zo groot als een vuist tegenaan sloeg en zijn arm kneusde. De werpsperen verdwenen in een flits van geel vuur, dat de stofwolken die opstegen van de plek waar Barst stond spookachtig deed oplichten.

Toen hij er zeker van was dat het veilig was, keek Roran over de rand van zijn schild.

Barst lag op zijn rug tussen het puin, zijn knots op de grond naast hem.

'Grijp hem!' brulde Roran en hij rende naar voren.

Veel van de verzamelde Varden liepen in de richting van Barst, maar de soldaten tegen wie ze gevochten hadden, vielen hen schreeuwend aan, en weerhielden hen ervan meer dan een paar stappen te zetten. Met een gebrul stortten de twee legers zich weer op elkaar, beide groepen ontvlamd in een wanhopige woede.

Intussen dook Jörmundur uit een zijstraat op, met achter zich honderd mannen die hij had verzameld aan de randen van het slagveld. Hij en zijn metgezellen zouden helpen het strijdgewoel op een afstand te houden terwijl Roran en de anderen met Barst afrekenden.

Van de andere kant van het plein kwamen Garzhvog en zes andere Kull aanstormen van achter de huizen die ze als dekking hadden gebruikt. De grond dreunde van hun stampende voetstappen, en mannen van zowel het Rijk als de Varden wisten niet hoe snel ze hun uit de weg moesten gaan.

Toen schoten er honderden weerkatten tevoorschijn met ontblote tanden, de meeste in hun dierlijke gedaante, vanuit het drukste deel van de zich vermengende legers, en stroomden over het plaveisel naar de plek waar Barst lag.

Barst begon net weer te bewegen toen Roran hem bereikte. Roran greep zijn speer met beide handen beet en wilde die laten neerkomen op Barsts nek. Maar de punt van het wapen werd op een voet afstand tegengehouden, en boog en knapte alsof hij een blok graniet had geraakt.

Roran vloekte en bleef doorsteken, zo snel hij kon, in een poging de eldunarí in het borstschild van Barst ervan te weerhouden zijn kracht te herstellen.

Barst kreunde.

'Schiet op!' brulde Roran naar de Urgals.
Toen ze eenmaal dichtbij genoeg waren sprong Roran opzij zodat de Kull de ruimte hadden die ze nodig hadden. Om beurten sloegen de massieve Urgals met hun wapens op Barst in. Zijn afweerbezweringen deden hun werk, maar de Kull bleven erop los beuken. Het lawaai was oorverdovend.

Weerkatten en elfen verzamelden zich om Roran heen. Hij was zich er maar half van bewust dat achter hen de krijgers die hij had meegebracht, samen met de mannen van Jörmundur, de soldaten op een afstand hielden.

Net toen Roran begon te denken dat de afweerbezweringen van Barst het nooit zouden begeven, uitte een van de Kull een triomfantelijke brul, en Roran zag de bijl van het wezen afschampen op de voorkant van Barsts harnas, en er een deuk in maken.

'Opnieuw!' riep Roran. 'Nu! Dood hem!'

De Kull haalde zijn bijl uit de weg en Garzhvog zwaaide zijn met ijzer beslagen knots in de richting van Barsts hoofd.

Roran zag van alles bewegen, en toen klonk er een luide bons: de knots kwam op Barsts schild neer, dat hij over zichzelf heen had getrokken.

Verdomme!

Voordat de Urgals weer konden aanvallen, liet Barst zich tegen de benen van een van de Kull aan rollen, en zijn hand schoot naar de achterkant van de Kulls rechterknie. De Kull brulde het uit van de pijn en hinkte achteruit, Barst meetrekkend uit het gedrang van de Kull.

De Urgals en twee elfen gingen weer om Barst heen staan, en een aantal hartslagen lang leek het erop dat ze hem klein zouden krijgen.

Toen vloog een van de elfen door de lucht, haar nek in een rare hoek gekromd. Een Kull viel op zijn zij, schreeuwend in zijn eigen taal. Een stuk bot stak uit zijn linker onderarm. Garzhvog gromde en sprong achteruit; er stroomde bloed uit een vuistgroot gat in zijn zij.

Nee! dacht Roran, en hij kreeg het ijskoud. *Zo kan het niet aflopen. Dat laat ik niet gebeuren!*

Schreeuwend rende hij naar voren en glipte tussen twee van de enorme Urgals door. Hij had amper tijd om naar Barst te kijken – die zat onder het bloed en was woedend, zijn schild in de ene hand en een zwaard in de andere –, voordat die uithaalde met zijn schild en Roran aan de linkerkant van zijn lichaam raakte.

De lucht schoot uit Rorans longen en hemel en aarde tolden om hem heen, waarna hij zijn gehelmde hoofd tegen het plaveisel voelde bonken. Zelfs toen hij rollend tot stilstand was gekomen leek de wereld onder hem te blijven bewegen.

Hij bleef even liggen waar hij was, snakkend naar adem. Uiteindelijk was hij in staat zijn longen met lucht te vullen, en hij dacht dat hij nog nooit ergens zo dankbaar voor was geweest als voor die ademtocht. Hij hijgde. Toen brulde hij het uit terwijl de pijn door zijn lichaam schoot. Zijn linkerarm was gevoelloos, maar alle andere spieren en zenuwen brandden van een ondraaglijke pijn.

Hij probeerde zichzelf overeind te duwen en viel weer terug op zijn buik, te duizelig en te gewond om op te staan. Voor hem lag een stuk geelachtige steen, waar krullerige aderen van rode agaat doorheen liepen. Hij staarde er een tijdje naar, hijgend, en de hele tijd was de enige gedachte die door zijn hoofd ging: *Moet opstaan. Moet opstaan. Moet opstaan...*

Toen hij zich er klaar voor voelde, probeerde hij het opnieuw. Zijn linkerarm weigerde dienst, dus was hij gedwongen alleen op zijn rechter te vertrouwen. Hoe moeilijk het ook was, hij kreeg zijn benen onder zich, en toen kwam hij langzaam overeind, trillend en niet in staat om meer dan oppervlakkig te ademen.

Toen hij zich oprichtte, trok er iets door zijn linkerschouder, en hij uitte een geluidloze kreet. Het voelde alsof er een roodgloeiend mes in zijn gewricht werd gestoken. Hij keek naar beneden en zag dat zijn arm uit de kom was. Het enige wat over was van zijn schild was een versplinterd stuk hout dat nog steeds vastzat aan de riem rond zijn onderarm.

Roran draaide zich om en zocht naar Barst. Hij zag de man dertig meter verderop liggen, bedekt onder klauwende weerkatten.

Tevreden dat Barst in ieder geval nog een paar seconden bezig zou worden gehouden, richtte Roran zijn blik weer op zijn ontwrichte arm. Eerst kon hij zich niet meer herinneren wat zijn moeder hem had geleerd, maar toen keerden haar woorden tot hem terug, vaag en zwak door het voorbijgaan van de tijd. Hij trok de restanten van zijn schild van zijn arm.

'Maak een vuist,' mompelde Roran en hij deed dat met zijn linkerhand. 'Buig je arm zodat je vuist naar voren wijst.' Dat deed hij ook, hoewel de pijn er erger door werd. 'Steek je arm dan opzij, weg van je...' Hij riep een verwensing toen zijn schouder kraakte; er werd aan zijn spieren en pezen getrokken op een manier die niet de bedoeling was. Hij bleef zijn armen draaien en zijn vuist ballen, en na een paar seconden schoot het bot terug in de kom.

Het was meteen een opluchting. Op andere plekken had hij nog wel pijn – vooral onder in zijn rug en bij zijn ribben –, maar hij kon nu zijn arm tenminste weer gebruiken, en de pijn was niet zo folterend meer.

Toen keek Roran weer naar Barst.
Wat hij zag, maakte hem misselijk.
Barst stond in een kring van dode weerkatten. Bloed stroomde over zijn gedeukte borstschild, en samengeklonterde stukken vacht hingen aan zijn

strijdknots, die hij weer te pakken had gekregen. Op zijn wangen zaten diepe krassen en de rechtermouw van zijn maliënkolder was gescheurd, maar verder leek hij ongedeerd. De paar weerkatten die nog leefden, hielden zich voorzichtig op een afstand, en het zag eruit alsof ze op het punt stonden zich om te draaien en weg te rennen. Achter Barst lagen de lichamen van de Kull en de elfen met wie hij had gevochten. Al Rorans krijgers bleken verdwenen te zijn, want hij werd alleen nog omringd door soldaten, Barst en de weerkatten: een kolkende massa van karmozijnrode tunieken, de mannen duwend en trekkend in het strijdgewoel.

'Schiet hem neer!' riep Roran, maar niemand leek hem te horen.

Maar Barst zag hem en begon op Roran af te sjokken. 'Geenhamer!' brulde hij. 'Hiervoor gaat jouw kop eraan!'

Roran zag een speer op de grond liggen. Hij knielde neer en pakte hem op. De beweging maakte hem duizelig. 'Dat wil ik nog wel eens zien!' antwoordde hij. Maar de woorden klonken hol en zijn hoofd liep vol met gedachten aan Katrina en hun ongeboren kind.

Toen rende een van de weerkatten – in de gedaante van een grijze vrouw die niet hoger kwam dan Rorans elleboog – naar voren en bracht Barst een snee toe in zijn linkerbovenbeen.

Barst gromde en draaide zich vliegensvlug om, maar de weerkat rende alweer terug, fel naar hem blazend. Barst wachtte nog even, om zich ervan te verzekeren dat ze hem niet meer lastig zou vallen, en liep toen verder naar Roran, nu nog erger hinkend door de nieuwe wond. Bloed stroomde langs zijn been naar beneden.

Roran likte langs zijn lippen, niet in staat zijn blik af te wenden van zijn naderende vijand. Hij had alleen de speer maar. Hij had geen schild. Hij was niet sneller dan Barst, en hij had er geen hoop op dat hij Barsts onnatuurlijke kracht of snelheid zou evenaren. Er was ook niemand in de buurt om hem te helpen.

Het was een onmogelijke situatie, maar Roran weigerde toe te geven dat hij verslagen was. Hij had het al eerder een keer opgegeven, en dat zou hij nooit meer doen, ook al zei zijn verstand hem dat hij op het punt stond te sterven.

Toen viel Barst hem aan en Roran haalde uit naar zijn rechterknie, in de vertwijfelde hoop dat hij hem misschien kon verlammen. Barst weerde de speer af met zijn knots en zwaaide die toen naar Roran.

Roran had de tegenaanval al verwacht en strompelde achteruit zo snel zijn benen toestonden. Een windvlaag raakte zijn gezicht toen de knots op een paar duimbreed langs zwaaide.

Barst toonde zijn tanden in een wrede grijns, en hij stond op het punt weer toe te slaan toen er van boven een schaduw op hem viel. Hij keek op.

Islanzadí's witte raaf kwam uit de lucht vallen en landde op Barsts gezicht. De raaf krijste van woede terwijl hij naar Barst pikte en klauwde, en tot zijn stomme verbazing hoorde Roran de raaf zeggen: 'Sterf! Sterf! Sterf!' Barst vloekte en liet zijn schild vallen. Met zijn vrije hand sloeg hij de raaf weg, waarbij hij diens al gewonde vleugel brak. Slierten vlees hingen los van zijn voorhoofd, en zijn wangen en kin waren rood van het bloed.

Roran sprong naar voren en stak met zijn speer in Barsts andere hand, waardoor die ook zijn knots moest laten vallen.

Toen greep Roran zijn kans en haalde uit naar Barsts onbeschutte keel. Maar Barst ving de speer met één hand op, trok hem uit Rorans greep en brak hem tussen zijn vingers in tweeën, even gemakkelijk als Roran een droog takje zou breken.

'Nu ga jij eraan,' zei Barst, bloed uitspugend. Zijn lippen waren gescheurd en zijn rechteroog was kapot, maar hij kon nog zien met zijn andere oog.

De man stak zijn arm naar Roran uit, van plan hem in een dodelijke omhelzing te nemen. Roran had niet kunnen ontsnappen al had hij gewild, maar toen Barsts armen om hem heen sloten, greep Roran Barsts taille vast en draaide uit alle macht, waarbij hij zo veel mogelijk gewicht en druk op Barsts gewonde been legde, het been waarmee hij al hinkte.

Barst hield het even uit; toen knikte zijn knie en met een kreet van pijn viel hij voorover op één been, terwijl hij zichzelf opving met zijn linkerhand. Roran wist van onder Barsts rechterarm vandaan te kronkelen. Het bloed op Barsts borstplaat maakte het gemakkelijker om los te komen, ondanks de enorme kracht van de man.

Roran probeerde Barst van achteren bij zijn keel te pakken, maar Barst trok zijn kin in, zodat Roran geen houvast kon krijgen. Dus sloeg Roran in plaats daarvan zijn armen om Barsts borstkas, in de hoop hem in bedwang te houden totdat iemand anders kon helpen hem te doden.

Barst gromde en gooide zich op zijn zij, waarmee hij tegen Rorans gewonde schouder aan botste, en Roran kreunde van de pijn. Barst rolde drie keer heen en weer, en Roran voelde de straatstenen tegen zijn armen drukken. Toen het hele gewicht van de man op hem lag, kon Roran amper meer ademhalen. Maar hij bleef Barst vasthouden. Er sloeg een elleboog van Barst in zijn zij, en Roran voelde meerdere ribben breken.

Roran klemde zijn tanden op elkaar en spande zijn armen, persend zo hard hij kon.

Katrina, dacht hij.

Weer kreeg hij een elleboog van Barst.

Roran brulde het uit en zag lichtflitsen voor zijn ogen. Hij perste nog harder.

Weer haalde de elleboog uit, als een aambeeld in zijn zij dreunend.
'Jij... zult... niet... winnen... Geenhamer,' kreunde Barst. Hij kwam wankelend overeind en sleepte Roran met zich mee.

Hoewel hij dacht dat de spieren van zijn botten los zouden scheuren, verstevigde Roran zijn greep nog meer. Hij schreeuwde het uit, maar hoorde zijn eigen stem niet, en hij voelde zenuwen knappen en pezen scheuren.

En toen begaf Barsts borstschild het, op de plek waar de Kull er een deuk in had gemaakt, en er klonk een geluid als van brekend kristal.

'Nee!' schreeuwde Barst, toen er een helderwit licht van onder de randen van zijn harnas vandaan spoot. Hij verstijfde, alsof zijn ledematen door kettingen tot het uiterste werden uitgerekt, en begon hevig te trillen.

Het licht verblindde Roran en verbrandde zijn armen en gezicht. Hij liet Barst los en viel op de grond, waar hij zijn ogen met zijn onderarm bedekte.

Het licht bleef maar uit Barsts borstschild stromen, totdat de randen van het metaal begonnen te gloeien. Toen doofde het uit, de wereld donkerder dan ervoor achterlatend, en het weinige wat over was van heer Barst tuimelde achterover en bleef rokend op het plaveisel liggen.

Roran staarde knipperend naar de kleurloze hemel. Hij wist dat hij moest opstaan, want er waren soldaten in de buurt, maar de straatstenen voelden zacht aan onder hem, en het enige wat hij echt wilde was zijn ogen dichtdoen en rusten...

Toen hij zijn ogen weer opendeed, zag hij Orik en Horst en een aantal elfen om hem heen staan.

'Roran, kun je me horen?' vroeg Horst, die hem bezorgd aanstaarde.

Roran probeerde iets te zeggen, maar hij kon de woorden niet vormen.

'Kun je me horen? Luister naar me. Je moet wakker blijven. Roran! Roran!'

Weer voelde Roran zich wegzinken in duisternis. Het was een troostrijk gevoel, alsof hij zich in een zachte wollen deken wikkelde. Warmte verspreidde zich door zijn lichaam, en het laatste wat hij zich herinnerde was dat Orik zich over hem heen boog en iets in de taal van de dwergen zei dat klonk als een gebed.

De gave van het weten

Elkaar strak aankijkend cirkelden Eragon en Murtagh langzaam om elkaar heen en probeerden te voorspellen waar en hoe de ander zou bewegen. Murtagh leek even fit als altijd, maar hij had donkere kringen onder zijn ogen en zijn gezicht zag er afgetobd uit. Eragon vermoedde dat hij onder grote druk had gestaan. Hij droeg dezelfde wapenrusting als Eragon: maliënkolder, maliënhandschoenen, armbeschermers en beenplaten, maar zijn schild was langer en dunner dan dat van Eragon. Wat hun zwaarden betrof: Brisingr, met zijn kling voor anderhalve hand, was qua lengte in het voordeel, terwijl Zar'roc, met zijn bredere kling, qua gewicht in het voordeel was.

Ze begonnen elkaar dichter te naderen, en toen ze nog zo'n tien voet van elkaar verwijderd waren, zei Murtagh, die met zijn rug naar Galbatorix toe stond, met een lage, boze stem: 'Waar ben je mee bezig?'

'Tijd rekken,' mompelde Eragon, waarbij hij zijn lippen zo min mogelijk bewoog.

Murtagh fronste. 'Je bent een dwaas. Hij zal toekijken hoe we elkaar aan reepjes snijden, en wat zal het veranderen? Níks.'

In plaats van antwoord te geven verplaatste Eragon zijn gewicht naar voren en maakte een beweging met zijn zwaardarm, waarop Murtagh achteruitdeinsde.

'Vervloekt, jij,' gromde Murtagh. 'Als je nog één dag had gewacht, had ik Nasuada kunnen bevrijden.'

Dat verraste Eragon. 'Waarom zou ik je geloven?'

Die vraag maakte Murtagh nog bozer; zijn lippen krulden om en hij versnelde zijn pas, waardoor Eragon ook sneller moest bewegen. Toen zei Murtagh met luide stem: 'Dus je hebt eindelijk een echt zwaard gevonden voor jezelf. De elfen hebben het toch voor je gemaakt?'

'Dat weet je b...'

Murtagh sprong op hem af, en haalde met Zar'roc uit naar Eragons buik. Eragon schoot achteruit, nog net het rode zwaard parerend.

Eragon reageerde met een zwaai boven zijn hoofd – hij liet zijn hand naar Brisingrs zwaardknop glijden om een groter bereik te hebben – en Murtagh danste bij hem vandaan.

Ze bleven allebei even staan om te zien of de ander weer zou aanvallen. Toen geen van beiden dat deed, begonnen ze weer om elkaar heen te cirkelen, maar Eragon was nog meer op zijn hoede dan eerst.

Het was duidelijk dat Murtagh nog steeds even snel en sterk was als Eragon – of als een elf. Galbatorix' verbod op het gebruik van magie gold duidelijk niet voor de bezweringen die Murtaghs ledematen versterkten. Uit eigenbelang was Eragon niet blij met de verordening van de koning, maar hij begreep het principe dat erachter zat; het gevecht zou anders moeilijk eerlijk genoemd kunnen worden.

Maar Eragon wilde geen eerlijk gevecht. Hij wilde het verloop van het duel in de hand houden zodat hij kon beslissen wanneer het zou aflopen, en hoe. Eragon betwijfelde echter of hij die kans zou krijgen, gezien Murtaghs behendigheid met een zwaard, en als het wel gebeurde, wist hij niet precies hoe hij het gevecht kon gebruiken om Galbatorix aan te vallen. Hij had ook geen tijd om daarover na te denken, maar vertrouwde erop dat Saphira, Arya en de draken zouden proberen een oplossing voor hem te verzinnen.

Murtagh maakte een schijnbeweging met zijn linkerschouder, en Eragon dook weg achter zijn schild. Een tel later realiseerde hij zich dat het een truc was geweest en dat Murtagh zich naar zijn rechterkant bewoog in een poging zijn dekking te omzeilen.

Eragon draaide rond en zag Zar'roc op zijn nek afkomen, de rand van het zwaard een glimmende, flinterdunne lijn. Hij weerde het af met een onhandige duw van Brisingrs pareerstang. Toen sloeg hij terug met een snelle uithaal naar Murtaghs onderarm. Tot zijn grimmige vreugde raakte hij Murtagh aan de zijkant van zijn pols. Brisingr kwam niet door Murtaghs handschoen heen en de mouw van zijn tuniek daaronder, maar de klap bracht Murtagh wel pijn toe en sloeg zijn arm weg van zijn lichaam, zodat zijn borstkas even onbeschut was.

Eragon stootte toe en Murtagh gebruikte zijn schild om de aanval af te weren. Nog drie keer stak Eragon, maar Murtagh hield elke slag tegen, en toen Eragon zijn arm terugtrok om opnieuw uit te halen, ging Murtagh in de tegenaanval met een indirecte stoot naar zijn knie, die hem kreupel zou hebben gemaakt als hij raak was geweest.

Maar Eragon zag wat Murtagh van plan was, liet zijn zwaard van richting veranderen en stopte Zar'roc op een duimbreed van zijn been. Toen sloeg hij terug.

Een paar minuten lang wisselden ze slagen uit, in een poging elkaars ritme te verstoren, maar zonder resultaat. Ze kenden elkaar te goed. Wat Eragon ook probeerde, Murtagh hield hem tegen, en omgekeerd was het ook zo. Het was als een spel waarbij ze allebei zetten vooruit moesten bedenken, waardoor er een zeker gevoel van intimiteit ontstond. Eragon focuste zich op het ontrafelen van de werking van Murtaghs geest, en voorspelde naar aanleiding daarvan wat zijn volgende stap zou zijn.

Direct vanaf het begin viel het Eragon op dat Murtagh het spel anders speelde dan de vorige keren dat ze gevochten hadden. Hij viel aan met een meedogenloosheid die hij tot dan toe niet had gehad, alsof hij Eragon voor het eerst echt wilde verslaan, en snel ook. Na zijn eerste uitbarsting leek zijn woede bovendien te verdwijnen, en liet hij alleen koele, meedogenloze vastberadenheid zien.

Eragon kwam erachter dat hij moest vechten op de toppen van zijn kunnen, en hoewel hij Murtagh van zich kon afhouden, was hij vaker in het defensief dan hem lief was.

Op een gegeven moment liet Murtagh zijn zwaard zakken en draaide zich om naar de troon en naar Galbatorix.

Eragon bleef op zijn hoede, maar hij aarzelde, niet zeker of hij nu kon aanvallen.

In dat moment van aarzeling sprong Murtagh op hem af. Eragon bleef staan en draaide zich om. Murtagh ving de klap op met zijn schild en toen, in plaats van zelf toe te slaan zoals Eragon verwachtte, klapte hij zijn schild tegen dat van Eragon en duwde.

Eragon gromde en duwde terug. Hij had wel om zijn schild heen kunnen reiken om Murtagh op zijn rug of benen te raken, maar Murtagh duwde te hard om dat te riskeren. Murtagh was een paar duim groter dan hij, en door die extra lengte kon hij meer druk uitoefenen op Eragons schild. Eragon moest moeite doen om niet achteruit over de gladde stenen vloer te glijden.

Uiteindelijk, met een brul en een enorme duw, slaagde Murtagh erin Eragon struikelend achteruit te laten lopen. Eragon zwaaide wild om zich heen en probeerde zijn evenwicht te hervinden, toen Murtagh uithaalde naar zijn nek.

'Letta!' zei Galbatorix.

De punt van Zar'roc stopte op minder dan een vingerbreedte van Eragons huid. Hij verstijfde, hijgend, en wist niet precies wat er nou net gebeurd was.

'Hou jezelf in bedwang, Murtagh, of ik doe het voor je,' zei Galbatorix van de plek waar hij zat toe te kijken. 'Ik val niet graag in herhaling. Je mag Eragon niet doden, en hij jou ook niet... Goed, ga verder.'

Het besef dat Murtagh net had geprobeerd hem te doden – en dat hij daarin geslaagd zou zijn als Galbatorix niet had ingegrepen – schokte Eragon. Hij zocht Murtaghs gezicht af naar een verklaring, maar dat bleef uitdrukkingsloos, alsof Eragon weinig of niets voor hem betekende.

Eragon snapte het niet. Murtagh speelde het spel duidelijk anders dan zou moeten. Er was iets in hem veranderd, maar wat dat was, zou Eragon niet kunnen zeggen.

Bovendien werd Eragons zelfvertrouwen ondermijnd door de wetenschap dat hij verloren had – en dat hij eigenlijk dood had moeten zijn. Hij had al vele malen de dood in de ogen gekeken, maar nooit op zo'n rauwe en directe manier. Het was niet te ontkennen: Murtagh was hem de baas geweest, en alleen Galbatorix' genade – of wat daarvoor doorging – had hem gered.

Eragon, laat het los, zei Arya. *Je had geen reden om hem ervan te verdenken dat hij zou proberen je te doden. En jij probeerde hem niet te doden. Als je dat had gedaan, zou het gevecht anders zijn verlopen en zou Murtagh nooit de kans hebben gehad om je aan te vallen.*

Weifelend keek Eragon naar de plek waar ze stond aan de rand van de lichtcirkel, samen met Elva en Saphira. Toen zei Saphira: *Als hij je de keel wil doorsnijden, snijd dan zijn kniepezen door en zorg ervoor dat hij het niet nog een keer kan doen.*

Eragon knikte, om te laten zien dat hij hen had gehoord.

Hij en Murtagh gingen uit elkaar en namen hun positie tegenover elkaar weer in, terwijl Galbatorix goedkeurend toekeek.

Deze keer was Eragon de eerste die aanviel.

Ze vochten lang, uren leek het. Murtagh deed geen pogingen meer om hem dodelijk te treffen, terwijl Eragon er – tot zijn tevredenheid – in slaagde Murtaghs sleutelbeen te raken, hoewel hij zelf de aanval afwendde voordat Galbatorix het nodig vond om dat te doen. Murtagh leek van zijn stuk gebracht door de aanraking, en Eragon veroorloofde zich een klein glimlachje bij Murtaghs reactie.

Er waren meer slagen die ze niet konden afweren. Ondanks al hun vaardigheden en snelheid was hij noch Murtagh onfeilbaar, en zonder een simpele manier om het gevecht te beëindigen was het onvermijdelijk dat ze vergissingen zouden maken en dat die vergissingen zouden leiden tot verwondingen.

De eerste verwonding was een snee die Murtagh Eragon toebracht aan zijn rechterbovenbeen, in de ruimte tussen de rand van zijn maliënkolder en de bovenkant van zijn beenplaat. Het was geen diepe snee, maar buitengewoon pijnlijk, en steeds als Eragon zijn gewicht op het been zette, stroomde het bloed uit de wond.

De tweede wond was er ook een voor Eragon: een fikse snee boven zijn wenkbrauw nadat Murtagh een klap op zijn helm had gegeven en de rand daarvan in zijn voorhoofd sneed. Van de twee wonden vond Eragon de tweede verreweg het vervelendst, want het bloed bleef in zijn ogen druipen, waardoor hij niet goed kon zien.

Toen raakte Eragon Murtagh weer aan zijn pols, en deze keer sneed hij helemaal door de manchet van zijn handschoen, de mouw van zijn tuniek en door het dunne laagje huid tot op het bot dat eronder lag. Er waren geen spieren doorgesneden, maar de wond leek Murtagh veel pijn te doen, en het bloed dat in zijn handschoen sijpelde zorgde ervoor dat hij ten minste twee keer zijn grip verloor.

Eragon incasseerde een kras op zijn rechterkuit, waarna hij zich – terwijl Murtagh nog aan het bijkomen was van een mislukte aanval – verplaatste naar Murtaghs schildkant en Brisingr zo hard hij kon liet neerkomen op Murtaghs linker handschoen, en een deuk in het ijzer maakte.

Murtagh brulde het uit en sprong op één been achteruit. Eragon volgde hem en zwaaide Brisingr rond in een poging Murtagh tegen de grond te werken. Ook al was hij gewond, Murtagh kon zich nog wel verdedigen, en een paar seconden later was Eragon degene die moeite moest doen om overeind te blijven.

Een tijdlang konden hun schilden de onafgebroken slagenregen doorstaan – Eragon realiseerde zich dat Galbatorix gelukkig de bezweringen op hun zwaarden en harnassen intact had gelaten – maar toen begaven de bezweringen op Eragons schild het, evenals die op Murtaghs schild, wat te zien was aan de spaanders en splinters die rondvlogen elke keer als hun zwaarden neerkwamen. Niet lang daarna spleet Eragon Murtaghs schild met een gigantische klap in tweeën. Zijn triomf duurde niet lang, want Murtagh greep Zar'roc met beide handen vast en sloeg twee keer snel achter elkaar op Eragons schild, waardoor dat ook spleet, en ze nu weer gelijke kansen hadden.

Terwijl ze bleven vechten werd de stenen vloer onder hen glibberig van het bloed, en het werd steeds moeilijker om niet weg te glijden. In de enorme zaal klonken verre echo's van hun tegen elkaar kletsende wapens – als de geluiden van een lang vergeten strijd – en het voelde alsof zij het middelpunt waren van alles wat er bestond, want hun licht was het enige licht, en zij tweeën waren alleen in de lichtkring.

En al die tijd bleven Galbatorix en Shruikan toekijken vanuit de aangrenzende schaduwen.

Zonder schild vond Eragon het makkelijker om Murtagh slagen toe te brengen – voornamelijk op zijn armen en benen –, maar voor Murtagh was het nu ook makkelijker om hetzelfde bij hem te doen. Hun harnas beschermde hen grotendeels tegen sneden, maar niet tegen bulten en blauwe plekken, waarvan ze er heel wat opliepen.

Ondanks de verwondingen die hij Murtagh had toegebracht, begon Eragon te vermoeden dat Murtagh van hen tweeën de betere zwaardvechter was. Niet heel veel beter, maar genoeg om Eragon nooit de overhand te laten krijgen. Als dit duel zo doorging, zou Murtagh hem uiteindelijk uitputten totdat hij te gewond of te moe was om door te gaan, een uitkomst die niet ver weg meer leek te zijn. Met elke stap voelde Eragon het bloed over zijn knie gutsen uit de snee in zijn bovenbeen, en met elk moment dat voorbijging werd het moeilijker om zich te verdedigen.

Hij moest het duel nu beëindigen, anders zou hij niet meer in staat zijn om het hierna tegen Galbatorix op te nemen. Hij betwijfelde op zich al of hij echt een bedreiging zou vormen voor de koning, maar hij moest het proberen. Hij moest het hoe dan ook proberen.

De kern van het probleem, besefte hij, was dat Murtaghs redenen om te vechten hem een raadsel waren, en als hij daar niet achter kwam, zou Murtagh hem steeds blijven overrompelen.

Eragon dacht terug aan wat Glaedr hem had verteld bij Dras-Leona: *Je moet leren zien waar je naar kijkt.* En ook: *De weg van de krijger is de weg van het weten.*

Dus keek hij naar Murtagh. Hij keek naar hem met dezelfde intensiteit waarmee hij naar Arya had gekeken tijdens hun oefensessies, dezelfde intensiteit waarmee hij zichzelf had onderzocht tijdens zijn lange nacht van introspectie op Vroengard. Hij wilde er de verborgen taal van Murtaghs lichaam mee ontcijferen.

Hij slaagde er ten dele in; het was duidelijk dat Murtagh uitgeput was, en hij had zijn schouders opgetrokken op een manier die wees op diepgewortelde woede, of misschien was het angst. En dan was er zijn meedogenloosheid, niet echt een nieuwe karaktertrek, maar wel voor het eerst toegepast op Eragon. Dit viel Eragon allemaal op, en nog meer, subtielere details, waarna hij zijn best deed om ze in overeenstemming te brengen met wat hij wist van Murtagh uit het verleden, zijn vriendschap, zijn trouw en zijn afkeer van de heerschappij van Galbatorix.

Het duurde een paar seconden – seconden gevuld met hijgende ademhaling en een paar onhandige slagen die hem een zoveelste blauwe plek op zijn elleboog opleverden – totdat Eragon de waarheid onder ogen zag. Het leek ineens zo duidelijk. Er moest iets in Murtaghs leven zijn, iets waar hun duel invloed op had, dat zo belangrijk voor Murtagh was dat hij per se wilde winnen, op wat voor manier dan ook, zelfs als dat betekende dat hij zijn eigen halfbroer moest doden. Wat het ook was – en Eragon had zijn vermoedens, sommige verontrustender dan andere –, het betekende dat Murtagh het nooit zou opgeven. Het betekende dat Murtagh zou vechten tot zijn laatste ademtocht als een in het nauw gedreven dier, en het betekende dat Eragon hem nooit zou kunnen verslaan met de gebruikelijke middelen, want het duel betekende voor hem niet zo veel als voor Murtagh. Voor Eragon was het een gunstige afleiding, en het kon hem weinig schelen wie er won of verloor, zolang hij maar in staat was om daarna de confrontatie met Galbatorix aan te gaan. Maar voor Murtagh had het duel een veel grotere betekenis, en uit ervaring wist Eragon dat het moeilijk, zo niet onmogelijk was om zo'n vastberadenheid alleen met geweld te overwinnen.

Het was dus de vraag hoe hij een man moest tegenhouden die vastbesloten was om door te zetten en te winnen, wat voor obstakels er ook op zijn weg lagen.

Het lukte Eragon niet een oplossing te bedenken voor dit probleem, totdat hij zich uiteindelijk realiseerde dat de enige manier om van Murtagh te winnen was hem te geven wat hij wilde. Om zijn eigen verlangens te vervullen zou Eragon het moeten accepteren dat hij verslagen werd.

Maar niet helemaal. Hij kon Murtagh niet vrijuit laten gaan om de bevelen van Galbatorix uit te voeren. Eragon zou Murtagh zijn overwinning geven, en dan zou hij zijn eigen overwinning opeisen.

Terwijl Saphira naar zijn gedachten luisterde, namen haar angst en bezorgdheid toe, en ze zei: *Nee, Eragon. Er moet een andere manier zijn.*

Vertel me dan wat die is, zei hij, *want ik zie het niet.*

Ze gromde, en Thoorn gromde terug naar haar van de andere kant van de lichtcirkel.

Maak de goede keus, zei Arya, en Eragon begreep wat ze bedoelde.

Murtagh stormde op hem af en hun zwaarden sloegen met een luide klap tegen elkaar. Ze trokken zich terug en bleven even staan om op krachten te komen. Toen ze weer naar elkaar toe kwamen, bewoog Eragon zich opzij naar Murtaghs rechterkant, terwijl hij tegelijkertijd zijn zwaardarm van zijn zij weg liet zwaaien, alsof hij uitgeput was of gewoon onvoorzichtig. Het was een lichte beweging, maar hij wist dat Murtagh het zou zien en dat hij zou proberen de opening die hij bood uit te buiten.

Op dat moment voelde Eragon niets. De pijn van zijn verwondingen drong nog wel tot hem door, maar op een afstand, alsof het niet zijn eigen gevoel was. Zijn geest was als een diepe vijver op een windstille dag, vlak en bewegingloos, maar toch gevuld met de reflectie van de dingen om hem heen. Wat hij zag, registreerde hij zonder zich ervan bewust te zijn. Dat was niet meer nodig. Hij begreep alles wat hij zag, en daar verder over nadenken zou alleen maar storend zijn.

Zoals Eragon verwachtte, haalde Murtagh naar hem uit, zijn zwaard midden op zijn buik gericht.

Toen het moment daar was, draaide Eragon zich om. Hij bewoog snel noch langzaam, maar in precies het juiste tempo voor de situatie. Het voelde alsof zijn beweging vooraf bepaald was, alsof dit het enige was wat hij kon doen.

In plaats van hem in zijn buik te steken, zoals Murtagh van plan was, raakte Zar'roc Eragon in de spieren van zijn rechterzij, recht onder zijn

ribbenkast. Het voelde aan als een slag met een hamer, en het geluid van staal op staal klonk toen Zar'roc door de kapotte ringetjes van zijn maliënkolder in zijn vlees gleed. De kou van het metaal deed Eragon meer naar adem snakken dan de pijn zelf.
De punt van het zwaard trok aan zijn maliënkolder toen dat weer uit zijn lijf tevoorschijn kwam.
Murtagh staarde hem aan, schijnbaar van zijn stuk gebracht.
Voordat Murtagh zich kon herstellen, trok Eragon zijn arm terug en stak Brisingr in Murtaghs onderbuik, vlak bij zijn navel: een veel ergere verwonding dan die Eragon zojuist had opgelopen.
De spieren in Murtaghs gezicht verslapten. Zijn mond ging open alsof hij iets wilde zeggen, en hij viel op zijn knieën, Zar'roc nog steeds vastklemmend.
Aan de kant gaf Thoorn een brul.
Eragon trok Brisingr terug, deed een stap achteruit en trok een grimas van pijn toen Zar'roc uit zijn lichaam gleed.
Er klonk een kletterend geluid toen Murtagh Zar'roc losliet en het zwaard op de grond viel. Murtagh sloeg zijn armen om zijn middel, klapte voorover en drukte zijn hoofd tegen de gladde stenen.
Nu was Eragon degene die stond te staren, terwijl het warme bloed in zijn ene oog drupte.
Vanaf zijn troon zei Galbatorix: 'Naina,' en tientallen lantaarns sprongen aan in de zaal, zodat de pilaren en de versieringen langs de muren, en de steen waar Nasuada aan vast was geketend weer zichtbaar werden.
Eragon wankelde naar Murtagh toe en knielde naast hem neer.
'En de overwinning gaat naar Eragon,' zei de koning; zijn sonore stem weergalmde door de grote zaal.
Murtagh keek op naar Eragon, zijn met zweetdruppels bedekte gezicht vertrokken van pijn. 'Je kon me niet gewoon laten winnen, hè?' gromde hij binnensmonds. 'Je kunt Galbatorix niet verslaan, maar toch moet je bewijzen dat je beter bent dan ik... Ah!' Hij sidderde en begon op zijn knieën heen en weer te wiegen.
Eragon legde een hand op zijn schouder. 'Waarom?' vroeg hij, wetend dat Murtagh de vraag zou begrijpen.
Het antwoord kwam in een nauwelijks verstaanbare fluistering: 'Omdat ik hoopte bij hem in de gunst te komen zodat ik hááaar kon redden.' Tranen vertroebelden Murtaghs ogen en hij wendde zijn blik af.
Toen realiseerde Eragon zich dat Murtagh eerder ook de waarheid had gesproken, en hij werd met ontzetting vervuld.
De tijd verstreek en Eragon was zich bewust van Galbatorix, die hen zeer geïnteresseerd opnam.

Toen zei Murtagh: 'Je hebt me erin geluisd.'
'Het was de enige manier.'
Murtagh gromde. 'Dat was altijd al het verschil tussen jou en mij.' Hij keek Eragon aan. 'Jij was bereid je op te offeren. Ik niet... Toen niet.'
'Maar nu wel.'
'Ik ben niet meer de persoon die ik vroeger was. Ik heb Thoorn nu en...' Murtagh aarzelde; toen haalde hij nauwelijks merkbaar zijn schouders op. 'Ik vecht niet meer voor mezelf... Dat maakt het anders.' Hij haalde trillend adem. 'Ik vond jou altijd een dwaas omdat je je leven steeds op het spel zette... Nu weet ik wel beter. Ik begrijp... waarom. Ik begrijp...' Zijn ogen gingen wijd open en de spieren in zijn gezicht ontspanden zich, alsof zijn pijn vergeten was en een licht van binnenuit zijn gelaatstrekken verlichtte. 'Ik begrijp het – wíj begrijpen het,' fluisterde hij en Thoorn maakte een geluid dat het midden hield tussen gejammer en gegrom.

Galbatorix bewoog zich op zijn troon, alsof hij zich ongemakkelijk voelde, en met wrede stem zei hij: 'Genoeg van dit gepraat. Jullie duel is voorbij, en Eragon heeft gewonnen. Nu is de tijd gekomen dat onze gasten hun knieën moeten buigen en mij hun eed van trouw moeten geven... Kom dichterbij, jullie allebei, dan zal ik jullie wonden helen en gaan we verder.'

Eragon begon overeind te komen, maar Murtagh greep hem bij zijn arm en hield hem tegen.

'Nu!' zei Galbatorix, zijn zware wenkbrauwen fronsend. 'Anders laat ik jullie pijn lijden tot we klaar zijn.'

Zet je schrap, zei Murtagh tegen Eragon.

Eragon aarzelde, niet zeker wat hij moest verwachten; toen knikte hij en waarschuwde Arya, Saphira, Glaedr en de andere eldunarí.

Daarop duwde Murtagh Eragon opzij en ging op zijn knieën zitten, zijn buik nog steeds vastklemmend. Hij keek naar Galbatorix. En hij schreeuwde het Woord.

Galbatorix deinsde achteruit en stak een hand op, alsof hij zich wilde beschermen.

Murtagh bleef andere woorden schreeuwen in de oude taal, zo snel dat Eragon niet begreep waar de bezwering voor diende.

De lucht rondom Galbatorix flitste rood en zwart op, en even leek zijn lichaam in vlammen gehuld te zijn. Er klonk een geluid als van een harde zomerwind, die de takken van een altijd groen bos in beweging bracht. Toen hoorde Eragon een reeks ijle kreetjes, terwijl er rond Galbatorix' hoofd twaalf lichtbollen verschenen, die vervolgens wegvlogen en door de muren van de zaal heen gingen, waarna ze verdwenen waren. Ze zagen eruit als geesten, maar Eragon zag ze maar zo kort dat hij er niet zeker van was.

Thoorn draaide zich vliegensvlug om – zo snel als een kat die op zijn staart wordt getrapt – en sprong op Shruikans enorme nek. De zwarte draak brulde het uit en stommelde achteruit, met zijn kop schuddend in een poging Thoorn van zich af te werpen. Het geluid van zijn gegrom deed pijn aan de oren en de vloer schudde onder het gewicht van de twee draken.

Op de trap naar het podium schreeuwden de twee kinderen het uit en bedekten hun oren met hun handen.

Eragon zag Arya, Elva en Saphira naar voren springen, niet langer gebonden door Galbatorix' magie. Met de Dauthdaert in haar hand rende Arya in de richting van de troon, terwijl Saphira naar de plek liep waar Thoorn zich aan Shruikan vastklemde. Intussen bracht Elva haar hand naar haar mond en leek iets tegen zichzelf te zeggen, maar wat het was kon Eragon niet horen boven het geluid van de draken uit.

Vuistgrote druppels bloed kwamen rondom hen neer en bleven walmend op de stenen liggen.

Eragon kwam overeind van de plek waar Murtagh hem had neergedrukt en volgde Arya naar de troon.

Toen sprak Galbatorix de naam van de oude taal uit, samen met het woord letta. Eragons ledematen werden door onzichtbare ketenen gebonden en in de hele zaal daalde een stilte neer toen de magie van de koning iedereen in bedwang kreeg, zelfs Shruikan.

Woede en frustratie kolkten in Eragons binnenste. Ze waren zo dicht bij een aanval op de koning geweest, maar ze stonden machteloos tegenover zijn bezweringen. 'Grijp hem,' riep hij, zowel met zijn geest als hardop. Nu ze hadden geprobeerd Galbatorix en Shruikan aan te vallen, zou de koning de kinderen doden, ongeacht of ze er wel of niet mee doorgingen. Het enige pad dat nog openlag voor Eragon en zijn metgezellen – de enige hoop die ze nog hadden op de overwinning – was het doorbreken van Galbatorix' mentale barrières om zo de controle te krijgen over zijn gedachten.

Samen met Saphira, Arya en de eldunarí die ze hadden meegenomen hakte Eragon met zijn bewustzijn op de koning in, waarbij hij al zijn haat, woede en pijn stopte in de enkele, brandende straal die hij in het centrum van Galbatorix' wezen dreef.

Even voelde Eragon de geest van de koning: een afschuwelijk, overschaduwd perspectief met bittere kou en verschroeiende hitte – afgezet met ijzeren staven, hard en onbuigzaam, die zijn bewustzijn onderverdeelden.

Toen vielen de draken die onder het bevel van Galbatorix stonden, de waanzinnige, brullende, door verdriet overmande draken, Eragons geest aan en dwongen hem zich in zichzelf terug te trekken als hij niet in stukken gescheurd wilde worden.

Achter hem hoorde Eragon dat Elva iets begon te zeggen, maar ze had amper een geluid gemaakt toen Galbatorix zei: 'Theyna!', waarna ze alleen nog verstikt kon murmelen.

'Ik heb hem ontdaan van zijn schilden!' riep Murtagh. 'Hij is...'

Wat Galbatorix ook zei, het was zo snel en zacht dat Eragon het niet kon verstaan, maar Murtagh hield op met spreken, en een ogenblik later hoorde Eragon hem op de grond vallen met een gerinkel van zijn maliënkolder en een scherpe klap toen zijn helm tegen de stenen sloeg.

'Ik heb nog meer dan genoeg afweerbezweringen om me heen,' zei Galbatorix, zijn haviksgezicht donker van woede. 'Jullie kunnen me geen kwaad doen.' Hij stond op van zijn zetel en beende de treden van het podium af naar Eragon, zijn cape wapperend achter hem aan en zijn zwaard, Vrangr, wit en dodelijk in zijn hand.

In de korte tijd die hij had, probeerde Eragon de geest van ten minste een van de draken te vangen die op zijn bewustzijn inbeukten, maar het waren er te veel, en na zijn poging moest hij razendsnel de horde eldunarí afweren voordat ze zijn gedachten totaal aan zich zouden onderwerpen.

Galbatorix bleef staan op een voet afstand van Eragon en keek hem kwaad aan. Over zijn voorhoofd liep een dikke, gevorkte ader en de spieren van zijn geprononceerde onderkaak waren gespannen. 'Denk je dat je mij kunt uitdagen, knúl?' gromde hij, bijna spugend van woede. 'Denk je dat je mijn gelijke kunt zijn? Dat je mij kunt uitschakelen en mijn troon kunt stelen?' De spieren in Galbatorix' nek leken op strengen gedraaid touw. Hij plukte aan de rand van zijn cape. 'Ik heb deze mantel zelf uit de vleugels van Belgabad gesneden, en mijn handschoenen ook.' Hij stak Vrangr omhoog en hield de bleke kling voor Eragons gezicht. 'Ik heb dit zwaard uit Vraels hand genomen en ik heb de kroon gepakt van het hoofd van de jammerende stakker die hem voor mij droeg. En jij denkt dat je mij te slim af kunt zijn? Míj? Je komt naar mijn kasteel, en je doodt mijn mannen, en je doet alsof je béter bent dan ik. Alsof je edeler en rechtschapener bent.'

Eragons hoofd galmde, en er verscheen een verzameling pulserende, wervelende, bloedrode deeltjes voor zijn ogen toen Galbatorix hem op de wang sloeg met Vrangrs zwaardknop en zijn vel openreet.

'Jij hebt een lesje nodig in nederigheid, jongen,' zei Galbatorix terwijl hij dichterbij kwam totdat zijn glanzende ogen vlak bij die van Eragon waren.

Hij sloeg Eragon op zijn andere wang, en even was het enige wat Eragon kon zien een zwarte onmetelijkheid bezaaid met lichtflitsen.

'Ik zal ervan geníéten om jou in mijn dienst te hebben,' zei Galbatorix.

Toen zei hij met zachtere stem: 'Gánga,' en de druk van de eldunarí op Eragons geest verdween, zodat hij weer vrij kon denken. Maar dat gold niet voor de anderen; dat zag hij aan de spanning op hun gezicht.

Toen werd Eragons bewustzijn doorboord door een messcherpe gedachte, geslepen tot een oneindige punt, die zich in het merg van zijn wezen vastzette. Hij wentelde zich rond en rukte aan het weefsel van zijn geest, als een klit in een massa vilt, eropuit om zijn wil te vernietigen, zijn identiteit, zijn hele bewustzijn.

Het was een aanval zoals Eragon nog nooit had meegemaakt. Hij kromp ineen en concentreerde zich op één enkele gedachte – wraak –, terwijl hij zijn best deed om zichzelf te beschermen. Door hun contact kon hij Galbatorix' emoties voelen: voornamelijk boosheid, maar ook een woeste vreugde omdat hij Eragon pijn had kunnen doen en nu kon toekijken hoe hij hulpeloos ineenkromp.

De reden dat Galbatorix er zo goed in was de geest van zijn vijanden te breken, realiseerde Eragon zich, was dat hij er een pervers genoegen in schiep.

Het mes groef dieper in Eragons wezen en hij brulde het uit, niet meer in staat zich in te houden.

Galbatorix glimlachte. De randen van zijn tanden waren doorzichtig, als gebakken klei.

Verdediging alleen was geen manier om een gevecht te winnen, en dus dwong Eragon zichzelf, ondanks de verschroeiende pijn, om Galbatorix op zijn beurt aan te vallen. Hij dook in het bewustzijn van de koning en grabbelde naar zijn vlijmscherpe gedachten, in een poging ze vast te pinnen en ervoor te zorgen dat de koning zonder zijn toestemming niet kon bewegen of denken.

Maar Galbatorix deed geen poging om zich te verdedigen. Zijn wrede glimlach werd breder, en hij draaide het mes nog verder in Eragons geest.

Eragon had het gevoel alsof hij vanbinnen door doornstruiken aan flarden werd gescheurd. Een pijnkreet verscheurde zijn keel en hij verslapte in de greep van Galbatorix' bezwering.

'Geef je over,' zei de koning. Hij greep Eragons kin vast met vingers van staal. 'Geef je over.' Het mes werd weer rondgedraaid en Eragon schreeuwde het uit totdat zijn stem het begaf.

De stekende gedachten van de koning omsingelden Eragons bewustzijn, en begrensden hem tot een steeds kleiner deel van zijn geest, totdat het enige wat over was een klein, helder brokje was dat overschaduwd werd door het dreigende gewicht van Galbatorix' aanwezigheid.

'Geef je over,' fluisterde de koning, bijna liefdevol. 'Je kunt nergens naartoe, je nergens verstoppen... Dit leven komt voor jou ten einde, Eragon Schimmendoder, maar er wacht je een nieuw leven. Geef je over en alles zal vergeven zijn.'

Eragons blik werd vertroebeld door tranen terwijl hij in de kleurloze afgrond van Galbatorix' pupillen keek.

Ze hadden verloren... Híj had verloren.

Die wetenschap was pijnlijker dan alle verwondingen die hij had opgelopen. Honderd jaar inspanning – allemaal voor niets. Saphira, Elva, Arya, de eldunarí: geen van hen kon Galbatorix overwinnen. Hij was te sterk, hij wist te veel. Garrow en Brom en Oromis waren allemaal voor niets gestorven, evenals de vele krijgers van de verschillende rassen die hun leven hadden gegeven in de strijd tegen het Rijk.

De tranen stroomden uit Eragons ogen.

'Geef je over,' fluisterde de koning, en hij verstevigde zijn greep.

Wat Eragon nog het ergste vond, was de onrechtvaardigheid van de situatie. Het leek door en door verkéérd dat zo veel mensen hadden geleden en waren gestorven bij het najagen van een onmogelijk doel. Het leek verkéérd dat Galbatorix in z'n eentje de oorzaak van zo veel ellende was. En het leek verkéérd dat hij de straf voor zijn wandaden zou ontlopen.

Waarom? vroeg Eragon zich af.

Toen herinnerde hij zich het visioen dat de oudste van de eldunarí, Valdr, aan Saphira en hem had laten zien, waar de dromen van spreeuwen gelijkstonden aan de beslommeringen van koningen.

'Geef je over!' schreeuwde Galbatorix, en zijn geest oefende nog meer druk op Eragon uit terwijl hij aan alle kanten doorboord werd door splinters van ijs en vuur.

Eragon gilde het uit en in zijn wanhoop zocht hij contact met Saphira en de eldunarí – wier geesten werden belaagd door de waanzinnige draken die onder Galbatorix' bevel stonden – en onbedoeld putte hij uit hun energievoorraad.

En met die energie deed hij een bezwering.

Het was een bezwering zonder woorden, omdat de magie van Galbatorix iets anders niet zou toelaten, en er waren geen woorden die hadden kunnen beschrijven wat Eragon wilde, of wat hij voelde. Een bibliotheek vol boeken zou niet toereikend zijn geweest. Het was een bezwering van instinct en emotie, die niet in taal uit te drukken was.

Wat hij wilde was zowel eenvoudig als ingewikkeld: hij wilde begríp kweken bij Galbatorix... begrip voor hoe verkeerd zijn daden waren. De bezwering was geen aanval; het was een poging tot communicatie. Als Eragon de rest van zijn leven als slaaf van de koning moest doorbrengen, dan wilde hij dat Galbatorix ten volle begreep wat hij gedaan had.

Toen de magie begon te werken voelde Eragon hoe Umaroth en de eldunarí hun aandacht op zijn bezwering richtten en hun best deden om Galbatorix' draken te negeren. Honderd jaren van ontroostbaar verdriet en woede welden op in de eldunarí, als een woest brullende golf, en de geesten van de draken versmolten met Eragons geest en begonnen de bezwering te veranderen, haar te verdiepen en te verbreden, en erop voort te bouwen totdat ze veel meer bevatte dan oorspronkelijk bedoeld was.

Niet alleen zou de bezwering Galbatorix doen inzien hoe verkeerd zijn daden waren; ze zou hem ook dwingen alle gevoelens te ervaren, zowel goed als slecht, die hij sinds de dag van zijn geboorte bij anderen had opgewekt. De bezwering ging veel verder dan Eragon in zijn eentje had kunnen bedenken, want ze bevatte meer dan één persoon, of één draak, zich kon voorstellen. Iedere eldunarí droeg bij aan de bezwering, en de optelsom van hun bijdragen was een bezwering die zich niet alleen over heel Alagaësia uitstrekte, maar ook terug in de tijd ging tot aan Galbatorix' geboorte.

Het was, dacht Eragon, het grootste stuk magie dat de draken ooit voor elkaar hadden gekregen, en hij was een instrument; hij was een wapen.

De kracht van de eldunarí stroomde door hem heen, als een rivier zo breed als een oceaan, en hij voelde zich een hol en breekbaar vat, alsof zijn vel zou scheuren door de kracht van de stroom die door hem heen geleid werd. Zonder Saphira en de andere draken zou hij in een oogwenk zijn bezweken, zijn krachten uitgeput door de allesverslindende eisen van de magie.

Rondom hen verzwakte het licht van de lantaarns, en in zijn geest leek Eragon de echo te horen van duizenden stemmen: een ondraaglijke kakofonie van oneindige pijn en vreugde, weergalmend uit heden en verleden.

De rimpels in Galbatorix' gezicht werden dieper, en zijn ogen begonnen uit te puilen. 'Wat heb je gedaan?' vroeg hij, zijn stem hol en gespannen. Hij zette een stap achteruit en drukte zijn vuisten tegen zijn slapen. 'Wat heb je gedáán?!'

Met moeite zei Eragon: 'U laten begrijpen.'

De koning staarde hem vol afgrijzen aan. De spieren in zijn gezicht schokten en vertrokken, en zijn hele lichaam begon te sidderen. Met ontblote tanden gromde hij: 'Je zult het niet van mij winnen, knul. Je... zult... niet...' Hij kreunde en wankelde, en plotseling verdween de bezwering waardoor Eragon was gebonden en hij viel op de grond, terwijl ook Elva, Arya, Saphira, Thoorn, Shruikan en de twee kinderen weer begonnen te bewegen.

Een oorverdovende brul van Shruikan vulde de zaal. De grote zwarte draak schudde de rode draak van zijn nek af, zodat die door de zaal vloog. Thoorn kwam op zijn linkerzij terecht en de botten in zijn vleugel braken met een luide knal.

'Ik... zal... niet... opgeven,' zei Galbatorix. Achter de koning zag Eragon Arya – die dichter bij de troon was dan Eragon – aarzelend over haar schouder naar hen kijken. Toen schoot ze langs het podium en rende met Saphira in de richting van Shruikan.

Thoorn krabbelde overeind en volgde hen.

Zijn gezicht vertrok en als een waanzinnige beende Galbatorix op Eragon af en haalde met Vrangr naar hem uit.

Eragon liet zich opzij rollen en hoorde het zwaard vlak bij zijn hoofd tegen de stenen komen. Hij bleef nog een paar voet doorrollen en hees zich toen overeind. Alleen door de energie van de eldunarí kon hij op de been blijven.

Schreeuwend kwam Galbatorix op hem af gerend, en Eragon kon de onhandige slag van de koning afbuigen. Hun zwaarden rinkelden als bellen, scherp en helder tussen het gebrul van de draken en de fluisteringen van de doden.

Saphira sprong hoog in de lucht en haalde uit naar Shruikans enorme snuit, zodat hij begon te bloeden, waarna ze zich weer op de vloer liet vallen. Hij zwaaide met een poot naar haar, zijn klauwen uitgestoken, en zij sprong naar achteren, haar vleugels half gespreid.

Eragon ontdook een woeste houw en stak naar Galbatorix' linkeroksel. Tot zijn verbazing raakte hij hem, zodat de punt van Brisingr nat werd van het bloed van de koning.

Zijn volgende slag mislukte door een spiertrekking in Galbatorix' arm, en ze eindigden met hun zwaarden bij het gevest in elkaar verstrengeld. Allebei probeerden ze elkaar uit evenwicht te brengen. Het gezicht van de koning was zo vertrokken dat het bijna onherkenbaar was, en er liepen tranen over zijn wangen.

Boven hun hoofd barstte er een vuurzee los, en de lucht om hen heen werd warm.

Ergens waren de kinderen aan het schreeuwen.

Eragons gewonde been begaf het; hij viel achterover op handen en voeten en kneusde de vingers waarmee hij Brisingr vasthield.

Hij verwachtte dat de koning zich in een mum van tijd op hem zou storten, maar in plaats daarvan bleef Galbatorix waar hij was, heen en weer wiegend.

'Nee!' riep de koning. 'Ik heb niet...' Hij keek naar Eragon en schreeuwde: 'Laat het ophouden!'

Eragon schudde zijn hoofd terwijl hij weer overeind krabbelde.

Pijn schoot door zijn linkerarm, en toen hij naar Saphira keek zag hij dat ze een bloedende snee in haar linkervoorpoot had. Aan de andere kant van de zaal liet Thoorn zijn tanden in Shruikans staart zinken, waarop de zwarte draak gromde en zich naar hem omdraaide. Terwijl Shruikans aandacht was afgeleid sprong Saphira omhoog en kwam neer op zijn nek, dicht bij de basis van zijn benige schedel. Ze haakte haar klauwen onder zijn schubben en zette haar tanden toen in zijn nek tussen twee van de stekels die over zijn ruggengraat liepen.

Shruikan liet een ronkend, woest gejank horen en begon nog wilder om zich heen te slaan.

Weer rende Galbatorix op Eragon af, met zijn zwaard op hem inhakkend. Eragon weerde een slag af, en toen nog een, en incasseerde daarna een klap tegen zijn ribben, waardoor hij bijna van zijn stokje ging.

'Laat het ophouden,' zei Galbatorix, zijn stem meer smekend dan dreigend. 'De pijn...'

Nog meer gejank van Shruikan, nu nog uitzinniger. Achter de koning zag Eragon Thoorn aan Shruikans nek hangen, tegenover Saphira. Het gezamenlijke gewicht van de twee draken trok Shruikans kop omlaag totdat die vlak bij de vloer was. Maar de zwarte draak was nog steeds te groot en te sterk voor hen om hem in bedwang te houden. Bovendien was zijn nek zo dik dat Eragon dacht dat zowel Saphira als Thoorn hem niet veel pijn zou kunnen doen met hun tanden.

Toen zag Eragon Arya van achter een pilaar tevoorschijn springen, als een schaduw die door het bos schiet, en naar de draken rennen. In haar linkerhand gloeide de groene Dauthdaert met zijn gebruikelijke aura van sterren.

Shruikan zag haar aankomen en rukte met zijn lichaam in een poging Saphira en Thoorn los te krijgen. Toen ze aan hem vast bleven hangen, gromde hij, sperde zijn kaken open en vulde de lucht met een stroom vlammen.

Arya dook naar voren en even verloor Eragon haar uit het oog achter de vlammenzee. Toen kwam ze weer in beeld, niet ver van de plek waar Shruikans hoofd boven de vloer hing. De onderkant van haar haar stond in brand, maar ze leek het niet te merken.

Met drie grote stappen sprong ze op Shruikans linkervoorpoot en vandaar zwaaide ze zich naar de zijkant van zijn kop, met een komeet van vlammen achter zich aan. Met een kreet die in de hele troonzaal gehoord kon worden, gooide Arya de Dauthdaert naar het middelpunt van Shruikans grote, glanzend ijsblauwe oog, en de speer verdween in zijn gehele lengte in de schedel.

Shruikan brulde en bewoog krampachtig, en viel toen langzaam opzij, terwijl vloeibaar vuur uit zijn bek stroomde.

Een tel voordat de gigantische zwarte draak de vloer raakte, sprongen Saphira en Thoorn weg.

Pilaren stortten in; brokken steen vielen uit het plafond en spatten uit elkaar. Een aantal lantaarns brak en er kwamen druppels van een of andere gesmolten substantie uit lopen.

Eragon viel bijna om toen de zaal begon te trillen. Hij had niet kunnen zien wat er met Arya was gebeurd, maar hij vreesde dat Shruikan haar had verpletterd onder zijn gewicht.

'Eragon!' riep Elva. 'Bukken!'

Hij dook weg en hoorde het gefluit van lucht die verplaatste toen Galbatorix' witte zwaard over zijn gekromde rug heen zwaaide.

Eragon kwam overeind, haalde uit...

... en stak Galbatorix midden in zijn buik, net zoals hij bij Murtagh had gedaan.

De koning kreunde en stapte achteruit, zich losmakend van Eragons zwaard. Hij raakte de wond met zijn vrije hand aan en staarde naar het bloed aan zijn vingertoppen. Toen keek hij weer naar Eragon en zei: 'De stemmen... de stemmen zijn verschrikkelijk. Ik kan het niet aan...' Hij sloot zijn ogen en nieuwe tranen stroomden over zijn wangen. 'Pijn... zo veel pijn. Zo veel verdriet... Laat het ophouden! *Laat het ophouden!*'

'Nee,' zei Eragon. Elva kwam bij hem staan, en ook Saphira en Thoorn kwamen aanlopen vanaf het andere eind van de zaal. Eragon was opgelucht om te zien dat Arya bij hen was, verbrand en onder het bloed, maar verder ongedeerd.

Galbatorix' ogen – rond en met een onnatuurlijke hoeveelheid wit rondom de irissen – schoten open en hij staarde in de verte, alsof Eragon en de anderen die voor hem stonden er niet langer waren. Hij beefde en trilde en trok met zijn mond, maar er kwam geen geluid uit zijn keel.

Toen gebeurden er twee dingen tegelijk. Elva gilde en viel flauw, en Galbatorix riep: 'Waíse néiat!'

Wees niet.

Eragon had geen tijd voor woorden. Terwijl hij opnieuw een beroep deed op de eldunarí sprak hij een bezwering uit om zichzelf, Saphira, Arya, Elva, Thoorn, Murtagh en de twee kinderen naar het blok steen te krijgen waar Nasuada aan zat vastgeketend. En hij sprak ook een bezwering uit om datgene wat hun kwaad zou kunnen doen tegen te houden of af te wenden.

Ze waren nog maar halverwege toen Galbatorix verdween in een lichtflits die feller was dan de zon. Toen werd alles zwart en stil terwijl Eragons afweerbezwering begon te werken.

Doodsnood

Roran zat op een draagbaar die de elfen op een van de vele blokken steen net binnen de verwoeste poort van Urû'baen hadden gelegd, en gaf bevelen aan de krijgers die voor hem stonden.
Vier van de elfen hadden hem de stad uit gedragen, waar ze magie konden gebruiken zonder bang te hoeven zijn dat Galbatorix' betoveringen hun bezweringen konden verstoren. Ze hadden zijn ontwrichte arm en gebroken ribben genezen, evenals de andere verwondingen die Barst hem had toegebracht, maar ze hadden hem wel gewaarschuwd dat het nog weken zou duren voordat zijn botten weer net zo sterk als voorheen zouden zijn, en ze stonden erop dat hij de rest van de dag bleef zitten.

Op zijn beurt had hij erop gestaan zich weer in de strijd te begeven. De elfen waren het er niet mee eens geweest, maar hij had gezegd: 'Of jullie nemen me mee terug, of ik loop er zelf naartoe.' Hun ongenoegen was duidelijk geweest, maar uiteindelijk hadden ze ingestemd en was hij naar de plek gedragen waar hij nu over het plein zat uit te kijken.

Zoals Roran verwachtte, hadden de soldaten hun wil om te vechten verloren met de dood van hun aanvoerder, en de Varden hadden ze terug de smalle straten in kunnen dringen. Tegen de tijd dat Roran weer op zijn post was, hadden de Varden al een derde of meer van de stad schoongeveegd en hadden ze de citadel al bijna bereikt.

Ze hadden veel verliezen geleden – de straten waren bezaaid met doden en stervenden, en het bloed gutste rood door de goten –, maar met de recente opmars was het leger in de greep gekomen van een hernieuwd gevoel van overwinning. Roran zag het in de gezichten van de mannen en dwergen en Urgals, maar niet bij de elfen, die een kille woede bleven uitstralen over de dood van hun koningin.

Roran maakte zich zorgen over de elfen; hij had gezien hoe ze soldaten doodden die zich probeerden over te geven, en hen zonder pardon neersloegen. Als ze eenmaal op dreef waren, leek hun bloeddorst geen grenzen te hebben.

Vlak nadat Barst was gesneuveld had koning Orrin een pijl in zijn borst gekregen bij de bestorming van een wachthuis verderop in de stad. Het was een ernstige verwonding, en zelfs de elfen waren er kennelijk niet zeker van of ze hem konden genezen. De soldaten van de koning hadden Orrin terug naar het kamp gebracht, en tot dusver had Roran nog geen bericht ontvangen over zijn lot.

Hij kon dan wel niet vechten, maar Roran kon nog wel bevelen geven. Uit eigen beweging was hij begonnen het leger vanaf de achterhoede te organiseren. Hij zocht verdwaalde krijgers bij elkaar en stuurde ze op missies door heel Urû'baen heen. De eerste opdracht was de rest van de katapulten langs de muren in beslag te nemen. Als hij informatie ontving waarvan hij dacht dat Jörmundur, Orik, Martland Roodbaard of een van de andere kapiteins in het leger het moest weten, stuurde hij koeriers om hen tussen de gebouwen op te sporen en het nieuws over te brengen.

'... en als je soldaten ziet bij dat grote gebouw met het koepeldak, bij de markt, vertel dat dan absoluut ook aan Jörmundur,' zei hij tegen de magere zwaardvechter met de hoge schouders die voor hem stond.

'Ja, heer,' zei de man en de knobbel in zijn hals ging op en neer toen hij slikte.

Roran staarde er even naar, gefascineerd door de beweging, maakte toen een handgebaar en zei: 'Ga.'

De man draafde weg. Roran fronste zijn voorhoofd en liet zijn blik over de puntige daken van de huizen glijden in de richting van de citadel aan de voet van de overhangende rots.

Waar ben je? vroeg hij zich af. Er was niets meer waargenomen van Eragon of zijn metgezellen sinds ze de vesting binnen waren gegaan, en de duur van hun afwezigheid verontrustte Roran. Hij kon talloze verklaringen bedenken voor de vertraging, maar geen daarvan voorspelde veel goeds. De meest optimistische was dat Galbatorix zich simpelweg verborgen hield, en dat Eragon en de anderen op zoek moesten naar de koning. Maar nadat hij de vorige avond de kracht van Shruikan had gezien, kon Roran zich eigenlijk niet voorstellen dat Galbatorix zou vluchten voor zijn vijanden.

Als zijn ergste angsten werkelijkheid werden, dan waren de overwinningen van de Varden van korte duur, en zou het onwaarschijnlijk zijn dat hij of de andere krijgers van het leger het einde van de dag haalden.

Een van de mannen die hij eerder op pad had gestuurd – een kale boogschutter met zandkleurig haar en een blos midden op iedere wang – kwam uit de straat aan Rorans rechterkant rennen. De boogschutter stopte voor het steenblok en boog zijn hoofd terwijl hij hijgend op adem kwam.

'Je hebt Martland gevonden?' vroeg Roran.

De boogschutter knikte weer, en zijn haar viel over zijn glimmende voorhoofd.

'En je hebt hem mijn boodschap overgebracht?'

'Ja, heer. Ik moest van Martland tegen u zeggen dat' – hij nam een adempauze – 'de soldaten zich hebben teruggetrokken van de baden, maar nu hebben ze zich gebarricadeerd in een hal vlak bij de zuidelijke muur.'

Roran ging verzitten op de draagbaar, en er ging een steek door zijn pas genezen arm. 'Hoe zit het met de waltorens tussen de baden en de graanschuren? Zijn die al veiliggesteld?'

'Twee; we vechten nog om de rest. Martland heeft een paar elfen zover gekregen om te komen helpen. Hij heeft ook...'

De man werd onderbroken door een gedempt gebrul dat uit de rots kwam.

De boogschutter trok wit weg onder zijn blossen, die nu nog feller en roder dan daarvoor leken, als verfvlekken op de huid van een lijk. 'Heer, is dat...'

'Ssst!' Roran hield zijn hoofd scheef en luisterde. Alleen Shruikan kon zo hard brullen.

Een paar tellen lang hoorden ze niets opvallends. Toen klonk er weer een brul vanuit de citadel, en Roran meende dat hij andere, zwakkere geluiden kon horen, hoewel hij niet zeker wist wat het was.

Overal in het gebied voor de verwoeste poort bleven mannen, elfen, dwergen en Urgals staan en keken naar de citadel.

Er klonk weer een brul, nog harder dan de vorige.

Roran klemde de rand van de draagbaar vast, zijn lichaam verstijfd. 'Dood hem,' mompelde hij. 'Dood de smeerlap.'

Er ging een subtiele, maar merkbare trilling door de stad, alsof er iets heel zwaars tegen de grond sloeg. En Roran hoorde een geluid alsof er iets brak.

Toen daalde er stilte neer over de stad en elke seconde die voorbijging leek langer te duren dan de vorige.

'Denkt u dat hij onze hulp nodig heeft?' vroeg de boogschutter met zachte stem.

'Er is niks wat we voor ze kunnen doen,' zei Roran, zijn ogen strak op de citadel gericht.

'Kunnen de elfen niet...'

De grond dreunde en trilde; toen spatte de voorgevel van de citadel uit elkaar in een muur van witte en gele vlammen, die zo fel waren dat Roran de botten in de nek en het hoofd van de boogschutter zag zitten, zijn vlees als een rode kruisbes die je voor een kaars houdt.

Roran greep de boogschutter vast en liet zich van de rand van de steen af rollen, waarbij hij de ander met zich mee trok.

Al vallend werden ze getroffen door een explosie van geluid. Het voelde alsof er pinnen in Rorans oren werden gehamerd. Hij schreeuwde het uit, maar hij kon zichzelf niet horen – en na die eerste donderende klap kon hij verder ook niets meer horen. Het plaveisel bewoog onder hem en een zonsverduisterende wolk stof en puin werd over hen uitgestort, waarna een enorme wind aan Rorans kleren begon te rukken.

Het stof dwong Roran zijn ogen dicht te knijpen. Het enige wat hij kon doen, was zich vastklampen aan de boogschutter en wachten totdat het beven van de aarde afnam. Hij probeerde in te ademen, maar de verschroeiende wind rukte de lucht weg van zijn lippen en neus voordat hij zijn longen kon vullen. Er sloeg iets tegen zijn hoofd en hij voelde zijn helm eraf vliegen.

Het schudden ging maar door, maar uiteindelijk bewoog de grond niet meer. Roran deed zijn ogen open, bang voor wat hij zou zien.

De lucht was grijs en halfduister; je kon niet verder zien dan een paar honderd voet. Stukjes hout en steen regenden naar beneden, samen met vlokken as. Een stuk hout dat aan de overkant van de straat lag – een deel van een trap die de elfen hadden vernield toen ze de poort verwoestten – was in brand gevlogen. De hitte van de explosie had de balk over de hele lengte zwartgeblakerd. De krijgers die geen beschutting hadden gevonden, lagen plat op de grond. Sommigen bewogen nog, anderen waren duidelijk dood.

Roran wierp een blik op de boogschutter. De man had zijn onderlip kapot gebeten; zijn kin zat onder het bloed.

Ze hielpen elkaar overeind. Roran keek naar de plek waar de citadel had gestaan. Hij zag alleen een grijze duisternis. *Eragon!* Konden hij en Saphira de ontploffing hebben overleefd? Kon iemand het hebben overleefd zo dicht bij het hart van zo'n vlammenzee?

Roran deed zijn mond een paar keer open en dicht, in een vergeefse poging zijn oren weer open te krijgen, die tuitten en vreselijk pijn deden. Hij raakte zijn rechteroor aan en zag dat er bloed aan zijn vingers zat.

'Kun je me horen?' riep hij tegen de boogschutter. De woorden waren niets dan een trilling in zijn mond en keel.

De boogschutter fronste zijn voorhoofd en schudde zijn hoofd.

Een duizeling dwong Roran voorover te leunen en zich tegen het steenblok overeind te houden. Terwijl hij wachtte tot hij zijn evenwicht had hervonden dacht hij aan de overhangende rots boven hen, en plotseling kwam het in hem op dat de hele stad in gevaar kon zijn.

We moeten weg voordat hij valt, dacht hij. Hij spuugde bloed en stof op de keien. Toen keek hij weer in de richting van de citadel. Die was nog steeds in stofwolken gehuld. Zijn hart werd gekweld door verdriet.

Eragon!

Een zee van brandnetels

Duisternis, en in die duisternis: stilte.
Eragon voelde hoe hij glijdend tot stilstand kwam, en toen... niets. Hij kon ademen, maar de lucht was bedompt en levenloos, en toen hij probeerde te bewegen, nam de spanning op zijn bezwering toe.

Hij raakte de geesten van iedereen om hem heen aan, om te zien of hij ze allemaal had kunnen redden. Elva was buiten bewustzijn, en Murtagh zo goed als, maar ze leefden nog, en dat gold ook voor de rest.

Het was voor het eerst dat Eragon in contact kwam met de geest van Thoorn. Terwijl dat gebeurde, leek de rode draak terug te deinzen. Zijn gedachten voelden duisterder, meer verwrongen aan dan die van Saphira, maar hij had een kracht en een edelheid waar Eragon van onder de indruk was.

We kunnen deze bezwering niet lang meer in stand houden, zei Umaroth met gespannen stem.

Het moet, zei Eragon. *Als het niet lukt, gaan we dood.*

Nog meer tijd verstreek.

Onverwacht stroomde er licht in Eragons ogen, en zijn oren werden overweldigd door een uitbarsting van lawaai.

Hij kromp in elkaar en knipperde met zijn ogen terwijl ze zich aanpasten aan het licht.

In de rokerige lucht zag hij een enorme opgloeiende krater op de plek waar Galbatorix had gestaan. De lichtgevende stenen pulseerden alsof ze leefden en er zweefden wolkjes condens over het oppervlak. Het plafond was ook roodgloeiend, en dat vond Eragon een verontrustende aanblik; het was alsof ze in een gigantische smeltoven stonden.

De lucht rook naar de smaak van ijzer.

In de muren van de zaal zaten barsten, en de pilaren, het houtsnijwerk en de lantaarns waren verpulverd. Achter in de zaal lag Shruikans lichaam. Het meeste vlees was van zijn zwartgeblakerde botten gestript. Voor in de zaal waren de meeste muren door de explosie ingestort, evenals de muren daarachter, over een lengte van een paar honderd voet, waardoor er een heuse doolhof van tunnels en kamers was ontstaan. De prachtige gouden deuren die de ingang naar de zaal hadden bewaakt, waren uit hun scharnieren geblazen, en Eragon dacht dat hij daglicht zag aan het andere eind van de een kwart mijl lange gang die naar buiten leidde.

Toen hij overeind kwam, merkte hij dat zijn afweerbezweringen nog steeds kracht putten uit de draken, maar niet zo snel als eerst.

Een stuk steen zo groot als een huis viel uit het plafond en kwam naast Shruikans schedel neer, waar het in tientallen stukken uiteenspatte. Om hen heen verschenen meer barsten in de muren, en uit alle richtingen klonk onheilspellend gegil en gekreun.

Arya liep naar de twee kinderen toe, greep de jongen om zijn middel en klom met hem op Saphira's rug. Toen ze zat, wees ze naar het meisje en zei tegen Eragon: 'Gooi haar naar me toe!'

Eragon verloor een seconde toen hij Brisingr niet direct in de schede kreeg. Toen greep hij het meisje vast en gooide haar naar Arya, die haar met uitgestrekte armen opving.

Eragon draaide zich om, liep om Elva heen en haastte zich naar Nasuada toe. 'Jierda!' zei hij en hij legde een hand op de boeien die haar aan het grijze blok steen kluisterden. Maar de bezwering leek geen effect te hebben, dus hij beëindigde haar snel voordat het te veel energie kostte.

Nasuada maakte dringende geluiden, en hij haalde de doek van haar mond. 'Je moet de sleutel zien te vinden!' zei ze. 'De cipier van Galbatorix draagt die bij zich.'

'Die vinden we nooit op tijd!' Eragon trok Brisingr en hakte in op de ketting die vastzat aan de handboei om haar linkerhand. Met een scherpe echo kaatste het zwaard terug, en er zat amper een kras op het doffe metaal. Hij haalde een tweede keer uit, maar de ketting had geen boodschap aan zijn zwaard.

Er viel nog een stuk steen uit het plafond. Het kwam met een harde klap op de vloer terecht.

Een hand greep zijn arm vast en toen hij zich omdraaide, zag hij Murtagh achter hem staan, met een arm tegen de wond in zijn maag gedrukt. 'Ga opzij,' gromde hij. Dat deed Eragon, en Murtagh sprak de naam van alle namen uit, zoals hij eerder had gedaan, en zei ook jierda, waarna de ijzeren boeien opengingen en van Nasuada's polsen en enkels vielen.

Murtagh pakte haar bij haar arm en trok haar in de richting van Thoorn. Toen hij één stap gezet had, glipte ze onder zijn arm en liet hem op haar schouders leunen.

Eragon opende zijn mond en sloot hem toen weer. Hij zou zijn vragen later stellen.

'Wacht!' riep Arya. Ze sprong van Saphira af en rende naar Murtagh toe. 'Waar is het ei? En de eldunarí? Die kunnen we hier niet achterlaten!'

Murtagh fronste zijn wenkbrauwen en Eragon voelde de informatie tussen hem en Arya heen en weer gaan.

Arya draaide zich vliegensvlug om, haar verbrande haar wapperend door de lucht, en rende naar een deuropening aan de andere kant van de zaal.

'Het is te gevaarlijk!' riep Eragon haar achterna. 'Het is hier aan het instorten! Arya!'
Ga, zei ze. *Breng de kinderen in veiligheid. Ga! Je hebt niet veel tijd!*
Eragon vloekte. Hij wenste dat ze in ieder geval Glaedr met zich mee had genomen. Hij liet Brisingr terug in de schede glijden, bukte zich toen en raapte Elva op, die net begon te bewegen.
'Wat is er aan de hand?' vroeg ze toen Eragon haar achter de twee andere kinderen op Saphira's rug zette.
'We gaan weg,' zei hij. 'Hou je vast.'
Saphira begon al te bewegen. Ze liep kreupel door haar gewonde voorpoot, maar draafde om de krater heen. Thoorn volgde vlak achter haar, met Murtagh en Nasuada op zijn rug.
'Kijk uit!' riep Eragon toen hij zag dat recht boven hen een brok van het fonkelende plafond loskwam.
Saphira maakte een schielijke beweging naar links, en het puntige stuk steen kwam naast haar neer, waardoor een uitbarsting van strogele scherven alle kanten op vloog. Een ervan raakte Eragon in zijn zij en bleef steken in zijn maliënkolder. Hij trok hem eruit en gooide hem weg. Er kringelde rook op van de vingers van zijn handschoen en hij rook verbrand leer. Meer stukken steen vielen op andere plekken in de zaal neer.
Toen Saphira bij het begin van de gang aankwam, draaide Eragon zich om en keek naar Murtagh. 'Hoe zit het met de vallen?' riep hij.
Murtagh schudde zijn hoofd en gebaarde dat ze verder konden gaan.
Het grootste deel van de gang was bedekt met hopen kapotte stenen, waardoor de draken niet snel vooruitkwamen. Links en rechts van hen kon Eragon in de met puin gevulde vertrekken en tunnels kijken die door de explosie waren blootgelegd. Daar stonden tafels, stoelen en andere meubelstukken in brand. De ledematen van de doden en stervenden staken in vreemde hoeken omhoog van onder de gevallen stenen, en hier en daar was een groezelig gezicht of de achterkant van een hoofd te zien.
Hij keek uit naar Blödhgarm en zijn magiërs, maar zag geen spoor van hen, dood noch levend.
Verder de gang in stroomden honderden mensen – zowel soldaten als bedienden – uit de aangrenzende deuropeningen en renden naar de ingang die nu wagenwijd openstond. Velen hadden gebroken ledematen, evenals brand-, schaaf- en andere wonden. De overlevenden gingen opzij voor Saphira en Thoorn, maar negeerden de draken verder.
Saphira was bijna bij het eind van de gang toen er achter hen een donderende klap klonk. Toen Eragon achteromkeek, zag hij dat de troonzaal was ingestort, zodat er nu een berg stenen van vijftig voet hoog lag.
Arya! dacht Eragon. Hij probeerde haar te vinden met zijn geest, maar

dat lukte niet. Ze waren gescheiden door te veel materie, of een van de bezweringen die in de uitgehakte rotsmassa waren geplaatst blokkeerde zijn geestelijke onderzoek, of – dat alternatief wilde hij niet graag overwegen – ze was dood. Ze was niet in de zaal geweest toen die instortte, zo veel wist hij wel, maar hij vroeg zich af of ze de weg naar buiten zou kunnen vinden, nu de troonzaal geblokkeerd was.

Toen ze uit de citadel tevoorschijn kwamen, werd de lucht weer helder en kon Eragon de verwoesting zien die door de ontploffing was teweeggebracht in Urû'baen. De leien daken van vele nabijgelegen gebouwen waren eraf gerukt en de balken daaronder waren in brand gevlogen. In de rest van de stad brandden tientallen vuren. De rookpluimen en -slierten kringelden naar boven totdat ze door de onderkant van de overhangende rots werden tegengehouden. Daar voegden ze zich samen en stroomden over het ruwe oppervlak van de steen, als water in een rotsig beekje. Bij de zuidoostelijke rand van de stad werd de rook gevangen in het licht van de ochtendzon die om het hoekje van de rots kwam kijken, en daar gloeide de rook op met de rood-oranje kleur van een vuuropaal.

De inwoners van Urû'baen vluchtten hun huizen uit en stroomden door de straten in de richting van de bres in de buitenste muur. De soldaten en bedienden uit de citadel haastten zich om zich bij hen te voegen en renden over het plein voor de vesting, waarbij ze met een wijde boog om Saphira en Thoorn heen gingen. Eragon besteedde niet veel aandacht aan hen; zolang ze zich rustig hielden kon het hem niet schelen wat ze deden.

Saphira bleef midden op het vierkante plein stilstaan, waarna Eragon Elva en de twee naamloze kinderen op de grond liet zakken. 'Weten jullie waar jullie ouders zijn?' vroeg hij, bij hen neerknielend.

Ze knikten en de jongen wees naar een groot huis links van het plein.

'Wonen jullie daar?'

De jongen knikte weer.

'Nou, ga maar,' zei Eragon en hij gaf ze een zacht duwtje in de rug. Verder hoefde hij ze niet aan te sporen; broer en zus renden over het plein naar het huis. De deur vloog open en er kwam een kalende man met een zwaard aan zijn gordel naar buiten, die zijn armen om de twee heen sloeg. Hij wierp een blik op Eragon en nam de kinderen toen snel mee naar binnen.

Dat was makkelijk, zei Eragon tegen Saphira.

Galbatorix moet zijn mannen de dichtstbijzijnde jongen hebben laten halen, antwoordde ze. *We hebben hem geen tijd gegeven om veel meer te doen.*

Dat zal wel.

Thoorn zat een paar meter bij Saphira vandaan, en Nasuada hielp Murtagh van zijn rug. Murtagh knielde direct neer bij Thoorns buik. Eragon hoorde hoe hij genezende bezweringen begon uit te spreken.

Eragon ging de wonden van Saphira verzorgen, die van zichzelf negerend; die van haar waren ernstiger. De wond in haar linkervoorpoot was zo groot als zijn beide handen naast elkaar, en er vormde zich een plas bloed om haar poot.

Tand of klauw? vroeg hij toen hij de wond onderzocht.

Klauw, zei ze.

Hij maakte gebruik van haar kracht, en die van Glaedr, om de wond te genezen. Toen hij klaar was, ging hij met zijn eigen wonden aan de gang. Hij begon met de brandende pijn in zijn zij, waar Murtagh hem gestoken had.

Terwijl hij bezig was, hield hij één oog op Murtagh gericht – hij keek toe hoe Murtagh de wond in zijn eigen buik genas, Thoorns gebroken vleugel en de andere kwetsuren van de draak. Nasuada bleef de hele tijd bij hem staan met haar hand op zijn schouder. Op de een of andere manier, zag Eragon, had Murtagh Zar'roc weer te pakken gekregen op de terugweg uit de troonzaal.

Toen wendde Eragon zich tot Elva, die naast hem stond. Het leek alsof ze pijn had, maar hij zag geen bloed. 'Ben je gewond?' vroeg hij.

Ze fronste haar voorhoofd en schudde haar hoofd. 'Nee, maar velen van hen wel.' En ze wees naar de mensen die de citadel ontvluchtten.

'Hm.' Eragon wierp een blik op Murtagh. Hij en Nasuada stonden nu met elkaar te praten.

Nasuada fronste haar wenkbrauwen.

Toen stak Murtagh zijn hand uit, greep haar bij de hals van haar tuniek en trok die weg, zodat de stof scheurde.

Eragon had Brisingr al half uit zijn schede voordat hij de landkaart van ontstoken rode striemen zag onder Nasuada's sleutelbeen. De aanblik kwam als een klap; het deed hem denken aan de wonden op Arya's rug toen Murtagh en hij haar uit Gil'ead hadden gered.

Nasuada knikte en boog haar hoofd.

Weer begon Murtagh te spreken, deze keer in de oude taal, daar was Eragon zeker van. Hij legde zijn handen op verschillende delen van Nasuada's lichaam. Zijn aanraking was zacht – zelfs aarzelend – en haar opgeluchte gezicht was het enige bewijs dat Eragon nodig had om te begrijpen hoeveel pijn ze geleden had.

Eragon keek nog even naar hen en werd toen plotseling door emoties overweldigd. Zijn knieën knikten en hij ging op Saphira's rechterpoot zitten. Ze liet haar kop zakken en wreef met haar neus tegen zijn schouder, en hij leunde met zijn hoofd tegen haar aan.

We hebben het gedaan, zei ze zacht.

We hebben het gedaan, zei hij, amper in staat om die woorden te geloven.

Hij voelde dat Saphira dacht aan de dood van Shruikan; hoe gevaarlijk hij ook was geweest, ze treurde om het heengaan van een van de laatst overgeblevenen van haar ras.

Eragon klemde zich vast aan haar schubben. Hij voelde zich licht in zijn hoofd, bijna duizelig, alsof hij van het aardoppervlak weg zou zweven. *Wat nu...?*

Nu gaan we weer opbouwen, zei Glaedr. Zijn eigen emoties waren een vreemde mengeling van tevredenheid, verdriet en uitputting. *Je hebt het er goed afgebracht, Eragon. Niemand anders zou eraan hebben gedacht Galbatorix aan te vallen op de manier zoals jij hebt gedaan.*

'Ik wilde gewoon dat hij het zou begrijpen,' mompelde hij vermoeid. Maar als Glaedr het al hoorde, koos hij ervoor niet te antwoorden.

Eindelijk, de Eedbreker is dood, jubelde Umaroth.

Het leek onmogelijk dat Galbatorix er niet meer was. Terwijl Eragon dat overdacht, leek er in zijn geest iets vrij te komen, en hij herinnerde zich alles wat er was gebeurd – alsof hij het nooit was vergeten – in de Kluis der Zielen.

Er ging een tinteling door hem heen. *Saphira...*

Ik weet het, zei ze, met toenemende opwinding. *De eieren!*

Eragon glimlachte. Eieren! Drakeneieren! Het ras zou niet verloren gaan. Ze zouden het overleven en opbloeien, en weer in luister hersteld worden, zoals het was geweest voor de val van de Rijders.

Toen kwam er een afschuwelijk vermoeden bij hem op. *Hebt u ons nog meer laten vergeten?* vroeg hij aan Umaroth.

Als dat zo was, hoe zouden we het weten? antwoordde de witte draak.

'Kijk!' riep Elva en ze wees.

Eragon draaide zich om en zag Arya uit de donkere muil van de citadel komen lopen. Bij haar liepen Blödhgarm en zijn magiërs, onder de schrammen en blauwe plekken, maar levend. In haar armen droeg Arya een houten kist met gouden scharnieren. Achter de elfen aan zweefde een lange rij ijzeren kisten – elk zo groot als de achterkant van een wagen – een paar duim boven de vloer.

Dolblij sprong Eragon op en rende naar hen toe. 'Jullie leven nog!' Hij verraste Blödhgarm door de harige elf vast te pakken en hem te omhelzen.

Blödhgarm keek hem even aan met zijn gele ogen en glimlachte toen, zijn tanden ontblotend.

'We leven nog, Schimmendoder.'

'Zijn dat de... eldunarí?' vroeg Eragon, het woord zachtjes uitsprekend.

Arya knikte. 'Ze zaten in Galbatorix' schatkamer. We moeten nog wel een keer terug; er zijn daar vele schatten verborgen.'

'Hoe gaat het met ze? Met de eldunarí, bedoel ik.'

'Ze zijn in de war. Het zal jaren duren voordat ze er weer bovenop komen, als dat al gebeurt.'

'En is dat...?' Eragon gebaarde naar de kist die ze droeg.

Arya keek om zich heen om er zeker van te zijn dat niemand dichtbij genoeg stond om het te zien; toen tilde ze het deksel een vingerbreedte op. Binnenin, genesteld in fluweel, zag Eragon een prachtig groen drakenei, wit dooraderd.

De blijdschap op Arya's gezicht deed zijn hart opspringen van vreugde. Hij grijnsde en wenkte de andere elfen. Toen ze dicht om hem heen stonden, vertelde hij ze fluisterend in de oude taal over de eieren op Vroengard.

Ze schreeuwden of lachten niet, maar hun ogen straalden en de hele groep leek te trillen van opwinding. Nog steeds met een grijns op zijn gezicht wiegde Eragon op zijn hakken heen en weer, opgetogen om hun reactie.

Toen zei Saphira: *Eragon!*

Tegelijkertijd fronste Arya haar voorhoofd en zei: 'Waar zijn Thoorn en Murtagh?'

Eragon verplaatste zijn blik en zag Nasuada alleen op het plein staan. Naast haar lag een stel zadeltassen die Eragon bij zijn weten nog nooit bij Thoorn had gezien. Een windvlaag veegde over het plein en hij hoorde het geluid van klapperende vleugels, maar er was geen spoor van Murtagh en Thoorn te bekennen.

Eragon strekte zijn gedachten uit naar waar hij dacht dat ze waren. Hij voelde ze direct, want hun geesten waren niet verborgen, maar ze weigerden met hem te praten of naar hem te luisteren.

'Vervloekt,' mompelde Eragon en hij rende naar Nasuada toe. Er stroomden tranen over haar wangen en ze leek op het punt te staan haar zelfbeheersing te verliezen.

'Waar gaan ze naartoe?!'

'Weg.' Haar kin trilde. Toen ademde ze diep in en uit, en rechtte haar rug.

Eragon vloekte weer, bukte zich en trok de zadeltassen open. Daar trof hij een aantal kleine eldunarí aan in kleine, gevoerde dozen. 'Arya! Blödhgarm!' schreeuwde hij en hij wees naar de zadeltassen. De twee elfen knikten.

Eragon rende naar Saphira toe. Hij hoefde het niet uit te leggen; zij begreep het. Ze spreidde haar vleugels uit terwijl hij op haar rug klom, en zodra hij in het zadel zat, steeg ze op van het plein.

Er ging een gejuich op in de stad toen de Varden haar in het oog kregen.

Saphira vloog snel, Thoorns muskusachtige geurspoor in de lucht volgend. Het leidde haar naar het zuiden, onder de schaduw van de overhangende rots uit, en toen boog het af en ging in een bocht om de grote rots heen, richting het noorden, naar de rivier de Ramr.

Een paar mijl lang liep het spoor rechtuit en gelijkmatig. Toen ze de brede, met bomen omzoomde rivier bijna onder zich hadden, begon de geur naar beneden af te buigen.

Eragon keek onder zich en zag iets roods opflitsen aan de voet van een lage heuvel aan de overkant van de rivier. *Daar*, zei hij tegen Saphira, maar ze had Thoorn al gezien.

Ze ging in een spiraal naar beneden en landde voorzichtig op de heuveltop, waar ze het voordeel van de hoogte had. De lucht die van het water kwam, was koel en vochtig, en droeg de geur van mos, modder en planten met zich mee. Tussen de heuvel en de rivier lag een zee van brandnetels. De planten groeiden zo overvloedig dat de enige manier om erdoorheen te komen was een pad uit te hakken. Hun donkere, gezaagde bladeren wreven tegen elkaar aan met een zacht geritsel, dat zich voegde bij het geluid van de ruisende rivier.

Aan de rand van de brandnetels zat Thoorn. Murtagh stond naast hem en verstelde zijn zadelriem.

Eragon liet Brisingr los in zijn schede liggen en liep toen voorzichtig op ze af.

Zonder zich om te draaien zei Murtagh: 'Ben je gekomen om ons tegen te houden?'

'Dat hangt ervan af. Waar gaan jullie naartoe?'

'Ik weet het niet. Naar het noorden misschien... ergens waar geen mensen zijn.'

'Je zou kunnen blijven.'

Murtagh liet een vreugdeloze lach horen. 'Je weet wel beter. Dat zou alleen maar problemen opleveren voor Nasuada. Bovendien zouden de dwergen dat nooit goed vinden. Niet nadat ik Hrothgar heb gedood.' Hij keek over zijn schouder naar Eragon. 'Galbatorix noemde me Koningsmoorder. Nu ben jij ook een Koningsmoorder.'

'Het zit zeker in de familie.'

'Dan kun je maar beter een oogje op Roran houden... En Arya is een drakenmoorder. Dat kan voor haar ook niet gemakkelijk zijn – een elf die een draak doodt. Je moet met haar praten en kijken of het wel goed gaat.'

Eragon was verbaasd door het inzicht dat Murtagh had. 'Dat doe ik.'

'Zo,' zei Murtagh en hij gaf aan laatste ruk aan de riem. Toen draaide hij zich om en keek Eragon aan, en Eragon zag dat hij Zar'roc dicht tegen

zijn lichaam aan gedrukt hield, getrokken en klaar voor gebruik. 'Dus nog een keer: ben je gekomen om ons tegen te houden?'
'Nee.'
Murtagh glimlachte flauw en stak Zar'roc weer in zijn schede. 'Goed. Ik zou niet graag weer met je willen vechten.'
'Hoe is het je gelukt om vrij te komen van Galbatorix? Het was je ware naam, nietwaar?'
Murtagh knikte. 'Zoals ik al zei, ik ben niet meer... wíj zijn niet meer' – hij raakte Thoorns flank aan – 'wie we vroeger waren. Ik had alleen wat tijd nodig om daarachter te komen.'
'En Nasuada.'
Murtagh fronste. Toen wendde hij zijn gezicht af en staarde uit over de zee van brandnetels. Eragon kwam bij hem staan en Murtagh zei met zachte stem: 'Weet je nog de laatste keer dat we bij deze rivier waren?'
'Dat is moeilijk te vergeten. Ik kan nog steeds het gekerm van de paarden horen.'
'Jij, Saphira, Arya en ik, allemaal samen, en we waren er zeker van dat niets ons kon tegenhouden...'
Ergens in zijn geest voelde Eragon Saphira en Thoorn met elkaar praten. Hij wist dat Saphira hem later zou vertellen wat ze besproken hadden.
'Wat ga je doen?' vroeg hij aan Murtagh.
'Zitten en nadenken. Misschien bouw ik wel een kasteel. Ik heb de tijd.'
'Je hoeft niet weg. Ik weet dat het... moeilijk zal zijn, maar je hebt hier familie: mij en Roran. Hij is evengoed jouw neef als de mijne, en je hebt hem nog nooit ontmoet... Jij hoort net zo veel bij Carvahall en de Palancarvallei als bij Urû'baen; misschien zelfs wel meer.'
Murtagh schudde zijn hoofd en bleef over de brandnetels uit staren. 'Het zou niet werken. Thoorn en ik hebben tijd voor onszelf nodig; we hebben tijd nodig om te genezen. Als we blijven, krijgen we het te druk om alles voor onszelf op een rijtje te zetten.'
'Goed gezelschap en druk bezig blijven is vaak het beste geneesmiddel voor een ziekte van de ziel.'
'Niet voor wat Galbatorix ons heeft aangedaan... Bovendien zou het pijnlijk zijn om nu bij Nasuada in de buurt te zijn, zowel voor haar als voor mij. Nee, we moeten gaan.'
'Hoe lang denk je dat jullie weg zijn?'
'Totdat de wereld niet langer boosaardig lijkt en wij niet langer bergen willen laten instorten en de zee met bloed vullen.'
Daar had Eragon niets op terug te zeggen. Ze stonden naar de rivier te kijken, die achter een rij lage wilgenbomen lag. Het ritselen van de brandnetels klonk luider, aangedreven door de westenwind.

Toen zei Eragon: 'Als je niet meer alleen wilt zijn, kom ons dan opzoeken. Je bent altijd welkom bij onze haard, waar dat ook moge zijn.'

'Dat doen we. Ik beloof het.' Tot Eragons verbazing zag hij een glans verschijnen in Murtaghs ogen. Een seconde later was die verdwenen. 'Je weet,' zei Murtagh, 'dat ik nooit heb gedacht dat jij het kon... maar ik ben blij dat je het gedaan hebt.'

'Ik had geluk. En het zou niet mogelijk zijn geweest zonder jouw hulp.'

'Hoe dan ook... Heb je de eldunarí gevonden in de zadeltassen?'

Eragon knikte.

'Goed.'

Moeten we het ze vertellen? vroeg Eragon aan Saphira, in de hoop dat ze ermee zou instemmen.

Ze dacht even na. *Ja, maar zeg niet waar. Vertel jij het hem, dan vertel ik het Thoorn.*

Zoals je wilt. Tegen Murtagh zei Eragon: 'Er is iets wat je moet weten.'

Murtagh wierp hem een zijdelingse blik toe.

'Het ei dat Galbatorix had – dat is niet het enige in Alagaësia. Er zijn er meer, verborgen op dezelfde plek waar we de eldunarí hebben gevonden die we hebben meegebracht.'

Murtagh draaide zich naar hem om, het ongeloof duidelijk op zijn gezicht te lezen. Op hetzelfde moment kromde Thoorn zijn nek en uitte een vreugdevol getrompetter dat een troep zwaluwen van de takken van een nabijgelegen boom deed opvliegen.

'Hoeveel meer?'

'Honderden.'

Even leek Murtagh met stomheid geslagen. Toen zei hij: 'Wat ga je ermee doen?'

'Ik? Ik denk dat Saphira en de eldunarí daar ook iets over te zeggen hebben, maar waarschijnlijk zoeken we een veilige plek waar ze uitgebroed kunnen worden, en dan gaan we de Rijders weer opbouwen.'

'Gaan jij en Saphira ze trainen?'

Eragon haalde zijn schouders op. 'De elfen zullen vast wel helpen. Jij kunt ook helpen, als je terugkomt.'

Murtagh legde zijn hoofd in zijn nek en liet een lange ademtocht ontsnappen. 'De draken komen terug, en de Rijders ook.' Hij lachte zacht. 'De wereld gaat veranderen.'

'Die is al veranderd.'

'Ja. Dus jij en Saphira worden de nieuwe leiders van de Rijders, terwijl Thoorn en ik in de wildernis leven.' Eragon probeerde iets te zeggen om hem te troosten, maar Murtagh legde hem met een blik het zwijgen op.

'Nee, het is zoals het moet zijn. Jij en Saphira zijn betere onderwijzers dan wij zouden zijn.'
'Daar ben ik niet zo zeker van.'
'Hm... Maar beloof me één ding.'
'Wat dan?'
'Als je ze lesgeeft, leer ze dan geen angst te hebben. Angst is goed in kleine hoeveelheden, maar als hij een constante, bonkende metgezel is, snoeit hij weg wie je echt bent en wordt het moeilijk om het goede te doen.'
'Ik zal het proberen.'
Het viel Eragon op dat Saphira en Thoorn niet langer met elkaar spraken. De rode draak liep om haar heen totdat hij op Eragon kon neerkijken. Met een geestelijke stem die verrassend muzikaal was, zei Thoorn: *Dank je wel voor het niet doden van mijn Rijder, Eragon-Murtaghs-broer.*
'Ja, dank je,' zei Murtagh droog.
'Ik ben blij dat het niet nodig was,' zei Eragon en hij keek Thoorn in zijn glanzende, bloedrode oog.
De draak snoof, boog toen zijn kop en raakte Eragons hoofd aan. Zijn schubben tikten tegen Eragons helm. *Mogen de wind en de zon altijd in je rug zijn.*
'Ik wens jou hetzelfde.'
Er kwam bij Eragon een drukkend gevoel van boosheid, verdriet en tweestrijdigheid op toen Glaedrs bewustzijn zijn geest omhulde en, zo leek het althans, ook die van Murtagh en Thoorn, want ze werden gespannen, alsof ze in afwachting waren van de strijd. Eragon was vergeten dat Glaedr aanwezig was en naar hen luisterde, samen met de andere eldunarí – verborgen in hun onzichtbare deel van de ruimte.
Ik wilde dat ik jou voor hetzelfde kon bedanken, zei Glaedr, zijn woorden bitter als eikengal. *Je hebt mijn lichaam gedood en je hebt mijn Rijder gedood.* Het was een vlakke, eenvoudige vaststelling en daardoor des te afschuwelijker.
Murtagh zei iets met zijn gedachten, maar Eragon wist niet wat, want het was alleen tegen Glaedr gericht, en Eragon ving alleen Glaedrs reactie op.
Nee, dat kan ik niet, zei de gouden draak. Maar ik begrijp dat het Galbatorix was die je ertoe aanzette en dat hij je arm bestuurde, Murtagh... Ik kan het niet vergeven, maar Galbatorix is dood en met hem mijn verlangen naar wraak. Jullie pad is altijd al moeilijk geweest, sinds jullie geboorte al. Maar vandaag heb je laten zien dat alle tegenspoed je niet gebroken heeft. Je hebt je tegen Galbatorix gekeerd terwijl het jou alleen maar pijn kon opleveren, en daarmee heb je ervoor gezorgd dat Eragon hem kon doden. Vandaag

hebben jij en Thoorn je waardig betoond om ten volle beschouwd te worden als Shur'tugal, hoewel jullie nooit echte instructies of leiding hebben gehad. Dat is... bewonderenswaardig.

Murtagh boog zijn hoofd licht en Thoorn zei: *Dank u, Ebrithil,* wat Eragon hoorde. Murtagh leek te schrikken toen Thoorn de beleefdheidstitel ebrithil gebruikte, want hij keek achterom naar de draak en deed zijn mond open alsof hij iets ging zeggen.

Toen sprak Umaroth. *We weten veel van de moeilijkheden die jullie zijn tegengekomen, Thoorn en Murtagh, want we hebben jullie van een afstand in de gaten gehouden, net zoals we Eragon en Saphira in de gaten hebben gehouden. Er zijn vele dingen die we jullie willen leren als jullie er klaar voor zijn, maar tot die tijd zeggen we dit: vermijd de grafheuvels van Anghelm, waar de enige koning der Urgals, Kulkarvek, op zijn praalbed ligt. Vermijd ook de ruïnes van Vroengard en El-harím. Pas op voor de diepten en betreed geen plekken waar de grond zwart en bros is en de lucht naar zwavel ruikt, want daar loert het kwaad. Als je dit doet, zul je geen gevaar tegenkomen dat je niet aankunt, tenzij je heel veel ongeluk hebt.*

Murtagh en Thoorn bedankten Umaroth. Daarna wierp Murtagh een blik in de richting van Urû'baen en zei: 'We moeten gaan.' Hij keek weer naar Eragon. 'Kun jij je nu de naam van de oude taal herinneren, of is je geest nog steeds verduisterd door Galbatorix' magie?'

'Ik weet het bíjna, maar...' Eragon schudde gefrustreerd zijn hoofd.

Toen sprak Murtagh de naam der namen twee keer uit: eerst om de bezwering van het vergeten te verwijderen die Galbatorix op Eragon had geplaatst, en toen nog een keer zodat Eragon en Saphira de naam konden horen. 'Ik zou het met niemand delen,' zei hij. 'Als elke magiër de naam van de oude taal zou weten, zou die compleet waardeloos worden.'

Eragon knikte instemmend.

Toen stak Murtagh zijn hand uit en Eragon pakte hem bij zijn onderarm. Even stonden ze elkaar zo aan te kijken.

'Wees voorzichtig,' zei Eragon.

'Jij ook... broer.'

Eragon aarzelde en knikte toen. 'Broer.'

Murtagh keek de riemen van Thoorns tuig nog een keer na voordat hij in het zadel klom. Toen Thoorn zijn vleugels uitstrekte en bijna wegvloog, riep Murtagh: 'Zorg ervoor dat Nasuada beschermd wordt. Galbatorix had vele dienaren, meer dan hij mij ooit heeft verteld, en niet allemaal waren ze alleen door magie aan hem verbonden. Ze zullen de dood van hun meester willen wreken. Wees altijd op je hoede. Er zijn erbij die nog gevaarlijker zijn dan de Ra'zac!'

Toen stak Murtagh een hand op ten afscheid. Eragon deed hetzelfde, en Thoorn nam drie lange stappen van de brandnetelzee vandaan en sprong in de lucht, diepe sporen achterlatend in de zachte grond.

De fonkelende rode draak cirkelde één, twee, drie keer rond, waarna hij afboog en op weg ging naar het noorden, zijn vleugels klapperend in een langzaam, regelmatig ritme.

Eragon ging bij Saphira staan op de kam van de heuvel en samen keken ze hoe Thoorn en Murtagh steeds kleiner werden, tot ze niet meer dan een enkel stervormig vlekje aan de horizon waren.

Ze voelden allebei verdriet toen Eragon zijn plek op Saphira's rug weer innam, en ze vertrokken van de heuvel, terug naar Urû'baen.

Erfgenaam van het Rijk

Eragon klom langzaam de versleten trappen van de groene toren op. De zon was bijna onder, en door de ramen die rechts van hem in de gewelfde muur zaten, zag hij de door schaduwen getekende gebouwen van Urû'baen, en ook de heiige velden buiten de stad, en als hij zich omdraaide de donkere massa van de rotsheuvel die achter de stad oprees.

De toren was hoog en Eragon was moe. Hij wenste dat hij met Saphira naar de top had kunnen vliegen. Het was een lange dag geweest en op dat moment wilde hij alleen nog maar bij Saphira zitten en een kom hete thee drinken terwijl ze keken hoe het licht langzaam afnam. Maar zoals altijd moest er nog gewerkt worden.

Hij had Saphira nog maar twee keer gezien sinds ze weer bij de citadel waren geland nadat ze afscheid van Murtagh en Thoorn hadden genomen. Ze was het grootste deel van de middag bezig geweest de Varden te helpen de overgebleven soldaten te doden of gevangen te nemen, en later met het verzamelen in kampen van de families die hun huizen waren ontvlucht en zich buiten de stad verspreid hadden, afwachtend of de overhangende rots zou afbreken en naar beneden storten.

Dat was niet gebeurd, begreep Eragon van de elfen, dankzij de bezweringen die ze in voorgaande eeuwen in de rots hadden vastgelegd – toen Urû'baen nog bekendstond als Ilirea. En ook het formaat van de overhangende rots had ervoor gezorgd dat hij de klap zonder al te veel schade had doorstaan.

Door de heuvel was de schadelijke neerslag van de explosie beperkt gebleven, hoewel er toch nog veel ontsnapt was door de ingang van de citadel. Bijna iedereen die in of rondom Urû'baen was geweest, moest genezen worden met magie, anders zouden ze al snel ziek worden en sterven. Velen waren al ziek geworden. Eragon had samen met de elfen geprobeerd om er zo veel mogelijk te redden; door de kracht van de eldunarí had hij een groot deel van de Varden kunnen genezen, en ook vele inwoners van de stad.

Nu waren de elfen en dwergen bezig de voorkant van de citadel dicht te metselen om te voorkomen dat er nog meer verontreinigde stoffen uit zouden sijpelen. Eerder hadden ze het gebouw doorzocht op overlevenden, en dat waren er heel wat: soldaten, dienaren en honderden gevangenen uit de ondergrondse kerkers. De grote hoeveelheid schatten in de citadel, inclusief de inhoud van Galbatorix' uitgebreide bibliotheek, zou op een later moment moeten worden opgehaald. Dat zou niet gemakkelijk worden. Van veel vertrekken waren de muren ingestort; talloze andere muren die nog wel overeind stonden, waren zo beschadigd dat ze een gevaar vormden voor iedereen die in de buurt kwam. Bovendien zou er magie vereist zijn om het gif weg te krijgen dat terecht was gekomen in de lucht, de stenen en alle voorwerpen in de uitgestrekte doolhof die de vesting was. En er zou nog meer magie nodig zijn om de spullen die ze naar buiten brachten schoon te krijgen.

Als de citadel eenmaal afgesloten was, zouden de elfen de stad en het land eromheen zuiveren van de schadelijke resten die daar waren neergekomen, zodat het gebied weer veilig zou zijn om te leven. Eragon wist dat hij daar ook aan mee moest helpen.

Voordat hij had meegedaan met de pogingen om Urû'baen te genezen en afweerbezweringen te plaatsen rondom iedereen in de buurt van de stad, had hij een uur lang de naam van de oude taal uitgesproken, om de vele bezweringen die Galbatorix op de gebouwen en de inwoners van de stad had gelegd op te sporen en onschadelijk te maken. Sommige bezweringen leken goedaardig, nuttig zelfs – zoals een bezwering die schijnbaar als enig doel had de scharnieren van een deur niet te laten piepen, en die zijn energie haalde uit een stuk kristal zo groot als een ei dat in de buitenkant van de deur zat –, maar Eragon durfde geen van de bezweringen van de koning intact te laten, hoe ongevaarlijk ze ook leken. Dat gold vooral voor de bezweringen op de mannen en vrouwen die onder bevel van Galbatorix hadden gestaan. De gelofte van trouw kwam onder hen het meest voor, maar er waren ook bezweringen en betoveringen die hen buitengewone vaardigheden gaven, en andere, geheimzinniger bezweringen.

Terwijl Eragon zowel edellieden als gewone burgers bevrijdde van hun banden, voelde hij af en toe een gekwelde kreet, alsof hun iets kostbaars was afgenomen.

Er was een kritiek moment geweest toen hij de eldunarí die Galbatorix aan zich had onderworpen, ontdeed van hun banden. De draken vielen onmiddellijk aan en stortten zich op de geesten van de mensen in de stad, zonder onderscheid te maken tussen vriend en vijand. Een sluier van angst daalde neer over Urû'baen, en iedereen, zelfs de elfen, kromp ineen en trok wit weg van angst.

Toen hadden Blödhgarm en zijn tien overgebleven magiërs de rij ijzeren kisten waarin de eldunarí zaten achter een paar paarden gebonden en waren Urû'baen uit gereden, waar de gedachten van de draken niet zo veel invloed zouden hebben. Glaedr stond erop dat hij de krankzinnig geworden draken zou begeleiden, en ook verscheidene eldunarí uit Vroengard wilden mee. Dat was de tweede keer geweest sinds hun terugkeer dat Eragon Saphira had gezien. Hij had de bezwering die Umaroth en de zijnen verborg verbeterd, zodat vijf van de eldunarí overgedragen konden worden aan Blödhgarm. Glaedr en de vijf waren van mening dat ze de draken die zo lang door Galbatorix gekweld waren, wel konden kalmeren en met ze konden praten. Eragon was er niet zo zeker van, maar hij hoopte dat ze gelijk hadden.

Toen de elfen en de eldunarí op weg de stad uit waren, had Arya contact met hem gezocht. Ze stuurde een vragende gedachte van buiten de verwoeste poort, waar ze in overleg was met de kapiteins van haar moeders leger. In de korte tijd dat hun geesten contact hadden, voelde hij haar verdriet over de dood van Islanzadí, en ook de spijt en de woede die onder de oppervlakte van haar verdriet kolkten, en hij zag hoe haar emoties haar verstand dreigden te overweldigen en hoe ze worstelde om ze te onderdrukken. Hij bracht haar zo veel troost over als hij kon, maar het leek waardeloos vergeleken met haar verlies.

Af en toe, en zeker sinds het vertrek van Murtagh, werd Eragon overvallen door een gevoel van leegte. Hij had verwacht dat hij in de wolken zou zijn als ze Galbatorix gedood hadden, en hoewel hij wel blij was – écht blij – dat de koning weg was, wist hij niet langer wat hij moest doen. Hij had zijn doel bereikt. Hij had de onbedwingbare berg beklommen. En nu, zonder dat doel dat hem leidde, dat hem voortdreef, wist hij niet wat hij moest doen. Wat moesten hij en Saphira nu van hun leven maken? Wat zou er betekenis aan geven? Hij wist dat ze op een gegeven moment de volgende generatie draken en Rijders zouden grootbrengen, maar dat vooruitzicht leek te ver weg te liggen om echt te zijn.

Als hij dit soort vragen overdacht, voelde hij zich onpasselijk en overweldigd. Hij richtte zijn gedachten ergens anders op, maar de vragen bleven knagen aan de rand van zijn bewustzijn en het gevoel van leegte bleef.

Misschien hadden Murtagh en Thoorn wel het juiste idee gehad.

Het leek alsof er geen einde kwam aan de trappen in de groene toren. Hij sjokte verder, rond en rond, totdat de mensen op straat zo klein leken als mieren, en zijn kuiten en hielen brandden van de herhaalde bewegingen. Hij zag de zwaluwnesten die in de smalle ramen waren gebouwd, en onder een raam vond hij een stapeltje kleine botten: de etensresten van een havik of een adelaar.

Toen hij uiteindelijk boven aan de wenteltrap was, waar hij een deur met een lancetboog aantrof, zwart van ouderdom, bleef hij even staan om zijn gedachten op een rijtje te zetten en zijn ademhaling onder controle te krijgen. Daarna beklom hij de laatste paar treden, deed de deurklink omhoog en stapte het grote, ronde vertrek in dat de bovenkant van de elfentoren vormde.

Hij werd opgewacht door zes mensen, en Saphira: Arya en de zilverharige elf heer Däthedr, koning Orrin, Nasuada, koning Orik en de koning van de weerkatten, Grimrr Halfpoot. Ze stonden – of in het geval van koning Orrin, zaten – in een grote kring, met Saphira recht tegenover de trap, voor het raam op het zuiden waardoor ze de toren in was gevlogen. Het licht van de ondergaande zon stroomde van opzij de kamer binnen en scheen helder op de versieringen op de muren en het ingewikkelde patroon van gekleurde steen in de afgebrokkelde vloer.

Behalve Saphira en Grimrr leek iedereen gespannen en niet op zijn gemak. Aan de strak gespannen huid rond Arya's ogen en de harde lijn van haar gebruinde hals zag Eragon hoe verdrietig en geschokt ze was. Hij wilde dat hij iets kon doen om haar pijn te verlichten. Orrin zat in een diepe stoel, met zijn linkerhand zijn ingezwachtelde borstkas vastklemmend en in zijn rechterhand een beker wijn. Hij bewoog zich overdreven voorzichtig, alsof hij bang was dat hij zich zou bezeren, maar zijn ogen stonden helder, waardoor Eragon vermoedde dat het zijn verwonding was en niet de drank die hem voorzichtig maakte. Däthedr tikte met een vinger op de knop van zijn zwaard terwijl Orik zijn handen gevouwen op de onderkant van de steel van Volund had – de hamer stond op de kop op de vloer voor hem – met zijn ogen neergeslagen. Nasuada had haar armen over elkaar, alsof ze het koud had. Aan de rechterkant stond Grimrr Halfpoot uit een raam te staren, zich schijnbaar niet bewust van zijn omgeving.

Toen Eragon de deur opendeed, keken ze allemaal naar hem, en er brak een glimlach door op Oriks gezicht. 'Eragon!' riep hij uit. Hij zwaaide Volund over zijn schouder, strompelde naar Eragon toe en greep hem bij zijn onderarm. 'Ik wist dat je hem zou doden! Goed gedaan! Vanavond vieren we feest, hè! Laat de vuren maar branden, en laat onze stemmen galmen totdat de hemel zelf weerklinkt met het geluid van ons feest.'

Eragon glimlachte en knikte, en Orik sloeg hem nog een keer op zijn arm, waarna hij terugliep naar zijn plek en Eragon aan de andere kant van het vertrek bij Saphira ging staan.

Kleintje, zei ze en ze veegde met haar snuit langs zijn schouder. Hij stak zijn hand op en raakte haar harde, geschubde wang aan, troost puttend uit haar nabijheid. Toen reikte hij met een gedachtesliert naar de eldunarí die ze nog steeds bij zich had. Net als hij waren ze moe van de gebeurtenissen van de dag, en hij merkte dat ze liever wilden toekijken en luisteren dan actief deelnemen aan de discussie die zou plaatsvinden.

De eldunarí accepteerden zijn aanwezigheid, en Umaroth zei: *Eragon,* maar daarna bleef het stil.

Niemand in het vertrek leek als eerste te willen spreken. In de stad beneden hoorde Eragon een paard hinniken. Van de citadel kwam het getik van houwelen en beitels. Koning Orrin schoof ongemakkelijk in zijn zetel heen en weer en dronk van zijn wijn. Grimrr krabde aan zijn puntige oor en snoof toen, alsof hij een luchtmonster wilde nemen.

Eindelijk verbrak Däthedr de stilte. 'We moeten een beslissing nemen,' zei hij.

'Dat weten we, elf,' bromde Orik.

'Laat hem uitspreken,' zei Orrin en hij gebaarde met zijn met edelstenen bezette drinkbeker. 'Ik wil graag horen hoe hij denkt dat we verder moeten.' Er verscheen een bitter, ietwat spottend lachje op zijn gezicht. Hij gebaarde met zijn hoofd naar Däthedr, alsof hij hem toestemming gaf om te spreken.

Däthedr knikte als reactie. Als de elf al aanstoot nam aan de toon van de koning, liet hij het niet merken. 'We kunnen niet verhullen dat Galbatorix dood is. Op dit moment vliegt het nieuws over onze overwinning al door het land. Tegen het eind van de week zal Galbatorix' verscheiden bekend zijn in het grootste deel van Alagaësia.'

'En dat moet ook,' zei Nasuada. Ze had de tuniek die haar gevangenbewaarders haar hadden gegeven verwisseld voor een donkerrode jurk, die het gewichtsverlies van tijdens haar gevangenschap des te duidelijker deed uitkomen, want de jurk hing los om haar schouders en haar taille was pijnlijk smal. Maar ook al oogde ze fragiel, ze leek iets van haar kracht te hebben teruggekregen. Toen Eragon en Saphira bij de citadel waren teruggekeerd, had Nasuada op het punt van instorten gestaan, geestelijk en lichamelijk volledig uitgeput. Zodra Jörmundur haar zag, had hij haar naar het kamp gebracht, en de rest van de dag had ze in afzondering doorgebracht. Eragon had haar niet meer kunnen spreken voor de vergadering, dus hij wist niet precies wat haar mening was over het onderwerp dat ze zouden bespreken. Als het moest, zou hij rechtstreeks contact met haar maken met zijn gedachten, maar dat hoopte hij te vermijden, want hij wilde geen inbreuk maken op haar privacy. Niet na alles wat ze had moeten doorstaan.

'Ja, dat moet ook,' zei Däthedr; zijn stem klonk krachtig en duidelijk onder het gewelfde plafond van het hoge, ronde vertrek. 'Maar als mensen horen dat Galbatorix gevallen is, is de eerste vraag die ze stellen: Wie heeft zijn plaats ingenomen?' Däthedr keek om zich heen naar hun gezichten. 'We moeten ze een antwoord geven voordat er onrust uitbreekt. Onze koningin is dood. Koning Orrin, u bent gewond. Er doen genoeg geruchten de ronde, dat weet ik zeker. Het is belangrijk dat we die de kop indrukken voordat ze schade aanrichten. Uitstel zou rampzalig zijn. Het kan niet zo zijn dat elke heer met een aantal manschappen denkt dat hij zichzelf kan aanstellen als heerser van zijn eigen monarchietje. Als dat gebeurt, valt het Rijk uiteen in honderd verschillende koninkrijken. Niemand van ons wil dat. Er moet een opvolger worden gekozen – gekozen en genoemd, hoe moeilijk dat ook moge zijn.'

Zonder zich om te draaien zei Grimrr: 'Je kunt geen roedel leiden als je zwak bent.'

Koning Orrin glimlachte weer, maar de lach bereikte zijn ogen niet. 'En welke rol willen jullie hierin spelen, Arya en heer Däthedr? Of u, koning Orik? Of u, koning Halfpoot? We zijn dankbaar voor jullie vriendschap en jullie hulp, maar dit is iets wat de mensen zelf moeten beslissen, niet jullie. Wij regeren onszelf, en we laten anderen niet onze koningen kiezen.'

Nasuada wreef over haar over elkaar geslagen armen en zei tot Eragons verbazing: 'Daar ben ik het mee eens. Dit is iets wat we zelf moeten regelen.' Ze keek naar Arya en Däthedr aan de andere kant van de kamer. 'Dat begrijpen jullie vast wel. Jullie zouden je door ons ook niet laten zeggen wie jullie moeten aanstellen als nieuwe koning of koningin.' Ze keek naar Orik. 'En de clans zouden niet hebben toegestaan dat we jou als Hrothgars opvolger hadden aangewezen.'

'Nee,' zei Orik. 'Dat klopt.'

'Natuurlijk is het jullie beslissing,' zei Däthedr. 'Wij zouden jullie niet durven voorschrijven wat jullie wel of niet moeten doen. Maar hebben we als jullie vrienden en bondgenoten niet het recht verdiend om advies te geven bij zo'n gewichtige zaak, vooral omdat het ons allemaal treft? Wat jullie ook besluiten, het zal vergaande implicaties hebben, en jullie zouden er goed aan doen die implicaties te begrijpen voordat jullie een keuze maken.'

Eragon begreep hem maar al te goed. Het was een dreigement. Däthedr zei dat als zij een beslissing namen waar de elfen het niet mee eens waren, dat onaangename gevolgen zou kunnen hebben. Eragon weerstond de aandrang om hem een kwade blik toe te werpen. Het standpunt van de elfen was te verwachten. De inzet was hoog en als er nu een vergissing werd gemaakt, kon dat nog tientallen jaren voor problemen zorgen.

'Dat lijkt... redelijk,' zei Nasuada. Ze wierp een blik op koning Orrin.

Orrin staarde in zijn beker en liet de vloeistof rondwervelen. 'En hóé wilt u ons precies van advies dienen bij het kiezen, heer Däthedr? Vertel; ik ben erg benieuwd.'

De elf zweeg. In het lage, warme licht van de ondergaande zon gloeiden zijn zilveren haren op als een vage stralenkrans om zijn hoofd. 'Degene die de kroon gaat dragen, moet de vaardigheden en de ervaring hebben die nodig zijn om vanaf het begin goed te regeren. Er is geen tijd om iemand te instrueren in de manier van bevelvoering, en we kunnen ons ook de vergissingen van een beginneling niet veroorloven. Bovendien moet deze persoon ethisch geschikt zijn om zo'n hoge positie te bekleden; hij of zij moet een acceptabele keuze zijn voor de krijgers van de Varden en in mindere mate voor de mensen van het Rijk; en zo mogelijk moet deze persoon ook iemand zijn met wie wij en jullie andere bondgenoten instemmen.'

'Je beperkt onze keuze wel heel erg met al die eisen,' zei koning Orrin.

'Het komt over het algemeen neer op goed staatsmanschap. Of ziet u dat anders?'

'Ik zie verscheidene opties die jij over het hoofd hebt gezien of verworpen, misschien omdat je ze niet smaakvol vindt. Maar het maakt niet uit. Ga verder.'

Däthedr kneep zijn ogen tot spleetjes, maar zijn stem bleef even beleefd als anders. 'De meest voor de hand liggende keuze – en een keuze die de mensen van het Rijk waarschijnlijk zullen verwachten – is de persoon die daadwerkelijk Galbatorix heeft gedood. Dat wil zeggen: Eragon.'

De lucht in het vertrek werd broos, alsof hij van glas was.

Iedereen keek naar Eragon, zelfs Saphira en de weerkat, en hij voelde dat ook Umaroth en de andere eldunarí hem nauwgezet opnamen. Hij staarde terug naar de mensen om hem heen, niet bang of boos door hun kritische blikken. Hij keek onderzoekend naar Nasuada's gezicht om te zien wat haar reactie was, maar behalve dat ze heel serieus keek, had hij geen idee wat ze dacht of voelde.

Hij was van zijn stuk gebracht toen hij zich realiseerde dat Däthedr gelijk had: hij zou koning kunnen worden.

Even stond Eragon zichzelf toe die mogelijkheid in overweging te nemen. Er was niemand die hem ervan zou weerhouden de troon over te nemen, niemand behalve Elva en misschien Murtagh – maar hij wist nu hoe hij Elva moest weerstaan, en Murtagh was er niet langer om hem uit te dagen. Saphira, dat voelde hij aan haar geest, zou zich niet tegen hem verzetten, welke keuze hij ook maakte. En hoewel hij Nasuada's gezichtsuitdrukking niet kon ontcijferen had hij het vreemde gevoel dat zij voor het eerst bereid was een stap opzij te doen en hem de leiding te laten nemen.

Wat wil je? vroeg Saphira.

Eragon dacht erover na. *Ik wil... me nuttig maken. Maar macht en heerschappij over anderen – die dingen waar Galbatorix naar streefde – interesseren me niet zo. Hoe dan ook, wij hebben andere verantwoordelijkheden.*

Hij richtte zijn aandacht weer op degenen die hem aankeken en zei: 'Nee. Dat zou niet goed zijn.'

Koning Orrin gromde en nam nog een slok wijn, terwijl Arya, Däthedr en Nasuada zich, nauwelijks merkbaar, leken te ontspannen. Ook de eldunarí leken blij met zijn beslissing, hoewel ze er geen woorden aan vuil maakten.

'Ik ben blij dat ik je dit hoor zeggen,' zei Däthedr. 'Je zou ongetwijfeld een goede heerser zijn geweest, maar ik denk niet dat het goed voor jullie soort is, en ook niet voor de andere rassen in Alagaësia, als er weer een Drakenrijder op de troon komt.'

Toen gebaarde Arya naar Däthedr. De zilverharige elf deed een stapje achteruit en Arya zei: 'Roran zou een andere voor de hand liggende keus zijn.'

'Roran!' zei Eragon ongelovig.

Arya keek hem aan, haar ogen ernstig en – in het zijdelingse licht – helder en fel, als smaragden die in een stralenpatroon geslepen waren. 'Door zijn daden hebben de Varden Urû'baen kunnen innemen. Hij is de held van Aroughs en van vele andere slagen. De Varden en de rest van het Rijk zouden hem blindelings volgen.'

'Hij is ongemanierd en overmoedig, en hij heeft niet de vereiste ervaring,' zei Orrin. Toen keek hij enigszins schuldbewust naar Eragon. 'Maar hij is natuurlijk een goede krijger.'

Arya knipperde één keer met haar ogen, als een uil. 'Volgens mij hangt zijn ongemanierdheid af van degenen met wie hij omgaat... majesteit. Maar u hebt gelijk; het ontbreekt Roran aan de nodige ervaring. Dan blijven er maar twee keuzes over: jij, Nasuada, en u, koning Orrin.'

Koning Orrin ging weer verzitten in zijn diepe stoel, en zijn voorhoofd rimpelde zich nog meer dan daarvoor, terwijl Nasuada's gezichtsuitdrukking onveranderd bleef.

'Ik neem aan,' zei Orrin tegen Nasuada, 'dat je je claim wilt handhaven.'

Ze stak haar kin naar voren. 'Inderdaad.' Haar stem was zo kalm als rimpelloos water.

'Dan hebben we een impasse, want hetzelfde geldt voor mij. En ik zal me niet laten vermurwen.' Orrin rolde de steel van zijn drinkbeker tussen zijn vingers heen en weer. 'De enige manier om de kwestie zonder bloedvergieten op te lossen is volgens mij dat jij afstand doet van je claim. Als je erop staat ermee door te gaan, zul je uiteindelijk alles vernietigen wat we vandaag bereikt hebben, en dan ben jij degene die verantwoordelijk is voor de verwoesting die erop zal volgen.'

'Dus u keert zich tegen uw eigen bondgenoten om geen andere reden dan Nasuada het recht op de troon te ontzeggen?' vroeg Arya. Koning Orrin herkende het misschien niet, maar Eragon zag haar kille, harde houding voor wat die was: de bereidheid om ieder moment aan te vallen en te doden.

'Nee,' antwoordde Orrin. 'Ik zou me tegen de Varden keren om de troon te verkrijgen. Dat is iets heel anders.'

'Hoezo?' vroeg Nasuada.

'Hoezo?' De vraag leek Orrin boos te maken. 'Mijn volk heeft de Varden gehuisvest, gevoed en van alles voorzien wat ze nodig hadden. Ze hebben zij aan zij met jullie krijgers gevochten en zijn gesneuveld, en als land hebben we veel meer risico gelopen dan de Varden. De Varden hebben geen thuis; als Galbatorix Eragon en de draken had verslagen, hadden jullie kunnen vluchten en je kunnen verbergen. Maar wij hadden alleen Surda om naartoe te gaan. Galbatorix zou ons aangevallen hebben als een bliksemstraal vanuit de hoogte, en hij zou het hele gebied in puin hebben gelegd. We hebben álles in de waagschaal gesteld – onze families, onze huizen, onze rijkdom en onze vrijheid – en denk je nu echt dat we na dat alles, na al onze offers, tevreden naar onze akkers zouden terugkeren met geen andere beloning dan een goedkeurend schouderklopje en jouw koninklijke dankbetuiging? Bah! Ik kruip nog liever door het stof. We hebben de grond tussen deze plek en de Brandende Vlakten doordrenkt met ons bloed, en nu zullen we onze beloning krijgen.' Hij balde zijn vuist. 'Nu krijgen we de oorlogsbuit die ons toekomt.'

Nasuada leek niet te schrikken van Orrins woorden; integendeel, ze keek nadenkend, bijna welwillend.

Ze zal deze mopperende zuurpruim toch niet geven wat hij wil, zei Saphira.

Wacht maar af, zei Eragon. *Ze heeft ons nog niet op een dwaalspoor gebracht.*

Arya zei: 'Ik hoop dat jullie tot een minnelijke schikking kunnen komen, en...'

'Natuurlijk,' zei koning Orrin. 'Dat hoop ik ook.' Zijn ogen flitsten naar Nasuada. 'Maar ik ben bang dat Nasuada zich door haar vastberadenheid niet realiseert dat ze in dit geval uiteindelijk zal moeten toegeven.'

Arya ging verder: '... en zoals Däthedr al zei, het zou niet in ons opkomen ons te bemoeien met de keuze voor de nieuwe heerser van jullie ras.'
'Dat herinner ik me,' zei Orrin met iets van een zelfvoldaan lachje.
'Hoe dan ook,' zei Arya, 'als gezworen bondgenoten van de Varden moet ik u vertellen dat we elke aanval op hen beschouwen als een aanval op onszelf, en dat we dienovereenkomstig zullen reageren.'
Orrins gezicht vertrok, alsof hij in iets zuurs had gebeten.
'Hetzelfde geldt voor ons, de dwergen,' zei Orik. Zijn stem klonk alsof er diep onder de grond stenen tegen elkaar aan knarsten.
Grimrr Halfpoot stak zijn verminkte hand voor zijn gezicht omhoog en inspecteerde de klauwachtige nagels aan zijn drie overgebleven vingers. 'Het maakt ons niet uit wie er koning of koningin wordt, zolang wij maar de zetel naast de troon krijgen die ons is beloofd. Maar we hebben met Nasuada onderhandeld, en we zullen Nasuada blijven ondersteunen totdat zij niet langer de roedelleider van de Varden is.'
'Aha!' riep koning Orrin uit en hij boog zich voorover met zijn hand op zijn knie. 'Maar zij is niet de leider van de Varden. Niet meer. Dat is Eragon!'
Weer richtten alle ogen zich op Eragon. Hij grijnsde een beetje en zei: 'Ik dacht dat het duidelijk was dat ik mijn gezag heb teruggegeven aan Nasuada op het moment dat ze vrijkwam. Als dat niet zo is, laat er dan geen misverstand zijn: Nasuada is de leider van de Varden, niet ik. En ik denk dat zij degene is die de troon moet overnemen.'
'Natuurlijk zeg jij dat,' zei koning Orrin hatelijk. 'Jij hebt haar trouw gezworen. Natuurlijk vind jij dat ze de troon moet erven. Jij bent niets meer dan een trouwe dienstknecht die opkomt voor zijn meester, en jouw mening legt niet meer gewicht in de schaal dan de mening van mijn eigen dienstknechten.'
'Nee!' zei Eragon. 'U hebt het mis. Als ik dacht dat u of wie dan ook een betere heerser zou zijn, dan zou ik dat zeggen! Ja, ik heb Nasuada trouw gezworen, maar dat weerhoudt me er niet van te zeggen wat ik vind.'
'Dat is misschien waar, maar je trouw aan haar vertroebelt je oordeel.'
'Net zoals jouw trouw aan Surda het jouwe vertroebelt,' zei Orik.
Koning Orrin keek kwaad. 'Waarom keren jullie je altijd tegen mij?' vroeg hij, van Eragon naar Arya naar Orik kijkend. 'Waarom kiezen jullie in elk geschil partij voor haar?' Wijn klotste over de rand van zijn beker toen hij naar Nasuada gebaarde. 'Waarom dwingt zíj jullie respect af, en niet ik of de mensen van Surda? Jullie steunen altijd Nasuada en de Varden, en vóór haar was het Ajihad. Als mijn vader nog leefde...'
'Als uw vader, koning Larkin, nog leefde,' zei Arya, 'zou hij hier niet zitten klagen over hoe anderen hem zien; hij zou er iets aan doen.'

'Rustig maar,' zei Nasuada voordat Orrin iets terug kon zeggen. 'We hoeven elkaar niet te beledigen... Orrin, jouw zorgen zijn begrijpelijk. Je hebt gelijk; de mensen van Surda hebben veel bijgedragen aan onze zaak. Ik geef grif toe dat we zonder jullie hulp het Rijk nooit op deze manier hadden kunnen aanvallen, en jullie verdienen een vergoeding voor alles wat jullie geriskeerd, uitgegeven en verloren hebben in de loop van deze oorlog.'

Koning Orrin knikte, kennelijk tevredengesteld. 'Dus je geeft toe?'

'Nee,' zei Nasuada, even rustig als altijd. 'Dat doe ik niet. Maar ik heb een tegenvoorstel, dat voor ons allemaal goed kan uitpakken.' Orrin maakte een ontevreden geluid, maar hij onderbrak haar verder niet. 'Mijn voorstel is als volgt: een groot deel van het land dat we hebben ingenomen wordt deel van Surda. Aroughs, Feinster en Melian zijn allemaal voor jullie, evenals de eilanden in het zuiden, zodra ze onder onze heerschappij staan. Hierdoor zal Surda bijna in grootte verdubbelen.'

'En in ruil daarvoor?' vroeg koning Orrin, een wenkbrauw optrekkend.

'In ruil daarvoor zweren jullie trouw aan de troon hier in Urû'baen en aan wie er ook maar op zit.'

Orrin trok met zijn mond. 'Je stelt jezelf aan als opperkoningin van het hele land.'

'Deze twee rijken – het Rijk en Surda – moeten herenigd worden als we toekomstige vijandelijkheden willen voorkomen. Jij mag Surda regeren zoals het jou goeddunkt, met één uitzondering: de magiërs uit onze landen krijgen bepaalde beperkingen opgelegd, waarvan we de precieze aard later zullen bepalen. Afgezien daarvan moet Surda noodzakelijkerwijs bijdragen aan de verdediging van ons gezamenlijke territorium. Als een van ons aangevallen wordt, is de ander verplicht hulp te bieden in de vorm van manschappen en materieel.'

Koning Orrin zette zijn beker in zijn schoot en staarde erin. 'En weer vraag ik: waarom zou jíj degene moeten zijn die de troon bestijgt in plaats van ik? Mijn familie heeft over Surda geheerst sinds vrouwe Marelda de Slag van Cithrí won, en ons geslacht gaat helemaal terug tot aan Thanebrand de Ringgever zelf. We strijden al een eeuw met het Rijk. Ons goud en onze wapens en wapenrustingen hebben ervoor gezorgd dat de Varden nog bestaan en hebben jullie al die jaren staande gehouden. Zonder ons hadden jullie je onmogelijk kunnen verzetten tegen Galbatorix. De dwergen konden jullie dat alles niet bieden, en de elfen ook niet, omdat ze zo ver weg waren. Dus weer vraag ik: waarom zou deze beloning jou toekomen, Nasuada, en niet mij?'

'Omdat,' zei Nasuada, 'ik denk dat ik een goede koningin kan zijn. En omdat ik geloof – zoals geldt voor alles wat ik heb gedaan als leider van de Varden – dat dit het beste is voor ons volk en voor heel Alagaësia.'

'Je hebt nogal een hoge dunk van jezelf.'
'Valse bescheidenheid is nooit bewonderenswaardig, en zeker niet bij degenen die het bevel voeren over anderen. Heb ik mijn talent om leiding te geven niet ruimschoots gedemonstreerd? Zonder mij zouden de Varden zich nog steeds schuilhouden in Farthen Dûr, wachtend op een teken van boven voor het juiste moment om op te trekken tegen Galbatorix. Ik heb de Varden van Farthen Dûr naar Surda geleid, en ik heb ze samengevoegd tot een machtig leger. Met jouw hulp, inderdaad, maar ik ben degene die ze geleid heeft, en ik was het die ervoor heeft gezorgd dat ze hulp kregen van de dwergen, de elfen en de Urgals. Had jij dat ook allemaal kunnen doen? Degene die heerst in Urû'baen zal te maken krijgen met elk ras in het land, niet alleen met zijn eigen ras. Nogmaals, dit is wat ik gedaan heb en wat ik kan doen.' Toen werd Nasuada's stem zachter, hoewel ze even fel bleef kijken. 'Orrin, waarom wil je dit? Zou je er gelukkiger van worden?'
'Het is geen kwestie van geluk,' gromde hij.
'Maar dat is het wel, gedeeltelijk. Wil je echt heersen over het hele Rijk, naast Surda? Degene die op de troon komt, heeft een enorme taak voor zich liggen. Er is een land op te bouwen: er moeten verdragen worden gesloten, steden ingenomen, edelen en magiërs onderworpen. Het zal een heel leven duren om ook maar een begin te maken met het uitwissen van de schade die Galbatorix heeft aangericht. Is dat echt iets wat je op je wilt nemen? Volgens mij heb je je leven liever zoals het eerst was.' Ze verplaatste haar blik naar de drinkbeker in zijn schoot en toen weer naar zijn gezicht. 'Als je mijn aanbod aanneemt, kun je teruggaan naar Aberon en naar je natuurkundige experimenten. Zou je dat niet willen? Surda zal groter en rijker worden, en jij hebt de vrijheid om je interesses na te jagen.'
'We krijgen niet altijd wat we graag willen. Soms moeten we doen wat goed is, niet wat we willen,' zei koning Orrin.
'Dat is waar, maar...'
'Bovendien, als ik koning van Urû'baen was, zou ik daar net zo goed mijn interesses kunnen najagen als in Aberon.' Nasuada fronste haar voorhoofd, maar voor ze iets kon zeggen, zei Orrin snel: 'Je begrijpt het niet...' Hij trok een kwaad gezicht en nam nog een slok wijn.
Leg het ons dan uit, zei Saphira, haar ongeduld duidelijk zichtbaar aan de kleur van haar gedachten.
Orrin snoof, leegde zijn drinkbeker en gooide die toen tegen de deur naar de trap, zodat het goud van de beker deukte en er edelstenen af sprongen, die rinkelend over de vloer rolden. 'Ik kan het niet,' gromde hij, 'en ik wil het ook niet proberen.' Met een boze blik keek hij de kamer rond. 'Niemand van jullie zou het begrijpen. Jullie vinden jezelf veel te belangrijk om het te zien. Hoe zou dat ook kunnen, als jullie nog nooit

hebben meegemaakt wat ik heb meegemaakt?' Hij liet zich terugzinken in zijn stoel, zijn ogen als donkere kolen onder zijn overhangende voorhoofd. Tegen Nasuada zei hij: 'Dus je bent vastbesloten? Je trekt je claim niet in?'
Ze schudde haar hoofd.
'En als ik ervoor kies vast te houden aan mijn eigen claim?'
'Dan hebben we een conflict.'
'En jullie drieën kiezen partij voor haar?' vroeg Orrin, Arya, Orik en Grimrr om beurten aankijkend.
'Als de Varden worden aangevallen, zullen we aan hun zijde vechten,' zei Orik.
'En wij ook,' zei Arya.
Koning Orrin glimlachte, maar eigenlijk ontblootte hij alleen zijn tanden. 'Maar het zou niet in jullie opkomen om ons te vertellen wie we moeten kiezen als heerser, toch?'
'Natuurlijk niet,' zei Orik, en zijn eigen tanden flitsten wit en gevaarlijk op in zijn baard.
'Natuurlijk niet.' Toen richtte Orrin zijn blik weer op Nasuada. 'Ik wil Belatona, samen met de andere steden die je noemde.'
Nasuada dacht even na. 'Met Feinster en Aroughs heb je al twee havensteden; drie als je Eoam op Beirland erbij telt. Ik zal je Furnost geven, dan heb jij het hele Tüdostenmeer, en ik het hele Leonameer.'
'Leona is veel meer waard dan Tüdosten, want het is een doorgang naar de bergen en de noordkust,' bracht Orrin naar voren.
'Jawel. Maar je hebt al toegang tot het Leonameer vanaf Dauth en de Jiet.'
Koning Orrin staarde naar het midden van de vloer en zweeg. Buiten verdween de zon achter de horizon, en alleen een paar langgerekte wolken vingen het zonlicht nog. De hemel begon donker te worden en de eerste sterren verschenen: vage lichtpuntjes in een donkerpaarse zee. Er stak een briesje op en in het geluid van de wind tegen de toren hoorde Eragon het ritselen van de brandnetels met hun gezaagde blad.
Hoe langer ze wachtten, hoe sterker Eragon vermoedde dat Orrin Nasuada's aanbod zou afwijzen, of dat hij daar de hele nacht zou blijven zitten zonder iets te zeggen.
Toen ging de koning verzitten en keek op. 'Goed dan,' zei hij met zachte stem. 'Zolang je je houdt aan de voorwaarden voor onze overeenkomst, zal ik de opvolging van Galbatorix aan jou overlaten... majesteit.'
Er ging een rilling door Eragon heen toen hij Orrin dat woord hoorde uitspreken.
Met sombere blik liep Nasuada naar voren totdat ze in het midden van het open vertrek stond. Toen sloeg Orik met de steel van Volund op de

vloer en riep uit: 'De koning is dood, lang leve de koningin!'

'De koning is dood, lang leve de koningin!' riepen Eragon, Arya, Däthedr en Grimrr. De weerkat ontblootte zijn scherpe tanden, en Saphira uitte een luid, triomfantelijk signaal dat echode tegen het gewelfde plafond en weergalmde over de stoffige stad aan hun voeten. Van de eldunarí ging een goedkeurend gevoel uit.

Nasuada stond kaarsrecht en trots overeind, en in het afnemende licht was te zien dat haar ogen glommen van de tranen. 'Dank jullie wel,' zei ze en ze keek iedereen om beurten aan, hun blik vasthoudend. Maar haar gedachten leken nog steeds elders te zijn, en ze had iets verdrietigs over zich, hoewel Eragon betwijfelde of de anderen dat zagen.

En over het hele land daalde de duisternis neer, hun toren een eenzaam lichtbaken hoog boven de stad.

Een passend grafschrift

Na hun overwinning in Urû'baen gingen de maanden zowel snel als langzaam voorbij voor Eragon. Snel omdat er veel te doen was voor hem en Saphira, en er bijna geen dag was dat ze tegen zonsondergang niet uitgeput waren. Langzaam omdat hij een gevoel van nutteloosheid bleef houden – ondanks de vele opdrachten die ze van koningin Nasuada kregen – en het leek alsof ze passief in rustig water lagen, wachtend op iets wat hen weer in de stroom zou duwen.

Saphira en hij bleven nog vier dagen in Urû'baen nadat Nasuada tot koningin was gekozen en ze hielpen de Varden zich te vestigen in de stad en het gebied daaromheen. De meeste tijd waren ze bezig met de inwoners van de stad – voornamelijk met het sussen van groepen mensen die woest waren om iets wat de Varden hadden gedaan – en ze maakten jacht op groepen soldaten die Urû'baen waren ontvlucht en nu aasden op reizigers, boeren en omliggende landgoederen om zich in leven te houden. Samen met Saphira werkte hij ook mee aan het herbouwen van de enorme hoofdpoort van de stad, en op verzoek van Nasuada sprak hij verscheidene bezweringen uit om te voorkomen dat degenen die nog steeds trouw waren aan Galbatorix haar zouden tegenwerken. De bezweringen waren alleen van toepassing op de mensen in de stad en het omliggende gebied, maar alle Varden voelden zich er veiliger door.

Het viel Eragon op dat de Varden, de dwergen en zelfs de elfen hem en Saphira anders behandelden dan voor de dood van Galbatorix. Ze toonden meer respect en waren eerbiediger, vooral de mensen, en ze bekeken hem en Saphira met iets wat hij langzaam begon te zien als een gevoel van ontzag. Eerst genoot hij ervan – Saphira leek er niet koud of warm van te worden – maar het begon hem dwars te zitten toen hij zich realiseerde dat veel dwergen en mensen hem zo graag een plezier wilden doen, dat ze tegen hem zeiden wat ze dachten dat hij wilde horen, en dus niet meer de waarheid spraken. Deze ontdekking bracht hem van zijn stuk; hij had het gevoel dat hij niemand meer kon vertrouwen behalve Roran, Arya, Nasuada, Orik, Horst en natuurlijk Saphira.

Arya zag hij weinig die dagen. De paar keer dat ze elkaar tegenkwamen, leek ze teruggetrokken, en hij herkende dat als haar manier om met verdriet om te gaan. Ze kregen niet de kans om elkaar onder vier ogen te spreken, en de paar keer dat hij haar zijn deelneming kon betuigen was dat kort en onbeholpen. Hij dacht dat zij het wel op prijs stelde, maar dat was moeilijk te zeggen.

Wat Nasuada betrof, die leek veel van haar voormalige voortvarendheid, karakter en energie terug te hebben gekregen na een nacht goed slapen, wat Eragon verbaasde. Zijn waardering voor haar steeg met sprongen toen hij haar verslag hoorde van alles wat ze had doorstaan in de Zaal van de Waarheidzegger, en ook zijn achting voor Murtagh nam toe, over wie Nasuada met geen woord meer repte. Ze complimenteerde Eragon met zijn leiding over de Varden in haar afwezigheid – hoewel hij protesteerde dat hij het grootste deel van de tijd weg was geweest – en bedankte hem dat hij haar zo snel gered had, want zoals ze later in hun gesprek toegaf, was Galbatorix er bijna in geslaagd haar te breken.

Op de derde dag werd Nasuada gekroond op een groot plein in het centrum van de stad, voor de ogen van een enorme menigte mensen, dwergen, elfen, weerkatten en Urgals. De explosie die een eind had gemaakt aan Galbatorix' leven had de eeroude kroon van de Broddrings verwoest, dus hadden de dwergen een nieuwe kroon gesmeed uit goud dat ze in de stad hadden gevonden en edelstenen die de elfen van hun helmen en zwaardknoppen af hadden gehaald.

Het was een eenvoudige ceremonie, maar des te indrukwekkender. Nasuada kwam te voet aan uit de richting van de verwoeste citadel. Ze droeg een koninklijk paarse jurk – met mouwen tot de ellebogen zodat iedereen de littekens op haar onderarmen kon zien – met een sleep die met nerts afgezet was. Elva droeg de sleep, want Eragon had Murtaghs waarschuwing in acht genomen en had erop gestaan dat het meisje zo dicht mogelijk bij Nasuada bleef.

Er klonk een traag tromgeroffel toen Nasuada naar het podium liep dat in het midden van het plein was opgericht. Op het podium, naast de met houtsnijwerk versierde stoel die zou dienen als haar troon, stond Eragon, met Saphira vlak achter hem. Voor het podium stonden de koningen Orrin, Orik en Grimrr, samen met Arya, Däthedr en Nar Garzhvog.

Nasuada beklom het podium en knielde voor Eragon en Saphira neer. Een dwerg uit de clan van Orik bood Eragon de nieuwe kroon aan, die hij op Nasuada's hoofd plaatste. Toen boog Saphira haar nek en raakte met haar snuit Nasuada's voorhoofd aan, en zij en Eragon zeiden:

Sta nu op als koningin, Nasuada, dochter van Ajihad en Nadara.

Er klonk een fanfare van trompetten en de menigte – die tot dan toe doodstil was geweest – begon te juichen. Het was een vreemde kakofonie, met het gebrul van de Urgals vermengd met de melodieuze stemmen van de elfen.

Toen ging Nasuada op de troon zitten. Koning Orrin kwam voor haar staan en zwoer zijn trouw, gevolgd door Arya, koning Orik, Grimrr Halfpoot en Nar Garzhvog, die ieder de vriendschap van hun respectievelijke ras beloofden.

Eragon was zwaar onder de indruk van het hele gebeuren. Hij betrapte zich erop dat hij zijn tranen moest inhouden toen hij naar Nasuada op haar troon keek. Pas met haar kroning kreeg hij het gevoel dat het schrikbeeld van Galbatorix' onderdrukking begon te wijken.

Daarna was er een feestmaal, en de Varden en hun bondgenoten vierden de hele nacht en een deel van de volgende dag feest. Eragon herinnerde zich weinig van de festiviteiten, behalve het dansen van de elfen, het gedreun van de trommels van de dwergen en de vier Kull die een toren bij de stadsmuur beklommen en daar op hoorns bliezen die gemaakt waren van de schedels van hun vaders. De inwoners van de stad deden ook mee aan de festiviteiten, en bij hen zag Eragon opluchting en blijdschap dat Galbatorix niet langer koning was. Maar achter hun emoties, en die van alle andere aanwezigen, ging een besef schuil van het belang van het moment, want ze wisten dat ze getuige waren van het einde van een tijdperk en het aanbreken van een nieuw tijdperk.

Op de vijfde dag, toen de poort bijna herbouwd was en de stad redelijk veilig leek, beval Nasuada Eragon en Saphira naar Dras-Leona te vliegen, en vandaar naar Belatona, Feinster en Aroughs. In elke plaats moesten ze de naam van de oude taal uitspreken om iedereen die trouw aan Galbatorix had gezworen te ontslaan van zijn eed. Ze had Eragon ook gevraagd om de soldaten en de edellieden bezweringen op te leggen – zoals hij had gedaan met de mensen van Urû'baen – om ze ervan te weerhouden de pas bezegelde vrede te ondermijnen. Dat had Eragon geweigerd, want hij vond dat dat te veel leek op hoe Galbatorix zijn dienaren onder controle had gehouden. In Urû'baen was het risico van verborgen moordenaars of andere loyalisten groot genoeg, zodat Eragon daar haar wens had ingewilligd. Maar elders niet. Tot zijn opluchting stemde Nasuada uiteindelijk met hem in.

Saphira en hij namen de helft van de eldunarí uit Vroengard mee; de rest bleef achter met de harten van harten die gered waren uit de schatkamer van Galbatorix. Blödhgarm en zijn magiërs – die niet langer verplicht waren Eragon en Saphira te verdedigen – verhuisden die eldunarí naar een kasteel een paar mijl ten noordoosten van Urû'baen, waar het makkelijker zou zijn de harten te beschermen tegen wie ze ook maar zou willen stelen, en waar de gedachten van de waanzinnige draken alleen invloed zouden hebben op de geest van hun bewaarders.

Pas nadat Eragon en Saphira ervan overtuigd waren dat de eldunarí veilig waren, vertrokken ze.

Toen ze in Dras-Leona aankwamen, was Eragon geschokt door het aantal bezweringen dat hij in de hele stad aantrof, en ook in de donkere stenen toren, Helgrind. Hij vermoedde dat vele al honderden jaren oud waren, zo niet ouder: vergeten bezweringen uit vervlogen tijden. Degene die ongevaarlijk leken liet hij met rust, en de andere verwijderde hij, maar het was vaak moeilijk te zeggen, en hij wilde niet rommelen met bezweringen waarvan hij niet begreep waar ze voor dienden. Hier bleken de eldunarí van nut; in verscheidene gevallen herinnerden ze zich nog wie de bezwering had uitgesproken en waarom, of anders waren ze in staat het doel ervan af te leiden uit informatie die voor hem geen enkele betekenis had.

Toen ze met Helgrind bezig gingen en de diverse nederzettingen van de priesters – die waren ondergedoken zodra het nieuws van Galbatorix' overlijden hen had bereikt – deed Eragon geen pogingen om vast te stellen welke bezweringen gevaarlijk waren en welke niet; hij verwijderde ze allemaal. Hij gebruikte ook de naam der namen om te zoeken naar de riem van Beloth de Wijze in de ruïnes van de grote kathedraal, maar zonder succes.

Ze bleven drie dagen in Dras-Leona en gingen toen verder naar Belatona. Ook daar verwijderde Eragon de bezweringen van Galbatorix, evenals in Feinster en Aroughs. In Feinster probeerde iemand hem te vermoorden met een vergiftigd drankje. Zijn afweerbezweringen beschermden hem, maar Saphira maakte zich er heel kwaad over.

Als ik ooit die rattige lafaard te pakken krijg die dit heeft gedaan, vreet ik hem levend op vanaf zijn tenen, gromde ze.

Op de terugweg naar Urû'baen stelde Eragon voor iets van richting te veranderen. Saphira stemde ermee in en boog af, dusdanig overhellend dat de horizon ineens rechtop stond en de wereld in twee helften werd verdeeld: de donkerblauwe lucht en de groen-bruine aarde.

Het kostte een halve dag zoeken, maar uiteindelijk vond Saphira de groep zandstenen heuvels, en één heuvel in het bijzonder: een hoge, glooiende, roodachtige rots met halverwege de helling een grot. En op de top een schitterende diamanten graftombe.

De heuvel zag er precies uit zoals Eragon zich herinnerde. Toen hij ernaar keek, voelde hij een toenemende druk op zijn borst.

Saphira landde naast de graftombe. Haar klauwen schraapten over de pokdalige stenen en er vlogen splinters af.

Met langzame vingers gespte Eragon zijn benen los. Toen liet hij zich op de grond glijden. Er ging een golf van duizeligheid door hem heen toen hij de warme stenen rook, en even had hij het gevoel dat hij in het verleden was.

Toen schudde hij het van zich af en werd zijn geest weer helder. Hij liep naar de graftombe en keek in de kristallen diepten, en daar zag hij Brom.

Daar zag hij zijn vader.

Broms uiterlijk was niet veranderd. De diamanten die zijn lichaam omgaven beschermden hem tegen de tand des tijds, en zijn vlees vertoonde geen spoor van verrotting. Het vel van zijn gegroefde gezicht was stevig en had een roze tint, alsof er nog steeds warm bloed onder het oppervlak stroomde. Het leek alsof Brom elk moment zijn ogen kon openen en opstaan, klaar om verder te gaan met hun onvoltooide reis. Op een bepaalde manier was hij onsterfelijk geworden, want hij verouderde niet meer zoals iedereen, maar zou altijd dezelfde blijven, gevangen in een droomloze slaap.

Broms zwaard lag op zijn borst en op het lange witte vaandel van zijn baard, met zijn handen gevouwen op het gevest, precies zoals Eragon ze had neergelegd. Naast hem lag zijn knoestige staf, en Eragon zag nu pas dat er tientallen symbolen uit de oude taal in waren uitgesneden.

Tranen welden op in Eragons ogen. Hij liet zich op zijn knieën vallen en huilde stil, oneindig lang. Hij hoorde dat Saphira bij hem kwam staan, voelde haar met zijn geest, en hij wist dat ook zij treurde over het heengaan van Brom.

Ten slotte kwam Eragon overeind en leunde tegen de rand van de tombe terwijl hij de vorm van Broms gezicht bestudeerde. Nu hij wist waar hij op moest letten, zag hij de overeenkomsten tussen hen, vervaagd en onduidelijk geworden door de tijd en door Broms baard, maar nog steeds onmiskenbaar. De kromming van Broms jukbeenderen, de rimpel tussen zijn wenkbrauwen, de manier waarop zijn bovenlip opkrulde; dat alles herkende Eragon. Maar Broms haakneus had hij niet geërfd. Zijn neus had hij van zijn moeder.

Eragon keek op hem neer, zwaar ademend, terwijl zijn ogen weer wazig werden. 'Het is gebeurd,' zei hij zacht. 'Ik heb het gedaan... Wíj hebben het gedaan. Galbatorix is dood, Nasuada zit op de troon, en Saphira en ik zijn ongedeerd. Dat zou u wel bevallen, nietwaar, oude vos?' Hij lachte kort en veegde zijn ogen af met zijn pols. 'Sterker nog, er zijn drakeneieren in Vroengard. Eieren! De draken zullen niet uitsterven. En Saphira en ik gaan ze grootbrengen. Dát hebt u nooit voorzien, hè?' Weer lachte hij en voelde zich in gelijke mate dwaas en overmand door verdriet. 'Ik vraag me af wat u hier allemaal van zou denken. U bent dezelfde als altijd, maar wij niet. Zou u ons wel herkennen?'

Natuurlijk zou hij dat, zei Saphira. *Je bent zijn zoon.* Ze raakte hem aan met haar neus. *Bovendien is je gezicht niet zo veranderd dat hij je voor iemand anders zou aanzien, hoewel je geur wel anders is.*

'Is dat zo?'

Je ruikt nu meer als een elf... Maar goed, hij zou moeilijk kunnen denken dat ik Shruikan of Glaedr was, toch?

'Nee.'

Eragon haalde zijn neus op en duwde zich af tegen de graftombe. Brom leek zo levend tussen die diamanten dat hij erdoor op een idee werd gebracht: een wild, onmogelijk idee dat hij bijna verwierp maar waarvan zijn emoties niet toestonden dat hij het negeerde. Hij dacht aan Umaroth en de eldunarí – aan al hun verzamelde kennis en aan wat ze voor elkaar hadden gekregen met zijn bezwering in Urû'baen – en in zijn hart ontbrandde een sprankje vertwijfelde hoop.

Sprekend tegen zowel Saphira als Umaroth zei hij: *Brom was nog maar net dood toen we hem begroeven. Saphira heeft de stenen pas de volgende dag in diamanten veranderd, maar hij was de hele nacht steeds in steen gehuld, luchtdicht. Umaroth, met jouw kracht en jouw kennis kunnen we hem misschien... misschien nog genezen.* Eragon rilde alsof hij koorts had. *Ik wist eerst niet hoe ik zijn wond moest genezen, maar nu... nu denk ik dat ik het kan.*

Het zal moeilijker zijn dan je denkt, zei Umaroth.

Ja, maar jij kunt het! zei Eragon. *Ik heb gezien hoe jij en Saphira geweldige dingen voor elkaar kregen met magie. Dit gaat jouw krachten niet te boven!*

Je weet dat we geen magie kunnen gebruiken op commando, zei Saphira.

En zelfs als het lukt, zei Umaroth, *is de kans groot dat we er niet in slagen Broms geest in zijn voormalige staat terug te brengen. Geesten zijn ingewikkelde dingen, en uiteindelijk zou hij ze niet meer allemaal op een rijtje kunnen hebben, of een totaal andere persoonlijkheid kunnen krijgen. En wat dan? Zou je willen dat hij zo moet leven? Zou hij dat willen? Nee, het is het beste om hem met rust te laten, Eragon, en hem te eren met je gedachten en je daden, zoals je hebt gedaan. Jij zou willen dat het anders was. Dat wil iedereen die iemand heeft verloren om wie hij geeft. Maar zo gaat het nu eenmaal. Brom leeft voort in je herinnering, en als hij was zoals jij ons hebt laten zien, zou hij daar tevreden mee zijn. Dan moet jij er ook tevreden mee zijn.*

Maar...

Het was niet Umaroth die hem nu onderbrak, maar de oudste van de eldunarí, Valdr. Hij verraste Eragon door niet in beelden of gevoelens te spreken, maar in woorden uit de oude taal, geforceerd en moeizaam, alsof ze vreemd voor hem waren. Hij zei: *Laat de doden aan de aarde over. Zij zijn niet voor ons.* Toen zweeg hij, maar Eragon voelde een groot verdriet en medeleven van hem uitgaan.

Eragon slaakte een lange zucht en sloot zijn ogen een moment. Toen stond hij zichzelf toe zijn misleide hoop los te laten en het feit dat Brom er niet meer was opnieuw te accepteren.

'Ah,' zei hij tegen Saphira, 'ik had niet gedacht dat het zo moeilijk zou zijn.'

Het zou vreemd zijn als het niet zo was. Hij voelde hoe haar warme adem het haar op zijn kruin beroerde toen ze zijn rug aanraakte met de zijkant van haar snuit.

Hij glimlachte zwak en raapte al zijn moed bij elkaar om weer naar Brom te kijken.

'Vader,' zei hij. Het woord smaakte vreemd in zijn mond; hij had nog nooit een reden gehad om het tegen iemand te zeggen. Toen richtte Eragon zijn blik op de runen die hij in de piek aan het hoofdeinde van de tombe had gegraveerd. Er stond:

HIER LIGT BROM
*Die een Drakenrijder was
En een vader
Voor mij.
Moge zijn naam roemvol voortleven.*

Hij glimlachte gepijnigd bij de gedachte dat hij zo dicht bij de waarheid was gekomen. Toen sprak hij in de oude taal en zag hoe de diamanten flakkerden en bewogen terwijl er zich een nieuw patroon van runen vormde. Toen hij klaar was, was de inscriptie veranderd in:

HIER LIGT BROM
Die een Rijder was
Verbonden aan de draak Saphira
Zoon van Holcomb en Nelda
Geliefde van Selena
Vader van Eragon Schimmendoder
Oprichter van de Varden
En Vloek van de Meinedigen.
Moge zijn naam roemvol voortleven.
Stydja unin mor'ranr.

Het was een minder persoonlijk grafschrift, maar Eragon vond het passender. Toen sprak hij verscheidene bezweringen uit om de diamanten te beschermen tegen dieven en vandalen.

Hij bleef naast de tombe staan, onwillig zich af te wenden. Hij had het gevoel alsof er méér moest zijn – een gebeurtenis of een emotie of een besef waardoor het makkelijker voor hem zou worden om afscheid te nemen van zijn vader en te vertrekken.

Ten slotte legde hij zijn hand op de koele diamanten, wensend dat hij erdoorheen zou kunnen komen om Brom nog een laatste keer aan te raken. En hij zei: 'Bedankt voor alles wat u me hebt geleerd.'

Saphira snoof en boog haar hoofd totdat ze met haar neus tegen de harde edelstenen botste.

Toen draaide Eragon zich om, en met een gevoel alsof er iets definitiefs was gebeurd klom hij langzaam op Saphira's rug.

Hij bleef somber terwijl Saphira opsteeg en naar het noordoosten vloog, in de richting van Urû'baen. Toen de zandstenen heuvels niet meer dan een vlek aan de horizon waren, liet hij een lange zucht ontsnappen en keek omhoog in de azuurblauwe lucht.

Een glimlach spleet zijn gezicht in tweeën.

Wat is er zo grappig? vroeg Saphira en ze zwaaide met haar staart heen en weer.

De schub op je snuit groeit weer terug.

Ze was blij, dat was duidelijk. Toen snoof ze en zei: *Ik heb altijd geweten dat dat zou gebeuren. Waarom niet?* Maar hij voelde haar flanken trillen tegen zijn hielen terwijl ze tevreden neuriede, en hij gaf haar een klopje en legde zijn borst tegen haar nek, terwijl hij de warmte van haar lichaam in het zijne voelde trekken.

Stukken op een bord

Toen Eragon en Saphira in Urû'baen terugkwamen, ontdekte hij tot zijn verrassing dat Nasuada uit respect voor zijn geschiedenis en erfgoed van de stad de oude naam Ilirea weer had ingevoerd.

Maar het was verschrikkelijk te ontdekken dat Arya samen met Däthedr en veel andere hoge elfenheren naar Ellesméra waren vertrokken met medeneming van het groene drakenei dat ze in de citadel gevonden hadden.

Bij Nasuada had ze een brief voor hem achtergelaten. Ze legde daarin uit dat ze het lichaam van haar moeder naar Du Weldenvarden moest terugbrengen om het fatsoenlijk te begraven. Over het drakenei schreef ze:

... omdat Saphira jou, een mens, gekozen heeft om haar Rijder te zijn, is het alleen maar juist dat een elf de volgende Rijder wordt, mits de draak in het ei ermee instemt. Ik wil hem meteen die kans geven. Hij zit hoe dan ook al veel te lang in het ei. Omdat er elders nog veel meer eieren zijn – ik zal niet zeggen waar – hoop ik niet dat je mijn gedrag aanmatigend vindt of denkt dat ik mijn eigen volk te veel bevoordeel. Ik heb over deze kwestie met de eldunarí overlegd, en zij zijn het met mijn beslissing eens.

Hoe dan ook, nu zowel Galbatorix als mijn moeder zijn overgegaan naar de leegte, wens ik geen ambassadeur bij de Varden meer te zijn. Liever hervat ik mijn taak om met een drakenei door het land te trekken, zoals ik ook met dat van Saphira heb gedaan. Er is natuurlijk nog steeds een ambassadeur tussen onze twee volkeren nodig. Däthedr en ik hebben daarom een vervanger benoemd: een jonge elf die Vanir heet en die je kent van je verblijf in Ellesméra. Hij heeft het verlangen geuit om meer over de leden van je volk te leren, en dat lijkt mij helemaal geen slechte reden om hem op die post te benoemen – althans zolang hij niet compleet incompetent blijkt te zijn.

De brief ging nog diverse regels door, maar Arya liet nergens doorschemeren of en wanneer ze naar het westen van Alagaësia terugkwam. Eragon was blij dat ze hem hoog genoeg achtte om te schrijven, maar hij had liever gewild dat ze met haar vertrek had gewacht totdat ze waren teruggekomen. Haar afwezigheid sloeg een gat in zijn leven, en hoewel hij veel tijd doorbracht met Roran en Katrina, en daarnaast met Nasuada, weigerde die schrijnende leegte in zijn hart te verdwijnen. Dat en het hardnekkige gevoel dat Saphira en hij alleen maar konden wachten, gaven hem een gevoel van afstandelijkheid. Hij had vaak de indruk dat hij zichzelf van buiten zijn lichaam gadesloeg alsof hij een onbekende was. Hij begreep de oorzaak van die gevoelens maar kon geen ander geneesmiddel bedenken dan tijd.

Tijdens hun laatste tocht was bij hem opgekomen dat hij – met de beheersing van de oude taal die de naam van namen hem gaf – bij Elva de laatste resten kon wegnemen van de zegen die een vervloeking was gebleken. Hij ging dus naar het meisje, dat in Nasuada's grote paleis woonde, vertelde haar zijn idee en vroeg wat ze wilde.

Ze reageerde niet met de blijdschap die hij verwacht had, maar bleef met een frons op haar bleke gezicht naar de grond staren. Ze zweeg bijna een uur. Hij zat tegenover haar en wachtte zonder protest.

Toen ze hem aankeek, zei ze: 'Nee, ik blijf liever zoals ik ben… Ik ben blij dat je het me gevraagd hebt, maar het is een te groot deel van me, en ik kan het niet opgeven. Zonder mijn vermogen om de pijn van anderen te voelen, zou ik een curiositeit zijn – een wanstaltige aberratie die nergens toe dient maar wel de vulgaire nieuwsgierigheid bevredigt van hen die me in hun omgeving geduld hebben, die me verdrágen hebben. Ik blijf altijd een curiositeit, maar ik kan ook nuttig zijn, heb een vermogen dat anderen vrezen, en ben baas over mijn eigen bestaan, wat voor veel andere vrouwen niet geldt.' Ze gebaarde naar het fraaie vertrek waar ze was. 'Hier woon ik comfortabel – hier woon ik in vrede – en toch kan ik iets goeds blijven doen door Nasuada te helpen. Als je mijn vermogen weghaalt, wat heb ik dan nog? Wat moet ik dan doen? Wat zou ik zijn? De opheffing van de spreuk zou geen zegen zijn, Eragon. Nee, ik blijf liever zoals ik ben, en draag de beproevingen van mijn gave uit vrije wil. Maar ik dank je evengoed.'

Twee dagen nadat Saphira en hij geland waren in de stad die nu Ilirea heette, stuurde Nasuada hen opnieuw uit, eerst naar Gil'ead en toen naar Ceunon – de twee steden die de elfen veroverd hadden. Eragon kon er opnieuw de naam van namen gebruiken om Galbatorix' spreuken op te heffen.

Eragon en Saphira vonden Gil'ead een onprettige stad, die hen deed denken aan de keer dat de Urgals hem op Durza's bevel gevangen hadden genomen, en ook aan Oromis' dood.

Ze sliepen drie nachten in Ceunon. Dat was een heel andere stad dan de andere die ze kenden. De huizen waren grotendeels van hout en hadden steile daken die in het geval van de grotere exemplaren uit diverse lagen bestonden. De punten van de daken waren vaak versierd met houtsnijwerk van een gestileerde drakenkop terwijl op de deuren ingewikkelde knooppatronen waren uitgesneden of geschilderd.

Bij hun vertrek was het Saphira die een andere route voorstelde, maar het kostte haar niet veel moeite om Eragon over te halen; hij was het graag met haar eens toen ze uitlegde dat de omweg niet te tijdrovend zou zijn.

Vanuit Ceunon vloog Saphira naar het westen over de Baai van Fundor – een brede watermassa met witte golftoppen. De grijze en zwarte ruggen van grote zeevissen braken vaak als leerachtige eilandjes door het oppervlak heen. Dan sproeiden ze water uit hun spuitgat en staken hun staartvinnen hoog in de lucht voordat ze weer de stille diepte in gleden.

Aan de andere kant van de baai stond een harde, koude wind, en toen vlogen ze over het Schild, waar Eragon de naam van elke top kende. En vandaar naar de Palancarvallei, voor het eerst sinds ze samen met Brom de Ra'zac achterna waren gegaan. Dat leek een heel leven geleden.

Eragon vond het dal huiselijk ruiken. De geur van de dennen en wilgen en berken deed hem aan zijn jeugd denken, en de bittere beet van de lucht herinnerde hem eraan dat de winter naderde.

Ze landden in de verkoolde ruïnes van Carvahall, en Eragon slenterde door straten die door gras en onkruid overwoekerd dreigden te worden.

Uit een berkenbosje in de buurt kwam een troep wilde honden. Ze bleven staan toen ze Saphira zagen, grauwden, keften en renden hard weg. Saphira gromde en blies wat rook uit maar maakte geen aanstalten om ze achterna te gaan.

Een stuk verbrand hout kraakte onder zijn voet toen hij zijn laars door een berg as haalde. Het verwoeste dorp bood een trieste aanblik, maar de meeste ontsnapte dorpelingen waren nog in leven. Als ze terugkwamen, zouden ze Carvahall herbouwen en mooier maken dan het geweest was. Dat wist Eragon heel goed. De gebouwen waarmee hij was opgegroeid, waren echter voorgoed verdwenen. Hun afwezigheid versterkte het gevoel dat hij niet langer in het dal thuishoorde, en de lege ruimtes waar ze hoorden te staan, gaven hem een gevoel van verkeerdheid, alsof hij zich in een droom bevond waarin alles uit het lood hing.

'De wereld is uit zijn voegen gerukt,' mompelde hij.

Eragon maakte een klein kampvuur naast wat vroeger Morns taveerne was geweest, en stoofde een grote pan vlees. Terwijl hij at, trok Saphira door het omringende landschap, snuffelend aan alles wat ze belangwekkend vond.

Toen Eragon gegeten had, bracht hij zijn pan, kom en lepel naar de Anora en waste die in het ijskoude water af. Hij zat gehurkt op de rotsige oever en staarde naar de zwevende, witte pluim aan de kop van het dal.

Daar lagen de Igualda-watervallen, die nog een halve mijl naar boven doorliepen voordat ze over een hoge stenen rand op de Narnmorberg verdwenen. Bij die aanblik moest hij denken aan de avond waarop hij uit het Schild was teruggekomen met Saphira's ei in zijn bepakking, onbewust van wat hun tweeën te wachten stond en zelfs van dat er twee van hen zouden zíjn.

'We gaan,' zei hij tegen Saphira, toen hij bij de ingestorte put in het midden van het dorp weer bij haar kwam staan.

Wil je je boerderij nog zien? vroeg ze terwijl hij op haar rug ging zitten.

Hij schudde zijn hoofd. 'Nee, ik denk er liever aan zoals het was, niet zoals het is.'

Ze was het met hem eens. Toch vloog ze, zonder dat te bespreken, naar het zuiden langs de weg waarover ze de Palancarvallei hadden verlaten. Onderweg ving Eragon een glimp op van de open plek waar hij gewoond had, maar het was zo ver en donker dat hij zich kon verbeelden dat het huis en de schuur nog overeind stonden.

Aan de zuidpunt van het dal zweefde Saphira op een golf thermiek naar de top van de hoge, kale Utgard. Daar stond het instortende torentje dat de Rijders hadden gebouwd om de krankzinnige koning Palancar in het oog te houden. Het torentje had ooit Edoc'sil geheten, maar droeg inmiddels de naam Ristvak'baen of 'Plaats van Smart', want daar had Galbatorix Vrael gedood.

In de ruïnes bewezen Eragon en Saphira samen met de eldunarí eer aan de nagedachtenis van Vrael. Vooral Umaroth was somber, maar hij zei: *Dank je dat je me hierheen hebt gebracht, Saphira. Ik had nooit gedacht dat ik nog eens de plaats zou zien waar mijn Rijder gesneuveld is.*

Toen spreidde Saphira haar vleugels, sprong uit het torentje en wiekte weg uit het dal, naar de grazige vlakten verderop.

Halverwege Ilirea legde Nasuada met hen contact via een van de magiërs van de Varden en beval hun om zich aan te sluiten bij een grote groep strijders, die ze vanuit de hoofdstad naar Teirm had gestuurd.

Eragon was blij te horen dat Roran de strijders aanvoerde en dat ook Jeod, Baldor – die zijn hand weer volledig kon gebruiken sinds de elfen het lichaamsdeel hadden teruggezet – en diverse andere dorpelingen zich bij hen hadden aangesloten.

Enigszins tot Eragons verrassing weigerden de inwoners van Teirm zich over te geven, ook toen ze van hun eden aan Galbatorix bevrijd waren en zelfs toen duidelijk was dat de Varden met de hulp van Saphira en Eragon de stad gemakkelijk konden innemen, als ze dat wilden. In plaats daarvan eiste heer Risthart, de gouverneur van Teirm, een onafhankelijke stadstaat te mogen worden met de bevoegdheid om zijn eigen heersers te kiezen en zelf wetten uit te vaardigen.

Na dagenlange onderhandelingen willigde Nasuada eindelijk hun eisen in, mits heer Risthart trouw aan haar zwoer zoals ook koning Orrin had gedaan, en bereid was om zich aan haar wetten over magiërs te onderwerpen.

Vanuit Teirm begeleidden Eragon en Saphira de strijders langs de smalle kust naar het zuiden, totdat ze bij de stad Kuasta kwamen. Aanvankelijk gebeurde daar hetzelfde als in Teirm, maar toen gaf de gouverneur van Teirm toe en was hij bereid zich bij Nasuada's nieuwe koninkrijk aan te sluiten.

Eragon en Saphira vlogen vervolgens zelf naar Narda in het hoge noorden en kregen daar dezelfde belofte los voordat ze eindelijk naar Ilirea teruggingen, waar ze een paar weken verbleven in een paleis naast dat van Nasuada.

Als de tijd het toeliet, gingen Saphira en hij de stad uit en vlogen ze naar het kasteel waar Blödhgarm en de andere magiërs de eldunarí bewaakten die Galbatorix in zijn bezit had gehad. Eragon en Saphira hielpen daar bij de pogingen om de geest van de draken te helen. Ze boekten vooruitgang, maar het ging traag, en de ene eldunarí reageerde sneller dan de andere. Eragon was bang dat velen van hen gewoon geen belangstelling voor het leven meer hadden of anders zo verdwaald waren in het labyrint van hun geest dat een betekenisvol contact bijna onmogelijk was geworden. Dat gold zelfs voor oudere draken zoals Valdr. Om te voorkomen dat honderden halfgekke draken de anderen overweldigden die hen probeerden te helpen, hielden de elfen de meeste eldunarí in een soort trance, zodat ze met steeds een paar tegelijk konden communiceren.

Eragon werkte ook samen met de magiërs van Du Vrangr Gata om de stad van haar schatten te ontdoen. Een groot deel van die taak kwam op hem neer, want Galbatorix had veel betoverde voorwerpen achtergelaten, en vaak had geen van de andere magiërs genoeg kennis of ervaring om ermee om te gaan. Maar dat vond Eragon uitstekend. Het was voor hem een genot om het beschadigde fort te doorzoeken en de geheimen te ontdekken die daar verborgen waren. Galbatorix had in een eeuw tijd tal van verbazingwekkende dingen verzameld. Sommige waren gevaarlijker dan andere, maar allemaal waren ze interessant. Eragons favoriet was een astrolabium waarmee je, als je het voor je oog zette, zelfs bij daglicht de sterren kon zien.

Het bestaan van de gevaarlijkste voorwerpen hield hij echter geheim, behalve voor Saphira en Nasuada, omdat het te riskant was als te veel mensen ervan wisten.

De rijkdommen uit de citadel benutte Nasuada direct om haar strijders te voeden en te kleden en de verdedigingswerken te herbouwen van de steden die ze tijdens hun invasie van het Rijk hadden ingenomen. Bovendien schonk ze aan elke onderdaan vijf gouden kronen. Voor de edelen was dat een onbeduidend bedrag maar voor de armere boeren een echt fortuin. Eragon wist dat ze met dit gebaar hun respect en trouw verdiende op een manier die Galbatorix nooit begrepen zou hebben.

Ze troffen ook verscheidene honderden zwaarden van Rijders aan: zwaarden van elke kleur en vorm, gemaakt voor mensen en elfen. Dat was een adembenemende vondst. Eragon en Saphira brachten de wapens persoonlijk naar het kasteel waar de eldunarí lagen, in afwachting van de dag waarop de Rijders ze weer nodig zouden hebben.

Eragon bedacht dat Rhunön blij zou zijn geweest met de wetenschap dat zo'n groot deel van haar werk het overleefd had.

Voorts had Galbatorix duizenden boeken en boekrollen verzameld. De elfen en Jeod hielpen bij de catalogisering en hielden exemplaren apart die geheimen bevatten over de Rijders of het wezen van de magie.

Ze bladerden door Galbatorix' enorme schat aan kennis, en Eragon bleef hopen dat ze een aanduiding zouden vinden over de plaats waar de koning de rest van de Lethrblaka-eieren verborgen had. In geschriften van elfen en Rijders uit vervlogen eeuwen kwam hij wel vermeldingen van de Lethrblaka of Ra'zac tegen, maar die gingen alleen over de duistere dreiging van de nacht en over wat men doen kon tegen een vijand die met geen enkele soort magie was waar te nemen.

Nu Eragon openlijk met Jeod kon spreken, deed hij dat regelmatig. Hij vertrouwde hem alles toe wat met de eldunarí en de eieren was gebeurd, en ging zelfs zover dat hij hem vertelde hoe hij op Vroengard zijn ware naam had ontdekt. Praten met Jeod was heel geruststellend, vooral omdat hij een van de weinigen was die Brom goed genoeg gekend had om hem een vriend te kunnen noemen.

Eragon vond het op een tamelijk abstracte manier interessant om te zien wat nodig was voor de regering en de wederopbouw van het koninkrijk dat Nasuada op de restanten van het Rijk aan het opzetten was. De leiding over zo'n enorm en divers land eiste een geweldige inspanning, waaraan nooit een eind kwam: er lag altijd meer werk te wachten. Eragon wist dat hij die functie zelf afschuwelijk zou hebben gevonden, maar Nasuada genoot er zichtbaar van. Haar energie was onuitputtelijk, en ze leek altijd te weten hoe ze de problemen die ze tegenkwam het hoofd moest bieden. Bij haar omgang met afgezanten, functionarissen, aristocraten en gewone mensen zag hij haar dag in, dag uit groeien in haar rol. Ze bleek er geknipt voor, maar hij wist niet hoe gelukkig ze eigenlijk was, en maakte zich daarom zorgen over haar.

Hij zag haar vonnissen vellen over de edelen die – vrijwillig of niet – met Galbatorix hadden samengewerkt, en was het eens met de rechtvaardigheid en genade die ze betoonde, maar ook met de straffen die ze zo nodig oplegde. Meestal ontdeed ze hen van hun grond, hun titels en het grootste deel van hun onrechtmatig verkregen rijkdom, maar ze liet hen niet executeren, en daar was Eragon blij om.

Hij stond naast haar toen ze Nar Garzhvog en zijn volk enorme lappen grond aan de noordkust van het Schild en op de vruchtbare vlakten tussen het Flämmeer en de Toark schonk, waar weinig of geen mensen meer woonden. En ook daarmee was Eragon het eens.

Net als koning Orrin en heer Risthart had Nar Garzhvog trouw gezworen aan Nasuada als zijn hoge heerseres. Toch zei de reusachtige Kull: 'Mijn volk is het hiermee eens, vrouwe Nachtjager, maar ze hebben dik bloed en een kort geheugen. Woorden zullen hen niet eeuwig binden.'

Nasuada antwoordde kil: 'Wil je zeggen dat je volk de vrede zal breken? Moet ik begrijpen dat onze volkeren ooit weer vijanden zullen zijn?'

'Nee,' zei Garzhvog, zijn grote hoofd schuddend. 'We willen niet tegen u vechten. We weten dat Vuurzwaard ons zal doden. Maar... als onze kleintjes groot zijn, gaan ze gevechten zoeken om zich te bewijzen. Als er geen gevechten zijn, zullen ze die zelf beginnen. Het spijt me, Nachtjager, maar wij kunnen onszelf niet veranderen.'

Die uitspraak vond Eragon zorgwekkend – en Nasuada ook. Nachtenlang dacht hij over de Urgals en probeerde hun probleem op te lossen.

In de loop van de weken daarna bleef Nasuada hem en Saphira naar allerlei plaatsen in Surda en haar koninkrijk sturen. Ze dienden vaak als haar persoonlijke afgezanten bij koning Orrin, heer Risthart, andere aristocraten en groepen soldaten in het hele land.

Overal waar ze gingen, zochten ze naar een plaats die in de eeuwen daarna geschikt zou zijn als onderkomen voor de eldunarí en als nest en oefenterrein voor de draken die op Vroengard verborgen waren. Delen van het Schild waren veelbelovend, maar de meeste plaatsen lagen te dicht bij mensen of Urgals of lagen zo noordelijk dat het Eragon afschuwelijk leek om er het hele jaar te moeten wonen. Bovendien waren Murtagh en Thoorn naar het noorden gegaan, en Eragon en Saphira wilden hen niet extra in moeilijkheden brengen.

De Beorbergen zouden perfect zijn geweest, maar het leek twijfelachtig of de dwergen blij zouden zijn met honderden hongerige draken die binnen de grenzen van hun rijk uit eieren kwamen. Overal waar ze in de Beorbergen nestelden, bevonden ze zich op korte afstand van minstens één dwergenstad. En het leek hem geen goed idee dat jonge draken de kudden feldûnost van de dwergen gingen uitdunnen – wat hem (Saphira kennende) maar al te waarschijnlijk leek.

De elfen hadden er volgens hem geen bezwaar tegen dat draken op of rond een van de bergen in Du Weldenvarden woonden, maar Eragon bleef zich zorgen maken over hun nabijheid tot de elfensteden. Ook vond hij het niet goed om de draken en eldunarí op het gebied van één volk onder te brengen. Dat wekte de schijn dat ze vooral dat ene volk steunden. De Rijders van het verleden hadden dat nooit gedaan, en Eragon vond dat ook de Rijders van de toekomst het niet moesten doen.

De enige streek die ver genoeg van elke stad en elk dorp verwijderd lag en door geen enkel volk was opgeëist, was het voorvaderlijke gebied van de draken: de Hadaracwoestijn met Du Fells Nángoröth, de Vervloekte Bergen. Eragon wist zeker dat het een prima plaats was om jonge draakjes groot te brengen. Maar er waren drie nadelen. Op de eerste plaats was er in de woestijn niet genoeg voedsel voor jonge draken te vinden. Saphira zou het grootste deel van haar tijd bezig zijn met de aanvoer van herten en andere wilde dieren naar de bergen. En als de pasgeborenen groter werden, zouden ze zelf moeten gaan vliegen, en dan kwamen ze in de buurt van gebieden waar elfen, mensen of dwergen woonden. Op de tweede plaats wisten alle ervaren reizigers – en ook velen die dat niet waren – waar die bergen lagen. En op de derde plaats was het niet vreselijk moeilijk om het gebied te bereiken, vooral in de winter. Eragon vond die twee laatste punten het bezwaarlijkst en vroeg zich af hoe goed ze de eieren, de jonge draakjes en de eldunarí konden beschermen.

Het zou beter zijn als we hoog in de Beorbergen waren, waar alleen een draak kan komen, zei hij tegen Saphira. *Dan zou niemand ons kunnen besluipen, niemand behalve Thoorn, Murtagh of een andere magiër.*

Een andere magiër? Zoals elke elf in het land? Het zou er bovendien altijd koud zijn!

Ik dacht dat de kou je niet kan schelen.

Dat klopt. Maar ik wil ook niet het hele jaar in de sneeuw zitten. Zand is beter voor onze schubben, heeft Glaedr me verteld. Dat werkt polijstend en houdt ze schoon.

Mmm.

Het werd met de dag kouder. De bomen lieten hun bladeren vallen, de vogels vlogen weer naar het zuiden. De winter naderde dus. Het werd een wrede, barre winter die lange tijd het gevoel gaf dat heel Alagaësia in winterslaap was. Bij de eerste sneeuw gingen Orik en zijn leger naar de Beorbergen terug. Alle elfen die nog in Ilirea waren – behalve Vanir en Blödhgarm en zijn tien magiërs – vertrokken naar Du Weldenvarden.

De Urgals waren toen al wekenlang weg. De weerkatten vertrokken als laatsten en leken eenvoudigweg te verdwijnen. Niemand zag ze vertrekken, maar op een dag waren ze allemaal weg, behalve één grote, dikke weerkat genaamd Geeloog, die op het dikke kussen naast Nasuada zat te snorren, te dutten en te luisteren naar alles wat in de troonzaal voorviel.

Zonder de elfen en dwergen was de stad deprimerend leeg, vond Eragon terwijl hij over straat liep. Gerafelde sneeuwvlokken gleden vanaf de zijkant onder de vooruitstekende rotsrand van gebarsten steen boven zijn hoofd.

Toch bleef Nasuada hem en Saphira met opdrachten wegsturen, alleen nooit naar Du Weldenvarden, de enige plaats waar hij wilde zijn. Er was geen bericht van de elfen gekomen over wie tot Islanzadí's opvolger was gekozen, en als hij ernaar vroeg, zei Vanir alleen: 'Wij zijn geen haastig volk, en voor ons is de benoeming van een monarch een moeilijk en ingewikkeld proces. Zodra ik weet wat onze raden besproken hebben, zal ik het je vertellen.'

Arya had al zo lang niets van zich laten horen dat Eragon overwoog de naam van de oude taal te gebruiken om de barrières rond Du Weldenvarden te omzeilen zodat hij met haar kon communiceren of haar in elk geval in een spiegel kon zien. Maar hij wist dat de elfen niet blij zouden zijn met zo'n inbreuk, en hij vreesde dat Arya het niet zou kunnen waarderen als hij contact met haar zocht zonder dat daar een dringende noodzaak voor was.

Daarom schreef hij haar een korte brief waarin hij naar haar welzijn vroeg en een paar dingen vertelde van wat hij met Saphira gedaan had. Hij gaf de brief aan Vanir, die beloofde om hem meteen naar Arya te laten sturen. Eragon was er zeker van dat Vanir woord hield – want ze hadden in de oude taal gepraat –, maar Arya reageerde niet, en toen het al diverse keren volle maan was geweest, begon hij te denken dat ze om een onbekende reden had besloten om hun vriendschap af te breken. De gedachte alleen al was verschrikkelijk pijnlijk en dwong hem om zich nog intenser op Nasuada's opdrachten te concentreren, in de hoop zo zijn ellende te vergeten.

Midden in de winter, toen lange, puntige ijspegels aan de richel boven Ilirea hingen en het omringende landschap met dikke lagen sneeuw bedekt was, de wegen bijna onbegaanbaar waren en het voedsel schaars begon te worden, werden drie aanslagen op Nasuada gepleegd. Murtagh had al voor die mogelijkheid gewaarschuwd.

De pogingen waren slim en goed doordacht en de derde – waarbij een net vol stenen op Nasuada moest vallen – slaagde bijna. Maar dankzij Eragons afweerbezweringen en Elva's bescherming overleefde Nasuada het, hoewel die laatste aanslag haar diverse botbreuken opleverde.

Tijdens de laatste aanval wisten Eragon en de Nachtraven twee sluipmoordenaars te doden, maar de anderen – niemand wist hoeveel het er waren – ontsnapten.

Eragon en Jörmundur deden daarna alle mogelijke moeite om Nasuada's veiligheid te verzekeren. Ze vergrootten het aantal lijfwachten opnieuw, en overal waar ze ging, waren minstens drie magiërs bij haar. Nasuada zelf werd steeds waakzamer, en Eragon ontdekte een bepaalde hardheid in haar die hij voor die tijd niet gezien had.

Er kwamen geen aanslagen op Nasuada meer voor, maar een maand na het einde van de winter, toen de wegen weer begaanbaar waren, begon een verbannen graaf die Hamlin heette en verscheidene honderden ex-soldaten van het Rijk verzameld had, overvallen op Gil'ead te plegen en reizigers op de wegen daar in de buurt aan te vallen.

In dezelfde periode smeulde in het zuiden een iets grotere rebellie, geleid door Tharos de Snelle van Aroughs.

De opstanden waren eerder hinderlijk dan gevaarlijk, maar het kostte niettemin maanden om ze te bedwingen en ze leidden tot een aantal onverwacht woeste gevechten, ondanks Eragons en Saphira's pogingen om alles waar mogelijk vreedzaam bij te leggen. Na alle gevechten waaraan zij al hadden deelgenomen, dorstten ze geen van tweeën naar nog meer bloed.

Vlak na het eind van de opstanden baarde Katrina een grote, gezonde dochter met een bos rood haar op haar hoofd, net als haar moeder. Het meisje brulde harder dan Eragon ooit een baby had horen doen, en had een ijzeren greep. Roran en Katrina noemden haar naar Katrina's moeder, Ismira, en steeds als ze naar haar keken, verscheen er zo veel blijdschap op hun gezicht dat Eragon ervan ging grijnzen.

De dag na Ismira's geboorte werd Roran naar Nasuada in de troonzaal geroepen, en tot zijn verrassing gaf ze hem de rang van graaf met de hele Palancarvallei als zijn domein.

'Zolang jij en je nakomelingen tot regeren in staat zijn, is het dal van jullie,' zei ze.

Roran boog en zei: 'Dank u, majesteit.' Eragon zag dat het geschenk voor Roran bijna evenveel betekende als de geboorte van zijn dochter, want Roran was na zijn gezin het meest gehecht aan zijn geboortegrond.

Nasuada probeerde ook Eragon allerlei titels en landgoederen te schenken, maar die weigerde hij met de woorden: 'Het is genoeg om een Rijder te zijn. Meer heb ik niet nodig.'

Een paar dagen later stond Eragon met Nasuada in haar studeervertrek. Ze bekeken een kaart van Alagaësia en bespraken punten die overal in het land om aandacht vroegen. Toen zei ze: 'Nu alles een beetje tot rust is gekomen, wordt het tijd om de rol van de magiërs in Surda, Teirm en mijn eigen koninkrijk te regelen, geloof ik.'

'O ja?'

'Ja. Ik heb er veel over nagedacht en een beslissing genomen. Ik heb besloten een groep te stichten, ongeveer zoals de Rijders, maar dan alleen voor magiërs.'

'Wat gaat die groep doen?'

Nasuada pakte een pen van haar schrijftafel en liet hem tussen haar vingers rollen. 'Ongeveer hetzelfde als de Rijders: rondreizen, de vrede bewaren, juridische conflicten oplossen en vooral: hun medemagiërs in het oog houden en zorgen dat ze hun vermogen niet met kwade bedoelingen gebruiken.'

Eragon fronste een beetje. 'Maar waarom doen de Rijders dat niet?'

'Omdat het nog jaren duurt voordat we ze hebben, en zelfs dan hebben we nog niet genoeg Rijders om alle tovenaartjes en keukenheksen in de gaten te houden... Jij hebt nog geen plek gevonden om de draken groot te brengen, hè?'

Eragon schudde zijn hoofd. Saphira en hij werden steeds ongeduldiger, maar zij en de eldunarí waren het nog steeds niet eens over een plaats. Het werd een heikel punt tussen hen, want de kleine draakjes moesten zo snel mogelijk uit het ei komen.

'Dat dacht ik al. Het kan niet anders, Eragon, en we kunnen niet meer wachten. Kijk maar naar de verwoestingen die Galbatorix heeft aangericht. De magiërs zijn de gevaarlijkste wezens op deze wereld, nog gevaarlijker dan de draken, en we moeten hen ter verantwoording kunnen roepen. Anders zijn we altijd aan hun genade overgeleverd.'

'Denk je echt dat je genoeg magiërs kunt rekruteren om toezicht te houden op alle tovenaars hier en in Surda?'

'Dat denk ik wel, mits jij hun vraagt om toe te treden. Dat is een van de redenen dat ik wil dat jij de groep leidt.'

'Ik?'

Ze knikte. 'Wie anders? Trianna vertrouw ik niet helemaal, en ze heeft ook niet de vereiste kracht. Een elf? Nee, het moet iemand van ons eigen volk zijn. Jij kent de naam van de oude taal, jij bent een Rijder, en jij hebt de wijsheid en het gezag van de draken achter je. Ik kan niemand bedenken die hen beter kan leiden dan jij. Ik heb het er met Orrin over gehad, en hij is het met me eens.'

'Ik kan me niet voorstellen dat het idee hem aanstaat.'

'Nee, maar hij begrijpt de noodzaak.'

'Werkelijk?' Eragon betastte de rand van haar schrijftafel bezorgd. 'Hoe wil je de magiërs in het oog houden die geen lid zijn van de groep?'

'Ik hoop dat jij suggesties hebt. Misschien met spreuken en magische spiegels zodat we hun verblijfplaats en hun gebruik van de magie kunnen nagaan. Ze mogen die niet inzetten voor zelfverrijking ten koste van anderen.'

'En als ze dat wel doen?'

'Dan zorgen we dat ze hun misdaad goedmaken, en laten we ze in de oude taal zweren dat ze het gebruik van magie opgeven.'

'Eden in de oude taal verhinderen niet per se dat iemand magie gebruikt.'

'Dat weet ik, maar meer kunnen we niet doen.'

Hij knikte. 'En als een magiër weigert om zich te laten gadeslaan? Wat dan? Ik kan me niet voorstellen dat veel magiërs bereid zullen zijn om zich te laten bespioneren.'

Nasuada slaakte een zucht en legde haar ganzenveer neer. 'Dat is het lastige ervan. Wat zou jij doen als je in mijn schoenen stond, Eragon?'

Geen van de oplossingen die hij bedenken kon, waren erg aantrekkelijk. 'Ik weet het niet...'

Haar blik werd bedroefd. 'Ik ook niet. Het is een moeilijk en afschuwelijk pijnlijk probleem. Als ik niets doe, blijven de magiërs vrij om anderen met hun spreuken te manipuleren. Als ik hen dwing om zich aan supervisie te onderwerpen, zullen velen me erom haten. Maar je zult het met me eens zijn dat ik beter de meerderheid van mijn onderdanen kan beschermen ten koste van een paar enkelingen.'

'Het staat me niet erg aan,' mompelde hij.

'Mij ook niet.'

'Je bedoelt dat je alle menselijke magiërs aan je wil bindt, ongeacht wie ze zijn.'

Ze knipperde niet met haar ogen. 'Voor het welzijn van de grote meerderheid.'

'Maar hoe gaat het dan met mensen die alleen maar gedachten kunnen horen en niets anders? Ook dat is een vorm van magie.'

'Zij ook. Het gevaar dat ze hun macht misbruiken, is nog steeds te groot.' Nasuada zuchtte. 'Ik weet dat het niet makkelijk is, Eragon, maar makkelijk of niet, we komen er niet onderuit. Galbatorix was gek en kwaadaardig, maar in één opzicht had hij gelijk: de magiërs moeten beteugeld worden. Alleen niet zoals Galbatorix het wilde. Toch moeten we iets doen, en volgens mij is mijn plan de best mogelijke oplossing. Als jij een andere, betere manier kunt bedenken om de magiërs aan de wet te houden, dan zou ik dat prachtig vinden. Anders blijft dit de enige weg die ons openstaat, en daarvoor heb ik je hulp nodig... Aanvaard je de leiding over de groep in het belang van het land en in dat van ons volk als geheel?'

Eragon antwoordde niet meteen. Uiteindelijk zei hij: 'Als je het niet erg vindt, wil ik er even over nadenken. En ik wil met Saphira overleggen.'

'Natuurlijk. Maar denk niet te lang na, Eragon. Aan de voorbereidingen wordt al gewerkt, en je bent binnenkort nodig.'

Na het gesprek ging Eragon niet meteen naar Saphira terug maar zwierf een tijd door de straten van Ilirea. De buigingen en begroetingen van de mensen die hij tegenkwam, negeerde hij. Hij had een gevoel van... onbehagen, zowel over Nasuada's voorstel als over het leven in het algemeen. Hij en Saphira waren te lang passief geweest. Het werd tijd voor een verandering, en de omstandigheden stonden niet toe dat ze nog langer wachtten. Ze moesten beslissen wat ze gingen doen, en elke beslissing had gevolgen voor hun leven.

Hij liep verscheidene uren lang en dacht vooral over zijn banden en verplichtingen. Aan het eind van de middag ging hij naar Saphira terug. Zonder iets te zeggen beklom hij haar rug.

Ze sprong de binnenplaats van het paleis uit en vloog hoog boven Ilirea, zo hoog dat ze naar alle kanten honderden mijlen konden zien. Daar bleef ze rondcirkelen.

Ze spraken zonder woorden en wisselden hun geestesgesteldheid uit. Saphira was het met veel van zijn overwegingen eens maar maakte zich minder zorgen over hun band met anderen. De hoogste prioriteit was voor haar dat ze de eieren en eldunarí beschermde en het juiste deed voor hem en haar. Toch wist Eragon dat ze de gevolgen van hun keuze – de politieke en de persoonlijke – niet konden negeren.

Eindelijk vroeg hij: *Wat moeten we doen?*

Saphira zakte even omlaag omdat de wind onder haar vleugels wegviel. *Wat we horen te doen. Dat doen we altijd.* Verder zei ze niets, maar keerde en begon aan de afdaling naar de stad.

Eragon was dankbaar voor haar zwijgen. De beslissing was voor hem moeilijker dan voor haar, en hij moest er zelfstandig over nadenken.

Toen ze op de binnenplaats landden, stootte Saphira hem met haar snuit aan. Ze zei: *Als je wilt praten, dan ben ik hier.*

Hij wreef glimlachend over de zijkant van haar nek. Daarna liep hij langzaam en met neergeslagen blik naar zijn vertrekken.

Toen de wassende maan die nacht vlak boven de rotsrand boven Ilirea was uitgekomen en Eragon tegen het voeteneind van zijn bed zat – hij las een boek over de zadelmakerijtechnieken van de eerste Rijders –, trok een geflikker aan de rand van zijn gezichtsveld zijn aandacht. Net of er een gordijn flapperde.

Hij sprong overeind en trok Brisingr uit de schede.

Toen zag hij in het open raam een kleine driemaster van gevlochten grassprieten verschijnen. Glimlachend deed hij het zwaard weer weg en stak zijn hand uit. Het schip zweefde door de kamer en landde op zijn handpalm, waar het scheef bleef liggen.

Dit was een ander scheepje dan dat Arya had gemaakt tijdens hun gezamenlijke reizen door het Rijk, nadat hij en Roran Katrina uit Helgrind gered hadden. Het had meer masten en had ook zeilen van gras. De grassprieten waren slap en bruinig maar waren nog niet helemaal uitgedroogd, en dat leidde tot de conclusie dat ze nog maar een dag of twee eerder geplukt waren.

Midden op het dek was een vierkant gevouwen stuk papier gebonden. Eragon maakte het met bonzend hart voorzichtig los en vouwde het open. In de gliefen van de oude taal stond er:

Eragon,
We hebben eindelijk een leider gekozen, en ik ben onderweg naar Ilirea om een introductie bij Nasuada te regelen. Eerst wil ik graag met jou en Saphira praten. Dit bericht hoort je vier dagen vóór de halve maan te bereiken. Als je wilt, tref me dan op de dag na ontvangst op het oostelijkste punt van de rivier de Ramr. Kom alleen en zeg tegen niemand waar je naartoe gaat.
Arya

Eragon glimlachte zonder het te willen. Haar timing was perfect – het schip was precies op het bedoelde moment gearriveerd. Toen verdween zijn glimlach en herlas hij de brief nog een paar keer. Ze verzweeg iets. Dat was duidelijk. Maar wat? En vanwaar die geheimzinnigheid?

Ze is het misschien niet met de nieuwe elfenheerser eens, dacht hij. *Er kan ook een ander probleem zijn.* En hoewel hij haar graag wilde terugzien, kon hij niet vergeten hoe ze hem en Saphira verwaarloosd had. Hij nam aan dat de tussenliggende maanden vanuit Arya's perspectief een onbeduidende korte tijd waren, maar hij voelde zich onwillekeurig gekwetst.

Hij wachtte tot het eerste licht van de dageraad aan de hemel verscheen en haastte zich toen naar Saphira om haar het nieuws te vertellen. Ze was even nieuwsgierig als hij, alleen minder opgewonden.

Toen hij haar gezadeld had, vertrokken ze de stad uit naar het noordoosten zonder iets tegen iemand over hun plannen te zeggen, zelfs niet tegen Glaedr of de andere eldunarí.

Firnen

Vroeg in de middag kwamen ze aan op de plaats die Arya had aangeduid: een flauwe bocht in de Ramr die het oostelijkste punt van de rivier vormde.

Eragon rekte zijn hals en probeerde over Saphira's nek heen te kunnen zien of hij een glimp van iemand beneden opving. De hele omgeving leek leeg, behalve een kudde wilde runderen. Toen de dieren Saphira in het oog kregen, vluchtten ze loeiend weg en schopten ze daarbij stofwolken op. Zij en een paar andere, kleinere dieren die rondliepen, waren de enige levende wezens die Eragon kon voelen. Teleurgesteld liet hij zijn blik naar de horizon glijden, maar ook daar geen spoor van Arya.

Saphira landde op een ongeveer vijftig voet hoog heuveltje aan de oever en ging daar zitten. Eragon nam naast haar plaats en legde zijn hoofd tegen haar flank.

Op de top van het heuveltje bevond zich een rotsformatie van een zachte soort leisteen. Al wachtend doodde Eragon de tijd door een duimgrote splinter in de vorm van een pijlpunt te slijpen. Het gesteente was te zacht om meer dan decoratief te kunnen zijn, maar het was een leuke uitdaging. Toen hij tevreden was over de simpele, driehoekige punt, legde hij hem weg en begon van een groter stuk een dolk te slijpen. Het ding had de vorm van een blad en leek op wat de elfen droegen.

Ze hoefden niet zo lang te wachten als hij gevreesd had.

Een uur na hun aankomst hief Saphira haar kop van de grond en tuurde over de vlakte naar de nabijgelegen Hadaracwoestijn.

Haar lichaam verstrakte tegen het zijne, en hij voelde een vreemde emotie in haar: er was iets heel gewichtigs op til.

Kijk, zei ze.

Met zijn half voltooide dolk in zijn hand kwam hij overeind en keek naar het oosten.

Hij zag alleen gras, aarde en een paar eenzame, verwaaide bomen tussen hen en de horizon.

Wat... wilde hij vragen, maar zweeg toen hij naar boven keek.

Hoog aan de oostelijke hemel hing een vonk groen vuur alsof een smaragd in de zon aan het glinsteren was. Het lichtje beschreef een boog langs de hemel en naderde met grote snelheid, helder als een ster in het donker.

Eragon liet de stenen dolk vallen, en zonder zijn blik van de glimmende vonk los te maken klom hij op Saphira's rug om zijn benen in haar zadel vast te gespen. Hij wilde vragen wat dat lichtpunt volgens haar was – haar dwingen om te zeggen wat hij vermoedde –, maar hij was evenmin tot spreken in staat als zij.

Saphira bleef zitten maar vouwde haar vleugels een beetje open. Ze hield ze ongeveer half gebogen en hief ze om haar start voor te bereiden.

Toen puntje groter werd, vermenigvuldigde het zich, eerst tot een verzameling van tientallen, toen honderden, daarna duizenden kleine vonken. Na een paar minuten werd de echte vorm ervan zichtbaar en zagen ze dat het een draak was.

Saphira kon niet meer wachten. Ze uitte een doordringend geschetter, sprong van het heuveltje en klapwiekte omlaag.

Eragon omklemde de stekel voor hem toen ze bijna verticaal opsteeg omdat ze de andere draak zo snel mogelijk moest zien te onderscheppen. Hij en zij voelden zich beurtelings uitgelaten en waakzaam vanwege de vele gevechten die ze geleverd hadden. Op voorzichtige momenten waren ze blij dat ze de zon in de rug hadden.

Saphira bleef klimmen tot ze iets hoger was dan de groene draak. Daarna hield ze zich horizontaal en concentreerde zich op haar snelheid.

Toen ze dichter in de buurt kwamen, zag Eragon dat de goedgebouwde draak nog iets van een jeugdige stunteligheid had – zijn ledematen waren nog niet zo stevig en zwaar als die van Glaedr of Thoorn. Hij was ook kleiner dan Saphira. De schubben op zijn rug en flanken waren donker mosgroen. Die op zijn buik en zolen hadden een lichtere kleur en de allerkleinste waren bijna wit. Als hij zijn vleugels tegen zijn lijf legde, hadden ze de kleur van hulst, maar als het licht erdoorheen viel, kregen ze tint van eikenbladeren in de lente.

Waar de drakennek overging in de rug was een zadel bevestigd zoals dat op Saphira, en op dat zadel zat iemand die op Arya met wapperende, donkere haren leek. Bij het zien van haar voelde Eragon zich overstromen met vreugde, en de leegte die hem zo lang gekweld had, verdween als het donker van de nacht voor de opgaande zon.

Terwijl de draken langs elkaar heen zwierden, begon Saphira te brullen, en de andere draak brulde terug. Ze draaiden en cirkelden alsof ze in elkaars staart wilden bijten. Saphira vloog nog steeds iets hoger dan de groene draak, die geen pogingen deed om boven haar uit te komen. Als hij dat wel had gedaan, zou Eragon bang zijn geweest dat hij ging aanvallen en in het voordeel probeerde te komen.

Hij grijnsde en riep iets tegen de wind in. Arya riep terug en hief een arm. Toen raakte hij voor alle zekerheid haar geest aan, en toen wist hij meteen dat zij het inderdaad was en dat zij en de draak geen kwaad in de zin hadden. Hij trok zich snel terug want het zou ongemanierd zijn geweest om het geestelijke contact zonder haar instemming te verlengen. Eenmaal op de grond zou ze ongetwijfeld al zijn vragen beantwoorden.

Saphira en de groene draak brulden weer en de groene draak zwiepte met zijn zweepdunne staart; daarna gingen ze elkaar achterna tot ze bij de Ramr waren. Daar nam Saphira de leiding en spiraalde omlaag naar het heuveltje waar ze met Eragon had zitten wachten.

De groene draak landde honderd voet verderop en ging diep op zijn hurken zitten terwijl Arya zich losmaakte uit het zadel.

Eragon trok de riemen van zijn benen en sprong op de grond, waarbij de schede van Brisingr tegen zijn been sloeg. Arya en hij renden op elkaar af en troffen elkaar midden tussen de twee draken, die hen in een bedaarder tempo volgden en zware stappen op de grond zetten.

Eenmaal in de buurt van Arya zag hij dat ze haar haren niet zoals anders met een bruin riempje uit haar gezicht hield. In plaats daarvan had ze een gouden diadeem rond haar voorhoofd. In het midden van dat diadeem flitste een druppelvormige diamant met een licht dat niet van de zon kwam maar van binnenuit. Aan haar middel hing een zwaard met een groen gevest in een groene schede. Hij herkende het als Támerlein, het zwaard dat de elfenheer Fiolr hem had aangeboden ter vervanging van Zar'roc en dat ooit van de Rijder Arva was geweest. Maar het gevest leek anders en de schede was duidelijk smaller.

Het duurde even voordat Eragon begreep wat het diadeem betekende. Hij keek haar verbaasd aan. 'Jij!'

'Ik,' zei ze en ze boog haar hoofd. 'Atra esterní ono thelduin, Eragon.'

'Atra du evarínya ono varda, Arya... Dröttning?' Het ontging hem niet dat zij hem als eerste gegroet had.

'Dröttning,' zei ze bevestigend. 'Mijn volk besloot me mijn moeders titel te geven, en ik besloot die te aanvaarden.'

Saphira en de groene draak boven hen brachten hun koppen dicht bij elkaar en besnuffelden elkaar. Saphira was groter; de groene draak moest zijn hals rekken om haar te bereiken.

Eragon wilde dolgraag met Arya praten maar staarde onwillekeurig naar de groene draak. 'En die?' vroeg hij met een gebaar naar boven.

Arya glimlachte en verraste hem toen door zijn hand te pakken en hem naar voren te leiden. De groene draak liet snuivend zijn kop zakken totdat die vlak boven hen hing. Rook en stoom kwamen uit de diepten van zijn vuurrode neusgaten tevoorschijn.

'Eragon, dit is Fírnen,' zei ze terwijl ze haar hand op de warme drakensnuit legde. 'Fírnen, dit is Eragon.'

Eragon keek op naar een van Fírnens glanzende ogen; de spierbundels in de iris van de draak hadden het lichte groen en geel van nieuwe grassprieten.

Ik ben blij je te ontmoeten, Eragon-vriend-Schimmendoder, zei Fírnen. De stem van zijn geest was dieper dan Eragon verwacht had, dieper zelfs dan die van Thoorn of Glaedr of de eldunarí uit Vroengard. *Mijn Rijder heeft me veel over je verteld.* En de draak knipperde één keer met zijn ogen. Het klonk zacht en tinkelend alsof een schelp tegen een steen botste.

In Fírnens brede, zonnige geest, die betimmerd was met transparante schaduwen, voelde Eragon de opwinding van de draak.

Eragon was in de greep van de verbazing, verbazing over zoiets wonderbaarlijks. 'Ik maak ook graag kennis met jou, Fírnen-finiarel. Ik had nooit gedacht dat ik lang genoeg zou leven om jou, bevrijd van Galbatorix' spreuken, buiten het ei te zien.'

De smaragdgroene draak snoof zacht en keek trots en energiek rond als een hertenbok in de herfst. Toen gleed zijn blik weer naar Saphira. Tussen dat tweetal was heel wat gaande. Via Saphira voelde Eragon de stroom gedachten, emoties en sensaties – eerst langzaam, daarna aanzwellend tot een stortvloed.

Arya glimlachte even. 'Ze schijnen elkaar te mogen.'

'Daar ziet het inderdaad naar uit.'

Geleid door een wederzijds begrip liepen Arya en hij onder Saphira en Fírnen vandaan en lieten de draken begaan. Saphira ging niet zitten zoals altijd, maar bleef gehurkt alsof ze op het punt stond om een hert te bespringen. Fírnen deed hetzelfde. De punt van hun staart trilde.

Arya zag er goed uit – beter, vond Eragon, dan ooit sinds hun gezamenlijke verblijf in Ellesméra. Bij gebrek aan een geschikter woord zou hij gezegd hebben dat ze gelukkig leek.

Ze zwegen allebei een tijdje en sloegen de draken gade. Toen keek Arya hem aan en zei: 'Het spijt me dat ik niet eerder contact heb gezocht. Je zult het me wel kwalijk nemen dat ik jou en Saphira zo lang verwaarloosd heb en Fírnen geheim heb gehouden.'

'Heb je mijn brief gekregen?'

'Ja.' Tot zijn verrassing stak ze haar hand in de voorkant van haar tuniek en haalde er een vierkant stuk gekreukt perkament uit dat hij na een paar tellen herkende. 'Ik had je graag geantwoord, maar Fírnen was al uit het ei, en ik wilde niet tegen je liegen, niet eens door dingen voor je te verzwijgen.'

'Waarom moest hij verborgen blijven?'

'Omdat er nog zo veel dienaren van Galbatorix rondlopen en er zo weinig draken over zijn. Ik wilde niet het risico lopen dat iemand Fírnen ontdekt voordat hij groot genoeg was om zichzelf te beschermen.'

'Denk je echt dat een mens Du Weldenvarden in had kunnen sluipen om hem te doden?'

'Er zijn wel raardere dingen gebeurd. Met de draken aan de rand van de uitroeiing mocht ik geen enkel risico lopen. Als ik kon, zou ik Fírnen nog tien jaar in Du Weldenvarden houden, totdat hij zo groot is dat niemand hem durft aan te vallen. Maar hij wilde weg, en dat kon ik hem niet onthouden. Bovendien is voor mij het moment aangebroken om in mijn nieuwe rol met Nasuada en Orik te praten.'

Eragon voelde dat Fírnen aan het opscheppen was en Saphira vertelde over de eerste keer dat hij in het elfenbos een hert had gevangen. Hij wist dat ook Arya het gesprek hoorde, want hij zag haar lip trillen bij de herinnering aan hoe Fírnen hinkend een geschrokken hinde achternazat nadat hijzelf over een tak was gestruikeld.

'Hoe lang ben je al koningin?'

'Sinds een maand na mijn terugkeer. Vanir weet dat overigens niet. Ik heb bevolen om het nieuws voor hem en onze ambassadeur bij de dwergen verborgen te houden, want ik wilde me op het grootbrengen van Fírnen concentreren zonder me zorgen te hoeven maken over de staatszaken die ik anders te doen had gekregen... Je vindt het misschien leuk te weten dat ik hem heb grootgebracht op de Rotsen van Tel'naeír, waar ook Oromis en Glaedr gewoond hebben. Dat leek me heel passend.'

Er viel een stilte. Toen gebaarde Eragon naar Arya's diadeem en naar Fírnen. Hij vroeg: 'Hoe is dat gegaan?'

Ze glimlachte. 'Bij onze terugkeer naar Ellesméra merkte ik dat Fírnen zich in het ei begon te roeren, maar daar stond ik niet bij stil, want Saphira deed vaak hetzelfde. Maar toen we Du Weldenvarden bereikten en de barrières passeerden, kwam hij uit. Het was bijna avond, en ik droeg zijn ei in mijn schoot, zoals ik ook altijd met dat van Saphira heb gedaan. Ik praatte tegen hem, vertelde over de wereld en verzekerde dat hij veilig was. Toen voelde ik het ei schudden en...' Ze huiverde en schudde met haar haren. Een laagje tranen blonk in haar ogen. 'De band is alles wat ik me ervan heb voorgesteld. Toen we elkaar aanraakten... Ik heb altijd Drakenrijder willen zijn, Eragon, zodat ik mijn volk kan beschermen en wraak nemen op Galbatorix en de Meinedigen voor de dood van mijn vader, maar totdat ik de eerste scheur in Fírnens ei zag verschijnen, durfde ik nooit te geloven dat het echt kon gebeuren.'

'Toen jullie elkaar aanraakten, heb je...'

'Ja.' Ze hief haar linkerhand en toonde hem het zilverwitte teken op haar handpalm, hetzelfde als zijn eigen gedwëy ignasia. 'Het leek alsof...' Ze zweeg even en zocht naar woorden.

'Was het net tinkelend en kriebelend ijswater?' opperde hij.

'Precies zo.' Onwillekeurig vouwde ze haar armen alsof ze het koud had.

'Je bent dus naar Ellesméra teruggegaan.' Saphira vertelde inmiddels aan Fírnen over de keer dat zij en Eragon in het Leonameer gingen zwemmen tijdens hun tocht met Brom naar Dras-Leona.

'We zijn inderdaad naar Ellesméra teruggegaan.'

'Toen ben je op de Rotsen van Tel'naeír gaan wonen. Maar waarom werd je koningin terwijl je al Rijder was?'

'Dat was niet mijn idee. Däthedr en de andere ouderlingen van ons volk kwamen naar het huis op de rotsen en vroegen me mijn moeders mantel over te nemen. Ik weigerde, maar ze kwamen de volgende dag terug, en ook de volgende en volgende, een hele week lang, en elke keer hadden ze nieuwe argumenten waarom ik de kroon moest aanvaarden. Uiteindelijk brachten ze me tot de overtuiging dat dit het beste voor ons volk was.'

'Maar waarom wilden ze jou? Omdat je Islanzadí's dochter was of omdat je een Rijder was geworden?'

'Niet omdat Islanzadí mijn moeder was, hoewel dat wel meespeelde. Ook niet alleen omdat ik Rijder was. Onze politiek is veel complexer dan die van de mensen of dwergen, en de keuze van een nieuwe monarch is nooit makkelijk. Je moet de instemming krijgen van tientallen huizen en families en ook van allerlei oudere leden van ons volk, en elke keuze die ze maken, hoort bij een subtiel spel dat we al duizenden jaren onder elkaar spelen... Er waren veel redenen waarom ze mij als koningin wilden, en die lagen niet allemaal voor de hand.'

Eragon bewoog even en wierp een blik op Saphira. Hij begreep nog steeds niets van Arya's beslissing. 'Maar hoe kun je Rijder en koningin tegelijk zijn?' vroeg hij, en hij keek haar weer aan. 'De Rijders horen hun eigen volk niet boven andere te bevoordelen. Als we dat wel deden, zouden de andere volkeren van Alagaësia ons onmogelijk kunnen vertrouwen. En hoe kun je onze orde stichten en de volgende generatie draken grootbrengen als je het druk hebt met je verantwoordelijkheden in Ellesméra?'

'De wereld is niet meer zoals vroeger,' zei ze. 'De Rijders kunnen ook niet meer op afstand blijven zoals vroeger. We zijn met te weinig om het alleen te kunnen redden, en het zal nog lang duren voordat ons aantal groot genoeg is om onze vroegere plaats weer te kunnen innemen. Hoe dan ook, jij hebt al trouw gezworen aan Nasuada, Orik en Dûrgrimst Ingeitum, maar niet aan ons, niet aan de älfakyn. Het is goed dat ook wij een Rijder en een draak hebben.'

'Je weet dat Saphira en ik even hard voor de elfen zouden vechten als voor de mensen en dwergen,' wierp hij tegen.

'Ik weet dat wel maar anderen niet. De schijn doet ertoe, Eragon. Je kunt er niets aan veranderen dat je Nasuada je woord hebt gegeven en trouw hebt gezworen aan Oriks clan... Mijn volk heeft de afgelopen honderd jaar zwaar geleden, en het is voor jou misschien niet duidelijk, maar we zijn niet meer wat we geweest zijn. Wij hebben net zo goed geleden als de draken. Er zijn bij ons minder kinderen geboren en onze kracht is afgenomen. Ook zeggen sommigen dat ons denken niet meer zo helder is als vroeger, hoewel dat natuurlijk moeilijk te bewijzen is.'

'Dat geldt ook voor de mensen, als ik Glaedr mag geloven,' zei Eragon.

Ze knikte. 'Hij heeft gelijk. Onze twee volkeren zullen tijd nodig hebben om te herstellen, en veel hangt af van de terugkeer van de draken. Bovendien: zoals Nasuada nodig is om het herstel van je volk te leiden, zo heeft ook het mijne een leider nodig. Nu Islanzadí dood is, vind ik het mijn plicht om die taak op me te nemen.' Ze raakte haar linkerschouder aan, waar de tatoeage van de yawë-glief verborgen was. 'Ik heb me plechtig in dienst gesteld van mijn volk toen ik niet veel ouder was dan jij. Ik kan het nu niet in de steek laten; daarvoor is de nood te hoog.'

'Ze zullen je altijd nodig hebben.'

'En ik zal er altijd gehoor aan geven als ze een beroep op me doen,' antwoordde ze. 'Maak je geen zorgen; Fírnen en ik zullen onze plichten als draak en Rijder niet vergeten. We zullen je helpen door in het land te patrouilleren en zo veel mogelijk geschillen te beslechten. Waar het ook maar goed lijkt om draken groot te brengen, zullen we bezoeken afleggen en helpen zo vaak als we kunnen, zelfs in het uiterste zuiden van het Schild.'

Haar woorden zaten Eragon dwars, maar hij deed zijn best om dat te verbergen. Wat ze beloofde, zou onmogelijk zijn als Saphira en hij deden wat ze tijdens de tocht hierheen besloten hadden. Alles wat Arya zei, bevestigde dat de weg die ze gekozen hadden, de juiste was, maar hij was bang dat Arya en Fírnen dat pad niet zouden kunnen volgen.

Hij boog zijn hoofd en aanvaardde Arya's beslissing om koningin te worden. Ze had daar ook het recht toe. 'Ik weet dat je je verantwoordelijkheden niet zult verwaarlozen,' zei hij. 'Dat doe je nooit.' Hij bedoelde dat niet onvriendelijk; het was gewoon een feit en voor hem een reden tot respect. 'En ik begrijp waarom je zo lange tijd geen contact met ons hebt opgenomen. Ik zou in jouw plaats waarschijnlijk hetzelfde hebben gedaan.'

Ze glimlachte weer. 'Dank je.'

Hij gebaarde naar haar zwaard. 'Ik neem aan dat Rhunön het heeft omgebouwd zodat het beter in je hand ligt.'

'Inderdaad, en ze stond de hele tijd te mopperen. Ze zei dat de oude kling volmaakt was, maar ik ben heel tevreden over de veranderingen die ze heeft aangebracht. De balans is nu precies goed voor mij, en het zwaard lijkt niet zwaarder dan een takje.'

Ze stonden even naar de draken te kijken, en Eragon probeerde een manier te bedenken om Arya over hun plannen te vertellen. Voordat hij dat kon doen, vroeg ze: 'Gaat het goed met jou en Saphira?'
'Jazeker.'
'Zijn er sinds je brief nog interessante dingen gebeurd?'
Eragon dacht even na en vertelde haar in het kort over de aanslagen op Nasuada, de opstanden in het noorden en zuiden, de geboorte van Rorans en Katrina's dochter, Rorans verheffing in de adelstand en de lijst van schatten die ze in de citadel hadden aangetroffen. Ten slotte vertelde hij over hun terugkeer naar Carvahall en hun bezoek aan Broms laatste rustplaats.
Terwijl zij aan het praten waren, begonnen Saphira en Fírnen om elkaar heen te lopen. De punt van hun staart zwiepte sneller heen en weer dan ooit. Bij allebei hing de bek iets open. Ze ontblootten hun lange witte tanden, ademden zwaar door hun bek en uitten een laag, jankend gegrom dat Eragon nooit eerder gehoord had. Het leek er bijna op dat ze elkaar gingen aanvallen, en dat baarde hem zorgen, maar het gevoel dat Saphira uitstraalde, was geen woede of angst. Het was...

Ik wil hem testen, zei Saphira. Ze sloeg met haar staart op de grond, en Fírnen bleef even staan.

Hem testen? Hoe? Waarom?

Om na te gaan of hij het ijzer in zijn botten en het vuur in zijn buik heeft om tegen me op te kunnen.

Weet je dat zeker? vroeg Eragon, die haar bedoeling begreep.

Ze sloeg opnieuw met haar staart op de grond, en hij voelde haar zekerheid en de kracht van haar verlangen. *Ik weet alles over hem – op dit ene na alles. Bovendien* – ze was heel even geamuseerd – *is het niet zo dat draken paren voor het leven.*

Goed dan... maar wees voorzichtig.

Hij had het nog maar nauwelijks gezegd, of Saphira haalde uit en beet Fírnen in zijn flank. Fírnen begon te bloeden en sprong grauwend naar achteren. De groene draak gromde van kennelijke onzekerheid en trok zich terug voor Saphira, die op hem af kwam.

Saphira! Eragon wendde zich boos tot Arya en wilde zijn verontschuldigingen aanbieden.

Arya bleef er heel kalm bij. Ze zei tegen Fírnen en ook tegen Eragon: *Als je wilt dat ze je respecteert, zul je haar terug moeten bijten.* Ze trok een wenkbrauw op naar Eragon, die met een droog, begrijpend glimlachje reageerde.

Fírnen wierp een blik op Arya en aarzelde. Toen Saphira weer naar hem hapte, sprong hij achteruit. Toen hief hij brullend zijn vleugels alsof hij groter wilde lijken, en viel hij Saphira aan. Daarbij beet hij in een achterpoot, waar hij zijn tanden in haar huid zette.

De pijn die Saphira voelde, was geen pijn.

Saphira en Fírnen omcirkelden elkaar weer. Hun gegrom en gegrauw zwol aan. Toen sprong Fírnen weer op haar af. Hij landde op haar nek en drukte haar kop op de grond. Op die manier hield hij haar klem terwijl hij een paar keer speels in de onderkant van haar nek beet.

Saphira vocht niet zo fel als Eragon verwacht had, en hij vermoedde dat ze Fírnen had toegestaan om haar te vangen, want dat was zelfs Thoorn niet gelukt.

'Draken maken elkaar niet zachtjes het hof,' zei hij tegen Arya.

'Had je soms lieve woordjes en teder gestreel verwacht?'

'Vermoedelijk niet.'

Saphira gooide Fírnen met een zwaai van haar hals van zich af en kroop snel naar achteren. Brullend klauwde ze met haar voorpoten over de grond. Toen hief Fírnen zijn kop naar de hemel en blies een rimpelende wimpel van groen vuur uit die tweemaal zo lang was hijzelf.

'Prachtig!' riep Arya verrukt.

'Wat?'

'Dit is de eerste keer dat hij vuur spuwt!'

Ook Saphira kwam met een vuurstoot – Eragon voelde de hitte op meer dan vijftig voet afstand. Toen hurkte ze, sprong omhoog en vloog recht naar de hemel. Fírnen volgde haar direct.

Eragon en Arya stonden naast elkaar en zagen de glinsterende draken opstijgen. Ze spiraalden om elkaar heen terwijl vuur uit hun bek stroomde. Het was een ontzagwekkende aanblik: woest, mooi en angstaanjagend. Eragon besefte dat hij een oeroud en elementair ritueel gadesloeg, een ritueel dat een basisaspect van de natuur was. Zonder dat zou het land verdorren en vergaan.

Zijn contact met Saphira werd zwakker naarmate de onderlinge afstand toenam, maar hij voelde nog steeds de hitte van haar hartstocht, die de randen van haar blikveld verduisterde en al haar gedachten verdreef behalve die voortvloeiden uit de instinctieve behoeften waaraan alle wezens, zelfs de elfen, onderworpen zijn.

De draken krompen tot ze niet meer dan twee fonkelende sterren waren die aan het immense uitspansel rond elkaar draaiden. Eragon ontving nog steeds een paar flitsen van Saphira's gedachten en gevoelens, en hoewel hij zulke momenten al vaak had meegemaakt als de eldunarí hun herinneringen met hem gedeeld hadden, werden zijn wangen en de puntjes van zijn oren heet en kon hij Arya niet meer recht aankijken.

Ook haar lieten de drakenemoties niet onberoerd, maar op een andere manier: ze staarde met een vage glimlach naar Saphira en Fírnen en haar ogen glansden helderder dan anders alsof de aanblik van de twee draken haar van trots en geluk vervulde.

Eragon slaakte een zucht, hurkte neer en begon met een␣graspriet in het stof te tekenen.

'Nou, dat hebben ze snel geregeld,' zei hij.

'Inderdaad,' zei Arya.

Zij bleef nog een paar minuten staan. Hij zat intussen op zijn hurken, en overal om hen heen was het stil, op het geluid van de eenzame wind na.

Eragon durfde eindelijk naar haar op te kijken. Hij vond haar mooier dan ooit. Maar belangrijker was dat hij in haar een vriend en bondgenoot zag: hij zag de vrouw die hem van Durza had helpen redden, die samen met hem tegen talloze vijanden had gestreden, die met hem gevangen had gezeten in Dras-Leona en die uiteindelijk met de Dauthdaert Shruikan had gedood. Hij herinnerde zich wat ze hem verteld had over haar leven in Ellesméra, waar ze opgroeide: de moeilijke relatie met haar moeder en de vele redenen die haar hadden aangezet om Du Weldenvarden te verlaten en dienst te nemen als ambassadeur. Hij dacht ook aan alle pijn die ze te verduren had gekregen: sommige door toedoen van haar moeder, andere door de eenzaamheid die ze tussen de mensen en dwergen ervaren had, en nog meer toen ze Faolin verloor en in Durza's folterkamers in Gil'ead terechtkwam.

Aan al die dingen moest hij denken, en daarbij voelde hij een diepe band met haar, maar ook droefheid, en ineens kwam het verlangen bij hem op om vast te leggen wat hij zag.

Terwijl Arya naar de hemel staarde, keek Eragon om zich heen tot hij een soort leitje vond dat uit de grond stak. Zo geruisloos mogelijk groef hij een plaatje steen met zijn vingers uit de grond en veegde hij de aarde eraf totdat het schoon was.

Het duurde even, maar toen herinnerde hij zich de spreuken die hij ooit gebruikt had, en welke aanpassingen hij moest doen om de benodigde kleuren aan de omgeving te onttrekken. Hij zong de spreuk zachtjes.

Een vage beweging als kolkend modderwater verstoorde het oppervlak van het tablet. Daarna bloeiden kleuren op het leisteen – rood, blauw, groen, geel – en ontstonden lijnen en vormen die met elkaar versmolten om andere, subtielere vormen voort te brengen. Na een paar tellen was een afbeelding van Arya ontstaan.

Toen die klaar was, staakte hij zijn spreuk en bekeek de fairth. Hij was blij met wat hij zag. De afbeelding was een eerlijke en getrouwe weergave van Arya, anders dan de fairth die hij in Ellesméra van haar gemaakt had. Deze afbeelding had een diepte waaraan de andere het had ontbroken. De compositie was misschien niet volmaakt, maar hij was er trots op dat hij zo'n groot deel van haar karakter had kunnen vastleggen. In één beeld had hij alles weten samen te vatten wat hij van haar wist – zowel het donker als het licht.

Hij stond zich even toe om nog wat langer van zijn prestatie te genieten en gooide het plaatje toen weg om het op de grond kapot te laten vallen.

'Kausta,' zei Arya. Het plaatje beschreef een boog door de lucht en landde op haar hand.

Eragon maakte aanstalten om het uit te leggen of zijn verontschuldigingen aan te bieden maar bedacht zich en hield zijn mond.

Arya, die het plaatje omhooghield, staarde er ingespannen naar. Eragon sloeg haar aandachtig gade en vroeg zich af hoe ze zou reageren.

Een lange, gespannen minuut ging voorbij.

Toen liet Arya de fairth zakken.

Eragon stond op en stak zijn hand uit, maar ze maakte geen aanstalten om het tablet terug te geven. Ze leek verontrust, en dat was een teleurstelling; de gelijkenis ergerde haar blijkbaar.

Hem recht in zijn ogen kijkend zei ze in de oude taal: 'Eragon, als je ertoe bereid bent, vertel ik je graag mijn ware naam.'

Haar aanbod was verbijsterend. Hij knikte vol diep ontzag en stamelde met veel moeite wat een eer het was om hem te mogen horen.

Arya kwam naar hem toe en bracht haar lippen tot vlak bij zijn oor. Nauwelijks hoorbaar fluisterend vertelde ze hem haar naam. Terwijl zij sprak, weergalmde haar naam in zijn geest, en daarbij kwam een stroom van begrip bij hem boven. Een deel van de naam kende hij al, maar veel aspecten verrasten hem, en hij begreep waarom ze het moeilijk had gevonden om die te delen.

Toen deed Arya een stap naar achteren en wachtte op zijn reactie. Ze hield haar blik bewust uitdrukkingsloos.

Haar naam riep talloze vragen bij Eragon op, maar hij wist dat dit niet het moment was om ze te stellen. Hij moest haar in plaats daarvan verzekeren dat zijn achting voor haar niet gedaald was vanwege alles wat hij gehoord had. Dat was ook niet zo. Haar naam had zijn achting voor haar eerder vergroot, want hij kende nu de ware omvang van haar onzelfzuchtigheid en toewijding aan haar plicht. Hij wist dat hij, als hij verkeerd op haar naam reageerde – of ook maar onbedoeld iets verkeerds zei – hun vriendschap kon verspelen.

Hij keek Arya recht aan en zei eveneens in de oude taal: 'Je naam... je naam is een goede naam. Je hoort trots te zijn op wie je bent. Dank je dat je hem verteld hebt. Het is een vreugde dat ik je een vriendin mag noemen, en ik beloof je dat je naam bij mij altijd veilig zal zijn... Wil je nu de mijne horen?'

Ze knikte. 'Heel graag. En ik beloof je dat ik die zal bewaren en beschermen zolang die de jouwe is.'

Eragon voelde hoe belangrijk dit moment was. Hij wist dat er geen weg terug was van wat hij nu ging doen, en dat vond hij zowel angstaanjagend als heerlijk. Hij kwam naar voren en deed wat ook Arya had gedaan: hij hield zijn lippen bij haar oor en fluisterde zijn naam zo zacht als hij kon. Zijn hele wezen trilde mee bij de erkenning van de woorden.

Plotseling bang geworden trok hij zich terug. Hoe zou ze hem beoordelen? Goed of slecht? Want een oordeel was onvermijdelijk; daar kon ze niets aan doen.

Arya slaakte een lange zucht en keek een tijdje naar de hemel. Toen ze hem weer aankeek, was haar blik zachter dan eerst. 'Ook jij hebt een goede naam, Eragon,' zei ze zachtjes. 'Maar ik denk niet dat dit de naam is waarmee je uit de Palancarvallei bent vertrokken.'

'Nee.'

'Ik denk ook niet dat je deze naam gedragen hebt in Ellesméra. Sinds onze kennismaking ben je erg gegroeid.'

'Dat moest wel.'

Ze knikte. 'Je bent nog jong maar geen kind meer.'

'Nee, dat ben ik niet.'

Eragon voelde zich meer tot haar aangetrokken dan ooit. Door de uitwisseling van namen was een band ontstaan, maar hij wist niet zeker van welke soort die was, en door die onzekerheid voelde hij zich kwetsbaar. Ze had hem met al zijn gebreken gezien maar deinsde niet terug en aanvaardde hem zoals hij was, zoals hij ook haar aanvaardde. Bovendien had ze in zijn naam de diepte van zijn gevoelens voor haar gezien, en ook dat schrikte haar niet af.

Hij vroeg zich af of hij er nog iets over moest zeggen, maar hij kon het nog niet loslaten. Toen hij al zijn moed bijeen had geraapt, vroeg hij: 'Wat moet er van ons worden, Arya?'

Ze aarzelde, maar hij zag dat ze begreep wat hij bedoelde. 'Ik weet het niet... Zoals jij weet, zou ik ooit "niets" hebben gezegd, maar... Aan de andere kant ben je nog jong, en mensen veranderen vaak van mening. Over tien jaar of zelfs vijf heb je misschien andere gevoelens dan nu.'

'Mijn gevoelens zullen niet veranderen,' zei hij met een rotsvaste zekerheid.

Ze keek hem lang, gespannen en aandachtig aan. Toen zag hij haar blik veranderen, en ze zei: 'Als dat zo is, dan... misschien mettertijd...' Ze legde een hand tegen zijn kaak. 'Je kunt nu niets van me vragen. Ik wil met jou geen fouten maken, Eragon. Daarvoor ben je te belangrijk, zowel voor mij als voor heel Alagaësia.'

Hij wilde glimlachen maar het werd eerder een grimas. 'Maar... we hebben geen tijd,' zei hij met een verstikte stem. Hij voelde zich misselijk worden.

Arya fronste haar voorhoofd en liet haar hoofd zakken. 'Wat bedoel je?'

Hij sloeg zijn blik neer en probeerde te bedenken hoe hij het haar zeggen kon. Uiteindelijk vertelde hij het gewoon zo simpel als hij kon. Hij legde uit hoe moeilijk het voor Saphira en hem was om een veilige plaats voor de eieren en de eldunarí te vinden, en vervolgens dat Nasuada van plan was om een groep magiërs te vormen die alle menselijke tovenaars in het oog moest houden.

Hij was verscheidene minuten aan het woord en eindigde met: 'Saphira en ik hebben vastgesteld dat we maar één ding kunnen doen. We moeten Alagaësia verlaten en de draken elders grootbrengen, ver weg van andere volkeren. Dat is het beste voor ons, voor de Rijders en voor alle andere volkeren van Alagaësia.'

'Maar de eldunarí...' zei Arya, kennelijk geschokt.

'De eldunarí kunnen hier niet blijven. Ze zouden nooit veilig zijn, zelfs niet in Ellesméra. Zolang ze in dit land zijn, zullen er onverlaten bestaan die ze willen stelen om ze voor hun eigen oogmerken te gebruiken. Nee, we moeten een plaats zoals Vroengard hebben, een plaats waar niemand de draken kan vinden en kwaad doen en waar de jonge en wilde draken niemand anders kwaad kunnen doen.' Eragon probeerde opnieuw te glimlachen maar gaf het op – het was hopeloos. 'Daarom zei ik dat we geen tijd hebben. Saphira en ik willen vertrekken zodra we kunnen, en als jij hier blijft... dan weet ik niet of we elkaar ooit terugzien.'

Arya keek gekweld naar de fairth die ze nog steeds in haar hand had.

'Zou je de kroon opgeven om met ons mee te gaan?' vroeg hij, het antwoord al kennend.

Ze hief haar blik. 'Zou jij de verantwoordelijkheid voor de eieren opgeven?'

Hij schudde zijn hoofd. 'Nee.'

Ze luisterden een tijdje zwijgend naar de wind.

'Hoe spoor je kandidaten voor de Rijders op?' vroeg ze.

'We laten een paar eieren achter – bij jou, vermoedelijk – en als ze uitkomen, voegen zij en hun Rijders zich bij ons en sturen wij je meer eieren.'

'Er moet een andere oplossing zijn dan dat jij en Saphira en alle eldunarí Alagaësia verlaten!'

'Als die er was, zouden we dat aangrijpen, maar nee.'
'Wat vinden de eldunarí? Wat vinden Glaedr en Umaroth? Heb je er met hen over gepraat? Gaan ze ermee akkoord?'
'We hebben nog niet met hen gepraat, maar ze zullen akkoord gaan. Dat weet ik.'
'Weet je dit heel zeker, Eragon? Is dit écht de enige weg? Alles achterlaten met iedereen die je ooit gekend hebt?'
'Het is noodzakelijk, en ons vertrek heeft altijd vastgestaan. Angela zei het al toen ze in Teirm mijn toekomst voorspelde, en ik heb de tijd gekregen om aan het idee te wennen.' Hij stak zijn hand uit en raakte Arya's wang aan. 'Ik vraag het je opnieuw: ga je mee?'
Een vlies van tranen verscheen in haar ogen, en ze hield de fairth tegen haar borst. 'Dat kan ik niet.'
Hij knikte en haalde zijn hand weg. 'In dat geval... scheiden zich onze wegen.' Ook in zijn ogen welden tranen op, en het kostte hem moeite om zijn zelfbeheersing te bewaren.
'Maar nog niet,' fluisterde ze. 'We hebben nog wat tijd samen. Je vertrekt nog niet meteen.'
'Nee, nog niet meteen.'
En ze stonden naast elkaar naar de hemel te kijken, wachtend tot Saphira en Fírnen terugkwamen. Na een tijdje raakte haar hand de zijne aan, en hij pakte de hare, en hoewel het een schrale troost was, hielp het de pijn in zijn hart te verlichten.

Een man met een geweten

Warm licht viel door de ramen aan de rechterkant van de gang en verlichtte delen van de muur ertegenover, die op regelmatige afstanden onderbroken werd door donkere deuren met houtsnijwerk tussen banieren, schilderingen, zwaarden, schilden en de koppen van diverse hertenbokken.
Terwijl Eragon naar Nasuada's studeervertrek liep, staarde hij door de ramen naar de stad. Vanaf de binnenplaats hoorde hij nog steeds de barden en muzikanten spelen bij de tafels van de feestmaaltijd die ter ere van Arya gegeven werd. De feestelijkheden waren al aan de gang sinds zij en Fírnen de vorige dag met hem en Saphira in Ilirea waren aangekomen.

Maar nu het eind in zicht was, had hij eindelijk een gesprek met Nasuada kunnen regelen.

Hij knikte naar de schildwachten buiten het studeervertrek en liet zichzelf binnen.

Daar zag hij Nasuada op een beklede leunstoel zitten luisteren naar een muzikant die een luit bespeelde en een mooi maar treurig liefdeslied zong. Op een punt van de stoel was het heksenkind Elva druk bezig met haar borduurwerk, en op een stoel in de buurt zat Nasuada's dienstmaagd Farica. De weerkat Geeloog lag in zijn dierlijke gedaante opgerold op Farica's schoot. Hij leek diep in slaap maar Eragon wist uit ervaring dat hij waarschijnlijk wakker was.

Hij wachtte bij de deur tot de muzikant klaar was.

'Dank je. Je kunt gaan,' zei Nasuada tegen de speelman. 'Eragon, daar ben je. Welkom.'

Hij maakte een kleine buiging naar haar. Toen zei hij tegen het meisje: 'Elva.'

Ze keek hem vanonder gefronste wenkbrauwen aan. 'Eragon.' De staart van de weerkat trilde.

'Wat wil je bespreken?' vroeg Nasuada. Ze nam een slokje uit een kelk die op een bijzettafeltje stond.

'Kunnen we onder vier ogen praten?' vroeg Eragon. Hij maakte een hoofdgebaar naar de deuren met glazen panelen achter haar. Ze leidden naar een balkon met uitzicht op een binnenplaats met een tuin en een fontein.

Nasuada dacht even na. Toen stond ze op en schreed naar het balkon terwijl de sleep van haar purperrode gewaad achter haar aan gleed.

Ergon volgde haar en kwam naast haar staan. Samen staarden ze naar het water van de spuitende fontein, die koel en grijs in de schaduw van het gebouw stond.

'Wat een prachtige middag,' zei Nasuada, die diep adem inademde. Ze leek hem vrediger dan toen hij haar voor het laatst gezien had – nog maar een paar uur daarvoor.

'De muziek heeft je kennelijk in een goed humeur gebracht,' merkte hij op.

'Nee, niet de muziek, maar Elva.'

Hij hield zijn hoofd schuin. 'Hoezo?'

Er kwam een vreemde, halve glimlach op Nasuada's gezicht. 'Na mijn gevangenschap in Urû'baen, na alles wat ik heb doorstaan... en verloren... en na de aanslagen op mijn leven leek de wereld zijn kleur te verliezen. Ik voelde me niet meer mezelf, en met niets wat ik deed, kon ik mijn triestheid van me afschudden.'

'Dat dacht ik wel, maar ik wist niet wat ik kon doen of zeggen om je te helpen,' zei hij.

'Nee, niets wat je had kunnen zeggen of doen, zou me geholpen hebben. Zo had ik nog jaren kunnen doorgaan, als Elva er niet geweest was. Ze zei me... ze zei me wat ik horen moest, naar ik aanneem. Het was de vervulling van een belofte die ze me lang geleden in het kasteel van Aberon gedaan heeft.' Eragon wierp een wantrouwige blik achterom naar het vertrek, waar Elva nog steeds druk aan het borduren was. Ondanks alles wat ze samen hadden meegemaakt, had hij nog steeds niet het gevoel dat hij het meisje kon vertrouwen, en hij was bang dat ze Nasuada voor haar eigen doelen manipuleerde.

Nasuada raakte zijn arm aan. 'Maak je geen zorgen over mij, Eragon. Ik ken mezelf te goed om me door haar uit mijn evenwicht te laten brengen, zelfs als ze het zou proberen. Galbatorix heeft me niet kunnen breken. Denk je dat zij dat wel kan?'

Hij keek haar met een grimmige blik weer aan. 'Ja.'

Ze glimlachte. 'Ik waardeer je bezorgdheid, maar die is in dit geval ongefundeerd. Laat me even van mijn goede stemming genieten en bewaar je verdenkingen voor een later moment.'

'Goed.' Hij ontspande zich een beetje en zei: 'Ik ben blij dat je je beter voelt.'

'Dank je. Ik ook... Zijn Saphira en Fírnen nog aan het ravotten zoals daarnet? Ik hoor ze niet meer.'

'Dat doen ze inderdaad, maar ze zijn nu boven de rotsrand.' Zijn wangen warmden op toen hij Saphira's geest aanraakte.

'Juist ja.' Nasuada legde haar ene hand op de andere op de stenen balustrade. De staanders daarvan waren gebeeldhouwd in de vorm van bloeiende irissen. 'Maar waarover wil je me spreken? Heb je een beslissing genomen over mijn aanbod?'

'Inderdaad.'

'Uitstekend. Dan kunnen we onze plannen met gezwinde spoed uitvoeren. Ik heb al...'

'Ik heb besloten om het niet te accepteren.'

'Wat?' Nasuada keek hem ongelovig aan. 'Waarom? Aan wie kan ik die functie dan toevertrouwen?'

'Dat weet ik niet,' zei hij mild. 'Dat zullen Orrin en jij zelf moeten oplossen.'

Ze trok haar wenkbrauwen op. 'Help je ons niet eens de juiste persoon uitkiezen? En wil je me laten geloven dat je van iemand anders dan mij bevelen wilt aannemen?'

'Je begrijpt me verkeerd,' zei hij. 'Ik wil de magiërs niet leiden en zal me ook niet bij hen aansluiten.'

Nasuada staarde hem even aan. Toen liep ze naar de glazen deuren om ze te sluiten zodat Elva, Farica en de weerkat hun gesprek niet konden afluisteren. Ze wendde zich weer tot hem en zei: 'Eragon! Wat denk je wel niet? Je weet dat je je aan móet sluiten. Dat moeten alle magiërs die mij dienen. Er mogen geen uitzonderingen zijn. Niet één! Ik mag je mensen niet laten denken dat ik gunstelingen heb. Dan zaai ik onmin in de gelederen van de magiërs, en dat is precies wat ik niet wil. Zolang jij een inwoner van mijn land bent, zul je je aan onze wetten moeten houden, anders betekent mijn gezag niets meer. Dat had je moeten weten, Eragon.'

'Dat weet ik ook. Ik weet het heel goed, en dat is precies de reden dat Saphira en ik besloten hebben om uit Alagaësia weg te gaan.'

Nasuada legde een hand op de balustrade alsof ze steun zocht. Een tijdlang was alleen het spattende water beneden te horen.

'Ik begrijp het niet.'

Dus zette hij opnieuw, net als tegenover Arya, de redenen uiteen waarom de draken en dus hij en Saphira niet in Alagaësia konden blijven. Toen hij klaar was, zei hij: 'Als ik de leiding over de magiërs neem, loopt dat uiteindelijk verkeerd af. Saphira en ik moeten de draken grootbrengen en de Rijders opleiden. Dar moet voorrang hebben boven al het andere. Maar zelfs als ik er de tijd voor had, kan ik de Rijders niet leiden en tegelijkertijd verantwoording afleggen aan jou. Dat zouden de andere volkeren nooit accepteren. Ondanks Arya's keuze om koningin te worden moeten de Rijders zo onpartijdig mogelijk zijn. Als wíj gunstelingen gaan krijgen, is dat de ondergang van Alagaësia. Ik kan alleen overwegen om de functie aan te nemen als de groep de magiërs van alle volkeren omvat – zelfs van de Urgals –, maar dat gaat waarschijnlijk niet gebeuren. Bovendien is dan nog steeds niet de vraag beantwoord wat we met de eieren en de eldunarí moeten doen.'

Nasuada keek fronsend. 'Je wilt me toch niet laten geloven dat jij met al je macht de draken niet hier in Alagaësia kunt beschermen?'

'Dat kan ik misschien wel, maar voor de veiligheid van de draken mogen we niet van magie alleen afhankelijk zijn. We hebben fysieke barrières nodig; we hebben muren en grachten en rotsen nodig zo hoog dat mensen, elfen, dwergen en Urgals ze niet kunnen beklimmen. Nog belangrijker is dat we de veiligheid nodig hebben die alleen afstand kan verschaffen. We moeten het zo moeilijk maken om ons te bereiken dat de zwaarte van de reis ook onze meest vastbesloten vijanden afhoudt van een poging. Maar laten we dat even negeren en aannemen dat ik de draken kan beschermen. Het probleem blijft dan nog steeds hoe we kunnen verhinderen dat ze vee gaan roven – dat van ons maar ook van de dwergen en Urgals. Wil jij Orik moeten uitleggen waarom zijn kudden feldûnost blijven verdwijnen, of wil je boze boeren moeten kalmeren die al hun vee kwijt zijn? Nee, weggaan is de enige optie.'

Eragon keek naar de fontein beneden. 'En zelfs als er in Alagaësia een plaats voor de eieren en de eldunarí zou zijn, zou het onjuist zijn dat ik bleef.'

'Waarom zeg je dat?'

Hij schudde zijn hoofd. 'Je kent het antwoord net zo goed als ik. Ik ben te machtig geworden. Zolang ik hier ben, zou jouw gezag – en dat van Arya, Orik en Orrin – altijd in twijfel worden getrokken. Als ik de inwoners van Surda, Teirm en je eigen koninkrijk zou vragen me te volgen, zou bijna iedereen dat doen. En met de hulp van de eldunarí achter me, kan niemand me weerstaan, zelfs Murtagh en Arya niet.'

'Je zou je nooit tegen me keren. Zo ben je niet.'

'Nee? Denk je echt dat ik in alle jaren dat ik zal leven – en dat kan een heel lang leven worden – nooit ervoor zal kiezen om me met de gang van zaken in het land te bemoeien?'

'Als je dat doet, dan is het ongetwijfeld om een goede reden, en ik weet zeker dat we je dankbaar zullen zijn voor je hulp.'

'Werkelijk? Ik zou natuurlijk geloven dat mijn redenen rechtvaardig zijn, maar dat is nu precies de valstrik: het denkbeeld dat ik het beter weet en dat ik de verantwoordelijkheid heb om te handelen omdat ik deze macht tot mijn beschikking heb.' Bij de herinnering aan wat ze eerder tegen hem gezegd had, kaatste hij haar woorden nu terug. 'Voor het welzijn van de grote meerderheid. Maar als ik ongelijk heb, wie zal me dan kunnen tegenhouden? Ik kon uiteindelijk ondanks de beste bedoelingen een nieuwe Galbatorix worden. In de huidige omstandigheden neigen de mensen ertoe om het met me eens te zijn. Dat heb ik bij mijn onderhandelingen in het Rijk gezien... Als jij in mijn schoenen stond, zou jij dan de verleiding kunnen weerstaan om je een heel klein beetje met de dingen te bemoeien om ze beter te maken? Mijn aanwezigheid hier verstoort het evenwicht, Nasuada. Als ik niet iets wil worden waar ik een hekel aan heb, moet ik vertrekken.'

Nasuada stak haar kin omhoog. 'Ik kan je bevelen om te blijven.'

'Hopelijk doe je dat niet. Ik vertrek veel liever in vriendschap dan in woede.'

'Je bent dus alleen aan jezelf rekenschap verschuldigd?'

'Ik leg rekenschap af tegenover Saphira en mijn geweten, zoals ik altijd gedaan heb.'

De rand van Nasuada's lip krulde. 'Mannen met een geweten... die zijn het allergevaarlijkst.'

De geluiden van de fontein vulden opnieuw het gat in hun gesprek.
Toen vroeg Nasuada: 'Geloof jij in de goden, Eragon?'
'Welke goden? Er zijn er een heleboel.'
'Welke je wilt. Allemaal. Geloof jij in een hogere macht dan jezelf?'
'Afgezien van Saphira?' Hij glimlachte verontschuldigend toen Nasuada begon te fronsen. 'Mijn excuses.' Hij dacht even diep na en zei: 'Misschien bestaan ze; ik weet het niet. Ik... ik weet niet zeker wat het was, maar tijdens de kroning van Orik in Tronjheim heb ik misschien de dwergengod Gûntera gezien. Maar als er goden bestaan, dan heb ik geen hoge dunk van ze omdat ze Galbatorix zo lang op de troon hebben gehouden.'

'Misschien was jij wel hun instrument om hem weg te krijgen. Heb je dat ooit overwogen?'

'Ik?' Hij lachte. 'Dat zou vermoedelijk kunnen, maar hoe dan ook, het kan ze niet veel schelen of we leven of sterven.'

'Natuurlijk niet. Waarom zou het ze iets kunnen schelen? Ze zijn goden... Maar vereer je een van hen?' Nasuada leek die vraag bijzonder belangrijk te vinden.

Eragon dacht opnieuw even na. Toen haalde hij zijn schouders op. 'Er zijn er zo veel. Hoe kan ik weten wie ik kiezen moet?'

'Waarom niet de schepper van hen allemaal, Unulukuna, die het eeuwige leven biedt?'

Eragon grinnikte onwillekeurig. 'Zolang ik niet ziek word en niemand me doodt, kan ik duizend jaar of nog langer blijven leven, en als ik zo lang leef, kan ik me niet voorstellen dat ik er na mijn dood mee door zou willen gaan. Wat hebben de goden me verder te bieden? Dankzij de eldunarí heb ik genoeg kracht voor zo ongeveer alles.'

'De goden geven ons ook de kans om onze dierbaren terug te zien. Wil je dat niet?'

Hij aarzelde. 'Jawel, maar ik wil het geen eeuwigheid moeten verdragen. Dat lijkt me nog angstaanjagender dan dat ik op een dag overga naar de leegte, zoals de elfen geloven.'

Het zat Nasuada zichtbaar dwars. 'Je vindt dus dat je alleen rekenschap verschuldigd bent aan Saphira en jezelf.'

'Ben ik een slecht mens, Nasuada?'

Ze schudde haar hoofd.

'Vertrouw er dan op dat ik doe wat ik het goede vind. Ik voel me verantwoordelijk tegenover Saphira en de eldunarí en alle Rijders die nog zullen komen, en ook tegenover jou en Arya en Orik en ieder ander in Alagaësia. Om me te gedragen zoals ik me moet gedragen, heb ik geen straffende meester nodig. Als dat wel zo was, zou ik niets anders zijn dan een kind dat alleen gehoorzaamt aan zijn vaders regels omdat hij bang is voor de zweep, niet omdat hij het goed bedoelt.'

Ze staarde hem een paar tellen aan. 'Heel goed. Ik zal je vertrouwen.'

Het gekletter van de fontein overstemde hun zwijgen weer. Het licht van de ondergaande zon bescheen de barsten en zwakke plekken aan de onderkant van de stenen richel boven hun hoofd.

'Wat doen we als we je hulp nodig hebben?'

'Dan zal ik helpen. Ik laat je niet in de steek, Nasuada. Ik breng een van de spiegels in je studeervertrek in contact met een spiegel van mezelf, zodat je me altijd kunt bereiken, en datzelfde doe ik met Roran en Katrina. In geval van moeilijkheden zal ik een manier vinden om hulp te sturen. Ik zal misschien niet in staat zijn om zelf te komen, maar ik zál helpen.'

Ze knikte. 'Dat weet ik.' Toen zuchtte ze met een trieste blik.

'Wat is er?' vroeg hij.

'Alles ging zo goed. Galbatorix is dood. Aan de laatste gevechten is een eind gekomen. We gingen het probleem van de magiërs definitief oplossen. Jij en Saphira zouden hen en de Rijders gaan leiden. En nu... Ik weet niet wat we doen moeten.'

'Het komt goed. Dat weet ik zeker. Je zult er een manier voor vinden.'

'Het zou makkelijker zijn als je hier was... Maar ben je dan wel bereid om de naam van de oude taal te leren aan degene die we als leider van de magiërs kiezen?'

Eragon hoefde daar niet over na te denken omdat hij die mogelijkheid al overwogen had. Toch zweeg hij even om de juiste woorden te vinden. 'Dat zou kunnen, maar ik denk dat we er uiteindelijk spijt van zouden krijgen.'

'Je doet het dus niet.'

Hij schudde zijn hoofd.

Frustratie gleed over haar gezicht. 'En waarom niet? Wat zijn je redenen dáárvoor?'

'De naam is te gevaarlijk om er lichtvaardig me om te springen, Nasuada. Als een magiër met te veel ambitie en te weinig scrupules die te pakken krijgt, kan hij of zij ongelooflijk veel schade aanrichten. De oude taal kan ermee vernietigd worden. Zelfs Galbatorix was daar niet gek genoeg voor, maar een onopgeleide, machtsbeluste magiër? Bij zo iemand is alles mogelijk. Op dit moment zijn Arya, Murtagh, de draken en ik de enigen die de naam kennen. Het is beter om dat zo te laten.'

'En als we hem nodig hebben terwijl jij weg bent, zijn we afhankelijk van Arya.'

'Je weet dat ze je altijd zal helpen. Je kunt je beter zorgen maken om Murtagh.'

Nasuada leek even naar binnen te kijken. 'Dat hoeft niet. Hij is geen bedreiging voor ons. Niet meer.'

'Zoals je wilt. Als het je doel is om de tovenaars in bedwang te houden, dan is de naam van de oude taal de enige inlichting die we beter geheim kunnen houden.'

'Als dat echt zo is, dan... Ik begrijp het.'

'Dank je. Er is nog iets anders wat je weten moet.'

Nasuada keek hem argwanend aan. 'O ja?'

Hij vertelde haar vervolgens het idee over de Urgals dat kort daarvoor bij hem was opgekomen. Toen hij klaar was, deed Nasuada er even het zwijgen toe. Ze zei: 'Je neemt heel wat op je schouders.'

'Dat moet wel. Niemand anders kan het doen... Ben je het ermee eens? Het lijkt mij de enige manier om op den duur de vrede te bewaren.'

'Weet je zeker dat het verstandig is?'

'Niet helemaal, maar volgens mij moeten we het proberen.'

'De dwergen ook? Is dat echt nodig?'

'Ja. Dat is alleen maar goed en eerlijk. En het bevordert het evenwicht tussen de volkeren.'

'En als ze het niet willen?'

'Ik weet zeker van wel.'

'Doe dan wat je goeddunkt. Je hebt mijn instemming niet nodig – dat heb je duidelijk genoeg gemaakt – maar ik ben het met je eens dat het nodig lijkt. Anders staan we misschien over twintig of dertig jaar voor veel van dezelfde problemen als onze voorouders toen ze in Alagaësia aankwamen.'

Hij boog even zijn hoofd. 'Ik zal de regelingen treffen.'

'Wanneer wil je vertrekken?'

'Wanneer Arya vertrekt.'

'Zo snel?'

'Er is geen reden om langer te wachten.'

Nasuada leunde tegen de balustrade en richtte haar blik op de fontein beneden. 'Zul je ons komen bezoeken?'

'Ik zal het proberen... maar ik denk van niet. Toen Angela mijn toekomst voorspelde, zei ze dat ik nooit zal terugkomen.'

'Juist.' Nasuada's stem klonk omfloerst alsof ze hees was. Ze draaide zich om en keek hem recht aan. 'Ik zal je missen.'

'Ik jou ook.'

Ze perste haar lippen op elkaar alsof het moeite kostte om niet in huilen uit te barsten. Toen kwam ze naar hem toe en omhelsde hem. Hij beantwoordde dat, en zo bleven ze verscheidene tellen staan.

Ze maakten zich van elkaar los, en hij zei: 'Nasuada, als je ooit genoeg krijgt van je kroon of een plek zoekt om in vrede te leven, kom dan bij ons. In onze zaal zul je altijd welkom zijn. Ik kan je niet onsterfelijk maken maar je wel een veel langer leven geven dan de meeste mensen beschoren is, en dat zou je in goede gezondheid doorbrengen.'

'Dank je. Ik waardeer je aanbod en zal het niet vergeten.' Toch had hij de indruk dat ze zich er nooit toe zou kunnen zetten om Alagaësia te verlaten, hoe oud ze ook was. Daarvoor was haar plichtsgevoel te sterk.

Toen vroeg hij: 'Wil je ons je zegen geven?'

'Natuurlijk.' Ze nam zijn hoofd tussen haar handen, kuste hem op zijn voorhoofd en zei: 'Mijn zegen vergezelle jou en Saphira, Mogen vrede en voorspoed met jullie zijn waarheen jullie ook gaan.'

'En met jou,' zei hij.

Ze hield haar handen nog even op zijn hoofd. Toen liet ze hem los. Ze maakte de glazen deur open en liep door haar studeervertrek weg, zodat hij op het balkon achterbleef.

Bloedgeld

Toen Eragon op weg naar de hoofdingang van het paleis een trap af liep, kwam hij de kruidenvrouw Angela tegen, die in de kleermakerszit in een donkere nis zat. Ze was kennelijk een blauw-met-witte muts aan het breien. Aan de onderkant daarvan stonden vreemde runen, waarvan hem de betekenis ontging. Solembum lag naast haar. Hij had zijn kop op haar schoot gelegd, en een van zijn zware voorpoten rustte op haar rechterknie.

Eragon bleef verbaasd staan. Hij had geen van beiden meer gezien sinds – het duurde even voordat hij het weer wist – kort na de slag in Urû'baen. Daarna waren ze eenvoudig verdwenen.

'Gegroet,' zei Angela zonder op te kijken.

'Gegroet,' zei Eragon. 'Wat doe jij hier?'

'Een muts breien.'

'Dat zie ik, maar waarom hier?'

'Omdat ik je wilde zien.' Haar naalden klikten in een snelle regelmaat, en die beweging was zo hypnotiserend was als vlammen in een haard. 'Ik heb gehoord dat jij en Saphira met de eieren en de eldunarí uit Alagaësia vertrekken.'

'Zoals jij al voorspeld had,' riposteerde hij. Het was frustrerend dat ze iets ontdekt had wat heel diep geheim had moeten zijn. Ze kon hem en Nasuada niet hebben afgeluisterd – zijn afweerbezweringen zouden dat verhinderd hebben – en voor zover hij wist, had niemand haar of Solembum iets over het bestaan van de eieren en de eldunarí verteld.

'Inderdaad, maar ik dacht toen nog niet dat ik je uitgeleide zou doen.'

'Hoe weet je het eigenlijk? Van Arya?'

'Van haar? Nee, natuurlijk niet. Nee, ik heb mijn eigen manieren om inlichtingen te krijgen.' Ze hield even op met breien en keek hem aan. Haar ogen twinkelden. 'Maar die gaan jou niets aan. Sómmige geheimen moet ik bewaren.'

'Mmm.'

'Mmm maar een eind weg. Als je zo tegen me doet, weet ik niet meer waarom ik de moeite heb gedaan om hierheen te komen.'

'Het spijt me. Ik ben gewoon een beetje... verontrust.' Na een kort zwijgen vroeg hij: 'Waarom wilde je me zien?'

'Ik wilde afscheid van je nemen en je veel geluk wensen op je reis.'

'Dank je.'

'Als je je ergens vestigt, probeer dan niet de hele tijd aan het werk te zijn en zorg dat je vaak genoeg in het zonnetje komt.'

'Dat zal ik doen. Maar jij en Solembum? Blijven jullie hier nog een tijd om op Elva te passen? Dat heb je een keer gezegd.'

De kruidenvrouw snoof erg weinig damesachtig. 'Blijven? Hoe kan ik blijven als Nasuada van plan is om elke magiër in dit land te gaan bespioneren?'

'Heb je dat ook al gehoord?'

Ze keek hem streng aan. 'Ik ben daar tégen. Ik ben daar héél erg tegen. Ik laat me niet behandelen als een kind dat stout is geweest. Nee, het moment is gekomen dat Solembum en ik een vriendelijker omgeving opzoeken. De Beorbergen, bijvoorbeeld, of Du Weldenvarden.'

Eragon aarzelde even en vroeg toen: 'Zou je het leuk vinden om met Saphira en mij mee te gaan?'

Solembum opende één oog en bestudeerde hem een tijdje voordat hij het weer sloot.

Angela zei: 'Dat is een heel vriendelijk aanbod, maar volgens mij moet ik het afwijzen. In elk geval voorlopig. De hele tijd eldunarí zitten te bewaken en Rijders op te leiden lijkt me saai... hoewel ik me kan voorstellen dat het grootbrengen van een troep draken opwindend is. Maar nee. Solembum en ik blijven voorlopig in Alagaësia. Bovendien wil ik de komende paar jaar een oogje op Elva houden, ook al kan ik haar niet persoonlijk bewaken.'

'Krijg jij nooit genoeg van alle interessante gebeurtenissen?'
'Nooit. Ze zijn het zout in de pap.' Ze liet hem haar half voltooide muts zien. 'Hoe vind je hem?'
'Mooi. Dat blauw is leuk. Maar wat betekenen die runen?'
'Raxacori... maar dat doet er niet toe. Voor jou betekenen ze sowieso niks. Ik wens jou en Saphira een veilige reis, Eragon. En vergeet niet op te passen voor oorwurmen en wilde hamsters. Wilde hamsters zijn woeste beesten.'
Hij glimlachte ondanks alles. 'Een veilige reis ook voor jou, en voor jou, Solembum.'
Het oog van de weerkat ging weer open. *Veilige reis, Koningsdoder.*

Eragon verliet het gebouw en zocht zich een weg door de stad tot hij het huis bereikte waar Jeod en zijn vrouw Helen inmiddels woonden. Het was een statig paleis met hoge muren, een grote tuin en buigende dienaren in de deuropening. Helen had het heel goed gedaan. Door eerst de Varden en nu Nasuada's koninkrijk van de broodnodige voorraden te voorzien, had ze snel een commercieel bedrijf opgebouwd, groter dan wat Jeod in Teirm had bezeten.

Bij Eragons komst was Jeod zich aan het opfrissen voor het avondmaal. Eragon sloeg zijn aanbod af om mee te eten en legde Jeod in een paar minuten uit wat hij ook tegen Nasuada had gezegd. Jeod was in het begin verrast en nogal van zijn stuk gebracht, maar uiteindelijk zag hij de noodzaak in dat Eragon en Saphira met de andere draken vertrokken. Eragon nodigde ook hem uit om mee te gaan, net als Nasuada en de kruidenvrouw.

Jeod zei: 'De verleiding is groot maar mijn plaats is hier. Ik heb mijn werk en Helen is voor het eerst in lange tijd gelukkig. Ilirea is onze woonplaats geworden, en geen van ons beiden wil zijn boeltje pakken en verhuizen.'

Eragon knikte begrijpend.

'Maar jij... jouw reis voert je naar waar behalve draken en Rijders nog maar weinigen zich gewaagd hebben. Zeg eens, weet jij wat er in het oosten ligt? Is daar een andere zee?'

'Als je maar ver genoeg reist.'

'En daarvoor?'

Eragon haalde zijn schouders op. 'Het zijn voor het grootste deel lege landen. Dat zeggen de eldunarí tenminste, en ik heb geen reden te denken dat dat in de laatste eeuw veranderd is.'

Jeod kwam dichter bij hem staan en dempte zijn stem. 'Omdat je vertrekt... moet ik je nog iets vertellen. Kun je je nog herinneren wat ik je gezegd heb over de Arcaena, de orde die zich wijdt aan de instandhouding van de kennis in heel Alagaësia?'

Eragon knikte. 'Je zei dat Heslant de Monnik er lid van was.'

'Net als ik.' Toen Jeod zijn verbaasde blik zag, maakte hij een schaapachtig gebaar en haalde een hand door zijn haren. 'Ik ben al heel lang geleden lid geworden – toen ik nog jong was en een zaak wilde dienen. Al die jaren heb ik inlichtingen en manuscripten doorgegeven en hebben ze me in ruil daarvoor geholpen. Hoe dan ook, ik vond dat je het moest weten. Brom was de enige andere aan wie ik het verteld heb.'

'Zelfs Helen niet?'

'Zelfs haar niet... Hoe dan ook, als ik klaar ben met mijn verslag over jou, Saphira en de opkomst van de Varden, stuur ik het naar ons klooster in het Schild en komt het als nieuwe hoofdstukken in *Domia abr Wyrda*. Jouw verhaal wordt niet vergeten, Eragon. Dat is wel het minste wat ik je beloven kan.'

Eragon vond dat een merkwaardig ontroerende wetenschap. 'Dank je,' zei hij terwijl hij Jeods onderarm greep.

'En ik dank jou, Eragon Schimmendoder.'

Daarna liep Eragon terug naar het paleis waar Saphira en hij verbleven met Roran en Katrina, die wachtten om met hem aan tafel te gaan.

Tijdens het eten praatten ze vooral over Arya en Fírnen. Eragon hield zijn mond over zijn plannen voor vertrek totdat ze klaar waren met eten en zij drieën – met Ismira – zich hadden teruggetrokken in een kamer met uitzicht op de binnenplaats waar Saphira en Fírnen lagen. Daar dronken ze wijn en thee en zagen ze de zon in de verte naar de horizon zakken.

Toen dat lang genoeg geduurd had, sneed Eragon het onderwerp aan. Katrina en Roran reageerden zo ontzet als hij verwacht had, en probeerden het hem uit zijn hoofd te praten. Het kostte Eragon bijna een uur om zijn redenen uiteen te zetten, want ze gingen tegen elk punt in en weigerden toe te geven tot hij hen uitputtend en gedetailleerd van repliek had gediend.

Uiteindelijk zei Roran: 'Vervloekt, je bent onze familie! Je kunt niet zomaar weggaan!'

'Ik moet wel. Dat weet je net zo goed als ik. Je wilt het alleen niet toegeven.'

Roran sloeg met zijn vuist op tafel en liep naar het open raam. Zijn kaakspieren stonden strak.

Het kindje huilde, en Katrina zei: 'Ssst,' waarbij ze haar zachtjes op haar rug klopje.

Eragon kwam naast Roran staan. 'Ik weet dat je het niet wilt. Ik wil het evenmin, maar ik heb geen keus.'

'Natuurlijk heb je wel een keus. Niemand heeft zo veel keus als jij.'
'Ja, en dit is wat ik doen moet.'
Roran legde grommend zijn armen over elkaar.
Achter hen zei Katrina: 'Als je weggaat, kun je geen oom voor Ismira zijn. Moet zij opgroeien zonder je ooit te kennen?'
'Nee,' zei Eragon, die naar haar terugliep. 'Ik kan nog heel goed met haar praten en zal zorgen dat ze goed beschermd is. Af en toe kan ik misschien ook cadeautjes sturen.' Hij knielde neer en stak een vinger uit; het meisje legde er een hand omheen en trok eraan met een opmerkelijke kracht.
'Maar je bent niet hier.'
'Nee... ik ben niet hier.' Eragon maakte zijn vinger voorzichtig uit Ismira's greep los en ging weer bij Roran staan 'Je kunt meegaan, zoals ik al zei.'
De spieren in Rorans kaak verschoven. 'En de Palancarvallei opgeven?' Hij schudde zijn hoofd. 'Horst en de anderen bereiden de terugkeer al voor. We gaan Carvahall herbouwen als het mooiste dorp van het hele Schild. Je zou ons kunnen helpen; dan wordt het weer net als vroeger.'
'Ik wou dat het kon.'
Saphira beneden uitte een kelig gegrom en vleide haar snuit tegen Fírnens nek. De groene draak kroop dichter tegen haar aan.
Roran vroeg zachtjes: 'Is er geen andere manier, Eragon?'
'Saphira en ik kunnen geen andere bedenken.'
'Vervloekt... het mag zo niet gaan. Het is niet goed dat je in je eentje de wildernis in moet.'
'Ik ben niet helemaal alleen. Blödhgarm en een paar andere elfen gaan mee.'
Roran maakte een ongeduldig gebaar. 'Je snapt best wat ik bedoel.' Hij kauwde op de punt van zijn snor en zette zijn handen tegen de stenen rand onder het raam. Eragon zag hoe de pezen in zijn dikke onderarmen zich spanden en ontspanden. Toen keek Roran op en zei: 'Wat ga je doen als je eenmaal bent waar je zijn wilt?'
'Een heuvel of rots zoeken en daarop iets bouwen wat groot genoeg is om de draken te huisvesten en beschermen. En jij? Wat ga jij doen als het dorp herbouwd is?'
Er verscheen een glimlachje op Rorans gezicht. 'Net zoiets. Met de afdrachten van het dal wil ik een kasteel bouwen op de heuvel waarover we het altijd gehad hebben. Geen groot kasteel, snap je, alleen maar iets van steen met een muur eromheen, genoeg om Urgals buiten te houden die ons willen aanvallen. Het kost waarschijnlijk een paar jaar, maar dan

hebben we een goede manier om onszelf te beschermen, anders dan toen de Ra'zac met de soldaten kwamen.' Hij wierp een zijdelings blik op Eragon. 'We hebben misschien ook wel ruimte voor een draak.'

'Ook ruimte voor twéé draken?' Eragon maakte een gebaar naar Saphira en Fírnen.

'Dat misschien niet. Hoe vindt Saphira het om hem achter te moeten laten?'

'Niet leuk. Maar ze weet dat het niet anders kan.'

'Mmm.'

Het ambergele licht van de stervende zon accentueerde de vlakken van Rorans gezicht. Eragon zag tot zijn verrassing de lijnen en rimpels op het voorhoofd en rond de ogen van zijn neef. Deze eerste tekenen van de ouderdom waren verontrustend. *Wat gaat het leven snel voorbij.*

Katrina legde haar dochtertje in een wieg. Toen kwam ze bij hen voor het raam staan en legde een hand op Eragons schouder 'We zullen je missen, Eragon.'

'En ik jullie,' zei hij, haar hand aanrakend. 'Maar we hoeven nog geen afscheid te nemen. Ik zou het prettig vinden als jullie drieën meegingen naar Ellesméra. Jullie zouden het heerlijk vinden om de stad te zien, en op die manier zijn we nog een paar dagen samen.'

Roran draaide zijn hoofd naar Eragon. 'We kunnen niet met Ismira helemaal naar De Weldenvarden reizen. Daar is ze te jong voor. De terugkeer naar de Palancarvallei wordt al moeilijk genoeg; van een omweg via Ellesméra kan geen sprake zijn.'

'Ook niet op de rug van een draak?' Eragon lachte toen hij hun verbaasde blikken zag. 'Arya en Fírnen zijn bereid jullie naar Ellesméra te brengen terwijl ik de drakeneieren uit hun schuilplaats haal.'

'Hoe lang duurt een vlucht naar Ellesméra?' vroeg Roran fronsend.

'Ongeveer een week. Arya wil onderweg koning Orik in Tronjheim bezoeken. Jullie zullen de hele reis warm en veilig zijn en Ismira loopt geen enkel gevaar.'

Katrina keek Roran aan, Roran beantwoordde haar blik, en zij zei: 'Het lijkt me leuk om Eragon uit te zwaaien, en ik heb altijd gehoord dat elfensteden prachtig zijn…'

'Weet je zeker dat je het aankunt?' vroeg Roran.

Ze knikte. 'Zolang jij bij ons bent.'

Roran zweeg even en zei toen: 'Nou, ik denk dat Horst en de anderen wel vast zonder ons aan de slag kunnen.' Er verscheen een glimlach onder zijn baard, en hij grinnikte. 'Ik had nooit gedacht dat ik de Beorbergen nog eens zou zien of in een elfenstad zou staan, maar waarom niet? Laten we de kans maar aangrijpen!'

'Goed, dat is dan geregeld,' zei Katrina stralend. 'We gaan naar Du Weldenvarden.'
'Hoe komen we terug?' vroeg Roran.
'Op Fírnen,' zei Eragon. 'Maar als jullie liever te paard reizen, weet ik zeker dat Arya jullie een escorte meegeeft naar de Palancarvallei.'
Roran trok een grimas. 'Nee, niet te paard. Als ik vanaf nu nooit meer op een paard hoef te zitten, dan is dat zelfs nog niet lang genoeg.'
'O ja? Dan heb je Sneeuwvuur zeker niet meer nodig,' zei Eragon, die zijn wenkbrauw optrok bij het noemen van de hengst die hij Roran gegeven had.
'Je weet best wat ik bedoel. Ik ben blij dat ik Sneeuwvuur heb, ook als ik hem een tijdje niet nodig heb.'
'Juist ja.'
Ze bleven nog een uurtje voor het raam staan. De zon ging onder, de hemel werd paars en daarna zwart, en er verschenen sterren. Ze maakten plannen voor de komende reis en bespraken de dingen die Eragon en Saphira mee moesten nemen als ze uit Du Weldenvarden vertrokken naar de landen verderop. Ismira lag vreedzaam in haar wieg achter hen en had haar handen onder haar kin tot vuistjes gebald.

De volgende ochtend vroeg gebruikte Eragon de glimmende zilveren spiegel in zijn kamer om contact met Orik in Tronjheim op te nemen. Hij moest een paar minuten wachten, maar uiteindelijk verscheen Oriks gezicht. De dwerg haalde een ivoren kam door zijn ongevlochten baard.
'Eragon!' riep Orik zichtbaar verheugd. 'Hoe gaat het? We hebben elkaar veel te lang niet gesproken.'
Eragon was het schuldbewust met hem eens. Vervolgens vertelde hij Orik over zijn besluit om te vertrekken en de redenen daartoe. Orik hield op met kammen en luisterde zonder hem te onderbreken maar keek er heel ernstig bij.
Toen Eragon klaar was, zei Orik: 'Het is droevig dat je gaat, maar ik ben het met je eens. Je kunt niet anders. Ik heb er ook zelf over nagedacht – was bezorgd over waar de draken moeten wonen –, maar ik heb mijn zorgen opgezouten, want de draken hebben evenveel recht op dit land als wij, ook al is het niet prettig als ze onze feldûnost opvreten en onze dorpen platbranden. Maar als je ze elders kunt grootbrengen, is dat voor iedereen het beste.'
'Ik ben blij met je instemming,' zei Eragon. Hij besprak met Orik ook zijn idee over de Urgals, want de dwergen hadden daar eveneens mee te maken. Ditmaal stelde Orik veel vragen, en Eragon merkte dat hij twijfels had over het voorstel.

Na een lange stilte waarin Orik naar zijn baard staarde, zei de dwerg: 'Als je dit had gevraagd aan een van de grimstnzborithn van vroeger, zouden ze nee hebben gezegd. Als je het me gevraagd had voordat we het Rijk binnentrokken, zou ik hetzelfde hebben gereageerd. Maar nu ik zij aan zij met de Urgals heb gevochten en met eigen ogen heb gezien hoe machteloos we tegenover Murtagh en Thoorn en Galbatorix en dat monster Shruikan stonden... nu denk ik er anders over.' Hij staarde door zijn dikke wenkbrauwen heen naar Eragon. 'Het kost me misschien mijn kroon, maar ik zal het namens alle knurlan aanvaarden – voor hun eigen bestwil, of ze dat nou beseffen of niet.'

Eragon was opnieuw trots dat Orik zijn stiefbroer was. 'Dank je,' zei hij.

Orik gromde. 'Mijn volk heeft dit nooit gewild, maar ik ben er dankbaar voor. Wanneer weten we het?'

'Over een paar dagen. Hooguit een week.'

'Voelen we er iets van?'

'Misschien. Ik zal het Arya vragen. Hoe dan ook, ik neem contact met je op zodra het gebeurd is.'

'Goed. Dan praten we verder. Reis veilig en hou je steen gezond, Eragon.'

'Moge Helzvog over je waken.'

Ze vertrokken de volgende dag uit Ilirea.

Een klein gezelschap nam zonder veel poespas afscheid, en daar was Eragon dankbaar voor. Nasuada, Jörmundur, Jeod en Elva troffen hen buiten de zuidelijke poort van de stad. Saphira en Fírnen zaten naast elkaar en legden hun kop tegen die van de ander, terwijl Eragon en Arya hun zadels inspecteerden. Roran en Katrina kwamen een paar minuten later. Katrina droeg Ismira, die in een deken was gewikkeld, en Roran had twee zakken vol dekens, voedsel en andere benodigdheden op zijn schouders liggen.

Roran gaf zijn zakken aan Arya, die ze op Fírnens zadeltassen bond.

Toen namen Eragon en Saphira definitief afscheid, wat voor Eragon moeilijker was dan voor Saphira. Toch was hij niet de enige met tranen in zijn ogen. Ook Nasuada en Jeod huilden toen ze hem omhelsden en hem en Saphira het beste wensten. Nasuada nam ook afscheid van Roran, en opnieuw dankte ze hem voor zijn hulp tegen het Rijk.

Net toen Eragon, Arya, Roran en Katrina eindelijk op hun de draken wilden klimmen, riep een vrouw: 'Niet zo snel!'

Eragon bleef met zijn voet op Saphira's rechtervoorpoot staan en zag Birgit vanuit de stadspoort op hen af komen. Haar grijze rokken bolden op en haar zoontje Nolfavrell kwam met een hulpeloze blik in zijn ogen achter haar aan. In haar ene hand had ze een getrokken zwaard, in de andere een rond, houten schild.

Het werd Eragon bang te moede.

Nasuada's lijfwachten maakten aanstalten om het tweetal te onderscheppen, maar Roran riep: 'Laat hen door!'

Nasuada gebaarde naar de lijfwachten, die een stap opzij gingen.

Zonder haar pas in te houden liep Birgit naar Roran.

'Niet doen, Birgit, alsjeblieft,' zei Katrina zachtjes, maar de andere vrouw negeerde haar. Arya legde haar hand op haar zwaard en keek zonder met haar ogen te knipperen toe.

'Sterkhamer, ik heb altijd gezegd dat je me de dood van mijn man zou moeten vergoeden. Ik eis nu schadeloosstelling op, en dat is mijn recht. Vecht je met me of betaal je de prijs?'

Eragon kwam naast Roran staan. 'Waarom doe je dit, Birgit? Waarom nu? Kun je het hem niet vergeven en oud verdriet laten rusten?'

Wil je dat ik haar opeet? vroeg Saphira.

Nog niet.

Birgit negeerde hem en hield haar blik op Roran gericht.

'Moeder...' zei Nolfavrell, die aan haar rokken trok. Ze reageerde er niet op.

Nasuada bemoeide zich ermee. 'Ik ken je,' zei ze tegen Birgit. 'Je hebt in de oorlog samen met de mannen gevochten.'

'Ja, majesteit.'

'Welke twist heb je met Roran? Hij heeft zich meer dan eens een uitstekende en waardevolle strijder betoond, en het zou me bijzonder spijten als ik hem verloor.'

'Hij en zijn familie zijn ervoor verantwoordelijk dat de soldaten mijn man hebben gedood.' Ze keek Nasuada even aan. 'De Ra'zac hebben hem *opgegeten*, majesteit. Ze aten hem op en zogen het merg uit zijn botten. Dat kan ik niet vergeven, en ik wil er schadeloos voor worden gesteld.'

'Dat was niet Rorans schuld,' zei Nasuada. 'Het is onredelijk, en ik verbied het.'

'Nee, dat is het niet,' zei Eragon, hoe vreselijk hij het ook vond. 'Volgens ons gebruik heeft ze het recht om bloedgeld te eisen van iedereen die voor Quimby's dood verantwoordelijk was.'

'Maar het was Rorans schuld niet!' riep Katrina.

'Dat was het wel,' zei Roran zacht. 'Ik had me kunnen overgeven aan de soldaten. Ik had hen kunnen afleiden. Of ik had kunnen aanvallen. Maar dat deed ik allemaal niet. Ik besloot me te verbergen, en als gevolg daarvan kwam Quimby om.' Hij wierp een blik op Nasuada. 'Deze kwestie moeten we zelf uit de wereld helpen, majesteit. Het is een kwestie van eer, net als de Beproeving van de Lange Messen bij u.'

Nasuada keek Eragon fronsend aan. Hij knikte, en toen deed ze tegen haar zin een stap naar achteren.

'Wat wordt het, Sterkhamer?' vroeg Birgit.

'Eragon en ik hebben in Helgrind de Ra'zac gedood,' zei Roran. 'Is dat niet genoeg?'

Birgit schudde haar hoofd en gaf geen duimbreed toe. 'Nee.'

Roran zweeg en spande zijn nekspieren. 'Is dit echt wat je wilt, Birgit?'

'Ja.'

'Dan zal ik mijn schuld betalen.'

Nog terwijl Roran dat zei, uitte Katrina een jammerklacht en sprong met haar dochter in haar armen tussen hem en Birgit. 'Ik wil het niet! Je mag hem niet hebben! Nu niet meer! Niet na alles wat we hebben doorgemaakt!'

Birgits blik bleef steenhard en ze maakte geen aanstalten om naar achteren te gaan. Ook Roran toonde geen enkele emotie toen hij Katrina rond haar middel pakte, zonder zichtbare moeite optilde en naar de zijkant bracht. 'Hou haar even vast, alsjeblieft,' zei hij met een kille stem tegen Eragon.

'Roran...'

Zijn neef staarde hem onbewogen aan en wendde zich weer tot Birgit.

Eragon greep Katrina's schouders vast om te verhinderen dat ze zich op Roran stortte, en wisselde een machteloze blik met Arya uit. De elf keek naar haar zwaard, en hij schudde zijn hoofd.

'Laat me los! Laat me los!' schreeuwde Katrina. Het kind in haar armen begon te huilen.

Zonder zijn blik van de vrouw voor hem los te maken gespte Roran zijn gordel los en liet hem op de grond vallen, samen met zijn en dolk en zijn hamer, die een van de Varden kort na Galbatorix' dood in Ilirea op straat had teruggevonden. Toen trok Roran de voorkant van zijn tuniek open en ontblootte zijn behaarde borst.

'Hef mijn afweerbezweringen op, Eragon,' zei hij.

'Ik...'

'Nee, Roran!' riep Katrina. 'Verdedig je!'

Hij is gek, dacht Eragon, maar hij durfde niet tussenbeide te komen. Als hij Birgit tegenhield, bracht hij schande over Roran, en dan verloren de inwoners van de Palancarvallei elk respect voor zijn neef. En zoals Eragon wist, ging Roran liever dood dan dat hij dat liet gebeuren.

Toch was Eragon niet van plan om Roran door Birgit te laten doden. Ze mocht haar prijs in ontvangst nemen, maar niets meer. Zacht pratend in de oude taal – zodat niemand kon verstaan wat hij zei – deed hij wat Roran gevraagd had maar hij sprak ook drie nieuwe afweerbezweringen uit. De ene verhinderde dat Rorans halswervels werden doorgesneden, de andere zorgde dat zijn schedel niet brak en de derde beschermde zijn organen. Eragon ging ervan uit dat hij al het andere kon genezen, zolang Birgit maar geen ledematen afhakte.

'Het is zover,' zei hij.

Roran knikte en zei tegen Birgit: 'Neem dan je prijs en laat daarmee een eind komen aan de twist tussen ons.'

'Je wilt niet met me vechten?'

'Nee.'

Birgit keek hem even aan. Toen kwam ze vlak voor Roran staan en zette ze de snede van haar zwaard op zijn borst. Met zo'n zachte stem dat alleen Roran het had mogen horen – maar met hun katachtig scherpe gehoor vingen ook Eragon en Arya het op – zei ze: 'Ik hield van Quimby. Hij was mijn leven, en vanwege jou is hij dood.'

'Het spijt me,' fluisterde Roran.

Niemand bewoog, zelfs de draken niet. Eragon merkte dat hij zijn adem inhield. Alleen het hikkende gehuil van het kleine kind was te horen.

Toen haalde Birgit haar zwaard van Rorans borst. Ze pakte zijn rechterhand en haalde de snede over zijn handpalm. Roran kromp ineen toen het staal in zijn hand drong, maar hij trok hem niet terug.

Een bloedrode lijn verscheen op zijn huid. Bloed stroomde zijn handpalm in en viel druppelend op de grond, waar de vertrapte aarde het opzoog. Het liet een donkere vlek op de grond achter.

Birgit trok niet meer aan het zwaard maar hield het nog eventjes roerloos op Rorans handpalm. Toen deed ze een stap opzij en liet de roodgerande kling zakken. Roran sloot zijn vingers rond zijn handpalm, maar het bloed stroomde ertussendoor. Hij drukte zijn vuist tegen zijn heup.

'Mijn prijs is betaald,' zei Birgit. 'Onze twist is ten einde.'

Ze draaide zich om, pakte haar schild en beende weer met Nolfavrell op haar hielen naar de stad.

Eragon liet Katrina los, en ze rende meteen naar Roran. 'Stomkop,' zei ze met verbittering in haar stem. 'Koppige oliebol! Laat me even naar de hand kijken.'

'Het kon niet anders,' zei Roran. Het klonk van heel ver weg.

Katrina bekeek de snee in zijn hand hard fronsend en gespannen. 'Eragon, je moet het genezen.'

'Nee,' zei Roran ineens scherp. Hij sloot zijn hand weer. 'Nee, dit ene litteken wil ik houden.' Hij keek om zich heen. 'Heeft iemand een lap stof die als verband kan dienen?'

Na enige verwarring wees Nasuada naar een van de lijfwachten en zei: 'Snijd het onderste stuk van je tuniek en geef het aan hem.'

'Wacht,' zei Eragon toen Roran de lap rond zijn hand wilde wikkelen. 'Ik zal de snee niet genezen maar laat me een spreuk zeggen om te voorkomen dat hij gaat ontsteken. Goed?'

Roran aarzelde. Toen stak hij knikkend zijn hand naar Eragon uit.

Eragon had al na een paar tellen de spreuk gezegd. 'Klaar,' zei hij. 'Het wordt nu niet groen en paars en zwelt niet als een varkensblaas.'

Roran gromde maar Katrina zei: 'Dank je, Eragon.'

'Zullen we gaan?' vroeg Arya.

Het vijftal klom op de draken. Arya hielp Roran en Katrina veilig in het zadel op Fírnens rug, dat met lussen en riemen was omgebouwd om plaats te bieden aan extra passagiers. Toen ze eenmaal goed op de groene draak zaten, hief Arya een hand. 'Vaarwel, Nasuada! Vaarwel, Eragon en Saphira! We verwachten jullie in Ellesméra!'

Vaarwel, zei Fírnen met zijn diepe stem. Hij spreidde zijn vleugels, sprong omhoog en klapwiekte snel om het gewicht van zijn vier passagiers op zijn rug te kunnen dragen. Hij kon zich laten helpen door de kracht van de twee eldunarí die Arya bij zich had.

Saphira brulde hem na, en Fírnen antwoordde schetterend als een bugel voordat hij naar het zuidoosten schoot, waar de verre Beorbergen waren.

Eragon draaide zich in het zadel om en zwaaide naar Nasuada, Elva, Jörmundur en Jeod. Ze zwaaiden terug, en Jörmundur riep: 'Veel geluk voor jullie allebei!'

'Vaarwel!'

'Vaarwel!' riep Nasuada. 'Blijf veilig!'

Eragon zei ongeveer hetzelfde en keerde hun toen de rug toe omdat hij hun aanblik niet meer verdroeg. Onder hem ging Saphira op haar hurken zitten en sprong de lucht in. Zo begon de eerste etappe van hun lange, lange reis.

Saphira won al cirkelend hoogte. Eragon keek omlaag en zag Nasuada en de anderen als een groepje bij de stadsmuur staan. Elva had een wit zakdoekje in haar hand en liet het klapperen op de luchtstroom van Saphira's vlucht.

Oude en nieuwe beloften

Vanaf Ilirea vloog Saphira naar een landgoed in de buurt, waar Blödhgarm en de elfen onder zijn leiding de eldunarí klaarmaakten voor transport. De elfen wilden met de eldunarí naar Du Weldenvarden in het noorden rijden en van daaruit door het immense bos naar de elfenstad Sílthrim gaan, die aan de oever van het Ardwenmeer lag. Daar zouden de elfen en de eldunarí wachten tot Eragon en Saphira uit Vroengard terugkwamen. Samen reisden ze dan Alagaësia uit door de rivier de Gaena te volgen, die eerst door het bos en daarna over de vlakten stroomde. Dat gold voor allemaal, behalve Laufin en Uthinarë, die in Du Weldenvarden wilden achterblijven.

De beslissing van de elfen om mee te gaan had Eragon verrast, maar hij was er dankbaar voor. Zoals Blödhgarm gezegd had: 'We kunnen de eldunarí niet in de steek laten. Ze hebben onze hulp nodig en datzelfde geldt voor de drakenkuikens zodra ze uit het ei komen.'

Eragon en Saphira praatten een half uur met Blödhgarm over het veilige transport van de eieren, en Eragon verzamelde toen de eldunarí van Glaedr, Umaroth en verscheidene andere oude draken; hij en Saphira zouden op Vroengard hun kracht nodig hebben.

Na hun afscheid van de elfen vertrokken Saphira en Eragon naar het noordwesten. Vergeleken met hun eerste tocht naar Vroengard sloeg Saphira in een gestaag, ongehaast tempo met haar vleugels. Eragon voelde droefheid bovenkomen en leed een tijdlang aan radeloosheid en zelfmedelijden. Ook Saphira was verdrietig – in haar geval vanwege haar afscheid van Fírnen –, maar het was een heldere dag, er stond een kalme wind en hun stemming verbeterde algauw. Toch werd alles wat Eragon zag nog gekleurd door een vaag gevoel van verlies. Wetend dat hij het landschap nooit zou terugzien, staarde hij er met nieuwe bewondering naar.

Vele mijlen vloog Saphira over groene graslanden en haar schaduw joeg de vogels en dieren beneden angst aan. Toen de nacht viel, reisden ze niet door maar hielden ze halt en sloegen hun kamp op bij een beekje op de bodem van een smal dal, waar ze de sterren langs de hemel zagen trekken en praatten over alles wat geweest was en misschien nog kwam.

De volgende dag arriveerden ze laat in het dorp van de Urgals dat bij het Flämmeer was ontstaan. Eragon wist dat hij daar Nar Garzhvog zou aantreffen met de Herndall, de raad van Urgalmoeren die hun volk leidde.

Ondanks Eragons protesten stonden de Urgals erop om voor hem en Saphira een enorm feest te organiseren, en dus zat hij de hele avond te drinken met Garzhvog en zijn rammen. De Urgals maakten een wijn van bessen en boombast die Eragon sterker vond dan de sterkste dwergenmede. Saphira genoot er meer van dan hij – voor hem smaakte het spul naar bedorven kersen –, maar hij dronk ervan om zijn gastheren een plezier te doen.

Veel vrouwelijke Urgals kwamen uit nieuwsgierigheid naar hem en Saphira toe, want niet veel vrouwen hadden aan de oorlog tegen het Rijk meegedaan. Ze waren iets slanker dan de mannen maar even lang, en hun hoorns waren vaak korter en minder grof, hoewel niet minder zwaar. Ze hadden hun kinderen bij zich: de jongsten hadden geen hoorns, de ouderen droegen geschubde punten op hun voorhoofd die een tot vijf duimbreedten uitstaken. Ondanks de andere kleur van hun huid en ogen leken ze zonder hoorns verrassend veel op mensen. Het was duidelijk dat sommige kinderen Kull waren, want zelfs de jongsten torenden al boven hun leeftijdsgenoten en soms ook hun ouders uit. Voor zover Eragon kon zien, was er geen patroon dat bepaalde welke ouders Kull kregen en welke niet. Ouders die zelf Kull waren, hadden zo te zien evenveel kinderen met een normaal postuur als reuzen zoals zijzelf.

Eragon en Saphira zaten de hele avond met Garzhvog te pimpelen, en Eragon verviel in wakende dromen terwijl hij luisterde naar een bard die verhaalde over Nar Tulkhqa's overwinning bij Stavarosk – dat zei Garzhvog tenminste, want Eragon verstond niets van hun taal, behalve dan dat die van de dwergen daarmee vergeleken zoet als honingwijn klonk.

De volgende ochtend stond Eragon op met minstens een dozijn blauwe plekken vanwege de vriendschappelijke klappen en stompen die hij tijdens het feest van de Kull had opgelopen.

Met een hoofd dat evenveel pijn deed als zijn lichaam ging hij met Saphira en Garzhvog naar de Herndall voor een gesprek. De twaalf matriarchen hielden hof in een lage, ronde hut vol rook van brandend jeneverbes- en cederhout. De rieten deur was nauwelijks groot genoeg voor Saphira's kop, en haar schubben wierpen plekjes blauw licht in het donkere interieur.

De raadsleden waren buitengewoon oud. Veel van hen waren blind en tandeloos. Hun gewaden vertoonden een knopenpatroon dat leek op de gevlochten riemen die buiten elk gebouw hingen en het clanwapen van de bewoners bevatten. Elk lid van de Herndall droeg een stok waarin patronen waren uitgesneden die Eragon niets zeiden maar niet betekenisloos waren, zoals hij wist.

Garzhvog vertaalde, en Eragon vertelde de raad het eerste deel van zijn plan om toekomstige conflicten tussen de Urgals en de andere volkeren te voorkomen, namelijk door elke paar jaar spelen te houden, spelen waarbij ieders kracht, snelheid en behendigheid werd beproefd. Jonge Urgals konden daarin de glorie verwerven die ze nodig hadden om te paren en zich een plaats in hun samenleving te verwerven. Eragon stelde voor om de spelen open te stellen voor elk volk, want dat gaf de Urgals de kans om in het krijt te treden met hen die heel lang hun vijanden waren geweest.

'Koning Orik en koningin Nasuada hebben er al mee ingestemd, en Arya, die tegenwoordig koningin van de elfen is, overweegt het,' zei Eragon. 'Ik denk dat ook zij de spelen haar zegen zal geven.'

De raadsleden overlegden verscheidene minuten met elkaar. Uiteindelijk nam de oudste – een witharige matriarch van wie de hoorns bijna helemaal waren afgesleten – het woord. Garzhvog vertaalde weer. 'Dat is een goed idee van je, Vuurzwaard. We moeten met de clans praten over het beste moment voor deze spelen, maar dat zullen we doen.'

Eragon boog verheugd en bedankte hen.

Een van de andere raadsleden zei toen: 'We vinden het een goed plan, Vuurzwaard, maar volgens ons kunnen we er de oorlogen tussen de volkeren niet mee voorkomen. Ons bloed is te heet en koelt niet af met spelen alleen.'

Is dat bij de draken wel zo? wilde Saphira weten.

Een van de raadsleden betastte haar hoorns. 'We betwijfelen de felheid van je soort allerminst, Vlamtong.'

'Ik weet dat jullie bloed heet is – heter dan dat van de meesten,' zei Eragon. 'Daarom heb ik nog een ander idee.'

De raad luisterde terwijl hij het uitlegde, hoewel Garzhvog zich zichtbaar onbehaaglijk voelde en zacht gromde. Toen Eragon klaar was, bleef de raad verscheidene minuten zwijgen, en hij begon al verlegen te worden onder de strakke, starende blikken van hen die nog konden zien.

Toen schudde de Urgal uiterst rechts met haar stok, en de paar stenen ringen eraan ratelden hard in de rokerige hut. Ze praatte langzaam en de woorden klonken dik en dof alsof haar tong gezwollen was. 'Zou je dat voor ons doen, Vuurzwaard?'

'Ja,' zei Eragon met een nieuwe buiging.

'Als jullie dat doen, Vuurzwaard en Vlamtong, dan zullen jullie de grootste vrienden zijn die de Urgralgra ooit gehad hebben en zullen we jullie namen voor eeuwig en altijd gedenken. We zullen ze in al onze thulqna weven en we zullen ze uithakken in onze pilaren en we zullen ze aan onze jongen leren als hun hoorns uitbotten.'

'Het antwoord is dus ja?' vroeg Eragon.

'Het antwoord is ja.'

Garzhvog zweeg even. 'Vuurzwaard, je weet niet hoeveel dit voor mijn volk betekent. We zullen altijd bij je in de schuld staan,' zei hij – namens zichzelf, vermoedde Eragon.

'Je bent me niets schuldig,' zei Eragon. 'Ik wil alleen nieuwe oorlogen voorkomen.'

Hij praatte nog een tijd met de raad over de details van de regeling. Toen namen hij en Saphira afscheid en hervatten ze hun tocht naar Vroengard.

Terwijl de grof gebouwde hutten van het dorp achter hen verdwenen, zei Saphira: *Ze worden goede Rijders.*

Ik hoop dat je gelijk hebt.

De rest van hun tocht naar het eiland gebeurde er weinig. Boven zee kwamen ze geen wolken tegen. De enige wolken op hun weg waren dun en pluizig en vormden geen gevaar voor hen of voor de meeuwen met wie ze het luchtruim deelden.

Saphira landde op Vroengard voor hetzelfde half vervallen nesthuis waar ze ook tijdens hun vorige bezoek verbleven hadden. Daar wachtte ze terwijl Eragon het bos in liep en tussen de donkere, bemoste bomen zwierf totdat hij verscheidene van de schaduwvogels trof die hij al eens eerder gezien had. Verderop was een stuk mos waarin het wemelde van de springende maden die Galbatorix volgens Nasuada legerlarven had genoemd. De naam van namen gebruikend gaf Eragon aan beide diersoorten de juiste aanduiding in de oude taal. De schaduwvogels noemde hij *sundavrblaka* en de maden *íllgrathr*. De laatste van die twee namen vond hij op een grimmige manier amusant, want die betekende 'erge honger'.

Tevreden ging hij naar Saphira terug. 's Avonds rustten ze uit en praatten met Glaedr en de andere eldunarí.

Bij zonsopgang gingen ze naar de Rots van Kuthian. Ze zeiden hun ware namen, en de gegraveerde deuren in de bemoste toren gingen open, waarna Eragon, Saphira en de eldunarí in het gewelf afdaalden. In die diepe grot, verlicht door een meer van gesmolten steen dat onder de Erolas lag, hielp Cuaroc, de bewaker van de eieren, hen elk ei in een apart kistje te leggen. Daarna stapelden ze de kistjes in het midden van het vertrek op, samen met de vijf eldunarí die in de grot waren gebleven om bij de bescherming van de eieren te assisteren.

Geholpen door Umaroth sprak Eragon de spreuk die hij al eens eerder gebruikt had, waarmee hij de eieren en harten in een afgeschermde ruimte verborg die als een speldenknopje achter Saphira hing en waar zij geen van beiden bij konden komen.

Cuaroc liep met hen mee naar buiten. De metalen voeten van de man met het drakenhoofd rinkelden hard over de tunnelvloer terwijl hij naast hen naar boven liep.

Toen ze eenmaal buiten stonden, nam Saphira Cuaroc tussen haar klauwen, want hij was te groot en te zwaar om comfortabel op haar rug te kunnen zitten. Toen steeg ze op tot hoog boven het ronde dal dat in het hart van Vroengard lag.

Over de donker glanzende zee vlogen ze. Daarna over het Schild, waarvan de toppen op sneeuw- en ijsklingen leken en de kloven ertussen net schaduwrivieren waren. Ze zwenkten naar het noorden, staken de Palancarvallei over – zodat zij en Eragon nog één blik op de omgeving van hun jeugd konden werpen, zij het van grote hoogte – en staken toen de Baai van Fundor over, bezaaid met rijen schuimende golven als evenveel rollende bergen. Hun volgende belangrijke oriëntatiepunt was Ceunon met zijn steile, gelaagde daken en sculpturen van drakenkoppen. Even later verscheen de voorste begrenzing van Du Weldenvarden met zijn hoge, sterke dennen.

's Nachts kampeerden ze bij waterlopen en meertjes. Het licht van hun kampvuur weerkaatste op Cuarocs glimmende metalen lichaam, terwijl de kikkers en insecten in de buurt hun koorzang aanhieven. In de verte hoorden ze vaak jagende wolven huilen.

Eenmaal in Du Weldenvarden vloog Saphira een uur lang naar het midden van het grote woud, maar toen verhinderden de barrières van de elfen hun doortocht. Ze landde, liep met Cuaroc naast zich door de onzichtbare muur van magie heen en steeg weer op.

Mijl na mijl gleed het bos onder hen door. Voor de enige variatie zorgden de bosjes bladverliezende bomen – eiken en iepen en berken en espen en lome wilgen –, die vaak waterlopen beneden markeerden. Ze passeerden een berg waarvan Eragon de naam vergeten was, vervolgens de elfenstad Osilon en daarna ongebaande wouden met dennenbomen, allemaal uniek en toch bijna identiek aan hun talloze broeders.

Laat op een middag, toen de maan en de zon laag boven hun tegenovergestelde horizon hingen, kwam Saphira eindelijk in Ellesméra aan en landde glijdend tussen de levende huizen van de grootste en meest trotse elfenstad.

Arya en Fírnen wachtten hen met Roran en Katrina op. Bij Saphira's nadering ging Fírnen op zijn achterpoten staan en spreidde zijn vleugels met een blije brul waarvan alle vogels een mijl in het rond opvlogen van schrik. Saphira antwoordde met gelijke munt terwijl ze op haar achterpoten landde en Cuaroc voorzichtig op de grond zette.

Eragon gespte zijn benen los en liet zich van Saphira's rug glijden.

Roran kwam aangerend, greep de onderarm van zijn neef en sloeg hem op zijn schouders terwijl Katrina hem aan de andere kant omhelsde. Eragon zei lachend: 'Hé, hou op! Ik krijg geen adem meer! En? Hoe bevalt Ellesméra?'

'Het is prachtig!' zei Katrina met een glimlach.

'Ik dacht dat je overdreef, maar alles is even indrukwekkend als je vertelde,' zei Roran. 'Het huis waar we verblijven...'

'Het heet Tialdarí,' zei Katrina.

Roran knikte. 'Precies. Het heeft me een paar ideeën over de wederopbouw van Carvahall gegeven. En dan hebben we nog Tronjheim en Farthen Dûr...' Hij schudde zijn hoofd en floot zachtjes.

Eragon lachte weer en begon achter hen aan over het bospad naar de westkant van Ellesméra te lopen. Arya liep met hen mee en maakte een even koninklijke indruk als vroeger haar moeder. 'Een gezegende ontmoeting in het maanlicht, Eragon. Je bent welkom.'

Hij keek haar aan. 'Inderdaad een gezegende ontmoeting, Schimmendoder.'

Ze glimlachte toen ze hem die titel hoorde gebruiken, en de schemering tussen de zwaaiende bomen leek even op te lichten.

Saphira was uitgeput van de reis, naar Eragon wist, maar zodra hij haar zadel had afgedaan, stegen zij en Fírnen op om in de richting van de Rotsen van Tel'naeír te verdwijnen. Bij hun vertrek hoorde Eragon de groene draak zeggen: *Ik heb vanmorgen drie herten voor je gevangen. Ze liggen op het gras voor Oromis' huis op je te wachten.*

Cuaroc ging Saphira achterna, want zij had de eieren nog, en het was zijn plicht om ze te bewaken.

Tussen de grote bomen van de stad gingen Roran en Katrina Eragon voor tot ze een open plek tussen kornoeljes en stokrozen bereikten. Daar stonden tafels volgeladen met een enorme verscheidenheid aan voedsel. De elfen droegen hun mooiste tunieken, en velen groetten Eragon met zachte kreten, zoetgevooisd gelach en flarden liederen en muziek.

Arya nam haar plaats in aan het hoofd van de tafel, en de witte raaf Blagden zat op een stok met houtsnijwerk in de buurt waar hij kakelend af en toe wat versregels kraste. Eragon ging naast Arya zitten, en tot diep in de nacht aten ze, dronken ze en hadden ze plezier.

Toen het feest ten einde liep, glipte Eragon een paar minuten weg en rende – meer afgaand op zijn reukzin en zijn gehoor dan op zijn ogen – door het donkere bos naar de Menoaboom.

Toen hij onder de hangende takken van de grote dennen tevoorschijn kwam, zag hij de sterren aan de hemel verschijnen. Hij bleef staan om op adem te komen en zich te vermannen voordat hij zich een weg baande door het bed van wortels rond de boom.

Hij bleef aan de voet van de reusachtige stam staan en legde zijn hand op de gescheurde bast. Terwijl hij zijn geest liet tasten naar het trage bewustzijn van de boom, die ooit een elfenvrouw was geweest, zei hij: *Linnëa... Linnëa... Word wakker! De noodzaak gebiedt dat ik spreek!* Hij wachtte maar merkte geen reactie van de boom. Het was alsof hij met de zee of de aarde zelf wilde communiceren. *Linnëa, ik moet met je spreken!*

Een zucht wind leek door zijn geest te waaien, en hij voelde een gedachte, ver en zwak, een gedachte die zei: *Wat, o Rijder...*

Linnëa, toen ik hier was, zei ik dat ik alles zou geven wat je wilde in ruil voor het glimstaal onder je wortels. Ik sta op het punt om Alagaësia verlaten. Daarom ben ik gekomen om mijn belofte in te lossen voordat ik vertrek. Wat zou je van me willen hebben, Linnëa?

De Menoaboom antwoordde niet maar de takken bewogen licht. Naalden vielen ratelend op de wortels van de open plek, en van het bewustzijn ging een geamuseerd gevoel uit.

Ga... fluisterde de stem. Toen trok de boom zich uit Eragons bewustzijn terug.

Hij bleef nog een paar minuten staan waar hij stond, en riep haar naam, maar de boom weigerde te antwoorden. Uiteindelijk ging hij weg met het gevoel dat iets onvoltooid bleef liggen, maar de Menoaboom dacht er kennelijk anders over.

Eragon besteedde de drie dagen erna met het lezen van boeken en boekrollen, die vaak uit Galbatorix' bibliotheek afkomstig waren en op Eragons verzoek door Vanir naar Ellesméra waren gestuurd. 's Avonds at hij met Roran, Katrina en Arya, maar de rest van de tijd bracht hij alleen door – zelfs zonder Saphira, die met Fírnen op de Rotsen van Tel'naeír bleef en voor weinig anders belangstelling had. 's Nachts echode het donderende gebrul van de draken vaak door het bos, wat hem afleidde van zijn studie en een glimlach op zijn gezicht bracht als hij Saphira's gedachten aanraakte. Hij miste haar gezelschap maar wist dat ze maar heel kort bij Fírnen kon zijn en hij misgunde haar het geluk niet.

Toen hij op de vierde dag van zijn lectuur geleerd had wat hij kon, ging hij naar Arya en ontvouwde zijn plan aan haar en haar raadgevers. Het kostte hem meer dan een halve dag om hen te overtuigen van het feit dat wat hij voor ogen had, noodzakelijk was en bovendien zou werken.

Toen dat gelukt was, namen ze een pauze om te eten. Vervolgens begon de schemering neer te dalen en verzamelde zich een groot gezelschap op de open plek rond de Menoaboom: hij, Saphira en Fírnen, Arya, dertig van de oudste en bekwaamste elfenmagiërs, Glaedr en de andere eldunarí die Eragon en Saphira bij zich hadden, en de twee Behoedsters Iduna en

Nëya, die het pact tussen de draken en Rijders belichaamden.

De Behoedsters ontdeden zich van hun gewaad. Eragon en de anderen begonnen – in overeenstemming met het oeroude ritueel – te zingen, en terwijl zij zongen, gingen Iduna en Nëya dansen. Ze bewogen zich op zo'n manier dat de draken die op hun lichaam getatoeëerd waren, één enkel wezen leken.

Op het hoogtepunt van het lied begon de draak te trillen. Hij opende zijn bek, strekte zijn vleugels en sprong naar voren. De draak maakte zich van de elfenhuid los en steeg op boven de open plek tot alleen zijn staart de twee verstrengelde Behoedsters nog raakte.

Eragon riep het opgloeiende wezen, en toen hij zijn aandacht had, legde hij uit wat hij wilde voordat hij vroeg of de draken ermee instemden.

Doe zoals je het wilt, Koningsdoder, zei het spookachtige wezen. *Als het de vrede in Alagaësia helpt bewaren, hebben wij geen bezwaar.*

Toen las Eragon voor uit een van de boeken van de Rijders en zei hij in zijn geest de naam van de oude taal. De aanwezige elfen en draken leenden hem hun lichaamskracht. Hun energie stroomde als een grote wervelstorm door hem heen. Tegelijkertijd zei Eragon de spreuk die hij dagenlang geperfectioneerd had, een spreuk zoals die in geen honderden jaren geklonken had: een betovering zoals die uit de oude magie, een betovering die diep door de bloedvaten van de aarde en de beenderen van de bergen liep. Daarmee durfde hij te doen wat nog maar één keer eerder gedaan was.

Hij smeedde er een nieuw pact tussen draken en Rijders mee.

Hij bond niet alleen de elfen en mensen aan de draken maar ook de dwergen en de Urgals en zorgde dat iedereen Rijder kon worden.

Terwijl hij de laatste woorden van die machtige spreuk zei, die daarmee bezegeld werd, voelde hij een trilling door de lucht en de aarde trekken. Hij had het gevoel dat alles om hem heen – en misschien wel alles ter wereld – heel even verschoof. De spreuk putte hem, Saphira en de andere draken uit, maar na afloop werd hij door verrukking vervuld. Hij wist dat hij een groot goed had verricht, misschien wel het grootste van zijn leven.

Arya stond op een nieuw feest om het te vieren. Eragon was weliswaar moe maar deed er vrolijk aan mee en was blij met haar gezelschap, evenals met dat van Roran, Katrina en Ismira.

In de loop van het feest werden het voedsel en de muziek echter ineens te veel voor hem, en hij vroeg excuus aan de tafel waar ook Arya zat.

Alles goed? vroeg Saphira, opkijkend van haar plaats bij Fírnen aan de andere kant van de open plek.

Hij glimlachte naar haar. *Ik zoek even een rustig plekje op. Ik ben zo terug.* Hij glipte weg en liep langzaam tussen de dennen, waar hij diep de koele nachtlucht inademde.

Honderd voet bij de tafels vandaan zag Eragon een magere elf met hoge schouders tegen een reusachtige boomwortel zitten. Hij had zijn rug naar het feest toegekeerd. Eragon verlegde zijn koers om de elf niet te storen, maar terwijl hij dat deed, ving hij een glimp van het elfengezicht op.

Het was helemaal geen elf maar de slager Sloan.

Eragon bleef verrast staan. Vanwege alles wat hij aan zijn hoofd had, was hij vergeten dat Sloan – Katrina's vader – nog in Ellesméra verbleef. Hij aarzelde even, dacht na en liep toen met rustige stappen naar hem toe.

Net als de laatste keer dat hij hem gezien had, droeg Sloan een smalle, zwarte reep textiel rond zijn hoofd. Daarmee bedekte hij de lege kassen waar ooit zijn ogen hadden gezeten. Vanachter de stof dropen tranen over zijn wangen; hij fronste zijn voorhoofd diep en balde zijn magere handen tot vuisten.

De slager hoorde Eragon naderen, want hij draaide zijn hoofd zijn kant op en vroeg: 'Wie loopt daar? Ben jij dat, Adarë? Ik zei toch al dat ik geen hulp nodig heb?' Hij klonk boos en verbitterd maar in zijn woorden klonk ook een verdriet dat Eragon nooit eerder gehoord had.

'Ik ben het. Eragon,' zei hij.

Sloan verstijfde alsof hij met een roodgloeiend brandmerk werd aangeraakt. 'Jij! Kom je je verkneukelen over mijn ellende?'

'Nee, natuurlijk niet,' zei Eragon, gruwend bij de gedachte. Hij ging op verscheidene voeten afstand op zijn hurken zitten.

'Vergeef me dat ik je niet geloof. Het is vaak moeilijk uit te maken of je probeert te helpen of juist iemand kwetst.'

'Dat hangt van je gezichtspunt af.'

Sloan trok minachtend zijn bovenlip op. 'Dat is weer zo'n typisch gluiperig elfenantwoord.'

De elfen achter hem begonnen met luiten en fluiten aan een nieuw lied, en vanuit het feestgedruis hoorden Eragon en Sloan een schallend gelach.

De slager wees met zijn kin over zijn schouder. 'Ik kan haar horen.' Nieuwe tranen rolden onder de reep textiel vandaan. 'Ik kan haar horen maar niet zien. En door die vervloekte spreuk kan ik niet met haar praten.'

Eragon wist niet wat hij moest zeggen en deed er het zwijgen toe.

De slager legde zijn hoofd tegen de wortel. Zijn adamsappel ging op en neer. 'De elfen zeggen dat het kind Ismira sterk en gezond is.'

'Ja, dat is ze. Ze is de sterkste en luidruchtigste baby die ik ken. Ze wordt een prima vrouw.'

'Dat is goed.'

'Hoe heb je je dagen doorgebracht? Ben je nog steeds aan het houtsnijden?'

'De elfen houden je blijkbaar op de hoogte van wat ik doe.' Eragon probeerde te besluiten wat hij moest zeggen – hij wilde Sloan niet laten merken dat hij al eerder op bezoek was geweest –, maar de slager was hem voor. 'Dat dacht ik al. Hoe denk je dat ik mijn dagen doorbreng? Ik breng ze in het donker door, net als altijd sinds Helgrind. Ik heb niks anders te doen dan duimen draaien, terwijl de elfen me aan m'n kop zeuren over dit en dat en me nooit een moment met rust laten!'

Achter hen werd opnieuw gelachen. Eragon onderscheidde ook Katrina's stemgeluid.

Een felle frons gleed over Sloans gezicht. 'En jij moest haar zo nodig naar Ellesméra laten komen. Het was zeker niet genoeg om me te verbannen, hè? Nee, je moest me ook kwellen met de wetenschap dat mijn enige kind en kleinkind hier zijn, en dat ik ze nooit zal kunnen zien, laat staan ontmoeten.' Sloan ontblootte zijn tanden en leek Eragon te willen bespringen. 'Je bent een verdomd harteloos stuk vreten. Dat ben je.'

'Ik heb juist te veel harten,' zei Eragon, wetend dat de slager hem niet zou begrijpen.

'Bah!'

Eragon aarzelde. Als hij de man liet geloven dat hij hem had willen kwellen, was dat misschien vriendelijker dan de mededeling dat zijn pijn alleen aan Eragons vergeetachtigheid te wijten was.

De slager wendde zijn hoofd af. Nieuwe tranen rolden over zijn wangen. 'Ga,' zei hij. 'Laat me met rust. Val me nooit meer lastig, Eragon, want ik zweer dat een van ons tweeën dat niet overleeft.'

Eragon haalde een hand door de dennennaalden op de grond, stond op en keek op Sloan neer. Hij wilde niet weggaan. Wat hij Sloan had aangedaan door Katrina naar Ellesméra te halen, gaf een wreed en verkeerd gevoel. Er knaagde schuldgevoel aan hem dat elke tel sterker werd tot hij uiteindelijk een besluit nam. Toen daalde weer kalmte over hem neer.

Niet harder dan fluisterend gebruikte hij de naam van de oude taal om de spreuken te wijzigen die hij over Sloan had uitgesproken. Dat duurde meer dan een minuut, en toen hij het eind van zijn incantaties naderde, begon Sloan tussen zijn opeengeklemde kaken door te grommen. 'Hou op met dat vervloekte gemompel, Eragon, en donder op. Ga weg, verdomme! Ga weg!'

Eragon ging echter niet weg maar begon aan een nieuwe spreuk. Puttend uit de kennis van de eldunarí en de Rijders met wie veel van de oudere draken een koppel hadden gevormd, zong hij een spreuk die koesterde en bevorderde en herstelde wat er ooit geweest was. Dat was niet gemakkelijk, maar Eragons bekwaamheid was inmiddels aanzienlijk gegroeid, en hij wist te bereiken wat hij wilde.

Onder het zingen begon Sloan te trillen. Daarna krabde hij vloekend en met beide handen over zijn wangen en voorhoofd alsof hij een hevige jeuk had.

'Vervloekt! Wat ben je met me aan het doen!'

Eragon beëindigde zijn bezwering. Hij ging weer op zijn hurken zitten en haalde de reep stof voorzichtig van Sloans hoofd. Sloan siste toen hij de band weggetrokken voelde worden, en stak zijn handen uit om Eragon tegen te houden, maar hij was te langzaam en greep alleen lege lucht.

'Ontsteel je me ook nog mijn waardigheid?' vroeg Sloan met haat in zijn stem.

'Nee, ik geef je die terug,' zei Eragon. 'Doe je ogen open.'

De slager aarzelde. 'Nee, dat kan ik niet. Je probeert me voor de gek te houden.'

'Wanneer heb ik dat ooit gedaan? Open je ogen, Sloan, en kijk naar je dochter en kleindochter.'

Sloan beefde. Toen gleden zijn oogleden langzaam, heel langzaam omhoog. Ze onthulden geen lege kassen meer maar twee glanzende ogen. Anders dan de ogen waarmee hij geboren was, waren deze nieuwe exemplaren blauw als de middaghemel en glommen ze fel.

Hij knipperde ermee. Zijn pupillen krompen om zich aan het schaarse licht in het bos aan te passen. Toen sprong hij overeind. Hij draaide zich om en keek hij over de boomwortel heen naar de feestelijkheden die tussen de bomen verderop plaatsvonden. De gloed van de vlamloze elfenlantaarns baadde zijn gezicht in een warm licht en leek hem te overstromen met levensvreugde. De verandering in zijn blik was wonderbaarlijk om te zien; Eragon voelde de tranen in zijn eigen ogen springen toen hij de oudere man gadesloeg.

Sloan bleef over de wortel staren als een uitgedroogde reiziger die ineens een grote rivier ziet. Hij zei met een hese stem: 'Wat is ze mooi. Wat zijn ze allebei mooi!' Een nieuw lachsalvo klonk. 'Ja... ze kijkt gelukkig. En Roran ook.'

'Als je wilt, kun je van nu af aan naar ze kijken,' zei Eragon. 'Maar de spreuken staan je nog steeds niet toe om met ze te praten of jezelf aan hen te vertonen of op welke manier dan ook contact op te nemen. En als je dat toch probeert, zal ik het weten.'

'Ik snap het,' mompelde Sloan. Hij draaide zich om en richtte zijn blik met een onthutsende kracht op Eragon. Een paar tellen lang ging zijn onderkaak op en neer alsof hij op iets kauwde. Toen zei hij: 'Dank je.'

Eragon knikte en stond op. 'Vaarwel, Sloan. Ik beloof je dat je me nooit meer terug zult zien.'

'Vaarwel, Eragon.' En de slager draaide zijn hoofd opnieuw en staarde naar het licht van het elfenfeest.

Afscheid

Een week ging voorbij: een week vol gelach, muziek en lange wandelingen tussen de wonderen van Ellesméra. Eragon nam Roran, Katrina en Ismira mee voor een bezoek aan Oromis' hut op de Rotsen van Tel'naeír, en Saphira liet het beeldhouwwerk van gelikt natuursteen zien dat ze voor de Viering van de Bloedeed gemaakt had. Arya op haar beurt trok een hele dag uit om hen langs de vele tuinen van de stad te leiden, zodat ze een deel van de spectaculairste planten te zien kregen die de elfen in de loop van de eeuwen verzameld en ontwikkeld hadden.

Eragon en Saphira zouden graag nog een paar weken in Ellesméra gebleven zijn, maar Blödhgarm nam contact op en vertelde dat hij en de eldunarí onder zijn hoede bij het Ardwenmeer waren aangekomen. En hoewel Eragon noch Saphira het wilde toegeven, wisten ze dat de tijd voor vertrek was aangebroken.

Het was dan ook reden tot juichen toen Arya en Fírnen aankondigden dat ze wilden meevliegen, in elk geval tot de grens van Du Weldenvarden en misschien nog wel iets verder.

Katrina besloot met Ismira achter te blijven, maar Roran vroeg of hij hen op het eerste deel van hun reis mocht vergezellen. Hij zei: 'Ik wil graag zien hoe de andere kant van Alagaësia eruitziet, en reizen met jou gaat sneller dan wanneer ik het te paard moet doen.'

De volgende dag nam Eragon bij zonsopgang afscheid van Katrina, die de hele tijd moest huilen, en van Ismira, die op haar duim sabbelde en hem vol onbegrip aankeek.

Toen vertrokken ze. Saphira en Fírnen vlogen naast elkaar in oostelijke richting over het bos. Roran zat achter Eragon en hield diens middel vast, terwijl Cuaroc aan Saphira's klauwen bengelde. Zijn lichaam weerkaatste het zonlicht zo helder als een spiegel.

Na tweeënhalve dag kwam het Ardwenmeer in zicht: een bleke waterplas die groter was dan de hele Palancarvallei. Op de westelijke oever lag Sílthrim, een stad waar Eragon en Saphira nog nooit geweest waren. En deinend in het water van de haven lag een lang, wit schip met één enkele mast.

Eragon wist dat het schip er zo uit zou zien, want hij herkende het uit zijn dromen, en al starend kreeg hij het gevoel dat dit zijn onontkoombare lot was.

Zo heeft het altijd moeten zijn, dacht hij.

Ze brachten de nacht in Sílthrim door, dat veel op Ellesméra leek maar kleiner en veel compacter was. Terwijl zij rustten, laadden de elfen de eldunarí in het schip, gevolgd door voedsel, gereedschap, kleding en andere benodigdheden. De scheepsbemanning bestond uit twintig elfen die wilden helpen bij het grootbrengen van de draken en de opleiding van toekomstige Rijders, evenals Blödhgarm en alle resterende magiërs, behalve Laufin en Uthinarë, die hier afscheid namen.

Die ochtend paste Eragon de spreuk aan die de eieren boven Saphira verborgen hield. Hij pakte er twee en gaf ze aan de elfen die Arya had gekozen om ze te beschermen. Een van de eieren was voor de dwergen bestemd, het andere voor de Urgals, en de draken in die eieren zouden hopelijk besluiten om een Rijder uit het aangewezen volk te kiezen. Zo niet, dan zouden ze worden omgeruild, en als ze dan nog steeds geen Rijder vonden... Eragon wist niet precies wat hij dan doen moest, maar ging ervan uit dat Arya wel iets zou bedenken. Als de eieren uitkwamen, zouden de draakjes en hun Rijders onder de hoede van Arya en Fírnen komen tot ze oud genoeg waren om zich bij Eragon, Saphira en hun soortgenoten in het oosten aan te sluiten.

Toen gingen Eragon, Arya, Roran, Blödhgarm en de rest van de meereizende elfen aan boord en zetten ze koers over het meer, terwijl Saphira en Fírnen hoog boven hen cirkelden.

Het schip heette de Talíta, naar een rossige ster aan de oostelijke hemel. Het was licht en smal en vereiste maar een handbreed water om te kunnen drijven. Bovendien voer het geluidloos en vrijwel zonder te sturen, want het leek precies te weten waar de roerganger naartoe wilde.

Dagenlang voeren ze door het bos, eerst over het Ardwenmeer en later over de Gaena, die gezwollen was van het smeltwater. Terwijl ze door een tunnel van groene takken voeren, vlogen talloze soorten vogels zingend rond. Rode en zwarte eekhoorns gingen vanuit de boomtoppen tegen hen tekeer of sloegen hen gade vanaf takken die net buiten hun bereik lagen.

Eragon was het grootste deel van zijn tijd bij Arya of Roran en vloog maar zelden met Saphira mee. Saphira op haar beurt bleef bij Fírnen, en hij zag hen vaak op de oever zitten. Ze hadden dan hun voorpoten op elkaar gelegd en hun koppen lagen naast elkaar op de grond.

Het licht overdag was overdag goudgeel en heiig. 's Nachts brandden de sterren helder en gaf de wassende maan genoeg licht om erbij te kunnen varen. De warmte, het wazige licht en het constante deinen van de Talíta gaven Eragon het gevoel dat hij half slapend verdwaald was in herinneringen aan een aangename droom.

Uiteindelijk gebeurde het onvermijdelijke: het bos eindigde, en toen zeilden ze tussen de velden erachter. De Gaena draaide naar het zuiden en bracht hen langs de bosrand naar het Eldormeer, een watermassa die zelfs nog groter was dan het Ardwenmeer.

Daar sloeg het weer om en stak noodweer op. Hoge golven beukten tegen het schip, en een dag lang voelden ze zich ellendig omdat ze door koude regen en harde wind geteisterd werden. Ze hadden die wind echter in de rug, en dat versnelde hun voortgang aanzienlijk.

Vanaf het Eldormeer voeren ze de Edda op en zeilden ze naar het zuiden tot voorbij Ceris, een buitenpost van de elfen. Daarna lieten ze het bos volledig achter zich, en de Talíta gleed schijnbaar op eigen kracht over de rivier door de vlaktes.

Toen ze eenmaal tussen de bomen tevoorschijn waren gekomen, verwachtte Eragon dat Arya en Fírnen elk moment konden weggaan. Maar geen van beiden zei iets over vertrekken. Eragon vond dat best en zweeg er verder over.

Hoe dieper ze in het zuiden kwamen, hoe leger het land werd. Roran zei met een blik om zich heen: 'Het is hier nogal verlaten, hè?' en Eragon kon het alleen maar beamen.

Eindelijk bereikten ze de oostelijkste nederzetting in Alagaësia: een kleine, eenzame verzameling houten huizen die Hedarth heette. De dwergen hadden de nederzetting uitsluitend voor de handel met de elfen gebouwd, want de streek bevatte niets waardevols behalve de kudden herten en wilde runderen, die in de verte zichtbaar waren. Het dorp lag op het punt waar de Âz Ragni in de Edda stroomde en de omvang ervan verdubbelde.

Eragon, Arya en Saphira waren ooit eerder in tegengestelde richting door Hedarth gekomen, toen ze na de veldslag met de Urgals van Farthen Dûr naar Ellesméra waren gereisd. Eragon wist dan ook wat hij te verwachten had toen het dorp in zicht kwam.

Tot zijn verbazing zag hij echter dat op het uiteinde van de geïmproviseerde pier in de rivier honderden dwergen hen stonden op te wachten. Maar zijn verwarring maakte plaats voor blijdschap toen de groep zich splitste en Orik naar voren beende.

Zijn hamer Volund boven zijn hoofd heffend riep Orik: 'Je dacht toch niet dat ik mijn eigen stiefbroer laat weggaan zonder fatsoenlijk vaarwel te zeggen, hè, knul?'

Eragon legde grijnzend zijn handen rond zijn mond en riep terug: 'Nooit!'

De elfen meerden lang genoeg aan om iedereen aan wal te laten gaan, behalve Cuaroc, Blödhgarm en twee andere elfen, die achterbleven om de eldunarí te bewaken. Waar de twee rivieren elkaar troffen, was het water te ruw om het schip op zijn plaats te houden zonder tegen de pier te schuren. De elfen gooiden daarom de trossen los en voeren verder de Edda af op zoek naar een rustiger plekje om voor anker te gaan.

Tot zijn verbazing zag Eragon dat de dwergen vier van de reusachtige everzwijnen uit de Beorbergen hadden meegenomen naar Hedarth. De Nagran werden aan boomstammen geregen, zo dik als Eragons been, en boven kuilen met gloeiende kooltjes geroosterd.

'Die heb ik zelf neergelegd,' zei Orik trots terwijl hij naar het grootse exemplaar wees.

Samen met de andere ingrediënten voor het feestmaal had Orik speciaal voor Saphira drie karren met de beste dwergenmede bij zich. Saphira neuriede van genot toen ze de vaten zag. *Jij moet het ook proeven*, zei ze tegen Fírnen, die snuivend zijn nek uitstak en nieuwsgierig aan de vaten snuffelde.

Toen de avond viel en het eten klaar was, gingen ze aan de primitieve tafels zitten die de dwergen diezelfde dag gemaakt hadden. Orik sloeg met zijn hamer tegen zijn schild om de menigte tot zwijgen te brengen. Toen pakte hij een stuk vlees dat hij in zijn mond stak, tussen zijn tanden vermaalde en doorslikte.

'Ilf gauhnith!' verklaarde hij. De dwergen riepen instemmend, en toen kon het feest beginnen.

Aan het eind van de avond, toen iedereen – ook de draken – naar hartenlust gegeten had, klapte Orik in zijn handen en riep hij een dienaar, die een kistje met goud en edelstenen kwam brengen. 'Een klein symbool van onze vriendschap,' zei Orik terwijl hij het aan Eragon gaf.

Eragon boog en bedankte hem.

Vervolgens ging Orik naar Saphira en gaf haar met twinkelende ogen een ring van goud en zilver die ze aan alle klauwen van haar voorpoot kon dragen. 'Het is een bijzondere ring, want er komen geen krassen of vlekken op, en zolang je hem draagt, hoort je prooi je niet naderen.'

Zijn geschenk deed Saphira een immens genoegen. Ze liet Orik de ring aan de middelste klauw van haar rechter voorpoot schuiven, en Eragon zag haar de hele avond bewonderend naar de band van glimmend metaal kijken.

Op aandrang van Orik bleven ze die nacht in Hedarth. Eragon hoopte de volgende ochtend vroeg te kunnen vertrekken, maar toen het aan de hemel licht begon te worden, nodigde Orik hem, Arya en Roran uit voor het ontbijt. Na het eten raakten ze in gesprek en gingen ze de vlotten bekijken die de dwergen gebruikt hadden om de Nagran vanuit de Beorbergen naar Hedarth te brengen. Even later was het alweer tijd voor het avondeten, en Orik wist hen over te halen om nog één keer te blijven eten.

Tijdens het eten zongen en musiceerden de dwergen net als tijdens het feest van de avond ervoor, en doordat ze naar het optreden van een bijzonder bekwame dwergenbard luisterden, werd het vertrek van Eragons groep opnieuw uitgesteld.

'Blijf nog een nacht,' zei Orik met aandrang. 'Het is al donker, en dat is geen tijd om te reizen.'

Eragon werp een blik op de volle maan en glimlachte. 'Je vergeet dat het voor mij minder donker is dan voor jou. Nee, we moeten gaan. Als we nog langer wachten, blijven we voorgoed, vrees ik.'

'Ga dan met mijn zegen, broeder van mijn hart.'

Ze omhelsden elkaar, en toen liet Orik paarden voor hen komen – paarden die de dwergen in Hedarth op stal hadden staan voor de elfen die handel kwamen drijven.

Eragon nam met opgeheven arm afscheid van Orik. Toen gaf hij zijn paard de sporen en zo vertrokken hij met Roran, Arya en de rest van de elfen in galop uit Hedarth. Ze namen een wildspoor dat langs de zuidelijke oever van de Edda liep. Overal geurde het daar zoet naar wilgen en populieren. Hoog boven hen werden ze gevolgd door de draken, die in een speelse, spiralende dans om elkaar heen vlogen.

Buiten Hedarth toomde Eragon net als de anderen zijn rijdier in. In een langzamer en gerieflijker tempo reden ze door, en ze praatten zachtjes met elkaar. Eragons besprak niets belangrijks met Arya of Roran, en zij deden dat ook niet met hem. Het ging hun niet om de woorden maar om het gevoel van saamhorigheid dat ze in de intimiteit van de nacht deelden. De sfeer die tussen hen heerste, was dierbaar en teder. En als ze iets zeiden, gebeurde dat nog vriendelijker dan anders, want ze wisten dat aan hun samenzijn een eind kwam, en geen van hen wilde dat met een onnadenkende uitspraak bederven.

Ze bereikten algauw de top van een klein heuveltje en keken omlaag naar de Talíta die aan de overkant op hen lag te wachten.

Het schip naderde. Eragon wist dat het zo zou gaan. Dat het zo móést gaan.

Bij het licht van de bleke maan leek het schip op een zwaan die op de trage, brede rivier het luchtruim wilde kiezen om hen naar een onbekend, ver oord te brengen. De elfen hadden de zeilen gereefd en de lappen zeildoek glansden vaag. Er stond één iemand aan het roer. Voor de rest was het dek leeg.

Aan de andere kant van de Talíta strekte de donkere vlakte zich helemaal tot aan de verre horizon uit: een ontzagwekkende uitgestrektheid, alleen onderbroken door de rivier, die als een reep gedreven metaal op het land lag.

Eragon voelde zijn keel beklemd raken en trok de kap van zijn mantel over zijn hoofd alsof hij zich aan het gezicht wilde onttrekken.

Langzaam reden ze de helling af en bereikten door fluisterend gras het kiezelstrand bij het schip. De paardenhoeven klonken scherp en hard tegen de steentjes.

Eragon steeg af. De anderen deden hetzelfde. Zonder dat iemand het vroeg, vormden de elfen twee rijen naar het schip – met hun gezicht naar elkaar toe – en zetten ze de uiteinden van hun speer bij hun voeten op de grond. Zo bleven ze als standbeelden staan.

Eragon wierp een blik op hen. De beklemming in zijn keel werd erger en bemoeilijkte een normale ademhaling.

Het is zover, zei Saphira. Hij wist dat ze gelijk had.

Eragon maakte het kistje met goud en edelstenen achter het paardenzadel los en liep ermee naar Roran.

'Hier nemen we dus afscheid?' vroeg Roran.

Eragon knikte. 'Hier,' zei hij, terwijl hij het kistje aan Roran gaf. 'Neem jij het maar. Jij hebt er meer aan dan ik... Gebruik het om je kasteel te bouwen.'

'Dat zal ik doen,' zei Roran met omfloerste stem. Hij nam het kistje onder zijn linkerarm en omarmde Eragon met zijn rechter. Ze hielden elkaar een hele tijd vast. Daarna zei Roran: 'Heb een veilige reis, broeder.'

'Jij ook, broeder... Pas goed op Katrina en Ismira.'

'Dat zal ik doen.'

Omdat Eragon verder niets wist te zeggen, tikte hij Roran nog eens op zijn schouder. Toen draaide hij zich om en liep naar Arya, die bij de twee rijen elfen op hem stond te wachten.

Ze staarden elkaar een paar hartkloppingen aan. Arya zei toen: 'Eragon...' Ook zij had haar kap over haar hoofd getrokken, en ondanks het maanlicht was niet veel van haar gezicht te zien.

'Arya.' Hij keek even naar de zilverwitte rivier en toen weer naar Arya. Hij greep het gevest van Brisingr en was zo vol van emotie dat hij beefde. Hij wilde niet weggaan maar wist dat hij moest. 'Ga met me mee...'

Ze keek snel op. 'Dat kan niet.'

'... ga met me mee naar de eerste bocht in de rivier.'

Ze aarzelde even maar knikte toen. Hij bood haar zijn arm aan, zij stak de hare door die van hem, en samen liepen ze naar het schip, waar ze bij de boeg gingen staan.

De elfen volgden hen, en toen iedereen aan boord was, trokken ze de loopplank op. Zonder wind of roeiriemen gleed het schip bij de stenige oever weg en begon het over de lange, vlakke rivier te drijven.

Roran bleef eenzaam op het strand achter en zag hen gaan. Daarna legde hij zijn hoofd in zijn nek en uitte hij een lange, gekwelde kreet. De klacht over zijn verlies echode door de nacht.

Eragon bleef verscheidene minuten lang naast Arya staan. Geen van beiden zei iets. Toen zagen ze de eerste bocht in de rivier naderen. Hij draaide zich eindelijk naar haar om en duwde de kap uit haar gezicht, zodat hij haar ogen kon zien.

'Arya,' zei hij. En hij fluisterde haar ware naam. Een beving van herkenning gleed door haar heen.

Als antwoord fluisterde ze de zijne, en ook hij huiverde toen hij de volheid van zijn wezen hoorde beschrijven.

Hij maakte aanstalten om nog iets te zeggen, maar Arya voorkwam dat door drie vingers op zijn lippen te leggen. Ze deed een stap naar achteren en hief een arm boven haar hoofd.

'Vaarwel, Eragon Schimmendoder,' zei ze.

Toen zwierde Fírnen naar omlaag om haar van het scheepsdek te plukken. Daarbij beukte hij Eragon met vlagen lucht uit zijn vleugels.

'Vaarwel,' fluisterde Eragon toen hij haar en Fírnen zag terugvliegen naar de plek in de verte waar Roran nog steeds op de oever stond.

Eindelijk liet hij zijn tranen de vrije loop. Hij omklemde de reling van het schip en huilde om alles wat hij kende en nu achterliet. Saphira weeklaagde boven hem, en haar verdriet versmolt met het zijne. Samen rouwden ze om dingen die voorgoed onmogelijk waren.

Maar mettertijd ging zijn hart rustiger kloppen. Zijn tranen droogden op en er daalde een zekere mate van vrede over hem neer terwijl hij over de lege vlakte uitkeek. Hij vroeg zich af welke vreemde dingen in deze woeste streken te vinden waren, en peinsde over het leven dat hem en Saphira wachtte – een leven met draken en Rijders.

We zijn niet alleen, kleintje, zei Saphira.

Er gleed een glimlach over zijn gezicht.

En het schip voer verder en gleed sereen over de maanverlichte rivier naar de donkere landen in de verte.

Einde

Over de oorsprong der namen

Voor de oppervlakkige waarnemer zijn de diverse, uiteenlopende namen die de onverschrokken reiziger in Alagaësia op zijn weg vindt, waarschijnlijk niet meer dan een willekeurige verzameling aanduidingen, zonder eigen karakter, cultuur of geschiedenis.

Maar zoals in elk land dat herhaalde malen is gekoloniseerd door verschillende culturen – en, in dit geval, verschillende volkeren – vormde zich in Alagaësia in snel tempo de ene laag namen op de andere, van de elfen, de dwergen, de mensen en zelfs de Urgals. Vandaar dat we de Palancarvallei (afkomstig van de mensen), de rivier de Anora en Ristvak'baen (elfennamen), en de berg de Utgard (een dwergennaam) naast elkaar tegenkomen, in een gebied met een oppervlakte van slechts enkele vierkante mijlen.

Deze kwestie is weliswaar van groot historisch belang, maar leidt in praktische zin vaak tot verwarring als het op de uitspraak aankomt. Helaas zijn er geen vaste regels voor de oningewijde. Elke naam moet op zijn eigen voorwaarden worden geleerd, tenzij de taal van oorsprong meteen duidelijk is. Het wordt nog verwarrender doordat in vele gevallen de spelling en de uitspraak van vreemde woorden door de plaatselijke bevolking zijn veranderd en aangepast aan de eigen taal. De naam van de rivier de Anora is daarvan een goed voorbeeld. Oorspronkelijk werd 'anora' gespeld als 'aenora', wat 'breed' betekent in de oude taal. In hun geschriften veranderden de mensen de complexe *äe*-klank in een simpele *a*, en dat leverde de naam op zoals deze in de tijd van Eragon werd gehanteerd.

Om het de lezer zo gemakkelijk mogelijk te maken, heb ik onderstaande lijst samengesteld, waarbij moet worden vermeld dat dit alleen ruwe richtlijnen zijn voor de eigenlijke uitspraak. De liefhebber wordt aangemoedigd de brontalen te bestuderen om de nuances en complexiteit ervan goed onder de knie te krijgen.

De oude taal

Agaetí Blödhren – Viering van de Bloedeed (vond elke eeuw plaats ter ere van het pact tussen elfen en draken)
älfa – elf (meervoud: *älfya*)
älfakyn – het elfenras
Atra du evarínya ono varda – Moge de sterren over je waken
Atra esterní ono thelduin, Eragon Shur'tugal – Moge voorspoed je leven beheersen, Eragon Drakenrijder
audr – omhoog
böllr – een rond object; een bol
brisingr – vuur (zie ook: istalrí)
Dauthdaert – Dode Speer: de speren die de elfen maakten om draken mee te doden
Deloi sharjalví! – Aarde, beweeg!
Domia abr Wyrda – Lotsbeheersing (boek)
draumr kópa – droomstaren
dröttning – koningin
dröttningu – prinses (ongeveer; er is geen echt woord voor 'prinses' in de oude taal; *dröttningu* komt er echter het dichtstbij)
du – de/het
Du Fells Nángoröth – De Vervloekte Bergen
Du Vrangr Gata – Het Zwervende Pad
Du Weldenvarden – Het Wakende Woud
ebrithil(ar) – meester(s)
Eka aí fricai un Shur'tugal – Ik ben een Drakenrijder en een vriend
Eka elrun ono, älfya, wiol förn thornessa – Ik dank jullie, elfen, voor dit geschenk
elda – geslachtsneutraal achtervoegsel dat met een streepje aan een naam wordt gehecht en grote eerbied uitdrukt
Elrun ono – Dank je
Erisdar – de vlamloze lantaarns van zowel de elfen als de dwergen (genoemd naar de elf die ze uitvond)
fairth – afbeelding die met magische middelen op een plaat leisteen wordt aangebracht
fell – berg
finiarel – achtervoegsel voor veelbelovende jongemannen; het wordt met een streepje aan de naam gehecht

flauga – vliegen
frethya – verbergen
gánga – ga (gebiedende wijs van 'gaan')
gánga aptr – ga terug
gánga fram – ga vooruit
gánga raehta – ga naar rechts
gedwëy ignasia – glanzende handpalm
Guliä waíse medh ono, Argetlam – Moge geluk uw deel zijn, Zilveren Hand
Helgrind – De Poorten des Doods
hvitr – wit
íllgrathr – erge honger (de door Eragon bedachte benaming voor de maden op het eiland Vroengard)
islingr – lichtbrenger/verlichter
istalrí – vuur (zie ook: brisingr)
jierda – breek, sla (gebiedende wijs van 'breken', 'slaan')
kausta – kom (gebiedende wijs van 'komen')
kverst – snij (gebiedende wijs van 'snijden')
Kverst malmr du huildrs edtha, mar fröma né thön eka threyja! – Snij het metaal door dat mij ketent, maar niet verder dan ik wil!
ládrin – open (gebiedende wijs van 'openen')
letta – stop (gebiedende wijs van 'stoppen')
Liduen Kvaedhí – Poëtisch Schrift
mäe – een fragment van een woord dat Eragon nooit in zijn geheel uitsprak
naina – helder maken
Naina hvitr un böllr – Maak rond wit licht
Nam iet er Eragon Sundavar-Vergandí, sönr abr Brom – Mijn naam is Eragon Schimmendoder, zoon van Brom
Nïdhwal – draakachtig wezen dat in de zee leeft, verwant aan de Fanghur
Niernen – Orchidee
Ono ach néiat threyja eom verrunsmal edtha, O snalglí – Je wilt niet met me vechten, o, snalglí (waarschuwend)
Sé ono waíse ilia – Dat u gelukkig zijt
Sé onr sverdar sitja hvass – Dat uw zwaard scherp mag blijven
Shur'tugal – Drakenrijder
slytha – slaap
snalglí – reuzenslak(ken)
Stenr rïsa – Steen, stijg op
Stenr slauta! – Steen, weergalm (geluid)! (*slauta* is moeilijk te vertalen; het is een scherp, doorklievend geluid, als van barstend steen, maar *slauta* betekent tevens het maken van zo'n geluid)
Stydja unin mor'ranr – Rust in vrede

sundavrblaka – schaduwvogel (de door Eragon bedachte benaming voor de zwarte vogels zonder diepte op het eiland Vroengard)
svit-kona – formele aanduiding voor een elfenvrouw die een grote wijsheid bezit
thelduin – beheersen
theyna – wees stil
thrautha – gooi; werp
Thrysta vindr – Lucht, druk samen
thurra – maak droog
un – en
Vae weohnata ono vergarí, eka thäet otherúm – We zullen u doden, ik zweer het
vaetna – verspreid, verdrijf (gebiedende wijs van 'verspreiden', 'verdrijven')
valdr – heerser
vëoht – langzaam
verma – verhit (gebiedende wijs van 'verhitten')
vrangr – verkeerd, dwalend
Waíse néiat! – Wees niet!
yawë – vertrouwensband

De dwergentaal

Az Ragni – De rivier
Az Sweldn rak Anhûin – De tranen van Anhûin
barzûl – iemand vervloeken met veel tegenslag
Beor – holenbeer (elfenwoord)
derûndânn – gegroet
dûr – onze
dûrgrimst – clan (letterlijk: 'onze zaal' of 'onze woning')
Erôthknurl – een steen gemaakt van aarde (letterlijk: 'aardbal'; meervoud: *Erôthknurln*)
Fanghur – draakachtige dieren, maar kleiner en minder intelligent dan hun neven (inheems in de Beorbergen)
Farthen Dûr – Onze Vader
Feldûnost – vorstbaard (geitenras dat inheems is in de Beorbergen)
grimstborith – clanhoofd (letterlijk: 'zaalhoofd'; meervoud: *grimstborithn*)
grimstcarvlorss – organisator van het huis
grimstnzborith – koning of koningin van de dwergen (letterlijk: 'zalenhoofd')
Ilf gauhnith! – een typische dwergenuitspraak die betekent: 'Het is veilig

en goed!' Gewoonlijk gebruikt door de gastheer van een feestmaal; de uitspraak stamt nog uit de tijd dat het aan de orde van de dag was dat gasten van andere clans werden vergiftigd
Ingeitum – vuurwerkers, smeden
knurla – dwerg (letterlijk: 'iemand van steen'; meervoud: *knurlan)*
Nagra – reuzeneverzwijn, inheems in de Beorbergen (meervoud: *Nagran)*
thardsvergûndnzmal –iets wat iets anders lijkt dan het feitelijk is; een truc of vervalsing; een imitatie
Tronjheim – Reuzenhelm
Vor Orikz korda! – Bij Orik's hamer!

De nomadentaal

no – een eervol achtervoegsel; het wordt met een streepje aan de naam verbonden van degene voor wie je respect hebt

De taal van de Urgals

drajl – madengebroed
nar – een bijzonder respectvolle aanduiding voor iemand
thulqna – geweven stof die de Urgals als helmteken gebruiken om hun clan aan te duiden
Uluthrek – Maaneter
Urgralgra – de Urgal-naam voor zichzelf (letterlijk: 'zij met hoorns')

Woord van dank

Kvetha Fricaya. Gegroet, vrienden.
 Wat is dit een lange weg geweest. Het is moeilijk te geloven dat die nu dan toch ten einde is gekomen. Vaak heb ik eraan getwijfeld of ik deze serie ooit af zou krijgen. Dat dat is gelukt is voor een niet-gering deel te danken aan de hulp en steun van een heleboel mensen.
 Als ik zeg dat het schrijven van de Erfgoed-reeks een van de moeilijkste dingen is die ik ooit in mijn leven gedaan heb, overdrijf ik niet. Om allerlei redenen – persoonlijke, professionele en creatieve – heeft dit boek een grotere uitdaging betekend dan de vorige delen. Ik ben er trots op dat ik het af heb, en op het boek zelf ben ik nog trotser.
 Als ik terugkijk op de serie als geheel, kan ik onmogelijk zeggen wat voor gevoelens er allemaal door me heen zijn gegaan. De Erfgoed-reeks heeft me twaalf jaar van mijn leven gekost – tot op heden dus bijna de helft. De reeks heeft mij en mijn gezin veranderd, en als ik zou willen vertellen wat ik als gevolg daarvan heb doorgemaakt, zou ik nog vier boekdelen nodig hebben.
 En om het nu los te laten, om afscheid te nemen van Eragon, Saphira, Arya, Nasuada en Roran, en verder te gaan met nieuwe personages en nieuwe verhalen… Dat is een angstwekkend vooruitzicht.
 Maar ik ben niet van plan Alagaësia achter me te laten. Ik heb er te veel tijd en moeite in gestoken om die wereld op te bouwen, en er komt in de toekomst een moment dat ik ernaar terugkeer. Het kan een paar jaar duren, of misschien gebeurt het wel volgende maand. Op dit moment kan ik dat niet zeggen. Maar als ik ernaar terugkeer, hoop ik me te kunnen buigen over een paar raadselen die ik in deze serie onopgelost heb gelaten. Het spijt me trouwens als ik de lezers die meer te weten hadden willen komen over Angela de kruidenvrouw heb moeten teleurstellen, maar als we alles over haar wisten zou ze niet half zo interessant zijn. Maar als je ooit mijn zus Angela tegenkomt, kun je altijd proberen haar te vragen hoe haar personage in elkaar zit. Als ze in een goeie bui is, vertelt ze je misschien wel iets interessants. Zo niet… Nou, dan krijg je toch vast leuke dingen te horen.
 Oké dan. Verder met mijn dankwoord.
 Aan het thuisfront: dank aan zowel mijn vader als mijn moeder voor hun niet-aflatende steun, voor hun adviezen, en natuurlijk voor het feit dat ze het met Eragon hebben aangedurfd. Aan mijn zus Angela, omdat ze een geweldig klankbord was voor mijn ideeën, omdat ze me geholpen

heeft met redigeren, omdat ik haar als personage heb mogen gebruiken, en omdat ze tijdens het laatste kwart van het manuscript onmisbare steun heeft geboden. Ik sta bij je in het krijt, zusje, maar dat wist je al. Ook dank aan Immanuela Meijer omdat ze me gezelschap hield als ik met een moeilijk gedeelte bezig was.

Bij het Writers House: dank aan Simon Lipskar, mijn agent, voor zijn vriendschap en alles wat hij in de loop der jaren voor de serie heeft gedaan (ik beloof om van nu af aan wat sneller boeken te schrijven!); en aan zijn assistente, Katie Zanecchia.

Bij Knopf: dank aan mijn redactrice Michelle Frey, voor haar voortdurende vertrouwen en omdat ze dit allemaal mogelijk heeft gemaakt. Echt waar: als zij er niet was geweest, zou je nu dit boek niet in je handen houden. Aan haar assistente, Kelly Delaney, omdat ze Michelle het leven makkelijker heeft gemaakt en ook omdat ze heeft geholpen een samenvatting te maken van de eerste drie boeken. Aan redactrice Michele Burke voor haar scherpe oog voor de verhaallijn en omdat ze er, wederom, aan heeft bijgedragen dat dit boek er is gekomen. Aan hoofd Communicatie en Marketing Judith Haut, zonder wie maar weinig mensen van deze reeks zouden hebben gehoord. Aan Dominique Cimina en Noreen Herits, ook op het vlak van publiciteit, die allebei veel hulp hebben geboden voor, tijdens en na mijn vele tournees. Aan artdirector Isabel Warren-Lynch en haar team voor hun fraaie ontwerpen van het omslag en het binnenwerk (alsmede voor hun werk aan de paperbackedities). Aan kunstenaar John Jude Palancar, omdat hij zo'n prachtige reeks omslagen heeft verzorgd; deze laatste is een mooie om mee te besluiten. Aan bureauredacteur Artie Bennett voor zijn expertise op het gebied van interpunctie en kleine en grote, bestaande en niet-bestaande woorden. Aan Chip Gobson, hoofd van de afdeling Kinderboeken bij Random House. Aan Knopf-uitgeefster Nancy Hinkel voor haar gigantische geduld. Aan Joan DeMayo, verkoopdirecteur, en haar team (hoera en duizendmaal dank!). Aan hoofd Marketing John Adamo, wiens creatieve team me telkens weer verbaasde. Aan Linda Leonard en haar team bij Nieuwe Media; aan Linda Palladino en Tim Terhune van Productie; aan Shasta Jean-Mary, hoofdredacteur; aan Pam White, Jocelyn Lange en de rest van het team voor nevenrechten, die zich ervoor hebben ingezet van de Erfgoed-reeks een wereldwijd uitgeeffenomeen te maken; aan Janet Frick, Janet Renard en Jennifer Healey voor het copy-editen; en verder dank aan iedereen bij Knopf die me heeft gesteund.

Bij Listening Library: dank aan Gerard Doyle, die zo mooi stem aan mijn verhaal weet te geven (ik vrees dat ik het hem met Fírnen knap moeilijk heb gemaakt); aan Taro Meyer voor haar subtiele en roerende regie van zijn vertolking; aan Orli Moscowitz, die alle draden bij elkaar wist te brengen; en aan Amanda D'Acierno, uitgeefster van Listening Library.

Voorts dank aan mijn medeauteur Tad Williams (als je de trologie Heugenis, Smart en Het Sterrenzwaard nog niet hebt gelezen, moet je dat echt snel doen; je krijgt er geen spijt van), omdat hij me op het idee heeft gebracht om in de hoofdstukken over Aroughs een leisteenmijn te gebruiken. En aan de schrijver Terry Brooks, die zowel een vriend als een raadsman voor me is geweest. (Ik kan zijn Het Magisch Koninkrijk van Landover-serie van harte aanbevelen.)

En dank aan Mike Macauley, die een van de beste fansites van de hele wereld heeft opgezet en draaiende houdt (shurtugal.com) en die, samen met Mark Cotta Vaz, de Erfgoed-almanak heeft geschreven. Als Mike er niet was geweest, zou de lezersgemeenschap veel kleiner en poverder zijn dan nu het geval is. Bedankt, Mike! Een speciale vermelding verdient Reina Sato, een fan wier reactie toen ze voor de eerste keer met eetbare slakken te maken kreeg me ertoe aanzette om snalglí op Vroengard te laten rondkruipen. Reina, de snalglí zijn voor jou.

Zoals altijd gaat mijn laatste woord van dank uit naar jou, lezer. Dank je wel dat je dit hele verhaal lang bij me bent gebleven; ik hoop dat de sterren de rest van je leven stralend op je blijven schijnen.

Nou... dat is het dan. Ik heb geen woorden meer aan deze serie toe te voegen. Ik heb gezegd wat gezegd moest worden. Er rest nu alleen nog stilte. Sé onr sverdar sitja hvass.

Christopher Paolini
8 november 2011

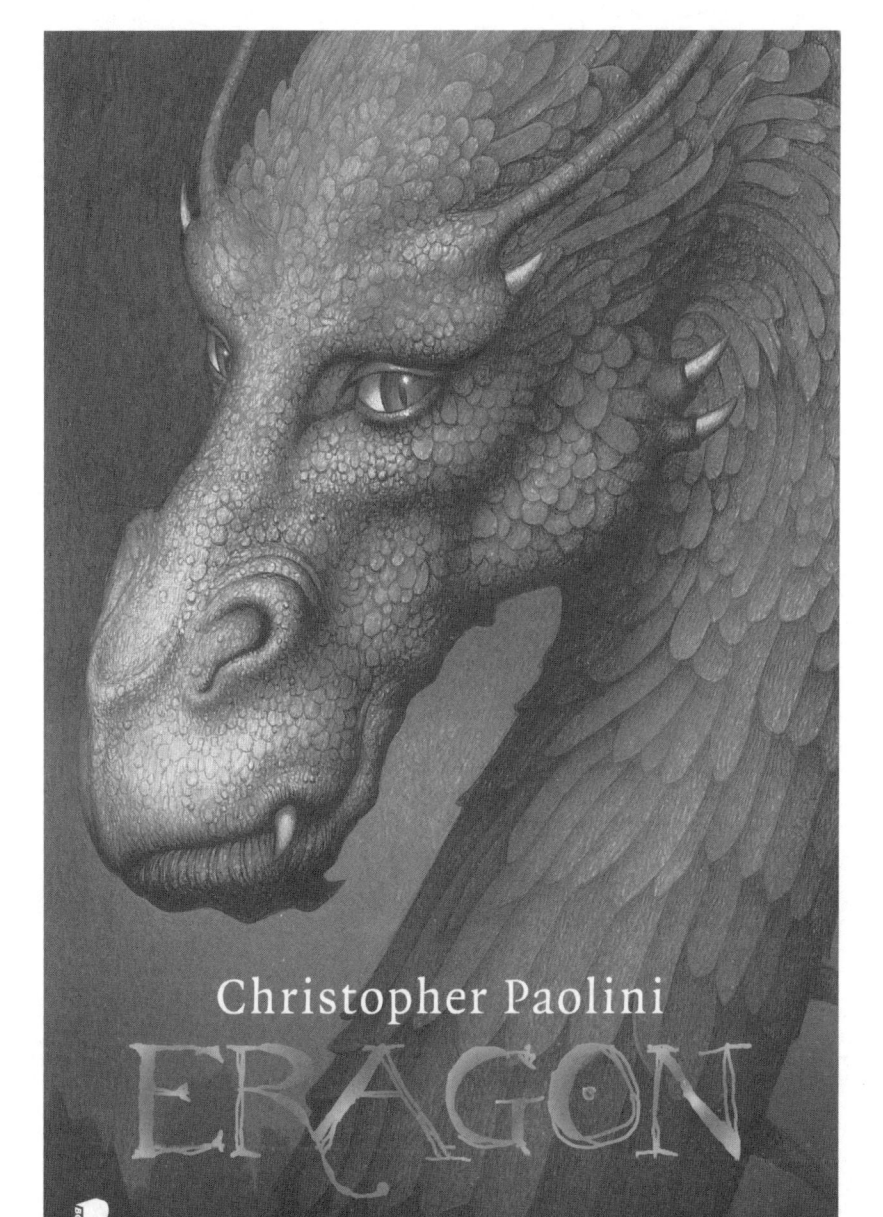

Christopher Paolini

ERAGON

Christopher Paolini

OUDSTE

Christopher Paolini

BRISINGR